BAGATELLE

LOUISIANE TOME III

MAURICE DENUZIÈRE

BAGATELLE

LOUISIANE TOME III

Roman

FRANCE LOISIRS
123, boulevard de Grenelle, Paris

Édition du Club France Loisirs, Paris
avec l'autorisation des Éditions Jean-Claude Lattès

ISBN : 2-7242-1046-8

"Je me tournai vers le jardin de l'Amour
qui porte tant de si douces fleurs
et je vis qu'il était plein de tombes."
William Blake.

Première époque

LE TEMPS DES PROMESSES

I

M. de Castel-Brajac chantait faux, le savait et s'en accommodait fort bien. En manches de chemise, gilet ouvert, les pouces étirant de larges bretelles lasses de maintenir, à l'équateur d'un ventre rond, la ceinture d'un pantalon de coutil blanc, il sollicitait à sa manière l'Astre du jour.

– Ah ! lève-toi Soleil, fait pâ... âlir les étoi... oi... oiles, lançait à pleins poumons le Gascon jovial, dont les amis appréciaient davantage la virtuosité de pianiste que les prétentions de ténor.

En cette matinée du 28 avril 1898, les brumes printanières du Mississippi tardaient à se dissiper et l'on devinait dans les accents du chanteur un peu d'impatience. Gustave de Castel-Brajac venait de visser sur l'oculaire de sa lunette astronomique un filtre noir, envoyé de Paris par M. Bardou, son fournisseur habituel. Avec l'empressement d'un enfant nanti d'un jouet neuf, il entendait se livrer, sans plus attendre, à l'observation des fameuses taches solaires décrites par M. Camille Flammarion dans son *Traité d'astronomie populaire*.

Malgré l'aubade, tardive mais chaleureuse, que lui donnait l'astronome amateur, le soleil semblait se refuser à tout examen. Modulés par une voix puissante, les couplets de la cavatine de Roméo tombaient de l'observatoire établi au faîte d'un chevalement de bois comme les exhortations d'un muezzin convoquant les fidèles à la prière. Deux hérons bleus qui folâtraient dans les herbes aquatiques, au bord du lac en forme de croissant que l'on nomme « Fausse-Rivière », levèrent une tête inquiète. Plantés sur une seule patte comme de grosses fleurs sur leur tige, ils demeurèrent immobiles, oubliant de fouailler la vase cependant pleine de tendres vermiceaux. La mémoire atavique de l'espèce éveillait peut-être, dans le subconscient des échassiers, le souvenir des invocations indiennes du temps où M. de Chateaubriand courtisait Atala dans la forêt primitive.

Surpris par l'écho, une sterne mâle en parade nuptiale, laissa tomber le petit poisson qu'elle apportait en présent à la femmelle élue et s'éleva haut dans le ciel, en manifestant par des cris stridents son émotion et sa déconvenue. Gustave de Castel-Brajac, digne descendant des mousquetaires, prit ces criailleries pour ricanements critiques et haussa le ton.

Dans le feuillage des chênes, derrière les rideaux gris et veloutés de la mousse espagnole, des cardinaux ensommeillés se fourrèrent la tête sous l'aile pour ne plus entendre. Seul un grand pluvier à col blanc – que les Noirs de Louisiane nomment « papabotte » –, occupé à tapisser son nid avec de minuscules coquillages, refusa de se laisser distraire.

A cent pas de l'observatoire, Mme de Castel-Brajac s'avança sur la galerie de sa belle maison et tendit l'oreille en souriant. Son mari l'avait habituée à ce genre d'exubérance vocale. Le goût de Gustave pour le *bel canto* trouvait d'ailleurs chaque année, à Noël, l'occasion de se manifester publiquement quand, pédalant sur l'harmonium de la petite église de Sainte-Marie, l'aimable Gascon interprétait *Minuit, chrétiens* en détonnant avec conviction.

« Je chante faux, mais j'entends juste », disait volontiers M. de Castel-Brajac. Les paroissiennes n'y trouvaient rien à redire, encore que les choristes aient parfois du mal à suivre le soliste.

Gloria de Castel-Brajac, quatre fois grand-mère, portait allégrement ses cinquante et un ans. Sa fille Augustine, épouse de l'avocat Clarence Barthew, lui avait donné trois enfants et sa fille Lucile, mariée à Omer Oscar Oswald, était mère d'un bébé de deux mois. Cette femme plantureuse, mais vive, aux chairs épanouies, à la peau laiteuse, était exempte de rides. Son opulente chevelure conservait, grâce aux brossages quotidiens de sa femme de chambre et aux interventions périodiques d'un coiffeur de La Nouvelle-Orléans sachant doser les teintures, la profondeur lustrée du jais.

— Tu mourras sans un seul cheveu blanc, ironisait Gustave assez fier de la belle santé d'une épouse autrefois conquise de la façon la plus romanesque[1].

— Tête de folle ne blanchit pas, répliquait Gloria, enjouée.

Elle s'apprêtait à retourner dans la maison, pour surveiller la préparation du déjeuner, quand le roulement d'une voiture sur le gravier de l'allée la rappela sur la galerie. Gloria reconnut tout de suite Citoyen, le majordome noir de Bagatelle, un ancien esclave né dans la plantation. Citoyen ne brillait pas par l'intelligence, mais sa fidélité et sa gentillesse en faisaient un domestique de confiance. « Pourvu qu'il ne vienne pas annoncer quelque malheur », imagina aussitôt Gloria qui, ayant connu beaucoup de tragédies familiales depuis que la guerre civile lui avait enlevé ses deux frères, redoutait toujours l'apparition d'un messager.

Sautant de son siège, le Noir leva la tête vers l'observatoire, à demi caché par les frondaisons, où Gustave de Castel-Brajac vocalisait avec entrain et se dirigea résolument vers la maison.

— B'jour m'ame, c'est pas bon cette brume, les mouches piquent ce matin !

— Qu'est-ce qui t'amène, Citoyen ?

— J'ai là une p'tit lette pour m'sieur Gustave, m'ame... le sénateur est venu à Bagatelle et je crois bien qu'il a envie de vous voir bientôt.

— Tout va bien là-bas ?

— Oh ! oui, c'est tè bien, m'ame, y a que le sénateur qui est arrivé hier.

— Eh bien, monte à l'observatoire, porte la lettre à mon mari.

— A la cabane, là-haut ? fit Citoyen incrédule.

Il savait que l'accès de la tour était interdit aux domestiques et gravir les trois échelles qui, de palier en palier, permettaient de s'élever dans le chevalement jusqu'au sanctuaire de l'astronome amateur, ne lui plaisait guère.

---

1. Tous les événements intéressant le passé des personnages et l'histoire de la Louisiane, auxquels l'auteur fait allusion ou référence dans ce volume, ont été racontés dans les tomes I et II de cette saga, publiés sous les titres *Louisiane* et *Fausse-Rivière*, aux éditions Jean-Claude Lattès.

— Mais oui, va vite, M. de Castel-Brajac est là-haut.

— Il est pas en colè, dites m'ame ? Vous entendez comme il crie !

— Mais non, il n'est pas en colère, il chante... va.

Avec la circonspection qu'il mettait dans tous ses gestes, le Noir grimpa et, passant la tête par la trappe ouverte dans le plancher de l'observatoire, risqua un regard dans la pièce où Gustave se tenait campé, face au paysage noyé dans le brouillard. Les yeux écarquillés, Citoyen prit pour un canon, plus petit mais plus beau que ceux qu'il avait entrevus pendant la guerre de Sécession, la lunette astronomique de cuivre, inclinée sur son trépied. Comme il avait une sainte frayeur des armes, il renonça à pénétrer dans la pièce meublée de commodes d'acajou, de consoles surchargées d'instruments bizarres et d'un fauteuil capitonné, comme il en avait vu chez le médecin.

— Hep, hep ! m'sieur Gustave, finit-il par lancer timidement en frappant le parquet à hauteur de son menton, avec l'index replié, comme s'il se fût agi d'une porte.

M. de Castel-Brajac pivota sur ses talons et découvrit, au ras du sol, la tête souriante de l'ancien esclave qu'il avait employé pendant quelques années, quand Charles, après la mort de Virginie de Vigors, s'était empressé de réduire le train de Bagatelle.

— Tu peux pas te montrer tout entier... boun Diou, qu'est-ce que tu veux ?

— M'ame Gloria m'a dit de monter, m'sieur... j'ai monté... j'ai un p'tit lette que le sénateur m'a dit de porter vite... le sénateur il est venu à Bagatelle, m'sieur.

Joignant le geste à la parole, le Noir tendit à bout de bras une enveloppe bleue. Gustave se pencha pour la saisir.

— Finis donc d'entrer... on ne va pas te manger !

Pendant que M. de Castel-Brajac prenait connaissance du message, Citoyen se hissa dans la pièce en fixant la lunette comme s'il se fût agi d'un instrument de torture.

— C'est bon, tu diras à monsieur le Sénateur que je serai à Bagatelle à trois heures, bien que ça ne m'arrange guère aujourd'hui. Et aussi que Mme de Castel-Brajac nous rejoindra pour le dîner. Il faudra que tu viennes la chercher vers six heures. Compris ?

Citoyen, qui n'avait aucune confiance dans sa mémoire, frotta d'une main vigoureuse les bouclettes grisonnantes qui lui couvraient la tête.

— Ça serait mieux si vous faites un p'tit lette m'sieur, pour dire tout ça, je l'empôte vite à m'sieur le Sénateur...

En grommelant, Gustave, qui connaissait les insuffisances du domestique, se mit en quête d'une feuille de papier et griffonna trois lignes.

— Tiens, tu auras toujours la tête vide comme une coucourde... tu veux un cigare ?

— Oh ! non, m'sieur ça me fait vomi !

M. de Castel-Brajac haussa les épaules en souriant. « Si tous les nègres étaient comme celui-là, pensa-t-il, les Blancs passeraient tous pour des Pic de la Mirandole. »

Nanti de la réponse de Gustave, le Noir osa cependant formuler la question qu'il se posait à lui-même.

– A quoi y sert ce canon doré, m'sieur ? C'est pour faire la guerre aux Espagnols m'sieur ?

– C'est pas un canon, macadiou, et les Espagnols sont loin d'ici, c'est une lunette pour regarder les étoiles.

– Les étoiles ?

– Oui, et le soleil aussi, quand il veut bien se montrer... et la lune... et tout ce qu'il y a dans le ciel.

– Et on peut voi aussi le Bon Dieu, m'sieur, p'tête que vous l'avez vu ?

– Bien sûr que je l'ai vu.

– Et comment qu'il est ?... avec sa barbe !

– Eh bien !... il a la moitié de la figure blanche et l'autre noire !

Le naïf Citoyen redescendit avec d'infinies précautions, ce qui ne l'empêcha pas de poser le pied à côté du dernier barreau de la dernière échelle et de se retrouver assis au pied de l'observatoire. Il sauta dans son buggy et reprit le chemin de Bagatelle en se demandant si M. de Castel-Brajac ne s'était pas moqué de lui, comme Bella, la nounou des enfants Vigors, qui lui avait dit un jour qu'on pouvait attraper les pigeons en leur mettant une pincée de sel sur la queue. Il avait essayé et savait maintenant que c'était impossible. Mais, regarder le Bon Dieu dans son ciel, à travers un tuyau doré, lui paraissait moins inconcevable. Il se promit d'en parler à Harriet Brent, la gouvernante, fille de l'ancien majordome. « Elle n'est pas moqueuse et sait à peu près tout ce qu'un Noir peut savoir depuis qu'elle a fréquenté l'école de Mlle Ivy », pensa-t-il.

Le soleil restant obstinément caché derrière l'écran de brume blafarde qui recouvre parfois le Mississippi pendant des jours entiers, ce qui oblige les vapeurs à hululer toutes les dix secondes, M. de Castel-Brajac se résigna, vers midi, à descendre de son perchoir.

Il se mit à table avec un visage morose, mais un pâté de bécasse et un canard au citron arrosés d'une bouteille de bordeaux le rendirent à son humeur naturelle, heureux dosage d'alacrité, de placidité et de truculence. Au café, en allumant son cigare, il fit part à sa femme de sa perplexité.

– Charles veut me voir d'urgence et seul... pour ce qu'il appelle « un service facile à rendre ». Je me demande ce que ça cache. J'ai lu dans le *Picayune* et *L'Abeille* qu'il est intervenu fort brillamment au Congrès, pour appuyer les patriotes qui souhaitaient que l'on déclarât la guerre à l'Espagne.

– C'est chose faite depuis trois jours, observa Gloria.

– Oui, mais habituellement, notre Charles n'est pas aussi pressé de quitter Washington.

– Il a peut-être encore besoin d'un prête-nom pour une affaire, cette guerre va être profitable aux industriels et Charles a des intérêts partout.

– Si la belle Marie-Gabrielle ne lui suffit plus, il faudra qu'il cherche des prête-noms ailleurs, bougonna Gustave.

– Oh ! vous lui avez si rarement refusé quelque chose.

– Vous savez bien que j'aime ce pendard comme un frère... mais j'ai souvent regretté ma faiblesse à son égard.

– Souvent... mais pas toujours, dit Mme de Castel-Brajac en pressant affectueusement la main de son mari.

– Si vous faites allusion à notre Augustine, il y a au moins une circonstance en effet où Charles a fait mon bonheur... mais cet égoïste ne le savait pas... et moi non plus.

– J'ai été si heureuse depuis ce temps-là, Gustave, que j'ai tout oublié.

Chaque fois qu'il était ému, Gustave de Castel-Brajac se montrait volontiers bourru.

– Cette vieille histoire, à laquelle Charles n'a jamais fait allusion, ne m'intéresse plus. Soyez certaine que ce qu'il veut me demander a sans doute plus à voir avec les affaires ou la politique qu'avec la famille... N'empêche que je suis impatient de connaître la dernière idée du sénateur.

Une heure plus tard, M. de Castel-Brajac, qui avait renoncé à sa sieste, car il comptait somnoler pendant le trajet entre Fausse-Rivière et Bagatelle, route mille fois parcourue, embrassa sa femme et se hissa dans son cabriolet en soufflant.

– Je vous enverrai le landau de Bagatelle vers six heures. Mettez, s'il vous plaît, la robe de soie paille à décolleté carré que j'aime vous voir... Il faut faire honneur au sénateur.

Vêtu d'un complet gris souris, ouvert sur un gilet de velours grenat, cravaté de soie gorge-de-pigeon et coiffé d'un panama bordé, l'homme qui se préparait à rejoindre Charles de Vigors à Bagatelle venait d'entrer dans sa cinquante-septième année. Le teint coloré, le regard doux et malicieux, le nez rond, les joues pleines, il ressemblait un peu à ce moine réjoui qui, dans le tableau de Hogarth intitulé *La porte de Calais*, convoite au passage la pièce de bœuf que défend un livreur. Gustave de Castel-Brajac ne manquait pas pour autant de distinction. Sa vivacité naturelle, l'aisance de ses gestes l'aidaient à porter, malgré des jambes courtes, un embonpoint fondé sur une assiduité ancestrale aux rites de la table. Initié par une mère gourmande, il s'était efforcé de maintenir en Louisiane les principes de la gastronomie gasconne.

La demeure des Castel-Brajac, appelée « Castelmore », en hommage au légendaire d'Artagnan, était certainement la seule de la paroisse où l'on puisse voir officier une cuisinière blanche. Gustave l'avait extirpée d'une immense famille cajun où cette femme, veuve sans enfants, s'usait dans des tâches subalternes. Quand il avait découvert qu'elle était gersoise, née sous les remparts du château de Blaise de Montluc, à Saint-Puy, il avait subodoré ses compétences culinaires. En apprenant qu'elle savait gaver les oies, cuire le confit, préparer les foies gras et les conserver, mitonner la garbure, braiser une perdrix aux choux, aussi bien que déglacer une sauce à l'armagnac, ou rouler patiemment la pâte feuilletée du « pastis », il l'avait embrassée et appelée « Cousine ». Puis, il lui avait offert, comme une charge majeure, les fourneaux de Castelmore devant lesquels venait de succomber un cuisinier mulâtre enlevé à *Victor*, l'un des meilleurs restaurants de La Nouvelle-Orléans. Depuis l'entrée en fonction de Cousine, vers 1885, la table des Castel-Brajac passait pour la meilleure et la plus raffinée de la paroisse. Cela valait à la cuisinière, qui ne donnait pas facilement ses recettes, une célébrité dont elle tirait vanité.

« Il n'y a que les veuves qui sachent bien faire la cuisine », disait Cousine d'un air entendu, quand les invités de Gustave lui adressaient des félicitations. Seules les demoiselles Tampleton, trois vieilles filles, nièces d'un défunt général, ami de Castel-Brajac, ne lui pardonnaient pas de gaver les oies. Il est vrai que ces personnes militaient contre la vivisection depuis qu'en 1878 M. Richard

Wagner et quantité d'autres âmes sensibles, en Europe et en Amérique, avaient pris la défense des animaux. Cela n'empêchait pas Lucie, Clotilde et Nancy Tampleton d'accepter avec reconnaissance toutes les invitations du maître de Castelmore et de savourer avec des mines de chattes effarouchées l'usufruit de la souffrance animale sous forme de foie truffé, de terrine ou de cassoulet.

Gustave, calé sur la banquette du buggy, que Pitou, le cheval, tirait au petit trot sur le chemin de terre battue, se disait qu'il eût été plus à l'aise dans son observatoire à ausculter le soleil à travers sa lunette qu'à courir les routes pour répondre à la convocation instante et désinvolte d'un vieil ami.

Il avait connu Charles de Vigors au cours des années soixante, dans le petit monde joyeux et dilettante des étudiants en droit, au Quartier latin. Le Gascon, orphelin de père, s'était aussitôt attaché à ce fils d'un colonel d'Empire et de la veuve d'un marquis émigré en Louisiane. Le fait que Charles fût l'héritier, dans le Nouveau Monde, sur les rives fabuleuses du Mississippi, d'une immense plantation de coton et de centaines d'esclaves et que sa mère, incroyablement belle, régnât sur son domaine comme Mélusine sur la forêt normande avait ébloui le Gersois. Très vite, ce dernier avait compris que son ami, mû par une ambition qui n'admettait pas d'entraves, lui fournirait de nombreuses occasions d'inquiétude, peut-être de fâcherie.

Mais le jour où Charles avait déclaré, avec une sincérité tragique, qu'on ne pouvait mettre en doute : « Tu es mon frère et je sais que tu seras toujours là pour m'empêcher d'aller trop loin », Gustave s'était résolu à prendre l'homme tel quel : superbement intelligent, séduisant comme un prince exotique, avide de plaisirs plus que de bonheur, calculateur roué, à la fois égoïste et gaspilleur, capable des pires extravagances pour conquérir une femme et apte à s'en détacher sans émotion.

Quand, après la défaite du Sud esclavagiste, Charles de Vigors, son diplôme d'avocat en poche, avait décidé de rejoindre à Bagatelle sa mère, veuve pour la seconde fois, Gustave s'était embarqué avec lui pour la Louisiane en emportant douze ruches pleines d'abeilles et un matériel complet d'apiculteur. Grâce aux « butineuses corsetées de jaune et de noir », M. de Castel-Brajac, qu'on avait pris au début pour un farfelu, était devenu en peu d'années le plus gros producteur de miel du Sud et un homme riche. On trouvait des pots de verre à l'étiquette rouge frappée des initiales C.B. dans toutes les grandes villes des États-Unis et ses pastilles au miel « souveraines pour les maux de gorge », dans toutes les pharmacies. Le miel, récolté dans des milliers de ruches, à Fausse-Rivière, à Pointe-Coupée et même sur la rive gauche du Mississippi, dans la paroisse anglophone de West Feliciana, était conditionné à La Nouvelle-Orléans dans les ateliers où le père de Gloria avait longtemps fabriqué des machines à vapeur et des presses à coton.

Quand des visiteurs français demandaient à M. de Castel-Brajac ce qui l'avait incité à se fixer en Louisiane, il se contentait de répondre : « L'amitié m'avait amené, l'amour m'a retenu, le bonheur me garde. »

En vérité, mais sa pudeur l'empêchait de le dire, Gustave avait été séduit par le mode de vie à la fois rustique et raffiné du Sud, ému par les souffrances d'une aristocratie agraire, minée par la guerre civile, et surtout charmé, au sens magique du terme, par la mère de son ami Charles, Virginie de Vigors, l'inoubliable dame de Bagatelle. Sa rencontre avec Clarence Dandrige, l'intendant exemplaire incarnant toute la noblesse du Cavalier, n'avait pas été sans influence sur l'attachement ressenti pour les gens et les choses du pays.

Au fil des années, le Gascon avait fondé sa propre famille, assisté à l'ascension de Charles, devenu l'un des hommes les plus en vue dans le Sud, porté en terre Virginie et Dandrige, vu mourir un certain nombre d'amis chers, tandis que ses propres enfants s'éloignaient pour suivre leur destin.

Cette évocation du passé, que le trajet entre Castelmore et Bagatelle lui inspirait souvent car, sur ces quelques miles de route louisianaise, bien des choix le concernant avaient été faits, aurait conduit quiconque à la mélancolie.

L'heureux caractère de Gustave, sa lucidité, son fatalisme souriant, tempéré par une capacité à prendre les choses en main quand l'action se révélait nécessaire, le portaient au contraire, ce jour-là, à une évaluation satisfaisante du vécu et à un pronostic confiant pour l'avenir.

Alors que la route sortait de la zone ombragée de la forêt et débouchait, au milieu des cultures, dans la lumière aveuglante d'un soleil enfin dévoilé, Gustave de Castel-Brajac, les yeux mi-clos sous l'aile de son panama, imaginait que la dernière étape de sa vie pourrait être encore heureuse et féconde. Les représentants de la nouvelle génération, bambins qui marchaient à peine dans les foyers des parents ou des amis, étaient, comme les jeunes cotonniers que le Gascon voyait dans les champs de part et d'autre de la route, une riche promesse pour le Sud.

Ces garçons et ces filles qui n'auraient pas dix ans à l'avènement du nouveau siècle étaient nés absous du péché d'esclavagisme. La tare originelle des fortunes sudistes s'était dissoute dans le sang versé au cours d'une guerre fratricide. Les petits-enfants des confédérés hériteraient, pensait généreusement Castel-Brajac, une espérance intacte dans un monde neuf.

En voyant apparaître le gros orme penché qui marquait le carrefour, au bord du Mississippi, où la route de Fausse-Rivière coupait celle qui longeait le fleuve au pied des levées gazonnées, le Gascon se redressa sur son siège, jeta le bout de cigare qu'il mâchonnait encore et guetta l'apparition, derrière la masse verte des chênes, des toits aux tuiles de bois de Bagatelle. Ceux-ci émergèrent bientôt des frondaisons comme ces îlots rocheux que la mer couvre et découvre au rythme des marées et qui, à l'échelle des vies humaines, paraissent immuables et éternels.

Tant de destins s'étaient joués depuis plus de cent cinquante ans dans cette grande maison faite de planches de cyprès et de briques d'argile moulées par les esclaves, que Gustave lui attribuait des pouvoirs sibyllins.

A chaque approche, il en percevait le rayonnement comme s'il se fût agi d'un phare mystique dont l'invisible faisceau eût atteint, sans le secours des sens, l'esprit, le cœur, peut-être l'âme.

La demeure, construite par un gentilhomme français venu des bords de la Meuse cultiver le coton sur les rives du Mississippi, au temps où M. Law croyait à la prospérité de la Compagnie des Indes orientales, avait été dessinée par un architecte qui possédait sans doute les données anciennes du nombre d'or et savait comment l'élégance et l'harmonie d'un édifice tiennent à ses proportions, à la pente d'un toit, à l'équilibre d'une façade, au développement d'un escalier.

Bagatelle n'était pas une belle maison, à la façon dont l'entendaient les descendants des grands planteurs, ces « bourbons », nobliaux du coton qui avaient édifié, vers le milieu du XIXᵉ siècle, d'immenses bâtisses blanches aux péristyles orgueilleux, surmontés de frontons grecs soutenus par des colonnes ioniennes ou doriques, derrière lesquelles s'ouvraient, d'une façade à l'autre, de larges vestibules où l'on dansait l'été sous les lustres tintinnabulants.

La beauté de Bagatelle tenait à la simplicité de sa galerie périphérique, à ses frêles colonnettes, à la rusticité des matériaux employés, à la splendeur végétale de son environnement. La maison avait été bâtie tandis que l'on plantait les chênes qui composaient maintenant une voûte sombre allant de l'escalier principal à la berge du fleuve. On pouvait imaginer que les arbres et les murs avaient grandi ensemble sous la poussée d'une même sève, ce qui expliquait peut-être la mystérieuse connivence perceptible entre l'élan spontané de la nature et la construction raisonnée de l'homme.

Certains lieux, depuis longtemps habités par la même famille, irradient ainsi une force d'attraction insolite. Il est rare, et Gustave de Castel-Brajac en avait fait l'expérience, qu'un être sensible y séjourne impunément. Les murs, le dédale des couloirs, les meubles et les objets, les odeurs indéfinissables, le craquement des planchers, le drapé des rideaux, les fissures des plafonds et des cloisons, ces paraphes apposés par le temps, les sillages des fumées autour du manteau des cheminées, les marches creusées pas à pas, les rampes lustrées par le glissement des paumes, tout est indice du passage de multiples existences.

Gustave s'était beaucoup interrogé sur cette sensation qui l'assaillait à chaque visite. Ces effluves, aussi aisément identifiables pour lui que les « émanations des corps organisés » dont parlent les savants, était-il le seul à les percevoir ? N'était-il pas le jouet de toutes les réminiscences sensorielles issues de trop de souvenirs accumulés, des soirées passées dans le grand salon autour du piano avec des êtres aujourd'hui disparus, des inquiétudes partagées, des drames vécus, des confidences faites à mi-voix, des regards échangés avec ceux et celles dont la mort avait clos les yeux sous les baldaquins poussiéreux. Lucide et pyrrhonien, il savait qu'il ne pouvait s'agir de présences fantomatiques, encore que les spectres aient aussi, assurait la domesticité noire, leurs grandes et petites entrées à Bagatelle. Gustave associait plutôt le climat particulier de la vieille maison à un phénomène de magnétisme sédimentaire, comme si tous ceux et toutes celles qui avaient vécu là s'étaient délestés au cours des ans d'atomes d'énergie vitale qui, réunis, conféraient à Bagatelle une façon d'exister quasi humaine.

Le cabriolet était déjà engagé dans l'allée de chênes, sous les lambeaux de mousse espagnole, quand Gustave sortit de sa rêverie familière. Une domestique noire, un enfant blanc dans les bras, apparut sur la galerie comme le Gascon mettait pied à terre. Ayant gravi l'escalier, ce dernier vint caresser le menton de Céline, à peine âgée de six mois.

– Où est mon filleul ? interrogea-t-il aussitôt.

– M'sieur Osmond est au lit, M'ame l'a puni. Il dort la sieste !

– Et qu'avait-il fait, mon Dieu ?

– Il avait donné les gants de m'sieur le Sénateur au chien... pour jouer !

– La belle affaire... grommela Gustave en pénétrant dans le salon, bien décidé à faire lever la punition.

Pour des raisons que peu de gens connaissaient, Osmond de Vigors, qui venait tout juste d'avoir cinq ans, était son préféré.

2

Dans la lumière tamisée du salon, dont personne n'osait plus ouvrir complètement les persiennes délabrées, Gustave vit s'avancer Stella. Les mains tendues, elle découvrait, dans un large sourire, l'éblouissante denture que lui enviaient beaucoup de demoiselles de plantations frénétiquement adonnées aux pâtes dentifrices.

– Oncle Gus, quelle joie... le sénateur repose. Il a demandé qu'on le prévienne de votre arrivée... mais rien ne presse... et nous pouvons bavarder un moment.

M. de Castel-Brajac donna à la jeune femme trois gros baisers à la mode campagnarde, puis, sans lâcher les mains offertes, recula d'un pas pour apprécier la plastique de l'hôtesse.

– Tu es toujours plus belle... et cette robe te va à ravir.

– Taisez-vous, oncle Gus... vous parlez comme le sénateur. Pour la première fois depuis que j'ai épousé son fils, il a daigné me faire des « galanteries » comme nous disions chez les dames ursulines.

Gustave s'installa commodément dans un fauteuil, puis l'index droit pointé vers le plafond :

– Méfie-toi, mon enfant, cet homme est dangereux, il ne complimente que pour mieux croquer, comme le loup du *Petit Chaperon rouge* !

– C'est qu'il est très bel homme, mon cher beau-père..., et diablement séduisant. Alix a déjà succombé à son charme. Elle m'a dit hier soir, du haut de ses quatre ans, « Papy Charles sent bon comme une dame, pas le tabac comme papa ».

– C'est la séduction même, convint Gustave un peu narquois. Mais sais-tu ce qu'il me veut ?

– Je l'ignore, oncle Gus, je n'entends rien aux affaires et comme Gratien plaide depuis deux jours devant la Cour Suprême, à Bâton-Rouge, et ne rentre que ce soir, je n'ai pas eu d'intermédiaire digne de recevoir les confidences du sénateur... ce qui est agréable c'est que vous soyez là et que tante Gloria nous rejoigne pour le dîner.

Tandis que Stella s'activait, tirait les sonnettes, appelait sur le seuil de la galerie, puis disparaissait finalement pour aller quérir des rafraîchissements ou des domestiques introuvables, Gustave, qui avait suivi les évolutions de la jeune femme, se prit à évoquer la curieuse destinée de celle-ci.

L'orpheline, ramenée en 1876 par le général Tampleton des bords de la Yellowstone, était devenue, convint-il tout d'abord, une fort jolie femme. Son teint mat, son nez légèrement busqué, ses pommettes hautes et ses cheveux aile-de-corbeau dénonçaient son ascendance indienne, tandis que ses yeux pers, pailletés d'or, confirmaient la proximité d'un métissage à dominante blanche. Stella s'efforçait d'atténuer les caractères de la race primitive en renonçant à l'attrait supplémentaire qu'aurait pu constituer le déploiement de sa longue chevelure. Elle se coiffait d'une manière qu'Augustine, sa meilleure amie, qualifiait de vieillotte : raie médiane nette et gros chignon torsadé sur la nuque. « Tu ressembles à une institutrice, défais donc tes cheveux » exigeait Gratien quand les époux se retrouvaient seuls à la veillée.

Malgré cette coiffure classique et une élégance de bon ton, l'apparition de Stella au seuil des salons, que son nom lui faisait obligation de fréquenter, suscitait de soudaines réticences dans les papotages ou les confidences et déclenchait une stricte observation de l'étiquette de plantation. Ces dames ne voulaient pas que l'on puisse dire, ou même penser, que le fait d'avoir pour grand-mère une princesse choctaw, heureusement défunte, pouvait être considéré comme une tare mondaine, même si cela constituait une évidente dépréciation humaine. Puisque le hasard, ou des circonstances peu connues, avait fait de Stella la pupille d'un général fort estimé et son mariage avec Gratien de Vigors la bru d'un sénateur, on devait accueillir la jeune femme comme n'importe quel membre rapporté d'une F.L.F.[1] Une telle attitude n'impliquait pas le développement de liens d'amitié, ni la nécessité d'une fréquentation assidue, encore moins des échanges d'idées ou de recettes de beauté. Des relations superficielles suffisaient, une « amérindienne » ne pouvant être admise dans l'intimité d'une *southern lady*. Stella, sans être dupe des simagrées mondaines, jouait parfaitement le rôle qu'on attendait d'elle. Loin de montrer de l'arrogance, comme certaines métis qui avaient épousé des fils de famille, elle se tenait toujours légèrement en retrait avec aisance et même un peu d'affectation. Cette attitude satisfaisait les maîtresses de maison qui donnaient le ton dans la société des « bourbons » et dont les origines n'étaient peut-être pas aussi flatteuses que les arborescences généalogiques suspendues aux murs des bibliothèques de leur mari pouvaient le faire croire.

Gustave avait été longtemps le seul à pouvoir expliquer le mystère entourant l'ascendance de l'orpheline. La veille du mariage de celle-ci, après la signature du contrat, en remettant à Gratien la dot tardivement constituée pour la jeune fille par Clarence Dandrige et l'héritage laissé par Willy Tampleton à sa pupille, oncle Gus s'était résigné à révéler en choisissant ses mots, ce qu'il avait tu jusque-là. En apprenant pourquoi et comment son père, l'avocat métis Tom English, que les Indiens appelaient « Tonnerre de parole », l'avait confiée au général Tampleton avant de périr sous les balles des soldats de l'Union, Stella avait pleuré. Quant à Gratien, il n'avait pu réprimer son étonnement en découvrant que Clarence Dandrige, ce M. Tout blanc de son enfance, qui lui paraissait si sévère et que les Choctaws avaient, disait-on, rendu anaphrodite, était le grand-père de celle qu'il épousait.

– C'est merveilleux, oncle Gus, nous sommes donc tous deux de Bagatelle, s'était exclamé un peu naïvement le fils du sénateur.

– Si l'on peut dire... oui. Vous tenez tous deux à Bagatelle par des liens

1. First Louisiana Family.

subtils et embrouillés... et je me demande si celui qui gouverne nos destinées n'a pas depuis longtemps décidé ces accordailles.

Déjà nantis de trois enfants, Alix, Osmond et Céline, Stella et Gratien formaient maintenant un couple heureux. Ils menaient à Bagatelle, dont les terres étaient louées pour moitié aux Tiercelin, pour moitié aux Oswald, une vie calme et retirée, ne fréquentant que les familles depuis toujours admises à la plantation. Ils ne faisaient que de brefs séjours à La Nouvelle-Orléans pendant la saison d'hiver, « pour ne pas vivre comme des ours » disait Gratien. Ils préféraient aux grandes réceptions du temps de carnaval, où les femmes vont pour comparer leurs toilettes et leurs bijoux et les hommes pour voir comment sont tournées les maîtresses de leurs fils et chaussés les prétendants de leurs filles, les petits dîners entre amis et les concerts privés. Follement épris de sa femme, Gratien qui avait hérité l'impétuosité sexuelle de son père, mais au contraire de ce dernier ne la dispersait pas, pratiquait l'amour conjugal comme d'autres font chaque soir leur partie de whist. Aussi bien aux cartes qu'au lit, son registre se révélait limité et sa stratégie simplette, mais une endurance agreste gouvernée avec délicatesse et sans économie suppléait à un manque d'imagination sans conséquence.

Stella, dont l'information dans ce domaine était rudimentaire, la matière ne figurant pas au programme d'enseignement des ursulines, ne pouvait concevoir qu'il existât d'autres exercices que ceux proposés par un mari qu'elle adulait. Elle avait cependant osé confier à Augustine, un mois après son mariage, qu'elle se trouvait pleinement satisfaite par l'assiduité amoureuse de son époux, bien que ces « plaisirs de Vénus », dont on semblait faire si grand cas en littérature, lui parussent parfois un peu fatigants et, pour tout dire, monotones.

– Tu verras, lui avait soufflé à voix basse Augustine, plus délurée, c'est que Gratien n'est pas très audacieux ou que le respect qu'il a pour toi le retient encore de t'initier... plus complètement.

– On dit qu'il y a des façons... dégoûtantes... de faire ça... J'aime mieux ne pas les connaître, s'était récriée Stella en rougissant.

Augustine s'était mise à rire et avait conclu qu'on en reparlerait. On n'en avait pas encore reparlé.

Quand Stella réapparut dans le salon, houspillant une femme de chambre hébétée qu'elle avait débusquée dans la lingerie où la Noire faisait la sieste, Gustave de Castel-Brajac, tiré de sa somnolence, réclama un doigt de cognac avec un grand verre d'eau glacée.

– Depuis que l'on paie les nègres, on ne peut plus rien en faire ! se plaignit Stella.

Comme Gustave ne relevait pas cette réflexion, entendue vingt fois par jour dans les plantations, elle ajouta :

– Au temps où la grand-mère de Gratien régnait, les choses ne se passaient pas ainsi, j'imagine... même après l'abolition... Je crois que je suis trop bonne avec ces gens.

Gustave leva les yeux sur le grand portrait de Virginie peint par Dubufe au cours des années soixante et qui, en raison de sa taille et du poids de son cadre de bois sculpté, n'avait jamais été suspendu. Posé à même le sol et dressé contre la cloison, derrière le canapé où s'asseyait toujours la dame de Bagatelle, il dominait néanmoins le salon.

– Aujourd'hui, notre chère Virginie ne ferait pas mieux que toi. Son autorité se serait émoussée au fil des ans contre l'apathie des Noirs. En protégeant leur liberté, les lois protègent leur paresse naturelle... Il faut s'y faire. Je pense qu'il convient d'attendre qu'ils ressentent l'aiguillon de l'ambition. Ça viendra avec l'éducation et ce goût du dollar à amasser que l'on donne à nos enfants dans les universités. Les Noirs seront un jour comme les Blancs, c'est-à-dire qu'ils domineront leur paresse médiocre et se mettront au travail pour s'offrir une paresse... plus confortable !

– Mais en attendant, reprit Stella avec un peu d'humeur, nous sommes de plus en plus mal servis et Gratien, trop généreux, ne réagit que mollement.

– Trop mollement, beaucoup trop mollement, c'est bien mon avis, enchérit une voix moelleuse de baryton venue de l'ombre.

Ayant marqué un temps d'arrêt sur le seuil, comme ces acteurs dont l'entrée attendue suffit à ravir le public, le sénateur Charles de Vigors s'avança vers Castel-Brajac. Les deux amis se donnèrent l'accolade.

– Tiens, j'ai trouvé cette petite chose à Washington et j'ai pensé que ça pourrait t'intéresser, fit Charles en tendant un paquet à Gustave.

C'était un livre relié en demi-maroquin bleu foncé, dont Castel-Brajac lut le titre à haute voix.

– *La planète Mars et ses conditions d'habitabilité* par Camille Flammarion... et illustrée, mazette, de cinq cent quatre-vingts dessins télescopiques et vingt-trois cartes... Merci, Charles, tu me fais plaisir.

– Ce n'est rien... mais si tu découvres un jour une nouvelle étoile dans le ciel, n'oublie pas de lui donner mon nom.

– Tu veux parler d'une étoile filante... peut-être !

Les deux amis retrouvèrent spontanément le rire de leur jeunesse, du temps où ils s'amusaient d'un calembour facile, d'une contrepèterie osée, ou échangeaient des moqueries en forme d'aphorismes comme sur un court de tennis les joueurs se renvoient la balle. Charles avait toujours su choisir avec soin et finesse les cadeaux destinés à ses amis, comme il s'ingéniait à faire porter à une femme qui ne lui était pas indifférente les fleurs les mieux accordées à sa personnalité. Son secrétaire tenait un fichier confidentiel où figuraient les tons de prédilection, les mets favoris, la musique préférée, les écrivains élus des maîtresses de maison qu'il fréquentait ainsi que les marques de cognac, de cigares et les goûts sportifs des maris. Connaissant les manies des uns et les inclinations des autres, l'attachement de tel banquier à sa collection de sulfures, la passion de tel chirurgien pour les armes anciennes, le goût de certaines vieilles demoiselles pour les boîtes à mouches ou le penchant secret d'une veuve pour le marc de Bourgogne, Charles de Vigors pouvait satisfaire tout le monde et passait pour l'homme du monde le plus raffiné, on disait : « le plus français ! »

Gustave de Castel-Brajac, ému par le présent de Charles, n'en pensait pas moins qu'il s'agissait là d'une attention destinée à le mettre dans un état de réceptivité favorable. « Toi, mon bonhomme, se disait-il, tu me donnes du Flammarion comme nos vaillants colonisateurs distribuaient de la pacotille aux sauvages. » Mais, dans le moment même où le Gascon développait cette pensée, un réflexe amical l'obligeait à la rejeter. Douter de la spontanéité de Charles était désobligeant. Et cependant, Gustave savait depuis belle lurette à quoi s'en tenir, mais il acceptait d'être dupe, de contraindre sa lucidité au silence, de faire allégeance au charme de ce diable d'homme.

N'ayant accepté qu'un verre d'eau glacée, le sénateur de Vigors conversait avec aisance, donnant des nouvelles de Liponne et de ses filles, dont l'une, Louise-Noëlle, venait d'annoncer son intention d'entrer en religion chez les ursulines, alors que sa sœur aînée, Marie-Virginie, mariée depuis trois ans à Amédée Tiercelin, se désespérait de ne pas avoir d'enfants.

– Heureusement, ma chère Stella, que vous êtes là pour soutenir la postérité de notre famille. Vous imaginez combien Liponne, en bonne Acadienne, est triste de ne pas voir ses filles multiplier le nombre de ses petits-enfants, alors que ses soixante-seize neveux et nièces en produisent une douzaine chaque année, pour le plaisir des autres grand-mères Dubard !

Il y avait un peu d'ironie dans le ton modulé de Charles qui, Gustave et Stella le savaient, supportait difficilement la présence de bambins, qu'ils soient joyeux, geignards ou paisibles.

– Allons ! fit Gustave, console-toi mon bon et dis-moi un peu pourquoi tu m'as arraché à Castelmore !

Charles de Vigors se leva, tira sur les pointes de son gilet, taillé dans la même flanelle grise et fine que son costume.

– Si tu veux bien, nous ferons une petite promenade, ce dont nous avons à discuter ne peut intéresser une jeune femme, dit-il en se tournant vers Stella avec un sourire enjôleur.

Puis il réclama son chapeau, un feutre bordé comme en portaient les Bostoniens, et se dirigea vers la porte. Gustave fit un clin d'œil à Stella et s'extirpa de son fauteuil.

– Nous pourrions prendre le cabriolet et grimper aux Trois-Chênes, je suis sûr que tu n'as pas visité la tombe de ta mère depuis deux ou trois ans, suggéra le Gascon.

– Montons aux Trois-Chênes... j'aime assez la vue qu'on a de là-haut.

Les deux hommes abandonnèrent le cabriolet au pied du tertre et trouvèrent, dans les herbes folles, le sentier qui s'élevait en spirale jusqu'à la plate-forme ombragée où, sous des dalles de marbre rose, corrodées par les intempéries, reposaient depuis vingt ans, côte à côte, Virginie de Vigors et Clarence Dandrige. Le sénateur n'avait pas jusque-là prononcé une parole qui eût permis à Gustave de subodorer les raisons de cette demande d'entretien confidentiel. Le Gascon ne s'impatientait pas pour autant. Il connaissait les méthodes de Charles, celle notamment qui consistait à mettre en condition un auditoire auquel on avait promis une déclaration capitale. Il différait la révélation jusqu'au moment où la tension, ayant atteint son point culminant, rendait nécessaire la divulgation du message. Aussi bien au barreau qu'en politique ou en affaires, Charles de Vigors était passé maître dans cet exercice. Le sentier étant étroit, le sénateur s'y engagea le premier, ôta son feutre et, d'un pas égal, commença à gravir la pente. Gustave, qui s'essoufflait, fut bientôt distancé. Il n'était parvenu qu'à mi-côte quand la silhouette de son ami, poings aux hanches et fixant l'horizon par-delà le fleuve avec le sérieux d'un généralissime, apparut, hiératique, se détachant sur le ciel clair.

« Belle et noble attitude » pensa Gustave. Et il se prit à imaginer, plus tard, Charles statufié dans cette posture, grâce à une souscription publique, et dressé ainsi sur un socle au centre d'un carrefour de La Nouvelle-Orléans comme Henry Clay, ou au milieu d'un square comme Jackson. Le chef couvert de fiente de pigeon, point de ralliement des amoureux, pivot des rondes enfantines, encerclé par des nourrices caqueteuses, il serait salué par les voyageurs français, fiers de rencontrer en terre étrangère un compatriote dont les états de service avaient justifié le gaspillage d'une tonne de bronze à canon !

La représentation caricaturale que se faisait Gustave de la destinée *post mortem* de son ami n'excluait pas, alors qu'il atteignait la zone d'ombre des Trois-Chênes, une admiration teintée de jalousie pour le physique du sénateur. Au fil des années, alors que la plupart des nantis prenaient, comme Gustave, un embonpoint exagéré, des bajoues couperosées et connaissaient parfois les affres de la goutte, Charles de Vigors s'était astreint à perdre du poids, à cultiver la souplesse de ses muscles, à respecter en toutes circonstances des principes d'hygiène spartiates. A cinquante-quatre ans, il conservait l'allure d'un homme jeune, une peau saine, des mains sèches, un coup d'œil qui lui valait de beaux coups de fusil et une énorme faculté de travail.

Gustave, qui l'avait connu à vingt-trois ans, un peu joufflu, ripailleur insatiable et réclamant tous les mois à son tailleur deux centimètres d'aisance aux entournures, avait suivi depuis une quinzaine d'années l'évolution inattendue du fils de Virginie. C'était un être qui avait su composer son physique comme on compose sa toilette, afin d'apparaître en homme politique responsable et sobre, soucieux de maintenir au service du pays un corps, un cœur et une pensée en bon état. Depuis longtemps, Charles ne buvait plus qu'un verre de chablis au repas de midi et un verre de saint-émilion à celui du soir. Il refusait les sauces riches et les viandes grasses, se nourrissait de poisson poché et de légumes à l'anglaise. Dans les dîners mondains, il grignotait de-ci, de-là, abandonnait son verre plein. Dans les banquets, indispensables en Louisiane à l'entretien des convictions politiques, il expliquait que son état de santé ne lui permettait pas, hélas, de faire honneur au cuisinier aussi largement qu'il aurait souhaité. Il était clair, lorsqu'il se trouvait à table, qu'il s'intéressait davantage à ses voisines qu'à son assiette tout en suivant avec un sang-froid admirable les conversations des hommes d'affaires que la chaleur des vins rendait loquaces. Car il existait deux domaines dans lesquels M. de Vigors ne s'imposait aucune restriction : l'amour et l'argent. Obtenir les faveurs d'une femme ou celles d'un conseil d'administration relevait du même appétit de conquête. « L'instinct de possession, disait-il, est aussi vieux que le désir du père Adam et aussi incoercible que la boulimie. »

Liponne de Vigors, qui avait été autrefois éperdument amoureuse de ce mari venu l'enlever à sa famille cajun pour en faire une « dame en vue » de La Nouvelle-Orléans, s'en était depuis longtemps détachée. Gourmande et mélancolique, elle possédait un tour de taille comparable à celui de la reine Victoria et autant de mentons que la souveraine. Le mariage d'amour s'était transformé en union de convention, Liponne ayant renoncé à tenir le compte des maîtresses de son mari, qui se montrait d'ailleurs d'une discrétion exemplaire. Elle passait le plus clair de son temps à parcourir le pays cajun pour visiter son immense famille. On la rencontrait à toutes les noces, à tous les baptêmes, à tous les enterrements des Dubard de trois générations, de Lafayette au lac Charles, de Saint-Martinville à Schreveport. Elle consolait les veuves, assistait les veufs, s'occupait de caser les orphelins, remplaçait au pied levé dans une plantation une cousine partie pour l'Europe, tenait l'intérieur d'une malade ou d'une opérée, organisait une vente de charité, un repas de fiançailles, un barbecue, des funérailles ou des noces d'or, avec l'autorité d'un entrepreneur. On demandait son arbitrage quand un litige survenait entre deux Dubard. Elle faisait intervenir son mari pour qu'un cousin au sixième degré obtienne de l'avancement au Pacific Railroad ou qu'une grand-tante, veuve d'un officier confédéré, voie sa pension revalorisée.

Aux élections, tous les Dubard en âge de voter donnaient sans exception leur suffrage aux candidats de tante Liponne qui, la tribu le savait, étaient ceux du sénateur. Charles avait un jour expliqué à Castel-Brajac que cette famille assurait au parti démocrate un bon millier de voix à travers les paroisses et lui permettait dans certains cas de contrôler, ici ou là, l'élection d'un juge ou d'un shérif sans qu'il lui en coutât une piastre.

– C'est beau la famille !... s'était exclamé Gustave.

Mais ce n'était pas d'élection que Charles de Vigors désirait entretenir son ami, à l'ombre des chênes. Il laissa le temps au Gascon de s'éponger le front, de reprendre son souffle et de s'asseoir le plus confortablement possible sur le banc de bois à la peinture écaillée où Virginie de Vigors venait quelquefois méditer à la fin de sa vie.

– Gustave, tu sais que nous sommes en guerre contre l'Espagne, commença le sénateur.

– Boun Diou, bien sûr que je le sais, les journaux sont pleins de ça, on n'a jamais vu pareille flamme patriotique brûler d'un bout à l'autre de l'Union.

– Une véritable unanimité populaire, en effet. A Washington dans les théâtres, dans les restaurants, les orchestres ne jouent plus que des airs patriotiques, non seulement *The Star-spangled Banner*, mais aussi *Dixie*, mon vieux. Et j'ai vu des hommes et des femmes se lever pour chanter en chœur... et il en est de même à New York, à Chicago, et à La Nouvelle-Orléans. Les gens ont l'air joyeux.

Gustave prit un air pensif.

– Oui, c'est étrange. Qu'on puisse ainsi se réjouir de voir une guerre commencer me donne à penser que le réflexe romantique joue à plein...

– C'est plutôt le sentiment de l'unité nationale qui prévaut. Tous les Américains, malgré la diversité de leurs origines, ont pris conscience d'appartenir à un seul peuple, puissant et résolu. Sais-tu que six heures après que le télégraphe eut annoncé aux Anglais la déclaration de guerre, Londres pavoisait aux couleurs américaines, qu'une foule énorme massée devant notre ambassade acclamait notre ministre...

– Ouais, ouais, mais les Français eux ne pavoisent pas. *Le Temps* prédit que la guerre « aura de graves conséquences internationales ». *Le Journal des débats* parle de l'intervention américaine à Cuba comme d'« un acte de piraterie injustifiable ». Quant au *Globe*, si l'on en croit un extrait transmis par câble au consul de France à La Nouvelle-Orléans, il écrit : « la Grande-Bretagne est l'associée hypocrite des États-Unis » et « l'époque arrivera où l'Europe ne tolérera pas davantage des mécréants et des assassins comme John Bull et Frère Jonathan ». On ne peut être plus aimable.

– Je conçois que les Français soient mécontents. Certains d'entre eux ont placé des sommes importantes en rentes espagnoles et ce sont des banquiers français qui ont fourni les fonds nécessaires à des entreprises coloniales espagnoles. Ces placements vont se déprécier.

– Les Allemands non plus ne sont pas satisfaits, ni les Autrichiens à ce qu'en disent nos journaux.

– Pour les Autrichiens, c'est une affaire de famille. La reine Marie-Christine est une Habsbourg, fille de l'archiduc Charles-Ferdinand... Ils souhaitent naturellement la victoire de l'Espagne. Quant aux Allemands, ils ne s'intéresseraient pas à ce conflit si l'Empereur et Bismarck ne nous détestaient pas, ainsi que tous les militaires teutons.

– Le fait est, constata Gustave en souriant, qu'ils ont toujours pris les Américains pour des énergumènes capables de tuer et de vendre des porcs, mais incapables de se tenir correctement dans un salon... et de chanter juste !

– Ils envient surtout notre prospérité économique et Bismarck, qui rêve d'un grand empire colonial, est ulcéré de voir chaque année des milliers d'Allemands s'expatrier pour venir aux États-Unis, alors qu'un petit nombre seulement accepte de se rendre au Cameroun ou en Nouvelle-Guinée. Et puis, ses visées sur le Brésil ont été contrecarrées par la décision de Washington de ne permettre à aucune puissance européenne de fonder une colonie dans une partie quelconque du continent américain.

– On aurait tout de même dû éviter cette guerre, qui risque de n'être ni fraîche, ni joyeuse.

Castel-Brajac, qui s'était battu en 1870, en France, contre l'envahisseur allemand, ne considérait pas l'affrontement de deux armées comme aventure pittoresque.

Charles de Vigors prit un temps de réflexion, posa négligemment le pied sur la pierre couvrant la tombe de sa mère et, la main appuyée sur le genou, se pencha vers Gustave.

– Nous ne pouvions faire autrement et c'est pourquoi le 19 avril, McKinley a obtenu sans mal le vote d'une résolution collective des deux chambres sommant l'Espagne d'abandonner sa souveraineté sur Cuba, de retirer ses troupes et de laisser les Cubains se gouverner eux-mêmes. Comme cet ultimatum est resté sans effet, nous ne pouvions que déclarer la guerre...

– Et voilà c'est tout simple ! s'indigna Gustave en imitant le ton et le débit distingués du sénateur. Et maintenant ?

– Maintenant ? Eh bien ! On a promu le capitaine Sampson contre-amiral et une escadre a pris la mer pour assurer le blocus des côtes cubaines... tandis que les cent vingt-cinq mille volontaires demandés par le Président commencent à se rassembler.

– Et tu as bonne conscience, sénateur, toi le démocrate, le juriste qui as voté la guerre avec les républicains et les boutiquiers de New York ?

– Pourquoi aurais-je mauvaise conscience, mon Dieu ?

– Parce que cette guerre ne me plaît pas... que c'est une guerre de conquête... pas une guerre de libération... car tu te soucies comme d'une guigne... et moi aussi d'ailleurs... du sort du paysan cubain.

– Je t'ai connu plus belliqueux... Gustave. Que sont devenues tes ardeurs mousquetaires ? Étouffées par la graisse ? Affadies par les joies bonasses de la famille ?

— Mes ardeurs mousquetaires, comme tu dis, je les réserve aux combats qui en valent la peine. Elles ne sont pas éveillées par les convoitises d'une nation cabotine qui confond la guerre et le base-ball !

— Comme dirait Liponne, tu déparles, Gus !... Ou tu es mal informé. C'est très bien de vendre du miel et de compter les étoiles entre les repas, mais il faut suivre les affaires du pays. Ne pas chercher dans les journaux que les arrivages de vins de Bordeaux ou de saumon d'Écosse, hein ?... avant de... médire de la patrie...

— Médire de la patrie ! Macadiou Charles, tu n'es plus au Congrès, garde tes phrases pour les journalistes. Si tu as des choses à me dire, dis-les, simplement, nettement, rapidement... Je meurs de soif moi... Et d'abord, ça peut avoir un rapport avec la guerre, ce service que tu attends de moi ?

— Un rapport direct, Gus, mais je voudrais tout d'abord que tu comprennes pourquoi nous, les démocrates, avons voté la déclaration de guerre. Ce n'est pas une décision qui a été prise à la légère... voyons, Gus.

Charles considéra son ami avec attendrissement, puis il vint s'asseoir près de lui sur le banc, croisa les jambes en prenant soin du pli de son pantalon et attendit comme un maître d'école qui a décidé de laisser à un élève le temps de réfléchir à un problème.

Gustave le comprit bien ainsi. Tout en paraissant s'absorber dans la contemplation d'un paysage dont il connaissait tous les repères, tous les volumes, toutes les teintes, tous les déguisements saisonniers, le Gascon se remémora la genèse du conflit hispano-américain. Il le fit en toute honnêteté, sans parti pris, en suivant tantôt la progression haletante d'un vapeur surchargé de tonneaux sur le Mississippi, tantôt les évolutions des mouettes cherchant dans le sillage des bateaux les succulents détritus que des mariniers jetaient par-dessus bord.

C'est en 1895 qu'avait commencé une nouvelle révolution cubaine. Elle était due, pour une large part, mais Charles de Vigors n'en aurait peut-être pas convenu, aux tarifs américains qui ruinaient les planteurs cubains, provoquaient la baisse des salaires et réduisaient les ouvriers au chômage. Cuba avait déjà connu une révolution semblable en 1868, mais les États-Unis, qui sortaient meurtris de la guerre de Sécession, ne s'étaient pas émus. Le Nord, parce qu'il venait lui-même de s'arroger pendant quatre ans le droit de réprimer par la guerre une rébellion, le Sud parce qu'il s'efforçait de panser ses plaies.

Cette fois-ci les rebelles cubains paraissaient mieux organisés et se montraient capables de tenir en échec les troupes espagnoles, envoyées dans l'île pour mater la révolution. Le gouvernement de la régente Marie-Christine avait, en octobre 1895, confié la responsabilité de la répression à un homme de fer, le général Valeriano Weyler y Nicolau[1], qui avait conduit une guerre d'extermination.

Comme les paysans sympathisaient avec les rebelles, les nourrissaient, les cachaient parfois, les soignaient à l'occasion, le général espagnol avait envoyé à travers le pays des troupes chargées de chasser ces gens de leurs maisons et de leurs terres et de les pousser vers les villes. Parqués dans des camps comme des

1. Le général Valeriano Weyler est considéré comme l'inventeur des camps de concentration.

bestiaux, à peine vêtus, hommes, femmes, enfants, vieillards devaient coucher à même le sol, boire de l'eau croupie et manger des aliments avariés.

Comme beaucoup d'honnêtes gens, Gustave de Castel-Brajac avait été indigné par cette répression aveugle, responsable de milliers de morts parmi les *reconcentrados*. En revanche il s'était réjoui quand, sous la pression du président McKinley, le gouvernement de la régente Marie-Christine avait mis fin à ces pratiques inadmissibles.

– Nous aurions dû en rester au rappel de Weyler, dit-il, et ne pas envoyer le *Maine* à La Havane. C'était, comme l'a dit Mark Hanna, « jeter une allumette dans un puits de pétrole ». Il fallait laisser les Espagnols et les Cubains régler leurs affaires eux-mêmes !

– Tu oublies, Gus, que la révolution cubaine aussi bien que la répression espagnole menacent nos intérêts ! Que les Américains ont investi de 30 à 40 millions de dollars dans les plantations, les mines et les chemins de fer de Cuba ! Que les guérilleros brûlent parfois des récoltes et des habitations sans se soucier de savoir si leurs propriétaires sont espagnols ou américains, que des citoyens américains sont molestés par les Cubains qui ne veulent pas de ce qu'ils appellent « la racaille révolutionnaire », que notre consul, M. Fisthugh Lee, a été conspué ! Non, crois-moi, après l'explosion du *Maine*, cette guerre était inévitable.

– Je crois, en y réfléchissant bien, qu'elle était inévitable parce qu'elle était décidée depuis longtemps !

– Comment cela ?

– Elle était décidée à mon avis par ce type d'hommes pour qui la politique est toujours un corollaire de leurs affaires et dont on trouve beaucoup de représentants autour de McKinley. Ainsi le secrétaire au Trésor, M. Lyman J. Gage, est président de la First National Bank de Chicago, M. John Hay, secrétaire d'État à la Guerre, est un dilettante millionnaire, M. Russell A. Alger, magnat du bois, est je ne sais quoi dans le cabinet, M. Cornelius Bliss, secrétaire d'État à l'Intérieur, est banquier à New York et l'on ne compte pas les amis de M. Rockefeller bien placés dans l'administration McKinley[1] !

– Même si quelques-uns peuvent trouver leur intérêt dans la guerre avec l'Espagne, fit d'un ton assez condescendant le sénateur, tu sais très bien que leurs aspirations n'ont pas été déterminantes. Sans la lettre stupide de Dupuy de Lome et l'explosion du *Maine*, les pacifistes, dont j'étais alors, auraient eu une chance de l'emporter.

Sans se laisser troubler par l'air sceptique de Gustave, Charles rappela posément comment le *Journal* de M. Hearst avait publié en février une lettre privée envoyée par M. Dupuy de Lome, ambassadeur d'Espagne à Washington, à son ami le señor Canalejas à La Havane[2].

---

1. J. D. Rockefeller, qui était en effet partisan de la guerre, en fut aussi un des principaux bénéficiaires, à travers la National City Bank qui prit le contrôle de l'industrie sucrière à Cuba.

2. Dans sa lettre, le diplomate espagnol commentait un message du président McKinley et écrivait : « Outre la grossièreté naturelle et inévitable avec laquelle ce message répète tout ce qu'ont dit de Weyler la presse et l'opinion publique espagnoles, il démontre une fois de plus que M. McKinley est faible, populacier et, en outre, politicien de bas étage. Il désire se laisser une porte ouverte et demeurer en bons termes avec les chauvins de son parti. » (Cité par Harry Thurston Peck dans *Vingt années de vie publique aux États-Unis*. Plon).

Tous les citoyens américains s'étaient sentis offensés en découvrant comment ce ministre d'Espagne osait traiter le président des États-Unis.

– Et comment M. Hearst s'était-il procuré cette lettre privée ? demanda Gustave.

– Elle avait été volée... à la poste.

– Macadiou, sûr qu'il y a un postier qui a eu de l'avancement ! Ou qui s'est offert un buggy neuf !

– L'affaire de la lettre non plus ne fut pas déterminante et le Président lui-même, j'en ai été témoin, domina sa colère. Il avait le souci de ménager la fierté des Espagnols et ne souhaitait qu'obtenir la pacification de Cuba. Mais il y a eu la destruction du *Maine*[1].

– Et qui l'a fait sauter, tu le sais, toi, gros malin ?

– La commission d'enquête navale, désignée par le Président, a conclu dans son rapport du 21 mars que le *Maine* a été détruit de l'extérieur, apparemment par une mine sous-marine. Les experts en ont trouvé les preuves dans le fait que les plaques de la cuirasse ont été repoussées vers l'intérieur du navire.

– Oui, mais les Espagnols soutiennent que l'explosion a été intérieure et la reine Marie-Christine a envoyé un télégramme pour exprimer sa sympathie à la marine américaine.

– Le fait est que l'honneur de l'Espagne en tant que nation civilisée est en jeu ; aussi, nombreux sont les Américains qui acceptent la thèse d'une combustion spontanée des explosifs que transportait le navire ou d'une négligence de l'équipage.

– A moins que nos aimables guérilleros, trouvant que l'Amérique était un peu lente à venir à leur aide, aient voulu stimuler le patriotisme yankee ! On peut même imaginer que les banquiers de New York et de Chicago, craignant de voir leur guerre tourner en compromis, ont gentiment suggéré ce feu d'artifice meurtrier !

– Saurons-nous jamais la vérité, soupira Charles de Vigors[2].

– En tout cas, nous sommes en guerre, le peuple crie *« Remember Maine »*, comme on criait autrefois *« Remember Alamo »* et il paraît que les volontaires affluent dans les casernes.

– Il y a déjà des troupes en marche à travers la Floride, on va les réunir à Key West et...

---

1. Le 15 février 1898, peu avant dix heures du soir, une explosion effrayante secoua le *Maine* toujours ancré dans le port de La Havane. Le vaisseau coula immédiatement. Deux cent soixante-quatre hommes d'équipage, deux officiers périrent. Il y eut de nombreux blessés. Le commandant du cuirassé, Charles D. Sigsbee qui se trouvait à terre, envoya immédiatement un télégramme qui parvint à Washington vers minuit. Après avoir raconté la perte du navire et redoutant sans doute l'émotion que la catastrophe allait susciter à travers les États-Unis, l'officier écrivait : « L'opinion publique, pour se prononcer, fera bien d'attendre jusqu'à plus ample information. » Harry Thurston Peck écrit dans ses mémoires : « Le peuple américain éprouva un sentiment d'indignation et d'horreur... il n'y eut pas cependant de violents cris de vengeance... Dans tout le pays le ton de la presse fut admirable. » (*Vingt années de vie publique aux États-Unis*, de Harry Thurston Peck, Plon).

2. On ne la connaît toujours pas. L'épave du *Maine* a été renflouée en 1911 et de nombreux experts se sont penchés sur la coque éclatée, sans se faire une opinion définitive.

– Mais tu ne m'as toujours pas dit un mot de ce que tu attends de moi, mon bon, ça fait une heure que nous discutons des causes, plus ou moins réelles et plus ou moins avouables, d'un conflit qui ne m'intéresse pas...

– Je vais te dire, Gus, ce que j'attends de toi...

Le hurlement d'une sirène nasillarde interrompit brutalement le sénateur. Un vapeur à aubes, que gênait une péniche chargée de grumes, réclamait le passage au confluent du bayou Ditch.

– C'est le *Betsy Ann*, observa Gustave, la main en visière, Gratien doit être à bord, nous n'allons pas tarder à le voir passer là-bas vers l'orme penché...

– Et bien ! C'est justement de Gratien qu'il s'agit, reprit Charles de Vigors, saisissant au passage l'allusion qui lui facilitait les choses.

– Gratien ?

– Oui, tu vas comprendre. Cette guerre est tout de même un peu la nôtre, aux Vigors et aux Dubard. J'ai trois plantations à Cuba... elles reviendront à Gratien. Et puis, tu ignores peut-être que le neveu préféré de Liponne, Faustin Dubard, le fils de « Fraise », était médecin en second à bord du *Maine*. Il a été atrocement brûlé au visage, pour ainsi dire défiguré.

– Tout cela est bien triste, mais que vient faire Gratien dans cette histoire ?

– Je souhaite qu'il s'engage... qu'il fasse son devoir !

– Qu'il s'engage ? Tu veux envoyer ton fils à la guerre ! Tu es malade, boun Diou !

– ...

– Gratien est fait pour être soldat comme toi pour être trappiste !... Tu le vois au milieu des clochards de New York, des chercheurs d'or faméliques, des forbans de tout poil et des paresseux patentés qui vont constituer le gros des... volontaires ! Je ne te conseille pas de suggérer à ton fils de s'engager.

– Je voudrais que ce soit toi qui le fasses, Gus.

– Moi ? Macadiou ! Pour qui me prends-tu ? Envoyer un père de trois enfants à la guerre, risquer sa vie pour ton sucre et ton tabac cubains... et pour la famille Dubard réunis, tu n'y penses pas... J'aurais l'impression de commettre un assassinat.

– Holà ! Holà ! Gus, que de grands mots ! Cette guerre ne présente aucun risque. L'escadre de Sampson va bloquer la flotte espagnole et le corps expéditionnaire débarquera à Cuba pour recevoir la reddition des garnisons de La Havane et de Santiago... C'est une affaire d'un ou deux mois.

Comme Castel-Brajac ne répliquait pas et gardait les yeux fixés sur le paysage, remâchant son indignation, Charles de Vigors reprit :

– J'aurais aimé que l'idée d'un engagement vienne spontanément à Gratien... comme un réflexe de patriote sudiste.

Gustave tourna vers son ami un regard triste.

– Tu as autant de sentiment qu'une enclume ! Ne compte pas sur moi pour stimuler la spontanéité de Gratien, mais compte sur moi pour te désavouer si tu oses lui suggérer de s'engager dans l'armée.

– Pas dans l'armée, Gus. Je ne souhaite pas qu'il rejoigne l'armée régulière, j'aimerais qu'il s'engageât dans les Rough Riders[1] du colonel Theodore Roosevelt.

– Tu veux parler de la troupe réunie par ce politicien à lunettes, qui a passé un an dans le Dakota pour écrire un livre sur l'Ouest et qui s'est fait photographier par Gribayedoff, déguisé en cow-boy !

– Ce politicien a du courage en tout cas, il a démissionné de son poste de secrétaire adjoint à la Marine pour pouvoir s'engager...

– ... Et il s'est fait colonel pour aller à Cuba ! Avec six ou huit cents types venus on ne sait d'où !

– Dans quelques jours, Roosevelt et les Rough Riders passeront par La Nouvelle-Orléans où ils embarqueront pour Key West et je me fais fort de convaincre Gratien de se joindre à eux. Il serait bon, comprends-tu, que cette troupe ne soit pas composée uniquement de supporters républicains et encore meilleur que le fils d'un élu démocrate y figurât... Tu comprends, Gus ?

– Si je comprends ! Tu veux faire la guerre... par fils interposé... Autrefois, en France, au moment de la conscription, on pouvait payer un type pour aller se faire tuer à votre place... toi ça ne te coûtera rien et tu en retireras un bénéfice politique !

Charles se coiffa d'un geste sec de son feutre et, sans attendre Gustave, prit rapidement le sentier qui descendait vers le chemin des berges où stationnait le cabriolet.

M. de Castel-Brajac se mit sur pied avec effort, accablé par la discussion qu'il venait d'avoir avec son vieil ami. Il observa un moment les feux du soleil qui, filtrant à travers le feuillage des chênes, mouchetaient de vibrantes taches jaunes les pierres tombales. « Virginie, pensa-t-il, n'aurait peut-être pas désavoué son fils, mais Dandrige eût été certainement de mon avis. »

En arrivant au pied du tertre, le Gascon se hissa à côté du sénateur déjà installé dans le cabriolet.

– Alors ! fit Charles, tu ne veux pas m'aider à...

– Me fa cagas ! laissa tomber avec mépris Gustave.

C'était la première fois depuis trente ans qu'il osait signifier grossièrement à son ami que les limites étaient franchies.

---

1. Rudes Cavaliers.

3

Un dîner à Bagatelle devenait un événement quand le sénateur démocrate Charles de Vigors résidait à la plantation. Ses séjours étant brefs et généralement espacés de plusieurs mois, il demandait chaque fois à sa bru de réunir les représentants des vieilles familles qui, depuis plus d'un siècle, gravitaient autour du domaine majeur de la paroisse.

De telles réunions permettaient à l'homme politique d'évaluer l'attachement des électeurs, d'apprécier le mécontentement, d'accueillir des suggestions. Il ne déplaisait pas non plus au fils de Virginie de montrer à ceux et à celles qui avaient autrefois partagé ses jeux et ses goûters qu'il ne reniait pas ses origines aristocratiques et conservait dans les rapports humains cette simplicité un peu distante, propre à susciter à la fois la sympathie et le respect. Stella avait soumis à son beau-père la liste des invités et le sénateur l'avait approuvée.

Aux intimes, dont les rangs s'étaient éclaircis au fil des années, on avait adjoint, après la guerre civile, des voisins d'extraction plus obscure et des planteurs de moindre souche. Admis ou cooptés par les « bourbons », après une génération probatoire, les derniers venus dans le cercle bagatellien considéraient encore un bristol de Mme Gratien de Vigors comme une distinction mondaine. Les femmes inséraient les cartons à tranche dorée dans le cadre de leur miroir afin qu'ils ne puissent échapper aux regards de leurs amies. Les hommes, qui ne pouvaient user d'un tel subterfuge, s'arrangeaient pour glisser dans une conversation de fumoir : « Nous dînons tel jour à Bagatelle avec le sénateur. » Si d'aventure un de ceux qui n'étaient pas conviés, mais dont l'honorabilité ne faisait aucun doute, demandait à l'heureux invité de bien vouloir transmettre une doléance au sénateur, le dîner prenait pour le sollicité une importance accrue.

Parmi ceux que Virginie de Vigors appelait autrefois les « convives de droit » figuraient traditionnellement, après les Castel-Brajac considérés « comme de la famille », les trois demoiselles Tampleton, les Redburn disponibles, les Clavy qui avaient donné un sénateur à l'État pendant la Confédération et plusieurs juges à la paroisse, les Aubron, propriétaires de deux compagnies de navigation, les Randall, très fiers d'être apparentés à ce jeune Ryder Randall qui, professeur d'anglais au Poydras College de Pointe-Coupée, était devenu brusquement célèbre, en avril 1861, pour avoir écrit une chanson que tout le Sud chantait encore : *Maryland, my Maryland !*

Depuis l'achèvement de la reconstruction du Sud, des amis et même de simples relations s'étaient élevés, par le biais d'unions plus ou moins facilement acceptées, au rang d'alliés. C'était le cas des Tiercelin dont le fils Amédée avait épousé en 1895 la fille aînée du sénateur de Vigors, Marie-Virginie, amie d'enfance et belle-sœur de Stella.

Avec le temps, qui polit tout y compris les réputations, d'autres noms avaient été inscrits sur la liste des agréés. Celui d'Oliver Oscar Oswald, notamment. L'ancien *carpetbagger*, rustaud et hâbleur, longtemps supporté grâce à son mariage avec Clara Redburn, paraissait enfin intégré sans restriction à la bonne société depuis qu'il avait acquis honnêtement une fortune enviable et marié son fils Omer Oscar à Lucile de Castel-Brajac. C'est encore par l'intermédiaire des Castel-Brajac que Clarence Barthew, maintenant associé de Gratien, avait resserré les liens qui unissaient depuis longtemps sa famille aux gens de Bagatelle, en épousant Augustine en 1893. Comme Marie-Virginie, Augustine était une amie d'enfance de Stella, si bien que les trois anciennes pensionnaires des ursulines de La Nouvelle-Orléans, réunies par leur mariage dans la même paroisse, se rendaient des visites fréquentes et formaient ce que Gustave appelait le « trio de charme de Sainte-Marie ».

De la même façon qu'on avait oublié que M. Oliver Oscar Oswald était autrefois connu sous le sobriquet peu flatteur de Triple Zéro, on semblait n'avoir rien retenu dans la paroisse des origines de Clarence Barthew. Qui se souvenait encore que le filleul de l'intendant de Bagatelle, Clarence Dandrige, était le fils de cette jolie Mignette qu'on avait vu débarquer en 1830 à La Nouvelle-Orléans, portant les cartons à chapeaux de Virginie Trégan dont elle était la camériste ? Et qui aurait été capable de rappeler que le défunt père de Clarence, l'avocat Edward Barthew, avait dû se battre en duel sur un bateau du Mississippi contre un west-pointer nommé Tampleton pour une mèche de cheveux de la belle et orgueilleuse maîtresse de sa future épouse ? Tous ces événements familiaux, ces situations cocasses, scandaleuses ou romanesques étaient le plus souvent ignorés de la nouvelle génération louisianaise. Les représentants de celle-ci ne semblaient s'intéresser qu'aux progrès de la science, aux réalisations de l'industrie, aux sports et au flirt, admis comme un délicieux passe-temps.

Dans les blanches demeures, figées derrière leurs colonnades au bout des allées de chênes séculaires et encore dépourvues d'électricité, existaient cependant des gens qui savaient tout des destins accomplis. Le soir, dans les familles assemblées à l'heure de la tisane de sassafras et de l'armagnac, il arrivait qu'une aïeule au visage strié de rides, aux mains tavelées, remuât le passé et puisât dans le sédiment de la saga sudiste un fragment d'existence.

Il se trouvait toujours dans ces cas-là quelque Cavalier rhumatisant au sourire paterne, et chaussé de bottines de chevreau glacé, pour soutenir la mémoire vacillante de la conteuse dans les passages scabreux, ou pour encourager la narratrice quand elle hésitait à franchir la frontière ténue séparant l'indiscrétion du ragot. Au cours de ces veillées, des jeunes filles curieuses et des garçons tourmentés par une fringale des sens pénétraient par l'imagination dans les arcanes des passions. *Antebellum* était le mot magique, le sésame qui ouvrait les jardins ténébreux où s'épanouissent les convoitises vénéneuses et mûrissent les voluptés interdites. C'était aussi la formule absolutoire. Encadrés par deux *antebellum* prononcés, le premier sur le ton du « il était une fois » des Contes de Perrault, le second avec l'évidente satisfaction qu'éprouvent les gens honnêtes en restituant à l'oubli ce qu'ils lui avaient emprunté à des fins édifiantes, ces récits pouvaient être entendus par les adolescents. *Antebellum* autorisait la divulgation des péchés commis, des folies, des drames, des bonheurs dérobés. A travers l'écran brouillé des années révolues, le mot leur conférait l'innocuité rassurante des légendes.

Plus d'un garçon sanguin, plus d'une fille pubère ayant entendu raconter enlèvements, duels, noces fatales, adultères ignominieux et rendez-vous illicites meublait l'attente du sommeil avec ces révélations étonnantes, regrettant parfois de n'avoir pas su apprendre davantage de ces ancêtres d'allure austère, de ces oncles et de ces tantes disparus qui avaient aimé avec démesure ou impétueusement haï.

Quand Charles et Gustave, qui n'avaient pas échangé trois phrases pendant le retour en cabriolet, mirent pied à terre devant la maison, Gloria et Gratien, l'une venant de Castelmore, l'autre de Bayou Sara où l'avait débarqué le *Betsy Ann*, étaient arrivés depuis peu.

Les femmes papotaient dans le boudoir de Stella et Gratien, satisfait de retrouver son rocking-chair et sa pipe après trois jours passés à défendre, devant la Cour Suprême à Bâton-Rouge, un notaire captateur d'héritage, jouait à pigeon-vole avec son fils Osmond, sur la galerie.

Dès qu'il vit arriver son grand-père et celui qu'il appelait, comme tous les membres de la famille, oncle Gus, le petit garçon se précipita à la rencontre des deux hommes. Faisant peu de cas du sénateur qui détestait les effusions enfantines, Osmond se planta devant le Gascon. Élevé à bout de bras, dûment secoué et embrassé par M. de Castel-Brajac, il retrouva terre pour s'écrier :

— Emmenez-moi voir les bateaux, oncle Gus, s'il vous plaît !

— Allons voir les bateaux si tu veux, mais laisse-moi d'abord dire bonjour à ton père.

Gratien, qui s'était avancé sur la galerie à la rencontre de Charles et de Gustave, remarqua tout de suite l'air maussade de son père. La mine revêche du sénateur contrastait avec le sourire épanoui de Gustave. Connaissant les façons querelleuses de ces deux vieux amis qui n'étaient jamais d'accord sur rien et poursuivaient, au fil des années, des controverses ludiques, l'avocat les salua avec une déférence exagérée.

— Ces messieurs viennent encore de se dire des choses aimables, sans doute ?

— Des choses aimables en effet... mais sans importance, reconnut le sénateur en s'appliquant à moduler les syllabes pour montrer qu'il pardonnait suavement l'offense qu'on avait pu lui faire.

— Mon pauvre Gratien, tu as un père consternant... c'est tout ce que je puis dire... et une petite promenade avec cet être pur et encore incapable de malice me nettoiera l'esprit, m'apaisera le cœur... et me mettra en appétit, répliqua avec emphase Gustave de Castel-Brajac en caressant la tête d'Osmond.

— Tu ne devrais pas confier cet enfant à un mentor aussi douteux. Dieu sait quelles idées il lui mettra dans l'esprit, conseilla ironiquement le sénateur.

En adoptant un ton badin, Charles ramenait la fâcherie supposée au niveau d'un de ces épisodes drolatiques qui, depuis toujours, faisaient le sel de son amitié avec Gustave.

Comme Castel-Brajac et le petit Osmond s'éloignaient en direction de la levée, Harriet Brent, la gouvernante noire, apparut au seuil du salon. C'était l'être en qui on avait le plus confiance à Bagatelle. Femme plantureuse et d'un bon maintien, elle avait reçu une instruction que peu de Noirs possédaient alors. Elle s'exprimait en français comme en anglais, sans cet accent « congo » propre aux gens de sa race, et sans escamoter les consonnes, ni roucouler les terminales.

Son autorité sur la domesticité de la maison reposait sur une façon de commander qui n'admettait pas de réplique et sur une attitude distante à l'égard de tous. Ses silences impressionnaient autant que sa rigidité. Derrière cette attitude se cachaient une profonde mélancolie et une résignation dont peu de gens connaissaient la cause. Harriet expiait depuis des années une faute de femme qui, avec le temps, avait pris l'allure d'une assez jolie adolescente mulâtre nommée Lorette, fruit d'une passion mystérieuse que la gouvernante avait éprouvée, quinze ans plus tôt, pour un Blanc inconnu. Chassée par son père, l'ancien esclave qui avait été longtemps majordome à la plantation avant de devenir fonctionnaire et l'homme de couleur le plus en vue de la paroisse, Harriet avait fui avec sa fille. Même Stella, la seule personne avec qui la Noire bavardait quelquefois, ignorait où et comment la fille de Brent avait vécu. Elle n'était reparu qu'à la mort de sa mère pour recevoir le pardon paternel.

Quand elle s'était présentée à Bagatelle pour demander de l'ouvrage, Stella l'avait embauchée. Ainsi, la fille revenait librement servir les descendants des maîtres qui avaient tenu le père en esclavage. Dans les plantations de Louisiane, les cas semblables n'étaient pas rares, ce qui faisait dire à certains militants noirs que l'abolition n'avait, au bout du compte, pas changé grand-chose à la condition de la plupart des gens de couleur.

– Les enfants doivent dîner dans une demi-heure et aller au lit avant l'arrivée des invités. S'il vous plaît, monsieur Brajac, ne vous promenez pas longtemps, lança Harriet qui s'était avancée sur la galerie.

Le Gascon se retourna en grommelant :

– Bon, voilà le sphinx noir qui nous surveille...

– J'ai pas faim et j'ai pas sommeil, oncle Gus, dit rapidement à voix basse le petit garçon, emmenez-moi voir les bateaux.

Gustave rassura d'un geste la gouvernante et tendit à Osmond un index que l'enfant saisit dans sa menotte. Ils s'éloignèrent sous les chênes, tandis que le sénateur demandait un verre d'eau et que son fils se faisait servir ce mint-julep à base de vieux bourbon du Tennessee qui, à la fin d'une journée bien remplie, ranime les énergies, délie les langues et prépare heureusement au dîner.

Osmond n'était pas ce qu'on appelle un bel enfant. Ses membres longs et frêles semblaient avoir poussé trop vite et paraissaient sans proportion avec son buste étroit. Quand il jouait, on pouvait trouver à ses attitudes et à ses mouvements une ressemblance avec ceux des poulains encombrés de leurs longues jambes sans souplesse. La tête, en revanche, était, comme le disait le sénateur, intéressante.

Osmond avait une peau mate, lisse, d'un grain très fin, et des cheveux longs et bruns qui lui tombaient sur les épaules en anglaises naturellement régulières. C'était à n'en pas douter les reliefs de l'héritage indien. Au contraire de la plupart des garçonnets bien nourris qui conservent longtemps des rondeurs poupines, Osmond avait les joues plates et les pommettes apparentes. Un nez mince légèrement busqué, des lèvres pleines et ourlées, un front haut donnaient à ce visage, aux traits déjà équilibrés, une apparence achevée. On supposait chez cet enfant une maturité précoce, une intelligence en éveil, mais aussi une capacité de résistance. Des yeux d'un vert très clair atténuaient un peu cette austérité physique inhabituelle chez un bambin de cinq ans. Son regard se posait sur toute chose avec étonnement et pouvait passer pour rêveur quand aucun spectacle ne le sollicitait.

Il se dégageait de cette frimousse une expression vaguement sarcastique. Elle provenait d'un vague et incontrôlable sourire dû à la forme de la bouche aux commissures relevées. Stella, comme Harriet la gouvernante, amenée à faire quelques réprimandes au garçonnet, prenait souvent pour réplique insolente et muette ce rictus inné. Gustave de Castel-Brajac s'y était accoutumé, mais se demandait parfois comment, en grandissant, son filleul Osmond pourrait convaincre ses interlocuteurs, ses maîtres et les dames ou demoiselles qu'il ne se moquait pas de leur tournure, de leurs propos et de l'humanité tout entière.

Pour l'heure, Osmond était tout à son bonheur, même s'il trouvait que l'oncle Gus ne gravissait pas assez vite la pente de la levée. Celle-ci, en forme de talus établi tout au long du Mississippi pour en contenir les débordements, était interdite aux enfants par un prudent décret de Stella.

Aussi, Osmond était-il toujours à la recherche d'un adulte de bonne volonté, qui acceptât de le conduire au bout de l'allée de chênes, de l'autre côté de la route des berges, sur le flanc caché de la digue gazonnée au pied de laquelle coulait le fleuve.

Le grand boulevard liquide, malgré la concurrence que lui faisaient les chemins de fer, dont les réseaux se développaient, offrait toujours de fascinants spectacles et, pour un enfant, des occasions de s'émerveiller.

Les trains de barges tirés par des remorqueurs trapus et crachant des panaches de fumée malodorante étaient communs depuis que les charbons de l'Illinois, les marbres et les pierres à chaux du Missouri, le maïs et le ciment de l'Iowa, les bois du Wisconsin et les minerais de fer du Minnesota transitaient par La Nouvelle-Orléans. Plus rarement apparaissaient, discrets et fragiles, ces petits voiliers qui servaient de maison à des familles de mariniers nomades et, assurait-on, paresseux. Ces embarcations constituaient une flottille en voie de disparition, les machines à vapeur perfectionnées et de plus en plus puissantes supprimant les aléas de la navigation éolienne. C'est à ces parias du fleuve qu'allaient cependant les préférences d'Osmond. Assis sur la pente de la levée, les coudes reposant sur les genoux et le menton dans les mains, il pouvait rester des quarts d'heure entiers à suivre les lentes et zigzagantes évolutions de ces derniers artisans des transports fluviaux qui s'efforçaient de saisir, dans leurs toiles rapiécées, un des vents capricants du delta, capable de les pousser de méandre en méandre jusqu'à Natchez et peut-être jusqu'au confluent de l'Ohio. Silencieux et modestes, ces hybrides de tartane et de congre, considérés comme des gêneurs par les capitaines des vapeurs, avaient parfois bien du mal à se tenir hors de la route des rapides steam-boats dont les roues à aubes battaient le fleuve de leurs pales sang-de-bœuf en déroulant un sillage d'écume ondulante pareil à l'épine dorsale d'un monstre à demi immergé.

Quand on avait de la chance, on pouvait assister au passage d'un grand cargo descendant le fleuve à la vitesse d'un convoi du Texas-Pacific Railroad. Ses cheminées fluettes dépassant à peine d'un gigantesque et méthodique entassement de balles de coton, le bateau enfoncé jusqu'au bordage ressemblait à un pan de quai en marche. Le vent de la vitesse arrachait parfois aux balles crevées des flocons blancs, qui finissaient par se prendre dans le feuillage des érables et des saules, où les oiseaux venaient les cueillir pour capitonner leurs nids.

Cet après-midi-là, Osmond s'en retourna un peu désappointé de n'avoir reconnu que l'*America*, commandé par le capitaine Cooley et l'*Electro* sur lequel, Gustave l'apprit à son filleul, M. Jefferson Davis, très malade, avait fait son dernier voyage de retour vers sa plantation de Brierfields, le 13 novembre 1889[1].

– Bella m'a dit que, la nuit, on voit passer des bateaux pleins de lumières de toutes les couleurs et qu'on entend des fantômes qui rient et jouent de la musique... c'est vrai, oncle Gus ?

– Sûr que c'est vrai, Osmond, et, quand tu seras plus grand, une nuit je t'emmènerai les voir, ces bateaux... mais il n'y a pas de fantômes à bord... ça ce sont des histoires de cuisinières nègres, Osmond.

– Ça existe, oncle Gus, les fantômes, Bella en a vu... et même elle leur a parlé... et justement ils descendaient d'un bateau, alors !... Et j'ai demandé à Harriet si c'est vrai !

– Et qu'a dit Harriet ?

– Elle m'a dit qu'elle connaît deux fantômes, la Dame grise et M'amselle Pompom. La Dame grise vient de la rivière et la M'amselle Pompom sort d'un arbre, tiens celui-là ! dit Osmond en désignant le gros chêne le plus proche de la maison vers laquelle l'homme et l'enfant revenaient.

– Et alors, que font-ils ces fantômes ?

– Harriet dit que la Dame grise pleure et que M'amselle Pompom l'embrasse et la caresse... M'amselle Pompom, elle est habillée tout en blanc et elle a des cheveux dorés.

– La peste soit des négresses superstitieuses, bougonna Castel-Brajac.

Il se mettait en colère chaque fois qu'un domestique racontait aux enfants des histoires à dormir debout. Celle que venait de lui rapporter Osmond était bien connue dans la paroisse et la plupart des Noirs et quelques Blancs croyaient dur comme fer aux rencontres nocturnes du fantôme de Virginie avec celui de sa fille Julie, morte le jour de son mariage et enterrée sous un chêne.

– En tout cas, tu n'as pas à avoir peur, Osmond, les fantômes sont souvent tristes, mais jamais méchants.

– Oh ! J'ai pas peur, oncle Gus, d'abord Harriet m'a dit que la Dame grise c'est la grand-mère de papa... alors elle nous connaît !

Sur la galerie, Harriet attendait avec un air pincé le retour du garçonnet qui eut à peine le temps de souhaiter le bonsoir à son parrain. Par-dessus l'épaule de la gouvernante qui l'emportait, il adressa à Gustave un clin d'œil malicieux.

– Tu auras un bon dîner, oncle Gus, Bella a fait de la tarte aux noix.

1. Il devait mourir à La Nouvelle-Orléans le 6 décembre suivant.

Le dîner fut exquis en effet, encore que Gustave, dont les exigences gastronomiques dépassaient les possibilités de la cuisinière des Vigors, eût trouvé la soupe d'huîtres trop épicée et la sauce qui accompagnait la pièce de bœuf et le riz sauvage un peu fluide.

Gloria de Castel-Brajac, enchantée de retrouver ses deux filles, Augustine et Lucile, et ses gendres, Clarence Barthew et Omer Oscar Oswald, rayonnait de plaisir. Charles de Vigors regardait pensivement cette femme de cinquante ans au décolleté encore attrayant, à la peau blanche, qui riait comme une pensionnaire. Elle aurait pu porter son nom et l'accompagner dans la vie s'il ne lui avait préféré Liponne Dubard, la demoiselle cajun mieux dotée, dont il ne partageait plus qu'épisodiquement l'existence et qui ressemblait un peu trop maintenant aux matrones des peintres flamands. Sa vacuité de mâle béat et licencieux le contraignait à sourire. Cette séduisante grand-mère avait du moins été sa maîtresse. Adolescente intacte et ignorante, elle s'était autrefois livrée au jeune avocat qu'il était. Tandis que les convives dégustaient un entremets auquel il ne toucha pas, il s'abandonna à l'idée perverse de courtiser Augustine, sa propre fille. Le sénateur, qui avait été l'amant de sa demi-sœur, Gratianne, imaginait avec délectation un inceste plus dégradant.

Observant Augustine, sa nuque, ses épaules, sa gorge à peine couverte, il épiait en lui-même une émotion possible des sens. Il fut à la fois déçu et rassuré de ne rien ressentir, sauf peut-être une curiosité d'artiste qu'il ne pouvait confondre avec le désir et qui se transforma, quand il voulut forcer son imagination à s'engager davantage, en une véritable inappétence charnelle. « Est-ce que la voix du sang aurait une autorité ? » se demanda Charles. Le regard que lui décocha à l'autre bout de la table le cher Gustave n'était pas dépourvu de dureté. Son vieil ami n'était-il pas capable, parfois, de pénétrer ses pensées, se demanda le sénateur qui engagea aussitôt une conversation avec Nancy Tampleton.

Les demoiselles Tampleton ne se déplaçaient en principe qu'en trio. Depuis leur enfance, elles n'avaient jamais été séparées et la vieillesse les soudait comme les branches d'un candélabre. On les invitait néanmoins dans les plantations, un peu par générosité et par fidélité à une famille qui avait donné à l'État un député et à la Confédération un général. Un peu aussi pour montrer aux étrangers de passage ces spécimens authentiques de la race des vieilles demoiselles sudistes, prudes, bigotes et portant avec une sorte de délectation morose le deuil de la Confédération. Quand une maîtresse de maison se trouvait face au problème que pose toujours un invité célibataire et partant, l'imparité des convives, elle pouvait faire appel à Nancy Tampleton. La plus jeune des sœurs, grande lectrice des « ladies magazines », mandoliniste acceptable, chantre infatigable de l'épopée sécessionniste et d'humeur aimable, était habituée à compléter les tables et à fournir aux solitaires une compagnie de convention. L'aînée des Tampleton, Lucile, avait dépassé la soixantaine et ne savait que tricoter des écharpes, des châles, des brassières ou des couvertures qu'elle n'achevait jamais. Des pièces de tricot sans forme, dispersées dans la maison Tampleton, attestaient de son inlassable activité. Quand on s'informait de la raison de ces désistements successifs, Lucile répondait, avec un peu d'impatience dans le ton, « Je n'ai pas le temps de finir ». Quant à Clotilde, puînée de Lucile, elle consacrait tout son temps au dispensaire John-Fitzgerald-

Murphy, qu'avait dirigé jusqu'à sa mort une autre vieille demoiselle bien connue dans la paroisse, Adèle Barrow.

Après oncle Gus, Nancy Tampleton était l'amie préférée d'Osmond. A chacune de ses visites elle lui faisait un cadeau, tiré du bric-à-brac des souvenirs militaires qui encombraient la chambre de son oncle, le défunt général. Des carnets recouverts de molesquine avec crayon à pointe de plomb, des boutons de cuivre, des dragonnes torsadées de fil d'or, des boucles de ceinturon figuraient déjà dans le trésor du garçonnet auquel venait de s'ajouter ce jour-là un éperon de parade dépareillé. Les Tiercelin, ternes et sérieux, les Clavy, très conscients de la qualité de leur lignage et un peu guindés, supportaient peut-être moins aisément que les demoiselles Tampleton et les autres invités la présence d'Oliver Oscar Oswald. L'ancien *carpetbagger* parlait haut, se teignait les cheveux et barrait son gilet de soie ponceau d'une chaîne de montre « assez grosse pour atteler un wagon à une locomotive », estimait Charles. Au fil des années, le rouquin, venu de Chicago dans le sillage des armées de Butler et qui avait gagné ses premiers dollars en jouant au poker sur les show-boats, était devenu plus sudiste que les anciens esclavagistes les plus intransigeants. En épousant Clara, sœur de Walter Redburn, un des plus purs héros du Sud, mort à quinze ans sous les balles nordistes, puis en achetant pour une bouchée de pain la plantation abandonnée d'un ivrogne nommé O'Neil et qui jouxtait Bagatelle, Oliver Oscar Oswald, dit Triple Zéro, s'était donné une identité mondaine et une position sociale. Travailleur infatigable, employeur exigeant, investisseur audacieux, économe pour le nécessaire, prodigue pour le superflu, le *carpetbagger*, dont les aspirations politiques n'avaient pu aboutir, connaissait à travers ses enfants des compensations d'amour-propre. Quand son fils aîné, Omer Oscar, avait épousé Lucile de Castel-Brajac, en 1897, il avait eu le sentiment d'entrer de plain-pied dans la vieille noblesse française. Quand, la même année, il avait accordé la main de sa fille Odile, âgée de vingt et un ans, au juge Clavy, qui comptait tout juste le double d'années, il s'était réjoui. Malgré la tristesse de sa femme, il ressentait de la fierté à voir son sang mêlé à celui d'une famille dont la roture était largement compensée par le fait que le premier Clavy était arrivé en Louisiane dans l'état-major de Bienville. Olympe et Oriane, les deux jumelles nées en 1878, restaient à marier. Il serait peut-être malaisé de leur trouver un époux, d'abord parce qu'elles étaient laides, courtaudes et poilues et aussi parce qu'elles soutenaient stupidement qu'elles mourraient l'une et l'autre si on tentait de les séparer.

Quant à Odilon Oliver, le benjamin, qui venait d'avoir dix-sept ans, il donnait énormément de soucis à ses parents. Paresseux, persifleur, mis à la porte de tous les collèges, tôt porté sur la boisson, il partageait son temps entre la chasse et la peinture. Tireur adroit, mais peintre dépourvu de talent, il se croyait en tout point irrésistible, la nature l'ayant doté d'un physique avantageux. On le rencontrait chevauchant sur les chemins forestiers, ou naviguant sur les bayous, toujours accompagné de son domestique, un athlète noir insolent, qu'il chargeait de son attirail de peintre et de ses fusils. Des gens soutenaient que ce valet dévoué à l'extrême acceptait, à l'occasion, d'immobiliser la jeune Noire sur laquelle Odilon Oliver venait de jeter son dévolu si cette dernière tentait de résister au désir du Blanc. Ce dilettante sans principe, réclamait sans cesse de l'argent à son père, traitait sa mère de façon odieuse et faisait des fugues à La Nouvelle-Orléans d'où il revenait généralement amaigri, malade, dépenaillé, en ayant laissé derrière lui des billets impayés chez tous les prêteurs du Vieux Carré. En outre, il engrossait régulièrement des servantes que Mme Oswald congédiait à la demande de son mari.

Pour établir une tradition dans une famille qui n'en possédait aucune et peut-être afin d'exploiter à son avantage la particularité onomastique qui lui avait autrefois valu le sobriquet désobligeant de Triple Zéro, Oliver Oscar Oswald avait voulu que tous les prénoms de ses enfants commençassent par la lettre O. Il aurait souhaité qu'il en fût de même pour ses petits-enfants, mais le seul né jusque-là au foyer d'Omer était une fille que Lucile, sa bru, avait voulu prénommer Aude. « Phonétiquement, vous pouvez tout de même être satisfait », avait lancé en français la gentille Lucile à son beau-père. Tout le monde s'était esclaffé autour des fonts baptismaux et M. Oswald s'était joint aux rieurs sans comprendre. Le dictionnaire lui avait appris le soir même le sens d'un adverbe qu'il ignorait. Depuis cette découverte, il attendait l'occasion de replacer le terme dans une conversation.

Stella de Vigors avait un faible pour M. Oswald qu'elle appelait « le superbe ». Elle appréciait son désir de faire plaisir et, comme il le disait lui-même, d'être en toute circonstance « à la hauteur ».

Ses goûts vestimentaires n'étaient pas toujours très sûrs, même s'il choisissait chez son tailleur les étoffes les plus chères, importées d'Angleterre, et exigeait de son chemisier des cols à la mode aux coins cassés, qui, même amidonnés légèrement, lui sciaient le cou et lui donnaient des rougeurs brûlantes. Oliver Oscar Oswald avait trop souvent, dans sa jeunesse, porté des chaussures percées pour ne pas apprécier les bottines faites du chevreau le plus fin, qu'il faisait lustrer avec des boules de coton par son valet. Secrètement, M. Oswald enviait cependant l'élégance sans apprêt du sénateur, ses costumes de flanelle grise, ses cravates en tricotine anglaise, ses chaussures « qui faisaient le pied petit ». Charles de Vigors paraissait toujours à l'aise dans ses cols. Même après une longue station assise, ses vêtements n'étaient pas fripés et jamais il n'éprouvait le besoin de défaire discrètement les derniers boutons de son gilet.

On aurait bien étonné l'ancien *carpetbagger* en lui disant que sa corpulence, son cou épais, ses mains larges et velues, la pointure de ses chaussures et ses jambes courtes lui interdisaient toute ressemblance avec Charles de Vigors, même si le tailleur de ce dernier avait consenti à livrer en catimini à celui de M. Oswald un métrage de cette flanelle « triste » dont le fournisseur était un tisseur du Nord de la France. Ce soir-là cependant, M. Oliver Oscar Oswald se sentait tout à fait à l'aise dans son col, n'enviait pas le sénateur de Vigors et ne s'inquiétait pas, comme sa femme, d'une nouvelle absence d'Odilon.

Un courrier de Boston lui avait apporté dans la journée une nouvelle capitale qu'il comptait divulguer dès que la conversation cesserait de rouler sur la guerre hispano-américaine. Le sénateur que l'on aurait souhaité entendre discourir sur ce sujet n'avait pas, sembla-t-il à tout le monde, le goût d'en discuter. Son « maintenant, les amis, laissons agir les militaires » fit nettement comprendre qu'il n'en dirait pas davantage. M. Oswald crut le moment venu pour placer son couplet. Il commença par s'adresser à son vis-à-vis, Gloria de Castel-Brajac, et à sa voisine, Augustine Barthew.

– Je puis bien vous le dire aujourd'hui, j'ai toujours souffert de ne pas avoir comme vous de racines, d'être encore, après trente-cinq ans de présence dans ce pays, une sorte d'éternel nouveau venu, d'étranger, d'importun, lança-t-il d'une voix suffisamment forte pour dépasser les limites de l'auditoire restreint qu'il s'était apparemment choisi.

Gloria et sa fille se récrièrent ensemble avec un peu trop d'empressement.

– Voyons, M. Oswald, que dites-vous là... Vous qui avez fondé une si belle famille avec Clara.

– ... Croyez-vous que j'aurais donné ma fille Lucile à Omer si vous n'étiez pas des nôtres, ajouta Mme de Castel-Brajac.

Ces exclamations avaient brusquement attiré l'attention des convives. Des têtes se penchèrent et des questions fusèrent.

– Qu'est-il arrivé ?

– De qui dit-on du mal là-bas ?

– M. Oswald a-t-il encore gagné à la Bourse ?

– Nous voudrions profiter de l'histoire.

Augustine, qui avait de la sympathie pour le beau-père de sa sœur, résuma la déclaration désabusée de ce dernier :

– M. Oswald dit qu'il souffre de ne pas avoir de vieilles racines dans ce pays où il a toujours le sentiment d'être traité en Yankee...

Aussitôt des protestations unanimes s'élevèrent.

Cela fit un tel tapage que Citoyen apparut sur le seuil de la salle à manger et demanda à une servante si quelqu'un avait renversé un verre ou si une dame se trouvait mal.

Le sénateur de Vigors, qui présidait le dîner, obtint aisément le silence en faisant tinter le cristal de son verre à eau avec la lame de son couteau.

– M. Oswald a très bien su se passer de racines. Il fut une graine, sauvage mais tubéreuse, apportée par le vent du Nord. Il a fondé une dynastie, ce qui est tout à son honneur, et il ne viendrait à personne l'idée de lui reprocher une absence de racines sudistes, c'est-à-dire d'ancêtres... ayant vécu parmi nos familles.

Un murmure approbateur parcourut l'assemblée. M. Tiercelin, doyen d'âge de la table, crut nécessaire d'ajouter d'une voix chevrotante et haut perchée :

– Croyez-moi, M. Oswald, il vaut mieux ne pas avoir d'ancêtres que d'en posséder de scandaleux...

On approuva sans réserve cette précision qui n'était qu'à demi aimable. Clara Oswald pinça les lèvres, mais le sourire de Lucile, sa bru, la consola aussitôt.

– Le brave Tiercelin est gâteux, murmura Augustine, quand on sait d'où il vient...

Mais Oliver Oscar Oswald, conscient d'avoir enfin l'ensemble de l'auditoire à sa disposition, s'essuya la bouche, posa sa serviette et, se penchant vers le sénateur comme s'il était le seul digne de la confidence, se mit à parler avec l'assurance d'un homme qui a préparé son propos.

– Certes, il vaut mieux ne pas avoir d'ancêtres que de descendre...

comme certains qui veulent se faire passer pour ce qu'ils ne sont pas, d'un soudard de Louis... du roi... et d'une prisonnière de Saint-Lazare déportée en Louisiane !

Mme Tiercelin, qui avait saisi l'allusion faite à l'épouse du premier des Tiercelin, un charpentier de marine venu en Louisiane en 1720, épouse que l'on disait avoir été une des plus honorables « orphelines à la cassette » envoyées par le roi Louis XV alors qu'il s'agissait d'une prostituée parisienne, sœur de Manon Lescaut, jeta un regard inquiet à son mari. Protégé par sa surdité, celui-ci, n'ayant sans doute pas tout compris du préambule de M. Oswald, dégustait son sorbet à l'orange avec des petits lapements secs.

Triple Zéro avait d'ailleurs enchaîné sur un ton qui ne pouvait que capter l'attention générale.

– Eh bien ! chers amis, je puis vous dire que ce n'est pas mon cas. Je viens en effet d'apprendre par un généalogiste de Boston que j'avais chargé d'une mission, si j'ose dire, de reconnaissance, que mon premier ancêtre américain est des plus honorables. Il s'agit d'un certain Eleazer Oswald, sujet anglais, qui vint en Amérique en 1770. C'était un franc-maçon de haut grade. Il combattit avec les insurgés pendant la guerre d'indépendance et obtint le grade de colonel. Il s'installa ensuite à Philadelphie où il devint imprimeur et fonda un journal...

Oswald déplia promptement une feuille de papier qu'il avait discrètement posée sur la table, assura sur son nez puissant des bésicles à ressort et lut :

– ... l'*Independent Gazeteer*. Cet Oswald avait des idées libérales et le généalogiste m'assure qu'il dut se battre en duel pour les défendre. C'est lui en tout cas qui publia dans son journal les lettres de Caton, rédigées par un certain docteur Logan, en 1791...

– Bravo, cher ami, nous apprécions tous cet ancêtre qui n'a pas eu l'outrecuidance de surcharger le *Mayflower* comme beaucoup d'autres que nous connaissons du côté de Boston ou de Philadelphie, lança Charles de Vigors avec ironie[1].

– Oh ! mais ce n'est pas tout, reprit avec animation Oliver en rajustant son lorgnon. Ce colonel Oswald ayant rendu visite à sa famille en Angleterre rencontra des sympathisants de la Révolution française. Savez-vous ce qu'il fit ? Il traversa la Manche et vint se mettre au service du ministre de la Guerre. Bien qu'ignorant la langue française, il fut aussitôt incorporé, ainsi qu'en fait foi un ordre du 27 septembre 1792 disant : « Le sieur Oswald, colonel d'artillerie au service des États-Unis, est affecté à l'état-major de l'armée du Nord pour aider les adjudants généraux. Avis a été donné au citoyen Dumouriez. » On sait encore que le 25 juin 1793, Oswald, se trouvant en permission à Paris accompagna le fameux Thomas Paine à Seine-Port pour protester auprès du gouverneur Morris au sujet de son attitude à l'égard des officiers des navires bloqués par l'embargo à Bordeaux. On pense que le colonel Oswald est rentré en 1794 à Philadelphie après s'être couvert de gloire et qu'il mourut peu après de la fièvre jaune... Voilà, mesdames et messieurs, l'ancêtre que je voulais vous présenter.

1. Beaucoup trop d'Américains se disent abusivement les descendants des colons venus à bord du *Mayflower*.

Les dames battirent des mains en se tournant vers Clara Oswald confuse et un peu inquiète. Les hommes saisirent leur verre et Castel-Brajac fut requis pour un toast.

– Nous savions déjà qu'Oliver est un brave ; qu'il descende d'un autre brave ne nous étonne pas. Cet ancêtre aurait été peut-être mieux inspiré en venant directement dans le Sud, sans passer par Philadelphie... mais notre ami a si heureusement réparé cette erreur d'itinéraire que nous pouvons lever nos verres au colonel Eleazer Oswald !

Oliver Oscar rayonnait, son fils Omer, qui ignorait tout des recherches entreprises par un généalogiste, essayait d'imaginer les traits virils de cet ascendant lointain et n'y parvenait pas.

– Avez-vous un portrait du colonel ? demanda assez perfidement Mme Tiercelin.

– Et... a-t-on retrouvé tous les parents qui, de lui jusqu'à vous, ont illustré le nom d'Oswald ? renchérit Mme Clavy.

– Oh ! l'enquête du généalogiste n'est pas terminée... je veux qu'il retrouve tout mon monde et m'apporte un arbre généalogique complet, afin que mes petits-enfants sachent, enfin, de qui ils tiennent.

– De telles recherches doivent être longues, difficiles et coûter beaucoup d'argent, observa d'un ton professionnel Gratien de Vigors.

– A ce jour, je puis vous dire que ça m'a déjà coûté 8 500 dollars, lança avec fierté M. Oswald.

– Pour un ancêtre de cette qualité, ça n'est pas cher, glissa Charles de Vigors à Nancy Tampleton au moment où Stella invitait les dames à la suivre au salon.

– En effet, remarqua la vieille demoiselle, je connais des gens qui ont payé 15 000 dollars au même généalogiste et n'ont obtenu qu'un capitaine... mort il est vrai, dans les bras du marquis de La Fayette pendant la campagne de Rhode Island !

Tandis que les dames se retiraient pour parler chiffons, chapeaux, parfums... et bicyclette dans le petit salon, les hommes se regroupèrent dans le grand. Des bûches de chêne rougeoyaient dans la cheminée. Sur la table de Boulle était disposé le service à café en vieux limoges blanc et or, que les habitués de Bagatelle connaissaient bien, et les grandes verseuses d'argent qu'utilisait déjà le premier marquis de Damvilliers. Une autre table supportait la cave à liqueurs et les alcools. Citoyen, en veste blanche, faisait le service et un jeune Noir tendait aux fumeurs de cigare des bâtonnets de santal enflammés à une chandelle rose. Le sénateur, en tirant les premières bouffées d'un havane long et mince, lança un regard désapprobateur à son fils qui s'efforçait d'activer la combustion du tabac dans le fourneau de sa pipe en aspirant sans discrétion. Comme Oswald menaçait de poursuivre la biographie de l'ancêtre présenté à la fin du dîner, Gustave le prit par le bras.

– Cher Oliver, sachez que plus on a d'ancêtres illustres et moins on en parle, alors parlez-nous plutôt de ce chariot à moteur qu'on appelle « automobile » et dans lequel, m'a-t-on dit, vous avez circulé sur le champ de courses de Métairie.

Oliver Oscar Oswald ne se fit pas prier. Il avait pu, par l'intermédiaire d'un ami du Jockey-Club, assister à une présentation de la « Raft-Victoria », un véhicule à essence conçu et fabriqué par le génial Edward Joel Pennington de Cleveland (Ohio).

– C'est une sorte de buggy, expliqua M. Oswald, à traction avant, mais dirigé par les roues arrière. Il est pourvu de gros pneumatiques et d'un moteur de trois chevaux et demi. Un conducteur anglais audacieux, M. Hubert Egerton, a tenté de relier Londres à Manchester à bord de ce cabriolet à moteur, mais il a dû abandonner après avoir usé soixante-douze bougies d'allumage !

– Et quelle impression avez-vous eue à bord de cet engin ? demanda M. Tiercelin.

– A la fois grisante et inquiétante, ça vibre, ça tressaute, ça fait autant de bruit qu'une trieuse à coton, les gaz qui s'échappent du moteur ne sentent pas très bon, mais ça avance à la vitesse d'un cheval au galop.

– Et ça ne peut pas se renverser ? interrogea M. Clavy.

– Si, probablement, quand on aborde un tournant un peu vite ou si le moteur s'emballe.

– Peu me chaut d'utiliser les services d'une automobile. Je préfère mon cabriolet à roues caoutchoutées. Je ne crains que la fantaisie de ma jument, observa Clarence Barthew.

Toujours un peu sentencieux, le sénateur intervint.

– J'ai vu à Washington et à New York quelques-uns de ces engins. Je puis même vous dire que M. John David Rockefeller en possède un, carrossé en cab, et que l'on peut admirer tous les jours devant son triste hôtel particulier de la 54e Rue. Le vieux requin qui, pour développer la consommation du pétrole, a distribué des dizaines de milliers de lampes aux Chinois, vendues, dit-on, à 7 cents, au-dessous de leur prix de revient, compte, paraît-il, sur la multiplication des automobiles pour augmenter la production des raffineries de la Standard Oil.

– Il faudra que l'automobile devienne sûre, silencieuse, propre et économique pour avoir une chance de l'emporter sur le cheval, décida Barthew.

Sur les véhicules à moteur qui commençaient à rouler en Europe, tous les journaux donnaient régulièrement des informations, publiaient des photographies, vantaient l'audace des conducteurs de bolides qui s'affrontaient au cours de compétitions parfois meurtrières.

M. Oswald qui, lors de la présentation de la « Raft-Victoria », s'était entretenu avec des spécialistes ou des amateurs qui croyaient au destin de l'automobile, menaçait de faire, avec l'exubérance d'un néophyte, une conférence sur la question.

– Croyez-moi, mes amis, les Anglais, les Allemands et les Français sont beaucoup plus avancés que nous à ce qu'il paraît. Panhard et son associé Levassor ont construit une voiturette à quatre cylindres, dirigée par un volant et équipée de pneus gonflables. Elle a roulé à trente miles à l'heure entre Paris et Bordeaux et gagné les courses organisées entre Marseille et Nice, Paris et Amsterdam. Peugeot produit une autre voiturette de trois chevaux pesant seulement trois cent cinquante-cinq kilos et Delahaye, qui propose des six-chevaux, assure qu'il produira, en 1899, plus de six cents véhicules déjà commandés par des particuliers. En Allemagne, Benz fait des automobiles très sûres et en Angleterre, où un fabricant exploite les trouvailles de Gottlieb

Daimler, roulent déjà des quatre-chevaux et même des douze-chevaux. Le roi Édouard VI aurait, m'a-t-on dit, commandé l'une de ces dernières pour remplacer son carrosse de voyage.

Gratien de Vigors qui, au contraire de son associé et ami Clarence Barthew, s'intéressait au progrès des cabriolets à moteur, fit remarquer que si la vieille Europe avait démarré la première dans ce domaine, l'Amérique ne tarderait pas à la dépasser.

– Nous avons tout de même les frères Packard, dit-il, qui me paraissent plus sérieux et plus compétents que Pennington. Ils viennent de construire un moteur qui vaut douze chevaux avec transmission à chaîne et changement de vitesses. Il ne faut pas oublier non plus Ransom Eli Olds qui fabrique des modèles à deux places avec moteur à deux vitesses très silencieux. Et l'on parle à Detroit d'un certain Henry Ford qui avait déjà construit une voiturette en 1896 et qui vient de quitter son emploi chez Edison. Il aurait, dit-on, de grands projets et des plans prêts pour une nouvelle automobile. Il ne lui manque que des associés décidés à risquer un peu d'argent...

M. de Castel-Brajac s'était tenu un peu à l'écart de la discussion. Il se décida à intervenir en réchauffant entre ses paumes un verre de fine.

– Depuis « la Mancelle » d'Amédée Bollée, la voiturette à vapeur de Serpollet, le moteur à explosion mis au point par l'Allemand Otto, l'allumage électrique, le pneumatique et la boîte de vitesses inventée par M. Renault, il est certain que l'automobile a fait des progrès. Seulement, elle veut toujours ressembler à un buggy ou à une calèche dont on aurait remplacé les chevaux par des moteurs. Je crois qu'elle trouvera sa forme propre, comme l'a trouvée le croiseur cuirassé à vapeur qui ne ressemble plus du tout à une trière grecque, ni même à une frégate de l'Armada. Un jour elle ira plus vite, plus loin, plus silencieusement et les passagers connaîtront confort et sécurité. Si Dieu me prête vie jusqu'à ce jour-là, peut-être me déciderai-je à faire les frais d'un tel engin... pour promener mes arrière-petits-enfants.

– Je suis tout à fait de votre avis, Gustave, dit avec enthousiasme M. Oswald, mais en attendant, mieux vaut s'offrir une bicyclette. Cette semaine, Columbia fait de la réclame pour une bicyclette sans chaîne qui vaut 125 dollars. J'en ai commandé deux pour mes jumelles.

Quelqu'un ayant suggéré que l'armée achetât quelques automobiles pour les essayer, la discussion revint sur la guerre avec l'Espagne, sujet que le sénateur réussit à éluder une fois de plus, en assurant qu'il ne s'agissait, pour les États-Unis, que d'aider les Cubains à conquérir leur indépendance. Comme tout le monde approuvait, M. de Castel-Brajac voulut, comme toujours, et peut-être parce qu'il était resté, de tempérament, plus français que les Clavy, les Tiercelin et les Vigors, passer de l'événement particulier aux idées générales.

– Comme Gœthe, dit-il, je trouve les apôtres de la liberté assez antipathiques, car ce qu'ils cherchent c'est le droit pour eux à l'arbitraire. L'histoire des peuples fourmille d'exemples de libérateurs devenus tyrans...

Le Gascon fut interrompu par la brusque irruption dans le salon de Mme de Vigors. A son entrée, les conversations cessèrent et Stella, s'approchant de Gratien, lui glissa quelques mots à l'oreille, puis disparut dans un froufrou, après s'être excusée par un sourire de cette incursion.

– Je vais vous demander la permission de m'absenter un moment, dit

Gratien. Il me faut organiser une sorte de battue autour de la plantation ; le vieux Brent est venu dire à Harriet que sa fille Lorette n'est pas rentrée. A mon avis, il s'inquiète pour rien, la jeune Lorette est déjà belle fille et quelque amoureux a pu lui faire oublier l'heure...

– Ces jeunes négresses, observa M. Tiercelin de sa voix de fausset, ont le feu sous le jupon... Cette année ma femme a enregistré la naissance de quatre négrillons sans père dans notre domesticité... autant de bouches à nourrir en plus !

– *Antebellum,* vous vous seriez réjoui, mon cher, de ces esclaves qui ne vous auraient rien coûté, observa ironiquement le sénateur.

M. Tiercelin eut un geste de la main qui signifiait vaguement : « Hélas ! nous ne sommes plus dans cet heureux temps », et renouvela avec l'autorité que lui conféraient ses quatre-vingt-un ans, une critique cent fois exprimée par les « bourbons ».

– Vous et vos semblables, députés ou sénateurs du Vieux Sud, vous vous êtes laissé influencer par les démocrates du Nord qui ont, en ce qui concerne les nègres, des opinions un peu trop voisines de celles des républicains. Oui, mon cher, vous vous êtes montrés un peu trop généreux, un peu trop tolérants, j'ose même dire, et ne le prenez pas en mauvaise part, un peu trop benêts.

– J'espère que la nouvelle constitution qui sera ratifiée dans quelques jours vous donne satisfaction au moins sur un point, celui de la diminution du nombre de nègres admis à voter, répliqua un peu pincé le sénateur.

Tous les « bourbons » et un grand nombre de Blancs, petits fermiers, commerçants, employés modestes, s'étaient émus lors des élections de 1896 en découvrant que cent trente mille Noirs étaient inscrits sur les listes électorales dans un État qui comptait un million deux cent mille habitants (dont 49 % de Noirs) mais où les participants aux consultations avaient été moins de deux cent mille aux élections générales en 1892. En 1896, le gouverneur démocrate sortant, Murphy J. Foster, avait été réélu grâce aux excellentes relations qu'il entretenait avec les membres influents du Ring[1] et surtout, du Choctaw-Club[2] où se faisaient les élections. Il n'empêche que cette année-là, en Louisiane, le record de participation électorale avait été battu grâce aux électeurs noirs puisque 206 539 votes avaient été recensés, 116 216 allant à Foster et 90 138 s'étant portés sur le républicain J. M. Charr qui avait la confiance des Noirs. Cent soixante-seize électeurs idéalistes avaient donné leur suffrage au candidat populiste. La leçon avait été entendue et l'honnête Foster, qui portait une moustache tombante et une barbichette comme le célèbre général Toutant de Beauregard, avait rapidement invité les deux chambres de l'État à préparer une nouvelle constitution. Les autres États du Sud s'étaient déjà, depuis 1890, dotés de constitutions propres à garantir la suprématie des Blancs au cours des consultations électorales. Le Mississippi avait été le premier, puis la Caroline du Nord l'avait imité. Il s'agissait simplement d'introduire dans les textes de nouvelles clauses limitant plus ou moins ouvertement les exigences des XIVe et XVe amendements qui reconnaissaient aux Noirs les droits civiques. Si les mesures discriminatoires inventées par les législateurs blancs variaient d'un État

1. Club politique de La Nouvelle-Orléans.
2. Club politique de La Nouvelle-Orléans.

à l'autre, les bases juridiques avancées étaient les mêmes. Ici l'on exigeait un long délai de résidence dans la circonscription et une taxe électorale de 1 ou 2 dollars par mois dont le versement était exigible dans le Mississippi, huit mois avant toute consultation. Les Noirs, qui changeaient souvent de domicile et hésitaient à payer pour voter, étaient découragés par ces pratiques, d'autant plus que l'électeur de couleur qui, au prix d'un sacrifice, avait satisfait aux obligations constitutionnelles, pouvait fort bien se voir interdire l'accès aux urnes s'il avait égaré les reçus de ses versements.

Sous prétexte de n'accepter dans les bureaux de vote que des citoyens responsables, la Virginie avait décidé d'éliminer les analphabètes, donc beaucoup de Noirs, que l'esclavage avait sciemment privés de la plus élémentaire instruction. Pour être inscrit sur les listes électorales, chaque citoyen devait envoyer une demande écrite de sa propre main et lire un article de la Constitution. En Caroline du Sud, on exigeait, en plus, que tout Noir désirant voter soit capable d'expliquer et de commenter devant un jury de trois personnes un extrait de la Constitution fédérale. Certains États n'acceptaient comme électeurs que les citoyens qui payaient une certaine somme en impôt.

La Louisiane venait, en s'inspirant des constitutions adoptées dans d'autres États, d'innover d'une façon spectaculaire en n'accordant une carte d'électeur qu'aux citoyens pouvant justifier d'une propriété de plus de 300 dollars, mais dispensait des tests d'instruction ou de compréhension à tous ceux qui avaient participé de plein droit à des consultations électorales avant le 1er janvier 1867, ou dont les ascendants avaient voté avant cette date. Cette « clause du grand-père » permettait d'éliminer à coup sûr l'immense majorité des Noirs, qui ne pouvaient se trouver dans les cas prévus par la loi. Elle facilitait, en revanche, l'inscription sur les listes électorales des Blancs illettrés, que les tests éliminaient comme les Noirs analphabètes.

M. Tiercelin et M. Clavy, qui n'ignoraient pas la part active prise par les membres du Choctaw-Club et par les amis du sénateur dans la mise au point des nouveaux textes, reconnurent volontiers que c'était là une bonne constitution, puisque seuls quelques centaines de mulâtres fortunés ou anciens esclaves émancipés avant la guerre civile, et enrichis dans le négoce ou en affaires, pourraient désormais voter normalement. Comme en 1896, la Cour Suprême des États-Unis avait admis, à l'occasion du procès Plessy-Fergusson, « l'égalité dans la séparation », c'est-à-dire la ségrégation, et posé le principe d'écoles séparées pour les Blancs et les Noirs, « à condition que toutes offrent les mêmes facilités d'instruction », les « bourbons » de Louisiane respiraient. Grâce à toutes ces lois restrictives dites de Jim Crow[1], on pouvait envisager l'avenir avec confiance, la suprématie blanche paraissant définitivement assurée.

— Et puis, vous savez bien, messieurs, que le meilleur moyen que notre parti démocrate a trouvé pour tenir les Noirs à leur place et empêcher qu'ils ne soient à la fois les jouets et les instruments de politiciens douteux réside dans l'institution des « primaires blanches ». C'est entre Blancs que nous choisissons nos candidats. Les suffrages des Noirs n'ont plus, au jour de l'élection, de réelle importance.

1. En argot, locution patronymique désignant les Noirs.

Les *white primaries* constituaient en effet une procédure qui avait le mérite de ne pas être soumise à une éventuelle critique de la part de la Cour Suprême des États-Unis comme l'avaient été certaines dispositions constitutionnelles locales.

Le parti démocrate n'étant pas un organisme officiel, mais un groupement politique indépendant et libre de se donner les statuts qu'il voulait, avait résolument opté pour la discrimination raciale. C'est ainsi que, dans plusieurs États, avaient été instituées par le parti démocrate, assuré de la sympathie de l'immense majorité des électeurs blancs, des élections primaires qui, au sein du parti, permettaient de désigner les candidats à toutes les fonctions électives. La consultation officielle, étant donné la suprématie démocrate dans le Sud, n'était ensuite qu'une formalité.

M. Oswald fut le premier à manifester hautement son approbation. Castel-Brajac et Clarence Barthew ne pouvaient approuver totalement ces stratégies qui visaient à éliminer les Noirs, non seulement des consultations électorales, mais de la vie politique.

Gustave n'adhérait à aucun parti et faisait preuve d'un individualisme bien français que ne pouvaient entamer ni son amour de la démocratie, ni sa foi dans les destinées d'une nation libre et audacieuse, dont il avait choisi d'être citoyen. Aussi se permit-il d'intervenir après s'être fait verser une nouvelle rasade de fine.

– Mon cher sénateur et vous tous, messieurs les démocrates, prenez garde de trop en faire. Vous avez déjà institué la ségrégation dans les trains, dans les gares, dans les tramways, dans les écoles. Vous avez mis la miscégénation hors la loi. A La Mobile, en Alabama, votre parti a instauré un couvre-feu pour les Noirs qui ne doivent plus circuler dans les rues après dix heures du soir, en Géorgie, on arrête des nègres sous des prétextes futiles et les shérifs louent ces prisonniers à des planteurs comme s'il s'agissait d'instruments aratoires ou de presses à coton ! Prenez garde, vous dis-je, de rendre ces hommes, qui ont goûté à la liberté, aussi malheureux qu'ils pouvaient l'être avant l'émancipation chez un mauvais maître...

– Que peuvent-ils faire, mon Dieu ? interrompit d'un ton méprisant M. Tiercelin.

– Ils peuvent faire, cher ami, ce que Lincoln les a dissuadés de faire en les émancipant dès 1863, même dans les États où l'on pensait encore pouvoir maintenir l'esclavage, c'est-à-dire vous couper le cou !

Charles de Vigors se mit à rire, bientôt suivi par les autres.

– Mon ami Gustave a tendance, si j'ose ce calembour, à voir les choses en noir !

Castel-Brajac vida son verre d'un trait.

– Ne savez-vous pas, et toi Charles tout le premier, ce dont sont capables des gens que l'on pousse au désespoir ? Souviens-toi de ce nègre qui, terrorisé par l'éclipse totale du soleil, le 29 juillet 1878, égorgea sa femme et ses enfants ! N'allez pas, je vous prie, jusqu'à l'éclipse de leur dignité...

Seul, M. Tiercelin gloussa, trouvant drôle le ton exagérément tragique du Gascon. Les autres se turent et tirèrent leur montre. Il leur parut temps de rejoindre les dames pour prendre congé.

– Ne pourrait-on former quelques régiments noirs et les envoyer contre les Espagnols ? hasarda M. Clavy à l'adresse du sénateur.

Castel-Brajac quitta la pièce avant d'entendre la réponse de Charles, mais la question du planteur lui suggéra un commentaire qu'il fit à voix contenue et pour le seul usage du sénateur.

– Ce serait peut-être aussi bien que d'y envoyer ton fils, non ?

4

Le premier mort que vit Gratien de Vigors, vingt-quatre heures après le débarquement du corps expéditionnaire américain à Cuba, n'avait rien d'effrayant. C'était un sergent de l'armée des États-Unis, un vrai soldat comme l'attestaient les brisques d'or cousues à sa manche ; pas un de ces volontaires bravaches hâtivement incorporés à Washington, à Long Island ou à Covington, en Louisiane.

Allongé sur une civière, qu'un fourgon à deux chevaux venait d'apporter de Guasimas, où les cavaliers du général Wheeler contenaient depuis le matin une contre-attaque espagnole lancée contre les têtes de pont de Siboney et de Daiquiri, le corps inerte du militaire paraissait incongru. Le visage dissimulé par un feutre kaki à la coiffe auréolée de sueurs rances, les mains croisées sur la poitrine, tel un factionnaire qui fait la sieste entre deux tours de garde, le sergent semblait apte à se dresser au premier appel.

Quand le chirurgien du 71e de New York qui venait de passer l'après-midi, manches retroussées, à panser des blessés penauds mais résolus, souleva le couvre-chef du mort, Gratien découvrit presque avec étonnement que le soldat avait un large trou rouge à la place de l'œil gauche. Ceux qui, déjà, faisaient cercle autour de la civière se penchèrent, un peu comme pour se persuader de la réalité de cette énucléation fatale.

– Pour celui-ci, la guerre est finie, dit d'une voix neutre le chirurgien.

Il avait vu des centaines de combattants tués moins proprement sur les champs de bataille de Gettysburg et de Chancellorsville.

– Leurs sacrés Mauser portent plus loin que nos vieilles Springfield, lança rageusement le conducteur du fourgon, car il fallait bien expliquer cette mort.

Il y eut un murmure de dépit dans l'assistance et, quand un sous-officier eut désigné deux hommes qui devraient creuser une fosse – dans un endroit sec si possible – les soldats se dispersèrent. Le cadavre, inventorié dans les règles par un infirmier vétéran, dont les mains ne tremblaient pas, cessa bientôt d'être anonyme. Il s'agissait d'un gars de l'Illinois, qui avait fait les guerres indiennes et brûlé Atlanta avec les escadrons de Sherman.

Personne, parmi ces volontaires qui savaient depuis peu tenir un fusil, mais ignoraient tout encore des relations militaires, ne pouvait le connaître. L'infirmier mit dans un petit sac de toile tout ce qu'il avait trouvé dans les poches du mort, y compris une montre d'acier et un paquet de lettres fripées, puis il noua les cordons de l'étui. Sur l'étiquette jointe par le service sanitaire, il écrivit en suçant la mine de son crayon entre chaque mot : « Sergent Malcom Frederik Miller, 2e de cavalerie du Kentucky. Mort à Guasimas (île de Cuba) le 24 juin 1898. »

Ainsi cette *splendid little war*, comme avait défini l'expédition cubaine un certain John Hay, secrétaire d'État, pouvait être aussi meurtrière qu'une autre, présentée avec moins d'ingénuité.

Gratien de Vigors ne souhaitait pas entendre les commentaires vengeurs ou cocardiers que ne manqueraient pas de faire ses camarades, engagés volontaires comme lui dans les Rough Riders du colonel Theodore Roosevelt. Il s'éloigna des groupes, choisit pour s'asseoir le tronc d'un arbre récemment abattu et bourra la pipe que Stella lui avait offerte à La Nouvelle-Orléans, la veille de son embarquement pour la Floride, où les régiments du corps expéditionnaire avaient été rassemblés. La fumée éloignait les moustiques que la moiteur de l'air, après la troisième averse de la journée, rendait encore plus vindicatifs.

Malgré le spectacle qu'il venait de voir, c'était la première bonne pipe qu'il fumait depuis une semaine, car entre Tampa et Daiquiri, alors qu'il naviguait sur l'un des trente-cinq vieux rafiots mobilisés pour le transport des troupes, les nausées du mal de mer l'avaient empêché d'apprécier la bonne odeur du tabac de Virginie. A vingt-cinq ans, l'avocat Gratien de Vigors ne manifestait nul enthousiasme pour un conflit où il se trouvait engagé au nom de l'obéissance filiale. Que les Cubains veuillent se débarrasser de leurs maîtres espagnols et conquérir leur indépendance lui paraissait sain. Les colons américains ne s'étaient-ils pas libérés, par les armes, du joug anglais en 1776 ? Mais pourquoi fallait-il que les États-Unis, nation puissante et heureuse, à peine remise d'une guerre civile qui avait fait trois cent mille morts, aient décidé de se mêler des affaires de ces indigènes faméliques qu'il voyait depuis son arrivée jouer les matamores et qui paraissaient plus excités à l'idée de recevoir de l'armée américaine des vivres et des boissons que par la perspective de combats décisifs pour la libération de leur île. Comme beaucoup de ceux qui avaient débarqué dès dix heures du matin, le 26 juin à Daiquiri, Gratien était dérouté par l'aspect des guérilleros cubains. Ceux-ci n'avaient rien de militaires et faisaient plutôt penser à des braconniers. Une bonne moitié d'entre eux paraissaient noirs et un quart au moins pouvaient passer pour mulâtres. Ils étaient secs comme des troncs d'épineux, sales, pas rasés, souvent dépourvus de chemise et de chaussures, mais musclés et bardés de carabines et de cartouchières. Les premiers insurgés que les « boys » avaient vus constituaient cependant la garde d'élite du général Calixto Garcia, chef de l'armée révolutionnaire et de son bras droit, le général Rabi. « Que doivent être les combattants ordinaires ? » s'était demandé Gratien.

Après une rencontre avec les deux chefs guérilleros – entrevue organisée sur une plage parce que le vieux Garcia craignait le mal de mer – le général Shalter avait choisi Daiquiri pour effectuer le débarquement du corps expéditionnaire. C'était un village construit à quatorze miles à l'est de Santiago, à proximité d'une mine de fer autrefois exploitée par une société américaine. Du petit port minéralier subsistaient deux quais, l'un en bois, l'autre en ferraille. Après une brève tentative de résistance, la garnison espagnole, forte de trois cents hommes, s'était égaillée dans les collines où les maquisards de Calixto Garcia avaient poursuivi des soldats dont la combativité paraissait des plus médiocres. Gratien, ayant été débarqué à la fin de la journée, n'avait rien vu du bref accrochage qui avait eu lieu sur le littoral. Le bruit courait qu'il avait fait du côté américain seize morts et cinquante-deux blessés.

Ces pertes pouvaient être considérées comme très minimes quand on savait que 16 462 hommes, 1 061 officiers, 30 employés administratifs, 272 porteurs, 89 correspondants de guerre et 14 observateurs militaires étrangers avaient pris pied à Cuba en quarante-huit heures sans autres dommages que quelques bains forcés.

Et cependant, en déclarant la guerre à l'Espagne, qui disposait à Cuba de 200 000 hommes et de places fortifiées, comme La Havane et Santiago, l'Amérique, dont l'armée régulière ne comptait que 28 000 hommes – d'où l'appel aux volontaires lancé par le président McKinley –, ne s'était-elle pas montrée présomptueuse ? Le sergent tué ce matin entraînerait à sa suite bien d'autres morts, avant que cette « petite guerre » ne prenne fin.

Et Gratien soupçonnait déjà que les balles espagnoles ne constituaient pas le seul danger qu'on aurait à affronter dans ce pays encore plus malsain que les marécages du delta du Mississippi. Ces sous-bois denses où les arbrisseaux, les lianes poisseuses et les plantes grimpantes s'unissaient pour former une immense treille verte, d'où suintaient sous les pluies de l'été tropical des effluences léthifères, lui rappelaient ce paysage de l'*Enfer* de Dante *« che non lascio giammai personna viva »*[1]. Les garçons du Sud, ceux de la Louisiane, notamment, estimait Gratien, supporteraient sans doute mieux que les Yankees ce climat débilitant, mais combien, ce soir, pensaient comme lui avec mélancolie, à la fraîcheur d'une véranda, au balancement souple d'un rocking-chair, au sourire d'une femme élégante et parfumée, à la saveur d'un mint-julep convenablement dosé ?

En tirant sur sa pipe, Gratien imaginait l'heure mauve de Bagatelle, celle qui rassemble les cardinaux dans les branches des chênes et ramène les Noirs dans leurs cases. Ce bonheur domestique qui suffisait à emplir sa vie lui paraissait soudain irrémédiablement compromis. Époux sentimental et casanier, juriste sans ambition, planteur dilettante, il tenait de sa mère, de vieille souche acadienne, cet attachement vétilleux à la famille, siège des affections partagées, des joies saines et des voluptés permises. Or, pour la première fois depuis son mariage, célébré cinq ans plus tôt, la malignité soudaine d'un destin jusque-là bienveillant le tenait éloigné des siens.

Depuis plusieurs semaines, Gratien de Vigors avait le sentiment bizarre de vivre une existence qui n'était pas la sienne. Tout avait commencé à se détraquer quand, après un grand dîner donné à Bagatelle à l'occasion d'un bref séjour de son père, les invités partis, le sénateur l'avait entrepris au sujet de la guerre contre l'Espagne. C'était ce soir-là aussi, Gratien s'en souvenait, qu'un autre événement de moindre importance s'était produit : la disparition de Lorette la fille d'Harriet Brent. En évoquant la fugue de la « jolie petite négresse qui ne cherchait qu'à plaire », l'avocat sourit. Il se demandait si la fugueuse avait été retrouvée, comme tant d'autres adolescentes noires, dans une des maisons closes de Storyville où, d'après les ragots de plantation, la tante de Lorette officiait déjà. Mais sa pensée ne s'attarda pas sur ces images banales, non plus qu'elle ne s'arrêta sur les chagrins ancillaires des filles-mères déçues par leurs enfants. Ce qui avait compté, ce soir-là, au point de faire prendre à sa vie un tour inattendu, c'était bien la conversation qu'il avait eue avec son père.

---

1. « Qui jamais ne laissa personne en vie » *(chant premier)*.

D'une phrase à l'autre, le sénateur, dont Gratien ne soupçonnait pas l'ardent patriotisme, avait fini par lui suggérer de souscrire un engagement pour la durée de la guerre, après lui avoir révélé l'étendue et la valeur des propriétés que la famille possédait à Cuba. Devant l'étonnement de son fils, M. de Vigors avait laissé entendre qu'il se serait engagé lui-même si son âge, ses fonctions et une demi-douzaine d'autres raisons, dont la plus surprenante parut à Gratien la crainte du sénateur de causer des inquiétudes à sa femme, ne l'en avaient empêché. Abasourdi, le jeune avocat s'était tu un moment, puis avait fait observer que l'armée des États-Unis ne trouverait en lui qu'un pitoyable renfort. Mais M. de Vigors semblait tenir à son idée. Il en avait fait une question de principe, de dignité familiale et de civisme politique, en ajoutant que le cousin Faustin Dubard, défiguré lors de l'explosion du *Maine*, était en droit de s'attendre à ce qu'un membre de la famille le vengeât. « Mais voyons, père, avait répliqué Gratien, personne ne peut dire si les Espagnols sont vraiment responsables de l'explosion du *Maine*. Le *New York Journal* du 17 février a offert 50 000 dollars de récompense *for the detection of the preparation of the* Maine *outrage* et à ce jour, cette somme mirobolante, mise en jeu par le belliqueux M. Hearst, n'a pas été attribuée. »

En entendant ces mots, le sénateur avait serré les lèvres, puis répondu assez sèchement : « Tu te souviens sans doute aussi de la photographie d'une demi-page publiée ce jour-là par le *New York Journal* et montrant l'épave déchiquetée du *Maine*, tombeau de deux cent cinquante-huit marins de chez nous... et de la déclaration des officiers survivants soutenant que le bateau a été détruit par une mine espagnole. »

Gratien, en rallumant sa pipe, assis sur son tronc d'arbre dans la jungle cubaine, se disait encore que, sans l'intervention de Stella, il aurait peut-être pu, ce soir-là, éluder le dilemme où son père avait su l'enfermer.

Étonnée de ne pas voir son mari rejoindre la chambre conjugale, Mme de Vigors était entrée inopinément dans le salon, au moment où le sénateur rappelait sur le mode du lyrisme parlementaire la tragédie qui avait mis le feu aux poudres. Quand Stella s'était mêlée avec vivacité à la conversation, Gratien avait été dérouté en évaluant l'intérêt que portait son épouse à cette guerre et l'âpreté avec laquelle elle stigmatisait les agissements des Espagnols à l'égard des Cubains. Entre sa femme et son père, Gratien avait soudain connu un sentiment de culpabilité. On lui avait fait comprendre que son indifférence contrastait singulièrement avec l'enthousiasme des dizaines de milliers de jeunes Américains qui, du nord au sud de l'Union, s'engageaient pour « régler leur compte aux Espagnols »[1].

Charles de Vigors, découvrant dans sa bru une alliée inespérée, expliqua aussitôt à celle-ci, en déployant tout le charme dont il savait faire usage, qu'il aurait souhaité « voir son fils unique le représenter dans cette guerre qui – les stratèges de Washington lui en avaient donné confidentiellement l'assurance – serait brève et sans grands risques ». Gratien entendait encore son père prononcer cette phrase d'un ton léger, comme s'il se fût agi d'envoyer un substitut à un cocktail ou à une première de l'Opéra français.

1. Dès le 25 avril 1898 le président McKinley avait demandé cent vingt-cinq mille volontaires. Cent vingt mille étaient déjà incorporés fin mai.

Un peu interloquée, Stella avait regardé son mari avec une grande tendresse teintée d'un peu de commisération comme si elle pensait : « Le pauvre garçon n'est pas doué pour ce genre d'équipée. »

Et c'était ce regard plus que les arguments paternels qui avait décidé Gratien. « C'est bon, avait-il lancé avec un peu d'humeur, je vais m'engager dans l'armée. » Stella s'était alors jetée dans ses bras, le suppliant de n'en rien faire, de laisser à d'autres le soin d'en découdre avec les Espagnols, de ne pas exposer sa vie, de se réserver pour elle qui l'aimait follement et les enfants. Pendant cinq minutes, elle avait débité tout ce que les épouses et les mères disent, depuis que les hommes s'en vont faire la guerre, volontairement ou par contrainte.

Si le sénateur n'était pas intervenu avec émotion, Gratien aurait peut-être renoncé dans l'instant à un projet auquel il n'avait souscrit qu'à contrecœur.

« Voyons Stella, il n'est pas question d'envoyer Gratien affronter des risques démesurés. J'y tiens, à mon fils, savez-vous et je ne veux pas que vous ayez de chagrin ni même d'inquiétude, ni que vous et vos enfants puissiez un jour reprocher à l'Union de vous avoir privés d'un mari et d'un père. Non ! Gratien ne s'engagera pas dans l'armée où les braves et honnêtes patriotes sont amenés à côtoyer les aventuriers, je lui propose plutôt de s'enrôler dans l'escadron des Rough Riders du colonel Theodore Roosevelt auxquels, j'en suis convaincu, on ne confiera que des missions tranquilles. »

Rassurée, Stella n'avait plus avancé que des arguments amollis par le souci qu'elle avait eu – et Gratien le comprenait mieux aujourd'hui – de ne pas faire passer son mari pour un couard.

Les événements s'étaient ensuite déroulés sur un rythme de vaudeville. Le sénateur, prenant les choses en main, avait, dès le lendemain, embarqué toute la famille Vigors dans son wagon pullman, en expliquant que Stella et ses enfants seraient mieux à La Nouvelle-Orléans dans sa belle maison du Garden District pour passer d'abord les semaines d'entraînement, qu'on ne manquerait pas d'imposer à Gratien, et attendre ensuite le retour du soldat.

En écrasant un gros moustique qui venait de lui enfoncer son dard dans la joue, Gratien se souvint de la joie d'Osmond dans le pullman réservé du sénateur et de ses étonnements à La Nouvelle-Orléans devant les lampes électriques, le téléphone, les tramways, les bateaux sans roue, les bicyclettes, les foules cosmopolites et bigarrées de Canal Street et les vitrines des magasins.

Bientôt, le fils du sénateur s'était retrouvé soumis au même entraînement que les deux mille soldats et officiers que l'armée avait retenus sur les quatre mille six cent quinze qui s'étaient présentés dans les bateaux d'engagement de la ville. Au camp Foster où Gratien avait été envoyé comme au champ de foire, ou à Covington, on avait dressé des tentes, construit des baraques, installé des stands de tir et des cuisines. Les casernes Jackson, bâties sous la présidence du « Vieux Noyer »[1] et où l'affreux Butler avait un moment logé les troupes nordistes en 1862, s'étaient remplies comme les collèges à la rentrée.

Cet engouement des Louisianais pour la guerre n'avait toutefois pas pris, à La Nouvelle-Orléans comme dans certaines villes du Nord, la forme d'une haine déclarée contre tout ce qui était espagnol. La « cité en forme de croissant »

1. Surnom du président Andrew Jackson (1767-1845).

ne reniait pas son héritage hispanique, visible dans les balcons, les grilles ouvragées, l'architecture des maisons, la fraîcheur des patios, dans les ocre et les roses des façades, dans l'austérité du Cabildo aussi bien que dans le goût transmis, de génération en génération, pour les soupers tardifs, les flâneries nocturnes, les terrasses fleuries et les sérénades. Insultés ailleurs, les diplomates espagnols avaient été respectés à La Nouvelle-Orléans où l'on parlait la langue de Cervantes aussi bien que celle de Voltaire quand les affaires n'exigeaient pas l'emploi de l'anglais. Et cependant, plus que partout ailleurs dans le Sud, les habitants du deuxième port de l'Union après New York avaient été affligés par l'explosion meurtrière du *Maine*. Le croiseur et son équipage y étaient connus. Le bateau avait remonté le Mississippi et fait escale à La Nouvelle-Orléans pendant les fêtes du Mardi gras 1897. Les midships de la Navy avaient fait danser les dames et demoiselles, laissant dans le cœur de certaines de tendres illusions. Quant aux marins, ils avaient dilapidé leur prêt dans les bastringues de Storyville. En échange des dollars que les belles octavones s'étaient empressées de glisser entre chair et soie contre leur cuisse, beaucoup avaient emporté de douloureux cadeaux dont seuls des médecins énergiques étaient parvenus plus tard à les débarrasser.

Pendant toute cette période un peu folle, car les rigueurs de l'entraînement avaient été sérieusement adoucies pour Gratien après l'intervention du sénateur, le jeune avocat avait eu l'impression de vacances citadines. Entre les dîners, les représentations théâtrales et les concerts, il lui était arrivé d'oublier la guerre et son uniforme, qu'il passait seulement pour se rendre à l'exercice. Un matin, son père l'avait emmené chez un notaire successeur des célèbres frères Mertaux. Dans une vieille étude ayant appartenu un temps à Charles de Vigors, associé à Edward Barthew, le sénateur avait fait, en faveur de Gratien et de sa femme, donation de Bagatelle. C'était de la part du fils de Virginie un geste généreux et rassurant pour Stella, dans le cas, que personne ne voulait envisager, où le destin la réduirait à la solitude.

Et le lendemain, les neuf cents Rough Riders du lieutenant-colonel Theodore Roosevelt, que ses soldats appelaient familièrement Teddy, étaient entrés dans la ville. Ils venaient de leur camp d'entraînement de San Antonio au Texas et devaient embarquer pour Tampa (Floride) où la 5e armée se constituait en corps expéditionnaire.

Avec un rien de mépris, les dames de La Nouvelle-Orléans considéraient ces volontaires comme des « *vaqueros* encadrés par quelques joueurs de polo » et certains démocrates, irrités par le dynamisme et le bellicisme de Roosevelt, allaient jusqu'à comparer les Rudes Cavaliers aux « voleurs de bestiaux des Rocheuses ». Dans l'ensemble, ces garçons étaient plutôt de francs lurons, courageux, rieurs et sachant mieux se tenir dans un corral que dans un salon.

M. de Vigors avait présenté son fils à l'ancien secrétaire adjoint à la Marine, un assez bel homme, quadragénaire moustachu, portant des lunettes à monture d'acier et qui paraissait tout à fait sûr de lui. A chaque occasion, il remerciait Dieu de ce qu'il n'avait pas une goutte de sang britannique dans les veines, ses ancêtres étant des commerçants hollandais, des *verdomers hollanders* comme il disait et dont la foi relevait d'un conformisme qui avait fait ses preuves. Étudiant à Harvard, Theodore Roosevelt avait reçu une excellente éducation et ses parents, qui le tenaient enfant pour un petit prodige, avaient fondé sur lui de grands espoirs. Surtout sa mère, Martha Bulloch, fille d'un major de Géorgie qui avait eu des sympathies pour le Sud.

Marié une première fois à Alice Hathway Lee, le colonel avait eu le chagrin de perdre sa femme en 1884. Deux ans plus tard, il avait convolé à nouveau avec Edith Kermit Larow. En choisissant la voie politique, il n'était plus très sûr d'avoir fait une bonne affaire, disaient certains de ses amis, tandis que d'autres affirmaient que ses ambitions et son habileté en ce domaine devraient le porter aux plus hauts postes.

Élu comme républicain à la Chambre des représentants de l'État de New York, il n'avait siégé que deux ans avant de partir pour le Dakota afin d'écrire un ouvrage historique tout en menant la rude vie du cow-boy[1]. Car ce myope, de santé fragile, n'avait que le mot virilité à la bouche. M. de Castel-Brajac l'avait un jour comparé à Hannibal Chollop, cet Américain hâbleur et sans gêne que Dickens a mis en scène dans *Martin Chuzzlewit*, tandis que Charles de Vigors avait applaudi quand le secrétaire adjoint à la Marine avait dit de McKinley – son bienfaiteur – « qu'il n'avait pas plus de nerfs qu'un éclair au chocolat ». Tout le monde pouvait constater cependant que M. Roosevelt s'astreignait à des efforts physiques, chassait, boxait et s'efforçait d'être en toute discipline fort et dominateur. Habile à provoquer l'effet théâtral, il avait vu dans la guerre de Cuba l'occasion d'un engagement spectaculaire, une entrée dans l'action.

Lors du débarquement à Daiquiri, un officier de l'armée régulière avait observé avec un rien d'ironie que le colonel « sautillait de droite et de gauche comme un gamin qui a besoin de faire pipi ». C'était sa façon spontanée et assez sympathique de céder à la surexcitation allumée en lui par la perspective des combats. Sachant ses compétences militaires limitées, il s'était heureusement adjoint le colonel Leonard Wood[2], chirurgien de l'armée. Ainsi, l'impétueux politicien, dont les New-Yorkais n'avaient pas voulu pour maire, se sentait épaulé.

Tel était le chef, sous les ordres duquel Gratien de Vigors s'était embarqué, en chantant comme tout le monde le refrain à la mode : *« Ça chauffera cette nuit dans la vieille ville »*.

Stella avait versé une larme au moment de l'au-revoir et Gratien, accoudé au bastingage du bateau qui l'emportait, avait vu, non sans fierté, sa femme suivre les manœuvres d'appareillage appuyée au bras du sénateur. Les gens saluaient chapeau bas l'aristocrate, le « bourbon » qui, pour assurer la défense de la patrie, confiait son fils à un politicien républicain.

Après cette séparation, le séjour à Tampa des Rough Riders, la pagaille des préparatifs, les ordres et contre-ordres d'embarquement pour Cuba avaient fourni à Gratien l'occasion d'apprécier les aléas de la vie militaire. Parce qu'il était un volontaire de marque, l'avocat avait été logé dans le prodigieux hôtel construit à Tampa par un homme qui croyait au tourisme, Morton F. Plant. Curieusement doté de coupoles, de minarets, de terrasses, ce caravansérail transformé en caserne pour officiers était des plus animés. On y faisait des

1. Cet ouvrage parut en livraisons, de 1889 à 1896, sous le titre *La conquête de l'Ouest*.

2. La campagne de Cuba terminée, Leonard Wood fut nommé général et devint gouverneur de Santiago, puis de La Havane.

retrouvailles étonnantes. Des West-Pointers issus des mêmes promotions se donnaient l'accolade, des vétérans de la guerre civile, qui s'étaient perdus de vue depuis vingt ans, échangeaient leurs impressions et, croyant leur jeunesse revenue, spéculaient sur les actes de bravoure qu'ils ne manqueraient pas d'accomplir à Cuba ; des anciens confédérés portaient des toasts au coude à coude avec leurs ennemis d'autrefois, buvant alternativement à la mémoire de Robert Lee et à celle d'Ulysses Grant, le vaincu et le vainqueur d'Appomattox.

Certaines épouses d'officiers supérieurs accompagnaient leur mari et ces présences féminines donnaient parfois un caractère mondain aux réceptions du mess. Pendant son séjour à Tampa, Gratien avait approché des observateurs militaires étrangers, curieux de voir comment les États-Unis organisaient un corps expéditionnaire et aussi le gratin de la presse américaine. Parmi les correspondants de guerre figuraient en effet le taciturne Stephen Crane que son livre *The Red badge of courage*[1] avait rendu célèbre ; Julian Hawthorne, fils du fameux romancier Nathaniel Hawthorne[2] et qui devait télégraphier des articles au *Herald* et au *Sun* de New York ; Richard H. Thitherington du *Numsey's Magazine* qu'accompagnait le dessinateur William Glackers et un certain Richard Harding Davis du *Saturday Evening Post*. Ce dernier, prudemment coiffé d'un casque colonial, jumelles en bandoulières et le revolver à la ceinture, rappelait à Gratien le grotesque héros d'un roman français que lui avait prêté l'oncle Gus : *Tartarin de Tarascon*.

L'avocat, homme d'ordre qui croyait jusque-là que l'armée disposait de plans et de matériels adaptés, s'était aperçu qu'il n'en était rien. L'unique voie ferrée, qui permettait le transport des armes, munitions et vivres jusqu'à Tampa, se trouvait encombrée par des convois que l'on déchargeait hâtivement dans un désordre affligeant. Au jour du débarquement à Daiquiri, on avait vu les conséquences de cette imprégnation. Des canons étaient dépourvus d'affûts ou d'obus, les rations de vivres étaient incomplètes, les ambulances manquaient et seules les mules se trouvaient à pied d'œuvre.

Indifférent à l'agitation du camp où les Rudes Cavaliers se préparaient à passer leur première nuit cubaine sous des tentes dont l'imperméabilité ne paraissait pas garantie, Gratien, tout en se remémorant pour la centième fois l'enchaînement des faits, des circonstances et des pressions qui l'avait conduit dans cette île de Cuba où il n'avait que faire, suivait la lente glissade du soleil sur un horizon tendu de nuages effilochés. Il achevait cependant sa pipe avec délice et la vague griserie due au tabac l'aidait à se convaincre qu'il n'était là que par accident et qu'il verrait arriver sans aléas la fin d'une aventure dérisoire et inutile. Cependant, il y avait ce sergent mort qui devait déjà être enterré quelque part sur la colline et aussi ce que Gratien avait entendu dire sur le bateau par un officier de l'état-major du général Shafter, commandant du corps expéditionnaire. « Nous avons mission de réduire Santiago par terre en coopérant avec les forces navales de l'amiral Sampson qui bloquent dans la baie la flotte de l'amiral espagnol Pascual Cervera », avait déclaré le porte-parole.

Les Rudes Cavaliers avaient aussitôt manifesté leur enthousiasme en vociférant et en sifflant à la manière des cow-boys du Dakota, plus nombreux

1. *La conquête du courage* (1895). Stephen Crane publia, après l'expédition de Cuba, un autre ouvrage : *La guerre est bonne* (1899).

2. Romancier américain, dont l'ouvrage *La lettre écarlate* fut en 1850 un best-seller.

dans l'escadron de M. Theodore Roosevelt que les fils de famille de la Nouvelle-Angleterre. Gratien s'était demandé, en voyant le rejeton à demi ivre d'un pasteur de Boston s'écrier qu'il se saisirait des Espagnols « à mains nues », si cette excitation ne traduisait pas, plutôt que le mâle désir de combattre, le soulagement éprouvé par tous les originaires de la côte est des États-Unis en apprenant que la redoutable armada de Cervera était localisée et sous surveillance, loin des paisibles cités américaines.

Car, quatre jours après la déclaration de guerre à l'Espagne par le Congrès des États-Unis, un vent de panique s'était levé sur la côte est, quand les journaux avaient annoncé le départ le 29 avril des îles du Cap-Vert de la flotte de l'amiral Cervera. Comme les dépêches n'avaient pas tardé à préciser que cette armada, composée de quatre croiseurs et de trois destroyers, tous formidablement armés, faisait route vers l'ouest, l'Amérique entière s'était crue menacée d'un débarquement.

Les gens riches, qui passaient chaque été plusieurs semaines au bord de l'océan, avaient aussitôt annulé locations de villas et réservations d'hôtel. Les commerçants, redoutant les conséquences financières d'une semblable désaffection, s'étaient démenés pour convaincre les maires des stations balnéaires de Portland à Savannah de la nécessité d'obtenir du gouvernement fédéral une protection contre d'éventuels envahisseurs. Bon nombre de gens avaient craint en effet, pendant des jours et des nuits, de voir jaillir de l'océan, tels les anciens pirates des Bahamas, les marins de la régente Marie-Christine décidés à piller les maisons, à trucider les hommes et à violer les femmes. M. de Castel-Brajac avait soutenu à l'époque que d'aussi navrantes perspectives étaient de nature à éveiller de fallacieux et inavouables espoirs chez les puritaines de la Nouvelle-Angleterre sevrées d'étreintes inédites.

Dans une lettre à son ami John Hay, Henry Adams, petit-fils de ce John Quincy Adams qui avait été le sixième président des États-Unis écrivait : « Il est étrange que, de nos jours, l'armada espagnole fasse encore trembler les bons Bostoniens, comme elle terrorisait leurs ancêtres au XVIe siècle. »

Maintenant que l'on savait l'escadre redoutée enfermée comme un poisson dans une nasse au fond de la baie de Santiago, l'Amérique et les soldats du corps expéditionnaire respiraient mieux. Afin de stimuler l'ardeur combative des Rudes Cavaliers, le délégué du général Shafter avait raconté comment un jeune lieutenant de la Navy, M. Pearson Hobson, avait eu l'audace, avec l'aide de sept matelots, de couler dans le chenal d'accès au port de Santiago un vieux charbonnier, le *Merrimac*. Bien que l'épave ne soit pas immobilisée à l'endroit initialement prévu, elle interdisait, croyait-on, toute sortie aux navires de Cervera. Les Rough Riders poussèrent un hourra en l'honneur du vaillant midship dont on ne manquerait pas, le moment venu, de faire un héros[1].

Quelques vétérans réalistes avaient alors timidement émis l'hypothèse que l'amiral Cervera, ne pouvant utiliser ses canons pour combattre sur mer les

---

1. Si l'on oublia rapidement le nom du général Shafter, le lieutenant Hobson devint en peu de temps l'idole des foules. Quand l'officier débarqua avec l'amiral Sampson à Hampton Roads, « des jeunes filles lui passèrent les bras autour du cou et l'embrassèrent, des femmes encore plus déraisonnables essayèrent de temps en temps de suivre leur exemple. L'affaire devint bientôt un sujet de plaisanteries faciles et les journaux forgèrent le verbe « hobsoniser » pour dire : « embrasser un homme malgré lui. » D'après Harry Thurston Peck in *Vingt années de vie publique aux États-Unis*.

navires américains, déciderait peut-être de tourner ses batteries vers la terre, afin de bombarder les troupes chargées de prendre Santiago. On les traita de timorés, de défaitistes, d'oiseaux de mauvais augure. Certains volontaires se déclarèrent prêts à prendre à l'abordage les vaisseaux espagnols.

Maintenant il fallait bien admettre que les forts de Santiago, le réseau compliqué des défenses et les vingt mille soldats de la garnison espagnole constituaient une force assez impressionnante. Le renfort éventuel des canons de l'escadre captive de l'amiral Cervera donnait donc à réfléchir aux stratèges les plus intrépides.

Un appel de clairon annonçant une distribution de vivres tira Gratien de ses réflexions. Il secoua les cendres de sa pipe, martela le talon de sa botte avec le fourneau brûlant pour en éjecter les restes de tabac et souffla dans le tuyau où la salive accumulée produisit un gargouillis inconvenant. La part de bœuf en conserve et les tranches de pain ramolli par l'humidité qu'il reçut au seuil de la tente de l'intendance lui parurent un menu misérable.

– Faites durer ça jusqu'à demain soir, dit le cantinier... vous dînerez mieux à Santiago !

Gratien confia son corned-beef à un caporal débrouillard qui parlait avec l'accent du Sud et se disait capable, avec un bon feu et une grande marmite, de transformer « cette carne du beef-trust » en une daube succulente, accessible à tous ceux qui lui confieraient leur ration.

– Vieux truc de coureur de prairie, pour bouffer les bons morceaux et laisser aux autres les déchets, marmonna un vétéran de l'infanterie en s'éloignant.

Assis entre un volontaire du 2e régiment du Massachusetts et un étudiant engagé dans le 71e de New York, Gratien vérifia bientôt l'assertion du vétéran méfiant. La daube n'était qu'un bouillon assez clair fortement épicé. Il regretta les gombos que confectionnait la cuisinière noire de Bagatelle et calma sa fringale en puisant dans sa réserve de chocolat et en mâchonnant sa tranche de pain. Il apprit, en bavardant avec l'étudiant qui s'était porté volontaire comme agent de liaison, que les cavaliers de Wheeler avaient reconduit la colonne espagnole jusqu'aux lignes de défense de Santiago et qu'une armée de guérilleros cubains, « diablement décidés à libérer leur île » et commandés par un certain Gomez, se portait à la rencontre des renforts espagnols envoyés de La Havane avec le général Blanco. Au cours de la journée, Gratien avait eu loisir de constater que les soldats de l'armée régulière, bien que peu nombreux, ne frayaient pas avec les volontaires. Ils se montraient moins bruyants et plus soucieux que ces derniers.

En allant quérir de l'eau à la citerne roulante d'une compagnie de marines, M. de Vigors fut interpellé par un sergent qui lui annonça son affectation au premier tour de garde. La nuit, rapidement venue, était claire et il s'agissait, pour les sentinelles, de rejoindre les postes de guet. Démontrant le peu de confiance qu'ils avaient dans les amateurs, les soldats avaient décidé de n'utiliser les volontaires que pour doubler les gardes. C'est ainsi que Gratien se vit intégré à un groupe, placé sous l'autorité du sergent qui l'avait recruté. L'homme semblait avoir une conception assez janséniste de la discipline. Comme l'avocat éprouvait quelque difficulté à marcher au pas sur un chemin raboteux où le pied ne pouvait se poser franchement, le gradé rugit :

– Encore un qui a appris à marcher sur des carpettes, hein !

– Je suis cavalier, répliqua bêtement Gratien en faisant, bien malgré lui, rouler un caillou.

– Un cavalier qui n'a pas de cheval est un fantassin, énonça le sergent d'un ton catégorique, ce qui déclencha les rires dans les rangs.

Gratien crut à propos de ne pas relever le truisme.

Les chevaux des Rough Riders n'avaient pas tous été embarqués, ce qui valait à une bonne moitié des volontaires du colonel Roosevelt la position humiliante de cavalier démonté.

Quand la petite troupe atteignit un barrage fait d'arbres abattus qui fermait un chemin au sommet d'une côte, le sergent dispersa les hommes par deux, en donnant des consignes assorties de la menace d'un passage au conseil de guerre en cas de somnolence. Puis, il se tourna vers Gratien.

– Toi, tu restes avec moi. Si tu ne sais pas marcher peut-être sais-tu courir. En cas de besoin, tu seras mon estafette.

Quand les hommes se furent éloignés, le sergent s'humanisa.

– Tu as du tabac ?

Gratien tendit sa blague. Le sous-officier renifla le tabac de Virginie et y plongea sa pipe.

– Tu peux fumer, à condition de tenir ton fourneau à l'envers et de ne pas le faire pétiller comme un feu d'artifice.

– Mais, pour allumer ? fit l'avocat inquiet.

– Dans le chapeau, nom de Dieu, comme ça !

Gratien imita le geste du sergent et alluma sa pipe sans s'attirer de reproche.

L'homme s'adossa au barrage et entreprit de questionner Gratien.

– Alors, comme ça, tu t'es engagé pour faire la guerre aux Espagnols, hein ? Tu t'ennuyais chez toi, t'avais pas de travail, ta femme te battait, ou as-tu pillé une banque et tué un « cop »[1] ?

Gratien sourit, se disant qu'on pouvait effectivement trouver parmi les volontaires des paresseux, des maris trompés ou victimes de femmes irascibles, des chômeurs et des malfaiteurs.

– Je me suis engagé pour aucune de ces raisons, sergent, mais tout simplement pour... – il faillit dire « faire plaisir à mon père »... – pour régler rapidement cette affaire avec les Espagnols.

– Et tu as des raisons toi, de pas les aimer les Espagnols ?

– C'est-à-dire que ma famille possède trois plantations ici et qu'il m'a paru honnête de ne pas attendre que les autres défendent mes terres.

– Sais-tu que c'est beau ce que tu dis ? Tu ferais pas de la politique par hasard ou tu serais pas pasteur ?

– Je suis avocat, sergent, et mon père est sénateur.

– Oh ! pardon, le fils d'un sénateur qui veut se battre, vous avez du beau monde chez les Rudes Cavaliers, un colonel qu'est secrétaire d'État et un « private »[2] qu'est fils de sénateur, bravo... Je compte sur toi, si on se fait pas

1. En argot américain, agent de police.
2. Simple soldat.

tous estourbir demain, pour me faire avoir une médaille ou, ce qui serait mieux, une pension.

– Je m'appelle Gratien de Vigors et vous pouvez compter sur moi !

– Je m'appelle Bunny Capelowski. J'ai fait deux tiers de la guerre civile avec les confédérés, le dernier tiers avec les Yankees. J'ai reçu deux blessures de chaque côté.

– Puis-je savoir pourquoi vous avez changé de camp, sergent ?

– J'ai changé quand j'ai compris que le Sud était foutu et que j'ai vu comment les Sudistes traitaient les prisonniers, les nègres surtout. Crois-moi, il a mieux valu pour tout le monde que ce soit le Nord qui gagne !

– Et cette guerre, sergent, elle vous plaît ?

– S'il y avait à boire autre chose que de l'eau tiède, à manger autre chose que du bœuf pourri et des filles agréables à caresser, je me plaindrais pas... mais jusqu'à présent, hein, c'est pas encourageant.

Pour remercier le sergent de l'intérêt qu'il lui portait, Gratien décrocha sa gourde de son ceinturon et la lui tendit.

– Dis donc, c'est du bourbon ça, fit Bunny en reprenant son souffle après une copieuse rasade, tu viendrais pas du Tennessee par hasard ?

– Non, de Louisiane.

– C'est pas mieux, maugréa le sergent. Il y a trop de nègres par là et les femmes sont fières, des vraies pimbêches, même les filles de la rue des Remparts, qu'on paye cher et qui veulent choisir leurs pratiques.

Comme pour se dédommager, le soldat s'octroya une nouvelle goulée, puis il rendit la gourde ronde frappée des lettres « U.S. » à son propriétaire.

– Demain, il se pourrait que t'en aies besoin... on va attaquer les Espagnols qui tiennent les collines et qui ferment la route de Santiago. Y se pourrait que ça chauffe.

– Après tout, nous sommes là pour faire la guerre, observa Gratien.

– Ouais, ouais, mais à mon avis, c'est pas une vraie guerre, dit le sergent sur le ton de la confidence. Nous n'avons que quatre canons et ce major général Shafter qui nous commande me paraît tout juste bon à envoyer des rapports à Washington. Je l'ai vu cet après-midi. Il est comme une barrique, il sue, il souffle, il faut deux types pour le mettre en selle et la goutte l'empêche de rester à cheval plus de dix minutes. On dit que c'est un ancien cultivateur... peut-être l'a-t-on envoyé ici pour récolter le tabac et la canne à sucre !

– Heureusement que nous avons de bons officiers au 2e du Massachusetts et au 71e de New York... des sergents entraînés...

Bunny Capelowski éclata de rire et envoya une vigoureuse bourrade à Gratien.

– Au 2e du Massachusetts, nous nous sommes battus contre les Indiens et dans l'Ouest, contre les pillards mexicains. Les « dagoes »[1] ne nous font pas peur, monsieur l'avocat et, si vous vous sentez un peu seul au milieu de vos Rudes Cavaliers qui semblent croire que la guerre est comme une bagarre de saloon au Dakota, suivez le sergent Bunny... avec votre gourde à bourbon !

---

1. *Dago* : terme de mépris pour les personnes très brunes généralement d'origine espagnole, italienne ou portugaise.

5

Le mystère de la disparition de Lorette, la fille de Harriet Brent, fut résolu au début du mois de juin par Aristo, le dalmatien des Vigors. Tandis que Gratien attendait à Key West son embarquement pour Cuba et que Stella commençait à se morfondre chez ses beaux-parents à La Nouvelle-Orléans, le chien trouva dans une mare le corps de la jeune Noire. Depuis plus d'un mois que cette adolescente avait disparu, des douzaines de personnes étaient passées près de la petite pièce d'eau envahie par les jacinthes. Il avait fallu les premières journées chaudes pour que le niveau de la mare, emplie par les pluies du printemps, baisse suffisamment et révèle la présence d'un corps. Vagabond d'autant plus audacieux que l'absence du maître le laissait libre de ses divagations, Aristo s'était mis aussitôt à donner de la voix. Citoyen, tiré de sa sieste, qu'il faisait comme d'habitude sur un banc ombragé du jardin anglais, avait décidé, non sans mal, le jardinier, également somnolent, à « aller voir ce qu'avait ce sacré chien ».

– Je crois bien qu'y a un mort dans la boutasse ! revint dire essoufflé et ému le domestique.

Citoyen, qui détestait les événements hors du commun et dont la pleutrerie s'accommodait mal de tout ce qui touchait à la mort, alla jeter de loin un regard sur la forme ballonnée qui émergeait des jacinthes. Harriet étant absente pour la journée, il réveilla Bella, la cuisinière, puis, faisant preuve d'initiative, attela le buggy et s'en fut à Sainte-Marie prévenir le shérif. Celui-ci, assisté d'un des aides, vint tirer le corps de la mare. Le spectacle était peu ragoûtant. Les petites tortues noires, qui vivent dans les jacinthes d'eau, avaient à demi dévoré le visage, les avant-bras et la poitrine. Une odeur douceâtre et écœurante se dégageait du cadavre qui, saisi dans une couverture empruntée à l'écurie, fut transporté jusqu'au hangar de la presse à coton et déposé sur un caillebotis hors d'usage.

– On peut dire que c'est une femme parce que ce sacré macchabée porte une robe, mais c'est tout ce qu'on peut dire...

Le shérif, un robuste Cajun, bon vivant et loyal protecteur des lois et des gens, était un peu pâle. Il fallait attendre, pour en savoir davantage, l'arrivée du médecin que Citoyen, pressé de fuir les lieux, fit réclamer par Mme Oswald, première abonnée au téléphone du secteur.

Depuis bien longtemps, Sainte-Marie était dépourvue de médecin. En cas d'urgence, on sollicitait celui de Saint-Francisville. Le dernier praticien installé à Sainte-Marie, où il avait succédé au célèbre docteur Murphy, dont le nom servait d'enseigne au dispensaire, avait été cet Horace Finks, venu avec l'armée nordiste et parti avec l'institutrice noire, Ivy Barnett. Le couple vivait, disait-on, à Haïti, république noire toujours citée en exemple. Le docteur de Saint-Francisville, John Benton, un baptiste atrabilaire, venait une fois par semaine au dispensaire tenu par Nancy Tampleton pour examiner les malades. Le fait qu'il appelât ceux-ci dans l'ordre de leur arrivée au dispensaire, sans considération de couleur de peau, choquait les femmes des petits Blancs. Elles ne voulaient pas être auscultées « par des mains qui venaient de palper des nègres ». Quand quelqu'un tombait gravement malade, si ses proches jugeaient indispensable la présence du médecin, John Benton devait « traverser la rivière » par le bac de Bayou Sara. Depuis que le docteur disposait d'un téléphone, l'attente ne dépassait que rarement vingt-quatre heures. Chaque année cependant, des gens mouraient d'hémorragie ou d'étouffement pour n'avoir pas été soignés dans des délais raisonnables. John Benton était un vieil homme alerte et peu prolixe. Surchargé de besogne, il effectuait chaque jour, à bord d'un cabriolet pourvu d'immenses roues caoutchoutées et tiré par une jument blanche, des dizaines de miles.

Comme « il courait toujours après les aiguilles de sa montre » son diagnostic était généralement rapide et catégorique. « Il est inutile que je prescrive des remèdes à votre mari (à votre femme, à votre père, à votre enfant, suivant le cas), il sera mort avant trois jours. Priez et résignez-vous ! » Si l'affaire était bénigne, il prenait un air courroucé : « Dans deux jours, il (ou elle) sera debout, vous auriez pu ne pas me déranger pour une colique. » Comme le docteur Benton se trompait rarement dans ses pronostics, les gens hésitaient à l'appeler, craignant de s'entendre condamner à mort, ou dans le cas le plus favorable, de se faire houspiller.

Le médecin considérait également qu'expertiser un cadavre pour donner un avis à la police ou à la justice était une autre façon de perdre son temps. Quand il eut examiné le corps retiré de la mare, il réclama une cuvette, du savon et un verre de whisky. S'étant lavé les mains posément, il rabattit ses manchettes, enfila son veston d'alpaga noir, rangea ses lunettes dans leur étui et but à petites gorgées le verre que Bella lui présentait. Puis, il se tourna vers l'assistance que la laideur du spectacle tenait à distance du hangar et dit, s'adressant au shérif aussi bien qu'à Citoyen, à Bella et aux quelques Noirs désœuvrés qui s'étaient joints au petit groupe :

– C'est une jeune négresse bien sûr, de treize ou quinze ans. A mon avis, elle n'est pas morte noyée et je crois même pouvoir dire qu'on lui a brisé la nuque. Pour savoir si elle a subi, vivante ou morte, les outrages abominables qu'on ne peut s'empêcher d'imaginer, il faudrait pratiquer des examens que je n'ai ni le temps, ni les moyens de faire ici... D'ailleurs cela, n'est-ce pas, n'a plus grande importance. C'est maintenant au shérif de retrouver celui qui a fait le coup.

– Bon, dit le shérif, ainsi mis en cause, c'est une négresse qui a été étranglée... sans doute par un nègre hein !

– Ça peut aussi être un Blanc, un Indien ou un papiste, répliqua sèchement le médecin. A mon avis, et bien que cela ne me regarde en rien, il vous faudra, shérif, d'abord essayer de savoir qui est cette négresse morte.

Le médecin n'avait pas fait trois enjambées en direction de son buggy que la voix de Bella s'éleva, tragique et puissante, comme une invocation. Envahie par une trémulation incoercible, la cuisinière répétait :

– C'est Lorette, Lorette Brent, je connais sa jupe à volants bleus, elle la mettait le soir... c'est Lorette, Lorette Brent, pour sûr, c'est la Lorette Brent.

John Benton revint sur ses pas et, comme Bella roulait des yeux blancs en se laissant aller contre l'assistant du shérif, le médecin la gifla sans y mettre de forme.

– Donnez-lui un peu de whisky et asseyez-la.

La cuisinière, habituée aux liqueurs fortes, avala l'alcool sans sourciller, comme un cocher et répéta :

– C'est la Lorette, docteur.

– Venez donc voir si vous la reconnaissez bien, fit le shérif, faut qu'on soit sûr !

Dominant sa répulsion, Bella s'approcha du corps vivement découvert par le policier.

– Oh ! oh ! oh !... C'est bien elle, oh ! oui, fit Bella en se signant maladroitement d'une main tremblante avant de se mettre à sangloter sans discrétion.

Le médecin lui fit donner à nouveau un fond de verre de whisky et Bella précisa, cette fois avec volubilité :

– C'est bien sa jupe à volants bleus, c'est bien aussi son jupon et même je peux vous dire, docteur, que c'est ses cheveux qu'elle s'étirait, qu'elle se les brossait tout le temps à rebours comme si on pouvait les faire venir droits.

– Y en a-t-il d'autres qui peuvent identifier le corps ? fit le shérif d'un ton professionnel.

Bella, s'estimant investie d'une autorité particulière, intervint :

– Toi, Citoyen, tu la connaissais bien, la Lorette, hein, tu l'as assez mignotée, viens donc voir par ici.

Et, comme le majordome semblait peu disposé à faire un pas vers le corps, Bella ajouta :

– Viens-t'en donc voir, les morts y'zaiment qu'on les reconnaisse !

– Je pense bien aussi que c'est sa jupe à volants bleus, mais je veux pas en voir plus !

Le teint de Citoyen virant à la couleur des cendres, le médecin interrompit l'expérience et éloigna Bella qui fixait le cadavre défiguré.

– Faudra prévenir sa mère, conclut le shérif en rabattant la couverture sur le corps. Je crois que c'est la fille à Brent, la grande Harriet qu'est gouvernante ici.

– Faites aussi apporter une bière, c'est pas utile que la mère voie son enfant dans cet état. La jupe lui suffira, ajouta Benton en sautant dans son cabriolet.

En l'absence des maîtres, Bagatelle ressemblait à ces yachts désarmés dans un port de plaisance et dont un équipage réduit assure mollement l'entretien. La vacuité domestique atteignait son apogée quand Harriet, la gouvernante, se rendait, pour quelques heures, chez son vieux père à Sainte-Marie.

Car Citoyen, en dépit de son titre de majordome et de son ancienneté dans la place, n'avait ni le goût, ni les moyens de faire respecter la discipline du travail. Comme les marins désœuvrés prennent leurs aises dans les meubles de l'armateur quand le second est en ville, les serviteurs de Bagatelle ne se gênaient guère pour dormir dans les endroits frais, feuilleter les albums de famille, tâter du porto ou soustraire des friandises dans les bonbonnières, dès que la grande Harriet avait tourné les talons. En se méfiant de Citoyen dont elles craignaient vaguement le manque de discrétion et connaissaient les ruses de voyeur, les jeunes femmes de chambre osaient parfois s'enfermer dans le dressing-room pour passer, à même leur corps nu, des robes à falbalas, légères et fanées, portées autrefois par cette dame de Bagatelle dont un grand portrait dominait le salon. Que les roues d'un buggy fassent crisser le gravier de l'allée sous les chênes ou que les chiens signalent l'arrivée d'un familier dispensé du coup de cloche, aussitôt les parures retrouvaient leur cintre, les seins rigides, agacés par les bustiers de soie, disparaissaient sous la futaine ancillaire et avec de petits rires étouffés, leurs souliers à la main, les jeunes Noires dévalaient l'escalier, courant vers l'office ou la lingerie, comme des souris vers leur trou. La gentille Lorette, dont la dépouille reposait près de la presse à coton, avait souvent participé à ces essayages indiscrets. C'étaient là d'innocents plaisirs qui se pratiquaient dans la plupart des vieilles plantations.

Depuis la disparition de la jeune fille, chaque visite d'Harriet au vieux Brent était un supplice. Le vieillard à toison blanche, qui allait sur ses quatre-vingts ans, faisait figure d'oracle dans les milieux noirs de la paroisse, depuis qu'il avait occupé des fonctions officielles au Bureau des affranchis. Pensionné par l'État, il donnait des consultations à propos de tout et de rien. A la fois écrivain public et conseil juridique, il s'estimait investi de responsabilités civiques. Depuis la mort de sa femme Rosa, il menait tambour battant sa maisonnée, composée d'une bonne à tout faire et de son petit-fils de treize ans, un bègue surnommé à cause de cette infirmité Lispy. Né d'un mariage malheureux du fils aîné de Brent, Netto, maître d'hôtel sur les bateaux de la Cunard, Lispy avait été pris en charge, moyennant dédommagement, par son grand-père qui lui servait de précepteur. Doué pour la musique, le bègue jouait déjà fort bien du piano avant même d'avoir appris le solfège. Il arrivait que la demeure de Brent retentisse, pour la plus grande joie des jeunes Noirs de Sainte-Marie, des accents d'étranges musiques très rythmées, à la fois alertes et mélancoliques, syncopées et répétitives, que les gens de La Nouvelle-Orléans, qui ne méprisaient pas les airs nègres, appelaient ragtime.

Brent, qui exigeait une chemise propre et empesée chaque jour et se serrait le cou dans une cravate de soie élimée, même quand il passait la journée à rêvasser sur sa véranda, estimait que la disparition de sa petite-fille était incompatible avec sa position sociale.

Après avoir longtemps refusé de connaître « cette enfant sans père », il s'était attaché à Lorette, intelligente et charmeuse. La fugue de l'adolescente lui avait causé un vif chagrin, qui se traduisait par une fureur permanente à l'égard des femmes, « instruments préférés du tentateur ». Car pour Brent, qui refusait d'envisager l'hypothèse d'un accident, noyade ou autre, dont aurait pu être victime sa petite-fille, Lorette s'était « tout bonnement fait enlever par un de ces gandins mulâtres, beaux parleurs portant des guêtres blanches ». « Un de ces types, précisait-il à mi-voix, qui obligent leurs bonnes amies à faire des mignardises aux gros bonnets pour des dollars. » N'y avait-il pas un précédent fâcheux dans la famille avec cette Véna, la benjamine des Brent, sœur d'Harriet, qui levait la jambe dans une taverne de Storyville et émoustillait les marins en montrant des dessous qu'aucune honnête femme n'aurait voulu porter.

David Lincoln, le fils aîné de Brent, celui qui occupait à La Nouvelle-Orléans une bonne place dans une banque et écrivait des articles en français dans *l'Union*, l'organe des Noirs, rapportait que Véna s'était fabriqué un paravent avec des chapelets de bouchons. Ces derniers provenaient, affirmait la dévergondée, des bouteilles de champagne que les clients des tavernes avaient vidées en sa compagnie. Interrogée par son frère, elle avait juré que Lorette ne se trouvait dans aucun des établissements de Storyville.

– Grand Dieu, disait Brent, elle est peut-être à New York ou à Saint-Louis. Les femmes noires ont quelquefois le vice dans le sang. J'aimerais mieux savoir Lorette morte qu'en train de se faire caresser par des mains sales. Ah ! si m'sieur Dandrige était encore de ce monde, Harriet, je t'jure bien qu'il la retrouverait notre Lorette...

Mais le Cavalier, intendant de Bagatelle, homme d'honneur « aux yeux de qui tous les humains avaient la même peau et le même cœur », reposait depuis vingt ans sous les trois chênes près de m'ame Virginie. Brent pouvait se lamenter en égrenant des souvenirs des années difficiles, personne ne se souciait vraiment, hormis quelques membres de la famille, du sort de la fille d'Harriet.

La gouvernante venait de servir le thé de son père dans une grande tasse de porcelaine, pièce ultime d'un très ancien service décimé à Bagatelle sous le règne de « m'ame Virginie » et offerte par cette dernière à son majordome, quand Citoyen apparut dans l'encadrement de la porte.

– B'jour m'sieur Brent, le shérif m'a dit de venir pour chercher Harriet.

– Le shérif, qu'est-ce qu'il veut celui-là, de si pressé ? bougonna Brent.

Avisant le col déboutonné de Citoyen, il se souvint de l'époque où il punissait à coups de pied ou de balai de telles négligences.

– Tu peux pas boutonner ton col... c'est ça qu'on t'a appris, hein ?

Pendant ce bref échange, Harriet, soupçonnant qu'il pouvait s'agir de sa fille, avait déjà assuré son chapeau et saisi son sac à main.

– Ils ont des nouvelles de Lorette ? dis-moi, Citoyen.

Le sang-froid de la gouvernante impressionnait le Noir. Il redoutait de prononcer les mots qui allaient détruire le calme un peu hautain d'Harriet et en même temps savourait niaisement cette espèce de pouvoir, dont l'avaient investi le hasard et le shérif, de faire éclater le chagrin. Comme il se dandinait d'un pied sur l'autre en boutonnant son col, Brent intervint sans douceur.

– Eh bien ! parle ; on a des nouvelles ?

– Oui... y a des nouvelles, oui, je crois m'sieur Brent.

– On l'a retrouvée... sur un show-boat !

– Oui... non ! m'sieur Brent, on l'a retrouvée... dans la p'tite mare derrière la maison...

Harriet plia les jambes lentement et s'assit le buste droit sur la chaise qui se trouvait derrière elle. Un grand moment, elle resta immobile, le regard fixé au-dessus de la tête de son père sur une gravure accrochée au mur, un de ces chromos reproduits à des milliers d'exemplaires pour les affranchis et représentant une scène de *La case de l'oncle Tom* de la célèbre Mme Beecher Stowe. Puis, elle se mit à pleurer en dodelinant doucement de la tête, ce qui communiqua aux fleurs et à la grappe de cerises qui ornaient son chapeau de paille un balancement absurde.

Brent se leva, fit le tour de la table et vint poser sa main sur la nuque de sa fille.

– Allons la voir, dit-il, et que Dieu et toi me pardonniez d'avoir mal pensé d'elle.

Quarante-huit heures plus tard, Lorette fut enterrée dans le cimetière du quartier noir de Sainte-Marie, près de sa grand-mère Rosa et de son arrière-grand-mère, cette Netta qui avait tenu si longtemps les fourneaux de Bagatelle.

Devant la tombe, après la première pelletée de terre, tous reprirent en chœur :

Où est donc Lorette qui pleurait ?
Où est donc Lorette qui pleurait ?
Au séjour de la gloire.
Lorette est morte, elle est aux cieux
Lorette est morte, elle est aux cieux
Au séjour de la gloire !

La vieille mélodie que l'on psalmodiait déjà aux enterrements des esclaves quand Bagatelle en comptait plus de quatre cents – dont bon nombre des parents de ceux et celles qui accompagnaient Lorette en ce jour de juin – parut à Castel-Brajac plus émouvante que jamais.

Le Gascon avait de l'affection pour Harriet et une grande estime pour le vieux Brent que le chagrin courbait sur l'épaule de sa fille. S'il était naturel de pleurer les morts, n'était-il pas nécessaire de retrouver et de punir ceux qui provoquaient de tels drames ? L'enquête du shérif n'avait pas donné de grands résultats. Comme chaque fois qu'un meurtre ou un délit était commis dans la paroisse, les gens de police avaient visité les écarts où, dans des cabanes de planches, subsistaient des Noirs trop paresseux ou trop faibles pour travailler. Pêcheurs, braconniers, chapardeurs, soutiers ou dockers d'occasion, renforts mobilisés quand les pluies d'automne menaçaient le coton tardif, ils constituaient aux yeux des Blancs une population louche. Certains planteurs, qui ne passaient pas pour plus réactionnaires que d'autres, affirmaient que cette plèbe était née de l'émancipation. « Au temps de l'esclavage, on les tenait, on les surveillait, on leur apportait au moins le gîte, la pitance et des soins élémentaires. Ils ne pouvaient ni vagabonder, ni flânocher très longtemps, ni vivre d'expédients ou de rapines... Maintenant, livrés à eux-mêmes, ils retournent à leurs mœurs primitives, bientôt on les verra aller nus et s'accoupler comme les bêtes. » De tels propos mettaient Castel-Brajac en colère. Sans reconnaître aux Noirs des capacités dont ils étaient trop souvent dépourvus, le Gascon estimait que les Blancs qui leur avaient accordé, de gré ou de force, la liberté n'étaient pas quittes pour autant d'un certain nombre de devoirs à l'égard des anciens esclaves et de leurs descendants. A ces gens, dont les ancêtres n'avaient pas choisi de venir cultiver le coton et la canne à sucre pour le compte des colons de la libre Amérique, il convenait de donner une éducation et une instruction longtemps maintenues hors de leur portée par les codes noirs, afin qu'ils deviennent des citoyens capables d'apprécier le bien-fondé des lois et, partant, de les respecter.

Après les funérailles de Lorette auxquelles il avait assisté, avec quelques Blancs, Gustave interpella le shérif :

– Alors, cette enquête ?

– J'ai ramassé deux ou trois lascars, mais c'était plutôt des dégénérés que des assassins... Et puis, nous avons affaire à un meurtre un peu spécial.

Le shérif expliqua que le coroner, n'ayant pas été satisfait par le rapport du docteur Benton, avait demandé une autopsie complète. Il en ressortait que « la pauvre Lorette avait bel et bien été violée » par son meurtrier.

Après avoir fait cette confidence à M. de Castel-Brajac, le shérif demanda :

– Vous le connaissez bien le majordome Citoyen ? On dit qu'il a la manie de se cacher pour voir les femmes se déshabiller et qu'il ne rate pas une occasion de coincer les chambrières pour leur tripoter les seins ou tenter de les embrasser... Et on ne lui connaît pas de petite amie, à ce nègre.

– Oui, je le connais. C'est un rustaud, un peu benêt, mais incapable de faire du mal à qui que ce soit... Et après tout, shérif, courtiser les soubrettes et se rincer l'œil quand les dames oublient de tirer leurs rideaux n'a rien de bien méchant. Mais pourquoi semblez-vous penser à un nègre ?

Le shérif eut un regard étonné.

– Eh bé ! Vous savez bien qu'une jeune négresse un peu jolie finit toujours par céder à un Blanc, que ce soit par vice ou par intérêt... On n'a pas besoin de les étrangler pour les avoir, pas vrai ?... Y a qu'à voir tous les petits mulâtres qui courent les rues de la paroisse, et interroger les chambrières, les « tisanières » comme on disait autrefois, qui émargent dans les plantations.

– Il y a des demoiselles et des dames noires sérieuses, fières et fidèles, shérif... regardez Harriet, elle est irréprochable. J'en suis certain.

Le shérif, oubliant qu'il se trouvait au seuil d'un cimetière, se mit à rire.

– Votre exemple me paraît bien mal choisi, monsieur... Harriet est peut-être irréprochable aujourd'hui, mais vous savez qui est le père de la petite qu'on vient d'enterrer ? Hein, vous êtes un peu trop bon, monsieur, et croyez-moi, les chiens font pas des chats !

Le Gascon regarda le policier s'éloigner assez satisfait de sa démonstration. Tout le monde savait dans la paroisse, et Gustave comme Brent et Harriet, que la petite Lorette étant enterrée chrétiennement, personne ne se soucierait plus dans quelques jours de retrouver son meurtrier.

Ce fut peut-être pour manifester sa sympathie à la gouvernante de Bagatelle que M. de Castel-Brajac poussa ce soir-là jusqu'à la plantation. Il n'y avait pas remis les pieds depuis ce dîner d'avril, à l'issue duquel Charles de Vigors s'était employé avec profit à convaincre son fils de prendre un engagement dans les Rough Riders. Toute la famille se trouvait déjà à La Nouvelle-Orléans depuis deux semaines quand Gloria avait appris, par sa fille Lucile, le départ des Vigors et la décision de Gratien.

Mme de Castel-Brajac, annonçant cette nouvelle à son mari, avait cru bon d'ajouter pour parfaire son indignation une information connue seulement de deux ou trois femmes de la famille : Stella attendait un quatrième enfant. Une telle révélation, ajoutée à l'annonce de l'engagement de Gratien, avait aussitôt allumé chez M. de Castel-Brajac une de ces colères énormes comme il ne lui en venait que tous les deux ou trois ans. Dans ces moments-là, le Gascon était à lui seul un spectacle. N'eût été la crainte de voir son mari succomber à une crise d'apoplexie, Gloria, qui appréciait le crescendo des emportements de Gustave comme un sketch, se fût amusée au moins autant qu'à une pièce de Labiche.

Sourcils froncés, teint cramoisi, les pupilles prêtes à jaillir de l'orbite comme des balles, l'écume aux lèvres, la voix tonnante, Gustave pouvait fulminer en gesticulant pendant une bonne heure. Pour stigmatiser la bêtise humaine, la vanité, l'égoïsme, la cupidité et cent autres défauts majeurs, il trouvait, grâce à l'étendue de son vocabulaire, des qualificatifs inédits, des superlatifs grandioses, des comparaisons destructrices, des imprécations bibliques. Pratiquant l'hyperbole, l'ellipse, la prolepse, la dubitation et même la tautologie, il savait enfermer dans une flamboyante rhétorique l'objet de son ire. Parfois, il faisait appel aux auteurs grecs et latins, aux Pères de l'Église, aux philosophes hérétiques, citant pêle-mêle Tacite, Apulée, Pétrone aussi aisément que Sidoine Apollinaire, l'évêque d'Hippone ou Rousseau. Entre deux stances imprécatoires réussies, il reprenait son souffle, s'épongeait le front, considérait le paysage à travers la fenêtre puis faisait à nouveau face au public, c'est-à-dire à Gloria qui, confortablement installée dans un fauteuil, tricotait ou crochetait une pièce de layette pour ses petits-enfants. Il arrivait même que Mme de Castel-Brajac, estimant la fureur maritale inépuisée, relançât d'un mot ou d'une considération dans une direction jusque-là négligée le courroux de Gustave.

Elle savait l'éclat terminé quand, cessant son va-et-vient nerveux à travers le salon, M. de Castel-Brajac se laissait tomber sur un sofa et demandait d'une voix soudain apaisée en déglutissant avec peine : « Gloria, faites-moi porter à boire je vous prie. » Un grand verre d'eau glacée et un baiser de sa femme rendaient le Gascon à sa placidité habituelle. Il pouvait y avoir encore pendant l'heure qui suivait quelques résurgences d'indignation mais le feu de la colère était tombé et l'on s'acheminait vers les propos raisonnables et les appréciations cartésiennes.

« Je crains, chère amie, de m'être conduit comme un enragé, d'avoir proféré en votre présence des mots déplacés, peut-être grossiers, veuillez ne pas m'en tenir rigueur... la colère rajeunit. »

Gloria souriait avec tendresse et compréhension et traduisait ainsi mentalement les excuses de son mari : « J'espère chère amie que j'ai été bien, particulièrement en verve et que j'ai su fustiger comme il se doit et dans les termes adéquats la bêtise ou la malhonnêteté. » Souvent, après ces séances qui terrorisaient la domesticité, Gustave se mettait au piano et achevait d'évacuer ses humeurs en jouant Liszt.

Mais, le soir où il avait appris l'engagement de Gratien et ce qu'il appelait dans sa fureur « l'enlèvement » par Charles de Vigors de Stella et de ses enfants, M. de Castel-Brajac était tombé, en retrouvant son calme après le verre d'eau, dans une profonde mélancolie. Certes, les nouvelles de la guerre étaient bonnes et, si Cuba ne résistait pas davantage que Manille, on pourrait compter que Gratien sortirait indemne de l'aventure où l'avait poussé son père. On avait en effet appris le 7 mai à Washington, et le lendemain en Louisiane, que l'escadre américaine, commandée par le commodore George Dewey, avait pris possession en moins de sept heures de la station navale de Cavité à Manille après avoir détruit dix vaisseaux espagnols dont les croiseurs *Reina Cristina, Castilla* et *Isla de Cuba*. Les bateaux américains n'avaient subi aucun dommage et seuls quelques marins souffraient de blessures légères. Depuis cette victoire, si rapide et si complète, qui avait valu au commodore Dewey les félicitations télégraphiques du Congrès et une promotion au grade de contre-amiral, le gouvernement fédéral, redoutant que l'Espagne envoie une expédition pour reprendre Manille, avait dépêché des renforts.

Le 24 mai, trois transports de troupes, ayant embarqué deux mille cinq cents hommes, escortés par le croiseur *Charleston* avaient quitté San Francisco. Le général T.M. Anderson commandait l'expédition et le service sanitaire comptait parmi ses médecins un des rescapés du *Maine*, le lieutenant Faustin Dubard, dont le visage portait les traces effrayantes des brûlures dont il avait souffert à La Havane.

En se rendant à Bagatelle après l'enterrement de Lorette, Gustave de Castel-Brajac, qui venait d'apprendre par le journal le départ, le 16 juin, du corps expéditionnaire pour Cuba, s'efforçait d'imaginer Gratien dans cette aventure et composait mentalement la lettre qu'il se proposait d'envoyer à Charles pour lui dire son fait.

Gloria avait tenté et tenterait encore de le dissuader d'agir ainsi.

– C'est votre plus vieil ami et vous l'aimez, alors pourquoi prolonger cette querelle ? Gratien est parti faire la guerre, cela ne veut pas dire qu'il lui arrivera quelque chose. Souvenez-vous de ce que disait Jefferson : « Que de chagrins ont été causés par la menace de malheurs qui ne se sont jamais produits. »

Tout en pressant le pas de son cheval, Gustave maugréait. Il en voulait un peu à Gratien de n'avoir pas su résister à son père et à Stella de ne pas s'être interposée, de n'avoir pas fait valoir sa situation... « Quand je pense qu'elle porte encore un enfant... les jeunes sont de vraies chiffes molles ! Macadiou où sont les caractères ! Ils s'étiolent, s'érodent, se détériorent au fil des générations... Pourvu qu'Osmond ne ressemble pas à son père... »

Et il se prit à espérer que cet enfant, pour lequel il ressentait une incompréhensible mais impérieuse attirance, apparaîtrait chez les Vigors après « cette boun Diou de génération qui se repose », comme le digne rejeton d'une lignée qui ne reniait pas les apports de sangs étrangers.

A Bagatelle, il s'en fut directement derrière la maison principale, dans le petit logement qu'on avait réservé à la gouvernante. Il trouva Harriet occupée à ranger ses vêtements de deuil. La grande femme avait l'œil sec ; elle parut un peu surprise par cette visite inopinée.

– Je n'ai pas pu vous parler au cimetière, Harriet, il y avait trop de monde, mais j'aimerais savoir, en l'absence des maîtres, si je puis vous aider. C'est bien dommage que Mme de Vigors soit à La Nouvelle-Orléans.

– Je lui ai écrit, monsieur Brajac, pour lui raconter comment on avait trouvé Lorette dans cette mare, mais c'était pas la peine qu'elle se dérange pour un enterrement. Elle doit avoir bien des soucis de savoir Monsieur à la guerre.

– Ça, c'est son affaire, ma bonne Harriet, mais la vôtre, c'est de savoir comment et pourquoi votre fille est morte... Vous n'avez aucune idée ?

– Non, monsieur Brajac, le shérif m'a déjà posé beaucoup de questions. Lorette était sérieuse. Ce jour-là, elle est partie pour aller chez son grand-père... on a dû l'attaquer tout près d'ici et on l'a... jetée dans la mare...

Des larmes que la gouvernante ne cherchait pas à retenir glissaient le long des ailes du nez jusqu'à ses lèvres, qu'elle essuyait de temps en temps, avec un petit mouchoir déjà trempé.

Gustave, qui ne savait trop comment exprimer sa sympathie et qui devinait les réticences de cette femme pudique, se mit à tripoter machinalement ce qu'il prit pour un chiffon.

– C'est sa jupe que vous touchez là, monsieur Brajac, fit Harriet... On n'a pas voulu me la montrer, elle, alors on m'a donné sa jupe... C'est moi qui l'avait coupée dans une pièce que m'avait donnée Mme Gloria justement.

Gustave déploya le vêtement. Il était sec mais des traces de vase le souillaient encore.

Harriet s'en aperçut.

– Je vais la laver et la ranger...

– Attendez, fit le Gascon en chaussant les lunettes qu'il mettait pour lire et voir de près.

Puis, il désigna des taches jaunes, un peu poisseuses.

– Qu'est-ce à votre avis ?

– Oh ! de la boue sans doute, fit Harriet sans trop s'intéresser aux taches.

– Non, Harriet, on dirait de la peinture, de la peinture jaune. Il serait intéressant de savoir si par ici on a repeint des volets, une barrière, un chariot ou quelque chose qui a pu laisser des traces sur la jupe de Lorette... Le shérif a vu ça ?

– Je ne sais pas, monsieur Brajac. Il m'a donné la jupe, c'est tout.

– Bon, écoutez Harriet, cette jupe, ne la lavez pas encore, pas avant que je vous y autorise. Il y a peut-être avec ces traces de peinture un indice qui pourrait être utile pour l'enquête.

– Oh ! l'enquête, fit d'une voix lasse Harriet, qui était sans illusion quant à l'importance que la justice pouvait attacher à la mort d'une jeune Noire.

– Détrompez-vous, j'informerai moi-même le juge Clavy, qui vous connaît bien puisque c'est un habitué de la maison. Il saura faire activer le shérif.

M. de Castel-Brajac croyait à la police scientifique et à l'efficacité de la déduction. Depuis qu'il avait lu en 1887 *La tache écarlate*, roman d'un médecin anglais nommé Arthur Conan Doyle, il ne cessait de suivre dans le *Strand Magazine* qu'on lui envoyait de Londres, les aventures du détective Sherlock Holmes qui débrouillait les affaires les plus compliquées en faisant appel à l'observation minutieuse et en réfléchissant posément sur les êtres et les choses. Nul doute qu'avec ces taches de peinture jaune, le héros de M. Doyle eût trouvé en un rien de temps le meurtrier de Lorette.

Poussé par sa conviction et aussi un peu par jeu, M. de Castel-Brajac, ayant chaleureusement serré la main d'Harriet, qui n'était pas habituée à ce genre de manifestation, fit le tour de la maison. Il eût été bien incapable de dire ce qu'il cherchait exactement, mais il pensait « peinture jaune » et se prenait pour le docteur Watson. Comme il s'apprêtait à grimper sur le siège de son cabriolet, Citoyen sortit d'un cellier.

– Hep ! hep ! Citoyen, viens par ici, j'ai deux mots à te dire.

Le Noir s'excusa de n'avoir pas entendu M. de Castel-Brajac arriver, mais Gustave balaya d'un geste les considérations que le domestique se préparait à formuler.

– Dis-moi, Citoyen, tu n'es toujours pas marié ?...

– Non m'sieur Brajac.

– Bon, as-tu au moins une amie, ce qu'on appelle une bonne amie, quoi, tu me comprends !

Citoyen, troublé par des questions aussi intimes, écarquillait les yeux et triturait le bas de sa veste blanche, mais ne savait que répondre.

– Je te demande ça, mon garçon, parce qu'il n'est pas bon qu'un homme vive sans... rencontrer une femme de temps en temps... Tu comprends boun Diou ce que je veux dire ?

– Quelquefois je vais à La Fourmi, à Sainte-Marie, m'sieur... mais il faut toujours y donner ci ou ça, m'sieur... Ici c'est pas comme à Nouvelolean, m'sieur.

La Fourmi était une minuscule veuve noire qui faisait, avec une relative discrétion et l'assentiment populaire, commerce de ses charmes. On affirmait que des Blancs ayant pignon sur rue en usaient sans dégoût.

Cet interrogatoire intriguait Citoyen.

– Pourquoi vous demandez ça, m'sieur Brajac ?

– Parce qu'on m'a dit que tu courses les soubrettes et que tu reluques les dames... en chemise de nuit.

Le majordome émit un rire niais.

– Ça c'est ben vrai, m'sieur, j'aime bien caresser un peu les p'tites lingères comme tou'le monde, m'sieur.

– Et tu caressais pas un peu Lorette aussi ?

– J'aurais bien voulu m'sieur, mais elle voulait pas et puis sa mè non plus... Lorette, m'sieur, elle était pas pour les nègres, m'sieur, et c'est p'têt ben pour ça qu'elle a morte, m'sieur. J'suis su qu'un négro l'a serré le cou parce qu'elle voulait pas le mignadé m'sieur.

– Et tu n'as pas d'idées sur ce nègre ? Non ?

– Oh ! c'est sûr, quelqu'un qui connaissait pas la Lorette... Ceux qui connaissaient y s'y auraient pas frotté !

Rassuré par tant d'ingénuité et par cette espèce de bonne santé rustique quasi animale de Citoyen, M. de Castel-Brajac reprit le chemin de Castelmore.

En cette fin d'après-midi, alors que le mercure commençait à redescendre dans les thermomètres après avoir atteint la graduation quatre-vingt-cinq en degrés Fahrenheit[1] et que le soleil déclinait, Gustave, malgré son optimisme naturel, ne parvenait pas à chasser les pensées moroses qui l'assaillaient. Le fait que le corps de Lorette ait été retrouvé dans cette mare où près d'un demi-siècle plus tôt s'était noyé Pierre-Adrien de Damvilliers, âgé lui aussi de quatorze ans, lui semblait un mauvais présage. Certes, il n'y avait aucun rapport entre le décès accidentel du fils de Virginie et de son premier époux et celui de la fille d'Harriet, jetée là par son assassin, mais c'était à Bagatelle et non ailleurs que ces drames avaient eu lieu. Et puis, il y avait cette guerre stupide dans laquelle Gratien était engagé et aussi le fait qu'Osmond se trouvait retenu loin de la plantation.

Ce soir-là, Gloria de Castel-Brajac dut déployer de grands efforts pour obtenir un sourire de Gustave. Quand, après le dîner, il se mit au piano pour jouer une certaine sonate de Beethoven qu'elle connaissait bien, elle comprit qu'il était triste.

---

1. Environ trente degrés centigrades.

6

Fort des confidences du sergent Bunny, Gratien de Vigors s'attendait, au lendemain de sa première nuit de garde, face aux défenses de Santiago, à être convoqué pour une bataille. Mais la journée s'écoula sans qu'aucun ordre de marche ne soit donné.

La chaleur, dans le bassin de Santiago, enchâssé entre la Sierra Maestra et la Sierra Cristal qui détournaient les alizés, devenait insupportable. Les ondées fréquentes n'apportaient aucune fraîcheur mais noyaient les paquetages mal protégés. Des éléments de deux régiments noirs, les 9e et 10e de cavalerie, dépourvus eux aussi de chevaux, se regroupaient près de Daiquiri, village abandonné dont le principal mérite avait été jusque-là de donner son nom à une boisson relativement rafraîchissante et constituée par un mélange de rhum, d'eau et de jus de citron. De fréquents conseils de guerre se tenaient à l'ombre d'un bosquet de kapokiers et l'on pouvait voir des généraux comme Henry Lawton, ou Joseph Wheeler, assis sur l'herbe, s'entretenir avec le lieutenant-colonel Roosevelt et d'autres officiers supérieurs, comme les chefs de division Bates et Kent.

Au cours de ces réunions, ils échangeaient au moins autant de doléances que de pronostics, car on grognait, dans les rangs des militaires de carrière comme chez les volontaires. La nourriture constituait le premier sujet de mécontentement. Seuls les éléments solides des rations, pain, viande, sucre et café pouvaient être distribués. Les conserves de tomates, les oignons et les pommes de terre faisaient défaut. Quant aux légumes frais qu'on aurait pu trouver dans le pays, ils étaient inexistants depuis que les guérilleros avaient ravagé les zones maraîchères de la région afin de rendre la vie encore plus difficile aux trente mille personnes qui s'entassaient dans Santiago soumise au blocus maritime depuis le 25 avril.

Le général Shafter, qui se trouvait toujours à bord de son bateau, avait pensé attaquer les Espagnols dès le lendemain du débarquement mais, pour des raisons qui échappaient aux simples soldats, les opérations avaient été différées. Le 30 juin, Gratien apprit, par son ami le sergent, que le « Gros Shafter » avait enfin débarqué à Siboney, à neuf miles à l'est de Santiago, et qu'il avait aussitôt établi son poste de commandement à El Pozo, à quatre miles seulement du fort d'El Caney où les six cents Espagnols du régiment d'élite « Constitución » veillaient avec deux canons sur une mauvaise route pouvant conduire à Santiago. Bunny disait tenir de bonne source que le général Linares, gouverneur de Santiago, qui disposait de dix mille hommes, se dirigeait vers El Caney.

– Je parie bien que c'est par là qu'on va commencer, dit-il à Gratien, désignant par-delà le moutonnement des collines le fortin espagnol.

L'ordre vint effectivement, dans la nuit, de se préparer à l'attaque pour six heures du matin, le 1er juillet. Le général Shafter, qui n'était pas dépourvu de talents militaires, avait décidé de faire marcher presque toutes ses forces contre les lignes de défense espagnoles. On attaquerait donc trois positions : El Caney, la colline de San Juan et Aguadores. Les soldats pouvaient imaginer que l'affaire serait chaude. Non seulement les ouvrages fortifiés espagnols étaient protégés par des postes avancés, des tranchées et des réseaux de barbelés, mais ils bénéficiaient des obstacles naturels que la jungle, courte mais dense, dressait au flanc des collines.

Malgré le désir qu'il aurait eu de suivre le sergent Bunny, qui appartenait à la division du général Lawton, laquelle reçut mission avec la brigade de Bates de s'emparer de El Caney, Gratien dut se résoudre à marcher avec les Rudes Cavaliers, plus spécialement chargés, avec les divisions des généraux Kent et les cavaliers du général Summer, de marcher sur Santiago après avoir fait sauter le verrou de San Juan.

Le colonel Roosevelt, rouge d'excitation et confiant dans la valeur combative de sa troupe, ne fut pas le dernier à mettre l'épée à la main et à commander l'escalade. On partit dans l'enthousiasme, au pas de charge à travers les arbres et les épineux, tandis que s'élevait, du côté d'El Caney, la canonnade espagnole et le crépitement continu des fusils. Tout en soufflant pour suivre ses camarades qui avaient noué sous le menton la jugulaire de cuir de leur chapeau, Gratien eut une pensée pour le sergent Bunny. Puis, il fut pris à son tour par l'action et vit s'élever sur la ligne nette des collines des petits flocons blancs, apparemment inoffensifs, qui indiquaient cependant la volonté de l'ennemi de s'opposer à cette escalade désordonnée mais impétueuse.

Bientôt, l'air fut traversé d'étranges miaulements et l'un de ceux-ci se tut brusquement quand un jeune type qui précédait Gratien se mit à genoux en se tenant l'épaule. Il était pâle et balbutiait des mots incompréhensibles.

– Avance, t'occupe pas de lui, dit un lieutenant qui progressait courbé et à grandes enjambées.

Gratien l'imita et décida, comme les autres, de se servir de sa Springfield. Il y avait dans l'assaut une sorte de ferveur téméraire comme si les hommes à chemise bleue et culotte kaki, à guêtres de toile écrue et à chapeau de feutre, se croyaient invulnérables. Telle une vague remontant un rivage pentu en formant des festons inégaux, la troupe se rapprochait des petits fortins aux toits plats d'où les Mauser espagnols envoyaient un feu nourri. De temps à autre, un tireur plus méthodique émergeait d'une murette, ajustait posément son tir et culbutait un assaillant. Il arrivait aussi qu'il soit abattu comme une silhouette de jeu de massacre avant d'avoir pu tirer. Un tel exploit donnait quelque satisfaction à son auteur pour qui tuer un homme, un inconnu, relevait soudain de l'abstraction ludique. Les premiers rangs atteignaient déjà les abords du fortin, parsemés de corps immobiles, quand Gratien aperçut le colonel Roosevelt et un groupe de soldats qui, négligeant l'objectif principal, gravissaient une colline sur laquelle un groupe de tireurs espagnols particulièrement adroits défendaient une étrange tour.

– C'est une chaudiè... à canne... pou fai'l suc... et faud'ai un canon pou'li démolli... j'te dis... mon gâ... lança un Noir qui grimpait en souplesse entre les buissons.

Gratien considéra les trois chevrons du sergent et suivit la progression de la 3e section du 10e de cavalerie du Montana, régiment composé de Noirs dont la réputation était connue dans toute l'armée. Disciplinés et attentifs, ces cavaliers, eux aussi privés de chevaux, avançaient posément sous la conduite d'un lieutenant qui n'était plus très jeune. Le fils de Charles de Vigors connaissait de vue cet officier qui paraissait au mieux avec M. Roosevelt. Il avait remarqué son uniforme impeccable, ses chaussures parfaitement cirées et avait retenu son nom : John Joseph Pershing[1].

– Puisque nous n'avons pas de canon, on va toujours essayer avec des fusils, murmura Gratien qui ressentait maintenant l'étrange griserie collective des combats.

Et, se souvenant de l'apostrophe célèbre du colonel Prescott, chef des miliciens qui attendaient les assaillants anglais à Bunker Hill, le 17 juin 1775, il lança à la cantonade :

– Ne tirez que lorsque vous verrez le blanc de leurs yeux !

Il s'efforça ensuite de se rapprocher du colonel Roosevelt qui, l'épée d'une main, le revolver dans l'autre, vociférait des encouragements à ceux qui marchaient à ses côtés. Il fallut cependant des heures pour déloger les défenseurs de la chaudière, des heures aussi pour enlever les positions avancées du fort d'El Caney. Entre ceux qui montaient à l'assaut, ceux qui, exténués, s'allongeaient un moment pour vider leur gourde et dominer leur peur, entre les infirmiers qui ramassaient des blessés gémissants et les porteurs de munitions qui suaient sang et eau sous leurs dangereux fardeaux, Gratien avait l'impression d'être un acteur irréel. Il n'entendait plus le bruit des détonations, ni les cris, ni les ordres, ni les appels. Il avait le sentiment de rouler, bille au milieu de milliers d'autres billes qu'un joueur venait de jeter à poignées sur un terrain inégal et raboteux.

Quand, vers quatre heures de l'après-midi, le fils du sénateur vint, comme tous ceux qui avaient participé à l'assaut de la Caldera, poser sa main ainsi qu'un coureur qui touche au but, sur la tôle de la chaudière à canne, éraflée par des centaines de balles, il se sentit soudain très las. Trempé de sueur, les jambes en feu sous la toile imperméable, portant aux avant-bras des écorchures récoltées Dieu sait où, il considéra ce qu'il pouvait appeler le champ de bataille. Les morts espagnols dans leur uniforme de coutil blanc et les morts américains qu'on emportait déjà, retrouvaient soudain une humanité émouvante. Le grand jeu avait fait des victimes que l'on compterait plus tard et Gratien, bourrant sa pipe, se sentit tout à fait heureux d'être ce qu'il était en ce lieu inconnu : un guerrier rescapé, un vainqueur, un vivant. Un officier lui enjoignit de rejoindre le groupe désigné pour la garde des prisonniers. Ces derniers, assez dignes dans leur uniforme souillé, paraissaient tout à fait étonnés de découvrir que ces « yanquis », qui n'avaient manifestement aucune notion de l'art militaire, ignoraient les règles d'attaque et les méthodes de progression en diagonale, n'étaient pas pour autant des sauvages. Ils donnaient plutôt l'impression aux défenseurs malheureux de San Juan qu'ils venaient de disputer un match contre

1. Alors âgé de trente-huit ans, professeur de tactique à West Point, il avait obtenu de rejoindre le 10e de cavalerie, régiment du Montana. Il devait en 1917 devenir le général en chef du corps expéditionnaire américain.

des garçons bien décidés à gagner et qui, la victoire acquise, étaient tout prêts à bavarder, à offrir des cigarettes ou un coup à boire.

Gratien, qui comprenait l'espagnol, entendit les prisonniers échanger leurs impressions. « Les Américains couraient vers nous, nous nous levions, nous tirions sur eux mais au lieu de s'arrêter, ils couraient plus vite », disait l'un d'eux à un officier gourmé. Les Rudes Cavaliers et leur chef, le colonel Roosevelt, avaient de quoi être fiers. Tous s'étaient vaillamment comportés. Quand on fit, dans la soirée, le bilan des opérations, Gratien sut, par les indiscrétions de quelques gradés particulièrement euphoriques après les libations justifiées par la victoire, que tous les volontaires n'étaient pas à féliciter et que sans les soldats de l'armée régulière les choses n'auraient pas forcément aussi bien tourné. Ils oublièrent d'ajouter que les soldats noirs du 10e de cavalerie du Montana avaient courageusement ouvert la voie pour les Rough Riders de M. Roosevelt.

Des trois régiments de volontaires que comptait l'armée du général Shafter, deux n'avaient pratiquement pas pris part aux opérations. Le 2e du Massachusetts avait été retiré de la bataille à la demande des officiers de l'armée régulière parce que sa poudre noire faisait une fumée qui servait de repère à l'ennemi. Quant au 71e de New York, encadré par des officiers timorés, il n'avait joué sur les arrières que les utilités[1]. Ces déficiences regrettables, le fait que beaucoup de soldats improvisés aient manqué de sang-froid et d'adresse au tir renforçaient l'opinion qu'on avait maintenant des Rough Riders « qui venaient d'accomplir des choses admirables ». Teddy Roosevelt, oubliant que « son régiment », le 2e de cavalerie, ne représentait que six cents hommes sur quinze mille engagés dans les batailles du jour, jubilait.

Gratien s'était, dès la fin des combats, inquiété du sort du sergent Bunny, mais retrouver un militaire perdu au milieu de tant d'autres après une journée pareille, alors que les régiments occupaient les positions conquises, lui parut impossible. On disait qu'à El Caney les combats avaient été durs et acharnés. Côté américain, on comptait 4 officiers et 77 hommes tués, 25 officiers et 335 soldats blessés. Chez les Espagnols, on ne comptait que 235 morts et blessés. Au nombre des victimes figurait le colonel Vara de Rey qui commandait la position avancée d'El Viso et deux de ses fils. Le général Lawton avait fait rendre les honneurs militaires aux restes du colonel espagnol qui, les deux jambes arrachées par un obus, avait continué à diriger la défense du fort, couché sur une civière, jusqu'à ce qu'un autre obus l'écrasât.

A San Juan, on avait relevé neuf cent vingt-quatre morts ou blessés, mais on pouvait dire que, grâce à cette action plus décisive stratégiquement que celle conduite à El Caney ou celle engagée à Aguadores, qui s'était soldée par un échec dont on évitait de parler, toutes les défenses extérieures de Santiago étaient aux mains des Américains. La ville, bloquée par mer, assiégée par terre, ne pourrait pas résister très longtemps.

Au soir du 1er juillet, Gratien de Vigors s'endormit en imaginant avec candeur que la guerre était finie. Il fut donc très étonné, le lendemain, quand on l'envoya porter un pli au chef d'état-major de la division Bates, de voir que les Espagnols tiraillaient encore à partir de quelques tranchées creusées sous les

1. Rapport du général J.F. Kent (7 juin 1898).

murs de Santiago. Comme il quittait l'abri où se tenaient les officiers de la division Bates, son étonnement devint de l'incrédulité quand, pendant une nouvelle série de détonations, il ressentit un choc à l'omoplate gauche, qui le fit pivoter et tomber aux pieds de deux prisonniers espagnols revenant d'une corvée d'eau. Gratien tenta de s'asseoir, mais la brûlure qu'il ressentit dans le haut du dos arrêta son mouvement. Les deux Espagnols, qui s'étaient accroupis pour esquiver les balles tirées par leurs compatriotes, s'approchèrent de Gratien. Il les vit qui fixaient son dos avec une moue peu encourageante.

– Ça saigne ? demanda l'avocat un peu ému.

– Si señor, un poco !

– Allez prévenir l'infirmerie... qu'on vienne me chercher...

– Si señor !

Gratien rageait intérieurement. « C'est idiot, pensait-il, d'être blessé alors qu'on ne se bat pas... et dans le dos. » Il n'imaginait pas une blessure grave puisqu'il pouvait remuer les bras et les jambes, mais il était tout de même vaguement inquiet de se voir seul dans un chemin creux. Au bout d'un moment, il se mit à pester contre les prisonniers espagnols qui n'avaient pas dû alerter l'ambulance. Puis, la fusillade redoubla et, du côté américain, les Springfield et les Kraf-Jorgensen, modèle 1892, qui étaient les fusils de l'armée régulière, se firent entendre. On répliquait avec vigueur aux assiégés. Enfin, apparurent une vingtaine d'infirmiers portant des civières. Ils couraient comme des gens qui savent où ils vont, comme des gens qui sont attendus. Ils n'eurent même pas un regard pour Gratien et allaient passer sans s'arrêter, quand deux traînards, heureusement, l'aperçurent.

– Alors on se repose ! dit l'un.

– Je suis blessé... dans le dos.

– Y'en a d'autres là-bas, fit le second, en désignant d'un mouvement de tête l'horizon par-delà le talus.

– Emmenez-moi à l'infirmerie !

Le ton de Gratien était celui d'un homme qui a l'habitude de commander aux subalternes. Sans grand ménagement, l'un des infirmiers l'obligea à se pencher, ce qui le fit grimacer.

– C'est ma foi vrai qu'il perd son sang ce gars, et drôlement encore. Allez on t'emporte. On va te mettre sur le ventre comme ça le chirurgien y verra tout de suite les dégâts.

Gratien perdit connaissance avant d'arriver à l'ambulance et ne connut « les dégâts » que par ce que lui en dit le chirurgien, trois jours plus tard. La balle espagnole lui avait fracturé l'omoplate.

– Heureusement qu'elle était en fin de course, dit le praticien, sinon, elle vous aurait traversé le corps. J'ai eu du mal à récupérer des esquilles d'os qui, elles, ont atteint le poumon. J'espère que je n'en ai pas oublié et que dans quelques jours vous serez sur pied... mais vous revenez de loin. Ce matin-là, les Espagnols nous ont fait encore cent cinquante morts ou blessés. Vous serez évacué sur le navire-hôpital dès qu'il pourra entrer dans le port de Santiago.

Pendant que Gratien de Vigors délirait, en proie à une fièvre consécutive au choc opératoire et peut-être au manque d'asepsie qui régnait dans les ambulances, le général Shafter, bien que vainqueur, avait eu beaucoup de soucis. Le 2 juillet, il avait fait une bizarre crise de dépression. Cet homme courageux, vétéran de la guerre civile, qui venait à soixante-trois ans de prouver encore une fois sa valeur et de confondre ses détracteurs, n'avait plus le moral. La goutte le faisait souffrir, la chaleur lui donnait des nausées rappelant cette fièvre jaune dont il n'avait guéri autrefois que par miracle et il n'entendait autour de lui que des récriminations. L'état sanitaire de l'armée l'inquiétait et les volontaires commençaient à lui porter sur les nerfs. Malgré leurs actions audacieuses et décisives, les soldats de l'armée régulière paraissaient sans entrain. Et, comble de désagrément, les valeureux correspondants de guerre, dont il se refusait à satisfaire toutes les exigences, s'apprêtaient à envoyer à leurs journaux des articles qui ne manqueraient pas de faire état de l'abattement de l'armée et minimiseraient la valeur de sa stratégie. Déjà, le bruit courait que le général Lawton, en se portant sur El Caney, n'avait recherché qu'un succès personnel et qu'il aurait mieux fait de marcher directement sur Santiago.

Un observateur impartial aurait pu reconnaître qu'il y avait matière à inquiétude pour un chef d'armée. L'eau emplissait les tranchées, une fièvre endémique sévissait parmi les hommes et les médecins avaient diagnostiqué quelques cas de « vomito negro »[1]. Les rations de vivres étaient insuffisantes, le bœuf en conserve se révélait immangeable et dégageait à la cuisson une telle odeur qu'un officier l'avait qualifié de « bœuf embaumé ». On signalait ici ou là des cas d'intoxication. Il paraissait de surcroît impossible aux officiers de faire respecter une tenue vestimentaire acceptable, les uniformes étant inadaptés au climat et les fameux casques coloniaux promis par le secrétaire d'État à la Guerre n'ayant jamais été distribués. L'armée américaine faisait étalage d'un débraillé qui allumait des lueurs méprisantes dans les prunelles des prisonniers espagnols. Quant au service médical, il se montrait insuffisant, manquait de matériel et notamment de voitures pour transporter blessés et personnel.

Le moral du général Shafter tomba si bas à l'heure de la sieste qu'après avoir adressé au général Toral, qui commandait à Santiago depuis que le gouverneur M. de Linares avait été blessé à San Juan, un ultimatum en bonne et due forme, il décida de faire reculer l'armée de cinq miles pour la regrouper plus confortablement entre le rio San Juan et Siboney.

Les officiers de l'état-major, les généraux Kent, Summer et le colonel des Rough Riders ne cachèrent pas leur déception et dissuadèrent Shafter de faire reculer des régiments qui souhaitaient prendre Santiago au plus vite. Après une nuit de réflexion, William R. Shafter, toujours aussi déprimé, ayant appris que les généraux Wheeler et Young étaient tombés malades, que le général Hawkins avait été blessé, télégraphia à Washington qu'il jugeait « les forces actuelles incapables de prendre Santiago ».

Mais ce jour-là, Mars, dieu de la guerre, eut pitié du brave général Shafter. Les Espagnols, enfermés dans Santiago, qui avaient tout d'abord répondu avec hauteur à l'ultimatum américain comme tout hidalgo devait le faire, retinrent cependant que les « yanquis » conseillaient aimablement d'éloigner de la ville les femmes, les enfants et les étrangers qui pourraient avoir à pâtir des bombardements. Les rescapés des forts d'El Caney et de San Juan soutenaient que les furieux qu'ils avaient tenté de contenir n'hésiteraient certainement pas à tirer au canon sur la cité. Bien que la garnison ait été

1. Fièvre jaune.

renforcée le même jour par l'arrivée de trois mille cinq cents hommes du général Blanco que les guérilleros avaient été incapables d'intercepter, les assiégés demandèrent un délai de réflexion. La situation, derrière les murs de Santiago, devenait intenable. D'une part, on manquait de vivres pour nourrir une population anormalement dense, d'autre part, le général Blanco, nommé commandant en chef, s'opposait à l'amiral Cervera sur la possibilité que pouvait avoir l'escadre de débloquer le port.

Cervera soutenait que, si les batteries des ports ne dispersaient pas les bateaux américains, il n'avait aucune chance de forcer le blocus. Blanco répondait qu'il valait mieux perdre des bateaux de guerre dans un combat naval plutôt que les saborder quand Santiago se rendrait. M. Pascual Cervera répliqua qu'il n'entendait pas sacrifier ses marins « à la vanité qui n'a rien à voir avec la défense de la patrie, mais qu'il incombait au général Blanco de décider s'il devait conduire au suicide deux mille fils d'Espagne ». Le général Blanco, qui n'était pas un tendre, ordonna la sortie de l'escadre.

A neuf heures du matin, le 3 juillet, l'escadre, derrière le croiseur *Infante Maria-Teresa* qui portait la marque de l'amiral Pascual Cervera, largua les amarres et remonta à toute vapeur le chenal conduisant du port à la haute mer. Quatre heures plus tard, il ne restait plus rien des six navires de l'armada. Les cuirassés et les croiseurs américains de l'amiral Sampson – qui ce jour-là conférait à Siboney avec Shafter – avaient coulé les vaisseaux espagnols comme des cibles d'exercice. M. Pascual Cervera, vêtu d'une chemisette et d'un pantalon, nageait avec quelques marins autour de l'épave de son navire quand il fut aimablement repêché par le commandant du *Gloucester* qui lui offrit des vêtements et l'invita à déjeuner avec d'autres officiers prisonniers. On ne manqua pas de porter des toasts à la bravoure des uns et des autres, puis l'amiral vaincu demanda à visiter les blessés espagnols. Sur les 2 227 officiers et marins de l'escadre espagnole, 93 officiers et 264 marins avaient trouvé la mort ; 1 720 dont 151 blessés étaient prisonniers des Américains qui jugeaient leurs propres pertes insignifiantes.

Aussitôt le chenal dégagé, le navire-hôpital *Olivette* vint charger les blessés qui furent plus tard transbordés sur le *Solace* ancré à Siboney. C'est sur ce bateau que Gratien de Vigors et d'autres blessés de l'armée furent également embarqués.

Après quelques jours de soins qui ne parvinrent pas à débarrasser Gratien de sa fièvre, l'avocat fut pris en charge, avec quelques blessés originaires de la Louisiane et du Texas, par les médecins d'un transport qui regagnait La Nouvelle-Orléans.

La veille de l'appareillage, le 18 juillet, Gratien de Vigors amaigri, atone et l'œil vague, reçut la visite du sergent Capelowski qui, après une longue enquête, avait fini par retrouver la trace du blessé.

– Veinard, dit-il, tu rentres au pays en héros puisque Santiago s'est rendue après une demi-journée de bombardement et que nous avons défilé hier avec le gros Shafter dans les rues de la ville.

– La guerre est donc finie pour vous aussi, constata Gratien d'une voix lasse.

– Nous ne tenons que la partie orientale de Cuba. Il reste La Havane à prendre. C'est un gros morceau car la ville est protégée par des forteresses énormes, à ce qu'on dit. Les Espagnols et les Cubains qui les soutiennent, car j'ai découvert que tous les « dagoes » ne sont pas pour la révolution, sont décidés à se battre. Il paraît qu'ils ont suspendu des culottes en dentelle et des jupons aux coins des rues avec des inscriptions du genre « pour ceux qui voudraient se rendre ».

Gratien donna son adresse au sergent et lui offrit un gros paquet de tabac.

– Je n'ai plus le goût à fumer, dit l'avocat. Je me sens flasque, vidé et mon épaule me fait diablement souffrir. Quand je respire fort, j'ai l'impression d'avoir une pelote d'épingles dans le poumon... Je me demande si je vais m'en tirer, sergent.

– Eh ben ! ça alors, fit le sergent, pour une malheureuse balle à l'épaule ! J'ai eu le ventre percé par une flèche indienne et le crâne à demi fendu par un tomahawk... c'était autre chose crois-moi, un homme c'est solide.

Gratien sourit. Il enviait la santé du sergent, son teint rouge, son triple menton et même l'odeur alliacée qui émanait de sa personne. Il le vit partir avec regret. C'était, au cours de ces jours de guerre, le seul être qui lui ait témoigné de l'intérêt, avec lequel il avait échangé ces demi-confidences banales qui constituent le fond des relations entre soldats.

Quand le médecin et les infirmiers vinrent refaire son pansement, Gratien apprit que le télégramme, signalant son retour, qu'il avait demandé qu'on envoie à son père à La Nouvelle-Orléans était parti dans des délais raisonnables.

Il s'abandonna sur sa couchette aux frissons de la fièvre, ne désirant rien que revoir au plus vite Stella et les enfants, afin d'oublier ces journées absurdes. Le bruit des machines, les vibrations du bateau, les parlotes des blessés qui, moins atteints que lui, se rendaient visite d'un chevet à l'autre, constituaient le brouhaha d'une forme de vie qui lui demeurait étrangère. La guerre et sa blessure l'avaient plongé dans un univers où les besoins élémentaires et les considérations physiques régentaient trivialement l'existence des hommes. Les rêveries gracieuses, les spéculations intellectuelles, les vagabondages de l'esprit, les entretiens philosophiques, les discussions passionnées autour d'un tableau préraphaélite, d'une sonate de Beethoven ou du dernier poème de M. Rudyard Kipling étaient inimaginables tant le caractère superflu de tout ce qui ne relevait pas directement de la subsistance et de la survie paraissait absurdement démontré.

La fièvre, que le médecin qualifiait d'intermittente et d'erratique à défaut d'en établir la cause exacte, procurait à Gratien une étrange acuité de perception. Depuis sa blessure, se poursuivait en lui dans les moments de veille une sorte de monologue intérieur qu'un sommeil peuplé de cauchemars atténuait sans l'interrompre. Lors des réveils, trempé de sueur, il ressentait l'impression désagréable d'être à la fois d'une effarante lucidité et dégagé de la responsabilité de ses pensées. Il lui devenait difficile de reconstruire mentalement l'image de Stella ou d'Osmond et cependant, s'il cessait son effort d'imagination, leurs visages apparaissaient : Stella en toilette de nuit, les cheveux dénoués et Osmond jouant avec Aristo sur la véranda. En revanche, Alix et Céline demeuraient floues.

L'éducation du garçon le préoccupait. « Je lui ferai donner une bonne formation, se disait-il, afin qu'il puisse faire un métier utile. Pourvu qu'il n'ait pas envie d'être militaire, de fréquenter West Point. Je le voudrais chirurgien. C'est un métier bienfaisant. Il faudrait qu'il vive loin du tumulte et de l'hypocrisie de la politique. L'école peut être mauvaise, elle peut donner de dangereuses ambitions. Je l'enverrai chez les jésuites, à Loyola. Il aura des maîtres qui seront des éducateurs. Il faudra aussi qu'il jouisse du bonheur de la jeunesse, qu'avant de connaître le monde et cette vieille Europe dont on ne saurait se passer, il apprenne à bien connaître son pays. Il faudrait qu'il soit un Américain véritable et pas seulement un habitant des États-Unis... » Quand la pensée de l'avenir d'Osmond s'emparait de son esprit, Gratien ne maîtrisait plus l'afflux des idées qui se chevauchaient, se contredisaient, se multipliaient, avec une accélération déconcertante.

Plusieurs fois, en le voyant s'agiter et prononcer des mots incompréhensibles, ses camarades de chambre avaient alerté les infirmiers. Le médecin avait administré une piqûre au blessé qui délirait doucement et constaté que la fièvre affaiblissait ce patient recommandé et dont le père, un sénateur, serait certainement à l'arrivée du bateau. Les trois praticiens du bord s'interrogeaient. Gratien présentait tous les symptômes d'une infection interne, mais celle-ci demeurait diffuse. La blessure paraissait saine, mais que se passait-il dans le poumon ?

Vingt-quatre heures avant d'arriver à La Nouvelle-Orléans, Gratien de Vigors, maintenant incapable de s'asseoir sur sa couchette et ne pouvant, malgré ses efforts, absorber aucune nourriture, demanda à un infirmier de lui passer son portefeuille. Il y prit maladroitement un billet de 5 dollars.

– Vous me raserez... s'il vous plaît... quand nous serons en vue du détour aux Anglais... Je voudrais avoir bonne figure pour rentrer chez moi.

Le marin empocha le pourboire démesuré et promit un rasage digne du meilleur coiffeur de la rue de Toulouse. Gratien rassuré ferma les yeux et retourna dans l'univers insolite où se mouvait son esprit depuis quelques jours. Un moment plus tard, son voisin de lit, un officier espagnol, l'entendit prononcer en français ces mots étranges : « Voilà le grand escalier qui s'avance. » Il se dressa sur un coude. M. de Vigors dormait paisiblement. Ses mains, rendues diaphanes par l'épuisement, serraient le retour du drap.

7

Quand M. Parson remit à Charles de Vigors un télégramme militaire provenant de Santiago de Cuba, dont on avait appris, la veille, à La Nouvelle-Orléans, l'occupation par les forces du corps expéditionnaire américain, le sénateur n'avait aucune raison de penser que l'enveloppe bleue frappée de l'aigle fédérale puisse contenir une mauvaise nouvelle. Le secrétaire, un homme sec et sans âge, portant bésicle et col dur, dépositaire depuis vingt ans des données multiples et ambiguës qui composaient l'existence privée et la vie publique du sénateur, crut bon de demeurer dans le bureau. Habitué à envisager tous les aspects d'un événement, si mince soit-il, M. Parson savait qu'il pourrait être utile.

Charles parut s'étonner de cette attitude, jeta un regard de biais à son collaborateur et se sentit soudain pénétré d'inquiétude. Il saisit un coupe-papier et prit connaissance du message avec avidité. Le texte, laconique, n'était pas alarmant. Gratien, qui se disait « légèrement blessé », annonçait son évacuation à bord du ravitailleur *Chalmette* et prévoyait son arrivée à La Nouvelle-Orléans le 21 ou 22 juillet. M. de Vigors s'assit pour relire posément la dépêche. Il le fit à haute voix, afin que l'attente circonstanciée de Parson ne soit pas déçue. Le secrétaire eut un petit mouvement rapide de la tête et fit claquer sa langue derrière ses dents serrées, montrant ainsi qu'il s'associait à la contrariété du sénateur. Il servait cet homme exigeant avec intelligence, docilité et discrétion, sans prendre en considération aucun autre intérêt que celui du sénateur, et pouvait à peu près prévoir en toute circonstance les réactions de ce dernier. Aussi ne fut-il pas étonné quand, sans commenter la fâcheuse nouvelle, il entendit M. de Vigors ordonner :

– Prévenez ma belle-fille... avec ménagement. Dites que je suis informé et renseignez-vous sur le jour et l'heure de l'arrivée du *Chalmette*. Je serai jusqu'à sept heures chez Mme Cramer et je dînerai au *Saint-Louis*.

Parson s'inclina, ramassa le télégramme abandonné sur le sous-main et accompagna le sénateur à travers le hall jusqu'à la patère où étaient suspendus les chapeaux. Avec autorité, il tendit à Charles le panama à ruban noir que justifiait le soleil de l'après-midi et qu'imposait la tenue gris perle de son maître. Puis, afin que ce dernier soit à même de donner à la blessure de son fils la juste proportion qui convenait dans les conversations de la soirée, il déclara :

– Nous avons appris aujourd'hui la mort sur le champ de bataille du lieutenant Numa Augustin. J'ai envoyé des condoléances de votre part à la famille. C'est le premier officier louisianais tué par les Espagnols[1].

Charles, qui s'apprêtait à franchir le seuil de sa maison de Prytania

---

1. Ce devait être le seul.

Avenue, marqua un temps d'arrêt, parut réfléchir intensément en fixant la pointe vernie de ses bottines, puis jeta :

– Alertez donc le *Picayune* et *L'Abeille*, Parson, dites que le fils du sénateur de Vigors a été blessé au cours de la prise de Santiago. Ils pourront joindre l'information à la nécrologie du lieutenant Augustin... Laissez entendre, quand vous saurez le jour et l'heure de l'arrivée du *Chalmette*, que mon fils est à bord... et que le bateau accostera au quai Saint-Pierre... n'est-ce pas !

Parson s'inclina en souriant. Puisque un sort malheureux avait voulu que Gratien fût atteint dans sa chair au cours d'une juste guerre, autant valait faire connaître publiquement une blessure, donc un acte de bravoure qui, associé au sacrifice du lieutenant Augustin, ne prendrait que plus de relief. Quant au *Chalmette*, il ne pourrait accoster ailleurs qu'au quai principal, dès lors que les autorités du port sauraient par la presse qu'il transportait un héros blessé.

Tandis que Parson allait s'acquitter avec méthode des diverses missions qu'on venait de lui confier, M. de Vigors roulait dans une voiture que lui enviaient tous les habitants du Garden District, vers l'avenue de l'Esplanade, où chaque après-midi à cinq heures, dans une grande maison créole, il prenait le thé en compagnie de la seule femme qui, au cours des années, lui était restée indispensable : Marie-Gabrielle, veuve Grigné-Castrus, née Cramer.

Le surrey[1], longue caisse de bois laqué bleu roi, souplement suspendue entre quatre roues caoutchoutées, ne craignait pas avec son élégante fragilité la concurrence des rares automobiles qui circulaient en ville et dont les pétarades effrayaient les chevaux. Bien calé sur la banquette de velours crème, appréciant l'ombre claire du toit de toile frangé de soie, M. de Vigors se persuadait, chemin faisant, que si la blessure de Gratien était sans gravité – et il n'y avait aucune raison qu'il en soit autrement – elle attirerait une attention de bon aloi sur la famille, ajouterait à l'honneur du nom et, partant, conforterait le choix des électeurs démocrates qui tenaient toujours compte des attitudes patriotiques. Le surrey, tiré par deux chevaux de poil isabelle attelés en flèche et conduits avec arrogance par Golo, le vieux cocher aux favoris argentés, était reconnu au passage aussi bien par les nurses, les promeneuses à ombrelle, les sportsmen en route vers le yacht-club du lac Pontchartrain ou le champ de courses de Métairie que par les commerçants. Tous ces citoyens blancs, qui votaient démocrate, ressentaient quelque fierté en voyant l'équipage cossu de celui qu'ils avaient envoyé à Washington pour les représenter.

De son côté, l'élu pouvait être satisfait. La situation économique de la Louisiane s'était améliorée et la nouvelle constitution qui venait d'être adoptée mettait les Blancs à l'abri d'une surprise électorale suscitée par les Noirs, dans un État où les représentants des deux races étaient à peu près en nombre égal. Sur 1 118 588 habitants recensés en 1890, on comptait en effet 558 395 Blancs et 559 193 Noirs.

Depuis que la Cour Suprême fédérale avait implicitement admis la ségrégation, il y avait peu de chances pour que l'éducation des Noirs, souhaitée par une minorité blanche, s'accélérât. On comptait parmi les gens de couleur 72 % d'illettrés contre seulement 20 % chez les petits Blancs qu'on employait plus souvent dans les plantations. Certes, la reconquête d'une autorité blanche

1. Véhicule hippomobile à la mode à la fin du XIXe siècle.

incontestée n'avait pas été sans soulever des protestations. Il y avait eu des grèves, des émeutes, des contestations surtout chez les dockers et les employés du bâtiment. Mais on avait souscrit à quelques augmentations de salaire et lynché les meneurs. D'ailleurs, depuis que le parti populiste, branche louisianaise du People Party s'était allié au parti républicain après le camouflet des élections de 1896, cette formation politique bi-raciale et prolétarienne avait cessé de constituer une menace. L'agitation chez les Noirs et les ouvriers blancs, à peine mieux lotis que les affranchis et les descendants de ces derniers, ne pouvait plus être que sporadique et désordonnée.

Certes, les anciens esclaves, devenus métayers ou petits fermiers comme les Blancs de condition modeste, avaient de la difficulté à vivre. Quand les récoltes de coton, de maïs ou de canne à sucre avaient été rentrées, il convenait de payer les dettes dont le montant dépassait parfois les revenus de la saison. Après avoir donné au possesseur de la terre la part qui lui revenait, il fallait rembourser le commerçant local qui, à longueur d'année, fournissait le café, le sel, le tabac et tous les produits essentiels. Souvent, ce fournisseur n'était autre que le gentleman propriétaire d'une ancienne plantation divisée en lots affermés. Si bien que, de dettes contractées en dettes renouvelables, le fermier se voyait attaché à une terre que la surproduction, la chute des prix, la concurrence étrangère, les tarifs douaniers, la dépendance dans laquelle le tenaient ceux qui commercialisaient les produits de son labeur ne lui permettraient jamais de quitter la tête haute.

On s'était ainsi installé dans une situation socialement paradoxale, puisque l'expansion économique manifeste, les progrès de l'industrie et l'augmentation des rendements agricoles n'apportaient aux principaux artisans du développement, à ceux qui faisaient valoir le domaine, aucune amélioration à leur sort, aucun gain de bien-être. De la même façon que les privilégiés, grands propriétaires terriens, industriels, banquiers, négociants s'étaient autrefois enrichis avec bonne conscience en contraignant une main-d'œuvre servile au travail, leurs descendants restauraient les fortunes amputées par la guerre civile et l'abolition à moindre frais, en imposant aux Noirs un système qui équivalait à un esclavage de fait.

Car, jamais depuis la fin du conflit entre les États, la Louisiane n'avait connu pareille prospérité. La saison cotonnière 1897-98 avait été excellente. L'État avait produit, sur 1 245 399 acres ensemencées, 788 325 balles de coton et la bourse de La Nouvelle-Orléans, qui drainait les cotons des États voisins, Texas, Alabama, Tennessee, avait commercialisé pendant la même période 2 832 790 balles dont plus du million étaient parties vers l'Angleterre et 424 000 vers la France. Le volume des transactions avait atteint le chiffre record de 45 260 000 dollars. Ainsi La Nouvelle-Orléans était redevenue la première place cotonnière de l'Union. Planteurs, facteurs, commissionnaires, changeurs, banquiers, tous y trouvaient leur compte, les prix moyens du coton middling sur le marché de New York variant de 5,94 cents à 6,90 cents la livre. On estimait à 1,60 cent le bénéfice réalisé par les planteurs sur chaque livre de coton, soit le triple du bénéfice obtenu dix ans plus tôt[1].

1. La balle de coton pesait quatre cent cinquante livres américaines, soit environ deux cent vingt-deux kilos.

Dans le même temps, les tarifs des transports ayant diminué, les exportations se développaient malgré la concurrence du coton égyptien, indien et d'Amérique du Sud.

Alors qu'on payait, en 1878, 1,17 dollar pour expédier cent livres de coton de La Nouvelle-Orléans à Liverpool, il suffisait maintenant de 38 cents. Même si, « depuis que l'on payait les nègres », la part de main-d'œuvre représentait plus de 50 % du prix de revient d'une balle de coton, M. le sénateur de Vigors, qui était très au fait des statistiques bancaires et du compte d'exploitation, pouvait répliquer avec autorité aux jérémiades de certains planteurs. Ceux notamment qui, voulant ignorer l'évolution irréversible déclenchée par la défaite, ne rêvaient que de revenir à ce qu'ils appelaient l'âge d'or du Sud et que les radicaux, se référant à l'esclavage, nommaient « l'âge de la honte ».

Charles de Vigors, réaliste et lucide, était de ceux qui avaient toujours soutenu la vocation agraire de l'État. Malgré tout le respect qu'il vouait à la libre entreprise et son goût de la spéculation, il s'efforçait de freiner les enthousiastes qui, ayant appris des Yankees les jeux du commerce et les audaces de l'industrie, se seraient facilement détournés de la terre. C'était d'elle cependant que provenaient les nobles fortunes et la prospérité d'une société aux mœurs policées.

Fort heureusement, si des fabriques de toute sorte grandissaient dans la banlieue de La Nouvelle-Orléans, sur la rive droite du Mississippi, les plantations étaient encore nombreuses. Bien que la canne à sucre ait étendu son territoire au cours de la dernière décade, le coton occupait toujours 15 % des terres cultivées. Les terres des Vigors, affermées pour moitié aux Tiercelin et pour moitié à Oliver Oscar Oswald, venaient de rapporter au sénateur plus de 20 000 dollars. Fort heureusement pour lui, les comptes de cette excellente saison avaient été apurés avant qu'il ne signe chez son notaire la donation faite à Gratien, la veille de son embarquement pour Cuba. Il ne pourrait plus, à l'avenir, compter sur cette source de revenus généreusement abandonnée à son fils et qui serait comme une rente le dédommageant de la blessure récoltée à la guerre.

M. de Vigors n'avait pas besoin des profits de Bagatelle pour vivre plus que confortablement. Il avait depuis quelques années investi fort à propos dans les fabriques qui traitaient les dérivés du coton et produisaient des huiles, des farines et des tourteaux d'une bonne rentabilité.

Cette activité industrielle laissait de beaux revenus aux investisseurs et, à travers un prête-nom, M. de Vigors était propriétaire de deux fabriques d'huile et de farine. De la même façon, il possédait la majorité des parts dans la compagnie de chemins de fer Pontchartrain Railroad, et détenait un bon paquet d'actions de Texas and Pacific Railroad et de l'Illinois Central. Il avait acheté discrètement un immense ranch à Baden en Californie où l'on dressait des centaines de « colts »[1] destinés à l'armée. Membre de plusieurs commissions du Congrès, M. de Vigors savait que la cavalerie devrait acquérir au cours des années à venir des milliers de chevaux. Si la guerre avec l'Espagne le privait provisoirement de ses revenus cubains, elle lui apportait en compensation une

1. Chevaux sauvages.

augmentation des dividendes de la Beef-trust Company dont il était un gros actionnaire. Ce trust des grandes boucheries avait été fondé par M. Philip Darmour qui se voulait le Rockefeller de la viande. De la même manière que John D. Rockefeller avait absorbé ses concurrents après les avoir conduits à la ruine grâce aux tarifs préférentiels qu'il avait obtenus des chemins de fer pour le transport des pétroles de la Standard Oil, M. Darmour avait éliminé ses rivaux, qui ne bénéficiaient pas comme lui de tarifs de faveur de la part des « railroads ». Le corps expéditionnaire cubain et la marine de guerre des États-Unis étaient nourris avec son corned-beef. Chaque cargaison de viande en conserve vendue à l'armée rapportait des dollars et faisait monter le prix des actions que détenait M. de Vigors. Cependant, ayant eu vent des protestations d'officiers écœurés par la mauvaise qualité des produits et sachant que plusieurs dizaines de soldats avaient été empoisonnés par le corned-beef avarié, Charles avait l'intention de vendre ses actions avant le retour de son fils. Il calcula que la vente de ces actions, dont il lui paraissait prudent de se débarrasser provisoirement, lui permettrait d'investir dans d'autres secteurs : l'immobilier, les compagnies de navigation ou une nouvelle société de recherche pétrolière qui pouvait demain faire jaillir du sol cette huile noire et puante, dont on s'accordait à dire, avec M. Rockefeller, qu'elle deviendrait demain aussi indispensable que le charbon.

Pour franchir la distance qui, par la rue du Rempart, séparait Canal Street de l'avenue de l'Esplanade, le cocher avait accéléré le trot des chevaux. Depuis que la rue du Rempart n'était plus séparée que par un bloc de la frontière de Storyville, le quartier de la prostitution, il ne convenait pas à un gentleman d'y circuler au pas de promenade. Et cependant, là aussi M. de Vigors possédait d'inavouables intérêts, sous la forme d'une demi-douzaine d'immeubles abritant des maisons dont les entrées étaient, la nuit venue, signalées par des lanternes rouges.

Quand, en 1897, Sidney Story, conseiller municipal, homme d'affaires respectable qui détestait la « musique nègre » mais appréciait celle de Johann Strauss, avait proposé à la municipalité de La Nouvelle-Orléans de cantonner les prostituées, répandues à travers la ville, dans un secteur délimité d'où elles ne devraient plus sortir, on avait enregistré des réactions diverses. Les citoyens les plus réalistes, soucieux d'améliorer l'image de la cité, l'approuvèrent, les vertueux s'indignèrent, les hypocrites firent semblant de découvrir l'existence de la prostitution dans un pays où la plupart des gens allaient à la messe et confiaient l'éducation de leurs enfants aux ursulines ou aux jésuites.

Et cependant, le commerce de l'amour n'était pas une activité nouvelle apportée par les Yankees, comme se plaisaient à l'affirmer les nostalgiques de la défunte confédération. Le métier de fille de joie avait été sans doute un des premiers exercés à La Nouvelle-Orléans, au temps où les soldats et les pionniers français logeaient au bord du fleuve dans des cabanes de rondins. Une grande partie des contingents de demoiselles envoyées par le roi Louis XIV et plus tard par le Régent, duc d'Orléans, étaient des femmes de réputation détestable ou des « bohémiennes » embarquées pour le Nouveau Monde afin d'assurer le repos des guerriers et la distraction des colons. Le 3 janvier 1721, d'un bateau français étaient descendues dix-huit filles extirpées d'une maison de correction parisienne appelée la Salpêtrière. En les accueillant à La Nouvelle-Orléans,

Jean-Baptiste le Moyne, sieur de Bienville, ne leur avait pas dissimulé qu'elles étaient attendues « pour servir de femmes aux colons ».

Quand, en 1762, la France, par un traité secret, avait cédé la Louisiane à l'Espagne, le gouverneur Esteban Rodriguez Miro s'était dit horrifié par les mœurs coloniales et le nombre des prostituées blanches, noires, mulâtres ou quarteronnes qui officiaient dans la ville. Les ordonnances qu'il prit ne firent que rendre clandestines des pratiques jusque-là admises. Rendue à la France, puis vendue par Bonaparte aux États-Unis, la colonie connut pendant quelques années une vague de puritanisme qui ne parvint pas à nettoyer la cité. En 1812, quand les soldats de Jackson eurent repoussé victorieusement les Anglais, ils aidèrent les prostituées à construire les maisons de la rue du Bassin, aux portes desquelles furent bientôt accrochées les premières lanternes rouges. Les militaires devaient bien cette assistance aux filles de La Nouvelle-Orléans, qui avaient soutenu à leur manière le moral des troupes et pansé les blessés pendant la bataille de Chalmette.

Depuis cette époque, la ville ne cessant de se développer et le port de grandir, on avait toléré que les marins en bordée puissent trouver, pour les aider à dépenser leur solde après de longs jours de mer, de l'alcool et des femmes.

Assez spontanément, les dames de petite vertu avaient choisi de se rassembler dans une demi-douzaine de blocs faits de petites maisons délabrées entre les rues Robertson, de la Liberté, Girod et Julia. C'était une jungle urbaine assez sordide, où l'on se livrait à tous les trafics. On y trouvait des dancings, des salles de jeux, des bars, des restaurants miteux et des chambres à louer à la demi-heure. Connu sous le nom de « Swamp », ce « marécage » peu fréquentable avait été le théâtre de huit cents meurtres – recensés – entre 1820 et 1850. Au fil des années, il perdit tout attrait, même pour les moins difficiles, et la prostitution, ayant gagné en élégance et en confort, se répandit dans d'autres quartiers de la ville, notamment dans le Vieux Carré. Des licences accordées par la municipalité pour l'ouverture de « salons de danse » suffisaient à couvrir l'activité des prostituées de toutes catégories. Ces autorisations rapportaient au Trésor public des sommes rondelettes, car la cotisation annuelle des tenanciers évoluait entre 100 et 200 dollars. Un reporter du *Picayune* ayant visité l'une de ces « maisons » l'avait trouvée, en juillet 1869, « d'une propreté douteuse mais fort animée. Un orchestre composé d'un piano et de trois trombones rythmait les évolutions d'un groupe de femmes à peu près nues, levant la jambe sur une chorégraphie des plus salaces, auprès de laquelle le cancan aurait pu passer pour une danse respectable ».

C'était l'époque où la plus célèbre tenancière de la rue du Bassin, Hattie Hamilton, maîtresse du sénateur James Beares, recevait au numéro 21, dans un petit palace dont les statues grecques, les miroirs ouvragés, les tentures de soie et les meubles cirés, ainsi que les pensionnaires élégamment vêtues donnaient le ton dans l'univers licencieux et interlope. Cet établissement, réservé à la haute classe, avait défrayé la chronique en mai 1870, quand le sénateur – protecteur de la belle Hattie – y avait été tué d'une balle dans la tête. Bien que trouvée près du corps de son amant avec à la main un pistolet encore fumant, la tenancière était sortie sans le moindre ennui de l'aventure, les policiers ayant renoncé à lui poser des questions. Treize ans plus tard, en novembre 1883, ils en avaient posé en revanche au beau souteneur créole Trois-Villes Sykes, assassin à coups de couteau d'une célèbre demi-mondaine, Kate Townsend. Bien que le crime sexuel ait été clairement démontré, le juge avait admis la légitime défense, et Sykes avait été acquitté. Ces histoires et cent autres de même acabit, les habitants de La Nouvelle-Orléans les connaissaient, comme ils savaient qu'en 1894 une agence très spéciale avait recruté cinq cents jeunes filles pour le Texas où les attendaient des travaux qui n'avaient rien à voir avec la couture ou le secrétariat. On citait également le cas de fillettes de treize à quinze ans qui, comme Addie Peterson, avaient été dévoyées par des tenancières abusivement nommées « Madame ». Les mères indignes recevaient des mensualités, fruit de la prostitution de leur enfant.

Quand Sidney Story fit sa proposition au conseil municipal, bon nombre de citoyens considéraient que la prostitution, malgré le luxe clinquant ou la relative discrétion dont elle était parfois entourée, devenait le « cancer de la cité ».

L'ordonnance numéro 13 032, votée le 29 janvier 1897 et signée par le maire W.C. Flower, fut reçue non comme un remède, mais comme une expression de la volonté des élus de maintenir le vice dans des limites strictement fixées. Par ce texte, le conseil indiquait que serait considérée comme hors la loi et traitée en conséquence toute prostituée ou femme notoirement adonnée à l'impudicité « qui résiderait, vivrait ou dormirait » dans tout local, maison, pièce, situé en dehors d'un périmètre délimité par le côté sud de la rue de la Douane[1], entre la rue du Bassin et la rue Robertson ; le côté est de la rue Robertson, entre les rues de la Douane et Saint-Louis ; la rue Saint-Louis, entre les rues Robertson et du Bassin.

L'article 2 de l'ordonnance stipulait que les propriétaires ou gérants, qui, dans des immeubles situés hors du périmètre ainsi défini, hébergeraient des prostituées ou leur loueraient des locaux, seraient poursuivis comme souteneurs. Un troisième article interdisait le racolage sur les trottoirs, même à la porte des maisons situées dans les limites du quartier réservé. Un quatrième interdisait aux prostituées les bars et cafés, un cinquième autorisait le maire à décider la fermeture de toute maison de prostitution qui pourrait constituer une gêne scandaleuse pour le voisinage. Les peines applicables aux contrevenants pouvaient aller de 5 à 25 dollars d'amende et de dix à trente jours de prison. La plupart des gens sensés, qui se résignaient à voir dans la prostitution un mal social aussi inéluctable que les impôts, applaudirent à ces décisions. Celles-ci avaient le mérite de mettre le Vieux Carré, si prisé des touristes et où demeuraient dans leurs vieilles maisons à balcons ouvragés et à patios quantité de familles honorables, à l'abri des incursions des prostituées itinérantes dont les toilettes provocantes et les œillades choquaient les dames et émoustillaient les jeunes gens.

Charles de Vigors, informé de ce qui se préparait, s'était aussitôt mis en quête – et il n'était pas le seul gentleman à avoir agi ainsi – d'immeubles à acheter dans le honteux quartier aussitôt baptisé « Storyville », au grand émoi de la famille de son fondateur. Par notaire interposé, il avait ainsi acquis à bon marché des bâtisses dont les propriétaires, redoutant les proximités du vice officialisé, avaient hâte de se débarrasser. Charles les louait à des tenancières qui, souvent au prix de travaux coûteux, en avaient fait des demeures agréables.

1. Aujourd'hui rue d'Ibeville.

Le *Tuxido*, rue Franklin, le *Rice Café*, rue du Marais, le *Firm*, rue Villeré, et une demi-douzaine d'autres établissements fonctionnaient dans des immeubles dont seul son notaire le savait propriétaire. Les mauvaises langues de la ville insinuaient que beaucoup de notables allaient rendre visite la nuit aux pensionnaires du *Mahogany hall*, dans la rue du Bassin, où recevait une des reines du milieu, la belle Lulu White, coqueluche des magnats des chemins de fer et du pétrole. Quand Lulu, au port de princesse, couverte de diamants et décolletée jusqu'au nombril, descendait l'escalier de son grand salon en chantant *Where the moon shines*, un silence respectueux s'établissait. Née dans une ferme de l'Alabama, Lulu, qui pouvait passer pour blanche, avait de bons amis dans la police et la politique. Son établissement était cité en exemple, et il arrivait qu'on refusât du monde. Elle regrettait, disait-on, qu'un homme de la classe du sénateur de Vigors n'ait jamais franchi le seuil du *Mahogany*.

Charles, qui soignait sa réputation, s'abstenait de toute incursion dans les maisons de Storyville. Il disposait d'autres adresses moins courues par les chroniqueurs de *La Mascotte*, le journal du quartier. Au contraire de la plupart de ceux qui avaient réussi dans les affaires, l'industrie ou la politique, et qui profitaient trivialement des privilèges que confère la fortune en bâfrant chez *Antoine* ou chez *Fabacher*, en s'abreuvant de champagne dans les boîtes huppées, en dépensant des centaines de dollars chez les antiquaires et marchands de tableaux, en affichant de somptueuses maîtresses, tous plaisirs dont il avait rapidement fait le tour, Charles de Vigors recherchait des jouissances plus raffinées. Augmenter son influence et conquérir des êtres le satisfaisait davantage. Et, pour ces jeux-là, il avait une partenaire de choix, comprenant ses ambitions et partageant ses secrets : Marie-Gabrielle.

De cette Suissesse, fille et veuve de banquiers, à laquelle l'âge mûr conférait une sorte de majesté, le sénateur avait fait une égérie influente et redoutée. Ceux qui fréquentaient le salon de la veuve, avenue de l'Esplanade, étaient bien incapables d'imaginer que cette personne pleine d'assurance, et qui passait pour posséder le plus beau buste de La Nouvelle-Orléans, avait été autrefois une jeune fille frêle et romanesque. Pendant des années « la chaîne helvète », comme la désignait Castel-Brajac, s'était contentée d'hiverner en Louisiane où, sur les conseils de Charles, « son amant du quatrième trimestre », elle avait investi une partie de son enviable fortune. Puis les séjours s'étaient étirés jusqu'à couvrir le printemps et l'automne. Elle avait fini par acquérir une belle maison, obtenir le statut de résidente privilégiée et ne plus se rendre en Suisse qu'au mois d'août, quand la moiteur louisianaise lui devenait insupportable. Un goût vif et commun pour les affaires et l'intrigue politique avait fait des amants d'habitude des associés confiants et parfois des complices. Charles, qui n'avait jamais éprouvé de véritable passion pour Marie-Gabrielle, amoureuse contenue, ressentait encore des élans soudains pour ce corps blanc irréprochable et qu'aucune maternité n'avait gâté. Quand il l'enlaçait pour l'entraîner vers sa chambre, Marie-Gabrielle prenait un air étonné, comme si pareille sollicitation eût été inconvenante. Elle avait une façon de dire avec une aimable condescendance : « Eh bien, allons, Charles, si vous le voulez », qui incitait le sénateur à dominer son ardeur, à maîtriser ses sens, à conduire avec patience et application les ébats jusqu'à ce qu'enfin Marie-Gabrielle perde sa lucidité, s'abandonne, succombe au plaisir. Vaincue mais comblée, elle retrouvait alors ses gestes de jeune fille, ramenait sur son visage ses cheveux blond-blanc et relevait le drap pour dissimuler ces rougeurs que les médecins appellent érythème pudique et qui soudain lui couvraient le haut de la gorge.

– Vous rendez-vous compte que je vais avoir cinquante ans ! Charles... Ces choses ne sont plus de mon âge, minaudait-elle.

– Votre corps... Marie-Gabrielle...

– Oui, je le sais, il vieillit moins vite que moi... mais est-ce une raison, Charles ? J'aurai demain des cernes sous les yeux qui feront sourire ma femme de chambre.

Tandis que le sénateur allait dans une pièce qui lui était réservée faire un brin de toilette et passer du linge frais, Marie-Gabrielle s'enfermait dans sa salle de bains, se plongeait dans l'eau tiède, se savonnait des pieds à la tête, comme pour effacer jusqu'au souvenir des caresses et des étreintes que son corps aurait pu retenir. Ces ablutions prolongées, Charles l'avait vite deviné, ne relevaient pas de la seule hygiène corporelle. C'était une façon qu'avait la Suissesse de restaurer son intégrité physique. Son refus de toute familiarité, de toute promiscuité amoureuse en dehors du lit l'avait autrefois irrité. Maintenant, il appréciait cette attitude. Elle convenait à des gens qui avaient appris à gouverner leurs sens comme leurs pensées.

Charles n'avait jamais vu sa maîtresse que nue ou strictement vêtue, toutes les situations intermédiaires qui font l'intimité charmante et désordonnée des amants, les thés pris en négligé, l'éparpillement des dessous, les chignons effondrés, les fards dissous par les baisers, les déshabillages mutuels, les chahuts licencieux, les caresses dérobées entre deux propos sérieux avaient été depuis longtemps bannis par la Suissesse.

Même surprise par le crescendo du plaisir, elle serrait les lèvres et fermait les yeux pour ne pas trahir ses sensations. C'était sa manière à elle de se rendre de temps à autre désirable.

– Je couche avec elle, mais nous ne sommes pas intimes, avait confessé vingt ans plus tôt l'avocat Charles de Vigors à son ami, Gustave de Castel-Brajac.

– C'est le rempart de la pudeur !

– Non, c'est plutôt comme si... elle s'appliquait à se tenir à l'écart de son corps.

– C'est la neutralité suisse, avait conclu le Gascon.

Ce soir-là, en entrant dans le salon de Marie-Gabrielle, Charles de Vigors n'avait d'autre désir que celui d'une conversation rassurante. Le cérémonial du thé interdisant toute confidence à cause de la présence du maître d'hôtel et de la servante – Marie-Gabrielle n'employait que des domestiques blancs –, le sénateur s'en tint à des considérations sur le temps et sur une pièce française en vers, qu'on jouerait en octobre à La Nouvelle-Orléans, *Cyrano de Bergerac*, dont les critiques de New York disaient grand bien.

Dès qu'ils furent seuls dans le boudoir en rotonde, largement éclairé par une porte-fenêtre galbée donnant sur une petite terrasse enrobée de verdure, Marie-Gabrielle annonça :

– Parson a téléphoné quelques minutes avant votre arrivée. Il m'a chargée de vous dire que votre belle-fille prend fort mal la blessure de son mari et que le *Chalmette* sera à quai le 22 juillet à onze heures de la matinée... Gratien est-il gravement blessé ?

Charles considéra ses mains soignées où apparaissaient depuis quelque temps des tavelures qui lui déplaisaient.

– C'est une blessure légère... d'après Gratien lui-même, qui m'a envoyé un télégramme, mais il est normal, n'est-ce pas, qu'une épouse aimante s'inquiète. Tout s'arrangera quand elle pourra dorloter son héros.

Il était rare que Marie-Gabrielle fasse allusion à la famille du sénateur. Comme lui, elle estima le sujet épuisé et se mit à parler affaires.

– J'ai signé pour l'achat du *White Swan*. Nous aurons chacun 30 % des parts. S'il est aussi productif que le *Bryant Floating Palace*, cela devrait nous rapporter au moins 12 000 dollars par saison.

Charles acquiesça et s'absorba dans l'étude du dossier que la Suissesse lui tendit.

Depuis quelques mois, de nouveaux show-boats avaient été mis en chantier. Ces grands bateaux étaient des salles de spectacles flottantes qui, tout au long du Mississippi, de La Nouvelle-Orléans à Saint-Louis, offraient des distractions de bon aloi aux riverains. D'excellents orchestres, des troupes théâtrales en renom, des artistes connus et appréciés s'y produisaient. On y dansait, mais les jeux d'argent n'y avaient pas cours et les familles honorables pouvaient les fréquenter sans courir le risque d'y rencontrer les aventuriers du fleuve, les joueurs professionnels et les dames de petite vertu qui peuplaient habituellement ces vaisseaux de plaisir. Tous les show-boats, certes, ne pouvaient passer pour nacelles vertueuses, mais ceux auxquels s'intéressaient Charles et Marie-Gabrielle n'acceptaient qu'une clientèle sélectionnée. Bien que l'on soit encore à deux ans des prochaines élections générales et des élections municipales, le Choctaw-Club préparait la succession du maire, Flower. Le candidat de Charles et de ses amis démocrates était déjà désigné. Ce serait un créole, Paul Capdevielle. En attendant, il convenait de stimuler l'administration en place, car la population en continuelle augmentation – on comptait deux cent quatre-vingt-sept mille habitants – commençait à murmurer que le produit des impôts semblait mal employé. Dans cette cité où l'on redoutait toujours l'apparition du « dragon de la fièvre jaune », où les médecins se plaignaient du nombre exagéré des typhoïdes et des diphtéries, l'hygiène publique paraissait singulièrement négligée. Les Orléanais étaient peut-être fiers de voir circuler sur l'avenue Saint-Charles et Canal Street des tramways électriques, mais ils eussent préféré qu'on installât le tout-à-l'égout et une station d'épuration des eaux. Ils réclamaient aussi une protection plus efficace contre les débordements du Mississippi, qui les contraignaient trop souvent à circuler sur des planches supportées par des tréteaux, comme à Venise sur la place Saint-Marc quand la lagune envahit la ville. Charles et ses amis soutenaient qu'il fallait lancer un emprunt pour l'assainissement de la cité mais, si l'on trouvait aisément des capitaux pour construire de nouveaux hôtels ou aménager le champ de courses, les nantis se souciaient peu d'investir sans garanties sérieuses.

Le Choctaw-Club, dont l'état-major se réunissait périodiquement chez Marie-Gabrielle, se préoccupait de ces problèmes. Fondé l'année précédente, ce club était un des éléments du pouvoir démocrate en Louisiane et surtout à La

Nouvelle-Orléans. Cette « machine politique », comparable au fameux Tammany-Club de New York, avait pris la suite d'une association connue du public sous le nom de « Ring » et était dirigée par un groupe de gens influents qui avaient adopté l'appellation de « Old Regulars ».

Officiellement, avec ses deux mille membres, le Choctaw-Club s'accommodait des statuts d'une organisation charitable qui distribuait des colis de Noël aux gens nécessiteux, gérait des dispensaires, intervenait généreusement en cas de catastrophe ou d'épidémie. En fait, c'était plutôt un groupement de politiciens et d'intérêts économiques dont les dirigeants, évoluant dans les milieux d'affaires, se montraient surtout préoccupés de conserver le contrôle d'une administration qu'ils avaient contribué à mettre en place. Comme la Constitution plaçait sous la dépendance de l'État les grandes options municipales, les affairistes s'attachaient à développer leur influence politique afin de régner par élus interposés. Le destin de la Louisiane se trouvait par leur intermédiaire aux mains de la classe possédante. Avec vingt représentants sur cent et neuf sénateurs sur trente-huit, La Nouvelle-Orléans disposait du pouvoir de décision face aux élus des paroisses. La plupart des adhérents du Choctaw-Club ignoraient ce dont les « Old Regulars », qui constituaient au sein de l'organisation un comité restreint, discutaient pendant leurs réunions. On comptait un représentant de cet état-major par district urbain. Cette vingtaine d'hommes, planteurs, négociants en coton, industriels, administrateurs de sociétés de chemins de fer, gros actionnaires des compagnies de navigation ou de transports urbains, gérants des entreprises de distribution de gaz et d'électricité, propriétaires de fabriques de biscuits ou de conserves, constituaient le parlement occulte de l'État.

Disposant de moyens financiers importants, le club avait fait sienne la devise politicienne d'un fondateur du Tammany : « Aux vainqueurs appartiennent les dépouilles. » C'est ainsi que tous les emplois publics, dont, par influence, le club pouvait disposer, allaient à des gens sûrs qui, en retour, appliquaient les consignes des « Old Regulars » et versaient une partie de leurs appointements à la caisse de l'organisation. Le club était capable d'acculer à la faillite un industriel ou un commerçant opposant en lui créant, par l'intermédiaire de l'Administration ou de la police, des tracas insupportables. De la même façon, il « tenait » les concessionnaires des services publics et des travaux urbains, et pouvait, à l'occasion, influer sur les adjudications. Les candidats démocrates à toutes les élections, sachant qu'ils auraient peu de chances d'être élus sans l'appui du club, ne pouvaient que difficilement refuser d'introduire dans leur programme les projets et les clauses proposés par les « Old Regulars ». Le Choctaw-Club disposait également d'appuis dans la presse et savait à l'occasion susciter tel article ou faire différer tel autre.

Au contraire des organisations similaires qui sévissaient à New York, à Boston, à Baltimore ou à Cincinnati, le Choctaw-Club réprouvait la fraude électorale au niveau des urnes. Charles de Vigors soutenait que toute élection devait être acquise avant la consultation populaire, qui ne devait plus intervenir qu'en tant que formalité démocratique.

Hôtesse agréable, Marie-Gabrielle savait recevoir les « Old Regulars » avec tous les égards qui leur étaient dus. Elle accueillait leurs confidences, calmait leurs rancœurs, formulait à l'occasion des observations sensées qui lui avaient été soufflées par Charles, lequel se défendait d'être plus qu'un simple membre du comité, malgré l'autorité que lui conférait son titre de sénateur.

Ce jour-là, en peu de temps, le couple mit au point l'éviction d'un membre du club qui, tyrannisé par deux fils revenus d'Europe avec des idées quasiment révolutionnaires, commençait à pencher pour les théories réformatrices de quelques dissidents démocrates.

– Il faut qu'il se retire en douceur et sans amertume. C'est un vieil homme charmant, veuf et perclus de rhumatismes, qui n'a plus pour famille que ses fils. Je souhaite que vous le ménagiez, dit doucement Marie-Gabrielle.

– Si nous le jetons avec sa fortune et les cent cinquante employés de sa compagnie de navigation dans les bras des réformateurs, le remède sera pire que le mal, observa Charles.

– Il ne devrait plus se mêler de politique à son âge !

Charles de Vigors réfléchit un instant, puis développa son idée.

– Nous sommes quelques-uns à savoir qu'il fréquente le *Phoenix* dans la rue de la Douane. Nous pourrions nous arranger pour qu'il y soit reconnu un soir prochain par un journaliste renommé pour l'acidité de sa plume...

– C'est un procédé outrancier. Un article peut ruiner la réputation d'un homme comme lui, qui passe pour un parangon de vertu depuis la mort de sa femme.

– Mais il n'y aura pas d'article, Marie-Gabrielle. Nous ferons seulement savoir à notre ami qu'il a couru le risque de se voir épinglé dans une chronique, mais que le comité a décidé d'intervenir pour lui épargner la honte d'être cité parmi les clients du *Phoenix*... Ça suffira ! Naturellement, nous lui ferons comprendre qu'après une telle alerte il vaut mieux démissionner pour... raisons de santé.

– Et à quel journaliste pensez-vous ? A Blessing, du *Picayune* ?

– Non, pas du tout, plutôt à Maréchal de *L'Abeille*.

– Mais il a des sympathies pour les réformateurs à ce qu'on dit.

– Justement... nos adversaires seront ainsi informés, et leur puritanisme leur fera tenir à distance une pareille recrue.

Marie-Gabrielle sourit. Elle admirait la prodigieuse faculté qu'avait le sénateur d'envisager rapidement tous les aspects d'un problème et de trouver une solution qui les résolve.

– Je suis toujours étonnée par votre esprit d'analyse et votre science de la synthèse, Charles. Il y a dans le fonctionnement de votre cerveau quelque chose de diabolique. D'où tenez-vous cela ? Je me le demande souvent.

– De ma mère, répliqua le sénateur en se levant.

Il baisa les doigts de Marie-Gabrielle et s'en fut dîner à l'hôtel *Saint-Louis*.

8

Le 22 juillet 1898, dès dix heures du matin, une foule élégante commença à se rassembler sur le quai Saint-Pierre. L'accostage du *Chalmette*, dont l'arrivée avait été signalée la veille par la vigie de la balise à l'embouchure du Mississippi, promettait d'être un événement. La plupart des hommes qui avaient cru nécessaire de se déplacer étaient redevables au sénateur de quelque service ou avantage. Quant aux femmes, qui arboraient des toilettes claires, robes légères à manches gigot et chapeau de paille fleuri ou enrubanné, à l'abri de leur ombrelle, c'était la curiosité plus que l'intérêt qu'elles pouvaient porter à la famille de Vigors, qui avait guidé leurs pas vers le port, par une aussi chaude matinée.

Le collecteur des Douanes faisait l'important et dirigeait lui-même la mise en place des barrières servant d'habitude à canaliser les passagers des paquebots de New York. Fonctionnaire zélé, il entendait réserver un espace à la famille du sénateur qui ne pouvait manquer d'être présente. On reconnaissait dans les groupes d'autres fonctionnaires coiffés de canotiers, des négociants ventrus portant melon ou panama, des commerçants qui avaient déserté leur boutique. Des officiers du régiment Washington Artillery et de la garde nationale commentaient le refus opposé par le secrétaire du sénateur à l'envoi de la musique régimentaire et des drapeaux. Deux marguilliers de la cathédrale Saint-Louis s'étonnaient que le clergé soit absent. Des Noirs, dockers ou portefaix, se faisaient houspiller par les chefs d'équipe ou les représentants des commissionnaires parce qu'ils profitaient de cette animation inhabituelle pour badauder. Des gens qui allaient à leurs affaires s'arrêtaient un instant pour demander les raisons de cette concentration de beau monde. En apprenant qu'il s'agissait du retour de Cuba de soldats blessés, dont le fils du sénateur de Vigors, la plupart des passants poursuivaient leur chemin. Plusieurs conseillers municipaux se tenaient à l'écart, près de trois ambulances, dont les chevaux battaient du sabot et fouettaient de la queue pour chasser les mouches.

Le *Chalmette*, cargo à vapeur loué par la marine des États-Unis pour les besoins de la guerre, se présenta à l'heure dite dans la courbe du fleuve. Simultanément, comme si la chose avait été réglée, un grand landau, que les agents de police guidèrent jusqu'au périmètre réservé par la douane, fendit la foule. La barrière fut ouverte puis refermée, et le collecteur vint saluer Mme de Vigors, épouse du sénateur, et la belle-fille de ce dernier. Elles étaient venues accueillir l'une un fils, l'autre un mari. Un garçonnet vêtu d'un uniforme marin et coiffé d'un petit breton leur faisait face dans la voiture.

Le collecteur des Douanes, en s'inclinant devant le petit-fils du sénateur, s'étonna de voir sur les lèvres de l'enfant un sourire bizarre. Il se demanda si sa tenue vestimentaire pouvait susciter pareil rictus.

– Monsieur le Sénateur n'est pas avec vous ? s'étonna le fonctionnaire.

– Il va arriver, dit assez sèchement Liponne qui était de mauvaise humeur.

Le *Picayune* lui avait appris la veille à Jennings, où elle séjournait chez une nièce qui venait de mettre au monde son septième enfant, le retour de son fils blessé. Elle en voulait à Charles de ne l'avoir pas prévenue lui-même. A côté de cette femme mûre, à laquelle lourdeur et triple menton conféraient une certaine prestance, Stella paraissait frêle comme une adolescente. Elle avait beaucoup pleuré la veille encore et dissimulait ses yeux rougis sous l'aile souple d'une grande capeline ornée d'anémones en tulle. Elle s'était obligée à un effort de toilette pour ces retrouvailles, mais, l'inquiétude l'emportant sur la joie de revoir son époux, elle triturait nerveusement la pointe de ses gants. Quant à Osmond, assis bien droit en face de sa mère et de sa grand-mère, c'était la première fois de sa vie qu'il voyait une telle foule rassemblée, et surtout qu'il assistait à l'accostage d'un gros bateau. Il se disait que son père devait être un homme bien important pour que son retour suscitât pareil déplacement de gens inconnus.

Étonné lui aussi de découvrir du haut de sa passerelle une telle assistance, le commandant du *Chalmette* se fit apporter une vareuse à boutons dorés et, muni du porte-voix, fignola les manœuvres. Dès que la planche fut jetée, il envoya le second s'enquérir des raisons de ce grand concours de population. Quand il sut que ces gens s'étaient déplacés pour faire honneur aux blessés, il invita les deux médecins de la Navy à faire descendre d'abord ceux qui pouvaient marcher. Tandis qu'apparaissaient les soldats, qui le bras en écharpe, qui la jambe raide ou la tête bandée, un murmure s'éleva de la foule, puis des femmes se mirent à agiter leur ombrelle ou leur mouchoir ; les hommes, eux, brandissaient leur chapeau. « Hourra ! pour les braves », cria quelqu'un, aussitôt imité par les plus expansifs des assistants. Dans la fièvre chaleureuse du débarquement, l'arrivée du surrey de Charles de Vigors passa à peu près inaperçue.

Abandonnant sa voiture, le sénateur s'approcha du landau où Liponne, Stella et Osmond, les yeux fixés sur le pont du bateau, guettaient l'apparition de Gratien.

– Toi qui as de bons yeux, avait dit la grand-mère, regarde bien si tu vois papa.

L'enfant, debout dans la voiture, cherchait parmi les silhouettes qui se succédaient au bastingage, dans le groupe d'hommes vêtus d'uniformes fripés, pâles et à la démarche hésitante, celle d'un père qu'il craignait de ne pas reconnaître.

– Il n'est pas encore descendu ? demanda le sénateur.

Mais personne ne lui répondit. D'un coup d'œil circulaire, il avait apprécié la densité de l'assistance et s'en félicitait. Déjà les premières civières apparaissaient, portées avec précaution par les brancardiers vers les ambulances qu'on avait fait avancer, quand l'officier en second du *Chalmette* s'approcha du collecteur des Douanes. Les deux hommes échangèrent quelques paroles, puis le fonctionnaire désigna au marin le sénateur et sa famille. L'officier vint à eux, salua militairement et tira M. de Vigors à l'écart.

– Le commandant vous prie de monter à bord pour une communication, monsieur le Sénateur.

– Que se passe-t-il ? dit vivement Stella, la gorge nouée par l'émotion.

– Rien, répliqua son beau-père, je vais voir le commandant, il doit vouloir éviter à Gratien la curiosité publique... Je reviens.

Le commandant se tenait sur le passavant. Il avait un visage grave. A deux pas derrière lui, l'un des médecins du bord attendait. Le maître après Dieu du *Chalmette* n'était pas homme à se dérober à ses devoirs, ni à chercher des atermoiements inutiles.

– Monsieur le Sénateur, j'ai une très désagréable mission à remplir... Malgré les soins qui lui ont été prodigués, Monsieur votre fils n'a pu survivre à ses blessures. Je vous prie d'accepter mes condoléances, celles de l'état-major du *Chalmette* et de l'équipage.

Charles de Vigors eut une sorte d'éblouissement. Un bref instant, sa vue se brouilla. Le visage du commandant devint flou, mais sur le quai en contrebas il vit nettement tous les visages levés vers lui, Osmond dressé dans le landau qui écarquillait les yeux et Liponne et Stella qui le fixaient. Il aurait voulu être ailleurs, loin de ce quai, loin de cette foule qu'il avait voulu rassembler. La vivacité de son imagination, parfaitement lucide, lui faisait envisager tout ce qu'allaient avoir de pénible les minutes qui suivraient. Son égocentrisme insurmontable le poussait à mettre de côté, à renvoyer à plus tard le chagrin que lui causait la mort de son fils. Il lui faudrait auparavant affronter Liponne et Stella, supporter leur désespoir et leurs larmes de femmes, essuyer leurs reproches et, peut-être, expliquer à Osmond. Pendant qu'il se pénétrait de l'idée que ce drame le concernait, le commandant avait prononcé des phrases que son esprit n'avait pas enregistrées. Quand il se ressaisit, il le fit répéter.

– Voici le lieutenant-médecin Thompson, disait l'officier, c'est lui qui a soigné M. de Vigors. Il va vous conduire à lui. La mise en bière doit intervenir rapidement, monsieur le Sénateur... à cause de la chaleur... vous comprenez.

– Je comprends, fit Charles.

Il dut suivre le jeune médecin, descendre un escalier raide comme une échelle, traverser des chambres basses où des lits vides, aux draps souillés, étaient alignés. Une âcre odeur de sanie, d'éther, de respirations confinées, d'écurie humaine lui souleva l'estomac.

Des marins, joyeux de débarquer, plaisantaient, se donnaient des bourrades, bridaient leurs sacs, s'effaçaient devant ce civil aux mâchoires contractées. Une tuyauterie lui enleva son chapeau qu'un homme hilare ramassa et lui tendit au bout d'un bras velu et tatoué.

– Attention, faut baisser la tête, milord...

Il remercia et rejoignit le lieutenant qui l'attendait devant une porte de fer. Son guide poussa le panneau et l'invita à entrer dans un local minuscule. Le sénateur eut cette fois du mal à dominer ses nausées. Dans la pénombre, sur un étroit bat-flanc, il aperçut une forme allongée sous un drap. Le médecin fit pivoter le contre-tape du hublot pour donner du jour et souleva la toile grise. M. de Vigors se trouva face à face avec son fils. Il ne put retenir un bref spasme respiratoire à la vue du cadavre.

Son émotion était faite d'incrédulité et d'horreur. Il avait de la difficulté à retrouver, dans ce visage glabre et boursouflé, dans ces paupières gonflées, les traits de Gratien. Souvent la mort ennoblit un faciès quelconque, mais il lui arrive aussi, par une inexplicable cruauté, de rendre vulgaire et laid le masque ultime d'un défunt.

Très vite, il fit signe au lieutenant de rabattre le drap pour échapper à cette vision insupportable. Dans la coursive, il questionna.

– On m'avait dit « une blessure légère »... comment expliquez-vous ?

En choisissant ses mots, car on ne pouvait décemment annoncer au sénateur qu'un infirmier, en portant un matin le café aux blessés, avait trouvé le « private » Vigors mort dans son lit, le médecin expliqua qu'une infection sournoise et incoercible s'était généralisée, après une blessure à l'omoplate *a priori* sans réelle gravité.

– Nous avons usé de tous les remèdes en notre possession, monsieur, mais, de la même façon que nous n'avons pu sauver certains soldats empoisonnés par cette pourriture de corned-beef, nous n'avons pu juguler l'infection. Si cela peut atténuer votre peine, monsieur, je puis vous assurer que Monsieur votre fils n'a pas souffert, il a pour ainsi dire passé en dormant...

Charles de Vigors fit un signe de tête, indiquant qu'il acceptait cette version de la mort de Gratien. Ses pensées étaient maintenant toutes tournées vers les deux femmes qui devaient, sur le quai, s'étonner de son absence prolongée. Il redoutait par avance tout ce qu'allait déclencher l'incroyable nouvelle.

– Si je puis vous être utile, monsieur, le commandant m'a dit de rester à votre disposition.

– Ma femme et ma bru... attendent... en bas... sur le quai... il va falloir... vous comprenez.

– J'imagine, monsieur, ce que vous ressentez, mais vous seul pouvez les préparer à...

– Ma femme est sujette aux malaises du cœur, lieutenant, et je crains qu'en apprenant la mort de son... de notre fils, elle ne défaille. Je crois que vous devriez m'accompagner.

Le jeune médecin dissimula une grimace. Sa fiancée devait s'attendre à le voir pousser la porte du magasin que tenaient ses parents, rue de Chartres ; peut-être même était-elle dans la foule à guetter son apparition. Mais il ne pouvait refuser son concours au sénateur.

– Je vous suivrai de près, monsieur, et si quelqu'un a besoin de mes soins...

– C'est cela, accompagnez-moi, fit Charles soulagé de ne pas se trouver seul face aux deux femmes.

Sur le pont, la vive lumière de midi et la chaleur du soleil rendirent au sénateur assez de volonté pour lui permettre de retrouver une attitude rigide. Il coiffa son chapeau, serra la main du commandant et descendit la planche d'un pas assuré. La sensation d'être observé par des centaines d'yeux, car ceux qui étaient venus pour voir débarquer Gratien de Vigors ne jugeaient pas décent de s'en aller, stimulait le sénateur. Mais, dès qu'il fut à portée de voix de Liponne et de Stella, le cœur faillit lui manquer.

– Pourquoi Gratien ne descend-il pas ? lui cria Liponne... Que nous cache-t-on ?

Stella, qui tordait ses gants avec une espèce de frénésie inquiétante, l'interrogeait du regard. La pensée lui traversa l'esprit que, si les femmes par intuition subodoraient un drame, il ne lui faudrait que peu de mots pour leur faire comprendre la vérité. Il ralentit un peu le pas. Le jeune médecin gardait une prudente distance.

– Gratien n'est pas à bord ? Où est-il ? lança Stella.

Charles ne lui laissa pas le temps d'en dire plus. Il saisit la portière du landau comme pour s'y cramponner et lâcha d'une voix blanche :

– Un incroyable malheur... un inexplicable malheur.

Liponne se pencha brutalement, ce qui fit gémir les ressorts de la voiture et tituber Osmond, debout entre les deux banquettes. Puis elle saisit son mari au revers et cria :

– Quel malheur, parle, parle !

– Un malheur inexplicable, se contenta de répéter Charles en s'efforçant de se dégager.

Dans le silence qui succéda à l'exhortation brutale de Liponne, la voix de Stella parut fluette et sans timbre.

– Gratien est mort... n'est-ce pas ?

Charles inclina la tête. Le mot imprononçable était dit.

Il se sentit délivré du fatal message. Pour ces femmes, déjà Gratien allait entrer dans le passé. Restait à supporter les manifestations du chagrin devant ces gens serrés derrière la barrière de la douane et qui commençaient à comprendre qu'un drame imprévu venait d'être annoncé.

Instinctivement, Liponne avait entouré de son bras l'épaule de Stella au bord de l'évanouissement. Les ailes des chapeaux des deux femmes se chevauchaient ridiculement. Mme de Vigors disait des choses incompréhensibles, d'une voix rauque. Osmond, adossé à sa banquette, les deux mains posées à plat sur le capiton du siège, regardait alternativement sa mère, sa grand-mère et la main du sénateur crispée sur la portière du landau, ses doigts longs et secs et cette chevalière d'or armoriée qui brillait dans le soleil.

– Retournez à la maison, finit par souffler le sénateur, on nous regarde.

Stella se redressa si brusquement que sa capeline bascula, glissa sur son épaule et se retrouva sur la moquette de la voiture.

– Je veux le voir ! cria-t-elle avec une véhémence qui fit prévoir à Charles la crise de nerfs.

– Retournez à la maison, répéta-t-il en s'adressant à Liponne dont le regard fixe l'inquiétait autant que les démonstrations de sa bru.

– Mais je veux le voir, je veux le voir, criait Stella en tambourinant du poing sur les genoux de sa belle-mère.

– Ma chérie, nous le verrons plus tard, nous devons rentrer... pour Osmond.

Puis elle se tourna vers son mari :

– Car tu vas nous le ramener, hein, chez nous...

C'était un ordre, derrière lequel M. de Vigors perçut une condamnation. Le ton de Liponne était dur, violent, haineux. Elle aurait pu aussi bien le traiter d'assassin. Il fit un signe au cocher qui, à demi retourné sur son siège, avait suivi toute la scène.

Quand le landau s'ébranla, Stella laissa tomber sa tête dans le giron de sa belle-mère. Une fine bordure de dentelle apparut au bas d'un jupon que dévoilait le retroussis involontaire de la jolie robe qu'elle avait choisi de mettre pour accueillir son mari. Osmond se pencha, ramassa la capeline de sa mère et la tint sur ses genoux avec précaution.

– Papa n'est pas venu sur ce bateau ? demanda-t-il timidement.

– Tu ne le verras pas de sitôt mon pauvre chéri ton papa, dit Mme de Vigors d'une voix douce, il est au ciel.

Osmond, que les sanglots de sa mère désorientaient, se mit à pleurer silencieusement, la tête penchée sur les anémones de tulle. Les gens qui virent l'attelage traverser le quai voulurent savoir pourquoi la grosse Mme de Vigors emmenait ainsi sa belle-fille prostrée sur ses genoux en face d'un garçonnet qui, malgré des yeux pleins de larmes, semblait sourire énigmatiquement à un chapeau. La rumeur propagée par le collecteur des Douanes leur apprit bientôt que le fils du sénateur, blessé à Cuba, était mort pendant la traversée et que la fête avait tourné en tragédie. Dès que les femmes furent parties, M. de Vigors retrouva la parfaite maîtrise de ses pensées et de ses actes. Le collecteur des Douanes vint le premier lui faire des condoléances, car il s'était renseigné auprès du médecin qui avait attendu à l'écart le départ du landau.

Quand le lieutenant réapparut, Charles lui signifia que son secrétaire, M. Parson, allait s'occuper de faire livrer à bord un cercueil décent et que le corps de Gratien devrait être à la fin de l'après-midi transporté avenue Prytania.

– Je compte sur vous, ajouta le sénateur. Ma femme et ma bru voudront le voir. Trouvez un embaumeur s'il le faut.

Le médecin, qui pensait à sa fiancée, tenta de s'esquiver.

– C'est-à-dire, monsieur le Sénateur, nous ne sommes pas équipés pour...

– Vous n'êtes pas non plus équipés, lieutenant, pour conserver la vie des blessés, alors occupez-vous des morts. Je connais les lois de la mer et les règlements de la marine des États-Unis au moins aussi bien que vous.

L'officier salua, tourna les talons, gravit rageusement la planche et s'en fut faire rapport au commandant. Il trouva ce dernier dans sa cabine, occupé à signer des papiers tête à tête avec une bouteille de bourbon.

– Alors, quand nous débarrasse-t-on de ce mort, lieutenant ? Souvenez-vous du dicton : « Mort en mer revient à la mer, mort à quai doit faire son paquet ! »

– Le sénateur a l'air de vouloir nous charger de tout, mise en bière, embaumement et transport au domicile familial.

– Quoi ! rugit le commandant, ce mort appartient à l'armée, pas à la marine. Nous ne sommes que transporteurs. Dès que la boîte arrive, mettez-y ce pauvre type et posez-la sur le quai... à l'ombre. L'armée s'en débrouillera... seulement...

– Oui, commandant, seulement...

– Seulement si vous faites ça, lieutenant, tout médecin que vous êtes, médecin à la noix soit dit entre nous, puisque vous laissez claquer les fils de sénateur, votre carrière prendra une drôle de tangente. Notre sénateur est diablement influent à Washington, et son fils appartenait aux Rough Riders de M. Roosevelt, qui ont fait merveille à San Juan. C'était comme qui dirait un héros. En plus, il vaut mieux que vous le sachiez, le cousin du défunt a failli périr dans l'explosion du *Maine*, c'est un médecin de marine comme vous et un autre héros. Nous voilà aux prises avec une famille de héros !

– Que dois-je faire, commandant ?

– Le sénateur vous l'a dit, lieutenant, ce qu'il faut faire.

– Ma fiancée m'attend, commandant, et je ne suis pas obligé de jouer les croque-morts.

– Votre jolie fiancée attend un jeune médecin de la marine promis à une brillante carrière. Les femmes, dans nos métiers, sont très attachées à l'avancement. Elles comparent les galons de leurs époux plus attentivement que les performances de leurs amants. Souvenez-vous du dicton : « En amour le grade est sans attrait, mais avant il attire et il retient après. »

Le médecin, qui connaissait la propension du commandant à fabriquer des dictons à la mesure des circonstances, estima que celui-ci ne manquait pas de réalisme. Il salua et, en maugréant, se mit en devoir d'obtempérer aux ordres du sénateur.

Avant de regagner son domicile de Prytania Avenue, M. de Vigors, confiant à Parson, qu'il avait fait quérir, le soin de la dépouille de son fils, fit un détour par l'avenue de l'Esplanade. Il avait besoin de voir Marie-Gabrielle, de parler avec quelqu'un qui ne lui soit pas hostile et capable de comprendre la peine qu'il ressentait.

Car le sénateur commençait à concevoir ce qui venait de se passer. Gratien était mort, c'est-à-dire absent définitivement. Même s'il ne s'était jamais senti très proche de ce fils trop peu ambitieux, trop casanier, aisément satisfait de son sort, et à travers le mode de vie duquel il décelait une condamnation implicite de sa propre façon d'exister, il lui plaisait de le savoir heureux. Et de ce bonheur un peu mièvre, un peu facile, un peu béat, il l'avait tiré pour l'envoyer à une mort ridicule. Il imaginait déjà une scène avec Castel-Brajac et savait que Liponne, qui lui pardonnait sa vie dissolue et son indifférence conjugale, ne lui pardonnerait pas la mort de Gratien.

Une réflexion de Goethe lui vint à l'esprit, celle que le philosophe de Weimar avait prononcée en apprenant la mort d'Auguste : « Je savais que j'avais conçu un fils mortel. » Charles se répéta la phrase jusqu'à ce qu'elle devienne sa propre et apaisante résignation.

Marie-Gabrielle connaissait déjà la nouvelle qu'un membre du Choctaw-Club lui avait téléphonée.

Elle reçut Charles avec un grand élan de tendresse.

– N'ayant pas eu la chance d'avoir des enfants, j'ignore ce que peut ressentir une mère qui apprend la mort de son fils, mais j'imagine le chagrin de votre femme et le vôtre. Je pense aussi à votre bru et à vos petits-enfants.

Charles s'assit. Il était pâle et ses mains tremblaient. Devant son amie, il n'avait pas à dissimuler le sentiment de culpabilité qui l'étreignait.

– Je me sens en partie responsable de cette mort, et c'est ce qui me désole. Gratien n'avait aucune envie de participer à cette guerre. C'est moi qui l'ai poussé à s'engager par orgueil familial, parce que nous avons des terres à Cuba...

En prononçant ces mots, Charles associait un peu Marie-Gabrielle au blâme qu'il se décernait. Elle possédait, elle aussi, une plantation de tabac à La Havane. Mais, quand il parlait d'orgueil, il cherchait à ennoblir sa responsabilité et la Suissesse n'était pas dupe. Elle savait que Charles avait expédié son fils à la guerre par vanité politique. C'était un investissement moral qu'il avait voulu faire et dont il s'était dissimulé les risques. La mort de Gratien allait lui assurer un regain de sympathies populaires dont il saurait bien, le moment venu, tirer parti.

Marie-Gabrielle considéra un moment son ami avec commisération. Le cynisme de Charles, cette façon qu'il avait d'être égoïste, de juguler ses scrupules ne l'avaient jamais choquée. Elle trouvait même à cette attitude une certaine loyauté, mais il lui déplaisait qu'il vienne lui demander de décrasser sa conscience.

– Je crains que vous ne deviez vivre désormais avec ce remords, dit-elle, car la mort ôte toute possibilité de réparation. Je vous plains.

Charles se redressa les lèvres serrées, l'œil dur. De sa vieille complice il espérait une absolution rassurante, or sa voix se joignait à celles qui, en lui-même, le tourmentaient.

– Mon fils m'appartenait, lança-t-il.

Par un mouvement des sourcils, Marie-Gabrielle laissa voir son étonnement mais demeura silencieuse. Un long moment s'écoula avant qu'elle ne dise d'un ton apitoyé :

– Rentrez chez vous, Charles, on doit vous attendre.

On l'attendait en effet. Le colonel de la garde nationale notamment, dépêché par le gouverneur pour organiser les funérailles du soldat, et Parson qui, à la demande de Mme de Vigors, expédiait des télégrammes. Si Liponne, dominant sa peine, organisait déjà le deuil familial, Stella, qu'on avait dû coucher avec une piqûre calmante, donnait des inquiétudes. Le médecin redoutait que le choc ressenti par la jeune femme n'eût des conséquences sur le déroulement de sa grossesse. Quand le cercueil, porté par six militaires du Washington Artillery, le plus ancien régiment de Louisiane fondé en 1838, arriva dans la maison des Vigors, le grand salon avait été transformé en chapelle ardente. Tous les domestiques avaient passé des vêtements noirs. De part et d'autre de la porte victorienne, les lanternes de cuivre avaient été allumées et voilées de crêpe.

Charles aurait préféré accepter la proposition des autorités militaires et des représentants de l'État, qui suggéraient de disposer le corps dans une chapelle de la ville où la population serait venue rendre hommage au défunt, mais Liponne s'y était opposée.

– Mon fils n'était pas soldat. Il restera dans sa famille jusqu'au dernier moment, et je ne veux ni défilé ni discours ; qu'on ne nous impose pas des honneurs dont nous n'avons que faire.

Quand les porteurs eurent déposé le cercueil, elle les mit à la porte et donna l'ordre au maître d'hôtel de ne laisser entrer personne. Puis elle se tourna vers les hommes des pompes funèbres et dit d'un ton catégorique en désignant la bière :

– Ouvrez. Je veux voir mon fils !

Pendant que les croque-morts, après un instant d'hésitation, dévissaient le couvercle du cercueil, Mme de Vigors envoya quérir son mari, qui se tenait dans son bureau avec son secrétaire, puis elle s'enquit de l'état de Stella.

– Vous n'allez tout de même pas imposer ce spectacle à votre bru, balbutia Charles.

– Je le lui ai promis, répliqua sèchement Liponne. C'est son mari.

Quand on souleva le voile qui recouvrait le visage de Gratien, Charles, plein d'appréhension, constata que l'embaumeur avait bien travaillé. On avait maquillé le mort comme un acteur, et seules les bouffissures des joues étaient encore choquantes.

– Mon Dieu, mon petit, dit simplement Liponne en sanglotant.

Puis elle se tourna vers son mari :

– Voilà, dit-elle, ce que tu as fait de notre fils... il est mort, mort, mort.

Charles, blême, se détourna et regagna son bureau, tandis que Liponne montait jusqu'à la chambre de Stella. Un instant plus tard, la jeune mère apparut les cheveux défaits, l'œil hagard, soutenue par sa belle-mère et une femme de chambre. On dut presque la porter jusqu'au cercueil ouvert.

Devant le corps de son mari, elle lança ses deux mains en avant comme pour l'étreindre, mais Liponne l'en empêcha et se retournant vers un domestique :

– Allez chercher le sénateur, je veux qu'il vienne.

Charles revint. Il fut gêné par le spectacle de ces deux femmes nouées l'une à l'autre et pleurant. La scène lui parut interminable. L'évanouissement de Stella y mit fin.

Tandis qu'on portait la veuve de Gratien au premier étage, Liponne jeta un dernier regard sur son fils, traça d'une main tremblante un signe de croix sur le front du mort et dit dans un souffle :

– Je te rends à Dieu.

Les employés des pompes funèbres furent rappelés de l'office où Golo les avait expédiés.

– Fermez le cercueil, ordonna Charles.

En retournant à son cabinet, il aperçut entre deux balustres de la rampe, sur le palier du premier étage, le visage d'Osmond qui, accroupi, avait suivi le macabre spectacle. Le garçonnet, les yeux agrandis par l'émotion, fixait son grand-père. Le bizarre et involontaire sourire de ses lèvres, auquel Charles comme tous les membres de la famille était cependant habitué, frappa le sénateur de Vigors comme un verdict.

9

La disparition de Gratien de Vigors eut, au cours des mois qui suivirent, une série de conséquences domestiques parfois affligeantes. Au lendemain des funérailles de son mari, qui se déroulèrent à la cathédrale Saint-Louis devant une foule considérable et avec une pompe militaire que Liponne de Vigors ne parvint pas à éluder, Stella tomba gravement malade. Le médecin, dérouté par des périodes de prostration auxquelles succédaient des moments de vive exaltation, diagnostiqua une fièvre récurrente. Comme la malade souffrait souvent d'engourdissements et se plaignait sans cesse « d'un froid intérieur », il ordonna des bains chauds.

Après l'une de ces immersions, elle eut une hémorragie soudaine et abondante qui se révéla être une fausse couche. Le médecin, qui avait étudié à Paris sous Napoléon III, se souvint que l'impératrice Eugénie s'était trouvée en 1853 dans la même situation après un bain brûlant. Pendant quinze heures, il demeura au chevet de la jeune veuve et réussit à la maintenir en vie. Il conseilla un mois de lit et de calme, en interdisant toute nouvelle émotion. Liponne, toujours parfaite dans le rôle de garde-malade, prit en main le sort de sa belle-fille et, du même coup, celui de ses trois petits-enfants, Alix, fillette craintive et docile, Osmond, très précoce et d'un caractère indépendant, et Céline, la benjamine, qui marchait à peine. Tous se virent soumis à la règle acadienne et firent connaissance avec une forme d'autorité à laquelle ni leur mère, ni Harriet Brent, ni les nurses de Bagatelle ne les avaient habitués.

Le jardin des Vigors, sur Prytania Avenue, paraissait minuscule par rapport au parc de la plantation. On ne pouvait jouer que sur les allées. Toute incursion à travers les massifs de fleurs provoquait une réprimande, et galoper dans les couloirs ou dans le hall de la demeure valait une privation de dessert.

– Je voudrais bien rentrer à la maison avec maman, dit un soir, au moment du coucher, le petit Osmond.

L'élocution était nette et le ton assuré. Mme de Vigors en fut surprise.

– Tu n'es pas bien ici avec nous ?

– Non, dit Osmond, j'aime mieux ma maison.

Liponne expliqua alors à son petits-fils, qui, soutenait-elle, « a toujours l'air de se moquer de vous quand on lui parle », que sa maman était malade et qu'il fallait patienter. Elle ajouta que n'importe comment, dès que Stella pourrait faire un petit voyage, on conduirait tout le monde à Saint-Martinville, dans la grande maison des Dubard, pour y passer la fin de l'été.

L'enfant, auquel on avait déjà enseigné qu'il ne faut jamais répliquer aux grandes personnes, se tut, mais ce soir-là il mit longtemps à s'endormir. Harriet, le chien Aristo et l'oncle Gus lui manquaient. Il se demandait aussi quand il retrouverait son cheval à bascule et ses trésors, rassemblés dans un tiroir de commode. Il ressentait particulièrement l'absence de sa collection de boutons et de l'éperon doré du général Tampleton. Les jouets offerts par sa grand-mère, puzzles et jeux de construction ne l'intéressaient pas.

Dans cette atmosphère de deuil et de maladie, Osmond, qui mettait une innocente ferveur à vivre, se sentait mal à l'aise. Son grand-père n'apparaissait que rarement aux repas, d'où les enfants étaient exclus. Osmond ne le croisait que dans le jardin ou le hall et devinait que cet homme impressionnant faisait effort pour lui sourire et lui parler. La seule chose qui, chez Charles de Vigors, constituait un attrait pour son petit-fils était la grosse chevalière armoriée que le sénateur portait à l'auriculaire de la main gauche. Comme il s'était aperçu de l'intérêt de l'enfant pour cette bague, il lui avait dit :

– Quand je serai parti, moi aussi comme ton papa, c'est à toi qu'elle reviendra. C'est mon père qui me l'a donnée, il la tenait lui-même de son grand-père.

Depuis ce jour-là, Osmond ne rêvait plus que d'ajouter à ses trésors ce bijou sur lequel figurait un dessin bizarre. S'il regrettait la froideur de son grand-père, Osmond n'appréciait pas pour autant les marques d'affection que lui donnait sa grand-mère à chaque occasion. Il redoutait les gros baisers de Liponne, qui lui laissaient aux joues des traces humides. La voix terrifiante du jardinier l'impressionnait, et lui déplaisaient également les façons brutales qu'avait la nurse pour le débarbouiller sous un énorme robinet d'où coulait une eau alternativement brûlante et glacée. En plus errait dans cette maison aux parquets cirés un énorme chat qui aimait à se frotter aux genoux nus du petit garçon. Alix était l'amie de ce matou gris. Elle avait même été punie pour l'avoir une nuit accueilli dans son lit. A cause du chat, Osmond ne partageait plus que rarement les jeux de sa sœur.

Stella commençait à se sentir mieux et pouvait s'asseoir dans son lit, quand un beau matin, oncle Gus apparut. Il prit Osmond, le lança trois fois en l'air suivant son habitude et reposa sur ses pieds l'enfant décoiffé et ravi.

– Alors, bonhomme, que racontes-tu ?

– Emmenez-moi voir les bateaux, oncle Gus !

– C'est que la rivière est loin, fiston, et j'ai à faire, mais je te promets un petit tour au port dès que j'aurai salué ta maman et tes grands-parents.

Charles de Vigors n'avait pas revu son vieil ami depuis les funérailles de Gratien, et, ce jour-là, les deux hommes n'avaient pas échangé dix paroles. Quand ils se retrouvèrent seuls face à face dans le cabinet de travail du sénateur, ce dernier comprit qu'il n'échapperait pas à une conversation déplaisante. Le Gascon ne demanda même pas un verre, ce qui indiquait des dispositions querelleuses. Aussi le sénateur fut-il étonné de l'entendre parler de la santé de Stella et du dévouement de Liponne.

– Et toi, mon bon, comment vas-tu ? enchaîna Gustave.

Charles eut un geste de la main signifiant qu'il supportait l'épreuve avec résignation.

Gustave, les mains croisées sur son ventre, l'observa un moment puis lâcha :

– Je ne voudrais pas avoir dans la tête les pensées qui se bousculent dans la tienne, hein, ça ne doit pas être drôle le soir quand tu cherches le sommeil.

– Au risque de te paraître d'une insensibilité condamnable, je puis te dire que j'ai conservé, Dieu merci, un excellent sommeil.

– Et les cauchemars ? Hein, pas de cauchemars ?

Charles se leva et se mit à marcher de long en large dans la pièce.

– Ah ! je t'en prie, Gustave, ne commence pas à m'asticoter. Je suis un père assassin, c'est admis dans la famille. Liponne ne m'adresse la parole que pour me le rappeler. J'ai des responsabilités, c'est un fait, dans la mort de Gratien, je l'ai envoyé à la guerre par souci de ma carrière politique, on me l'a dit et répété, même Marie-Gabrielle me traite comme un condamné au remords perpétuel. J'en ai tellement assez de tout et de tous que je m'en vais en Europe la semaine prochaine.

– Et tu crois que tes remords resteront ici bien sagement à t'attendre, que de l'autre côté de l'océan tu seras sans mémoire ?

Charles s'arrêta devant le Gascon.

– Eh bien, je vais te dire, Gustave, je n'ai pas de remords. Pas le moindre. Je regrette mon fils. Je pense à lui souvent. J'aimerais qu'il soit encore là avec nous, mais, Dieu merci, je ne me sens pas coupable vis-à-vis de lui. Tu imagines bien que si j'avais su l'envoyer risquer sa vie à Cuba...

– A la guerre, on risque toujours sa vie, Charles, les victoires sont faites de vies risquées et fauchées. N'essaye pas de te tromper toi-même. Ta condamnation, c'est toi qui l'as prononcée. La punition est en toi. Je te plains parce que tu es mon ami, et j'ai peur qu'un jour, quand tu auras épuisé toutes les circonstances atténuantes, toutes les argumentations fallacieuses, tu ne sois très malheureux.

– Je suis incompris comme ma mère, dit Charles en s'asseyant derrière son bureau. On nous juge à l'aune commune, or, toi qui l'as connue et qui me connais, tu sais bien que nous sommes différents, que nous faisons des choses condamnables, par ambition ou par orgueil, c'est notre nature... notre impérieuse nature.

Gustave demeura un instant perplexe. La dernière phrase de Charles était à peu près sincère, il le sentait. Sans avoir à chercher beaucoup, il aurait pu citer vingt épisodes de la vie de Virginie illustrant son amibition implacable, son orgueil, ses appétits. N'avait-elle pas imposé à sa fille Julie un mariage qui l'avait tuée ? N'avait-elle pas encouragé les goûts pervers de Pierre-Adrien ? Ne s'était-elle pas jouée des hommes ? Mais son amour impossible pour Clarence Dandrige l'avait rachetée, en lui imposant enfin le renoncement.

– Je reconnais, dit Gustave, que ta mère et toi vous appartenez à cette catégorie d'êtres humains dont le démonisme élémentaire, la volonté et le caractère ne peuvent être entamés. Vous risquez votre âme avec lucidité. En vous, le bien et le mal ne s'affrontent pas, ils s'associent.

– Et quelle est l'issue pour des êtres comme ma mère et moi ? demanda Charles en se penchant sur son sous-main.

Dans l'intensité du regard fixé sur lui, Gustave reconnut un signe de détresse, un appel confiant qui venait du fond de leur jeunesse. Charles, il en était certain, savait la réponse, mais il voulait l'entendre formuler.

– Dieu vous fait la cruelle grâce d'une mort tragique et nette, dit-il en baissant les yeux.

Le sénateur s'appuya au dossier capitonné de son fauteuil, puis il désigna sur le mur un portrait de Virginie de Vigors.

– Tu l'aimais, n'est-ce pas, et tu m'aimes aussi... pourquoi ?

– Parce que c'était elle, parce que c'est toi, parce que c'est moi.

– Merci, dit Charles avec émotion.

Gustave se leva vivement.

– Je boirais bien quelque chose, boun Diou, il fait soif, dit-il d'une voix étranglée en se détournant pour essuyer la larme qui roulait sur sa joue.

Au seuil de son cabinet de travail, Charles saisit le bras de son ami et le retint avant d'ouvrir la porte.

– Arrange-toi pour emmener Osmond à Fausse-Rivière, Gus. Cette maison n'est pas bonne pour lui.

M. de Castel-Brajac et sa femme, qui l'avait rejoint chez les Vigors, n'eurent aucun mal à convaincre Liponne et Stella de leur confier Osmond jusqu'à ce que la veuve de Gratien soit complètement rétablie. Dès le lendemain, le couple emmenant le garçonnet prit le Texas and Pacific Railroad qui, par la rive droite du Mississippi, les conduisit jusqu'à New Roads où les attendait la voiture de Castelmore.

Au bout de quelques jours, toute tristesse s'était dissipée chez l'enfant. Sur la galerie de la maison qui dominait le lac, il passait des heures à suivre le vol des cols-verts, les évolutions des pélicans bruns au bec énorme, à guetter l'apparition d'une grue ou d'un ibis en escale. Cousine, la cuisinière, enchantée d'avoir « un gourmand à gâter », confectionnait chaque jour pour lui des pâtisseries nouvelles. Oncle Gus l'emmenait en promenade et Gloria lui racontait, à l'heure du coucher, de merveilleuses histoires d'enfant voyageant dans les airs sur un tapis volant ou les mésaventures de Touche-à-Tout, un garnement qui déclenchait toujours des catastrophes. Mais il préférait par-dessus tout être emporté dans les bras de l'oncle Gus jusqu'à la plate-forme de l'observatoire. Un univers merveilleux que cette nacelle en plein ciel au-dessus des arbres, pleine d'instruments mystérieux et de livres sur les pages desquels la lune et les constellations composaient d'étranges dessins.

Gustave, d'une patience à toute épreuve, s'était engagé à lui montrer la lune « en vrai », quand elle apparaîtrait pleine et dorée dans le ciel. Et chaque matin Osmond demandait si elle était en route, impatient de coller son œil à l'oculaire du télescope auquel il ne devait pas toucher sous peine d'effaroucher l'astre désiré.

En attendant, l'oncle Gus expliquait à l'enfant le paysage, le fleuve et les forêts. Du haut de cette plate-forme aérienne coiffée d'un toit mobile et aussi confortablement meublée qu'un salon, on pouvait découvrir, par temps clair, une grande partie de la paroisse de Pointe-Coupée. Au premier plan, à l'est, derrière la grande maison des Castel-Brajac, s'étalait le lac en forme de demi-cercle, ancienne dérivation paresseuse du Mississippi que les colons du XVIIIe siècle avaient fermée aux deux extrémités. Au-delà, le fleuve large et puissant, luisant dans le soleil comme une grande coulée d'argent, prenait majestueusement ses aises dans la plaine boisée. A l'ouest, derrière les forêts, s'étendaient les champs de coton, de canne à sucre, de maïs, les pâturages et des alignements de pacaniers.

– Ce sont eux qui donnent ces noix que tu aimes tant, commentait Castel-Brajac.

Il désignait à l'enfant la voie de chemin de fer où circulaient des trains jouets qu'Osmond aurait aimé saisir et la route qui, par Fausse-Rivière, New Roads et Sainte-Marie, conduisait à Bagatelle.

– Ta maison est là-bas, derrière ces arbres, tu vois ?

L'enfant écarquillait les yeux, essayant de retrouver un site familier dans la marée verte des forêts, et se retournait déçu.

– Ma maison elle est pas là, oncle Gus... je vois la rivière, mais je vois pas la maison.

– Bon, nous irons la voir demain, ta maison, et tu verras, boun Diou, qu'elle est bien là !

Dans le buggy, le vieil homme et l'enfant rendirent visite à Harriet et à Citoyen, qui les accueillirent avec des transports de joie et s'inquiétèrent du retour de « cette pauv'e m'ame Stella et des enfants ».

– Ce sera pour bientôt, dit le Gascon, en attendant on vous surveille du haut de notre tour.

Osmond profita de cette visite pour aller chercher ses trésors auxquels, Dieu merci, personne n'avait touché. Comme Gustave ne savait rien refuser à l'enfant, ils emportèrent aussi le cheval à bascule, et, dans sa chambre de Castelmore, Osmond put reconstituer son petit univers secret.

Un soir, enfin, la lune se montra.

– Tu n'as pas sommeil, hein, demanda oncle Gus après le dîner.

– J'ai jamais sommeil ! répondit le garçonnet d'un ton péremptoire qui amusa Gloria.

– Eh bien, nous allons monter voir la lune, elle nous attend.

Ce fut pour Osmond un éblouissement. Il découvrit dans la lunette que cette grosse boule jaune suspendue dans le ciel était couverte de taches.

– Un jour je t'expliquerai tout ça, et tu comprendras ce que sont la nuit, le jour, le grand ballet des étoiles.

Cette nuit-là, Osmond se demanda comment cette lanterne – car il associait l'image de l'astre aux globes des lampes à pétrole – pouvait tenir en l'air sans pieds et qui la nettoyait.

Souvent, il avait pour compagnons de jeux les enfants de Clarence Barthew et d'Augustine. Silas avait l'âge d'Osmond. C'était un gros garçon paisible, qui ne prenait jamais d'initiatives. Le petit invité de Castelmore lui préférait sa sœur, Lorna, une adorable fillette brune, douce et hardie, toujours prête à faire ses quatre volontés. Elle savait déjà compter jusqu'à dix, connaissait des jeux nouveaux, collectionnait les plumes d'oiseaux et admirait sans réserve les pièces du trésor d'Osmond. Un jour, au cours de la sieste, beaucoup moins strictement surveillée qu'à Bagatelle, elle lui apporta une poignée de bronze subrepticement enlevée à une commode. Osmond la rangea près de l'éperon doré du général Tampleton et, pour ne pas être en reste, déroba une plume de faisan qui ornait un vieux chapeau de Mme de Castel-Brajac.

Oncle Gus, qui ne dédaignait pas de présider les goûters des enfants, paraissait enchanté de l'affection que se portaient mutuellement sa petite-fille et le petit-fils de Charles.

– Plus tard, nous les marierons, disait-il à Gloria qui levait les yeux au ciel.

Aussi, quand à la fin de l'été Stella décida de regagner Bagatelle, Osmond montra-t-il un peu de chagrin.

– Tu as vu que nous sommes tout près, dit Gustave ému. J'irai te voir à Bagatelle et tu viendras aussi souvent que tu voudras.

– Et Lorna ? demanda le petit garçon.

– Tu la verras aussi.

Au moment de la séparation, la fillette glissa dans la main d'Osmond une boucle de chaussure, brillante et galbée.

– Je l'ai arrachée à mon soulier du dimanche, souffla-t-elle, c'est pour ton trésor.

De retour à Bagatelle, seul dans son lit, Osmond compara longuement la boucle et l'éperon du général. Il décida finalement que son bien le plus précieux était le dernier cadeau de Lorna et s'endormit comme un amoureux en pensant à elle.

Se réinstaller à Bagatelle avec ses enfants fut pour Stella une nouvelle épreuve, qu'elle mit plusieurs jours à surmonter. En retrouvant la vieille demeure encore pleine de la présence de son mari, elle eut une défaillance. Harriet, qui avait adroitement mis de l'ordre, changé les rideaux, rangé dans un placard peu utilisé les vêtements de Gratien, soutint de son mieux la jeune veuve accablée par son deuil et par la perte de l'enfant attendu, vivant héritage de l'aimé et dont un sort acharné à la briser l'avait privée. Ceux qui lui rendirent des visites de condoléances furent frappés de sa maigreur encore accusée par ses vêtements de deuil et la rigueur de sa coiffure. Stella avait en effet choisi de porter désormais ses cheveux roulés en tresses serrées sur les oreilles, ce qui accusait le caractère indien de ses traits.

Mais, sous une apparente fragilité physique, Mme de Vigors conservait assez de force morale pour réagir à l'adversité. Sa foi chrétienne et l'amour qu'elle portait à ses enfants lui fournissaient des raisons suffisantes de vivre. Quand ses beaux-parents lui avaient proposé de s'installer à La Nouvelle-Orléans, elle ne s'était pas laissé influencer par la perspective d'une existence plus facile. Elle préférait la solitude de Bagatelle à l'agitation de Prytania et l'indépendance au protectorat d'une belle-mère dominatrice. Et puis, la présence dans la paroisse de Marie-Virginie, d'Augustine et de Lucile, ses amies d'enfance, l'aiderait à passer les moments difficiles, les heures où les souvenirs d'un passé heureux s'immiscent dans les pensées les plus anodines.

Liponne de Vigors n'avait eu qu'une exigence, acceptée par Stella. La jeune veuve s'en remettrait pour sa santé et celle de ses enfants au cousin Faustin Dubard, médecin de marine rendu à la vie civile qui venait de s'installer à Sainte-Marie. Le médecin, défiguré au cours de l'explosion du *Maine*, était le bienvenu dans un secteur depuis trop longtemps dépourvu de praticien.

– Les gens de la campagne, disait-il, ne sont pas comme ceux de la ville, ils n'appellent le docteur que lorsqu'ils sont vraiment malades, et, dans ces cas-là, ils ne tiennent pas compte de la laideur de celui qui vient les soigner.

Osmond n'eut pas longtemps à attendre la visite de l'oncle Gus. Une semaine après son installation, Stella pria ce dernier de venir la voir pour affaire avec son gendre, Clarence Barthew, l'associé de Gratien.

Oncle Gus, ne pensant qu'à plaire à Osmond avec qui il avait passé de si bons moments à Castelmore, convainquit Clarence d'amener sa fille Lorna.

– Elle sera heureuse de passer la journée avec son « petit fiancé » pendant que nous discuterons.

Osmond battit des mains en voyant descendre du buggy sa camarade de jeu à laquelle il s'empressa de faire visiter les celliers où étaient entreposés depuis plusieurs générations tant d'objets intéressants, le cimetière des chiens et les pigeonniers où autrefois M. de Castel-Brajac avait élevé des abeilles. Il obtint enfin d'Harriet qu'elle racontât quelques histoires de fantômes qui firent frissonner Lorna. Enfin, il lui présenta Aristo, le chien de la maison.

Pendant que les enfants jouaient et qu'Alix montrait ses poupées, dans le grand salon, assise sous le portrait de Virginie, Stella fit part à ses amis d'une proposition de M. Oliver Oscar Oswald.

– Notre voisin m'offre un bon prix, 150 000 dollars pour ne rien vous cacher, de la portion de Bagatelle qu'il exploite depuis trois ans. Étant propriétaire de la plantation par héritage de Gratien, auquel son père avait fait donation de l'ensemble du domaine avant que... avant notre malheur, je suis tentée de vendre, ce qui me permettrait de disposer d'un capital que je pourrais investir dans les affaires.

– Je pense, intervint aussitôt Gustave, que la terre est une valeur sûre et qu'il vaut mieux, quand on en possède, la conserver. Je sais que les fermages sont aléatoires puisqu'ils reposent sur la récolte et la vente du coton, mais Charles m'a dit que le domaine lui avait rapporté cette saison plus de 20 000 dollars. Ce n'est pas rien. Or, à partir de la saison prochaine, c'est toi qui encaisseras cet argent.

– Croyez-vous, oncle Gus, qu'une annuité de ce genre sera suffisante pour me permettre d'élever et de faire éduquer convenablement mes enfants ? Gratien était, Clarence le sait, un bon juriste, et il gagnait bon an mal an près de 60 000 dollars... et je n'ai que peu d'économies.

– L'armée te fera une pension de veuve, ma chère Stella, et tu sais bien que les honoraires dus pour les affaires en cours te seront versés, avança Clarence.

– Et puis, nous sommes là boun Diou, et Charles qui est millionnaire...

Stella eut un sourire triste.

– C'est l'avenir des enfants qui me préoccupe, et vous savez bien que les investissements dans l'industrie rapportent gros, notre banquier qui est un homme sérieux me l'a dit.

– En tout cas, reprit Gustave, l'offre de cette vieille canaille d'Oswald me paraît dérisoire, il ne faut pas traiter à mon avis à moins de 300 000 dollars.

– Trois cent cinquante, intervint Clarence.

Stella, qui était déjà décidée à vendre, son banquier l'assurant d'un placement sûr à 12 %, acheva de dévoiler ses intentions.

– J'aimerais que ce soit vous, oncle Gus, qui discutiez avec M. Oswald. Je sais que vous saurez obtenir le meilleur prix pour cette parcelle, car j'entends conserver celle qui est affermée aux Tiercelin.

Gustave de Castel-Brajac s'inclina.

– Très bien, je me considère comme ton mandataire et j'irai voir Triple Zéro... mais je ne m'engage pas à moins de 350 000.

Quarante-huit heures plus tard, Gustave sirotait un bourbon en face de Oliver Oscar Oswald. Les deux hommes se tenaient dans une pièce donnant sur le parc dans l'ancienne plantation O'Neil, qu'Oliver avait achetée pour une bouchée de pain après la guerre civile. Derrière les voiles fins qui masquaient la porte-fenêtre de ce que Triple Zéro appelait « mon pensoir », bien qu'il y passât plus de temps à faire la sieste qu'à échafauder des théories philosophiques, Gustave apercevait les hautes colonnes blanches enlevées autrefois au péristyle de la maison incendiée des Barrow.

– Alors comme ça on veut s'agrandir ? commença le Gascon.

– Oui et en faisant le bien, cher ami, car acquérir une terre appartenant à des alliés, n'est-ce pas renforcer l'alliance ?

Gustave, qui appréciait en connaisseur le mobilier qui l'entourait, se dit que l'ancien *carpetbagger* avait été bien inspiré en épousant Clara Redburn. On reconnaissait dans toute la maison son goût sûr et son sens du décor.

– Votre offre me paraît irrecevable telle qu'elle a été formulée, reprit Gustave, et votre façon de gruger une veuve tout à fait déplacée.

– Comment dites-vous ! lança Oswald en se redressant. Cent cinquante mille dollars, c'est une somme.

– Vous savez bien, vous qui exploitez cette terre depuis cinq ans, qu'elle vaut le triple, Oswald. Cinq mille acres, d'un seul tenant, mitoyen à votre domaine, c'est de l'or. Si j'étais à la place de Stella je ne vendrais pas.

– J'irai jusqu'à 200 000... parce que nous sommes un peu parents... et que cette terre reviendra plus tard à nos petits-enfants, puisque Omer prendra ma succession.

– Taratata, taratata, fit le Gascon, ne mêlez pas, je vous prie, les sentiments familiaux aux affaires. La terre a un prix qui ne supporte pas de correctifs fallacieux. Nous ne vendons pas à moins de 350 000 dollars.

M. Oswald, qui depuis des années s'appliquait à se fabriquer une personnalité de Sudiste de bonne souche, dépensait des milliers de dollars pour établir une généalogie acceptable, ne rêvait que d'aristocratie, de plantation et s'efforçait de ressembler à ces Cavaliers aux mœurs irréprochables et chatouilleux sur l'honneur, oublia son rôle et son français.

– *Please, stop putting on the lug, gooseberry*[1] !

Gustave retrouva soudain dans le gros homme congestionné toute la vulgarité et l'outrecuidance de l'aventurier venu du Nord. Il le vit déboutonner son col et son gilet pour éviter l'étouffement.

– Vous allez vous rendre malade, mon brave Oswald ! Calmez-vous, Stella n'est pas obligée de vendre ni vous d'acheter.

– Pour qui me prenez-vous, pour Crésus, vous voulez me faire payer avec la terre un droit d'entrée dans le club des « bourbons ». On me méprise parce que je suis un Yankee à cou rouge... un self-made man, mais on ne méprise pas mon argent... Le Sud aurait crevé de... de...

– ...d'inanition, souffla Castel-Brajac.

– Oui, c'est ça... si des gens comme moi n'étaient pas venus secouer un peu les noyers !

1. En argot yankee : « S'il vous plaît, cessez cette comédie, intrus. »

– Je ne vous méprise pas, Oswald, dit gentiment Gustave, et je n'aurais pas donné ma fille au fils d'un homme méprisable. Faisons expertiser la parcelle par un neutre, si vous persistez à vouloir l'acquérir. Les affaires entre gens d'ici ne se jouent pas comme une partie de poker menteur !

Oswald se laissa choir dans son fauteuil.

– C'est bon, je vais réfléchir, nous discuterons encore.

– Comme vous voudrez, fit Gustave conciliant. Vous êtes demandeur, n'est-ce pas ?

Ayant retrouvé son calme, Oliver Oscar Oswald proposa une nouvelle rasade de bourbon que le Gascon accepta avec empressement, en considérant les tableaux accrochés aux murs.

– Dites-moi, Oswald, qui a peint ce bateau à voile jaune ? ce n'est pas mal vu du tout.

– Ce voilier ? C'est Odilon, il ne se débrouille pas mal, n'est-ce pas ? Il a fait ça à côté de Fairland, tout près d'ici. Le bateau qui naviguait un jour de vent sur le fleuve l'a inspiré. Il a bien attrapé le mouvement de l'eau sur l'étrave, et puis aussi la perspective du banc de sable de Saint-Maurice qu'on voit derrière...

– Il y a de la patte, du talent là-dedans, Oswald, vous aurez un artiste dans la famille.

– S'il était moins à courir après les panties[1], on en ferait quelque chose. Ça viendra peut-être avec l'âge...

Gustave de Castel-Brajac laissait Oswald développer des considérations sur le danger que représente pour les jeunes une vie trop douillette. Il venait de découvrir que le jaune de cette voile peinte au couteau lui rappelait quelque chose qu'il avait vu et qui était du même jaune un peu carminé.

Quand il se leva pour prendre congé du père d'Odilon, il avait trouvé que ce tableau, dont Oswald était si fier, lui rappelait incongrûment les taches de peinture repérées des semaines plus tôt sur la jupe de la pauvre Lorette, la petite fille de Brent.

Le rapprochement lui parut tout d'abord si osé qu'en remontant l'allée de chênes de Bagatelle le Gascon s'efforça de chasser les pensées malveillantes qui lui venaient. « Les théories de M. Conan Doyle et les déductions de Sherlock Holmes ne sont que trouvailles de romancier... », se dit-il, mais en arrivant devant l'escalier il bifurqua brusquement vers les communs.

« Autant en avoir le cœur net », murmura-t-il.

Harriet était dans sa chambre et lui ouvrit aussitôt, surprise par cette visite inattendue.

– Vous avez conservé la jupe de Lorette ?... montrez-la moi, s'il vous plaît.

Sans laisser paraître d'étonnement, la gouvernante tira d'un coffre le vêtement chiffonné.

– Je l'ai pas lavée, m'sieur Brajac, comme vous m'avez dit.

Gustave ne fit pas de commentaires et recula d'un pas hors de la pièce pour examiner en pleine lumière les taches jaunes qu'il retrouva aisément. La

1. Dessous féminins.

peinture, en séchant, avait raidi le tissu, mais sa couleur apparaissait intacte. Cet examen renforça les soupçons extravagants qui le tourmentaient.

Harriet attendait intriguée la fin de cette expertise.

— Je vous emprunte ce... souvenir, Harriet, vous voulez bien ?

Elle acquiesça sans oser poser de questions.

Après avoir rendu compte de sa mission à Stella et indiqué « qu'il fallait laisser mijoter Oswald », le Gascon proposa à Osmond une petite promenade au long du fleuve.

— Si tu veux, nous emmènerons aussi Alix et Aristo, et nous prendrons le buggy.

Pour les enfants, toute échappée était une aubaine. Ils suivirent joyeusement oncle Gus. Aristo gambadant derrière le cabriolet, le groupe prit, aussitôt passé le portail de Bagatelle, la direction de Fairland, un lieu-dit situé à moins d'un mile de la plantation au bord du Mississippi. L'attrait du site tenait à un long banc de sable planté d'arbustes constituant une île au milieu du fleuve. Cet obstacle obligeait les bateaux à se rapprocher des rives, et Osmond se réjouissait de les voir de plus près. Comme toujours, quand ils se trouvaient en promenade avec oncle Gus, les enfants posaient sans arrêt des questions sur les arbres, les oiseaux, les échassiers que le trot du cheval faisait brusquement se dissimuler dans les hautes herbes aquatiques. Mais cet après-midi-là, oncle Gus, d'habitude si prolixe, répondait brièvement sans faire d'effort d'imagination. Plusieurs fois, il avait arrêté l'attelage pour considérer l'îlot boisé, puis on était reparti comme si le lieu ne lui paraissait pas propice pour mettre pied à terre. Osmond et Alix auraient bien voulu folâtrer sur la berge sablonneuse dépourvue de levée où Aristo, le museau au sol, furetait entre deux galopades désordonnées, mais Gustave les avait empêchés de descendre du cabriolet.

— Ce n'est pas encore le bon endroit, disait-il d'un ton bizarre.

Les enfants ne pouvaient deviner que le Gascon essayait de retrouver dans le paysage le tableau peint par Odilon Oscar Oswald. Il finit par y parvenir et les enfants furent enfin libérés.

— Attention ! n'approchez pas l'eau, ne dépassez pas les arbres, décréta oncle Gus.

Alix se mit aussitôt à cueillir des graminées tandis que son frère, assis sur une pierre plate, suivait la progression d'une péniche à vapeur.

Tout en surveillant les enfants, Gustave examinait le talus, tournait autour des arbres, battait les buissons de sa canne, ignorant lui-même ce qu'il cherchait à cet endroit où, il en était à peu près certain, Odilon avait dû dresser son chevalet.

Ce fut Alix qui fit la découverte capitale.

— Regarde, oncle Gus, ce que j'ai trouvé !

Elle tendait à bout de bras un tube de peinture crevé. Ses petits doigts étaient constellés de pellicules jaunes.

— C'est sale, jette ça, lança Osmond.

— C'est pas sale, c'est mou, protesta la fillette en pressant le tube fendu d'où s'échappait la pâte colorée.

— Boun Diou ! où as-tu ramassé ça ?

La question de Gustave fut si brutale qu'Alix lâcha sa trouvaille et prit un air contrit.

Le Gascon s'empara de l'objet, chaussa ses lunettes et fit couler sur une feuille un peu de peinture.

– C'est bien ce jaune-là, pas de doute sacrebleu !

Les enfants, intrigués, s'étaient approchés.

– Nous allons jouer à un jeu, proposa Castel-Brajac. Nous allons chercher si, dans ce coin-là, il n'y a pas d'autres petites choses, hein, vous voulez ?

– Des trésors ?

– Peut-être, cherchez bien.

La quête fut plus fructueuse que le Gascon n'aurait osé l'imaginer.

Alix revint avec un bouton bleu marine et un bout de ruban vert. Osmond rapporta triomphalement une pince en bois dont le ressort rouillé ne jouait plus. Le Gascon, quant à lui, retrouva un tube de céruse intact et un godet de porcelaine. Il observa que le fourré derrière lequel ces objets avaient été répandus constituait un écran de verdure protégeant le site des regards qu'auraient pu y lancer des gens passant sur le chemin de la berge ou naviguant sur le fleuve.

Pendant que les enfants retournaient à leurs jeux, M. de Castel-Brajac imaginait la scène qui avait dû se dérouler ici quelques mois plus tôt. Odilon, qui venait d'achever son tableau, devait être occupé à ranger son matériel quand Lorette était apparue, se rendant chez son grand-père, par le chemin des écoliers. Fidèle à sa réputation, le fils Oswald s'était aussitôt montré entreprenant. Elle avait dû se débattre, résister à l'étreinte du garçon qui l'avait entraînée dans le fourré. Au cours de la lutte, un tube de peinture jaune avait été piétiné, et, quand Odilon s'était jeté sur Lorette étendue sur l'herbe, pour parvenir à ses fins, la jupe avait été tachée. Restait à expliquer le meurtre et le transport du corps de la malheureuse jusqu'à la mare de Bagatelle. A vol d'oiseau, la petite pièce d'eau ne se trouvait pas à plus de deux cents mètres de là. Le domestique d'Odilon, ce géant noir arrogant et grossier dont on disait pis que pendre dans la paroisse, avait peut-être joué ce jour-là un très vilain rôle.

Après s'être un moment interrogé sur la conduite à tenir, M. de Castel-Brajac rappela les enfants.

– Allez, nous rentrons !

– Déjà ! protesta Osmond.

– J'ai une visite à faire, assura oncle Gus qui paraissait soucieux et pressé.

Une heure plus tard, M. de Castel-Brajac se fit annoncer chez Oliver Oscar Oswald.

– No't maî'te nap[1], dit le domestique qui mélangeait le français et l'anglais.

– Réveillez-le et dites-lui que je l'attends dans le jardin, ordonna le Gascon d'un ton catégorique.

Assis à l'ombre d'une gloriette couverte de glycines, Gustave se demandait comment Oswald allait prendre ses soupçons. Les révélations qu'il se préparait à

1. *Nap :* sieste.

lui faire risquaient de déclencher chez le beau-père de Lucile une colère épouvantable. Or, c'était un violent capable de lui sauter à la gorge. C'est pourquoi il avait préféré un entretien en plein air.

Précédé d'un domestique portant un plateau de rafraîchissements, Triple Zéro apparut bientôt, clignant de l'œil dans le soleil mais souriant.

– Alors, cher ami, venez-vous me faire des propositions plus raisonnables ?... Je ne vous attendais pas aussi tôt.

– Je ne suis pas revenu pour parler affaires. Mais puisque c'est l'heure sacrée du mint-julep, servez-moi donc un verre.

En cette fin d'après-midi, le parc d'Oswald, dessiné par un maître jardinier de Natchez, exhalait des senteurs agréables. Les buissons d'azalées, les massifs d'iris d'Abbeville, rouges et jaunes, les primeroses du soir qui s'ouvraient à la fraîche, les monardas pourpres, les touffes d'asters mettaient des taches de couleurs vives sur les gazons arrosés par des tourniquets. Le soleil tirait de ces pluies artificielles des arcs-en-ciel qui ajoutaient encore au charme du décor.

Oswald, après avoir jeté au fond des grands gobelets d'argent des feuilles de menthe fraîchement hachées et collé sur les parois internes des récipients quelques feuilles entières, versait le sirop de canne puis tassait la glace pilée.

– Pour le bourbon, chacun sa dose, dit-il en tendant la bouteille à Gustave.

Le Gascon apprécia le geste et fut satisfait de voir que Triple Zéro, en bon Sudiste d'adoption, préférait à tous les alcools le Jack Daniel's du Tennessee. Il s'octroya une forte rasade qui fit crisser la glace.

Le cérémonial dispensait de tout bavardage, et ce n'est qu'au moment où l'éclat de l'argent disparut sous le givre qu'il prit la parole.

– Ce que j'ai à vous dire, Oswald, n'est pas agréable, et c'est misère pour moi que d'avoir à vous faire de la peine.

– Je suis prêt à entendre que Stella ne veut pas me vendre sa terre, Gustave, allez-y.

– Il ne s'agit pas de Stella, mais de votre fils Odilon.

– Qu'a-t-il à voir dans cette affaire ?

– C'est à une autre affaire, Oswald, qu'il me paraît mêlé.

L'air sincèrement étonné de Triple Zéro incita Gustave à dévoiler sans ambages ses soupçons.

– Je crains, oui, je crains bien, mon ami, que votre fils ait commis un... une bêtise... une grande bêtise.

– Il vous a emprunté de l'argent ?

– Si ce n'était que ça. Non, Oswald, je suis désolé de vous le dire, je crois qu'Odilon a tué Lorette, la fille d'Harriet.

Oswald, qui s'apprêtait à porter son gobelet à la bouche, le reposa si violemment que des glaçons jaillirent et roulèrent sur la table. Il était écarlate, mais retint le rugissement que Gustave attendait.

– C'est une accusation extrêmement grave et je suis homme à vous demander raison.

– Vous pensez bien, Oswald, que je ne mettrais pas l'honneur de votre famille en cause si je n'avais, si le hasard ne m'avait apporté des éléments qu'il est de mon devoir de vous faire connaître.

– Allez-y, sortez-les vos éléments !

Avec précaution, en ménageant cet homme qui, au fur et à mesure qu'il parlait, se tassait dans son fauteuil en serrant les mâchoires, le Gascon révéla ses découvertes successives et finit par tirer de sa poche ce que M. Sherlock Holmes appelait des pièces à conviction. Oswald compara la peinture du tube et celle de la jupe, reconnut le godet de porcelaine, examina le bouton et le ruban.

– Tout cela ne prouve pas grand-chose, finit-il par dire d'une voix mal assurée, la négresse peut avoir été violée et tuée par un autre à l'endroit où Odilon avait égaré ces instruments...

– Je serais heureux qu'il en soit ainsi, dit Gustave doucement, mais reconnaissez que tout cela est troublant.

– Je vais chercher mon fils, Gustave.

– Faites-le plutôt appeler par un domestique, proposa le Gascon.

– Oswald héla un jardinier et l'envoya chercher Odilon. Les deux hommes demeurèrent un instant silencieux, puis Gustave posa une main amicale sur la poigne velue de l'ancien *carpetbagger*.

– Quoi qu'il en soit, mon ami, je vous garderai mon estime.

– Et moi, je ne vous en voudrai pas, car bon Dieu de Dieu, une telle chose est impossible.

Avant même qu'Odilon ait ouvert la bouche, ils surent que Gustave ne s'était pas trompé.

En apercevant, étalés sur la table, la jupe de Lorette et les objets ramassés par Castel-Brajac à Fairland, le jeune homme blêmit et demeura figé à dix pas de la gloriette.

Oswald jaillit de son fauteuil, agrippa son fils aux cheveux et l'obligea à se pencher sur les pièces à conviction.

– Tu sais ce que c'est que ça ?

Plié par la force de son père, grimaçant de douleur, le garçon émit un faible « oui ».

Puis il ajouta aussitôt...

– C'est un accident... un accident. Je t'assure, c'est mon nègre qui l'a tuée... sans le faire exprès, il l'a serrée au cou... par-derrière... moi je suis parti...

Oswald rejeta la tête de son fils en arrière et le gifla à toute volée. Le garçon tituba sous le choc et se mit à pleurer.

– Et quand l'a-t-il tuée... dis ?

– Quand elle a voulu s'enfuir... en criant.

– Après que tu l'as...

– Non, avant, juste avant !

Une telle révélation porta au paroxysme la fureur d'Oswald, qui se jeta sur le garçon. Il l'aurait étranglé de ses mains si Gustave n'était intervenu pour tenter de le ceinturer et permettre à Odilon de prendre le large.

– Stinkard, screwy, sap, pooch[1], fumier...

Pendant un moment, l'ancien *carpetbagger* égrena un chapelet de jurons impressionnants, aussi bien en argot américain qu'en français, comme s'il ne

---

1. Salaud, cinglé, idiot, chien bâtard.

trouvait pas d'injures suffisantes pour qualifier la conduite d'Odilon. Il finit par se ressaisir.

– Va dans ta chambre... si tu en sors, je te tue !

Puis il se tourna vers Gustave.

– Quel malheur que vous ayez trouvé tout ça, Gustave... Il aurait mieux valu ne jamais savoir, ce n'était après tout qu'une négresse, et c'est un nègre qui l'a tuée...

– C'est un meurtre et un viol, Oswald, il ne faut pas nous le dissimuler...

– Vous allez prévenir le shérif ?

C'était bien la question que Gustave redoutait le plus.

– Harriet a droit à la justice pour la mémoire de sa fille... Que puis-je faire d'autre, Oswald, maintenant que nous savons.

– J'aimerais mieux régler seul cette affaire dégueulasse. Quoi que fasse la justice, ça ne ramènera pas la fille... pas vrai ? Le nègre, je m'en charge, ça ne sera pas le premier... mais je ne veux pas que mon fils aille en prison, qu'il soit jugé... pour une négresse... non, je ne veux pas... je ferai ce qu'il faudra... promettez-moi de ne rien dire. Si Clara savait, elle en mourrait de honte... elle n'est pas comme moi...

Gustave se tut, trempa les lèvres dans son gobelet, mais la glace ayant complètement fondu, le mint-julep était imbuvable. Il le versa sur la plate-bande et se servit un bourbon sec.

– Que feriez-vous si vous étiez à ma place ? hein, interrogea véhémentement Oswald.

– Boun Diou, heureusement que je n'y suis pas... mais je vous déconseille de faire justice vous-même, Oswald, ça ne vous donnerait aucun apaisement.

– Vous vous tairez, Gustave, je vous en prie, vous savez tout ce que j'ai fait pour avoir une famille honorable. Il y a Clara et mes autres enfants, votre fille Lucile et le juge Clavy, mon gendre et les petites jumelles... On ne peut pas démolir tant de vies !

– Il n'y a qu'Harriet qui peut décider si nous avons à nous taire. Ce sera le vrai juge... et c'est vous Oswald qui devrez lui demander pardon.

10

Quand on apprit, le 11 décembre 1898, à Bagatelle, que le traité de Paris signé la veille venait de mettre fin à l'état de guerre entre les États-Unis et l'Espagne, Stella de Vigors se mit à pleurer de rage. Les articles des journaux ne trouvaient pas d'expressions assez dithyrambiques pour saluer une victoire qui rapportait à l'Union de nouveaux territoires comme Porto Rico et Guam, assurait l'indépendance de Cuba, sous souveraineté américaine, et livrait aux Américains les îles Philippines en échange d'une indemnité de 20 millions de dollars. La plupart des commentateurs estimaient que ces avantages n'avaient pas été payés trop cher puisque les statistiques officielles faisaient état de quatre cent cinquante neuf tués au cours des opérations militaires, auxquels il convenait d'ajouter cinq mille soixante-trois morts par maladie, intoxication alimentaire et manque de soins. Gratien, suivant un rapport officieux, pouvait figurer dans cette dernière catégorie.

La guerre n'avait en fait duré que trois mois, puisque dès le 26 juillet, alors qu'on venait de porter en terre Gratien de Vigors, M. Jules Cambon, ambassadeur de France à Washington, avait demandé au président McKinley d'entamer des négociations de paix avec l'Espagne. Le 12 août, un protocole signé à Washington avait permis la suspension des hostilités. Ce premier pas vers la paix coupait court aux aspirations belliqueuses de certains politiciens américains qui, grisés par les succès de la marine, demandaient que l'on montât une grande expédition contre l'Espagne « qui méritait d'être annexée comme ses possessions d'Asie et des Indes occidentales ». Ces expansionnistes forcenés souhaitaient également que les États-Unis prennent possession de la république d'Hawaï dont l'importance stratégique se confirmait. Les Hawaïens avaient manifesté pendant les opérations des Philippines et la bataille de Manille leur sympathie pour les États-Unis, et permis aux navires de l'Union de s'approvisionner en charbon à Honolulu. Sur ce point, les expansionnistes obtinrent satisfaction quand, le Congrès d'Hawaï ayant lui-même proposé « l'union des deux pays », le Congrès des États-Unis accepta cette formule qui devait permettre d'inclure à court terme dans l'Union ce lointain territoire.

– Voilà qui prouve que Gratien et ses camarades ne sont pas morts en vain, dit un jour le sénateur Charles de Vigors, traduisant cette confiance orgueilleuse que la majorité du peuple américain ressentait en considérant la place prise par le pays dans les affaires internationales.

Gustave de Castel-Brajac ne partageait pas l'optimisme général.

– Ces conquêtes faciles, qui donnent aux gens simples un sentiment d'orgueil national et le goût des rodomontades, ne me plaisent guère. Les nouveaux territoires, il faudra les gouverner et peut-être les défendre, notre pays est assez grand, que diable !

– C'est un devoir solennel qui nous est dicté par les circonstances, rétorqua Charles, des considérations humanitaires nous l'imposent.

– Je crains bien que le butin de cette guerre ne soit un jour cause de dissensions entre Américains. Déjà les républicains et les démocrates qui furent d'accord pour l'intervention à Cuba n'ont plus le même avis. En Nouvelle-Angleterre, on désapprouve l'annexion des Philippines, et une ligue anti-impérialiste va être fondée à Boston. Acquérir par la force des possessions étrangères pour en faire des colonies que l'on maintiendra encore par la force dans la dépendance est anticonstitutionnel. Même le *Spectator* de Londres, cependant favorable à la cause de l'Union, écrit à propos des Philippines : « Bien entendu, les Américains ne peuvent les garder. »

Charles de Vigors balaya d'un geste de la main ces considérations.

– Tu voudrais qu'on laisse le gouvernement des Iles à cet Aguinaldo qui se dit lui-même « dictateur des Philippines » et se pavane avec un sifflet d'or autour du cou. C'est un potentat oriental qui ne représente nullement les aspirations des Philippins.

– J'ignore tout cela et veut l'ignorer. Mais je pense, et ne suis pas seul à le penser, que les Philippins comme les Cubains doivent se gouverner eux-mêmes. C'est l'esprit même de notre déclaration d'indépendance.

Quelques semaines plus tard, le 4 février 1899, Emilio Aguinaldo lançait douze mille rebelles qui avaient lutté, au côté des Américains pendant le conflit avec l'Espagne, contre les troupes d'occupation de l'Union. Ayant réuni à Malolos un congrès de la république Philippine, le despote avait obtenu des délégués un blanc-seing pour faire la guerre aux forces américaines de l'île de Luçon. Ce fut une assez rude bataille, mais les troupes du général Otis chassèrent les Philippins des environs de Manille après leur avoir causé de lourdes pertes.

Gustave de Castel-Brajac, qui, quelques jours plus tard, était de passage à La Nouvelle-Orléans, ne manqua pas de triompher devant Charles de Vigors.

– Tu vois, je te l'avais dit... Nous voilà avec une nouvelle guerre sur les bras. McKinley demande des volontaires pour les Philippines, et il y a déjà trente mille boys dans les Iles.

– C'est une insurrection insensée conduite par un aventurier. Elle a été matée, et l'opinion est maintenant pour l'annexion pure et simple, n'en déplaise aux anti-impérialistes... tes amis.

Gustave demeura un moment silencieux. Il savait que l'opposition sortait affaiblie de cette aventure et que les actes de traîtrise et la guérilla qui causaient la mort de militaires américains renforçaient le parti démocrate. Il finit par lâcher d'un ton acide en roulant les r, comme lorsqu'il était ému.

– Ta réélection sera ainsi plus sûrement assurée !

Charles, qui depuis la mort de son fils se montrait beaucoup moins combatif, dit d'un ton las :

– Il n'y aura pas de réélection. J'abandonne la politique.

– Ça boun Diou, c'est une nouvelle !

– Ne l'ébruite pas, il n'y a que Marie-Gabrielle qui soit au courant de ma décision.

Cette dernière n'avait été qu'à demi surprise par la renonciation de son ami. Depuis la fin tragique de Gratien, qu'il n'évoquait jamais, elle savait dans quel isolement se trouvait le sénateur. Liponne, sitôt sa belle-fille rentrée à Bagatelle, s'était réfugiée à Saint-Martinville dans la grande maison où elle était née, et qui appartenait maintenant à l'aîné des fils Dubard. Elle y régnait en duchesse douairière, chaperonnant l'immense famille, veillant au maintien des traditions et des préséances. Avant qu'elle ne quitte La Nouvelle-Orléans, les époux avaient eu une discussion pénible à l'issue de laquelle, comme autrefois le comte de Boigne, Charles avait fait part sans ambages à sa femme de « l'obligeant désir de ne plus la revoir ». C'était un divorce de fait. De son côté, Louise-Noëlle, sœur de Gratien, novice chez les ursulines, n'entretenait plus aucune relation avec son père. Quand il rencontrait sa seconde fille, mariée à Amédée Tiercelin, il n'était pas sans remarquer une certaine froideur.

Au seuil de la vieillesse, Charles faisait l'expérience de la solitude et du manque d'affection. Seuls Marie-Gabrielle et Castel-Brajac demeuraient fidèles à cet homme dont ils connaissaient si bien les travers. Attentive à son comportement, la Suissesse l'avait vu se désintéresser peu à peu des affaires publiques. Aux réunions du Choctaw-Club, on mettait ses silences et son manque d'attention au compte du chagrin paternel, mais on commençait à se passer de ses conseils et de ses avis. De son côté, il renvoyait sans cesse les rendez-vous prévus avec des informateurs ou des solliciteurs. Il lui arrivait même de se dire choqué par ce qu'il appelait, sans ironie, la dégradation des mœurs politiques et la désinvolture des affairistes. Ces critiques ne l'empêchaient pas toutefois de suivre attentivement l'évolution économique, ni de veiller sur les intérêts qu'il avait dans de nombreuses entreprises. Sans être comme son collègue new-yorkais, le sénateur Chauncy Depew, membre de soixante-quatorze conseils d'administration, Charles ne renonçait pas à l'autorité acquise dans de nombreuses assemblées. Il ne se distinguait pas en cela dans un sénat dont deux tiers des membres étaient des avocats d'affaires et que le menu peuple appelait le « club des millionnaires ».

Une guerre dans laquelle les États-Unis n'avaient rien à voir, née au Transvaal du conflit entre les colons néerlandais, appelés Boers, et les Britanniques installés au Cap, lui procurait de substantiels bénéfices.

Le ranch que Charles possédait en Californie fournissait des chevaux à l'armée britannique, qui en faisait en Afrique du Sud une effrayante consommation.

– Mes petites affaires suffiront désormais à m'occuper, disait Charles avec une modestie affectée. A mon âge, il faut travailler moins et vivre plus. Désormais, je n'écarterai même pas mon rideau pour voir passer une révolution, comme a dit je ne sais quel sage !

Sa façon de vivre inquiétait un peu Marie-Gabrielle. Charles, dont la sobriété était devenue proverbiale, réclamait maintenant du porto à la fin du repas et ne refusait pas un verre de whisky dans l'après-midi. Il s'intéressait davantage aux choses de la table, commandait des plats auxquels autrefois il ne touchait pas et se faisait servir du champagne dans son cabinet de travail. Et puis, mais cela Marie-Gabrielle l'ignorait encore, il s'était mis à fréquenter avec une extrême discrétion certains établissements de Storyville où l'on trouvait des prostituées très jeunes. En fait, Charles laissait sa nature et ses sens reprendre la place qu'ils tenaient dans sa jeunesse. Dans le même temps où se manifestait cette évolution, il ne perdait jamais une occasion cependant de moraliser. On le vit ainsi intervenir dans une affaire qui avait passionné tous les juristes de La Nouvelle-Orléans : le procès des héritiers Langlé.

Angèle Langlé et sa mère, Pauline Costa-Langlé, qui appartenaient à une riche et influente famille de la ville, avaient péri toutes deux dans le naufrage du bateau français *La Bourgogne* qui, le 4 juillet 1898, s'était perdu corps et biens dans l'Atlantique, deux jours après son départ de New York. Cinq cents personnes avaient trouvé la mort dans cette catastrophe maritime, mais on ne parlait plus un an après que des Langlé, l'héritage des deux femmes ayant suscité de graves dissensions chez les héritiers. Car, pour apprécier les parts revenant à ceux-ci, il convenait d'établir qui de la mère ou de la fille avait cessé de vivre la première. Après maintes procédures, la Cour Suprême de Louisiane avait eu à connaître de l'affaire. En bon juriste, Charles de Vigors savait que les « comourants » posent toujours des problèmes successoraux difficiles à résoudre, la preuve de l'instant du décès de chacun étant le plus souvent impossible à rapporter. Dans le cas de mourants appelés à la succession l'un de l'autre, l'affaire se complique encore. Finalement, les juges de La Nouvelle-Orléans avaient suivi les principes énoncés par le Code civil, ou Code Napoléon, en vigueur en Louisiane[1], suivant lesquels « la présomption légale de l'ordre des décès est fondée sur cette idée que le degré de résistance opposé à la mort dépend pour chaque personne de sa force physique ». La Cour décida donc qu'au cours du naufrage Angèle Langlé avait dû survivre à sa mère et pouvait de ce fait être considérée comme ayant été l'héritière de celle-ci avant de succomber. Un tel jugement satisfit certains héritiers et en déçut d'autres, mais on soutint en ville que le sénateur était l'inspirateur d'une décision particulière de la Cour. Les magistrats exigèrent en effet que les héritiers d'Angèle Langlé consacrent 3 000 dollars à l'érection, au cimetière de Métairie, dans la banlieue de La Nouvelle-Orléans, d'un cénotaphe à la mémoire des deux disparues[2].

C'est encore le sénateur de Vigors qui intervint pour que l'œuvre commencée par une illettrée, Margaret Gaffney Hanghery, en faveur des orphelins, soit poursuivie et développée ; que soit multiplié le nombre des ambulances hippomobiles et des commissariats de police ouverts dans les différents quartiers de la ville.

– Il joue les bienfaiteurs avec l'argent des autres, disaient ses détracteurs, mais on les faisait taire en assurant que M. de Vigors ne ménageait pas son concours financier aux bonnes œuvres de toute sorte.

De la même façon, il avait viré une somme importante au compte de la veuve de son fils, afin, lui avait-il dit, « que vous n'ayez pas, en plus de votre chagrin, à vous préoccuper de questions matérielles ».

Stella avait apprécié ce geste. Quoi qu'elle en pensât et quelle que puisse être son amertume, jamais elle ne laissa soupçonner à son beau-père qu'elle voyait en lui l'artisan de son malheur. Elle aurait aimé simplement qu'il s'intéressât davantage au sort d'Osmond condamné à grandir sans père. Charles de Vigors ne lui avait pas caché « qu'il ne comprenait rien aux enfants » et

1. Il l'est toujours.
2. Ce monument, en forme d'obélisque, existe toujours.

préférait déléguer ses prérogatives de grand-père au brave Gustave, « qui montrait pour le rôle d'évidentes dispositions naturelles ».

Encouragé de toutes parts, M. de Castel-Brajac passait une grande partie de son temps sur les chemins, entre Castelmore et Bagatelle, tout prétexte lui étant bon pour enlever Osmond. Doué pour la pédagogie active, le Gascon jouait les mentors en guettant chez le petit garçon l'éveil d'une intelligence qu'il devinait vive et précoce. « L'alliage des sangs de Virginie et de Dandrige ne peut donner qu'un être exceptionnel », se disait Gustave, assez au fait des lois de l'hérédité définies par M. Johann Mendel. Jamais il ne perdait une occasion de solliciter la curiosité de l'enfant, au risque de se faire houspiller par Gloria qui accusait son mari d'aveuglement.

– Il est bien trop petit pour comprendre tout ce que vous lui racontez et pour reconnaître les lettres et les chiffres. Laissez-le jouer... Il a bien le temps de se mettre l'esprit à la torture.

Gustave haussait les épaules et emmenait le bambin au bord du fleuve pour compter les bateaux. Il profitait aussi des moments où il était seul avec Osmond pour extirper les superstitions dont les domestiques noirs abreuvaient les enfants.

Alors que le fils de Gratien n'était encore qu'un bébé, il avait exigé qu'Harriet enlevât du cou de l'enfant le sachet contenant un morceau de peau de serpent à sonnette qu'elle venait d'y suspendre. La fille de Brent soutenait, comme beaucoup de nurses noires, que ce talisman empêchait les dents de percer trop tôt et les faisait pousser droites et fortes.

L'approche de l'année 1900 stimulait maintenant l'imagination de tous les sorciers, prophètes et charlatans de plantation.

– La fin du monde, comment c'est, oncle Gus ? demanda un jour Osmond, alors que le Gascon et son élève revenaient de promenade.

– La fin du monde, boun Diou, qui t'a parlé de ça, gamin ?

– C'est Bella qui m'a dit que le ciel allait devenir tout noir, que la rivière allait monter dans les maisons et que la terre allait s'ouvrir et qu'on verrait du feu partout.

– La fin du monde, ça n'existe pas, ce sont les femmes qui ont toujours peur de tout qui ont inventé ça... Et d'abord, sais-tu ce qu'est le monde, hein ?

Osmond parut réfléchir à l'abri de son sourire.

– Ben, c'est tout ça qu'on voit, oncle Gus.

– Ce qu'on voit et qu'on ne voit pas, et que tu verras plus tard peut-être. Le monde, Osmond, n'a ni commencement ni fin, c'est le bon Dieu qui l'a dit et il sait de quoi il parle, c'est lui qui l'a fait.

– Ça je sais, on le dit dans la prière du soir.

Bella n'était pas la seule à soutenir que le siècle qui allait finir était le dernier vécu par l'humanité et que l'avènement de 1900 serait fatal à la planète. N'avait-on pas vu des étoiles filantes « tomber » dans le Mississippi comme en 1861 à la veille de la canonnade de Fort Sumter qui allait allumer la guerre civile ? Gustave de Castel-Brajac, qui avait observé le phénomène banal et fréquent, ne lui trouva avec humour qu'une seule coïncidence : le décès subit et scabreux au palais de l'Élysée, à Paris, du président Félix Faure.

Que les Noirs, manipulés par des sorcières du vaudou, tressent des croix de maïs ou rêvent de chiens crevés plus souvent que de coutume à l'approche de la fin du siècle l'irritait moins que les élucubrations des faux mages détournant des données scientifiques pour inquiéter les gens crédules. Car les Blancs échafaudaient aussi des pronostics stupides. On prévoyait en effet, pour la fin de l'année, le retour de la comète de 1867 dont la révolution durait trente-trois ans et soixante-quatre jours. Depuis que Suétone avait attribué à l'une de ces « filles chevelues de l'espace » la responsabilité des horreurs commises par Néron, les comètes étaient considérées comme annonciatrices de catastrophes. N'avaient-elles pas « annoncé » la mort de l'empereur Constantin et, au cours des siècles, celle de quantité de gens importants, de Mahomet à Charles Quint en passant par deux ou trois papes et une demi-douzaine de tyrans de toutes nationalités.

M. de Castel-Brajac savait à quoi s'en tenir sur les apparitions des comètes. Il admettait volontiers que, si la plupart d'entre elles sont aussi exactes que les trains, certaines s'offraient des retards de plusieurs années et, parfois même, se perdaient, comme la comète de Biela attendue en 1859, en 1866, en 1872 et en 1877, et qui n'était jamais réapparue.

La fin de l'année fut cependant marquée dans le petit univers bagatellien par plusieurs événements que Bella, la plus superstitieuse des domestiques de Mme de Vigors, classa sans hésiter dans la catégorie des diableries universelles.

Il y eut tout d'abord la mort du vieux Brent. L'ancien majordome de Bagatelle s'éteignit paisiblement, entouré de ses enfants et de ses petits-enfants, à la manière des patriarches. Le Noir donna un bel exemple de sagesse et de sérénité en se déclarant satisfait d'une longue existence commencée dans l'esclavage et poursuivie avec dignité au service de ses frères de race dans une liberté parfois difficile à assumer. Avant de clore les yeux, le vieillard, dont on avait toujours apprécié l'éloquence, émit le vœu que l'on continuât à voir dans le cher Vieux Sud une famille noire grandir à l'ombre de chaque famille blanche, jusqu'au jour où l'égalité des deux races deviendrait aussi naturelle et évidente que l'alternance du jour et de la nuit. On le laissa emporter cette illusion.

Quelques jours avant sa mort, Brent avait réclamé M. de Castel-Brajac, qui vint sans perdre un instant s'asseoir au chevet de l'ancien secrétaire du Bureau des affranchis. Soutenu par deux oreillers, le Noir conservait l'esprit clair et l'élocution aisée. Brent demanda à ses parents et à ses amis de quitter sa chambre et, ne retenant près de lui et du Gascon que sa fille Harriet, tint à Gustave un discours qu'il avait dû préparer.

– M'sieur Brajac, dit-il, j'ai eu la visite l'aut'e semaine de m'sieur Oswal. Y m'a raconté ça que son sacripant de gâsson avait fait à ma Lorette, à not'e Lorette. Il m'a dit qu'il l'avait mis à la po'te de sa maison et que le gâsson était pa'ti' à Pa'is et que jamais, au grand jamais, il pourrait pas reveni' ici. Il m'a dit aussi qu'il avait débarrassé le monde de cette crapule de nèg'e qui avait serré le cou de no'te Lorette... Je crois ben qu'il a fait tout pareil au nèg'e m'sieur Brajac. M'sieur Oswal y m'a demandé si je voulais dire tout au shérif, que c'était not'e droit. Je sais que c'est no'te droit, mais je sais aussi que le shérif il aura pas trop envie de s'mêler d'une pareille affaire... et puis le gâsson, il est pa'ti... et le nèg'e, je pense bien qu'à c'te heure, il est dans la rivière.

Le Noir, un peu essoufflé, s'interrompit et fit signe à Harriet de lui passer sa tasse de tisane. Il but quelques gorgées et reprit :

– On a parlé avec Harriet qu'est bien malheureuse. Elle m'a dit que c'était vous qu'aviez tout compris la cause des taches jaunes qu'étaient sur la jupe de no'te Lorette. M'sieur Oswal il nous a demandé ça qu'Harriet pouvait vouloir pour dédommager qu'il a dit. On a bien compris qu'il voulait donner des piastres. Quand un chasseur vous a tué un canard ou une poule, on peut prend'e l'argent, pas quand un gâsson vous a tué vo'te enfant. Alors comme je sais que je vais mourir bientôt... si, m'sieur Brajac, je le sais bien... j'ai dit à M. Oswal qu'il paie pour moi un grand enterrement avec de la musique et un beau chariot, et aussi un beau tombeau où on me mettra avec Rosa et Lorette. Un tombeau en pierre grise et que nos noms y soient marqués en lettres dorées comme sur les tombeaux de m'ame Virginie et de m'sieur Dand'ige.

Le Gascon sourit au vieillard et serra la main sèche et fripée qui reposait sur le drap.

– Je voudrais bien, m'sieur Brajac, que vous soyez là pour voir que m'sieur Oswal tient sa promesse.

– J'y veillerai Brent, dit le Gascon assez ému.

Puis, bien conscient qu'il ne reverrait pas cet homme vivant, il se pencha et déposa sur le front du vieillard un baiser de paix.

– Reposez-vous maintenant, dit-il en s'éloignant.

Harriet raccompagna M. de Castel-Brajac jusqu'au seuil de la petite maison en retenant ses larmes.

– Que Dieu nous fasse la grâce de partir aussi dignement, dit-il à la gouvernante. Votre père, Harriet, est un gentilhomme. Nous ne l'oublierons pas.

Quelques jours plus tard, Brent eut les funérailles qu'il avait souhaitées. L'église de Sainte-Marie était pleine, et de nombreux Blancs assistaient au service. M. de Castel-Brajac se mit à l'harmonium et joua une cantate de Bach. Pendant un instant, la paroisse communia dans le souvenir du Vieux Sud qui appartenait aussi bien aux anciens esclaves qu'à leurs anciens maîtres, au-delà de toutes les injustices temporelles et des rancœurs.

Pendant longtemps, les gens de Pointe-Coupée et de Fausse-Rivière s'interrogèrent, stupéfaits de voir la splendide sépulture construite pour Brent et les siens. Mais le secret fut bien gardé.

Le deuxième événement fut moins triste et plus mineur. Par un jour de novembre mélancolique et pluvieux, Stella fit couper les cheveux d'Osmond. Le coiffeur de Sainte-Marie, convoqué à Bagatelle, fit tomber les longues mèches brunes de la tête de l'enfant qui fut bien aise de ne plus ressembler à une fille et de ne plus avoir à supporter les brossages quotidiens imposés par Harriet. Lorna, de passage à Bagatelle avec sa mère, ramassa subrepticement une boucle de cheveux qu'elle rangea, comme un trophée, dans un sac au petit point offert par Gloria.

– Maintenant, dit-elle à son camarade de jeu, tu es un vrai garçon.

La famille émit autour de la nouvelle coiffure d'Osmond des appréciations diverses du genre : « Ça lui allonge le visage » ou « Maintenant, il va friser comme un caniche. » Bella déclara que le fils de Stella « attraperait certainement les oreillons avant Noël », mais Castel-Brajac approuva, estimant que cette coupe masculine donnait au garçonnet une allure plus virile.

Un autre événement, qui intéressa aussi Osmond, faillit tourner au tragique. Le drame survint entre deux grosses averses dans un moment de grand soleil, quelque temps avant Noël.

Harriet avait dit aux enfants de profiter de l'accalmie pour aller jouer autour de la maison en évitant de courir dans les flaques d'eau.

Aristo, le dalmatien qui sommeillait sur la véranda, se leva paresseusement en entendant grincer l'escalier. Ayant identifié le jeune Osmond, il se recoucha avec un soupir. Les contremarches étaient démesurées pour le garçonnet qui, levant haut le pied, se déhanchait en gravissant les degrés qu'il distinguait mal à travers une brassée d'asters mouillés qu'il venait de cueillir de son propre chef.

Le visage noyé dans les pétales et les feuilles frangées de gouttelettes, l'enfant traversa la galerie et entra d'un pas hésitant dans le salon. La grande pièce, encombrée de meubles et de sièges rassemblés au fil des générations par des maîtresses de maison désireuses d'ajouter aux héritages leurs propres acquisitions, était déserte et ombreuse. S'insinuant entre une table de Boulle dont les marqueteries de cuivre ternies disparaissaient dans l'éclat blanchâtre des nacres et un lourd fauteuil de Seignouret aux accoudoirs d'acajou lustrés par l'usage, Osmond parvint jusqu'à la cheminée.

A côté de la curieuse pendule de bronze que soutenaient deux nymphes rêveuses trônait un grand vase de Sèvres à collerette dédorée, rescapé d'une paire apportée de France par le premier marquis de Damvilliers. Il faisait depuis peu pendant à la photographie de Gratien de Vigors sertie dans un cadre d'argent, dont un angle disparaissait sous un nœud de crêpe. Osmond, mû par le soin de plaire à ce père dont il savait confusément l'absence définitive, avait choisi de placer son bouquet dans le vase comme il l'avait vu faire à sa mère. L'objet sur la tablette de la cheminée paraissait inaccessible. Mais Osmond, garçonnet déluré et entreprenant, ne manquait pas de ressources. Il déposa sa gerbe sur un fauteuil de velours grenat où les fleurs répandirent une poussière de pollen, puis il écarta la mèche de cheveux qui lui couvrait l'œil droit. Ayant évalué l'altitude du vase, il se mit en quête d'un marchepied. Il renonça à déplacer un fauteuil trop pesant, mais il réussit à tirer jusqu'au manteau de la cheminée une chaise plus légère. Tandis qu'il se livrait à ces opérations préliminaires, Osmond eut la désagréable sensation d'être surveillé. Comme toujours, quand il se trouvait dans le salon, la dame de Bagatelle, cette géante, debout dans son cadre de bois sculpté, si lourd qu'on avait dû le poser à même le sol derrière le grand canapé, semblait le fixer. Et cependant, cette belle femme d'autrefois, aux épaules rondes et nues émergeant d'une robe de velours sombre, accoudée, mains croisées, au dossier d'un siège sur lequel on avait jeté une étole d'hermine dont la blancheur moelleuse ne se confondait pas avec celle d'un avant-bras parfait, était son arrière-grand-mère. Sa beauté fascinait Osmond, mais son froid sourire tombant de lèvres minces lui paraissait tantôt engageant et complice, tantôt ironique et inquiétant. Et puis, les yeux si vifs sous l'arc des sourcils semblaient doués d'une vivante mobilité. Où qu'il se trouvât dans la pièce, Osmond sentait peser sur lui ce regard attentif. Même quand la famille ou des amis se trouvaient réunis, la dame de Bagatelle ne regardait que lui, comme s'il avait sa préférence ou méritait plus que tout autre une surveillance permanente. Elle l'observait quand il se tenait près de la porte donnant sur la galerie. S'il se réfugiait dans l'angle opposé du salon, elle le guettait encore, et, s'il marchait en jetant un regard de biais au portrait, Virginie suivait ses déplacements. Souvent, il s'était caché derrière le dossier d'un fauteuil pour se mettre à l'abri de cette vigilance, pour se faire oublier. Dès qu'il passait la tête hors de sa cachette, il rencontrait le regard de l'aïeule. Certains soirs, sous certaines lumières, elle paraissait encore plus attentive. Son sourire devenait interrogateur, et Osmond se mettait à penser qu'un jour ou l'autre elle se déciderait à lui adresser la parole. Quelquefois, après une séance de cache-cache tout à fait inégale, car la dame de Bagatelle gagnait toujours à ce jeu, elle se moquait de lui ouvertement. Quand Nancy Tampleton lui avait raconté l'histoire de Caïn qui, pour s'être montré très méchant avec son frère Abel, avait été poursuivi toute sa vie et même au-delà par l'œil du bon Dieu, Osmond s'était résigné à vivre sous le regard changeant de Virginie, tout en se demandant quel péché il avait bien pu commettre pour mériter une attention aussi constante et aussi maligne.

Quand, ayant escaladé la chaise branlante, le garçonnet saisit à deux mains le vase convoité, un réflexe l'incita à tourner la tête du côté du portrait. Il ne fut pas autrement étonné de voir à la dame peinte un regard désapprobateur. Mais quand brusquement il sentit son marchepied basculer, et que le grand vase dont il ne soupçonnait pas le poids lui glissa des mains, il eut le sentiment alors que tout le salon tournoyait comme un manège fou, que sa gardienne avait crié.

Or, ce fut le cri d'Osmond que Bella entendit de sa cuisine en même temps que le fracas du vase brisé et de la chaise effondrée. En surgissant dans le salon, la Noire ne vit pas tout de suite le garçonnet, qui gisait immobile devant la cheminée au milieu des débris de porcelaine, près d'un siège renversé. Quand elle l'aperçut, elle se mit à bramer comme une biche dont on vient de tuer le faon, ce qui ameuta les autres domestiques et fit sortir Stella de sa chambre, où, rideaux tirés, elle s'efforçait de vaincre une migraine opiniâtre.

Osmond, qui avait un instant perdu connaissance et dont le front était déformé par une bosse impressionnante, reprit conscience quand sa mère le déposa sur le canapé au milieu des lamentations ancillaires.

– Mon Dieu, mon petit qu'as-tu fait ?

– Par... don... on, pardon... on, gémit le garçonnet qui ne pensait qu'au vase brisé.

Déjà Harriet arrivait avec de l'eau d'arnica et tamponnait le front de l'enfant.

– Ce n'est rien, c'est une bosse, mais tu aurais pu te tuer, quelle idée de monter sur cette chaise.

– Je voulais mettre des fleurs à papa... comme toi.

Citoyen, armé d'un balai et d'une pelle, ramassait les débris, et Aristo, troublé par cette agitation soudaine, tentait d'approcher du canapé en évitant les coups de Bella qui voulait à tout prix l'éloigner de son petit maître.

On commençait à se dire qu'il y avait plus de peur que de mal, et Stella venait d'ordonner à la cuisinière de retenir les gémissements disproportionnés dont elle emplissait la maison, quand Osmond, qui n'avait pas versé un pleur et semblait se remettre, réveilla une inquiétude.

– Maman, pourquoi fait-il noir, je vous vois pas... c'est la nuit déjà ?

– Comment la nuit, il y a même du soleil, Osmond, tu ne vois pas dis-tu ?

– Non, je vois rien, c'est comme la nuit.

Ce fut au tour de Stella de s'émouvoir.

– Mon Dieu Harriet, il ne voit plus, c'est le choc à la tête. Envoyez Citoyen chercher le nouveau médecin, M. Dubard, à Sainte-Marie, qu'il vienne tout de suite. Mon Dieu, s'il restait aveugle.

Bella, qui à distance tordait son tablier comme un cordier le chanvre, cita saint Jean d'une voix sépulcrale :

– *Si vous étiez aveugle, vous n'auriez point de péché*[1].

– Tais-toi, jeta Harriet, retourne à tes fourneaux.

La cuisinière ne se fit pas prier, mais ce fut en pleurant qu'elle se mit à la préparation du repas. Venant après la mort de Brent, la chute d'Osmond confirmait sa conviction que le chaos universel se préparait. Quand elle constata que, pour la deuxième fois en une semaine, le lait avait « tourné », elle se mit à prier pour le salut de son âme.

Faustin Dubard conservait dans ses vêtements civils une allure militaire. Grand et robuste comme la plupart des mâles de l'immense famille cajun, on le trouvait très bel homme avant que les brûlures reçues lors de l'explosion du *Maine* ne le défigurassent. Son profil gauche apparaissait intact, mais le droit était cruellement déformé par la rétraction des chairs brûlées, rendues transparentes et lisses. Son œil à demi mort brillait au fond d'un cratère rose, et sa bouche couturée se relevait dans un rictus de souffrance. Stella et Harriet détournèrent instinctivement les yeux quand il s'agenouilla près du canapé où reposait Osmond. Son examen fut rapide et précis.

– Pas de saignements de nez, pas de vomissements, cette cécité n'a rien de définitif.

Il interrogea Osmond, lui palpa le crâne, tâta le pouls, prit dans sa trousse une loupe en forme de tube pour scruter les pupilles du garçonnet et se releva.

– Nous allons attendre un moment que l'effet du choc s'atténue et que la circulation sanguine redevienne normale.

Il mit Osmond sur pied et constata que l'enfant se tenait ferme et droit sans vertige apparent, puis il le fit asseoir à côté de lui sur le canapé en prodiguant des paroles rassurantes.

Stella, dont l'inquiétude croissait, fit allumer les lampes. Le soleil avait disparu et une nouvelle averse obscurcissait la pièce.

– Ferme tes yeux et dis-moi comment s'appellent tes sœurs, et la cuisinière, et la gouvernante.

Osmond répondit sans hésiter à toutes les questions, ce qui parut satisfaire le médecin qui voulut encore savoir quantité d'autres choses touchant à la vie domestique de la plantation.

Après un silence, qui parut à Stella démesurément long, Faustin Dubard se fit apporter une lampe à pétrole, puis il ordonna à Osmond d'ouvrir les yeux. L'enfant cligna, surpris par la proximité de la flamme. Il voyait. Le médecin éloigna la lampe, la déplaça de gauche à droite en observant le mouvement des yeux de l'enfant qui suivaient parfaitement la lumière, quand l'enfant poussa un cri. Il venait d'apercevoir à quelques centimètres du sien le visage effrayant du marin.

1. Saint Jean, chapitre IX, 41.

Aussitôt Faustin Dubard se détourna. Stella, rassurée mais confuse, prit son fils dans ses bras en jetant au médecin un regard amical.

– Après une bonne nuit, votre petit garçon aura oublié l'accident. Ne soyez pas inquiète, j'ai vu dans la marine des hommes atteints de cécité pendant plusieurs jours après un choc à la tête.

Stella proposa un porto, mais le médecin, tout en évitant de montrer au petit garçon son profil ravagé, prit rapidement congé. En passant devant la cheminée, il remarqua le portrait de M. de Vigors dans son cadre. Il savait comment était mort ce cousin éloigné dont le sort parut soudain enviable à l'homme qui faisait peur aux enfants et dont les femmes n'osaient plus regarder le visage.

– Pauvre garçon, dit Stella en le voyant passer la porte, suivi par Aristo qui grognait sur ses talons.

II

Contrairement aux prédictions de Bella et de quelques autres, le XXᵉ siècle commença sans que la planète se désagrège ou que le déluge anéantisse la Louisiane. Il y eut bien deux ou trois tornades au début de janvier, mais elles n'affolèrent personne dans un pays que les ouragans traversaient régulièrement.

Ainsi, non seulement 1900, nombre fatidique aux yeux de certains, n'apporta pas de catastrophe universelle, mais il apparut bientôt aux Américains comme une promesse de prospérité accrue. Dans cette fédération d'États aux populations de cent origines diverses, la guerre contre l'Espagne avait fait naître un sentiment de solidarité et démontré aux yeux du monde entier que les États-Unis constituaient enfin une nation capable d'un engagement et d'un effort collectif. Cette confiance en leur destin donnait aux citoyens un dynamisme nouveau et le commerce comme l'industrie et l'agriculture connaissaient un rythme de développement stupéfiant. La demande sur le marché intérieur, aussi bien que les commandes passées hors des frontières autorisaient toutes les espérances. Déjà, à la fin de l'année 1899, le stock d'or du Trésor se montait à 258 millions de dollars, et l'on était fier d'annoncer que l'industrie américaine exporterait en 1900 – déjà considérée comme une *annus mirabilis* – pour 500 millions de dollars de produits, soit quatre fois plus que dix ans plus tôt.

Les aciéries existantes tournaient à plein régime, et l'on en construisait de nouvelles tandis que le prix du fer et de l'acier avait grimpé en quelques mois de 100 %. Les manufactures de textiles se multipliaient, les grands magasins étendaient leurs réseaux, les consommateurs, dont les salaires ne cessaient d'augmenter parfois de 10 ou 15 % d'un coup, avaient une fringale de produits nouveaux que des industriels inventifs et avisés lançaient sur le marché. Dans les villes, les immeubles de plus en plus hauts poussaient comme des champignons, tandis que les trains gagnaient en rapidité et en confort. Dans le même temps, les épargnants, appâtés par les profits, sortaient leurs réserves et investissaient, et M. James T. Woodward, président du Clearing House de New York, pouvait annoncer que l'or en circulation représentait la somme fabuleuse de 703 millions de dollars.

Le *Times* de New York, institution aussi sérieuse que le *Times* de Londres, signalait : « D'après tous les rapports commerciaux, nos manufactures sont obligées de donner leur plein pour satisfaire aux ordres qu'elles reçoivent. Les chemins de fer sont incapables de faire face au trafic qu'on leur offre. Ils n'ont pas assez de matériel pour charrier les matières premières aux manufactures et aux usines, ou pour transporter les objets manufacturés au vendeur en gros ou au spéculateur. Partout, nous dit-on, l'état des affaires est supérieur à ce qu'il fut jamais[1]. » En s'installant à Hawaï et aux Philippines, les Américains avaient conquis des établissements qui stimulaient le commerce dans tout l'Orient et leur permettaient de concurrencer la Grande-Bretagne. L'agriculture trouvait aussi son compte à cette situation, et le prix du coton brut venait d'augmenter de 30 %, tandis que celui de la laine doublait. Quand fut connu le projet de loi sur la circulation monétaire qui faisait de l'étalon-or l'unité de valeur, le crédit financier des particuliers et de l'État s'en trouva raffermi. Des hommes d'affaires qui échafaudaient des combinaisons financières réalisaient d'énormes bénéfices. On citait le cas de M. J. P. Morgan qui, pour lancer la United States Steel Company, avait avancé 25 millions de dollars en espèces et venait de recevoir pour 106 millions d'actions.

Ces financiers que le public appelait « capitaines d'industries », ne s'exprimaient qu'en millions de dollars et la presse commentait pour ses lecteurs envieux et ravis leurs coups heureux. Les hommes d'affaires du Sud, plus prudents, s'inquiétaient de la disproportion entre le capital de certaines grandes compagnies et la valeur de leurs actions sur le marché. On les traitait de timorés, même quand ils démontraient à des investisseurs avides que la United States Leather Company, annonçant un capital de 125 millions de dollars, ne pouvait garantir avec toutes ses actions réunies que 50 millions de dollars.

Malgré tout, MM. Pierpont J. Morgan, Andrew Carnegie, John Rockefeller, Philip D. Armour, Auguste Belmont, Thomas F. Ryan et quelques autres qui, tel Midas, semblaient détenir le pouvoir de changer tout ce qu'ils touchaient en or, faisaient figure de héros. Nombreux étaient les commis ambitieux, les petits épiciers futés et les employés de chemin de fer à l'étroit dans leur uniforme qui se sentaient capables, pour peu que la chance les aidât, de faire tourner la roue de la fortune à leur profit comme ces grands financiers dont les journaux racontaient les modestes débuts. Ces hommes détenaient bien plus que la puissance financière. Par elle, ils contribuaient à faire le pouvoir politique.

Déjà, lors de la campagne présidentielle de 1896, Mark Hanna, millionnaire de Cleveland et ami de John D. Rockefeller, avait obtenu pour William McKinley l'appui financier de la Standard Oil, des dirigeants des chemins de fer du New York Central, de ceux des grandes compagnies d'assurances et des banques. Cette opération avait permis de réunir, disait-on, près de 4 millions de dollars pour faire élire le candidat républicain contre William Jennings Bryan. Il ne faisait aucun doute que McKinley, qui avait annoncé son intention de briguer un second mandat, serait, cette fois encore, soutenu par les trusts et les banques auxquels il avait donné pendant quatre années de sérieuses raisons de souhaiter sa réélection. On disait que M. Rockefeller, par l'intermédiaire de la Standard Oil, avait investi 250 000 dollars pour la campagne qui s'engageait. De la même façon, Teddy Roosevelt, qui cependant dénonçait en privé les activités des barons de la finance et dont on disait qu'il serait candidat à la vice-présidence, avait noué des liens avec les financiers de New York. Le colonel des Rough Riders avait en effet très bien su exploiter « sa guerre de Cuba ». Racontant ses aventures dans

1. Cité par Harry Thurston Peck in *Vingt années de vie publique aux États-Unis*.

de nombreux articles, donnant des conférences, il n'avait pas permis qu'on l'oubliât. Le prestige, habilement entretenu, lui avait valu d'être le candidat du parti républicain au poste de gouverneur de l'État de New York qu'il avait enlevé avec dix-huit mille voix de majorité.

Cet homme, qui aimait à parler de lui et avait une propension, partout où il passait, à s'installer à la première place « en accaparant le dé de la conversation », avait obligé, disait-on, les éditeurs de son premier livre à commander un stock supplémentaire de lettres « I »[1], tant il employait fréquemment dans le texte la première personne.

Si beaucoup pensaient, en ce début de siècle si prometteur, comme M. Rockefeller, que « la faculté de gagner de l'argent est un don de Dieu » et prêchaient, en plein accord avec les spéculateurs qui les grugeaient, l'évangile de la fortune, d'autres citoyens se tenaient à l'écart de la religion du dollar et s'efforçaient de vivre le plus agréablement possible sans se donner trop de mal. C'était le cas de certaines vieilles familles aristocratiques du Sud qui regrettaient le temps où le seul profit noble venait de la terre.

M. de Castel-Brajac, qui dans ce domaine se montrait bon Sudiste, répétait souvent un dicton que lui avait enseigné Clarence Dandrige : « Un Nordiste ne mange jamais ce qu'il peut vendre, un Sudiste ne vend jamais ce qu'il peut manger. » Il se réjouissait cependant de voir le Sud recouvrer peu à peu la richesse que lui avait ravie la guerre civile. On créait en Géorgie et en Alabama de nouvelles industries, on exploitait des mines de soufre et de sel, les capitaux du Nord et d'Europe affluaient, et le développement économique des anciens États confédérés devenait enfin une réalité. Les politiciens du Nord ne parlaient plus dans leurs discours des « brigadiers rebelles » ni du « bloc du Sud » comme d'une menace pour la prospérité générale. L'arrivée à des postes importants de l'administration fédérale de Sudistes de valeur avait calmé les vieilles rancœurs, et le sénateur de Vigors disait :

– Le Sud est maintenant trop occupé à préparer un avenir prospère pour perdre un temps précieux à méditer sur un triste passé.

– D'accord, reconnaissait Gustave, la source à laquelle s'abreuvait autrefois le Sud était impure, polluée par l'esclavage, mais aujourd'hui on ne veut se souvenir que de la fraîcheur de ce breuvage empoisonné. Nous buvons maintenant aux sources du Nord qui ont un goût de soufre, de pétrole, de charbon et de bank-notes et qui passent pour honnêtement désaltérantes.

Et cependant le Gascon n'était pas dupe de ses propres nostalgies. Il avait détesté l'esclavage dont il évaluait aujourd'hui les séquelles, mais il regrettait de voir peu à peu se corrompre le mode de vie d'une société policée, où l'honneur était une valeur autrement estimée que les actions de la Standard Oil ou de l'Union Steel. Ces nouveaux Sudistes, du genre d'Oliver Oscar Oswald, n'étaient que des gentlemen de pacotille, soucieux des apparences empruntées aux Cavaliers, mais âpres au gain comme des Yankees et qui croyaient pouvoir acheter un héritage qui ne leur était pas destiné.

– Le Vieux Sud est maintenant une question de vocabulaire, soutenait Charles de Vigors, nos vieilles familles ne se rassemblent que pour évoquer des

---

1. I : je, en anglais.

fantômes et entretenir un mythe. Il faut suivre son siècle et celui qui commence apportera plus de bonheur aux hommes et aux femmes de ce pays.

– La sécession morale demeure, répliquait Gustave, soutenu à l'occasion par les demoiselles Tampleton. D'accord, nous constituons une province narcissique, mais elle tient de la vieille Europe des bases indestructibles. Je crois même que la défaite a sauvé l'esprit sudiste en figeant cette civilisation à l'heure de son plein épanouissement. La défaite a placé notre héritage à l'abri de l'érosion civilisatrice banale. Ceux qui meurent avant d'avoir eu le temps de décevoir laissent de meilleurs souvenirs que les autres. Et il conseillait à son ami de méditer la phrase du vieux colonel gris dans *Le tombeau des canons* de Thomas Nelson Page : *« Même si le Sud n'est pas libre, il sera meilleur et plus fort d'avoir combattu comme il l'a fait. »*

– Il est plus fort, aujourd'hui parce qu'il a appris du Nord le commerce et l'industrie, et aussi parce que les bénéfices qu'apportent ces activités-là ne sont pas plus déshonorants que ceux que l'on tire de l'agriculture et en tout cas plus acceptables que ceux venus autrefois du travail des esclaves.

– Parce que tu crois peut-être que les hommes, blancs ou noirs, qui travaillent dans les mines et les aciéries ou cultivent une terre qui ne leur appartient pas, pour quelques dizaines de dollars par mois, ne sont pas des esclaves ?

– Personne ne les oblige à choisir ces métiers.

– Mais boun Diou, il faut bien qu'ils mangent et élèvent leurs enfants, et se logent et s'habillent. La société industrielle est en train de créer partout dans le monde une nouvelle race d'esclaves, d'autant plus asservis que ceux qui la composent ont un faux sentiment de liberté et que leurs maîtres ont bonne conscience. Un jour elle se révoltera, et alors...

Quand il voulait se replonger dans une ambiance réellement sudiste, Gustave de Castel-Brajac s'en allait prendre le thé chez les demoiselles Tampleton. Il y avait peut-être un peu trop de napperons sur les guéridons et quelques pare-feu de tapisserie en surnombre près des cheminées, mais leur accueil était toujours si chaleureux qu'on pardonnait aux trois vieilles filles leurs goûts surannés et leur puritanisme hautain. C'était une des rares maisons de Louisiane où l'on voyait encore un Noir affecté au maniement du punkah les jours de forte chaleur. Elles vivaient dans le culte de leur oncle, le général. Elles évoquaient rarement leur père, qui les avait rendues malheureuses, pendant une grande partie de leur vie. Gustave s'asseyait en face du portrait de Willy, en tenue de capitaine, peint par un artiste de La Nouvelle-Orléans.

Cet homme avait été son ami et tout au long de sa vie l'amoureux résigné de la dame de Bagatelle. Il incarnait aujourd'hui ces héros romantiques du Sud que toute famille de « bourbons » se devait de compter dans ses ascendants.

Quand on avait servi le thé et les petits gâteaux tièdes, cuits par Estelle chaque matin et qui craquaient sous la dent en exhalant un parfum de cannelle, la discussion revenait invariablement sur les événements du passé. Il arrivait que Lucie abandonnât son tricot afin d'expliquer pour la centième fois comment le *Robert E. Lee* avait gagné la course qui l'avait opposé au *Natchez*.

– Les gens du *Natchez* devaient l'emporter, assurait-elle d'une voix fluette, car ils avaient mis à brûler sous les « bouilloires » des jambons avariés. Mais soudain, ils s'avisèrent que pour l'honneur de la mémoire du grand soldat on ne pouvait permettre qu'un bateau portant son nom soit battu devant tout le Sud. C'est alors qu'ils laissèrent tomber les feux, donnant ainsi la victoire au *Robert E. Lee*.

Quand elles avaient rangé leur tricot ou leur broderie, les demoiselles Tampleton lisaient des romans et des nouvelles écrites par des auteurs contemporains admis dans les bibliothèques de la bonne société et qui restituaient, à travers des fictions parfois transparentes, les mœurs et l'histoire du pays. Dans ces contes modernes, les planteurs étaient parfois caricaturés et les Noirs ou les petits Blancs exhaussés bien au-dessus de leur condition. Certains auteurs osaient même prêter à ces derniers des sentiments et des attitudes de membres des F.L.F.[1], ce qui scandalisait les vieilles filles. Ces dernières appréciaient George Washington Cable[2] qui connaissait aussi bien la vie des bayous et des forêts que celle des grandes plantations, et révélait tous les secrets de la société interlope de La Nouvelle-Orléans et ceux des familles créoles. Il contait aussi magistralement des épisodes de la guerre civile et les mésaventures des vieux soldats déçus. *Old creole days* paru en 1879 était le livre de chevet de Nancy. Joel Chandler Harris[3] accordait plus d'importance aux Noirs, et ses récits en dialecte n'étaient pas toujours compréhensibles pour des femmes de bonne éducation. Mais son héros, l'oncle Rémus et ses incursions dans la vie des animaux familiers le faisaient tolérer.

L'auteur préféré était finalement Thomas Wilson Page[4], un Virginien, Sudiste authentique, qui savait exprimer mieux que quiconque l'idéal aristocratique des planteurs. Sentimental, patriote, il était un de ceux qui empêchaient l'oubli d'ensevelir les souffrances héroïques des soldats confédérés. On lisait aussi en famille Kate O'Flaherty Chopin[5], d'origine française, qui avait été une des « belles » de Saint-Louis avant de s'établir, une fois mariée, dans une plantation située sur la route de Natchitoches. Depuis 1890, elle publiait des nouvelles. Son roman, *Le bébé de Désirée*, racontait les malheurs de celles qui, par la faute de leurs ancêtres, ont, sans le savoir, du sang noir dans les veines et faisait pleurer les âmes sensibles.

Quant à Mark Twain[6], on s'en méfiait un peu alors que l'on avait adopté sans hésitation Stefen Crane[7], chantre inspiré de la guerre de Sécession dans son chef-d'œuvre *The red badge of courage*.

Malgré leur attachement aux valeurs dûment estampillées par le Sud, les demoiselles Tampleton s'étaient déclarées, comme Gustave de Castel-Brajac, anti-impérialistes. Nancy, porte-parole habituel du trio, pronostiquait des malheurs à venir.

– Depuis peu, disait-elle, les Yankees font preuve d'une confiance orgueilleuse et d'un optimisme dangereux, les voilà partis, après Cuba et les Philippines, à la conquête d'un empire colonial, or tous les grands empires sont

1. First Louisiana Families.
2. 1844-1925.
3. 1848-1908.
4. 1853-1922 (il fut ambassadeur des États-Unis en Italie de 1913 à 1919).
5. 1851-1904.
6. 1835-1910.
7. 1871-1900.

morts écartelés. La leçon d'Alexandre et celle de Napoléon devraient les faire réfléchir.

Castel-Brajac, en tirant son gilet sur son ventre rond, renchérissait et citait la *Saturday Review* de Londres où il avait lu :

– *Il ne faudrait pas beaucoup de choses pour transformer l'image de l'aigle en celle d'un vampire qui, au lieu de nourrir ses enfants comme le pélican, se nourrit d'eux.*

– Bravo ! s'écriait Lucy qui n'avait compris que l'allusion au pélican[1] et croyait qu'on exaltait les vertus louisianaises.

Toutes ces considérations politiques ou économiques n'atteignaient pas Bagatelle engourdie par le deuil. Les jours et les semaines s'y écoulaient avec la résignation mélancolique dont Stella de Vigors donnait l'exemple. La maison vouée au silence semblait souffrir d'atonie, comme ces êtres sans désirs ni projets qui végètent, le regard vide, le geste lent, obéissant machinalement aux habitudes qui assurent d'un soir à l'autre leur survie élémentaire. Au cours de sa longue histoire, la plantation avait vécu de semblables périodes, parenthèses maussades ouvertes par une tragédie familiale et que refermait un beau matin une espérance nouvelle. L'affermage des terres supprimait maintenant jusqu'à l'animation routinière des travaux.

On ne pouvait plus se distraire comme autrefois en suivant les allées et venues des ouvriers noirs et la circulation des chariots. Les incidents, péripéties, chicanes, anicroches, célébrations ou aubaines qui font la vie des grandes exploitations se déroulaient ailleurs, chez les fermiers. Bagatelle, avec ses hangars vides, sa presse à coton rouillée, ses moulins à canne inutiles, ses écuries où l'on avait compté jusqu'à soixante mules et où s'ennuyaient les trois derniers chevaux de la famille, n'était qu'une vieille demeure démodée, au bout d'une allée de chênes sous lesquels ne passaient plus que de rares visiteurs.

Les fréquentes migraines de Stella de Vigors contraignaient les enfants et les domestiques à contenir leur exubérance naturelle. Les premiers attendaient toujours d'être loin de la maison, au fond du jardin anglais ou derrière les hangars, pour galoper à leur aise et donner libre cours aux cris et interpellations trop longtemps retenus. Les seconds portaient, suivant les ordres d'Harriet, des semelles de feutre et retenaient les portes. Le fou rire d'une soubrette ou le refrain lancé par Bella au fond des cuisines paraissaient aussi inconvenants qu'un bris de vaisselle. La maison baignait dans une ambiance monacale et chagrine.

Chaque jeudi, Bagatelle retrouvait cependant un semblant de vie quand Augustine Barthew, Marie-Virginie Tiercelin et Lucile Oswald rendaient visite à Stella, accompagnées de leurs enfants. Les jeunes femmes papotaient sur la galerie ou dans le salon, tandis que garçonnets et fillettes, surveillés par les nurses, se répandaient sous les chênes et à travers le parc. Ils jouaient à cache-cache, à chat perché ou à la balle au bond, puis goûtaient dans la « salle de derrière », ancienne office aménagée en « chambre à jeux », où Citoyen et Bella dressaient sur des tréteaux une longue table autour de laquelle pouvaient

1. Le pélican allait devenir en 1902 l'oiseau symbole de l'État de Louisiane. Il figure sur le drapeau de l'État avec la devise : « Union, justice and confidence. »

prendre place ceux qui présentaient à Harriet des mains propres et des cheveux coiffés. Les gâteaux et les confitures circulaient autour des tasses de chocolat mousseux et des gobelets de jus de fruits mais, depuis que Silas Barthew et Alix de Vigors s'étaient affrontés dans un concours de tartines, qui avait valu à chacun des concurrents une formidable indigestion, Harriet contrôlait discrètement la consommation individuelle des convives.

Au cours de ces agapes enfantines, Lorna s'arrangeait toujours pour s'asseoir à côté d'Osmond, à qui les cheveux courts et sa chute d'avant Noël donnaient une prépotence indiscutable. L'admiration que la fillette avait pour son petit camarade, au demeurant peu démonstratif, se traduisait par des attentions quasi maternelles. Elle lui beurrait ses tartines en choisissant les tranches de pain les moins grillées, car elle connaissait ses goûts et savait faire disparaître, avec un angle de serviette trempée dans l'eau chaude, les taches que le garçonnet faisait régulièrement à ses vêtements.

Osmond se laissait servir et choyer avec, en public, une sorte de condescendance polie. Lorna avait remarqué qu'il se montrait beaucoup plus aimable avec elle quand « les autres » n'étaient pas là.

Les parties de cache-cache offraient aux deux enfants des occasions de passer, tête à tête, derrière un buisson d'azalées ou sous la capote d'une vieille charrette réformée, des moments délicieux. On parlait du trésor d'Osmond ou d'un séjour projeté à Castelmore, mais aussi parfois de choses plus graves, comme la tristesse de Mme de Vigors ou les maux de dents de Céline.

Augustine avait expliqué à sa fille que le papa d'Osmond ne reviendrait jamais, qu'il était partie dans une autre vie et qu'elle devait se montrer très gentille avec l'orphelin, mot dont elle avait dû expliquer le sens. Ces confidences avaient encore renforcé l'affection de Lorna pour Osmond, mais à la première querelle qui opposa les deux enfants, parce que la fillette ne voulait pas que le petit garçon fasse tinter la vieille cloche qui autrefois appelait les esclaves au travail, elle lança :

– D'abord, tu es un orphelin !

Osmond demeura interloqué.

– Dis encore !

– Un or-phe-lin, articula Lorna.

Le garçonnet ne répondit pas, craignant que ce mot inconnu puisse figurer dans la catégorie de ceux qu'Harriet appelait « les vilains mots ». Il poussa avec rage le battant de la cloche et tira du bronze une réplique si sonore que Lorna s'enfuit en se bouchant les oreilles. Ce soir-là, il se cacha au moment du départ des invités et ne dit pas au revoir à son amie.

Plus tard, oncle Gus expliqua à Osmond qu'un orphelin est un enfant sans père. « Je suis moi-même un orphelin, commenta le Gascon, puisque mes parents s'en sont allés. » Le jeune de Vigors apprit du même coup la signification du mot mort et prit conscience de ce que cet état peut avoir de définitif.

C'est au cours du printemps qu'il reçut de l'oncle Gus sa première admonestation publique. Un après-midi, alors que Gloria et Gustave en visite à Bagatelle avec leurs petits-enfants Barthew, Lorna, Silas et Clary qui n'avait que trois ans, l'aîné, qui ne manquait pas d'imagination, proposa à ses camarades de jouer au marchand d'esclaves. Robuste et audacieux, il s'en fut chercher un gentil négrillon, fils du jardinier, qui n'osait pas se mêler aux enfants des maîtres. C'était un bambin de cinq ans crépu et vif, assez timide, dont l'immense regard brun faisait l'admiration de Bella et d'Harriet. Silas, sans prendre trop de précautions, lui lia les mains derrière le dos et le fit monter sur un banc.

Les nurses noires trouvaient toujours l'occasion de raconter aux enfants dont elles avaient la charge des histoires du temps de l'esclavage ; comment elles-mêmes avaient été vendues, quelquefois séparées de leurs parents et bien souvent contraintes à des tâches pénibles par de mauvais maîtres. Ces femmes, qui jouissaient dans les familles de la confiance, sinon de la considération, s'étendaient volontiers sur la douloureuse condition des esclaves des champs, illustrant leurs récits d'anecdotes sur les esclaves « marrons », les fuites de ceux-ci à travers la forêt avec des chiens aux trousses, les punitions infligées quand ils étaient repris. Elles concluaient invariablement en citant Abraham Lincoln qui leur avait rendu la dignité en même temps qu'octroyé une liberté qui leur permettait maintenant de servir avec dévouement les bons Blancs, catégorie à laquelle appartenaient bien sûr les parents de ceux auxquels elles s'adressaient.

Chez les Barthew, comme chez les Vigors et ailleurs dans les plantations, tous les enfants savaient très tôt que les domestiques appartenaient à une race que distinguaient non seulement la couleur de la peau, mais aussi une infériorité sociale héritée de l'esclavage.

– Voilà, cria Silas s'adressant à Osmond et à Lorna. Je suis le marchand et vous êtes les planteurs. Si vous voulez mon nègre vous devrez donner quelque chose, et c'est celui qui donnera le plus qui l'aura. Il pourra en faire ce qu'il voudra et même le battre avec un bâton s'il n'obéit pas.

Ayant expliqué le « jeu », Silas, bon comédien, se mit à vanter les qualités physiques de l'enfant noir, lui faisant ôter sa chemise et son pantalon après lui avoir délié les mains. Le fils du jardinier, baptisé James pour la circonstance, n'en menait pas large. Sa nudité en présence des petits Blancs et surtout d'une fillette le gênait considérablement. Quand il fit mine de sauter du banc, Silas le retint en le houspillant :

– Si tu bouges, tu auras vingt coups de fouet, sale nègre, cria-t-il en s'efforçant de prendre une voix effrayante.

L'enfant se mit à pleurer, ce qui émut Lorna.

– Lâche-le Silas, il est gentil.

– Non, il n'est pas gentil, les nègres pleurent toujours quand on va les vendre. Voyez messieurs et dames comme il est fort, il peut abattre un arbre et ramasser deux balles de coton par jour.

Le jeune Barthew répétait les formules entendues de la bouche de sa nounou.

Osmond, qui s'était senti gêné lui aussi quand son camarade avait forcé l'enfant noir à se dévêtir, fut le premier à se porter acquéreur.

– Je donne deux boutons dorés, dit-il d'une voix assurée.

– Et moi un ruban, renchérit Lorna en défaisant ses cheveux.

– C'est pas assez pour un beau nègre comme ça qui mange presque rien et travaille beaucoup, protesta Silas.

Osmond fouilla dans sa poche et en sortit un sifflet, Lorna retira de son cou sa médaille de baptême et la mit dans la balance. Comme Silas convoitait depuis longtemps le sifflet, James fut adjugé au garçon.

– Voilà, il est à vous monsieur le planteur, emmenez-le !

L'esclave demanda timidement s'il pouvait se rhabiller, et Osmond l'autorisa à remettre son pantalon parce qu'il avait vu sur une gravure des Noirs travaillant torse nu.

– Tu as là un bon maître, James, conclut Silas, tâche de bien le servir.

– Qu'est-ce que tu vas lui faire faire ? interrogea Lorna tandis que son frère essayait le sifflet.

Osmond réfléchit un instant puis, considérant ses chaussures maculées de poussière, ordonna :

– D'abord, esclave, tu vas nettoyer mes souliers.

Le petit Noir, qui commençait à se rassurer, arracha quelques feuilles à un arbuste et se mit à genoux devant son « maître » confortablement installé sur le banc. Lorna, mains au dos, suivait la scène, admirant l'autorité d'Osmond qu'elle imaginait coiffé d'un panama et fumant un gros cigare comme tous les planteurs des livres d'images.

C'est à cet instant qu'apparut l'oncle Gus.

– Eh bien, à quoi jouez-vous ? dit-il en voyant le fils du jardinier en train d'astiquer les chaussures d'Osmond.

Il y avait dans la voix de l'oncle Gus plus qu'une interrogation.

– C'est mon esclave, dit Osmond triomphalement, je l'ai acheté avec mon sifflet, il est à moi. Il faut que je le fasse travailler.

– Sacrebleu, jura Gustave, est-ce un jeu honnête, ça ? Relève-toi, gamin, et remets ta chemise.

Quand il vit les traces brillantes laissées par les larmes sur le visage mat du petit Noir, il lui caressa affectueusement la tête.

– Comment t'appelles-tu ?

– Hector.

– C'est un beau nom, convint l'oncle Gus, celui du fils de Priam et d'Hécube, le plus vaillant des guerriers de Troie.

– C'est pas vrai, il s'appelle James, intervint Silas, les esclaves ils ont pas de nom à eux. Et c'est moi qui l'ai capturé et vendu.

Comme Hector-James faisait mine de s'éloigner, Gustave le retint :

– Attends un peu, mon garçon, raconte-moi ce que t'ont fait ces olibrius.

L'enfant s'exécuta sans omettre un détail, en roulant des yeux inquiets. Il conclut en ajoutant qu'on ne lui avait pas fait de mal et qu'on ne lui avait rien pris.

Oncle Gus s'assit sur le banc et invita les enfants à s'approcher.

– Vous avez fait beaucoup de peine à Hector. C'est un petit garçon comme les autres qui a un papa et une maman. Ils ne seraient pas contents d'apprendre que vous en avez fait un esclave même pour jouer, pas plus que vous il n'est fait pour tenir ce rôle.

– C'est un nègre, observa Silas, et les esclaves c'étaient les nègres.

– Et alors, un nègre vaut un Blanc. Quand le bon Dieu a fait le monde, il a voulu qu'il y ait des hommes de toutes les couleurs. Il y a des Jaunes comme les Chinois et aussi des Peaux-Rouges chez les Indiens. Il y a en Afrique des grands pays où tous les gens sont noirs, et en Asie beaucoup de gens sont jaunes. Il fut un temps où les Blancs, qui se disaient plus forts et plus malins, allèrent capturer dans leurs pays des Noirs ou des Jaunes pour les forcer à travailler pour eux. Ils ont enlevé les enfants à leurs mamans et les ont enchaînés puis vendus. Vous comprenez bien que c'était mal. Imaginez que des hommes noirs ou jaunes arrivent un beau matin et vous emportent dans des pays froids pour vous obliger à couper les arbres ou cultiver leurs terres loin de vos parents. Vous seriez heureux ?

Les enfants baissaient la tête et se taisaient.

– Le bon Dieu a toujours puni ceux qui ont fait des autres des esclaves parce qu'il a voulu que tous les hommes soient égaux et vivent à leur manière. Vous comprendrez plus tard, quand vous serez grands, que notre pays a été bien puni pour avoir pris des Noirs pour en faire des esclaves. Aujourd'hui, Dieu merci, tous les hommes de chez nous, qu'ils aient la peau noire ou la peau blanche, travaillent librement pour gagner leur vie.

– Les Noirs, ils sont pauvres et ne savent rien, remarqua Lorna.

– C'est bien pourquoi il faut les aider à sortir de leur pauvreté et de leur ignorance et ne pas les rabaisser, par des jeux stupides qui ne peuvent que leur faire de la peine, en leur rappelant les mauvaises actions des Blancs. Hector est un brave garçon ; si j'avais été à sa place, je vous aurais griffé le nez, voilà.

Tous regardèrent le petit Noir avec attention comme le héros du jeu. Hector, sous le charme des paroles de ce gros homme qui avait perdu son air courroucé, estimait que, grâce à lui, il avait dû échapper à un danger indéfinissable.

– Et maintenant, reprit M. de Castel-Brajac, pour que notre ami Hector ne vous garde pas rancune, il faut le dédommager. Silas va lui donner le sifflet d'Osmond et les deux autres vont ajouter un petit cadeau et puis, vous irez tous goûter ensemble car je sais que Bella a préparé une tarte aux pécans.

Lorna était prête à donner sa médaille de baptême, mais oncle Gus expliqua que le ruban suffirait pour cette fois. Silas, qui bougonnait, fut contraint d'offrir un morceau de crayon ; quant à Osmond, il vit sans plaisir Hector emporter un sifflet inutilement sacrifié.

On fut bien étonné, les domestiques comme Stella de Vigors et Gloria de Castel-Brajac, de voir à la table du goûter le fils du jardinier. C'était bien la première fois à Bagatelle qu'un Noir partageait un repas avec des Blancs. De tous, Hector paraissait le plus gêné, mais, la gourmandise l'emportant, il fit honneur aux gâteaux et aux confitures et Gustave ne fut pas mécontent de faire remarquer qu'il tenait convenablement sa fourchette, ne léchait pas sa cuiller comme Silas, ne bavait pas sur sa chemise comme Osmond et ne répandait pas de miettes – « de quoi nourrir une poule » – comme Lorna.

L'incident fut longuement commenté par les adultes le soir au dîner, quand le jardinier eut rapporté le sifflet d'Osmond et le ruban de Lorna en expliquant d'un ton un peu sec « qu'on ne devait rien à son fils ». Il tint désormais Hector à l'écart des jeux des petits Blancs.

Pendant que leurs enfants jouaient, se chamaillaient ou goûtaient, Augustine, Marie-Virginie, Lucile et Stella, toutes anciennes élèves des ursulines et qualifiées par les sœurs Tampleton de « femmes modernes », n'avaient pas pour sujets de conversation que leurs toilettes, les espiègleries de leurs rejetons ou leurs difficultés ancillaires. Elles faisaient de la musique, échangeaient des livres et commentaient les articles lus dans *The ladies home journal* et parfois dans les quotidiens de leurs maris. Les potins paroissiaux ne prenaient pas dans leurs entretiens l'importance qu'on leur accordait habituellement au cours des tea-parties des dames de plantations. Par respect pour le deuil de Stella, elles évitaient les fous rires qui les prenaient autrefois quand, jeunes filles, elles se divertissaient aux dépens des « bigots à tête étroite » ou des vieux marcheurs qui les guettaient à la sortie du collège.

Pour ces jeunes femmes « à la page », le lancement du paquebot *Oceanic* de la White Star Line avait davantage retenu l'attention que le second procès du capitaine Dreyfus et la grâce accordée à l'officier calomnié par M. Émile Loubet. Et, cependant, cette affaire d'espionnage, qui avait profondément divisé les Français et déterminé la plus grave crise politique de la Troisième République, avait des répercussions en Louisiane où l'on rencontrait, chez les créoles d'origine française, des dreyfusards et des anti-dreyfusards, moins vindicatifs mais aussi entêtés que ceux qui s'affrontaient à Paris.

Lucile, qui revenait d'un voyage en Europe, ne tarissait pas d'éloges pour un compositeur français, Maurice Ravel, dont elle appréciait particulièrement une pièce pour piano, *Pavane pour une infante défunte*. Excellente pianiste, la plus jeune fille des Castel-Brajac avait rapporté la partition acquise chez Max Eschig, 48, rue de Rome à Paris, et jouait souvent pour ses amies cette mélodie d'une tristesse distinguée qui convenait parfaitement à l'état d'âme de Stella.

Lucile interprétait aussi quelques airs d'une œuvre lyrique de Giacomo Puccini : *Manon Lescaut*. Mis en musique, le drame de cette fille de petite vertu venue mourir d'amour en Louisiane troublait les cœurs des jeunes femmes romanesques. *Le vent dans les roseaux* de Yeats ou *La Joconda* de Gabriele d'Annunzio l'intéressaient davantage que *La soirée avec M. Teste* d'un certain Paul Valéry dont l'indifférence à l'égard du monde l'attirait sans la convaincre.

Augustine n'avait visité que New York où, pour la première fois de sa vie, elle avait pris place dans un ascenseur hydraulique de M. Otis. Étourdie par le grouillement de la grande ville, elle soutenait que les New-Yorkais, saisis d'une passion pour l'automobile et les tramways électriques, finiraient par mourir étouffés entre leurs deux rivières.

Marie-Virginie, toujours affligée de ne pas avoir d'enfants et de nature moins exubérante que ses compagnes, partageait davantage, en tant que sœur de Gratien, la détresse de Stella. Elle redoutait de perdre son mari, car Amédée Tiercelin s'impatientait, après neuf années de mariage, de ne pas avoir d'héritier. Chaque mois, la déception faisait suite à une vague espérance, et ces jours-là, Marie-Virginie venait pleurer sur l'épaule de Stella. Le vieux Tiercelin engageait son fils à la répudiation pure et simple d'une épouse stérile et, si le mot « divorce » n'avait pas encore été prononcé, c'était par respect pour le sénateur Charles de Vigors. Depuis que ce dernier avait annoncé son intention de se retirer de la vie politique, Amédée Tiercelin considérait que Marie-Virginie n'était plus le beau parti qu'il avait choisi.

— S'il me répudie, confiait la jeune femme à sa belle-sœur, je me ferai religieuse comme Louise-Noëlle.

— S'il te répudie, comme Napoléon a renvoyé Joséphine, Amédée ne se conduira pas en gentleman, commentait Stella.

– Il faut se mettre à sa place, on se marie pour avoir des enfants.

– On se marie pour le meilleur et le pire. As-tu parlé à ton père de l'éventualité d'un divorce ?

– Oh ! mon père... oui, je lui en ai parlé.

– Et qu'a-t-il dit ?

– Il m'a dit « Qu'il aille au diable » et m'a conseillé de prendre un amant.

12

Au début de l'automne, tandis que les fortes pluies s'abattaient sur la paroisse de Pointe-Coupée prenant parfois, à cause du vent violent, toutes les apparences de la tornade, M. Oliver Oscar Oswald fit une nouvelle démarche auprès de Mme de Vigors, en vue d'acquérir les cinq mille acres du domaine qu'il convoitait depuis longtemps.

Stella délégua aussitôt Gustave de Castel-Brajac en l'incitant à se montrer moins intransigeant sur le prix demandé. Bien qu'il lui en coûtât, car le Gascon détestait la pluie au moins autant que son cheval, oncle Gus fit attacher le cabriolet dûment capoté. Enveloppé dans une houppelande de toile huilée, il se mit en route, un flacon d'armagnac en poche. Il n'avait pas rencontré le beau-père de Lucile depuis plusieurs mois. Ce dernier ne sortait guère de chez lui depuis l'épilogue du meurtre de Lorette Brent. Quand le Gascon se retrouva en présence de Triple Zéro, il put mesurer combien l'ancien *carpetbagger* avait changé. Le visage autrefois hilare et coloré d'Oswald était gris et boursouflé. Les chairs paraissaient flasques et le regard ressemblait à celui d'une bête malade. Le sourire de bienvenue qu'il adressa à Gustave était forcé, et la poignée de main autrefois si vigoureuse manquait de conviction. M. de Castel-Brajac constata qu'il avait abandonné l'usage du corset qui – les bonnes langues l'avaient toujours affirmé – l'aidait à maintenir son embonpoint dans un volume acceptable.

Il semblait avoir renoncé également à teindre ses cheveux qui prenaient, à la lumière des lampes, une curieuse couleur de perruque usée que Gustave qualifia mentalement de « queue de vache ». De la virilité vulgaire et bon enfant des aventuriers du fleuve, M. Oswald était passé en apprenant un peu de manières et en imitant beaucoup de tics à une préciosité pataude de provincial.

Il ne lui restait rien de son assurance primitive et le vernis bourgeois s'était effrité. Il ressemblait à un dix-cors talonné par la meute de ses vanités déçues.

– Nous allons nous mettre d'accord rapidement, dit-il d'une voix lasse, je suis prêt à payer le prix que vous m'avez demandé, soit 350 000 dollars. Mon notaire ira voir Stella dès qu'elle voudra le recevoir.

Par manière de distraction et parce qu'il ne détestait pas le marchandage, Gustave observa :

– A ce prix, vous faites encore une meilleure affaire qu'il y a quelques mois, le coton a pris 30 % et se vendra cette année à New York au moins 7 cents la livre.

– Il y aura une forte proportion de coton taché de moindre qualité. Il a beaucoup plu cet été.

— Oh ! je ne discute pas, nous nous en tenons à 350 000... N'empêche que vous faites, je crois, une bonne affaire.

— Admettons, fit Oswald conciliant.

Puis il ajouta d'une voix qui tremblait un peu :

— Comme je vais passer la main à Omer, c'est votre fille et nos petits-enfants qui en auront le bénéfice. Je mettrai ça dans la corbeille de baptême d'Hortense.

— C'est généreux à vous puisque ma fille vient de donner à Aude une petite sœur, nous nous réjouirons ensemble. J'aurais préféré qu'elle nous fît un garçon. Mais ça viendra peut-être.

Comme l'entretien risquait d'être clos avant que l'on eût évoqué le sujet auquel pensaient sans oser l'aborder les deux hommes, Gustave ouvrit le jeu.

— J'ai su par Brent, à la veille de sa mort, ce que vous avez fait pour vous rédimer. C'est bien. Et j'ai constaté que tous vos engagements avaient été tenus.

— Vous trouvez que c'est bien... peut-être... mais j'ai dû tuer un nègre et me séparer de mon fils pour éviter le déshonneur à mes autres enfants... et cela sans pouvoir me confier à ma femme. J'ai même brûlé le bateau à la voile jaune... Je n'ai plus rien d'Odilon et jamais je ne le reverrai...

Gustave leva les yeux sur le panneau où était accrochée quelques mois plus tôt la peinture qui lui avait fourni la clef de l'énigme de la mort de Lorette. A sa place, il vit une gravure assez mièvre représentant le *Mayflower* voguant vers l'Amérique.

M. Oswald, tassé dans son fauteuil à haut dossier, les mains à plat sur son sous-main, ressemblait à ces poussahs de peluche que l'on gagne dans les loteries foraines. Gustave eut soudain pitié de cet homme qu'il avait contribué à abattre.

— Je crois à la réversibilité des mérites comme au rachat des fautes. Les pères n'ont que rarement les fils qu'ils souhaitent avoir. Moi-même, croyez-vous que j'ai tant de satisfaction avec Félix ?

Si Gustave évoqua l'existence marginale du frère d'Augustine et de Lucile, dont on parlait peu, même en famille, ce fut pour offrir au père d'Odilon, avec une preuve de compréhension, l'accès à ses propres sentiments. C'était sa façon délicate et amicale d'aider Oswald à sortir de la solitude morale où son secret le tenait enfermé.

Certes Félix de Castel-Brajac, âgé à ce jour de vingt-deux ans, ne ressemblait guère au fils du *carpetbagger*, mais il s'était mis lui aussi en dehors des normes familiales et poursuivait en Europe une existence qui, sans être scandaleuse, eût été jugée peu convenable par la bonne société louisianaise, si les commères des plantations en avaient eu connaissance.

Comme le fit remarquer Oswald, qui ne savait rien des déceptions intimes de son vis-à-vis, Félix n'avait jamais commis de mauvaises actions.

— C'est un gentil garçon, d'après ce que m'a dit Omer qui était au collège Poydras avec lui.

Enfant sage et docile, Félix était devenu un adolescent que l'on remarquait pour sa beauté, son élégance et ce regard velouté qu'il tenait de sa mère à laquelle il vouait un amour exclusif et inquiet. D'une sensibilité extrême et frémissante, il avait montré très tôt des goûts raffinés, une compréhension innée des œuvres d'art, une aptitude à s'exalter à leur contact, un attachement quasi sensuel aux objets élus dont il s'entourait et qui constituaient son musée personnel. Aussi, quand après avoir brillamment conquis ses grades universitaires, Félix avait demandé à son père de l'envoyer à Oxford pour y étudier l'histoire de l'art en fréquentant l'Ashmolean Museum et la Bibliothèque bodléienne, sa requête avait été acceptée. C'est à Oxford qu'il avait rencontré un maître selon son cœur. Un professeur d'architecture, disciple de Ruskin, célibataire aisé aux goûts aristocratiques, qui s'était entiché de ce jeune Américain portant un illustre nom français. Leur intimité fit un moment jaser au Brasenose College et dans quelques autres, surtout quand le 26 juin 1898 Félix avait fêté son vingtième anniversaire en commémorant par une lecture de *Ravenna* le triomphe qu'avait obtenu, au même endroit, vingt ans plus tôt, jour pour jour, l'auteur de ce poème, un certain Oscar Wilde.

Dans la concomitance entre cet événement oxfordien et sa venue au monde, Félix de Castel-Brajac avait aussitôt distingué un de ces signes subtils que le destin adresse à ceux qui ont tôt choisi de servir la beauté. Au moment où M. de Castel-Brajac s'attendait à voir revenir en Louisiane son fils nanti des diplômes les plus flatteurs, Félix lui écrivit qu'il s'en allait apprendre la vraie civilisation en Grèce et en Italie, avec son professeur qui s'était libéré de ses fonctions universitaires pour se consacrer exclusivement à son élève préféré. De temps à autre, Gloria recevait de longues lettres de l'esthète, souvent accompagnées de coupures de presse élogieuses, car Félix dessinait d'admirables motifs pour les fabricants de soieries et, parfois même, des robes ou des meubles que les Romaines et les Florentines s'arrachaient à prix d'or.

– Où se trouve-t-il présentement ? demanda Oswald.

– A Venise, où il compte passer deux années à se pénétrer des charmes colorés de la lagune entre deux concerts à la Fenice et la contemplation de Carpaccio, du Titien, du Tintoret ou de Véronèse, tout en se livrant, j'imagine, à des ratiocinations ruskiniennes et à quelques autres plaisirs dont il ne dit pas un mot.

– Il n'y a rien là de déshonorant, observa Oliver Oscar, et, si vous n'êtes pas satisfait par un tel fils, c'est que vous êtes difficile, d'autant plus que, si j'ai bien compris, il ne vous demande pas d'argent ?

– Il dit gagner très largement sa vie et son... professeur... est très riche.

– Il ne lui reste plus qu'à faire un beau mariage ! conclut Oswald auquel la moue de Castel-Brajac paraissait déplacée.

– Ah ! macadiou, je serais bien le plus heureux des hommes s'il épousait même la fille d'un gondolier ! Mais je crains que ses goûts ne le portent à une irrévocable misogamie.

– Qui sait, il sera peut-être plus heureux que nous. Certains soirs, je me dis que j'aurais mieux fait de continuer à vivre au jour le jour, au gré des aventures plutôt que de me mettre, comme je l'ai fait, une famille, un domaine et une fortune sur le dos.

Gustave prit un air faussement courroucé.

– Eh bien moi, je me dis que pour être vraiment libre, il faudrait naître orphelin et stérile.

M. de Castel-Brajac laissa au père d'Odilon une bonne minute pour méditer cet aphorisme provocateur puis, sa jovialité naturelle reprenant le dessus, lança en roulant les r :

– Millediou Oswald, redressez-vous, vous ne m'avez même pas proposé un verre à boire. Vous ne voudriez tout de même pas que j'aille me désaltérer à l'eau de votre gouttière ?

Le jour même où Stella de Vigors signa la cession à M. Oliver Oscar Oswald, pour la somme de 350 000 dollars, plus les frais, « de cinq mille acres de bonne terre à coton constituant une parcelle d'un seul tenant qui devrait être close par l'acheteur aux fins de garantir la tranquillité du propriétaire mitoyen », on apprit à Bagatelle le désastre de Galveston (Texas). Les pluies torrentielles qui tombaient sur la Louisiane n'étaient que l'épanchement d'un ouragan et d'un raz de marée qui avaient déferlé le 8 octobre sur la côte du Texas. Les nouvelles les plus alarmantes parvenaient de Galveston anéantie par la tempête. On disait déjà qu'il s'agissait de la pire catastrophe naturelle jamais subie par les États-Unis. La ville inondée n'était qu'un amas de ruines. Des vagues de quinze pieds de haut poussaient, jusque dans les rues les plus éloignées de la côte, des cadavres défigurés. A dix-huit heures quinze, le 8 octobre, le vent s'était mis à souffler à cent miles à l'heure pour atteindre, entre dix-neuf heures trente et vingt heures trente, la vitesse maximale de cent vingt miles à l'heure. On parlait de six à huit mille morts sur les trente-sept mille habitants que comptait la ville. Les survivants fuyaient vers l'intérieur, emportant ce qu'ils pouvaient sauver dans une ambiance de fin du monde en essayant de se protéger des tuiles, des briques, des poutres, des tonneaux que la tempête propulsait sur des centaines de mètres. Ce cataclysme meurtrier fit oublier les deux cents mineurs qui avaient péri le 1er mai dans l'explosion de la mine de Scotfield (Utah), la rébellion des boxers en Chine, où, en accord avec sa politique de « porte ouverte », le gouvernement venait d'envoyer un détachement de *marines*, et le premier tournoi de la Coupe Davis que les tennismen américains avaient gagné à Longwood (Massachusetts). Quand le 6 novembre William McKinley fut réélu président des États-Unis en l'emportant largement sur son rival démocrate, William Jennings Bryan, et que Theodore Roosevelt accéda à la vice-présidence, les Sudistes, qui venaient de voter pour Bryan en souhaitant McKinley, se déclarèrent satisfaits. Ils estimaient que « McKinley était un homme de l'Ouest avec les idées de l'Est, et M. Roosevelt un homme de l'Est avec les idées de l'Ouest ». Le second mandat du président McKinley garantissait en effet la continuité d'un style d'administration qui avait apporté la prospérité au pays. On lui pardonnait sa détestable habitude de fumer des cigares noirs et puants, et sa façon démagogique de changer d'opinion toutes les fois qu'il était convaincu que l'opinion de la majorité avait changé.

Charles de Vigors, retiré de la vie politique, approuvait cette dernière attitude que les détracteurs du républicain qualifiaient d'hypocrite, car, disait-il, « il sent le vent et c'est là ce qui prouve ses capacités d'homme d'État, le président devant être le serviteur du peuple ». Castel-Brajac, quant à lui, le trouvait « gélatineux » et considérait qu'il se laissait trop facilement gouverner par ses conseillers.

Mais l'intérêt que le Gascon portait à la vie politique ne dépassait guère le cadre des propos de table. L'éducation d'Osmond lui importait davantage. Depuis que Stella avait engagé une institutrice chargée d'apprendre à lire et à écrire au garçonnet et à sa sœur aînée, Alix, M. de Castel-Brajac s'impatientait.

– De mon temps, c'étaient les mères qui apprenaient à leurs enfants les lettres et les chiffres, avant de les confier à un précepteur qui devait leur ouvrir l'esprit.

Le Gascon fut comblé quand Mme de Vigors lui proposa au printemps 1901 de prendre en main l'éducation de son fils, afin de préparer ce dernier à entrer au collège.

Gustave de Castel-Brajac était doué pour l'enseignement. Ses conceptions pédagogiques relevaient, en partie seulement des principes de Jean-Jacques Rousseau, car il ne pardonnait pas à cet égoïste génial d'avoir porté aux Enfants Trouvés les cinq bébés nés de ses amours distraites avec cette godiche de Thérèse Le Vasseur. Néanmoins, il admettait, avec l'auteur d'*Émile*, que la nature est le premier maître et l'instinct le révélateur objectif et désinvolte des besoins du corps, des exigences des sens, de l'indépendance, de l'imagination et des élans du cœur. Comme Pestalozzi, il estimait que la spontanéité d'un être neuf doit être effectivement contrôlée pour ne pas dériver jusqu'aux vices.

Avec Rollin, il soutenait que « l'éducation doit apparaître comme une maîtresse douce et insinuante, ennemie de la violence et de la contrariété, que l'éducateur doit agir par persuasion en parlant toujours raison et vérité ». Entiché des auteurs grecs et latins, il comptait, comme Quintilien, sur la « compréhension aimante » de son élève pour l'amener, ainsi que le souhaite Terence, « à faire bien plutôt de son plein gré que par la crainte d'autrui ». Il trouvait le but à atteindre à la fois dans Cicéron et chez Montaigne, le premier prônant cette curiosité d'esprit qui fait « les adolescents gorgés de sève », le second soutenant que « vivre à propos, c'est se connaître pour se dominer et conserver sa liberté intérieure ».

M. de Castel-Brajac se voulait le mentor d'un nouveau Télémaque. Son goût pour la démonstration, sa faconde, l'ardent désir qu'il avait de faire partager à Osmond ses connaissances, la confiance que lui inspirait cet enfant chez lequel il souhaitait retrouver la force de caractère de Virginie et la noblesse de Dandrige le portaient à ce préceptorat. Il s'engagea donc à préparer le futur maître de Bagatelle à entrer chez les jésuites, garantissant à Stella qu'avant l'âge de douze ans il saurait assez de latin, de français, d'anglais et de sciences pour faire bonne figure au collège. Il comptait bien procéder par « leçons de choses » plus que par des cours afin de stimuler la curiosité de son élève.

C'est ainsi que, pour illustrer au plus vite sa méthode, il obtint au cours de l'été 1901 d'emmener Osmond voir à Jennings, près du lac Charles, le premier puits de pétrole louisianais. Pour le garçonnet, ce fut une fête. Le trajet de Bagatelle à Jennings constituait une véritable expédition ferroviaire. Le landau de Bagatelle conduisit Osmond et oncle Gus, qui avait veillé personnellement à la confection des bagages, jusqu'à New Roads où ils montèrent dans le Louisiana and Arkansas Railroad qui les transporta à Bâton-Rouge.

Leurs places étaient retenues dans un pullman du Texas and Pacific qu'ils abandonnèrent à Thibodeaux pour sauter dans le Southern Pacific qui, par La Nouvelle-Ibérie, les porta jusqu'à Jennings.

– Si nous étions des oiseaux, expliqua Gustave, nous serions arrivés depuis belle lurette, mais le chemin de fer doit contourner la zone des bayous qui s'étend sur des miles carrés de chaque côté du fleuve Atchafalaya.

Les bayous, ces étendues d'eau faussement stagnantes, hérissées de cyprès chauves – squelettes bien vivants d'arbres imputrescibles dépourvus de feuilles – et parsemées d'îlots mauves, massifs flottants de jacinthes, Osmond les découvrit le nez écrasé sur la vitre du compartiment. En traversant les paroisses de Terrebonne et de Sainte-Mary, il apprit le nom de quelques beaux oiseaux : pélicans bruns, flamants roses, mouettes, canards, hérons gris. L'avocette, avec son bec effilé et d'une courbure comique, lui plut particulièrement. Oncle Gus lui expliqua que ces particularités ne sont pas des caprices de la nature, mais correspondent à une nécessité vitale. Pour marcher dans les marais sans se mouiller le ventre, les échassiers possèdent de hautes pattes et, pour se nourrir de vers ou de minuscules poissons, leur bec démesuré leur rend de grands services.

– Rien de ce que nous pouvons voir dans la création n'est inutile, proclama le Gascon, résumant ainsi pour son élève sa première leçon de sciences naturelles.

Jennings n'était qu'un village fondé en 1884 par un certain Jenning McComb, ingénieur des chemins de fer chargé par le Southern Pacific Railway de construire la ligne qui traversait le sud-ouest de la Louisiane. Situé à cinquante miles du golfe du Mexique et à trente-cinq du lac Charles, il était peuplé d'anciens ouvriers des chemins de fer venus autrefois de l'Iowa, du Missouri, de l'Indiana et du Kentucky, et de cultivateurs d'origines française et allemande. Au cœur d'une zone où l'on cultivait le riz et le maïs, il produisait aussi des fleurs, notamment de beaux lis très prisés par les belles de La Nouvelle-Orléans. La petite cité ne possédait pas d'hôtel confortable, mais oncle Gus et Osmond avaient prévu de loger chez les fils de Paul Dubard, dit « Boudin ». Ils exploitaient une scierie annexe de la Cypress and Oak Company fondée par leur père sur la rivière des Perles. Leur demeure, située au bord du bayou Hermentau, était peuplée, comme toutes les habitations de la famille, par une foule d'enfants joueurs et braillards.

– Où qu'on aille à travers l'État, disait Castel-Brajac, on est toujours certain de trouver un Dubard apte à vous héberger et à vous nourrir. Dieu bénisse les grandes familles.

Osmond et son mentor, chaleureusement accueillis, ne furent pas peu étonnés de trouver, installé pour quelques jours chez leurs hôtes, le sénateur de Vigors.

– Quelle surprise, dit oncle Gus qui, sachant la fragilité des liens qui unissaient Charles à la famille de sa femme ne tenta pas de dissimuler sa stupéfaction.

– Je suis comme vous, répliqua Charles, je m'intéresse au pétrole.

Quelques mois auparavant, l'huile noire avait tiré Jennings de sa torpeur. Les frères Heywood, qui croyaient à la présence de pétrole dans le sous-sol de la région, avaient foré un puits de mille huit cents pieds de profondeur à six miles au nord du village. Depuis le début d'août, le liquide visqueux et malodorant, qui faisait la fortune de M. Rockefeller et de ses associés, jaillissait impétueusement, et l'on emplissait des barils tout en luttant contre l'ensablement du forage.

Ce n'était pas à vrai dire le premier pétrole rejeté par le sol louisianais. En 1812, on avait détecté la présence d'huile et de gaz naturel, et en 1839, l'*American Journal of Science* avait rapporté que des « sources » de pétrole existaient sur les berges de la rivière de Calcasieu se jetant dans le lac Charles. En octobre 1865, un certain J. W. Mallet avait payé 20 000 dollars le droit de rechercher un pétrole difficile à trouver, ce qui l'avait contraint à passer la main à la Louisiana Petroleum and Coal Company en juin 1866. Cette société, après trois années d'efforts et un forage de mille deux cent trente pieds de profondeur, n'ayant identifié que quelques traces d'huile et de soufre, s'était récusée.

Plus heureux avait été le capitaine Anthony F. Lucas qui, s'inspirant des méthodes texanes, avait dressé un derrick à Anse-la-Butte, près de Breaux Bridge. Le 10 janvier 1901, le pétrole avait jailli d'une façon spectaculaire, créant une immense sensation dans le public, faisant naître des vocations de prospecteurs, assurant subitement une nouvelle source de profits aux spéculateurs fonciers. Au mois d'août, au moment où les frères Heywood confirmaient à Jennings la richesse pétrolière de la région, on comptait déjà en Louisiane soixante-treize compagnies spécialisées représentant un capital de 44 063 000 dollars.

Charles de Vigors et son amie Marie-Gabrielle, toujours en quête de placements fructueux, figuraient au nombre des actionnaires de plusieurs sociétés, d'où l'intérêt porté par l'ancien sénateur au forage de Jennings. Le pétrole n'était plus, comme un demi-siècle auparavant, un « merveilleux remède contre les rhumatismes et le cancer » que vendaient les charlatans – dont le père de M. Rockefeller – dans les baraques foraines. C'était le nectar naturel qui animait les moteurs des bateaux à vapeur et des automobiles qui allaient se multipliant.

Osmond découvrit en même temps que l'oncle Gus le derrick des frères Heywood : un échafaudage pyramidal, haut de quatre-vingt-deux pieds, en forme de tour, auprès duquel fonctionnait une machine à vapeur entraînant une pompe branchée sur un tuyau enfoncé dans le sol. A l'aide de tubes qui composaient le conduit vertical, le sol avait été vrillé par un trépan qui grignotait l'écorce terrestre comme un ver s'introduit dans un fruit. Un ingénieur expliqua que le gros tuyau qui servait de base au puits avait un diamètre de six pouces, mais que celui des tubes ajoutés au fur et à mesure de la progression du forage n'était que de deux pouces. Le pétrole pompé était stocké dans des cuves puis grossièrement filtré et mis en baril. Les frères Heywood comptaient produire au moins cent mille barils par an à 35 cents le baril. Déjà, ils avaient dressé d'autres derricks en association avec les frères Moresi à Jeannerette. On envisageait de construire une raffinerie et un pipe-line pour écouler plus aisément la production.

Le séjour de Charles de Vigors à Jennings n'avait pas pour but qu'une simple inspection d'un chantier dont il était un des commanditaires. Ses conversations avec les ingénieurs avaient pour objet de décider l'un de ces spécialistes en géologie à faire une étude, si possible discrète, du territoire de Bagatelle, région où personne n'avait encore eu l'idée de rechercher du pétrole. Oncle Gus et Osmond quittèrent Jennings et les charmants Dubard sans rien savoir des projets de M. de Vigors, ni des accords qu'il avait pu passer avec certains « pétroliers ».

La deuxième leçon de choses de M. de Castel-Brajac donna sur le vif à son jeune élève relevait de l'éducation civique. Depuis quelques années, les paroisses et certaines villes avaient décidé d'élever des monuments rappelant le souvenir des soldats confédérés tombés pendant la guerre civile. Les autorités de Pointe-Coupée, ne voulant pas être en reste, avaient ouvert une souscription publique et chargé un sculpteur italien de concevoir et de réaliser une statue. La paroisse disposait de nombreux héros, mais c'est l'histoire du plus jeune, Walter Redburn, qui inspira le mieux l'artiste. Au jour de l'inauguration du monument, toute la famille Redburn était présente, et l'honneur revint à Clara Oswald, sœur du défunt, de dévoiler la statue. La musique militaire derrière les drapeaux de l'Union et l'emblème inoffensif et sacré de l'ex-Confédération, les discours emphatiques des élus, l'exhortation émouvante d'un vétéran, les gerbes de fleurs, les toilettes claires des femmes furent pour Osmond l'occasion de faire connaissance avec les manifestations de patriotisme. Clara et ses frères eurent quelque difficulté à retrouver dans le masque viril et volontaire du soldat de granit, figé dans la position de la sentinelle, les traits du jeune Walter. Pour donner à son œuvre quelque caractéristique de l'adolescence, le sculpteur avait cru bon de représenter son modèle vêtu d'une tunique aux manches trop courtes et coiffé d'une casquette à la visière cassée.

– Mon Dieu, comme il est fagoté dirent en chœur les demoiselles Tampleton très déçues que l'oncle Willy, glorieux manchot, n'ait pas été retenu pour figurer sur le piédestal.

M. Oliver Oscar Oswald, dont c'était la première apparition en public depuis longtemps, et qui n'avait pas connu ce beau-frère mort trop jeune, confia à Castel-Brajac qu'il avait dû payer la moitié du monument, la souscription n'ayant pas rapporté suffisamment d'argent.

– Je l'ai fait pour Clara, ajouta-t-il, mais je trouve que les morts me coûtent cher ces temps-ci en monuments funéraires.

La musique de la garde nationale de Louisiane, qui avait interprété sans grande conviction l'hymne fédéral *The star-spangled Banner*, mit plus d'ardeur dans *Dixie*, l'hymne du Sud, dont les assistants reprirent spontanément le refrain. Ce jour-là, tous ceux de la paroisse de Pointe-Coupée qui conservaient le souvenir des sacrifices inutiles de la guerre civile communièrent dans un élan de foi sudiste. Osmond vit pour la première fois des hommes pleurer en entendant un vétéran lire d'une voix grave un poème de Mme Thomas B. Pugh de Napoléonville intitulé *Nos deux bannières*. La poétesse, qui composait en anglais, exhortait les citoyens à se rassembler autour de « Old Glory »[1], sans oublier pour autant la bannière de la défunte Confédération aujourd'hui paisible et ferlée, mais toujours douce aux cœurs sudistes. « Nous savons – disait le poème – que les hommes qui la brandirent étaient nobles, sincères et courageux et que les immortelles qui la parent recouvrent aussi les tombes des héros. »

C'était là, estimèrent les auditeurs, une belle profession de foi, démontrant que les anciens confédérés étaient de bons et loyaux citoyens de l'Union, mais qu'ils possédaient avec l'héritage sudiste quelque chose dont les Nordistes seraient toujours dépourvus.

Commentant cette journée lors du barbecue qui, comme au bon vieux

1. Le drapeau des États-Unis. Aurait été nommé ainsi, en 1824, par William Driver, un officier de marine, de Salem (Massachusetts).

temps, succéda aux cérémonies publiques, Nancy Tampleton rappela un dicton qui résumait assez bien, pour les jeunes générations, l'attachement atavique des gens du Sud à leur sol et à leurs mœurs : « On peut toujours sortir un Sudiste de son Sud, mais on ne peut pas extirper le Sud d'un Sudiste. »

– Le fait est, commenta Castel-Brajac, que l'esprit sudiste est comparable à l'esprit de famille. Chaque fois qu'un « étranger », c'est-à-dire quiconque est né hors des treize États confédérés, formule une critique contre le Sud, chaque Sudiste la prend comme une attaque personnelle et réagit en tant que représentant du Sud tout entier.

– En bon français, cela s'appelle du chauvinisme, observa Amédée Tiercelin.

– Eh bien, c'est une affaire entendue, nous sommes chauvins et entendons le rester. Nous avons payé ce droit assez cher, non ! répliqua le juge Clavy dont deux frères avaient été tués à Chancellorsville.

Au cours du dîner que donnèrent, au soir de l'inauguration du monument du soldat confédéré, les Castel-Brajac dans leur grande maison de Fausse-Rivière, Gustave remarqua la mine défaite de Marie-Virginie Tiercelin, dont ni le père, l'ancien sénateur de Vigors, ni la mère, que tout le monde appelait tante Liponne, ne s'étaient déplacés. Entre deux portes, Gloria confia à son mari la cause de la tristesse de la jeune femme. Amédée Tiercelin, son mari, lui avait déclaré sans ambages qu'il se verrait dans l'obligation de chercher une nouvelle épouse si, d'ici la fin de l'année, Marie-Virginie ne portait pas dans ses flancs la promesse d'un héritier.

– Étant le seul mâle de la famille, « il me faut un ventre », avait-il déclaré avec emphase reprenant une expression historique.

Aussi, beaucoup de convives, vaguement informés, se sentirent-ils mal à l'aise quand le vieux Tiercelin se lança avec son manque de tact coutumier dans l'analyse qu'il voulait humoristique de la folie nobiliaire qui, depuis quelques années, semblait s'être emparée des parvenus de New York, de Chicago ou de Pittsburgh. Sans tenir compte non plus de la présence d'Oswald – ce qui pouvait confirmer l'intégration de ce dernier dans la bonne société aussi bien que faire sentir le peu de cas qu'on faisait de l'ancien *carpetbagger* –, Tiercelin énuméra les moyens que les « swells »[1] utilisaient pour passer dans la classe des « nobs ». Beaucoup s'efforçaient, avec la complicité de généalogistes imaginatifs, de fabriquer des lignées honorables. Le banquier J.P. Morgan avait ainsi été pourvu, par un spécialiste qui faisait autorité, d'un blason et d'une douzaine de quartiers de noblesse qui figuraient dans un ouvrage inspiré du Gotha. De la même façon, M. William Astor était censé descendre d'un grand d'Espagne, le chevalier d'Astorga, alors que la fortune de la famille avait pour origine les escroqueries du grand-père Jacob Astor, un boucher immigré qui grugeait les Indiens et s'emparait des terres des pauvres paysans. Un baron de l'acier, dont la seule caractéristique héréditaire était un long nez pointu, s'était même constitué une galerie d'ancêtres en achetant chez les antiquaires anglais des portraits d'amiraux, d'évêques ou de notables dont l'appendice nasal ressemblait au sien et à ceux de ses descendants.

---

1. Parvenus.

D'autres, qui pensaient à la postérité, envoyaient leurs filles en Europe pour « acheter un noble sur pied ». C'est ainsi que M. Jay Gould, le magnat des chemins de fer, avait marié sa fille Anna, dont les revenus annuels atteignaient 3 millions de dollars, à Boniface de Castellane, petit-neveu de Talleyrand, petit-fils d'un maréchal de France et authentique descendant du duc d'Epernon. Ce mariage flatteur n'était pas des plus heureux, affirma M. Tiercelin. Le coureur de dot pommadé et vaniteux se conduisait, disait-on, avec son épouse américaine comme un voiturier n'aurait osé traiter la sienne. De la même façon, Consuelo Vanderbilt, fille d'un autre « prince du rail », était devenue duchesse de Malborough.

Des centaines de mariages tristement intéressés avaient ainsi été « arrangés » par des marieuses parfois titrées qui n'hésitaient pas à mettre en présence dans leurs salons de Londres ou de Paris des jeunes Américaines fortunées et des fils de famille paresseux et désargentés à l'affût d'un bon parti.

– C'est ainsi, conclut M. Tiercelin, que chaque année une partie de la fortune américaine quitte le pays et que se fondent des foyers bouffons.

La belle-mère de Marie-Virginie, dont les goûts en matière de peinture se limitaient aux mièvres productions des aquarellistes de plantation, prit le relais de son mari. Elle déplora que des gens comme MM. Henry O. Havemeyer, roi du sucre, William C. Whitney, un des maîtres de Wall Street, ou Andrew Mellon, empereur de l'aluminium, dépensassent des sommes fabuleuses pour « paraître ». Ces millionnaires ornaient en effet leurs immenses maisons de Rembrandt ou de Fragonard, de statues romaines, de vitraux médiévaux acquis auprès de moines simoniaques ou importaient, après les avoir fait démonter pierre à pierre, des cloîtres cisterciens.

– *Vanitas vanitatum*, cita Clarence Barthew en souriant.

On en vint, comme souvent à la fin des repas, à parler politique et à commenter la réélection de McKinley et l'accession à la vice-présidence de Theodore Roosevelt. A ce propos le juge Clavy, qui avait un talent particulier pour conter les anecdotes, mit en scène une fois de plus devant les convives les antagonistes démocrates et républicains.

– Comment se fait-il, m'a demandé l'autre jour un avocat de Boston, que tous les gens du Sud soient démocrates. Chez nous, dans le Nord, il y a des républicains, des démocrates, des agrairiens, des indépendants, des progressistes. Je lui ai répondu que, mon arrière-grand-père étant démocrate, mon grand-père démocrate et mon père démocrate, j'étais naturellement démocrate.

– « Supposons que votre père ait été un voleur de chevaux, m'a dit le juriste, que votre grand-père ait été un voleur de chevaux, etc., que seriez-vous donc maintenant ? » Je pense que dans ce cas je serais républicain, lui ai-je répondu.

Après un grand éclat de rire, l'assemblée applaudit frénétiquement le juge qui avait si bien su remettre un Yankee indiscret à sa place.

– N'empêche, risqua Omer Oscar Oswald, qu'un certain nombre de Sudistes ont dû voter pour McKinley, sinon il n'aurait pas été si largement réélu.

– C'est le plus supportable des républicains, reconnut Castel-Brajac, et sa réélection fait faire au pays l'économie d'un changement d'administration. Maintenant que les rebelles philippins ont été mis au pas et leur chef capturé par le général Funston, on peut penser qu'il écoutera moins les sirènes expansionnistes.

Tous les « bourbons » qui ne laissaient jamais passer une occasion de critiquer les costumes noirs, la voix mielleuse du président des États-Unis et d'évoquer son manque de culture classique – qui lui faisait cueillir des citations dans les œuvres banales d'une obscure poétesse de l'Ouest – furent unanimement indignés en apprenant, le 6 septembre, l'attentat dont McKinley avait été victime lors de l'inauguration de l'exposition pan-américaine de Buffalo. Et cela d'autant plus que la veille, en ouvrant la grande foire, il avait prononcé, devant cinquante mille personnes, un véritable discours de chef d'État, prouvant qu'il n'était plus enchaîné par les dogmes d'un protectionnisme étroit « et dont certaines phrases auraient mérité d'être inscrites en lettres d'or sur le temple de l'économie américaine ».

C'est au cours d'une réception au Temple de la Musique, où il avait accepté de recevoir les citoyens qui désiraient le voir, qu'un jeune homme portant le bras en écharpe s'approcha du président. Le bandage, qui donnait à l'inconnu « l'allure honnête d'un ouvrier blessé », servait en réalité à dissimuler un revolver. Avant que quiconque ait pu l'en empêcher, l'homme avait tiré deux balles sur le président qui, chancelant, s'était effondré dans les bras de son secrétaire. « Cortelyou, lui avait-il dit, soyez prudent, annoncez la chose avec ménagement à ma femme. » Puis, comme les assistants furieux s'apprêtaient à lyncher sur place le meurtrier, McKinley avait ajouté d'une voix faiblissante « qu'on ne lui fasse pas de mal ». Tout d'abord les médecins se montrèrent optimistes et soutinrent que les jours du président n'étaient pas en danger. Ils se trompaient, et le 14 septembre, William McKinley succombait à ses blessures. L'assassin, qui n'avait dû la vie sauve qu'à l'intervention de la police, était un forgeron de Detroit, Leon Franz Czolgosz, anarchiste benêt que les discours d'une furie nommée Emma Goldman avaient enflammé. Le *World* du 11 septembre 1901 décrivait ainsi l'inspiratrice du meurtre : *De petite taille, les traits durs, repoussante d'aspect, elle hait les femmes et passe sa vie au milieu d'hommes. Elle a été la maîtresse de Johann Most, autre anarchiste notoire, puis fâchée avec lui.*

Jugé et condamné à mort, Czolgosz fut exécuté le 29 octobre, tandis que soixante-dix millions d'Américains pleuraient ce président de cinquante-huit ans dont la vie privée avait été irréprochable et l'activité politique largement profitable au pays.

Dès le 13 septembre, M. Theodore Roosevelt, qui se trouvait en villégiature près du lac Colton, dans les Adirondacks, avait été prié de rejoindre Buffalo où McKinley se mourait. Quarante-huit heures plus tard, il devenait le vingt-cinquième président des États-Unis, prêtait serment et déclarait aux membres du cabinet : « J'ai besoin de vos avis et de vos conseils. Je vous offre le ministère comme je vous l'aurais offert si j'étais entré en fonction à la suite d'une élection par le peuple, avec cette différence que je ne puis admettre un refus. »

Cet hommage indirect rendu au choix qu'avait fait le défunt rassura les gens qui ne voyaient pas sans inquiétude arriver à la Maison-Blanche un homme de quarante-trois ans qui serait le plus jeune des présidents de l'Union et dont on estimait le caractère à peine formé. Son appétit de louanges, son goût de « la harangue dogmatique », son ardeur sportive, son manque de tact et la trop bonne opinion qu'il avait de lui-même constituaient aux yeux de certains des défauts inquiétants.

Peu de temps avant son installation à la Maison-Blanche, M. Theodore Roosevelt s'aliéna par maladresse psychologique les sympathies mitigées qu'il avait dans le Sud et notamment en Louisiane, où l'ancien colonel des Rough Riders laissait le souvenir d'un fanfaron et où quelques vétérans de la guerre de Cuba lui reprochaient, sans en rapporter la preuve, d'avoir, à San Juan Hill, abattu un Espagnol par-derrière.

Mais la façon qu'il eut d'inviter un Noir à partager son déjeuner à la Maison-Blanche scandalisa bien davantage les Sudistes. M. Booker T. Washington était en réalité un mulâtre de Virginie, que l'on disait né des amours d'un planteur blanc et d'une « tisanière » noire. Désireux d'apprendre aux enfants des anciens esclaves des métiers qui leur permettent de gagner leur vie aussi bien que les Blancs, Booker T. Washington avait fondé en 1881, à Tuskegee (Alabama), un institut professionnel où l'on enseignait tous les métiers, de la ferblanterie à la maroquinerie, en passant par l'imprimerie, la gravure, l'électricité, la cuisine, la couture, le dessin, l'architecture, etc.

Diplômé de l'université de Richmond, Booker T. Washington jouissait de l'estime générale. MM. Carnegie, Rockefeller et Pierpont Morgan subventionnaient son institut qui regroupait mille quatre cents élèves des deux sexes dans soixante bâtiments impeccablement tenus. Le bon sens et le tact du fondateur de Tuskegee qui avait amené les gens de sa race à ne plus prétendre à une égalité sociale immédiate avec les Blancs étaient appréciés des « bourbons ». En le recevant à la Maison-Blanche, le président Roosevelt, qui avait lu le livre de Booker T. Washington, *En remontant l'esclavage*, avait voulu montrer l'intérêt qu'il portait à une œuvre exemplaire[1].

Il tenait aussi, sans doute, à s'attirer l'estime des électeurs de couleur car le maître de Tuskegee était, en tant qu'apôtre de la cause noire, un tribun très écouté qui prenait fréquemment la parole devant des auditoires de quatre ou cinq mille personnes.

Quand, après un entretien d'une demi-heure avec le leader noir, Teddy Roosevelt l'invita à passer à table en sa compagnie, il signifia du même coup qu'il tenait cet homme comme son égal.

– C'est un défi porté à tous les États du Sud, déclarèrent d'une seule voix les demoiselles Tampleton, oracles consacrés dans la paroisse de Fausse-Rivière.

Gustave de Castel-Brajac, qui avait suivi avec intérêt l'expérience de Booker T. Washington et envoyé à ses frais plusieurs enfants des domestiques de Castelmore suivre les cours de Tuskegee, déclara que le mulâtre devait être soutenu.

– Il apprend aux nègres à travailler de leurs mains, à se laver les dents, à se tenir à table, à étudier, que voulons-nous de plus ?

– Tout cela est très beau, mais M. Roosevelt devrait savoir qu'on ne prend pas le lunch en compagnie d'un nègre.

---

1. L'écrivain Jules Huret, qui visita Tuskegee en 1903, consacra un chapitre très élogieux à cette institution dans son livre *De New York à La Nouvelle-Orléans*, publié en 1906 chez Fasquelle.

– Pourquoi, macadiou ?

– Parce qu'ils sont sales, sans manières... et que leur peau est désagréable au toucher.

Gustave se mit à rire.

– Les fils de planteurs que je connais ne sont pas de cet avis, mes belles. Ils ne dédaignent pas de caresser les peaux noires qui vous font horreur.

Les demoiselles Tampleton poussèrent des petits cris effarouchés.

– En tout cas, pour une femme blanche le contact du nègre est une déchéance. Il est impensable.

– Vous oubliez que Desdémone a aimé Othello et qu'à Paris M. Victor Séjour, ami d'Alexandre Dumas, n'a eu que des maîtresses blanches. Un nègre qui prend un bain tous les jours, qui soigne sa mise, qui sait les convenances et qui est instruit n'a rien à envier aux Blancs, que je sache. C'est le cas de M. Booker T. Washington.

– Taratata, taratata, coupa Nancy Tampleton, tout cela ce sont des propos d'artiste... Nous, les nègres, nous les connaissons trop.

Gustave se garda d'insister. Les demoiselles Tampleton, engoncées dans leurs préjugés d'*antebellum*, ne se laisseraient pas fléchir.

Le repas bicolore de la Maison-Blanche alimenta pendant une quinzaine le fond des conversations au cours des thés de plantation. Charles de Vigors, qui fit à cette époque une brève visite à Bagatelle, dit tenir de source sérieuse l'explication donnée par Theodore Roosevelt lui-même.

« Quand arriva l'heure du déjeuner, avait confié le président à un ami politique, je songeai d'abord à inviter M. Booker T. Washington à s'asseoir à ma table. Puis subitement mon esprit entrevit les embarras sans fin qui en résulteraient. Je me demandai : « As-tu peur de le faire ? » et je me répondis : « Non ». Sur ce je l'invitai à déjeuner. »

– Il a tout simplement eu peur qu'on pût supposer qu'il avait peur, c'est bien dans son caractère, commenta l'ancien sénateur qui, secrètement, admirait l'audace du président que les « bourbons » venaient de ranger définitivement dans la catégorie des gens infréquentables.

13

Quand, en février 1902, Marie-Virginie écrivit à sa mère que son mari avait décidé d'introduire une instance en divorce parce qu'elle se montrait incapable de lui donner des enfants, Liponne, en bonne Acadienne, répondit par télégramme : « Lâche pas la patate. J'arrive. » Quarante-huit heures plus tard, Mme Charles de Vigors établissait son quartier général à Bagatelle, bien décidée à régler promptement une affaire qui n'avait pas d'antécédents au sein d'une famille prolifère.

Elle commença par convoquer Marie-Virginie, qu'elle trouva pâle « comme du papier mâché », et lui fit subir tête à tête un interrogatoire nécessairement indiscret. L'eugénique de Liponne étant des plus limitées, elle aborda la question sans précautions oratoires.

– Il n'y a jamais eu de bréhaigne dans la famille et, si Dieu m'avait donné la santé, j'aurais eu ma douzaine d'enfants, aussi bien que ma mère et mes sœurs. Comment donc vous y prenez-vous avec ce blanc-bec d'Amédée ?

– Maman !

– A sa mère on peut tout dire, et ce n'est pas le moment de faire la prude. Je sais ce que c'est que la copulation légitime. Il y a belle lurette que ça ne m'intéresse plus, mais quand j'avais ton âge, et avant que ton père ne se mette à courir le jupon, crois-moi, je ne donnais pas ma part au chat ! Alors, est-ce que ton mari est amoureux de toi, tu vois ce que je veux dire ?

– Oui, maman, très amoureux, très tendre, très... adroit.

– Bon, quand... ça se passe, tout est normal, il n'y a pas de difficulté... tu ne souffres pas... ça te fait plaisir et à lui aussi ?

– Oui, maman, bien sûr.

– Et ton mari est... normalement constitué... je veux dire... mon Dieu ne me regarde pas comme ça...

– Oh ! maman...

– Cette chose-là, ma fille, a son importance. Il me coûte de forcer ton intimité, mais réponds.

– Oui... je crois... je n'ai pas eu l'occasion de faire des comparaisons...

– Bien, vous me paraissez normaux, il n'y a donc pas de raison pour que vous n'ayez pas d'enfants, conclut Liponne.

– Le fait est cependant que je n'attends pas de bébé et cela me désole. Amédée m'a épousée pour fonder une famille et j'en suis incapable. Je dois lui rendre la liberté...

Marie-Virginie se mit à pleurer doucement.

– Il faut persévérer. Je vais voir ton mari. Mais avant, pour être bien certaine que tu n'as pas de malformation, je vais te faire examiner par le cousin Dubard.

– Jamais, ça jamais ! Tu fais bon marché de ma pudeur. Je préfère le divorce, protesta véhémentement Marie-Virginie.

– Alors, nous irons voir la cousine Saucier, la sage-femme, elle a mis au monde des centaines d'enfants... elle en sait autant que les médecins.

Marie-Virginie protesta plus faiblement, mais se retrouva l'après-midi même chez la vieille Perette Saucier, sombre veuve aux manières douces. La sage-femme déclara sans hésitation que Marie-Virginie était faite pour avoir des enfants et prescrivit avant les rapports une injection avec de la tisane de thym tiède. Le thym, dont elle offrit à Marie-Virginie, un petit sachet, avait, affirmait-elle, un pouvoir dilatant des plus heureux.

Nanties de cet espoir, Liponne et sa fille regagnèrent Bagatelle. Avant de renvoyer la jeune femme à son mari, Mme Charles de Vigors, qui se comportait comme un général la veille d'un assaut décisif, déclara au grand dam de Stella :

– Je m'installe ici jusqu'à ce qu'il y ait un résultat !

La perspective d'avoir à supporter sa belle-mère pendant des semaines ne réjouissait guère la veuve de Gratien. La vieille dame au triple menton était d'une activité débordante, se mêlait de tout, envisageait une série de dîners « qui lui permettraient de voir des gens qu'elle ne rencontrait jamais », et voulait enseigner le catéchisme à Alix et à Osmond dont la piété, disait-elle, laissait à désirer.

Elle n'eut pas longtemps à attendre. Le lendemain de la visite à la sage-femme, Marie-Virginie réapparut à Bagatelle avec sa garde-robe et sa mandoline. Amédée Tiercelin, son mari, qui ne croyait pas plus aux vertus du thym qu'à la fécondité de son épouse, avait prié celle-ci de rejoindre sa mère et de ne plus la quitter. Son avocat se mettrait en rapport avec celui des Vigors pour régler les conditions du divorce.

– Vous êtes belle, ennuyeuse et stérile, avait déclaré Tiercelin en invitant sa femme à faire ses bagages.

Les démarches que fit Mme de Vigors auprès des parents d'Amédée restèrent sans effet. On se lança de part et d'autre des phrases blessantes, et Liponne reconnut sagement qu'un replâtrage paraissait inconcevable.

– Ces Tiercelin sont comme écopeaux du chicot[1], ils donnent un capot à ma fille[2]... qu'ils soient aussi maudits que la lune est haute ! conclut Liponne.

Les émotions causèrent à Marie-Virginie des désordres digestifs qui motivèrent l'intervention du docteur Dubard à la laideur duquel Stella et les enfants s'étaient peu à peu habitués. Le médecin appréciait cette famille près de laquelle il lui arrivait d'oublier sa disgrâce physique.

Faustin s'efforça de dissuader la femme répudiée de s'enfermer, comme sa sœur Louise-Noëlle, chez les ursulines.

– Quand je me suis retrouvé défiguré, j'ai pensé moi aussi à m'enfermer dans une trappe, mais vous n'avez que trente ans et, qui sait, un autre époux viendra peut-être, qui vous aimera mieux et vous rendra mère. Il y a dans le domaine génétique des mystères dont nous n'avons pas la clef. Les hommes de science pensent aujourd'hui qu'il peut exister des incompatibilités entre les germes. Les cas sont rares mais constatés. Vivez, que diable, et ne pleurez plus un mari dont l'amour, si j'ose ce calembour... ne tenait qu'à un fils !

---

1. Ils se ressemblent.
2. Congédient.

Marie-Virginie sourit, et Stella déclara que Faustin Dubard, qui supportait si vaillamment sa hideur, était un homme admirable qu'on aurait voulu voir heureux.

En apprenant à La Nouvelle-Orléans qu'une procédure de divorce avait été engagée contre sa fille, M. de Vigors conçut du dépit, mais décida de ne pas se mêler de l'affaire autrement que pour protéger les intérêts matériels de Marie-Virginie. Il donna à l'avocat de la famille des consignes très strictes et rendit une visite discrète au juge des divorces, afin que la rupture coûtât aux Tiercelin le plus cher possible. Non seulement la répudiée devrait récupérer entièrement sa dot, mais encore exigerait-elle des dommages et intérêts pour préjudice moral.

Une autre affaire inquiétait bien davantage l'ancien sénateur : la cession, maintenant consommée, de cinq mille acres de Bagatelle à Oliver Oscar Oswald. Dépourvu de fibres terriennes, il n'avait attaché aucune importance à l'amputation d'un domaine qui ne lui appartenait plus et auquel il ne s'était jamais beaucoup intéressé.

Or, ce domaine contenait peut-être des richesses que ni le défricheur de 1732, ni ses successeurs n'avaient pu soupçonner. L'ingénieur de Jennings, dépêché à Bagatelle par M. de Vigors, venait de communiquer à ce dernier un rapport qui paraissait plein de promesses. Suivant les méthodes en cours, le spécialiste avait examiné le sol à la recherche de ce qu'il appelait « des indices bitumineux ». Ayant foré plusieurs puits, dont le fameux Spindletop, au Texas, il avait « l'œil et la main » et donnait à entendre que, dans une zone située à l'est de Bagatelle et intéressant justement la parcelle récemment vendue à Triple Zéro, le sol présentait, « avec certaines traces d'argile et de sable de caractère marin, une sous-structure rocheuse affleurante qui pouvait constituer un piège à huile en profondeur ». De là à déduire qu'il serait peut-être opportun d'effectuer un forage d'essai, il n'y avait qu'un pas, que l'ingénieur comptait voir franchir à son commanditaire.

Il précisait dans son rapport qu'il serait prudent, dans le cas où l'on entreprendrait des travaux, de se préserver des indiscrétions des « oil scouts », ces espions des compagnies pétrolières qui rôdaient toujours autour des nouveaux derricks, afin d'être les premiers à informer les pétroliers professionnels des résultats d'un forage des « wildcatters »[1].

M. de Vigors honora largement l'ingénieur, un Allemand taciturne, sur la discrétion duquel on pouvait compter, et lui promit qu'il lui confierait l'exclusivité du forage dans le cas où il se déciderait à se lancer dans l'aventure du pétrole. Car l'ancien sénateur avait négligé d'informer le spécialiste qu'il n'était plus propriétaire de la parcelle de la plantation où « des indices bitumineux » avaient été repérés.

La loi, qui faisait le propriétaire du sol propriétaire du sous-sol, donnait peut-être à Oswald une fortune ensevelie de toute éternité. Si l'ancien *carpetbagger* venait à apprendre cela, il saurait bien exploiter à son profit, comme c'était son droit, un filon aussi prometteur. Pour l'instant, ni Triple Zéro, ni même Stella ne soupçonnaient la portée réelle de l'inspection qu'avait

1. De *wild cat* (chat sauvage), nom donné par les professionnels à un forage en terrain vierge.

menée pendant quelques jours l'homme qui s'était présenté à Bagatelle comme un géologue chargé par le gouvernement d'étudier le passage dans la propriété d'une canalisation d'eau potable destinée à l'alimentation d'un village éloigné.

Après avoir longuement réfléchi et discuté de l'affaire avec Marie-Gabrielle, Charles de Vigors se persuada qu'il n'existait qu'une seule solution au problème : faire annuler la vente consentie par sa belle-fille à Oliver Oscar Oswald. S'il était tout prêt à partager les éventuels bénéfices d'un forage pétrolier avec la veuve de Gratien, l'ancien sénateur entendait bien n'en rien laisser au *carpetbagger* qui lui avait toujours porté sur les nerfs. Sa décision arrêtée, il se fit conduire chez son notaire où il passa deux longues heures. Quand il en sortit, l'acte de donation, fait à Gratien trois ans plus tôt, avait été falsifié de la plus heureuse façon par l'addition d'une clause indiquant : « le bénéficiaire de la donation ne peut en aucun cas vendre ou céder à un tiers, à quelque condition que ce soit, tout ou partie du domaine de Bagatelle sans l'agrément exprès du donateur ». Restait à surmonter une dernière difficulté. La copie de l'acte que détenait la veuve de Gratien ne portait évidemment pas cette mention restrictive. Mais il y avait peu de chances que Mme de Vigors ait jamais lu attentivement ce papier.

Aux premiers jours du printemps, Charles annonça à sa belle-fille qu'il viendrait passer quelques jours à Bagatelle pour se reposer et voir ses vieux amis. Fort adroitement, il amena la discussion sur la cession opérée en faveur d'Oswald et demanda à voir les papiers. Stella lui confia un épais dossier contenant tous les actes depuis que le Régent, opérant au nom de Louis XV, avait attribué au premier marquis de Damvilliers dix mille acres de bonne terre sur la rive droite du Mississippi au lieu-dit Pointe-Coupée. Pendant que la jeune femme vaquait à ses occupations, Charles n'eut aucune difficulté à remplacer la copie de l'acte de donation de 1898 par celle récemment « complétée » par son notaire.

Quand Stella revint à l'heure du thé, l'ancien sénateur prit un air pensif.

— Ma chère enfant, dit-il de sa voix la plus charmeuse, je crains que nous n'ayons eu tort de vendre une partie du domaine à M. Oswald.

Il disait « nous » afin de partager une responsabilité dont Stella aurait pu s'effaroucher.

— Mais vous n'avez élevé aucune objection et l'affaire ne s'est pas faite en un jour.

— Bien sûr, bien sûr, et vous n'êtes pas en cause puisque, légitime propriétaire de Bagatelle, vous pouvez disposer du domaine à votre gré. Mais je m'en veux de ne pas vous avoir mise en garde. La mort de Gratien m'a fait perdre, pendant quelque temps, le sens des intérêts de notre famille. Le notaire aussi est coupable, qui aurait dû faire remarquer une certaine clause que j'avais oubliée.

— Quelle clause ? M. Oswald, dont vous connaissez la méfiance, n'a rien relevé d'anormal lors de la vente.

Charles de Vigors ouvrit le dossier et tira l'acte de donation qu'il y avait placé quelques instants plus tôt.

— Voyez vous-même ma chère enfant, lisez ce dernier alinéa, juste au-dessus de la signature de Gratien et de la mienne.

Stella prit connaissance du texte. Quand elle releva la tête, son regard traduisit la gêne qu'elle ressentait.

— Je n'avais jamais lu ce papier que Gratien m'a confié la veille de son embarquement pour Cuba. J'aurais dû, si je comprends bien, obtenir votre autorisation... me l'auriez-vous refusée ?

— Je crains bien que non, vous vous en doutez, mais j'aurais eu tort. Car ce que vous avez vendu à Oswald vaut peut-être des centaines de fois le prix qu'il vous a payé ces cinq mille acres.

Devant l'air incrédule de sa bru, le sénateur poursuivit.

— Vous êtes capable de garder un secret, je le sais. Alors je vais vous en révéler un que nous ne serons que trois à connaître. Il est possible, il est probable, qu'il existe un gisement de pétrole dans le sous-sol de Bagatelle. Notamment sous la parcelle vendue à Oswald. Vous imaginez ce que cela peut représenter pour vos enfants et pour vous : une vie exempte de soucis matériels. Or, si cette richesse existe, ce que m'a laissé entendre un ingénieur que vous avez pris pour un géologue du service des eaux, elle appartiendra à Oswald... nous lui en aurons fait cadeau.

— Si j'avais su, dit Stella, je n'aurais pas accepté l'offre de M. Oswald. Il a tellement insisté... peut-être se doute-t-il de quelque chose ?

— Il ne se doute de rien, croyez-moi... et cette parcelle, dont je me plais à penser qu'elle est un véritable coffre-fort, nous allons la lui reprendre !

L'œil de Charles de Vigors brillait comme celui du joueur qui possède enfin la martingale infaillible.

— La lui reprendre ! Comment ? Et puis ce n'est pas bien, c'est un ami.

— En affaire, ma chère enfant, il n'y a pas d'ami. Si Oswald avait su ce que je sais, croyez-vous qu'il vous en aurait informée avant de se porter acquéreur ? Non, je vais régler ça et croyez-moi, avant la fin de la semaine, nous serons redevenus propriétaires de ce morceau de terre.

Cette fois le « nous » était involontaire. Il avait échappé à l'ancien sénateur qui n'avait pas abattu toutes ses cartes.

Stella proposa une autre tasse de thé et demeura pensive. Cette manigance ne lui plaisait guère, mais l'acte notarié était là qui faisait son beau-père maître d'un jeu où elle n'était pas fière de figurer.

Quand on annonça le même soir à M. Oliver Oscar Oswald que le sénateur de Vigors souhaitait le voir, le *carpetbagger* noua sa cravate et s'en fut passer un veston. C'était la première fois que le fils de Virginie lui rendait visite. Il fallait qu'il y eût à cette démarche une raison sérieuse.

Charles remarqua tout de suite combien Triple Zéro avait changé. Sans être devenu mince, il n'offrait plus au regard qu'une épaisseur acceptable. Son cou paraissait maintenant à l'aise dans son col de chemise. Les boutons de son gilet ne menaçaient plus de sauter à chaque mouvement, il faisait jouer nerveusement son alliance autrefois incrustée dans la chair de son annulaire.

— Vous avez rajeuni de dix ans, mon cher. J'ai plaisir à vous voir ainsi.

— J'ai maigri, convint Oswald. Je n'ai plus grand appétit, mais j'imagine que ce n'est pas pour me faire compliment de ma mine que vous vous êtes dérangé.

— Non, bien sûr, et ce qui m'amène n'a rien d'agréable. Je dois vous dire, mon cher Oswald, que vous êtes en toute bonne foi, j'en suis certain, devenu propriétaire d'une terre qui légalement ne vous appartient pas.

M. Oswald domina sa surprise, déclara que la vente avait été régulièrement passée par-devant notaire en présence de Mme Stella de Vigors et de M. de Castel-Brajac, et que les fonds avaient été versés rubis sur l'ongle. Il tira d'un classeur une chemise de carton vert et la tendit à Charles.

– Cet acte de vente, est, hélas ! frappé de nullité, cher Oswald, car la venderesse, ma belle-fille, bien que légitime propriétaire de Bagatelle par héritage de son mari auquel j'avais fait donation de la plantation, ne pouvait rien en céder sans mon autorisation. Voyez vous-même.

M. de Vigors tendit à M. Oswald éberlué l'acte qu'il avait apporté.

– Tout cela est bel et bon, sénateur, mais mon notaire n'ayant pas eu communication de cette restriction et celui de Mme de Vigors n'en ayant pas fait état, c'est une affaire à régler entre vous et votre belle-fille et, soit dit avec tout le respect que je vous dois, je n'ai rien à y voir.

Charles de Vigors s'attendait à cet argument. Il croisa les jambes, vérifia que le pli de son pantalon tombait correctement, et prit son ton de sénateur à la fois autoritaire et suave.

– Mais avec Stella tout est réglé. Elle se remet à peine de son deuil et m'a paru très confuse d'une bévue que j'aurais dû lui épargner.

– Alors il faut vous en prendre au notaire, sénateur, la vente est enregistrée et je n'ai pas l'intention d'admettre sa nullité. Il y a des juges pour trancher le différend.

Il pensait naturellement à son gendre, le juge Clavy, qui aurait sans doute à connaître de l'affaire.

M. de Vigors ne s'attendait pas à pareille résistance, mais il poursuivit aimablement :

– Il ne peut y avoir de procès entre nous. Nous pouvons, j'en suis certain, régler cela à l'amiable sans y mêler des hommes de loi.

La perspective d'un conflit ouvert avec le sénateur rendait à Oswald sa combativité de *carpetbagger*. La discussion l'excitait, comme autrefois une partie de poker dotée d'un fort enjeu.

Charles remarqua le regard de son adversaire soudain plus vif et le ton légèrement gouailleur de sa voix.

– Vous êtes un grand juriste, sénateur, et vous savez bien que votre cause est mauvaise. C'est bien pourquoi vous êtes venu me voir, car vous ne m'avez pas habitué à tant de considération. Croyez-moi, vous devrez plaider.

M. de Vigors prit un air pincé.

– C'est peu élégant de votre part, Oswald, de vous obstiner.

– Je n'ai jamais passé à vos yeux pour un homme... élégant.

– Je vous donnais une occasion de vous conduire en Cavalier, vous avez tort de ne pas la saisir, persifla Charles en se levant.

Oswald quitta lui aussi son fauteuil et s'inclina, volontairement obséquieux.

– *As you like !*

En quittant le *carpetbagger*, M. de Vigors, qui s'estimait gravement offensé par le refus qu'il venait d'essuyer, se rendit au grand trot à Castelmore, où Gustave ne fut pas peu surpris de le voir débarquer la mine revêche.

Quand il eut exposé les faits, sans évoquer les vraies raisons qui l'incitaient à vouloir récupérer la parcelle vendue « inconsidérément » à Oswald, Charles ajouta :

– Tu devrais lui faire entendre raison, nous n'allons pas nous ridiculiser en faisant un procès dans lequel j'apparaîtrai comme un beau-père qui désavoue sa bru.

– C'est cependant ce que tu fais !

M. de Castel-Brajac était intrigué. Il ne croyait guère aux arguments avancés par son vieil ami quand il évoquait la nécessité de maintenir l'intégralité de Bagatelle que rien, même pas la guerre de Sécession, n'avait pu entamer.

– Tu dois, mon bon, me cacher quelque chose. Ce brusque intérêt pour un domaine qui d'ailleurs ne t'appartient plus me paraît louche, pardonne-moi de te le dire.

Charles de Vigors prit l'air accablé d'un homme dont on méconnaît les sentiments.

– Que veux-tu, en prenant de l'âge, je me dis qu'il n'y a que la terre qui ne déçoit pas, que ce domaine doit demeurer entier afin que nos petits-enfants le trouvent comme je l'ai reçu et transmis à Stella. C'est pourquoi j'avais fait mettre dans l'acte de donation cette clause que Stella, d'une façon bien excusable, a négligé d'observer.

– J'ai eu ces papiers en mains, Charles, et cette clause m'a échappé à moi aussi.

– Et cependant, elle y figure, Gustave, vois.

Tirant de sa poche l'acte de donation truqué, Charles le tendit au Gascon.

Ayant chaussé ses lunettes, Gustave lut attentivement le paragraphe habilement inséré au-dessus des signatures.

– Bizarre que ça m'ait échappé, oui, bizarre, grommela le Gascon en rendant le papier.

Bien qu'il eût été incapable de formuler les raisons de sa méfiance, quelque chose lui disait que le document si promptement produit par Charles n'était pas celui présenté par Stella quand elle l'avait chargé de la négociation avec Oswald. Aussi se sentait-il mal à l'aise pour faire une démarche auprès du *carpetbagger* dont la bonne foi ne faisait aucun doute.

– Si tu obtiens l'annulation de la vente, il faudra rendre à Oswald 350 000 dollars, et Stella a déjà placé cet argent dont le revenu lui est indispensable.

– Nous lui dirons que la somme constitue une avance sur les fermages, puisqu'il restera le métayer de la parcelle.

– Tu accepterais, toi, un pareil marché ?

Quand, après le dîner, M. de Vigors regagna Bagatelle pour y passer la nuit, il était de fort méchante humeur. La journée s'achevait sur une seconde déconvenue, le bon Gustave ayant refusé de s'entremettre pour amener Oswald à plus de compréhension.

« Nous plaiderons donc », se dit-il sans enthousiasme car il savait, pour peu que M. Oswald, bien conseillé, se montre procédurier habile et patient, que des mois et peut-être des années passeraient avant l'annulation de la vente. Le trésor, si pétrole il y avait, risquait donc de demeurer enfoui longtemps encore.

14

Le jour où, chez les Castel-Brajac, on fêta le septième anniversaire d'Osmond de Vigors, Gustave fut assez fier d'entendre son élève réciter, sans une hésitation et en y mettant les nuances, une fable de La Fontaine : *Le renard et les raisins*.

Le garçonnet, sérieux et nullement ému, souffla ensuite les bougies et tendit la première part de gâteau à sa mère, puis la deuxième à son mentor. Stella, qui pensait à l'absent, avait les larmes aux yeux ; Alix et Céline battaient des mains, heureuses de voir leur frère accomplir une telle performance. Silas Barthew, qui ne parvenait pas à retenir les paroles des cantiques dominicaux, dissimulait derrière son exubérance habituelle la jalousie que lui inspirait ce camarade plus doué. Quant à Lorna, elle béait d'admiration en triturant ses tresses agrémentées de nœuds de ruban rose, au risque de s'attirer les remontrances de sa mère. La fillette trouvait très élégant le costume de velours bleu roi de son ami et savait que, de tous les cadeaux remis à Osmond avant le repas, le sien était, sinon le plus précieux, du moins le plus prisé : une pochette de batiste sur laquelle elle avait brodé, en se piquant les doigts, un trèfle à quatre feuilles. Comme le héros de la fête, ainsi que Silas et Alix, les « grands » de la bande, elle eut droit à une gorgée de champagne. Le vin pétillant lui picota la langue et la fit cligner, mais elle se garda bien de dire, comme la grande sœur d'Osmond, qu'elle eût préféré à ce breuvage le sirop de fraises de tante Gloria.

M. de Castel-Brajac se leva pour porter cérémonieusement un toast à Osmond.

– Tu as maintenant ce que les anciens appelaient l'âge de raison. C'est un événement dont tu te souviendras quand tu auras dix fois sept ans – comme ce sera bientôt mon cas.

Cousine s'était surpassée. Les écrevisses à l'étouffée servies sur un lit de riz blanc, comme le pompano au vin blanc et les pintadeaux farcis de truffes et de pruneaux avaient fourni l'occasion aux convives de répéter que la meilleure table de la paroisse se trouvait à Castelmore. Omer et Lucile Oswald, ainsi que les Barthew, avaient amené leurs plus jeunes enfants. Clary, le frère de Silas et de Lorna, âgé de cinq ans, entendait régenter le groupe des « petits », constitué par Céline de Vigors et les sœurs Aude et Hortense Oswald. Cette dernière, qui venait d'avoir deux ans, possédait une chevelure rousse et bouclée qui rappelait à Castel-Brajac la toison du grand-père *carpetbagger*.

Les demoiselles Tampleton avaient offert à Osmond la loupe que le défunt général leur oncle bien-aimé, utilisait pour lire les cartes d'état-major quand il poursuivait les Indiens en Arizona. C'était une des plus précieuses reliques de leur musée familial. Nancy, la meilleure chanteuse de la tablée, avait entonné *Happy birthday*, et le chant de circonstance, repris en chœur, avait trouvé des échos jusque dans les cuisines.

Le docteur Dubard, devenu familier de Castelmore et de Bagatelle, aussi bien que des demeures des Oswald et des Barthew, où il y avait toujours quelque rougeole en train, varicelle en incubation, rhume déclaré ou embarras gastrique reconnu, s'était un peu fait prier pour accepter l'invitation de Gustave.

Cet athlète défiguré ne se montrait jamais en public en dehors de ses visites professionnelles. Soucieux d'éviter aux autres la vue de son visage martyrisé, il chassait seul, en barque sur les bayous, ou restait enfermé chez lui à lire ou à faire de la musique. On disait qu'il ne possédait qu'un minuscule miroir qu'il utilisait le matin pour raser la seule joue où la barbe lui poussait encore. Il avait fallu qu'Osmond, à l'instigation de sa mère et de l'oncle Gus, le suppliât de venir partager son repas d'anniversaire pour qu'il fît une entorse à la règle fixée.

Gloria, pleine de tact et de sensibilité, avait cru bon de suspendre devant la glace vénitienne de la salle à manger des guirlandes de papier qui masquaient la surface réfléchissante. Ce fut la première chose que le médecin remarqua en prenant place au milieu de la famille.

Tout en dégustant le gâteau nappé de crème anglaise, Faustin fit à Stella, assise près de lui, compliment pour la belle tenue de son fils.

– Je le trouve un peu trop sérieux, presque grave pour son âge, mais il paraît que les enfants privés de père sont souvent ainsi, répondit mélancoliquement la veuve de Gratien.

– Cela tient aussi à son caractère. N'allez pas vous en plaindre. Osmond vous donnera de grandes satisfactions et sera pour vous, dans quelques années, un précieux soutien. M. de Castel-Brajac me disait tout à l'heure qu'il apprend avec une facilité déconcertante.

– Il est toujours avec un livre et je dois, le soir, lui retirer sa lampe pour l'obliger à dormir.

Augustine, qui suivait la conversation, intervint.

– Ton fils, s'il continue ainsi, sera un vrai Pic de la Mirandole. Sans lui je suis sûre que Silas ne saurait pas encore lire, et il faut l'entendre raconter à Lorna comment Hercule tua le dragon ou comment Atalante fut battue à la course par Hippomène.

– Il doit toute cette science à l'oncle Gus, qui me fait faire l'économie d'un précepteur, mais je crains parfois, comme dit Gloria, qu'il ne lui « encombre l'esprit ».

– Il ne l'encombre pas, il le meuble, rectifia le docteur Dubard et, croyez-moi, il est des circonstances dans la vie où un homme condamné à la solitude ou à la retraite trouve une grande consolation dans les livres.

– Je ne sais, dit Gloria en se mêlant à la conversation, si le maître n'éprouve pas autant de plaisir à enseigner que l'élève à apprendre. Gustave est une sorte de Pygmalion.

Au fil des années, l'enseignement du Gascon dispensé à bâtons rompus au gré des saisons, des événements, des rencontres, portait ses fruits. Plusieurs fois par semaine le vieil homme et l'enfant effectuaient de longues promenades à travers la paroisse. Souvent, ils emportaient dans le buggy un panier de provisions et des livres. A huit ans, Osmond déclinait *rosa, rosae, rosarum* et s'exprimait avec aisance, en anglais comme en français. Il avait appris que le Mississippi est bien plus qu'un simple élément de décor, et savait reconnaître la Grande Ourse et les quartiers de la lune. A dix ans, il connaissait le plaisir d'écrire « à l'encre », de traduire en phrases courtes et claires les leçons reçues et composait des anecdotes inspirées par les découvertes faites en compagnie de l'oncle Gus. Il pouvait parfois répondre, avec un rien de pédantisme, aux questions que se posaient Silas et Lorna, à qui une institutrice anglaise dispensait un savoir conforme aux canons de l'éducation traditionnelle et à l'idée qu'on se faisait alors des capacités intellectuelles des enfants. La pédagogie terne et édulcorante de la vieille fille faisait sourire M. de Castel-Brajac et ennuyait ses petits-enfants, astreints à rendre des devoirs et à ânonner des leçons comme des écoliers ordinaires. Gustave eût volontiers pris en charge deux élèves de plus, mais Clarence Barthew se méfiait un peu des engouements de son beau-père et préférait voir ses enfants étudier sous son toit, à des heures régulières, sous surveillance, plutôt que courir les bois et les chemins, en cueillant de-ci, de-là des bribes de science moins utiles que les quatre opérations et la conjugaison des verbes.

Les connaissances variées qu'emmagasinait Osmond en écoutant discourir oncle Gus et en lisant les livres qu'il lui recommandait constituaient une bien meilleure initiation aux études. L'apport hétéroclite de chaque jour finissait par s'ordonner dans l'esprit du garçonnet, même si sa curiosité sans cesse sollicitée se heurtait parfois à des portes dont il ne possédait pas les clefs. Il éprouvait du plaisir à découvrir, à comprendre, à déduire, à comparer, à rassembler. Oncle Gus lui apprenait surtout à se servir de cet instrument complexe aux multiples capacités qu'il appelait, suivant les jours et les circonstances, esprit, pensée, jugeote, cerveau, entendement, ou sens commun. Ainsi, Osmond prenait peu à peu concience que, derrière la disparité des êtres et des choses, existent des liens subtils, des imbrications sibyllines qui, à travers le temps et l'espace, rattachent l'homme à son univers comme la feuille à l'arbre. Appliquée à un élève moins doué, à une intelligence cagnarde, la méthode confuse et spontanée de Castel-Brajac eût été déroutante. L'esprit éveillé d'Osmond trouvait au contraire dans les divulgations circonstancielles et improvisées de son mentor une stimulation permanente ; chaque journée apportant une notion nouvelle dont l'incohérence se corrigeait peu à peu. Au fil des saisons, à travers son enseignement erratique, oncle Gus poursuivait, jour après jour, le même passionnant récit qui se développait comme une épopée, empruntant parfois le vocabulaire du fantastique et les couleurs des contes orientaux. Tour à tour, roman, tragédie, comédie, vaudeville, cet enseignement ne prenait que rarement le ton dogmatique des cours magistraux. Porté par le verbe, usant de la prosopopée, élevant jusqu'à l'évidence des implications insoupçonnables, puisant dans sa mémoire prodigieuse qu'il nommait « le sac aux références », le Gascon libérait le soir un enfant ivre de mots neufs, largement pourvu de thèmes pour rêver et qui se précipitait sur les dictionnaires, afin d'y retrouver, comme un touriste dans son *Baedeker*, les jalons de l'itinéraire parcouru. L'histoire, la morale, la géographie, la botanique, les mathématiques, le merveilleux, la mécanique, la poésie, la grammaire et la musique se mêlaient pour ne plus former qu'une seule matière assimilable, qui était science de la vie.

Un serpent, aperçu par hasard sur une berme, fournissait prétexte à

Gustave pour raconter l'histoire d'Orphée et d'Eurydice et démontrer à l'enfant que l'impatience et la désobéissance peuvent réserver de mauvaises surprises. Un orage, qui surprenait les promeneurs, devenait une leçon de choses illustrée d'éclairs et permettait au mentor d'expliquer la genèse des pluies, la formation des nuages, la façon de se protéger de la foudre. Une crue du Mississippi emportait loin de la Louisiane l'élève et le maître, jusqu'aux rives du Nil, fleuve exemplaire dispensateur d'alluvions fécondes et cultivables. Derrière le fellah et sa charrue de bois apparaissaient, sortant de leurs pyramides, les dynasties des pharaons, des dieux à tête de chien ou de faucon et le pur visage de Nefertiti dont Gustave offrit à son élève une reproduction en couleurs.

Le passage d'un convoi du Pacific Railroad suscitait un cours sur la vapeur, pour lequel Gustave, biographe péremptoire, convoquait les fantômes de Stephenson et de Denis Papin.

Trois notes fluides sifflées par un *mocking bird*[1] faisaient se précipiter M. de Castel-Brajac sur son violon – dont il jouait moins bien que du piano – en criant :

– Écoute, gamin, c'est le début du *Concerto en ré majeur* qu'un Allemand nommé Johannes Brahms a écrit pour son ami le violoniste Joseph Joachim.

L'enfant écoutait la musique, tandis que Gloria soutenait que le moqueur ne faisait que reproduire, en plus juste, les trois notes maintes fois entendues quand Gustave s'exerçait devant la fenêtre ouverte.

A dix ans, robuste malgré sa minceur et capable de marcher des heures, Osmond connaissait la faune, la flore et les arbres de son pays. Tapi au bord d'un ruisseau, il avait vu les castors édifier des barrages. A plat ventre dans l'herbe, il avait observé l'activité des rats musqués occupés à construire, avec de la paille et des branches, le dôme de leur maison. Il savait que le tatou, au corps couvert d'écailles couleur d'aluminium terni, ne possède pas de dents, et reconnaissait l'opossum suspendu par sa queue enroulée aux branches des saules. L'écureuil familier, la timide marmotte, le lapin des marécages, dix variétés de canards, le geai bleu, le pic-vert, le héron gris, la mouette braillarde, le cardinal à huppe rouge et la chauve-souris frôleuse figuraient dans ses relations. Il aurait aimé voir un de ces loups rouges qui attaquaient, paraît-il, les chiens dans la paroisse de Calcasieu et les ours noirs que le président Roosevelt venait chasser en compagnie du gouverneur John Parker sur les terres de Methlenny.

De ces animaux réputés dangereux, il n'avait vu qu'un coyotte et un chat-tigre, abattus par des chasseurs, et les bisons qu'on lui avait présentés n'étaient que des rescapés des grandes tueries du XVIIIe siècle, parqués comme des vaches dans un enclos.

Les jours de pluie, ou quand l'hiver soufflaient les grands vents du delta qui ébouriffaient les pacaniers et arrachaient aux chênes leur parure de mousse espagnole, Gustave et son élève s'enfermaient dans la bibliothèque de Bagatelle. Le maître, grimpé sur un escabeau, extrayait des rayons autrefois remplis par les marquis de Damvilliers un très vieil exemplaire de la *Vie des hommes illustres* de Plutarque.

---

1. Moqueur.

— Le Grec s'est peut-être montré un peu trop indulgent pour certains de ces notables qui ne manquaient pas de défauts, mais il révèle des caractères.

Et tandis qu'Osmond se penchait sur les portraits enluminés des héros, Gustave commentait la mort de Pompée, l'errance d'Antoine sur les traces de Cléopâtre, le chagrin de Lucullus devant les ruines d'Amisus, la reddition des Adranitains à Timoléon, l'affection de Démetrios pour son père, la vertu et la frugalité de Phocion. Puis on délaissait Plutarque pour Homère afin de suivre Ulysse dans son périple, à moins qu'on ne traduisît quelques pages de *De Viris*, ou qu'on en vienne à disserter une fois de plus sur les méfaits de l'esclavage en étudiant les causes et les effets de la révolte du gladiateur Spartacus.

Livré à lui-même, Osmond lisait *La vie et les étranges aventures de Robinson Crusoé, Les voyages de Gulliver* ou *David Copperfield, Cinq semaines en ballon*, ou quelque roman de Walter Scott, dans une belle édition illustrée.

Il arrivait aussi que l'actualité apportée par les journaux fournisse à M. de Castel-Brajac matière à enseignement. Le 11 décembre 1903, l'élève et le maître s'émerveillèrent qu'un nommé Orville Wright ait pu voler à bord d'une étrange machine comme un oiseau pendant douze secondes et, quelques jours plus tard, que Wilbur Wright, frère du précédent, ait tenu l'air à Kitty Hawk, en Caroline du Nord, pendant cinquante-neuf secondes.

— Le vieux rêve d'Icare va devenir réalité, petit, s'écria M. de Castel-Brajac, nous vivons une époque prodigieuse... comme je voudrais avoir ton âge !

Car, à voir toutes les promesses de vies multiples qu'il y avait dans cette jeunesse attentive et délurée, Gustave enrageait de se sentir distancé. Cet avenir de bonheur et de confort vers lequel l'Amérique se dirigeait d'un pas résolu, il n'en connaîtrait que les prémices. Il était comme le voyageur venu trop tard à la gare et qui court après un train qu'il sait ne pouvoir rattraper. Un jour, Osmond serait dans le convoi et lui adresserait un signe d'adieu par la fenêtre du wagon. Le Gascon trompait sa mélancolie en faisant des projets de voyages pour son élève.

— Si Dieu me prêtait vie assez longtemps, boun Diou, nous irions tous deux en Europe. C'est encore là-bas, petit, qu'on se rend le mieux compte de ce qu'ont su faire les hommes intelligents, imaginatifs, travailleurs et artistes. Car, ceux qui ont quitté le vieux continent pour venir civiliser l'Amérique n'étaient, à quelques exceptions près, que des va-nu-pieds, des crève-la-faim, des aventuriers ou des fuyards. J'aimerais revoir Paris, quand le soleil d'avril enflamme la grande rosace de Notre-Dame et que les belles demoiselles s'en vont caracoler au bois. A Rome, je pourrais te parler des premiers martyrs chrétiens sur les gradins du Colisée. Nous pourrions goûter la fraîcheur des jardins de l'Alhambra à Grenade et boire un punch à l'alkermès à Venise, à la terrasse du *Florian*, après une visite à Tiepolo et à Véronèse et naviguer sur les canaux de Bruges, nous baigner dans les eaux bienfaisantes de Carlsbad, nous recueillir à Schönbrunn dans la chambre où mourut l'Aiglon, contempler le mont Blanc par une fenêtre de cet *Hôtel de la Paix* à Genève, où ton grand-père dîna avec les commissaires au procès de l'*Alabama*, et bien sûr grimper à l'Acropole, à Athènes où, comme le dit M. Renan, se trouve le temple des temples, celui que les Grecs élevèrent à la beauté vraie, à la sagesse, à la raison, car auprès des Ahténiens, vois-tu, les Romains font figure de lourdauds.

– Et encore ? demandait Osmond ébloui.

– Après, fiston, nous irions chez moi, dans le Gers, secouer la poussière de nos habits en chassant la palombe et nous dormirions dans la vieille demeure où je suis né, à deux pas du château de Castelmore d'où partit Charles de Batz, que tu connais mieux sous le nom de d'Artagnan, pour conquérir une gloire immortelle à la Gascogne.

Le lyrisme d'oncle Gus enchantait le garçonnet, qui voyait défiler une foule d'images, toutes plus séduisantes les unes que les autres.

D'un geste large, M. de Castel-Brajac désigna le Mississippi.

– Toi qui as eu le bonheur de naître sur la rive d'un fleuve, tu sais déjà que ces grands chemins liquides invitent au voyage. Il en existe aussi en Europe, moins larges et moins puissants peut-être, mais plus chargés d'Histoire. Il faut voir la Tamise toute salée par les marées défiler devant le vieux parlement de Londres, démêler les boucles du Tage, à Tolède, sous les fenêtres du Greco, jeter une poignée de riz à Lyon pour le mariage de la Saône et du Rhône qui s'enlacent en pleine ville, sauter l'Arno sur le Ponte Vecchio en courant aux Offices où la Vénus de Botticelli attend nos hommages, écouter au pied d'un rocher sur le sombre Rhin la chanson fatale de Lorelei, croquer des gaufrettes et boire du vin blanc dans une guinguette viennoise jusqu'à ce que le Danube devienne bleu... Oh ! Millediou si j'avais ton âge, quel programme je me ferais !

Osmond saisit la main potelée et frémissante d'oncle Gus.

– Nous irons, n'est-ce pas, nous irons ?

– Toi, tu iras, fiston et tu te souviendras de ton vieux maître.

En attendant l'heure incertaine de cette fabuleuse tournée européenne, ils allèrent en 1905 à La Nouvelle-Orléans, pour voir le carnaval. M. de Castel-Brajac, négligeant le train, réserva une cabine sur l'*America* commandé par le capitaine Le Verrier Cooley un des plus vieux routiers du fleuve, dont la moustache blanche et le col cassé inspiraient le respect, même aux plus grossiers *rustabouts*[1]. La descente du Mississippi jusqu'à La Nouvelle-Orléans fournit l'occasion à Gustave de raconter, sur le pont-promenade, pour son élève, mais aussi pour un groupe de jolies passagères en robe blanche qui souriaient derrière leur voilette, comment un Cavalier s'était battu en duel pour l'honneur du « Père des Eaux ».

C'était *antebellum*, bien sûr. Un érudit français, M. Tomasi, ayant publié une étude sur le fleuve où il prétendait qu'on pouvait à la fois l'endiguer et approfondir son lit, fut interpellé par un créole qui le taxa d'outrecuidance. « Quand Dieu fit le monde, aurait dit le Louisianais, il se trouva avec beaucoup d'eau de reste qui pouvait être perdue. Alors il dit à l'eau d'aller où bon lui semblait. Elle profita de cette liberté et fit le Mississippi. Voilà pourquoi ce fleuve changeant, capricieux, tour à tour dolent et vif, ne ressemble à aucun autre et se moque des lois de la science et des savants présomptueux. » Vexé, le Français répliqua en haussant les épaules que les Américains n'entendaient rien à l'hydrographie et que l'Europe possédait des fleuves auprès desquels le Mississippi n'était qu'un ruisseau.

1. Débardeurs.

Le créole, indigné, lança son gant à la figure de M. Tomasi en s'écriant : « Je ne souffrirai pas qu'on insulte le Mississippi en ma présence. »

– Et quelques heures après, conclut Gus, l'épée du Cavalier transperçait, d'une joue à l'autre, le pauvre Français.

L'histoire fut appréciée comme il se devait par un public qui avait préféré, comme Gustave, la voie d'eau au chemin de fer, mais elle incita un vieux gentleman un peu chancelant et vraisemblablement d'origine française à faire un commentaire qui déplut au Gascon.

– Ce Tomasi n'a eu que ce qu'il méritait, il suait la prétention et l'ignorance et ne connaissait pas plus ce pays que M. de Chateaubriand qui en a donné dans ses œuvres un tableau falsifié.

– Les poètes, monsieur, ont tendance à embellir et c'est parfois une bonne chose, répliqua Gustave.

– On ne peut admettre qu'ils se conduisent comme les associés de M. Law qui, pour vendre les « actions du Mississippi », avaient fait de la Louisiane un paradis de pacotille. Les premiers colons ne le trouvèrent pas toujours à leur goût.

– Ils y sont tout de même restés.

– Certes, mais en rétablissant la vérité. Connaissez-vous le poème qu'Adrien Rouquette publia en 1841 en réponse aux fariboles de l'auteur d'*Atala*, monsieur.

– Ce sont des vers de mirliton que je n'ai pas retenus, monsieur.

– Eh bien, j'en fais juge la compagnie car ce poème sincère et vrai je le connais par cœur.

Et le vieillard, ôtant son canotier, s'adossa au bastingage, mit une main sur son cœur et déclama :

Non, mon pays est triste ; et toi chantre breton
En te l'imaginant, tu fis comme Milton :
Poète mais aveugle et peignant sans modèle
Tu créas à ton gré tout un monde infidèle.
Oui, lorsqu'à dix-huit ans je lus ton Atala
J'admirai, j'admirai, mais rien ne me parla.
Oh, je connais mon fleuve, oh, j'ai vu son rivage
Je connais mon pays âpre, inculte et sauvage,
Mes roseaux, mes sapins, mes chênes, mes cyprès.
Oh ! oui je les connais, je les ais vus de près...
Eh bien, Chateaubriand, ta prose a blasphémé.
Ta prose n'a rien peint : elle a tout transformé.
Voyant tout à travers un prisme poétique,
Elle a tout coloré de son reflet magique
Elle a parlé de grâce au lieu de majesté ;
D'Eden, quand c'est un sol monotone, attristé ;
De savane fleurie et de champs de verdure,
Quand tout, oui tout ici n'est qu'austère nature.
Partout elle a trouvé de gracieux tableaux,
Mais nulle part ces lieux si sauvagement beaux,
Nulle part ces déserts, ces mornes cyprières

Qui t'eussent rappelé tes natales bruyères.
Non, elle n'a pas vu ces océans de joncs,
De cannes, de roseaux, d'arides sauvageons,
D'où s'exhale en grondant l'imposante musique
Qu'écoute près du feu l'immobile Cacique,
Musique qu'accompagne un sublime concert
D'ouragans promenés de désert en désert.

L'assistance applaudit, non le poème mais le diseur qui vit dans l'ovation une approbation de sa thèse et une condamnation de Chateaubriand.

– Vous me permettrez, macadiou, monsieur, de préférer la prose trop généreuse de Chateaubriand aux rimes salonnardes de M. Rouquette... et Dieu merci la Louisiane ne ressemble pas non plus au tableau qu'il en fait.

– Parce que de nobles familles comme la mienne ont, au prix d'un travail acharné, pendant des générations, transformé le pays. Mais j'entends à votre accent rocailleux que vous êtes étranger. Monsieur, nous passerons outre à vos appréciations, conclut l'inconnu en se recoiffant.

Osmond, qui avait suivi avec curiosité cette scène animée, craignait de voir oncle Gus se mettre en colère.

– Boun Diou, je suis français, monsieur, comme vous ne l'êtes plus, et gascon de surcroît. Croyez-vous que si je m'étais fié au sinistre Rouquette, j'aurais eu envie de m'installer dans ce pays et de me faire américain ?

– Vous eussiez peut-être été mieux inspiré en restant chez vous, monsieur, cela vous eût fait l'économie d'un passage et nous eût épargné le spectacle de vos humeurs bravaches.

– Vous avez de la chance, sacrebleu, que nous ne soyons plus d'âge ni l'un ni l'autre à nous expliquer les armes à la main, car je vous aurais demandé raison, macadiou, pour l'honneur de Chateaubriand... et de la Gascogne.

Osmond attendait avec appréhension la réplique de l'adversaire d'oncle Gus, mais ce dernier laissa tomber d'une voix mielleuse :

– Puisque vous vous estimez offensé, c'est bien dommage que vous ne disposiez pas d'armes propres à vous venger...

– J'en ai une, mille Diou, que vous accepterez s'il vous reste un peu de sang gaulois dans les veines ! lança brutalement M. de Castel-Brajac, visité par l'inspiration.

– Peut-on savoir ?

– L'orthographe ! Monsieur !

Les dames, jusque-là un peu inquiètes, applaudirent en s'esclaffant, tandis que les disputeurs échangeaient leurs cartes.

Osmond, désorienté par l'algarade, se serra contre l'oncle Gus.

– Ne t'en fais pas, gamin, ce jeu est sans danger, nous allons donner une leçon de français à ce monsieur qui s'appelle Honoré Grossetête... Il va me falloir des témoins et un amateur de beau langage capable de produire une dictée.

Les témoins se trouvèrent aisément. Deux négociants qui connaissaient de vue M. de Castel-Brajac offrirent leurs services, enchantés d'être mêlés à l'une de ces querelles créoles qui ne finissaient plus que très rarement dans le sang.

Comme les témoins, réunis au fumoir, se préoccupaient de trouver un texte assez difficile pour départager les duellistes, l'un proposant un verset du *Deutéronome*, l'autre, quelques articles des règlements de navigation, une très vieille dame, qui se présenta comme comtesse de Nerville, fit timidement savoir qu'elle avait recopié dans son journal intime le texte de la dictée la plus difficile qui se puisse trouver. Elle le tenait d'une amie, dame de compagnie de l'impératrice Eugénie. Cette dictée avait été, à la cour de Napoléon III, une sorte de jeu de société, auquel ne se risquaient que les érudits. L'auteur du texte qui rassemblait une foule de difficultés orthographiques n'était autre que M. Prosper Mérimée, le prosateur fameux de *Carmen* et de *Colomba*, ouvrages que la dame tenait pour chefs-d'œuvre absolus.

— Seulement, ajouta-t-elle en minaudant, j'exigerai de dicter moi-même aux... candidats, car je ne puis confier mon journal intime à qui que ce soit.

Les témoins étant tombés d'accord, on s'en fut chercher du papier, de l'encre et des plumes, puis on fit évacuer le fumoir. Deux tables furent disposées à quelques pas de distance et les dames désirant assister au match furent invitées à prendre place sur les banquettes de velours autour du salon.

A la demande du témoin de M. de Castel-Brajac, il fut admis que les protagonistes pourraient disposer de la boisson de leur choix. M. Grossetête choisit un sazerac[1], Gustave réclama de l'armagnac.

Le commandant, informé de ce qui se préparait, fit ralentir l'allure afin que le bruit des machines et les vibrations ne viennent pas troubler ceux qui allaient en découdre, la plume à la main.

Quand le silence fut obtenu, la comtesse ouvrit un gros livre de cuir bleu à tranche dorée et commença d'une voix haut perchée en détachant les syllabes : « Pour parler sans ambiguïté, ce dîner à Sainte-Adresse, près du Havre, malgré les effluves embaumés de la mer... » et poursuivit pendant vingt minutes sa lecture comme une institutrice faisant composer des élèves.

M. de Castel-Brajac ne semblait marquer aucune hésitation. Il laissait de côté pour la relecture les accords qui demandaient réflexion et les mots pièges. Son adversaire souriait en écrivant comme s'il trouvait la chose facile. Dans l'assistance, des dames téméraires s'efforçaient, crayon en main, de courir leur chance. Osmond, que l'oncle Gus avait confié à une jeune fille délicate, vêtue de tussor rose, entendait des mots inconnus dont il se promettait plus tard de demander le sens à son mentor. Il lui paraissait impensable que l'oncle Gus, qui savait tout, ne triomphât pas aisément de l'homme plein de morgue qui l'avait provoqué.

La lectrice, que l'exercice semblait avoir épuisée, obtint un verre d'eau avant de relire le texte et de refermer son livre.

— Messieurs, dit alors l'arbitre désigné par les témoins, vous avez dix minutes par parfaire votre... devoir. La cloche du bord donnera le signal de la fin du duel.

Gustave de Castel-Brajac s'octroya une bonne rasade d'armagnac, essuya ses lunettes, et se mit en devoir de fignoler son ouvrage.

Son adversaire, désinvolte et sûr de lui, alluma un cigare et fit un clin d'œil au public signifiant qu'il estimait la victoire assurée. Osmond, qui voyait

1. Cocktail, à base de bourbon et d'absinthe, très prisé des Louisianais.

Gustave marmonner en suçant son porte-plume ou se frotter le nez d'un index distrait, avait du mal à dissimuler son inquiétude.

– Ne vous en faites pas, il va certainement gagner. Il a l'air si bon votre oncle, lui glissa à mi-voix la jeune fille en rose.

Quand les témoins s'attablèrent au fond du fumoir en compagnie de Mme de Nerville qui entendait bien ne pas lâcher son journal, un murmure parcourut la foule.

– C'est rudement difficile, fit une dame à sa voisine.

– « Effluve » est bien du féminin, n'est-ce pas ? demanda une autre à son mari qui répondit affirmativement.

– Combien mettrais-tu de « l » à fusilier ?

– Deux, bien sûr.

La proclamation des résultats vit le triomphe de Castel-Brajac. Il n'avait fait que trois fautes. Son adversaire devait en reconnaître vingt-cinq, ce qui n'était, aux dires de Mme de Nerville, qu'une de plus qu'Alexandre Dumas, mais beaucoup moins que Napoléon III, qui avait impérialement martyrisé l'orthographe à quarante-cinq reprises.

– Vous faites jeu égal avec le prince de Metternich, confia la comtesse à Gustave, ravi.

Quand le Gascon tendit à M. Grossetête sa main à l'index taché d'encre, l'assistance applaudit, remerciant les protagonistes de lui avoir offert une attraction qui ferait de ce voyage sur le Mississippi un souvenir plaisant.

Le perdant savait se conduire. Il fit apporter du champagne, après avoir convié tous ceux qui venaient d'assister au premier duel à l'orthographe de l'Histoire à lever leur coupe à Mérimée, à Chateaubriand, à Rouquette et à M. de Castel-Brajac.

– Monsieur, dit-il en se tournant vers ce dernier, sans ces « cuisseaux de veau » et ces « cuissots de chevreuil » vous n'auriez fait qu'une seule faute, vous êtes digne d'entrer à l'Académie, puisque M. Octave Feuillet s'est, paraît-il, trompé vingt-neuf fois.

– Si nous allions dîner pour soigner nos plaies d'amour-propre, proposa Gustave.

M. Grossetête accepta et, les adversaires réconciliés et souriants se dirigèrent, bras dessus bras dessous, vers la salle à manger où l'orchestre leur fit l'honneur d'une *Marseillaise* approximative.

Osmond, assez content de partager le repas des héros du jour, eut l'occasion de donner au gentleman irascible un aperçu de ses connaissances. M. Grossetête, revenant sur les erreurs commises par M. de Chateaubriand, cita un passage du *Voyage en Amérique* où l'auteur dit avoir vu, sur les bords du Mississippi, des ours manger du raisin.

– Il n'y a jamais eu de vigne sous nos climats, nous ne sommes ni en Bourgogne, ni dans le Bordelais.

– Là, je vous accorde que notre voyageur-poète s'est trompé...

– Puis-je répondre, oncle Gus, intervint le garçonnet.

La permission étant accordée, Osmond expliqua le plus sérieusement du monde que les ours sont friands de baies et notamment de celles que produit la vigne-rotin ou cerisier indien et qui, poussant en grappes, ressemblent un peu à du raisin.

M. de Castel-Brajac compléta pour le créole ébahi le bref exposé d'Osmond.

– Il s'agit d'un arbuste de la famille des Buckthorn que les Anglais nomment *Blackjack vine*..., c'est peut-être bien ce que notre poète a pris pour de la vigne.

– Votre élève, en tout cas, monsieur, fait honneur à son maître et, si le carnaval vous laisse quelques heures de loisirs, je serais flatté de vous montrer à tous deux ma bibliothèque, qui occupe un étage dans ma maison du bayou Saint-Jean.

Rien ne pouvait faire plus plaisir à Gustave que d'entendre vanter ses dons de pédagogue. Quand l'*America* se présenta devant le quai Saint-Pierre, les deux hommes et l'enfant étaient devenus des amis.

15

Osmond ne conservait de La Nouvelle-Orléans qu'un seul et triste souvenir. Le premier que le destin avait gravé dans sa mémoire d'enfant. Sur le même quai où venait d'accoster le vapeur *America*, il avait attendu, six années plus tôt, avec sa mère et sa grand-mère, dans la lumière méridienne de juillet, l'arrivée de son père. De cette journée tragique, il comprenait aujourd'hui les douloureuses implications.

Dans l'animation du débarquement, tandis que M. de Castel-Brajac serrait des mains à la ronde, il sentit monter en lui une bouffée de chagrin. Il savait maintenant ce qu'étaient la mort et l'absence. Des images floues se superposaient dans sa pensée à celle d'un bateau d'où descendaient des soldats blessés parmi lesquels il avait inutilement tenté de découvrir celui dont on attendait le retour. Un cercueil ouvert dans le hall de la maison des Vigors, un visage gris aux yeux clos qu'il n'avait pas tout de suite reconnu, des femmes en noir qui pleuraient, agglutinées en essaim, tels étaient les clichés qui lui apparaissaient.

La joie de cette arrivée avec l'oncle Gus, dans une ville dont toutes les grandes personnes semblaient entichées, en fut soudain amoindrie. Mais l'espèce de sourire involontaire que la forme de sa bouche conférait au visage du garçonnet ne permit pas à M. de Castel-Brajac de deviner la vague mélancolie ressentie par son élève. Déjà, il entraînait ce dernier vers un fiacre orné de guirlandes, tiré par un cheval aux harnais embellis de faveurs et dont les oreilles dépassaient des ailes percées d'un vieux chapeau de paille surmonté d'un casoar. Le cocher, hilare et un peu pris de boisson, retira son haut-de-forme agrémenté d'un plumet, pour inviter les voyageurs à prendre place dans sa voiture. Les revers douteux de sa jaquette disparaissaient sous d'énormes cocardes plissées violette, jaune et verte, couleurs cette année-là du roi du carnaval. Gustave, qui semblait apprécier ce décorum de pacotille, fit répéter à l'automédon l'adresse de l'ancien hôtel particulier des Pritchard, dans le district des jardins, devenu par héritage la résidence citadine des Castel-Brajac.

– On y va pat'on, on y va, mais pas couri beaucoup vite. Y a grand beau monde plein la rue, j'te dis. A c'te heure tout l'Amérique est chez nous.

Dès lors, Osmond, dont la tristesse passagère s'était promptement évanouie, n'eut plus d'yeux que pour le spectacle d'une ville déjà parée pour la fête. « Old Glory[1] » flottait aux pignons des façades, dominant par réflexe civique la bannière de la défunte confédération et celle de l'État de Louisiane

1. Le drapeau fédéral.

frappée du pélican blanc. Des tentures frissonnaient comme lessive sur les trumeaux et des banderoles festonnaient les balcons. Les habitants de la ville semblaient avoir mis à l'air tous les draps de couleur contenus dans leurs armoires. En l'honneur du carnaval, la cité était sous grand pavois comme les bateaux au mouillage. Des forêts de mâts, à la pointe desquels des étendards captifs qu'un souffle de vent déployait mollement, avaient poussé aux carrefours. Des vasques de fleurs alignées sur les trottoirs obligeaient les piétons à des évolutions zigzagantes et, dans Canal Street, les perches des tramways électriques enrubannées ressemblaient aux lances de parade des anciens chevaliers. Dans chaque vitrine, fanfreluches et girandoles donnaient aux denrées et aux objets les plus quelconques des airs précieux. On voyait des jambons cravatés, des boîtes de biscuits galonnées, des bottes de paysans débordantes de serpentins, des cruches portant brassard, des ombrelles transformées en banderilles, des lustres garnis de bouffettes, des chauffe-eau couronnés de fleurs. Des modistes donnant libre cours à leur imagination exposaient des chapeaux carnavalesques, massifs de pensées ou buissons de roses, et des pâtissiers-architectes proposaient des pièces montées, hautes comme des tours flanquées d'échauguettes en chocolat, hérissées de clochetons en sucre glacé, de bulbes en pâte d'amande et soutenues par des arcs-boutants de nougatine.

Les marchands de vêtements, prévoyant un afflux de clients étrangers désireux de se mettre à la mode de Mardi gras, avaient extrait de leur arrière-boutique les rossignols des saisons précédentes auxquels des passementeries, des lisérés, des bourdalous et des flots de faveurs donnaient des airs de nouveauté. Car l'ordonnateur occulte du carnaval n'était autre que le dieu Mercure dont on escomptait, chaque année en cette saison, des gracieusetés supplémentaires.

Le carnaval de La Nouvelle-Orléans jouissait déjà d'une réputation internationale comparable à celle que s'étaient acquise autrefois ceux de Nice et de Venise. Depuis que les ursulines avaient, en 1837, costumé les orphelines au jour du Mardi gras, les fastes n'avaient fait que croître d'année en année.

La ville entière y collaborait, des magistrats aux rentiers, en passant par tous les corps de métiers et toutes les professions. Riches ou pauvres, les syndicats, les associations, les clubs rivalisaient d'imagination et investissaient des sommes énormes pour la confection de chars et de costumes qui feraient le succès des parades. Les quatre grandes entreprises carnavalesques : les chevaliers de Momus, Comus, Proteus et Rex, dont les états-majors se comportaient comme des sociétés secrètes, entretenaient d'un Mardi gras à l'autre l'enthousiasme des Orléanais. Chacun des membres de ces « sectes du plaisir » avait le droit d'inviter vingt personnes aux réjouissances et au bal de son club. Strictement anonymes, envoyées à leurs destinataires sans indication de parrainage, ces invitations passaient pour très recherchées. Elles étaient le fruit d'une sélection sévère, chaque membre devant remettre au capitaine du club la liste de ses invités pour être soumise à l'examen d'un comité. Il arrivait que, par antipathie, inimitié ou snobisme, des noms soient rayés. Les délibérations du comité étant rigoureusement secrètes, les susceptibilités étaient sauves, d'autant plus que le membre dont un ou plusieurs invités avaient été refusés ne pouvait connaître les raisons de ces exclusions. Au fil des années, les thèmes des cavalcades longuement discutés au sein des sociétés avaient fait appel aussi bien à la Bible qu'à l'Antiquité ou à l'actualité. *Les Métamorphoses* d'Ovide, les fêtes d'Épicure, les scènes de Shakespeare, *Les Mille et Une Nuits*, les mythes chinois, l'histoire de la Louisiane, les poèmes de Byron, les héros de Walter Scott avaient laissé des souvenirs fameux. Chaque club, pour composer sa cavalcade comportant une vingtaine de chars, recrutait des artistes et des cartonniers qui cherchaient l'inspiration dans les musées et les bibliothèques. Les clubs les plus riches, afin de mieux préserver le secret de leurs projets, commandaient les cartonnages et les costumes à Paris, où se rendaient des délégués, sérieux comme des plénipotentiaires. Il en coûtait en moyenne 20 000 dollars à chaque club pour les chars. Avec les bals, les orchestres, les confettis et les menus frais, on estimait à plus de 100 000 dollars les dépenses que devait envisager une société qui voulait faire bonne figure. Les membres de celle-ci acceptaient de verser une cotisation annuelle de 100 dollars et s'ingéniaient à trouver des ressources annexes.

Osmond, un peu ébahi par un tel déploiement d'artifices et intrigué par les premières automobiles qui se faufilaient entre les landaus, les charrettes de livraison et les cabriolets, écoutait d'une oreille distraite les commentaires de l'oncle Gus. Ce grouillement humain, ces sonorités de la ville qu'il découvrait, le transportaient dans un monde bien différent de la tranquille paroisse de Pointe-Coupée où l'on rencontrait rarement plus de deux équipages à la fois. Cette cité de trois cent mille habitants, que l'on disait la plus belle et la plus vivante du Sud, le fascinait et l'effrayait un peu. On pouvait disparaître dans cette foule bigarrée sans laisser de traces, s'égarer dans ces rues dont on ne voyait pas le bout. Les gens se croisaient sans se saluer, les Noirs, habillés comme des Blancs, ne semblaient pas faire grand cas de ces derniers. Quant aux arbres, ils paraissaient avoir été contraints de pousser en ligne au long des avenues, ou suivant des données géométriques autour des maisons. Ces édifices aux façades altières, boursouflées de fenêtres en saillie – que l'oncle Gus désignait sous le nom de bow-windows – étaient souvent dépourvus de jardins ou plantés au milieu d'un gazon moelleux, ceinturé de barrières.

Quand le fiacre s'engagea dans l'avenue Saint-Charles qui, suivant un arc de cercle de dix kilomètres, parallèle au fleuve, relie le vieux quartier français à l'avenue Carrollton, en plein cœur du quartier américain, M. de Castel-Brajac expliqua qu'il s'agissait d'une des plus belles voies urbaines du Nouveau Monde. Large et ombragée, constituée par deux chaussées séparées par un terre-plein où circulaient les tramways électriques, dont les cloches tintaient aigrement aux carrefours, elle parut au garçonnet aussi démesurée qu'un fleuve.

Au passage, oncle Gus indiquait des demeures par leur nom ou celui de leurs propriétaires, qui étaient à coup sûr des gens immensément riches, si l'on s'en tenait à la taille et à l'ornementation des façades.

La maison de Mme Chaffraix, qui possédait en France un grand château, impressionna Osmond avec ses colonnes cannelées à chapiteaux corinthiens, son vestibule et sa porte monumentale, mais il retrouva, dans celle moins somptueuse de M. Mc Dermott, construite en 1882, le style manoir de plantation.

– C'est qu'il y avait autrefois derrière ces maisons des champs de coton et de canne qui s'étendaient jusqu'au Mississippi. Les planteurs préféraient alors tourner leurs regards et leurs façades vers la ville, abandonnant aux quartiers des esclaves le bord du fleuve. Aujourd'hui, tous ces terrains ont été lotis et construits, et des rues ont été tracées qui font du district des jardins un grand damier couvert de belles demeures.

Le Gascon demanda au cocher somnolent de faire un détour par Equania Street afin qu'Osmond puisse admirer la construction la plus originale du district, qui venait d'être achevée pour le compte du capitaine Milton Doullut, un des meilleurs pilotes du Mississippi. Le marin d'eau douce avait voulu, en prenant sa retraite, conserver à son home une ambiance de vapeur. Il avait dessiné une maison dont l'architecture rappelait, avec sa galerie périphérique à minces colonnettes, traitée en pont-promenade et son mirador central, dressé au milieu du toit comme une passerelle, les superstructures des paquebots fluviaux. Tout le quartier venait de baptiser la demeure du capitaine Doullut « Steamboat house »[1]. Les humoristes soutenaient que le retraité n'attendait qu'une crue du Mississippi pour lever l'ancre.

La résidence Pritchard, dans Second Street – car Osmond l'avait remarqué, toutes les indications de rues, comme les enseignes, étaient en anglais – relevait du fameux style *greek revival*, cher aux architectes du milieu du XIXe siècle. Avec un seul étage sous galerie à colonnes, elle paraissait d'un classicisme sobre et distingué, si on la comparait aux constructions prétentieuses et tarabiscotées qui l'entouraient.

– Je te conseille, dit oncle Gus, chaleureusement accueilli par un couple de vieux domestiques, de choisir une chambre qui puisse te plaire longtemps, car ce sera celle que tu occuperas dans deux ans quand tu viendras à La Nouvelle-Orléans pour étudier chez les jésuites.

Bien que la perspective parût lointaine au garçonnet, il parcourut scrupuleusement la demeure aux parquets de chêne cirés et recouverts par endroits de grands tapis aux motifs colorés. Il visita les salons, la bibliothèque, la grande salle à manger pourvue d'une immense table en if et d'une cheminée de marbre, la petite salle à manger où traditionnellement, comme dans toutes les demeures du Sud, on ne prenait que le petit déjeuner et les chambres du premier étage toutes flanquées – c'était une amélioration apportée par les Castel-Brajac – d'une salle de bains.

Il finit, après un temps de réflexion, par jeter son dévolu sur une pièce d'angle, éclairée par une porte-fenêtre donnant sur la galerie du côté de la rue. Plus que le décor de la pièce, c'était la proximité d'un grand magnolia dont les branches frôlaient la fenêtre, percée dans le mur perpendiculaire à la façade, qui avait déterminé son choix.

– C'est la chambre de jeune fille de tante Gloria. Tu as bon goût, gamin, c'est la meilleure de la maison, la demeure de tes grands-parents est à deux blocs de là, sur l'avenue Prytania.

Charles de Vigors n'était pas homme à s'intéresser au séjour de son petit-fils à La Nouvelle-Orléans. Depuis qu'il n'avait plus d'obligations politico-mondaines, il fuyait la ville pendant la période de carnaval.

Toutefois, le jour même de l'arrivée de M. de Castel-Brajac et de son élève, avant de s'embarquer pur Cuba, afin de visiter ses plantations et voir comment le général Leonard Wood, gouverneur américain de l'île, avait assaini

1. Cette maison existe toujours.

La Havane, il convia les voyageurs à dîner à l'hôtel *Saint-Louis*. Tandis qu'Osmond, dont c'était le premier repas dans un grand restaurant, observait les dîneurs élégants et suivait les évolutions des serveurs, M. de Vigors confia ses contrariétés à Gustave.

Après une longue série de procès, la Cour Suprême venait de rendre son jugement dans l'affaire qui opposait les Vigors aux Oswald. Sans échapper complètement aux pressions exercées à leur encontre par l'ancien sénateur, les magistrats avaient rendu un jugement qui décevait un peu ce dernier sans satisfaire intégralement les exigences de la partie adverse. Certes, la vente passée par Stella était annulée mais, pour dédommager l'acquéreur dont la bonne foi était établie, le tribunal exigeait qu'un bail de neuf années « sans redevances, ni contraintes » lui soit accordé à dater du jour du jugement. Quant à la somme versée par l'ancien *carpetbagger*, elle tiendrait lieu de loyer et de fermage pour la période allant de la signification du litige jusqu'à l'expiration du bail. Oswald allait donc pouvoir exploiter à son profit une parcelle de Bagatelle. Comme les prix du coton et des produits agricoles ne cessaient d'augmenter, il faisait une bonne affaire tandis que Charles ne pouvait envisager le forage pétrolier dont il attendait merveille.

– En somme, on accorde à Oswald la propriété provisoire d'une terre qu'il a payée..., tu n'as pas à te plaindre, observa Castel-Brajac.

– Eh bien ! Tu n'es pas difficile !

– Mais ton but n'est-il pas atteint ? Tu voulais préserver l'intégrité du patrimoine..., c'est fait non ?

– Dans neuf ans, j'aurai soixante-dix ans.

Un autre tribunal, après de longs atermoiements, irritants pour l'ancien sénateur, avait prononcé le divorce de Marie-Virginie et d'Amédée Tiercelin. Ce dernier, grippe-sou comme ses parents, avait usé de tous les artifices de procédure pour ne pas restituer la dot de la femme qu'il répudiait. Finalement, il y avait été contraint, mais ces chamailleries alimentaient encore les ragots de la paroisse. La jeune divorcée cachait son chagrin et sa honte à Saint-Martinville, où sa mère résidait maintenant de façon permanente.

– Marie-Virginie est une jolie femme, douce et aimable. Elle trouvera un autre mari, de nos jours le divorce n'est plus une tare... commenta Gustave.

– Ce ne sera pas facile, te rends-tu compte qu'elle a trente-quatre ans et que tout le pays sait qu'elle est stérile ?

– Ah ! Bah ! elle a assez de neveux et nièces, de cousins et de cousines pour s'occuper.

A la fin du repas, Charles, qui à plusieurs reprises avait fait de louables efforts pour converser avec son petit-fils, annonça à ce dernier qu'il pourrait choisir chez son tailleur deux ou trois costumes. L'artisan avait reçu des ordres de l'ancien sénateur.

– Tu es maintenant un jeune homme et tu ne dois plus laisser aux femmes le soin de t'habiller. Un Vigors ne peut pas être fagoté comme un campagnard.

Osmond remercia avec empressement. Il commençait à attacher un peu plus d'importance à sa toilette, surtout depuis qu'il voyait à La Nouvelle-Orléans des garçons de son âge vêtus de pantalon et non, comme lui, de culottes courtes.

Dans l'après-midi du Lundi gras, il étrenna son premier costume, taillé dans une très fine flanelle gris clair pour assister, au balcon du Boston-Club, à la parade de Proteus qui ouvrait les festivités. Sous un soleil complice qui forçait les couleurs, une foule exubérante grouillait dans la rue du Canal. Vue d'en haut, elle ressemblait à un parterre chaotique et frémissant où les capelines, les canotiers, les ombrelles, les écharpes agitées mettaient des taches vives. Les cuivres des fanfares flambaient comme des bûches tisonnées et l'on voyait, çà et là, des équipages téméraires englués dans un magma humain capable de les absorber comme un marécage.

Des groupes de musiciens, noirs ou mulâtres, vêtus d'une queue-de-pie écarlate et coiffés d'un haut-de-forme constellé de cocardes réussissaient parfois, grâce à la puissance de leur souffle, à dominer le brouhaha. Les tubas, les cornets à piston, les bugles, les trombones à coulisse, les trompettes, les clarinettes, les grosses caisses et les cymbales s'unissaient pour imposer soudain l'harmonieux tintamarre d'airs syncopés, tour à tour cris, éclats de rire ou gémissements. La tempête rythmée déferlait sur les têtes, et l'air tiède se chargeait de molécules musicales qu'on respirait autant qu'on les entendait. Il y avait dans cette tempête de sons cuivrés une brutalité primitive, dont il eût été vain de vouloir se protéger.

Penchés aux balustrades, les honorables membres du club le plus sélect de la ville, qui auraient dû ne rien connaître des brasseries et des maisons de prostitution de Storyville, où la plupart des musiciens retourneraient la nuit venue, se désignaient les uns aux autres des artistes dont les noms figuraient souvent dans les colonnes du journal illustré *Mascot*, qui ne pouvait entrer dans aucun foyer respectable.

– Tiens, c'est Tony Jackson du *Gipsy Shafer's*.

– Et là, Alex Esposito du *Regal*.

– Voilà Bill Galaty, le fameux trombone.

Naturellement, on pouvait reconnaître, même devant son épouse, les musiciens de l'orchestre Impérial portant vareuse grise et képi bleu, ceux du Marching Band, du barbier Buddy Bolden et même les joyeux drilles du Ninth Ward Band de « Big eyes » Louis. Mais les noms qui fusaient à voix basse disaient assez la popularité de ces Noirs, dont les musiques offensaient encore les tympans des amateurs de Mozart, de Vivaldi ou de Johann Strauss.

Bien qu'ils s'en défendissent hypocritement, bon nombre de créoles du bayou Saint-Jean ou de l'avenue de l'Esplanade éprouvaient un secret plaisir à entendre ces musiques qui provoquaient les sens, installaient dans le corps des rythmes que les muscles souffraient de ne pouvoir traduire en trémoussements lascifs.

A travers leur musique, les Noirs prenaient leur revanche. Aux descendants de ceux qui les avaient enlevés à l'Afrique, ils apportaient les pulsations épicées qui relevaient la mièvrerie des mélodies blanches et des psalmodies résignées des esclaves. Comme une forte liqueur sortie des alambics douteux de Storyville, Carnaval, d'année en année, servait ces musiques à la ville, prête à s'enivrer. Des voyageurs qui avaient entendu des orchestres noirs à Chicago donnaient un nom à ces rythmes, ils les appelaient « jazz ».

Le sujet de la cavalcade de Proteus était Cléopâtre. Osmond en savait assez sur cette reine pour s'étonner des curieux décors que son destin avait inspirés aux concepteurs des chars. Ces derniers, dont les cartonnages atteignaient parfois la hauteur du premier étage des maisons, représentaient les dieux de l'Égypte, des sphinx, des caïmans, des pyramides, des pharaons, symboles entourés de lotus géants, de lanternes, de pylônes et de plumes. Cléopâtre, juchée sur une stèle, ne manquait ni de grâce, ni d'élégance. Le corps parfait de la jeune créole qui la représentait était, d'une façon assez perverse, moulé dans un fourreau de soie blanche soutaché d'or. Un aspic, gros comme un boa, était lové sur les marches du trône, prêt à fournir à la veuve d'Antoine l'instrument de son suicide.

Un gigantesque Nubien éventait la souveraine qui souriait, saluant de la main et n'ayant pas du tout la gravité qui aurait convenu à l'héroïne d'une tragédie antique.

Dans la foule ouverte devant le défilé, des hommes faisaient sans vergogne des compliments osés aux femmes, qui répondaient par des gloussements approbateurs. D'un mot à l'autre, se nouaient, dans une gerbe de confettis, des intrigues de comédie italienne, comme si la musique et le frôlement obligé des corps favorisaient de soudaines intimités, inimaginables dans un salon. Dans l'ambiance de carnaval le rituel des présentations paraissait aboli. Une familiarité admise autorisait le franchissement des étapes convenables, dévoilait des tentations et des désirs qu'on ne pouvait méconnaître et dont il eût été ridicule de se formaliser. La cavalcade parcourant la ville s'arrêtait pour se faire admirer devant les hôtels, les cercles, les grands magasins. Les orchestres profitaient de ces stations pour jouer, et tandis que les badauds applaudissaient les gens costumés, suant sous leurs masques et leurs falbalas, des commerçants servaient aux figurants des rafraîchissements, parfois du champagne.

Au soir du Mardi gras, Gustave et Osmond en tenue de soirée se rendirent au *Washington Hall*, rue Saint-Charles, où était traditionnellement organisé le grand bal du carnaval. Dans une salle séparée du hall où l'on dansait, les trônes du roi et de la reine, croissants de faux diamants surmontés de couronnes énormes et placés sous un dais de satin vert et violet, étaient occupés par une jeune femme en manteau de cour portant diadème et un gentleman en costume Henri III, à barbe rousse, dont la face rubiconde n'eût pas plu aux mignons.

Entourés de demoiselles d'honneur et de jeunes gens en habit noir, portant en sautoir l'ordre carnavalesque, les souverains recevaient les hommages de leurs sujets d'un jour, pressés de s'élancer pour une valse ou une mazurka.

Osmond, grand pour son âge, ne manquait pas d'allure dans son habit bleu nuit. Gustave, qui l'observait, le trouvait beau avec ses cheveux noirs légèrement ondulés, ses sourcils nets, son regard de jade et son visage d'une régularité sans défaut sur lequel courait toujours ce sourire inimitable que l'on pouvait prendre, tantôt pour expression d'une grande douceur, tantôt pour manifestation d'une ironie contenue. Pour la première fois, le Gascon retrouvait dans ce garçon naturellement distingué et peu bavard quelque chose de Dandrige. Il imaginait que son ami, le parfait Cavalier, devait être ainsi dans son enfance : rigide sans être guindé, distant sans afficher de mépris pour les autres et à l'aise en toute circonstance.

– Il te faudra apprendre à danser, fiston, c'est indispensable. Regarde bien comment, sur les trois temps de la valse, les messieurs déplacent leurs pieds.

— Je crois que je saurai, dit Osmond.

— Vraiment ! Je vais te présenter une cavalière de ton âge, pour le carnaval, les enfants peuvent aussi danser.

M. de Castel-Brajac parcourut la foule du regard et repéra bientôt un négociant en coton venu là avec sa femme et ses filles. Il leur présenta son élève comme étant le petit-fils du sénateur de Vigors et l'une des fillettes, de deux ans l'aînée d'Osmond, qui, elle, prenait déjà des cours de danse, fut encouragée par sa mère à guider les premiers pas du garçonnet.

Elle s'appelait Muriel et n'était pas timide. Sous les yeux de Gustave et du négociant, les enfants entrèrent dans le bal. En un instant, Osmond, qui savait assez de musique pour suivre un rythme, perdit toute appréhension, triompha de l'inévitable gaucherie du néophyte et prit plaisir au mouvement.

Deux fois encore au cours de la soirée, il dansa avec Muriel qu'il convia, sur le conseil de Castel-Brajac, à prendre une orangeade au buffet.

En regagnant leur résidence du Garden District à travers la ville illuminée par les girandoles électriques et les torches de résine qui donnaient aux paillettes et aux pasquedilles des costumes des rutilances de rubis et des scintillements de diamant, M. de Castel-Brajac et Osmond de Vigors étaient satisfaits de leur fatigante journée.

— Elle était gentille, n'est-ce pas, la petite Muriel ?

— Très gentille, elle sentait bon, mais elle a de drôles de dents pointues.

Ce fut le seul commentaire que Gustave put tirer de son élève. Osmond s'endormit ce soir-là la tête pleine de musiques, en regardant par la fenêtre ouverte les feuilles du magnolia immobiles qui se découpaient sur un ciel plein d'étoiles.

Le grand bal des chevaliers de Momus avait été pour Osmond une initiation aux mondanités citadines. La soirée à l'Opéra français fut la révélation de l'art lyrique. La troupe, justement réputée, donnait les *Huguenots*, un opéra en cinq actes de Jacques Meyerbeer. Bien que l'œuvre soit chantée en italien, Osmond n'eut aucun mal à suivre de bout en bout le déroulement de l'action tragique. Les décors, les costumes, la musique, le pur amour de Valentine de Saint-Bris pour Raoul, la noblesse du comte de Nevers, le massacre des Huguenots, la fusillade finale, au cours de laquelle périssent les amants, impressionnèrent vivement le jeune garçon auquel Gustave avait raconté la tuerie de la Saint-Barthélemy. Voyant l'intérêt que son élève portait au spectacle, la tension qui s'emparait de lui pendant l'action, la vigueur de ses applaudissements, M. de Castel-Brajac se remémora les soirées d'opéra avec Virginie et le général Tampleton. Il reconnut dans la soudaine exaltation de l'enfant, habituellement peu expansif, un trait du caractère de son arrière-grand-mère. Cette façon qu'elle avait de s'enthousiasmer au théâtre et d'entrer spontanément dans le jeu de la fiction.

Naturellement, le Gascon tira du drame lyrique de Meyerbeer une leçon de tolérance religieuse.

— Ce n'est pas, dit-il, parce que des hommes et des femmes ont d'autres façons que nous de prier Dieu qu'ils sont des parias. Toutes les croyances sont respectables. De toutes les guerres, celles de religion sont les plus stupides. D'autant plus qu'il y a peu de chances pour que Dieu accepte jamais que l'on tue en son nom sa créature.

– Mais les infidèles, les croisades, dit Osmond montrant qu'il avait assimilé les leçons d'Histoire.

– Ce furent de belles expéditions, fiston, pour la reconquête de la Terre sainte..., mais je ne suis pas certain qu'elles aient été aussi désintéressées que l'eussent souhaité les prêcheurs.

Au cours des promenades à travers la ville, des visites au fort espagnol, à la cathédrale, au champ de bataille de Chalmette, aux boutiques des antiquaires, Osmond avait remarqué que les Noirs étaient toujours séparés des Blancs. Il avait vu dans les tramways ces deux petites cases de quatre places, séparées du reste du compartiment par un grillage sur lequel une pancarte indiquait : *colored patrons only*[1]. Seuls les hommes et les femmes noirs voyageaient dans cette sorte de cages à poules où aucun Blanc ne montait jamais.

Interrogé sur les raisons de cette ségrégation, Gustave se frotta le bout du nez avec son index, signe de perplexité, et finit par répondre que la loi imposait aux Noirs des écoles, des wagons, des lieux de réunion particuliers.

– Ils ont aussi leurs bals pour carnaval et leurs églises, leur façon de s'amuser et de manger.

– Et pourtant, sauf à l'Opéra, presque tous les musiciens qui jouent pour les Blancs sont des nègres.

– On les paye pour ça, fiston, comme on les paye pour ramasser le coton ou décharger les bateaux...

– Dans le tramway, ils paient leur place eux aussi.

– Bien sûr... Il ne manquerait plus qu'ils se fassent transporter gratuitement.

Osmond demeura un instant pensif.

– C'est comme pour les religions, alors ; chacun va à son église et ne veut pas que l'autre y entre et chacun a son compartiment dans le tramway.

– Ah ! Ce n'est pas si simple, vois-tu ; pour que deux races puissent vivre en bonne intelligence, alors que pendant longtemps l'une a tenu l'autre en esclavage, il faut une sorte de code des convenances, des règlements qui imposent une sorte de... discipline sociale.

M. de Castel-Brajac était un peu confus de cette explication couramment donnée aux étrangers par les Blancs les plus libéraux. Mais il fallait bien qu'Osmond se fasse aux mœurs de la ville. Plus tard, quand il pourrait juger de tout par lui-même, il se ferait une opinion. Et puis, il apprendrait aussi à connaître les Noirs, leurs défauts que l'on disait ataviques et leurs qualités individuelles.

Ils firent un soir la queue devant le restaurant *Galatoire*, cher aux créoles qui attendaient sur le trottoir de la rue Bourbon qu'une table soit libre, car les frères Galatoire n'acceptaient pas de réservation[2].

Au marché français, sous les arcades où flottait un parfum fait des mille senteurs de légumes, des fruits, des poissons, des épices, Osmond s'étonna des chapeaux des bouchers aux longs tabliers blancs. Il acheta à une vieille Noire ridée des pralines aux pécans, tripota les petits objets d'os et les paniers d'osier que proposaient sur une natte effrangée des Indiennes Choctaw venues du

1. Clients de couleur seulement.
2. Il en est toujours ainsi.

bayou Lacombe ou de la paroisse de Tammany, sans se douter que son arrière-grand-mère maternelle ressemblait à ces femmes aux cheveux huilés et aux pommettes hautes. Ce jour-là, il envoya aussi une carte postale représentant Jackson Square à Lorna et à Silas, et choisit pour sa camarade de jeu, cousine à la mode de Bretagne, une aumônière à fermoir d'argent, qu'elle pourrait étrenner le jour prochain de sa première communion.

Puis, ils regagnèrent Bagatelle par le train. Gustave de Castel-Brajac ravi du comportement raisonnable de son élève, et ce dernier convaincu qu'il avait appris, pendant ce séjour en ville, quantité de choses qui n'étaient pas dans les livres.

16

Cet été-là, sans qu'on ait pu le prévoir, la fièvre jaune se déclara à La Nouvelle-Orléans. Le 21 juillet, l'inquiétude se répandit dans la ville quand les journaux annoncèrent que les médecins connaissaient une centaine de cas et que vingt personnes venaient de succomber empoisonnées par « Bronze John », le fléau qui avait tué tant d'Orléanais au cours des siècles. Ces derniers croyaient cependant la maladie vaincue ou découragée, puisque, entre 1886 et 1898, on avait constaté un seul décès dû à « Yellow Jack », autre sobriquet de la même calamité encore appelée, suivant les quartiers et les couches sociales, « Black Vomito » ou « Saffron Scourge ».

A Pointe-Coupée, où l'on se souvenait encore de l'épidémie de 1878, qui avait tué deux mille cinq cents personnes dans la ville de Bâton-Rouge, on vit le docteur Faustin Dubard faire en hâte la tournée des plantations pour inciter les gens à prendre des précautions. Le médecin, tenu au courant des travaux de la mission médicale américaine à Cuba en 1901 et de ceux du docteur Walter Reed, qui venait de démontrer que le virus amaril est bien transmis par le moustique, distribuait un tract rédigé par le docteur Quitman Kohuke, directeur des services sanitaires de l'État. De partout on tendait des écrans de mousseline devant les fenêtres, puis on faisait des fumigations pour éloigner les moustiques et l'on récurait les citernes où les larves de l'*Ædes aegypti* pouvaient être déposées.

Faustin surveillait particulièrement Bagatelle. Il portait à Stella et à ses enfants une réelle affection et voulait que toutes les précautions soient prises afin d'éviter la contagion. Car l'épidémie se développait et l'on comptait en août plus de deux cents morts. Pour lutter contre la progression du fléau, les autorités engageaient des moyens nouveaux. « Il s'agit de faire la guerre pour sauver votre santé et peut-être votre vie », déclarait le docteur White, délégué à La Nouvelle-Orléans par le service sanitaire fédéral de Washington. Un budget de 350 000 dollars était prévu et le gouvernement de l'Union avait fait savoir qu'il accorderait son soutien à toutes les initiatives utiles. Le 8 août, un expert britannique, Sir Rupert Boyce, vint donner des conseils qui devinrent bientôt des consignes. On décida de contrôler tous les bateaux et la brigade navale fut mobilisée ainsi que les gardes-côtes fédéraux. Des hommes armés furent postés aux Rigolets et sur le pont du chemin de fer afin de surveiller le canal de jonction entre les lacs Borgne et Pontchartrain. En quelques jours, dix-huit bateaux de pêche furent saisis. Ces opérations devaient donner lieu à des incidents entre Louisianais et habitants de l'État voisin du Mississippi. Les seconds accusaient les premiers de « leur apporter la fièvre jaune ». Le 3 août, un bateau louisianais, le *Majestic*, rencontra un navire de garde du Mississippi, le *Grace*, qui l'arraisonna. Les marins du *Majestic*, qui disposaient, on ne sut pourquoi, d'une mitrailleuse, décidèrent de se défendre de ce qu'ils considéraient comme « une indiscrétion désobligeante ». Les marins du *Grace*, qui ne possédaient que des fusils, renoncèrent à entreprendre des investigations qui eussent déclenché la bagarre. Un autre incident opposa sur le lac Borgne les équipages du *Tom* et du *Tipsy*.

Pendant ce temps, la ville de La Nouvelle-Orléans était nettoyée de fond en comble. L'épidémie ne fut cependant enrayée qu'au début du mois de septembre. Elle avait fait 423 morts, mais les Louisianais savaient maintenant se défendre des moustiques. Au cours de la « mosquitoes war » 270 000 maisons avaient été visitées, 55 000 chambres désinfectées, 753 miles de ruisseaux et de caniveaux salés à outrance et 68 000 citernes recouvertes d'une pellicule d'huile et d'un voile de gaze antimoustiques. Trois millions de livres de sel avaient été répandues. On avait brûlé 448 000 livres de soufre et vidé 67 000 galons d'huile. Chaque semaine, le « mosquito killing day » obligeait les concierges à faire des fumigations dans les corridors et les montées d'escaliers des immeubles. Les résultats de cette mobilisation s'étaient révélés, disaient les autorités, « immédiats et excellents ». On pouvait penser que 1905 marquerait la dernière agression de « Bronze John »[1].

Bien que le danger soit conjuré, le docteur Dubard, qui pendant toute la durée de l'épidémie était venu chaque semaine inspecter Bagatelle, continua ses visites à la demande de Stella. Habituée à la présence fréquente du médecin, elle ne voyait plus son visage ruiné et trouvait dans sa compagnie un palliatif sans équivoque à sa solitude.

– Vous n'avez pas besoin d'avoir l'alibi du moustique pour venir le jeudi prendre une tasse de thé en famille, dit-elle gentiment.

Le thé en famille était en général un thé pour deux car, lorsque les enfants avaient salué le docteur Dubard, ils retournaient à leurs jeux ou à leurs livres. Mû par une sorte de pudeur, le médecin s'asseyait toujours de biais sur son fauteuil en évitant la pleine lumière et de manière à ne présenter à Mme de Vigors que son profil intact. Ils bavardaient ainsi une heure ou deux de leurs lectures, de musique, des événements, évitant l'un et l'autre ce qui pouvait ranimer des souvenirs douloureux.

Stella semblait résolue à passer sa vie « loin de tout », vouée à la mémoire de Gratien. Elle imaginait que ses filles, Alix et Céline, partageraient son existence de recluse tandis qu'Osmond, qui devait « faire sa vie », s'en irait étudier avant de revenir un jour prendre en main la plantation. Un après-midi où, se laissant aller aux confidences, elle développait ces perspectives, le docteur Dubard s'anima.

– Ne croyez-vous pas, chère madame, que c'est vous montrer un peu égoïste. Votre deuil dure depuis sept ans. Cette maison, dont on m'a dit qu'elle était autrefois joyeuse et souvent emplie du bruit des réceptions et des barbecues, ressemble de plus en plus à un monastère. Vous ne pouvez pas priver vos filles et votre fils des plaisirs de la jeunesse et vous-même, sans rien

1. Ce fut en effet la dernière épidémie de fièvre jaune à La Nouvelle-Orléans.

renier ni oublier, vous n'avez pas le droit, pour eux encore, de renoncer à la vie. Les morts n'ont pas cette exigence à l'égard de ceux ou celles qu'ils ont aimés. Ils veulent, je pense, que les vivants aient leur part de bonheur, si eux-mêmes en ont été frustrés. Vous me faites penser parfois à ces épouses hindoues auxquelles la loi anglaise interdit maintenant de se jeter sur le bûcher funéraire de leur mari et qui se laissent mourir d'inanition.

Stella haussa les sourcils et prit un air un peu pincé.

– Ce sont des raisonnements d'homme que vous tenez là. Je peux me consacrer à l'éducation de mes enfants sans organiser de bal à Bagatelle. Depuis qu'il est rentré de La Nouvelle-Orléans, Osmond veut que je lui apprenne à danser... vous me voyez danser... danser...

Brusquement les larmes jaillirent des yeux de la jeune femme, inondèrent son visage, qu'elle cacha promptement dans ses mains.

Faustin, bouleversé, vint à elle et, avec une audace dont il ne se serait pas cru capable, lui tendit sa pochette.

– Ne pleurez pas. Je vous en prie. Excusez mon impertinence. Je ne pensais pas que votre chagrin soit encore si présent et si intense ; séchez vos yeux.

Stella releva la tête et s'efforça de sourire.

– Ce que vous m'avez dit ne m'a pas blessée. Au contraire, peut-être ai-je besoin d'entendre d'autres voix que celles qui bercent mes insomnies. Osmond va prendre des cours de danse avec sa sœur Alix, et l'an prochain, avant qu'il ne s'en aille chez les jésuites de La Nouvelle-Orléans, je donnerai une fête d'enfants.

Faustin Dubard, évitant de regarder Stella, porta machinalement les yeux sur le portrait de Virginie.

– Ce sera une bonne chose et je suis certain que la dame de Bagatelle, qui était, paraît-il, une valseuse étonnante, sera satisfaite de voir dans cette vieille maison la jeunesse reprendre ses droits.

– Oh ! la grand-mère de Gratien, elle, n'était pas une veuve inconsolable. Elle a su vivre, croyez-moi, jeta la jeune femme en levant à son tour les yeux sur le tableau.

– Et croyez-vous qu'elle a eu tort ?

– La fidélité aux morts, docteur, est une notion personnelle. Elle n'était pas, je pense, dans son caractère.

Le médecin se préparait à prendre congé.

Stella lui tendit sa main, qu'il baisa au lieu de simplement l'effleurer comme il le faisait d'habitude et ainsi que le commandaient les convenances.

En traversant le salon alors qu'il ressentait encore la douce émotion née de cet entretien confiant, un grand miroir au tain fané lui renvoya brutalement l'image de son visage grimaçant. Il pressa exagérément le pas comme un fuyard et, sans se retourner, sauta dans son cabriolet et fouetta son cheval.

Stella, qui l'avait suivi sur la galerie, lui adressa un geste de la main qu'il ne vit pas, puis elle revint, pensive, s'asseoir au salon, en se tamponnant les yeux avec la pochette empruntée à laquelle elle trouva un agréable parfum de tabac.

Dans son cadre doré, la dame de Bagatelle, qui avait vécu des fidélités ignorées, souriait comme une entremetteuse.

Osmond, dont la maturité précoce et le goût de l'étude étonnaient les amis de Mme de Vigors, n'était pas un garçon joueur. Il aimait surtout marcher dans la forêt ou trotter par les chemins sur un anglo-normand d'âge canonique, offert par Castel-Brajac, et qu'il avait baptisé Bucéphale comme le cheval d'Alexandre, un de ses héros favoris. Quand il ne se rendait pas à Castelmore, il montait aux Trois-Chênes avec un livre. Allongé sur le banc devant les tombes de Virginie et de Dandrige, il passait des heures solitaires interrompant parfois sa lecture pour suivre sur le fleuve la progression d'un vapeur ou le ballet aérien des cardinaux ou des moqueurs. Il emportait aussi des miettes de pain pour nourrir un troglodyte familier, qui venait se poser sur la dalle funéraire près de lui. Le minuscule passereau à queue verticale, au bec fin comme une aiguille, dont les yeux ressemblaient à des perles noires, se plaisait en la compagnie du garçon. Il arrivait même qu'il se posât sur son livre, dardant de côté son regard vif et interrogateur. Lorna, à qui il avait été présenté à bonne distance, l'avait baptisé « Kiki le troglodyte », prête à soutenir que son ami possédait, comme François d'Assise, le don d'apprivoiser les petits oiseaux. Osmond ne dédaignait pas, cependant, de servir de partenaire à Silas, quand ce dernier, qui promettait d'être un hercule, apportait à Bagatelle batte et gants de base-ball. L'adresse et la vélocité du jeune Vigors surprenaient parfois le musculeux frère de Lorna, impatient d'entrer au collège pour figurer dans l'équipe la plus réputée de la paroisse. Au jeu de « balle à la base » comme on disait en français, dérivé américain du cricket anglais, Osmond préférait le tennis qu'il pratiquait avec sa sœur Alix sur un court qui n'avait rien de réglementaire, vague terrain délimité et aplani par les jardiniers derrière la maison. Lorna s'efforçait, elle aussi, de renvoyer tant bien que mal la balle à son ami, car elle ne perdait pas une occasion de se mêler à ses activités. C'était une fillette svelte et vive chez qui se devinait déjà l'adolescente racée. Elle portait, rassemblés en une lourde tresse sur la nuque, des cheveux d'un châtain sombre, trop fins pour être coiffés en anglaises comme ceux blond cendré d'Alix. Silas, qui n'était pas un modèle de patience et cherchait souvent querelle à sa sœur, trouvait dans la tresse qui battait les omoplates de celle-ci une prise généralement décisive, quand les disputes dégénéraient en pugilat. Lorna n'avait pas à redouter de gestes de ce genre de la part d'Osmond. Il la traitait en demoiselle, surtout depuis son séjour à La Nouvelle-Orléans où il avait observé les manières des citadins. Le garçon s'était empressé de raconter à son amie, sans omettre un détail, les péripéties de son voyage. Ses commentaires sur le bal de Momus et la description de cette Muriel, qui avait été sa cavalière, suscitèrent chez la fillette un curieux sentiment de frustration qui, sérieusement analysé, eût été nommé jalousie par des gens plus avertis. Depuis cette époque, quand Lorna venait à Bagatelle, ou se préparait à rencontrer Osmond chez ses grands-parents Castel-Brajac, elle soignait sa toilette. Toute la famille se plaisait à constater qu'elle ressemblait à sa mère Augustine, beauté accomplie. Ses yeux gris, pailletés de bleu, fendus en amande et légèrement obliques conféraient à son regard une douceur féline. Des lèvres charnues et un nez droit aux ailes galbées eussent permis à un physionomiste de déceler une promesse de sensualité précoce chez cet être gracieux dont le visage n'émergeait qu'imparfaitement des rondeurs enfantines. Alix, qui avait hérité l'heureux caractère de son défunt père et qui n'avait pas l'ambition de plaire, allait répétant que Lorna était la plus jolie de ses amies.

– Quand tu seras grande, tu te marieras avec Osmond, disait-elle à Lorna, qui rougissait sans oser répondre.

Sans qu'elle en eût conscience, la fillette avait en effet conçu pour Osmond une affection différente de celle qu'elle vouait à Silas ou à Clary et à ses cousins ou amis. Ce sentiment qu'elle eût été incapable de qualifier se traduisait par des attentions spontanées pour Osmond, par la façon qu'elle avait de lui arranger sa cravate le dimanche avant la messe, de se placer dans son camp au cours des jeux, de soutenir son point de vue dans les discussions, de citer fréquemment des phrases qu'il prononçait et qu'elle retenait sans peine. Elle voulait lire les livres qu'il lisait, étudiait ses airs préférés pour les jouer au piano et parfois s'entichait brusquement d'un héros dont Osmond contait les exploits. C'est ainsi qu'Augustine s'étonnait de voir sa fille porter un intérêt inattendu à Tamerlan, le conquérant de l'Asie, ou réciter *le Cid* comme si elle ressentait l'affliction de Chimène.

Lorna savait aussi, quand Osmond souhaitait monter seul aux Trois-Chênes ou s'enfermer dans la bibliothèque pour feuilleter des albums, entraîner la bande dans une partie de volant ou une cueillette de baies sauvages, afin que soit préservée la tranquillité de son ami. Elle aurait aimé que le garçon lui prouvât d'une façon ou d'une autre qu'elle était sa compagne préférée, lui réservât ses confidences, mais Osmond ne lui manifestait que rarement une attention particulière, bien que ce soit à elle en priorité qu'il demandât un service ou un concours, parce qu'elle était la plus débrouillarde et la plus dévouée de la bande.

Quand, au cours de l'été 1907, Mme de Vigors se décida à donner le bal d'enfants promis un an plus tôt, on vit Lorna débarquer à Bagatelle dans une toilette de jeune fille. C'était sa première robe longue, faite de dentelle anglaise, ornée de nœuds de ruban rose et très modestement décolletée en carré sur des rondeurs naissantes. A quatorze ans, elle émergeait triomphalement de l'enfance, comme les garçons qui avaient renoncé aux culottes courtes et portaient des costumes dans lesquels ils ne semblaient pas toujours aussi à l'aise qu'Osmond. Ce dernier arborait pour la circonstance l'habit bleu nuit offert par son grand-père à La Nouvelle-Orléans et qui mettait en valeur sa taille et sa sveltesse. Tandis que M. de Castel-Brajac s'asseyait au piano et donnait le *la* à Marie-Virginie en visite à Bagatelle, qui allait l'accompagner à la mandoline, Lorna ressentit une vague inquiétude. Quelle déception ce serait si Osmond ne la choisissait pas pour ouvrir le bal. Mais c'est vers elle qu'il se dirigea sans hésiter et pour la première fois, elle connut un trouble inexplicable quand il lui passa le bras autour de la taille pour l'entraîner au milieu du salon débarrassé de ses fauteuils et de ses guéridons.

Il y avait bien longtemps que la vieille demeure n'avait pas été à pareille fête. Stella, Augustine, Lucile et Gloria de Castel-Brajac regardaient tournoyer leurs enfants ou leurs petits-enfants avec émotion. Devant elles, s'accomplissait la relève des générations. Leurs filles et leurs fils prenaient pied sur le territoire mondain des plantations, dénouaient les liens de l'enfance, commençaient des carrières nouvelles. Bientôt ce seraient des hommes et des femmes qui fuiraient peut-être leur autorité et négligeraient leurs conseils.

Augustine se pencha vers Stella.

– Sais-tu que Lorna a voulu des bas et un porte-jarretelles ?

– Alix m'a réclamé un bustier alors qu'elle n'a vraiment pas grand-chose à y mettre... Je suis certaine qu'elle l'a bourré de coton !

– Que veux-tu, nos filles grandissent, la mienne... le mois dernier... elle a cru qu'elle allait mourir... quelle séance !

– Alix n'en est pas encore là, mais ça ne va pas tarder, j'imagine... comment lui as-tu expliqué ça ?

Tandis que les deux mères débattaient à voix basse de ce sujet délicat et quasiment scabreux, Gloria de Castel-Brajac se souvenait des belles réceptions de Bagatelle. Dans ce salon peuplé d'enfants, sur ce parquet usé, combien de fois n'avait-elle pas dansé. Sans le savoir, les enfants mettaient leurs pas dans ceux de Dandrige, de Virginie, du général Tampleton, de la défunte Nadia Redburn, des Barrow, des Tiercelin, de cent autres danseurs pour qui le bal était fini. Assise sur le canapé, sous le portrait de la dame de Bagatelle, elle regardait son mari qui, joyeusement, tirait du vieux Pleyel des airs que les murs s'étaient mille fois renvoyés en écho et que les domestiques noirs, portant les rafraîchissements ou trouvant prétexte à incursion pour satisfaire leur curiosité, connaissaient eux aussi par cœur.

La fête s'acheva, comme le voulait la tradition, par un quadrille qui avait été répété. Silas se trompa plusieurs fois, égarant sa cavalière entre deux figures ou lui présentant son dos à la fin d'une évolution, tandis que Lorna et Osmond, parfaitement accordés, s'appliquaient à ne pas faire la moindre faute. Après le dîner, quand vint le moment de la séparation, garçons et filles retrouvèrent soudain des réactions enfantines. Tous ressentaient la même angoisse légère. L'automne qui approchait allait dissoudre la joyeuse bande. Lorna et Alix devaient entrer comme pensionnaires chez les dames du Sacré-Cœur à Grand Coteau, tandis qu'Osmond, comme d'autres garçons, irait à La Nouvelle-Orléans étudier chez les jésuites. Seul Silas, que son père avait pu inscrire au collège Poydras, resterait dans la paroisse avec les plus jeunes, comme son frère Clary, Aude et Hortense Oswald ou Céline de Vigors, qui n'avait pas dix ans.

A la fin du mois d'août, les Castel-Brajac organisèrent un barbecue auquel Stella accepta d'accompagner ses enfants. Depuis que Marie-Virginie, qui n'était venue à Bagatelle que pour un bref séjour, avait accepté de s'y installer pour longtemps, la veuve de Gratien semblait avoir retrouvé plaisir à vivre.

– Quand Osmond et Alix vont partir pour leur collège, je me sentirai bien seule, pourquoi ne resterais-tu pas avec moi ?

Marie-Virginie, qui commençait à se lasser de jouer les épouses ratées près de sa mère, au milieu des Dubard de Saint-Martinville, ne s'était pas fait prier. Comme Harriet, la gouvernante, devait s'installer à La Nouvelle-Orléans dans l'ancienne maison des Pritchard pour « tenir le ménage » d'Osmond, qui échapperait ainsi à l'internat jésuite, la jeune femme estima qu'elle pourrait se rendre utile à Bagatelle, qui allait être privé de la domestique de confiance.

La veuve et la divorcée, qui s'aimaient comme deux sœurs, se stimulaient mutuellement. Fort jolies l'une et l'autre, portant légèrement leur trentaine, elles avaient retrouvé leur complicité d'anciennes pensionnaires des ursulines. Marie-Virginie avait convaincu Stella d'abandonner ses vêtements de deuil, et la couturière de Sainte-Marie reprenait le chemin de Bagatelle. Pendant quelques semaines, le docteur Dubard, toujours mal à l'aise en public, avait interrompu ses visites hebdomadaires après avoir surpris lors de sa première rencontre avec l'amie de Stella un mouvement de recul qu'il excusait, mais qui l'avait incité à ne plus se montrer. Et puis, l'espèce d'intimité établie entre la veuve et le médecin était gâtée par la présence d'un tiers. Il avait fallu que Stella insistât pour qu'il revînt. Marie-Virginie s'arrangeait pour être absente lors de ses apparitions.

Au jour du barbecue, les deux femmes inauguraient des toilettes claires, ce qui réjouit Gustave et Gloria qui espéraient les voir l'une et l'autre « refaire leur vie ».

Pendant que les adultes papotaient sur la terrasse de Castelmore donnant sur le lac de Fausse-Rivière, les enfants, dont c'était le dernier rassemblement avant le départ pour leur collège respectif, avaient décidé de s'affronter dans un concours de pêche. Joyeusement, leur gaule sur l'épaule, ils s'étaient éloignés de la maison à la recherche d'emplacements favorables. Silas avait jeté son dévolu sur un vieux ponton. C'était un fameux pêcheur. Il espérait bien rapporter dans son panier quelques belles carpes, des blackspots brillants, des gardons ou au moins des vairons.

Lorna, que la pêche n'intéressait guère, s'était attachée aux pas d'Osmond, portant l'attirail de son ami. Ils s'étaient bientôt retrouvés seuls, le jeune Vigors ayant décrété qu'il fallait, pour avoir une chance d'attraper des poissons, se tenir à l'écart des autres, que l'on entendait rire et plaisanter sous les saules.

Méthodique et sérieux en toute chose, le garçon choisit une petite crique herbeuse où l'eau demeurait calme.

– Je dois d'abord me procurer des vers de vase, dit-il en inspectant les lieux.

– C'est dégoûtant... où vas-tu les trouver ?

– Là, fit Osmond en désignant les restes d'une vieille barque qui pourrissaient entre les joncs.

Ayant quitté ses chaussures et retroussé ses pantalons, il s'avança sur la berge, sauta légèrement sur ce qui avait été autrefois une coque et se mit à genoux. Le bois gluant ne constituait pas un plancher des plus stables. Il s'enfonçait puis se soulevait avec un bruit de succion.

– Prends garde à ne pas glisser... et pense aux serpents d'eau, criait Lorna inquiète.

– Tais-toi, tu vas effrayer les poissons..., éloigne-toi du bord, ils vont voir ton ombre.

Lorna fit trois pas en arrière et s'assit, les genoux repliés sur le côté, sans quitter Osmond des yeux. Elle admirait le courage de son camarade qui, se cramponnant d'une main, plongeait l'autre dans l'eau, retirant des poignées de vase qu'il étalait sur les planches, et dont il extrayait de minuscules vers promptement capturés et enfermés dans une boîte de fer-blanc.

Un grand silence régnait alentour, les oiseaux ayant battu en retraite devant les intrus. Soudain, alors que Lorna s'était détournée pour cueillir une graminée, un plouf sonore la fit sursauter. Osmond, ainsi qu'elle le craignait, était tombé à l'eau la tête la première. Elle ne voyait que ses jambes qui s'agitaient, heurtant le flanc de la vieille barque retournée et l'eau boueuse qui clapotait.

Sans penser à crier à l'aide, la fillette se précipita sur la berge, parvint à sauter sur les planches disjointes et s'apprêtait à saisir le pied d'Osmond quand la tête de ce dernier émergea enfin. Couvert de vase, il suffoquait, crachait et s'efforçait d'avancer vers la rive, à travers les hautes herbes. La fange, où maintenant ses jambes se trouvaient prises, gênait ses mouvements.

– Ne reste pas là, parvint-il à crier à Lorna, viens de ce côté.

Tout de suite elle comprit qu'il allait s'enfoncer, que la vase l'aspirait, que les mouvements qu'il tentait ne faisaient que l'engluer davantage, qu'il lui fallait un point d'appui solide. Aussi vite qu'elle put, elle s'approcha à l'extrême bord de la berge, se mit à genoux et tendit la main au garçon. Osmond la saisit, puis la relâcha.

– Je vais te faire... tomber, tu n'es pas... de force à me tirer... je vais... essayer seul...

Mais déjà, il ne pouvait plus maintenir sa poitrine hors de l'eau et son regard disait l'angoisse de l'étouffement. Ses jambes, emprisonnées comme dans un moule, lui refusaient tout service.

– Oh ! mon Dieu, dit Lorna.

C'est alors qu'elle avisa la branche basse d'un saule, qu'Osmond ne pouvait atteindre, mais à laquelle elle pouvait se cramponner.

Elle se jeta sur le dos, la tête pendante en dehors de la berge, saisit la branche à deux mains et cria :

– Attrape ma natte, attrape ma natte, je peux tenir... je lâcherai pas.

Osmond, qui jamais n'avait tiré les cheveux de Lorna, saisit la tresse sombre, n'osant pas tout d'abord exercer de traction trop forte, mais il vit que, tout en grimaçant, la fillette supportait la douleur en même temps qu'il sentait ses jambes se libérer peu à peu.

– Tu... peux... tirer... ça va ! Je lâche pas !

Alors, résolument, comme le naufragé qui a saisi la corde qu'on vient de lui lancer, il banda ses muscles et réussit à gagner la distance qui séparait sa main de la branche à laquelle Lorna était cramponnée. Un nouvel effort lui permit de se hisser sur la terre ferme où il demeura un instant à plat ventre les deux pieds encore dans l'eau. Lorna, qui s'était agenouillée près de lui, pleurait. Elle avait cru un instant que ses cheveux allaient se détacher de sa tête ou que ses mains meurtries allaient lâcher la branche du saule.

– Tu es... tout sale... on va se faire disputer, parvint-elle à articuler, heureuse que le garçon, qui avait retrouvé son souffle, soit là près d'elle, sain et sauf.

Il se taisait et la regardait comme jamais il ne l'avait regardée jusque-là. Son visage maculé paraissait blême entre les traînées de vase qui commençaient à sécher et prenaient l'aspect de croûtes grisâtres. Il se mit à genoux sur la rive, prit de l'eau dans ses mains encore tremblantes, se nettoya, puis s'assit. Elle lui tendit sa pochette.

– Je vais la salir, tu sais.

– Ça ne fait rien... je suis tellement contente Osmond... que tu sois là... jamais j'oublierai.

Le garçon la prit par l'épaule, l'embrassa et l'obligea tendrement à s'appuyer contre lui.

– J'ai dû te faire mal... dis... tu as été courageuse. Sans toi et ta natte, je crois que j'y serais encore. C'est formidable l'idée que tu as eue, Lorna.

– Tu sais, je t'aime bien, Osmond.

– Moi aussi Lorna, je t'aime bien.

– Je crois que je t'aime mieux que maman !... et pourtant tu sais, je l'aime fort.

Quand les vêtements d'Osmond furent à peu près secs, ils regagnèrent Castelmore où Silas faisait déjà admirer sa pêche. Stella vit immédiatement que son fils avait pris un bain forcé.

– C'est en attrapant des vers de vase, expliqua Lorna... il s'est un peu mouillé.

– Toi tu n'es pas mouillée, mais je te trouve bien rouge, tu n'es pas malade ? demanda Augustine.

– J'ai un peu mal à la tête... c'est le soleil, répondit Lorna en souriant du côté d'Osmond.

Bientôt les études allaient les séparer, mais il y avait entre eux un secret et une tendresse, que rien ni personne ne pourrait leur enlever.

Leur enfance heureuse avait failli s'achever dans un drame. Le destin avait voulu qu'au seuil de l'adolescence leur soient révélés en un même instant, l'angoisse soudaine de la mort et cet étrange sentiment qu'ils ne savaient pas encore nommer amour.

Deuxième époque

LE TEMPS DES COMBATS

I

Quand, le 2 septembre 1907, à huit heures du matin, Osmond pénétra, au premier coup de cloche, dans la cour du collège de l'Immaculée-Conception, par l'étroit portail de la rue Baronne, à La Nouvelle-Orléans, ses pensées étaient moroses. Vus de l'extérieur, le bâtiment abritant les salles de cours, la résidence des jésuites et les annexes n'avaient rien de réjouissant. Flanquée à gauche, du côté de Canal Street, par l'église néo-byzantine qui dépendait de l'institution des pères, la bâtisse principale de trois étages, faite de ces briques d'un rouge sévère que l'on nomme « rouge antique », paraissait aussi rébarbative qu'un immeuble administratif. Seuls les encadrements des hautes fenêtres et les colonnes de brique plaquées en saillie sur la façade constituaient un élément de décor.

Le vendredi précédant la rentrée, toujours fixée au premier lundi de septembre, Osmond avait été présenté au président du collège, le révérend J. Brislau, et au préfet des études, le révérend F. Bertels, par son grand-père, l'ancien sénateur Charles de Vigors, dont les jésuites se souvenaient avec plaisir qu'il avait été formé par la noble institution.

Charles avait tenu à cette introduction afin que nul n'ignorât qu'une troisième génération de Vigors livrait son âme et son esprit aux bons pères.

La seule attraction de la journée avait été, pour Osmond, le parcours, du Garden District au collège, à bord de l'automobile que venait d'acquérir le sénateur, une Cadillac modèle L à quatre cylindres développant quarante chevaux, de couleur prune, dotée de sièges de cuir capitonné crème et de quatre énormes phares de cuivre étincelant. Le vent de la course avait failli lui enlever sa casquette et la poussière s'était insinuée à travers ses lèvres, mais il gardait un souvenir grisant de la vitesse de l'engin, bien supérieure à celle des fiacres et des cabriolets.

Les supérieurs jésuites, bras croisés, les mains enfoncées dans les manches de leur soutane noire, l'avaient examiné avec attention et bienveillance. Quand son grand-père avait déposé une enveloppe sur le bureau du président, ce dernier s'était incliné avec onction. Le préfet des études avait tendu au nouvel élève une plaquette qui résumait l'histoire du collège et stipulait le règlement intérieur. Nul ne devait l'ignorer.

La lecture de ce document confirma tout ce que le garçon avait entendu dire de cette « high school » qui se vantait de former des gentlemen instruits, sains de corps et d'esprit et bons chrétiens. La journée commençait à huit heures quarante par la prière et se terminait à seize heures par une autre prière. Les jours de congé étaient le jeudi et le dimanche. Les élèves devaient se confesser le troisième samedi de chaque mois et communier le lendemain au cours de la messe dominicale. L'année scolaire était divisée en deux périodes. La seconde commençait le premier lundi de février, après de courtes vacances. Les classes cessaient fin juin. Les élèves qui quittaient le collège avant les vacances sans l'autorisation du vice-président couraient le risque de ne plus être admis l'année suivante. Les études étaient sanctionnées par des examens organisés à la fin de chaque session. Les promotions à la classe supérieure pouvaient intervenir en cours d'année suivant les progrès de l'élève.

Un élève de « talent ordinaire », mais appliqué pendant une session, pouvait être promu à la classe supérieure. Il pouvait tout aussi bien être renvoyé à la classe inférieure s'il se révélait incapable de suivre. Ceux qui rataient l'examen de fin d'année se voyaient offrir une possibilité de rattrapage avec un examen privé pendant les vacances, si leur moyenne leur laissait quelque chance de réussite.

Chaque mois, des compositions avaient lieu dans les différentes matières. On proclamait les résultats publiquement, en présence des professeurs et des élèves. Les étudiants récompensés devaient prononcer des allocutions, chanter, jouer de la musique ou réciter des vers.

Les cours étaient dispensés en anglais, mais l'enseignement du français restait obligatoire, alors que les cours d'allemand et d'espagnol demeuraient facultatifs et assurés sans charges supplémentaires.

Ainsi que le préfet des études l'avait souligné, les élèves devaient aussi étudier chez eux. Le jésuite estimait qu'on ne pouvait prétendre à de bons résultats scolaires sans consacrer au moins trois heures par jour au travail personnel.

Quant aux règles du savoir-vivre et de la politesse, elles devaient être strictement observées aussi bien que « le maintien moral ». On devait faire silence pendant les cours, dans les couloirs et les escaliers. Le manque de respect et l'insubordination étaient sévèrement sanctionnés. Les punitions pour les fautes vénielles, telles que retards, leçons non sues ou violations légères du règlement, consistaient en retenues, « lignes » ou obligation d'apprendre par cœur un texte du programme. Les élèves pouvaient également être punis pour des fautes commises hors du collège. « L'usage d'un langage vulgaire et les débordements immoraux » faisaient encourir au coupable le risque d'une expulsion immédiate et définitive. Tous les élèves, sauf raisons sérieuses admises par le président, devaient prendre leur repas de midi au collège. On exigeait qu'ils soient propres et correctement vêtus.

Osmond, habitué à une grande liberté de mouvement et aux méthodes d'enseignement très souples de M. de Castel-Brajac, se vit soudain enfermé dans une série de règles à observer, contraint de s'aligner comme un militaire à chaque coup de cloche, soumis à une surveillance permanente, avec le sentiment d'être une unité anonyme dans un troupeau.

L'année scolaire commençant par la grand-messe du Saint-Esprit, dont on escomptait sans doute l'assistance pour la formation des quelque trois cents élèves de l'Immaculée-Conception, Osmond découvrit la chapelle avant de pénétrer dans une salle de classe. Cette église, très fréquentée par les paroissiens, avait été construite, comme le collège, sur les plans d'un jésuite, le père Jean Cambiaso. Ce prêtre, issu d'une noble famille génoise, était né à

Lyon, en France, où il avait été, au collège Sainte-Hélène, l'élève des jésuites. A l'âge de dix-neuf ans, il était entré dans la Compagnie de Jésus. Ayant ensuite enseigné dans les collèges jésuites en France, en Sardaigne, en Espagne et en Afrique, il avait été très impressionné par l'architecture mauresque, ce qui expliquait le style des bâtiments du collège et de la chapelle.

Penseur brillant, travailleur infatigable, féru de philosophie, de littérature et de théologie, il avait conservé en France des relations influentes, sans le concours financier desquelles l'église n'aurait pu être construite. Le terrain sur lequel elle s'élevait était une ancienne cyprière où l'alligator, le héron et le rat musqué vivaient à l'aise à l'époque où Bienville avait débarqué avec les premiers colons.

Le jésuite architecte avait exigé en 1849 de profondes fondations renforcées par des barres d'acier. Dès le premier jour, Osmond eut connaissance de la légende suivant laquelle l'église reposait sur un entassement de balles de coton.

– On veut sans doute dire par là, expliqua d'un ton un peu sentencieux un élève de rhétorique, que les fondations ont été payées par les planteurs, avec l'argent tiré du coton.

La construction de cet édifice massif n'avait pas été facile et, au dernier moment, la mollesse du sol avait contraint le père Cambiaso à renoncer aux deux clochers prévus dans le plan initial. C'est pourquoi la chapelle, à peine plus haute que les bâtiments du collège, conservait un aspect inachevé avec ses deux tours aux fenêtres lancéolées encadrant la rosace centrale.

Assis, au milieu de ses camarades sur les bancs en fonte moulée, Osmond considérait l'intérieur de l'église. La futaie des piliers aux cannelures en spirale supportait les arcs en ogive, décorés de frises peintes, au-dessus desquels se développaient les galeries. Au fond de l'abside, dans une niche tendue de soie bleue et violemment éclairée, se détachait la silhouette blanche de la Vierge.

Cette statue de l'Immaculée-Conception avait connu bien des tribulations avant de trouver en Louisiane un havre digne d'elle. Commandée par la reine Marie-Amélie pour la chapelle royale de France au sculpteur Denis Foyatier[1], elle avait été une des premières victimes de la révolution de 1848. Avant qu'elle ne soit en place, Louis-Philippe était détrôné et contraint à l'exil. Le sculpteur, qui ne savait que faire de la statue, l'avait vendue 7 500 dollars[2] à des Américains qui l'installèrent dans une église de New York. Quand le curé de cette paroisse décida de s'en séparer, les jésuites de La Nouvelle-Orléans l'obtinrent pour 1 500 dollars.

Consacrée en 1857, la chapelle de l'Immaculée-Conception n'avait été dotée d'un maître-autel qu'en 1867, quand le père Cambiaso s'était procuré, à Lyon, le beau monument en bronze doré, dessiné par James Fréret.

Quant à la cloche, qu'Osmond avait entendue tinter et qui appelait chaque jour les fidèles à la prière, c'était un don de la fille du président Zachary Taylor. Dans cette église fraîche et claire, le nouvel élève découvrit les statues de saint Antoine et de saint Pierre, représentations familières de saints qu'on invoquait souvent, et aussi celle d'une sainte, dont le nom pour les francophones

1. C'est aussi l'auteur de la statue équestre de Jeanne d'Arc, place du Martroi, à Orléans.
2. 30 000 francs de l'époque.

conservait une assonance comique, Marguerite-Marie Alacoque. Très irrespectueusement, les anciens l'appelaient « Mary Egg » et soutenaient que c'était la sainte à prier à l'heure du breakfast.

Osmond n'était pas un garçon d'une piété exemplaire. Sa première communion ne l'avait guère troublé, et le mystère de l'eucharistie demeurait à ses yeux un rite qu'on se devait de respecter, mais qu'il ne parvenait pas à associer à la transsubstantiation du corps du Christ. Ses prières du matin et du soir, généralement expédiées de façon routinière, ne prenaient de véritable sens que les jours où il essayait d'imaginer cette paisible éternité où devait errer l'âme de son père défunt.

Au moment où, après un dernier cantique, les élèves quittaient en bon ordre la chapelle pour se rendre par une porte latérale dans la cour du collège, le rhétoricien, qui avait détruit en une phrase la légende des balles de coton, invita Osmond à lever les yeux vers la galerie où, sur un des vitraux, souriaient dans diverses postures trente-six saints et saintes plus ou moins connus.

– Tu as intérêt à apprendre et à retenir leurs noms, mon cher, car l'aumônier, le vieux type à soutane verdâtre qui battait la mesure tout à l'heure, a la manie, si on lui déplaît, d'en exiger la liste complète. Comme tu as l'air de te foutre du monde, tu ne tarderas pas à te faire remarquer.

Osmond n'oublierait pas sainte Marguerite-Marie Alacoque, mais qui pourrait, au moment opportun, lui rappeler les noms de sainte Elisabeth de Hongrie, de sainte Angela Mereci ou de saint Alphonse Ligouri ?

Ce sourire involontaire, déjà remarqué par l'aîné protecteur, devait lui attirer, dès le premier jour de classe, une remontrance du professeur principal, chargé de la classe de troisième B à laquelle il avait été affecté comme la plupart des nouveaux.

Le premier cours était consacré au latin, et le maître avait choisi dans l'Histoire sainte un chapitre destiné à illustrer certaines déclinaisons. La prononciation du professeur, un jeune jésuite d'origine anglo-saxonne, qui avait tout de suite informé ses élèves qu'il ne répondrait pas aux questions posées en français, parut à Osmond bien différente de celle de l'oncle Gus et même assez déroutante.

Assis au deuxième rang, Osmond de Vigors écoutait de toutes ses oreilles quand le maître le désigna du doigt.

– Ça vous amuse tant que ça, jeune homme, le martyre de sainte Clotilde ?

– Non, mon père.

– Alors pourquoi souriez-vous ?... Il y a un moment que je vous observe.

– Je ne souris pas, mon père.

Osmond, qui connaissait la particularité d'expression de sa bouche, s'efforça d'abaisser la commissure de ses lèvres, ce qui amena sur celles-ci une moue tout à fait ironique. Les autres élèves, prêts à s'amuser d'un rien, prirent cela pour manifestation d'insolence et des murmures parcoururent la classe.

– Ah ça ! mais vous vous moquez de votre professeur. Vous commencez mal, mon garçon, déclinez-moi donc « magister ».

Osmond s'exécuta sans une hésitation. Le jésuite abandonna le débat mais, quand sonna la cloche annonçant la fin du cours, il retint Osmond.

– Savez-vous que c'est manquer à la charité de se moquer sans raison de quelqu'un, monsieur de Vigors.

– Mon père, je vous assure que je ne me moque pas de vous ni de personne. Tout le monde dans ma famille sait que j'ai toujours l'air de sourire, mais cela tient à ma figure. Je n'y puis rien changer.

Le prêtre, pendant tout le cours, avait observé cet élève au regard intelligent et dont l'assurance et la distinction ne pouvaient passer inaperçues. Il admit que cet espèce de rictus, qui donnait au visage du garçon un charme irritant, pouvait être involontaire et incontrôlable.

– Votre... anomalie physionomique risque de vous attirer des inimitiés, mon petit. Vous avez cependant l'air d'un élève sérieux... Priez Dieu afin qu'Il vous épargne les injustices qui pourraient naître d'une interprétation erronée de ce sourire... qui n'a rien de séraphique et qu'Il vous a donné. Je ne prendrai plus vos mimiques pour impertinence.

Longuement, ce soir-là, quand il eut regagné la belle chambre de la vieille maison des Pritchard, où Harriet avait rangé ses vêtements et empilé ses livres, Osmond s'exerça devant une glace à prendre un air grave. Il n'y parvint pas aisément. Même quand son regard clair se chargeait de tristesse, ses lèvres continuaient à sourire, comme si du plus profond de lui-même montait un mépris amusé pour les êtres et les choses. Il décida finalement qu'il tiendrait, quand cela serait nécessaire, sa main devant sa bouche et que, plus tard, il laisserait pousser une moustache.

Il s'adapta vite au rythme de la vie scolaire. L'alternance des cours et des moments de liberté lui parut chose naturelle. La discipline du collège, redoutée le premier jour, n'était pas pesante. A travers elle, il découvrait la sécurité d'un emploi du temps, l'organisation rationnelle des études, la satisfaction d'accomplir des tâches déterminées. Il savait plus de latin et plus de français que la plupart de ses camarades, et ses connaissances en histoire et en littérature lui fournissaient des références dont les autres ne disposaient pas. Tout ce qu'il avait appris de l'oncle Gus s'ordonnait, trouvait place dans l'enseignement des jésuites. Habitué au travail personnel, il rendait des devoirs parfaits et sa mémoire, déjà entraînée, lui permettait d'assimiler les leçons sans effort.

A quatre heures de l'après-midi, dès que la cloche libérait les externes de l'Immaculée-Conception, il quittait le collège, marchait jusqu'à la rue Saint-Charles et sautait dans un tramway bizarrement nommé « Desire »[1], qui le déposait dix minutes plus tard près de Second Street où se trouvait son domicile. Harriet, toujours grave et compassée, lui servait du thé, des toasts, des confitures. Il faisait honneur à cette collation, car le lunch du collège, s'il était copieux, manquait singulièrement de variété. Il s'enfermait ensuite jusqu'au dîner pour travailler dans sa chambre où M. de Castel-Brajac avait fait disposer une longue table d'acajou sur laquelle trônait le dernier cadeau des demoiselles Tampleton : la pendulette de cuivre du général. A travers les parois de verre, les roues dentées du mouvement grignotaient les secondes, et le tic tac du balancier accompagnait les crissements de plume et le léger bruit des pages tournées. Parfois, Osmond levait les yeux sur le magnolia aux feuilles vernissées dont il

1. Tennessee Williams écrivit en 1947 une pièce de théâtre intitulée *Un tramway nommé Désir* et qui devait être portée à l'écran en 1951 par Elia Kazan.

verrait, au fil des saisons, les fleurs blanches gonfler, s'épanouir et faner en prenant la couleur du cuir. Chaque semaine, il écrivait à sa mère une lettre affectueuse et à l'oncle Gus une épître dans laquelle il détaillait les connaissances acquises, demandant aussi des conseils pour ses lectures. Bagatelle lui semblait une île lointaine. Le fleuve familier, qui coulait invisible derrière les maisons du quartier, lui manquait et aussi Lorna qui, pensionnaire à Grand Coteau, devait faire l'expérience de l'internat. Il avait été convenu que, par des lettres adressées à Silas, Osmond donnerait régulièrement des nouvelles à son amie, car les dames du Sacré-Cœur surveillaient la correspondance de leurs élèves et n'autorisaient que les relations épistolaires avec les parents. Silas transmettait des phrases de la part de sa sœur, mais s'étendait plus volontiers, en prenant de grandes libertés avec l'orthographe, sur les exploits de l'équipe de base-ball du collège Poydras, à laquelle il s'était immédiatement intégré.

Le collège, pour Osmond, c'était aussi les autres. Naturellement distant, ne connaissant aucun des élèves de sa classe, il n'avait avec ses condisciples que des rapports formels. Leur exubérance, leur langage – la grande majorité usaient en permanence de l'anglais – en faisaient des étrangers, et eux-mêmes ne savaient que penser de ce garçon racé, peu loquace, dont ils devinaient qu'il savait des choses qu'eux-mêmes ignoraient encore. Pendant les suspensions de cours ou au réfectoire, Osmond fuyait les familiarités et, s'il écoutait poliment les confidences des uns et des autres, lui-même n'en faisait guère. A la sortie, il ne flânait pas avec les groupes et s'en allait seul, à pas rapides, prendre son tram, sans avoir l'air d'apprécier les spectacles de la rue, ni le contenu des vitrines. De la même façon, dédaignant les sports d'équipe, il s'était inscrit pour des leçons d'escrime et des cours de tennis. Ayant ainsi découragé les approches, il avait rapidement été classé dans la catégorie des solitaires, des silencieux, des individualistes, des sans-amis. Quand, au moment de la proclamation des résultats des premières compositions, il avait obtenu des félicitations pour sa version latine et raflé les places d'honneur en grec et en français, Osmond n'avait manifesté aucune joie particulière, comme si une telle réussite allait de soi, alors que le premier en mathématiques, champion incontesté des fractions, s'était livré à une démonstration extravagante.

A la fin de l'année, peu de temps avant les vacances de Noël qui lui permettraient de regagner Bagatelle, un incident devait l'obliger à se mettre en vedette.

Au cours d'une récréation, un élève de seconde, du genre boute-en-train, qui s'était déjà fait remarquer pour ses plaisanteries et dont les sarcasmes n'amusaient que ceux aux dépens desquels ils ne s'exerçaient pas, s'approcha d'Osmond.

– Tu as un drôle de nom, est-ce un nom chrétien ? Osmond, ça ne figure pas dans mon calendrier.

– C'est que votre calendrier est incomplet. Saint Osmond, mort en 1099, était le chapelain de Guillaume le Conquérant. Il fut évêque de Salisbury et sa fête tombe le 4 décembre. Êtes-vous rassuré ?

Le sourire inimitable d'Osmond incita l'autre à se montrer soudain agressif vis-à-vis de ce « petit » qui ne jugeait pas à propos de le tutoyer.

– Curieux nom tout de même, vous trouvez pas, vous autres ? On dit que ta mère est indienne, c'est peut-être un saint peau-rouge, Osmond !

Les élèves qui avaient suivi la conversation éclatèrent de rire, assez satisfaits de voir ainsi provoqué celui qui, toujours, semblait ignorer leur existence. Osmond blêmit.

– Comme elle ne sera jamais amenée à fréquenter la vôtre, vous n'avez pas à vous préoccuper de ses origines. Quant à ceux qui voudraient faire rire à ses dépens...

– Oh ! oh ! Le petit Vigors s'énerve, messieurs, et que ferais-tu à ceux qui voudraient rire ?

La gifle d'Osmond fut si violente que le garçon trébucha.

– Ça vous suffit comme réponse.

Le boute-en-train de seconde, dont la joue virait du rose au rouge écarlate et portait la trace des doigts secs d'Osmond, fit mine de s'élancer. Osmond le retint d'un geste.

– Si vous voulez vous battre, je suis à votre disposition... en dehors du collège. Trouvez des témoins, je vous enverrai les miens... si toutefois vous prétendez être un gentleman.

La cloche annonçant la reprise des cours rappela les élèves dans leurs classes. A la suspension suivante, deux garçons vinrent trouver Osmond.

– Nous sommes les témoins de Peter Foulkes, que vous avez giflé. Où sont les vôtres ?

Osmond réussit à dissimuler sa gêne. Il ne savait à qui s'adresser parmi ceux de sa classe et, se trouvant avec un duel sur les bras, se devait de faire face honorablement. Pendant le cours de géographie, il avait pensé à sa mère et sa colère, contre l'imbécile qui avait voulu insulter celle-ci, n'avait fait que croître.

Comme il restait perplexe devant les envoyés de Foulkes, lesquels prenaient des airs suffisants, un élève de troisième A s'approcha. C'était un garçon malingre, au teint jaune, qu'Osmond avait remarqué parce qu'il portait toujours une écharpe de laine et paraissait exagérément frileux.

– Je m'appelle Bob Meyer, dit-il. J'ai suivi l'affaire tout à l'heure. Si vous voulez bien de moi comme témoin, je puis vous être utile.

Le regard noir était franc, la voix fluette mais nette, et l'on devinait que le garçon ne s'engageait pas à la légère.

– J'accepte, dit simplement Osmond.

– Je puis vous amener un second témoin, mon ami Dan Foxley, il connaît toutes les règles du duel, son grand-père était un fameux bretteur.

– Allez le chercher.

Dan Foxley, que ses intimes appelaient Fox, était fils de banquier, dilettante toujours pourvu de biscuits et de chocolat. Grand, fort, un peu rougeaud, il faisait avec Meyer une curieuse association. A les voir, on admettait le vieil adage suivant lequel les extrêmes s'attirent spontanément. Enfant tardif d'un ancien officier confédéré, il se disait Sudiste et traversait la chaussée pour ne pas passer sous les drapeaux de l'Union qui flottaient aux façades des bâtiments fédéraux.

– Quand voulez-vous vous battre ? demanda-t-il d'un ton catégorique.

– Le plus tôt sera le mieux... tout à l'heure, à la sortie, choisissez le lieu.

– Et les armes ?... Car vous avez le choix, étant l'offensé.

– Pardon, intervinrent les autres, Foulkes a été giflé, c'est à lui de choisir.

– Ça peut se discuter, dit Fox.

Osmond intervint.

– J'accepte d'avance le choix de mon adversaire.

– Alors, comme nous ne pouvons disposer d'épées, ce sera la pointe de compas attachée au bout d'une règle, proposa un supporter de Peter Foulkes.

– C'est dangereux, souffla Meyer.

– Il ne s'agit pas d'un jeu... la pointe de compas me va, répliqua Osmond.

On se donna rendez-vous à l'angle de la rue Baronne et de Common Street à seize heures quinze ; d'ici là, les témoins auraient confectionné les armes et repéré un endroit tranquille.

A seize heures trente, le groupe se réunit dans un terrain vague derrière l'hôtel *Saint-Charles*. C'était un lieu tranquille, clos de palissades et envahi par des lauriers sauvages. Avec des compas à pointe sèche ouverts à cent quatre-vingts degrés et solidement fixés au bout de deux règles d'égale longueur par du taffetas collant et du cordonnet, les témoins avaient confectionné deux petites lances qui pouvaient devenir des armes redoutables.

Osmond et Foulkes abandonnèrent leur veston et leur cravate. Bob Meyer, qui s'était procuré de l'alcool et du coton, tint à désinfecter les pointes acérées des compas, puis il recommanda d'éviter les coups au visage.

– Prenez garde à ne pas vous crever un œil, dit-il d'une voix blanche.

– On arrête au premier sang, dit un témoin de Foulkes, qui avait lu des récits de duel.

Aucun des protagonistes du drame qui allait se jouer à l'heure du thé, en plein cœur d'une ville où tant de jeunes vies avaient été perdues au cours d'affrontements aussi vains, ne pouvait savoir qu'à quelques pas de là, soixante-dix-sept ans plus tôt, un Cavalier nommé Clarence Dandrige avait corrigé de belle façon un Espagnol outrecuidant nommé Ramon Ramirez. Ce duel ne figurait pas dans les annales, comme ceux dont Bernard de Marigny avait été le héros, mais c'était bien le sang de Dandrige qui incitait ce jour-là Osmond de Vigors à se battre contre celui qui avait attenté à l'honneur de sa famille.

Les duellistes savaient assez d'escrime pour tomber en garde correctement. Pour Peter Foulkes, il ne faisait aucun doute qu'il allait l'emporter sur ce garçon au sourire insolent qui lui avait déplu dès le premier abord. Plus âgé, plus grand et plus fort que son adversaire, avantagé par l'allonge, il se promettait de lui faire une belle estafilade qui assoirait sa réputation.

Osmond n'avait aucune idée précise de ce qu'il convenait de faire. Calme et attentif, il mesurait le risque encouru et se tenait prêt à l'esquiver, comptant sur l'inspiration pour porter à Foulkes le coup qui le vengerait.

– En garde... allez messieurs, lança Fox d'une voix qui se voulait assurée.

Aussitôt, Peter Foulkes fit un pas en avant, pointant à bout de bras sa règle ferrée qui frôla l'épaule d'Osmond. Le combat était engagé, les passes maladroites se succédaient, l'un forçant sans arrêt l'autre à rompre. Meyer, les yeux exorbités, suivait les assauts dans les claquements secs des règles heurtées. Fox, lui, se demandait si les pointes de compas ne rompraient pas leur attache et quelle serait la conduite à tenir si l'un des deux adversaires voyait son arme détériorée. Les témoins de Foulkes jetaient des regards inquiets, redoutant l'intrusion d'un passant.

Osmond avait très vite compris que Foulkes comptait sur sa force et sa fougue pour l'atteindre, aussi tenait-il ses distances, visant l'avant-bras de l'adversaire afin de l'obliger à réduire ses élans.

Instinctivement, il retrouvait en brandissant une arme dérisoire, les vieilles règles chères au baron de Bazancourt : « Restez autant que vous le pouvez sur la défensive, en vous tenant hors de mesure pour empêcher votre adversaire de vous attaquer de pied ferme et le contraindre de marcher à l'épée, l'action la plus dangereuse. »

Quand le corpulent Foulkes commença à donner des signes de fatigue, que sa respiration se fit plus haletante, Osmond sentit que le garçon perdait un peu de son assurance et relâchait son attention. Il le laissa s'approcher davantage, renonçant à rompre afin de l'inciter à s'engager plus nettement. Il connaissait maintenant l'excitation morbide du combat et éprouvait une certaine jouissance, comparable à celle qu'il ressentait quand un gros poisson tiraillait l'hameçon de sa ligne. Quand, sur une avancée fougueuse de son adversaire, il fit un pas de côté, l'ouverture lui apparut. En une fraction de seconde son bras se détendit, vif comme le dard d'un reptile, et la pointe de compas creva la joue luisante de sueur de l'adversaire, qui poussa un hurlement.

– Arrêtez, arrêtez, crièrent Fox et les témoins du blessé.

Bob Meyer tremblait comme une feuille à la vue du sang dégoulinant sur le cou de Foulkes qui s'était laissé tomber dans les herbes folles.

– Je vais mourir... n'est-ce pas ? chevrotait le hâbleur aux lèvres décolorées.

– Il faut l'emmener chez un médecin.

On lui tendait des mouchoirs qui, trop vite, se teintaient de sang, on essayait de le relever, on redoutait qu'il s'évanouît.

Osmond, les mains sur les hanches, étonnamment calme, ne trouvait aucun plaisir à cette victoire. Le premier, il avait tendu son mouchoir au blessé qui posait sur lui un regard effrayé.

Bob Meyer tira de sa poche son flacon d'alcool et son coton, et, dominant son dégoût, se pencha sur la joue de Foulkes qu'il essuya avec des gestes précis.

– Ouille, ouille, ça brûle, ça brûle.

– Ça désinfecte... ce n'est qu'un petit trou... il faut aller chez le pharmacien de la rue Bourbon, il vous mettra un emplâtre pour arrêter le sang.

Un peu chancelant, se tenant la joue avec un tampon fait de mouchoirs maculés, Foulkes fut bientôt capable de suivre ses camarades qui n'en menaient pas large.

Osmond lui serra la main, comme l'exigea Foxley et remercia ses témoins, puis il enfila son veston, ramassa son cartable et s'en fut rapidement prendre le tramway.

Une fois seul dans sa chambre, après avoir jeté une vague excuse à Harriet pour justifier son retard, il se mit à pleurer comme un enfant qui avait pris le risque stupide d'en blesser grièvement un autre.

2

Les vacances de Noël arrivèrent fort opportunément pour dissiper les échos du duel qui avait opposé deux élèves de l'Immaculée-Conception. La solidarité jouant à plein, les pères jésuites, qui avaient eu vent de la joute, ne purent cependant obtenir le nom des coupables. Et même si ceux-ci avaient été identifiés, aurait-on pu taxer de « débordement immoral » les conséquences d'une affaire d'honneur ?

Pendant quelques jours, Peter Foulkes, prétextant un petit furoncle, présenta une joue ornée d'une croix de taffetas d'Angleterre et fut contraint, au réfectoire, de mâcher avec précaution des mets attiédis. Vainqueur et vaincu s'ignorèrent définitivement, et l'on regarda Osmond de Vigors comme un garçon qu'il valait mieux ne pas importuner. A ceux qui, pour faire leur cour, vinrent lui demander des précisions sur la rencontre, il répliqua assez sèchement qu'il s'agissait d'une affaire privée, qui avait été réglée, comme il se devait, entre gentlemen.

Cette dangereuse aventure lui apporta cependant le bénéfice de deux amitiés. Bob Meyer et Dan Foxley, respectivement âgés d'un an et de deux ans de plus que lui et qui appartenaient à la troisième A, classe supérieure à la troisième B où figurait Osmond, devinrent ses inséparables.

Bob Meyer était tombé malade au lendemain de la rencontre à l'issue de laquelle il avait exercé ses talents d'infirmier. La réaction à l'émotion ressentie s'était traduite par une fièvre sans gravité, qui l'avait éloigné pendant trois jours du collège.

– Tu comprends, dit-il à Osmond, Foulkes aurait pu se vider de son sang. Les pointes de compas ont une section triangulaire, et tout le monde sait qu'une plaie causée par une telle lame peut ne pas se refermer.

– Tu as été rudement bien dans cette affaire. J'ai vraiment eu les deux meilleurs témoins. C'est dommage que nous ne soyons pas dans la même classe.

– Si tu continues à être premier dans quelques matières, tu peux, à la rentrée de février, passer tout de suite en troisième A. Comme ça, on pourra continuer ensemble.

– Ce sera dur, dit Dan Foxley, qui figurait toujours dans les derniers de la classe au contraire de Meyer, prix d'excellence de l'année précédente.

– Je vais essayer, dit Osmond. S'il n'y avait pas les maths...

– C'est ce qui est le plus facile... quand tu comprends pas, viens me voir... ce qu'il faut c'est ne pas passer une leçon avant d'avoir bien compris la précédente. Les mathématiques, vois-tu, c'est un enchaînement logique...

Les trois amis se séparèrent pour les vacances de janvier avec une foule de projets communs, Osmond ayant obtenu d'excellents résultats et comptant bien passer en troisième A dès la rentrée de février.

Bagatelle réservait à Osmond une agréable surprise. Depuis que Marie-Virginie s'était installée à la plantation, Mme de Vigors semblait avoir repris goût à la vie. L'écolier retrouva une mère vive et enjouée, pimpante et toute disposée à faire face aux obligations mondaines longtemps négligées. Elle lui parut extraordinairement jeune et jolie, comme si sa réclusion volontaire de veuve avait détourné de sa personne les atteintes de l'âge. Très grand pour ses quatorze ans, le fils avait maintenant la même taille que la mère, et il pouvait lui offrir son bras sans paraître ridicule. Quelques jours après son arrivée, elle lui annonça qu'il allait disposer désormais d'un appartement à lui.

— Tu seras bientôt un jeune homme et je te dois une garçonnière, alors, j'ai pensé que le logement qu'occupait autrefois l'intendant pourrait te convenir ; viens voir.

Par la petite passerelle couverte qui, partant d'un angle postérieur de la galerie périphérique de la demeure des maîtres, reliait celle-ci à l'étroite véranda de l'annexe, Stella entraîna son fils dans l'appartement qu'avait occupé, sa vie durant, Clarence Dandrige, et qui se composait de deux pièces principales. La première était un salon meublé d'une table-bureau, de deux fauteuils gondole, d'une commode, d'un guéridon rond et d'un fauteuil de cuir à oreillettes. Le mobilier de citronnier, très sobrement décoré de baguettes d'ébène incrustées, plut tout de suite à Osmond. Le bois d'un blond lumineux, moucheté et ondé, correspondait à son caractère qui le portait vers la simplicité des lignes, les matériaux denses et cossus qui suffisaient à camper un décor sans le concours de ces bibelots accumulés au fil des générations et dont les vieilles demeures débordent.

Osmond s'approcha du bureau qui faisait face à la petite fenêtre donnant sur la maison. Il sut, dès cet instant, qu'assis à cette table il serait à l'aise pour travailler l'été, quand le soleil s'insinuerait jusque-là, et l'hiver quand les grandes pluies battraient les vitres.

Il souleva d'un doigt le sous-main de cuir patiné. Un buvard jaune apparut, sur lesquels des bribes de mots inversés, décalqués d'un revers de main, s'entrecroisaient, se superposaient, s'amalgamaient pour composer un étrange paysage d'arbres encroués de buissons foisonnants, projections indéchiffrables d'écritures anciennes, de pensées inconnues.

Ils passèrent dans la chambre, dont le mobilier se réduisait à un lit bateau, deux chaises, deux chevets et un semainier faits du même bois de citronnier.

— Bella a lessivé les murs et changé les rideaux qui n'auraient pas supporté un lavage. Tu pourras suspendre les gravures que tu voudras. Tu es ici chez toi, dit Stella.

Le dressing-room, qui ouvrait sur le cabinet de toilette, était pouvu, sur deux parois, de larges étagères. Sous la plus basse, à hauteur d'homme, étaient fixées des barres de bois sur lesquelles se balançaient des cintres. D'autres tiges de bois, montées sur des potences, permettaient de suspendre les chaussures.

— Clarence Dandrige était un homme d'ordre et fort élégant. Il paraît que tout cela était plein de costumes.

— Rien n'est prévu pour les livres ? s'étonna Osmond en ouvrant une armoire dont la glace, tenue à l'intérieur de la porte par des supports de bronze, lui renvoya l'image de sa mère.

– Non, mais la bibliothèque de Bagatelle est à ta disposition, sais-tu, tu peux emprunter tous les livres que tu voudras.

Puis, dans un frou-frou, elle se dirigea vers la porte.

– Installe-toi, Citoyen va t'apporter tes bagages et tu pourras transférer les babioles qui se trouvent dans ta chambre d'enfant, oncle Gus vient dîner avec Gloria. Devine un peu qui les accompagne ?

– ...

– Une pensionnaire du Sacré-Cœur qui meurt d'envie de revoir M. Osmond de Vigors.

– Lorna !

– Il me semble qu'on appelait ainsi autrefois cette ravissante jeune fille.

– Mais voyons, maman, il y a seulement quatre mois que je l'ai vue, elle n'a pas dû changer beaucoup !

– Eh bien, tu verras si une fille ne change pas en quatre mois...

Puis, à voix basse, en prenant pour plaisanter un air de commère du village, Mme de Vigors ajouta en passant la porte :

– Il paraît qu'elle a déjà reçu des déclarations.

Osmond prit possession de son domaine avec satisfaction. Tout lui plaisait de cet appartement resté longtemps inoccupé. Très sensible aux ambiances, il en appréciait les proportions, le calme, l'éclairage. En visitant les tiroirs du bureau, il découvrit un bloc de papier à lettres et un porte-plume de bois dont le vernis avait été usé à l'endroit où les doigts l'enserraient. Il fit mine d'écrire et le trouva à sa main. Une fois ses livres et ses cahiers empilés, ses vêtements suspendus aux cintres, ses chaussures placées sur les embauchoirs, il se sentit chez lui. Les trois semaines à venir le verraient là chaque matin, étudiant ou lisant. Cette perspective anima en lui un frémissement, une sorte de salivation de l'esprit prêt à s'employer.

Ainsi que Mme de Vigors l'affirmait, Lorna avait changé. Quand elle apparut sur la galerie de Bagatelle entre oncle Gus et tante Gloria, Osmond se trouva en présence d'une jeune fille. Sa robe de soie rose, serrée à la taille par une large ceinture de même tissu, mettait en valeur sa silhouette et son buste. Osmond remarqua tout de suite que la principale modification tenait à la nouvelle coiffure de son amie. La natte de la petite fille était devenue un chignon savamment torsadé sur la nuque. Les cheveux, partagés par une raie médiane, se répartissaient en deux vagues gonflées, relevées sur les côtés de la tête, ce qui accentuait l'ovale du visage et laissait voir les oreilles finement sculptées.

– Je te trouve très belle, dit le garçon, moi qui croyais que les dames du Sacré-Cœur exigent que leurs pensionnaires aient toutes l'aspect de bas-bleu !

– Elles exigent beaucoup de choses... Ça c'est ma coiffure de vacances et ma robe de sortie, mais, si tu préfères, je peux refaire ma natte et passer mon uniforme : jupe plissée bleu marine et corsage blanc.

– Non, tu es trop belle ainsi...

Oncle Gus, qui bouillait d'impatience, interrompit la conversation.

– Viens donc me parler un peu de tes études. Tes lettres ne sont pas toujours très explicites...

– Savez-vous que maman m'a donné l'appartement de l'intendant... Venez voir.

Quand Gustave se trouva assis dans le fauteuil où tant de fois il avait pris place dans le passé pour bavarder avec Dandrige, il ne put contenir son émotion.

– Vois-tu fiston, ces lieux ont été habités par le plus parfait Cavalier que j'aie rencontré. Sa noblesse et son courage, sa façon d'accepter les autres comme ils sont, sans jamais les condamner, la rigueur de sa vie, la droiture de son caractère, son attachement aux valeurs sûres sont un exemple sans prix. Toujours en accord avec lui-même, il a traversé nos existences avec élégance... malgré sa secrète souffrance. Un jour, plus tard, je te parlerai mieux de lui... Quand tu auras terminé tes humanités, je te donnerai à lire des papiers et le journal de Bagatelle que Dandrige a tenu depuis son arrivée à la plantation. Ton grand-père m'en a fait le dépositaire, mais c'est à toi qu'ils doivent un jour revenir. Maintenant, parle-moi de ta vie au collège... t'es-tu fait des amis ?

Osmond disséqua son emploi du temps, énuméra ses succès, brossa des portraits assez comiques des professeurs, décrivant leurs tics, leurs manies. Il n'oublia pas non plus Bob Meyer et Dan Foxley.

– En somme, tu es heureux fiston, et je ne te manque pas trop, ni Bagatelle non plus, hein ?

Osmond demeura un instant pensif. Assis dans le fauteuil de bureau qu'il avait fait pivoter pour faire face à l'oncle Gus, il se disait que cet entretien confiant serait vide de sens s'il ne se livrait pas totalement à cet homme qu'il aimait comme un père.

– Je dois vous dire autre chose, oncle Gus... J'ai dû me battre en duel.

Le Gascon sursauta et, sous ses sourcils brusquement froncés, son regard vrilla celui d'Osmond.

– Un duel, mille Diou, à ton âge et pour qui, pourquoi, boun Diou ?

– Pour maman ! Un garçon m'avait jeté à la face qu'elle est indienne.

– Ah ! Ah !

M. de Castel-Brajac fronça le sourcil.

Le garçon s'expliqua sans détours.

– Un duel, c'est idiot, boun Diou, tu aurais pu te faire crever un œil ou, ce qui est peut-être pire, crever celui de l'imbécile qui t'avait provoqué.

– On ne peut pas laisser insulter sa mère.

– Non, bien sûr, concéda Gustave, mais la gifle suffisait... dans la vie tu auras mille occasions de te battre contre la bêtise, la malhonnêteté ou la fourberie, car, vois-tu, la race des Foulkes est diablement prolifique.

– M. Dandrige ne s'est-il jamais battu en duel ? Et vous-même, oncle Gus, n'avez-vous pas joué les d'Artagnan ?

– Ouais, ouais, ça nous est arrivé, petit... mais l'époque était différente... nous étions un peu trop chatouilleux. Pour un regard de travers on tirait l'épée ou l'on sortait un pistolet.

– L'honneur, oncle Gus, est de toutes les époques... je ne regrette rien. D'ailleurs je me suis confessé et j'ai reçu l'absolution...

– Et une pénitence, j'imagine.

– Une neuvaine... au bénéfice de Foulkes.

Gustave était assez fier de la conduite de son élève. A son âge, il eût agi de même. Plus il observait le garçon, sa taille, son aisance, sa façon de marcher, de s'asseoir en croisant les jambes, et plus il lui trouvait une ressemblance avec Clarence Dandrige. Dans la voix même, il retrouvait des intonations qui lui rappelaient l'élocution distinguée de l'intendant. Et puis surtout, il y avait le regard d'un vert de jade, acéré comme une pointe de flèche, ce regard intense exprimant une lucidité impossible à berner. Le garçon, certes, ne connaissait pas encore ce pouvoir hérité, mais Gustave le devinait latent, et viendrait un jour où ces yeux forceraient les autres à la sincérité, leur imposeraient la confidence, les contraindraient au respect. C'était le legs inestimable du Cavalier, mais quand se révélerait l'autre composante possible du caractère d'Osmond, la part de Virginie, quelle serait-elle ? Il cherchait les signes de l'ambition, de l'orgueil, des appétits charnels et ne les voyaient pas encore poindre chez l'écolier. Il se rassurait en pensant que Charles de Vigors, qui ressemblait tellement à sa mère, avait épuisé les forces et les défauts héréditaires de la dame de Bagatelle.

Il se décida finalement à rompre un silence qui commençait à étonner Osmond.

– Sais-tu qu'il te manque quelque chose dans cette pièce, un objet que j'y ai toujours vu, fiston ?... Une pendule assez rare signée Robert Seignor. Clarence Dandrige me l'a léguée, mais il me semble qu'elle doit revenir ici. Je te la ferai porter demain.

Avant le grand dîner, qui devait réunir tous les habitués de Bagatelle, y compris les Oswald avec lesquels, malgré le procès qui opposait « le superbe » à son beau-père, Stella n'avait jamais rompu, Lorna et Osmond marchèrent sous les chênes jusqu'à la levée.

Ils avaient tant de choses à se dire, concernant leurs vies respectives au Sacré-Cœur de Grand Coteau et chez les jésuites de La Nouvelle-Orléans, qu'ils se coupaient mutuellement la parole, posaient trois questions à la fois, enchaînaient sans attendre les réponses. Lorna livrait, avec volubilité et humour, les secrets du pensionnat, les espiègleries commises et soutenait que, sans Alix, sa compagne, presque sa sœur, elle n'aurait pas supporté, certains jours, la promiscuité du dortoir.

– Et puis avec Alix, nous parlons de toi, de Bagatelle, de Castelmore et nous parlons français, car il y a des tas de filles qui, bien qu'obligées de l'apprendre, continuent à n'utiliser que l'anglais. J'ai plus de nouvelles de toi par Alix que par Silas qui se contente de me dire : « Il va bien, il est premier. »

Osmond, plus calmement, décrivait l'existence assez banale d'un élève des jésuites, répétant ce qu'il avait dit à l'oncle Gus, mais en insistant sur les travers des maîtres. Il tut l'affaire du duel, estimant que Lorna ne pourrait se retenir d'en parler à Alix.

– Et que fais-tu après l'école ?... Et le jeudi ? Toi, tu n'es pas bouclé comme moi.

– Jusqu'à présent, je restais à la maison pour lire ou travailler ; ou j'allais me promener au lac Pontchartrain ou voir ma tante Louise-Noëlle chez les ursulines. Je me demande comment elle peut vivre dans ce couvent qui sent la soupe aigre et les pieds mal lavés. Mais, à partir de février, je pourrai rendre visite aux amis dont je t'ai parlé. Nous ferons des mathématiques ensemble car c'est mon point faible... et puis maman m'a autorisé à aller aux concerts de l'orchestre symphonique.

– Tu as de la chance, les garçons ont toujours plus de chance que les filles...

– ...Et puis, grand-père veut que j'aille dîner avec lui le mercredi soir, chaque semaine. Il voulait aussi que je m'inscrive au bataillon du collège, mais j'ai réussi à éviter ça. Tu sais, je n'aime ni l'uniforme, ni les exercices militaires.

– Moi, je fais de la gymnastique et de la danse, comme ça je coupe aux promenades obligatoires en rangs... j'ai peur des vaches-zébus et il y en a plein autour du pensionnat.

Quand, au premier coup de cloche du dîner, ils retournèrent vers la maison, étonnés d'avoir si vite épuisé le stock de leurs confidences, Lorna demanda :

– Que vas-tu faire pendant les vacances ?

– J'ai des devoirs et l'oncle Gus veut me faire travailler le grec... Il trouve que les pères ont fait un choix d'auteurs tout à fait insuffisant.

– On pourra jouer au tennis, peut-être... et puis pique-niquer... et Silas, qui est une véritable brute, a l'intention de te prouver ses progrès en base-ball.

– Bien sûr, nous ferons tout cela, Lorna, nous voilà devant trois semaines de liberté.

– Parle pour toi, moi, dans quinze jours, je retourne à Grand Coteau. Tu pourras m'accompagner avec papa, comme ça tu verras mon collège... ça me ferait plaisir que tu saches où je suis... quand on sait, c'est pas pareil, on peut mieux imaginer... les gens.

– C'est promis, j'irai voir le Sacré-Cœur, mais dépêchons-nous, la cloche a déjà sonné deux fois.

Autour de la grande table Adams où les porcelaines, les cristaux et l'argenterie « des grands jours » étincelaient sur une nappe de dentelle, comme des pièces d'exposition, Osmond fut heureux de voir les « bagatelliens » réunis. L'ambiance n'avait jamais été aussi joyeuse et rappelait à ceux qui en conservaient le souvenir les dîners d'autrefois. Il ne manquait que les Tiercelin dont on voulait ignorer l'existence depuis le divorce de Marie-Virginie. Amédée s'était remarié avec une jeune fille de Boston. Elle ne lui avait pas encore donné l'enfant qu'il espérait, et les bonnes langues de la paroisse commençaient à répandre dans les salons que « le pauvre Amédée devait avoir l'aiguillette nouée ». Avec l'âge, Oliver Oscar Oswald, dont l'embonpoint demeurait raisonnable, avait acquis un certain air de distinction. Sa chevelure rousse, maintenant clairsemée, virait au blanc, et son visage pouvait prétendre à la gravité sans paraître comique. Il avait confié la direction de sa plantation et de ses affaires à Omer Oscar Oswald, le mari de Lucile.

Les Barthew, toujours gais et épanouis, regrettaient de n'avoir pu amener que Lorna, Silas disputant en Géorgie un match de football avec l'équipe de son collège et Clary, le benjamin, ayant les oreillons.

Les demoiselles Tampleton, qui ressemblaient maintenant à des fruits confits, portaient des robes démodées et des mitaines au crochet. Lucy, la plus âgée, dont on s'efforçait de ne pas remarquer le doux gâtisme, branlait du chef et monologuait à voix basse en agitant un éventail de plumes de cygne. Clotilde et Nancy, ses sœurs, avalaient des pilules recommandées par le docteur Dubard. Le médecin, tout le monde le regretta, avait décliné l'invitation, en prétextant les soins à une cousine sur le point de mettre au monde le cent cinquante-troisième Dubard de la présente génération. Oncle Gus, commis au choix des vins, sermonnait Citoyen à qui il reprochait d'agiter les bouteilles. Quant à Gloria, elle s'efforçait de faire admettre aux plus jeunes de ses petites-filles, Aude et Hortense Oswald, que le privilège de dîner avec les grandes personnes se payait de silence et de bonne tenue.

Osmond se trouvait assis entre Lorna et Marie-Virginie, dont la plantureuse beauté faisait le principal ornement de la table. La divorcée appartenait à cette catégorie de femmes qui ignorent leur pouvoir de séduction, soit par modestie, soit parce qu'elles n'ont rencontré que des hommes incapables de leur en faire prendre conscience. Les femmes se font parfois involontairement provocantes en négligeant d'user des artifices et des poses que déploient les autres. Marie-Virginie tenait de son père, Charles de Vigors, une aisance et une distinction naturelles, un regard lourd et sombre ; de sa mère Liponne, un visage plein, des lèvres charnues, des dents éclatantes et aussi cette opulence de formes que l'âge mûr transforme souvent en débordements graisseux. D'intelligence moyenne, elle pouvait se montrer obstinée pour défendre de petites idées et capable d'audaces inattendues quand il s'agissait de soutenir ceux qu'elle aimait. Sa façon de gaffer avec conviction lui avait valu, de la part de sa mère, le sobriquet affectueux de « saint Jean bouche d'or ». A trente-six ans, elle représentait ce que les Dubard, complimenteurs un peu rustauds, appelaient « une belle plante ».

Osmond, qui lui portait une grande affection, aimait à la regarder. D'abord parce que sa présence à Bagatelle avait tiré Mme de Vigors de sa mélancolie, ensuite parce que sa saine beauté l'impressionnait.

D'une tendresse démonstrative, qui ne trouvait que rarement l'occasion de s'exercer, elle voyait en Osmond le fils si longtemps désiré et dont l'absence avait justifié sa répudiation. Aussi ne manquait-elle jamais une occasion d'embrasser le garçon, de lui prendre la main ou l'épaule comme on le fait aux bambins, sans subodorer que son décolleté, sa peau blanche et douce, son parfum, le mouvement de ses hanches, son abandon pouvaient allumer chez l'adolescent des désirs précoces, qui l'eussent d'ailleurs scandalisée. Osmond esquivait de son mieux ses enlacements, ses câlineries de nourrice. Non qu'il les trouvât désagréables, mais parce qu'il les estimait presque inconvenants. Il devinait confusément qu'il devait se défendre d'une attirance indéfinissable à laquelle il eût été bon de céder. Le matin, quand Marie-Virginie apparaissait en déshabillé à l'heure du petit déjeuner, le corps libre sous des tissus à demi transparents, il se hâtait d'avaler son thé au lait et de quitter le breakfast-room. Souvent, la jeune femme le retenait.

— Je te fais fuir. Parle-moi de tes camarades, disait-elle, en le rattrapant au passage et en l'attirant dans ses volants.

Un peu raidi, il tentait de se dégager, racontait une anecdote, tandis que Marie-Virginie croquait des macarons en le fixant de ses yeux doux. Certains matins, il entrevoyait, par des échancrures béantes, des formes pleines que la jeune femme se souciait peu de dissimuler. Parfois, quand elle faisait un geste pour atteindre la théière ou se renversait sur sa chaise pour mieux l'écouter, la tension soudaine du tulle révélait l'aréole brune d'un sein, et il sentait contre son genou l'ampleur et la fermeté d'une cuisse tiède.

Au collège, il avait entendu des élèves de rhétorique ou de philosophie discourir sur les particularités enivrantes du corps féminin, évoquer des caresses distribuées par des soubrettes dociles ou perverses, mais son ignorance l'avait protégé de ce que son confesseur désignait sous le terme, vague et anodin, de « mauvaises pensées ».

Aucune des femmes ou des jeunes filles qu'il approchait n'éveillaient en lui les mêmes sensations bizarres que l'amie de sa mère. Quand il embrassait la joue de Lorna ou celle d'Alix, même quand Lucile, fort jolie femme aussi, le serrait dans ses bras, son cœur ne battait pas plus vite, et il ne sentait pas cette espèce de vibration qui lui parcourait le corps chaque fois que Marie-Virginie l'approchait.

Depuis qu'il lui était arrivé de rêver qu'il se trouvait seul avec elle dans une forêt hostile, face à des dangers contre lesquels il la défendait vaillamment, il voyait Marie-Virginie comme un être faible, méritant aide et protection.

Pour l'instant, comme la plupart des convives, il l'écoutait définir les buts d'un club de femmes qui venait d'être fondé à Saint-Francisville par des émules de Charlotte Statson Gilman.

— Toute l'existence de la femme a été jusque-là concentrée, disait-elle, autour des fonctions ayant une relation directe ou indirecte avec les rapports sexuels pour en faire, dans le meilleur cas, une poupée, dans le plus mauvais, une esclave. Si nous nous marions, c'est pour des raisons pratiques et pour perpétuer la race... Vous voyez ce qui m'est arrivé ? J'ai beaucoup réfléchi à tout cela. J'ai eu le temps et j'en suis arrivée à la conclusion, comme le dit Mme Gilman, que « nous devons vivre notre propre vie ».

Ces propos féministes, du genre de ceux que répandaient les suffragettes, de plus en plus nombreuses dans les villes du Nord, ne remportèrent pas l'adhésion de la table. Les hommes sourirent, considérant que l'engouement de Marie-Virginie devait être mis au compte de la déception qu'elle avait éprouvée de sa malheureuse stérilité. Les femmes eurent des réactions plus mitigées, allant de la condamnation pure et simple des jeunes dévoyées, prononcée par les sœurs Tampleton, à l'approbation relative de Stella.

— Et naturellement, vous exigez le droit de vote et l'accès aux postes officiels... Vous voulez des femmes magistrats, persifla le juge Clavy, le vieux mari d'Odile Oswald.

— Le droit de vote, nous l'aurons bientôt, répliqua Marie-Virginie. Depuis deux ans, les femmes votent dans le Wyoming, le Colorado, l'Utah et l'Idaho, mais cela ne suffit pas. Nous voulons ne plus être tenues dans l'état de dépendance vis-à-vis de l'homme. Nous voulons juger et penser par nous-mêmes, obtenir aussi l'indépendance économique.

— C'est en suivant de tels principes que de pauvres filles ont quitté leur famille et leur village pour aller, comme vous dites, « vivre leur vie » à la ville. Beaucoup sont maintenant de petites ouvrières ou contraintes à mener une vie honteuse, observa Clarence Barthew, approuvé par Augustine.

— Parce qu'elles nourrissaient des ambitions démesurées. Mais « les femmes nouvelles » ou « les femmes célibataires », comme les appellent les journalistes moqueurs, n'en sont pas toutes là, Dieu merci. Le recensement de 1900 a montré que plus de cinq millions d'Américaines réussissent à se suffire à elles-mêmes.

– Ce que vous ne dites pas, chère amie, reprit le juge d'un ton sentencieux, c'est que, sur ces cinq millions de femmes libres, deux millions sont des servantes, six cent mille des travailleuses agricoles et que plus d'un million et demi d'entre elles travaillent dans des manufactures. Quant aux autres, elles sont cuisinières, blanchisseuses, demoiselles de magasin ou des téléphones, dactylographes, tenancières de bar ou marchandes de légumes. Je crois pouvoir dire, sans m'avancer, que la plupart d'entre elles renonceraient volontiers à ce genre d'indépendance si se présentait un mari capable de leur donner... dans une tendre dépendance... la sécurité d'une position et le bonheur d'un foyer.

– La plupart des suffragettes et des féministes que j'ai rencontrées, intervint Gustave de Castel-Brajac, ont du poil au mollet et des voix de cocher... Notre Marie-Virginie fait heureusement exception, et peu d'hommes seraient disposés à lui refuser quoi que ce soit... D'ailleurs moi, j'ai toujours été féministe... n'est-ce pas Gloria ?

– Vive les femmes ! lança Oliver Oscar Oswald. Sans elles nous ne serions rien. Tout le monde ici sait ce que je dois à Clara. Quand elle m'a épousé, j'étais un *carpetbagger* qui ne savait même pas tenir un couvert à poisson. Elle m'a donné une belle famille et, à soixante-dix-sept ans, je n'ai pas honte de dire qu'elle m'a éduqué. Et vous, juge, sans la gentille Odile, vous ne seriez qu'un vieux prêcheur insupportable qui dînerait d'un œuf dur et trouverait son lit froid !

Tout le monde se mit à rire et, bien que Marie-Virginie ait dit dans le brouhaha que la question n'était pas là, on évoqua d'autres sujets. La crise financière, tout d'abord, imputable aux faiblesses du système bancaire et aux défaillances de crédit. La mise au pas des trusts, décidée par le président Roosevelt soutenu dans cette lutte par la majorité de l'opinion publique, avait de fâcheuses répercussions sur la Bourse et provoquait faillites et chômage. Pour pallier les risques de banqueroute, le gouvernement fédéral augmentait ses dépôts dans les banques et incitait les financiers à investir.

– On dit que Pierpont Morgan a convaincu les grands capitalistes de se joindre à lui pour lancer un emprunt qui garantira la solvabilité des banques et des entreprises menacées d'étouffement, dit le juge Clavy.

– M. Roosevelt veut nous conduire au socialisme d'État... c'est-à-dire livrer à des fonctionnaires sans imagination les entreprises d'intérêt public. Nationalisation ou municipalisation sont des formules stérilisantes, intervint Barthew.

– L'État fait très bien fonctionner la poste, pourquoi serait-il moins habile à gérer les chemins de fer, les téléphones, les distributions d'eau et de gaz ? observa Oswald.

– Parce que les compagnies privées font cela plus économiquement que les États ou les villes, c'est connu.

– Mais ces économies ne profitent pas aux citoyens, elles vont dans les poches des actionnaires des sociétés et, si les entreprises privées commettent des abus, elles n'encourent aucune sanction...

– ... alors que les abus des propriétaires publics peuvent être punis au jour des élections. Souvenez-vous de l'affaire de la compagnie du gaz de New York, qui faisait d'énormes profits en réglant d'une certaine façon la pression du gaz, ce qui lui permettait de manipuler à volonté les compteurs et d'augmenter autant qu'il lui plaisait les factures des abonnés... Une entreprise publique n'aurait pas pu le faire, démontra Oswald.

– Les grandes compagnies privées ont été trop gourmandes, elles vont payer leur égoïsme et leur âpreté au gain. Je n'ai plus en mémoire le nom de cette société des téléphones qui acheta une remarquable invention améliorant le système des communications à longue distance non pour l'utiliser, mais pour s'assurer que ses concurrents ne s'en saisiraient pas et qu'elle-même pourrait maintenir un système lui assurant un maximum de profits. N'est-ce pas là une stérilisation du progrès, mon cher Barthew ? lança Castel-Brajac.

– Plus scandaleuse encore est l'attitude du New York Central et Hudson Railway qui refuse d'employer l'électricité comme moyen de traction, bien que l'usage de la vapeur ait causé à deux reprises dans le grand tunnel de New York d'épouvantables accidents qui causèrent la mort de nombreux voyageurs et occasionnèrent, à une foule d'autres, d'atroces brûlures, renchérit Oswald.

– Les sociétés privées, reprit Gustave, n'ont aucun droit naturel. Elles n'ont que ceux que le peuple veut bien leur concéder. Elles sont les créatures de l'État et, si elles cessent de servir correctement l'intérêt public, il faut les détruire. A Chicago, la municipalité gère les transports urbains et de nombreuses villes sont maintenant propriétaires de leur service des eaux. C'est en obtenant du Congrès une loi pour réglementer les tarifs des chemins de fer que Roosevelt a mis un terme au scandaleux monopole du beef-trust, du sugar-trust et de la Standard Oil. Qui pourrait s'en plaindre ?

– En somme, M. Roosevelt, dit avec humeur le juge Clavy, est un président selon votre cœur... Il ne lui reste qu'à briguer un nouveau mandat.

– Il n'y tient pas et proposera aux républicains de désigner le secrétaire d'État à la Guerre, William Howard Taft, m'a dit Charles.

– Ce sera changer du bois contre des planches, objecta Clavy.

Quelques instants plus tard, alors que Gustave de Castel-Brajac déclarait tout à fait remarquable la sauce accompagnant les canards qu'on venait de servir, Omer Oswald évoqua un sujet qui, depuis plusieurs années, sensibilisait l'opinion américaine : le canal de Panama. Les travaux, après bien des atermoiements, semblaient s'accélérer sous la direction de trois ingénieurs américains, Stevens, Georas et Goethal, qui disposaient enfin des crédits nécessaires à la réalisation du grandiose projet.

Depuis la découverte de l'or en Californie en 1848, les Américains s'intéressaient au percement de l'isthme de Panama, qui permettrait de faire communiquer l'Atlantique et le Pacifique. Depuis 1855, une voie ferrée assurait le transfert des marchandises de Balboa à Colon, d'un océan à l'autre, mais son débit restait limité. La France et la Grande-Bretagne avaient également intérêt à ce que soit ouvert un canal navigable qui diminuerait la distance par mer de New York à San Francisco de huit mille cinq cents milles et celle de New York à l'Australie d'au moins quatre mille milles. Le traité Clayton-Bulwer, passé en 1850 entre les États-Unis et la Grande-Bretagne, prévoyait le percement, et en 1870 deux expéditions s'étaient rendues sur les lieux et avaient rédigé des rapports restés sans suite. En 1881, une compagnie française animée par Ferdinand de Lesseps, alors âgé de soixante-quinze ans, le génial réalisateur du canal de Suez, avait obtenu une concession de la Bolivie, mobilisé les épargnants, recruté des techniciens. Cette tentative, qui ne tenait pas assez compte des données techniques et des conditions climatiques, avait abouti à un échec et provoqué un scandale financier quand fut démontrée la collusion de certains députés français avec des affairistes.

Plus de la moitié des 1 300 millions de francs-or apportés par les épargnants ayant été dilapidée, la faillite fut consommée dans un climat de tension politique antiparlementaire et antisémite créé par les nationalistes et les boulangistes. Le 20 janvier 1902, le président Roosevelt, après avoir fait étudier par des experts le rachat par les États-Unis des droits de la compagnie française, obtint du Congrès 170 millions de dollars pour la réalisation du projet. La Colombie s'était alors imprudemment avisée d'augmenter ses exigences en réclamant 25 millions de dollars au lieu de 10 initialement prévus. Une révolution fort opportune et soutenue par les États-Unis avait permis en 1903 à l'État de Panama de se séparer de la Colombie. L'Amérique, la France et la Grande-Bretagne s'empressèrent de reconnaître la nouvelle république panaméenne, bien que le gouvernement colombien, comprenant qu'il avait été joué, ait été prêt à faire toutes les concessions. Un ingénieur franco-espagnol, M. Buneau-Varilla, fut en hâte accrédité comme représentant de Panama à Washington et, moyennant 10 millions de dollars et la garantie de son indépendance, le nouvel État de Panama accorda aux États-Unis la propriété d'une bande de terrain de dix miles de large pour construire le canal. Dès 1905, on avait « commencé à remuer la boue », comme disait Theodore Roosevelt, mais les travaux n'avançaient pas vite. On parlait déjà de gaspillage, d'incompétence, de scandales, et certains journaux rappelaient comment la société française avait conduit à la mort des milliers d'ouvriers victimes de maladies et de fièvres.

– A vouloir ainsi faire communiquer deux océans, nous provoquerons la colère du Créateur, qui n'a pas prévu ça dans ses plans, lança Clotilde Tampleton.

– Le bon Dieu se moque bien de cela, ma bonne amie ; avant cinq ans, le canal sera percé, nous pouvons faire confiance aux ingénieurs[1], répliqua Oswald junior.

– Je trouve que, dans cette affaire, Roosevelt a fort bien joué, observa Barthew.

– Eh bien moi, je trouve qu'on lui laisse un peu trop de pouvoir, à ce président. Avec lui, la fonction exécutive prend la forme d'un gouvernement patriarcal. Son ingérence dans la grève des mineurs, ses instructions personnelles au ministre de la Justice pour les procès contre les trusts, ses interventions en tous domaines, y compris quand il s'agit des règles du football, me font soupçonner dans ce républicain une sorte de dictateur... Boun Diou nous sommes en démocratie, s'écria Castel-Brajac.

Clarence Barthew, qui ne cachait pas ses sympathies politiques, contra le Gascon :

– C'est le chef de la nation, il est animé des meilleures intentions, il veut faire de notre pays la nation la plus libre et la plus puissante que les hommes

1. Le canal fut ouvert en août 1914, quelques jours après la déclaration de guerre entre l'Allemagne et la France.

aient jamais organisée. Comme dit M. Gardiner[1] : « C'est le souverain de quatre-vingts millions de personnes et le serviteur de quatre-vingts millions de souverains »... et le Congrès a toujours le pouvoir, permettez-moi oncle Gus de vous le rappeler, de le mettre en accusation et de le déposer.

– Mille Diou Clarence, il est futé le bonhomme, il sait très bien flatter la vanité du populaire... M. Roosevelt a fait de la république une monarchie élective... Elle ressemble à ce que voulait Napoléon III.

On applaudit le mot, et le juge Clavy apporta son soutien au Gascon :

– Pour revenir à l'affaire de Panama, je trouve que nous n'avons pas de raison d'être fiers de lui. Il a violé la moralité internationale, et la vénalité du sénat colombien n'excuse en rien la spoliation qu'il a fait subir à ce pays. Il a agi par intimidation. Si la Colombie avait été une grande puissance capable de se défendre, il n'aurait pas traité aussi vite avec les sécessionnistes panaméens. Ce qu'il a fait est aussi répréhensible que le partage de la Pologne.

Les dames, que les conversations politiques ennuyaient un peu, parlaient mode et spectacle. Odile, qui avait vu à New York au début de l'année la *Salomé* de Richard Strauss adaptée par Oscar Wilde, décrivait la danse des sept voiles et l'apparition de la tête de saint Jean-Baptiste sur un plateau, scènes qui avaient tellement scandalisé les représentantes des ligues bien-pensantes que le spectacle avait été supprimé après quelques représentations.

– Ce sont les mêmes puritains qui ont obtenu en octobre 1905 qu'on retire de l'affiche la pièce de George Bernard Shaw, *La profession de Mme Warren*, qui met en scène une prostituée, expliqua Gloria.

– Je trouve que c'est là une atteinte à la liberté des artistes, s'insurgea Marie-Virginie.

– Une sanction pour atteinte aux bonnes mœurs, rectifia Nancy Tampleton. Il y a assez de belles choses à montrer pour que les auteurs étrangers n'aillent pas puiser leur inspiration dans le vice.

– Le vice, chère Nancy, est de ce monde et l'art purifie tout. Croyez-vous que le drame lyrique de M. Francisco Cilea, *Adrienne Lecouvreur*, que nous avons vu au mois de janvier à l'Opéra français de La Nouvelle-Orléans, soit plus édifiant... Cette rivalité meurtrière entre les maîtresses du prince Maurice de Sare est aussi scandaleuse que la concupiscence d'Hérode ou la déchéance de Mme Warren.

– L'une meurt et l'autre est maudite. Le mal est vaincu, il n'est pas exalté, ma petite, c'est là toute la différence !

On en vint aussi à parler automobile, et là Osmond tendit l'oreille. Si M. de Castel-Brajac n'était pas encore décidé à faire l'achat d'un véhicule à moteur, Oliver Oscar Oswald, lui, avait déjà commandé une Packard phaéton, de vingt-quatre chevaux, bleu Richelieu avec des roues jaunes. Elle coûtait près de 5 000 dollars.

– J'ai choisi cette marque parce que c'est une Packard qui a relié New York à San Francisco en cinquante-deux jours, et que le conducteur mécanicien est formé par le fabricant. Nous l'attendons, Clara et moi, pour aller nous installer à La Nouvelle-Orléans.

1. Charles Gardiner, avocat au barreau de New York, auteur d'une étude intitulée *Les pouvoirs constitutionnels du Président* (1905).

Osmond raconta ses promenades dans l'automobile de son grand-père. Lorna l'écoutait bouche bée, mais Triple Zéro ne se laissa pas impressionner.

– Je la connais, c'est un modèle qui date, on fait chaque jour des progrès en matière d'automobile, la Packard est plus rapide et ses freins sont plus sûrs. D'ailleurs, tu pourras voir la différence.

– On dit que M. Ford, qui construit plus de mille cinq cents véhicules par an, va proposer l'an prochain une voiturette populaire pour huit cent cinquante dollars, commenta Clarence Barthew.

– Pour ce prix, ça m'étonne qu'on ait quelque chose de bon, répliqua Oswald qui n'entendait pas voir dévaluer son acquisition.

Après le dîner, tout en sirotant un vieux porto, M. de Castel-Brajac s'approcha d'Oliver Oscar.

– Avez-vous des nouvelles d'Odilon ?

Le visage de l'ancien *carpetbagger* se rembrunit.

– Il est à Paris. Il suit des cours de dessin. Je lui envoie de l'argent chaque mois, mais ses lettres sont rares... D'ailleurs, elles sont toujours adressées à sa mère... qui, bien sûr, ignore toujours tout... Et votre fils Félix ?

– Oh ! lui vient de faire un héritage. Son vieux professeur et ami est mort. Il lui a laissé deux immeubles à Londres et un palais à Venise. Il fait maintenant commerce de tableaux. Nous attendons sa visite pour l'automne. Il veut installer une galerie à New York.

– Toujours célibataire ? demanda avec un sourire entendu M. Oswald.

– Il est célibataire comme Odilon est peintre... par vocation !

3

Osmond retourna sans déplaisir au collège de l'Immaculée-Conception et à ses habitudes. Quelques jours avant la fin des petites vacances, Mme de Vigors avait reçu une lettre du préfet des études. Les résultats obtenus par Osmond aux examens de la première session lui ouvraient les portes de la troisième A. Le garçon, généralement peu expansif, avait poussé un hourra de satisfaction. Il allait ainsi se retrouver dans la même classe que Foxley et Meyer. Ces derniers l'accueillirent chaleureusement, et le professeur principal, le père Charignon, un jésuite français d'origine bourguignonne au physique rabelaisien, surnommé « Trois Poils » à cause de la rarescence de son système capillaire, le reçut avec bienveillance. C'était un maître jovial, d'une culture étendue et qui attachait plus d'importance à l'enseignement qu'à la discipline. Sa classe passait pour la plus bruyante du collège, mais ses élèves l'adoraient. Ses cours de latin, de grec et de français lui fournissaient l'occasion de nombreuses incursions chez des auteurs qui ne figuraient pas au programme, et il ne dédaignait pas de bavarder avec les garçons après que la cloche avait sonné. Il acceptait volontiers les invitations à déjeuner chez les parents de ses élèves, car il considérait la bonne chère comme plaisir ecclésiastique. « Dieu a fait de bonnes choses, pourquoi ne pas en profiter » disait-il. Sous sa houlette, Osmond fit de rapides progrès. Les jésuites, qui ont un flair particulier pour déceler chez les adolescents qu'on leur confie les intelligences fertiles et les âmes saines, voyaient déjà en Osmond de Vigors un étudiant qui ferait honneur au collège et qu'ils pourraient peut-être amener doucement, par le biais d'un intellectualisme ouvert, jusqu'au seuil du noviciat. Dès la seconde session, les maîtres avisés se désignaient ainsi les uns aux autres, parmi les entrants de l'année, les recrues possibles pour la Compagnie. Leurs espérances étaient souvent déçues, car tel petit troisième, pieux et doué, révélait en rhétorique ou en philosophie des aspirations profanes ou épicuriennes, des tendances à la dissipation qui l'éloignaient irrémédiablement des rangs de la première légion.

Comme dans toutes les institutions jésuites, le monde et saint Ignace se livraient une lutte sournoise dans un climat de parfaite courtoisie, les soldats de Loyola n'étant pas des sergents recruteurs, mais plutôt des séducteurs patients et circonspects. Fins psychologues, les pères s'entendaient à déposer dans les jeunes esprits remarqués des germes qui, judicieusement traités, se développeraient peut-être jusqu'à devenir vocation. Des bacheliers, au moment de quitter la high school, renonçaient soudain à se faire officier, médecin ou ingénieur, pour entrer dans la Compagnie.

Ce n'était pas toujours ceux qu'attendaient les bons pères. Ils savaient, dans ces circonstances, faire la part des engouements sans lendemains, des appréhensions qu'éveillaient chez certains adolescents les responsabilités à venir, de la tristesse que d'autres pressentaient à l'instant de se séparer des maîtres. Les directeurs de conscience, sondant les esprits et les cœurs, s'employaient à détourner les sentimentaux, les inquiets et les faibles que la dure règle du noviciat rebuterait ou anéantirait. En revanche, non sans soulever avec une apparence de loyauté toutes les objections formulables, ils encourageaient ceux dont ils avaient pressenti les dispositions et subrepticement influencé les appétences. Ils ne faisaient que seconder la grâce divine qui leur livrait, comme des fruits mûrs, les âmes déhiscentes, cultivées pendant cinq années dans leurs serres. Le monde et la Compagnie y trouvaient chacun leur compte. Le premier en ne perdant pas des êtres de qualité, qui auraient regretté un jour d'avoir renoncé à ses vanités et à ses plaisirs, la seconde en accueillant seulement ceux qu'un impérieux appel convoquait sous la bannière d'Ignace.

Osmond de Vigors, s'il faisait déjà l'objet de l'attention des pères, ne pouvait s'en rendre compte, et son confesseur eût été bien étonné, peut-être peiné, de l'entendre développer entre Foxley et Meyer des doutes voltairiens.

Car les amis formaient un trio bavard et critique, toujours prêt à agiter des questions qui eussent paru déplacées à leurs maîtres en soutane et donné à penser qu'une hérésie inconsciente fermentait à l'abri des routines dévotieuses.

– Ce qui me plaît dans « catholique romain », c'est « romain », disait Foxley, grand admirateur des Césars.

– Ce qui me gêne dans la mort de Jésus, c'est sa résignation. Il eût été beaucoup plus édifiant qu'il balayât d'un souffle Pilate et ses tortionnaires et démontrât au monde la puissance du Père céleste, risquait Osmond.

Bob Meyer, respectueux des croyances de ses condisciples, se taisait.

– Naturellement, toi tu t'en moques de tout ça, ton messie n'est pas encore venu... Tu attends !

Foxley avait une façon abrupte de schématiser les divergences confessionnelles.

– Jésus était juif, mais les juifs ne l'ont pas reconnu. J'ai peur qu'ils attendent longtemps, observait Osmond.

– N'importe comment, quand je prie, je prie pour vous, concluait Bob Meyer de sa voix fluette.

– Et nous pour toi. Dieu s'y retrouvera plus facilement que les « jés » !

Et les trois copains, qui n'en étaient pas à un messie près, se donnaient de grandes claques sur les omoplates. Leur timide et encore inavoué scepticisme les retenait, autant que leur commune méfiance du collectif, d'adhérer aux multiples sociétés d'élèves qui fonctionnaient à l'intérieur du collège. Ni Osmond ni Fox n'appartenaient à la « société du sanctuaire » qui fournissait les enfants de chœur et les servants des offices. Ils se tenaient également à l'écart de la confrérie de l'Annonciation dont le but était de maintenir et de développer le culte de la Vierge, pas plus qu'ils n'adhéraient à la société de l'Immaculée-Conception dont les membres s'engagaient à donner l'exemple de la plus parfaite piété en communiant au moins une fois par semaine. Si Dan Foxley militait à la Thespian and Literary Society, c'était pour s'entraîner à parler en public, de la même façon qu'Osmond appartenait au Junior Athletic Club afin de pratiquer le tennis et l'escrime à moindres frais.

Bob Meyer, comme les autres élèves juifs ou protestants, était dispensé de toutes les activités religieuses. Pendant les prières du matin et de fin de journée, il se tenait debout, bras croisés, comme ses camarades, dans l'attitude respectueuse d'un invité. Cependant, depuis qu'à sa demande il avait été admis à la bibliothèque des Saints-Anges, riche de plusieurs milliers de volumes accessibles aux seuls membres, le père Delpierre, aumônier des juniors, rêvait de recueillir une conversion spectaculaire. Ce jésuite aux yeux de braise, au visage émacié, aux mains décharnées, ressemblait aux saints consumés d'amour peints par le Greco. Ardent propagandiste de la foi, il avait été envoyé à La Nouvelle-Orléans après un long séjour en Chine. Bien que les Chinois aient failli en faire un martyr, il ne gardait pas rancune à ces ouailles récalcitrantes et collectait le « papier d'argent » qui enveloppait le chocolat des goûters. Ces emballages devaient aider à la reconquête des âmes jaunes. Ses méthodes d'évangélisation, mieux adaptées aux moissons coloniales qu'à la cueillette des âmes en zone civilisée, relevaient davantage des procédés des chasseurs de primes que de ceux des missionnaires mondains. Aussi Bob Meyer s'esquivait-il dès que le prêtre au regard flamboyant apparaissait.

– Il veut absolument que je lise la vie de sainte Catherine de Sienne et celle du curé d'Ars, confessa un jour Bob à ses amis.

– Tu n'es pas obligé ! lança Fox.

– Non, mais il est si gentil et si malade que je vais lire ses bouquins.

– Si tu commences avec les vies de saints... t'as pas fini. Il y en a des centaines... ne perds pas ton temps... d'ailleurs c'est toujours la même chose. Les saints naissent cagots dans des familles parpaillotes, on les empêche de prier, ils ont des illuminations, leur vocation triomphe, ils prêchent, évangélisent les infidèles, on les arrête et là, suivant le cas, on les met à rôtir sur un gril comme Laurent, on les perce de flèches comme Sébastien, on les décapite comme Jean-Baptiste, on les lapide comme Étienne, à moins qu'on ne les donne à manger aux lions comme Blandine... Dès qu'ils sont morts, des miracles se produisent, le pape est prévenu et on les inscrit au calendrier... Tu te rends compte ?

– Le Chinois – c'était le surnom du père Delpierre – m'a parlé du dernier saint jésuite, particulièrement recommandé aux étudiants, c'est un Flamand nommé Jean Berchmans.

– Oh ! celui-là, je le connais bien, intervint Osmond. J'ai même une image de lui dans mon missel. C'est ma sœur Alix qui me l'a donnée. Saint Jean Berchmans, c'est le saint préféré de son collège, le Sacré-Cœur de Grand Coteau. C'est même là qu'il est apparu à une jeune religieuse qui se mourait de consomption...

– Et elle s'en est tirée ?

– Oui... enfin... elle est morte deux ans plus tard.

– C'est quand même intéressant, fit Bob pensif.

– Surtout pour Jean Berchmans, car c'est grâce à ce miracle qu'il a été canonisé. Avant, il n'était que bienheureux, conclut Foxley.

Mais les conversations des trois amis n'avaient que rarement pour objet la discussion des dogmes ou les mérites comparés des saints. Plus souvent, ils parlaient de leurs travaux scolaires, de leur famille ou échafaudaient des plans de promenade pour le jeudi suivant, leurs parents les ayant autorisés à passer ensemble l'après-midi de leur jour de congé.

Les Foxley habitaient une grande maison au bord du bayou Saint-Jean où le trio prit bien vite l'habitude de venir goûter après une promenade en barque ou une excursion au lac Pontchartrain. Le père de Foxley, banquier et négociant en coton, était souvent absent, mais sa mère et ses sœurs, plus âgées que lui, accueillaient toujours les collégiens avec des sourires et des gâteaux. Fox était très fier de montrer les sabres et les uniformes gris de son père, conservés dans une vitrine, ainsi qu'un drapeau de la Confédération, haché par les balles yankees à la bataille de Mansfield. Le colonel Foxley, qui avait été fait prisonnier par les Nordistes, comptait trois évasions. Les vétérans le tenaient pour un héros. Après la guerre civile, il s'était enrichi dans les affaires de tramways avec le général de Beauregard, auquel toute la famille Foxley vouait un culte passionné.

Mme Foxley était personnellement à la tête d'une jolie fortune acquise par son père, un Texan, qui passait pour le plus audacieux « forceur de blocus » qu'ait connu la Confédération.

Si les parents de Dan Foxley figuraient, comme ceux d'Osmond, dans la liste des F.L.F.[1], la mère de Bob Meyer ne pouvait prétendre au même rang social. Le père de Bob, ingénieur des chemins de fer, était mort de tuberculose sur le chantier du Pacific Railroad, et Mme Meyer avait dû, pour vivre, ouvrir, dans la rue du Canal, un magasin de corsets. Un petit atelier attenant à la boutique fabriquait sur mesure les pièces vendues aux élégantes de la ville. L'entreprise, qui jouissait d'une excellente réputation, était bien achalandée, mais les bénéfices que la mère de Bob en tirait ne pouvaient être comparés aux revenus des Vigors ou des Foxley. Souvent, le soir, ses devoirs terminés, Bob aidait sa mère à tenir sa comptabilité ou s'employait à réparer les machines à coudre.

Osmond, dont les déficiences en mathématiques étaient manifestes, se rendait parfois chez Mme Meyer pour travailler avec Bob les fractions ou les théorèmes de géométrie. Lors de sa première visite, Osmond avait identifié, au premier coup d'œil, la mère de son ami, tant ce dernier lui ressemblait. La mère et le fils offraient la même fragilité, la même étroitesse d'épaule et de poitrine, la même peau fanée, le même regard noir et enfiévré. La veuve de l'ingénieur aurait pu être jolie, car ses traits fins et réguliers ne manquaient pas de charme, mais des cernes gris et des lèvres décolorées lui donnaient un faciès de mourante. Elle se déclara heureuse que Bob se soit fait de bons amis.

Les deux garçons s'enfermaient dans la chambre de Bob, une pièce carrée, située au-dessus de la boutique et éclairée par une fenêtre à guillotine, donnant sur la rue du Canal. Ils passaient là des heures studieuses, Osmond commentant « de Viris » et Meyer expliquant les mystères euclidiens ou jugulant, au moyen d'une règle de trois, les écoulements démoniaques des robinets.

Les bruits de la rue montaient jusqu'aux collégiens. Le ferraillement des tramways, le tintement de leurs cloches, le trottinement des chevaux de fiacre, le ronflement des automobiles et le cocorico enroué de leurs trompes, les appels lancinants de la vieille marchande de pralines, assise à l'angle de l'immeuble, et

1. Firt Louisiana Families.

quelquefois le drelin-drelin impératif des voitures de pompiers filant vers les bas quartiers se confondaient comme les sons acides et discordants des orchestres noirs. Cette symphonie urbaine ne troublait guère les garçons penchés sur leurs livres. « On s'y fait », avait expliqué Bob.

Les garçons se séparaient quand Bob avait acquis l'assurance que son ami admettait enfin que le carré de l'hypoténuse est égal à la somme des carrés des deux autres côtés d'un triangle et que, pour diviser une fraction par une fraction, il suffit de multiplier la fraction dividende par la fraction diviseur renversée.

Quelquefois Foxley se joignait à eux, bien que sa mère et ses sœurs ne soient pas enchantés de savoir que leur fils et frère fréquentait la maison de la femme qui confectionnait leurs corsets.

Des trois, Dan Foxley était le plus déluré en ce qui concerne le sexe opposé.

— Dis donc, tu dois pas t'ennuyer Bob. Tu dois pouvoir lorgner les femmes qui se déshabillent dans le salon d'essayage... on peut pas en profiter ?

— C'est pas très intéressant, tu sais, des dames qui essayent des corsets.

— C'est égal, j'aimerais assez jeter un coup d'œil... ça doit être drôle.

Osmond et Bob riaient de l'intérêt que semblait porter Dan aux dessous féminins.

Quelquefois une vendeuse du magasin, déléguée par Mme Meyer, montait du thé et des gâteaux secs, et les trois amis, en grignotant, se lançaient dans des discussions au cours desquelles chacun révélait ses goûts, ses attirances, ses répulsions.

Bob Meyer était passionné d'aviation. Il collectionnait les coupures de journaux et de magazines retraçant les exploits des hommes volants. Des planeurs de Ferber jusqu'à « l'oiseau de proie » de Santos-Dumont qui, le 12 novembre de l'année précédente, avait tenu l'air pendant vingt et une secondes sur le terrain de Bagatelle à Paris, Bob savait tout. Il parlait du moteur « Antoinette » de Levasseur avec l'enthousiasme d'un diamantaire vantant une pierre précieuse. Blériot, Voisin, les frères Wright, Farman étaient à ses yeux les chevaliers des temps modernes.

— Je fais plus confiance aux dirigeables du général von Zeppelin ou de Henri Julliot, disait Fox, les aéroplanes n'ont rien qui les supporte dans l'air... tandis que les ballons !

— Eh bien, je serai aviateur, moi, criait Bob dans un moment d'exaltation d'une voix dont le trimbre aigrelet ne traduisait qu'imparfaitement sa conviction.

Puis il ajoutait aussitôt :

— Surtout n'en parlez pas à ma mère...

Fox riait et sans ménagement :

— Aviateur ! Tu te rends compte ce qu'il faut être costaud pour diriger ces engins !

— Penses-tu, il faut être léger au contraire, comme un jockey.

Osmond, dans ces moments-là, aurait voulu communiquer un peu de sa force à Bob pour qu'il ait vraiment une chance d'être un jour homme volant.

En classe, les trois amis s'étaient volontairement dispersés. Ils ne tenaient pas en effet à jouer, devant les professeurs, aux inséparables et entretenaient séparément avec les autres élèves des rapports de bonne camaraderie. Mais il leur suffisait d'échanger des regards à l'occasion d'un exercice ou de l'interrogation de l'un d'entre eux pour se communiquer approbation ou mise en garde.

– Nous sommes comme les trois pointes d'un triangle, disait Foxley, notre amitié est trigonométrique.

Le vieux collège, avec ses longues galeries fraîches, ses escaliers sonores, ses recoins, son réfectoire où flottaient, vaguement brassées par un courant d'air quotidiennement organisé « par hygiène » avant l'heure du repas, les odeurs confondues de mille soupes, avec ses cours, ses jardins, constituait pour Osmond et ses amis un univers clos et rassurant où ils se mouvaient à l'aise. Ils en avait pénétré les mystères, connaissaient ses traditions, admettaient les tics des professeurs et recueillaient les éléments d'une saga qui était le fonds commun de l'institution.

De toutes les histoires qu'on se transmettait de génération en génération, celle du frère Flochon, dit Floche, passait pour la plus curieuse. Le convers, qui, pendant les récréations, dressait sous le préau un petit éventaire où l'on trouvait pralines, pains au chocolat, jus de fruits, pastilles de menthe, grains d'anis, gommes et crayons, tenait de multiples rôles. Le frère, dont les pantalons étroits dépassaient d'une soutane trop courte, rapiécée et d'un noir verdâtre, passait pour l'espion assermenté du préfet de discipline. Concierge, appariteur, sacristain, homme de peine, jardinier, carillonneur, il traînait ses grands brodequins à travers tout le collège en se donnant des airs de prélat déchu. Sa silhouette trapue et sa face lunaire fendue d'un sourire mélancolique et mielleux étaient aussi familières aux élèves que le magnolia épuisé du jardin.

Osmond avait appris, de la bouche d'un élève de première chargé d'initier « les nouveaux reconnus dignes d'être admis à partager les secrets du collège », pourquoi et comment Floche était entré au service des pères. Un drame familial hors série avait bouleversé la vie de cet homme qui avait exercé autrefois, dans une ville du Nord, la profession lucrative de marchand de vins.

Floche était un meurtrier. Il avait tué sa femme... accidentellement ! L'événement s'était produit lors du déchargement d'une pièce de bordeaux, dont le négociant avait été incapable de freiner le roulement sur un plan incliné. La pauvre Mme Flochon, qui se tenait en bas de la pente, avait été aplatie comme une galette par l'énorme tonneau. Floche, dont la vocation religieuse avait été contrariée par son père, désireux de voir le garçon prendre sa suite dans les vins et spiritueux, aurait vu dans son veuvage tragique un coup de pouce donné par Dieu. Le veuf s'était fait convers, et le tonneau de Floche était entré dans la légende du collège comme celui des Danaïdes dans la mythologie.

Bien plus que l'espionnage de Floche, les élèves redoutaient les foudres du père Tucker, dit « Nosy »[1], chargé de la surveillance générale et de la questure. Ce prêtre, qui avait eu du mal à juguler ses propres instincts, voyait le vice partout, comme les conquérants de l'Ouest les Indiens. L'œil fureteur, les narines frémissantes, il ressemblait, avec sa démarche souple et silencieuse, à ces chiens de chasse qui vont toujours le nez au vent en quête d'effluves excitants. Grand et sec, il se glissait le long des murs, s'insinuait dans les

1. Envieux, en argot américain.

embrasures de portes, se figeait dans les encoignures, se postait derrière les piliers. Sa silhouette noire, tel le corps d'un caméléon, s'intégrait à l'ombre. Il apparaissait soudainement et s'épavorait comme un fantôme, mais il guettait ses proies et leur tombait dessus ainsi qu'un épervier délégué par l'Ange exterminateur. Car le collège abritait, comme beaucoup d'autres, ces succédanés des amours que sont les amitiés sensuelles entre garçons. L'Immaculée-Conception, dans sa niche tendue de soie bleue, devait remarquer pendant les offices ces regards que coulaient des adolescents en mal de tendresse, les frôlements de mains, les sourires échangés. Il y avait dans les lavabos des rencontres ambiguës, des parlotes équivoques, et, dans la pénombre des couloirs, d'étranges permutations s'organisaient afin que puissent se rapprocher un instant dans les rangs ceux qui s'aimaient.

Aux récréations, Nosy négligeait les groupes, mais s'attachait à suivre les couples tel un voyeur. Ce rhétoricien élégant, qui déambulait avec un petit troisième à la frimousse rose et au regard candide, était un suspect comme le dadais de seconde qui offrait des bonbons à un blondinet. Les épistoliers constituaient pour Nosy le gibier le plus intéressant. Quand il saisissait un sonnet calligraphié sur papier bleu pâle par un élève de philosophie et dédié à un éphèbe qu'il n'identifiait pas toujours, son cœur d'inquisiteur palpitait d'aise.

Avant de convoquer le poète, il se délectait de ses vers, s'enflammait de la romance éventée, imaginait les baisers, suçait les mots tendres comme des bonbons. Le coupable le prenait parfois de haut, parlait de violation de correspondance, à moins qu'il ne préférât, si le réalisme licencieux de son œuvre ne laissait pas d'échappatoire, expliquer en renonçant à tout amour-propre d'auteur que le sonnet avait été copié dans un livre découvert pendant les vacances.

Mais en aucun cas les interpellés ne livraient les noms des dédicataires dont le père Tucker ne pouvait que repérer les prénoms ou les sobriquets en consultant les listes d'élèves. Seuls les confesseurs connaissaient tous les détours des troubles amitiés de ces garçons auxquels l'innocence commençait à peser. Nosy enrageait de ne pouvoir, à la sortie de seize heures qu'il surveillait toujours du seuil du collège, surprendre, réunis et à l'aise, ceux qu'il s'employait à séparer. Restaient quelques internes, mais ils échappaient à sa juridiction, le dortoir, lieu suspect entre tous, étant placé sous la surveillance d'un jeune jésuite sportif, qui pratiquait avec ses élèves un copinage viril et n'admettait pas qu'on empiétât sur son domaine.

Osmond, Bob et Fox, parce qu'ils étaient trois, se trouvaient à l'abri des curiosités de Nosy, encore que ce dernier sache le rôle du paratonnerre que jouait parfois, auprès d'un couple, un larron promu chandelier. Et puis, les garçons avaient quelque mépris pour les frogs[1], car tous, à des degrés divers, subodoraient déjà que la femme est la partenaire privilégiée de l'homme dans les jeux de l'amour.

Osmond se prenait à penser à Marie-Virginie plus souvent qu'à Lorna et, quand il écrivait à sa mère ou à l'oncle Gus, il n'oubliait jamais de mettre une phrase gentille pour l'amie de Stella ou pour la petite fille de M. de Castel-

1. *Frog* signifie grenouille, mais en argot américain le mot sert aussi à désigner les adolescents dont la voix mue.

Brajac. Cependant, sa correspondance avec Silas, chargé de faire la liaison entre la pensionnaire des dames du Sacré-Cœur et l'élève des jésuites, s'amenuisait. Lorna s'en plaignait et avait même sondé Alix pour savoir « si son frère n'était pas fâché contre elle ».

– Tu sais, il a des amis maintenant. Il va au concert, fait du bateau, dîne chez grand-père Charles... Nous le retrouverons aux vacances, gandin comme un garçon de la ville... mais je suis sûre qu'il ne t'oublie pas.

Il n'oubliait pas, mais trop de choses et d'êtres sollicitaient son intérêt pour que le monde de son enfance puisse encore prétendre à la première place. Le mercredi soir, c'était un jeune homme élégant et racé qui s'en allait à pied, de Second Street à Prytania Avenue, pour dîner chez l'ancien sénateur, son grand-père. Ce dernier le traitait en homme, lui faisait servir un verre de vin et ne craignait pas d'aborder en sa présence des sujets sérieux. Au fil des mois, Osmond trouvait cet aïeul, dont l'indifférence l'avait déçu quand il était enfant, de plus en plus séduisant. Ensemble, ils regardaient des estampes, dont M. de Vigors possédait une belle collection, ou feuilletaient des éditions rares et splendidement illustrées de Walter Scott ou de Jules Verne, un écrivain que l'ancien sénateur avait rencontré en France et qui était mort deux ans plus tôt. Osmond questionnait son grand-père sur ses voyages, sur l'Europe, sur Washington, sur le métier de sénateur. Charles, qui, à soixante-cinq ans, conservait une belle prestance, proposait parfois un dîner en ville au *Saint-Louis* ou au *Casino*, installé près de l'ancien fort espagnol. Il était fier de se montrer en compagnie de son petit-fils, qu'il faisait habiller à ses frais par le meilleur tailleur et qui, partout, attirait les regards des jeunes filles et même des femmes. Entre eux s'était établie une complicité, bien différente de celle qui liait le garçon à Gustave de Castel-Brajac, le mentor affectionné, mais aussi confiante et peut-être moins formelle. Charles, de son côté, découvrait des joies qu'il aurait dû éprouver autrefois en tant que père avec Gratien. Mais, à l'époque où ces connivences eussent été possibles, Gratien étudiait en Europe, et lui-même était trop occupé pour s'intéresser à l'éducation d'un adolescent.

En face d'Osmond, M. de Vigors était soudain pris d'un besoin de franchise. Ce garçon, au regard pâle et froid et à l'étrange sourire, le contraignait à ne dire que des choses vraies. Toute sa vie Charles avait été à l'aise dans la ruse et la dissimulation mais, depuis le premier dîner pris tête à tête avec son petit-fils, il s'était aperçu que certains silences de ce dernier équivalaient à des mises en doute de ses paroles. Aussi avait-il opté par souci de confort moral et, peut-être inconsciemment, pour laisser au moins sur cette terre un être qu'il n'aurait pas trompé, pour une formule qu'il aurait pu traduire ainsi : « Ne dire que la vérité... ou la taire, mais ne pas substituer à celle-ci de faux-semblants. »

Établis sur ces bases, les rapports de l'adolescent et de l'aïeul étaient excellents. Pour l'un comme pour l'autre, chaque dîner du mercredi devenait une fête.

– Que comptes-tu faire plus tard ? avait demandé un soir Charles de Vigors à son petit-fils.

– Reprendre l'exploitation de Bagatelle, en faire une plantation moderne... et puis voyager.

– C'est bien, c'est bien... mais tu sais que, de nos jours, il faut avoir un métier de rechange. La terre a parfois de brutales ingratitudes. Tu veux tout de même bien aller à l'Université ?

– Oui, bien sûr. Je voudrais faire du droit. Être avocat quelque temps comme vous l'avez été, comme papa l'a été.

– Le droit, Osmond, c'est presque une tradition familiale. Il peut mener à tout. Il prépare aux affaires et à la politique. Ça t'intéresse la politique ?

– Pas vraiment. Je n'aimerais guère solliciter les suffrages des autres. Je trouve qu'il y a là un abaissement. Il faut plaire aux électeurs, se faire valoir, faire des promesses qu'on n'est pas certain de pouvoir tenir... et dire du mal des autres candidats.

M. de Vigors prit tout d'abord un air étonné, puis rit franchement.

– Eh bien, ce que tu dis n'est guère aimable pour moi. Il m'est arrivé de solliciter les suffrages des électeurs... et d'être élu. Je ne crois pas m'être « abaissé » pour autant.

Osmond se tut, paraissant absorbé par la dégustation de la tarte aux fraises qu'on venait de servir. Charles, qui avait appris à traduire les silences de son petit-fils, comprit que c'était par déférence que le garçon semblait accepter ses dénégations.

– Vois-tu, Osmond, la conduite des affaires publiques est une chose assez importante pour que les citoyens qui ont des capacités, un jugement sain et le sens civique se mêlent de politique et s'efforcent d'accéder à des fonctions électives. Si les meilleurs se désistent ou se laissent rebuter par les procédures démocratiques parfois un peu... humiliantes, je te le concède, l'influence sera donnée à des gens audacieux, moins scrupuleux et peut-être incompétents. Le pays sera alors dirigé par des médiocres ou des chevaliers d'industrie. Tu comprends ce que je veux dire ?

– Je comprends. Mais ne trouvez-vous pas inacceptable que les gens honnêtes et instruits soient obligés d'entrer en compétition publiquement avec des aventuriers ou des imbéciles ?

– Ça, Osmond, c'est à la fois la force et la faiblesse de la démocratie. Tous les citoyens peuvent être candidats. Le peuple fait son choix librement. Et crois-moi on ne le dupe pas aussi aisément que tu sembles le croire.

– Il me déplairait d'être choisi par le peuple... laissa tomber Osmond d'une voix nette.

M. de Vigors froissa sa serviette et la posa sur la table.

– Voilà bien l'intransigeance des jeunes aristocrates. Tu voudrais qu'on en revienne à la monarchie, au despotisme ?

– Certes non, mais je voudrais que les palabres électorales soient remplacées par des examens... comme au collège et que les meilleurs soient désignés.

– L'examen c'est le scrutin, Osmond.

– Les électeurs sont des piètres examinateurs, papy, ils jugent de ce qu'ils ignorent. Non, voyez-vous, la politique ne m'intéresse pas. Je ne crois pas que j'aimerais m'en occuper.

– Sais-tu ce qu'a dit un Français[1] au siècle dernier ? J'ai oublié son nom

1. Phrase du comte de Montalembert citée par Doudan dans une lettre à Mlle Gavard (16 décembre 1871).

mais retenu sa phrase : « Vous avez beau ne pas vous occuper de politique, la politique s'occupe de vous tout de même. » Un jour tu te souviendras de ces mots.

– Je m'en souviendrai, papy, et me tiendrai sur mes gardes.

– J'espère que tu feras plus, conclut Charles.

Quand s'annoncèrent les grandes vacances d'été, Osmond reçut de la part de Mme Foxley une invitation à passer « deux semaines ou plus » avec Dan dans la propriété que la famille possédait près de Natchez (Mississippi). Mme de Vigors, consultée, signifia son acceptation à condition qu'après ce séjour Dan Foxley soit autorisé par ses parents à venir avec Osmond à Bagatelle.

– Tu verras, dit Dan à son ami, nous pourrons chasser, pêcher, faire du bateau à voile sur un petit lac, ce sera formidable.

Osmond, qui ne s'enthousiasmait pas facilement, se déclara enchanté et vanta à son tour les charmes de Bagatelle, parla de l'oncle Gus, de sa sœur Alix, de Lorna, de Silas, estimant que Fox s'intégrerait aisément à la bande. Mais, tout en évoquant la perspective de vacances heureuses, il ne put dissimuler un peu de mélancolie à la pensée que Bob Meyer serait, lui, privé de plaisirs identiques. Il s'en ouvrit à Dan qui, très généreusement, se rendit à ses vues et demanda à sa mère d'inviter également le fils de la corsetière. Mme Foxley se fit un peu prier.

– Meyer n'est pas de notre monde, mon petit. Il sera peut-être mal à l'aise, et sa mère ne pourra pas, comme Mme de Vigors, rendre l'invitation. Ce n'est qu'une commerçante.

– On n'invite pas les enfants des fournisseurs, ajouta d'un ton pincé la sœur aînée de Fox.

– Et puis c'est un juif, que fera-t-il le dimanche quand nous irons à la messe ? renchérit la cadette.

Dan, dûment chapitré par Osmond qui avait déjà emporté l'adhésion de sa mère, plaida efficacement le cas de Bob, et quand, au mois de juin, ce dernier reçut le prix d'excellence, le second prix de latin et le premier prix de mathématiques, Mme Foxley écrivit à Mme Meyer pour lui dire qu'elle ne voulait pas séparer les membres d'un trio qui raflait tous les honneurs scolaires. Avec les premiers prix de latin, de grec, de français et le deuxième prix d'anglais, Osmond faisait bonne figure, Fox ayant obtenu, contre toute attente, le premier prix de doctrine chrétienne, le premier prix d'histoire et géographie et des accessits en anglais et en mathématiques.

Le jour de la distribution des prix, à laquelle vint assister, parmi les parents d'élèves, l'ancien sénateur Charles de Vigors, Osmond interpréta au piano une marche de Souza, *The man behind the gun*, et Foxley tint le rôle du page du duc d'Aubeterre dans la pièce *La vérité triomphera*, un mélodrame historique.

C'est à l'issue de la fête, pendant qu'on servait aux collégiens la collation traditionnelle de fin d'année, après qu'eurent été applaudis ceux qui venaient d'obtenir le grade de Bachelors of Arts[1] et qui s'apprêtaient à quitter le collège, que Bob Meyer, sans dissimuler sa tristesse, confia à ses amis qu'il devait décliner leurs invitations.

1. Bacheliers ès lettres.

– Ma mère n'est pas riche, dit-il, et je n'ai pas une garde-robe me permettant de figurer honorablement dans vos familles. Je dois aussi travailler six semaines chez un notaire qui déménage son étude pour assurer mon argent de poche.

Les deux autres se récrièrent qu'en vacances on ne fait pas de frais de toilette et qu'un costume suffirait pour les « parties » qui ne manqueraient pas d'être organisées, tant à Bagatelle que chez les Foxley.

Après avoir envisagé le problème sous tous ses aspects, Dan et Osmond proposèrent une solution.

– A nous trois, nous pouvons liquider en deux semaines le déménagement du notaire. Tu auras gagné assez d'argent pour te payer un costume, et nous ne serons pas séparés.

– Il faut encore que le notaire, Me Couret, accepte votre formule... et puis ce n'est pas drôle de classer des cartons, de remplacer par des neufs ceux qui tombent en ruine et de faire des étiquettes en écriture ronde, objecta Bob.

– Mon grand-père connaît certainement ton notaire. Je vais arranger ça. A mon avis, le plus difficile sera de faire admettre à nos mères que nous restons quinze jours de plus en ville pour travailler chez un tabellion. Mais nous y parviendrons, pas vrai Fox ?

– *Ad majorem Dei gloriam*[1], lança Dan avec fougue, l'union fait la force... souvenez-vous des mousquetaires chers à l'oncle de l'ami Osmond.

Quelques jours plus tard, les trois garçons vêtus de blouses grises, remuaient la poussière des archives de l'étude Couret. Le notaire, brave homme qui avait promis à Bob Meyer 50 dollars, décida d'en donner 20 à chacun de ses trois employés intérimaires, à condition que le travail soit effectué dans les meilleurs délais et que les étiquettes soient toutes de la même écriture lisible et appliquée. Bob s'adjugea le déballage des cartons et leur remplacement, Fox confectionna les étiquettes, Osmond se réserva le collage et le classement des dossiers par ordre alphabétique.

La poussière, l'humidité et les souris avaient endommagé les archives vieilles parfois de plus d'un siècle, mais les trois copains œuvraient joyeusement, manipulant sans le savoir des secrets de famille et les minutes de procès qui avaient en leur temps défrayé la chonique. Le notaire, après avoir insisté sur l'indiscrétion qu'il y aurait à lire les actes enfermés dans les cartons, laissait les garçons travailler à leur rythme, limitant la surveillance à une inspection débonnaire en fin de journée.

Alors que le tri touchait à sa fin et que les cartons neufs granités vert et noir s'empilaient dans de vastes corbeilles, prêts à être transportés sur les rayonnages de la nouvelle étude Couret, Osmond eut l'attention attirée par un nom qu'il connaissait bien : *Général W.S. Tampleton*. Les lettres grassement moulées par Fox l'incitèrent à ouvrir le carton. Il contenait quelques actes de propriété et un dossier relatif à la liquidation d'une pension militaire, ainsi que des documents épars dont l'un, rédigé sur papier timbré, de l'engagement pris volontairement par le général Tampleton « d'assumer tous les frais principaux, annexes et imprévisibles que pourrait entraîner l'éducation d'une fillette

1. Pour la plus grande gloire de Dieu : formule que les élèves des collèges jésuites inscrivent en tête de tous leurs devoirs, généralement sous la forme des initiales A.M.D.G.

orpheline, nommée Stella English, confiée au soussigné par l'avocat métis Thomas English, son père, à la veille du décès de celui-ci intervenu lors de la bataille qui a opposé au confluent des rivières Yellowstone et Tongue (Dakota) l'armée des États-Unis aux tribus indiennes soulevées par Sitting-Bull ». Cet acte de parrainage, presque d'adoption, était accompagné de deux reçus du notaire. L'un, d'un montant de 6 000 dollars, « somme versée au soussigné par le père de la demoiselle Stella English », l'autre, de 10 000 dollars, « constituant un dépôt provisionnel tenant lieu de subside dans le cas où le général Tampleton viendrait à disparaître prématurément ou se verrait empêché de tenir l'engagement sacré qui fait l'objet du présent acte ».

Le carton contenait encore une copie du testament du général Tampleton, stipulant les legs faits à sa filleule, et une lettre de M. de Castel-Brajac par laquelle le Gascon disait reprendre à son compte le parrainage de Mlle Stella English, élève des sœurs ursulines.

Osmond relut plusieurs fois, et non sans émotion, ces textes où figurait le nom de sa mère, dont il découvrait soudainement que les origines indiennes semblaient être une réalité. Ainsi, quand Foulkes lui avait jeté, comme une insulte, une affirmation qu'il avait prise pour insolence gratuite, l'élève de seconde savait sur sa famille des choses que lui-même ignorait.

La révélation était bouleversante. Certes, la sombre beauté de Mme de Vigors, ses pommettes hautes et proéminantes, ses yeux fendus jusqu'aux tempes, ses cheveux aile-de-corbeau et son teint mat rappelaient vaguement des caractères indiens, mais Osmond les tenait pour apparences fortuites et non pour attributs héréditaires. Il comprenait maintenant la réserve de sa mère, quand, étant enfant, il interrogeait celle-ci sur ses grands-parents maternels.

« Ils ne sont plus de ce monde, mon chéri. Moi-même, j'ai à peine connu mes parents », disait-elle simplement.

Or, le dossier Tampleton lui apprenait que son grand-père maternel était un métis, donc le fils d'une Indienne et d'un Blanc, car il lui paraissait inconcevable qu'un Indien ait pu donner un fils à une Blanche. Lui-même, Osmond de Vigors, petit-fils d'un sénateur et arrière-petit-fils d'un général français, avait dans les veines un peu de sang indien mêlé à celui d'un ancêtre blanc inconnu, qui avait sans doute été un de ces coureurs de brousse du XIXe siècle, dont Fennimore Cooper racontait les exploits.

Une brutale interpellation de Fox tira Osmond de ses rêveries spéculatives.

— Osmond, tu retardes la production. Si tu te mets à lire tous les papiers qui nous passent par les mains, nous n'en finirons jamais.

Il referma le carton « Tampleton » et saisit ceux que Dan poussait vers lui avec un peu d'humeur.

Bob Meyer, le visage et les mains maculés de poussière, émergea entre deux piles de boîtes qu'il venait d'extraire des rayons. Il remarqua ce que Fox n'avait pas vu : la pâleur de leur camarade.

— Qu'est-ce qui t'arrive Osmond ? Ça ne va pas ? Il fait une chaleur infernale ici. Tu es malade ?

— Ce n'est rien... la chaleur, oui, et... l'odeur de ces vieux papiers.

Bob lui tendit un verre de thé glacé, boisson que le notaire fournissait abondamment, puis il jeta un regard sur l'étiquette du carton que venait de refermer son ami.

– *Général Tampleton*. Tu le connais ?

– Vaguement, fit Osmond.

– C'était un manchot, un vrai héros de la guerre civile, mon père l'a connu, compléta Fox sans lever la tête, car la calligraphie retenait toute son attention.

Au soir de cette journée, Osmond de Vigors demeura longtemps pensif avant de s'endormir. Il se promit d'interroger, sur le mystère qu'un hasard lui avait révélé, le seul homme qui possédait toute sa confiance : oncle Gus.

4

Quelques jours avant la distribution des prix à l'académie du Sacré-Cœur de Grand Coteau, quand Lorna Barthew apprit de la bouche d'Alix de Vigors le programme de vacances d'Osmond, elle ne cacha pas sa déception. Les dames du Sacré-Cœur étaient beaucoup moins généreuses en ce qui concerne la durée des congés que les pères jésuites de La Nouvelle-Orléans. Les vacances d'été, pour les pensionnaires de Grand Coteau, ne dureraient que quatre semaines. Or, Osmond séjournerait quinze jours dans le Mississippi chez les Foxley. Dans sa lettre à Alix, celui que Lorna brûlait de revoir donnait à entendre qu'il n'arriverait pas à Bagatelle avec ses amis Bob Meyer et Dan Foxley avant le 8 ou 10 août. La bande ne serait donc reconstituée que pendant quelques jours.

Sur la galerie du second étage du couvent, où se trouvaient les dortoirs des pensionnaires, Alix et Lorna, accoudées à la balustrade, face au grand jardin aux allées rectilignes, remâchaient leur rancœur.

– Maman m'avait promis d'organiser un bal quand nous serions tous réunis, disait Alix, mais pourra-t-elle le faire ?

– Et moi, qui ai refusé d'aller à Boston avec les Oswald ! Si j'avais su.

– Que veux-tu, les garçons sont ainsi, Lorna. Ils aiment la pêche et la chasse... Les sentiments ne les étouffent pas. Osmond me vante ses deux amis et se réjouit de nous les présenter..., mais peut-on, en trois ou quatre jours, apprécier un garçon ?

La déception de Lorna était d'autant plus forte que, depuis les vacances de Noël, elle avait l'impression que son ami Osmond ne lui faisait transmettre par Silas que des banalités. Jamais il n'avait su s'arranger pour lui faire parvenir un témoignage personnel de son affection, alors que les boy-friends des grandes pensionnaires employaient des moyens dignes des espions pour leur adresser des lettres qui échappaient heureusement à la censure des religieuses et contenaient des déclarations enflammées prouvant leur fidélité. Certains usaient même d'encres spéciales joliment dites « sympathiques ». Il suffisait de chauffer un papier apparemment vierge contre le tube d'une lampe à pétrole pour voir s'inscrire des mots délicieux qui réjouissaient le cœur des prisonnières.

« Osmond ne m'aime plus comme avant », se disait la jeune fille. Elle avait compté sur les retrouvailles à Bagatelle ou à Castelmore pour ranimer un sentiment que l'absence faisait dépérir. Or, elle ne pourrait qu'entrevoir l'élu de son cœur. Depuis qu'elle savait que Dan Foxley possédait deux sœurs, certainement agréables à regarder et à coup sûr plus délurées qu'elle, la jalousie s'ajoutait à l'inquiétude.

Quand elle priait dans la petite chapelle installée dans l'ancienne infirmerie du couvent, à l'endroit même où saint Jean Berchmans était apparu à Mary Wilson, le 14 décembre 1866, elle demandait au protecteur particulier de l'institution de lui conserver l'attachement d'Osmond, car elle n'osait pas nommer autrement le tendre sentiment qu'elle vouait à son ami d'enfance.

Un tintement de cloche impératif ayant rappelé aux élèves que l'heure était venue d'aller dormir, Lorna et Alix se dirigèrent vers les dortoirs. Après s'être mélancoliquement souhaité une bonne nuit, elles disparurent derrière les voiles blancs qui séparaient les lits, tandis que la sœur surveillante verrouillait les portes-fenêtres et tirait les rideaux. Une demi-heure plus tard, la plupart des pensionnaires dormaient. D'autres, comme Lorna, agitaient des pensées moroses, quelques-unes soupiraient en embrassant leur oreiller. La surveillante, une sœur âgée, rendue presque chauve par le port de la coiffe et du frontail amidonné, égrenait son chapelet. Agenouillée au pied de son lit, la vieille religieuse, qui avait encore l'oreille fine, mettait les soupirs entendus au compte des rêves incontrôlables et les grincements de sommiers à celui de la nervosité qui, à l'approche des vacances, s'emparait des corps juvéniles.

Le couvent du Sacré-Cœur de Grand Coteau, isolé au milieu des terres près du village de Sunset, à mi-chemin entre La Fayette et Opelousas, passait pour le collège de jeunes filles le plus sélect de la région. Il y régnait une discipline de fer, et l'enseignement qu'on y dispensait était de qualité. On y apprenait aux jeunes filles des familles aisées les vertus domestiques, le maintien et les arts d'agrément.

Quand, en 1821, la famille Smith, de Grand Coteau, avait proposé à Mgr Dubourg, évêque de Saint-Louis, dont le diocèse couvrait à l'époque la moitié des États-Unis, « cinquante arpents pour établir un couvent et un collège », le prélat avait délégué en Louisiane deux religieuses, une Française bilingue, sœur Eugénie Audé, et une novice américaine. La première appartenait au groupe des cinq dames du Sacré-Cœur, ordre fondé en 1800 par le père Varin, jésuite, et Madeleine-Sophie Barat, que Mgr Dubourg avait fait venir en Amérique « pour convertir les sauvages ». Ces femmes, parties de Bordeaux, avaient passé trois mois sur l'océan et survécu à des dangers inouïs avant de débarquer à La Nouvelle-Orléans, d'où elles avaient mis quarante jours pour rejoindre l'évêché de Saint-Louis.

Le 5 octobre 1821, l'académie du Sacré-Cœur accueillait à Grand Coteau les premières pensionnaires, tandis qu'à proximité du couvent les jésuites ouvraient le collège Saint-Charles réservé aux garçons. Si, parmi les événements qui constituaient la saga du collège, la miraculeuse apparition de saint Jean Berchmans à la novice Mary Wilson tenait la première place, ce n'est qu'à mots couverts qu'on initiait les pensionnaires au douloureux destin d'une des premières enseignantes : la mère Cornelia Connelly. Mariée à un ministre épiscopalien, la jeune femme avait décidé un beau matin, comme son époux, d'embrasser la religion catholique. L'un et l'autre étaient aussitôt devenus professeurs, lui au collège Saint-Charles, elle à l'académie du Sacré-Cœur. De 1838 à 1843, leur existence se déroula sans aléas jusqu'au jour où deux de leurs enfants périrent. Ce fut peut-être ce deuil qui incita Pierre Connelly à quitter le monde et à se faire prêtre. On consulta Rome, qui accorda l'autorisation demandée, à condition toutefois que l'épouse du postulant entrât, elle aussi, en religion. Cornelia s'y résolut et devint dame du Sacré-Cœur. Quelques années plus tard, changeant brusquement d'attitude, Connelly renonçait à sa foi, à la prêtrise et retournait à la condition laïque. Sa femme, qui venait de prononcer des vœux définitifs, souffrit de ce reniement et donna dès lors l'exemple d'une vertueuse résignation.

Les jeunes pensionnaires du Sacré-Cœur voyaient en Cornelia une femme dont la piété et l'amour avaient été abusés par un homme égoïste et versatile. Aussi admiraient-elles moins le sacrifice de la nonne qu'elles ne plaignaient l'épouse embastillée.

Lorna et Alix, comme leurs camarades, toutes filles d'ardents Sudistes, aimaient à entendre évoquer la vie du collège pendant les dures années de la guerre civile. En 1865, l'académie ne comptait que vingt et une pensionnaires, quand le général Banks et les troupes nordistes avaient pris possession du pays. Les religieuses, terrorisées par l'apparition d'une soldatesque, qui brûlait et pillait les plantations, redoutaient que la vertu de leurs élèves ne soit mise à rude épreuve par les soudards.

Elles alertèrent à New York une ancienne novice de Grand Coteau, devenue supérieure de la congrégation, la mère Halperey, qui, par chance, dirigeait l'institution que fréquentait la propre fille du général Banks. Ce dernier, informé des dangers que courait l'académie de Grand Coteau, fit aussitôt publier des consignes strictes interdisant à ses soldats d'approcher du collège sous peine d'être fusillés.

Ainsi, comme le racontait une très vieille religieuse ayant vécu ces moments terribles : « Nous ne perdîmes ni un cochon ni une poule. »

Au fil des années, le collège prospéra, on ajouta aux premiers bâtiments faits de briques, moulées et cuites sur place par les esclaves, des dépendances et des annexes. Un évêque nommé Bossuet, sans aucune parenté avec l'Aigle de Meaux, dessina un grand jardin à la française planté de beaux arbres et de cent buissons de camélias. Au carrefour central des allées du parc, entretenu par les jardiniers suivant les principes de Le Nôtre, une statue du Sacré-Cœur fait face depuis cette époque à la grande maison aux trois galeries superposées qui abritaient les salles de cours, le réfectoire, les salles de jeux et le salon de musique. Les escaliers de bois ciré qui reliaient les niveaux étaient flanqués de rampes d'acajou poli par l'usage. La règle, calquée sur celle en vigueur chez les jésuites, voulait que les pensionnaires ne soient jamais laissées sans surveillance. Même quand les parents rendaient visite à leurs filles les jours de « congé sans cloche », la porte du parloir devait rester ouverte tandis qu'une religieuse arpentait le corridor. Les cours dispensés en anglais et en français étaient plutôt consacrés aux humanités, latin, grec, français et belles-lettres, qu'aux mathématiques et aux sciences. L'histoire des États-Unis tenait une place importante. Les élèves recevaient aussi quelques notions de chimie et d'astronomie. Au réfectoire, on ne devait parler que le français. Les cours de solfège, de piano, de tapisserie et de maintien figuraient au programme, mais celles qui voulaient prendre un bain devaient s'inscrire une semaine à l'avance. Les baignoires, honteusement cachées dans les sous-sols d'une annexe, devaient être nettoyées par les baigneuses qu'une surveillante observait pendant leur toilette. La notice, distribuée aux parents des élèves, indiquait que l'académie ne recevait pas d'externes, l'internat asurant aux pensionnaires « une vraie vie familiale ».

L'uniforme, obligatoire, se composait d'une longue jupe bleu marine, d'un corsage blanc boutonné jusqu'au cou et d'un manteau de ratine qu'on endossait les jours de promenade. Les jeunes filles étaient contraintes à porter les cheveux plats, tirés sur la nuque par une « couette » ou un chignon. Le règlement proscrivait les fards et parfums. Le savon, grossier mais décapant, était fourni par le collège. Chaque jeudi, les pensionnaires faisaient une longue marche à travers la campagne environnante. Le volant et la pelote figuraient au nombre des jeux autorisés.

Les surveillantes organisaient souvent de grandes parties de cache-cache au cours desquelles la moitié des élèves partait à la recherche de l'autre moitié. Ces séances, qui duraient parfois tout un après-midi, permettaient enfin aux jeunes filles de se faire, entre amies, des confidences que la stricte surveillance habituelle interdisait.

Chaque dimanche, après la messe, il y avait prime, cérémonie au cours de laquelle, en présence de la supérieure et de toutes les religieuses du couvent, étaient distribuées les notes de la semaine. Les notations allaient du « très bien » au « sans note », qui constituait une sanction peu honorable. La première en chaque matière recevait une médaille qu'elle portait jusqu'à ce que cet emblème soit remis en compétition. On distribuait ainsi, trois fois par an, des rubans bleus pour les grandes, verts pour les moyennes, roses pour les petites, qui permettaient de distinguer « la meilleure camarade » du trimestre. Créée, disait-on, par Mme de Saint-Cyr, cette décoration était attribuée par un vote de l'ensemble des élèves, qui recevaient ainsi périodiquement mission de choisir celles d'entre elles dont on avait le plus apprécié la gentillesse, la bonne camaraderie, l'altruisme, en même temps que l'application. Ni Lorna, ni Alix n'avaient obtenu le vertueux ruban. Pendant la cérémonie hebdomadaire de prime, les élèves devaient rester assises, genoux serrés, mains jointes. Celles auxquelles était épargné le stigmate du « sans note » pouvaient, le dimanche, choisir un livre dans la bibliothèque rigoureusement édifiante du collège.

L'austérité de cette vie quasi monacale, qui aurait pu faire du Sacré-Cœur une prodigieuse fabrique de saintes-nitouches, n'empêchait pas une ambiance joyeuse de régner à travers l'établissement où quelques jeunes nonnes rieuses ne dédaignaient pas de plaisanter avec leurs élèves. Quant aux troubles attirances qui réunissent parfois les filles emmurées et leur font se prodiguer des caresses que la nature voudrait leur voir dispenser par des garçons, elles se manifestaient comme dans tous les autres pensionnats et donnaient lieu à des intrigues compliquées, à des idylles biscornues, nées de désirs exacerbés par la claustration et dont l'assouvissement réclamait des ruses de Sioux.

Le dimanche, les équipages de visiteurs autorisés attendaient à l'ombre des chênes, sous lesquels stationnaient parfois quelques automobiles. Les pensionnaires réprimaient alors des désirs d'évasion, tout en lorgnant les frères de leurs camarades. Lorna et Alix n'étaient pas les seules à rêver aux vacances, à la grande récréation de l'été, aux plaisirs innocents auxquels les frustrations du pensionnat donnaient par avance la délectable saveur du péché.

Le jour où Clarence Barthew vint dans le landau de Bagatelle extraire du collège sa fille Lorna et Alix de Vigors que Stella l'avait chargé de ramener, la Supérieure eut l'occasion de donner aux jeunes filles la dernière leçon de modestie de l'année scolaire. Comme la religieuse accompagnait jusqu'au landau les jeunes filles que suivait un domestique portant leurs bagages, son attention fut attirée par la couronne et le blason des Damvilliers, finement peints sur la portière de la voiture.

– C'est une couronne de marquis, observa en souriant la nonne, j'ignorais que vous fussiez titrée, mademoiselle.

– C'est un landau de famille, mais ce n'est pas notre blason, ma Mère, mon grand-père, le sénateur, n'est que baron, mon arrière-grand-père était général. Il s'est battu à Waterloo. C'était un héros, fit Alix assez fièrement.

– Nous ne vous en demandions pas tant, ma fille, répliqua la Supérieure d'un ton rogue. Sachez que les ancêtres sont comme les patates douces, les meilleurs sont sous terre.

Quand le landau eut parcouru quelques centaines de mètres, après que les deux jeunes filles eurent donné libre cours à leur joie d'être pour quatre semaines hors des limites du « couvent » en chantant à tue-tête : « vive les vacances, à bas les pénitences », Clarence Barthew, qui avait vécu lui aussi la vie de pensionnat, prit un ton mi-sérieux, mi-amusé pour leur dire :

– J'ai une nouvelle à vous annoncer.

– Vite, vite, dites, implora Lorna.

– Eh bien, voilà, vous allez toutes deux à Fausse-Rivière chez l'oncle Gus où Augustine se trouve déjà avec Silas et Clary, car j'ai acheté une nouvelle maison qui ne sera prête qu'en septembre. Et Alix reste avec nous parce que sa maman est partie avec Marie-Virginie à Greenbriers. Elle nous a confié Céline. Aude et Hortense vous rejoindront bientôt, car Lucile et son mari s'en vont comme prévu à Boston. Vous allez bien vous amuser tous ensemble.

– Et Osmond ? demanda Lorna.

– Oh ! Osmond est un jeune homme maintenant, il va chasser dans le Mississippi chez un de ses camarades de collège. Stella sera tout juste revenue de Greenbriers quand il arrivera à Bagatelle vers le 10 août.

– Qu'est-ce que c'est Greenbriers ? questionna Alix, un peu déçue de ne pas retrouver sa mère à Bagatelle.

– C'est ce qu'on appelle une station thermale. C'est-à-dire un endroit où sortent de terre des eaux minérales qui ont des propriétés particulières, très bénéfiques pour la santé. Greenbriers est en Virginie de l'ouest, au pied des monts Alleghanys. Il y a de beaux hôtels, des parcs et un établissement où l'on se baigne dans des eaux qui contiennent du soufre et des tas d'autres choses. On y soigne les gens fatigués ou mélancoliques.

– Mais maman n'est pas malade ?

– Non, heureusement, mais le docteur Dubard lui a conseillé un séjour là-bas avec Marie-Virginie. Elle avait scrupule à partir pendant vos vacances, mais c'était le seul moment où l'on pouvait trouver place dans un bon hôtel. C'est très couru Greenbriers, quantité de gens importants vont s'y reposer.

Alix imagina sa mère baignant dans des sources fumantes au milieu de montagnes inconnues.

– Elle va s'ennuyer, maman !

– Oh ! non, on ne s'ennuie pas dans ce genre de station. Il y a de bons restaurants, de jolies boutiques, des étrangers curieux, et tous les soirs on danse.

– Mais maman ne danse pas !

– Elle regarde les autres danser... C'est aussi amusant, non ?

En effet, Mme de Vigors ne s'ennuyait pas à Greenbriers. Dans le climat vivifiant des Alleghanys, elle retrouvait le plaisir physique de vivre. Les bains d'eau minérale, les promenades à bord des charrettes anglaises de l'hôtel, conduites par des jeunes gens bien élevés qui, le soir venu, se faisaient danseurs mondains pour curistes esseulées, les longues flâneries sur les fraîches terrasses, les dîners sous les lustres à pendeloques en compagnie d'hommes distingués et de femmes élégantes, le dépaysement, les échos qui, à travers les conversations des uns ou des autres, lui parvenaient d'un monde dont elle ignorait les singularités, tout lui plaisait de ce séjour privilégié.

Avec Marie-Virginie, elle aussi sensible aux charmes du site et à l'ambiance d'un grand hôtel où tout était organisé pour le confort et les loisirs, Stella retrouvait une gaieté de pensionnaire en liberté, assez semblable à celle qu'éprouvait Alix hors de son collège. Elle redécouvrait aussi, comme sa compagne, qu'elle était femme et qu'elle pouvait plaire. Les regards des hommes ne trompaient pas. Plus réservée que Marie-Virginie, qui flirtait avec un colonel récemment revenu des Philippines, Stella ne refusait pas les invitations que lui adressaient des couples étonnés de la voir souvent seule. Au bout de quelques jours, elle écrivit au docteur Dubard une lettre chaleureuse, pour remercier le médecin de l'avoir incitée « à sortir de Bagatelle ». Il répondit presque aussitôt en concluant qu'il était heureux de la savoir sereine, mais qu'il regrettait, quant à lui, « les heureux moments passés en sa compagnie autour de la table à thé ».

– Dis donc, fit Marie-Virginie, c'est presque une déclaration, ça. Tu lui manques, ma petite. Quel dommage que cet homme soit aussi laid.

– Il n'est pas laid, fit Stella, c'est un grand blessé, c'est tout.

– C'est égal, on ne peut imaginer d'embrasser un pareil visage, ça me donne des frissons chaque fois que je le vois.

– Eh bien, moi, je pourrais l'embrasser, dit Stella... S'il me le demandait.

– Heureusement qu'il se rend compte de son aspect et qu'il ne demande rien... Regarde comme il y a de beaux hommes ici.

– Comme ton colonel !

– Tu sais qu'il est follement épris de moi, dit Marie-Virginie avec exaltation. Il m'a proposé une promenade en forêt. Je suis sûre qu'il va tenter de m'embrasser.

– C'est un militaire, ma belle, tu sais où ça peut te mener ?

– Au mariage ? Merci du peu !

– Non, dans sa chambre tout bonnement !

– Et alors, je suis une femme libre... et stérile !

Stella sourit, plus heureuse que scandalisée, de voir son amie prête à une aventure qui, après tout, ne causerait de tort à personne.

– Pense aussi à ton cœur. Ces amourettes de vacances peuvent faire souffrir.

– Mon cœur, il est fermé à double tour, ma chérie, et j'ai jeté la clef dans le Mississippi.

5

La demeure des Foxley coiffait une colline au nord-est de Natchez, près de la route de Brookhaven. Avant que le Roi Coton ne se soit emparé de toutes les terres disponibles, des colons français avaient cultivé la vigne sur les médiocres pentes où les *share tenants*[1] récoltaient maintenant des *middlings*[2] qui valaient ceux de Louisiane.

La maison de maître ressemblait à tous les « manoirs » de plantation aux colonnades blanches et aux frontons disproportionnés, construits vers le milieu du XIXe siècle pour attester de la fortune des planteurs et du goût grec des architectes à la mode. De la galerie, on apercevait, à travers les frondaisons, les toits de la ville-jardin fondée en 1776 sur le territoire de la tribu indienne des Natchez.

Les temps étaient révolus où les mariniers de l'Ohio et du Mississippi, ivrognes et batailleurs, amenaient sur leurs radeaux les jambons, les tabacs, le whisky et les fourrures des États du Nord. Nombreux étaient ceux qui, après avoir vendu leurs marchandises, se débarrassaient également de leurs rafiots de rondins avant de faire ripaille dans les saloons et les auberges du port et de repartir à pied, par la fameuse et antique piste dite *Natchez trail* qui, au bout d'un voyage de cinq cent cinquante miles, les ramenait à Nashville (Tennessee).

Mme Foxley et ses filles, Margaret et Otis, accueillirent plus aimablement qu'on aurait pu l'imaginer le jeune Meyer. Dès le premier soir, le fils de la marchande de corsets de la rue du Canal fit oublier son teint jaune, ses cheveux tristes et sa fragilité physique, en donnant un aperçu convaincant de son talent de pianiste. Une fantaisie de Mozart et quelques pièces de Schubert qui n'étaient pas à la portée de tous les amateurs suscitèrent l'enthousiasme d'Otis, la virtuose de la famille. La jeune fille, qui venait d'avoir quinze ans, accepta même de jouer à quatre mains avec « le petit juif » dont l'intelligence et la parfaite urbanité plurent tout de suite à M. Foxley, indifférent aux préjugés de sa femme et de sa fille aînée.

Le père de Dan, qui aimait à jouer l'homme des bois, confia aux trois amis des carabines de chasse et les emmena, à travers champs et forêts, tirer des bécasses, des dindes sauvages et des cailles.

Osmond, dont c'était les débuts de nemrod, connut alors la frébilité de

---

1. Les *share tenants* étaient des métayers propriétaires de leurs outils et de leur bétail, qui payaient le loyer des terres qu'ils exploitaient d'une partie de leur récolte. Ils se distinguaient des *share croopers*, qui eux devaient la moitié de leur récolte aux propriétaires, en échange de la fourniture de l'équipement, du bétail et des semences.

2. Cotons de très bonne qualité.

l'affût et fit preuve d'adresse. L'étrange sentiment de puissance que donne la possession d'une arme précise, à la détente souple, la faculté qu'a le chasseur de supprimer une vie, l'appréhension un peu morbide qui lui vient au moment de ramasser l'oiseau palpitant, la déconvenue d'un tir raté lui firent soudain comprendre l'engouement de certains pour ce passe-temps qu'il avait dédaigné jusque-là.

M. Foxley interdisait que l'on tirât les écureuils dont les Cajuns faisaient leurs délices, ainsi que les lapins, gibier méprisé depuis l'époque de l'esclavage où les rongeurs constituaient le complément de nourriture des Noirs. Aucune maîtresse de maison blanche n'aurait osé servir du lapin, réputé « délice d'esclave »[1].

Des longues marches qu'imposait la chasse, Dan, Osmond et surtout Bob rentraient fourbus pour faire honneur à des dîners copieux. Les trois garçons s'adonnaient aussi à la pêche, où M. Foxley dédaignait de les accompagner. Plusieurs fois, pourvus de victuailles et de couvertures, ils couchèrent à la belle étoile au bord des rivières à truites que Dan connaissait depuis son enfance. Le soir venu, ils allumaient un grand feu, faisaient du thé et tentaient de cuire les produits de leur pêche. Leur appétit et la satisfaction de se nourrir comme les premiers colons leur faisaient trouver succulents des truites ou des vairons calcinés ou à demi crus. Libres et joyeux, un peu ébouriffés, ils s'enroulaient ensuite dans leur couverture et, tout en chassant les moustiques attirés par les jeunes épidermes, se lançaient dans des discussions socratiques. Depuis que le monde existe, les hommes rassemblés autour d'un feu de camp ont toujours goûté, sous les étoiles, le plaisir d'être ensemble, de revenir aux données élémentaires qui constituent l'harmonie primitive de la nature.

Osmond, qui venait de découvrir Emerson et « les soliloques d'une âme vraie » selon Carlyle, soutenait, comme le philosophe, que « de l'instinct individuel et de la spontanéité humaine procèdent toute connaissance et toute vertu » et tentait de démontrer l'importance des grands hommes dont le génie stimule les aspirations des débutants.

– Il ne faut pas craindre d'admirer. Nous devons construire notre panthéon personnel et y placer les « indiscutables » que nous allons rencontrer.

Tandis que bruissaient les feuilles, que craquaient sous les pas circonspects d'un animal noctambule les brindilles du sous-bois, que retentissait, démesurément amplifié par la nuit, le « glop » d'une perche venue happer, à la surface de l'eau, une libellule dérivante, des noms étaient lancés comme des invocations :

– Platon.

– Homère.

– Napoléon.

– Shakespeare.

Fort sagement, Osmond faisait observer que trop de génies leur étaient encore inconnus pour que leur sélection soit d'ores et déjà exhaustive.

– L'an prochain, nous approcherons Montaigne, saint Augustin, Copernic, Goethe, Newton et les années suivantes, d'autres maîtres dont nous ignorons encore les noms.

1. Il en est toujours ainsi en Louisiane.

– Mais nos relations avec les génies seront fatalement limitées par les choix des « jés », fit remarquer Bob Meyer. Tu penses bien que Voltaire, Rabelais, Rousseau, Hugo, Shelley, Byron et quelques autres ne seront qu'évoqués, sans parler des contemporains... Nosy m'a déjà confisqué *Le Vicaire de Wakefield* en disant : « Goldsmith ne figure pas au programme de troisième et ce roman sentimental et bourgeois n'est pas saine lecture. »

– Eh bien, nous choisirons nous-mêmes ! Il y a les bibliothèques et les anthologies profanes. Ce n'est pas au collège que j'ai découvert Emerson, qui n'a rien de scandaleux, ni Poe qui, lui, sent le soufre.

Fox, moins enthousiasmé que ses amis par la littérature et plus sensible aux arts plastiques et aux destinées héroïques, remarqua que les grands hommes pouvaient être aussi peintres, musiciens, sculpteurs, savants ou conquérants.

– Praxitèle, Alexandre, Beethoven, Raphaël peuvent aussi prendre place dans notre panthéon, non ?

– Et les préraphaélites ! lança Meyer qui, depuis qu'il avait approché les œuvres de John Everett Millais, était quasiment amoureux d'Ophélie.

– C'est fou ce que nous avons à découvrir... Croyez-vous que nos vies y suffiront ? interrogeait Fox.

– Rendez-vous dans trois ans, dit d'un ton péremptoire Osmond de Vigors. Nous désignerons les premiers élus... Plus tard, nous élargirons le cercle, nous sélectionnerons au fil des années, car, mes enfants, certains tomberont de leur piédestal et d'autres prendront leur place. Méfions-nous, dès à présent, des emballements comme des condamnations.

Avec l'outrecuidance juvénile de ceux qui s'émerveillent au seuil du vaste musée des connaissances et qui, incapables d'en évaluer les trésors, croient pouvoir se fier à leur seul instinct de découvreurs, les trois élèves des jésuites se grisaient des perspectives. Sans être vaniteux, ils ignoraient aussi la modestie et prenaient conscience de leurs aptitudes.

– Il faut bien nous dire, proclama Fox, qui ne voulait pas être en reste, que nous avons la chance d'être intelligents ! Sans nous vanter, nous pouvons reconnaître que nous dominons assez facilement le *servum pecus*... Nous ferons plus tard des choses assez enviables.

– *Ode profanum vulgus*, cita Bob.

– Eh bien, dit Osmond, voilà qui est presque un engagement. Que le peuple se tienne à carreau, trois génies sylvestres se préparent en mangeant des truites à entrer dans le bal ! Nous voulons être des grands hommes, nous aussi, n'est-ce pas ?

– Nous en serons, cria Fox en levant la main droite.

Ce geste emphatique donna l'idée à Bob Meyer de proposer à ses amis un serment dont la solennité ludique ne les laisserait pas dupes.

– Par ce feu qui est lumière dans les ténèbres de l'ignorance, par cette eau pure et baptismale, par toutes les divinités connues et inconnues qui nous entourent, par notre amitié, nous nous engageons à devenir de grands hommes.

Drapé dans sa couverture comme un sénateur romain dans sa toge, Meyer se leva et étendit son bras maigre au-dessus des tisons rougeoyants. Les deux autres l'imitèrent plus sérieusement qu'il ne l'escomptait. Les mains des garçons s'effleurèrent tandis qu'ils retrouvaient sans le savoir l'attitude hiératique des Horaces dans le tableau de David.

– Comme nos bras convergents, nous, chevaliers du Triangle, nous jurons de tout faire pour que s'accomplissent en nous et par nous des destins exemplaires, ajouta Osmond, qui aimait introduire la dernière nuance.

– Nous le jurons, reprirent en chœur les garçons, dont les silhouettes, magnifiées par les dernières lueurs du foyer, jetaient un triple pont d'ombre sur la rivière.

A dater de cette nuit, les trois amis ne manquèrent pas de se référer fréquemment à l'événement, qui prit le nom de « serment de la rivière Chitto ».

Après des moments aussi exaltants, le séjour à Bagatelle aurait pu leur paraître terne, mais la bande, depuis trois semaines rassemblée, les accueillit comme des héros. Bronzés, tels des coureurs de prairie, les collégiens polarisèrent aussitôt l'attention des demoiselles, bien aises de voir enfin arriver des partenaires. Si l'on doit excepter Stella, à qui le séjour à Greenbriers avait restitué toute sa beauté et qui reçut son fils avec des transports de joie, la plus heureuse de revoir Osmond fut Lorna. La jeune fille se gardait bien de manifester les sentiments mélancoliques que lui avaient inspirés le long silence de son ami et leurs retrouvailles écourtées. Elle était décidée à profiter au maximum de sa présence et se trouva tout à fait rassurée quand le jeune homme la présenta comme « sa plus précieuse amie ». Pendant les quelques jours d'août qu'ils passèrent ensemble, il redoubla d'attention et de prévenances et lui fit cadeau d'une carte ancienne du Mississippi, achetée à son intention dans une boutique de Natchez. Cependant, elle attendit en vain qu'il lui manifestât plus qu'une affection fraternelle. Alix, dont la blondeur et la gentillesse un peu mièvre séduisirent aussitôt Dan Foxley, devint la cavalière attitrée du garçon, tandis que Bob, dont le penchant pour Otis Foxley s'était révélé de plus en plus évident pendant le séjour dans le Mississippi, jouait, avec un dévouement admirable, le chevalier servant des plus jeunes du groupe. Quant à Silas, il se déclara enchanté d'avoir trouvé en Foxley un partenaire de base-ball assez costaud pour lui donner la réplique.

Osmond redoutait un peu le moment où oncle Gus ferait connaître son opinion sur Dan et Bob. Ils plurent au Gascon, dont la jovialité et l'érudition enthousiasmèrent les collégiens, qui savaient déjà combien leur ami était attaché à ce mentor.

Gustave félicita son élève d'avoir su choisir des condisciples dignes de son amitié et dont les palmarès scolaires garantissaient le sérieux. Au cours des promenades et des pique-niques, les nouveaux venus découvrirent tous les lieux décrits par Osmond. Le tertre des Trois-Chênes avec ses tombes jumelles, les pigeonniers, les levées herbeuses bordant le fleuve si proche, les vieux bâtiments de la plantation, la bibliothèque et la garçonnière de leur ami, dont Bob Meyer dit qu'elle devait être un lieu idéal pour travailler et méditer.

Comme Mme de Vigors l'avait promis à Alix, une soirée dansante fut donnée à Bagatelle, pour cette jeunesse en liberté provisoire. Osmond, en tant que maître de maison, se préparait à ouvrir le bal. Comme il s'apprêtait à inviter Lorna, M. de Castel-Brajac lui fit un signe discret.

– Tu dois ouvrir avec ta mère, souffla-t-il.

– Mais maman ne danse pas.

– Propose toujours.

Mme de Vigors, qui portait ce soir-là une robe vert d'eau, agrémentée de rubans de velours noir, accepta et, dans les bras de son fils, retrouva les pas de la valse oubliée depuis fort longtemps. Quant à Lorna, elle connut enfin un moment de vrai bonheur quand Osmond lui confisqua son carnet de bal en disant avec cette si séduisante autorité :

– Tu n'en as pas besoin, je retiens toutes les danses. Je ne veux pas d'autres cavalières que toi.

– Mais ça ne se fait pas, protesta-t-elle doucement. Que dirai-je aux autres garçons qui voudront m'inviter ?

– Tu leur diras que tu es punie et n'as le droit de danser qu'avec moi.

– Punie ! murmura-t-elle en fermant les yeux.

Gustave de Castel-Brajac, que Bob Meyer venait de relayer au piano, s'approcha de sa femme.

– Avez-vous remarqué, Gloria, combien Osmond, dans son costume blanc, ressemble à notre cher Dandrige ? Je me crois revenu trente ans en arrière. Ah ! vivrai-je assez pour voir l'homme qu'il promet d'être.

– Et regarde comme notre Lorna lui va bien, quel couple magnifique.

– Oui, mais elle devrait montrer un peu moins qu'elle est amoureuse de lui... Ça se voit, boun Diou, comme le nez au milieu de la figure.

– Vous auriez préféré un bal masqué, n'est-ce pas mon ami ? Je me souviens d'un certain Papageno...

– Et moi d'une fameuse Andalouse qui n'était pas farouche...

Au milieu de la fête apparut discrètement le docteur Dubard, que Stella avait invité. Le médecin se joignit à un groupe de familiers dans le coin du salon le moins éclairé, toujours soucieux d'épargner aux autres la vue de son visage. Osmond vint le saluer et lui présenta ses amis, puis tous retournèrent à la danse, tandis que Castel-Brajac confectionnait pour le médecin un pink-gin, breuvage puissant et râpeux que ne supportaient, d'après le Gascon, que les vieux loups de mer.

– Si j'étais vous, cher toubib, j'inviterais Mme de Vigors à danser la prochaine valse, suggéra le Gascon.

Faustin Dubard eut un haut-le-corps.

– Voyons, je ne suis pas un cavalier présentable. Beaucoup de plaisirs me sont interdits depuis ma blessure. Je le dis sans amertume. Vous imaginez ma face sinistre près de celle d'une jolie femme ? Ce serait jouer la Belle et la Bête.

– Je suis certain que vous ne déplaisez pas à Stella.

– Alors, elle accepterait par charité, comme on fait une grâce à un infirme... Non, merci !

– Macadiou ! Vous faites de la délectation morose. Mon ami Tampleton, qui était manchot...

– Je préférerais être manchot, Gustave..., mais ma figure.

– Eh bien, quoi, votre figure... elle est ce qu'elle est ! Vous n'allez pas passer le reste de vos jours à la refuser comme une tare...

En s'approchant du groupe, Mme de Vigors fit cesser la conversation.

– On dit que les marins sont d'excellents danseurs ; qu'attendez-vous pour me le prouver Faustin ?

– J'ai un peu oublié la valse, balbutia le médecin, et vraiment... je crois que...

– Ça ne s'oublie pas..., allons, venez.

Le sourire de Stella était si engageant que l'ancien officier du *Maine* ne put se dérober.

Le couple s'élança au milieu des autres, et le Gascon vida son verre d'un trait en les regardant s'éloigner, puis il rejoignit Gloria.

– Je crois que notre Stella vient de faire une bonne action, dit-il. Ce Faustin est un type épatant... Je vais dire à Augustine de s'arranger pour qu'il l'invite elle aussi à danser... C'est dommage que Marie-Virginie ne soit pas là.

– D'après ce que m'a dit Stella, la belle divorcée a beaucoup dansé à Greenbriers... Elle est partie se reposer un peu près de Liponne, à Saint-Martinville.

– Pauvre fille, j'aimerais la savoir heureuse. Tiercelin s'est conduit comme un malotru. J'espère que sa nouvelle épouse lui fera porter des cornes !

– Il semble qu'elle soit également stérile, fit Gloria, pensive.

– Eh bien, boun Diou, c'est la justice immanente. Le Bon Dieu ne veut plus de petits Tiercelin.

Entre deux danses, Lorna et Alix passèrent sur la galerie pour prendre l'air. Quand Osmond y vint à son tour, sa sœur s'éclipsa discrètement pour laisser ce qu'elle croyait être aux amoureux un tête-à-tête.

– Quelle belle nuit ! dit la jeune fille.

– Il y a beaucoup d'étoiles, concéda Osmond.

– Dans deux jours je retourne au Sacré-Cœur, soupira-t-elle. Nous ne nous verrons plus jusqu'à Noël. Ça va me paraître long, tu sais.

Elle attendit qu'Osmond émette une opinion semblable, mais il se tut.

– Tu m'as promis de nous accompagner à Grand Coteau, Alix et moi, avec papa ; tu viendras ?

– J'irai ; mes amis rejoignent demain leur famille. Je serai donc libre de mes mouvements.

Elle comprit que, si Bob Meyer et Dan Foxley avaient prolongé leur séjour, Osmond aurait renoncé à accompagner les pensionnaires pour rester avec eux.

– Tu n'es pas obligé de venir à Grand Coteau, si tu as autre chose à faire. Je comprendrai. Il ne faut pas te forcer.

Le ton était volontairement serein, comme si le renoncement du jeune homme ne prenait aucune importance.

– Vraiment, tu ne m'en voudras pas si je préfère rester à Bagatelle ?

– Pas du tout... Il y a ta mère que tu as peu vue..., et puis tu as peut-être du travail ?

Dans la pénombre de la galerie, Osmond ne put distinguer les larmes qui embuaient le regard de son amie et qu'elle essuya d'un geste rapide du revers de son gant.

– Tu es la meilleure..., fit-il en lui prenant le bras.

– Oh ! la meilleure..., je ne crois pas..., mais je t'aime... bien !

– Oui..., je sais, et moi aussi je t'aime bien, Lorna, rentrons maintenant. J'ai l'impression que tu frissonnes..., la nuit est fraîche.

– Elle est fraîche, dit Lorna en s'éloignant de la colonne à laquelle elle s'était adossée.

Son cœur lui faisait mal, mais quand elle réapparut sous les lumières du salon, personne ne put soupçonner que Mlle Barthew n'était pas une jeune fille heureuse.

Quelques jours après cette soirée si réussie, Osmond s'en fut passer la journée à Castelmore qui, après les vacances, retrouvait son calme, les Barthew étant occupés par l'installation de la nouvelle maison qu'ils venaient d'acquérir à Fausse-Rivière, à moins d'un mile de la demeure des Castel-Brajac.

A la fin de l'après-midi, quand Gustave émergea de la sieste, qu'il prolongeait de plus en plus aux dires de Gloria, Osmond glissa discrètement à l'oncle Gus qu'il désirait s'entretenir seul à seul avec lui.

— Allons nous asseoir au jardin, proposa le Gascon. Cousine va me préparer un bon mint-julep..., ça favorise les entretiens. Ah ! si Socrate avait connu le bourbon et le cigare... il n'aurait pas choisi la ciguë.

Quand le garçon et son mentor furent confortablement installés dans des fauteuils d'osier à haut dossier, en ayant à portée de main les gobelets d'argent givrés, Osmond écouta tout d'abord oncle Gus discourir sur la sécheresse exceptionnelle de l'été qui inquiétait les fermiers.

En vieillissant, M. de Castel-Brajac ressemblait de plus en plus au portrait de ce Louis-François Bertin qu'avait peint Ingres en 1832. Il montrait maintenant la même physionomie lourde aux bajoues souples et reposant sur le coussin à triple bourrelet d'un menton toujours rigoureusement rasé. La bouche, petite et charmeuse, tirait d'un côté vers le bas par suite de l'affaissement inégal des commissures. Le sourcil droit bien fourni, et qui, toujours, avait paru s'éloigner de l'œil, davantage que le gauche, ajoutait à la dissymétrie des traits. Les cheveux blancs et courts, fins et rebelles à toute coiffure ordonnée, encadraient d'épis folâtres le front large et lisse. Malgré la coloration rosée et quasi juvénile de la peau, c'était le visage d'un homme las, d'un épicurien raffiné, d'un philosophe qui a su jouir de la vie. Osmond se prit à penser que la rigidité de la mort transformerait bientôt, peut-être, ce faciès déformé en un masque noble en tirant de la chair graisseuse les reliefs d'autrefois, comme la baisse des eaux fait apparaître sur les berges les racines immergées des cyprès.

— Oncle Gus, je voudrais que vous m'expliquiez les origines familiales de maman, dit assez brutalement Osmond.

Le Gascon, pris au dépourvu, posa son verre et croisa les mains sur son ventre rond, en un geste familier.

— Ah ! voilà la question, mais qui ou quoi t'amène à me la poser, hein ?

Osmond raconta comment, chez le notaire Couret, il était tombé par hasard sur le dossier « Tampleton », qu'il avait eu l'indiscrétion de parcourir.

— Ce cher vieux général était un homme bon. Pas une lumière, à coup sûr, mais un être plein de délicatesse et d'une fidélité à toute épreuve. Sans lui, Dieu seul sait ce que serait devenue la pauvre petite Stella.

— J'aimerais savoir, insista Osmond.

— C'est ton droit, boun Diou, tu as l'âge de comprendre ces choses..., mais je ne sais comment commencer.

Gustave avala une gorgée de mint-julep, fit claquer sa langue contre son palais et fixa le garçon, dont le regard clair et froid disait assez la volonté d'obtenir l'explication du mystère qui le préoccupait.

— Je crois que l'on peut présenter ça comme un conte tragique, reprit Gustave.

— Comme un conte tragique ? s'étonna Osmond.

— Eh bien, voilà, fiston, je vais te narrer l'histoire dont les détails ne sont connus que de quelques personnes, mais auparavant il faut que tu saches qu'au jour de ta majorité je te remettrai tous les documents prouvant ce que je vais te dire.

M. de Castel-Brajac se carra confortablement dans son fauteuil et commença.

— Il était une fois, dans les années vingt du siècle dernier, un jeune ethnologue nommé Clarence Dandrige. Il avait choisi d'étudier les origines ethniques et les mœurs des Indiens Choctaw, nation noble entre toutes. C'était le fils d'un colonel anglais fixé à Boston. Il avait étudié à Harvard et désirait se consacrer à ce qu'on appelait alors, un peu pompeusement, l'histoire de l'humanité. Clarence, que j'ai connu dans son âge mûr et jusqu'à la fin de sa vie, était ardent, racé et courageux. Je crois même pouvoir dire qu'émanait de sa personne un charme étrange, un charme au sens magique du terme. Sa présence créait un climat de confiance et de sécurité. Il avait cette faculté rare de rendre les autres plus loyaux et plus intelligents. C'était un chevalier qui avait l'âme d'un saint, bien qu'il ne soit pas religieux, si l'on se réfère aux critères des Églises. Les Choctaws l'avaient accueilli fort courtoisement, assez étonnés de voir un Blanc leur rendre visite, afin de mieux les connaître et sans le moindre désir de s'emparer de leurs terres, ni de faire avec eux des transactions commerciales. La fille d'un chef de la tribu devint amoureuse de lui, et arriva ce qui devait arriver...

Pendant près d'une heure M. de Castel-Brajac raconta la vie de son ami défunt, sans rien omettre de sa mutilation, de son arrivée à Bagatelle chez le marquis de Damvilliers, ni de son total dévouement à la cause d'une famille et d'un domaine. Il négligea cependant de divulguer l'étrange et platonique amour qui avait lié l'intendant à la dame de Bagatelle.

— Voilà, dit-il, en concluant son récit, comment il apparut un peu tard, et par le jeu de ce que l'on peut appeler des hasards exagérés, que ta mère, l'orpheline recueillie par le général Tampleton, descendait d'un ethnologue anglais et d'une princesse Choctaw. Clarence Dandrige, dont tu occupes maintenant l'appartement à Bagatelle, est ton arrière-grand-père. Et je souhaite que tu lui ressembles, au moral, comme tu lui ressembles au physique.

Osmond demeura un long moment silencieux, puis il observa :

— Pourquoi tient-on ces choses secrètes ? Il n'y a rien de honteux là-dedans.

— Rien de honteux, mais ta mère n'a jamais aimé parler du passé et d'ailleurs, si elle a connu Clarence Dandrige à la fin de sa vie, elle n'a su que longtemps après sa mort qu'elle était sa petite-fille. En lui remettant le petit héritage laissé par ce dernier, j'ai dû lui en expliquer les raisons... comme je viens de le faire pour toi.

— Et Dandrige, lui, a su ?

— Il a su. Mais il n'a pas voulu tout remettre en question. Il a préféré laisser les choses en l'état. Il considérait que, les destins étant fixés, il ne convenait pas de mettre en branle un *deus ex machina*. Je me souviens même de la phrase qu'il prononça : « Nous ne jouerons pas ce dernier acte des *Noces de Figaro* au cours duquel le hasard révèle au barbier que la vénale Marcelline est sa mère... Laissons le roman inachevé... Faisons confiance à la vie pour éclairer ceux qui devront l'être. »

– Il s'est privé d'une dernière joie !

– Peut-être, mais il est resté fidèle à son idéal. Il n'était pas homme à revenir sur ses pas. Il n'y a que les mauvais joueurs qui retournent le pli !

– Je vous remercie, oncle Gus, je sais maintenant qui je suis et qui je dois être. Avez-vous un portrait de Clarence Dandrige que je pourrais voir ?

– Non, à ma connaissance, il n'en existe aucun, petit. Et c'est sans doute mieux ainsi. Mais je crois qu'un jour tu le reconnaîtras... dans ton miroir.

6

Au cours de l'automne, tandis que collégiens et pensionnaires étaient à nouveau dispersés, se produisirent dans la paroisse de Pointe-Coupée des événements que les demoiselles Tampleton, si elles en avaient eu connaissance, eussent aisément qualifiés de scandaleux.

En regagnant Bagatelle, après un séjour auprès de sa mère, Marie-Virginie, à peine descendue du landau qui l'amenait de la gare de New Roads, se jeta en pleurant dans les bras de Stella.

– Ma chérie, il m'arrive une chose affreuse, épouvantable... je suis enceinte.

Stella recula jusqu'au canapé du salon, s'y laissa choir et attira contre elle son amie au visage défait.

– Tu es sûre ?

– Hélas !... que vais-je faire. Dire que ce qui m'aurait tant réjouie autrefois me terrorise aujourd'hui.

– C'est... Greenbriers ? Souviens-toi de ce qu'avait dit le docteur Dubard !

– Oui, bien sûr.

– Mais ton colonel va... t'épouser ?

– Il est marié..., d'ailleurs il ne me l'avait pas caché... Que vais-je faire, dis Stella, que vais-je devenir ?

Stella ne disposait évidemment d'aucune solution satisfaisante, mais son amitié pour Marie-Virginie lui dicta un premier réflexe.

– Tu vas rester ici... et cet enfant nous l'élèverons ensemble.

– Mais te rends-tu compte du scandale ?... ma mère... mon père, oncle Gus... les Tiercelin !

– Ah ! les Tiercelin on s'en moque, par exemple. Amédée, qui n'est toujours pas père, sera furieux de voir son incapacité démontrée... tu seras vengée.

– Belle vengeance qui me déshonore... non, vois-tu, si j'en avais le courage, je me jetterais dans le fleuve.

Et la tête sur l'épaule de son amie, Marie-Virginie se mit à sangloter.

– Tu vas aller te coucher avec une camomille et je vais réfléchir. Demain, nous aviserons.

La jeune femme se redressa, s'épongea les yeux avec son écharpe et dit d'une voix timide :

– J'ai faim.

Stella sourit, rassurée, et s'en fut donner des ordres à Bella et à Citoyen.

Quand Marie-Virginie, rassasiée mais pleurant toujours, eut regagné sa chambre, Stella dépêcha Citoyen chez les Oswald qui disposaient d'un téléphone.

– Tu diras au docteur Dubard qu'il passe me voir après le dîner, je l'attendrai.

Faustin ne se fit pas prier et débarqua à Bagatelle sa trousse à la main, persuadé qu'il y avait un malade dans la maison. Ayant grimpé l'escalier en trois enjambées, il fut enchanté de voir Stella le recevoir avec un sourire et les mains tendues.

– Que se passe-t-il, chère amie ?

– Des choses graves pour quelqu'un que vous connaissez, mais vous n'avez pas besoin de votre trousse... pour le moment. Je voudrais votre avis et votre soutien.

Quand le médecin eut été mis au courant, il demeura perplexe, s'interrogeant sur ce que pouvaient souhaiter Marie-Virginie et Stella.

– Je crois comprendre. J'ai peur de comprendre ce que vous attendez de moi, finit-il par dire d'un ton chagrin.

Le regard de Stella traduisit un étonnement sincère.

– Je sais qu'il y a des médecins qui débarrassent les femmes des bébés non désirés... mais ce n'est pas mon cas... C'est d'ailleurs très dangereux... et parfois mortel... Je...

– Mais qu'allez-vous imaginer là. Pareille solution n'a jamais effleuré ma pensée. Oh ! Faustin, comment osez-vous supposer que je vous demanderais une chose pareille... J'ai trop de... respect... pour vous.

La joue couturée du médecin s'empourpra brusquement. Il détourna la tête et prit la main de Mme de Vigors.

– Pardonnez-moi... mais d'habitude quand on confie ce genre de problème à un médecin...

– Marie-Virginie gardera son bébé... mais ce que j'ai à vous demander est peut-être plus délicat encore que ce que vous aviez cru comprendre.

– Dites.

– Eh bien, il faut que Marie-Virginie se marie promptement.

– Évidemment, ce serait une solution, la solution la plus satisfaisante.

– Vous pourriez l'épouser..., c'est une belle femme et une excellente maîtresse de maison..., je suis certaine qu'elle serait une très bonne épouse...

Faustin Dubard se dressa comme si on lui avait brusquement retiré son siège.

– Moi... moi..., quelle idée absurde, permettez-moi de vous le dire, Stel... madame.

Stella interpréta maladroitement la réaction du médecin.

– Je sais, vous allez encore me parler de votre visage ruiné et de vos...

– Non... non..., ce n'est pas cela, sachez que, même si j'étais intact et si je pouvais faire un mari présentable, je n'épouserais pas votre amie.

– Sa mésaventure... vous choque. Je vous croyais moins formaliste.

Faustin se rassit posément, redressa sa trousse qui avait basculé et dit en faisant effort pour enchaîner les mots.

– Je n'épouserai pas Marie-Virginie... parce que c'est vous que j'aime.

Puis, il se hâta d'ajouter en détournant la tête :

– Je n'aurais jamais dû vous dire ça..., pardonnez-moi ; d'ailleurs, vous ne me reverrez pas..., on m'a offert la direction d'un hôpital à Cuba..., je vais partir.

Les mains croisées sur les genoux, Mme de Vigors regardait le médecin assis en face d'elle dans la pénombre, et dont la voix venait d'éveiller en elle d'étranges résonances, l'agréable sensation qu'un homme pouvait la désirer pour femme. Un homme capable de dominer le handicap d'une laideur qu'il était seul à croire insupportable. Elle s'adossa au fauteuil et ferma les yeux, car la déclaration désespérée de Faustin semait la confusion dans son esprit, ouvrait des perspectives inattendues.

Elle entendit le médecin quitter son fauteuil, saisir sa trousse et marcher vers la porte. Elle comprit qu'il allait mal interpréter son silence. Un cri lui échappa.

– Faustin !

– Oui... pardonnez-moi..., dit-il encore.

Elle le rejoignit, lui prit le bras, approcha son visage du sien et sourit.

– J'accepte votre raison de ne pas épouser Marie-Virginie. Ne partez pas... revenez souvent au contraire... J'ai besoin de réfléchir... non je n'ai pas besoin de réfléchir... Je crois que je vous aime aussi.

Et tendrement, avec précaution et délicatesse, elle posa ses lèvres sur la joue martyrisée.

Lâchant sa trousse, il l'enlaça timidement.

– Mon Dieu, Stella, avons-nous le droit l'un et l'autre de croire encore le bonheur possible ?

– Je veux y croire, Faustin... Dieu nous doit bien cette espérance.

Quand il sauta dans son cabriolet, elle lui envoya de la galerie un baiser du bout des doigts, puis elle revint au salon, s'arrêta devant le portrait de Gratien et, le front sur le marbre froid de la cheminée, se mit à pleurer. Quand elle releva la tête, la grande glace lui renvoya l'image du portrait de la dame de Bagatelle. Son sourire lui parut indulgent et même compréhensif.

Quelques jours plus tard, Félix, le fils de Gustave et Gloria de Castel-Brajac, dont la visite était attendue depuis plusieurs semaines à Castelmore, descendit d'une automobile anglaise Rolls Royce qui, dans la traversée des villages entre La Nouvelle-Orléans et Fausse-Rivière, avait fait sensation. Sa carrosserie crème, son long capot, sa calandre argentée surmontée d'une statuette, véritable figure de proue du véhicule, suscitaient la curiosité. M. de Castel-Brajac, qui cependant ne figurait pas parmi les zélateurs de l'automobile, trouva à ce phaéton moderne une certaine élégance.

– C'est une pure œuvre d'art, commenta le propriétaire de l'engin en faisant apprécier à son père la qualité du cuir rouge des sièges, la solidité des jantes de bois verni, la formidable puissance des gros projecteurs de cuivre et le son de la trompe au vaste pavillon de tuba.

– Savez-vous, père, qu'avec cet engin que M. Rolls a baptisé *Silver ghost*, je me déplace à soixante miles à l'heure... sur les bonnes routes. L'an dernier, une semblable automobile a parcouru vingt-quatre mille cent quarante kilomètres sous le contrôle du Royal Automobile Club. Sa puissance est de quarante-huit chevaux-vapeur. Le système de graissage sous pression et le double allumage électrique garantissent contre les pannes. Je l'ai payé 895 livres sterling... une petite fortune.

Quand on eut assez admiré l'automobile, que bichonnait un chauffeur-mécanicien britannique, totalement hermétique à la langue française et qui trouvait curieux l'anglais parlé par les Américains, Félix s'abandonna aux joies de la famille. A trente ans, ce garçon que ses parents avaient perdu de vue depuis plusieurs années, mais qui, chaque semaine, écrivait à sa mère des lettres affectueuses, conservait le charme de l'adolescence. Ses traits fins et réguliers, son regard sombre et velouté hérité de Gloria, ses cheveux bruns et frisés, sa voix mélodieuse, ses mains blanches et soignées, sa haute taille, sa sveltesse, l'élégance de ses gestes faisaient de lui un être beau et sain, voué par nature autant que par goût à l'esthétisme le plus raffiné.

Il tira de ses nombreux bagages une foule de cadeaux. Des métrages de soieries étranges, des velours bordeaux, frappés de motifs d'argent et d'or représentant des pampres, des arabesques, des oiseaux irréels, des fleurs, des dessins de son cru, inspirés par les décors pompéiens ou les compositions de la Renaissance et qu'il offrit à sa mère et à ses sœurs, pour faire des robes. A son père, il tendit un étui à cigarettes en argent massif rehaussé d'émaux, acheté chez Liberty à Londres, et des cravates aux tons pastel que M. de Castel-Brajac hésita à porter.

Au cours des jours qui suivirent l'installation de Félix à Castelmore, la garde-robe du voyageur impressionna tous ceux qui l'approchèrent. Il avait en tous domaines des goûts exquis, s'habillait de flanelles moelleuses, de chantoungs légers, de lins crémeux. Ses chemises de soie, pour le repassage desquelles la lingère reçut des consignes spéciales, étaient enviées des hommes les plus élégants qui croyaient jusque-là que le voile de coton était le *nec plus ultra*. Mme de Castel-Brajac, heureuse de retrouver ce fils qui lui avait toujours témoigné une grande tendresse, ne le quittait pas. On la vit, dans la belle automobile lustrée comme un pur-sang, faire en sa compagnie des visites dans les plantations. Elle était fière de présenter partout ce parfait gentleman qui, chaque matin, mettait à sa boutonnière une fleur de jasmin ou un bleuet.

– Que comptes-tu faire maintenant ? demanda un soir M. de Castel-Brajac.

– Ouvrir une boutique à New York et une à Boston pour vendre mes tissus et mes objets d'art car, cher papa, j'ai deux ateliers en Angleterre. Mon ami, Sir Bollington, m'a légué tous ses biens et je me suis engagé à poursuivre son œuvre, c'est-à-dire à me consacrer à la beauté. J'aurais aimé que vous connaissiez cet homme, ce professeur émérite. Il m'aimait comme un fils et je dois reconnaître que, sans lui, je ne serais pas ce que je suis. Il m'a également laissé le palais vénitien où nous avons vécu jusqu'à ce qu'il s'éteigne dans mes bras.

En évoquant son ancien maître d'Oxford, Félix ne cacha pas son émotion. Des larmes perlèrent au bout de ses longs cils. Il les essuya avec une pochette bordée de noir. M. de Castel-Brajac trouva cet attendrissement, comme la pochette, un peu trop féminin. En bon Gersois, il appréciait les hommes virils, capables de dominer leurs sentiments. Or, son fils, son unique garçon qui chipotait à table, prenait deux bains par jour, se frictionnait le corps à l'eau de Guerlain, marchait comme une danseuse et poussait des petits cris effarouchés, ressemblait davantage à Aramis qu'à d'Artagnan. En revanche, sa culture, sa sensibilité et sa gentillesse le séduisaient. Avec Félix, on pouvait parler pendant des heures peinture, musique ou poésie, et quand M. de Castel-Brajac l'eut entendu jouer les *Nocturnes* de Chopin, il ne s'étonna plus que son rejeton ait fait si bonne figure dans la haute société de Londres et de Venise. Cependant, la chose qui le préoccupait depuis longtemps l'amena à poser des questions. Ce fils ne semblait pas avoir de relations féminines. Quand il parlait de ses amis, de sa vie en Europe, jamais il ne citait de femmes, et néanmoins il avait bien dû en rencontrer, et beau comme il était, quelques belles étrangères devaient bien avoir soupiré pour lui. Alors que l'oncle Gus allumait son cigare après avoir reniflé avec méfiance la longue cigarette de tabac turc que Félix lui avait proposée sans succès, le sujet fut abordé avec décision.

– Comment sont les Vénitiennes ?

– Divines, j'en ai rencontré qui paraissaient descendre d'un tableau de Véronèse, des Bethsabée, des Junon, des Vénus, blondes et opulentes.

– Et les Anglaises ?

– Très belles aussi et suprêmement distinguées. Mrs. Sackville-West ou Lady Helen Vincent ou encore Mrs. George Swinton que John Singer Sargent a peinte ces dernières années.

– Il a fait aussi, en 1884, le portrait de Gratianne de Vigors, la demi-sœur de Charles ; ce fut, paraît-il, un vrai scandale au salon de Paris ; le mari refusa le tableau et interdit qu'on y accolât le nom de sa femme. C'est pourquoi on le connaît sous le nom de *Madame X*.

– Ça ne m'étonne pas de Sargent, c'est un peintre d'une telle sincérité... Un ami de Henry James, dont il fera certainement le portrait un de ces jours. Le fusain que j'ai dans un cadre sur ma commode et que je t'ai montré est de lui. Il aimait tellement mon cher Herbert.

Comme Félix s'attendrissait de nouveau, Gustave tira longuement sur son havane et revint au sujet.

– Tout cela ne me dit pas si tu as une maîtresse, un garçon aussi lancé que toi... Ce serait normal à ton âge.

– Une maîtresse ? Mon Dieu, père, dites-vous cela sérieusement ? s'étonna Félix avec l'air qu'avaient les demoiselles Tampleton quand un propos un peu leste échappait à un homme en leur présence.

– Mais enfin, pour un être sensible comme toi à la beauté, l'amour ça existe, non ?

– L'amour, bien sûr, père, ça existe.

Félix baissait les yeux, un peu gêné par cet interrogatoire.

– Tu n'as pas l'intention de te marier ?

– Me marier ? Je n'y ai jamais songé à vrai dire.

– Bon ! dit M. de Castel-Brajac découragé par l'attitude de son fils, qu'il voyait de plus en plus mal à l'aise.

Il aurait aimé mettre cette attitude au compte de la timidité et de la pudeur, mais il y voyait plutôt une confirmation de ses craintes secrètes. Félix n'était pas attiré par les femmes.

A quelques jours de là, Gloria de Castel-Brajac donna un grand dîner pour fêter le retour de l'enfant prodigue. Stella de Vigors y vint avec Marie-Virginie. Cette dernière, plus en beauté que jamais, dominait l'inquiétude lancinante que lui causait sa situation. Le docteur Dubard, que les Castel-Brajac avait convié, s'abstint de paraître, et Stella en fut désappointée. Depuis la scène dont elle gardait un souvenir si vivace, le médecin ne s'était plus manifesté. Sentimentale, elle s'attendait à poursuivre avec Faustin le tendre dialogue amorcé, mais les journées passaient sans qu'il donnât signe de vie. Et puis, les jérémiades de Marie-Virginie commençaient à l'ennuyer. La future mère pleurnichait comme une adolescente qui aurait fauté, tout en se gavant de pâtisseries et de crèmes. Mme de Vigors, estimant qu'elle ne pouvait plus assumer seule les conséquences d'une situation qui allait se faire de jour en jour plus évidente, s'arrangea, avant le dîner, pour rejoindre, dans sa chambre, Gloria de Castel-Brajac, qui s'habillait, et la mit au courant.

– Oh ! La pauvre petite n'a vraiment pas de chance..., ça va faire un vrai scandale... Je donnerais cher pour voir la tête de Tiercelin... il va avoir une jaunisse.

– Tiercelin ne nous intéresse plus, et Marie-Virginie est au désespoir.

– Ma petite, il faut la marier... et vite. Il doit bien y avoir chez les innombrables Dubard un cousin disponible et pas trop malin.

– Encore faut-il le trouver... Marie-Virginie n'a rien voulu dire à sa mère.

Après le dîner, qui fut joyeux et au cours duquel Félix raconta la vie vénitienne, les représentations de Wagner à la Fenice, et comment il avait appris, dans l'atelier de Mariano Fortuny, au palais Orfei, à créer des tissus, des robes, des lampes et même des meubles, le fils Castel-Brajac proposa à Stella et à Marie-Virginie de les reconduire à Bagatelle dans sa Rolls. Il prit le volant et, chemin faisant, les deux femmes apprécièrent la conversation de cet homme qui apportait à Fausse-Rivière les échos d'une vie brillante vouée à l'art et à la beauté. Marie-Virginie, sensible à son charme, posait des questions et soupirait en se disant qu'elle aurait dû aller vivre en Europe où tout paraissait plus élégant, plus raffiné, plus facile.

En regagnant Castelmore, Félix trouva son père et sa mère en grande conversation. Informé par sa femme de la mésaventure de Marie-Virginie, M. de Castel-Brajac fulminait et ses imprécations, que Gloria tentait de contenir à cause des domestiques, faisaient vibrer les pendeloques des lustres.

– Macadiou, quelle bécasse ! Quelle cruche, une vraie nique-douille. Comme son père, toujours prête à se mettre au lit avec n'importe qui, hein, sans penser aux conséquences possibles.

– Mais Gustave... il n'aurait pas dû y avoir de conséquence... Tiercelin...

– Boun Diou Tiercelin, qu'est-ce que ça veut dire ? Les femmes sont ainsi... rien avec l'un et crac... avec l'autre. Il suffit d'un coup bien ajusté pour tuer le loup... et faire un enfant.

– Gustave, je vous en prie.

– De qui parle-t-on ? hasarda Félix.

– Eh ! De Marie-Virginie, bien sûr, tu as bien vu qu'elle est dégourdie comme un plein panier de marteaux, non ?

Mme de Castel-Brajac exposa calmement le cas de « la pauvre Marie-Virginie » et fit observer qu'elle n'avait jamais été la « marie-couche-toi-là » dont son mari stigmatisait la conduite.

— Elle doit être bien malheureuse, convint Félix.

— C'est une fieffée gourgandine... Tomber dans les bras du premier militaire de passage..., dans un hôtel encore..., quand Charles va découvrir qu'il est grand-père d'un enfant sans nom, ça va faire du vilain, je vous le dis.

Mme de Castel-Brajac et son fils échangèrent des regards amusés et Gustave, tout en bougonnant, finit par se calmer. Quand il eut regagné sa chambre, Félix embrassa sa mère et lui souhaita bonne nuit. Le cas de Marie-Virginie l'avait apitoyé.

— Voyez-vous, maman, il ne faut pas l'abandonner, ni lui faire de reproches. Un bébé, c'est gentil, d'où qu'il vienne. Je la trouve très bien cette jeune femme, elle est superbe et certainement moins idiote que dit père. Si vous permettez, je m'occuperai un peu d'elle, j'irai la promener, car elle aime beaucoup mon automobile.

— Tu as raison, mon grand, sois gentil avec cette malheureuse. Elle a l'âge d'Augustine et je l'aime comme ma fille.

Au cours des semaines qui suivirent, on vit souvent Félix promener sa mère et Marie-Virginie. Ils allèrent à Bâton-Rouge faire des emplettes, visitèrent les champs de bataille de la guerre civile. Ils se rendirent à Opelousas pour les fêtes de la patate douce qui, chaque année, drainaient tout le pays cajun.

Il arriva même que la Rolls prenne le chemin de Saint-Martinville afin que la divorcée puisse voir sa mère. C'est au retour d'une de ces promenades, alors qu'on approchait de Castelmore, que Marie-Virginie, seule ce jour-là avec le fils de Gustave, fut prise de nausées incoercibles. Comme Félix s'inquiétait et ne savait trop que faire, ni dire, après avoir fait arrêter la voiture afin que Marie-Virginie puisse se reposer un moment, cette dernière éclata en sanglots.

— Ne vous inquiétez pas..., je ne suis pas malade..., j'ai souvent mal au cœur depuis quelque temps.

— Le bébé, n'est-ce pas ? demanda doucement Félix.

— Vous savez, qui vous l'a dit ? Mon Dieu, vous savez !

Félix tendit à la jeune femme une pochette parfumée.

— Calmez-vous. C'est ma mère qui a trahi votre secret, mais soyez sans crainte... Elle et moi c'est la même chose... Nous comprenons.

— Il va falloir que je quitte le pays... Je ne puis plus rester ici, bientôt on remarquera ma dégaine et les gens jaseront.

— Pourquoi ne viendriez-vous pas avec moi à Boston et à New York ? Je dois installer des boutiques. J'aurai fort à faire..., vous pourriez m'aider. Une femme peut être une bonne conseillère.

— Vous êtes gentil, Félix, très gentil, mais je vous encombrerais plutôt..., vous savez je ne suis pas très intelligente..., et puis ce serait compromettant... sans chaperon.

Félix de Castel-Brajac se mit à rire.

— Nous sommes au XXe siècle, madame. Un gentleman peut voyager avec une... assistante sans que personne n'ait rien à dire.

— C'est à vous que je pense, pas à moi... J'attends un bébé.

— La belle affaire..., personne ne vous manquera de respect, je vous le jure. Les Castel-Brajac n'ont pas pour habitude de laisser une femme malheureuse sans le secours d'un bras. Nous partirons la semaine prochaine.

Quand M. de Castel-Brajac apprit que Félix avait l'intention d'emmener avec lui dans les États du Nord Marie-Virginie, il faillit lâcher son verre d'armagnac.

– Mille Diou, c'est la lune rousse qui t'a dérangé la tête... Mon fils s'en va à New York avec une femme enceinte..., ça alors, c'est époustouflant... et qu'est-ce que tu vas en faire de Marie-Virginie, hein ?

– Comment qu'est-ce que je vais en faire ?

– Je me comprends, boun Diou. Tu ne t'intéresses pas aux femmes, que je sache ?

– Je m'intéresse à une femme malheureuse et à qui je veux rendre service. Dans quelque temps d'ici elle ne pourra même plus sortir... Les gens la regarderaient comme une bête curieuse et l'on peut compter sur les vieilles Tampleton pour claironner son histoire à travers la paroisse. Marie-Virginie est la meilleure amie d'Augustine et moi, je l'aime comme une sœur.

– Comme une sœur, comme une sœur, répéta Gustave abasourdi.

– Elle pourrait être ma sœur, oui, et, dans ces cas-là, un frère doit donner aide et protection. En tout cas, père, ma décision est prise et je suis certain, connaissant votre bonté, qu'au fond du cœur vous m'approuvez.

– Peut-être, peut-être, marmonna Gustave, tassé dans son fauteuil.

Ce soir-là, M. de Castel-Brajac se rendit dans la chambre de sa femme et s'assit sur la courtepointe.

– Vous êtes au courant... pour Marie-Virginie et Félix ?

– Oui, il m'en a parlé... C'est très généreux de sa part, mais ça me tourmente... vous savez bien pourquoi... vous vous souvenez, Charles et Gratianne ?...

– Il m'a dit « je l'aime comme une sœur »..., c'est comme une demi-sœur qu'il aurait dû dire. Boun Diou... on n'en sortira jamais de ces histoires de famille.

– Vous croyez qu'il veut en faire sa maîtresse, Gustave ?

– Sa maîtresse ? Non, de ce côté-là, je suis tranquille, Gloria... je ne pense pas qu'ils...

– Hé ! Mon Dieu, pourquoi ? Ils sont beaux et sains tous les deux..., et la promiscuité d'un long séjour.

M. de Castel-Brajac prit la main de sa femme et la pétrit tendrement.

– Notre fils, Gloria, j'en suis certain, ne connaîtra, au sens biblique du terme, jamais aucune femme.

– Et pourquoi, mon Dieu, il a fait vœu de chasteté ?

– C'est dans sa nature, dit tristement le Gascon.

Tandis qu'après ces révélations assez incompréhensibles pour elle, Mme de Castel-Brajac s'efforçait de trouver le sommeil, à quelques miles de là, les lumières brillaient toujours dans le salon de Bagatelle. A la fin de l'après-midi, Marie-Virginie ayant eu un malaise inhérent à son état, Stella prit prétexte de cette indisposition pour envoyer Citoyen quérir le docteur Dubard « afin, dit-elle à son amie, qu'il nous indique un remède propre à calmer tes nausées ». En attendant l'arrivée du médecin, Mme de Vigors encouragea vivement la future mère à accepter la proposition de Félix de Castel-Brajac. Elle n'y voyait que des avantages et conseilla même à Marie-Virginie de prolonger son séjour jusqu'à la venue au monde du bébé qu'elle portait.

— A ton retour, tu diras que, privée d'enfants par la nature, tu as adopté un orphelin... et tu pourras lui donner ton nom. Les apparences seront sauvées.

— Ce sera bien un pauvre orphelin, larmoya Marie-Virginie, mais je partirai avec Félix puisque tu trouves que c'est bien. Quel homme chevaleresque !

Citoyen revint sans avoir vu le docteur Dubard.

— Tu as laissé la commission à sa négresse au moins ?

— Oui m'ame, j'ai dit mais la nègra, elle m'a dit que le docteur y viendrait pas de longtemps... elle m'a enco'e donné cet' lett' que c'est pour vous m'ame que le docteur y a laissé si vous demandez après lui.

Stella déchira l'enveloppe et lut :

Chère Stella,

J'ai heureusement retrouvé le bon sens qui m'a fait défaut lors de notre dernière entrevue. Je n'oublierai jamais le sentiment de pitié généreuse qui vous a poussée l'autre jour à accueillir la divulgation que j'aurais dû taire, avec tant d'émotion. Notre espérance n'était qu'une espérance. Je ne me crois plus capable d'assurer le bonheur de quiconque et encore moins de l'admirable femme que vous êtes. J'embarque dans quarante-huit heures pour Cuba où je puis être utile. Croyez à mon attachement définitif et profond. Adieu.

Faustin Dubard.

La date du message était antérieure de deux semaines ; Faustin Dubard naviguait vers les îles.

Sans rien dire à Marie-Virginie, Stella froissa la lettre dans sa main et s'assit, soudain accablée de lassitude.

— Il est absent... pour longtemps ? demanda la future mère.

— Pour longtemps, je le crains.

— Ça a l'air de te faire quelque chose ; sois sans nquiétude, je ne me sens pas malade... Après tout, nous n'avons pas besoin de médecin. C'est peut-être mieux ainsi.

— C'est peut-être mieux ainsi, répéta Stella qui sentait poindre une migraine dont elle se croyait débarrassée depuis plusieurs semaines.

— J'ai faim, conclut Marie-Virginie en se frottant l'estomac.

7

Aux petites vacances de Noël, Osmond retrouva Bagatelle dans la grisaille d'un hiver pluvieux. Sa mère lui parut mélancolique et silencieuse. Il mit cela sur le compte de l'absence de Marie-Virginie, qui envoyait de New York des lettres enthousiastes, racontant sa vie mondaine, commentant spectacles et concerts. Elle avait vu la grande Sarah Bernhardt jouer *Adrienne Lecouvreur* et assisté à une conférence donnée par l'actrice devant les élèves d'une école d'art.

Le public, racontait Marie-Virginie, avait été si chaleureux que Sarah était sortie de la salle en haillons, les auditeurs « s'étant disputé les morceaux de sa toilette ». Grâce à Félix de Castel-Brajac, Marie-Virginie avait été présentée à l'actrice qui lui avait donné en souvenir le bouquet de violettes ornant son chapeau.

Osmond ne prenait plus le même plaisir qu'autrefois aux jeux de « la bande », amputée de Lorna et de Silas qui voyageaient avec leurs parents en Californie. Il passait des heures à lire ou à griffonner dans son petit appartement de l'annexe. Maintenant qu'il savait qui était ce Clarence Dandrige dont il occupait le logement, il s'efforçait d'imaginer l'intendant, assis devant cette même table de citronnier sur laquelle il étalait ses livres et ses cahiers. Quand la pendule, restituée par M. de Castel-Brajac, sonnait les heures avec les sons clairs du cristal frappé par une pichenette, il prenait conscience du temps grignotant les existences, et se demandait combien de fois le Cavalier avait entendu comme lui tomber les heures.

L'absence de Lorna lui était sensible. Non qu'il fût amoureux, comme Bob Meyer l'était d'Otis Foxley ou sa sœur Alix de son ami Dan, mais la jeune fille appartenait au décor des vacances, et il lui en voulait de manquer au rendez-vous.

– Que veux-tu, disait Alix, le père de Lorna a maintenant de gros clients à San Francisco, et les procès consécutifs au tremblement de terre de 1906 le retiennent souvent là-bas..., et puis tu ne lui as pas écrit une seule fois depuis septembre et, sans les lettres que Dan réussit à me faire parvenir, elle serait sans nouvelles de toi. Ton indifférence lui a causé de la peine, mais je crois qu'elle en a pris son parti.

Alix parlait de Lorna comme d'une beauté sans pareille, et supposait qu'elle devait avoir, dans les salons de San Francisco, un certains succès.

– Tu te la feras souffler par un fils de millionnaire californien, pronostiquait la jeune fille.

– Je ne sais pas « pétrarquiser », disait Osmond en se défendant mollement.

– Enfin, ça te regarde..., mais je te trouve bien sec mon cher frère.

Sur la photographie que lui montra Alix, il reconnut à peine Lorna au milieu des autres pensionnaires du Sacré-Cœur, et quand la jeune fille lui adressa de San Francisco une carte de *Christmas*, il la trouva banale et impersonnelle.

L'enveloppe lui servit pour transporter jusqu'aux Trois-Chênes, entre deux averses, des miettes destinées à « Kiki le troglodyte », mais le petit oiseau ne parut pas. Aristo sur ses talons, Osmond revint à Bagatelle en se disant qu'autour de lui les choses et les êtres changeaient, que les souvenirs d'enfance se diluaient déjà et que la vie devait être ainsi faite d'une succession d'abandons.

Heureusement, il y avait Bagatelle dont la pérennité rassurante défiait l'oubli, et oncle Gus qui discourait sur Xénophon et comblait par d'ébouissantes synthèses les lacunes de l'enseignement jésuite.

En l'accueillant à Castelmore, le Gascon avait remarqué :

– Eh ! eh ! Tu as un peu de duvet sous le nez, fiston, il est temps de passer à Ovide !

Il offrit à son élève un bel exemplaire des *Métamorphoses* joliment illustré et lui enseigna la manière de tirer des hexamètres latins les secrets du manuel de l'amour.

Le jeune homme eut l'occasion, alors qu'il déjeunait à Castelmore tête à tête avec son mentor, Mme de Castel-Brajac étant en visite chez sa fille Augustine, d'assister à l'une des fameuses colères du Gascon. Celle-ci fut déclenchée par la lecture d'une lettre de Félix, que le maître d'hôtel apporta à la fin du repas.

Osmond vit brusquement le visage de l'oncle Gus passer du rose soutenu au rouge brique, tandis qu'il lisait.

– Boun Diou de macadiou de mille Diou ! s'écria le lecteur en jetant sa serviette chiffonnée au milieu des assiettes et des verres.

Osmond se tint coi devant cette brutale irritation. Un nouveau chapelet de jurons méridionaux déferla, dont certains mettaient en cause la virginité même de la mère du Christ. Puis M. de Castel-Brajac reprit son souffle, vida d'une main tremblante son verre de vin et s'exclama.

– Félix a épousé Marie-Virginie... à Boston. C'est le comble..., ils partent pour l'Europe tous les deux dans quelques jours..., elle, enceinte jusqu'aux dents, et lui son œillet à la boutonnière !... Il a fallu que je devienne assez vieux pour voir ça !

Osmond avait toujours cru qu'un mariage ne pouvait susciter que joie et réjouissances, mais il refréna sa curiosité. L'oncle Gus ne sollicitait d'ailleurs aucun encouragement.

– Tu dois te demander, fiston, pourquoi je prends ainsi la mouche... Eh bien, parce que le couple est... mal assorti... voilà... mal assorti. C'est le mot juste !

– Vous craignez que les époux ne s'entendent pas bien ? Qu'ils ne soient pas heureux ? J'aime beaucoup Marie-Virginie, et maman la considère comme sa sœur...

– Ah ! celle-là, interrompit le Gascon, tout le monde la considère comme sa sœur... c'est une sœur née... une sœur... universelle !

– Mais je croyais, oncle Gus, que Marie-Virginie ne pouvait pas avoir d'enfant, or, n'avez-vous pas dit ?...

– Tu verras, fiston, qu'il en est des femmes comme des terres. Il arrive que dans un champ rien ne pousse jusqu'au jour où y tombe la semence qui convient... et alors !...

– Alors pourquoi vous tourmenter ? Je ne connais pas Félix, mais tout le monde le cite en exemple et maman ne tarit pas d'éloge à son sujet... et puis, c'est votre fils ?

– Je me tourmente... parce que la carpe et le lapin ne vont pas de pair... voilà.

La comparaison, qui n'était guère flatteuse pour les conjoints, fit s'élargir le sourire d'Osmond. Quand, un peu plus tard, il rapporta la nouvelle à sa mère en s'étonnant du mécontentement d'oncle Gus, il vit Stella se réjouir avec sincérité.

– Gustave doit être furieux parce que le bébé a été commandé avant... le mariage. Ce sont des choses qui arrivent.

Ce soir-là, après une longue conversation avec Gloria au cours de laquelle il se mit en colère, M. de Castel-Brajac eut un malaise. On téléphona au docteur Benton, de Saint-Francisville, qui ne parut que le lendemain matin. Après avoir ausculté le patient, qui jurait comme un beau diable qu'il n'était pas malade, le praticien, dont la franchise était redoutée, déclara péremptoirement :

– Mangez moins, buvez moins, fumez moins, dormez moins. Votre cœur est noyé dans la mauvaise graisse. Si vous continuez, crac... il va s'arrêter de battre... et hop... vous irez voir la queue du diable. Si ça recommence pas la peine de me déranger, votre mari creuse sa tombe avec sa fourchette, conclut le médecin en se tournant vers Gloria.

Quand Osmond regagna La Nouvelle-Orléans, oncle Gus avait oublié son indisposition et s'en tenait au régime qui, affirmait-il, lui avait toujours réussi.

Les trois inséparables, Osmond, Fox et Bob, traversèrent sans aléas l'année de seconde. Hors du temps consacré aux études, ils s'adonnaient avec éclectisme aux activités des garçons de leur âge. Foxley possédait un voilier et, sur le lac Pontchartrain, le trio remporta plusieurs régates. Meilleurs nageurs que Meyer, ses deux camarades participèrent à la traversée du Mississippi, qui constituait chaque année une épreuve où triomphaient généralement des marins et des dockers. Fox et Osmond se comportèrent honorablement mais Mme Foxley, en découvrant le nom de son fils dans la liste des engagés, fit une scène car, estimait-elle, les garçons de la bonne société n'avaient pas à prendre part à une épreuve populaire. Elle trouvait, en revanche, de bon ton que Fox et ses amis se montrassent assidus aux concerts de la société philharmonique qu'avaient fondée en 1906 Mrs. Corinne Mayer, Mr. et Mrs. H.T. Howard et Mr. Kaiser, mélomanes avertis. Les garçons, tous musiciens, se retrouvaient également aux manifestations du cercle polyphonique du Quartet Club et du Cithare Club créé en 1890 par Victor Huber, un jeune compositeur viennois.

La vie culturelle de La Nouvelle-Orléans était assez intense pour que les collégiens aient, certains soirs, l'embarras du choix. Les théâtres étaient nombreux et l'Opéra français présentait des spectacles de qualité. C'est dans cet établissement que les trois amis eurent la révélation de la musique de Wagner, à l'occasion d'une tournée du Metropolitan Opera de New York.

Parsifal les subjugua. Ils ne soupçonnaient pas, jusque-là, qu'une telle musique puisse exister. L'immense marée de sons neufs, les mouvements lents et majestueux, la variété des modulations, les sonneries sauvages des cuivres, l'inspiration chevaleresque qui préside aux thèmes de Kundry et de Klingsor agirent sur leur sensibilité à la manière d'un puissant alcool. En quittant le théâtre, ils discutèrent une partie de la nuit sur un banc de Jackson Square se remémorant les airs et se demandant si Beethoven, le plus grand à leurs yeux, n'était pas menacé dans sa suprématie. Ils attendirent *Lohengrin* et *Tristan* avec l'impatience des explorateurs égarés sans eau dans le désert. Les auditions de ces œuvres confirmèrent leur engouement et Bob Meyer, le meilleur interprète du groupe, fut sommé de se procurer les partitions pour piano. Il y eut cet hiver-là chez les Foxley de longues séances de déchiffrage, Otis ayant été incluse d'office dans le cercle des wagnériens. Il arriva que Mme Foxley soit contrainte d'apparaître vers le milieu de la nuit pour interrompre ces orgies musicales et les discussions animées que soulevaient parfois le rendu malencontreux d'un bécarre dévoyé ou l'escamotage d'un bémol.

Les trois amis décidèrent, d'un commun accord, d'ouvrir leur panthéon à Wagner et d'inscrire dans la tournée européenne, qu'ils ne manqueraient pas de faire un jour ou l'autre, le voyage à Bayreuth.

Au base-ball, que pratiquait assidûment Dan Foxley, Osmond préférait l'escrime et le tennis, tandis que Bob Meyer, exténué par le moindre effort physique, se réfugiait dans la poésie, s'efforçant de faire apprécier à ses amis des auteurs qui n'étaient pas admis chez les jésuites, comme Gérard de Nerval, Moréas, Henri de Régnier ou Verlaine, le vrai maudit.

Je suis le ténébreux, le veuf, l'inconsolé,
Le prince d'Aquitaine à la tour abolie,
Ma seule étoile est morte et mon luth constellé
Porte le soleil noir de la mélancolie,

récitait, en s'efforçant de donner un son grave à sa voix trop perchée, le fils de la marchande de corsets. Puis il abandonnait *les Chimères* nervaliennes pour les *Stances* de Papadiamantopoulos : *Ne dites pas : la vie est un joyeux festin...*

– Il a rudement bien fait ton Grec de prendre un pseudonyme, plaisantait Foxley qui préférait Baudelaire.

En peinture aussi, ils eurent cette année-là quelques révélations. Quand la *Salomé* de Gustave Moreau leur tomba sous les yeux par le truchement d'une revue d'art, Dante, Gabriel Rossetti, Burne-Jones et les préraphaélites en général se virent brusquement dévalués. Les garçons, qui, inconsciemment, recherchaient dans les œuvres picturales des représentations de la femme, à la fois Vénus de chair et inspiratrice des amours mystiques, avaient longtemps discuté devant *La petite mendiante* si modestement belle et l'Ève au corps parfait, si sensuellement rayonnante, de *l'Arbre du pardon*. Salomé dansant devant Hérode ajoutait, avec les étranges tatouages qui soulignaient sa nudité, la note perverse dont ils soupçonnaient la vague nécessité. Ils eurent envie de mieux connaître le peintre symboliste dont le graphisme aigu et l'érotisme maléfique se jouaient avec ambiguïté de l'innocence. Ils auraient voulu tous trois pouvoir se rendre à Philadelphie pour l'exposition des « Huit » dont on disait qu'ils représentaient la nouvelle école de peinture américaine que les critiques conformistes nommaient « école de la poubelle », parce que ces artistes scandaleux choisissaient leurs sujets dans les taudis et les sales banlieues à usines du Nord. Foxley, moins audacieux que les deux autres, collectionnait des reproductions des œuvres de Mary Cassatt qui avait été l'amie de Degas et de M. Neill Whistler, rival supposé du peintre John Singer Sargent.

Les galeries de La Nouvelle-Orléans, notamment celle fondée par le négociant en sucre Isaac Delgado et celle du Art and exhibition Club des frères Woodward, recevaient régulièrement leur visite.

Ils aimaient les bateaux à roues de August Norieri, certains paysages de Paul Poiney et les portraits de femmes noires, peints par Walker, mais ils trouvaient mièvres les scènes de bayous, dont Rudolph s'était fait une spécialité.

Les cinémas, qui se multipliaient, les attiraient moins que les théâtres. Ils s'étaient rendus par curiosité au Vitascope Hall où, pour 10 cents, on pouvait voir projetés des films comme *Le vol du grand train* ou *Les chutes du Niagara*, mais Bob Meyer sortait de ces séances avec des maux de tête, et ses amis trouvaient le public des salles obscures vulgaire et malodorant.

Si les journaux dits « d'information », comme le *Picayune*, le *Times démocrate* et *L'Abeille* n'étaient que rapidement feuilletés, les revues littéraires et de théâtre faisaient l'objet, entre les trois amis, d'échanges organisés. *La loge d'Opéra*, *L'entracte*, *Le coup d'œil*, *La revue louisianaise* diffusaient chaque semaine l'actualité culturelle de la ville, tandis que *La violette* et *Les veillées louisianaises* ouvraient leurs pages aux jeunes auteurs. *L'Athénée louisianais* restait la revue intellectuelle la plus prisée des créoles. N'y écrivaient que des personnalités confirmées des lettres et des arts.

Par son grand-père, l'ancien sénateur de Vigors, Osmond se procurait facilement des billets de faveur et les ouvreuses des théâtres Saint-Charles, des Variétés, Greenwall ou Baldwin connaissaient bien les trois garçons qu'accompagnaient quelquefois les demoiselles Foxley. On voyait aussi le groupe visiter la ménagerie et l'aquarium, installés à bord du Robinson's Floating Palace Museum, annexe flottante du grand opéra.

Cependant, de toutes les salles de spectacles de la ville, qui comptait maintenant plus de trois cent mille habitants, la plus souvent fréquentée par Osmond et ses amis, comme par tous les créoles francophones, restait l'Opéra français de la rue Bourbon. Cet établissement, temple de l'art lyrique, constituait un phénomène unique à travers les États-Unis. D'abord, parce qu'il demeurait depuis 1859 une institution totalement française entretenue avec ferveur de génération en génération par les descendants des vieilles familles aristocratiques venues au XVIIIe siècle s'installer en Louisiane. L'influence anglo-saxonne qui, sous couvert du *melting-pot*, triomphait dans le commerce, les affaires et l'éducation, n'avait pu pénétrer ce domaine. En plein cœur de la cité, le French Opera House, comme l'appelaient les anglophones, constituait un centre de culture française. Sauf en de rares occasions, toutes les œuvres lyriques étaient chantées en français. Les abonnés qui emplissaient la salle à l'italienne à quatre galeries, magnifiquement décorée et qui pouvait accueilir deux mille spectateurs, connaissaient par cœur les partitions et souvent se mettaient à chanter en chœur les airs célèbres. Les artistes se voyaient acclamés comme nulle part ailleurs. On les saluait dans la rue ou dans les restaurants, on savait tout de leurs amours, de leurs goûts, de leurs manies. Il n'était pas rare que les partisans de tel ténor ou de telle soprano se disputent avec ceux qui soutenaient d'autres artistes. Dans certains cas, on en venait aux mains, quelquefois au duel. La soirée du dimanche, consacrée aux œuvres plus légères de l'opéra-comique français, attirait un public moins huppé mais plus enthousiaste que celui des premières ou des jours de semaine. Le dimanche, la tenue de soirée n'étant pas de rigueur, le populaire prenait possession des galeries et marquait avec frénésie sa satisfaction, quand les artistes détaillaient des couplets que les dames de la bonne société eussent trouvés osés.

Faust, régulièrement joué, figurait au nombre des œuvres préférées des Orléanais. Osmond et ses amis ne dédaignaient pas, après le spectacle, de parodier en rentrant chez eux la scène du jardin, Foxley sachant particulièrement bien mettre en valeur l'ironie de Méphisto.

Les trois garçons faisaient partie des supporters inconditionnels du ténor français Léonce Escalaïs, inimitable dans *le Trouvère* dont on bissait régulièrement la fameuse aria *Supplice infâme*. Le chanteur aux moustaches en croc était la coqueluche des dames comme la danseuse Stella Bosi restait celle des messieurs, malgré des rondeurs qui s'accusaient de saison en saison.

Tout en travaillant avec assiduité les matières du programme, les trois collégiens menaient joyeuse vie. Quand arrivèrent les vacances de l'été 1908, c'est tout naturellement qu'ils prirent le chemin de la propriété des Foxley avant le séjour à Bagatelle. « Le serment de la rivière Chito » ayant été renouvelé, une bonne quantité de truites et de vairons passés au gril et un certain nombre de cailles et de bécasses abattues, les garçons rejoignirent avec Osmond la bande bagatélienne à laquelle fut agrégée Otis Foxley, que la mère de Dan confia à Mme de Vigors. L'autorisation d'emmener la plus jeune des demoiselles Foxley à Bagatelle fut arrachée après deux semaines de manœuvres obliques, conduites par Dan et Osmond, émus par les tendres sentiments qui unissaient leur ami Bob à la jeune fille. Celle-ci devint vite l'amie de Lorna et d'Alix et fut intégrée au groupe sans difficultés.

Auprès de leurs camarades, surtout des pensionnaires qui ne jouissaient pas durant l'année de la même liberté qu'eux, les trois garçons faisaient figure d'affranchis. Ils parlaient de choses que les autres ignoraient, possédaient des connaissances extra-scolaires auxquelles, ni les élèves du Sacré-Cœur, ni même Silas et Clary Barthew, eux aussi voués à l'internat, ne pouvaient prétendre. Cette disparité ne fit qu'approfondir le fossé qui séparait maintenant Osmond de Lorna. La jeune fille, dont la beauté s'affirmait, paraissait sereine et riait autant que les autres, mais ne recherchait plus avec autant d'ingénuité qu'autrefois la présence du jeune Vigors. Bien qu'elle soit toujours sa cavalière préférée et considérée au sein de la bande comme la *girl-friend* du garçon, Alix étant celle de Dan Foxley et Bob Meyer le cavalier servant de Otis, elle s'abstenait certains jours de venir à Bagatelle. Comme Alix l'interrogeait sur cette attitude, la fille d'Augustine s'était contentée de répondre qu'elle ne voulait pas contraindre Osmond à s'occuper d'elle. Qu'après tout, elle n'était qu'une de ses amies d'enfance comme les autres et que le garçon qu'elle préférait entre tous ne lui portait, ce qui était bien compréhensible, que des sentiments fraternels.

– Nous ne pratiquons ni l'un ni l'autre le flirt comme sport de vacances, et je me sens nettement distancée par ton frère dans les conversations sérieuses.

Je crois que je ne lui suis pas vraiment nécessaire, conclut Lorna avec une moue de regret.

Osmond, de son côté, admettait, sans jamais faire de remarques, les absences de son amie. Il l'accueillait toujours avec le même naturel et la même gentillesse chaque fois qu'elle venait à Bagatelle, mais il ne montait plus avec elle aux Trois-Chênes pour voir « Kiki le troglodyte ». Il fut assez surpris quand Alix l'accusa d'indifférence et de froideur.

– Mais je l'aime bien, tu sais ! De toutes nos amies d'enfance c'est même la seule à qui je puisse faire des confidences, et je ne souhaite que lui plaire.

– Tu n'es pas amoureux d'elle, ça se voit, tu la traites comme un garçon.

– Amoureux ? Qu'est-ce que ça veut dire à notre âge ?

– Ça veut dire que tu n'as pas envie de lui tenir la main, de l'embrasser, de caresser ses cheveux, enfin tu sais bien.

– Je ne pense pas que ces simagrées soient nécessaires entre nous. Nous avons été élevés ensemble. Nous nous connaissons trop pour avoir l'air de nous découvrir.

– Tu es déjà si vieux, mon pauvre frère !

– Peut-être déjà plus vieux que vous tous..., mais tu peux dire à Lorna que je l'aime bien, conclut-il avec son sourire agaçant.

– Tu lui diras toi-même, ce sera mieux.

– Je n'en vois pas l'utilité. D'ailleurs, elle doit le savoir.

Quand les trois collégiens eurent repris leurs habitudes à La Nouvelle-Orléans, un jour que Foxley, qui correspondait par d'obscures filières avec Alix, donnait des nouvelles des pensionnaires du Sacré-Cœur, la discussion vint sur l'amour.

– Dis donc, ça n'a plus l'air d'aller avec Lorna, tu ne lui écris jamais et, aux dernières vacances, on vous a rarement vus vous éclipser ensemble, ta sœur m'a dit...

Osmond eut un regard dur et referma brutalement le livre qu'il lisait.

– Je me soucie peu de ce que dit Alix. Tu es amoureux d'elle, c'est bien, Bob est amoureux d'Otis, c'est parfait, mais je ne suis pas obligé, moi, d'être amoureux de Lorna..., nos relations sont d'une autre qualité que le flirt... l'amour... l'amour..., c'est probablement un autre sentiment que ce que vous supposez..., ce doit être comme un ouragan... quelque chose d'impérieux, de dévastateur, de grave et de profond.

– L'amour a horreur du vide, risqua Bob en souriant.

– Il a surtout horreur qu'on le confonde avec une vague attirance sentimentale du genre de celle qui vous occupe tous les deux.

– Ça alors, quelle mouche te pique, répliqua un peu surpris Dan Foxley.

– L'amour ne peut être que passion fulgurante, mon vieux. Le clair de lune, les baisers dans le cou, les sonnets ciselés en une nuit et expédiés au matin à une pensionnaire, les roucoulades, c'est du sirop d'orgeat.

– Tu te rends compte, nous buvons de l'orgeat ! fit ironiquement Fox en se tournant vers Meyer.

– Il y a des natures auxquelles l'orgeat convient mieux que l'absinthe. Nous avons fait serment d'être de grands hommes, hein, souvenez-vous de la nuit de la rivière Chitto. Eh bien, regardez les grands artistes, ils n'ont pas été des amoureux mièvres. Ils ont vécu des amours exaltantes, déraisonnables, dévorantes, frénétiques... de véritables passions. Ils ne soupiraient pas pour des pensionnaires à chignon. Ils se préparaient à enlever des reines, à faire d'une courtisane une impératrice, à tirer une nonne de son couvent, à mettre leur âme consumée dans une symphonie ou à s'immoler aux pieds d'une déessse. Ils narguaient le monde des petites amours sucrées.

– En somme, tu te réserves pour une grande passion à venir, commenta Bob Meyer abasourdi par cette exaltation subite.

– Comme Dante, tu attends ta Béatrice, ou comme Antoine, ta Cléopâtre, proposa Fox.

– Je n'attends rien et j'attends tout..., mais je vous jure que je la reconnaîtrai au premier coup d'œil celle que m'enverra l'amour !

Quand Bob et Dan se retrouvèrent seuls, ils durent convenir que leur cher Osmond était en train de prendre des distances avec le monde de son enfance.

– Il est plus mûr que nous, Bob, il faut le reconnaître et si de nous trois émerge un philosophe ou un artiste, ce sera lui. Je comprends que les très jeunes filles ne l'attirent plus... et cependant, il plaît, crois-moi, il plaît aux femmes. Ainsi, j'ai cru comprendre qu'il n'était pas indifférent à ma sœur Margaret, elle a vingt-trois ans et tu connais son caractère. Elle serait bien venue à Bagatelle avec Otis, mais je l'ai découragée... à cause de Lorna, j'ai peut-être eu tort, mon vieux.

– Je crois qu'il faut le laisser incuber, Fox. Ne pas tenter de contrer ses réactions intransigeantes. Tu as vu comme il a banni Wagner de notre panthéon quand il a lu ce que l'idole avait écrit sur les juifs. Je suis certain que son indignation est née de l'amitié qu'il me porte. Moi, juif, je ne considère que l'immensité du musicien, le reste, je m'en fous. Les gens de ma race ont l'habitude d'être décriés. Mais Osmond voit plus loin. Il voit les conséquences, l'usage que les imbéciles et les racistes peuvent faire de l'autorité du maître de Bayreuth. Je suis certain qu'il se ferait tuer pour nous. C'est un ami d'élite.

– Tu as raison, mais je souffre de le voir incompris des autres. Sa froideur, ses airs distants, son sourire moqueur indisposent les gens.

– Il ne cherche pas à être populaire, mais ce que les autres prennent pour mépris n'est que réserve. Cela donne encore plus de prix à son amitié.

Tandis que les collégiens de première traduisaient les *Géorgiques* de Virgile ou l'*Anabase* de Xénophon, analysaient Addison ou tentaient – Fox et Osmond avec moins de bonheur que Bob – d'assimiler l'algèbre selon Wentworth, le 4 novembre 1908, William Howard Taft fut élu vingt-septième président des États-Unis. Le candidat républicain, soutenu par Theodore Roosevelt qui avait refusé de briguer un nouveau mandat, avait battu le démocrate William J. Bryan de plus d'un million de suffrages. S'ils furent déçus, les Sudistes ne se montrèrent pas surpris, Taft étant le dauphin désigné par Teddy. Les progressistes étaient satisfaits et les conservateurs ne pouvaient que se résigner en espérant des jours meilleurs. Ayant obtenu en 1905 le prix Nobel de la Paix pour sa médiation entre les Russes et les Japonais, Théodore Roosevelt quittait le pouvoir en pleine gloire et assuré de voir sa politique poursuivie.

Charles de Vigors, qui s'était tenu à l'écart de la campagne, commenta pour son petit-fils au cours d'un dîner du mercredi la situation politique.

– Les deux grands partis ont accepté maintenant les principes fondamentaux du socialisme d'État. Les républicains par vocation, les démocrates sans même s'en apercevoir. Par la législation douanière, les républicains ont favorisé certains intérêts et permis à une certaine classe de s'enrichir. Ils ont accordé des primes aux producteurs de sucre et subventionné la marine marchande. Le parti démocrate qui, au début du XIXᵉ siècle, se méfiait de l'autorité fédérale et souhaitait la restreindre afin de donner aux États plus d'autonomie, préconise, depuis 1896 avec Bryan, une politique socialiste. Il incite les citoyens à se tourner vers la nation pour obtenir l'amélioration de leur sort, le développement du commerce, de l'industrie ainsi que des garanties sociales. Quand il demande au gouvernement fédéral d'aider les agriculteurs à payer leurs dettes, M. Bryan fait du socialisme, même si le terme dévoyé par les abus européens choque nos vieux Sudistes.

– En somme, il y a peu de différence entre les aspirations des deux partis, remarqua Osmond pour avoir l'air de s'intéresser au sujet.

– Peu de différence sur le fond, mais beaucoup dans la méthode. Les deux sont en tout cas animés du même désir de faire des États-Unis la nation la plus libre, la plus éclairée et la plus puissante que les hommes aient jamais conçue.

Mais Osmond de Vigors, pas plus que ses amis, ne portait grand intérêt à la politique. La société au sein de laquelle ils vivaient leur paraissait satisfaisante. Les privilèges dont ils jouissaient, sans même s'en rendre compte, ne provenaient pas à leurs yeux de l'organisation de l'État mais de leur naissance. Bob Meyer, le moins fortuné des trois, hésitait bien quelquefois à engager la dépense d'un billet de théâtre et portait plus longtemps que ses amis des vêtements de moins bonne coupe, mais au sein du trio on ne tenait pas de comptes. Dan Foxley et Osmond disposaient d'une trésorerie de poche suffisante pour que leur ami ne se voie pas privé des plaisirs pris en commun.

C'est au cours de l'hiver que les collégiens firent une découverte importante. Jusque-là, ils avaient accordé peu d'attention à ce que les créoles appelaient la musique nègre et ne fréquentaient que rarement les lieux où jouaient les orchestres noirs. Mais Dan Foxley revint un jour de son cours de piano avec une adresse.

– Il paraît qu'il y a au *Pélican blanc* un pianiste mulâtre assez sensationnel, qui joue le ragtime comme personne, nous devrions aller l'entendre.

– Le *Pélican blanc*, c'est une des maisons à filles de Storyville, tu nous vois là-dedans, protesta Bob Meyer.

– Si les « jés » apprennent qu'on a passé la frontière de la rue des Remparts, nous aurons droit à une interrogation de Nosy, renchérit Osmond.

– Oh ! Il y a des élèves de rhéto et de philo qui ne s'en privent pas..., et c'est pas pour écouter de la musique qu'ils vont au bordel !

– Comment s'appelle-t-il, ton virtuose ? fit Bob.

– Tiny Barnett, il paraît qu'il a une dent en diamant et des bagues à tous les doigts. Il se tient dans le salon-bar du rez-de-chaussée... on ne voit même pas les... dames.

Une expédition fut décidée et un soir de décembre, les trois amis, qui s'étaient donné rendez-vous après dîner, à l'angle de la rue du Canal et de la rue Franklin, se glissèrent jusqu'à la rue du Marais où brillait sur un perron des plus bourgeois l'infamante lanterne numérotée.

– C'est assez déplaisant qu'on ait choisi des lampes rouges pour indiquer l'entrée de ces maisons puisque c'est une lampe de cette couleur qui, dans nos églises, indique la présence du saint sacrement, observa Dan Foxley.

– Le rouge est la couleur de toutes les passions, les nobles et les viles, dit Osmond.

Chemin faisant, ils avaient été étonnés de rencontrer des hommes élégants et qui paraissaient tout à fait à l'aise dans ce quartier qu'arpentaient en petits groupes, souvent bruyants, des marins et des militaires à la recherche d'un « brothel » dont les tarifs soient acceptables pour leur porte-monnaie. Des hommes et parfois des femmes descendaient furtivement de fiacres et d'automobiles. Ils s'engouffraient dans les établissements les plus élégants, sans répondre aux sollicitations de gamins noirs mal vêtus, qui grattaient des banjos faits d'une boîte de cigares emmanchée sur une planchette, cognaient avec frénésie sur des gamelles ou soufflaient dans des navettes à coton encapuchonnées de papier. Les gosses tiraient de ces instruments des bruits qui, sans être de la musique, y ressemblaient tout de même.

Une octavonne, plantureuse et outrageusement fardée, dont les seins opulents débordaient largement d'un corselet de dentelle, accueillit les garçons avec les gloussements et les mots chaleureux qu'on réserve d'habitude à des parents ou des amis longuement désirés.

A peine Osmond, Dan et Bob avaient-ils ôté leur chapeau que d'autres femmes, tout aussi aimables et élégantes, se précipitaient à leur rencontre et, sans façon, leur prenaient le bras en découvrant dans des sourires extatiques des dentures d'une irréprochable blancheur.

– Nous voudrions seulement prendre un verre et entendre le pianiste... se hâta de dire Foxley.

– Par ici mes chéris, fit l'hôtesse en soulevant une portière de velours qui voilait l'entrée d'une salle meublée de fauteuils, de canapés de cuir sombre et de guéridons d'acajou. Les appliques électriques de verre taillé dispensaient une lumière douce, de grands rideaux de soie encadraient les fenêtres et l'atmosphère paraissait être composée uniquement de parfums suaves où un nez éduqué eût reconnu l'odeur du tabac blond de Virginie, des cigares de La Havane, des lotions à base de musc et de relents aphrodisiaques propres aux établissements de plaisir.

Des couples, disséminés autour de la salle, s'entretenaient de près à voix basse et les femmes seules, qui évoluaient, rieuses et avec le souci évident de faire admirer leur tournure, paraissaient tout à fait consentantes quand un monsieur les invitait à partager son canapé et son champagne.

Les accompagnatrices des garçons avaient échangé avec leurs compagnes des clins d'œil qui signifiaient, à n'en pas douter, « ces godelureaux sont à nous ».

– C'est la première fois que vous venez ici ? demanda la dame qui s'était emparé du bras d'Osmond et paraissait décidée à s'asseoir avec lui sur un canapé dont l'exiguïté obligeait à des rapprochements que les demoiselles Tampleton eussent jugés indécents.

– C'est la première fois, reconnut Osmond, on nous a dit que vous avez un fameux pianiste, nous voudrions l'entendre.

– Vous l'entendrez, il va revenir. En l'attendant, nous pourrions boire un peu de champagne ?

– C'est ça... avez-vous du Mumm, très sec ? intervint rapidement Foxley qui avait entendu vanter par son père les mérites de ce vin qui n'alourdissait pas la tête.

– Nous avons ici tout ce que peuvent désirer de jeunes gentlemen, répliqua la femme, une mulâtresse presque blanche, avec un sourire qui donnait à entendre que le *Pélican blanc* était une succursale de Byzance.

Bob Meyer paraissait encore plus mal à l'aise que ses compagnons et commençait à regretter d'avoir soutenu Foxley contre Osmond, quand le premier avait proposé l'expédition. Sa cavalière, une immense Noire coiffée d'un turban de soie paille constellé de perles et dont le décolleté béant exhalait une odeur de chair brûlée, fixait le garçon du regard intense de l'ogre qui s'apprête à dévorer un nouveau-né.

– Puisque c'est la première fois que vous nous rendez visite, reprit la personne qui s'était attribué Osmond de Vigors, il faudra que je vous montre la maison. Et puis, il y a une tradition...

– Une tradition, vraiment ? quelle tradition, puis-je savoir ?

Le ton du jeune de Vigors était tout juste aimable et son regard clair, dont les lumières tamisées avivaient la dureté, parut à la prostituée en désaccord avec le sourire qui flottait sur ses lèvres. Elle hésita à répondre.

– Eh bien, monsieur... on a droit, sans supplément, à la chambre aux miroirs.

– Je n'ai pas l'intention de loger ici, voyez-vous, madame..., d'ailleurs ne vous croyez pas obligée de me tenir compagnie, le spectacle est assez distrayant par lui-même.

La femme, qui n'avait pas l'habitude d'être ainsi rabrouée, se leva et fit un signe à ses compagnes qui, aussitôt, l'imitèrent. Toutes trois quittèrent le salon dans un froufrou nerveux, oubliant de parader comme ce devait être la règle.

Bob Meyer parut soulagé.

– J'ignore ce que tu as dit à... la tienne..., mais nous voilà tranquilles... ces femmes me font penser à des vampires...

– Elles sont seulement assoiffées de dollars, rassure-toi, dit Foxley.

Un maître d'hôtel, glabre et triste comme un croque-mort, déboucha la bouteille de champagne. Osmond porta un toast.

– A la vertu de nos hôtesses, messieurs.

Cinq minutes ne s'étaient pas écoulées qu'une vieille Noire sèche et droite, au visage strié de mille rides, mais sans vulgarité et dont la robe de soie grise à col et poignets de dentelles empesés parut aux garçons du meilleur goût, s'approcha de leur table.

– Je suis Mme Barnett, dit-elle en français.

Les trois amis, par un réflexe de courtoisie, se levèrent.

– Restez assis, messieurs, je vous en prie, et soyez les bienvenus. Les demoiselles qui vous ont accueillis vous auraient-elles importunés ?

Il y avait dans le regard vif de la femme un éclat ironique.

– Vos... demoiselles... ne nous ont pas importunés, madame, mais nous préférons consommer seuls... en attendant le pianiste, dit Osmond.

– « Le professeur » Barnett est mon fils, monsieur, il sera flatté que des gentlemen viennent l'écouter. Il sera là dans un instant. Les demoiselles ne vous importuneront que si... vous désirez être importunés. Permettez-moi de vous offrir le champagne.

Les trois garçons remercièrent en s'inclinant et suivirent du regard Mme Barnett.

– Elle a de la classe la patronne et son français est des plus corrects pour une négresse, commenta Bob.

Les deux autres acquiescèrent et observèrent un moment le manège des couples qui, à peine formés, disparaissaient derrière la portière de velours, peut-être vers la chambre aux miroirs.

Cette ambiance et ces mœurs que les garçons découvraient étaient communes à toutes les maisons à lanterne de Storyville. Certes, il existait une hiérarchie, dans la prostitution comme en toutes choses, et différentes classes d'établissements. Certains, que fréquentaient les marins et les amateurs de sensations vulgaires, étaient aussi sordides que les cabanes ceinturées d'immondices du quartier noir. Les femmes n'étaient pas plus laides qu'ailleurs et l'on y rencontrait même des débutantes encore fraîches, que des matrones édentées initiaient sans ménagement au commerce de la chair. Les plus douées, qui s'éloignaient assez vite de ces boîtes à matelots, gravissaient l'échelle sociale de la débauche et se retrouvaient parfois dans les établissements les plus sélects, où l'on exigeait des robes élégantes, un vocabulaire châtié et une docilité parfaite vis-à-vis des clients les plus dépravés. Si les filles des maisons mal famées ne pouvaient guère prétendre à plus de 20 dollars par nuit, celles des boîtes confortables gagnaient parfois 100 dollars. La qualité de l'accueil, le luxe de l'ameublement, la profusion de miroirs étaient des critères appréciés et certaines tenancières connaissaient une notoriété comparable à celle des vedettes d'opéra. Pour les étrangers et les Américains de passage à La Nouvelle-Orléans, on publiait une presse spéciale à Storyville. *La Mascotte* et *le Sunday Sun*, sous couvert de dénoncer les scandales du demi-monde, fournissaient chaque semaine des informations sur la vie du quartier, quantité d'adresses et de petites annonces alléchantes : *Minnie Rosenthal vit maintenant avec Miss Jessie Brown, 1542 Custom house Street : jeunes gens, elle est l'article de fantaisie ; Les sœurs Pond sont hébergées par Nellie Garwright au n° 134 Custom house Street ; Miss Eliza Ridley constate que les affaires vont mal : elle pense à rejoindre les rangs de l'Armée du Salut ; Une jeune femme, financièrement embarrassée, désire l'aide d'un gentleman âgé : Corinne – poste restante.*

On pouvait également se procurer chez les coiffeurs pour hommes, dans les bars et dans les kiosques des tramways, des guides spécialisés. Le plus diffusé était le *Livre bleu* dont les quarante pages constituaient l'inventaire le plus complet des ressources de Storyville. Toutes les grandes maisons de prostitution et les prostituées indépendantes y faisaient de la publicité. Financé en partie par Tom Anderson, le roi du district connu dans les milieux de la débauche comme « le maire de Storyville », le *Livre bleu* proposait les plaisirs les plus variés et des compagnes de toutes couleurs aux messieurs sevrés de tendresse. On y apprenait que Miss Antonia Gonzales, dont l'établissement était situé à l'angle des rues Villeré et d'Iberville, dansait, chantait et jouait du cornet à pistons. Elle disposait également « d'un lot de jolies demoiselles créoles et d'octavonnes de première classe ». Comme la plupart des propriétaires d'hôtels de luxe, Antonia Gonzales était abonnée au téléphone. On pouvait « retenir » au 1974.

Quant à la célèbre « comtesse » Willie W. Piozza, 315 Basin Street, elle se déclarait prête à accueillir tous ceux « qui avaient le blues ». Ses pensionnaires organisaient à l'intention de ces mélancoliques des cures salvatrices.

Le *Pélican blanc* figurait plus discrètement dans le *Livre bleu*. Il y était décrit comme un « home » de bonne tenue, dirigé par une femme ayant fait des études et où l'on pouvait connaître les octavonnes les plus intelligentes et les mieux éduquées des États-Unis. Le « professeur » Tiny Barnett y jouait tous les soirs.

Si la musique n'était pas une nécessité dans les maisons de prostitution, elle figurait cependant, affirmaient tenanciers et tenancières, au nombre des stimulants de la sexualité comme la danse et l'alcool. Les maisons modestes se contentaient d'un piano mécanique alors que les plus huppées engagaient parfois des orchestres. Mais, dans la plupart des cas, un bon « professeur » – c'est ainsi qu'on appelait les pianistes de Storyville – suffisait à créer l'ambiance favorable aux rencontres et à la distraction des indécis.

Des « patronnes », comme Hilma Burt, propriétaire du *Mirror Ballroom*, 209 Basin Street, payaient jusqu'à 100 dollars la nuit le pianiste Ferdinand Joseph La Menthe, mulâtre francophone qui se faisait appeler Jelly Roll Morton et que l'on connaissait aussi sous le sobriquet de Winding Boy. Souvent, on lui réclamait une de ses compositions : *Make me a pallet on the floor*[1], et il passait avec Tony Jackson – qui avait joué jusqu'en 1904 chez Antonia Gonzales avec laquelle il faisait des duos, puis chez *Lulu White* et au *Gipsy Shafer's* – pour un des rois du ragtime. Si l'on avait un peu oublié John the Baptist, le premier professeur du district, on connaissait bien Tim Pan Alley du *New York* et Hamilton Benson, dit Hamp, l'excellent trompettiste de chez *Tom Anderson* qu'accompagnait à la mandoline Tom Brown.

Ce soir-là, Tiny Barnett, toujours plus discret que ses confrères, qui affichaient un luxe insolent, portaient des bretelles incrustées de diamants et des bagues énormes, apparut tout de suite à Osmond et à ses amis comme un véritable artiste. D'allure modeste, le mulâtre aux doigts fuselés se glissa au piano sans même accorder un regard à la clientèle et se mit à jouer une composition de Scott Joplin, le fameux *Maple Leaf Rag* créé en 1899 dans un beuglant de Sedalia (Missouri).

Puis, il enchaîna d'autres airs de ragtime, se contentant d'un signe de tête pour remercier ceux qui l'applaudissaient. La claque, contituée par les demoiselles inoccupées, n'était pas nécessaire pour entraîner l'adhésion des trois garçons.

– C'est vraiment un virtuose, et quel rythme ! Je me demande ce qu'il donnerait dans Chopin ? risqua Bob Meyer.

– On peut peut-être lui demander *la Grande Polonaise* ou une étude, proposa Dan Foxley.

---

1. Littéralement : *Fais-moi un lit sur le plancher.*

– Il serait sans doute plus à l'aise dans *la Bamboula* de Louis-Moreau Gottschalk, compléta Osmond.

Quand Tiny Barnett attaqua *The Entertainer* de Scott Joplin, les habitués manifestèrent leur approbation. Il y avait dans cet air une sensibilité généreuse, une mélancolie sous-jacente au motif maintes fois répété.

Foxley laissa 5 dollars de pourboire et les trois amis quittèrent la salle. La jeune personne qu'Osmond avait rabrouée souleva la portière de velours pour leur livrer passage.

– Aurons-nous le plaisir de vous revoir ?

– Il se pourrait. M. Barnett est un excellent pianiste et nous avons été sensibles à l'amabilité de votre accueil, dit Osmond en guise d'au revoir.

Ils revinrent le 16 décembre, quand Bob Meyer décida d'offrir à ses amis une bouteille de champagne pour fêter l'exploit de Wilbur Wright qui venait d'atteindre cent quinze mètres d'altitude et de battre le record de durée en vol avec deux heures vingt et le record de distance avec cent vingt-quatre kilomètres parcourus. Ces performances avaient été accomplies en France à Auvours sur un biplan construit par Lazare Weiler, exploitant des brevets des frères Wright.

– Dommage que l'Américain ait dû céder le record de vitesse à Leblanc qui a volé à soixante-quinze kilomètres à l'heure. Je ne vois guère que Farman qui, le 30 octobre, a fait la démonstration que l'aéroplane peut être un moyen de transport, en volant de Bondy à Reims, pour inquiéter notre champion, commenta Bob.

– Si nous allions la boire au *Pélican* ta bouteille, j'aimerais entendre encore Barnett ; son interprétation de *The Entertainer* m'est restée dans l'oreille.

La suggestion de Dan fut adoptée à l'unanimité et, avec moins de gêne que lors de leur première expédition, les trois amis se retrouvèrent assis dans le salon de l'hôtel.

– C'est pour... le pianiste... encore, demanda Mme Barnett, qui faisait ce soir-là office d'hôtesse. Vous pouvez lui demander un air si vous voulez..., il est un peu timide, mais très aimable avec nos invités.

Quand le champagne fut servi et que les demoiselles eurent compris que ces messieurs préféraient rester seuls, Bob Meyer s'enhardit, appela le maître d'hôtel, lui donna 2 dollars à remettre au pianiste en demandant que ce dernier veuille bien jouer une ballade de Chopin. L'artiste s'exécuta avec brio et, quittant son tabouret, vint saluer les trois amis.

– Je vois que j'ai affaire à des mélomanes ; si vous souhaitez autre chose, dites-le-moi, messieurs, j'ai plaisir à jouer les œuvres des grands compositeurs.

Osmond réclama *La lettre à Élise* et Foxley, *Le bananier* de Gottschalk. Le public parut un peu surpris par ces musiques inhabituelles dans un tel lieu, mais Tiny Barnett fut applaudi. Les garçons firent porter une coupe de champagne à l'artiste et, traversant le salon, entourèrent le piano. La discussion fut bientôt assez animée, Barnett expliquant que le ragtime mériterait d'être mieux considéré et Bob Meyer faisant des comparaisons techniques sur le jeu de la main gauche chez Liszt et Chopin.

Barnett finit par céder son tabouret à Bob qui interpréta magistralement l'Impromptu en sol bémol de Schubert. Cela lui valut une ovation de la part des clients et des filles. Mme Barnett s'était approchée du groupe. Elle félicita chaleureusement Bob.

– Je peux vous trouver une place de professeur... dans une bonne maison, dit-elle avec malice.

Meyer, un peu confus de s'être donné en spectacle, rendit le clavier au mulâtre.

– Jouez-vous aussi bien que votre ami, messieurs ? demanda la tenancière.

– Moins bien, assura Osmond.

– Peut-on entendre ? Laisse ta place à ce gentleman, Tiny, qu'il nous montre son talent.

Osmond se mit au piano et, après un instant d'hésitation, attaqua la Fantaisie en ré mineur de Mozart dont il vint à bout sans une fausse note. On l'applaudit très fort et Foxley lui succéda avec une ballade de Chopin.

– Je dois reprendre mon répertoire habituel, je crains que ces œuvres ne déroutent un peu la clientèle, s'excusa Tiny.

– Votre piano a une très belle sonorité, nous avons le même à Bagatelle, dit Osmond à Mme Barnett.

– A Bagatelle ! Mon Dieu !

La vieille femme avait prononcé le nom de la plantation avec émotion.

– Vous connaissez Bagatelle ? fit Osmond incrédule.

– Si je connais, cher monsieur... c'est là que je suis née, il y a... bien longtemps... au temps de l'esclavage. Mme Virginie était une maîtresse exigeante, mais juste...

– C'est mon arrière-grand-mère, coupa Osmond en essayant d'évaluer l'âge de la Noire.

– Vous êtes un Damvilliers, monsieur ?

– Non, madame, un Vigors.

– Ah oui, bien sûr, l'arrière-petit-fils, peut-être, du colonel, le second mari de Mme Virginie... Je n'ai connu que les enfants Damvilliers, ceux du premier mariage : Marie-Adrien qui est mort dans l'explosion d'un bateau sur le Mississippi, Julie qu'on a enterrée sous le chêne, Gratianne qui est partie à Paris et surtout Pierre-Adrien qui s'est noyé dans la mare... une nuit. Mon Dieu, comme c'est loin... et comme je me souviens cependant de ce temps et de M. Dandrige, l'intendant.

Osmond, à la fois surpris et intrigué par les confidences de la tenancière, ne savait que dire.

– Je vous parle d'avant la guerre entre les États. Tout a dû changer... là-bas, conclut la femme en triturant le sautoir d'or qui lui descendait jusqu'à la taille.

L'émotion, visible et un peu incongrue, que semblait ressentir l'ancienne esclave en évoquant un passé qui n'avait pas dû être rose pour elle, gênait Osmond, ses amis suivant avec intérêt l'entretien. Il donna le signal du départ.

Au seuil de l'hôtel, en les raccompagnant, Mme Barnett retint Osmond.

– Je n'ai jamais été une prostituée, monsieur, je veux que vous le sachiez, et seuls les hasards de la vie m'ont conduite à gérer cette maison de... plaisirs.

Osmond s'inclina sans faire de commentaires et rejoignit ses amis qui l'attendaient au bas du perron. Tandis que les trois garçons remontaient la rue du Canal, les questions fusèrent.

– Elle semble connaître ta famille, la vieille négresse ?

– C'est donc une ancienne esclave... Quelle revanche pour elle de voir les Blancs... réduits sous sa férule à l'esclavage de la chair, hein ?

– Où son fils a-t-il appris la musique ?... car il sait déchiffrer, le bougre !

– Elle avait l'air assez émue, non ?

Osmond était bien incapable de répondre.

– Je suis certain que l'oncle Gus doit en savoir long sur cette femme. Il faudra que je l'interroge, dit-il pensivement.

– Autrefois, quand les grandes plantations vivaient pratiquement en autarcie, il s'y passait des choses dont nous n'avons pas idée, mon vieux, commenta Foxley.

– Tiny Barnett est un mulâtre... son père devait être blanc... qui sait si l'un de tes ancêtres... ou ce fameux intendant...

– Tu veux dire Dandrige ?... De lui je suis sûr !

La voix d'Osmond était sèche et son regard avait la froide limpidité de la glace. Les deux autres se turent un peu confus de s'être montrés indiscrets. Ils comprenaient la réaction de leur ami. Après tout, il y avait dans chaque famille des faiblesses cachées qu'un hasard divulguait parfois. En cherchant à pénétrer les arcanes du passé, on courait le risque de voir se lever des fantômes importuns et ricanants.

Dans le fiacre qui le ramenait chez lui, Osmond se dit que Bagatelle, arche paisible amarrée depuis bientôt deux siècles au milieu des champs de coton, portait à travers le temps, dans ses flancs de bois et dans l'ombre des galeries, sa cargaison de mystères. Il se prit à imaginer que l'énigmatique Virginie, dressée dans son cadre de bois surdoré et dont le regard mobile avait opprimé son enfance, gouvernait un peuple de spectres.

8

Quand Charles de Vigors proposa à son petit-fils de l'accompagner à Cuba pendant les vacances de fin d'année, Osmond s'empressa d'obtenir de sa mère une permission qui fut accordée sans réticences.

La traversée, la découverte d'une île que l'on s'accordait à nommer « la perle des Antilles », le pèlerinage sur les lieux où son père avait reçu, dix ans plus tôt, une blessure mortelle, tout incitait le garçon à accomplir ce voyage avec un vieillard auquel il portait une réelle affection et avec qui il se sentait en aimable complicité.

– Il est bon que tu connaisses les plantations de tabac et de canne à sucre qui t'appartiendront un jour et tu verras par toi-même tout le travail accompli par notre administration en dépit des libéraux qui contestent toujours l'utilité de notre protectorat, avait dit l'ancien sénateur.

Après avoir fait compléter par son tailleur la garde-robe de son petit-fils, M. de Vigors s'embarqua avec Osmond quelques jours avant Noël sur le petit paquebot qui assurait la ligne entre La Nouvelle-Orléans et La Havane. La traversée durait quarante-huit heures, et Osmond sut la mettre à profit. Il écouta son grand-père discuter avec un avocat cubain, ancien colonel de l'armée insurrectionnelle. Tout en reconnaissant l'œuvre accomplie, au lendemain de la guerre contre l'Espagne, par l'armée et les fonctionnaires américains, cet homme, un patriote, regrettait les interventions des États-Unis dans la politique intérieur de son pays.

– Estrada Palma[1] n'aurait pas dû être réélu en 1906. Il y a eu trop d'abus et trop de fraudes et quand les libéraux cubains se sont soulevés, l'Amérique n'aurait pas dû envoyer des troupes pour mater une révolte justifiée, commenta le juriste.

– Mais, monsieur, l'assemblée cubaine, en votant, il y a sept ans, l'amendement Platt, a justement voulu garantir le pays contre vos révolutionnaires... professionnels ! Ce sont vos élus qui ont accordé aux États-Unis le droit d'intervenir pour garantir l'indépendance et pour aider tout gouvernement à protéger les vies, la propriété et la liberté individuelle, répliqua Charles.

1. Président de la république de La Havane, M. Thomas Estrada Palma prit ses fonctions le 20 mai 1902 au moment du retrait officiel des troupes américaines d'occupation et du départ du général Leonard Wood, gouverneur de Cuba désigné par le président Roosevelt avec qui il avait commandé les Rough Riders. La réélection de M. Palma, en 1906, provoqua des troubles qui motivèrent une intervention américaine et l'envoi de nouvelles unités. Celles-ci restèrent dans l'île jusqu'en 1909.

– Ce sont les conservateurs, monsieur, qui ont voté ce texte américain, contraire à l'esprit de la « Joint resolution » signée par le président des États-Unis en 1898 et qui garantissait qu'une fois la pacification de notre île terminée, le gouvernement en serait laissé au peuple cubain.

– Depuis 1902, ce sont bien des Cubains élus par des Cubains qui gouvernent... Votre tempérament latin s'accommode mal, monsieur, de la démocratie... Vous estimez toujours injustement élus et indignes de gouverner ceux qui ne partagent pas vos idées. Que les libéraux persuadent les électeurs de leur donner le pouvoir et ils l'auront.

– L'appui américain, vous le savez bien, va aux conservateurs en échange de privilèges économiques.

– L'appui américain va, comme cela a été convenu, au gouvernement légitime... quant aux privilèges économiques, parlons-en. En 1897, la production de sucre de Cuba était de deux cent douze mille tonnes ; cette année, elle dépassera le million de tonnes...

– Mais qui sont, monsieur, les bénéficiaires de cette expansion, pas les Cubains... ou tout au moins pas aussi largement qu'ils devraient l'être.

– Viva Cuba libre ! proclama chaleureusement M. de Vigors pour couper court à la discussion.

– Viva Cuba libre ! répéta avec fougue l'avocat, qui voyait dans l'expression un vœu, plutôt qu'une constatation à la manière de l'ancien sénateur.

Charles de Vigors s'appuya sur l'épaule de son petit-fils, prit un air grave et dit avec un trémolo dans la voix :

– Mon fils, monsieur, le père de ce garçon, est mort pour l'émancipation des vôtres sous les murs de Santiago, alors comprenez que nous attendons aujourd'hui des Cubains un peu plus de considération et un peu moins de critiques.

L'avocat s'excusa de sa véhémence et considéra Osmond avec sympathie, puis il prit congé.

– Tous pareils, ces intellectuels persifleurs ; sans les efforts du général Leonard Wood, le dévouement de nos médecins et les travaux de nos ingénieurs militaires, ces gentlemen insulaires au teint olivâtre ne se hasarderaient pas dans les rues de La Havane, qui était autrefois une ville pleine d'immondices et de cadavres d'animaux dégageant des odeurs pestilentielles... Sais-tu qu'en février 1899 on a enlevé de cette cité vingt-cinq mille tombereaux d'ordures et trente-deux tombereaux de poussière du seul palais gouvernemental. Ce sont les Américains qui ont assaini la ville après avoir construit une usine spéciale pour la fabrication d'un désinfectant appelé électrozone, ce sont eux qui ont creusé les égouts, macadamisé les rues, organisé la distribution d'eau, rénové les hôpitaux, tracé des routes, enseigné l'hygiène élémentaire aux propriétaires d'immeubles, créé un corps de balayeurs. Cent quatorze médecins ont inspecté, une à une, toutes les habitations et vaincu la fièvre jaune qui tuait mille personnes par an. Un ancien chef de la police de New York a recruté et formé huit cents sergents qui ont été vêtus par nos soins et pourvus, comme chez nous, d'armes, de casques et de bâtons envoyés d'Amérique. Je savais déjà les Cubains ignares, prétentieux et paresseux, il ne leur manquait que d'être ingrats... Voilà qui est fait et prouvé.

Osmond connaissait trop mal l'histoire de l'île pour apprécier le bien-fondé de l'indignation de son grand-père, mais il admirait sa façon de présenter les choses. Ses démonstrations s'appuyaient sur les principes cicéroniens : *docere, delectare, movere*[1] et le timbre de sa voix de contralto ne laissait personne insensible.

Quand les rivages de l'île apparurent, avec leurs roches blanches, leurs falaises abruptes, leurs collines verdoyantes hérissées çà et là de frêles palmiers, de cactus et de flamboyants, Osmond fut un peu déçu par le manque d'exotisme du paysage.

Le bateau se présenta dans la passe profonde et étroite qui sépare la pointe du Morro de celle de la Punta et le port de La Havane, sinueux et profond, apparut dans une forêt de mâts.

Sous le ciel, lourd d'orages contenus, les forts aux assises blanches, aux murailles crémeuses et fissurées, ressemblaient à des châteaux forts en voie de démantèlement et la ville, amas de maisons basses et multicolores, d'où émergeaient quelques immeubles à étages, des clochers trapus et des coupoles sans grâce, parut à Osmond beaucoup moins séduisante que les photographies qu'il en avait vues.

Tandis que le paquebot s'avançait jusqu'au mouillage, tous les passagers désignèrent la grande carcasse rouillée du *Maine*, épave tragique et pitoyable, ruine nautique aussi chargée de signification que Fort Alamo.

– C'est là que périrent nos marins et que mon neveu uxorien, Faustin Dubard, fut défiguré par l'explosion, dit M. de Vigors en se découvrant, aussitôt imité par les autres passagers.

Osmond essaya d'imaginer, en observant cette coque ouverte, cette passerelle tordue et ce grand mât auquel tenait encore la hune et où pendaient lamentablement des galhaubans et des gambes de revers, ce qu'avait été ce vaisseau chargé de vies, sorte de cénotaphe marin ceinturé de bouées. Brusquement, il se souvint que le docteur Dubard dirigeait maintenant un hôpital cubain.

– Verrons-nous M. Dubard, papy ?

– Nous lui ferons savoir que nous sommes à La Havane, et peut-être nous rendra-t-il visite... il est si bizarre, Osmond. On ne sait même pas pourquoi il a abandonné son cabinet de Sainte-Marie.

Les bateaux de fort tonnage ne pouvant accoster, les passagers connurent les aléas du transbordement sur un des minuscules ferry-boats qui sillonnaient le port. Négligeant l'*Hôtel d'Angleterre* qui avait été pendant la guerre le théâtre d'un affrontement sanglant entre Espagnols et Cubains, M. de Vigors donna l'ordre à un cocher, indolent et décontenancé par le poids des bagages, de les conduire à la pension *Villa Hermosa* à El Vedado.

– C'est une petite station de la banlieue, expliqua Charles, où les gens de la bonne société et les hauts fonctionnaires ont leur villa. Les pensions y sont tranquilles et élégantes. C'est à la *Villa Hermosa* que j'ai mes habitudes.

Par le chemin du bord de mer, le fiacre traversa les faubourgs de La Havane où alternaient les quartiers délabrés – grouillants de marmots

1. Prouver, plaire, émouvoir.

pouilleux, surveillés distraitement par de vieilles négresses qui fumaient des cigares gros comme des cannes – et des jardins, des prairies galeuses, des places ombragées peuplées de groupes de commères.

Entourée de palmiers, de bananiers, de manguiers, de lauriers de Chine, la pension *Villa Hermosa* se révéla être un petit palais de marbre richement meublé. Sur l'avenue ombragée conduisant de la mer à la pension, Osmond ne fut pas étonné de reconnaître des militaires américains sanglés, comme des soldats d'opérette, dans des uniformes blancs.

– Chaque semaine, il y a parade, commenta M. de Vigors, tu verras le coup d'œil.

En constatant l'empressement du personnel de l'hôtel, Osmond comprit que son grand-père y était connu comme une personnalité. On donnait du Sénateur et du Señor avec emphase. Le directeur se précipita à la rencontre des arrivants.

– Madame Grigné-Castrus n'est pas avec vous, monsieur le Sénateur ? Quel dommage, décembre est le mois le plus sec.

– Je suis avec mon petit-fils, señor Lopez, et j'entends qu'il soit traité comme tel, n'est-ce pas. Trouvez-nous, je vous prie, une automobile fermée, nous aurons à nous déplacer.

L'homme se confondit en courbettes et disparut tandis qu'Osmond se demandait quelle était cette dame qui devait habituellement accompagner son grand-père. Sa curiosité fut immédiatement satisfaite par Charles, que la question du directeur avait irrité.

– La dame dont tu as entendu prononcer le nom est mon associée dans différentes affaires, ici et ailleurs. C'est aussi une très vieille amie... que ta grand-mère n'apprécie pas à sa juste valeur. Un jour je te la ferai connaître... si tu es discret.

Le silence d'Osmond aurait embarrassé M. de Vigors si un groom ne s'était présenté, fort à propos, pour conduire les voyageurs à leurs chambres.

Tout en gravissant l'escalier de marbre, Charles s'interrogeait. « Avec son sacré sourire, on ne sait jamais si ce garçon se fout de vous, vous approuve ou conteste. Quel besoin avait donc ce stupide aubergiste de demander des nouvelles de Marie-Gabrielle ? »

L'incident avait suffisamment troublé M. de Vigors pour qu'il revînt, au cours du dîner, sur ses relations avec la Suissesse. Osmond, vêtu de blanc, cravaté de soie marron, ressemblait, avec son teint mat, à un jeune premier ténébreux. La salle à manger spacieuse ouvrait sur la palmeraie qui filtrait un clair de lune miraculeusement offert aux dîneurs entre deux averses. Le vin frais prenait, sous les lustres, la couleur purpurine du rubis et le poisson nappé d'une sauce épicée était succulent.

Osmond souffrait d'entendre son grand-père justifier la présence dans ses affaires d'une dame « dont l'intelligence et la culture étaient reconnues par tous ». Parce qu'il ne voulait pas que le vieillard continuât à s'humilier en amoncelant des considérations mondaines et mercantiles, il but une gorgée de vin et dit du ton le plus naturel :

– Même si cette personne était votre maîtresse, papy, je ne porterais pas de jugement. J'imagine que l'existence d'un homme comme vous n'est pas aussi simple que celle du commun des mortels... et puis je vous aime bien.

L'ancien sénateur ressentit à l'estomac la bizarre crispation que procure un vif étonnement. Le regard de son petit-fils le pénétrait comme un rayon glacé. Il se souvint avoir vu autrefois ces mêmes yeux de jade irradiant une lumière presque insoutenable. Très vite, il se reprit, mais sa réaction fut molle.

– Voyons, que vas-tu imaginer ?

– J'imagine, papy, que cette dame vous est précieuse et que vous lui êtes fort attaché. Ne soyez pas malheureux, je suis en âge de comprendre plus de choses que vous ne pensez. Ayez confiance en moi comme j'ai confiance en vous.

Dans un geste spontané Charles étendit le bras et, par-dessus les couverts, pressa la main de son petit-fils. Il y avait bien des années qu'il n'avait ressenti semblable émotion.

– Vois-tu, Osmond, la vie est faite de rencontres. Le destin ne les organise pas toujours dans un ordre logique. Des êtres surgissent ou resurgissent quand on ne les attend pas ou quand on ne les attend plus. Naturellement, il faudrait être assez fort pour s'en éloigner, pour ne pas tisser des liens que d'autres interdisent, mais... l'homme a besoin de compréhension presque plus que d'affection ; pour peu que les sens s'en mêlent, il s'abandonne à ce qu'il croit être le bonheur du moment.

– Je comprends. Goethe a dit : « Il faut attendre la saison avec espoir et humilité, comme on attend une bonne année de vin. »

– Et même l'arrière-saison, parfois.

Cette fois-ci le sourire d'Osmond parut à Charles franchement affectueux.

L'arrivée d'un monumental sorbet aux fruits, que le menu désignait fort justement du nom d'Arlequin, permit un changement de conversation. L'ancien sénateur, qui ne manquait jamais de faire l'éducation gastronomique de son petit-fils, décrivit d'une façon lyrique les sensations que lui procuraient la dégustation de la crème glacée, la juxtaposition des couleurs, l'onctuosité des pulpes réduites à leur essence, le parfum composite et volatil qui flattait l'odorat tandis que le palais s'embuait de fraîcheur.

– Se nourrir est une nécessité organique et sensuelle, Osmond, aussi triviale que tous les besoins naturels et vitaux de l'homme. Manger, c'est comme s'accoupler. Ces fonctions n'atteignent une dignité qu'en passant par l'esprit ou le cœur. Quelqu'un a dit ça mieux que moi, mais crois-moi j'ai vérifié la justesse de ces remarques. C'est pourquoi il ne faut pas s'attabler avec des gens sans culture. Un repas est fait de références, d'allusions, de nuances. Il faut plus de complicité pour partager un plat que pour partager un lit. Ainsi tu vois, ce soir, c'est peut-être, grâce à ta présence, le dîner le plus agréable que j'aie fait depuis longtemps.

– Irons-nous jusqu'à Santiago ?

– C'est pour cela que j'ai commandé une automobile. Le voyage sera rude, car les Cubains ne savent pas entretenir convenablement les routes. Nous nous arrêterons à la plantation Villafranca qui m'appartient. Demain, pendant que j'irai régler quelques affaires dans les ministères, tu pourras visiter la ville. Prends garde, elle est infestée de voleurs, d'une extrême virtuosité, qui tirent les portefeuilles des étrangers. Je te laisserai ma canne-épée.

Osmond acquiesça et, voyant que son grand-père donnait des signes de lassitude, ne fit rien pour prolonger la soirée.

Le lendemain, ayant déposé M. de Vigors devant le palais du gouvernement, une longue bâtisse à arcades, mais à un seul étage, et après avoir convenu de le retrouver au même endroit à midi, le jeune homme se fit conduire sur l'avenue du Prado. L'automobile de location, une Locomobile de trente-cinq chevaux, qui pouvait transporter de cinq à sept personnes dans une cabine vitrée, était conduite par un petit Cubain rond et vif, qui jugeait bon, à tout instant, de crier en espagnol, dans le tube acoustique, des informations touristiques à son passager.

Osmond apprit ainsi que le théâtre Tacon qui pouvait, d'après le chauffeur, contenir cinq mille spectateurs, avait été construit en 1830 par un aventurier devenu négociant en poissons. Abandonnant bientôt l'automédon, M. de Vigors se mit à arpenter l'avenue du Prado, qui lui parut deux fois plus large que la rue du Canal. Les Cubains, qui n'en étaient pas à une exagération près, la comparaient aux Champs-Élysées de Paris. Le terre-plein central, agréablement ombragé, pourvu de massifs et de fontaines, semblait être le lieu de promenade favori des citadins. Des jeunes gens et des jeunes filles, allant par petits groupes, se croisaient. Les premiers n'essayaient pas de dissimuler l'intérêt qu'ils portaient aux jupons et aux ombrelles et donnaient parfois sans vergogne leur appréciation sur les toilettes féminines. Les secondes minaudaient, prenaient des airs faussement sévères, mais ne perdaient rien des gracieusetés et des galanteries que les garçons lançaient à leur intention. Cette façon de marivauder en plein air, en déambulant, semblait être admise. A plusieurs reprises, Osmond de Vigors se vit l'objet des regards veloutés des demoiselles qui pépiaient derrière leur ombrelle. Son allure, la coupe élégante de ses vêtements, sa démarche souple et la façon qu'il avait de manier la canne à bec d'ivoire de son grand-père impressionnaient les belles Cubaines désœuvrées et intriguaient leurs complimenteurs. Les façades des habitations de style espagnol qui bordaient l'avenue manquaient de variété mais, en s'aventurant sous les arcades, Osmond découvrit des cours aux proportions harmonieuses, des patios frais garnis de plantes vertes et de fontaines à cascades dont le doux crépitement agaçait l'oreille. Sous les arcades, les terrasses de café regorgeaient de consommateurs qui lorgnaient passants et passantes comme s'ils se fussent trouvés au théâtre. Tous ces gens semblaient vivre dans une plaisante oisiveté, appliquant sans s'en douter le précepte cher aux Cajuns : « laisse le bon temps couler ».

Osmond envisageait de s'asseoir devant une table à nappe blanche pour commander un de ces breuvages colorés faits de jus de fruits du pays, quand une jeune femme sortit en courant d'un patio et, essoufflée, s'immobilisa sur le trottoir en tournant la tête à droite et à gauche. Elle était sans chapeau et son chignon croulait. Le garçon remarqua qu'elle se mordait les lèvres pour ne pas pleurer. A La Nouvelle-Orléans, il ne se fût pas permis d'adresser dans la rue la parole à une femme, mais, étranger au pays, il crut pouvoir négliger ce principe.

– Puis-je faire quelque chose pour vous ? dit-il en anglais.

Voyant que la personne effarée ne comprenait pas cette langue, il répéta sa question en français.

– Je crains que non, monsieur, répondit la dame avec un léger accent espagnol.

– Dites toujours.

– On vient de me voler, monsieur, un homme s'est introduit dans la maison. Il est sorti en courant... et en emportant les bijoux de ma mère et probablement de l'argent... C'est ma faute, je n'avais pas fermé la porte.

– Par où s'est-il enfui, ne peut-on le rattraper ?

– De ce côté-ci je crois, fit la jeune femme en montrant le nord de l'avenue.

– Le reconnaîtriez-vous ?

– Certes ! C'est un ancien domestique, un borgne, sale et indélicat, que ma mère a renvoyé il y a un an.

D'un geste, Osmond désigna l'automobile de louage rangée au bord du trottoir.

– J'ai là une voiture, madame, voulez-vous que nous fassions un tour sur l'avenue, si vous me montrez votre voleur, je me fais fort de récupérer votre bien.

– C'est une brute, monsieur, souvent ivre, il ne se laissera pas impressionner par un... homme si jeune.

– Nous verrons, venez-vous ?

La jeune femme eut un instant d'hésitation, considéra Osmond des pieds à la tête puis, saisissant les volants de sa robe pour marcher plus aisément, se dirigea vers l'automobile.

Quand elle escalada le marchepied, Osmond eut le temps de voir une cheville fine et un petit pied, chaussé de chevreau blanc.

– Dites au chauffeur d'aller lentement, je vous prie, mon espagnol est des plus rudimentaires. Expliquez-lui ce que nous cherchons.

La jeune femme s'exécuta puis, se tournant vers Osmond qui n'avait pas remis son canotier et laissait entre sa passagère et lui une distance décente, elle remarqua :

– Il est très audacieux de ma part de monter seule dans l'automobile d'un étranger... et sans chapeau.

Osmond eut un geste de la main pour balayer ce conformisme superflu dans la circonstance.

– Retrouvons d'abord votre voleur, nous rétablirons l'étiquette plus tard, regardez à gauche, je regarde à droite et faites arrêter la voiture si vous reconnaissez le borgne.

L'automobile avait parcouru une bonne distance quand la jeune femme réagit.

– Il est là, le voilà dans le square, adossé à cet arbre. Je crois qu'il compte son butin.

Osmond examina l'homme, un assez fort gaillard au teint brique dont la paupière gauche fermait une orbite vide, puis sauta sur la chaussée.

– Nous ferions mieux d'appeler un policier, dit-elle d'une voix mal assurée.

– Restez dans la voiture, ne vous montrez pas, si l'homme résiste, il sera toujours temps d'aviser.

Et, d'un pas assuré, Osmond se dirigea sur le voleur en louvoyant parmi les promeneurs.

En voyant cet étranger au regard peu amène se planter devant lui, l'homme fourra rapidement dans la poche de son pantalon ce qu'il était en train d'examiner.

– Rendez ce que vous avez pris, dit Osmond d'une voix forte.

– ¿ Qué quiere ?

Le garçon désigna du bout de sa canne la poche du borgne, qui comprit à cet instant ce qu'on lui voulait et fit aussitôt mine de prendre le large en disparaissant derrière le gros palmier au tronc velu. Osmond, plus rapide, lui barra la route.

– Rendez ce que vous avez volé, dit-il en anglais cette fois.

Le borgne, qui entendait cette langue, ne se laissa pas démonter.

– Je ne vous ai rien volé.

– A moi non, mais à une dame de ma connaissance. Prenez garde, si vous ne vous exécutez pas, je serai obligé d'employer une autre manière.

L'homme simula un éclat de rire qui sonna faux et tira vivement de sa ceinture un couteau à large lame. Des promeneurs que l'altercation avaient attirés s'éloignèrent prudemment.

– Très bien, dit Osmond... mais je ne me bats pas avec des gens de votre espèce... Je les corrige... simplement.

En disant cela, il avait tourné la poignée de la canne-épée. Une lame longue et fine étincela dans le soleil, le fourreau de bois roula sur le gazon.

– Blanc-bec, dit le borgne méprisant, en brandissant son couteau.

– Si vous ne videz pas vos poches, je vous crève l'œil qui vous reste.

Le regard d'Osmond annonçait une détermination qui força le voleur à agir le premier. Il fit un pas en avant, comptant sur son poids et sa force, mais ce fut un pas de trop, la lame de la canne-épée lui traversa le muscle trapèze au ras du cou et se ficha dans l'arbre. D'un coup de pied au poignet, Osmond fit voler le couteau que l'homme n'avait pas lâché. Il y eut, dans la foule qui faisait cercle, un murmure d'admiration.

– Vous voilà épinglé, comme un vilain papillon. Videz vos poches.

Bien que grimaçant de douleur, le borgne ne s'avouait pas vaincu, il fit un mouvement de l'épaule pour arracher l'épée de l'arbre, mais Osmond, qui poussait ferme, vrilla la lame. Un cri de douleur démontra l'efficacité de son geste. A cet instant, un jeune homme fendit la foule et s'approcha. C'était un bellâtre, à chemise à jabot, qui déplut tout de suite à Osmond.

– Puis-je faire quelque chose, monsieur ?

– Fouillez cet homme. Vous y trouverez sans doute des bijoux et de l'argent qui appartiennent à une dame qui attend dans ma voiture.

– Fouiller cet individu, vous n'y pensez pas !

– Vous irez ensuite vous laver les mains, monsieur.

– Non, je vais chercher un policier.

– Laissez la police où elle est, faites ce que je vous dis.

Le borgne, qui donnait des signes de faiblesse, suivait le dialogue en roulant son œil unique comme un cyclope pris au piège. Le gandin finit par obtempérer et retourna, avec un dégoût non dissimulé, les poches du voleur. Des colliers d'or et de perles, des broches et une liasse de billets apparurent.

– Portez cela à la jeune personne qui est dans l'automobile et quand elle aura reconnu son bien, venez me le dire.

Le Cubain ne se fit pas prier. Il revint, ravi comme un éphèbe dont Socrate aurait caressé la joue.

– La señora Da Silva, c'est ma cousine, monsieur, a tout reconnu... il ne reste plus qu'à livrer cet horrible bonhomme à la police.

En entendant ces mots, le borgne émit un gémissement qui en disait long sur la terreur que lui inspirait une telle perspective.

Sans accorder un regard à son tardif assistant, Osmond sortit son mouchoir, tira doucement la canne-épée et quand la lame fut extraite glissa le carré de batiste sous la chemise ensanglantée de l'homme.

– Disparaissez, allez vous faire soigner et que ça vous serve de leçon.

Puis, il jeta à l'homme qui s'éloignait en titubant un dollar d'argent.

Des spectateurs, jusque-là silencieux et immobiles, crièrent qu'il fallait livrer l'homme à la justice et firent mine de le poursuivre. Osmond les arrêta d'un geste.

– Ce n'est pas votre affaire. Laissez, je vous prie, ce pauvre type courir sa chance. Je considère que justice est faite.

– Ce n'est pas à vous d'en décider, monsieur l'Américain, dit un homme mûr qui s'était prudemment tenu à l'écart et dont la lâcheté s'évanouissait avec le danger.

– Eh bien ! J'en décide, monsieur, ne vous déplaise. Chez nous en Louisiane, nous ne confondons pas la justice et la délation.

Ayant rendu à la canne-épée son aspect inoffensif, Osmond fit un moulinet et regagna sa voiture, suivi par le cousin de la señora Da Silva qui entendait bien partager le mérite de l'opération.

La jeune fille remercia chaleureusement Osmond et, quand ce dernier se fut présenté, elle avoua l'avoir pris pour un gentilhomme français et non pour un Américain. Le cousin à la chemise à jabot se montrait fort empressé auprès de la jeune personne qui, sans être d'une grande beauté, ne manquait pas d'un certain charme exotique. Quand l'automobile s'arrêta devant la demeure des Da Silva, la demoiselle proposa à Osmond d'entrer pour prendre un rafraîchissement.

– J'ai un rendez-vous dans quelques minutes, mademoiselle, je suis désolé.

– Alors, venez demain, à la fin de l'après-midi, mes parents seront heureux de vous connaître.

– Demain, je serai loin, mademoiselle.

– J'aurais moi-même plaisir à vous revoir, insista-t-elle au risque de se compromettre un peu, ce qui fit tiquer le cousin.

Pour agacer le bellâtre, Osmond eut envie de poursuivre son avantage, mais il se ravisa et prit congé cérémonieusement.

– Et n'oubliez pas de vous laver les mains, lança-t-il en guise d'adieu au jeune bourgeois cubain.

Mis au courant de l'incident, M. de Vigors se fit grondeur.

– On ne peut pas te laisser seul, Osmond. A jouer les redresseurs de torts, tu aurais pu attraper un mauvais coup... Tu me vois me présentant devant ta mère... Décidément Cuba n'est pas un lieu favorable aux Vigors.

– Vous dites cela à cause de la mort de papa ?

– Oui... bien sûr !

— Il n'y a pas de commune mesure entre les risques de la guerre et celui que j'ai pu courir, papy, et que j'ai, moi, accepté de mon plein gré.

M. de Vigors, malgré la chaleur qui régnait dans la cabine de la Locomobile, eut une sorte de frisson.

— Parce que, toi aussi, tu me rends responsable de la mort de ton père, hein ? C'est ta mère et ta grand-mère qui t'ont mis cette idée dans la tête... ou Gustave.

— Cette idée n'est pas dans ma tête, mais dans la vôtre, papy, et vous seul savez ce qu'elle vaut. En tout cas, je ne permettrai jamais à personne de l'exprimer en ma présence.

Charles contempla un long moment le visage aux traits fins et volontaires de son petit-fils, se demandant par quel miracle le garçon avait atteint en si peu d'années une telle maturité. Il lui plut d'imaginer que le sang des Vigors n'était pas étranger à cette noblesse de sentiment et furtivement, il essuya d'un doigt la larme qu'il n'avait pas versée pour la mort de Gratien.

— Je t'offre ma canne-épée... elle te fera bon usage quand, l'âge venant, tu auras besoin d'un appui. En attendant, oublie qu'elle contient une lame s'il te plaît.

— A l'occasion, l'honneur me le rappellera, papy... mais ce ne sont pas des choses qui arrivent tous les jours, n'est-ce pas ?

Le regard clair d'Osmond reflétait à cet instant une candeur enfantine. M. de Vigors vit soudain un autre visage éclairé par ces mêmes yeux changeants et un nom lui vint à l'esprit : Dandrige. Mais il chassa le souvenir d'un homme qui l'avait toujours mis mal à l'aise.

La route de Santiago se révéla encore plus mauvaise que ne l'avait dit le chauffeur. Quand, par bonheur, une ondée plaquait sur la chaussée de terre battue la poussière jaune dont il était impossible de se protéger, les ornières menaçaient de retenir les roues de l'automobile dans une gangue de boue. Le premier soir, les voyageurs atteignirent péniblement Santa Clara où ils durent dormir dans une chambre où grouillaient les cafards. La nourriture détestable découragea leur appétit et ils se remirent en route à l'aube, afin d'arriver dans les meilleurs délais à Villafranca où l'on trouverait un bain et du beurre qui ne soit pas rance. Sans être d'un grand confort, la maison de la plantation, où l'appartement du maître était toujours prêt, parut être un palace, comparée avec l'auberge de Santa Clara. Pendant deux jours, M. de Vigors, accompagné de son petit-fils, inspecta les terres, examina les comptes, fit comparaître les chefs d'équipe, sermonna l'intendant, un Louisianais d'origine espagnole, et fit jeter dehors deux muletiers qui ne donnaient pas satisfaction.

— Si ces gens n'étaient pas aussi paresseux, notre récolte de canne serait d'un tiers supérieure, mais que veux-tu, on ne peut pas les renvoyer, ceux qu'on embaucherait seraient identiques ou pires.

Par Camaguey et Holguin, ils arrivèrent à Santiago en pleine nuit. Le commandant américain chez lequel ils devaient loger ne les attendait plus. Un domestique les conduisit aux chambres qui leur étaient réservées et se déclara incapable de leur fournir la moindre collation, toutes les provisions étant sous clef et les clefs se trouvant dans la chambre d'un sergent qu'il valait mieux ne pas réveiller.

Le commandant américain, qui se prenait pour un proconsul depuis que la base navale de Guantanamo avait été élevée au rang de poste de contrôle de la mer des Caraïbes et de la route du canal de Panama, se montra courtois mais assez peu disposé à héberger un ancien sénateur qui ne pouvait plus grand-chose pour son avancement. Il accepta toutefois de faire prévenir le docteur Dubard de la présence de son oncle et délégua un officier pour accompagner ses hôtes sur les lieux où le « private » Gratien de Vigors avait été blessé. Il était patent qu'aux yeux du commandant ce genre de pèlerinage ne rimait à rien, un soldat mort n'était plus un soldat, mais un mort comme un autre.

Un lieutenant jovial conduisit Osmond et son grand-père en dehors de la ville, sur un chemin abrité par un talus. Le paysage ne conservait aucune trace des combats livrés dix ans plus tôt. La végétation, luxuriante partout où le sol n'avait pas été défriché, dissimulait tous les repères qu'on aurait pu identifier.

Osmond essaya d'imaginer ce père, qu'il avait à peine connu, couché au pied d'un arbre, exsangue et les yeux clos, ainsi qu'il l'avait vu dans son cercueil, mais aucune émotion ne l'étreignit. Son grand-père marchait de long en large les mains au dos, scrutant le sol caillouteux comme s'il espérait y trouver des empreintes, tandis que le lieutenant admirait en connaisseur le moteur de la voiture de louage dont le mécanicien avait soulevé le capot.

– Allons-nous-en, fit brusquement M. de Vigors.

– Voulez-vous pousser jusqu'à San Juan, monsieur, nous avons clos de barrières le champ de bataille où s'est illustré M. Roosevelt. Les paysans qui l'entretiennent trouvent parfois des balles et des boutons d'uniformes. Ils les vendent aux touristes.

En gravissant la colline ceinturée d'une barrière de bois peinte en blanc, Osmond se dit que son père avait marché là, courbé sous la mitraille, au milieu de centaines d'autres soldats. Tandis que l'ancien sénateur se faisait expliquer par le jeune officier la stratégie, savamment reconstituée par des militaires, qui n'eussent pas admis que l'assaut de la colline avait été lancé sans aucun plan préétabli, Osmond grimpa jusqu'aux ruines d'une vieille chaudière à canne sur laquelle les balles s'étaient écrasées en creusant le métal.

Comme il redescendait vers la voiture, un Cubain vêtu de toile blanche ôta respectueusement son chapeau de paille et, en prenant garde de ne pas être vu de l'officier, lui présenta sur une paume calleuse quelques balles à demi écrasées.

Osmond en choisit une.

– *Recuerdo de los Españoles,* dit l'homme.

Osmond en prit une seconde.

... de los Americanos.

Le jeune homme empocha les deux projectiles et tendit un dollar au gardien.

– *Dos, señor.*

Osmond s'exécuta, en estimant que les gardiens devaient faire de bonnes affaires. San Juan était très visité depuis que M. Theodore Roosevelt avait raconté avec force détails dans un livre et des articles de journaux « sa » guerre de Cuba.

Le docteur Dubard attendait le retour des promeneurs chez le commandant. Il affirma qu'il reconnaissait à peine le petit Osmond dans le jeune homme qui lui serra chaleureusement la main, puis il invita l'ancien sénateur et son petit-fils à venir s'installer dans la villa de fonction, spacieuse et aérée, que lui valait son poste de directeur de l'hôpital maritime. Il semblait nettement plus à l'aise qu'à Pointe-Coupée, le soleil et l'air marin ainsi qu'un traitement nouveau avaient un peu atténué la laideur de ses cicatrices.

– Pourquoi diable êtes-vous venu vous enterrer dans ce pays insalubre, Faustin, alors que toute la paroisse vous avait adopté ? demanda Charles.

– On vous regrette, croyez-moi, car le docteur Benton n'a ni votre science ni vos manières. Maman m'a chargé de vous dire plein de bonnes choses, renchérit Osmond.

M. Dubard laissa errer son regard triste et dissymétrique sur le paysage.

– Comment va votre mère ?

– Depuis le départ de Marie-Virginie, elle est retombée dans sa mélancolie et se trouve bien seule maintenant que Céline a rejoint Alix à Grand Coteau.

– J'espérais que ma belle-fille se remarierait, mais j'ai l'impression qu'elle n'en fera rien... et les partis sont rares pour une femme de son âge.

– Mais elle est encore jeune et belle et si douce, intervint Dubard avec flamme.

– Eh bien, croyez-le ou non, il n'y a pas un homme qui ait osé lui faire la cour. Après dix ans de veuvage, elle n'attend plus rien de la vie et ça me peine, reprit Charles.

– Elle a ses enfants, sa maison, ses amis.

– Nous ne sommes plus des enfants, monsieur, j'ai tenté de la décider à venir à La Nouvelle-Orléans, mais elle a refusé. Elle veut rester à Bagatelle.

– Les hommes sont des imbéciles, conclut M. de Vigors.

Le docteur Dubard se tut, mais Osmond, en l'observant, crut voir passer sur le visage torturé du médecin une indéfinissable tristesse qui lui rappela celle de sa mère à la fin de l'été précédent. L'idée lui vint alors que Faustin ressentait lui aussi le poids de la solitude volontaire qu'il s'imposait.

Quand M. de Vigors, fatigué, regagna sa chambre, Osmond et le médecin s'installèrent sur la terrasse. La nuit était claire et la brise marine apportait une appréciable fraîcheur.

– Comptez-vous rester longtemps ici, monsieur ?

– J'envisage d'y passer ma vie, Osmond. Vous êtes assez raisonnable pour comprendre qu'au milieu des marins je me sente moins gêné par ma figure. Entre hommes, on ne fait pas attention au physique.

– Quand on voit ce qui reste du *Maine*, on se dit que c'est un miracle que vous en ayez réchappé, même... ainsi.

– Lorsque vous étiez petit, Osmond, je vous faisais peur comme aux autres enfants. Ainsi, le jour où votre mère a cru que vous étiez devenu aveugle, après cette chute, quand votre vision s'est rétablie, vous avez poussé un cri de frayeur en voyant mon visage à la lueur de la lampe.

– Me permettez-vous de vous dire, monsieur, que vous me semblez attacher trop d'importance à votre physique. La vraie laideur ne peut être que morale, maman me l'a souvent dit et oncle Gus répète que la beauté ne se mange pas au breakfast.

– Ce sont des mots aimables ou humoristiques, Osmond ; sans avoir des aspirations narcissiques, je sais à quoi m'en tenir.

— Narcisse était amoureux de son image, vous, vous détestez la vôtre... Maman et oncle Gus ont très bien compris qu'en quittant la paroisse vous tentiez d'échapper à l'idée que vous vous faites de vous-même, plus encore qu'à l'idée que vous croyez que s'en font les autres.

— Ce n'est peut-être pas mal vu, Osmond, mais vous qui êtes un beau jeune homme comme je l'étais autrefois, je puis le dire sans fatuité, imaginez-vous un instant à ma place, dans ma peau.

Le garçon réfléchit. Il devinait la détresse de cet homme auquel les mots pouvaient faire autant de mal que les regards.

— Je m'accepterais, monsieur, tel que je suis, sans trop me soucier des autres et je rechercherais la compagnie de ceux qui me montrent de l'affection au lieu de les fuir. N'avez-vous jamais pensé à vous marier ?

Il y eut un long silence, dont l'un et l'autre prirent conscience. Le froissement des palmes agitées par le vent venu de la mer ressemblait à une sorte de « chut ! » modulé comme si quelque divinité de la nuit, prudente ou craintive, voulait imposer à Faustin Dubard de se taire. Mais la pénombre encourageait le médecin à se livrer à ce garçon, dont les traits fins et nobles lui rappelaient ceux de Stella.

— J'y ai pensé, Osmond, une fois ; c'était une femme admirable. Une grande blessée, elle aussi dans son genre.

— Elle vous a repoussé ?

— Non... pas repoussé. Mais je crois qu'elle a eu pitié de moi... Je ne pouvais le supporter. Nous n'avons pas poursuivi.

— Et vous êtes parti, n'est-ce pas ?

Le médecin se leva brusquement.

— Cette conversation est stupide. Nous sommes là à débattre de mon cas comme si vous étiez un directeur de conscience, alors que j'ai plus du double de votre âge.

Le ton était celui d'un homme excédé. Mais l'adolescent ne se laissa pas démonter par cette rebuffade.

— Alors, vous êtes parti ? Vous avez quitté la paroisse ?

— Oui, je suis venu ici pour trouver la paix. Pour ne plus rêver de choses impossibles.

— Et cette femme, monsieur, c'est ma mère, n'est-ce pas ?

Le médecin s'éloigna à pas rapides sans répondre. Osmond entendit la porte-fenêtre donnant sur la terrasse s'ouvrir et se fermer. Il se trouva seul dans l'obscurité. Quand la pluie tropicale se mit à cingler les dalles autour de lui, il regagna sa chambre avec le soudain désir d'être près de sa mère, comme un enfant.

9

En débarquant à La Nouvelle-Orléans, M. de Vigors et son petit-fils furent un peu surpris de trouver, sur le quai, Gustave de Castel-Brajac qui les attendait près d'une somptueuse limousine conduite par un chauffeur noir en livrée blanche.

– Vous avez acheté une automobile, oncle Gus ? s'enquit tout de suite Osmond.

– Non, fiston, cette limousine appartient à un nabab, à M. Oliver Oscar, « le Superbe ». Il me l'a prêtée pour venir vous attendre, car j'ai plusieurs nouvelles à vous annoncer.

– Bonnes, j'espère, dit Charles de Vigors.

– Sauf une, mon pauvre Charles, qui va te causer bien de la peine... Gratianne est décédée, le télégramme est arrivé hier.

M. de Vigors eut une brusque crispation de la mâchoire mais domina son émotion.

– Pauvre Gratianne ; la dernière des Damvilliers quitte donc ce monde loin de Bagatelle où elle était née. Tu sais qui elle était, Osmond, pour toi une sorte de demi-grand-tante si je puis dire, puisque ma demi-sœur, issue du premier mariage de ma mère avec le marquis de Damvilliers.

– Maman m'en a parlé quelquefois. Elle m'a même montré un daguerréotype. Elle était belle et, paraît-il, gentille et généreuse.

– Oui, très belle et... vraiment généreuse avec ceux qu'elle aimait, souligna M. de Castel-Brajac en mettant dans ces mots un sous-entendu qu'Osmond ne put éventer mais dont son grand-père pénétra aisément le sens.

L'ancien sénateur jeta un regard de biais à son vieil ami, qui lui sourit béatement. Quand le trio fut installé dans la limousine et les bagages chargés, on en vint aux détails.

– Qui nous a prévenus ? demanda Charles, car Gratianne n'a plus aucun parent hormis moi-même.

– Le notaire, mon bon, car tu es son héritier. Le tabellion souhaite ta présence à Paris.

M. de Vigors se tourna vers Osmond.

– Si tu ne devais pas retourner au collège, je t'emmenerais avec moi en Europe, car, mon cher Gustave, Osmond et moi nous nous entendons fort bien en voyage.

– Très bien, renchérit Osmond.

– Je sais que dans certaines matières tu peux être un fameux professeur, mais Osmond n'a pas encore l'âge des frasques, fit Gustave ironiquement.

– Des frasques, nous en avons faites, fit Osmond avec un clin d'œil à son grand-père.

– Ah ! ça oui, nous avons fait la fête, hein !

– J'ai bu du vin à tous les dîners et j'ai fumé un cigare, expliqua le garçon.

– C'est du propre, il ne t'a pas emmené dans de mauvais lieux ; les Cubaines, dit-on...

– Dans les mauvais lieux, oncle Gus, j'y vais seul. Papy est trop respectable pour m'y accompagner.

La boutade d'Osmond, qui pensait peut-être aux soirées musicales du *Pélican blanc*, fit rire les deux hommes.

M. de Vigors se souvint brusquement du deuil qui venait de lui être signifié et prit un air de circonstance. Gustave le remarqua et ramena la conversation sur la défunte.

– Quelle âge avait-elle, Gratianne ?

– Soixante-quinze ans, Gus, c'était mon aînée de dix ans. Sa mort a dû être subite car, dans sa dernière lettre, qui date d'octobre ou novembre, elle ne se disait pas souffrante. Elle se préparait à passer l'hiver à Monte-Carlo, comme chaque année. Elle jouait comme un boyard.

– Va peut-être pas te rester grand-chose en fait d'héritage ; un hôtel particulier rue Cambon[1] à Paris, une villa à Monaco et peut-être des dettes de jeu...

– Penses-tu, elle gagnait de façon insolente, c'était la terreur des casinos... avec cet argent, elle entretenait de jeunes peintres, moitié esthètes, moitié gigolos.

– Toujours sa générosité, fit Gustave narquois.

Tandis que la Packard remontait l'avenue Saint-Charles, Gustave se souvint qu'il avait d'autres nouvelles moins tristes que le décès de Gratianne à annoncer aux voyageurs.

– Boun Diou, où ai-je la tête, j'aurais peut-être dû commencer par te dire, Osmond, que tu vas trouver ta mère installée avec nous à la maison Pritchard. Oui, nous l'avons décidée à venir à La Nouvelle-Orléans. Elle s'étiole à Bagatelle, un peu de mondanités, de théâtres et de concerts lui changeront les idées. Je dois vous dire que dans deux jours, nous sommes tous conviés à une gigantesque party chez notre bon ami Oswald qui pend la crémaillère dans sa nouvelle maison de Carrollton, un vrai palais. Il y aura bal et « le Superbe » souhaite, Osmond, que tu lui donnes aujourd'hui même par téléphone les adresses de tes deux amis Meyer et Foxley qu'il veut inviter, à condition qu'ils amènent des cavalières. Toutes nos filles sont prisonnières de leurs sacrés pensionnats et nous manquons, paraît-il, de demoiselles.

– Ils en trouveront, soyez tranquille, dit Osmond, que la perspective d'une fête et surtout la présence de sa mère réjouissaient.

– Eh bien ! Amusez-vous donc chez ce m'as-tu-vu, lança avec humeur M. de Vigors.

– Tu es invité aussi, Charles ; tu trouveras chez toi un carton.

– Je n'irai pas ; tu oublies le procès que j'ai perdu.

1. Anciennement rue du Luxembourg.

– Tu auras tort, Charles. Oswald m'a dit qu'il te réservait une énorme surprise... et tu sais qu'il fait toujours somptueusement les choses.

– D'abord, je suis... en deuil !

M. de Castel-Brajac se retint pour ne pas rire. Mais comme il avait promis à Triple Zéro de lui amener l'ancien sénateur, il se fit aimable.

– Notre vieux *carpetbagger* est malade, Charles, sais-tu qu'il a soixante-dix-neuf ans, que cette fête est le couronnement de sa carrière et qu'il a, quoi qu'on dise, bien mérité de ce pays. Tu ne vas pas le snober. Macadiou ! un peu de charité... vois comment nous finissons. Tous comme la pauvre Gratianne !

– Oh ! oui papy, vous n'allez pas rater ça. Vous êtes si beau... si... ornemental en tenue de soirée !

– Ornemental, vraiment, fit M. de Vigors faussement dubitatif, en dégustant comme un alcool les compliments si spontanés de son petit-fils.

– Oui, vous viendrez, n'est-ce pas ?

– Eh bien ! J'irai pour faire plaisir à Osmond et à condition qu'il me présente quelque jeune danseuse... ornementale !

– Ah ! toi aussi tu sais être... généreux, Charles, conclut Gustave.

En qualifiant de palais la résidence citadine des Oswald, M. de Castel-Brajac n'avait pas sacrifié à l'enflure méridionale. Quand il avait décidé d'acquérir – pour une poignée de pralines disait-on – l'ancien hôtel particulier qu'un magnat du sucre s'était fait construire en 1872 par l'architecte James Fréret, Triple Zéro entendait doter sa famille d'un ancrage princier. Les travaux de restauration avaient duré deux années et coûté plus de 100 000 dollars, mais le résultat justifiait l'investissement.

Interprétation libre mais adroite du style Renaissance tempéré par le goût local, la demeure, de nobles proportions, présentait sur l'avenue Carrollton une façade blanche aux chaînes d'encoignure en pierre taillée et percée de hautes fenêtres aux impostes sculptées. Un péristyle, dont la couverture soutenue par quatre groupes de colonnes corinthiennes jumelées formait terrasse à hauteur du premier étage, abritait un porche monumental assez large pour livrer passage à un escadron. Sur les pentes de la toiture, dont la partie plate ceinturée d'une balustrade de fonte moulée pouvait servir de belvédère, de gros œils-de-bœuf sertis dans des frontons à volutes et surmontés de palmettes et de fleurons semblaient guetter l'horizon comme des cyclopes. Un beau portail ouvragé fermait, au bord de la chaussée, l'allée qui, entre des pelouses agrémentées de massifs de fleurs, conduisait au péristyle. L'intérieur tenait les promesses de la façade. Un magnifique escalier de marbre en spirale et à grosse rampe d'acajou s'élevait au fond d'un hall spacieux. A droite et à gauche de ce dernier, des salons où cinq cents invités pouvaient tenir à l'aise formaient une impressionnante enfilade.

Au soir de la réception donnée par les Oswald, toutes les portes à quadruple battant avaient été ouvertes, si bien que le rez-de-chaussée surélevé de la maison apparaissait telle une impressionnante salle brillamment éclairée par les lustres à pendeloques de cristal et les appliques de bronze à globes d'opaline.

Des buffets dressés entre les portes-fenêtres proposaient aux invités des soupes d'huîtres, des consommés à la tortue, des canetons en gelée, des jambons de Virginie cloutés de girofle, des blancs de dinde, des saumons de Norvège, des viandes rouges et vingt sortes de pâtés ou de terrines ainsi que des pâtisseries, des glaces, des sorbets, des entremets aux fruits, des crèmes anglaises et des montagnes de petits fours. Le bar, derrière lequel officiait le chef barman de l'hôtel *Saint-Charles*, offrait toutes les boissons imaginables, du champagne français aux meilleures fines, en passant par les bourbons, les whiskies et les vins les plus recherchés.

– Boun Diou, Oswald, c'est royal. Vous avez bien fait les choses, dit M. de Castel-Brajac en serrant la main du maître de maison qui, en compagnie de sa femme, accueillait sous la galerie les invités descendus des automobiles et des landaus.

M. Oscar Oliver Oswald, que personne n'aurait osé appeler Triple Zéro, ressemblait à un lord de bonne souche. Les audaces vestimentaires de l'ancien *carpetbagger*, qui avaient si souvent fourni dans le passé des sujets de plaisanterie aux bagatelliens, n'étaient plus de mise.

Amaigri, mais encore puissant, le vieillard aux cheveux argentés, au teint rosé, qui s'inclinait sur la main des dames était un tout autre homme que le rouquin truculent et hâbleur que les planteurs de Pointe-Coupée avaient connu. Il portait avec aisance un habit bleu de nuit ouvert sur un gilet de soie de même ton. Son col cassé, son nœud papillon, la perle grise qui, discrètement, éclairait le plastron amidonné de sa chemise et rappelait celles des boutons de manchettes, tout dénotait chez l'hôte une science de bon goût enfin assimilée.

La chaîne de montre, si agressivement lourde à une époque, avait été remplacée par une fine tresse de fils d'or, dont la modestie ne pouvait surprendre que les fournisseurs.

Près de son mari, Clara Oswald figurait la *perfect lady*. Ses cheveux blancs relevés en volutes souples supportaient un léger diadème de saphirs, que n'eût pas dédaigné une duchesse. Sa robe-tunique gris nacré, au décolleté étroit et bordé d'une passementerie au fil d'argent, était d'une sobriété irréprochable et tout à fait adaptée à une sexagénaire. Mme Oswald ne portait, en plus de son diadème, qu'un seul bijou : une étoile de platine dont les branches étaient des baguettes de saphir et le cœur un diamant de belle taille.

En observant ses vieux amis, M. de Castel-Brajac glissa à Gloria très admirative :

– Qui reconnaîtrait dans ce couple si parfaitement assorti l'aventurier aux mains velues et la petite jeune fille noiraude qui, par dépit amoureux, renversa, il y a bien longtemps, mes ruches pleines d'abeilles affamées.

– Je suis heureuse pour eux, cher Gustave. Les voilà maîtres de leur conquête sociale et honorés par le gratin.

– En effet, pour Oswald, c'est le jour du sacre, l'aboutissement d'une longue et ambitieuse carrière. Voulez-vous que je vous dise, Gloria, Triple Zéro incarne à merveille cette Amérique nouvelle, impérialiste, avide de profit, de puissance, de considération et qui n'a pas honte de ses appétits. Ce sont de tels hommes qui dépouillent le qualificatif « parvenu » de tout ce que nos vieilles familles y ont mis de péjoratif et de méprisable.

A cet instant, Charles de Vigors, en habit noir, pénétra d'un pas vif dans le hall et baisa les doigts de Clara, avant de s'approcher d'Oswald qui lui tendit les bras comme à un ami. L'ancien sénateur ne put se dérober à l'accolade. A distance, on ne décelait aucune différence d'allure entre les deux hommes, ni dans leur tenue, ni dans leur comportement. M. de Castel-Brajac saisit le coude de sa femme.

– Regardez-les, Gloria. L'instant est historique. Nous assistons à la relève de la fortune reçue par la fortune acquise ; de ceux qui « n'ont eu que la peine de naître » comme disait Beaumarchais par ceux qui se sont faits eux-mêmes ; de l'aristocratie déclinante par la roture présomptueuse. Car l'aristocratie est là, ce soir – puisque Charles est venu et que nous y sommes – pour entériner l'élévation de tous les Oswald... Ce n'est pas une pendaison de crémaillère, ma chère, c'est un adoubement. Si nous étions en Angleterre, Triple Zéro serait fait baronnet et le chambellan du roi lui passerait la jarretière.

Gloria rit franchement, comme chaque fois que l'exaltation de son mari donnait lieu à des tirades qui n'étaient pas toujours aussi aimables.

– Je vous abandonne un instant, voilà Augustine et Lucile qui arrivent avec leurs maris, je les rejoins.

– Bien, vous me retrouverez sans doute entre le bar et le buffet. Si vous voyez Osmond, envoyez-le moi.

– Soyez frugal et sobre, Gustave, pensez à votre cœur, à vos artères.

– Mon cœur va bien, bougonna Gustave, c'est de l'estomac que je souffre et de la gorge aussi.

– Mon Dieu qu'avez-vous ?

– L'un est vide et l'autre est sèche, mais je vais me soigner.

Mme de Castel-Brajac regarda s'éloigner la pesante silhouette de son mari, traçant droit son chemin à travers une foule d'inconnus ou de gens qu'il ne voulait pas reconnaître, en direction du bar.

Pour répondre à l'invitation de M. Oswald, à peine entrevu lors d'un séjour à Bagatelle, Bob Meyer et Dan Foxley avaient facilement recruté des cavalières. Otis ne s'était pas fait prier pour accompagner Bob, mais Dan avait eu plus de mal à décider sa sœur Margaret. Plus âgée que les autres, elle fit remarquer « qu'on ne la sortait que pour jouer les utilités ».

– Osmond ne va tout de même pas danser toute la soirée avec sa mère, avait glissé un peu lourdement le jeune Foxley, tu seras très invitée, sois sans crainte.

– Et puis, il nous racontera son voyage à Cuba, ajouta Meyer, nous saurons enfin si les Cubaines sont aussi libres qu'on le dit.

Quand Osmond de Vigors, donnant le bras à sa mère, fit son entrée dans l'hôtel illuminé des Oswald, une foule d'invités occupaient déjà les salons. Le bruit de houle qui est la respiration des assemblées élégantes et des salles de spectacles avant le lever du rideau les surprit.

– Il y a un monde fou ! dit Stella en embrassant Clara.

Les gens déambulaient en examinant les meubles et les tableaux, comme s'ils se fussent trouvés dans une exposition, prêts à critiquer l'éclairage ou le choix des couleurs et des tissus. Des groupes, formés de couples habitués des manifestations mondaines, potinaient autour des canapés occupés par des femmes âgées que l'on tenait, à tort ou à raison, pour les oracles de la bonne société louisianaise. Il y avait dans l'air des relents de médisance et de flatterie éhontée. Des banalités débitées sur le ton pédantesque constituaient le fond des conversations.

Le petit-fils de Charles portait un spencer bleu roi ouvert sur une chemise au plastron lisse et un gilet-ceinture de piqué blanc. Un simple ruban de velours noir, large comme un doigt, noué sous le col souple et retombant sur le plastron, ôtait à la rigueur de sa tenue tout aspect guindé.

Margaret Foxley savait apprécier l'élégance masculine. Il est vrai que le spencer, coupé par l'habilleur de M. de Vigors, mettait en valeur l'étroitesse de la taille, la largeur avantageuse des épaules et la longueur des jambes qu'Osmond avait fines et nerveuses.

– Un vrai pur-sang de George Stubbs[1], mon petit-fils, observa Charles à l'intention de Stella.

– Vous en êtes assez fier, n'est-ce pas ?

– Il a de la race, ma chère, et du tempérament. Nous sommes ainsi, nous les Vigors.

La mère d'Osmond sourit, en pensant que son beau-père négligeait un peu l'apport de sa propre famille. Ne lui avait-il pas dit un jour : « Les femmes ne sont que des réceptacles et des nourrices, hélas indispensables à la procréation des mâles. »

Quand tous les invités furent arrivés, M. Oliver Oscar Oswald, un peu las de complimenter les dames et de serrer les mains des hommes, demanda à M. de Vigors d'ouvrir le bal avec Clara.

– J'ai toujours dansé comme un ours, sénateur, soyez aimable de suppléer aux déficiences du maître de maison.

Charles s'exécuta de bonne grâce et, quand l'orchestre attaqua la *Valse de l'Empereur*, le couple s'élança tandis que les invités s'écartaient du centre du hall.

Peu de gens savaient que ce vieillard au port altier et cette femme menue, presque sèche, qui semblait descendue d'un tableau de Arthus Dévos, le peintre des douairières anglaises, avaient été cinquante ans plus tôt des amoureux ardents. Eux s'en souvenaient comme on se souvient d'une page lue autrefois dans un roman.

– Votre soirée, Clara, est une réussite et votre demeure est superbe, dit Charles.

– Venant d'un arbitre tel que vous, le compliment me touche. Oswald – elle appelait toujours son mari par son patronyme – serait heureux de vous l'entendre dire.

– Finalement, vous avez une bonne vie avec lui, Clara, de beaux enfants, une position confortable et la perspective de finir vos jours dans la sérénité. Je m'en réjouis sincèrement. Dire que j'aurais pu autrefois vous demander en mariage.

– Vous auriez pu en effet... mais vous ne l'avez pas fait, heureusement pour moi, car j'aurais été capable d'accepter.

– Vous pensez que je ne vous aurais pas apporté autant que ce cher Oswald ?

– Vous n'êtes pas de ceux qui apportent, Charles, vous êtes de ceux qui prennent. La fortune et la considération sociale sont des avantages enviables, mais je suis plus exigeante que ça. Je voulais un mari bien à moi.

---

1. Peintre animalier anglais du XVIIIe siècle. Auteur d'une série de planches rassemblées en 1766 sous le titre *Anatomie du cheval*.

– C'est pourquoi vous l'avez fait ! souffla Charles avec un peu d'humeur.

– Oswald le dit par modestie et par tendresse, mais ce n'est pas vrai. Je n'ai fait que lui révéler ses propres qualités et lui apprendre certaines petites choses, qui passent pour importantes dans nos milieux où l'on juge les gens sur la façon qu'ils ont d'éplucher une orange plutôt que sur leurs facultés réelles.

Tout en tournoyant, sourire aux lèvres, les danseurs reconnaissaient dans les couples de leur génération des témoins de toute leur vie. Des gens qui, quelques années auparavant, n'auraient jamais accepté une invitation de M. Oswald : le maire de La Nouvelle-Orléans, le collecteur des douanes, une demi-douzaine de banquiers, plusieurs membres influents du Boston-Club, où le maître de maison venait d'être admis, avaient l'air enchanté de se trouver là.

L'ancien sénateur, en reconduisant Clara à son mari, après la danse, se demandait avec un peu d'amertume s'il n'était pas en train de cautionner aux yeux de toute la bonne société créole l'adition de l'ancien *carpetbagger*.

Un moment plus tard, ayant retrouvé Gustave qui pérorait au milieu d'un cercle de jeunes gens et de jeunes filles où figuraient Osmond et ses amis, Charles fit un signe discret à son vieil ami pour qu'il le rejoigne à l'écart.

– Dis-moi, cette fameuse surprise que doit me faire Oswald, c'est pour quand ? Je n'ai pas l'intention de passer la nuit ici.

– Il nous attend à onze heures dans son bureau au premier étage, il m'a chargé de te le dire.

– Nous ? Tu es aussi compris dans la surprise ?

– Tu oublies, mon cher, que Marie-Virginie, ta fille, a épousé Félix, mon fils... et que nous sommes grands-pères une fois de plus tous les deux.

– Je ne vois pas le rapport... avec la surprise.

– Il paraît qu'elle intéresse l'avenir de nos familles, alors !

– J'ai l'impression, Gus, que M. Oswald entend cimenter les fondations de sa dynastie.

Le ton persifleur fut immédiatement relevé par Gustave.

– C'est probable, mon bon. Il faut toujours un fondateur et les dynasties nouvelles ne sont ni moins valables, ni moins légitimes que celles qui déclinent. Laisse tomber tes préjugés et allons voir notre hôte.

Un *butler*, cérémonieux comme un chambellan de Buckingham, conduisit les deux hommes jusqu'au « cabinet de travail de Monsieur », situé au premier étage de l'hôtel.

La pièce, de belles dimensions, éclairée par deux portes-fenêtres donnant sur le toit-terrasses du péristyle, contenait un somptueux mobilier de style Empire. M. Oswald, grand admirateur de Napoléon comme beaucoup de *self-made men* américains qui voyaient dans le lieutenant d'artillerie devenu empereur un noble modèle, avait fait tendre les murs de soie verte où pullulaient les abeilles dorées de l'Hymette. La table de travail en acajou, supportée par des atlantes de bronze pieds nus et à tête de guerrier, impressionna M. de Castel-Brajac qui ne put retenir un petit sifflement admiratif.

Oliver Oscar, en allant au-devant de ses invités, apprécia cet hommage désinvolte.

– Ce sont des bronzes de Thomire, comme les palmettes à feuilles de lotus que vous voyez sur ces fauteuils où je vous convie à vous asseoir.

Le coin salon, une demi-douzaine de sièges tapissés du même tissu que les murs et répartis autour d'un guéridon sur lequel trônait, dans un seau à glace de métal argenté, une bouteille de champagne, parut lui aussi du meilleur goût. Sur une console demi-lune soutenue par une sphinge, une pendule en forme de temple grec égrena onze coups bien timbrés.

– Nous sommes à l'heure militaire, remarqua Charles que ce décorum et ce mystère irritaient.

– Naturellement, Omer est en retard, grommela gentiment Oswald.

– Parce que votre fils est aussi de la... petite surprise ?

– Mon cher sénateur, je ne suis plus qu'un rentier. Mon fils aîné gérant nos affaires est un des premiers intéressés par ce que je vais vous dire...

Le mari de Lucile apparut bientôt. Il était un peu essoufflé.

– Je vous prie de m'excuser pour ce léger retard... Je ne pouvais pas abandonner ma cavalière au milieu d'une polka.

Quand les quatre hommes furent assis, que M. de Castel-Brajac eut allumé son cigare et Charles vérifié pour la dixième fois le pli de son pantalon, Triple Zéro baissa la tête, joignit les mains et parut se concentrer, comme un pasteur avant l'homélie. En réalité, il s'offrait un instant d'indicible jouissance, celle du meneur de jeu qui, ayant éveillé puis excité la curiosité des autres, temporise pour la satisfaire.

– Si je vous ai demandé de nous réunir, mes amis, c'est pour vous faire part de deux découvertes qui peuvent influencer très heureusement la fortune de nos enfants et de nos petits-enfants.

Il se tourna résolument vers Charles de Vigors, comme si l'affaire le concernait au premier chef.

– Je ne vais pas évoquer, rassurez-vous mon cher sénateur, les pénibles démêlés que nous avons eus à propos de cette parcelle de Bagatelle que j'ai achetée à votre belle-fille et dont vous m'avez contesté la propriété : sans toutefois vouloir aller jusqu'à l'ademption d'une donation qui faisait honneur à vos sentiments paternels, vous avez obtenu de la Cour que ma jouissance de ces terres, que je cultive depuis maintenant plus de douze ans, soit limitée dans le temps. Or, cher ami, je suis aujourd'hui en mesure de vous prouver que, pour arriver à vos fins, vous avez tout bonnement, avec la complicité de votre tabellion, falsifié un acte notarié.

Charles de Vigors blêmit et se dressa comme un diable jaillissant d'une boîte.

– Vous m'accusez de faux, Oswald, prenez garde, et devant témoin, c'est d'une extrême gravité... vous déraisonnez.

– J'ai voulu qu'il y ait des témoins et si vous y tenez, je puis faire monter votre notaire, qui est de mes invités. Il peut répéter ici ce qu'il a été contraint de reconnaître dans son étude, sous menace de se voir retirer sa charge et jeter en prison. Car, monsieur de Vigors, vous avez fait ajouter après coup, et surtout après la mort de votre fils, un paragraphe à l'action de donation de Bagatelle et vous savez lequel, n'est-ce pas ?

– Vous êtes odieux, cria Charles, ce notaire a trahi la réserve à laquelle il est tenu... c'est une machination, vous me répondrez de ça.

M. de Vigors, le visage crispé, les mains tremblantes, fit un pas vers la porte.

— Si vous quittez cette pièce maintenant, dit Oswald d'un ton sec, sans même connaître mes intentions, demain je ferai éclater le scandale, car toutes les preuves sont réunies, croyez-moi... et vous n'êtes plus intouchable. Il y a eu machination, c'est vrai, mais c'est vous, vous qui l'avez ourdie et je sais pourquoi... c'est la seconde découverte dont je veux vous faire part.

Castel-Brajac était si ému qu'il avait laissé éteindre son cigare. Quant à son gendre, Omer Oswald, il découvrait en son père un Fouquier-Tinville dont il ne soupçonnait pas l'existence.

Charles lut dans le regard de Gustave une sorte d'indifférence amusée. Il comprit que le Gascon accordait crédit à l'accusation de Triple Zéro qui, au soir de sa consécration mondaine, n'aurait pas eu un tel comportement sans être certain de son jeu.

L'ancien sénateur reprit place dans son fauteuil ; la pâleur de son visage, la crispation de ses maxillaires indiquaient clairement qu'il était atteint.

— Voyons, reprit calmement Oswald, j'ai quatre-vingts ans l'an prochain, vous en avez soixante-cinq, nos carrières sont terminées. Nous n'allons pas nous déchirer alors que des alliances familiales nous unissent à travers les Castel-Brajac puisque Félix a épousé votre Marie-Virginie et que Lucile est la femme d'Omer. Nous devons penser à nos petits-enfants à tous trois.

M. de Castel-Brajac intervint :

— Avant que vous n'alliez plus loin, Oswald, je voudrais savoir si Charles admet que vos accusations, très graves et qui portent atteinte à son honneur..., peuvent avoir... une chance d'être exactes.

— Nom de Dieu Gus, ne te mêle pas de ça, ne complique pas les choses.

— Mais mille Diou, je ne les complique pas... J'entends au contraire les simplifier : ou tu as trifouillé l'acte et Oswald continue... sa... conférence, ou il t'insulte gratuitement et ce n'est pas parce qu'il est le beau-père de Lucile et qu'il a quatre fois vingt ans qu'on va le laisser faire. Tu comprends, Charlot, c'est trop grave.

M. de Vigors, surpris par le diminutif qu'employait autrefois Gustave quand les deux étudiants partageaient la même chambre au quartier Latin, comprit que l'affection de son vieil ami demeurait intacte. Gus lui avait passé tant de choses, au fil des années, que l'affaire de la donation falsifiée, si elle était adroitement présentée, passerait elle aussi.

L'ancien sénateur s'était ressaisi, prêt à vivre cette minute de vérité impérieusement réclamée par les trois hommes qui le fixaient.

— J'ai agi comme un niais, reconnut-il enfin. Ce que dit Oswald est exact. J'ai agi pour protéger l'intégrité de Bagatelle, notre terre...

Oliver Oscar eut un mouvement d'impatience.

— Il faut aller jusqu'au bout, sénateur, ne pas chercher à ennoblir une intention qui n'avait rien de sentimental.

— Pourquoi voulez-vous à tout prix m'humilier, Oswald, puisque je reconnais mon... égarement.

— Vous humilier ? Loin de là ma pensée, monsieur de Vigors. Je suis un vieil homme qu'on a bien souvent humilié, qu'on a moqué pour ses manières rustaudes, dont on s'est gaussé parce qu'il avait été garçon de piste chez Barnum, dont on a fait des gorges chaudes parce qu'il avait vécu d'expédients, auquel on a même dénié le droit d'avoir de l'honneur. Non, je ne cherche pas à vous humilier et vous seriez bien étonné de connaître les sentiments qui m'agitent car, voyez-vous, vous me faites pitié.

– Pitié, grand Dieu, qu'ai-je à faire de votre pitié, la pitié d'un aventurier qui a réussi.

– Oui, monsieur, pitié, car ce qu'on peut attendre d'un aventurier, on ne peut l'admettre d'un aristocrate dont la conscience doit être fatalement plus exigeante que celle d'un enfant de la balle.

Posément, avec la minutie qu'il apportait à cette opération délicate, M. de Castel-Brajac ralluma son cigare en faisant la moue. Il souffrait pour Charles, mais il admirait Oswald, à qui les vigoureuses leçons de la vie semblaient avoir profité.

– Et alors, en fait de mystère, qu'est-ce qu'il y a boun Diou, dans ce morceau de terre à coton, hein ?

– Du pétrole ! jeta Oswald presque malgré lui.

– Du pétrole ! répétèrent en chœur le Gascon et son gendre.

– Oui, du pétrole et M. de Vigors le savait... C'est même ce qui l'a déterminé à falsifier un acte notarié pour récupérer la parcelle que Stella m'avait vendue.

L'admiration forcée que Gustave se découvrait pour Oswald, augmenta d'un degré en voyant la mine déconfite de Charles, qui venait de prendre dix années en quelques secondes et s'était laissé aller contre le dossier de son fauteuil.

– Il se pourrait qu'il y ait du pétrole, il y a des indices bitumineux, pas plus, on ne peut être sûr de rien, concéda l'ancien sénateur.

– Vos indices étaient bons, monsieur de Vigors. Sous prétexte de puits artésiens pour irriger mes terres, j'ai fait pratiquer un forage profond... le pétrole est là, votre flair ne vous avait pas trompé.

– Mais n'étant que métayer des terres, vous ne pouvez pas exploiter un sous-sol qui ne vous appartient pas.

– Métayer, grâce à la falsification qui vous permet de reprendre à terme des terres que j'ai payées au prix fort, mais propriétaire, dès que la Cour aura eu à connaître de vos agissements, qui vous vaudront aussi d'être poursuivi pour faux, usage de faux et outrage à magistrat.

– Vous allez porter toute cette affaire sur la place publique... vous me tuez Oswald !

– Si telle avait été mon intention, sénateur, c'est un huissier de justice qui vous l'aurait fait connaître et je n'aurais pas organisé cette petite réunion. Non, monsieur, ce pétrole, nous allons l'exploiter ensemble pour nos enfants et nos petits-enfants... Nous allons fonder une société et les royalties seront partagées entre nos deux familles. N'est-ce pas équitable ?

Charles, décontenancé, ne s'avouait cependant pas vaincu.

– En somme, vous prenez aux Vigors la moitié de ce qui leur appartient.

– Macadiou, tais-toi, Charles. Regarde les choses en face. Oswald donne aux Vigors la moitié de ce qui lui appartient et que tu as tenté de reprendre en te conduisant, passe-moi le terme, comme un forban, reconnais-le !

Charles fit un signe de tête indiquant une capitulation complète.

– Demain à trois heures, si vous le voulez bien sénateur, nous nous retrouverons chez mon notaire, Me Couret, un homme de confiance, de qui vous n'auriez pas obtenu ce qu'a fait le vôtre. J'ai fait préparer des actes de copropriété sur la parcelle et les statuts de la société d'exploitation. Il y aura une mise de fonds assez importante pour le forage, mais ça ne vous gêne pas, j'espère ?

– C'est bon, dit Charles. J'en passerai par où vous voulez, vous êtes maître de la situation.

Oswald regarda M. de Vigors avec un air de commisération qui fit sourire Gustave.

– Je crois que voilà les choses clarifiées. Vous me détestez, n'est-ce pas, pour le moment, mais un jour, vous m'aurez quelque reconnaissance de ce que je fais aujourd'hui. Un homme comme vous ne peut pas partir sans être net.

– On la débouche cette bouteille ou si vous l'avez mise au frais pour les domestiques ? lança soudain Gustave à qui les émotions donnaient toujours soif.

– Débouche-nous ce champagne, Omer, que nous trinquions à l'association de nos intérêts.

Charles accepta une coupe, avec l'air du condamné à mort auquel on tend le verre de rhum du dernier matin.

– Vous devriez porter un toast, oncle Gus, dit Omer ouvrant la bouche pour la première fois.

Gustave huma le vin pétillant, éleva son verre dans la lumière du lustre et, satisfait de ses examens, toussa pour s'éclaircir la voix.

– Buvons à l'oubli de tout ce qui vient de se dire ici, mais souvenez-vous qu'il y a dans tout homme un aristocrate et un *carpetbagger*. L'humaine nature fait que l'intérêt conduit parfois le premier à user des méthodes qu'il reproche au second, alors que ce dernier est capable de relever l'honneur qu'on lui dénie.

M. de Castel-Brajac, ayant parlé, vida sa coupe pétillante et fit claquer sa langue contre son palais d'un air maussade.

– Quel goût lui trouvez-vous, Gustave ? s'inquiéta aussitôt M. Oswald.

– Un goût de pétrole, mon bon... mais je m'y ferai.

– Je dois rejoindre mes invités, maintenant, dit Oswald.

Au pied de l'escalier, que Gustave descendit lentement, laissant Charles, qui ne tenait plus en place, le précéder, Osmond et ses amis attendaient l'ancien sénateur.

– Miss Margaret Foxley brûle de danser une valse avec vous, papy, dit Osmond après avoir présenté ses amis et la jeune fille.

Une telle invitation ne pouvait se refuser.

– Si vous ne craignez pas de danser avec un vieillard ! fit Charles, retrouvant soudain le sourire de Bel-Ami et offrant son bras à Margaret.

Osmond rejoignit oncle Gus.

– On dirait que vous sortez d'un conseil d'administration.

– C'était un peu ça, fiston. T'amuses-tu au moins ? C'est plein de jolies filles !

– Beaucoup de filles à marier, oncle Gus.

– Avez-vous invité Oriane et Olympe Oswald que je vois là-bas faire tapisserie ? Dites-vous bien, jeunes gens, qu'il ne faut pas vous consacrer exclusivement aux belles... pensez aux autres.

Dan et Osmond se dirigèrent d'un pas résolu vers les jumelles qui, bien qu'ayant atteint la trentaine, s'obstinaient à porter des toilettes identiques, la même coiffure, les mêmes bijoux comme si elles voulaient se rendre interchangeables.

Pendant que les deux garçons enlevaient dans une valse les demoiselles pareillement rougissantes, Bob Meyer et Otis accompagnèrent M. de Castel-Brajac et Mme de Vigors au buffet.

Pendant ce temps, M. Oswald avait retrouvé sa femme. Clara venait de découvrir que le vieux collecteur des douanes confondait les pas de la mazurka et de la polka, ce qui lui avait valu de se faire écraser les orteils à plusieurs reprises.

– Chère Clara, je me suis un peu fatigué et je vais monter me coucher car, partis comme ils sont, ces gens vont danser toute la nuit. Omer vous assistera quand les invités prendront congé.

– Allez mon ami, je vous trouve en effet bien pâle. Votre petite réunion s'est-elle déroulée comme vous le souhaitiez ? Le sénateur a pris la chose fort mal sans doute ?

– Fort mal, en effet, mais il n'avait pas le choix quant à la conclusion... Nous signons demain à trois heures chez Couret. J'avoue qu'il m'a fait pitié le sénateur, on aurait dit un gamin pris en faute. Gustave a été très bien... comme toujours.

– Charles n'a peut-être pas dit son dernier mot, avec lui on ne peut être sûr de rien.

– Tout est réglé, Clara, ne vous faites aucun souci. Le sénateur est vaincu, c'est sûr... comme la mort.

Discrètement, après s'être arrêté auprès de quelques groupes pour recevoir les félicitations que méritait une soirée aussi réussie et les vœux qu'on prononce lors d'une pendaison de crémaillère, M. Oswald gagna sa chambre, par l'escalier réservé au service. Son valet l'aida à se mettre au lit. Atténuée par l'épaisseur des murs et la distance, la musique parvenait jusqu'à la chambre située au deuxième étage de l'hôtel. Bien que las, Oliver Oscar Oswald, étendu entre les draps frais, se sentait bien et satisfait. Il avait accompli tout ce qu'il s'était fixé. Désormais son nom serait aussi respecté que celui des plus vieilles familles créoles et il figurerait bientôt sur les barils de pétrole, accolé à celui de Vigors. « Oswald and Vigors Petroleum Company » murmura-t-il, car l'ordre alphabétique lui vaudrait d'être cité en premier.

Cet aboutissement, il le devait à Clara, certes, qui jamais n'avait douté de lui, mais aussi un peu à cette étrange Virginie, dont il avait autrefois volé les bijoux et qui, le sachant, lui avait laissé, par goût pervers du jeu plus que par générosité, courir sa chance.

La seule préoccupation, toujours présente à sa pensée, était le sort d'Odilon, ce fils qui lui ressemblait plus qu'Omer et qu'il avait dû chasser. M. Oswald se consola en imaginant qu'il serait peut-être un jour un grand peintre, puis il s'abandonna au sommeil, après avoir fait de son oreiller moelleux un informe boudin, comme s'il s'agissait encore de la couverture de cheval sur laquelle, au cours des folles équipées de sa jeunesse, il reposait sa tête à la belle étoile, son colt à portée de la main.

10

Quand on est une jeune Noire de dix-huit ans, assez bien tournée, sachant lire, écrire et compter et qu'on a été chargée par sa maîtresse de l'entretien et du rangement de l'argenterie, des porcelaines et des cristaux d'une grande maison, on a toutes raisons d'être satisfaite de son sort. C'est ce que se disait Minnie, en marchant d'un pas décidé sur le trottoir de l'avenue Saint-Charles, en direction de l'hôtel des Oswald. Minnie s'était levée à six heures du matin, car elle savait qu'elle aurait, ce jour-là, beaucoup de travail à cause de la réception donnée la veille par son maître et qui s'était prolongée tard dans la nuit. Mme Oswald lui avait fait des tas de recommandations pour que tout soit en ordre à l'heure du déjeuner.

Comme il était impossible que les invités aient dévoré toutes les victuailles qu'elle avait vu livrer la veille, Minnie se disait aussi qu'elle serait la première à profiter des reliefs de la fête. Tout en marchant, elle voyait les domestiques laver à grande eau les perrons et les péristyles et les jardiniers biner les massifs avant que le soleil ne vienne rendre ce travail trop pénible. Certains la reconnaissaient au passage et lui décochaient des quolibets extrêmement flatteurs, encore qu'un peu grossiers, car ils faisaient généralement référence à son anatomie. Mais Minnie, faraude et pressée, semblait ne pas entendre. Alors que tant de jeunes Noirs cherchaient des emplois lucratifs et dignes de leurs compétences, elle se répétait qu'elle avait vraiment de la chance que le cousin John, valet de chambre de M. Oswald et qui avait servi dans les meilleures familles, ait pu la faire embaucher. John, qui aurait pu être son père, lui avait toujours porté beaucoup d'intérêt. Quand il venait chez ses parents, les poches toujours pleines de cigares et de bonbons au miel, il ne manquait jamais, tout en se balançant dans le meilleur rocking-chair, de l'attirer contre lui. S'ils étaient seuls, tout en parlant de choses et d'autres, il s'enhardissait jusqu'à lui caresser les cuisses, ce qui la gênait un peu. Mais le cousin semblait prendre plaisir à ces manifestations de tendresse. Tous les hommes ayant paraît-il des manies, elle le laissait faire, d'autant plus volontiers que, dans sa nouvelle place, l'autorité du valet de chambre protégeait Minnie des entreprises des autres domestiques mâles.

Ayant passé la grille du jardin, elle traversa de biais la grande pelouse, se dirigeant vers l'arrière de la maison, où se trouvait la porte de l'office. Tout dormait encore dans la grande maison. Seul le vieux jardinier ratissait l'allée principale pour effacer les empreintes laissées dans le gravier par les roues des voitures. Quand Minnie parut, l'homme, qui travaillait mollement, s'appuya sur son râteau pour la regarder passer.

– Bonjou' m'amselle l'argentière, va y avoir à astiquer aujou'd'hui, je vous le dis. Si vous trouvez une petite chose à boire pour moi, je donnerai un coup de main.

– Occupez-vous du jardin, répondit Minnie d'un ton sec, en pressant le pas.

C'est en contournant la maison, par le passage dallé, qu'elle vit la chose qu'aucune jeune Noire de bonne famille ne souhaite voir : les fesses blêmes d'un homme blanc à demi nu, couché à plat ventre sur l'asphalte et vêtu en tout et pour tout d'une simple chemise de nuit retroussée sur le haut du corps.

Minnie fit demi-tour en relevant sa jupe pour courir plus vite. Le jardinier, qui rêvassait, la vit venir avec étonnement.

– Vite, il y a un homme nu par là, un Blanc, venez, je vous dis, oh ! là là !

– C'est un qui a trop bu cette nuit qui a pas pu marcher, tiens.

– Y serait pas en chemise de nuit, venez, venez.

– En chemise de nuit ou tout nu ?

– C'est pareil !... venez voir, je vous dis.

Avec un soupir, le Noir suivit la jeune fille et s'arrêta à trois mètres du corps.

– On ne peut pas le laisser là, fit Minnie en s'efforçant de maîtriser un tremblement nerveux.

Le jardinier s'approcha du corps inerte. S'étant penché avec l'appréhension d'un homme qui vient de découvrir un nid de vipères, il recula brusquement.

– Y a du sang plein autour.

– Je vais chercher le cousin John, décida Minnie en filant vers les communs.

La porte de l'annexe où logeaient les domestiques à demeure n'étant jamais fermée, elle enfila le couloir sans se préoccuper du bruit que faisaient ses talons sur le plancher. Avec plus de précautions, elle appuya sur le loquet de la porte de John et s'arrêta, stupéfaite, sur le seuil. Le cousin, accroupi devant une commode, lui présentait un beau fessier noir, ferme et luisant comme une croupe de jument. Minnie avait assez d'intelligence et de sens de l'humour pour apprécier l'ironie d'un hasard qui semblait vouloir, ce matin-là, la mettre avec insistance en présence de la partie postérieure des hommes de toute couleur.

John, entendant la porte s'ouvrir dans son dos, se redressa vivement, rabattit sa chemise et chercha du regard son pantalon.

– Eh bien ! Qu'est-ce qui te prend Minnie.

– Cousin John, il y a un homme blanc étendu près de l'office... en chemise.

Le Noir enfila posément son pantalon en regardant l'intruse du coin de l'œil :

– Aide-moi à mettre ce sacré bouton de manchette qui avait roulé sous la commode.

Minnie s'exécuta, tandis que John, tout émoutillé, lui caressait les seins de sa main vacante.

– Vite, cousin John, il y a du sang et le Blanc ne bouge plus, il a sa chemise sur la tête et c'est plein de sang autour.

– Comment sais-tu, Minnie, que c'est un homme s'il a sa chemise sur la tête ?

– A cause... des poils aux jambes, cousin John.

Sans se départir d'un scepticisme désobligeant, le valet noua sa cravate, passa son gilet rayé vert et or. Les couleurs impériales chères à son maître lui rendirent la dignité que sa posture du moment précédent lui avait fait perdre.

– Allons voir si ce fantôme nous a attendus, Minnie.

Le corps était toujours là. John, qui avait été brancardier dans l'armée du général Taylor pendant la bataille de Port Hudson, ne se laissait pas impressionner par les blessés. Il rabattit la chemise sur l'indécente nudité de l'homme étendu, découvrant ainsi une tête chauve qu'il reconnut tout de suite.

– Par notre Père, s'écria-t-il, c'est mon maître, Monsieur Oswald... il est mort, regardez, il s'est fendu le crâne sur les dalles.

Quand John fit pivoter le corps, Minnie et le jardinier identifièrent à leur tour le maître, son front paraissait plat sous le sang coagulé, les yeux révulsés et la bouche ouverte étaient effrayants.

– C'est moi qui l'ai mis au lit vers minuit, comment peut-il être arrivé là, fit le valet d'une voix blanche en levant les yeux sur la façade de la maison.

Une fenêtre ouverte à deux battants au deuxième étage fournit la réponse à la question posée.

– Il est passé par là, dit Minnie qui suivait tous les gestes du Noir.

– P'tête qu'il était *drunk as an owl*[1] remarqua le jardinier.

– Il l'était pas quand je l'ai couché... faut réveiller la femme de chambre de m'ame Oswald, Minnie, ça va en faire du drame cette histoire, faudra que tu racontes, Minnie, comment t'as trouvé là notre pauvre maître.

Minnie passa sa matinée à raconter. D'abord à Mme Oswald qui menaçait de défaillir à chaque instant, puis à la gouvernante, puis au shérif et au docteur qui ne pouvait plus rien pour l'ancien *carpetbagger*.

Une rapide inspection de la chambre et de la salle de bains du mort fournit immédiatement l'explication d'une mort aussi banale que tragique. Des souillures relevées dans le cabinet de toilette indiquèrent clairement que M. Oswald avait eu un malaise et qu'en ouvrant, pour prendre l'air, la fenêtre dont la barre d'appui était fort basse, il avait basculé dans le vide, déséquilibré par un vertige soudain.

Le mort fut remonté dans son lit et John le rendit présentable. A l'office, Minnie dut encore raconter aux domestiques comment elle avait découvert M. Oswald. En reprenant son sang-froid, elle fignola son récit qu'un assistant du shérif enregistra et que l'on retrouva le lendemain *in extenso* dans la nécrologie que le *Times-Democrat* consacra à M. Oliver Oscar Oswald, « le planteur bien connu et estimé de Pointe-Coupée, membre du Boston-Club et administrateur de plusieurs compagnies de l'État ».

Clara Oswald demeura prostrée jusqu'au soir, refusant cette mort qui survenait après une fête si réussie. « Si je n'avais pas accepté que nous fassions chambre à part, comme l'avait voulu par délicatesse mon brave mari, tout cela ne serait pas arrivé. Il a dû être pris d'un étouffement, et... Oh ! mon Dieu, c'est affreux. »

---

1. Saoul comme un hibou, expression d'argot américain.

Quand Omer Oliver Oswald, qu'on avait fait prévenir, se présenta avec Lucile au début de l'après-midi, la grande maison était déjà plongée dans le deuil. Les torchères du porche allumées et voilées de crêpe frémissaient comme des feux follets derrière les pare-vent de verre biseauté.

De l'office parvenait le ferraillement de l'argenterie. Deux petites cuillers « à la coquille » et un couteau à pâtisserie manquaient à l'appel, ce qui motiva l'envoi d'une femme de peine jusqu'aux boîtes à ordures, avec mission, confirmée par la gouvernante, de retrouver les couverts disparus.

Vers quinze heures vingt, chez Me Couret, M. de Vigors, qui affichait une mine revêche, commença à s'impatienter.

– Il pourrait être à l'heure, tout de même.

– Après la nuit glorieuse qu'il a vécue, mon bon, notre ami a dû faire la grasse matinée, tu oublies son âge, observa Gustave qui n'était lui-même sorti de son lit qu'à midi.

– Ce n'est pas une raison. Je prends le train de New York ce soir et j'ai des obligations. Quand on veut passer pour un homme de qualité, un gentleman, on est ponctuel à ses rendez-vous, bon Dieu.

A quinze heures trente, Me Couret proposa de téléphoner au domicile de M. Oswald.

– Faites et dites que nous attendons depuis trois quarts d'heure.

Quand le notaire reparut dans le salon d'attente, son visage de parchemin avait blanchi d'un ton.

– Je suis au regret de vous informer, messieurs, que mon client, M. Oliver Oscar Oswald, ne pourra venir à notre réunion. Il ne faut plus l'attendre. Il est décédé !

– Ça alors, décédé, comme ça, subitement !

Il y avait dans le ton de Charles une irritation tout à fait déplacée. On lui aurait annoncé que Triple Zéro était parti à la chasse en le plantant là que sa réaction n'eût pas été différente.

– Comment diable est-ce arrivé ? demanda Castel-Brajac, visiblement ému.

– J'ai cru comprendre que M. Oswald est tombé par une fenêtre, messieurs, en tenue de nuit ; on l'a trouvé ce matin.

– Tombé par la fenêtre, c'est bien de lui...

Gustave se leva.

– Nous n'avons donc plus rien à faire ici, maître.

Sur le trottoir, Gustave insista pour se rendre tout de suite chez Oswald afin de présenter ses condoléances.

– Vas-y si tu veux, moi je n'y vais pas... ah ! ah ! ah ! tombé par la fenêtre, en chemise de nuit, tu te rends compte, belle fin, non, pour un qui se voulait distingué... Il a raté sa sortie Triple Zéro, hop, par la fenêtre comme un paquet de linge sale.

– Charles ! Tiens toi, boun Diou, tu manques à la charité. C'était un homme, Oswald, il te l'a prouvé et puis on ne rit pas d'un mort ; ton hilarité est plus indécente que ton ingratitude.

– L'ingratitude est une preuve d'indépendance, Gus, et je ne vais pas m'apitoyer sur cette mort ridicule d'un parvenu...

– Sais-tu, macadiou, comment tu finiras toi, mon bon ?

— On l'a peut-être poussé, suggéra Charles avec un sourire narquois... Il n'avait pas que des amis... comme nous !

— A part toi, je ne vois personne capable de le faire. Comme dit Sherlock Holmes : « Cherchez à qui profite le crime. »

— C'est un fait que cette mort m'arrange rudement. Tous les projets imposés par Oswald tombent à l'eau, comme lui de la fenêtre, pft...

— Tu sembles oublier que je suis partie prenante. Omer est mon gendre et l'héritier de son père, rien n'est changé, Charles... et maintenant je sais ce que je sais.

— Et alors, tu ne vas pas reprendre à ton compte l'odieux chantage auquel j'ai dû céder hier soir, non ? Tu es avec moi dans cette affaire !

— C'est là que tu te trompes, mon bon. Je suis pour la justice, moi, pas pour les faussaires. La société prévue par Oswald verra le jour, que ça te plaise ou non !

— Bon, bon, nous verrons ça à mon retour de Paris où l'on m'attend pour régler la succession de Gratianne. Je te laisse ma voiture pour... ta visite de condoléances. D'ailleurs, tu peux en disposer pendant mon absence, il n'est pas bon que le mécanicien soit inactif.

— Mais Marie-Gabrielle ne va pas en être privée ? demanda, avec un rien de malice, Gustave, qui n'ignorait rien des arrangements passés entre son ami et la discrète Suissesse.

— Elle vient avec moi en Europe... Je n'aime pas voyager seul.

— Eh bien ! bon voyage... Tiens-toi loin des fenêtres ouvertes sur la nuit, il pourrait venir à l'idée du Grand Juge de te punir de tes méchancetés.

— Mon cher, les Vigors meurent chez eux, dignement, ou sur les champs de bataille, en frac ou en armure, pas en plein air, les fesses au vent.

— C'est la grâce que je te souhaite.

Charles de Vigors haussa les épaules et s'en fut d'un pas alerte vers sa banque de la rue Bourbon. Il exultait comme un homme qui vient de bénéficier d'un coup de chance et auquel une force occulte et bienveillante vient de donner opportunément son appui. Était-ce le Démon ou le Diable ? M. de Vigors, chez qui sommeillait un docteur Faust, ne se posa pas la question. Le fait d'être débarrassé d'Oswald l'emportait sur toute autre considération.

Les hommes sont ainsi faits que deux semaines après les somptueuses funérailles d'Oliver Oscar Oswald, plus personne parmi les invités à la pendaison de crémaillère ne pensait encore au vieux *carpetbagger*.

La Nouvelle-Orléans se préparait aux réjouissances de carnaval qui, en cette année 1909, furent des plus réussies et atteignirent leur point culminant quand le président des États-Unis, M. William Howard Taft, vint honorer de sa présence un banquet de quatre cents personnes. Pendant que le chef de l'État était fêté à La Nouvelle-Orléans, son prédécesseur, M. Theodore Roosevelt, qui trouvait maintenant que son dauphin négligeait avec ingratitude les principes qu'il lui avait inculqués, présidait à Hampton Roads (Virginie) la plus grande revue navale de l'histoire des États-Unis. Cette manifestation clôturait la croisière autour du monde de la Great White Fleet, commencée deux ans plus tôt et qui avait permis à la marine de l'Union de faire admirer sa puissance, de l'Australie à l'Europe. Cet événement ne réussit cependant pas à détourner les Orléanais de leurs parades et de leurs bals. Quand M. Taft annonça son intention de revenir visiter « la cité en forme de croissant », au mois d'octobre, afin d'étudier sur place, avec des experts, les possibilités d'aménagement du bassin hydrographique du Mississippi, tout en se réservant des moments de loisir pour jouer au golf, les Louisianais ne furent pas éloignés de prétendre que La Nouvelle-Orléans allait devenir le nombril de l'Union.

En revanche, l'apparition dans les rues de la ville des premières Ford T, que la Ford Motor Company de Detroit vendait 850 dollars, ne les troubla pas. L'automobile, admise dans la cité, n'étonnait plus et les entreprises remplaçaient peu à peu les lourds chariots hippomobiles par des camionnettes tressautantes. Les deux compagnies de téléphone People et Cumberland se développaient et leurs câbles tissaient des réseaux au-dessus des trottoirs. Dans les centraux, des demoiselles remplaçaient les garçons auxquels les abonnés avaient reproché de déserter trop souvent leur poste, surtout en saison chaude. Les « Hello boys », maintenant contraints de grimper aux poteaux pour tendre les câbles, étaient devenus aussi familiers aux citadins que la marchande de pralines, le vitrier, le ramoneur ou le policeman. La municipalité, qui avait fait un effort financier considérable pour développer la distribution d'eau et construire des égouts, améliorait également les chaussées et s'efforçait de contrôler l'expansion de la ville. Le jour paraissait proche où la cité se confondrait avec ses banlieues. Les visiteurs et les hommes d'affaires venus des États du Nord reconnaissaient enfin que La Nouvelle-Orléans était devenue une vraie métropole et que la Louisiane se mettait à l'unisson du modernisme dont les gens de New York ou de Chicago s'étaient faits les champions.

Si l'on travaillait davantage dans les bureaux et les ateliers en essayant de vaincre cette « indolence sudiste » si souvent reprochée aux Louisianais par les gens du Nord et dont le climat subtropical était en partie responsable ; si les universités et les instituts techniques formaient de plus en plus de juristes, de gestionnaires et d'ingénieurs, on enregistrait cependant une régression qui inquiétait M. de Castel-Brajac. La langue française cédait le pas à l'anglais, dont il était désormais impossible de se passer. En 1900, soixante mille Louisianais ignoraient encore la langue de Shakespeare, mais en dix années, ils avaient été contraints de l'apprendre. L'enseignement étant dispensé en anglais, les jeunes générations, qui voyaient le français réduit à la condition de langue étrangère, relativement privilégiée par rapport à l'espagnol et à l'allemand, en abandonnaient l'usage. D'autant plus volontiers que certains maîtres n'hésitaient pas à infliger des châtiments corporels aux élèves qui s'obstinaient à parler français.

L'industrialisation, les activités pétrolières, les rapports d'affaires ou administratifs exigeaient l'emploi de l'anglais et, en politique, parler français ou même avoir l'accent français constituait maintenant un handicap. Certes, chez les créoles de la bonne société, descendants des familles françaises de vieille souche, on continuait entre soi à user de la langue des ancêtres à laquelle on vouait un attachement culturel et sentimental, mais si les rejetons de ces dynasties faisaient encore leur « tour d'Europe », ils allaient plus souvent étudier à Oxford et à Cambridge qu'à Paris. Pour continuer à tenir son rôle de classe dominante, cette élite s'anglicisait. Le français devenait à La Nouvelle-Orléans une langue de salon. Un seul quotidien paraissant en français, *L'Abeille*, et la revue littéraire *L'Athénée louisianais*, ainsi qu'une demi-douzaine de publications sur les arts et les spectacles, s'efforçaient de maintenir une tradition linguistique qui s'étiolait.

Dans le pays cajun, au bord des bayous et dans les villages, l'anglais s'imposait de plus en plus par l'école et par le commerce, sous la menace d'un isolement stérilisant. Déjà dans ces zones rurales, les francophones passaient pour attardés. Si, à La Nouvelle-Orléans, le pur français restait l'apanage d'une élite cultivée, dans les campagnes, le vieux français parlé par les petits cultivateurs, les trappeurs et les crevettiers faisait figure de langue des pauvres. On pouvait prévoir que, bientôt, l'usage du vocabulaire hérité des ancêtres venus d'Acadie après le « Grand Dérangement » serait considéré comme une tare. Déjà, dans certaines paroisses, seule l'homélie dominicale des vieux curés permettait aux Cajuns d'entendre publiquement prononcés des mots que leurs enfants se dispensaient d'apprendre.

Le français perdait son importance de langue véhiculaire et les journalistes anglophones commençaient à le considérer, dans leurs comptes rendus des innombrables fêtes locales organisées par les Acadiens, comme élément d'un folklore attendrissant.

M. de Castel-Brajac qui, à l'exemple de beaucoup de francophones, continuait à appeler « Américains » ceux qui ne s'exprimaient qu'en anglais, trouvait une vague consolation dans l'attachement qu'Osmond manifestait pour la langue, la littérature et les traditions françaises.

Lors de la distribution des prix, en 1909, au collège de l'Immaculée-Conception, à laquelle le Gascon, sa femme et Mme de Vigors assistèrent pour la première fois, il se réjouit en voyant décerner à son ancien élève la médaille d'or pour la meilleure narration française et la médaille récompensant la meilleure composition latine. Osmond remporta encore cette année-là le prix d'excellence de la section des Belles Lettres et, à l'étonnement général, le deuxième prix de mathématiques, Bob Meyer enlevant le premier et Dan Foxley, que les sciences attiraient davantage, se taillant un beau succès avec une médaille d'or en physique et chimie. Pour ces garçons qui, selon l'expression de M. Castel-Brajac, commençaient à « avoir des poils au menton », l'entrée en rhétorique constituait un nouveau pas hors du monde insouciant de la prime adolescence. Par sa taille de un mètre soixante-quinze aussi bien que par sa maturité affirmée, Osmond dominait physiquement et intellectuellement ses condisciples et en imposait.

Les jésuites, constatant son peu de piété, avaient renoncé à attirer dans les filets de la Compagnie ce beau garçon aux façons distantes, au sourire énigmatique et qui, sans affectation, se montrait parfaitement indifférent à toutes les activités facultatives auxquelles s'adonnaient, avec plus ou moins d'enthousiasme et de sincérité, la plupart des collégiens. Si Osmond s'était montré plus sociable, plus bavard, plus entreprenant, les bons pères, qui se méfiaient des esprits indépendants, eussent redouté son influence sur les autres élèves, mais le petit-fils de l'ancien sénateur, studieux et d'une docilité confiante vis-à-vis de ses maîtres, ne se livrait à aucun prosélytisme. Le jour où le professeur principal de Belles Lettres expliqua au préfet des études « qu'il y avait la classe et Vigors » comme s'il s'agissait de deux entités juxtaposées qu'on ne pouvait confondre, il définit assez bien le comportement d'Osmond vis-à-vis des autres et d'une institution qui se voulait un moule à gentlemen. L'opinion générale des professeurs était que M. Osmond de Vigors, à qui on ne pouvait rien reprocher et que l'on considérait comme l'un des esprits les plus brillants du collège, restait imperméable à toutes les influences. Seuls Dan Foxley et Bob Meyer, ses deux amis, devaient avoir une idée réelle de cette personnalité hors du commun, mais leur discrétion décourageait toutes les curiosités, car ils s'étonnaient que l'on puisse trouver du mystère là où ils ne voyaient que franchise et limpidité.

Cette année-là, pendant les vacances d'été, les trois garçons allèrent chasser dans le Tennessee avec M. Foxley et revinrent à Bagatelle bronzés et endurcis comme des trappeurs.

Il semblait admis par tous les membres de la bande, sans que personne fît jamais allusion à un avenir dont la proximité n'était pas évaluable, que Dan Foxley se fiancerait un jour ou l'autre à Alix de Vigors et que Bob Meyer épouserait Otis. Les deux amies auraient pu aisément figurer comme prototype de la jeune Américaine sudiste. Gaies, saines et délurées, sportives, bonnes danseuses, à l'aise en société, réservées sans être prudes et très capables de remettre en place sans se troubler quiconque leur eût manqué de respect, elles illustraient assez bien l'intelligente éducation dispensée par les dames du Sacré-Cœur de Grand Coteau. Filles d'une Amérique puissante et prospère, héritières d'une société dont les fondations paraissaient inébranlables et que rien ne menaçait, elles pouvaient envisager leur future vie de femme avec une confiance candide. Elles se marieraient avec les garçons qu'elles aimaient, auraient des enfants, de grandes maisons blanches pleines de domestiques noirs, donneraient des réceptions, des barbecues, voyageraient au-delà des mers avec leur époux, enverraient leurs filles à Grand Coteau et leurs fils chez les jésuites, deviendraient d'admirables grand-mères, s'occuperaient des œuvres de la paroisse et quitteraient la vie chrétiennement comme elles y étaient entrées. L'ambition, le carriérisme, la politique, la notoriété étant les affaires des hommes, elles ne s'en souciaient guère. Leur vocation était celle du bonheur selon les goûts sudistes.

Lorna paraissait bien différente de ses deux amies. Si aucun des membres de la bande devenue, par commodité d'appellation, le club des bagatelliens ou, dans le langage tribal, le Baga-Club, ne l'associait plus à Osmond en tant que girl-friend, tous étaient conscients et respectueux des liens privilégiés noués dans l'enfance entre ces deux êtres.

Il n'était pas certain que Lorna soit la plus belle, comme l'affirmait toujours Alix, et le berger Pâris eût plutôt décerné la pomme d'or d'Eris à cette dernière, dont la blondeur et la grâce répondaient davantage aux canons actuels de la beauté. Grande et brune, de teint coloré, un peu trop charpentée pour pouvoir, comme Otis Foxley, montrer des épaules rondes, Lorna irradiait cependant un charme constant, une force aimable et rassurante. On lui reconnaissait une ressemblance avec sa mère, Augustine, mais M. de Castel-Brajac, dont l'acuité visuelle n'était jamais en défaut, distinguait parfois chez sa petite-fille sinon des traits précis, au moins sous certains angles, à la faveur d'un éclairage particulier, d'une exaltation, d'une mimique ou d'une attitude fugitive, des « airs Vigors » dont il savait l'origine. Charles, qui ne faisait jamais allusion au passé, ne semblait pas s'en être aperçu, mais le Gascon s'inquiétait quand Gloria, ignorante des aléas de la consanguinité, même atténuée, imaginait la possibilité d'une union entre Osmond et sa petite-fille préférée.

La coiffure de Lorna figurait au nombre des sujets de plaisanterie les plus fréquemment exploités par les garçons du club. Elle avait une façon personnelle et désinvolte de partager sa chevelure par une raie médiane et de rouler ses cheveux en boudins sur les côtés de sa tête jusqu'à la nuque, dégageant ainsi ses oreilles au contraire des autres jeunes filles qui les cachaient. Toujours, quelques mèches folles s'échappaient des rouleaux rarement symétriques. Son regard profond, couleur de café, ses sourcils fournis qu'elle se souciait peu d'épiler, sa bouche large aux lèvres charnues et ourlées donnaient à sa physionomie une ampleur saine et énergique, qu'on retrouvait dans le buste haut et ferme.

Ceux qui avaient admiré sa puissance et sa vélocité sur le court de tennis savaient qu'elle possédait de longues jambes et des cuisses musclées, car, dans l'ardeur des échanges, Lorna ne s'inquiétait guère des retroussis de sa jupe. Ses mains, grandes et fortes, encore que parfaitement proportionnées, lui valaient d'être sollicitée chaque fois qu'il s'agissait de dévisser un couvercle de bocal récalcitrant ou d'extraire un bouchon vicieux au cours d'un pique-nique. Le fait qu'elle ne craigne pas, comme la plupart des filles, de froisser sa robe en s'asseyant sur un tronc coupé ou d'érafler ses talons en marchant sur un mauvais chemin lui valait de la part des garçons une considération particulière. Cavalière intrépide, elle était de toutes les chevauchées, sautant les haies et les barrières, passant les rivières à gué, comme une écuyère du Far West, sans tenir compte de l'éboulement de sa coiffure ou des mailles filées de ses bas.

Osmond restait son chevalier servant, un peu par habitude mais aussi parce qu'il partageait avec Lorna le goût de l'indépendance et une inaptitude aux complaisantes mièvreries. Leur bonne entente était évidente, leur complicité manifeste, mais on ne pouvait les imaginer flirtant au clair de lune comme Bob et Otis, ou roucoulant main dans la main comme Fox et Alix.

Tête à tête, ils avaient des discussions animées sur leurs études ou des sujets d'actualité. Lorna, infatigable questionneuse, consciente des lacunes de son instruction conformiste, attendait de son ami la confirmation ou la critique de ses idées et des éclaircissements en matière d'art et de littérature.

Il lui était arrivé, quelques années plus tôt, de faire des projets enfantins assez semblables à ceux d'Alix, mais elle s'en était écartée avec réalisme. Osmond ne lui avait jamais parlé d'amour et il y avait bien peu de chances qu'il le fasse jamais. Cependant, au plus profond de sa pensée, elle savait depuis l'âge des nattes et des culottes courtes qu'il resterait celui qu'elle aimait. Cette certitude, loin de la rendre mélancolique, lui donnait l'assurance secrète et quasi religieuse que cet engagement unilatéral pouvait emplir sa vie. La solitude sentimentale ne l'effrayait pas, puisqu'elle la justifiait avec lucidité en se défendant d'entretenir une espérance que les silences d'Osmond avaient fait se dissoudre comme une perle dans l'acide.

Un West-Pointer[1], fils d'un client de son père, l'avait demandée en mariage. Elle était la première jeune fille du club à qui cet honneur venait d'échoir. Clarence et Augustine, assez flattés, car le prétendant appartenait à une famille estimable et fortunée, avaient transmis cette proposition qui, pour être un peu prématurée, n'en paraissait pas moins acceptable. Ils avaient été

1. Élève officier de l'école militaire de West Point.

bien étonnés d'entendre leur fille répondre qu'elle souhaitait rester célibataire et adopter une profession comme un homme.

Prise au dépourvu et pour satisfaire la curiosité de son père, Lorna avait déclaré qu'elle espérait devenir entomologiste tout simplement parce que sa lecture du moment était *Les Souvenirs entomologiques* de Jean-Henri Fabre.

Les vacances approchaient de leur terme quand Osmond, son partenaire en double-mixte dans le premier tournoi de tennis du Baga-Club, l'invita un après-midi à l'accompagner aux Trois-Chênes.

Sur le court de Bagatelle, récemment construit par des spécialistes venus de New York – c'était un cadeau d'oncle Gus – Alix et Dan affrontaient Silas et Otis Foxley en demi-finale. Qualifiés pour la finale du lendemain, Lorna et Osmond se trouvaient libres de leurs mouvements.

Bob Meyer, coiffé d'un vieux panama, arbitrait le match en cours avec le sérieux d'un juge de la coupe Davis. Il vit ses amis s'éloigner puis disparaître sous les chênes de l'allée. L'idée lui vint qu'il pouvait s'agir d'un tendre entretien et il en fut content, car l'indifférence d'Osmond vis-à-vis des jeunes filles et de Lorna en particulier lui semblait sinon coupable, du moins insolite.

Lorna, avec sa jupe blanche à mi-mollet, ses bas clairs, son sweater de coton et le bandeau de soie jaune qui retenait ses cheveux, lui paraissait ce jour-là diablement séduisante. Les spectateurs, tous des parents ou des amis, avaient même pu constater, au moment où Mlle Barthew se détendait pour rattraper les balles basses, qu'elle portait sous sa jupe réglementaire un coquin pantalon à volants de dentelles.

Osmond, en tenue blanche, ne manquait pas non plus d'allure et les deux amis allant du même pas élastique, à enjambées égales, formaient un couple parfait. Tout en évaluant leurs chances de remporter le tournoi, doté par Castel-Brajac d'une coupe d'argent où seraient gravés les noms des vainqueurs, ils gravirent le tertre.

– Si nos adversaires en finale sont Silas et Otis, la partie sera chaude, ma belle. Nous devrons nous employer à fond. Les services de ton frère sont terribles.

– Il faudra le faire courir, crois-moi, si nous jouons assez tôt après le breakfast, il sera lourd. C'est fou ce qu'il peut engloutir au premier repas.

Quand ils se retrouvèrent à l'ombre des chênes, Lorna s'allongea sans façon sur la pierre tombale de Virginie couverte de tampons de mousse. Osmond s'assit sur le tombeau de Dandrige et justifia aussitôt ce tête-à-tête.

– J'ai besoin de ton avis pour une affaire... de sentiments.

Lorna se mit à mâchonner un brin d'herbe sans montrer de curiosité excessive.

– Oui, il s'agit d'un projet de mariage que je voudrais voir réaliser, que je crois réalisable.

– Un projet de mariage ? s'exclama la jeune fille, troublée par une soudaine illusion qu'elle ne pouvait ni développer ni refréner.

– Oui, je voudrais savoir s'il te paraît concevable que je puisse me mêler d'une affaire aussi intime.

Osmond avait toujours une façon si personnelle de présenter les choses que Lorna faillit s'abandonner au fol espoir d'une déclaration qu'elle n'attendait plus. Elle se redressa, se tourna face au garçon et sentit sous son coude le grain dur de la pierre.

— Eh bien ! Continue, tu me fais languir.

— Je t'ai dit qu'au cours du voyage que je fis à Cuba, il y a bientôt un an, avec mon grand-père, j'ai rencontré le docteur Dubard. J'ai eu avec lui une conversation confiante qui m'a appris que Faustin était amoureux de ma mère, qu'il avait pensé à l'épouser, mais que, pris de l'idée stupide qu'elle pourrait l'accepter par pitié, il s'était enfui à Santiago. Tout ça à cause de la blessure qui l'a défiguré.

Lorna sut brusquement qu'elle n'était pas en cause. Elle sentit le flux tiède qui l'avait envahie un instant plus tôt se retirer. Elle s'étendit à nouveau sur le tombeau, les bras le long du corps dans la position des gisants de pierre. A travers le feuillage des chênes, elle voyait le ciel vide et bleu et les phrases prononcées par Osmond semblaient venir de loin, de très loin, de la forêt ou du fleuve.

— Tu m'écoutes ?

— Oui, bien sûr.

— Donc quand maman a reçu cette lettre de Cuba, il y a deux jours, j'ai compris que Faustin Dubard s'était enfin décidé à lui écrire. Le soir, elle n'est pas descendue dîner et je suis allé la voir dans sa chambre. Elle avait pleuré. J'ai voulu savoir la raison de ce chagrin. Elle m'a dit qu'elle pleurait sans cause précise, que sa vie lui semblait vide maintenant que nous étions tous loin de Bagatelle pendant une grande partie de l'année. Enfin, je n'ai rien pu en tirer. Le lendemain, c'est-à-dire hier, elle m'a dit que le docteur Dubard la priait de me transmettre des amitiés. Je suis certain que cet imbécile n'a pas encore formulé la demande qu'elle attend. A mon avis, elle pleurait de dépit. Qu'est-ce que tu en penses, Lorna ?

La jeune fille fit effort pour répondre.

— Le dépit peut causer du chagrin.

— Ah ! N'est-ce pas, c'est ton avis. Une femme qui a toutes raisons de croire qu'un homme a, pour elle, des sentiments nobles et forts peut souffrir s'il ne les exprime pas, s'il ne lui propose pas de les concrétiser par une union. C'est bien ça ?

— Oui, je crois, c'est bien ça. Une femme qui aime et espère être aimée souffre... certainement... de... des... atermoiements... du manque d'initiative de l'autre.

— Surtout quand on a l'âge de maman. La vie va vite. Regarde Lorna, nous jouions encore à chat perché sur ces tombeaux, il n'y a pas si longtemps. Il me semble que c'était hier et maintenant me voilà bientôt au bout de mes études et toi on t'a déjà demandée en mariage !

— Oui, la vie va vite, Osmond. Autrefois, les jours me paraissaient longs, les semaines incommensurables. Nous disions : « quand nous serons grands, nous ferons ceci ou cela » et nous voilà grands. Je voudrais être comme Peter Pan, ne pas vieillir.

Osmond ne remarqua pas le ton chagrin de son amie.

— Bon, et penses-tu que si j'écrivais, moi, à Dubard pour l'inciter à se manifester clairement en sachant que sa demande sera bien reçue, je commettrais une indiscrétion coupable ?

– Je ne crois pas. Ce serait plutôt bien de ta part. Aider les autres à faire leur bonheur est une bonne action, même au prix d'une indiscrétion qui ne peut choquer que les puritains.

– Eh bien ! Je vais écrire ce soir même à Santiago et nous marierons ma mère cet hiver.

La voix d'Osmond était maintenant joyeuse. Il se leva, se pencha sur Lorna et lui posa sur le front un baiser sonore.

– Sais-tu qu'allongée sur ce tombeau, tu ressembles à une princesse médiévale... en plus frais ?

Lorna se mit sur pied, épousseta sa jupe et serra son bandeau sur ses cheveux.

– Les princesses des gisants ont des jupes plus longues, tu ne crois pas ?

– Mais elles n'ont pas d'aussi jolies jambes, ma belle... Tu n'as pas vu comment te lorgnait ce vieux libidineux de juge Clavy quand nous jouions ?

Après l'entretien sérieux qu'ils venaient d'avoir, les deux amis retrouvaient tout naturellement le ton libre et familier qui était celui de leurs relations. Osmond paraissait satisfait et Lorna, prête à se morigéner pour avoir un instant succombé à l'enchantement trompeur de ses vieux rêves, était rassérénée.

Ils dévalèrent en courant le tertre aux trois chênes et reprirent le chemin de Bagatelle.

– Pourquoi m'as-tu parlé à moi de cette affaire si délicate ? Tu aurais pu te confier à l'oncle Gus.

– Je me suis confié à toi, Lorna, parce que tu es une femme et que mieux que quiconque tu me connais et peux me comprendre.

– Oui, je te comprends. Et toujours, je te comprendrai mieux que les autres. Tu sais que je suis ton amie.

– Tu n'es pas mon amie, Lorna, tu es mon meilleur ami, ce n'est pas la même chose, c'est autrement plus fort et plus profond.

Le lendemain, ils gagnèrent le tournoi. Leurs noms liés par un trait d'union furent gravés plus tard sur le socle du trophée.

II

Un après-midi de février 1910, M. Gustave de Castel-Brajac dut se résoudre à admettre qu'il ne pouvait plus, sans risquer de se rompre les os, grimper aux échelles de son observatoire. Cette constatation le mit de méchante humeur jusqu'au dîner. A soixante-huit ans, le Gascon, dont le poids approchait cent quatre-vingts livres et qui, périodiquement, souffrait de crises de goutte, n'entendait pas pour autant renoncer à sa passion. Il affirmait : « L'astronomie devient, dans un monde vaniteux, une science salutaire. Elle incite les humains à la modestie. Notre petitesse et la fugacité de nos existences nous apparaissent plus nettement quand nous les comparons à l'immensité et à la pérennité de l'univers. Quand je compte les anneaux de Saturne ou que j'accroche avec une lunette une étoile dont la lumière met quelques millions d'années à nous parvenir, j'en viens à considérer notre fourmilière dérisoire comme un petit pois lancé dans l'espace sans fin. » Renonçant à sa tour de bois, il convoqua les maçons et, en quarante-huit heures, leur donna les plans d'un petit bâtiment à trois étages qu'ils devraient construire dans une clairière, à une centaine de mètres de la maison. Il fallait que le nouvel observatoire soit prêt à accueillir le télescope moderne, commandé à Paris, dès la mi-mars. Gustave souhaitait en effet se préparer à l'observation de la comète de Halley dont le passage était prévu en avril. Cette comète, à laquelle un astronome anglais du XVIIe siècle avait donné son nom, apparaissait régulièrement tous les soixante-seize ans, et Gustave entendait la saluer pour la première et dernière fois de sa vie. Il regrettait seulement qu'Osmond, retenu par ses études de rhétorique à La Nouvelle-Orléans, ne puisse pas profiter d'un spectacle aussi rare.

Très occupé par son chantier, M. de Castel-Brajac ne prêtait qu'une attention distraite aux nouvelles de la paroisse que commentait Gloria et sortait peu des limites de Castelmore. Au cours de l'hiver, il avait dû cependant se rendre deux fois à Sainte-Marie pour accompagner, à ce qu'il est convenu d'appeler « la dernière demeure », le vieux Tiercelin, pour lequel il n'avait pas grande estime, et Lucie Tampleton, l'infatigable tricoteuse, morte sans un cri, ses aiguilles à la main, dans son fauteuil, comme quelqu'un qui a décidé de filer à l'anglaise pour ne déranger personne. Clotilde et Nancy attribuaient maintenant à la morte toutes les vertus et récupéraient des écheveaux de laine en défaisant des centaines de tricots inachevés, épars dans leur maison.

Dans le même temps qu'il constatait son incapacité à se mouvoir aussi aisément que par le passé, M. de Castel-Brajac, autant pour plaire à sa femme que pour la commodité de ses déplacements, s'était décidé à acquérir une automobile. Conseillé par le chauffeur de Charles de Vigors dont il avait apprécié les services pendant l'absence de son ami, Gustave avait jeté son dévolu sur une Lozier, qui passait pour une automobile américaine de qualité supérieure, avec sa transmission par arbre et son moteur à quatre vitesses.

Pendant une semaine, Gustave et sa femme se querellèrent affectueusement au sujet de la couleur de la carrosserie et de celle des sièges. Mme de Castel-Brajac finit par l'emporter et la Lozier fut livrée par l'usine de Detroit dans une robe de laque grenat et capitonnée de cuir beige. Un chauffeur noir, formé à La Nouvelle-Orléans, fut aussitôt engagé. C'était un garçon jovial et serviable qui, comme tous ses collègues, profitait largement du prestige de sa profession pour s'assurer de faciles conquêtes féminines. Il se nommait Joachim, mais au bout de quelques semaines tout le monde l'appela Joe ainsi que son père, un forgeron d'Algier, l'avait toujours fait. M. de Castel-Brajac qui, les premiers jours, l'accablait de recommandations, s'habitua vite à confier à Joe sa précieuse personne, et la trompe de la Lozier retentit souvent sous les chênes de Bagatelle, où Gloria se rendait plusieurs fois par semaine.

La vieille demeure des Vigors devait être, au mois de mai, le théâtre d'un événement dont seuls les intimes de Stella étaient informés. La veuve de Gratien de Vigors allait se marier avec le docteur Faustin Dubard revenu de Cuba.

Le médecin, auquel Osmond avait écrit une lettre pleine de délicatesse, s'était brusquement décidé à sortir de son isolement volontaire. Un soir de janvier, alors qu'une bourrasque ébouriffait les chênes et que la pluie douchait les toits, Faustin était apparu, enveloppé dans un ample ciré de marin. Bella, la cuisinière, s'était enfuie à toutes jambes dans l'office, croyant avoir affaire à l'un de ces fantômes de noyés qui, affirmait-elle, sortaient du Mississippi ruisselants d'eau, quand les orages donnaient au jour les couleurs de la nuit. En se trouvant face à face avec le médecin, Stella avait cru défaillir. Après un échange embarrassé de banalités, Faustin avait tiré de sa poche une lettre froissée.

– Osmond m'a envoyé ce message. Lisez-le et dites-moi, je vous prie, avec franchise, si je dois accorder crédit à son contenu.

Dominant sa surprise, Mme de Vigors prit connaissance de la lettre. Au fur et à mesure qu'elle lisait les phrases tracées d'une écriture nette, son émotion grandissait. Comment son fils avait-il pu deviner ses pensées les plus secrètes et comment avait-il eu l'audace de les dévoiler. Faustin Dubard, qui l'observait, comprit à un froncement de sourcils l'irritation que pouvait ressentir Stella. Il se demanda s'il avait bien agi en prenant le bateau et en se précipitant à Bagatelle. Le garçon pouvait s'être mépris.

Stella replia la lettre et la lui rendit. Son visage ne reflétait pas la colère, mais l'incrédulité. Peu à peu ses traits se détendirent et un sourire apparut sur ses lèvres.

– C'est presque un ultimatum que voilà. Qu'en pensez-vous, Faustin ?

– Plutôt une invitation... que vous seule pouvez confirmer. Je suis venu pour savoir...

– Ne savez-vous pas depuis longtemps... depuis votre dernière visite dans cette maison ? Mes sentiments n'ont pas changé.

Le médecin quitta son fauteuil et vint près de la cheminée où brûlait un feu de bois.

– Vos sentiments sont-ils tels qu'Osmond a eu l'indiscrétion de me les définir, Stella ?

– Êtes-vous comme saint Thomas ? Faut-il vous montrer les plaies pour que vous croyiez à la réalité des blessures ?

Lentement, Stella se leva, traversa le salon et s'approcha du foyer vers lequel elle tendit les mains en frissonnant. Faustin Dubard se taisait.

A trente-sept ans, la mère d'Osmond conservait la tournure élégante d'une jeune femme. Son port rigide, sa minceur, son teint mat, ses cheveux de jais rassemblés en un lourd chignon torsadé sur la nuque, sa robe de soie gorge-de-pigeon à col blanc empesé lui donnaient l'aspect sévère d'une souveraine en exil. Son doux regard mélancolique de femme résignée n'exprimait que la lassitude. Peu sensuelle et dénuée d'artifice, elle n'inspirait pas de désir aux hommes, bien que Marie-Virginie, qui l'avait vue nue, l'ai souvent fait rougir en admirant son corps souple miraculeusement épargné par les maternités. « Tu as la peau comme de la soie, et quelle taille ! Vrai, quand tu es vêtue, on n'imagine pas que tu sois aussi bien faite. »

Debout et silencieux devant les bûches crépitantes, Faustin et Stella, retenus par la même pudeur, n'osaient ni l'un ni l'autre exprimer leurs pensées. Leurs silhouettes sombres éclairées de bas en haut par la lueur des flammes composaient un étrange tableau dans le goût de Georges de La Tour : la représentation physique de deux solitudes juxtaposées, indécises, inaptes à se confondre dans un accord cependant tacitement établi.

Le médecin se résolut au premier geste. Il tira de sa poche la lettre d'Osmond et la livra aux flammes qui bleuirent en la dévorant. Quand il ne resta plus du message qu'une cendre moirée, il se tourna vers Stella.

– Imaginons que je n'ai rien reçu, que je ne me suis pas enfui, que nous sommes au lendemain du jour où j'ai connu ici une si douce espérance. Acceptez-vous de m'épouser, Stella ?

Trop bouleversée pour trouver des mots d'acquiescement, Mme de Vigors s'était jetée en pleurant dans les bras de Faustin. Citoyen, entrant à l'improviste pour allumer les lampes, les avait trouvés enlacés et murmurants. Tout l'office fut mis au courant. Aussi, personne à Bagatelle ne s'étonna quelques jours plus tard quand Stella, donnant des ordres pour un grand dîner, annonça officiellement ses fiançailles.

Marie-Virginie, débarquant à l'improviste avec sa fille, battit des mains en apprenant la nouvelle et, dominant ses anciennes répugnances, embrassa Faustin Dubard.

Mme Félix de Castel-Brajac et sa fille, Doris, qui faisait ses premiers pas, arrivaient de Londres où elles habitaient l'hôtel particulier de Belgravia Square que l'éminent professeur avait légué au fils de Gustave. Par les lettres de son amie, Stella savait déjà que celle-ci menait une existence agréable, fréquentait les milieux les plus huppés de la capitale britannique, rencontrait des artistes en renom et des gens de lettres et de théâtre, organisait des réceptions et des cocktails pour son mari dont le nom était connu de tous les esthètes et de tous les amateurs de luxe. Ses usines produisaient des soieries précieuses qui servaient à confectionner des robes, des déshabillés, des écharpes et des tissus d'ameublement très coûteux, que l'on appréciait aussi bien à Paris qu'à Venise, où Félix faisait de fréquents séjours.

Ce mode de vie raffiné, les largesses et la parfaite courtoisie de son mari donnaient à Marie-Virginie une assurance que Stella ne lui connaissait pas. Sa tardive maternité lui apportait un épanouissement distingué. Beauté mûre et sereine, la fille de l'ancien sénateur semblait enfin avoir trouvé le bonheur. Elle tira de ses bagages des robes qu'elle offrit à Stella. La jeune veuve les jugea d'une incroyable audace, tant par leurs coloris que par leur coupe, mais elles mirent en valeur, comme jamais aucune toilette n'avait pu le faire, sa grâce austère et sa carnation d'amérindienne.

– C'est Félix qui les a choisies pour toi. Il sait merveilleusement habiller les femmes et il espère bien que tu feras des envieuses en Louisiane.

Marie-Virginie expliqua qu'elle comptait rester plusieurs mois aux États-Unis, visiter les boutiques que son mari possédait à Boston et à New York et organiser dans ces villes quelques présentations de mode pour les journalistes de la presse féminine.

– Ça ne t'ennuie pas de laisser ton mari aussi longtemps ? demanda Stella.

Cette question déclencha les confidences de Marie-Virginie. Être l'épouse de Félix de Castel-Brajac ne constituait pas une situation banale.

– Vois-tu, ma chérie, quand Félix m'a proposé de m'épouser, afin que Doris ait un nom et que mon imprudence de Greenbriers soit socialement réparée, il fit preuve d'une immense générosité. A cette époque j'étais bêtement amoureuse de lui et j'attendais de ce mariage une félicité que je n'osais plus imaginer. En formulant sa proposition, il m'expliqua qu'il agissait ainsi non seulement dans mon intérêt et celui de l'enfant alors à naître, mais aussi dans le sien. Il lui fallait une femme, ou plutôt une épouse aimable, distinguée et raisonnable. Il entendait par là que sa position lui commandait « dans le monde tel qu'il est » de respecter les normes sociales et mondaines. Je compris qu'il ne s'agissait pas de mariage mais d'association, et cela me fut confirmé quand, au soir de nos noces, il me raccompagna jusqu'au seuil de ma chambre. Depuis, il n'y est jamais entré et quelques semaines plus tard, voyant mon étonnement silencieux, il me confia qu'il n'avait jamais ressenti pour le corps féminin une attirance autre qu'esthétique. Bref, il me déclara sans ambages, mais avec tact, que ses mœurs en ce domaine sont, si je puis dire..., grecques. Tu me comprends, n'est-ce pas ? Félix pratique l'amour au masculin.

Stella, dont la candeur demeurait intacte, parut si étonnée par cette révélation que Marie-Virginie éclata de rire.

– Ma chérie, ces pratiques sont très répandues dans les milieux artistes. Le commerce de ces exilés de Sodome est des plus agréables pour la femme qui admet leur indifférence sexuelle. Ce sont des gens élégants, d'une parfaite courtoisie, pleins d'attention et d'une touchante sensibilité. Aucun des amis de mon mari n'oublie ma fête, et ils couvrent tous Doris de cadeaux. Ils sont d'une autre trempe que les Tiercelin, crois-moi, et que beaucoup de mâles qui se croient irrésistibles.

– Mais enfin, Marie-Virginie, on peut attendre autre chose du mariage... Il y a la tendresse... mais il y a l'amour.

– Ne crois pas, ma douce, que j'en sois privée. Je jouis d'une parfaite liberté. Mon... accord avec Félix prévoit seulement qu'il faut éviter tout scandale. Il est d'une discrétion absolue et moi aussi !

– Tu veux dire que tu peux avoir un amant, que c'est admis entre vous ?

– J'ai déjà eu plusieurs amants, je trouve ça plutôt agréable, le tout est de les choisir avec discernement.

– Mais s'il te venait un autre bébé ?

– Ma chérie, tu n'es guère moderne. Il n'y a que dans nos campagnes que ces choses paraissent irrémédiables.

– Et tu es heureuse ainsi ?

Marie-Virginie retroussa sa robe pour arranger ses jarretières, dévoilant ainsi une jambe gainée de soie et des dessous de dentelle, comme aucune Louisianaise de bonne famille n'aurait osé en porter. Elle laissa retomber son vêtement et parut réfléchir.

– Heureuse ? Qu'est-ce que ça veut dire ? Est-ce dormir toutes les nuits avec le même homme, avoir douze enfants comme toutes les Dubard, mener une existence confinée sans rien connaître de la vie brillante des capitales, s'ennuyer à longueur de mois en voyant toujours les mêmes gens ? Est-ce cela le bonheur, Stella ? Félix m'a fait découvrir une autre forme de plaisir de vivre, un peu scandaleuse, peut-être, si l'on se réfère à nos mœurs étriquées et à la morale des ursulines. Il m'a donné la liberté dans la sécurité et une affection sincère, qui n'est pas soumise aux aléas de l'amour bourgeois. Oui, Stella, je crois que je suis heureuse.

– Mais tu es tenue à une hypocrisie permanente vis-à-vis des autres, car j'imagine que tout le monde ici ignore ta véritable situation.

– Ici, ma chérie, je suis, comme ailleurs, l'épouse comblée de Félix de Castel-Brajac.

– C'est un paravent ?

– Un paravent commode ; tu es la seule à le savoir.

Pendant les semaines qui suivirent, Marie-Virginie fit de nombreuses visites dans la paroisse, présentant sa fille, agaçant toutes les femmes par son élégance et sa gaieté, ravissant son père et sa mère qui, séparément, répétaient à satiété que leur fille avait enfin trouvé le bonheur qu'elle méritait et que Félix de Castel-Brajac faisait honneur à cette lignée de l'aristocratie franco-américaine dont Gustave était le chef.

Même ce dernier accepta d'être trompé tant Gloria, qui n'avait jamais rien soupçonné des mœurs de son fils, se montrait fière de sa bru et de cette petite-fille, sauvée, comme autrefois Augustine, de la déshonorante position d'enfant naturel.

– Dieu veut-il, Gustave, qu'à chaque génération les Castel-Brajac donnent ainsi la preuve de leur générosité, de leur noblesse de sentiments et de leur grandeur d'âme.

– Laissez Dieu où il est, Gloria. Il n'a rien à voir dans ces histoires. Il se peut que les Castel-Brajac aient vocation d'endosser les enfants des autres, bien que les cas ne soient pas comparables.

– Mais enfin, Gustave, Félix vous ressemble..., sa conduite le prouve.

– Il me ressemble, ma bonne, comme votre chatte ressemble à un tigre.

– Je ne vois pas ce que vous voulez dire.

– Je veux dire qu'ils ont tous deux... des moustaches !

Par un après-midi ensoleillé, alors que la fille de Bella, embauchée comme nurse par Marie-Virginie, surveillait Doris jouant sur la pelouse, un cavalier remonta au trot l'allée de chênes et vint s'immobiliser devant l'enfant. C'était un homme sec à la peau grise. Il portait à la manche de son veston un brassard de deuil. La fille de Bella reconnut tout de suite Amédée Tiercelin. Bien qu'étonnée de le voir à Bagatelle où il n'avait pas remis les pieds depuis des années, la jeune Noire le salua aimablement.

– Cette enfant, à qui est-elle ?

– C'est Doris, m'sieur, la fille de m'ame Marie-Virginie.

– C'est une enfant... adoptée ?

– Adoptée ?

– Je veux dire, c'est une enfant qu'elle a mise au monde... elle-même ?

– Ben, ben sûr, m'ame Virginie elle a marié le fils de m'sieur Bajac, m'sieur, tout le monde sait qu'ils ont un bébé.

Doris, assise jambes écartées, regardait ce cavalier qui lui paraissait monstrueusement grand ; loin d'être effrayée, elle agitait ses petites mains dodues avec une grâce un peu gauche.

– C'est vrai qu'elle ressemble à sa mère, conclut Tiercelin.

– Oh ! oui, beaucoup, m'sieur.

En entendant des pas sur le plancher sonore de la galerie, Amédée fit pivoter son cheval et reprit au trot la direction du portail.

– Qui était-ce ? s'enquit Stella qui attendait, comme chaque après-midi, l'arrivée de Faustin.

– C'était m'sieur Tiercelin, m'ame. Il a juste regardé Doris et puis il est parti.

– Grand bien lui fasse ! commenta Stella.

Ellc portait cc jour-là une des robes offertes par Marie-Virginie, et la nurse lui fit compliment de sa toilette.

– Z'êtes rudement belle, m'ame... On est tous bien heureux de vous voir contente.

Stella sourit, caressa la tête frisée de la jeune Noire et se dirigea vers la maison.

A quelques jours de là, Bagatelle reçut une autre visite insolite. C'était une jeune femme blonde à l'allure décidée. Elle descendit d'un cabriolet qu'elle conduisait elle-même et vint tirer sous la galerie la clochette de la porte d'entrée.

Quand on annonça à Marie-Virginie et à Stella, occupées à dresser la liste des invités au mariage, que Mme Amédée Tiercelin désirait voir Mme de Castel-Brajac, la femme de Félix eut du mal à dominer sa surprise. Stella fit mine de s'éclipser pour laisser la visiteuse tête à tête avec Marie-Virginie, mais cette dernière la pria d'assister à un entretien dont elle ne pouvait imaginer l'objet.

La nouvelle venue était plutôt jolie. Elle s'exprimait en anglais avec l'accent du Nord. Après avoir présenté des excuses pour la façon dont elle s'imposait sans s'être annoncée, elle accepta un siège et aborda immédiatement le sujet qui lui tenait à cœur.

– Je crains que ma démarche ne vous paraisse fort déplacée, madame, mais je me trouve aujourd'hui dans la situation qui fut la vôtre autrefois. Mon mari, M. Amédée Tiercelin, vient d'introduire une action en divorce, car il me reproche ma stérilité. Or j'ai appris que, de la nouvelle union que vous avez contractée avec M. Félix de Castel-Brajac, est né un enfant, une petite-fille, je crois.

– C'est exact, madame.

– M. Tiercelin a tout d'abord avancé que vous aviez adopté cette enfant, mais il s'est rendu compte en la voyant, car il a eu l'indiscrétion de venir jusqu'ici pour questionner la nurse, que cette enfant est bien de votre sang. Il y a d'après M. Tiercelin des ressemblances qui ne trompent pas.

– C'est bien moi, madame, qui ai mis Doris au monde et personne d'autre, répliqua Marie-Virginie avec un peu d'humeur.

– Je n'en doute pas, madame, et si j'en doutais je ne serais pas là, car ma délicate requête serait inutile.

– Quelle requête ?

– Eh bien, je souhaite votre témoignage lors de mon procès de divorce, car, voyez-vous, je n'entends pas me laisser répudier sans dédommagements. Si je ne puis prouver que la stérilité qu'on me reproche n'est pas mon fait, je puis amener les magistrats à considérer qu'elle n'était certes pas le vôtre..., même si cela est très désobligeant pour votre ex-mari.

– Ce que vous me demandez là est une intervention bien difficile à concevoir, car je porte un nom connu et estimé. Je ne peux pas prendre de décision avant d'avoir consulté mon mari sur l'opportunité d'un tel témoignage.

– Mais vous-même, madame, y seriez-vous disposée ?

– Je suis assez moderne pour négliger certains préjugés et apporter à une personne maltraitée par un butor l'aide qu'elle demande. Je vais écrire à mon mari. Où puis-je vous faire connaître sa réponse et ma décision ?

– Je me rends à Boston chez mes parents où j'attendrai que vienne mon procès, voici mon adresse.

Marie-Virginie posa sur un guéridon le bristol remis par la visiteuse, qui prit aussitôt congé.

– Eh bien, le cher Amédée, le mâle reproducteur frustré, va être la risée de la paroisse surtout quand, dans un an d'ici, cette charmante personne mettra au monde l'enfant que lui aura fait son prochain mari..., car, mignonne comme elle est, on ne la laissera pas vieillir entre ses parents.

– Il me paraît tout de même impossible, remarqua Stella, que tu sois mêlée à un tel procès.

– Ma chère, les lois sont faites pour les hommes contre les femmes. Je ne serais pas mécontente, pour être fidèle à mes principes féministes, d'aider à démontrer que la stérilité n'est pas uniquement le fait des épouses.

Le second mariage de Stella ne prit pas les proportions mondaines de ses premières noces avec Gratien de Vigors. Un dîner réunissant les bagatelliens succéda à la bénédiction nuptiale que le curé de Sainte-Marie vint donner à la plantation, dans un salon transformé pour la circonstance en chapelle. Gustave de Castel-Brajac et Omer Oswald étaient les témoins du docteur Dubard. Marie-Virginie et Clarence Barthew, ceux de Stella. Aucun des enfants Vigors, Barthew et Oswald n'assistaient à cette cérémonie. On avait jugé de meilleur ton de les laisser dans leur collège et leur pension. Pendant que le prêtre bénissait les anneaux, Stella ne pouvait sans émotion penser à l'alliance qu'elle avait retirée de son doigt quelques semaines auparavant et rangée dans un coffret contenant des souvenirs de son premier mari. Elle était heureuse, certes, d'épouser Faustin, d'apporter à cet homme estimable un foyer confortable et accueillant, de lui offrir une tendresse depuis trop longtemps inemployée, de retrouver le charme des partages, d'exorciser les fantômes de sa longue solitude, mais sa joie restait grave, retenue. Quand Marie-Virginie lui avait fait ôter le portrait de Gratien qui ne figurait plus que dans un pêle-mêle au milieu des photographies des enfants et d'autres membres vivants ou disparus de la famille, elle avait pleuré en murmurant :

– C'est comme s'il mourait une seconde fois.

En la brutalisant un peu, Marie-Virginie s'était attachée à lui prouver qu'elle ne dérogeait pas en se remariant avec un homme aussi cruellement éprouvé que le docteur Dubard.

– Tu dois aussi penser à être un peu heureuse, Stella. La vie te doit des compensations après ce que tu as subi, après que tu as, seule, élevé ton fils et tes filles. Il y a plusieurs sortes de bonheur. En acceptant celui que te propose Faustin, tu ne renies pas celui que t'avait apporté Gratien. C'est une autre vie qui, pour toi, commence. Sèche tes larmes et souris-lui.

Quand Stella avait annoncé à Osmond la conséquence espérée d'une indiscrétion qu'elle lui pardonnait, le garçon avait tenu à sa mère à peu près le même langage que Marie-Virginie. Gustave de Castel-Brajac, de son côté, s'était réjoui sans arrière-pensée.

– La vie, Stella, offre parfois de bonnes choses..., mais elle ne repasse jamais les plats ! Il faut se servir quand elle vous les présente, sinon nous restons avec nos fringales à attendre un dessert qui ne viendra pas. Je m'en irai plus tranquille pour toi et pour Osmond en te sachant mariée avec un homme brave et scrupuleux. Il sera un peu mon gendre comme tu es un peu ma fille.

Charles de Vigors, tout en acceptant sans difficulté le remariage de sa bru, puisque cela semblait satisfaire Osmond, se préoccupa néanmoins de faire établir un contrat protégeant les droits des enfants Vigors. Marie-Gabrielle, toujours pratique et prévoyante, avait attiré son attention sur le fait qu'une femme de l'âge et ayant la santé de Stella pouvait fort bien mettre au monde des petits Dubard. Pour cette même raison, il exigea, lors de la constitution de la Oswald and Vigors Petroleum Company, à laquelle Gustave l'avait contraint à souscrire pour respecter la dernière volonté de Triple Zéro, que ses petits-enfants soient porteurs de la majorité des parts revenant à la famille.

Stella ignorait tout des tractations qui avaient présidé à l'établissement d'une copropriété qu'elle pouvait considérer comme préjudiciable à ses intérêts. Elle devait en effet, se basant sur l'annulation de la vente de la parcelle Oswald, récupérer cette terre, au terme du métayage imposé par la Cour. Gustave de Castel-Brajac se chargea de lui démontrer les avantages du nouvel arrangement, sans rien dévoiler du procédé qui avait amené Charles à l'accepter. Toute à la préparation de son mariage et à l'organisation de sa nouvelle vie conjugale, la future Mme Dubard délégua ses pouvoirs à son beau-père et à l'oncle Gus. Comme Marie-Virginie et la religieuse ursuline Louise-Noëlle, les deux filles de Charles, elle reçut quelques actions de la Oswald and Vigors Petroleum Company et s'en déclara satisfaite.

Au jour de la signature des pièces et des statuts chez Me Couret, l'ancien sénateur était déjà résolu à mettre dans un délai convenable toutes ses parts au nom d'Osmond. Ce geste assurerait à son petit-fils le pouvoir de décision au nom des Vigors, pouvoir qu'il n'aurait à partager qu'avec Omer Oscar, chef de file des actionnaires Oswald au nombre desquels figuraient Aude et Hortense, les petites-filles de Gustave. Charles se disait qu'en manœuvrant habilement Osmond pourrait devenir un jour le seul maître de la compagnie. Le plus simple eût été, pour aboutir à ce résultat, qu'il épousât Aude Oswald, ce qui lui aurait permis d'ajouter à ses parts celles dont la jeune fille était porteuse. Marie-Gabrielle n'était pas étrangère à cette conception stratégique. Charles lui avait si souvent vanté les qualités d'Osmond, sans omettre la compréhension dont son petit-fils avait fait preuve à l'égard de sa liaison, qu'elle souhaitait voir le garçon riche et maître de son destin.

Pour le moment, Osmond se préoccupait fort peu de l'avenir pétrolier qu'on s'ingéniait à lui préparer. Le rhétoricien, tout à ses études, heureux que sa mère ait auprès d'elle un homme qu'il estimait, menait à La Nouvelle-Orléans la vie d'un collégien privilégié. Harriet devant désormais rester à Bagatelle, Stella avait pourvu son fils d'un jeune valet noir, qui n'était autre que Hector, le dernier rejeton du jardinier. Ce garçon, vif et intelligent, avait deux ans de moins que son jeune maître. Pas plus que ce dernier il n'avait pu oublier le jour où Silas Barthew, jouant les marchands d'esclaves, s'était empressé de l'attribuer à Osmond contre un sifflet d'argent, ni l'intervention de M. de Castel-Brajac au moment où son « propriétaire » lui commandait d'astiquer ses souliers. Après quelques années, le jeu équivoque était devenu une réalité quotidienne. Chaque soir, dans l'office de la maison Pritchard, Hector cirait les chaussures d'Osmond de Vigors, dont il n'était pas l'esclave mais l'employé docile. Toute la différence tenait dans les termes et dans le fait que, domestique salarié, il avait le droit de changer de patron. Mais il existait dans la famille du Noir un tel atavisme de servitude que l'idée d'abandonner les Vigors pour un autre employeur n'effleurait même pas l'esprit d'Hector. Osmond était d'ailleurs un très bon maître, toujours poli, voire courtois, avec les domestiques dont il respectait la position. Dès les premiers jours de son service dans la maison Pritchard, Hector put apprécier le sens de la justice de son nouveau maître. Sur cette demeure trop souvent désertée par ses propriétaires régnait, depuis un demi-siècle, un couple de Noirs consciencieux et dévoués, mais d'une ombrageuse susceptibilité devant tout ce qui pouvait amoindrir leur autorité ou modifier leurs habitudes. Si les vieux serviteurs respectaient Harriet, qui leur en imposait, ils semblaient vouloir traiter Hector comme un homme de peine corvéable à merci. Ils veillaient à ce que le valet n'ait pas un moment de loisir et s'arrangeaient toujours pour qu'il soit indisponible au moment du dîner afin de servir eux-mêmes. Analphabètes l'un et l'autre, ces Noirs étaient passés de l'état d'esclave à celui de travailleurs libres sans y voir de différence, les Pritchard ayant toujours été des maîtres généreux et patients. Vivant sur le budget de la maison, ils plaçaient leurs gages à des taux dérisoires avec le sentiment d'être des capitalistes. Quand ils surprenaient Hector à lire un journal ou à feuilleter un livre, ils le vilipendaient comme s'il eût commis une mauvaise action, car les Noirs instruits constituaient à leurs yeux une caste vaniteuse dont on ne pouvait rien attendre de bon. Osmond fut donc amené à intervenir pour mettre son valet à l'abri de leurs agissements. En trois phrases, il définit les prérogatives des uns et des autres et démontra que les fonctions de valet étaient celles d'un homme de confiance. Il exigea d'être servi à table par le jeune garçon, qu'il autorisa publiquement à emprunter des livres à la bibliothèque s'il voulait lire et compléter son instruction. Afin d'établir le prestige d'Hector, il lui fit confectionner deux costumes. Un gris souris pour le service, un bleu sombre pour les sorties. Il lui offrit également trois chemises blanches et deux cravates, et ne manqua pas, à chaque occasion, de compléter l'éducation du valet dont il entendait faire un factotum stylé.

Ces problèmes ancillaires étant réglés, Osmond expliqua au personnel de la maison Pritchard qu'il entendait bien ne plus avoir à s'en préoccuper. « Chacun a, dans l'existence, des responsabilités qu'il doit assumer, c'est ce qu'on appelle le devoir d'état. Aucune tâche n'est dégradante quand on l'accomplit en ayant conscience de son utilité. Le sort assigne à chacun d'entre nous une place en fonction de ses possibilités. La dignité consiste à s'y tenir, pour vous comme pour moi. »

La vie reprit son cours sans aléas, Hector et les autres estimant que M. Osmond était un vrai maître, qu'on pouvait avoir plaisir à servir.

Souvent le soir, Dan Foxley et Bob Meyer venaient partager le repas d'Osmond. Les garçons discutaient ferme, soit en faisant une partie de billard, soit en fumant, assis dans le salon. Ils avaient atteint cet âge où naît le goût de la spéculation philosophique, où les connaissances acquises donnent aux esprits médiocres le sentiment qu'ils savent tout alors qu'elles stimulent chez les plus brillants le goût d'apprendre et d'approfondir. Le programme de rhétorique, bien que limité par la doctrine chrétienne, leur fournissait des thèmes qu'ils savaient à l'occasion élargir, dont ils s'évadaient parfois sans craindre les digressions ni les transferts.

Les plaidoiries de Cicéron, *Pro Milone* ou *Pro Manilia*, les vingt *Odes* d'Horace sélectionnées par les bons pères, les *Annales* de Tacite étaient prétexte à des considérations parfois éloquentes sur la justice et l'ambition politique, sur l'art épicurien de « cueillir le jour », sur la morale de l'Histoire. Des Latins, ils passaient aux Grecs, à la faveur de transitions qu'ils se souciaient peu de justifier. Sans bégayer, Bob Meyer trouvait dans les *Philippiques* de Démosthène une illustration de l'intransigeance, tandis que Foxley, grand admirateur de Sophocle, s'élevait contre les lois de la fatalité et qu'Osmond, qui traduisait Jean Chrysostome, découvrait dans ce prêtre d'Antioche la vraie sincérité évangélique.

Shakespeare étant au programme d'anglais, ils déclamaient jusqu'à l'enrouement *Macbeth* et *Jules César*, œuvres qu'ils jugeaient sans indulgence « autrement plus fortes » que celles de Corneille ou Racine. En matière de littérature et poésie françaises, la méfiance des bons pères n'entravait pas leurs incursions chez des auteurs mis à l'index. Tous trois étaient frondeurs et avides de comprendre le mécanisme des passions à travers les vers sulfureux d'un Verlaine, d'un Baudelaire ou d'un Oscar Wilde.

Ils avaient lu au hasard des arrivages chez les libraires des livres que Nosy, le cerbère du collège, eût saisis avec volupté : *Thérèse Raquin*, de Zola, *Le Professeur*, de Charlotte Brontë, *Lord Jim*, de Joseph Conrad, *L'Égoïste*, de George Meredith, *La Foire aux vanités* et *Les Mémoires de Barry Lyndon*, de Thackeray.

Osmond, à qui oncle Gus avait fait découvrir des textes de Goethe comme *Les Affinités électives*, que les jésuites eussent qualifiés d'apologie de l'adultère, semblait encore plus curieux que ses amis d'approcher « la vérité incalculable de la vie ». Ralph Waldo Emerson, qui avait été l'inspirateur de ses méditations deux ans auparavant, était relégué au rayon des prêcheurs. Il lui restait cependant reconnaissant de l'avoir incité à s'approcher de Platon, de Montaigne, de Shakespeare, de Goethe et de Swendenborg avant l'âge, mais l'édition des *Essais* n'était plus sur le premier rayon.

Le jour où Bob Meyer, redoutable fouineur, lui offrit, à l'occasion de son anniversaire, un petit volume relié de cuir rouge qu'il avait déniché dans une vente aux enchères, Osmond fit la connaissance de Joris Karl Huysmans. En suivant l'évolution de Des Esseintes, le héros de *A rebours*, il conçut ce que pouvait être un destin satanique. C'était autre chose que *L'Assommoir*, de Zola, ou *L'Éducation sentimentale*, de Flaubert.

Cet auteur vendangeait en frac et monocle dans les vignes du vice, de l'artifice, de la sensualité et de l'orgueil, des grappes mûries au soleil factice des enfers. Puis il les pressait dans un ciboire d'alchimiste dévoyé pour produire le poison le plus subtil. Ayant lu et relu *A rebours* pour se pénétrer des goûts si tragiquement raffinés du héros en matière de pierreries, de fleurs, de couleurs, de sons, de littérature, de décors, il voulut savoir ce que les compatriotes de Huysmans pensaient de ce livre qui le troublait. Ce fut Bob Meyer qui lui apporta le jugement de Barbey d'Aurevilly, publié en 1884 dans *Le Constitutionnel*, peu après la publication du roman. « Après un tel livre, il ne reste plus à l'auteur qu'à choisir entre la bouche d'un pistolet ou le pied de la croix », avait écrit le critique, auteur lui-même de sombres et extravagantes histoires.

– Que choisirais-tu, Osmond, en admettant que tu acceptes l'alternative ? demanda Bob, que l'emballement de son ami pour une œuvre qu'il jugeait personnellement plus brillante que profonde décevait un peu.

– Au risque de t'étonner, rien de ce que propose M. Barbey d'Aurevilly. Je poursuivrais le jeu qui consiste à vivre intensément. Comme le dit Emerson : « L'homme ne peut rien voir de pire que lui-même. » Le livre n'est qu'une seule question posée à Dieu par sa créature gesticulante et orgueilleuse.

– Et que dit-il ?

– Il dit : « Êtes-vous là ? »... mais la réponse, Bob, n'est pas pour demain.

12

Le Mardi gras 1910 fut marqué à La Nouvelle-Orléans par un événement considérable qui, pour Bob Meyer au moins, éclipsa les parades les plus burlesques et les bals les plus brillants. Un aviateur français, Louis Paulhan, à la fois débonnaire et audacieux, vint sur le champ de courses de City Park présenter le premier avion qu'aient jamais vu les Orléanais. Il s'agissait d'un biplan Farman de onze mètres d'envergure et de douze mètres cinquante de long, équipé d'un moteur à sept cylindres de cinquante chevaux. Cette mécanique entraînait une hélice de deux mètres soixante tournant à plein régime à mille cinq cents tours à la minute. Au jour de l'exhibition, Meyer n'eut aucune difficulté à entraîner Dan et Osmond, qui déboursèrent sans rechigner les cinquante cents réclamés par les organisateurs. Ces derniers firent d'ailleurs de bonnes affaires, puisque les journaux du lendemain évaluèrent à vingt-cinq mille le nombre des spectateurs.

L'engin volant que montait Paulhan pesait, pilote et carburant compris, un peu plus de quatre cents kilos. Il parut à Osmond et à Foxley d'une fragilité de libellule. Mais Bob, dont la passion pour l'aviation ne faisait que croître au fur et à mesure que les performances des plus lourds que l'air s'amélioraient, leur démontra, en usant de termes techniques et de données mathématiques compliquées, que l'avion de Paulhan était aussi sûr qu'un buggy.

L'appareil s'éleva avec aisance, prit de la hauteur et effectua une série de tours au-dessus du champ de courses à la vitesse de trente-cinq miles à l'heure avant de frôler les ombrelles à sa vitesse maximum et prodigieuse de soixante miles à l'heure. Bob Meyer, habituellement timide et peu expansif, manifestait son admiration par des cris et des vivats, s'ébouriffait les cheveux des deux mains, déployait au passage de l'avion l'écharpe de laine qu'il ne quittait qu'en plein été et réclamait d'une voix enrouée d'autres vols. Aux yeux d'Osmond et de Foxley, qui suivaient l'exhibition comme un numéro de cirque, Bob ressemblait à un mystique en transes.

– Un jour, je serai là-haut, moi aussi je volerai, je verrai le Mississippi comme le voient les oiseaux et...

– Et tu prendras un rhume, coupa Osmond.

– Au contraire, en altitude l'air est plus léger, plus sain qu'au ras de la terre...

L'avion venant d'atterrir, Bob abandonna ses amis pour courir jusqu'à lui et féliciter le héros du jour. Depuis que, le 25 juillet de l'année précédente, un autre Français, Louis Blériot, avait traversé la Manche, de Calais à Douvres, réussissant là où Latham avait échoué à deux reprises, les 19 et 27 juillet[1], les plus sceptiques commençaient à croire en l'avenir de l'aviation. En France, les démonstrations et les compétitions se multipliaient, organisées par les journaux qui voyaient là matière à reportages sensationnels.

Bob Meyer se tenait au courant des événements aériens et constituait des archives. Il connaissait par cœur tous les records établis et collectionnait les photographies de ceux qu'il appelait avec un peu d'emphase les chevaliers du ciel. La carte postale dédicacée que lui remit Paulhan lui devint aussi précieuse que la médaille d'or de mathématiques obtenue au collège.

Quand on apprit, à la fin du mois d'avril, que Paulhan, à bord de son Farman équipé d'un moteur Gnome, avait gagné en Angleterre la coupe du *Daily Mail* attribuée « au premier aviateur qui irait de Londres à Manchester en moins de vingt-quatre heures », Bob Meyer invita ses amis à sabler le champagne au *Pélican blanc*. Devant les pensionnaires éberluées, maintenant accoutumées aux visites des trois amateurs de ragtime, Bob commenta l'événement comme s'il se fût agi d'une performance où il avait sa part.

– Vous rendez-vous compte que Paulhan, parti de Londres à dix-sept heures trente et une à la tombée de la nuit, atterrit à Lechfield à vingt heures trente dans l'obscurité, qu'il en repartit au petit jour, à quatre heures quinze pour se poser à Manchester à cinq heures vingt-cinq... C'est formidable, non... Bientôt, on pourra voyager par l'avion comme par le train.

Tiny Barnett se mit au piano pour jouer *la Marseillaise* en l'honneur du champion cher à Bob. Foxley constata que cette interprétation de l'hymne national français constituait une première dans une maison de prostitution.

La vieille Ivy Barnett, attirée par le vacarme, apparut au moment où clients et pensionnaires s'étaient mis à danser une polka. Osmond, Dan et Bob avaient eux aussi enlacé des cavalières de hasard. Les trois amis, devenus des habitués peu orthodoxes de la maison, se trouvaient au *Pélican blanc* comme chez eux. Tiny ne manquait jamais de leur faire entendre ses dernières compositions et les demoiselles les accueillaient aimablement. Elles savaient que ces messieurs, qui les appelaient par leur prénom et feignaient d'ignorer leur commerce, étaient des gentlemen. Quand les trois mélomanes faisaient leur entrée en distribuant des saluts, elles avaient le sentiment de recouvrer une dignité perdue. Plusieurs d'entre elles étaient séduites par ces garçons, qui leur adressaient parfois des compliments pour leur grâce ou leur toilette et ne tenaient jamais de propos grossiers, comme trop de clients se croyaient autorisés à le faire.

Depuis que Gustave de Castel-Brajac avait raconté à Osmond l'histoire de l'ancienne esclave Ivy Barnett, le jeune Vigors essayait de comprendre comment cette femme instruite, qui avait été mariée à un médecin blanc, le docteur Finks, et avait vécu en Haïti, était réduite à tenir une maison de prostitution. Ce fut Tiny qui, une nuit, alors qu'il venait de refermer son piano, satisfit sa curiosité.

– Le mariage de ma mère a été un échec, expliqua le mulâtre. En Haïti, mon père connut des femmes blanches et comprit qu'être l'époux d'une négresse, même dans cette république noire, entravait sa carrière et déplaisait à

1. On avait dû, chaque fois, le repêcher dans la Manche.

la riche clientèle mulâtre. Il négligea ma mère et finit par s'en séparer. Il obtint même qu'on nous oblige à quitter l'île. Ma mère n'avait jamais eu la haine des Blancs, malgré le pénible souvenir qu'elle conservait d'un enlèvement par le Ku Klux Klan dont un gentilhomme, l'intendant de Bagatelle, l'avait délivrée...

– Vous voulez dire M. Dandrige ?

– Oui, peut-être est-ce ce nom-là.

– Donc, elle est revenue en Louisiane après son... divorce.

– Oui, elle avait déjà bien changé. Elle ne pardonnait pas à mon père de l'avoir rejetée. Comme elle était sans ressources, elle accepta la gérance du *Pélican blanc* qui est d'un bon rapport. Et puis, je crois qu'il ne lui déplaît pas de voir les Blancs fortunés s'avilir. Il ne faut pas lui en vouloir, n'est-ce pas ? Sa déception lui a un peu dérangé le cerveau. Elle a été pour moi une mère parfaite. Elle m'a instruit et fait apprendre la musique. Et si je ne parle pas aujourd'hui le *gombo french*, comme les nègres, c'est à elle que je le dois.

– Elle ne doit pas me porter dans son cœur, moi, le descendant de ses anciens maîtres ?

– Vous ! Au contraire, elle a grande estime pour votre famille. Quand elle parle de Bagatelle, c'est toujours avec mélancolie, c'était une bonne plantation et c'est même un fils Damvilliers qui lui a appris à lire et à écrire, celui qui s'est noyé. C'est même à cause de ça qu'elle a dû partir au Nord. On croyait, sa maîtresse surtout, qu'elle était la tisanière du garçon et qu'il était tombé dans une mare en sortant de son lit.

Cette conversation permit à Osmond de mieux comprendre certains événements du passé auxquels l'oncle Gus faisait parfois allusion. L'attachement qu'il avait déjà pour Bagatelle s'en trouva renforcé. Le domaine lui apparaissait comme un lieu privilégié. Il s'engagea ce soir-là à ne jamais l'abandonner.

C'est au cours du printemps que Charles de Vigors fit un cadeau inattendu à son petit-fils. Un mercredi soir, après le dîner qui les réunissait traditionnellement dans l'hôtel de l'avenue Prytania, il conduisit Osmond dans son bureau et, désignant un grand tableau appuyé contre la cloison, lui dit : « Je l'ai rapporté de Paris, c'est pour toi. »

Quand le drap qui protégeait la peinture fut relevé, Osmond découvrit le portrait en pied d'une femme en robe du soir sombre largement décolletée et qui livrait aux regards la nudité lumineuse d'épaules parfaites, car le bustier n'était retenu que par deux fines bretelles de perles. Le visage de profil parut à Osmond plus sensuel que beau. Le nez, long et assez pointu, retint son attention. Le tableau était signé John Singer Sargent.

– Quand elle était jeune, je l'appelais Avocette, à cause de son nez, commenta Charles. Mais n'est-elle pas belle avec ses cheveux relevés au-dessus de la nuque et ses bras admirables ?

– Elle est très belle, concéda Osmond, mais le peintre lui a fait une peau blafarde, presque lavande, c'est curieux.

– Gratianne avait une carnation de rousse... C'est même cette façon qu'a eue le peintre de traiter la chair féminine qui a fait scandale au salon de 1884, à Paris. On a dit que le modèle avait l'apparence de ces beautés professionnelles qui faisaient l'ornement de la société parisienne. Mais je puis t'assurer que ce portrait est fidèle non seulement physiquement, mais psychologiquement.

Le lendemain, le tableau fut livré à la maison Pritchard, et Osmond le fit accrocher dans sa chambre. La demi-sœur de Charles, qui avait toujours eu un faible pour les jeunes hommes, veilla désormais, impavide et ingénument provocante, sur le sommeil d'un garçon aux yeux duquel elle resterait éternellement belle et désirable.

Quand, au cours d'un séjour à La Nouvelle-Orléans, M. de Castel-Brajac vit le portrait, il resta pantois.

– Boun Diou, fiston ! Ça me rappelle de fameux souvenirs ! Quelle femme c'était, quelle santé et quel sang. Personne ne lui résistait.

– Avez-vous été amoureux d'elle, oncle Gus ?

– Macadiou, il y avait de la concurrence, fiston. Gratianne était un être flamboyant, une gerbe incandescente de passions... Je me demande si même en peinture elle n'est pas encore capable de faire des ravages... d'inspirer de folles ardeurs.

– Elle me plaît bien ainsi, oncle Gus. Je la regarde souvent et puisqu'elle aimait être admirée, je l'admire.

– Souviens-toi, Osmond, que la femme est l'agent naturel du tentateur. Un jour, tu en feras l'expérience. Nul homme de bonne constitution n'y échappe.

– Ah ! la forme des femmes, dit Osmond.

M. de Castel-Brajac jeta un regard de biais à son ancien élève et se dit que les temps étaient proches où le garçon ne se satisferait plus de la chair figée des portraits. Cela lui parut non seulement normal, mais souhaitable.

Au cours des vacances d'été, Osmond ne se montra cependant pas plus empressé que d'habitude auprès des jeunes filles. L'absence de Lorna, qui séjournait en Californie avec ses parents, le laissa un peu désappointé, car elle le privait de sa partenaire habituelle au tennis.

Aude Oswald, qui savait tenir correctement une raquette, se battit courageusement à son côté pendant le tournoi du Baga-Club, mais ils furent éliminés en demi-finale. Silas, associé à sa girl-friend du moment, une rousse puissante venue d'Atlanta pour visiter des cousins louisianais, remporta la coupe en battant Fox et Alix. Otis Foxley, s'étant foulé une cheville au cours de la première journée, dut recevoir les soins du docteur Dubard qui, au lendemain de son mariage, s'était installé à Bagatelle. Stella souhaitait demeurer dans cette maison avec son nouvel époux jusqu'à ce qu'il ait obtenu sa nomination à l'hôpital maritime de La Nouvelle-Orléans. Faustin, qui ne possédait pas de fortune, aurait préféré, autant par scrupule sentimental que par crainte du qu'en-dira-t-on, louer un logement à Fausse-Rivière. Il fallut faire intervenir M. de Castel-Brajac pour convaincre le médecin de vivre sous le toit des Vigors.

Gustave admit aisément que le médecin puisse se sentir gêné de partager, dans la chambre de Stella, le grand lit à baldaquin des marquis de Damvilliers, où son épouse avait dormi avec son premier mari.

– Virginie, notre chère Virginie, eût ri de vos réticences, mon bon. Elle mit son second mari dans la couche où le premier avait rendu l'âme. Les Damvilliers et les Vigors naquirent, si j'ose dire, dans les mêmes draps. Les meubles n'ont pas de mémoire et, s'ils en ont, ils restent muets comme des carpes... heureusement.

Finalement, on fit abattre la cloison qui séparait deux chambres d'amis afin de n'en faire qu'une seule grande pièce où les nouveaux époux établirent leur intimité. M. de Castel-Brajac tint à offrir le lit, un meuble monumental en acajou, que livra un ébéniste réputé de Bâton-Rouge.

– N'oubliez pas avant... d'embarquer... pour la première nuit de l'asperger de champagne ; un lit c'est comme un bateau, si l'on veut qu'il navigue sereinement sur la mer de l'amour, il faut le baptiser, macadiou.

Stella rougit jusqu'aux oreilles et Faustin fit des remerciements embarrassés.

– Quel homme truculent, l'oncle Gus, un peu gaulois à l'occasion, non ? observa le médecin quand il se trouva seul avec sa femme.

– Il exècre la pudibonderie et soutient que la pruderie est l'hypocrisie de la pudeur.

Quelques jours avant la fin des vacances, alors que Marie-Virginie, ayant laissé Doris à Bagatelle, voyageait pour les affaires de son mari dans les États du Nord, la vie de la plantation fut bouleversée durant quelques heures.

Pendant la sieste, de rigueur en cette saison, Osmond s'était retiré dans son logement pour consulter la liste des ouvrages que l'oncle Gus lui avait recommandé de lire pendant sa dernière année de collège consacrée à la philosophie. Un silence bucolique régnait sur la plantation saturée de soleil. Les oiseaux, engourdis par la moiteur de l'air, se taisaient. Seul le bruit des élytres d'un insecte égaré dans le petit salon aux fenêtres ouvertes indiquait à l'étudiant que la nature se refusait à une somnolence complète. Dans cette torpeur, le cri de la nurse de Doris l'atteignit comme un coup de fouet. Il se précipita sur la galerie de la grande maison. Il y retrouva Bob et Otis, dressés devant les chaises longues où ils somnolaient jusque-là côte à côte.

Le temps que les deux garçons et la jeune fille fassent le tour de la véranda, le docteur Dubard apparut ébouriffé comme un homme qu'on vient de tirer de son lit.

– Que se passe-t-il ?

– Ça vient de la nurserie.

Ils y arrivèrent au moment où Bessie, la fille de Bella, en sortait en sanglotant. Le nom de Doris revenait dans ses phrases incohérentes. Osmond et Faustin pénétrant dans la pièce virent le lit de la petite fille vide.

– Qu'est-il arrivé à Doris, Bessie ?

– Elle... est partie..., m'sieur, elle s'a sauvée pendant que je dormais.

– Sauvée ?

– La porte était ouverte, m'sieur... Où est-elle, où est-elle ?

– Elle ne peut pas être allée bien loin sur ses petites jambes, nous allons la retrouver.

Déjà, toute la maisonnée était sur pied. Jeunes gens et jeunes filles se répandaient dans le parc en criant le nom de la fillette. Les chiens, y compris le vieil Aristo, donnaient de la voix en comprenant qu'il se passait quelque chose d'insolite. Stella, Faustin et Bella lançaient aux chercheurs des directions qui traduisaient leur inquiétude : le fleuve, la mare, les hangars à coton. Quand un périmètre convenable eut été fouillé sans résultat, on fit seller les chevaux et garçons et filles se dispersèrent aux quatre points cardinaux, les uns pour parcourir les levées du Mississippi, les autres s'enfonçant dans la forêt ou trottant à travers champs. Au bout d'une heure de battue fiévreuse, il fallut se rendre à l'évidence : Doris avait disparu.

– Elle s'a noyée, je vous dis, criait Bella en pressant sa fille hébétée dans ses bras.

– Prenons des barques et draguons au long des berges, proposa Silas.

La mare où s'était autrefois noyé un jeune Damvilliers, et où quelques années plus tôt on avait trouvé le corps de Lorette Brent, était presque à sec comme chaque été. On sut tout de suite que la petite Doris ne s'y trouvait pas.

Harriet, qui ne perdait pas son sang-froid, avait déjà visité avec Citoyen les greniers, les celliers et les hangars. Il ne restait vraiment que le fleuve et la forêt, où l'enfant avait pu se perdre comme le Petit Chaperon rouge.

– Faites renifler la chemise de Doris à Aristo, ordonna Faustin Dubard, c'est un vieux chasseur, il pourra peut-être nous indiquer une piste.

Aristo et les jeunes dalmates, dont il était le géniteur, très excités par cette agitation inhabituelle, humèrent les vêtements que Stella leur mit sous le museau et s'égaillèrent sans bien comprendre ce que l'on attendait d'eux.

– Ces chiens ne sont pas dressés à la quête des humains, nous perdons notre temps, cria Silas en courant vers le Mississippi suivi de Foxley.

Les chiens furent à nouveau sollicités et encouragés :

– Cherche, cherche, cherche Doris, *doggy*.

Après un aboiement bref, qui traduisait peut-être une brusque compréhension de la situation, Aristo, suivi de ses fils, prit inopinément la direction de la nurserie.

– Il a compris, cria Dubard, laissez-le faire.

Le dalmate traversa la chambre, fureta autour du lit, puis d'un bond résolu escalada la fenêtre et sauta dans le jardin qu'il traversa le nez au sol. Faustin, Osmond et Bob le suivaient à distance. Bientôt, rejoint par les autres chiens, Aristo bifurqua brusquement vers le fleuve, franchit la clôture de la propriété et prit le chemin des berges.

– Nous ne pourrons bientôt plus le suivre, lança Faustin, qu'on nous amène les chevaux par la grande porte.

Les filles, Aude, Hortense et Alix, firent en courant le tour de la maison, sautèrent en selle et, tirant les montures des autres par la bride, remontèrent au trot le chemin bordant le Mississippi. Aristo, suivi de sa famille, allait bon train, négligeant les effluves qui auraient pu l'inciter à quelque station sur trois pattes au pied des arbres. Au carrefour de l'orme, il tourna résolument le dos au fleuve et prit la route de Bellevue, la plantation des Tiercelin. Sans une hésitation, il fila vers la grande maison ocre dont le péristyle à fronton triangulaire, soutenu par des colonnes carrées, rappelait l'architecture des temples maçonniques.

Gravissant les marches en trois bonds, le chien se campa devant la porte à double battant en aboyant sans discontinuer, imité par la petite meute.

Alors que Faustin et Osmond mettaient pied à terre en s'interrogeant sur la conduite à tenir et en se demandant si le dalmate avait le flair aussi sûr qu'ils l'avaient cru, un majordome apparut sur le perron. A peine eut-il entrouvert la porte que les chiens s'engouffrèrent dans la maison en continuant à donner de la voix avec colère.

– Nous allons avoir des histoires, Amédée Tiercelin n'est guère commode, remarqua Osmond.

– Nous lui expliquerons et nous excuserons, dit Faustin.

Ils n'eurent pas à s'excuser, car, en pénétrant dans la maison pour rappeler les chiens, la première personne qu'ils virent fut la petite Doris attablée devant un goûter somptueux et faisant honneur à un plat de fraises. Le visage barbouillé de crème, elle pépiait gaiement entre deux cuillerées.

Assis en face de la fillette dans son rocking-chair, Amédée Tiercelin fixait celle-ci d'un regard doux, avec un sourire niais.

En reconnaissant le docteur Dubard, Doris se mit à pleurer comme un enfant conscient qu'on vient lui retirer le jouet récemment offert.

Tiercelin considéra les visiteurs et les chiens qui, museaux pointés, semblaient attendre quelque distribution de brioche ou de macarons.

– Ne faites pas pleurer ma petite-fille, messieurs, je vous prie. Les chiens lui font peur et vous aussi, monsieur le Docteur, avec votre face de cauchemar.

Amédée parlait d'une voix exténuée. Sa maigreur était telle qu'Osmond ne pouvait détacher ses yeux de l'angle net que formaient ses rotules sous le tissu du pantalon. Ses cheveux blond filasse lui couvraient les oreilles et sa peau paraissait grise et fripée comme un vieil uniforme.

– Nous venons chercher Doris, monsieur ; maintenant qu'elle a goûté en votre compagnie, elle doit rentrer à Bagatelle.

– Je ne permets pas qu'on emmène ma petite-fille. Je suis allé la chercher, je la garde.

– Ce n'est pas votre fille, intervint brusquement Alix qui, avec les autres jeunes filles, venait d'entrer dans le salon.

Le docteur Dubard fit signe à la sœur d'Osmond de se taire.

– Cet homme est fou et capable de Dieu sait quoi, laissez-moi faire, dit-il à voix basse.

– Sa maman est ma femme, monsieur. Elle m'a caché que j'avais une fille, c'est une mauvaise mère. J'élèverai moi-même ma fille... Je ne suis pas fou..., je la connais, Marie-Virginie..., elle s'est retenue d'avoir son enfant quand elle vivait sous mon toit... Qu'elle aille au diable !

Faustin fit un signe aux jeunes filles. Elles quittèrent la pièce et retournèrent près des chevaux. Puis il s'avança vers Tiercelin après un coup d'œil à Osmond.

Ce dernier comprit aussitôt la manœuvre imaginée par le médecin. En deux enjambées, il fut près de Doris, l'enleva dans ses bras et quitta vivement la pièce. Amédée poussa un cri de fureur, tenta de se lever, mais le docteur Dubard l'immobilisa d'une seule main.

– Voyons, monsieur, restez tranquille... Il ne faut pas effrayer Doris, si vous voulez qu'elle revienne.

– Vous êtes des voleurs..., vous prenez les enfants. Je me plaindrai au shérif et vous irez tous en prison... avec Marie-Virginie.

Dubard abandonna Tiercelin, tremblant d'une colère qu'il était trop faible pour exprimer, aux soins du majordome et rejoignit Bob et Alix qui l'attendaient devant la maison. Osmond, emportant Doris, galopait déjà vers Bagatelle avec le reste du groupe.

– Il est gentil le monsieur, il a plein de gâteaux, commenta la petite fille en retrouvant sa nurse.

– Ne la quittez plus d'une semelle. M. Tiercelin, qui n'a plus toute sa raison, peut revenir d'un jour à l'autre, et prévenez-nous s'il approche de la maison, ordonna Dubard.

Au lendemain de l'enlèvement de Doris, si heureusement résolu, M. de Castel-Brajac, qui se rendait à Bagatelle à bord de son automobile pilotée par Joe, découvrit dans le décor du tertre aux trois chênes un détail insolite qui attira son attention. Sa vue médiocre lui fit prendre tout d'abord pour une branche rompue la chose qui pendait sous le feuillage d'un des gros arbres. Il fit arrêter sa voiture.

– Qu'est-ce que tu vois Joe, là-haut, sous le chêne ?

– On dirait un pendu, m'sieur... Oui, je crois bien que c'est un pendu.

– Allons voir, boun Diou.

Tandis que le Gascon peinait sur le raidillon, le Noir gravit le tertre et se campa les poings aux hanches et le nez en l'air sous le corps suspendu. M. de Castel-Brajac finit par le rejoindre.

– Macadiou, c'est Tiercelin, c'est Tiercelin, il aurait pu se pendre chez lui, cet ostrogoth !

Joe jeta sa casquette et sa blouse blanche sur la tombe la plus proche et se mit en devoir de grimper à l'arbre. Un instant plus tard, le corps d'Amédée Tiercelin reposait sur le gazon. La strangulation avait épargné à l'ex-mari de Marie-Virginie l'affreuse grimace que l'on voit d'ordinaire au visage des pendus.

– Il est pas bien lourd, ce pendu, m'sieur, on l'emmène ?

– Conduis-moi à Bagatelle et va prévenir le shérif à Sainte-Marie. Il s'en débrouillera..., ma voiture n'est pas un corbillard.

13

Au collège de l'Immaculée-Conception, les « philos » jouissaient de quelques privilèges appréciables en matière d'horaire et de mouvement. Bien que le *fagging*[1] en vigueur dans de nombreuses *high schools* ait été aboli dans les établissements jésuites, aucun élève de troisième n'aurait osé refuser à ses aînés, pleins d'assurance, de menus services comme aller, pendant la récréation, acheter 10 cents de gomme à Floche ou jeter une lettre à la poste. Si les « philos » s'étaient avisés d'imposer des brimades destinées à faire sentir aux « fags » leur infériorité, cela eût suscité une révolte des troisièmes et Nosy fût intervenu en leur faveur. Les pères désiraient, semble-t-il, laisser aux collégiens qui les quitteraient à la fin de l'année le souvenir d'un enseignement libéral dispensé dans une ambiance détendue. Après les cours confiés aux professeurs les plus brillants, les conversations allaient bon train, les maîtres comptant sur l'autodiscipline de leurs élèves pour que les bavardages tolérés ne dégénèrent pas en apartés ou en chahut.

Le professeur de philosophie, le révérend père Toignec, d'origine bretonne, était un vieux prêtre au front immense et dégarni, au regard de musaraigne qui s'exprimait d'une voix douce et persuasive. Les élèves l'avaient surnommé « l'hégélien », car il répétait souvent, comme le philosophe allemand, « qu'il faut toujours ramener la réalité à l'idée ». Il possédait une vaste culture et l'on murmurait qu'il était entré dans la Compagnie afin d'entreprendre à l'aise des études de théologie, car il paraissait peu doué pour le sacerdoce et la pêche aux âmes. Avec une éloquence de bon ton, il savait captiver un auditoire et rendre attrayantes les théories les plus complexes et parfois les plus fumeuses. La logique, l'éthique, la morale et la métaphysique faisaient l'objet de lectures quotidiennes et de dissertations fréquentes. Le programme imposait à « l'hégélien » de faire constamment référence aux auteurs des manuels sélectionnés par les jésuites, comme Liberatore, Tongiorgi, San Severino et Taparelli, mais il ne craignait pas de le déborder malicieusement, pour développer les thèses que ces bien-pensants réduisaient à des citations expurgées. Sa conception de la philosophie, que le père Toignec exposa dès son premier cours, plut à Osmond parce qu'il la tira d'un texte de Diogène Laerce expliquant Pythagore : « La vie ressemble à une fête de jeux. Les uns s'y rendent pour concourir, d'autres pour y faire commerce, les premiers des citoyens, eux, pour regarder. De même, dans la vie, les uns sont esclaves de leur amour de la gloire, les autres cherchent à satisfaire leur cupidité,

1. Action d'imposer des brimades à un faible ou un inférieur.

les philosophes, au contraire, n'aspirent qu'à la vérité. » Comme pour corriger ce que pouvait avoir d'un peu présomptueux une telle assertion, le prêtre, avec un sourire entendu, mit aussitôt ses élèves en garde contre le pharisaïsme de certains penseurs en citant Babbalanja, le chambellan du roi Média[1] : « Nous autres, philosophes, nous répandons tant de sagesse à l'usage d'autrui qu'il ne faut pas s'étonner si de temps en temps il nous en manque pour nos propres besoins... » Qu'un prêtre osât se référer à Herman Melville, dont quelques élèves seulement avaient lu le roman *Moby Dick* mais aucun *Pierre ou les ambiguïtés*, parut de bon augure aux « philos » de 1910. Le professeur piochait de la même façon dans Platon, dans Marc Aurèle, dans Descartes, dans Berkeley et même dans Condillac, Rousseau et Kant, des idées autour desquelles s'ordonnait son enseignement sur l'instinct, l'habitude, la volonté, la science, la justice, la charité, l'espace et le temps. Plus attaché au raisonnement qu'à l'étude fastidieuse des doctrines, il évitait de mêler la foi et la connaissance et, comme le remarqua un jour Osmond, « se tenait respectueusement à l'écart des curés ».

Les trois amis trouvaient, dans les cours et dans leurs lectures, matière à de longues discussions pendant lesquelles ils réglaient leur compte à quantité de penseurs, avec un irrespect manifeste pour les théories qui fleuraient le cagot ou le sophiste. Fidèles au « serment de la rivière Chitto », ils étaient devenus extrêmement circonspects en ce qui concerne le peuplement de leur panthéon personnel. En quelques années d'études, ils avaient appris à se méfier des engouements circonstanciels et de leurs propres réactions face aux œuvres et aux auteurs. Plus que Bob et Dan, Osmond professait un doute universel en proclamant qu'il disposait d'un certain nombre de piédestaux sur lesquels il ne savait plus quel buste ériger.

Leur professeur, qu'ils invitèrent un soir à dîner dans la maison Pritchard, mis au courant de leurs incertitudes et de leurs hésitations face aux choix à faire parmi les hommes exemplaires, en profita pour leur faire un cours sur le jugement.

– Le jugement est fait de comparaisons, dit « l'hégélien ». Tout concept isolé n'est rien. Nous sommes tous à la recherche d'appréciations définitives alors que, soumis à nos impressions fluctuantes, nous les remettons sans cesse en question. Ou votre panthéon sera composé d'une foule d'hommes et d'artistes émérites divers, ou il sera vide. Au risque de vous paraître « catho », comme vous dites entre vous, je crois que votre panthéon devrait être un tabernacle où Dieu seul prendrait une place incontestée en tant qu'inspirateur de toute créature.

– C'est un peu facile, mon père, de déléguer Dieu là où nous voulons des hommes, observa Foxley.

– Les chrétiens s'accommodent d'un tel représentant.

– Mais Bob, qui est juif, peut-il s'en accommoder ?

– Pourquoi non. On ne vous demande pas de nommer Dieu. Même si, comme les athées, vous l'appeliez matière, il ne peut exister qu'une seule source incontestable d'où tout a jailli.

1. In *Mardi* roman « quasi surréaliste » de Melville retraçant une quête métaphysique, publié en 1849.

Quand le prêtre eut regagné sa jésuitière, les garçons continuèrent à spéculer dans la fumée bleutée de leurs cigarettes.

Ce fut Osmond qui, finalement, proposa une solution laissant le champ libre à toutes les révélations à venir.

– Je me range à la proposition architecturale de « l'hégélien », notre panthéon ne devrait comporter qu'un seul piédestal.

– Et qu'y mettras-tu ? demandèrent en chœur Bob et Dan.

– Un point d'interrogation fulgurant.

C'est au cours de cette année que devaient s'affirmer les vocations. Pour Foxley, comme pour Bob Meyer, la voie était tracée par les aspirations qu'ils avaient manifestées depuis le début de leur adolescence. Le premier entendait suivre des cours de sciences, le second des études d'ingénieur qui lui permettraient de trouver, dans les professions nouvelles de l'aviation, un tremplin à son rêve icarien.

Dan dévorait les manuels de physique et de chimie de Stewart Eliot, Storer et Avery, mais déplorait que la biologie, science naissante, soit encore ignorée par les jésuites qui se méfiaient de Lamarck et de ses infusoires comme de la peste hérétique.

Bob, plongé dans la mécanique et l'astronomie, avait absorbé avant la fin de la première session Tait et Steele, Rolfe et Gillett, Ray, Newcomb et Holden. Il occupait ses loisirs à calculer et à dessiner des voitures et des carlingues pour des avions dont rien n'indiquait qu'ils puissent voler. Osmond laissait entendre que trois années de droit lui fourniraient un nouveau délai de réflexion quant à son avenir. Les forages pétroliers entrepris à Bagatelle lui assureraient, affirmait-il, de quoi vivre à peu près confortablement. Avec générosité, il proposait à Bob de commanditer les inventions que le fils de la marchande de corsets ne manquerait pas de faire. Tous trois possédaient en commun une confiance inébranlable dans leurs destinées. Leur amitié permettrait la résolution de tous les problèmes. Les chevaliers du Triangle, unis comme les mousquetaires de M. Dumas, se sentaient capables de faire face à toutes les situations. « Le serment de la rivière Chitto », qui n'avait été à l'origine qu'une bouffonnerie équivalant pour des garçons précoces aux amusements des gosses du peuple jouant aux Indiens, prenait, avec le temps, une résonance quasi mystique, la gravité d'un engagement moral qu'ils ne pourraient transgresser sans renoncer à eux-mêmes. Leur belle et candide indifférence au monde s'émoussait et, quand Félix de Castel-Brajac leur fit transmettre par Marie-Virginie une lettre où l'esthète commentait avec enthousiasme une représentation de *l'Oiseau de feu*, à laquelle il avait assisté à Paris, leurs théories sur la danse furent sérieusement secouées. Igor Stravinski, Diaghilev et quelques autres Russes, dont ils n'avaient jamais entendu parler jusque-là, devinrent du jour au lendemain « des grands à ne pas négliger ». Comme chaque fois qu'une musique nouvelle sollicitait leur attention, Bob Meyer fut requis pour s'emparer de la version pour piano d'une œuvre qui venait de remuer les Parisiens et que Félix envoya dans les meilleurs délais. Mme Foxley, comme au temps des frénésies wagnériennes, connut des soirées migraineuses.

Cette année-là, les coiffeurs tentaient de lancer en Louisiane une nouvelle mode qui obligeait les gandins à séparer leurs cheveux par une raie médiane, droite comme le rail d'un tramway, et à les plaquer sur les côtés de la tête. Leurs chevelures frisées interdisaient à Osmond et à Foxley cette fantaisie capillaire, mais Bob Meyer y succomba.

– Ne croyez-vous pas que ça atténue la forme en pain de sucre de ma caboche ?

Osmond et Fox eurent des moues dubitatives, mais Otis ayant déclaré : « Ça lui va très bien », le fils de la marchande de corsets adopta la « raie au milieu » sans hésiter.

– C'est fou ce que les filles peuvent faire faire aux garçons, commenta Foxley.

– « La femme est l'instrument du tentateur », cita en roulant les r, comme Castel-Brajac, le jeune Vigors.

Si, le 12 décembre, tous les collégiens de l'Immaculée-Conception furent invités à se réjouir parce qu'un ancien élève du collège, Edward Douglas White, de Plaquemines, venait d'être nommé *chief justice of the United States*[1], un événement d'une autre importance aux yeux de Bob Meyer se préparait à La Nouvelle-Orléans. Osmond, pour y assister, renonça aux vacances de Noël à Bagatelle. Un grand meeting aérien, au cours duquel serait disputée la Coupe Michelin dotée de 20 000 francs de prix, devait être organisé au champ de courses, du 24 décembre au 4 janvier. Le dernier jour de l'année marquait aussi la date limite pour l'attribution de la coupe destinée à récompenser l'aviateur qui parcourrait sans escale la plus longue distance.

Le spectacle promettait d'être extraordinaire, car la M.I.A. *(Moisant's International Aviators Limited)* se déplaçait au grand complet. Cette société, qui avait son siège, ses bureaux et un atelier à New York, comptait huit aviateurs, une douzaine de mécaniciens, des manœuvres, cinq secrétaires chargés de la publicité, un photographe, des bagagistes et des agents qui allaient de ville en ville préparer les meetings. Dix marchands de tickets et un comptable faisaient également partie de cette première entreprise de spectacle aérien que l'on connaissait en France sous le nom de « cirque à Moisant ». Inspirée par un organisateur américain, conscient de l'importance qu'allait prendre l'aviation, l'affaire prospérait. Comme la France était incontestablement le berceau de l'aviation, la plupart des pilotes avaient été recrutés outre-Atlantique et l'on comptait dans l'escadrille une majorité de Français dont les noms étaient connus de Bob Meyer : Alfred Leblanc, Jacques de Lesseps, René Simon, Roland Garros, Barrier, Hubert Latham. Un Suisse, Edmond Audemars, et deux Américains, Hamilton et Seymour, faisaient aussi partie de cette bande de casse-cou que l'on disait fatalistes et joyeux.

Mais l'homme le plus étonnant et le plus audacieux du groupe restait celui que ses coéquipiers appelaient « le patron » : John Moisant. Les origines et le passé de cet aventurier du ciel, un petit homme brun à demi chauve, toujours souriant, prêt à plaisanter et qui portait deux énormes diamants, l'un serti dans une chevalière, l'autre en épingle de cravate, paraissaient nébuleux.

Ceux qui l'approchaient constataient qu'il parlait plusieurs langues, dont aucune correctement, et qu'il s'exprimait en français avec un effroyable accent.

1. Ministre de la Justice.

Il se disait descendant d'une famille de Canadiens français qui, pour d'obscures raisons, avait émigré de Chicago à San Salvador, une république à peu près ignorée de l'Amérique centrale.

La légende, que les gens du « cirque à Moisant » s'appliquaient à entretenir, voulait que John ait été banquier comme son frère Alfred, jusqu'au jour où une tempête lui avait apporté la fortune. Un bateau chargé d'or, dont tout l'équipage avait péri, s'étant échoué près du port de San Salvador, les frères Moisant, dont l'intrépidité était connue, s'emparèrent de l'épave et de son contenu. Grâce à cet or si périlleusement acquis, John et Alfred partirent pour Paris où le premier décida de se faire aviateur. Pilote et homme d'affaires, toujours flanqué de son frère et de ses deux sœurs, ravissantes créatures dont tous ses amis étaient amoureux, Moisant avait déjà produit son équipe à New York, à Richmond, à Chattanooga, à Memphis et à Tupelo avec un plein succès.

Quand Bob Meyer et ses amis virent, placardées sur les murs de la ville, les affiches à tête de mort du « Premier tournoi international d'aviation à La Nouvelle-Orléans », ils se précipitèrent pour acheter les tickets. Le programme annonçait : Simon, le « fou volant », Audemars « sur son minuscule appareil », Frisbie, « l'homme au cerf-volant », Garros, « celui qui embrasse les nuages », Barrier « le recordman du vol sur les villes ».

Le bonimenteur du groupe, un nommé Young, avait donné une conférence de presse, et les journaux reproduisaient ses propos de bateleur. « Vous les verrez décoller en dix mètres, atterrir en vingt, passer au-dessus des têtes et frôler les plumes des chapeaux des dames, couper l'allumage et descendre en vol plané au-dessus de la foule, faire des piqués, des virages sur l'aile, des descentes en tire-bouchon. Ils feront la course entre eux, la course avec une voiture automobile de cent chevaux. Pour peu que nous ayons un bon vent, vous verrez le *Blériot* faire du surplace et la *Demoiselle* voler à reculons. Et vous savez, il se pourrait que des accidents mortels soient enregistrés au cours de la réunion. Tenez, écoutez, voici le titre d'un de vos confrères la semaine dernière : « Garros a donné la main à la mort[1] ».

Bob Meyer, au comble de l'exaltation, perdit presque « le boire et le manger » pendant les jours qui précédèrent la fête aérienne. Bien qu'Osmond ait observé : « Les Orléanais vont se rendre au champ de courses, comme autrefois les Romains au Colisée, pour voir les aviateurs risquer la chute fatale », il accepta d'accompagner son ami.

Moisant et son équipe, arrivés à La Nouvelle-Orléans la veille de Noël, à bord du train spécial qui transportait les appareils, le matériel et le personnel de la troupe, avaient décidé de faire quelques exhibitions préliminaires afin de mettre les Orléanais en appétit. C'est ainsi qu'on vit, au matin de Noël, l'avion de John Moisant, qui avait décollé du champ de courses, décrire des cercles au-dessus de la ville.

Beaucoup de citadins, qui n'avaient aucune idée de ce qu'était un aéroplane, se penchaient aux fenêtres ou stationnaient, le nez en l'air, dans les rues. Les tramways s'arrêtaient et leurs passagers se précipitaient sur la chaussée. Les livreurs abandonnaient leur camion et les policiers retiraient leur

1. Cité par Edmond Audemars dans la revue *Icare* n° 39-40 (1966).

casque dont le couvre-nuque les empêchait de redresser la tête pour voir l'avion au moteur pétaradant. Le même jour, on annonça que Roland Garros allait essayer de battre le record d'altitude en dépit du froid anormalement rigoureux qui surprenait les citadins. Plus de cinq mille d'entre eux cependant, après avoir dévoré la dinde de Noël, se précipitèrent au champ de courses et déboursèrent 50 cents pour voir décoller Garros à bord de son *Blériot*. Des milliers d'autres Orléanais, qui n'avaient rien payé, suivirent la montée de l'appareil au-dessus du lac Pontchartrain et ne virent bientôt plus qu'un point noir dans le ciel. Brusquement, l'avion, qui descendait à grande vitesse, réapparut. Son moteur arrêté, il planait en se dirigeant vers la pelouse du champ de courses où il finit par se poser sans dommage. Bob Meyer, qui avait déjà noué des relations avec les aviateurs, courut avec les mécaniciens jusqu'à l'appareil. Il revint, rouge d'excitation, en déclarant que Garros avait dû abandonner à sept mille deux cents pieds, son moteur ayant calé par suite du gel du carburateur, sur lequel il affirmait avoir vu un centimètre de glace.

Le 30 décembre, John Moisant souleva l'enthousiasme d'un public encore plus dense en faisant la course sur huit kilomètres avec son Blériot équipé d'un moteur Gnome de cinquante chevaux contre une automobile Fiat de cent chevaux. Tour après tour, l'avion parut gagner du terrain, mais l'automobile finit par l'emporter de cent cinquante mètres.

– De combien m'avez-vous battu, Seymour ? demanda Moisant.

– D'une moustache, répondit l'automobiliste qui venait de parcourir les huit kilomètres en cinq minutes trente et une secondes et gagnait aussi la coupe Vanderbilt.

Mais tous les initiés attendaient avec impatience la Saint-Sylvestre. John Moisant, ayant minutieusement révisé son appareil, avait annoncé qu'il s'attaquerait dans la matinée au record mondial de distance détenu jusque-là par le Français Maurice Tabuteau avec un vol sans escale de trois cent soixante-deux miles soixante-six[1].

Bob Meyer, maintenant connu de toute l'équipe des aviateurs, s'était levé à l'aube pour assister aux derniers préparatifs du champion. Le *Blériot* 50 H.P. avait été pourvu d'un réservoir supplémentaire de cent trente-deux litres, et les mécaniciens inventifs qui, comme tous les coéquipiers de Moisant, venaient de réveillonner jusqu'à l'aurore, fignolaient les réglages du moteur auquel on avait ajouté « certains trucs », comme l'expliqua à mots couverts un pilote.

Avant de prendre officiellement le départ pour sa tentative de record, Moisant avait prévu de parcourir deux fois le périmètre de l'octogone délimité au sol par des panneaux blancs. Osmond et Foxley qui, tout ensommeillés, venaient de rejoindre leur ami, virent l'avion s'envoler et effectuer les deux tours annoncés.

– Maintenant, il va se poser et compléter le plein des réservoirs, déclara Bob. Il faudra serrer les pouces pour qu'il batte le record et gagne les 20 000 francs. Il le mérite.

Tandis qu'ils bavardaient, l'avion qui revenait vers le terrain fut un instant caché par une ligne d'arbres au-dessus de laquelle il réapparut soudain pour amorcer un troisième parcours. Comme à l'issue du tour précédent, l'appareil

1. Environ cinq cent quatre-vingt-cinq kilomètres.

qui avait perdu de l'altitude disparut derrière les frondaisons, mais on attendit vainement sa réapparition.

– Il a dû se poser, cria quelqu'un, allons voir !

Toute l'équipe prit le pas de course, entraînant Bob et ses amis. Quand ils eurent franchi l'écran des arbres, tous comprirent qu'un malheur était arrivé. L'avion désarticulé gisait au milieu d'un champ de la plantation Harahan. A quelques mètres des débris, le pilote immobile paraissait intact comme un dormeur.

Les hommes de l'équipe avaient si souvent vu Moisant ou d'autres pilotes « casser du bois » qu'ils ne voulurent pas croire que « le patron » était mort. Avec précaution, bien que Moisant ait cessé de respirer, le corps fut chargé sur un wagon-plate-forme de l'Illinois Central qu'une locomotive tira jusqu'à la gare de La Nouvelle-Orléans en faisant fonctionner son signal de détresse.

Les médecins ne purent que constater le décès avant de diagnostiquer une rupture de la colonne vertébrale au niveau du cervelet. L'aviateur, affirmèrent-ils, n'avait pas dû survivre plus de dix secondes à sa chute verticale sur la tête. On trouva dans les poches du mort 12 000 dollars en billets, plusieurs diamants et une montre.

– C'est le trente-deuxième mort de l'aviation, dit Bob Meyer qui retenait ses larmes.

– Il y en aura d'autres ! bougonna Foxley.

Des témoins expliquèrent plus tard qu'ils avaient vu l'appareil violemment déporté sur la gauche par une rafale de vent, avant qu'il ne pique du nez vers la prairie.

– Son réservoir supplémentaire a dû le déséquilibrer, suggéra Bob, qui ne fut pas contredit par les membres de l'équipe.

Le lendemain, les journaux de La Nouvelle-Orléans consacrèrent leur première page à l'accident. « Le roi des aviateurs est mort », titra le *Times Picayune* qui commenta : « Il a donné sa vie pour la gloire[1]. »

– Il m'avait promis de me faire faire un tour après le meeting comme à Miss Elise Lamkin de Gainesville, dont tous les journaux ont parlé, dit tristement Bob Meyer.

1. John Moisant a donné son nom à l'aéroport international de La Nouvelle-Orléans, construit sur l'ancienne plantation où s'écrasa son appareil le 31 décembre 1910.

14

Quand au mois de mai 1911, Margaret Foxley annonça son mariage avec Bert Belman, le fils d'un négociant en coton de *Common Street*, Bob Meyer et Osmond de Vigors furent désignés avec quelques autres jeunes gens de bonne famille pour constituer l'aimable cohorte des garçons d'honneur.

Osmond goûtait peu les charges mondaines, mais l'invitation de la sœur de Dan, qui avait souvent servi de chaperon à Otis quand les trois amis emmenaient la plus jeune des Foxley au spectacle, ne pouvait être éludée. Après la cérémonie à la cathédrale Saint-Louis dont le *Picayune* rendit compte et à laquelle assistèrent les meilleures familles de la cité, un lunch réunit les intimes dans la belle demeure des Foxley au bord du bayou Saint-Jean. A la fin de l'après-midi, les couples invités à la réception et à la soirée dansante commencèrent à arriver. Les femmes portaient des robes décolletées et les hommes arboraient l'habit de rigueur. La banque, le commerce, l'industrie et les professions libérales étaient largement représentés et, sous les lustres, étincelaient plus de diamants que n'en avaient jamais contenu les coffres des bijoutiers de la ville. La mariée, débarrassée de sa robe à traîne et de son voile, avait passé un simple fourreau de soie blanche qui mettait en valeur sa silhouette gracile et sa blondeur. Quand elle apparut au bras de son époux, un robuste gaillard à tête carrée, dont la morphologie rappelait les origines alémaniques, l'orchestre de l'*Impérial* attaqua la marche nuptiale du *Songe d'une nuit d'été*, morceau traditionnellement joué à tous les bals de mariage.

L'étiquette avait attribué à Dan, qui regrettait l'absence d'Alix enfermée à Grand Coteau, une cousine, demoiselle du meilleur monde, mièvre et minaudante. Elle dansait avec application comme s'il se fût agi d'un exercice scolaire. Bob, naturellement associé à Otis, se disait qu'un jour, quand il aurait en poche son diplôme d'ingénieur, il se trouverait près de celle qu'il aimait depuis l'adolescence, à la place du mari.

Osmond, de son côté, servait de cavalier à une brunette de quinze ans au visage poupin et inexpressif, bavarde et gourmande. A chaque instant, elle le priait, sur le ton des jeunes personnes qui ont l'habitude de voir leurs désirs satisfaits, d'aller quérir pour elle au buffet une assiette de gâteaux ou un verre de Coca-Cola, boisson très prisée par la jeunesse. On soutenait dans les milieux d'affaires que ce breuvage pétillant, couleur de café, lancé en 1892 par John Pemberton, un épicier d'Atlanta, procurait à ce limonadier des bénéfices aussi importants que ceux des magnats du pétrole. Osmond, dont le goût avait été formé par Gustave de Castel-Brajac et par son grand-père, préférait se désaltérer avec du thé glacé et arroser ses repas d'un peu de vin.

Comme souvent dans les réunions mondaines, il s'ennuyait, sans même remarquer les regards que lui jetaient à la dérobée plusieurs jeunes personnes, dans l'attente d'une invitation à danser. Ses airs distants, sa façon de marcher « comme si la terre n'était pas assez bonne pour le porter », son sourire bizarre qui semblait traduire une dérision permanente tenaient à l'écart les palabreurs et éveillaient l'intérêt des femmes. Elles demandaient son nom et s'étonnaient, un peu pincées, qu'il ne mette aucun empressement à se faire présenter. Après deux ou trois danses avec la petite boulotte aux mains moites qu'il accompagnait depuis le matin, Osmond se glissa sur la terrasse, descendit dans le parc et s'avança à travers les massifs de rhododendrons et d'azalées jusqu'à l'esplanade qui dominait le bayou. La nuit de printemps, tiède et limpide, lui parut telle qu'un poète romantique pouvait la souhaiter pour un mariage dans le vieux Sud. Les lumières de la grande maison projetaient leur clarté sur les eaux lisses où de faibles remous allumaient des scintillements fugaces. Des couples déambulaient à pas lents en chuchotant au long des allées. Aux carrefours, des petits rassemblements d'hommes s'étaient formés. Ce bal de mariage, identique à tous ceux auxquels ils se devraient d'assister pendant la saison, leur fournissait l'occasion de bavarder loin des affaires. Le rougeoiement des cigares, la blancheur quasi phosphorescente des plastrons et les rires qui fusaient parfois, après une plaisanterie débitée d'une voix sonore, attirèrent Osmond.

Il s'approcha d'un groupe où l'on critiquait ferme l'attitude de Theodore Roosevelt qui, déçu par William Taft, semblait décidé à briguer un nouveau mandat présidentiel l'année suivante. Un membre du gouvernement de l'État soutenait même que Teddy sc proposait de faire éclater le parti républicain pour former un parti progressiste avec l'ambition, sinon d'anéantir, du moins de contrôler sévèrement les trusts.

– La Cour Suprême vient déjà de démanteler la Standard Oil et l'American Tobacco. Mais Teddy veut aller plus loin. Il veut établir une dictature socialiste ! lança un banquier indigné.

Il y eut dans la petite assemblée des protestations amusées. Quelqu'un se préparait à prendre la défense de Roosevelt, plus par jeu que par conviction, quand des jeunes filles dévalèrent l'allée en pépiant dans un bruissement de soie. Mme Foxley guidait avec autorité ce vol de demoiselles.

– Eh bien ! messieurs, faut-il que nous venions vous relancer ? Nous allons nous mettre en place pour le quadrille de la mariée ; nous attendons des danseurs.

Du côté des hommes, on se récria avec bonne humeur. Avec cette courtoisie inimitable des gentlemen sudistes, tous semblèrent pris d'un enthousiasme soudain pour la danse. Ces messieurs jetèrent leur cigare dans le bayou et, avec des exclamations admiratives, offrirent leur bras aux femmes. Les couples, formés dans un brouhaha de bon ton, prirent le chemin de la maison. Une femme, dont la chevelure brune et opulente contrastait avec la blancheur du châle qu'elle avait jeté sur ses épaules, se trouva seule, dépourvue de cavalier. Osmond, qui s'était tenu à l'écart de cette agitation factice, restait disponible. Sans le moindre entrain, mais pour sacrifier aux usages, il fit un pas dans la direction de l'esseulée.

– Je crains qu'on ne vous ai pas laissé le choix, madame, voulez-vous de moi pour partenaire ?

– C'est exactement ce qu'il convient de proposer, monsieur.

Il y avait un peu de moquerie dans la réplique prononcée par une voix de contralto dont Osmond apprécia la musicalité distinguée.

Déjà habitué à la demi-obscurité, il discernait vaguement le visage de son interlocutrice, qui n'était plus une jeune fille. Il lui parut beau, la bouche surtout, et les yeux largement fendus et brillants. Depuis le matin, les Foxley lui avaient présenté tant de gens, qu'il agit comme s'il connaissait la belle et lui offrit son bras.

Tout en réglant son pas sur celui de sa cavalière, dont il sentait la main tiède sur son avant-bras à travers la manche de son habit, Osmond évoqua la douceur de la nuit et la parfaite organisation de la fête, en ayant conscience de la banalité de ses propos.

– Un mariage est toujours une belle fête, monsieur.

Pour rompre le ton mondain de l'entretien et parce qu'il aimait à jouer les provocateurs, Osmond cita un mysogame inconnu :

– « Le mariage n'a que deux jours exquis seulement, celui des noces et quand le veuf conduit l'enterrement. »

– Oh ! que c'est méchant ! dit d'un air faussement indigné la jeune femme brune.

Quand ils atteignirent les marches du péristyle éclairé par les torchères, Osmond, mû par une soudaine curiosité, se retourna vers sa compagne. Ce qu'il découvrit faillit le faire trébucher. Subitement révélée par les lumières, la beauté de sa cavalière le captiva comme une apparition. Il avait rarement contemplé des traits d'une aussi noble harmonie, une bouche aussi attirante, un regard d'un tel velouté. Cette découverte l'assura immédiatement qu'il n'avait pas été présenté à cette femme dont il n'aurait certes pas oublié le visage.

– Mon nom est Osmond de Vigors, dit-il en marquant le pas.

– Êtes-vous un parent du sénateur ?

– C'est mon grand-père, madame, puis-je savoir au moins votre prénom ?

– Dolores, Dolores Ramirez y Rorba, je suis la sœur du professeur d'espagnol des enfants Foxley, ce qui me vaut d'être là.

Ils gravirent les marches, pénétrèrent dans le salon où l'on se mettait en place pour le quadrille, une danse que beaucoup de jeunes gens ignoraient.

– Connaissez-vous les figures, monsieur ?

– Je crois que je peux m'en tirer honorablement.

Elle se débarrassa de son châle, découvrant une gorge pleine et pommée, des épaules parfaites.

Dans son décolleté, une émeraude rectangulaire suspendue à une chaîne d'or prenait un éclat particulier sur sa peau mate et soyeuse. Osmond estima que le hasard avait bien fait les choses en lui attribuant la plus jolie femme de l'assemblée.

Sans plus attendre, ils entrèrent dans la danse. Leurs pas s'accordèrent spontanément. Quand une figure les séparait, Osmond, à distance, observait Dolores. Dans sa robe de mousseline vert céladon, elle évoluait avec la grâce d'une ballerine. Ses cheveux bruns tombant en ondes souples sur ses épaules nues, sa taille d'une extraordinaire minceur, la majesté de son buste retenaient les regards du garçon, qu'elle retrouvait avec un sourire quand un mouvement les rapprochait. Dans les groupes papotant près du buffet ou des canapés, quelques observateurs remarquèrent ce couple dont l'aisance faisait paraître un peu patauds les autres danseurs.

Quand la musique s'interrompit, sous les applaudissements de l'assistance, Osmond conduisit sa cavalière au bar et réclama deux coupes de champagne.

– A l'heureux hasard, dit-il, en levant son verre.

– Au bon génie de la nuit, répliqua-t-elle en soutenant le regard minéral du garçon.

– Êtes-vous mariée ?

Osmond avait posé sa question si brutalement qu'elle ne put retenir un rire de surprise.

– Non, monsieur... je n'ai pas de mari.

– Dansons encore, voulez-vous ?

– Mais, j'ai cru vous voir ce matin à l'église dans les rangs des garçons d'honneur, qu'avez-vous fait de votre demoiselle ?

– Je l'ai égarée, dansons !

L'orchestre venait d'attaquer une valse lente. Ils se glissèrent parmi les couples et Osmond, qui n'avait pas pour habitude de serrer ses cavalières, posa sa main sur la taille de Dolores.

Ils dansèrent longtemps, sans échanger beaucoup de phrases, comme si la musique et les mouvements ajustés de leurs corps suffisaient à exprimer le bien-être qu'ils ressentaient l'un et l'autre. Le garçon, qui jamais ne formulait de compliments sur le physique d'une femme, ne put se retenir entre deux danses de divulguer son exaltation.

– Que vous êtes belle... imaginaire... rêvée... irréelle !

– Monsieur !

Il y avait dans le ton un refus conventionnel de la flatterie, un soupçon de reproche, mais le regard de Dolores paraissait plein d'indulgence.

Elle connaissait assez les hommes et cette faculté innée et parfois gênante qu'elle avait d'éveiller leur désir pour imaginer que ce garçon élégant, au regard un peu trop insistant, se préparait sans doute à lui conter fleurette. Habituellement, elle savait d'une phrase ou d'un regard décourager les importuns, mais Osmond de Vigors, elle le devinait, n'appartenait pas à la catégorie des coureurs de jupons. Il y avait en lui une sincérité qui le forçait à passer outre à l'impassibilité de sa nature. Les mots qu'il avait prononcés étaient plus qu'un compliment ordinaire. Ses yeux clairs la fascinaient, annihilaient ses défenses. Elle s'abandonnait à l'agréable sensation d'être élue.

Vers minuit, tandis qu'Osmond, qui avait jusque-là oublié l'héroïne du jour, dansait une mazurka avec Margaret, Dolores prit congé des Foxley et disparut avec son frère, un long jeune homme brun au profil de médaille. Avant de passer la porte, elle se retourna et adressa au garçon un signe de la main. La nouvelle mariée l'aperçut.

– Dites-moi, cher Osmond, vous semblez avoir fait la conquête de la sœur de mon professeur d'espagnol ?

– Elle est belle, n'est-ce pas ?

– On dit que c'est une sorte de tigresse, mon cher. Tous les messieurs qui lui ont fait la cour en ont été pour leurs frais..., n'importe comment, elle est beaucoup trop vieille pour vous, elle a plus de trente ans.

En questionnant adroitement Margaret, Osmond apprit que les Ramirez, d'origine aristocratique, étaient aujourd'hui ruinés. Le grand-père de Dolores, Ramon Ramirez y Rorba, s'était suicidé après avoir dilapidé les restes de sa fortune en essayant de fabriquer des chandelles avec des graines de cirier. Quant à son père, fonctionnaire des Douanes, aujourd'hui décédé, il avait dû travailler toute sa vie pour payer les dettes familiales. Au moment de la guerre de Cuba, Miguel, le frère de Dolores, accusé à tort d'espionnage au bénéfice de l'Espagne par des gens malveillants, s'était caché dans la campagne.

– J'aime beaucoup mon professeur d'espagnol. C'est un véritable gentleman, conclut la sœur de Dan.

Bob et Dan ayant, eux aussi, remarqué les attentions de leur ami pour l'Hispano-Américaine ne se privèrent pas de le taquiner, le lendemain en arrivant au collège.

– On jasait, mon vieux, chez les demoiselles d'honneur. Ta réputation est faite. Tu as négligé ta cavalière...

– Il faut avouer que tu as bon goût..., la sœur de Ramirez est assez attrayante, dit Dan.

– Sais-tu où elle habite ? coupa Osmond un peu sèchement.

– Oh ! Oh ! Voilà qui est neuf ! Le bel indifférent s'intéresse enfin aux femmes, fit Bob.

– Trouve-moi son adresse ; Otis doit la connaître.

Meyer et Foxley échangèrent un regard surpris. Le ton grave de leur ami leur donnait à penser qu'il attachait de l'importance au renseignement. Ils le questionnèrent sur les causes de cet engouement, et Osmond se lança dans une description de sa soirée avec Dolores, sans chercher à dissimuler l'attirance subitement ressentie pour cette inconnue.

– C'est le coup de « la belle dame sans merci » et du chevalier courtois, mais sais-tu que cette séductrice pourrait presque être ta mère ?

Bob Meyer cita une strophe du poème de Keats :

J'ai rencontré dans les prés une Dame
Belle à ravir, une fille de fée ;
Ses cheveux étaient longs, son pied léger,
Et ses yeux étaient fous.

Et Dan de poursuivre en choisissant dans la ballade l'avertissement :

Je vis des rois pâles, aussi des princes,
Des guerriers pâles, tous pâles à mort ;
Criant : « La belle dame sans merci
Te tient en son pouvoir ».

Osmond, qui n'avait pas fermé l'œil de la nuit, imposa silence à ses amis. Il s'éloigna sous prétexte d'aller acheter un flacon d'encre de Chine à Floche, qui venait d'ouvrir son éventaire sous le préau.

– Crois-tu que notre zèbre puisse être amoureux ? demanda Bob.

– Ce ne serait pas le premier, mais la dame n'est pas du genre qui se laisse courtiser par les jeunes Lancelot. Si tu veux mon avis, Osmond conserve assez de sang-froid pour s'en rendre compte. La belle Dolores doit plutôt souhaiter un mari mûr et argenté. Les Ramirez sont complètement ruinés. Ma sœur les avaient invités à son mariage parce qu'ils ne sortent jamais. Lui enseigne l'espagnol et sa sœur tient une boutique de parfums. Ils n'ont pas d'autres revenus.

Quand Bob communiqua à Osmond l'adresse de Dolores Ramirez, un minuscule magasin situé à l'angle des rues Royale et Saint-Pierre où toutes les femmes de la bonne société achetaient leurs savons et leurs eaux de toilette, le garçon sut cacher sa déconvenue. Il n'avait pas imaginé Dolores boutiquière. Il se reprocha un emballement incontrôlable, qui lui donnait des insomnies, sans pouvoir cependant chasser de son esprit l'image de la femme qui l'avait troublé. Il fit porter une gerbe de roses avec une carte sans adresse et se replongea dans sa dissertation de philosophie.

Mais, trois jours plus tard, n'y tenant plus et désirant se prouver à lui-même qu'il avait été victime d'un charme passager, qu'une confrontation avec le réel détruirait dans l'instant, il quitta rapidement ses amis à la sortie du collège et s'en fut par la rue Royale jusqu'à la rue Saint-Pierre.

On remarquait à peine, sous les balcons des immeubles, la boutique de Mlle Ramirez. Des boiseries de laque vert sombre encadraient deux vitrines étroites, derrière lesquelles étaient disposés, sur des présentoirs de velours, des flacons de cristal et des boîtes en porcelaine de Limoges ou de Wedgwood. L'énorme loquet de cuivre de la porte vitrée brillait comme un soleil dans la pénombre de la galerie. Les pieux de fonte à tête de cheval, pourvus de gros anneaux auxquels les cavaliers d'autrefois attachaient la bride de leur monture, ressemblaient, au long du trottoir, à des sentinelles oubliées.

Du côté opposé de la chaussée, Osmond examinait les lieux. Dissimulé derrière un attelage, il tentait de voir l'intérieur de la boutique où brillait une lampe. Un long moment, il s'interrogea sur la conduite à tenir. Oserait-il pénétrer dans le magasin, dont la clientèle devait être exclusivement féminine, ou quitterait-il le quartier sans avoir revu cette femme qui prenait dans ses pensées une importance exagérée ? Le garçon conservait assez de lucidité pour analyser son propre comportement. Pour la première fois de sa vie, la faculté qu'il possédait de s'observer en se tenant pour ainsi dire en dehors de lui-même, de porter un jugement critique sur ses actes dans l'instant même où il les accomplissait, lui parut une garantie insuffisante. Il se voyait au bord du trottoir, fixant les vitrines dans une attitude faussement indifférente. Une part de son être acceptait le ridicule d'une situation que son intelligence désavouait. Dans ce débat intérieur dont il avait conscience, il sentait se disloquer une unité d'esprit qui, jamais, ne lui avait fait défaut. Et cependant il dominait son trouble, s'appliquait à maîtriser ses impulsions, comptait sur l'orgueil pour maintenir son libre arbitre.

Il avait le sentiment saugrenu qu'il ne pousserait pas impunément la porte de cette banale boutique, qu'en franchissant le seuil il pénétrerait dans un univers déconcertant, plein de sortilèges et de charmes, dont il ne saurait se défendre. Finalement, il se résolut à traverser la chaussée sans tenir compte des contingences et, comme Alice, à fendre le miroir aux illusions. Quand il fit jouer le loquet, la porte s'ouvrit en déclenchant un carillon. Une odeur composite, faite de cent parfums divers, lui titilla les narines tandis qu'il découvrait, dans un décor douillet, une profusion d'objets anciens, vases, assiettes de porcelaine, coupes de cristal, couverts en vermeil, pichets d'étain, d'étuis de carton colorés, pleins de savonnettes et de boîtes de toutes tailles décorées de faveurs.

Émergeant d'une arrière-boutique qui paraissait encore plus encombrée que le petit magasin, Dolores apparut. Elle portait une ample jupe à motifs rouges sur fond noir et un corsage de dentelle dont le col en corolle semblait soutenir son visage.

Elle vint à Osmond, radieuse et les mains tendues, comme si elle avait espéré son apparition. Il remarqua son émotion mal contenue, sa respiration presque haletante et quand elle parla, le débit hésitant des mots.

– Comme c'est aimable... à vous de venir... me voir. Je dois vous gronder... pour les roses qui m'ont... tellement... fait plaisir.

Osmond lui baisa la main avec une ferveur qui, en d'autres temps, lui eût paru déplacée. Mais elle accepta cet hommage avec naturel. Puis, ils se mirent à parler de choses et d'autres, en dissimulant derrière l'écran des phrases insignifiantes le plaisir inexprimable qu'ils éprouvaient en se retrouvant face à face dans une intimité aléatoire.

– Ainsi, vous vendez des parfums ! C'est un commerce qui confine à la poésie. Dans l'Antiquité, les parfumeuses étaient considérées à l'égal des vestales...

– Je vends des parfums variés, mais ma spécialité est un mélange de fleurs séchées que j'appelle « pot-pourri ».

Elle ouvrit une boîte de carton et mit son contenu sous le nez d'Osmond.

– C'est enivrant et subtil... J'imagine que la composition est secrète ?

– Elle l'est, monsieur, mais à vous, je puis dire qu'il y a entre autres de l'écorce de sassafras, des boutons de roses, des pétales de magnolia, de la cannelle, des zestes de citron et d'orange, du gardénia, de la menthe et quelques essences mystérieuses et fatales que je reçois d'Orient.

Brusquement, Osmond interrompit ce badinage dont la puérilité ne pouvait échapper à Dolores.

– Je n'ai pas cessé de penser à vous.

– Eh bien !

– Vous trouvez que c'est mal ?

– Ça me touche beaucoup, mais...

– ...Mais ?

– Disons que je retire le « mais ».

Osmond lui prit la main. Elle ne tenta pas de se dérober. Il sentit même la pression de ses doigts qui tremblaient un peu et sut dès cet instant que le pas était franchi. La femme qui se tenait là devant lui n'était plus une étrangère.

– Dolores, j'éprouve pour vous un sentiment subit et profond. C'est à la fois ridicule et merveilleux. Si je vous dis que je suis amoureux de vous, vous allez rire et vous moquer et cependant, je sais à quoi m'en tenir. Quoi que vous disiez ou pensiez n'y changera rien. C'est ainsi.

Elle n'avait pas protesté quand il l'avait appelée par son prénom. Son cœur battait à grands coups. Jamais aucun homme ne lui avait paru si conscient de ce qu'il disait.

Le tintement du carillon les fit sursauter. Il lâcha la main de Dolores. Deux femmes entrèrent en bavardant. Elles jetèrent un regard au garçon, qui feignait d'être absorbé par l'examen d'un vase de Sèvres monté sur un trépied de bronze. Tandis que Dolores aidait ses clientes à choisir des savonnettes et des flacons, il suivait les déplacements de la jeune femme, appréciant son aisance de mouvements, l'arabesque mobile de ses bras, quand elle saisissait un objet sur un rayon, la façon qu'elle avait de marcher en avançant le pied pointé vers le sol, comme une ballerine. Sa féminité, sa façon d'être belle le subjuguaient.

Les acheteuses finirent par repasser la porte. Dans l'arrière-boutique, Dolores inscrivait sur un registre la vente réalisée. En trois enjambées, il la rejoignit. Elle se tenait penchée sur un pupitre, les ondes souples de ses cheveux dissimulant à demi son visage. En entendant le pas du garçon, elle se redressa et lui fit face, étonnée.

Déjà Osmond l'avait enlacée de ses deux bras. Elle parut se contracter, plus par réflexe que par volonté d'échapper à son étreinte, puis elle ploya et s'abandonna. Il sentit les seins fermes contre sa poitrine, tandis qu'il enfouissait son visage dans la chevelure brune.

– Dolores, Dolores, Dolores, répéta-t-il sur le ton de l'invocation.

Elle osa à son tour prononcer son nom et ils demeurèrent ainsi noués, déjà unis.

Quand Osmond ouvrit les bras, leurs regards se rencontrèrent et longuement restèrent rivés l'un à l'autre pour un échange sans parole qui s'acheva sur un baiser.

Jamais Osmond n'avait embrassé les lèvres d'une femme. Ce contact charnel le bouleversa, en éveillant en lui un flux d'ondes brûlantes.

– Que faites-vous ? dit doucement Dolores en se ressaisissant.

Ses lèvres tremblaient imperceptiblement, il y avait une sorte d'affolement dans ses yeux, mais elle ne s'éloigna pas de lui.

– Quelque chose commence entre nous, n'est-ce pas ? Nous avons provoqué les puissances qui nous dominent. Voulez-vous y faire face avec moi ou me renvoyez-vous ?

– Vous êtes si jeune, Osmond... Je dois être raisonnable pour deux. Partez maintenant, je vous en prie. On peut venir.

Il lui caressa la joue du bout des doigts et regagna la boutique.

– Puis-je revenir vous voir ?

– Si je vous dis non ?

– Vous ne me reverrez jamais. Je ne saurais vous déplaire.

– Alors revenez, oui, revenez. C'est sans doute de la folie, mais revenez... quand vous voudrez.

– Demain soir, en sortant du collège, je serai là.

Le carillon tinta violemment quand il ouvrit la porte sur le soleil. Dolores le suivit jusqu'au seuil, poussa le verrou, le regarda s'éloigner de sa démarche rythmée d'homme sûr de lui et retourna dans l'arrière-boutique où, assise à son pupitre, elle se mit à pleurer.

Très vite, ils prirent l'habitude de se voir chaque soir. Osmond arrivait vers dix-neuf heures, un peu avant qu'elle ne ferme son magasin, et ils restaient à bavarder tendrement, se tenant les mains, échangeant de temps à autre un baiser, apprenant à se connaître. Puis elle le convia à monter dans l'appartement qu'elle occupait au-dessus de la boutique et il pénétra dans son intimité. Il s'était inquiété de l'éventuelle présence du professeur d'espagnol, mais elle l'avait rassuré, son frère Miguel vivait à l'autre bout de la ville, près de l'université Tulane où il enseignait. Tous deux pensaient sans oser se l'avouer qu'un jour viendrait où ils cesseraient de contraindre leurs sens à cette retenue, qu'ils deviendraient amants et que leurs corps connaîtraient la félicité sensuelle qui accompagne l'amour. L'un et l'autre souhaitaient sans le dire que ce soit une fête épurée de la trivialité des gestes, un don réciproque total et immédiat, sans ces préliminaires de canapés, ces demi-déshabillages, ces tâtonnements exploratoires sous les tissus froissés. Un soir, alors qu'elle l'avait retenu pour partager une dînette, Osmond demanda :

– Puis-je rester cette nuit, près de vous ?

– Vos domestiques ne vont pas s'inquiéter, vous chercher ?

– Je peux téléphoner à Hector.

Elle désigna l'appareil fixé au mur de l'entrée et ordonna à la Noire qui la servait de débarrasser la table et de rentrer chez elle.

Cette nuit-là, Osmond eut la révélation du corps féminin. La vénusté animée de Dolores, à laquelle il ne cacha pas qu'il ignorait à peu près tout du rituel physique de l'amour, lui inspira un long moment de respect. La beauté pure était allongée près de lui dans une nudité chaste. Lentement, ses mains parcoururent ce corps offert, ces formes sculpturales et voluptueuses, ces jambes fuselées, ce buste ample et compact sous la caresse, cette taille dont ses grandes mains pouvaient faire le tour. Il l'approcha avec des lenteurs et des délicatesses d'amant consommé, se laissant guider par son désir, mais avec le souci de faire de leurs noces secrètes une fusion où les corps ne seraient pas seuls engagés. Ils sortirent de l'étreinte éblouis, joyeux et exténués comme ceux qui viennent d'atteindre le sommet et voient se lever au-dessus des nuées de l'aube le soleil attendu.

Ils entrèrent ainsi dans l'été de l'amour dont les saisons s'écoulent hors du cycle rythmé de la nature. Ils n'interrogeaient ni le passé, ni l'avenir. Candide et insouciant, il moissonnait dans les champs infinis du rêve. Elle l'accompagnait sans oser lever les yeux sur l'horizon.

15

L'année scolaire touchait à son terme et les collégiens de l'Immaculée-Conception, ceux de la classe de philosophie surtout, ne se laissaient pas distraire de leurs études. Osmond, Bob et Dan qui, tout au long de la deuxième session, avaient raflé les premières places, étaient déjà assurés de recevoir, avec le bonnet carré à gland de soie, leur diplôme de *Bachelor of Arts* pour le premier, de *Bachelor of Sciences* pour les deux autres. Mais tous trois tenaient à conserver jusqu'au bout l'avance acquise, et il s'était instauré entre eux une sorte de compétition. Les soirées et les nuits passées chez Dolores ne diminuaient en rien la puissance de travail d'Osmond. Il semblait même que cette passion partagée stimulât ses facultés intellectuelles. Ses dernières dissertations, rédigées au fil de la plume dans un style d'une étonnante rigueur, dénotaient une maîtrise parfaite des connaissances acquises et une maturité dans la réflexion qui enchantaient le père Toignec. La seule déficience signalée par le préfet des études relevait de la façon un peu irritante pour les prêtres qu'avait M. de Vigors de négliger les références à Dieu, à la foi et à la religion. Nosy avait même flairé dans une copie sur « l'obligation morale » des relents maçonniques, surtout dans la conclusion où Osmond osait écrire : « C'est par nos actes que nous nous achevons, que nous nous complétons nous-mêmes. »

Bob Meyer et Dan Foxley avaient observé, sans poser de questions, l'évolution de leur ami. Ce dernier ne leur avait pas caché qu'il prenait quelquefois le thé avec Dolores Ramirez, mais les deux garçons se doutaient bien que les excuses invoquées par Osmond pour renoncer à tel concert, à telle promenade en bateau, ou à une partie de tennis ne servaient qu'à dissimuler des rendez-vous dont ils n'avaient jamais le compte rendu.

Bob et Dan souffraient de cette situation en subodorant que le troisième chevalier du Triangle avait accès à un monde secret où ils n'étaient pas admis et dont ils n'osaient, par discrétion, franchir la frontière. De son côté, Osmond éprouvait parfois un sentiment d'isolement dans un bonheur impartageable. En devenant l'amant de Dolores, il s'était fait homme, alors que Bob et Dan restaient des adolescents amoureux de leurs *girl-friends* et contraints de maîtriser leurs ardeurs. Dan s'était bien vanté d'avoir troussé sans façon une vague cousine malheureuse en ménage au cours d'un pique-nique familial, et l'on soupçonnait Bob d'avoir connu les furtives faveurs d'une ouvrière de sa mère, mais ces combustions à la hussarde et sans doute incomplètes ne pouvaient être comparées à la voluptueuse initiation d'Osmond.

Assuré de la discrétion des deux garçons et parce qu'il ne pouvait plus supporter de taire à ses amis une liaison qui était devenue le pivot de son existence, il finit par leur confier son secret. Il le fit au cours d'une promenade à bord du voilier de Dan, sur le lac Pontchartrain. Le vent venait de tomber, Bob avait pris un ris, une brise molle boursouflait la grand-voile. Dan profita du calme pour ouvrir le panier aux provisions et distribuer les sandwiches.

Tandis que Meyer et Foxley mordaient à belles dents le pain frais, Osmond se mit soudain à parler de Dolores.

– Un jour, je vous ai dit : « Je la reconnaîtrai celle que l'amour m'enverra. » C'était bête comme un vers de Sir Thomas Wyatt, mais nous étions jeunes et pédants. Eh bien, je l'ai rencontrée cette envoyée du destin et j'ai la chance de vivre depuis quelques semaines une passion prodigieuse. Je ne sais comment exprimer cela. Comment vous faire comprendre ce que je ressens, ni ce qui se passe en moi. Je crains le banal, le fluide, le terne, le niais. Je m'aperçois que les mots que nous apprenons à manier depuis cinq ans comme des outils sont inadaptés, usés, avilis, dénaturés par les abus que d'autres en ont faits. Il faudrait revenir à leur pure signification, les dépouiller de leur pharisaïsme, les décaper de la rouille des allusions. Trop de gens se sont servis des mêmes mots pour exprimer l'amour pour que j'aie l'outrecuidance de convoquer les vocables que vous devinez afin d'expliquer l'inexplicable...

Bob l'interrompit d'un geste.

– Ce Bergson dont les « jés » feignent d'ignorer l'existence a très bien dit cela : « Le mot aux contours bien arrêtés emmagasine ce qu'il y a de stable, de commun et par conséquent d'impersonnel dans les impressions de l'humanité[1]. »

– En fait, ce que je ressens se traduirait pour nous plus aisément par la musique. Je pense à cette phrase de la *Fantaisie en fa mineur* de Schubert qui revient, toujours gracile et obstinée, qu'on désire entendre et encore entendre et que Bob rend si bien.

Dan avala une bouchée, s'essuya les lèvres d'un revers de main et chantonna :

– Ta ta ta ti... ta... ta ta ta ti... ta... ta ta ta ti ta ta !... c'est ça que tu veux dire... mais c'est une phrase pathétique, elle exprime plutôt pour moi la solitude, presque le renoncement !

– Exactement, il y a dans ce que je ressens une joie grave et pathétique, une solitude satisfaite et aussi un renoncement à toute recherche de l'amour, puisqu'on le vit intensément, qu'on l'habite.

– Tu parles comme quelqu'un qui serait sûr d'avoir trouvé l'accès à l'absolu. Cela me paraît présomptueux, tu es grisé, remarqua Bob.

– Non, lucide, je suis même d'une effarante lucidité. Je sais maintenant que la passion – mais ce mot plus que tous les autres est dépossédé de sa force – est comme la foi, que la possession charnelle est une liturgie qui peut conduire à l'extase. Quand je quitte les bras de Dolores ce que je ressens doit être comparable à ce que ressentent les mystiques auxquels Dieu a fait un signe.

– N'importe quel « jés » dirait que tu blasphèmes, mon gars. Confondre l'alcôve et la chapelle me paraît du dernier démoniaque.

– Qu'importe ce que pensent les bons pères !

1. *Essai sur les données immédiates de la conscience* (1889).

– Mais, aux termes des VIIe et IXe commandements, tu vis dans le péché !

– M'absolvez-vous ? demanda Osmond en riant.

Dan leva la main.

– *Misereatur vestri, omnipotens Deus et dimissis peccatis vestris,* va mon frère et pèche en paix !

– Je te donne aussi mon absolution, bien que je n'aie pas de formule hébraïque à ma disposition, mais quand nous feras-tu l'honneur de nous présenter à la « Belle Dame sans Merci » ?

– La semaine prochaine, nous irons ensemble au concert de l'orchestre symphonique. En attendant, si le vent daigne nous ramener à terre, je vous offre une bouteille au *Pélican blanc*.

Un mois plus tard, ce fut encore en écoutant Tiny Barnett jouer de nouveaux airs de ragtime que les trois amis fêtèrent, tard dans la nuit, la remise de leur diplôme.

La cérémonie, empreinte de solennité, s'était déroulée au cours de l'après-midi, en présence des familles et de tous les élèves du collège de l'Immaculée-Conception. Stella et Faustin Dubard avaient fait le voyage de Bagatelle à La Nouvelle-Orléans en compagnie de Gustave de Castel-Brajac qui tenait à assister à la consécration d'Osmond. Charles de Vigors avait réservé un salon de l'hôtel *Saint-Louis* pour offrir un dîner aux « graduates ». Les trois garçons portaient assez fièrement cette coiffure de circonstance que tous les étudiants appelaient *Mortar board*[1], la fameuse calotte de soie noire surmontée d'un plateau carré et agrémentée d'un gland bleu pour les *Bachelors of Arts*, vert pour les *Bachelors of Sciences*. La mère de Bob Meyer, tout émue de se trouver en si brillante compagnie, mais heureuse de voir son fils honoré au même titre que les rejetons de l'aristocratie, avait été conviée aux agapes. Mme Foxley, qui pour la première fois de sa vie dînait à la même table que sa marchande de corsets, faisait preuve d'une amabilité affectée. Elle savait que son mari ne s'opposerait pas aux fiançailles d'Otis avec Bob et, quoiqu'il lui en coûtât, elle admettait la situation. En constatant que la commerçante connaissait les manières, elle fut rassurée et admit qu'une dame juive pouvait, aussi bien qu'une créole aryenne, user d'un couvert à poissons et s'exprimer dans un anglais châtié. Quant à M. Foxley, il traitait déjà Bob comme un fils et semblait ravi de voir Otis heureuse des succès de son *boy-friend*.

Ce dernier connaissait quelques difficultés pour maintenir son encombrant couvre-chef sur son crâne oblong, mais se réjouissait de voir sa mère admise sans les réticences qu'il avait redoutées.

Osmond pensait à Dolores. La femme qu'il aimait lui paraissait soudain lointaine, étrangère à cet univers où il était impensable qu'elle pénétrât jamais. Il l'imaginait seule chez elle, tandis qu'il partageait avec d'autres un moment de bonheur.

Avec la bénédiction de leurs parents, les trois garçons, mis en verve par les toasts répétés, s'esquivèrent à la fin du repas pour aller, suivant la tradition, finir la nuit entre étudiants.

Aussitôt qu'ils se retrouvèrent seuls dans l'automobile que M. Foxley

1. Littéralement : planche à mortier, taloche.

venait d'offrir à son fils, leur gaieté retomba comme un soufflé qu'on a retiré du four. Tous trois confessèrent une soudaine mélancolie. En quittant le collège, ils allaient se séparer. Dan s'en irait à l'université Johns-Hopkins, à Baltimore, la plus réputée pour l'enseignement des sciences et notamment de la biologie, branche dans laquelle le jeune Foxley voulait faire carrière. Bob entrerait à l'Institut polytechnique et Osmond s'inscrirait à l'école de Droit de l'université Tulane. Les deux derniers restant à La Nouvelle-Orléans pourraient se rencontrer fréquemment, mais ils ne verraient plus Fox qu'aux vacances. Leurs parchemins, que Bob qualifiait ironiquement de « billets de levée d'écrou », portaient en filigrane l'expulsion de l'heureuse adolescence. Pour prévenir toute fêlure de leur amitié, ils répétèrent « le serment de la rivière Chitto » en chargeant les phrases puériles et grandiloquentes d'un sens nouveau. Les côtés du triangle risquaient de se distendre mais ils ne voulaient en considérer que les diagonales se coupant en un seul point.

– Nous n'allons tout de même pas larmoyer comme des fillettes. Même si nous jouons séparément notre partie, notre unité demeure, observa Dan d'une voix lamentable.

– Et maintenant que Dolores nous a acceptés, nous ne craignons plus de voir Osmond s'enfermer dans son égoïsme d'amant comblé, renchérit Bob en nouant son écharpe frappée des lettres J.H.S.[1].

Tiny Barnett les accueillit en jouant avec une rigueur exagérée quelques mesures de *Pump and circonstances* d'Elgar, et Osmond commanda le champagne. Mais l'enthousiasme faisait défaut, leur exubérance paraissait forcée et ils durent tous trois reconnaître que ce sacré collège, lieu géométrique de leur existence depuis cinq années, allait leur faire défaut. Ils s'étaient bien engagés à y revenir de temps à autre pour rencontrer le père Toignec et quelques autres professeurs, mais que resterait-il de cette promesse quand, absorbés par de nouvelles études et happés par la vie universitaire, ils ne seraient plus contraints de répondre ponctuellement à l'appel de la cloche fêlée agitée par Floche.

Le pianiste, remarquant le peu d'entrain de ces garçons pour lesquels il s'était pris de sympathie, quitta son clavier et les invita à le suivre.

– Venez, je veux vous montrer quelque chose !

Ils emboîtèrent le pas du mulâtre et grimpèrent avec lui au premier étage sous le regard étonné des filles de la maison, qui les voyaient pour la première fois gravir l'escalier de l'établissement.

Tiny les conduisit dans son appartement, coquettement meublé.

– Voilà ma dernière acquisition, dit-il en montrant un piano demi-queue.

– Mazette, un Pleyel de la bonne époque, reconnut tout de suite Bob.

– Où l'avez-vous trouvé ?

– Je l'ai acheté à un ami de ce pauvre Buddy Bolden qui a perdu la raison.

Bob Meyer se mit au clavier et plaqua quelques accords.

– Quelle sonorité, mes seigneurs, ça c'est une caisse.

– Jouez quelque chose, m'sieur Bob, vous allez voir comme il chante.

1. Jesuites High School.

Meyer, qui, depuis le printemps, travaillait sur le piano des Foxley la difficile *Fantaisie Wanderer* de Schubert, risqua quelques mesures. Mais là encore, le cœur n'y était pas.

– Fameux, votre piano Tiny..., si je pouvais m'offrir ça !

– Venez jouer quand vous voulez m'sieur Bob, vous savez que vous êtes chez vous ici.

Les trois amis remercièrent et quittèrent la pièce, conscients d'avoir un peu déçu le pianiste qui escomptait sans doute une séance de musique comme on en avait souvent connu au *Pélican blanc*. Comme ils s'apprêtaient à descendre l'escalier, il se fit soudain une grande agitation à l'étage au-dessus.

Une octavonne, entièrement nue sous un peignoir mal ajusté, sanglotait sans retenue, entourée par quelques-unes de ses compagnes, qui s'efforçaient de la calmer ou plutôt de la faire taire. La voix sèche de la vieille Barnett parvint d'une chambre entrouverte jusqu'aux oreilles des garçons qui, figés sur le palier, s'interrogeaient du regard.

– Emmenez-la, emmenez-la et fermez le salon du bas, on va le sortir. Il y a un cab devant la porte.

Tiny Barnett invita ses visiteurs à réintégrer la pièce qu'ils venaient de quitter, très soucieux, semblait-il, d'éviter qu'ils ne soient témoins d'un incident... professionnel.

– Que se passe-t-il ? demanda ingénument Foxley.

– Je vais me renseigner, attendez-moi.

Le mulâtre, les abandonnant dans la chambre au piano, gravit l'escalier à toutes jambes. Les trois amis qui prêtaient l'oreille entendirent des exclamations et un échange de propos assez vifs entre le pianiste et sa mère.

Quand il réapparut, son visage était couleur de cendre et son sourire tout à fait forcé.

– Un ennui ? interrogea Bob.

– Oui et non, enfin à vous je peux bien le dire, vous êtes discrets, messieurs... un client, un gentleman assez âgé, a eu un malaise, il n'est pas très bien, n'est-ce pas, et la demoiselle qui lui tenait compagnie a eu peur, assez peur.

– Prévenez un médecin, suggéra Osmond.

– Oh ! non, ma mère ne veut pas qu'il y ait de scandale ici. Pour nos maisons, ça marche mal comme on dit... Non, on va le mettre dans un fiacre..., il ira à l'hôpital..., c'est tout près.

En entendant un bruit de pas dans l'escalier et sans tenir compte du mulâtre qui s'était adossé à la porte, Foxley entrouvrit celle-ci. Dan et Osmond se penchèrent et virent l'étrange cortège : deux Noirs, le maître d'hôtel et un barman, descendaient péniblement les marches en portant, l'un par les jambes, l'autre par les aisselles, le corps d'un homme dont le visage était dissimulé par une serviette. L'inconnu paraissait inerte et ses bras ballottaient comme ceux d'un cadavre.

– Mais cet homme est peut-être en train de mourir, dit rageusement Fox en ouvrant plus largement la porte palière.

Bob, qui se trouvait coincé contre le chambranle, vit Osmond blêmir. Il suivit son regard qui fixait avec une effrayante intensité la main du vieillard inanimé. Plutôt que la main elle-même aux veines apparentes sous la peau diaphane, c'était la chevalière armoriée de l'auriculaire qui semblait captiver l'attention d'Osmond. Mais avant que Bob ait eu le temps de poser une question, son ami avait passé le seuil, rattrapé les porteurs et, sans se soucier des protestations de la vieille Barnett, dévoilé le visage du malade. En même temps qu'Osmond, Bob et Dan reconnurent les traits de celui avec lequel ils festoyaient quelques heures plus tôt : le sénateur de Vigors.

Aussitôt Osmond prit l'initiative et ordonna :

– Dan, va chercher ton auto, Bob passe au vestiaire et règle l'addition. Et vous, ajouta-t-il à l'intention des porteurs stupéfaits, suivez-moi.

En arrivant dans le hall, tandis que les domestiques déposaient avec précaution le corps de M. de Vigors sur la banquette capitonnée, Osmond se retourna vers Mme Barnett. La face ridée de la vieille femme lui parut monstrueusement souriante, comme celle des sorcières aux soirs de sabbat. Son regard brillait d'une mauvaise lueur, comme si toutes les vengeances du peuple des esclaves brûlaient dans ses grosses prunelles.

– Toi, la catin, si tu parles, je te coupe la langue et je brûle ta baraque !

L'ancienne institutrice eut un mouvement de recul. Le garçon au regard insoutenable, semblable à celui du seul Blanc dont elle respectait encore le souvenir, venait de la ravaler au rang des esclaves des champs, que fustigeaient les contremaîtres.

Quand l'automobile démarra, Osmond entendit son rire cassé à travers la porte violemment refermée.

– Où allons-nous ? demanda Dan d'une voix blanche.

– Prytania Avenue. Je le ramène chez lui, je crois qu'il est mort.

Bob se retourna vers Osmond qui, sur la banquette arrière, soutenait le corps inerte de son grand-père et lui pressa affectueusement la main.

Osmond remercia d'un regard et, d'une voix calme, proposa le mensonge qu'il faudrait fournir à Stella et à Faustin Dubard qui, pendant leur séjour à La Nouvelle-Orléans, logeaient chez l'ancien sénateur.

– Nous dirons que nous l'avons rencontré... devant le Boston-Club, que nous l'avons entraîné dans notre petite fête et qu'il a eu un malaise... dans un bar de la rue Bourbon.

– D'accord ! approuvèrent d'une seule voix les deux garçons.

Quand le docteur Dubard, tiré de son lit, se pencha sur Charles de Vigors, que les garçons avaient allongé sur le canapé du salon, avant de remettre un peu d'ordre dans ses vêtements, il ne put que constater la mort.

– Embolie, consécutive à une émotion, à un effort ou à un dîner trop copieux, diagnostiqua-t-il d'un ton professionnel. Cet homme, malgré sa belle apparence physique, était usé.

A l'aube, quand le sénateur, dont les domestiques firent la toilette mortuaire en gémissant, fut installé dans son lit, un violent orage d'été éclata, assombrissant le ciel et secouant les frondaisons.

Resté seul près de son grand-père, Osmond lui prit doucement la main et fit glisser du doigt déjà raide la grosse chevalière des Vigors, qu'il passa à son propre annulaire, après avoir lu la devise gravée à l'intérieur de l'anneau : « Des griffes et des dents ».

En attendant que vienne l'heure décente où l'on pourrait prévenir Gustave de Castel-Brajac de la disparition de son vieil ami, Osmond, mains au dos et l'œil sec, campé devant la fenêtre, suivit la retraite de l'orage. En prenant congé de la vie sur une pirouette équivoque, ce grand-père qu'il aimait lui causait son premier vrai chagrin. Seuls oncle Gus et Lorna pourraient comprendre ce qu'il ressentait en cet instant, en regardant ce mort au visage serein, qui avait su obtenir de la vie tout ce qu'elle pouvait offrir.

Tandis que Stella prévenait Liponne à Saint-Martinville du décès d'un époux dont elle s'était détachée depuis des années, Osmond se fit conduire dans la voiture de l'ancien sénateur jusqu'à la maison Pritchard.

Hector lui ayant appris que M. de Castel-Brajac n'était pas encore sorti de sa chambre, le garçon se rendit dans la sienne, fit sa toilette et passa un costume gris après avoir noué sous son col une cravate de soie noire.

Quand il pénétra dans le *breakfast-room*, le Gascon en complet veston de toile beige beurrait des toasts.

– Ces confitures ne valent pas celles de Cousine, fiston, et les truffes font défaut dans les œufs brouillés, mais en ville, n'est-ce pas, il faut se contenter de ce qu'on vous sert !

Avisant la tenue sévère du nouveau bachelier, il fit une moue comique.

– Dis donc ! Tu te prends pour un juriste, te voilà fait comme pour un procès ou un enterrement.

Osmond s'assit en face de Gustave.

– Hélas ! Oncle Gus, c'est d'un enterrement qu'il s'agit et je vais vous causer beaucoup de peine.

– Pourquoi diable, les mauvaises nouvelles nous arrivent-elles toujours au petit déjeuner... Tu plaisantes ou quoi ?

– Grand-père est mort cette nuit, oncle Gus.

– Qui, quoi, Charles ? Charles est mort et tu me sers ça..., boun Diou, c'est pas vrai ?

Devant le silence du jeune homme et sa mine sévère, M. de Castel-Brajac comprit qu'aucun doute n'était permis. Il lâcha sa tartine, froissa sa serviette et de grosses larmes apparurent dans ses yeux, roulèrent sur ses joues, se perdirent dans les bourrelets du menton.

– Je savais que vous auriez de la peine, oncle Gus.

– Mais boun Diou de macadiou, comment est-ce arrivé ? Un accident, hein, un accident ?

– Une sorte d'accident... si l'on veut.

– Mais parle, triple buse, qu'est-il arrivé à Charles ?

Osmond avait déjà décidé de ne pas cacher la vérité à l'oncle Gus. Lui seul aimait assez Charles de Vigors pour partager le secret de sa mort scandaleuse.

– Grand-père est mort au bordel, oncle Gus. Avec mes amis, nous l'avons ramené avenue Prytania.

M. de Castel-Brajac se dressa avec une vivacité inattendue pour sa taille et son poids.

– Au bordel !... Comme un satrape, macadiou, mon pauvre Charles, lui qui s'était moqué d'Oswald mort les fesses au vent ! Il avait pris des habitudes cochonnes depuis quelque temps, je le savais..., je l'avais mis en garde... à nos âges... enfin quelle mort, hein, quelle mort !

– Je crois qu'il ne s'est aperçu de rien, oncle Gus, une embolie.

– Et le scandale que ça va faire, boun Diou, je vois d'ici les journaux républicains ! *« Un sénateur meurt dans les bras d'une prostituée »,* tu vois ça, macadiou, fiston, c'est toi le chef des Vigors maintenant, tu y as pensé ? Et Liponne et tous les Dubard...

— Il n'y aura pas de scandale, oncle Gus. Monsieur Charles de Vigors est mort dans son lit, entouré des siens.

Osmond raconta avec force détails à Gustave tout ce qui s'était passé, ainsi que le pieux mensonge inventé à l'usage de la famille et du monde. Le Gascon parut rassuré.

— Boun Diou, Osmond, heureusement qu'il y a un homme comme toi dans cette tribu... Je vais me changer et je t'accompagne avenue Prytania.

— Prenez votre temps, oncle Gus, j'ai encore une pénible mission à remplir, quelqu'un à prévenir avec ménagement et dont j'ignore l'adresse.

— De qui veux-tu parler ?

— Marie-Gabrielle, la maîtresse de grand-père.

M. de Castel-Brajac suffoqué se rassit posément.

— Mille Diou, je l'avais oubliée celle-là. Tu étais au courant ?

— Grand-père m'en avait parlé à Cuba. Il faut que j'aille la voir maintenant, on ne peut pas la laisser dans l'ignorance.

— Va fiston, tu la trouveras au 141, avenue de l'Esplanade... Ça me console un peu de te voir si conscient, si avisé, si solide, va.

Le chauffeur de l'ancien sénateur connaissait l'adresse de Mme Grigné-Castrus.

— J'y conduisais M. le sénateur tous les jours à l'heure du thé, expliqua-t-il à Osmond.

S'étant fait annoncer, Osmond de Vigors vit apparaître une femme aux yeux rougis mais d'une parfaite dignité. Elle savait déjà l'affreuse nouvelle. Le secrétaire de M. de Vigors venait de lui téléphoner. Osmond fut un peu irrité qu'un employé se soit, sans prévenir, substitué à lui.

— J'apprécie, monsieur, que vous vous soyez dérangé pour venir me voir, en passant outre aux conventions. Ma situation est délicate.

— Mon grand-père vous aimait. Il m'avait parlé de vous à plusieurs reprises, il souhaitait même que vous me connaissiez. J'aurais aimé vous voir avec lui. Je me moque des conventions, ce sont des paravents pour les médiocres.

Marie-Gabrielle sourit tristement,

— Voulez-vous, s'il vous plaît, mettre pour moi une rose dans son cercueil, car moi, je ne puis le voir, dit-elle la gorge nouée par l'émotion.

— Je le ferai, madame... et quand... tout sera terminé, si vous me le permettez, je reviendrai vous voir et nous parlerons de lui.

Cette femme, qui avait dû être belle, méritait aux yeux d'Osmond autant de respect qu'une épouse. La voyant soudain sangloter, il vint à elle et l'embrassa sur la joue.

En revenant au domicile de son grand-père, Osmond fit un détour par la rue Saint-Pierre. Il devait, le soir même, fêter son diplôme de *bachelor* avec Dolores. Or, il se devait d'annuler ce tête-à-tête.

La boutique étant déserte, ils s'embrassèrent sans retenue. Dolores dissipa en un instant l'ambiance de mort dans laquelle il vivait depuis le milieu de la nuit. Elle était la vie, chaude et rassurante.

– Mon pauvre chéri, je vais penser à toi très fort, dit-elle quand il la quitta après lui avoir raconté que son grand-père s'était éteint pendant son sommeil avec une exemplaire discrétion.

L'État de la Louisiane et la ville de La Nouvelle-Orléans firent de grandioses funérailles à l'ancien sénateur de Vigors. Tous ceux qui n'avaient pu trouver place dans la cathédrale Saint-Louis, pour assister au service célébré par l'évêque de la paroisse d'Orléans, se massèrent sur l'esplanade entre l'église et les jardins de Jackson Square. La musique de la garde nationale avec ses tambours voilés de crêpe et un détachement du Washington Artillery rendirent les honneurs militaires à celui qui avait représenté l'État des Bayous au Congrès. Puis, des orateurs se succédèrent sur les marches du Cabildo, pour exalter les vertus et les mérites du disparu. C'est l'ultime indulgence de la mort de ne livrer au souvenir officiel de ceux qu'elle a saisis avec leurs défauts, leurs faiblesses et parfois leurs vices, qu'une image édifiante et épurée.

En écoutant toutes les fadaises souvent dénuées de sincérité débitées par des gens que son grand-père avait peut-être méprisés ou dont il s'était gaillardement gaussé pendant sa vie, Osmond ressentait une sorte d'écœurement. La vue de sa grand-mère, dont l'obésité majestueuse et le visage revêche s'accommodaient aisément des vêtements noirs et du voile des veuves, l'incitait paradoxalement à penser à une autre femme, noyée dans la foule anonyme et dissimulant un chagrin prohibé, dont la bonne société hypocrite eût peut-être joui comme d'une condamnation.

Quand l'ordonnateur, invitant Osmond à conduire le deuil, appela d'une voix d'appariteur « Monsieur le baron de Vigors », le jeune homme ne comprit pas tout de suite qu'il s'agissait de lui. Sur un signe de Castel-Brajac, il offrit son bras à sa grand-mère.

Sur le chemin du cimetière Saint-Louis, tout proche de la cathédrale, il ressentit comme un reniement de l'amour qu'à un moment de sa vie Charles de Vigors avait dû porter à sa femme, dans la phrase que cette dernière lui adressa d'une voix dont l'aigreur était assourdie par le voile de crêpe :

– Eh bien, Osmond, il y a longtemps que j'étais sortie avec mon mari !

Troisième époque

LE TEMPS DE VIVRE

I

La mort de Charles de Vigors fit d'Osmond un jeune homme riche. Lors de l'ouverture du testament de l'ancien sénateur, par une chaude matinée de juillet, il apprit que son grand-père l'avait désigné comme principal héritier.

S'il ne fut pas surpris, en arrivant avec sa mère, de trouver, dans le cabinet du notaire, sa grand-mère Liponne, qui brandissait une procuration de Marie-Virginie absente, et qu'accompagnait Louise-Noëlle, la religieuse, seconde fille du défunt, il s'étonna, en revanche, de la présence d'Augustine Barthew au côté de son père, M. de Castel-Brajac. Oncle Gus souffrait de la canicule. Il expliqua, en s'épongeant le front, que sa fille avait été, comme lui-même, convoquée par le tabellion. On pouvait aisément concevoir que le fidèle ami de Charles figurât au nombre des légataires, alors que la participation de la mère de Lorna à cette réunion familiale revêtait un caractère insolite. Augustine ne cachait d'ailleurs pas sa perplexité, ce qui rendait son père irritable et, sembla-t-il à Osmond, un peu inquiet.

Tandis que le notaire faisait sauter avec onction les cachets de cire rouge scellant une grosse enveloppe, la veuve de Charles s'adressa à la fille de Gustave d'un ton légèrement persifleur.

– Ne sois pas étonnée de te trouver là, ma belle. Charles a toujours eu un faible pour toi... peut-être parce que tu es venue au monde quelques jours avant notre Marie-Virginie...

M. de Castel-Brajac grommela quelques mots incompréhensibles et, sans aucun à-propos, fit remarquer que le thermomètre marquait déjà quatre-vingt-quatre degrés[1] à l'ombre.

Avant de donner lecture des dernières volontés de M. de Vigors, l'homme de loi s'éclaircit la voix.

– Mesdames et messieurs, nous sommes réunis pour prendre connaissance des décisions ultimes du regretté baron de Vigors.

Puis il commença la divulgation du testament en donnant au texte tout son relief, comme s'il se fût agi d'un traité international engageant le destin de l'Union.

– « En ce jour, mardi 6 septembre 1910, moi, Charles, baron de Vigors, venant de dîner, étant en bonne santé de corps et d'esprit et d'humeur sereine, j'exprime et établis, par le présent testament, mes dernières volontés.

1. Il s'agit de degrés Fahrenheit, soit environ trente-cinq degrés centigrades.

» Ceux qu'elles pourraient surprendre, scandaliser ou décevoir n'auront qu'à interroger leur mémoire et leur conscience. Elles leur fourniront sans doute les éléments d'appréciation qu'ils pourraient avoir oubliés.

» En ce qui concerne ma veuve, Liponne de Vigors, née Dubard, je m'en tiens au contrat en séparation de biens, signé lors de notre mariage. Comme elle est à l'abri du besoin, je l'exclus de mon testament. »

– Ça alors ! fit Liponne indignée en jetant ses gants noirs sur le bureau du notaire.

– Puis-je vous demander, madame, de ne pas interrompre la lecture de l'acte ? observa l'homme de loi en fixant la veuve déçue par-dessus son lorgnon.

– Vous ne m'empêcherez pas de dire que c'est un peu fort, non ?

Impassible, le notaire reprit.

– « Comme de diverses façons, ma fille, Louise-Noëlle, en religion sœur Octavie de l'Incarnation, m'a toujours marqué son indifférence, je lui lègue, contraint et forcé, la part réservataire qui lui revient et que je ne puis, à mon vif regret, lui ôter. Ses prières ne valant pas plus que ses malédictions, je la dispense de toute ressouvenance de son père. »

La religieuse baissa la tête et poussa un profond soupir. L'ordre des ursulines, auquel revenaient tous les héritages des nonnes qui avaient prononcé des vœux perpétuels, allait être désappointé.

– « A ma fille aînée, Marie-Virginie, épouse Castel-Brajac, que la vie n'a jamais beaucoup gâtée, je lègue, en plus de sa part légale, 100 000 dollars ainsi que l'hôtel particulier situé à Paris, rue Cambon, et la villa mauresque située à Monaco qui me viennent de ma demi-sœur bien-aimée, Gratianne, née Damvilliers. A charge pour elle d'entretenir, sa vie durant, la tombe de Gratianne au cimetière du Montparnasse, à Paris.

» A la veuve de mon fils Gratien, mort à Cuba, Stella, aujourd'hui épouse Dubard, qui dispose déjà par donation de la plantation de Bagatelle, je lègue 100 000 dollars. Toutefois, cette somme placée sur un compte bloqué producteur d'intérêts à la Banque de Louisiane, ne lui sera comptée qu'au jour où elle deviendrait veuve pour la seconde fois et à condition qu'elle s'engage à maintenir dans son intégrité le domaine de Bagatelle. Si Mme Faustin Dubard devait décéder avant son époux, la somme ci-dessus mentionnée, augmentée des intérêts, reviendrait à mon petit-fils, Osmond, baron de Vigors. »

Stella jeta un regard de biais à son fils, que ces dispositions bizarres ne semblaient pas surprendre. Le notaire paraissait enchanté de révéler le contenu d'un testament sortant de l'ordinaire.

– « Je lègue à Augustine Barthew, née Castel-Brajac, à qui j'ai toujours porté une affection particulière en raison de certaines circonstances de ma vie connues de ses parents, cinq immeubles de rapport, situés à La Nouvelle-Orléans, dans les rues Villeré, Robertson, d'Iberville, du Marais et Conti, ainsi qu'une somme de 25 000 dollars. »

Liponne et Louise-Noëlle ne purent retenir une exclamation qu'Osmond jugea déplacée.

– Qu'est-ce... qu'est-ce que ça veut dire ? demanda naïvement Augustine.

– Rien d'autre que ce qui est écrit, madame. Le défunt baron de Vigors vous lègue en toute propriété ces immeubles qui doivent valoir, d'après les estimations qu'il m'avait demandé d'en faire, au moins 600 000 dollars.

La religieuse intervint d'une voix blanche :

– Mais ces immeubles sont situés dans l'infâme quartier de Storyville ?

– Il semble, ma sœur, reconnut le notaire avec un sourire.

Gustave s'agitait sur sa chaise. Rassuré par les termes de la clause se rapportant à Augustine, il appréciait maintenant en connaisseur l'humour de son vieil ami.

– Sacré Charlot, dit-il.

Cette remarque lui valut, de la part de Liponne, un regard courroucé. La lecture continua.

– « Je lègue à mon ami Gustave de Castel-Brajac, dont l'affection fraternelle et la fidélité inlassable m'ont aidé à traverser la vie et qui m'a donné des preuves répétées de son dévouement, la propriété connue sous le nom de « Rosabel plantation », située dans la paroisse de West Feliciana (Louisiane).

» Je lui destine également la canne de bois d'ébène qu'il a si souvent convoitée et dont le pommeau d'or en forme de tête d'ours peut passer pour représentatif de son aimable caractère. »

Le notaire marqua un temps d'arrêt pour laisser aux auditeurs le temps de juger de la générosité du défunt. Gustave, qui avait la larme à l'œil, renifla bruyamment, se moucha et fit signe à l'homme de loi de continuer.

– « A mon petit-fils Osmond de Vigors, je lègue ma demeure de l'avenue Prytania avec tout ce qu'elle contient : meubles, tableaux, gravures, objets d'art, bibliothèque, ainsi que mon automobile, mes chevaux et mes voitures, charge lui restant de remettre à ma veuve ce qui lui appartient en propre et dont on trouvera la liste en annexe. Je lui lègue également toutes mes parts de la compagnie Oswald and Vigors Petroleum, ainsi que toutes les parts que je détiens dans différentes compagnies de navigation, de chemins de fer et entreprises industrielles. Des ordres ont été donnés à ma banque pour que mon portefeuille d'actions, d'obligations et d'hypothèques soit transféré à son nom dans les meilleurs délais ainsi que les titres de propriété des deux plantations que je possède dans l'île de Cuba.

» Après la lecture de mon testament, le notaire devra lui faire remettre la clef du coffre que je possède à la Banque de Commerce. Tout ce qu'il contient lui appartient. Il devra détruire par le feu les documents et correspondances privées qu'il trouvera dans ledit coffre, après en avoir pris connaissance s'il le désire. Dans le cas où mon légataire privilégié contracterait mariage, j'exprime l'exigence qu'aucun des biens venant de moi ne tombe dans la communauté conjugale.

» A mon petit-fils, je demande d'illustrer au mieux la devise des Vigors : *Des griffes et des dents*, et de passer à son doigt la chevalière aux armes de notre famille que je n'ai jamais quittée.

» A tous, par-delà la tombe, j'adresse ce seul conseil qui les contient tous : "Vivez aussi bien et aussi longtemps que vous pourrez". »

Charles, baron de Vigors.

– Je suis à la disposition des légataires pour l'exécution des clauses de ce testament, conclut le notaire.

Osmond, un peu décontenancé par la générosité de son grand-père, jouait avec la chevalière qu'il portait depuis la nuit tragique. Oncle Gus lui sourit et, tandis que tout le monde se levait, glissa avec malice :

– Ce n'est pas un testament boun Diou, c'est un règlement de compte !

Liponne et Louise-Noëlle firent des adieux un peu secs. Osmond, Stella, Augustine et oncle Gus s'en allèrent déjeuner à l'hôtel *Saint-Louis*, tout proche.

Depuis qu'elle s'était vu attribuer le legs surprenant des immeubles de Storyville, Augustine brûlait de poser à son père une question.

– Quelles sont les circonstances de la vie de Charles « connues de mes parents » qui semblent justifier l'héritage que je reçois ?

M. de Castel-Brajac, qui s'attendait à pareille curiosité, avait préparé sa réponse.

– Il n'y a nul mystère là-dessous, Augustine. Simplement une dette qu'avait Charles à mon égard. Quand, en 1870, je suis parti pour la guerre en France, alors que tu n'étais pas encore née et que mon ami, jeune avocat, venait d'épouser Liponne, je lui ai rendu un service... ou plutôt je lui ai fait un prêt... oui un prêt. Et nous avons convenu... que mon premier enfant serait le bénéficiaire du... remboursement. Tout ça, bien sûr, je l'avais oublié... mais Charles, tu vois, s'en est souvenu.

– En somme, en m'offrant ces immeubles aux adresses fort compromettantes, dont tout le monde ignorait qu'il fût propriétaire, il ne fait que payer sa dette ?

– C'est cela... Il rembourse avec intérêts.

– Mais que vais-je faire de ces... sentines du vice ?

– Tu vas les vendre, mon petit, et recevoir une belle somme...

– Vous croyez que je puis accepter sans scrupules ? Je n'appartiens pas à la parenté de Charles et ses enfants doivent se sentir frustrés, vous avez vu la tête de Louise-Noëlle ?

M. de Castel-Brajac n'hésita pas à mimer la colère.

– Tu ne vas pas discuter les volontés d'un mort, boun Diou...

Osmond avait suivi cette conversation, non sans remarquer les explications un peu vagues et hésitantes de l'oncle Gus. Il connaissait assez son grand-père pour douter que la justification avancée par le Gascon pour ce legs inattendu soit aussi banale qu'il voulait le faire croire à Augustine. M. de Castel-Brajac, habitué au sourire de son ancien élève, ne soupçonna pas ce jour-là qu'il pouvait traduire un scepticisme pyrrhonien.

Contrairement aux habitudes contractées au cours des vacances précédentes, Bob, Dan et Osmond ne passèrent pas l'été ensemble. Mme Meyer ayant besoin de repos, son fils l'accompagna dans une station climatique du Tennessee et Dan s'en fut en Floride avec ses parents. Osmond prit de son côté le chemin de Bagatelle. Les trois amis décidèrent de se retrouver à la fin du mois d'août dans la propriété des Foxley, près de Natchez, où ils avaient vécu ensemble tant de séjours, dans le bonheur et l'inconscience de leur amitié triangulaire. Osmond et Bob étant libres jusqu'au mois d'octobre, époque à laquelle commenceraient à La Nouvelle-Orléans les cours de droit de l'université Tulane et ceux d'ingénieur à l'Institut polytechnique, avaient décidé d'accompagner Dan à Baltimore, dans le Maryland. Le « scientifique » de la bande, inscrit à l'université Johns-Hopkins, devait s'y présenter le 10 septembre. L'exil volontaire de leur ami sur les bords de la Chesapeake fournissait prétexte à un pèlerinage chez Edgar Poe, un des écrivains préférés d'Osmond.

Plus encore que l'éloignement temporaire de ses amis, ce dernier souffrait d'avoir à se séparer de Dolores pendant de longues semaines. Comme tous les amoureux, il associait l'absence de l'être aimé aux risques de l'oubli, à de confuses menaces. Bien qu'il ne cédât pas au doute trivial quant à la fidélité de sa maîtresse, il ne pouvait s'empêcher d'imaginer qu'à Saratoga Springs, station thermale à la mode de l'État de New York où Dolores devait se rendre pour visiter une tante, des hommes ne manqueraient pas de remarquer la beauté épanouie de cette femme superbe et se risqueraient peut-être à lui faire la cour. Le professeur d'espagnol, qui ignorait toujours la nature exacte des relations qu'entretenait Osmond avec sa sœur, devait faire le voyage avec cette dernière. Cependant, aux yeux de l'amant inquiet, ce chaperon ne constituait plus une protection suffisante, depuis que Dolores avait annoncé en plaisantant que son frère s'était « mis dans la tête de la marier ».

De son côté, Mlle Ramirez redoutait « le joyeux essaim de jeunes filles » qu'Osmond allait, comme chaque année, retrouver à Bagatelle. Sans oser citer le nom de Lorna, qu'elle entendait parfois prononcer par le jeune homme quand il évoquait son enfance ou les tournois de tennis et les pique-niques du Baga-Club, elle ne cachait pas la crainte qu'elle éprouvait de le voir succomber au charme d'une de ces « fraîches héritières ».

Au cours de leur dernière nuit, avant la séparation des vacances, elle s'était laissée aller à évoquer l'avenir de leur amour.

— Il faudra bien que je me résigne un jour à te voir me quitter, n'est-ce pas ? Dans quelques années, je serai une vieille femme et...

Osmond lui avait clos la bouche d'un baiser fougueux, comme s'il voulait conjurer les incertitudes du destin.

— Pourquoi ne t'épouserais-je pas ?

L'exaltation d'une passion partagée lui avait inspiré, entre deux étreintes, cette folle question. La jeune femme, lovée nue contre son amant, avait caché son visage au creux de l'épaule de celui-ci pour repousser d'une voix tendre et mélancolique une perspective aussi déraisonnable.

— Tais-toi... voyons, je vais avoir trente-deux ans et tu en as dix-huit... ne rêvons pas de projets irréalisables... aimons-nous sans penser à demain. Je souhaite que ça dure le plus longtemps possible... oui, c'est tout ce que je puis espérer.

Osmond s'était récrié que la différence d'âge ne signifiait rien. Lucile de Chateaubriand n'avait-elle pas épousé M. de Caud son aîné de trente-sept ans, et Philippe VI de Valois ne s'était-il pas uni à cinquante-six ans à Blanche de Navarre qui en avait dix-neuf ?

— Qu'un homme âgé prenne une femme jeune n'est pas anormal, mais le contraire...

— Voyons, Henri III n'a-t-il pas aimé Diane de Poitiers qui comptait vingt années de plus que lui et Balzac ne vécut-il pas une passion extraordinaire, alors qu'il avait vingt-trois ans, avec Laure de Berny, qui en avait quarante-cinq... et neuf enfants.

— Diane et Laure ne furent que des maîtresses, Osmond, pas des épouses... ne parlons plus de ces choses... Le bonheur que nous vivons, personne ne pourra nous le reprendre jamais.

A son tour, elle l'avait embrassé avec une ardeur désespérée, puis, chair contre chair, ils s'étaient une fois encore unis dans le plaisir, alors que l'aube filtrait aux persiennes.

Au moment de quitter Dolores, quelques jours après l'ouverture du testament de Charles de Vigors, Osmond, cédant à son élan sentimental, avait pensé proposer à sa maîtresse d'abandonner son commerce de parfumerie pour s'installer avec lui dans une maison qu'il louerait. Ils auraient pu mener ainsi, sous le même toit, une vie quasi conjugale, au mépris des conventions. N'avait-il pas maintenant les moyens financiers d'établir confortablement celle qu'il aimait et assez d'indépendance pour tenir tête à une société conformiste ? Mais il avait renoncé à ce projet fantasque, qui eût causé un scandale familial et mis Mlle Ramirez au rang de femme entretenue, ce qu'elle n'eût pas supporté. Dolores attachait en effet beaucoup de prix à la considération publique. On admettait qu'elle tînt un commerce de luxe sans déroger, mais ces mêmes bourgeoises, qui fréquentaient sa boutique comme un salon, ne lui eussent pas pardonné une cohabitation avec un fils de l'aristocratie. Aucune de ses relations ne soupçonnait qu'elle eût un amant. Seule la domestique noire, qui la servait depuis des années et dont elle savait la discrétion, connaissait l'existence d'Osmond et pouvait être amenée à penser que le garçon passait parfois la nuit chez sa patronne.

Osmond, depuis longtemps, ne venait plus à la boutique et rejoignait Dolores dans son appartement par l'entrée du patio qui, comme beaucoup d'autres, correspondait par des corridors et des jardinets avec les patios voisins. Même si l'on voyait fréquemment pénétrer M. de Vigors sous un porche de la rue de Toulouse, personne ne pouvait imaginer qu'il se rendait par un itinéraire compliqué dans une maison de la rue Saint-Pierre. Ce mystère ajoutait encore au plaisir des fréquentes retrouvailles, et il arrivait qu'Osmond lise, étudie ou joue du piano en attendant, seul dans le salon, le retour de Dolores.

Le couple n'apparaissait en public, au théâtre, au concert, à une exposition de peinture ou pour dîner, au Casino du Fort Espagnol, que flanqué de Bob Meyer et d'Otis Foxley qu'accompagnait toujours Dan. Le nombre impair suffisait à sauvegarder les convenances, et ceux qui reconnaissaient Mlle Ramirez au milieu de ce groupe de jeunes ne voyaient en elle que le nouveau chaperon choisi par Otis Foxley depuis que sa sœur Margaret, mariée, ne pouvait plus remplir cet office. Au cours de ces sorties, assez rares et généralement justifiées par des motifs culturels, rien ne pouvait faire supposer à l'observateur le plus malveillant qu'un des trois garçons jouissait des intimes faveurs de la sœur du professeur d'espagnol. Par son maintien, par sa toilette qu'elle s'appliquait ces jours-là à rendre plus austère, aussi bien que par les propos qu'elle tenait, Dolores savait jouer sans ostentation le rôle que la bonne société lui attribuait.

Au théâtre ou au concert, elle ne s'asseyait presque jamais près d'Osmond, et ce dernier, dominant parfois l'envie qu'il avait de lui prendre la main, ne pouvait que quêter des regards furtifs discrètement chargés de tendresse. Dolores vivait sa liaison avec une telle prudence et s'en tenait avec un tel naturel au comportement mondain que, si Osmond s'était avisé, comme beaucoup de jeunes gens de son monde, de se vanter, avec un manque coupable de retenue, de sa bonne fortune, on ne l'eût sans doute pas cru. Bob et Dan, dans la confidence, se gardaient bien de détromper Otis qui ne discernait dans les relations d'Osmond et de Mlle Ramirez qu'un penchant platonique, amplement justifié aux yeux de la jeune fille par la différence d'âge des amoureux.

Cet amour, condamné à la dissimulation, Osmond le savait aussi, avec lucidité, voué à la précarité et, bien qu'il n'en imaginât pas le terme, à l'éphémère. Même ses amis ne voyaient en lui qu'un garçon aux appétits précoces, qui jetait sa gourme avec une femme ayant succombé aux attraits d'une liaison romanesque.

Or, tout en agissant comme beaucoup de jeunes gens de sa génération et de son milieu qui, trop raffinés pour se satisfaire comme leurs ancêtres de la docilité d'une « tisanière » noire ou de l'enseignement d'une demi-mondaine créole, se faisaient déniaiser par des bourgeoises légères et désœuvrées, il refusait cette conception mondaine et trop platement humaine de l'amour.

L'attirance sexuelle, le désir de possession, l'exploration voluptueuse des variantes du plaisir, la virtuosité dans les jeux érotiques ne constituaient pour Osmond que l'expression physique d'un engagement qu'il voulait plus réel, plus entier, plus intransigeant. Quand Dolores lui livrait son corps, s'abandonnait sans fausse pudeur aux délices charnelles en fixant son amant d'un regard agrandi par l'extase, surpris et presque douloureux, Osmond, prodigieusement lucide et assez maître de lui pour conduire le crescendo harmonieux de la jouissance jusqu'à la fugace et suprême confusion des sens, recherchait l'impossible fusion des âmes. Dolores n'était pas préparée pour le suivre sur ces sommets et n'imaginait pas que l'on puisse espérer, à travers l'intensité éblouissante de la communion des corps, la révélation mystique. L'eût-elle admis qu'elle s'en fût effrayée, en bonne chrétienne, comme d'un péché capital contre l'esprit, autrement grave que celui qu'elle acceptait de commettre. Ce désir d'absolu, de sublimation de leur amour qu'elle devinait parfois chez son amant, la flattait tout en l'inquiétant. Il en demandait trop.

En retrouvant Bagatelle et les habitués de la belle saison, Osmond eut à régler, du fait de sa position d'héritier majeur de Charles de Vigors, un certain nombre de situations. Faustin Dubard attendait sa nomination de directeur de l'hôpital maritime de La Nouvelle-Orléans, qui tardait à venir. On était même fondé à se demander si elle interviendrait jamais. Le médecin, homme discret et peu disposé à faire jouer des relations qui eussent facilité les choses, trompait son attente en s'initiant à la vie de plantation. Osmond lui était reconnaissant de rendre sa mère heureuse et quiète. Jamais Stella n'avait paru aussi radieuse. Malgré la réserve naturelle de cette femme, longtemps vouée à la solitude physique, on décelait maintenant chez elle cette tranquille assurance que confèrent la sécurité, un amour sincère et partagé. Son corps gracile et souple restait d'une étonnante jeunesse, et l'on devinait qu'il ne se refusait pas aux cajoleries d'un époux plein d'égards et de délicatesse. Si, bien souvent, l'assiduité mécanique et les banales étreintes de son premier mari avait paru à Stella monotones et parfois contraignantes, elle venait de découvrir, dans les bras du médecin, que l'indolente torpeur des désirs assoupis pouvait être vaincue et que, là où des précipitations rustiques prenaient au dépourvu une partenaire ignorante et timide, de savantes et convaincantes lenteurs l'amenaient tout naturellement au plaisir. Pendant des nuits, une sotte pudeur avait retenu Stella de s'abandonner, l'avait obligée à refréner l'exaltation à laquelle elle eût voulu donner libre cours. Faustin, patient et caressant, enivré d'un sentiment qui confinait à la vénération, s'appliquait, par ce qu'Ovide appelle « d'habiles retards », à la conduire en pilote attentif au terme du plaisant voyage. Le corps de la femme délaissée se fane comme une rose privée de la fraîcheur de l'eau, alors que la chair désirée s'épanouit comme si elle conservait entre deux embrasements la mémoire des derniers frémissements et s'émouvait déjà des enlacements à venir.

Ce bonheur tardif, mais nouveau pour elle, Stella le devait en partie à son fils. A sa fierté de mère, consciente d'avoir mis au monde un beau garçon aux qualités reconnues, s'ajoutait la gratitude de la femme que l'on a aidée à vaincre les atermoiements du destin. Elle aurait voulu que Faustin et Osmond aient plus d'intimité, davantage d'échanges confiants, mais la faculté déroutante qu'avait le garçon de s'abstraire des contingences et de maintenir les distances n'encourageaient guère le médecin à sortir de son rôle formel de beau-père amical et bienveillant.

Aussi, quand un soir Osmond retint M. Dubard qui s'apprêtait à rejoindre sa femme, en déclarant qu'il avait une suggestion à faire, le médecin fut à la fois étonné et ravi.

– Comptez-vous toujours obtenir ce poste à La Nouvelle-Orléans ? demanda Osmond.

– Mon cher garçon, je crains bien de ne pas être fixé avant l'élection présidentielle. En cette période de préparation électorale, toute nomination de fonctionnaire relève de la spéculation politique. Mes intérêts, malgré mes états de service, dépendent d'une administration fédérale républicaine, dans un État qui vote traditionnellement démocrate. Si les républicains, qu'une série de victoires ont rendus plus généreux, admettent entre deux consultations qu'on puisse confier des postes... techniques... à des gens compétents, qui leur sont politiquement hostiles, il est vain d'imaginer que, en période préélectorale, ils s'avisent de mécontenter les électeurs influents en distribuant des postes fédéraux à leurs adversaires.

– Mais les élections n'auront lieu que dans un an ?

– Les partis se préparent déjà aux affrontements, et ce n'est pas la petite guerre que se livrent Taft et Roosevelt, pour conquérir la confiance des républicains, ni la création de ce nouveau parti national progressiste de Robert La Follette, sénateur du Wisconsin, qui vont simplifier les choses.

– Grand-père disait, quelques jours avant sa mort, que les démocrates auraient en 1912 des chances de l'emporter si la zizanie se développait chez les républicains.

– Encore faudrait-il que les démocrates aient un bon candidat.

Ce genre de discussion était courant, à l'époque, dans bien des familles. On savait, du nord au sud du pays, que l'année 1912 serait marquée par une intense lutte politique. Le président William Howard Taft, dauphin autrefois désigné par Theodore Roosevelt, avait déçu son « parrain » en pratiquant une politique qui s'éloignait de plus en plus des principes chers à Teddy. Les différences de tempérament et de comportement des deux hommes aggravaient encore les dissensions prévisibles dès l'installation à la Maison-Blanche de l'ancien secrétaire d'État à la Guerre. Homme placide, mesurant près de deux mètres et pesant cent trente kilos, M. Taft, qu'une épouse ambitieuse avait poussé à accepter la succession de Roosevelt, entendait bien ne pas sacrifier à ses fonctions ce qui faisait pour lui le charme de la vie : le golf et la bonne chère. D'une activité débordante, Theodore Roosevelt reprochait à son successeur de faire la sieste chaque jour et de se conduire comme un conservateur. Cette dernière accusation paraissait assez injuste, puisque nul autre avant Taft ne s'était montré aussi dur envers les trusts[1] ni aussi soucieux de la condition des travailleurs. N'avait-il pas fait appliquer aux fonctionnaires fédéraux la loi de huit heures, créé la caisse d'épargne postale, obtenu la révision des procédures budgétaires, réduit le tarif douanier, étendu aux compagnies privées du téléphone le contrôle de la Commission fédérale du commerce et même ratifié la loi Manes, qui interdisait « de transporter une femme d'un État à un autre dans une intention immorale ».

Theodore Roosevelt ne cachait plus son intention de briguer un second mandat, ce que la Constitution autorisait. A cinquante-quatre ans, l'ancien colonel des Rough Riders brûlait de reprendre en main les affaires du pays. Il débordait d'une insupportable ardeur et souffrait de ne pouvoir exercer une autorité dont il n'était pas éloigné de se croire investi par le Tout-Puissant. Au cours de l'année 1910, il avait trompé son ennui en effectuant un grand voyage « sur le vieux continent et au-delà ». En Afrique, il avait tué des éléphants, des hippopotames, des rhinocéros et des lions. Il avait descendu le Nil et contemplé les pyramides, fait une conférence à la Sorbonne, dîné avec la reine d'Italie, vu défiler l'armée prussienne, développé, devant les étudiants d'Oxford ébahis, sa thèse fumeuse sur les « analogies biologiques de l'Histoire », avant d'assister aux funérailles du roi Édouard VII, que la mort avait eu l'outrecuidance de dérober à l'illustre Américain. Mais courir le monde, provoquer au tennis ceux qui lui rendaient visite, palabrer devant des auditoires choisis, distribuer des conseils ne suffisait pas à cet homme. Il voulait le pouvoir, et l'occasion se présentait de le saisir.

Il se disait capable de sortir le parti républicain « du désert, du doute, du mécontentement » où Taft l'avait conduit. On murmurait qu'une demi-douzaine de gouverneurs d'État lui apporteraient leur soutien, et que les thèses qu'il développait sur le nouveau nationalisme et la nécessité d'avoir un gouvernement fédéral puissant trouvaient des échos favorables dans le public.

En Louisiane, où Taft n'avait recueilli en 1908 que 8 958 suffrages contre 63 568 au démocrate Bryan, on se réjouissait de la promesse de scission du parti républicain. Dans cet État catholique et de mœurs aristocratiques, on détestait Teddy que l'on qualifiait volontiers de « cow-boy fanfaron ».

On ne lui pardonnait pas d'avoir traité le pape Pie X – qui n'avait pas accordé d'audience à M. Roosevelt – de « curé de paroisse à l'esprit étroit », ni d'avoir déclaré que les réceptions des souverains italiens ressemblaient à un « mariage juif dans l'East Side ».

Face aux démocrates goguenards, les républicains qui disposaient de l'administration fédérale se souciaient donc peu de faciliter la carrière d'un

1. Sous la présidence de Taft, on compta quatre-vingt-dix procès contre les trusts, vingt-quatre seulement sous la présidence de Roosevelt.

médecin qui, par son mariage avec une riche veuve sudiste, appartenait au clan abhorré des « bourbons ».

Osmond, qui méprisait la politique et dont l'éducation dans ce domaine avait été faite par un grand-père expert en ses jeux troubles, invita Faustin à ne plus accepter que son sort dépende des marchands de dépouilles.

– J'aimerais que vous acceptiez de rester à Bagatelle pour assurer la marche de la plantation. Le contrat avec les héritiers Tiercelin touche à son terme, et je souhaite que ma mère reprenne l'exploitation. Elle ne peut le faire sans vous. Je souhaite aussi vous déléguer mes pouvoirs pour surveiller l'avancement des forages entrepris par la Oswald and Vigors Petroleum, je dois terminer mes études de droit et ne puis gérer cette entreprise que m'a léguée mon grand-père. Vous vous entendez bien avec Omer Oswald, et il préférera avoir affaire à un homme de votre expérience plutôt qu'à un freluquet comme moi. Cela ne vous empêchera pas, j'imagine, d'exercer la médecine pour un petit cercle qui vous fait confiance.

Faustin, contrairement à ce que craignait Osmond, ne discuta pas cette idée.

– Votre proposition est à la fois généreuse et séduisante, mais, avant de m'engager, j'aimerais en discuter avec votre mère.

On convint d'un délai de quelques jours.

Au lendemain de cette conversation, on fit à Bagatelle l'appel des membres du Baga-Club, en vue de l'organisation de l'annuel tournoi de tennis devenu une institution. L'absence de Dan Foxley et de sa sœur Otis, comme celle de Bob Meyer, fut unanimement regrettée. Alix, privée de son chevalier servant, faisait la moue et guettait l'arrivée du courrier de Floride. Silas Barthew, admis à West Point, avait trouvé une nouvelle partenaire dans la personne d'Aude Oswald qui, à quinze ans, en paraissait dix-huit et rapportait du Sacré-Cœur de Grand Coteau le premier prix de gymnastique. La sœur de cette championne, Hortense, la benjamine du groupe, savait déjà tenir une raquette, et Faustin Dubard plaida pour qu'elle soit engagée. Clary, le troisième enfant des Barthew, du même âge que Céline de Vigors dont on venait de fêter les quatorze ans, fit équipe avec la sœur d'Osmond. Quant à ce dernier, il se trouva tout naturellement associé à Lorna pour former ce que le juge Clavy, en visite à Bagatelle ce jour-là, appela « le couple idéal ». Alix et Hortense restant sans partenaires, Stella invita deux des innombrables neveux de son mari, Louis et James Dubard, fils d'un Dubard propriétaire d'une sucrerie de Réserve et connu dans l'immense famille sous le sobriquet de « Bobcat »[1] à cause de sa myopie. On fit comprendre aimablement aux nouveaux venus qu'ils auraient à subir une période probatoire avant d'être admis comme membres à part entière d'une association qui n'avait ni statuts ni président, mais que soudaient des complicités spontanées, un langage quasi tribal et dont le chauvinisme se manifestait à tous propos. Cet été-là, les membres du Baga-Club inaugurèrent les cravates, les écharpes et le fanion que Félix de Castel-Brajac avait dessinés et fait tisser pour eux en Angleterre. Au début de juillet, on avait livré à Bagatelle une caisse expédiée de Londres. Elle contenait les somptueux accessoires qui distingueraient désormais les bagatelliens du vulgaire. Dans une lettre, le fils de

1. Lynx, ce sobriquet, fréquent chez les Cajuns, est affectueusement ironique.

Gustave expliquait qu'il avait choisi le bleu turquoise, couleur des eaux du Mississippi, et le blanc mousseux, couleur du coton, pour composer le fanion triangulaire frangé d'or et sur lequel se détachait en lettres bleues le nom du Baga-Club. Les cravates des garçons, rayées de blanc et de vert, étaient ornées d'une feuille de chêne dorée, comme les écharpes destinées aux jeunes filles. Les ceintures, en tissu élastique, pourvues d'une boucle gainée de cuir rappelaient les couleurs du club. Félix avait joint à son envoi une statuette de bronze représentant un tennisman en plein effort, et spécialement coulée pour ses amis de Louisiane. Le « trophée Castel-Brajac » devrait être remis en compétition chaque année et attribué, précisait le donateur, « au joueur le plus malchanceux ». Retenu en Grande-Bretagne avec Marie-Virginie – qui n'avait pu assister aux funérailles de son père –, le fils de Gustave promettait de participer au tournoi de l'année suivante et annonçait son arrivée pour le mois d'avril 1912.

La généreuse initiative de Félix plut à son père. Elle fut applaudie, commentée et appréciée. Gloria de Castel-Brajac, rayonnante de plaisir, fut promue, en tant que mère du supporter, marraine du club et le tournoi commença, dans une atmosphère de fête. L'arbitrage fut confié à Faustin Dubard, qui semblait avoir définitivement oublié ses anciens complexes, dus à son visage de martyr.

Autour de la vieille demeure, sous les chênes séculaires, à deux pas de ce fleuve majestueux, symbole toujours présent de l'inexorable écoulement du temps et de la pérennité d'un décor bucolique, ce petit monde privilégié de Bagatelle illustrait, cet été-là, une conception tonique et insouciante du bonheur.

Ceux et celles qui s'acheminaient doucement vers le terme de leur existence, comme Gustave de Castel-Brajac ou les demoiselles Tampleton, jouissaient du spectacle d'une jeunesse ardente et rieuse, comme d'une radieuse promesse. Tous ces garçons et ces filles beaux et sains, à l'aise dans leur peau, sauraient maintenir les vertus et les traditions d'une caste unique dans l'Union. Ces héritiers du Vieux Sud, forts de la virilité et de l'obstination des pionniers, mainteneurs des mœurs raffinées d'une aristocratie terrienne, que ni l'infortune, ni la course au dollar n'avaient pu entamer, continueraient à célébrer le culte humaniste auquel les Yankees pragmatiques demeuraient étrangers. Éduqués et formés pour faire face aux exigences économiques, techniques ou scientifiques du monde moderne, ils triompheraient aisément des handicaps que leurs parents ou leurs grands-parents avaient dû maladroitement surmonter. L'avenir du Sud se trouvait en de bonnes mains.

Depuis qu'il était devenu l'amant de Dolores Ramirez y Rorba, Osmond regardait les femmes d'un autre œil. Il connaissait maintenant le corps féminin et, sous l'écran flou ou moulant des vêtements, il pouvait juger de la qualité des formes dissimulées et imaginer la plastique de celles qu'il approchait.

L'altière beauté et l'élégance de Lorna, la minceur de sa taille, la fermeté convaincante de son buste, ses longues jambes fuselées n'avaient jamais, dans le passé, retenu l'attention du garçon. La découverte qu'il en faisait ne le troublait guère, même si l'attrayante réalité de la femme rejetait aux premières pages de l'album de sa mémoire l'image d'une fillette aux longues tresses, sage et décidée. Il n'avait donc aucune difficulté à juguler ce qu'il estimait être le mécanisme émotionnel des sens, quand il lui posait sur les joues des baisers fraternels.

Comme depuis l'enfance il n'avait jamais eu de secret pour cette compagne de jeux, il la convia un matin, alors que Silas et Aude tentaient de battre Alix et le jeune Louis Dubard, qui se révélait un joueur redoutable, à monter jusqu'aux Trois-Chênes, le site des confidences.

Quand ils furent assis, face à face, sur les pierres moussues des caveaux de Dandrige et de Virginie, Osmond déclara d'une façon assez abrupte, en homme qui n'a pas à ménager son auditoire, qu'il avait une maîtresse à La Nouvelle-Orléans.

Lorna venait de retirer le bandeau élastique qui retenait ses cheveux quand elle jouait et secouait son opulente crinière brune. Le visage à demi dissimulé par sa chevelure libérée, elle répliqua sans se troubler que cela lui paraissait normal.

– Un garçon de ton âge se doit, j'imagine, d'avoir une maîtresse... non ? Ça c'est toujours fait chez les jeunes « bourbons »... ainsi tu n'échappes pas à la règle.

Il y avait dans le ton de Lorna une certaine ironie et Osmond fut un peu irrité de se voir assimilé à une catégorie de jeunes gens qu'il n'estimait guère.

– Ça te choque ?

– Pas du tout. Cela me paraît d'une grande banalité au contraire et je ne comprends pas pourquoi tu m'informes de ce... de cette situation toute personnelle !

– Je n'ai jamais eu de secret pour toi..., il m'aurait déplu que tu apprennes ça par une indiscrétion quelconque.

Lorna rejeta ses cheveux en arrière, remit en place son bandeau et sourit.

– Nous ne sommes plus des enfants, Osmond, et il est bien probable que nos vies vont diverger. Tu es un homme, je suis une femme, et il est certaines choses que nous devrons taire.

– Je voulais te faire partager ce qui fait mon bonheur, ma passion, l'affaire importante de ma vie...

– Un amour ne se partage pas avec un tiers, comme une tarte aux pécans... mais, tu peux me parler d'elle si tu as envie de parler d'elle. Je puis t'écouter avec sympathie... Comment est-elle ?

Le besoin qu'avait Osmond de parler de Dolores, de la décrire, d'exprimer les sentiments qu'elle lui inspirait, disparut brusquement. Lorna rendait l'exceptionnel banal, amoindrissait sa passion jusqu'à en faire une liaison sans importance, rejetait la femme qu'il aimait dans un univers quelconque d'où elle n'avait pas à émerger. Elle faisait de Dolores une étrangère, quelqu'un que les bagatelliens n'avaient pas à connaître.

– Très bien, dit-il, je n'ai rien à ajouter.

– Montesquieu a dit : « Les gens extrêmement amoureux sont ordinairement discrets », souffla Lorna d'une voix suave, un peu moqueuse.

– Je suis en effet extrêmement amoureux !

– J'en suis heureuse pour toi... et pour l'élue de ton cœur.

Ils descendirent du tertre aux trois chênes en parlant de tout autre chose. Lorna, assez joyeuse, expliqua à Osmond, qui ne pouvait se défendre d'une certaine mauvaise humeur, qu'elle s'installerait en septembre dans le comté de

Wilkinson (Mississippi) pour suivre des cours de zoologie et d'entomologie à l'académie de Woodeville. Cette institution, fondée en 1814, passait pour une des plus anciennes du Sud. On y recevait depuis 1819 les jeunes filles qui s'intéressaient à l'agriculture et à l'élevage. Au fil des années, l'Académie, en prospérant, s'était agrandie et avait acquis une réputation qui dépassait largement les limites de l'État. La zoologie et l'entomologie y étaient enseignées par un vieux savant, le professeur John Vernon, qui n'acceptait que cinq élèves. Lorna serait la seule fille de cette classe et logerait sous le toit de son maître dont l'épouse, sans enfants, aimait à accueillir les étudiantes.

– Je ne vois pas ce qui peut t'attirer chez les insectes... Il est vrai que tu as toujours été la seule de la bande que les moustiques ne piquent pas. Tu t'intéresses à eux par reconnaissance ?

– M. Fabre a dit : « Le monde de la Bête est un des plus fertiles en contemplations de toutes sortes », et je crois que c'est vrai. Étudier les instincts et les mœurs des insectes, leur façon de se nourrir, de se battre, de se reproduire me passionne... et puis grand-père Gustave compte sur moi pour reprendre son affaire de miel dont il veut me faire héritière. Ni mes parents, ni Félix et encore moins Lucile ne s'intéressent aux abeilles. Il serait dommage qu'une telle entreprise ne soit pas poursuivie.

– Sans compter que ça t'assurera de beaux revenus... tu vas devenir un parti intéressant.

– Je le suis déjà... mais j'ai tout mon temps..., les seules noces qui, présentement, m'intéressent sont celles du scarabée sacré.

– Si ça suffit à occuper ton cœur, répliqua Osmond maniant à son tour l'ironie.

Lorna lui jeta un regard de biais, doux et calme.

– Mon cœur, Osmond, est comme un flacon plein d'un liquide incolore, c'est pourquoi on le croit vide.

– La métaphore est osée mais élégante..., ce liquide incolore a-t-il un nom ?

– Il en a un.

– Peut-on savoir ?

– Il s'est évaporé et personne ne s'en souvient.

Comme ils atteignaient l'allée de chênes de Bagatelle, le badinage fut interrompu par Alix venant à leur rencontre.

– Ce Dubard n'a aucun style, mais il frappe la balle comme un forgeron son enclume. Nous avons exécuté Silas et Aude. Cet après-midi, à six heures, c'est vous que nous exécuterons, mes mignons... si le temps le permet.

– Le seigneur Osmond et moi-même n'avons pas l'intention de nous laisser surprendre, ma belle ; après la sieste nous sommes toujours au mieux de notre forme, répliqua Lorna.

Osmond acquiesça, alors que Citoyen agitait sur la galerie la cloche appelant les bagatelliens pour le lunch.

Pendant que la maisonnée somnolait, au milieu de l'après-midi, oncle Gus rendit visite à Osmond, dans son logement de l'annexe.

– Je n'interrompts pas ta sieste, fiston ?

– Je ne dors jamais plus de vingt minutes, oncle Gus, vous êtes le bienvenu.

Le Gascon déposa son panama sur le bureau de Dandrige, réclama un verre d'eau fraîche et déboutonna son gilet.

– Nous allons avoir un bel orage ce soir, j'en suis certain. Je ressens les chutes de pression comme un baromètre... mais ce n'est pas pour parler météorologie que je suis là.

Osmond glissa dans son sous-main la lettre qu'il écrivait à Dolores quand oncle Gus avait frappé.

– Rien de grave, j'espère, oncle Gus ?

– Rien de sérieux en tout cas... On peut même parler d'événement banal, voilà... Il m'est revenu, fiston, que tu as une maîtresse à La Nouvelle-Orléans... est-ce exact ?

Le ton de M. de Castel-Brajac paraissait débonnaire. Celui d'un homme qui s'informe avec simplicité.

Osmond se contracta.

– D'où tenez-vous ce renseignement... Lorna ?

– Lorna !... Lorna est au courant ?

– Je me suis confié à elle ce matin... et...

– Lorna est discrète, tu le sais, et mon information ne date pas d'aujourd'hui. Il y a plusieurs semaines que j'ai été prévenu... J'ai des amis à La Nouvelle-Orléans... Rassure-toi, ils sont également discrets. La dame est mariée ?

– Non, tout à fait libre, elle n'a de comptes à rendre à personne... pas plus que moi du reste.

– Holà, holà, ne te cabre pas. Boun Diou, à ton âge, j'avais moi aussi une ou deux belles dans ma vie d'étudiant, que veux-tu, il y a en tout jeune gars bien portant un cochon qui sommeille..., et il arrive qu'il ait des insomnies, hein ? C'est pas méchant... c'est même assez sain.

– C'est ramener les choses à un impératif... physiologique, oncle Gus..., il y a aussi les sentiments, la passion, le goût d'un être...

– Ho ! Ho ! Là, attention, danger, fiston, nous parlons d'amour, c'est pas la même chose... Tu es amoureux ?

– Profondément, oncle Gus... Je pourrais me passer de Dolores... physiquement, mais pas du point de vue affectif... Vous voyez ce que je veux dire ?

– Elle s'appelle Dolores ?

– Dolores Ramirez y Rorba. Elle appartient à une noble famille espagnole ruinée par un ancêtre inventeur farfelu. Elle tient une boutique de parfums dans le vieux Carré.

– Ce nom me rappelle quelque chose, fiston, une histoire que racontait Clarence Dandrige... mais c'est sans importance. Dolores, Mercedes, Gladys ou Ninon, c'est du pareil au même... c'est la femme... et la femme est un être instinctif auquel il ne convient pas de se livrer aveuglément. Or, j'ai l'impression que tu es, comme l'on dit, coiffé de ta maîtresse...

– Oncle Gus... vous seul peut-être pouvez comprendre ce que je ressens. Dire que Dolores est ma maîtresse, c'est situer ce qui m'unit à cette femme au bas niveau des liaisons ordinaires, des passe-temps mondains, des intermèdes licencieux. Il s'agit de quelque chose de bien plus grave, de bien plus profond. J'ai engagé mon âme, oncle Gus...

— Ah ! Le premier amour, la première femme que l'on tient dans ses bras, Osmond, l'initiatrice... Je sais ce que tu ressens... Tous des Faust. Nous sommes dans ces instants capables des pires folies, des pires provocations. Captifs volontaires et comblés, notre innocence purifie tout... Mais, car il y a un mais, on s'aperçoit un jour qu'on peut respirer sans elle, qu'on peut oublier son parfum...

— Jamais, oncle Gus ! Nous avons construit une citadelle imprenable par l'oubli, une unité inexpugnable, un défi au temps, il n'y a que la mort qui...

— Mon pauvre Osmond ! La mort est de tous les jeux. C'est le troisième dé après l'art et l'amour... mais il y a des millions de combinaisons qui sortent des cubes d'ivoire et cent relances du destin. A ton âge, où l'on trousse les grisettes, comme le faisaient nos pères, où l'on croit se consumer jusqu'à la moelle dans une unique passion... j'aurais aimé que Dolores soit une grisette et que votre... aventure soit un peu moins... littéraire.

— Littéraire ?... mystique vous voulez dire !

— Eh ! oui, boun Diou, littéraire, poétique, philosophique... que sais-je, moi, car tout se passe dans une tête farcie de références toutes neuves aux grandes amours légendaires... Ah ! j'aurais préféré te voir aux bons soins de quelque bourgeoise surchauffée et perverse, pleine d'appétit pour la robustesse du jeune mâle ou dans le lit d'une belle bécasse que tes grandes élucubrations intellectuelles d'après l'amour eussent fait bâiller... Car je vais te dire, Osmond, même si tu dois te fâcher tout rouge contre ton vieux maître, la sexualité chez les êtres d'élite, incapables de trivialité, a besoin de justifications quasi ésotériques pour sublimer le désir banal naturel et commun du mâle pour la femelle... alors qu'il est plus loyal de faire la part du corps sans engager l'esprit.

— Oncle Gus, le merveilleux, n'est-ce pas que les sens et la pensée arrivent à la confusion parfaite, à une harmonie grisante, à l'indissociable ? N'est-ce pas ça, la plénitude de l'amour ?

— Théorie fabuleuse, Osmond, que cette unicité édénique...mais que contrecarrent la vie et les êtres imparfaits que nous sommes. Vis ton amour intensément, fiston, tu as bu le philtre fatal, il est passé dans ton sang. « Aucun orgueil n'égale celui de la possession », disait le vieux Meredith. Possède-toi en la possédant. Je vais attendre.

— Qu'allez-vous attendre, oncle Gus ?

— Que ça passe, Osmond, car ça passera !

— Jamais, oncle Gus. Cet amour j'en vivrai toujours !

M. de Castel-Brajac s'extirpa avec difficulté du fauteuil, reboutonna son gilet et vint poser sa main potelée sur l'épaule d'Osmond.

— Jamais et toujours sont des mots pièges, fiston, les termes incantatoires de l'illusion. Tu apprendras à t'en méfier... maintenant continue ta lettre à ta fée Dolores... dis-lui en termes choisis la cruauté de l'absence, la jalousie idiote que t'inspire sa chemise de nuit, car elle touche à sa peau, dis-lui que ton amour est intarissable comme le Mississippi, dis-lui toutes les folies qui te passent par la tête... et si tu l'oses, dis-lui aussi qu'elle se prépare à souffrir.

— Et pourquoi lui dirais-je, oncle Gus... je ne pense qu'à son bonheur.

— Parce qu'il n'est rien d'aussi fugace qu'un éblouissement..., on ne tient pas longtemps le contre-ut en amour.

Comme M. de Castel-Brajac passait la porte, un éclair zébra le ciel, brusquement obscurci par de gros nuages boursouflés qui semblaient prêts à se déchirer aux branches hautes des chênes.

– Voilà l'orage, fiston, vous ne jouerez pas au tennis cet après-midi, lança le Gascon du ton d'un oracle satisfait de voir ses prévisions confirmées.

Gustave, qui avait le sens de la mise en scène et savait reconnaître les signes, vit dans cette colère soudaine des éléments une confirmation manifeste de l'avertissement qu'il venait de lancer à Osmond.

2

Un grand barbecue clôtura le tournoi annuel du Baga-Club que remportèrent de haute lutte Alix de Vigors et Louis Dubard. Osmond et Lorna s'étaient bien battus, mais, la jeune fille le remarqua, la cohésion de leur double mixte parut quelquefois incertaine, et cette complicité instinctive des équipes gagnantes leur fit à plusieurs reprises défaut. Osmond reconnut qu'il avait eu de coupables distractions, laissant passer des balles qu'il aurait dû renvoyer ou tentant d'en rattraper que Lorna eût pu aisément cueillir. La jeune fille mit néanmoins la victoire au compte des vigoureux services de Louis Dubard et de la vélocité d'Alix. On s'accorda, à l'instigation de Gustave, pour attribuer à la partenaire d'Osmond le trophée envoyé par Félix. Se voir désignée comme la joueuse la plus malchanceuse la fit sourire, mais Osmond observa, avec un peu d'amertume, que sa vraie malchance avait été d'être associée à un joueur qui ne tenait pas la forme.

Faustin Dubard ayant souscrit à la proposition de son beau-fils, ce dernier, avec l'aide de Gustave de Castel-Brajac, précisa les responsabilités du médecin et mit au point les modalités d'exploitation des cinq mille acres que restituaient les héritiers Tiercelin, dont le contrat de métayage arrivait à expiration. Osmond insista pour que la responsabilité des travailleurs noirs soit confiée à un Noir, sous la surveillance de l'ancien chef d'exploitation des Tiercelin. Le frère d'Harriet, Netto Brent, qui avait occupé les fonctions d'aide-comptable dans l'administration d'un domaine de l'État, accepta le poste et fut immédiatement embauché. A cinquante-six ans, cet homme placide et débrouillard, qui semblait avoir hérité la sagesse du vieux Brent, constituait une recrue de choix. Il saurait faire respecter les exigences du propriétaire aussi bien que les droits de ses frères de race. On pouvait, d'autre part, compter sur l'expérience du chef d'exploitation, un ancien sergent de l'armée confédérée, même s'il avait parfois tendance à traiter les ouvriers libres avec l'autorité dévolue aux contremaîtres du temps de l'esclavage, pour tirer le meilleur parti d'une main-d'œuvre naturellement indolente. Il fut décidé qu'on abandonnerait la culture de la canne à sucre et du maïs, choisies par les Tiercelin, pour revenir au coton.

Quant au pétrole, en dépit des coûteux forages entrepris par la Oswald and Vigors Petroleum sur une parcelle du domaine, il ne jaillissait qu'en quantité médiocre. Les ingénieurs se montraient néanmoins optimistes, les indices d'abondance étant de plus en plus nombreux. Une nouvelle foreuse et de nouveaux trépans devaient, affirmaient-ils, permettre d'atteindre la nappe cachée à plus de trois mille pieds de profondeur.

On vit souvent, pendant cette période, Osmond de Vigors parcourir à cheval, seul ou en compagnie de Faustin Dubard, le territoire de Bagatelle. Les Noirs, qui le voyaient passer droit sur sa monture, coiffé du panama des planteurs, distant mais attentif, reconnaissaient en lui le Maître et le saluaient comme tel.

A dix-neuf ans, l'arrière petit-fils de Virginie Trégan et de Clarence Dandrige en imposait par sa stature et son calme. Une élégance naturelle, la façon qu'il avait de questionner aimablement les vieux Noirs sur les meilleures conditions pour les labours et l'ensemencement, son économie de parole quand il donnait un ordre ou discutait avec le chef d'exploitation de l'achat de mules ou d'un camion automobile démontraient sa capacité d'apprendre et d'assimiler sans fausse modestie. Il retrouvait ainsi les habitudes ancestrales des planteurs et ne pouvait se défendre d'un certain orgueil quand, laissant souffler sa jument à l'ombre d'un pacanier, il parcourait du regard l'étendue du domaine, conquis deux siècles plus tôt sur la forêt et les cyprières par le premier marquis de Damvilliers. « La terre ne trompe pas », lui avait dit un jour son grand-père, qui cependant s'en était tenu éloigné. Il comprenait maintenant la confiance des paysans dans la fécondité de la nature et sentait frémir en lui ses fibres terriennes. Sa pensée allait souvent à Dolores, à qui il aurait voulu faire les honneurs de Bagatelle, et il associait dans le même appétit de possession la femme et le domaine. Seul dans ce paysage identique à celui qu'avaient contemplé des générations de pionniers, le derrick des pétroliers paraissait anachronique. Mais ce chevalement de bois et les machines exhalant leurs vapeurs blanches étaient là pour tirer de la terre une nouvelle richesse. L'or noir du pétrole et l'or blanc du coton pouvaient cohabiter. N'étaient-ils pas l'un et l'autre fruits donnés de la terre ?

M. de Castel-Brajac avait manifesté quelque étonnement en découvrant que son ancien élève, qu'il tenait pour citadin convaincu, s'intéressait avec autant de sérieux et de contentement à la reprise en main de l'exploitation du domaine. Cette attitude nouvelle réjouissait le Gascon attaché par mille liens à Bagatelle, bien qu'il imaginât sans peine que le garçon trompait par ce surcroît d'activité l'ennui né, sans aucun doute, de l'éloignement de sa maîtresse.

– As-tu l'intention de te faire planteur, fiston ? C'est un rude métier qui ne s'apprend pas dans les livres.

– Je m'efforce de l'apprendre, comme vous voyez oncle Gus. Il n'est pas incompatible avec la profession de juriste, d'autres Vigors avant moi ont mené de front les deux !

– Au contraire, Osmond, de nos jours avec toutes ces nouvelles lois foncières, cette fiscalité compliquée, ces règlements commerciaux contraignants, un planteur doit se doubler d'un administrateur avisé. Je crois que tu choisis la bonne voie. Tâche de t'y tenir.

– Oh ! Je ne renonce pas pour autant à la ville ni aux satisfactions intellectuelles qu'on y trouve, le théâtre, les concerts, les expositions... notre campagne est un désert.

– Bien sûr fiston, un vrai désert surtout lorsqu'il y manque une certaine dame, n'est-ce pas ?... Mais ce siècle vélocifère nous donnera, un jour ou l'autre, la nausée et sans être misanthropes, nous serons bien aises de revenir à nos terres, comme les oiseaux migrateurs reviennent à leurs branches.

Bien que Dolores ne connût pas le plat pays cotonnier, ni les bayous, ni les chemins creux, ni l'obsédante présence du fleuve, c'était au cours de ses chevauchées solitaires qu'Osmond se sentait le plus proche de celle dont il ressentait charnellement l'absence. Les lettres de la jeune femme soigneusement calligraphiées, mais pleines d'une décevante retenue, dictée autant par la pudeur que par la prudence, ne le satisfaisaient pas. De brusques fringales d'amour le prenaient, comme si les sens sevrés des plaisirs familiers s'irritaient d'une frustration mieux acceptée par l'esprit. Les longues randonnées à cheval et la fatigue physique qui s'ensuivait atténuaient certes l'exacerbation du désir, mais certaines nuits, quand le sommeil le fuyait, des visions d'une cruelle intensité lui restituaient Dolores nue et lascive, le satin de sa peau et la brûlure de ses lèvres humides, tandis qu'il lui semblait entendre murmurer son nom, comme elle le faisait souvent dans la demi-inconscience de l'étreinte.

Dès qu'il sut la jeune femme de retour à La Nouvelle-Orléans, au début du mois d'août, il prit prétexte d'une indispensable visite à l'université pour commander des livres de droit et sauta dans le train. Ni Gustave de Castel-Brajac, ni Lorna ne furent dupes de cette soudaine expédition. Le Gascon, sachant sa petite-fille informée des amours d'Osmond, commenta pour elle seule l'escapade du garçon.

– Il nous reviendra dans trois jours, de meilleure humeur et les yeux battus, dit-il avec un clin d'œil malicieux.

– Le voilà bien entiché de sa Dolores, grand-père !

– Tu dis cela comme si tu étais jalouse, Lorna.

– Moi, jalouse ! Et pourquoi le serais-je, je me réjouis au contraire de savoir Osmond heureux.

– Ouais, ouais, fillette, il est heureux, il se croit heureux. Enfin, cette impétueuse liaison n'est pas mauvaise, car ainsi que disait mon père : « L'homme est obligé d'étudier certains arts que la femme possède naturellement. » Notre Osmond est à l'école de l'amour, un jour il te reviendra en ayant fait la part des choses.

– Mais grand-père, il n'a pas à me revenir, nous sommes comme frère et sœur et jamais...

– Allons, ma chérie, tu me prends pour une vieille bête ? Tu crois que je suis incapable d'imaginer les idées qu'il y a derrière ce joli front ?

Lorna baissa la tête comme une écolière surprise en flagrant délit de dissimulation. Le Gascon la prit par la taille et l'entraîna sous les chênes, car il redoutait que l'émotion de la jeune fille ne soit pas perçue par les membres de la bande.

– Tu l'aimes, boun Diou, ce sacripant. Tu l'aimes depuis que je vous emmenais ramasser des noix sous les pacaniers... et lui aussi il doit t'aimer, l'imbécile, sans le savoir.

– Oh ! Ça, je ne crois pas grand-père. Je ne compte pas beaucoup pour lui... et maintenant moins que jamais.

– Tu crois ça... Eh bien, je vais te dire ma petite Lorna, vous êtes, Osmond et toi, comme les seaux servant à puiser l'eau d'un puits et attachés à la même longue chaîne. Vous vous croisez, l'un monte, l'autre descend, mais il arrivera, un jour, que les deux seaux se rencontreront sur la margelle et seront étonnés de se trouver semblables.

– C'est une parabole pleine de poésie, grand-père, mais puisque vous nous comparez à des seaux, je puis vous dire que je ne suis point aussi sotte que vous croyez.

– Ah ! que voilà de l'esprit facile. Laisse passer le temps, laisse aller les choses. Le jour viendra, mais je ne serai peut-être plus là pour le voir, où Osmond se retrouvera tout naturellement à ton côté, pour le meilleur et pour le pire, comme dit le pasteur.

Pour ne pas faire de peine à son grand-père la jeune fille s'abstint de le contredire.

– C'est un espoir que vous avez, dit-elle mélancoliquement.

– « Un espoir pas plus qu'un espoir, mais pas moins qu'un espoir », conclut le Gascon, citant Browning avant de l'embrasser.

M. de Castel-Brajac, ayant habilement interrogé Faustin Dubard et le docteur Benton sur la réalité des risques génétiques suscités par les mariages consanguins, avait renoncé à prendre ceux-ci en considération et ne souhaitait plus que le bonheur de la fille d'Augustine.

Pendant que Gustave et sa petite-fille se livraient, sous les frondaisons de Bagatelle, à ces spéculations, Osmond se dirigeait par le dédale des patios du Vieux Carré vers l'appartement de Dolores. Il voulait la surprendre et, après un instant d'hésitation, avait renoncé avec l'innocente perversité des amoureux jaloux à lui annoncer sa visite. Il frémissait à la pensée de ne pas la trouver seule et contenait le douloureux désir qu'il avait de la serrer dans ses bras, de la jeter sur son lit, de l'étouffer de caresses. La soubrette noire qui lui ouvrit la porte ne parut pas étonnée de le voir.

– M'amoiselle est au magasin, m'sieur, vous pouvez descendre par le colimaçon.

Il dévala les marches de bois et tomba comme un ange justicier dans l'arrière-boutique déserte. Dolores bavardait avec une cliente et le grincement des marches la fit se retourner. Osmond vit son visage s'empourprer et battre ses cils.

– Oh ! je viens dans un instant.

Jamais il ne l'avait trouvée aussi belle, aussi gracieuse, aussi désirable. Il maudissait cette acheteuse qui, par ses atermoiements et son bavardage, retardait l'instant du baiser de retrouvailles. De temps à autre, Dolores se retournait vers Osmond, avec des mimiques prouvant sa propre impatience et sa résignation de commerçante soucieuse de se montrer, malgré tout, aimable avec une pratique.

Après avoir examiné une demi-douzaine de flacons qu'elle trouva trop grands, trop petits, trop chers ou porteurs de défauts, humé vingt savonnettes, choisi douze sachets de fleurs séchées, demandé le prix d'objets qu'elle n'avait pas l'intention d'acquérir, la femme finit par régler ses achats en faisant à Dolores des compliments dithyrambiques sur sa robe. Quand elle se dirigea vers la porte, Mlle Ramirez la suivit et, après avoir entendu les considérations de la cliente sur la saleté des rues en période estivale, elle poussa le verrou et courut vers Osmond.

Ce dernier la souleva dans ses bras en l'embrassant à perdre haleine tandis qu'elle lui ébouriffait les cheveux de ses longues mains fines.

– Toi enfin, c'est merveilleux. Si tu savais ce que tu m'as manqué.

Il remarqua qu'elle avait des larmes plein les yeux ; le même désir les submergeait, que les mots ne pouvaient traduire ni satisfaire.

— Je compte ne pas te quitter pendant quarante-huit heures, dit Osmond en lui caressant le buste.

— Dolores se dégagea avec un frémissement lascif.

— Attends un instant. Je monte, je renvoie Fina et...

— ... Et nous nous aimons, dis ?

Elle ferma les yeux en signe d'acquiescement, retroussa sa jupe et disparut, happée par l'ombre de l'escalier.

Ils passèrent deux jours et trois nuits au lit, nus et grisés de tendresse, s'étreignant fougueusement. Ce déferlement de passion, cette fête des sens, cet embrasement des corps leur fit perdre la notion du temps. Parfois, ils s'assoupissaient, noués l'un à l'autre, et ne reprenaient conscience que pour s'unir à nouveau, haletants de désir, affamés et insatiables. Puis, ils reprenaient leur souffle, main dans la main, savourant l'ineffable lassitude qui succède au plaisir. Dolores faisait montre d'une hardiesse nouvelle, accélérait par ses chatteries, ses attouchements, ses baisers vagabonds le retour des forces de son amant, réclamait en murmurant un autre assaut, prenait l'initiative en s'offrant dans le clair-obscur de la chambre. Sans tenir compte ni de l'heure, ni du rituel des repas, ils grignotaient un gâteau sec, partageaient une grappe de raisin, buvaient dans le même verre quelques gorgées de porto et retournaient à leurs ébats. Il advint le second jour que le téléphone tinta avec insistance. Sans même passer un peignoir, Dolores se jeta hors du lit pour répondre.

— Qui était-ce ? interrogea Osmond.

— Mon frère. Il est passé devant la boutique à midi et, la voyant fermée, s'est inquiété de ma santé. Je lui ai dit que j'avais la migraine... Oh ! Ma chère migraine !

— Sais-tu l'heure qu'il est ? demanda le garçon qui venait de consulter sa montre posée sur la table de chevet.

— Qu'importe l'heure !

— Il est quatre heures de l'après-midi et deux nuits ont passé depuis que je suis là... il faudrait que je me rase, je vais t'arracher la peau.

Elle passa une main moite sur la joue de son amant.

— Il n'y a pas de rasoir dans cette maison... Tu en sortiras barbu comme un satyre.

Ayant brossé ses cheveux, elle revint, s'allongea près d'Osmond.

— Quand repars-tu ?

— Demain matin... mais je ne serai absent que deux petites semaines... ensuite, nous aurons tout l'automne et l'hiver à nous. Je m'installe dans la maison de l'avenue Prytania que m'a léguée mon grand-père... tu pourras y venir si tu veux.

Dolores fit la moue.

— Je préfère que ce soit toi qui viennes me voir... tous les jours. Je ne veux pas qu'on jase.

Puis, se penchant et posant la pointe d'un sein sur les lèvres du garçon, elle ajouta.

— Nous avons encore une longue nuit.

Au matin du troisième jour, Osmond s'extirpa des bras de Dolores pour aller prendre le train. Dans la rue ensoleillée, il se sentit léger, joyeux et assez lucide pour entrer chez un barbier où il faillit s'endormir. Une odeur d'œuf au bacon ayant sollicité son appétit tandis qu'il passait devant un hôtel de la rue Bourbon, il s'offrit un copieux petit déjeuner au milieu des voyageurs, puis il sauta dans un fiacre et se fit conduire à la gare. Le voyage jusqu'à New Roads, qui prenait plus de cinq heures, ne dura pour lui que quelques minutes tant son sommeil fut profond. Débarquant à Bagatelle à l'heure de la sieste, il signala son arrivée à Citoyen et se mit au lit encore tout imprégné du parfum de Dolores. Une heure avant le dîner, ce fut avec regret qu'il prit un bain.

Seul M. de Castel-Brajac, auquel il rendit visite le lendemain, fit allusion à son voyage.

– Tu as l'air un peu fatigué, fiston ?

– Il faisait très chaud, oncle Gus, à La Nouvelle-Orléans.

– Je n'en doute pas, mon gars... surtout sur le campus d'une université déserte.

Cet été-là, Osmond ne revit pas Lorna, avant de quitter Bagatelle pour rejoindre Dan et Bob chez les Foxley.

Les deux garçons ne dissimulèrent pas leur joie en retrouvant l'ami. Dan surtout, quand il découvrit sur le quai de la gare de Natchez sa chère Alix, que Stella avait autorisée à accompagner son frère afin qu'elle puisse revoir son boy-friend avant la longue séparation de l'année universitaire. Quand les trois garçons prirent le train pour Baltimore, Mlle de Vigors regagna Bagatelle avec Otis Foxley qui, comme elle-même, venait de terminer ses études. Les deux jeunes filles s'imaginaient déjà futures belles-sœurs et envisageaient de se réunir souvent pour tromper l'oisiveté à laquelle leur condition allait désormais les condamner.

Les chevaliers du Triangle débarquèrent à Baltimore, leur sac à la main, avec l'assurance juvénile des conquérants. La vertueuse rudesse de l'éducation jésuite les avait préparés à la vie d'étudiants. Désormais, ils auraient à se gouverner eux-mêmes. Osmond, nanti d'une fortune personnelle, paraissait avantagé. Il ne serait pas contraint comme Bob Meyer de ne dépenser que le strict nécessaire ou comme Foxley d'établir un budget en fonction de la mensualité paternelle.

Dès que Dan fut installé chez sa logeuse, une matrone rigoriste habituée à mener ses locataires étudiants à la baguette, les trois garçons se lancèrent à la découverte de la ville.

L'humble bourgade du XVIIIe siècle, siège du premier diocèse des États-Unis, était, grâce à son port, une métropole prospère mais peu attrayante. Pour de jeunes Sudistes habitués à la lumière et aux couleurs de La Nouvelle-Orléans, tout y paraissait terne et gris comme les eaux de la Chesapeake. Blottie au fond d'une crique sur la côte ouest de l'immense baie, Baltimore s'était d'abord imposée comme marché aux tabacs avant de devenir un important centre commercial où se négociaient les produits de la plaine atlantique, comprise entre le Potomac et la Susquehanna : céréales, coton, charbon et, depuis peu, les sous-produits du pétrole. Tête de ligne du Baltimore and Ohio Railroad, la première voie ferrée de l'Union, la cité qu'un incendie avait endommagée en 1904 connaissait une animation laborieuse. Cependant, les banquiers, les négociants et les armateurs se gardaient bien d'exposer leurs richesses à la convoitise des passants. Leurs demeures, d'une architecture sans grâce, aux façades de briques ou de pierres noircies par les fumées, abritaient, disait-on, des intérieurs cossus, richement meublés, mais où ne pénétraient que les intimes. L'imposante splendeur des grandes maisons de plantation ne correspondait pas toujours au volume du compte en banque de leur propriétaire, mais elles flattaient au moins le regard, ce qui n'était pas le cas dans la capitale du Maryland. Les trois garçons tombèrent d'accord pour juger un peu mesquine l'attitude des bourgeois de « Balti », camouflant leur fortune.

Quittant le centre de la ville, après avoir salué la statue de George Washington érigée trente-trois ans avant que la capitale de l'Union ait décidé de rendre le même hommage au libérateur, ils escaladèrent les collines entourant la zone urbaine pour découvrir le canevas serré des rues d'où émergeaient des clochers et des cheminées d'usines. Ils visitèrent le fort Mac-Henry, dont les défenses figuraient une étoile à cinq branches et que Bob Meyer qualifia de « copie bon marché des ouvrages de Vauban ».

A la société historique du Maryland, ils allèrent se pencher sur la partition originale de l'hymne fédéral composé en 1814 à Baltimore par Francis Scott Key et identifièrent, à l'angle de Pratt Street et d'Abermarle Street, la maison de Mary Young Pickers, où de pieuses patriotes avaient confectionné, lors de la seconde guerre d'indépendance, une bannière étoilée gigantesque de dix mètres sur quatorze. Hissé non sans mal au mât du fort Mac-Henry, ce drapeau avait été le dernier défi lancé aux Anglais par une ville libre.

Mais ce qui intéressait le plus Osmond restait le souvenir d'Edgar Poe. Il entraîna ses amis jusqu'à la vieille église presbytérienne de Westminster, construite en 1852 à l'angle de La Fayette Street et Green Street pour y voir, dans un petit cimetière mal entretenu, la tombe du poète, que le fossoyeur avait dû déjà relever trois fois, ce qui faisait dire au pasteur : « Ce curieux défunt ne veut pas tenir en place. »

Le mausolée, minuscule parallélépipède isolé des autres tombes, comme si les morts craignaient la contamination de l'esprit satanique de Poe, paraissait abandonné à l'agression des herbes folles. Osmond, qui connaissait par cœur le sonnet de Stéphane Mallarmé publié dans le *Poe Memorial* de 1877, récita pour ses amis le dernier tercet du *Tombeau* :

Calme bloc, ici-bas chu d'un désastre obscur
Que ce granit au moins montre à jamais sa borne
Aux noirs vols des blasphèmes épars dans le futur.

Puis il voulut voir aussi la petite maison qu'avait habitée, 203 Amity Street, l'auteur du *Corbeau*. Triste masure enclavée dans un quartier pouilleux que les familles noires envahissaient, elle symbolisait assez bien l'existence matériellement étriquée du poète. Ils ne purent y pénétrer et repartirent sans savoir si, derrière ces fenêtres étroites, les pièces renfermaient encore des souvenirs[1].

— Je me demande ce qui t'attire chez cet auteur dont le moins qu'on puisse dire est qu'il avait le cerveau hanté par des pensées morbides, questionna Foxley.

---

1. La maison, rachetée et restaurée par la Société des amis d'Edgar Poe, peut aujourd'hui être visitée.

– C'est le premier grand écrivain de notre pays... et sudiste de surcroît... avant lui la littérature typiquement américaine n'existait pas.

– Mais enfin, bien qu'il ait écrit de belles pages, c'était un ivrogne, qui s'enfuit de l'université sans payer ses dettes. Une cour martiale l'a chassé de West Point parce qu'il négligeait les plus élémentaires devoirs du soldat. Il s'est montré ingrat envers les Allan, ses parents adoptifs, il a calomnié Longfellow et il est mort du *delirium tremens* dans cette ville... comme un clochard.

Osmond reconnut dans les propos de Dan tous les reproches que formulaient habituellement les pères de famille de la bonne société créole quand ils surprenaient leurs fils plongés dans les œuvres de Poe.

– Il a dénoncé les coteries littéraires de Boston et de New York qui déniaient tout talent aux écrivains du Sud... Poe a deviné la sécession vingt ans avant qu'elle ne commence. Ni Mallarmé, ni Baudelaire ne s'y sont trompés. Les Européens l'ont compris mieux que nous.

Bob Meyer se mêla à la conversation.

– Osmond a raison, Dan. Que nous importe aujourd'hui si Poe fut opiomane, ivrogne, pervers, avide de notoriété, s'il connut la folie de la persécution et s'il rendit malheureuse la pauvre Virginia Clemm, qui ne devait rien comprendre à cet insupportable génie. Il a sa place dans notre panthéon, rien que pour avoir secoué les lecteurs des romans de chevalerie et fustigé l'hypocrisie des puritains.

Dan Foxley confessa qu'il n'avait lu que deux ou trois nouvelles de l'écrivain que la postérité s'acharnait à déchirer et qu'il n'avait pas toujours saisi le sens des symboles dont il usait.

– Eh bien ! moi, conclut Osmond, je puis vous assurer que je n'ai vraiment compris le sens de *Jamais plus* qu'après avoir lu et relu *Le Corbeau*. Ce poème contient la fin de toute chose... C'est la plus belle leçon de modestie que je connaisse. Elle nous aide à accepter notre condition.

Au cours de leur bref séjour à Baltimore, les trois amis eurent encore de longues discussions du même genre. Dan, avec véhémence, mettait Osmond en garde contre l'esthétisme décadent, contre les engagements téméraires de l'intelligence, contre les séductions de ce qu'il appelait « la révolte poétique » et son ami lui répondait que seules comptaient la sincérité, l'acceptation de l'affrontement avec les puissances démoniaques, quels que soient les risques encourus.

– As-tu encore la foi ? osa demander Foxley, alors que, le dernier soir, les trois amis venaient d'allumer une cigarette.

Osmond, que rien ne semblait jamais prendre au dépourvu, regarda Foxley droit dans les yeux. Son sourire énigmatique, auquel Dan et Bob n'attachaient en général aucune signification, au contraire de ceux qui, ignorant cette particularité de physionomie, l'interprétaient d'une façon erronée, lui parut tout de même traduire une sorte d'intime inquiétude.

– « Pour savoir ce qu'est Dieu, il faudrait être Dieu » comme dit le baron de Biefeld... alors, à qui ou à quoi appliquer la foi ? Voilà la question. Je vous envie tous deux. Toi, Fox, parce que, bon chrétien, tu as l'assurance d'une félicité *post mortem* et trouve commode l'explication de l'univers que nous ont fournie les bons pères. Toi Bob, parce que tu vis dans l'espérance d'un messie. Moi je n'ai que le doute, l'immense doute qui assaille l'intelligence quand on se met à s'interroger. Si je vous dis que j'ai foi en la vie, vous allez me ranger dans la catégorie des jouisseurs attentistes et, cependant, il en est ainsi.

– Mais la vie nous vient de Dieu n'est-ce pas, comme l'air que nous respirons ?

– Les études scientifiques que tu vas entreprendre te prouveront peut-être qu'elle vient aussi de la matière.

– La science ne peut que démontrer l'inconcevable génie du Créateur, répliqua Dan d'un ton convaincu.

Bob Meyer se tenait toujours en retrait pendant ces échanges. Pour lui, Dieu n'avait pas de visage. C'était le juriste universel qui avait dicté ses lois à Moïse. Il s'efforçait de les respecter et se gardait bien de toute spéculation quant à leur bien-fondé. Aussi, quand Osmond demanda qui pouvait proposer une définition de Dieu, s'abstint-il de répondre. Dan récita celle du catéchisme et interrogea à son tour Osmond.

– Et toi, que proposes-tu ?

– Rien, sinon qu'il ne peut s'agir que d'une inépuisable imagination... ayant les moyens de fabriquer et de détruire tout... ce qu'elle imagine.

Avant de prendre le train pour La Nouvelle-Orléans, Bob et Osmond accompagnèrent Dan à l'université Johns-Hopkins. Cette institution, fondée en 1876, jouissait d'une réputation internationale à cause de son école de médecine et de son hôpital qui passait pour un modèle du genre.

Le campus, vaste quadrilatère planté d'arbres, se développait autour d'une série de bâtiments en briques rouges abritant les amphithéâtres et les laboratoires. En remontant Charles Street, les garçons découvrirent sur un tertre la maison dont l'architecture géorgienne avait inspiré les bâtisseurs de l'université, la demeure construite en 1803 pour Charles Carroll. Dans cette bâtisse de brique à un seul étage et au petit péristyle à colonnes blanches s'était éteint, en 1832, le dernier survivant des signataires de la déclaration d'indépendance. Deux ans avant sa mort, Charles Carroll[1] avait eu le privilège insigne d'être le premier passager du Baltimore and Ohio Railroad.

Quand vint le moment de la séparation, Dan rappela à ses compagnons le serment de la rivière Chitto.

– Dans trois ans, nous serons en passe de devenir de grands hommes ou nous entrerons anonymement dans la fourmilière.

– Pouah ! firent en chœur Bob et Osmond.

Dans le wagon qui emmenait ces deux derniers à La Nouvelle-Orléans, M. de Vigors se montra d'humeur joyeuse, alors que Meyer, au contraire, paraissait las et préoccupé.

– Ça ne va pas Bob ?

– J'ai un rhume... c'est le troisième de l'été... sois gentil de remonter la glace.

Osmond s'exécuta puis, comme ils étaient seuls dans le compartiment, il s'assit en face de son ami.

– Tu as autre chose, je te connais. Quand tu te recroquevilles comme ça derrière ton écharpe, c'est que des idées sombres incubent sous ton crâne en

1. 1737-1832.

pain de sucre. Partageons-les... comme le reste. Je suis si heureux à la pensée de retrouver Dolores que je ne supporte pas de te voir triste.

Bob Meyer posa affectueusement sa main sèche sur le genou de son ami.

– C'est à cause d'Otis.

– Otis ! Ça ne va plus entre vous ?

– Si, très bien et j'ai hâte de la revoir... mais c'est l'avenir qui me préoccupe.

Le fils de la marchande de corsets de Canal Street ne cacha pas à Osmond qu'il était inquiet à propos de ses futures fiançailles avec Mlle Foxley. Elle n'avait pas encore abordé le sujet avec ses parents, mais elle devinait que sa mère comme sa sœur Margaret qui attendait un enfant n'accepteraient pas aisément l'entrée d'un juif dans la famille.

– Elle voudrait que je me convertisse au catholicisme... ça faciliterait les choses, dit-il d'une voix lamentable.

Osmond s'indigna.

– Baptisé par un curé, serais-tu différent de ce que tu es ?... C'est une idée idiote.

– Oh ! Je me convertirais bien pour faire plaisir à Otis, mais cela ferait tant de peine à ma mère que je ne puis l'envisager.

Comme beaucoup de créoles catholiques de vieille souche, la mère d'Otis, plus que son mari, considérait que les juifs appartenaient, ainsi que les Italo-Américains ou les Portoricains, à une race inférieure à laquelle une chrétienne ne pouvait s'unir sans déroger. Elle était de ces bigotes à tête étroite qui osaient encore reprocher aux fils d'Israël d'avoir été « les bourreaux du Christ ». A La Nouvelle-Orléans, le Boston-Club était toujours fermé aux juifs et certains propriétaires des quartiers résidentiels refusaient encore de leur louer des appartements ou des maisons. On critiquait même à l'occasion les pères jésuites qui acceptaient dans leurs collèges tous les élèves sans distinction de confession. Au temps des codes noirs, la ville était interdite aux fils d'Israël et, près d'un demi-siècle après l'émancipation des esclaves, on leur faisait encore grief, dans certaines familles, d'avoir penché pour l'abolition. On soutenait qu'ils n'avaient obtenu droit de cité que par la volonté des Yankees, dont ils avaient été bien souvent les banquiers. Sur les trois cent cinquante mille habitants de la paroisse d'Orléans, on ne comptait encore que treize mille juifs, proportion nettement inférieure à celle des grandes villes du Nord.

– L'intolérance religieuse est cependant bien démodée. Le gouvernement fédéral a décidé, dit-on, d'abroger le traité passé en 1832 avec la Russie, parce que les autorités russes refusent d'accorder des visas aux juifs américains et même à des clergymen, dit Bob.

– Le gouvernement a raison, il ne fait que suivre en cela les gens sensés, les humanistes raisonnables. Goethe notamment, qui était si persuadé du droit de chaque individu à l'indépendance religieuse qu'il trouvait l'expression « tolérance » injurieuse. « Le droit, disait-il, ne doit pas être toléré, il doit être reconnu. Celui qui tolère insulte »... Quand tu auras ton diplôme d'ingénieur en poche et qu'Otis aura atteint sa majorité, tu n'auras qu'à l'enlever.

Bob sourit tristement.

– Je reconnais bien là le Cavalier romantique... mais je ne veux pas qu'Otis soit désapprouvée par sa famille. Je compte plutôt sur Dan pour faire admettre notre union le moment venu. Le père Foxley, qui je crois m'aime bien, reconnaît qu'il ne me manque rien pour faire un gendre... sinon d'être catholique.

– Ah ! boun Diou, comme dirait oncle Gus, il te manque autre chose... un prépuce.

La gaieté d'Osmond rassura Bob Meyer. Il savait pouvoir compter sur cet ami, sur ce frère qui, avec Dan Foxley, l'avait aidé à rompre, dès l'enfance, l'isolement raciste.

– Allons prendre un verre au wagon-bar, proposa-t-il, j'ai envie de boire... comme un papiste.

– Et moi, comme un catholique... honoraire.

3

Osmond de Vigors, étudiant en droit à l'université Tulane, s'installa dans sa nouvelle vie avec le sérieux qu'il mettait discrètement en toute chose et que dissimulaient aux yeux des étrangers sa désinvolture naturelle et son apparente insouciance de jeune « bourbon » fortuné.

Dans la demeure de l'avenue Prytania, la sienne désormais, il fit peu de transformations. Le cabinet de travail de son grand-père lui convenait à merveille. Éclairée par un bow-window donnant sur le jardin, la pièce offrait une ambiance cossue, presque douillette. Entre les murs recouverts à mi-hauteur de boiseries blondes, face à une bibliothèque où les traités de droit maritime ou commercial avoisinaient avec des revues de jurisprudence élégamment reliées de cuir vert, il se promit, en s'asseyant devant le large bureau de son aïeul, des heures studieuses.

Confortablement adossé au capiton de cuir patiné du grand fauteuil pivotant, il caressa le sous-main, souleva le couvercle de l'encrier de bronze, alluma la lampe à abat-jour de soie beige, essaya une plume et découvrit qu'il pourrait utiliser le papier à lettres, le sénateur ayant eu le bon goût de n'y faire imprimer qu'une adresse. Il retrouvait dans la Vénus de bronze perchée sur la sellette et dans les sanguines galantes de Gabriel de Saint-Aubin suspendues aux cloisons la dilection que Charles de Vigors avait toujours eue pour le corps féminin, penchant qu'il était à même maintenant d'apprécier. Pour parfaire ce décor, Osmond décrocha un paysage de bayou qui ne lui plaisait guère et le remplaça par le portrait en pied de Gratianne de Damvilliers qui depuis deux ans ornait sa chambre de la maison Pritchard.

Dès le premier soir de son emménagement, il choisit de dormir dans le grand lit où son grand-père avait reposé après sa mort. Le meuble, placé entre les deux fenêtres d'une chambre du premier étage, ne comportait pas de baldaquin, mais le blason des Vigors – « De gueule à la badelaire d'or »[1] – coiffait le panneau de tête. Dans le cabinet de toilette attenant à cette pièce assez sobrement meublée d'une commode, d'un guéridon et de deux fauteuils, il se servit des rasoirs à manche d'ivoire de l'aïeul défunt, en rendant hommage à son sens du confort. La vaste baignoire de marbre noir aux robinets dorés à l'or fin avait été autrefois acquise par le sénateur, lors du démantèlement d'un palais vénitien.

Quand Liponne rendit visite à son petit-fils, celui-ci l'assura que cette maison restait la sienne et qu'elle pouvait y séjourner aussi souvent et aussi

1. Épée courte, large et courbe rapportée d'Orient par les Croisés.

longtemps qu'il lui plairait. Mais la grosse dame, maugréant contre l'ingratitude d'un mari « qui s'était moqué d'elle toute sa vie », fit charger dans une camionnette le linge, les vêtements et les bibelots qui lui appartenaient et s'en fut en déclarant qu'elle ne remettrait pas les pieds dans cette demeure où elle n'avait jamais été heureuse.

– D'ailleurs, ajouta-t-elle avec acrimonie, les Dubard n'ont jamais eu que les restes des Vigors !

Osmond comprit qu'elle faisait allusion au mariage de Stella avec Faustin, que la vieille dame avait hautement désapprouvé.

Maître chez lui, Osmond organisa son train de maison. Il congédia la plupart des domestiques ainsi que Parson, le secrétaire du sénateur. Il ne conserva que le vieux couple de Noirs qui avait servi son grand-père et auquel il présenta Hector comme le nouveau majordome. Très fier de ses fonctions, le jeune Noir, déluré et intelligent, obtint facilement une licence pour conduire les automobiles. La somptueuse Cadillac de Charles de Vigors fut vendue et Osmond acquit une Ford T, double phaéton, moderne, d'un entretien plus aisé, d'allure et d'aspect plus modestes.

Ce nouveau modèle, sorti des ateliers de Detroit, était maintenant produit en série sur des chaînes de montage. Avec ce système de fabrication, Henry Ford comptait livrer soixante-quinze mille véhicules en 1912 et doubler chaque année la production de ses ateliers. La Ford T comportait un minimum de pièces faites d'un alliage d'acier à haute résistance, ce qui avait permis de réduire son poids en augmentant sa solidité.

M. Ford ne prenait, disait-on, qu'un petit bénéfice sur chaque automobile afin de pouvoir offrir aux amateurs son modèle le plus courant à 950 dollars.

Le vendeur de La Nouvelle-Orléans avait affirmé à Osmond que sa Ford T ne consommerait que treize litres d'essence aux cent kilomètres au lieu des vingt-huit litres dévorés habituellement par les voitures des autres marques. Il avait garanti que les pneumatiques ne seraient pas usés avant d'avoir parcouru quinze mille kilomètres. Les concurrents de Ford, en baptisant le modèle T « vieux tacot », avaient espéré le dévaluer aux yeux de la clientèle américaine, mais une des voitures si décriées ayant parcouru six mille cinq cents kilomètres entre le Missouri et le Pacifique dans des conditions épouvantables, la Ford fut considérée comme une courageuse petite mécanique et devint en quelques jours aussi célèbre qu'une vedette de Broadway. Déjà, la légende de la Ford T se répandait à travers une série de *jokes*[1] que les messieurs se racontaient à l'heure du cigare.

L'histoire, notamment, du plaisantin qui, voulant jouer un tour à la compagnie Ford, avait envoyé à Detroit une caisse remplie de vieilles ferrailles, écrous, vis, tôles, moyeux, etc., accompagnée du billet suivant : « Messieurs, veuillez avoir l'obligeance de réparer d'urgence ma Ford T... » Quinze jours plus tard, l'homme avait reçu une lettre de Henry Ford ainsi libellée : « Monsieur, nous avons le plaisir de vous informer que votre automobile est réparée et qu'elle vous a été expédiée à la gare la plus proche de votre domicile. Le service est gratuit mais nous vous serions reconnaissants de nous faire savoir comment s'est produit l'accident. »

1. Plaisanteries, nous dirions « blagues ».

Pilotée par Hector, la Ford T stationnait souvent devant l'Institut polytechnique où Osmond envoyait son factotum cueillir Bob Meyer à la sortie des cours.

Les deux jeunes gens, auxquels Dan Foxley écrivait chaque semaine alternativement, avaient toujours autant de plaisir à être ensemble. Le *Pélican blanc* ayant changé de propriétaire à la mort de Mme Barnett et Tiny jouant maintenant dans un grand hôtel de Chicago, les amateurs de jazz allaient entendre d'autres musiciens noirs, qui n'étaient plus cantonnés dans les beuglants de Storyville. La « musique nègre », ainsi que l'appelaient toujours les créoles, avait conquis droit de cité. Le Superior Orchestra, les American Stars, le Golden Rule Orchestra, le Magnolia Orchestra, le Primrose Orchestra, l'Olympia Band et bien d'autres formations se produisaient maintenant dans des salles de danse ou des cabarets fréquentables. Les musiciens portaient smoking à revers de soie et chemise à col empesé. On chantonnait sans fausse honte *Some sweet days* ou *Pretty baby*, des compositions de Tony Jackson. On allait, sans se cacher, écouter Armand Piron au casino du fort espagnol ou « Papa » Jack Laine et son Dixieland Jazz Band sur un show-boat.

Bob Meyer, sur le Steinway de la maison de Prytania Avenue, jouait pour Osmond des ragtimes de Scott Joplin appris de Tiny Barnett, ce qui réjouissait les domestiques noirs discrètement rassemblés dans l'ombre du hall, derrière la porte du salon.

L'absence de Dan Foxley compliquait un peu l'organisation des sorties des amoureux. Le nombre pair devenait équivoque, d'autant plus qu'Osmond avait déjà l'allure et le comportement d'un homme fait et que Dolores illustrait parfaitement le vieil adage sudiste suivant lequel « les créoles sont plus femmes que les femmes ». Bien qu'il évitât les restaurants à la mode où on l'eût remarqué, le quatuor n'était pas à l'abri des rencontres fortuites.

Un soir, au casino du fort espagnol, les amis s'étaient attablés à proximité d'un groupe dans lequel figuraient Margaret et son mari. La sœur d'Otis, qui n'avait pas grande affection pour Meyer, trouvait déplacé que sa mère ait accepté Mlle Ramirez pour chaperon et encore davantage qu'Osmond de Vigors soit toujours le cavalier d'une personne dont le seul titre à considération était sa qualité de parente d'un professeur d'espagnol. Au cours du dîner, en observant le couple, elle se fit une opinion qu'elle rapporta le lendemain à sa mère en ces termes : « Ces deux-là s'aiment. » Mme Foxley, qui s'étonnait parfois qu'Osmond de Vigors n'ait pas, comme la plupart des étudiants de son âge et de sa condition, une girl-friend, jugea l'idée biscornue, mais interrogea Otis. La jeune fille se troubla, reconnut qu'Osmond et Dolores flirtaient un peu. Comme il n'était pas question d'interrompre les relations entre Otis et Bob, que M. Foxley tenait pour un garçon sérieux et d'avenir, les amoureux se virent dans la semaine nantis d'un nouveau chaperon au-dessus de tout soupçon en la personne d'une vieille cousine d'un conformisme éprouvé et commère de première force. Évincée d'une fonction mondaine, Mlle Ramirez ne pouvait plus figurer qu'en tant que cavalière d'Osmond, ce qui la compromettrait rapidement aux yeux du monde.

Fort heureusement, la vieille cousine des Foxley, gourmande comme une chatte, appréciait par-dessus tout les repas fins que Bob Meyer était bien incapable, étant donné la modestie de ses ressources, d'offrir fréquemment à

Otis et à son accompagnatrice. Osmond manœuvra assez habilement pour entrer dans ses bonnes grâces en l'invitant avec ses amis dans les meilleurs restaurants et la duègne, qui ne manquait pas de perspicacité, reconnut qu'on dînait mieux quand Mlle Ramirez était présente. De son côté, Otis fit comprendre à sa cousine que tout manquement à la discrétion la ferait renvoyer à ses soirées solitaires et à ses tricots.

Quant à Dolores, inspirée comme toutes les amoureuses qui veulent protéger leur amour, elle sut en quelques semaines faire la conquête de celle que Bob avait déjà surnommée « Miss Screen »[1]. Elle l'invita à prendre le thé, lui offrit des savonnettes et des parfums, lui rendit visite, l'apitoya sur son apparente solitude, lui confia quelquefois la garde de sa boutique et finit par apparaître dans le monde comme une parente. Miss Screen, tout émoustillée par la fréquentation de cette jeunesse, entra dans le jeu, tout à fait consciente de participer à une sorte de comédie italienne sur l'innocence de laquelle elle décida de ne pas s'interroger.

La sœur aînée d'Otis en fut donc pour ses frais malveillants. Mais d'autres curiosités, moins gênantes, mais aussi constantes, guettaient Osmond. Nombreuses étaient les mères de famille à l'affût de maris pour leurs filles, qui voyaient en M. de Vigors le gendre idéal. Descendant titré de la meilleure noblesse française, héritier privilégié d'un riche sénateur – on le savait par les sœurs ursulines –, propriétaire d'une vieille maison du district des jardins, disposant de revenus importants, le jeune homme constituait certes un beau parti. Il paraissait, en plus, extrêmement séduisant et avait la réputation d'un parfait Cavalier. Au sens que l'on donnait encore dans le Sud aristocratique à cette appellation, cela valait un brevet de gentleman. Grand, mince, portant cheveu noir à peine ondulé, le visage volontaire, la jambe longue et les attaches fines, il pouvait passer pour le prototype du héros racé capable de faire battre les cœurs.

Son regard d'une étrange acuité, clair et dur, semblait se poser sur les êtres et les choses avec une indifférence polie et bon nombre de demoiselles essayaient, dans la stricte limite des audaces permises, d'attirer son attention. Seul son sourire inquiétait. On le supposait ironique ou signe d'un sentiment de supériorité. Quant à sa voix, bien peu l'avait entendue, car il passait pour peu loquace, avec tout autre que ses intimes. On ne lui connaissait aucune aventure féminine et les commères de salons soutenaient qu'il devait avoir quelque girl-friend dans sa paroisse de Pointe-Coupée et qu'on serait étonné d'apprendre un jour qu'il épouserait une fille de planteur richement dotée, mais inconnue à La Nouvelle-Orléans. Les pères jésuites, ses anciens maîtres de l'Immaculée-Conception, qui ne dédaignaient pas de dîner en ville dans les familles de leurs élèves, le décrivaient comme un garçon d'une rare intelligence, sérieux et travailleur, bien que d'une piété tiède. Les professeurs de droit de l'université donnaient en exemple son assiduité aux cours à bon nombre d'étudiants dilettantes, inscrits pour masquer leur oisiveté et rassurer leurs parents.

Au contraire de beaucoup de jeunes hommes engagés dans une aventure sentimentale qui les conduit à négliger leurs études, Osmond était stimulé par sa liaison. Les sens satisfaits et le cœur comblé, il conservait l'esprit libre et se

1. Écran, paravent.

plongeait dans les arcanes du droit romain avec curiosité et application. Il travaillait même mieux les jours où il se savait attendu le soir par sa maîtresse. Son exaltation amoureuse patientait sans inquiétude. Son bonheur du moment était fait d'équilibre et de sérénité.

Un matin, trouvant dans son courrier une carte de Marie-Gabrielle Grigné-Castrus qui l'invitait à venir la voir « pour régler quelques dossiers en suspens », il se rendit avenue de l'Esplanade. La Suissesse le reçut aimablement et lui confia que, par le jeu de l'héritage de Charles de Vigors, il se trouvait maintenant son associé dans un certain nombre d'entreprises, comme son grand-père l'avait été.

– Je ne puis racheter moi-même toutes les participations que vous détenez, mais il me sera facile de trouver un ou des acquéreurs, car j'imagine que vous ne souhaitez pas maintenir une association d'intérêts voulue et organisée par votre grand-père.

Marie-Gabrielle, parfaitement digne dans sa robe de soie lavande, parlait en femme d'affaires, mais avec le souci évident de dégager le jeune homme de tout lien vis-à-vis de sa personne.

Osmond réfléchit un instant, considérant cet être qui avait vécu dans l'ombre de Charles de Vigors, effacé et fidèle, servant ses ambitions politiques et protégeant sa réputation. Il estima qu'il lui devait quelque reconnaissance et se dit que son grand-père aurait sans doute souhaité qu'il la traitât en amie.

– Mon Dieu, madame, sauf si vous y voyez un inconvénient pour vous-même et vos affaires, j'aimerais au contraire ne rien changer à la situation. Je peux rester votre associé en vous laissant le soin d'agir comme vous le faisiez du vivant de M. de Vigors. Je n'entends pas grand-chose aux comptes et si vous acceptiez d'assumer, en plus des vôtres, la responsabilité des miens, j'en serais fort aise.

Marie-Gabrielle ne put dissimuler complètement son émotion. Elle sourit avec mélancolie.

– Vous ne me méprisez donc pas ?

– Vous mépriser ? Ce serait mépriser mon grand-père. J'ai au contraire grande estime pour vous, madame, et... l'affection que vous portait mon aïeul et que vous lui rendiez constitue à mes yeux un lien sacré.

– Ne craignez-vous pas qu'on jase ? Votre famille ?

– Des jaseurs, je fais mon affaire, madame. Quant à ma famille qui a toujours voulu ignorer les attaches... particulières qu'avait mon grand-père avec une associée, elle ne saurait me reprocher de poursuivre une entente profitable à mes intérêts.

Marie-Gabrielle découvrait en ce garçon, assis jambes croisées dans le fauteuil qu'avait si souvent occupé Charles de Vigors, un homme résolu et courageux, ayant de l'honneur une conception non conformiste et sachant déjà la valeur des sentiments auxquels elle avait sacrifié sa vie. Ses yeux s'emplirent de larmes. Elle balbutia des remerciements qu'Osmond éluda d'un geste de la main.

– Si vous le voulez bien, je vous rendrai visite au jour qui vous conviendra. Nous parlerons affaires. Il me plairait aussi que vous acceptiez de venir dîner avec moi et mes amis de temps en temps.

En entendant ces mots, la Suissesse se mit à pleurer doucement. La générosité d'Osmond la comblait, l'arrachait à sa solitude. Elle avait pensé liquider toutes ses affaires et rentrer dans son pays où nul parent ne l'attendait pour y finir sa vie dans la triste maison genevoise où elle était venue au monde soixante ans plus tôt. Maintenant, elle savait qu'elle resterait à La Nouvelle-Orléans pour aider le petit-fils de l'homme qu'elle avait aimé à se faire une place dans la vie.

– Mais votre grand-mère pourrait prendre ombrage de nos relations, y avez-vous songé ?

– Ma grand-mère, madame, est sans doute une sainte. Je lui dois un grand respect... mais j'en dois aussi à la femme qui a rendu mon grand-père heureux.

Osmond se leva, vint se pencher sur la vieille dame aux cheveux blond-blanc et à la peau douce et l'embrassa.

– Séchez vos yeux, madame, et offrez-moi un verre de ce porto que goûtait M. de Vigors à la fin de sa vie. Plus tard, nous parlerons de lui, de ses qualités et de ses affaires car, comme vous, je l'aimais tel qu'il était.

Osmond prit ainsi l'habitude de se rendre le mercredi à l'heure du thé avenue de l'Esplanade où Marie-Gabrielle, toujours pimpante, l'attendait avec le sentiment que la vie pouvait encore avoir de l'intérêt. Elle puisait dans cette amitié naissante avec un garçon qui aurait pu être son petit-fils le sentiment mélancolique et doux de recevoir en héritage de Charles une affection sincère et désintéressée.

Bob Meyer venait souvent avenue Prytania partager le dîner d'Osmond, quand ce dernier ne pouvait décemment rejoindre Dolores, qui se devait, de temps à autre, à son frère Miguel et aux amis de sa famille.

Un soir, alors qu'Hector présentait aux convives une tarte aux noix de pécan, moelleuse à souhait et confectionnée tout spécialement pour M. Meyer, que la cuisinière d'Osmond trouvait « maigre comme un chat de gouttière et jaune comme un squash »[1], le garçon raconta qu'il avait rencontré la veille, à La Nouvelle-Orléans, un mécanicien d'aviation de l'escadrille Moisant. Ce Français, qui, lors de son passage en Louisiane, s'était épris d'une jeune créole, revenait en ville pour tenter de décider sa dulcinée au mariage. Par cet homme, Bob avait eu des nouvelles des aviateurs. Après la mort tragique de Moisant, dont les trois amis avaient été les témoins à la fin de l'année 1910, « le cirque à Moisant » avait continué sa tournée américaine. Il s'était produit en Oklahoma, à Oklahoma-City et au Texas, à Dallas, à Waco, à Fort Worth, à Temple, à Houston, à San Antonio et à El Paso, puis au Mexique, à Monterrey, à Mexico et à Veracruz avant de porter aux Cubains de La Havane la révélation de l'aviation. Sur le ton de la confidence, le mécanicien avait raconté à Bob comment, pour la première fois, au-dessus du Mexique, les aviateurs français étaient intervenus dans une guerre.

Depuis 1876, le Mexique vivait sous la dictature de Porfirio Diaz. Cet homme de fer avait développé l'économie nationale au détriment des populations indiennes et métisses, dont il confisquait à l'occasion des terres, afin de créer des concessions qu'il distribuait avec profit à des étrangers, des Américains le plus souvent. En 1910, une révolution avait éclaté, dont il était

1. Sorte de courgette jaune et en forme de poire.

difficile d'évaluer dans ce vaste pays l'ampleur exacte. Or, pendant que les aviateurs français se produisaient à El Paso, sur les bords du río Grande, le fleuve frontière entre le Texas et le Mexique, on apprit qu'une troupe d'insurgés, commandée par un certain Orozco, un moustachu long et sec, à l'œil féroce, opérait autour de Ciudad Juarez, poste tenu par l'armée mexicaine. A peine arrivés à El Paso, les aviateurs avaient imité les Texans qui, du haut de leurs toits, suivaient jumelles aux yeux les escarmouches qui opposaient chaque jour les troupes régulières mexicaines aux insurgés. Le mécanicien accompagnant Roland Garros, un des aviateurs du groupe, sur la terrasse de l'hôtel de quinze étages où les Français étaient descendus, avait observé jusqu'au crépuscule les fusillades.

Le lendemain, Young, devenu manager de la troupe depuis la mort de Moisant et toujours à l'affût d'une opération publicitaire, décida les pilotes à prendre l'air pour aller survoler ce qu'ils appelaient un peu pompeusement le champ de bataille. Cette idée, on le sut plus tard, lui avait été suggérée par l'état-major mexicain qui souhaitait un rapport sur le dispositif des révolutionnaires. N'était-ce pas un moyen aussi d'entrer dans les bonnes grâces des autorités d'un pays où plusieurs meetings étaient prévus ? Trois aviateurs français, Barrier, Simon et Garros, se relayèrent aux commandes d'un Blériot équipé d'un moteur de cinquante chevaux pour effectuer des reconnaissances. Les insurgés, surpris de voir, pour la première fois de leur vie, un avion évoluer au-dessus de leurs têtes, restèrent l'arme au pied, biglant dans le soleil à l'abri de leur grand sombrero.

Comme pour compenser ce qu'avait de désobligeant cet espionnage aérien à l'encontre de braves paysans en lutte pour défendre leur patrimoine, les aviateurs avaient lancé sur les groupes repérés des oranges et des paquets de cigarettes. Ainsi, du 7 au 10 février 1911, l'avion avait été pour la première fois utilisé à des fins guerrières[1].

– Tu te rends compte de ce que signifie cette expérience ? demanda Bob l'œil brillant, comme chaque fois qu'il parlait de sa passion.

– Pendant la guerre entre les États, on s'est déjà servi de ballons captifs pour suivre les évolutions de l'ennemi, remarqua Osmond.

– Oui, mais l'avion se déplace. Il peut rapporter, s'il vole assez bas, des photographies des dispositifs de l'adversaire. Les aviateurs français ont lancé des oranges aux insurgés mexicains, mais ils auraient pu tout aussi bien lancer des grenades. L'avion, crois-moi, c'est l'arme de l'avenir.

– Il peut aussi être abattu par un canon ou par un bon tireur monté à bord d'un autre avion.

– Tu imagines un combat en plein ciel à la carabine... ou même à la mitrailleuse. Un vrai tournoi à mort, mon vieux, un duel d'oiseaux de proie.

Quand, le 5 novembre, on apprit à La Nouvelle-Orléans que Galbraith R. Rodgers, parti le 12 septembre de New York, venait d'atterrir à Long Beach

---

1. L'histoire officielle donne, pour première intervention militaire de l'aviation, la reconnaissance effectuée par le pilote italien Piazza au-dessus des lignes turques entre Tripoli et Azizia le 22 octobre 1911. Les *Mémoires* de Roland Garros, dont l'auteur a tiré l'information donnée ci-dessus, prouvent que les Français furent les premiers à se livrer à ce genre d'opération.

(Californie) après avoir tenu l'air quatre-vingt-deux heures et quatre minutes entre ses nombreuses escales, Bob Meyer ne contrôla pas son enthousiasme et annonça, le doigt levé vers le ciel dans l'attitude des prophètes, que « l'avion transporterait un jour des passagers d'un bout à l'autre du continent ».

Les petites vacances de fin d'année permirent à Dan Foxley de rejoindre ses amis. Tout auréolé du prestige reconnu aux étudiants de l'université Johns-Hopkins, le garçon se montra intarissable sur ses professeurs et ses condisciples. Avec le pédantisme puéril de ceux qui, commençant des études de sciences, découvrent l'univers insoupçonné de l'infiniment petit, il fit à ses amis un véritable cours.

– Mes enfants, les sciences de la vie, telles que nous les laissaient entrevoir les « jés » ont un bon demi-siècle de retard. Nous vivons une époque formidable, les savants sont en train de tout remettre en cause... La matière commence à livrer ses secrets. Bientôt, la rassurante théorie du solide, de l'immuable, de l'inanimé en équilibre avec l'esprit sera caduque, comme la bonne et chère logique de l'entendement. Tout cela, mes autruches, mes rêveurs géniaux, ça va changer. Des types dont vous ignorez le nom ont découvert ce qu'il y a de plus important depuis les Grecs, depuis le Christ, à savoir que la matière est un pullulement d'atomes. Vous rendez-vous compte qu'il y a des millions d'atomes d'hydrogène dans une pointe de crayon, hein, et que chacun de ces atomes se décompose en particules, en protons, en électrons ?

Bob et Osmond se regardèrent et éclatèrent de rire devant l'enthousiasme du néophyte pour les travaux de Roentgen, de Becquerel et de Curie.

– La théorie atomique est séduisante mais sur quoi débouche-t-elle ? fit Meyer avec une moue dubitative.

– Elle va déboucher sur des choses étonnantes qu'on ne peut encore imaginer mais que les esprits les plus éclairés subodorent. Tenez, il y a quelques années, Lebon, dans son *Évolution de la matière*, a déjà expliqué que matière et énergie, c'est la même chose. La force et la matière, mes benêts, sont les deux formes d'une même puissance. L'une nous paraît stable, l'autre impalpable et cependant c'est...

– C'est inutilisable, avança Osmond.

– C'est là que tu te trompes, ignorant. Depuis que les substances radioactives, comme l'uranium et le radium, sont identifiables, on peut penser que les alchimistes à la Nicolas Flamel étaient peut-être moins fous qu'on le croyait. Sir Joseph Larmor a dit à peu près : « Tout ce qui nous paraît dense, immobile, fixe, est en réalité grouillement d'atomes. » Et tout cela tient comme... mayonnaise... par la gravitation permanente des myriades invisibles, tout n'est que nuée et nous-mêmes...

– Holà, Fox, cesse de nous éblouir de ta science neuve, nos pauvres esprits ne peuvent te suivre... dit Bob.

– Tout cela me paraît assez fumeux ! renchérit Osmond.

– Fumeux ! Sachez que l'existence même des choses tient au mouvement... le temps n'est qu'espace ! Nous vivons dans l'illusion de la matière, dans l'illusion du temps, dans l'illusion de l'esprit !

Osmond et Bob avaient l'air faussement consterné de ceux qui voient leur ami le plus cher perdre pied, oublier la réalité.

— Il est évident que si ces théories tiennent debout, elles peuvent remettre en question bon nombre de nos croyances, concéda Bob.

— Et comment !

— Dieu lui-même, risqua Osmond.

— C'est lui qui a donné la pichenette originelle à l'atome, déclara Dan avec assurance.

— Et depuis, ça marche tout seul ?

— Oui, mon vieux, et la création c'est la mise en branle de la matière, rien d'autre... la vie est un flux d'atomes.

— Et personne n'avait compris ça, avant... toi !

Dan haussa les épaules.

— Je ne sais rien encore... mais je me donne les moyens de comprendre... vous saisissez ? Car c'est la suprême satisfaction, comprendre !

Osmond lui mit affectueusement la main sur l'épaule, car il ne voulait pas blesser son ami par des sarcasmes répétés.

— Quand tu auras compris, tu nous expliqueras.

— Tes... révélations ont de quoi donner le vertige à des gens de notre espèce, remarqua Bob avec sincérité.

— C'est exactement ce que je ressens, le vertige.

— Es-tu encore certain d'exister ? interrogea Osmond.

— J'existe, tu existes, nous existons par un caprice préétabli d'atomes en équilibre. Nous aurions aussi bien pu être pierres, arbres, cancrelats, boutons de culottes ou grains de maïs... nous ne sommes que des souffles... éphémères !

— Et l'âme, qu'en fais-tu dans tout cela, est-elle matière de hasard elle aussi, agencement plus subtil d'atomes... gazeux ?

— Voilà le mystère, l'unique mystère... l'insoluble mystère, celui que Dieu se réserve et qui maintient entre lui et nous l'infranchissable.

— Allons nourrir d'atomes tourbillonnants ayant la forme et le goût d'une langouste et d'un vin blanc de Bordeaux nos corps faits d'atomes tourbillonnants et affamés, en compagnies de charmantes personnes, faites d'atomes tourbillonnants divinement agencés pour notre plaisir !

Dan considéra Osmond avec un air de commisération comique.

— Tu crois énoncer une plaisanterie, mon bon, eh bien, tu dis là une vérité !

— A supposer que tout ce tournoiement, brusquement un jour s'arrête, que Dieu, qui d'après toi a donné la pichenette initiale, décide d'interrompre le mouvement... que se passe-t-il ? interrogea Bob avec sérieux.

— C'est le néant, conclut Dan d'un ton péremptoire.

En retrouvant Alix, que les Foxley avaient invitée à passer les fêtes de fin d'année, afin qu'elle puisse revoir celui que l'on s'entendait tacitement à considérer comme un fiancé, Dan oublia ses théories. Si l'amour était aussi un jeu d'atomes, personne ne s'en plaignait, ni Bob quand il embrassait Otis en cachette, ni Osmond quand il étreignait Dolores, ni même Dan quand Alix se blottissait contre lui en s'efforçant d'imaginer ce que serait plus tard sa vie avec un savant.

Quelques jours avant Noël, les six amis dînaient au casino du fort espagnol sous la présidence de l'inévitable Miss Screen quand Dan Foxley annonça qu'il avait déjà reçu son cadeau, un nouveau voilier offert par son père. Ce dernier, souhaitant que l'étudiant puisse jouir d'un présent depuis longtemps promis, avait devancé la remise traditionnelle des étrennes. L'après-midi même, M. Foxley et son fils avaient essayé le voilier sur le lac Pontchartrain.

– Je l'ai baptisé *Baga*, lança joyeusement Dan, et il portera les couleurs du club dans la régate du jour de l'An... je me suis inscrit avant le dîner. Naturellement, je compte sur toi, Osmond, comme équipier.

Osmond échangea avec Dolores un coup d'œil rapide. Il avait promis à sa maîtresse de passer avec elle la dernière nuit de l'année. Abandonner ses bras au petit matin pour aller jouer les plaisanciers sur le lac Pontchartrain ne lui souriait guère. D'autre part – le regard inquiet de Dolores le laissait deviner – la jeune femme eût été peinée que son amant préférât une compétition sportive à une matinée en sa compagnie.

– Hélas ! Tu t'y prends un peu tard. J'ai déjà accepté pour le premier de l'An une invitation que je ne puis éluder, dit Osmond avec un peu de gêne.

Dan Foxley parut déçu. Il se doutait bien de quelle invitation il s'agissait, mais en présence du chaperon, tout commentaire était proscrit.

– C'est ennuyeux, il va me falloir trouver un autre équipier.

Bob Meyer se proposa aussitôt.

– Si vous voulez bien de moi, captain, je suis votre matelot !

Dan connaissait la fragilité physique de Meyer, son manque de résistance à la fatigue, la hantise qu'il avait toujours d'un refroidissement.

– Il ne fera pas chaud sur le lac au petit matin, Bob, et les manœuvres seront pénibles. Je ne voudrais pas que tu débarques exténué...

– Je m'habillerai chaudement, je mettrai des gants et je ne me rebellerai pas si tu me houspilles, comme tu le fais toujours quand nous naviguons.

Le regard de Bob était presque implorant. Refuser le concours du garçon dont l'amitié lui était si précieuse eût été, estima Fox, outrageant.

– Très bien matelot, je passerai te prendre à sept heures. J'aurai des provisions de bord. La régate commence à neuf heures et si nous ne gagnons pas la coupe du jour de l'An, tu seras mis aux fers.

Un toast fut porté à l'équipage du *Baga* ainsi constitué. Dolores parut rassurée, bien qu'elle devinât chez Osmond un vague regret de ne pouvoir participer à la course.

Le repas de la Saint-Sylvestre préparé par la domestique de Mlle Ramirez fut un tête-à-tête des plus tendres. A la lueur des chandelles roses et parfumées, Osmond et Dolores échangèrent des cadeaux. Il lui offrit un pendentif en or et diamant et reçut une montre ancienne avec sa chaîne. A l'intérieur du boîtier, Dolores avait fait graver un aphorisme optimiste et tout personnel : « Seul l'Amour arrête le temps. »

Comme pour démentir cette assertion d'une femme amoureuse, la pendule faisant écho à la grosse cloche de la cathédrale Saint-Louis sonna quelques minutes plus tard le minuit fatidique qui marquait l'avènement de la nouvelle année. Au rythme des tintements, Dolores, fidèle à la tradition espagnole, mit dans la bouche de son amant douze grains de raisin. Puis ils s'enfermèrent dans la chambre et s'aimèrent jusqu'à l'aube.

A la fin de la matinée, ils furent brutalement tirés du sommeil par des coups vigoureux frappés à la porte de l'appartement. Dolores se dressa, surprise et indignée qu'on osât ainsi troubler la quiétude d'un jour de fête. Osmond jeta un regard à sa montre.

– Sais-tu qu'il est plus de onze heures ?... C'est sans doute quelque admirateur qui veut te présenter des vœux.

Elle haussa les épaules.

– Mon frère est en voyage, je ne vois pas qui peut se permettre ce tapage.

Contre l'huis, les coups redoublaient, impératifs.

– Je dois aller ouvrir, dit Dolores en se levant. Elle enfila un peignoir, rejeta ses cheveux en arrière et sortit de la chambre dont elle referma la porte.

Osmond, irrité lui aussi par cette intrusion, tendit l'oreille. Il reconnut la voix un peu acide de Miss Screen. Elle s'exprimait avec volubilité, mais les mots qu'elle prononçait étaient, à distance, incompréhensibles.

La porte palière fut claquée et le crépitement des mules de Dolores se rapprocha.

Quand elle apparut, son visage, dans le faible éclairage de la chambre, parut à Osmond d'une pâleur mortelle.

– Osmond... mon chéri... un malheur... Dan et Bob... leur bateau a chaviré... on te réclame... là-bas.

Le jeune homme jaillit du lit. Son regard reflétait l'incrédulité. L'émotion rendait sa voix rauque presque agressive.

– Qui t'apprend cela... Miss Screen ?

– Oui, elle s'est doutée que tu étais chez moi... mais c'est sans importance... les Foxley ont été prévenus de l'accident.

– Mais Dan et Bob ne sont pas ?...

– On les cherche... Oh ! mon Dieu !... c'est affreux, tu aurais pu être sur ce bateau.

– Osmond enfilait déjà ses vêtements avec un sang-froid recouvré. Vêtu, il se dirigea vers le téléphone et appela sa résidence de l'avenue Prytania.

– Hector, prends la Ford... je t'attends à l'angle de la rue du Canal et de la rue Bourbon... dans dix minutes... dépêche-toi !

Il allait quitter l'appartement sans embrasser Dolores. Elle l'arrêta au passage et le serra contre elle.

– Donne-moi des nouvelles... dès que tu pourras.

Il dévala l'escalier, négligea le dédale des patios, prit au plus court par la rue Saint-Pierre et se mit à courir vers la rue du Canal. Un vent aigre, chargé de crachin et de brouillard, soufflait par rafales. De gros nuages sales semblaient rebondir sur les toits. L'air était froid et les rares passants marchaient d'un pas vif, emmitouflés, la tête dans les épaules. Aucun ne se retourna sur le grand garçon au visage blême qui courait sur la chaussée, sans tenir compte de la circulation heureusement peu dense.

Osmond trépignait depuis une minute devant le magasin Maison-Blanche sur Canal Street, quand la Ford apparut. Le visage d'Hector disparaissait à demi sous la visière d'une énorme casquette. Osmond poussa le Noir sur la banquette et prit le volant.

– Le meilleur chemin pour aller au lac, Hector ?

– Canal Street, jusqu'au bout et à gauche, le boulevard de l'Ouest, m'sieur... nous allons au port du casino ?

Jamais Osmond n'avait conduit aussi vite. Au carrefour de Carrollton, il négligea le coup de sifflet d'un policeman qui voulait l'obliger à céder le passage à un tramway, traversa le quartier de Métairie en trombe et, en arrivant au port de West End, se dirigea sans ralentir vers un attroupement. Des fêtards attardés, qui avaient passé la nuit dans les bals du fort espagnol ou sur le scenic railway au parc d'attractions, insultèrent les automobilistes qui se frayaient un chemin à grands coups de trompe. Sur le lac, à quelques centaines de mètres du rivage, des triangles blancs, se détachant sur la grisaille du ciel et des eaux, semblaient se poursuivre. La régate n'avait pas été interrompue.

En sautant de sn siège, Osmond comprit tout de suite la situation. La première personne qu'il aperçut fut Alix, sa sœur, effondrée sur l'épaule d'Otis. Les deux jeunes filles pleuraient près de Mme Foxley prostrée sur un banc qu'entouraient des hommes et des femmes inconnus. Alix se jeta dans les bras de son frère le visage blanc, les lèvres décolorées et tremblantes.

— Oh ! Osmond... On n'a pas retrouvé Dan, on ne l'a pas retrouvé... dis-moi... il n'est pas noyé... où est-il ?

Sur le lac couleur de plomb et que le vent fripait, des canots ballottés évoluaient autour d'une coque blanche. Le *Baga* n'avait pas été redressé et, le poids des voiles immergées compensant celui de la quille, le bateau restait affalé. Des hommes munis de seaux sans fond et penchés sur l'eau semblaient interroger les profondeurs. Osmond comprit aussitôt qu'ils cherchaient des corps. Cependant, Alix n'avait parlé que de Dan.

— Et Bob ? interrogea le garçon.

— Il est blessé à la main, mais il est sain et sauf, on l'a transporté à l'*Hôtel Pontchartrain*, dit Otis à travers ses larmes.

Tous les canots disponibles étant à l'eau, Osmond jeta autour de lui un regard angoissé. Mme Foxley se rendit soudain compte de sa présence. Il vint à elle.

— Mon pauvre Dan... il est noyé, Osmond, il est noyé.. Si vous aviez été avec lui, je suis certaine que vous l'auriez tiré... Meyer n'a pas pu... Il n'a pas pu... Il l'a laissé s'enfoncer dans le lac...

— Tout espoir n'est pas perdu, madame, on le recherche... on va le trouver.

— Trop tard, Osmond, trop tard... Il y a plus d'une heure... il est noyé maintenant... cette eau est trop froide.

Mme Foxley ne pleurait pas, mais son corps était parcouru de frissons incoercibles. Osmond savait déjà qu'elle avait raison. On ne reverrait pas Dan vivant. Qui aurait résisté à une si longue immersion ? Un sentiment désespérant d'impuissance s'empara du garçon. Comme la foule silencieuse, il suivit un moment les efforts des sauveteurs qui sondaient avec des gaffes les eaux du lac. Il vit se dresser le voilier de son ami, des hommes sauter à bord, abattre les deux voiles. Il se détourna, pensant soudain à Bob, au rescapé qui devait vivre dans l'angoisse d'apprendre que Dan avait disparu.

Abandonnant le quai où il ne pouvait rendre aucun service, il sauta dans son automobile et prit l'allée conduisant à l'*Hôtel Pontchartrain* où Oscar Wilde avait logé lors d'un séjour à La Nouvelle-Orléans.

Bob reposait dans une chambre, au rez-de-chaussée. Seule sa mère, qui venait d'arriver, était à son chevet. Le silence et le calme de cette pièce contrastaient avec l'agitation du quai. A l'entrée d'Osmond, Mme Meyer, qui caressait doucement les cheveux mouillés de son fils, se leva. Bob gardait les yeux clos. Sa main gauche posée sur la courtepointe disparaissait dans un gros pansement. Il avait les lèvres bleues et de grands cernes sous les yeux.

– Le médecin lui a administré un calmant... Sa main est déchirée... a-t-on retrouvé M. Foxley ?...

– Pas encore, dit Osmond à voix basse.

– Oh ! La pauvre Mme Foxley... comme elle doit souffrir... et comme Bob sera malheureux... ne lui dites rien... je vous en prie.

En entendant des bruits de voix, le blessé ouvrit les yeux et tenta de se soulever, mais les forces lui firent défaut.

– Je n'ai rien pu faire... Osmond... rien... je l'ai vu couler...

De grosses larmes roulaient sur le visage de Meyer. Il était pitoyable, anéanti. Il frissonnait, claquait des dents et agitait sa main bandée.

« Il ne pourra peut-être plus jouer du piano », pensa Osmond incongrûment. Puis, il s'assit assez loin du lit et, un long moment, regarda son ami qui, les calmants faisant effet, semblait retomber en léthargie.

Osmond se sentait confusément et en partie responsable de ce drame. S'il n'avait préféré la couche de Dolores, s'il s'était trouvé à bord du *Baga*, peut-être aurait-il pu sauver Dan. Plus d'une fois, ils avaient chaviré avec le premier bateau des Foxley, sur un coup de vent ou une fausse manœuvre. Bob n'était pas de force dans ces cas-là. Même pour hisser une voile, prendre un ris ou bosser un cordage, il devait déployer des efforts disproportionnés et il fallait sans arrêt surveiller le gui, quand il tenait l'écoute de grand-voile.

Sur un voilier de six mètres, racé et rapide comme celui que M. Foxley avait offert à son fils, Bob Meyer, malgré son courage et sa bonne volonté, avait dû se sentir désorienté. Quand il reprendrait conscience, quel chagrin serait le sien et quels remords sans doute injustifiés troubleraient ses nuits ?

En quittant la chambre de son ami, Osmond se rendit à la réception de l'hôtel et demanda à téléphoner. Il apprit à Dolores l'étendue du désastre, puis il retourna au quai où il rencontra le père de Dan. M. Foxley était un ancien soldat, un homme habitué aux épreuves, à la fréquentation de la mort. Quand il serra la main d'Osmond, ses yeux étaient humides.

– Il n'y a plus d'espoir, mon garçon, j'ai renvoyé ma femme, votre sœur et ma fille à la maison... Le lac, d'après les pêcheurs d'ici, met au moins trois jours à rendre les noyés. D'un geste de la main, il désigna le *Baga* qu'on venait de remorquer à quai.

– Si j'avais su que Dan avait pris Meyer comme équipier, je ne l'aurais pas autorisé à s'engager dans cette course. Je croyais que vous l'accompagneriez.

Osmond sentit une nouvelle fois qu'on lui déléguait des responsabilités. Il comprit aussi que les Foxley pensaient que Dan avait péri parce que Bob n'était pas de taille à faire face à une situation dramatique. Il s'étonna à cet instant de n'avoir pas trouvé Otis au chevet de son ami.

– Je suis certain, monsieur, bien que nous ne sachions pas encore ce qui s'est passé, que Bob a fait tout ce qu'il a pu. Je viens de le voir. Il est assez cruellement blessé et croyez qu'il ne se consolera jamais de la disparition de Dan... je n'ai pas osé lui enlever tout espoir.

— Je ne doute pas, Osmond, que Bob Meyer ait tout tenté pour aider Dan à s'en sortir... mais il n'a pas réussi n'est-ce pas ?... et vous ne pouvez empêcher un père de regretter que, dans ces circonstances, mon fils n'ait pas eu avec lui un équipier plus robuste et plus aguerri.

Osmond ne put se défendre d'un mouvement d'impatience. Malgré la pitié que lui inspirait ce père désemparé, malgré son propre chagrin, ses propres remords, il répliqua assez sèchement :

— Si vous doutez, monsieur, du courage et du dévouement de Bob Meyer, il eût mieux valu pour lui qu'il pérît aussi. Dan était plus que son ami, presque son frère, comme il était mon ami et mon frère.

— Je ne doute pas, Osmond... mais c'est mon fils que j'ai perdu aujourd'hui... c'est-à-dire plus qu'un frère ou un ami.

— Trois jours plus tard, au petit matin, un pêcheur recueillit dans sa barque le corps de Dan Foxley. Son front portait une plaie profonde que l'eau avait blanchie et qui ressemblait à une bouche hideuse aux lèvres effrangées.

Seuls M. Foxley et Osmond de Vigors vinrent identifier le cadavre qui fut mis en bière sur place. Il convenait en effet d'épargner à Mme Foxley et à ses filles la vision du jeune homme enlaidi par l'immersion prolongée.

Les funérailles rassemblèrent à la cathédrale Saint-Louis toutes les familles créoles de La Nouvelle-Orléans, après quoi les Foxley s'enfermèrent dans leur deuil. Alix, terrassée par l'émotion, dut s'aliter au retour de la cérémonie. Stella et Faustin Dubard qui s'étaient installés avec elle dans la demeure d'Osmond, avenue Prytania, ramenèrent quelques jours plus tard à Bagatelle un être prostré, frappé d'hébétude par la mort de celui qu'elle considérait depuis longtemps comme son fiancé.

Pendant les jours d'hiver, froids et pluvieux, qui se succédèrent comme les phases d'un cauchemar, Bob Meyer, atteint d'une congestion pulmonaire, lutta contre une fièvre opiniâtre que le médecin ne parvenait pas à faire tomber. Souvent, le garçon délirait et, dans son inconscience, répétait des mots que sa mère entendait : « Attention Dan... attention... la bôme ! », gémissait-il périodiquement comme s'il revivait la minute tragique de l'accident.

Chaque jour, Osmond venait s'asseoir une heure au chevet de Bob, guettant sur le visage jaune et émacié du malade les signes d'une amélioration qui tardait à se manifester. Mme Meyer, les yeux rougis par les veilles, semblait redouter le pire. Elle craignait que la faible constitution de son fils ne permette pas à celui-ci de surmonter l'épreuve de la maladie.

Osmond, de son côté, s'inquiétait de l'apathie du malade et imaginait que Bob, à qui on avait appris avec ménagement la mort de Dan, s'abandonnait sans réaction aux menaces qui pesaient sur sa vie.

Quand la fièvre enfin déclina, le médecin dut assurer que Bob Meyer se trouvait hors de danger. Plusieurs jours passèrent encore avant que le jeune homme, d'une extrême faiblesse, soit capable, calé sur des oreillers, de soutenir une conversation et d'évoquer le drame qu'il avait vécu.

Ce fut Osmond qui, le premier, reçut ses confidences.

— Il y avait des rafales de vent sur le lac et c'est au moment où, pour profiter de l'une d'elles, Dan voulut changer d'amure que la bôme le frappa à la tête. Il perdit l'équilibre et tomba à l'eau. Je tenais l'écoute de grand-voile, mais le vent était si fort que je ne pus immobiliser la toile... le bateau bascula et je me retrouvai à l'eau à mon tour, suspendu par une boucle du cordage qui me broyait la main. J'aurais voulu me dégager pour rattraper Dan... je n'ai pas pu... Il a coulé sous mes yeux... il était assommé... ensuite, je ne me souviens plus de rien. C'est affreux, Osmond, cette vision dont je ne puis me débarrasser. Dan s'enfonce dans le lac comme un sac de lest... je tends le bras sans pouvoir l'atteindre à cause de cette écoute qui me retient... comme un lasso. Que ma mère ne le sache jamais... J'aurais préféré me noyer aussi... en finir avec ma ridicule carcasse... Ah ! si j'avais eu ta force ou celle de Dan...

— Ça n'aurait rien changé, Bob ; même un athlète n'aurait pu faire mieux. Les circonstances te vouaient à l'impuissance, ne te tourmente pas... ta main brisée atteste ton récit... personne ne peut douter que tu aies fait tout ce qui était humainement possible.

Bob s'était détourné pour cacher ses larmes, qu'il tentait maladroitement de sécher, avec le pansement de sa main gauche. Son désespoir était pitoyable. Il finit par demander timidement :

— Sais-tu pourquoi Otis ne vient pas me voir ?

— Les Foxley sont anéantis, Bob. Elle ne quitte pas ses parents. Ils ne veulent voir personne et ne sortent pas de chez eux...

— Je suis certain qu'ils me croient responsable de la noyade de Dan, Osmond... et Otis doit m'en vouloir... voilà pourquoi elle n'est pas venue... Elle ne viendra pas... Je ne la verrai plus.

Osmond comprenait cette déception, qui ajoutait encore au chagrin de son ami.

— Mais non, penses-tu, dans quelques jours Otis viendra... je te l'amènerai... d'ailleurs on lui donne de tes nouvelles.

— C'est vrai... elle en a demandé ?

Osmond mentait. Otis Foxley ne semblait pas s'inquiéter du sort du garçon.

Par les commérages des clientes de son magasin, Dolores avait appris ce qui se disait dans les salons de la ville. « Le jeune Meyer s'est tiré de l'accident en se cramponnant au bateau, mais a-t-il seulement fait un geste pour aider celui qui se noyait ? » Voilà ce que colportaient les commères mondaines. Ces calomnies, que les Foxley semblaient accréditer par leur attitude, irritaient Osmond. Un soir, il décida de rendre visite aux parents de l'ami défunt.

Mme Foxley, tout de noir vêtue, le reçut dans son salon où Otis arriva, bientôt suivie de sa sœur Margaret, qui devait accoucher d'un jour à l'autre.

Il les mit au courant brièvement de la maladie de Bob et répéta le récit de l'accident, en insistant sur le chagrin de Meyer, qui s'était trouvé dans l'incapacité de porter secours à Dan Foxley. Tout de suite, il perçut chez la mère désemparée un scepticisme décevant. Le visage fermé d'Otis et l'attitude de Margaret lui prouvèrent qu'on avait dû longuement discuter, en famille, les responsabilités du rescapé.

— Jamais Dan n'aurait dû choisir ce gringalet comme équipier pour manœuvrer ce nouveau bateau... Si vous aviez été là, Osmond, je suis certaine que Dan ne se serait pas noyé... l'autre jour, n'est-ce pas ? dit Mme Foxley.

— D'ailleurs, les juifs n'ont aucun courage physique. Bob n'a pensé qu'à sauver sa peau, ajouta Margaret d'un ton aigre.

Les yeux d'Osmond brillèrent d'un éclat dur et il répliqua sèchement.

– Je ne vous permets pas, Margaret, malgré le chagrin que vous ressentez, de parler ainsi de Bob Meyer. C'était l'ami de Dan et c'est le mien. Aucun de nous trois n'aurait hésité à risquer sa vie pour l'un des deux autres. Vous êtes injuste, Otis peut témoigner...

– Otis n'a rien à dire. Elle pleure son frère perdu, coupa la mère d'une voix faible, mais où perçait une rancœur manifeste.

Osmond se leva, en fixant Otis dont il attendait une phrase, un geste, un appui. Mais la jeune fille baissa la tête, en pleurant doucement. Au moment où il prit congé, elle fit mine de s'avancer pour l'accompagner jusqu'à la porte. Hors de la présence de sa mère et de sa sœur, il comptait bien qu'elle lui parlerait de Bob et il insisterait pour qu'elle aille le voir, même en cachette de ses parents. Mais Margaret retint la jeune fille et ce fut elle qui conduisit Osmond dans le hall.

Sur le seuil, la jeune femme le prit par le bras.

– Vous comprendrez, Osmond, que nous ne souhaitons plus voir M. Meyer dans cette maison... après ce qui s'est passé... Il doit oublier Otis comme elle va l'oublier...

– Ce n'est pas à vous d'en décider, Margaret ; vous savez combien Bob aime votre sœur et combien elle l'aime, les projets qu'ils ont formés depuis longtemps...

– Quels projets ?... Vous ne croyez tout de même pas que mes parents donneraient leur fille à celui qui a laissé se noyer leur fils !

Osmond dégagea son bras et fit face avec une brusquerie qui surprit l'aînée des Foxley.

– J'oublierai aussi le chemin de cette maison, Margaret, jusqu'à ce que vous soyez sortie de ce chagrin qui vous égare et que vous reveniez à de meilleurs sentiments envers Bob Meyer.

– Notre chagrin s'atténuera avec le temps, c'est la loi humaine, mais nos sentiments pour Meyer ne changeront pas... il n'y a rien de bon à attendre des juifs.

– Restez donc avec vos méprisables préjugés, qui ne sont pas dignes de la mémoire de Dan. Adieu !

Négligeant la main que la jeune femme lui tendait, Osmond passa la porte des Foxley, la rage au cœur.

Au yeux d'Osmond, le chagrin de cette famille éprouvée ne pouvait tout expliquer, ni tout excuser. Comme souvent, une cruelle adversité avait fait resurgir les démons haineux du racisme qui erraient toujours dans le Vieux Sud vaniteux, en quête d'esprits à corrompre. Malgré les progrès de l'éducation, les lois sensées de la plus tolérante des républiques et une longue cohabitation avec des êtres d'autres races et d'autres confessions, les descendants des pionniers chrétiens, qui s'étaient faits au fil des siècles les persécuteurs évangéliques des Indiens et les doctrinaires de l'esclavagisme, se montraient parfois incapables de dominer la plus stupide et la plus honteuse des préventions.

L'attitude des Foxley, révélée par le malheur qui venait de les frapper et les circonstances de la mort de Dan, n'était pas exceptionnelle. Elle relevait d'une tendance toujours latente des Sudistes, d'origine anglo-saxonne notamment, à se prendre pour prototypes de l'homme idéal, parfait Américain et mainteneur désigné de la suprématie blanche et aryenne. Les règlements des clubs sélects de La Nouvelle-Orléans, où, de génération en génération, se réunissaient les « bourbons », faisaient sourire les étrangers qui tenaient certains articles pour désuets et folkloriques, sans imaginer qu'ils puissent être encore appliqués. Au siècle précédent, les « lois bleues » des puritains de la Nouvelle-Angleterre interdisant à quiconque « d'embrasser sa femme le dimanche » avaient fait pareillement sourire les Français de passage à Boston.

Et cependant, en ce début du XXe siècle, on ne transigeait pas avec certaines règles du Boston-Club. Les aristocrates qui le dirigeaient refusaient toujours les candidatures des juifs, des Italo-Américains, des Portoricains, des Grecs et des Orientaux. Il eût paru superfétatoire d'étendre cet ostracisme aux Noirs, car il ne pouvait venir à la pensée d'aucun homme de couleur, si riche ou si estimable soit-il, de prétendre franchir le seuil du temple des vanités sudistes.

Ces préjugés, dont les racines plongeaient dans le passé du pays, expliquaient la résurgence constatée du Ku Klux Klan, officiellement dissous depuis 1873, et des sociétés secrètes défendant les mêmes idées et se livrant parfois aux mêmes violences. En Louisiane, la « Ligue blanche », qui avait ramené en 1878 les « bourbons » au pouvoir, pouvait passer pour une association fraternelle d'anciens combattants, mais son influence demeurait certaine. De la même façon, les « Chevaliers du camélia blanc » étaient toujours prêts à se mobiliser comme les « Visages pâles » dans le Tennessee, la « Fraternité blanche », en Caroline du Sud, les « Hommes de justice », dans l'Alabama, les « Fils de Washington », au Texas, les adeptes de « La Rose blanche », dans le Mississippi.

Depuis quelques années, des historiens et des romanciers sudistes rendaient hommage, dans leurs écrits, au Klan « qui avait renversé l'odieux régime de la Reconstruction ». Le livre de Thomas Dixon, paru en 1906 sous le titre *The Clansman*, et qu'Osmond avait lu, faisait un tableau romanesque du Ku Klux Klan et prétendait démontrer qu'aux heures les plus sombres du Sud les membres du Klan avaient su « arracher au bec et aux griffes du vautour abolitionniste » les débris d'une civilisation calomniée.

On colportait, de bouche à oreille, dans les salons, qu'un certain William Joseph Simmons, ancien prédicateur méthodiste d'Alabama, qui venait d'échapper de justesse à la mort au cours d'un accident d'automobile, avait décidé de se consacrer désormais à la renaissance du Klan. L'article numéro deux du questionnaire que devaient remplir les candidats à l'adhésion annonçait clairement les tendances racistes du mouvement : « Êtes-vous Blanc de naissance, aryen et citoyen américain ? » Bien que peu nombreux et d'une grande discrétion, les « clansmen » nouvelle formule rejetaient dans le même opprobre les Noirs, les juifs et les mormons, sous prétexte que « le plus grand ennemi d'une nation n'est jamais au-dehors mais à l'intérieur de celle-ci ».

A la colère que suscitait, chez Osmond, l'injuste accusation portée contre Bob par les Foxley s'ajoutait la déception de découvrir que des gens qu'il aimait, intelligents et cultivés, capables de générosité, pouvaient soudain rétrograder moralement au point de tenir des propos dont tout honnête homme ne peut que rougir. Ce soir-là, en marchant vers la rue du Canal pour rendre visite à Meyer, Osmond de Vigors fit le serment de ne jamais se laisser emporter par la haine raciale ou l'intolérance religieuse.

Bob ne fut pas surpris quand, très loyalement, son ami lui fit le compte rendu de sa visite aux Foxley. Contrairement à ce qu'il redoutait, Osmond vit Meyer réagir avec sang-froid et dominer les sentiments qui devaient l'agiter.

– Un jour viendra, Osmond, où je pourrai reconquérir Otis, car je ne renonce pas à l'aimer. Je suis sûr de son attachement.

Dès que le fils de la marchande de corsets fut rétabli, il se remit au travail avec une ardeur accrue. Souvent, quand les deux amis se trouvaient réunis, ils parlaient de Dan, imaginaient les réflexions qu'il aurait pu faire dans les discussions ; il s'en trouvait toujours un pour présenter les arguments que le défunt n'eût pas manqué de développer. Ainsi, le noyé vivait entre eux et sa photographie, prise lors d'un tournoi de tennis à Bagatelle, trônait sur la table de travail de Bob, comme sur le bureau d'Osmond. Un des chevaliers du Triangle avait péri prématurément, mais au-delà de toute délectation morose, il restait comme une inaltérable référence à l'amitié.

Osmond reçut de Lorna une longue lettre pleine de tendresse profonde et de compréhension. La jeune fille exprimait très exactement ce qu'il ressentait et partageait d'une façon authentique sa peine. Consolateur et apaisant, son message l'émut bien plus qu'un simple billet de condoléances. Il découvrit à cette occasion que Lorna restait en parfaite communion de pensée avec lui. Il eût aimé être près d'elle pour lui entendre prononcer les mots et les phrases que Dolores ne savait pas dire. Sans l'éloigner de cette dernière, le drame avait isolé Osmond dans une mélancolie impartageable. Quand il se rendait chez sa maîtresse, il restait des heures silencieux ou se mettait au piano pour jouer des airs que Dan aimait, notamment cet *Impromptu en sol bémol majeur* de Schubert que Foxley massacrait régulièrement. Pendant des semaines, il connut l'absence de désir, et la jeune femme finit par considérer cette abstinence comme une manifestation de rancune à son égard. Bien qu'Osmond n'eût jamais abordé le sujet, elle devinait qu'il voyait dans leur amour l'obstacle qui, le 1er janvier, l'avait dissuadé d'accompagner Dan sur le lac. Pour avoir choisi ce jour-là de rester près d'elle, peut-être estimait-il, maintenant que la mort était passée, avoir trahi la confiance de son ami. Elle redouta que son amant n'en vînt à la détester, comme si elle avait été déléguée par le destin pour le retenir, ainsi que Calypso retint Ulysse.

La sollicitude, les câlineries, les tirades un peu mièvres de la jeune femme prêchant la résignation ne pouvaient distraire Osmond de son chagrin. Quand ils renouèrent avec leurs habitudes charnelles et retrouvèrent le goût des étreintes passionnées, Osmond s'aperçut que le corps lui-même pouvait, jusqu'au sein du plaisir, ressentir de la tristesse.

Dès lors, quelques-uns des liens subtils qui l'unissaient à Dolores se rompirent. Sa liaison devint routinière. Certains soirs, le besoin d'être seul chez lui, entouré de ses livres, le conduisit à prendre prétexte d'examens à préparer pour annuler une visite à la jeune femme, pour renoncer à un dîner tête à tête et à une nuit voluptueuse. Elle sut avant lui que leur amour déclinait.

4

Le printemps 1912 arriva en Louisiane sur les pas de Carnaval. Les parades de Mardi gras s'étaient déroulées sous une pluie maussade, et l'on avait vendu à La Nouvelle-Orléans plus de parapluies que d'ombrelles. Bien que la mythologie ait inspiré, comme chaque année, de nombreux promoteurs de chars, Éole avait été inexplicablement oublié. Les gens superstitieux s'étaient empressés d'affirmer qu'il fallait voir dans cette coupable négligence la cause du mauvais temps. Pour venger l'affront fait à sa majesté ébouriffante, le dieu des vents avait en effet soufflé sans désemparer, troublant les réjouissances populaires, dispersant les calicots, couvrant de ses hululements ironiques les flonflons des musiques, troussant aux carrefours les ladies et les octavonnes, et renversant rageusement quelques décors de carton-pâte. Rex et Comus avaient regagné leurs quartiers trempés comme des barbets, leur couronne formant gouttière sur leur nez de plâtre ramolli, tandis que leurs sujets éternuaient à qui mieux mieux.

Mais, sitôt les girandoles dépendues et les confetti balayés, le soleil apparut, tiède et narquois. En quelques jours, les jardins de la ville prirent une allure pimpante, démontrant ainsi que la nature n'a jamais aucun mal à triompher de l'exubérance artificielle des fêtes. Aux branches des magnolias, les feuilles nouvelles, vert tendre et laquées, constituaient avec les toilettes des femmes qui arboraient cette année-là, pour souscrire aux ukases des modistes, des chapeaux d'une envergure inusitée, le signe le plus évident du renouveau.

Quand M. Theodore Roosevelt confirma officiellement son intention d'obtenir l'investiture du parti républicain pour en être le candidat à la Maison-Blanche, les citadins, que le printemps mettait de belle humeur, se gaussèrent sans méchanceté, imaginant déjà les empoignades que susciterait l'ancien colonel des Rudes Cavaliers au cours des conventions préparatoires aux élections. Les seuls citoyens qui faisaient grise mine étaient les planteurs et les négociants en coton. La plupart d'entre eux discutaient ferme avec les commissionnaires étrangers, qui venaient de débarquer comme chaque année. Ces acheteurs, venus de France, d'Angleterre et d'Allemagne, prenaient prétexte de l'agitation constatée dans les Balkans pour proposer des prix dérisoires. Chaque jour, à la Bourse au coton, on pestait contre les spéculateurs qui, comme en 1903, s'entendaient pour monopoliser le commerce, se réservant de faire monter les prix quand leurs stocks seraient suffisamment importants. Certains négociants frustrés envisageaient de faire appel à la loi antitrust de 1890 pour mettre hors d'état de nuire des gens qui faussaient la sacro-sainte convention de l'offre et de la demande.

Tandis qu'Osmond de Vigors et Bob Meyer s'absorbaient dans leurs études, à Londres, M. Félix de Castel-Brajac, son épouse, Marie-Virginie, et leur petite fille, Doris, qui s'exprimait avec la même volubilité en anglais qu'en français, bouclaient leurs bagages. Ils étaient attendus mi-avril à Fausse-Rivière, et tout le monde se réjouissait à la pensée de revoir le couple si sympathique. Le nombre des malles alignées dans le hall de l'hôtel particulier de Belgravia, s'il ne pouvait impressionner le *butler* aux favoris argentés qui régentait la maison de Castel-Brajac junior, amena le voiturier chargé de transporter les bagages à émettre une opinion personnelle.

– C'est pas un départ en croisière... c'est un déménagement !

Cet homme fruste ne pouvait deviner que M. Félix de Castel-Brajac, l'esthète bien connu, expert en objets antiques, dessinateur de meubles, de lampes, d'objets de luxe, de bijoux et qui créait et faisait confectionner dans ses ateliers des robes de soie extrêmement coûteuses aux motifs et coloris d'une audace et d'un raffinement jamais égalés, comptait mettre à profit le voyage inaugural du paquebot *Titanic* pour faire admirer au gratin des deux continents ses dernières et géniales productions. Mme de Castel-Brajac, qui portait admirablement la toilette, changerait de robe cinq fois par jour, arborerait chaque soir des bijoux nouveaux et trouverait bien le moyen d'inviter quelques passagères fortunées, et donnant le ton dans leur milieu, à prendre le thé dans son salon privé.

Marie-Virginie, complice adroite d'un mari auquel elle devait un bonheur fait de la sécurité matérielle et mondaine du mariage alliée à l'indépendance mutuellement consentie du célibat, saurait piquer la curiosité de ses invitées en les laissant négligemment découvrir ses accessoires de toilette en vermeil et laque bleue, ses déshabillés orientaux de soie dite « sauvage » et une lampe au pied de fer forgé coiffée d'un abat-jour constitué, comme les vitraux, d'un assemblage de verres multicolores. Ce luminaire original était un modèle créé par Félix et destiné à Tiffany, de New York.

Toutes ces choses précieuses exigeaient des emballages capitonnés comme des boîtes à gants, d'où le volume impressionnant des bagages frappés aux initiales de Castel-Brajac. Mais pouvait-on expliquer cela à un voiturier cockney qui soufflait comme un cachalot et dont l'haleine empestait la bière à bon marché ?

Pour obtenir une suite de première classe du pont B donnant comme les deux *parlour suites* du bord sur la « promenade privée », Félix avait dû faire intervenir des gens influents, bien placés auprès des dirigeants de la White Star Line. Car le premier voyage du *Titanic* semblait susciter un engouement passionné dans la haute société internationale. Beaucoup d'Américains fortunés et plusieurs millionnaires connus avaient choisi de regagner leur pays sur ce paquebot. Par un phénomène d'émulation mondaine, quelques nouveaux riches tenaient aussi à figurer parmi les passagers de ce qui promettait d'être la plus « exclusive » des traversées.

Toute la presse britannique s'accordait pour dire que le géant des mers, plus luxueux que son « sister-ship », *Olympic*, déjà en service, méritait bien son nom.

Avec ses 270 mètres de long, ses 30 mètres de large et ses 66 000 tonnes de jauge, le titan défiait, par sa taille, son poids et son confort, tous les navires qui l'avaient précédé sur les océans. Ses 4 cheminées de belles proportions, légèrement inclinées vers la poupe, comme si le vent de la vitesse les eût ployées, sa coque noire élégamment cambrée, ses superstructures blanches percées de 1 000 hublots et fenêtres, son étrave tranchante lui donnaient sur la mer l'allure racée d'un gigantesque pourfendeur de vagues.

Trois hélices quadripales de 7 mètres de diamètre, en bronze au manganèse, animées par une turbine qui tirait sa force de 6 chaudières susceptibles de contenir chacune une locomotive, propulsaient le *Titanic*. Le navire pouvait atteindre la vitesse de 21 nœuds, soit 5 nœuds de moins que le *Mauretania*, détenteur du ruban bleu depuis 1910, pour avoir traversé l'Atlantique en quatre jours, dix heures et quarante et une minutes. Mais le confort et le luxe étant fonction du tonnage, mieux valait aller un peu moins vite et jouir sur l'océan d'une ambiance palatine, faite de stabilité et de sécurité.

Sur ce dernier point, les constructeurs du navire, les célèbres chantiers Harland et Wolff de Belfast, donnaient des assurances formelles : le *Titanic* ne pouvait faire naufrage.

Grâce à son double fond, à ses seize compartiments étanches séparés par des cloisons hermétiques aux portes commandées électriquement, le bateau, affirmait un journaliste, « est aussi insubmersible que le palais de Buckingham ».

Quand, le 11 avril, le *Titanic* quitta Queenstown pour New York, Doris battit des mains. Malgré son jeune âge, la fillette appréciait, comme sa mère, le fait d'appartenir à une classe privilégiée, qui allait vivre des heures enchanteresses à bord de ce palace flottant que saluaient les remorqueurs et les bateaux-pompes.

Les 1 308 passagers partageaient sans doute à cet instant le même sentiment, et les 898 membres de l'équipage, hormis peut-être les soutiers, ressentaient la même fierté. En première classe, pour 317 adultes, on comptait 5 enfants choyés par des gouvernantes triées sur le volet.

Les chambres des Castel-Brajac, aux murs de couleur crème, décorés de motifs pompéiens en stuc, étaient éclairées par des fenêtres encadrées de doubles rideaux de velours vert. Des appliques de bronze et un plafonnier de cristal dispensaient, la nuit venue, une lumière électrique parfaitement dosée. Le mobilier d'acajou, les glaces, les lits aux panneaux cannés, les tapis moelleux, le linge de toilette brodé au sigle de la White Star Line, tout concourait à faire de cet appartement un véritable home. Félix de Castel-Brajac n'approuva pas totalement le classicisme de la décoration, mais il reconnut que l'armateur avait le sens du confort de bon ton.

Au bout de vingt-quatre heures, le fils de Gustave était familiarisé avec les installations du bord. Les ascenseurs jumeaux des premières classes, le hall en rotonde avec son grand escalier à double révolution et ses coins meublés de fauteuils style « Compagnie des Indes », le grand salon décoré de tapisseries représentant des scènes de chasse, le restaurant plus vaste que *Simpson-on-Strand*, le lounge des dames pourvu de canapés profonds, la bibliothèque, la salle de lecture, celle où l'on pouvait tranquillement rédiger son courrier sur beau papier gravé fourni par la compagnie faisaient qu'on en venait à oublier que cette bâtisse flottait sur l'océan. Ce dernier était si paisible qu'en tirant leurs rideaux les passagers de première classe n'auraient pas été surpris de découvrir un matin, à la place de l'immensité verdâtre de la mer, les frondaisons de Hyde Park ou de Kensington Gardens.

Félix se rendit chaque jour aux bains turcs, où des masseurs expérimentés restituaient souplesse et élasticité aux muscles de ceux qui avaient passé leur nuit à danser. On le vit à la piscine, sur le court de squash, dans la salle de gymnastique. Vêtu d'un blazer à boutons dorés et d'un pantalon de flanelle grise, la tenue quasi réglementaire du gentleman en croisière, M. de Castel-Brajac fut reconnu par quelques Londoniens habitués des restaurants élus de la capitale britannique et se fit des relations parmi la faune américaine la plus « endollarée » suivant sa propre expression.

Son affabilité, son élégance à toute heure du jour ou de la soirée, le charme de sa conversation, la façon qu'il avait d'offrir une cigarette blonde marquée à son chiffre par un fournisseur de Burlington Arcade, en présentant ouvert un étui de laque noire d'une sobriété antique, séduisaient les hommes et charmaient les femmes. Quant au personnel de cabine, il appréciait sa noble simplicité autant que les pourboires qu'il distribuait sans ostentation.

Plus d'une femme de millionnaire enviait à Marie-Virginie ce beau mari qui, les toilettes de la maman de Doris l'attestaient, devait la combler de cadeaux.

Car Mme de Castel-Brajac présentait tous les caractères de l'épouse heureuse. C'était une belle femme aux chairs épanouies. On ignorait bien sûr que M. de Castel-Brajac, qui tenait à ce que son mannequin conservât une ligne susceptible de mettre en valeur ses robes et ses manteaux du soir, obligeait son épouse à déjeuner d'une grappe de raisin ou d'une cuillerée de caviar. Grâce à ce régime imposé, Marie-Virginie conservait assez de grâce pour « enlever » – comme disaient les Françaises – des toilettes qu'un embonpoint bourgeois eût dépréciées. Les tailleurs d'après-midi, les robes de cocktail ou du soir, dues au crayon inspiré de Félix, rivalisaient sans peine, grâce au décor des étoffes de soie ou de velours, avec les modèles si prisés de M. Paul Poiret, qui avait délivré la femme du corset.

Quand une passagère osait demander à Marie-Virginie d'où provenaient ces tissus somptueux et quel était, de Worth ou de Doucet, le couturier parisien qui réussissait si magistralement les plissés de soie, elle répondait avec une feinte modestie : « Je suis habillée par mon mari... » – « Quel artiste ! » s'exclamaient alors les dames auxquelles on apprenait aussitôt que M. de Castel-Brajac dessinait aussi des meubles, des tentures et des bijoux qu'on pouvait trouver en quelques lieux très sélects à Venise, Londres, Paris et New York.

Si l'on s'étonnait que M. de Castel-Brajac ne fasse pas de publicité, Marie-Virginie prenait un air suprêmement snob pour répliquer : « De la réclame ! y pensez-vous ? Mon mari ne veut voir porter ses robes et acquérir ses objets d'art que par des personnes capables de les apprécier... Il choisit ses clients... car de tout cela, n'est-ce pas, il ne fait pas une affaire d'argent. »

Ce genre de réflexion suscitait immédiatement les convoitises féminines les plus effrénées, et Marie-Virginie distribuait, avec l'air d'accorder d'insignes faveurs, des cartes portant les adresses des salons que son époux possédait dans Regent Street, le Faubourg Saint-Honoré, sous les arcades de la place Saint-Marc et sur la Cinquième Avenue.

Au bain turc, Félix se fit un ami. Il s'agissait d'un jeune commissaire de bord blond et frisé au torse d'Apollon, qui entretenait son corps avec un souci quasi féminin et portait au poignet gauche une fine tresse d'or.

Les êtres d'exception, zélateurs de la beauté, épris d'esthétisme, ennemis du vulgaire, qui se font de la virilité une idée moins élémentaire que les mâles musclés, bâfreurs et coureurs de jupons, se reconnaissent au premier coup d'œil. Félix et l'officier se découvrirent vite des goûts communs, et on les vit souvent arpenter côte à côte le pont-promenade ou bavarder au fumoir.

C'est là qu'ils se trouvaient, le commissaire n'étant pas de service, vers minuit moins vingt, le dimanche 14 avril, quand le bateau tout entier tressaillit légèrement, comme un véhicule dont on vient d'actionner brutalement puis de relâcher rapidement le frein. Bien que, dans le fumoir des premières, on n'ait jamais perçu le bruit des machines, le silence parut soudain à Félix d'une qualité différente.

– Que se passe-t-il ?

– On dirait que nous stoppons, je vais aux renseignements, fit l'officier en se levant.

– Je commande un autre verre... en vous attendant, que souhaitez-vous ? demanda Félix.

– Un gin rose[1] s'il vous plaît... je reviens.

Tandis que le commissaire s'éloignait, les passagers, tirant sur leur cigare, s'interrogèrent.

– Nous sommes en avance sur l'horaire, dit un vieil homme à cheveux blancs, le commandant nous l'a annoncé au dîner... si nous arrivions trop tôt à New York, il n'y aurait personne pour nous accueillir.

– J'ai entendu distinctement un raclement contre la coque, annonça un jeune homme qui revenait des toilettes.

– C'est peut-être une baleine...

Les plaisanteries allaient bon train, et personne ne paraissait se soucier des causes de cet arrêt en plein océan. Les conversations reprirent leur cours, et le barman servit en souriant les consommations que Félix avait commandées.

Quand le commissaire, marchant d'un pas vif, réapparut, Félix comprit qu'il se passait quelque chose de désagréable. Le garçon était pâle. Il s'assit, demanda une cigarette et, quand il la saisit, M. de Castel-Brajac remarqua que sa main tremblait.

– Nous venons de heurter un iceberg, dit-il à voix presque basse, pour ne pas être entendu des tables voisines.

– Un iceberg... un gros iceberg ?

– La coque est endommagée. J'ai vu le capitaine Smith et le président Ismay de la White Star Line, ils attendent un rapport sur les dégâts. Ils avaient l'air assez contrariés.

– Le bateau est-il en péril ?

– Non, je ne pense pas ; nos compartiments étanches nous préservent

1. Pink-gin, une des boissons favorites des marins britanniques : un demi-verre de gin teinté par une goutte d'angustura.

des dangers habituels des voies d'eau, mais cet accident va gêner notre marche, je le crains. Nous serons en retard à New York. Cela fera mauvais effet... pour un voyage inaugural.

– Je devrais peut-être aller rassurer ma femme et ma fille.

– En traversant le grand salon, j'ai aperçu Mme de Castel-Brajac, elle dansait avec cet avocat de vos amis que vous m'avez présenté.

– Je vais tout de même regagner mon appartement et voir si Doris n'est pas réveillée... prévenez-moi s'il se passe quelque chose d'anormal.

Les deux hommes quittèrent le salon, le commissaire se rendant sur la passerelle, Félix se dirigeant, par le pont-promenade, vers la zone des premières classes. Il remarqua tout de suite une agitation, qui contrastait singulièrement avec la quiétude rassurante du fumoir. Des passagers et des passagères se penchaient au bastingage comme s'ils interrogeaient la mer. D'autres, réunis autour d'un steward ou d'un matelot, posaient des questions. Des femmes frissonnaient en chemise de nuit sous leur manteau de fourrure, des hommes, ayant passé un pardessus sur leur pyjama, traînaient les pieds dans des mules qu'en d'autres circonstances ils n'eussent pas osé produire en public. Les gens n'avaient pas l'air franchement inquiets, mais ils demandaient tous à être rassurés avant de regagner leur lit. Des couples, revenant de la salle de danse, s'étonnaient de ce remue-ménage nocturne. Les plastrons empesés faisaient des taches claires, et les diamants des femmes captaient les lumières du bord qu'ils transformaient en scintillements bleutés.

Doris dormait en souriant aux anges. Félix s'assit à son chevet, ramassa le livre d'images que la fillette avait jeté sur le tapis. Il s'étonna que le dessinateur ait donné un visage plus séduisant à la sorcière qu'à la jeune Blanche-Neige. Comme il s'apprêtait à quitter la pièce, Marie-Virginie apparut, son étole de vison blanc sous le bras. Elle était essoufflée comme quelqu'un qui a marché trop vite.

– Félix... savez-vous que nous avons rencontré quelque chose qui a immobilisé le bateau ?... On dit que l'eau pénètre dans les cales... que la coque est percée... je vais réveiller Doris et l'habiller... Mme Andrews m'a dit...

– Qui est Mme Andrews et que vous a-t-elle dit ? coupa Félix d'une voix neutre pour apaiser sa femme.

– C'est l'épouse de l'homme qui a construit le *Titanic*... enfin d'un ingénieur... il lui a conseillé de s'habiller chaudement et de mettre son gilet de sauvetage.

– Non ! Vraiment ! Vous croyez que ce géant va couler pour une bosse faite à sa coque par un iceberg ?

L'hilarité de Félix parut rassurer Marie-Virginie. Elle s'assit et commença à retirer ses bagues.

La quiétude ne fut pas de longue durée. Un coup sec frappé à la porte de service obligea M. de Castel-Brajac à ouvrir. Le jeune commissaire, le visage décomposé, se tenait dans l'embrasure.

Il jeta un coup d'œil dans la pièce, s'inclina en direction de Marie-Virginie, et dit à voix basse :

– Venez, il faut que je vous parle.

Dans la coursive, il mit rapidement Félix au courant.

– La coque est déchirée sur près de trois cents pieds, au niveau des cales et du pont F. Le pont E est aussi endommagé. Cinq compartiments étanches sont déjà noyés...

— Il en reste onze n'est-ce pas ?

— Ce n'est pas suffisant pour nous maintenir à flot, monsieur, le bateau va s'incliner sous le poids de l'eau et les compartiments intacts ne résisteront pas... les pompes tournent à plein régime... surtout pour protéger la centrale électrique...

Félix posa une main affectueuse sur l'épaulette dorée du commissaire.

— Vous êtes marin, je ne le suis pas... Que va-t-il se passer ?

— Le commandant va donner l'ordre d'évacuer le navire... La radio lance déjà des appels à l'aide... Dites à votre femme de se vêtir, de prendre ce qu'elle a de plus précieux et une couverture pour votre fille... C'est moi qui m'occupe des embarcations des premières en cas de sinistre... Amenez-les à la chaloupe numéro 7 au pont des embarcations... Je veillerai à ce qu'elles soient bien placées... Maintenant, excusez-moi, je dois rejoindre mon poste.

Félix le retint par la manche.

— Vous ne croyez tout de même pas que le *Titanic* va couler ?

— Si monsieur, avant trois heures d'ici, répondit l'officier sans l'ombre d'une hésitation.

En dissimulant son inquiétude, Félix de Castel-Brajac revint près de Marie-Virginie et l'aida à se préparer, puis il enroula Doris dans l'édredon de duvet et la prit dans ses bras. La fillette, sans s'éveiller complètement, se mit à sucer son pouce. Félix, qui le lui interdisait d'habitude, la laissa faire. Maintenant tous les passagers de première étaient éveillés, beaucoup se hâtaient vers le pont des embarcations. Certains en maugréant, d'autres avec la nervosité des gens qui tentent de dominer leur peur. En avançant dans cette foule qui ne se souciait plus d'élégance ni de maintien, il saisit au passage des bribes de phrases : « Si c'est un exercice, ils exagèrent... ils n'ont qu'à réparer leur coque... ce bateau est insubmersible, pourquoi cette mise en scène... incroyable... regardez les lumières baissent... Il y a de l'eau au pied de l'escalier... je vous dis que le bateau penche... regardez les appliques. »

Sur le pont, les officiers et les matelots s'efforçaient de repousser les passagers qui s'agglutinaient près des embarcations. Félix aperçut des visages nouveaux, des gens des secondes et même des troisièmes classes qui n'acceptaient pas de discrimination face au danger. Une fusée blanche monta dans le ciel étoilé, suivie de plusieurs autres. Félix regarda sa montre, il était minuit quarante-cinq.

— Ce n'est pas un signal de détresse, les fusées de détresse sont rouges... je le sais, dit un homme.

Il ignorait qu'on avait tout simplement oublié à Southampton d'embarquer des fusées rouges.

La conséquence de cet oubli, on le sut plus tard, fut des plus regrettables. Le commandant du cargo *California* qui, à quelques milles de distance, suivait une route parallèle à celle du *Titanic* fut trompé par les fusées blanches. Dans ses jumelles, l'officier aperçut le paquebot éclairé comme le *Crystal Palace* une nuit de fête, mais il pensa que l'on tirait un feu d'artifice sur le pont, pour amuser les passagers. Il ne lui vint pas à l'idée qu'il s'agissait d'un appel au secours et, comme le radio du *California* dormait, son service terminé, personne à bord ne sut que le géant des mers courait des risques mortels.

Au moment de monter dans la chaloupe, Marie-Virginie se retourna vers son mari.

– Venez-vous avec nous ?

– Les femmes et les enfants d'abord, c'est une loi de la mer, ma chère, répliqua Félix, en fixant un gros homme que le commissaire empêchait de monter dans l'embarcation.

– Où nous retrouverons-nous ? demanda encore Marie-Virginie.

– A New York, au *Waldorf*... je reste avec les bagages.

La nuit était fraîche, le thermomètre indiquait dix degrés Fahrenheit[1], mais la mer paraissait heureusement d'un calme bienveillant. Plusieurs canots furent descendus sans le moindre affolement, emportant quelques resquilleurs du sexe masculin qui, pour les meilleures raisons du monde, ne pouvaient quitter leur épouse. En revanche, des femmes refusant de quitter leur mari attendaient serrées contre ceux-ci que le dieu de la mer décidât de leur sort.

Félix, spontanément, se mit à la disposition de son ami, le jeune commissaire.

– Comment puis-je rendre service ?

– Il faut éviter la panique, empêcher les gens de surcharger les embarcations. Le commandant Smith a pu toucher par radio le paquebot *Carpathia*, il fait route vers nous.

– Arrivera-t-il à temps ?

– Il faut le souhaiter, il n'y a pas assez de chaloupes, et, quand les passagers vont s'en apercevoir, ce sera l'affolement.

Déjà les officiers et les marins avaient du mal à contenir la bousculade autour de deux canots de réserve qu'on se préparait à mettre à la mer. Félix extirpa de l'un d'eux, sans ménagement, un robuste gaillard nanti d'une valise.

Pour se défendre, l'homme lança un coup de pied, mais Félix, plus prompt, l'esquiva et lui décocha un direct à l'estomac qui l'envoya s'asseoir au milieu des cordages lovés. Plus tard, un officier dut tirer un coup de revolver en l'air pour rappeler tout le monde à la discipline et à la dignité. Car tous les passagers entassés sur le pont des embarcations constataient maintenant que le *Titanic* s'inclinait sur l'avant. Sa poupe semblait s'élever lentement au-dessus de l'eau noire sur laquelle s'éloignaient, comme les lamparos des pêcheurs, les fanaux des chaloupes.

Un membre de l'état-major eut l'idée de faire monter sur le pont l'orchestre qui, depuis trois nuits, faisait danser les passagers. Les musiciens ayant passé leur gilet de sauvetage sur leur habit se mirent à jouer la barcarolle des *Contes d'Hoffmann*. Des femmes applaudirent pour se rassurer. Si l'on faisait encore de la musique, cela prouvait qu'il n'y avait pas un réel péril et qu'il valait mieux se trouver sur ce géant qu'égaré sur la mer dans ces chaloupes, dont les lumières disparaissaient une à une.

Quand l'ordre vint de reculer vers la poupe, car l'étrave du bateau était déjà immergée, un grand silence se fit. Brusquement les hommes et les femmes qui refluaient vers l'arrière du *Titanic*, dont ils sentaient sous leurs pieds le pont

1. Moins deux degrés centigrades.

incliné comme un toboggan, comprirent que le bateau amorçait une lente glissade vers l'abîme, comme un squale blessé qui plonge pour mourir. La musique cessa pour reprendre aussitôt. Mais l'air n'était pas le même. Beaucoup de ceux et de celles qui se trouvaient là avaient souvent chanté distraitement l'hymne religieux que jouait l'orchestre. Des voix ferventes s'élevèrent pour cette ultime prière qu'interrompit comme un coup de tonnerre la chute d'une cheminée.

Une jeune femme saisit le bras de Castel-Brajac.

– Monsieur, monsieur, je n'ai pas de gilet de sauvetage ! Où puis-je en trouver un ?

Félix se retourna. A la lueur des torches allumées par quelques marins, il vit le visage frais d'une jeune fille qui ne manifestait aucune angoisse.

Il ôta son gilet de sauvetage et l'obligea à le passer, puis il noua solidement les cordons autour d'une taille fine.

– Je vous conseille de quitter votre jupe et vos chaussures, mademoiselle.

– Mais... et vous, vous n'avez plus de gilet ?

– Je suis un excellent nageur... bonne chance... mais n'attendez pas trop pour sauter à l'eau... Quand le bateau s'enfoncera, il sera trop tard.

– J'y vais, dit-elle résolument en descendant le plan incliné du pont.

Félix la vit disparaître dans la pénombre, comme une baigneuse qui s'en va à la rencontre des vagues sur une plage. Puis il se dégagea du conglomérat humain, tassé sur la plage arrière, et s'approcha du bastingage. C'est là que le commissaire le trouva, fumant une cigarette.

– Auriez-vous un verre de rhum ? demanda-t-il en se redressant rigide et calme dans son habit de soirée.

Le jeune officier avait passé la jugulaire de sa casquette comme ceux qui se rendent aux postes de combat. Il s'aperçut que Félix n'avait pas de brassière de sauvetage.

– Mais... bon Dieu... mettez-la,... mettez-la vite.

– Vous n'en portez pas non plus.

L'officier lui prit le bras amicalement.

– C'est une question de dignité face à tous ces malheureux.

– Et puis, n'est-ce pas, brassière ou pas, le résultat sera identique pour tous... quand le bateau s'enfoncera, il se produira une telle succion de la mer alentour que nous serons tous aspirés par le maelström... vous le savez bien.

– Nous pouvons tenter quelque chose. Vous voyez ce banc ?

Il désigna un long siège de bois, prévu, comme d'autres, pour les passagers de troisième classe désireux de prendre l'air sur le pont.

– Je vois... Il n'a pas l'air confortable.

– Non, mais il n'est fixé que par deux gros tire-fond. Quand je vous ferai signe, nous l'arracherons et nous sauterons à la mer avec lui... C'est idiot d'attendre passivement la mort... D'accord ?

Félix acquiesça. Le garçon, jeune et beau, avait envie de survivre. Il commençait une brillante carrière, on ne pouvait lui refuser l'espoir, si ténu soit-il, de la poursuivre.

– Je suis à vos ordres... n'importe comment, le *Titanic* ne nous fera plus un très long usage !

Quand le soulèvement de la poupe s'accéléra, des cris d'angoisse emplirent la nuit. Le pont tendait peu à peu à la verticale et il devint bientôt impossible de se maintenir debout sans se cramponner à une main courante ou au bastingage. Des gens commencèrent à enjamber ce dernier et, bien qu'incapables d'évaluer leur hauteur de chute, se lancèrent à l'eau. A cet instant, s'il avait fait jour, on eût pu voir les hélices du bateau et son gouvernail hors d'eau. Des passagers agglutinés dévalèrent le pont et furent engloutis tandis que d'autres s'agrippaient aux éléments fixes, comme s'ils attendaient encore le salut de cette épave solide, dont l'océan ne ferait qu'une bouchée.

— Allons-y, lança soudain le commissaire en jetant sa casquette et sa vareuse galonnée.

Félix se débarrassa de son habit et le suivit. D'une seule poussée, ils libérèrent le banc de ses attaches et se laissèrent glisser avec lui sur la pente du pont que l'océan avalait avec une obstination animale dans un clapotis angoissant.

Après la longue station sur le pont, l'eau leur parut moins froide que l'air glacé. La minute de suffocation passée, ils constatèrent que le banc flottait.

— Cramponnez-vous ferme et battez des pieds, il faut s'éloigner le plus possible avant que se produise le grand remous.

Dents serrées, côte à côte, ils se mirent à pédaler comme des forcenés au milieu des détritus, des naufragés qui, pourvus de gilets, s'efforçaient de maintenir leur tête hors de l'eau, d'autres qui déjà s'abandonnaient.

Soudain, une lame puissante les souleva, leur fit gagner cinquante brasses, tandis que la nuit semblait résonner d'un épouvantable fracas. Des cris, des appels, des hurlements déchirants leur parvinrent, puis l'océan entra en tumulte.

— Cramponnez-vous, cria le commissaire.

Toujours rivés à leur banc, dont Félix avait saisi le dossier à bras noués, ils furent giflés par des vagues désordonnées, secoués, submergés au point de ne plus savoir si le ciel se trouvait au-dessus de leur tête ou sous leurs pieds. Un tourbillon les fouetta comme une toupie, ils heurtèrent des corps ou des débris flottants, puis tout s'apaisa.

Félix aspira un grand coup. Il n'y avait plus sur la mer aucune lumière. Le *Titanic*, le plus orgueilleux vaisseau jamais construit, était englouti. Dans l'obscurité, M. de Castel-Brajac vit briller le regard de l'officier.

Ils furent parmi les sept cent trois naufragés que le *Carpathia* recueillit à l'aube du 15 avril. A bord de ce paquebot qui, faisant route vers l'Europe et la Méditerranée, s'était détourné pour venir au secours du *Titanic*, Félix retrouva Doris dans les bras d'une nurse. La fillette avait supporté l'épreuve vaillamment, mais, dès qu'elle reconnut son père, elle réclama sa maman. Déjà, les officiers, dont la tenue impeccable contrastait avec l'accoutrement des rescapés, dressaient des listes, tandis que le bateau croisait sur les lieux de la catastrophe. Tout l'équipage et les passagers étaient mobilisés pour tenter de repérer, au milieu des débris de toutes sortes qui flottaient alentour, d'éventuels survivants. On en repêcha quelques-uns qui, nantis de brassières ou accrochés à des bouées de fortune, donnaient encore des signes de vie. Quand le bateau, que d'autres navires vinrent relayer, mit le cap sur la côte américaine, Félix dut se rendre à l'évidence : Marie-Virginie demeurait introuvable.

– Puisque Doris est là, elle doit y être aussi, répétait-il en parcourant les salons où gémissaient des femmes livides que l'on s'efforçait de réconforter.

Le commissaire du *Titanic*, sollicité pour rédiger un premier rapport sur les circonstances du naufrage, identifia une rescapée qu'il avait embarquée quelques heures plus tôt avec Mme de Castel-Brajac sur la chaloupe numéro 7. C'était une personne d'âge mûr qui, comme beaucoup d'autres, pleurait son mari disparu. Il lui amena Félix.

– Je me souviens d'une femme brune, avec une petite fille dans les bras. Elle était assise près de moi dans le canot de sauvetage. Elle s'inquiétait pour ses bagages restés à bord du *Titanic*... Maintenant cela peut paraître futile, mais nous ignorions alors les véritables risques que couraient nos maris... Si nous avions su... oh ! mon Dieu !

– Mais qu'est-elle devenue, madame ? L'avez-vous revue ?... Elle n'a pas quitté votre embarcation... elle n'est pas tombée à la mer ?

– Je ne sais plus... je ne sais pas, monsieur. Quand les lumières du *Titanic* se sont éteintes et qu'il y a eu cette grande... cette horrible clameur sur la mer... et des vagues... quelqu'un a dit : « ils sont tous engloutis maintenant... » Nous étions comme folles... Tout le monde pleurait et s'agitait... les marins qui ramaient criaient que nous allions faire chavirer la barque... quand le jour s'est levé, j'ai trouvé à mes pieds votre petite fille roulée dans son édredon... sa maman n'était plus là... ou du moins je ne l'ai pas vue. Le *Carpathia* approchait... on est un peu égoïste dans ces moments-là, monsieur...

Félix s'éloigna, gagna le pont et s'accouda au bastingage, un peu à l'écart des groupes qui interrogeaient encore la mer. On lui avait donné des vêtements secs mais trop courts, et il grelottait face à cet océan paisible qui digérait ses proies. Des larmes lui vinrent aux yeux, qu'il n'essaya pas de retenir. Il aimait Marie-Virginie à sa manière, étrange et sincère, qui n'était pas celle d'un époux ni d'un amant. Mais il l'avait jugée digne de porter son nom et, pour la sauver de la honte, l'avait épousée. Au fil des années, il s'était attaché à cette compagne de convention. Ils avaient vécu ensemble des jours heureux, des moments fraternels. L'idée lui vint que cet être, dont il n'avait jamais pu se résoudre à caresser le corps ni baiser les lèvres, l'aimait peut-être comme aiment les femmes pour qui le don physique est l'aboutissement naturel du sentiment d'amour. Il imagina que Marie-Virginie, le croyant perdu, avait choisi de quitter la vie alors qu'elle se trouvait en sécurité à bord de la chaloupe. Il lui en voulut de ce renoncement et surtout d'avoir abandonné Doris à un sort incertain. Ce n'était pas là le réflexe d'une mère, mais celui, incompréhensible à ses yeux, d'une amoureuse romantique, qui ne veut pas survivre à celui qu'elle a aimé.

Félix cherchait des excuses à cette folie, s'étonnant d'avoir pu inspirer une passion insoupçonnable. « Comme elle a dû être malheureuse avec moi », se dit-il. Mille détails lui revinrent en mémoire. Les attendrissements de sa femme qui parfois l'irritaient, l'émotion trouble qu'elle semblait ressentir quand il la drapait d'une nouvelle étoffe pour voir l'effet produit sur un buste ou des hanches, le plaisir qu'elle prenait à leurs rares dîners tête à tête, le soin avec lequel elle choisissait les cadeaux qu'elle lui offrait et qui n'étaient que rarement à son goût. Il l'avait laissée libre d'avoir des amants, de rechercher ailleurs le plaisir qu'il ne pouvait lui donner. Elle avait toujours été, dans ce domaine, d'une discrétion exemplaire, et Félix comprenait maintenant que ces hommes n'avaient pu être que des exutoires. Il l'avait forcée à vivre une existence artificielle, dans un perpétuel déséquilibre entre les exigences de la chair et les aspirations du cœur. Il regrettait de n'avoir pas été pour Marie-Virginie l'homme qu'elle attendait. Son remords était si intense, en cet instant, que, si un miracle avait fait apparaître la disparue, il eût été capable de la prendre dans ses bras et de la dorloter comme un enfant.

Le jeune commissaire du *Titanic* interrompit cette méditation. Il s'était mis en quête de Félix pour lui proposer une cabine où il pourrait faire sa toilette et se reposer. Voyant le visage décomposé de cet homme dont il avait apprécié le courage, le marin désigna l'océan.

– Quel drame atroce, tant de vies englouties, plus de mille à coup sûr, peut-être mille cinq cents. Je suis bouleversé par l'incroyable disparition de Mme de Castel-Brajac... mais vous devez encore espérer... un autre bateau... peut-être.

Félix apprécia le mensonge amical.

– Non, elle est perdue, mon ami. C'était un être pur, malmené par la vie, brisé par les faux-semblants... Sa mort est, je le devine, un acte d'amour que vous ne pouvez pas comprendre... que personne ne peut comprendre.

En s'éloignant, le jeune commissaire attribua au chagrin ces propos pour lui dénués de sens.

5

Les journaux du 16 avril 1912 apprirent à Gustave et à Gloria de Castel-Brajac le naufrage du *Titanic* et le sauvetage de leur fils. Les noms de Félix et de Doris figuraient en effet sur la liste des rescapés, rapidement diffusée par les soins de la White Star Line.

— Et Marie-Virginie ? interrogea anxieusement Gloria qui tremblait à la pensée que son unique garçon avait failli périr en plein océan comme les mille cinq cent trois passagers du paquebot, la plupart américains, dont on déplorait la disparition.

— C'est sans doute un oubli du rédacteur, dit Gustave, lui aussi très ému, pour rassurer sa femme.

Mais le même jour, un télégramme expédié de New York détruisit cet espoir. Félix annonçait son arrivée avec Doris et confirmait la disparition de son épouse.

— Oh ! mon pauvre petit... comme il doit être malheureux, gémit Gloria.

Elle décida sur-le-champ qu'elle élèverait la fillette soudainement privée de mère.

Les journalistes, après avoir raconté d'une façon lyrique, en se basant sur les témoignages des rescapés, la plus grande catastrophe maritime de l'Histoire, n'étaient pas tendres pour les dirigeants de la White Star ni pour le commandant Edward J. Smith, disparu avec son bateau. Ils reprochaient à cet officier de n'avoir pas tenu compte des avertissements reçus par radio et expédiés par plusieurs bateaux, qui avaient signalé, dès le 14 avril au matin, la présence d'icebergs à la dérive au sud de Terre-Neuve sur la route du *Titanic*. Bien qu'informé le commandant avait jugé inutile de modifier le cap et de réduire la vitesse du navire, qui marchait à vingt et un nœuds au moment de sa collision avec l'îlot de glace.

Quant à la compagnie de navigation, elle se voyait chargée de lourdes responsabilités, dont la plus évidente était l'insuffisance des moyens de sauvetage. Le *Titanic* ne disposait en effet que de vingt chaloupes ou canots pouvant embarquer au maximum 1 178 personnes, alors qu'il transportait 2 206 passagers et membres d'équipage.

En insistant sur la discipline des naufragés, les journaux faisaient état de statistiques montrant que les femmes avaient été sauvées à 74,35 %, les enfants à 52,29 %, alors que 79 % des hommes, y compris ceux de l'équipage, avaient péri. Les passagers de première classe, ayant bénéficié d'une priorité d'évacuation jugée scandaleuse, avaient eu plus de chance que ceux des deuxième et troisième classes. Sur 325 passagers de première, 203 s'en tiraient sains et saufs, alors qu'en troisième 178 seulement sur 706 avaient pu être sauvés. L'équipage, et notamment le personnel des machines, avait payé un lourd tribut à la mer : 212 marins seulement, sur les 885 embarqués, figuraient parmi les rescapés.

Cette tragédie, qui allait susciter des milliers d'articles dans la presse mondiale pendant des mois et donner lieu à de nombreux procès, apparaissait comme un coup du sort imprévisible puisqu'en vingt années, de 1891 à 1901, les paquebots avaient transporté, d'un continent à l'autre, plus de 9 millions de passagers dont 118 seulement avaient péri en mer.

– Le *Titanic* est mort d'un accès d'orgueil. Les dieux de la mer ont voulu prouver aux hommes qu'il n'existe pas de vaisseau insubmersible, observa Gustave.

Dès son arrivée à Castelmore, Félix de Castel-Brajac dut subir l'assaut des condoléances, dispensées avec sincérité et émotion non seulement par la parenté, mais aussi par les amis de la paroisse. Stella Dubard et les sœurs du rescapé, Augustine Barthew et Lucile Oswald, furent celles qui ressentirent le plus de chagrin. Pour ces femmes qui approchaient ou venaient de franchir la quarantaine, la perte d'une amie d'enfance constituait la première intrusion brutale de la mort dans leur cercle. Depuis le temps de leurs études chez les ursulines, Marie-Virginie avait été le boute-en-train du quatuor. Quelques jours plus tôt, Lucile avait lu à Stella une lettre de sa belle-sœur, postée trois semaines avant l'embarquement. La mère de Doris se réjouissait à la pensée de retrouver ses amies et à la perspective des papotages à quatre que l'on ferait bientôt. Elle se disait heureuse et considérait « qu'enfin la malchance qui la poursuivait depuis si longtemps semblait s'être découragée ».

Félix tut les circonstances exactes de la disparition de sa femme. Leur révélation eût remis en cause le bonheur factice qu'il était censé avoir apporté à la défunte. Qui aurait pu admettre sans explication qu'elle ait choisi la mort dans l'instant où tant de gens luttaient désespérément pour sauver leur vie ? Avec Liponne, accablée par la perte de sa fille, qu'elle jugeait aussi révoltante que la mort de son fils au cours de la guerre de Cuba, Félix se montra d'une extrême gentillesse. La veuve du sénateur, devenue presque impotente à la suite d'une brusque déficience circulatoire, ne put faire le voyage de Saint-Martinville à Sainte-Marie pour assister à l'office religieux célébré à la mémoire de la défunte. Félix se rendit avec Doris dans la paroisse des Dubard et fit dire une autre messe. Face à cette immense famille grouillante d'enfants, le veuf et l'orpheline étaient comme deux étrangers de passage. L'attitude du fils de Gustave suscita le respect de tous. Sa dignité et le scrupule qu'il mit à accomplir les rites les plus conventionnels du deuil émurent ces gens simples et croyants. On apprécia la façon dont Félix dominait le chagrin qu'on supposait être le sien et les termes dans lesquels il évoquait le souvenir de la disparue. Sa longue silhouette noire, dressée près de celle de la fillette pâle et figée, symbolisait l'affliction sans larmes et la solitude imposée par la mort. On vit dans la sobre élégance de sa tenue, aussi bien que dans son maintien, une volonté de faire face sans faiblesse à l'injustice du sort. Quand on sut qu'en dépit de l'offre de sa mère il avait décidé de ne pas se séparer de Doris et d'assumer seul l'éducation de l'enfant, à laquelle on trouvait une grande ressemblance avec son père, toutes les femmes chantèrent ses louanges. Quant aux hommes, ils reconnurent en lui un vrai Cavalier en lisant des articles de journaux qui donnaient Félix de Castel-

Brajac pour un héros. Une rescapée, héritière d'une des plus riches familles de la Nouvelle-Angleterre, racontait à un reporter de Boston que cet homme, dont elle n'avait su le nom qu'après le naufrage, s'était dépouillé sans hésiter de son gilet de sauvetage, quelques minutes avant l'engloutissement du *Titanic*, pour lui permettre de se sauver. Interrogé par d'autres journalistes sur le comportement des passagers au moment le plus crucial, un jeune commissaire du paquebot perdu citait aussi le nom de M. de Castel-Brajac dont le sang-froid, l'abnégation et le courage avaient impressionné tout le monde. Le marin ajoutait que cet homme admirable ne s'était décidé qu'à l'ultime minute du naufrage à quitter le bateau et à saisir la planche qui l'avait sauvé.

Gustave, à qui ces articles furent communiqués, ressentit en les lisant une grande fierté. Ce fils, dont les goûts efféminés et les mœurs particulières lui avaient causé tant de tourments secrets, s'était conduit fort virilement dans l'épreuve, en vrai Gascon, en digne héritier des mousquetaires.

M. de Castel-Brajac comprenait maintenant qu'il y avait de la noblesse dans la façon dont, depuis son mariage avec Marie-Virginie, Félix donnait le change au vulgaire. Il approuvait aussi la fidélité de son fils aux engagements pris dans l'intérêt de Doris.

– Maintenant, elle est vraiment ma fille. J'en ferai une parfaite Castel-Brajac, dont vous n'aurez pas à rougir. La paternité est affaire de hasard, l'amour est tout, avait dit Félix un soir, alors que sa mère insistait pour qu'il lui confiât l'orpheline.

La perte, au cours du naufrage, de tous ses bagages contenant les robes, les tentures, les tissus et les objets qu'il comptait présenter à la clientèle huppée de New York incita Félix à écourter son séjour aux États-Unis. Comme il devait reconstituer pour lui-même une garde-robe décente, il décida, sur les conseils de son père, de se rendre à La Nouvelle-Orléans.

– Osmond possède un excellent tailleur, celui qui habillait ce brave Charles. Va donc passer quelques jours chez notre étudiant. Ce sera bon pour vous deux, car, depuis qu'il a perdu son ami Foxley, noyé lui aussi comme la pauvre Marie-Virginie, il fait, me semble-t-il à travers ses lettres, un peu de délectation... morbide.

Osmond de Vigors avait appris, comme tout le monde, par la presse, la catastrophe du *Titanic* et par un coup de téléphone de Faustin Dubard la disparition de Marie-Virginie. Venant après la noyade de Dan, cette mort, à la fois différente et semblable, l'avait consterné. La défunte appartenait à l'univers bagatellien de son enfance. Le trouble bizarre et inavouable qu'il ressentait autrefois quand elle l'accablait de sa tendresse inemployée, il pouvait aujourd'hui le définir. Cette belle amie de sa mère avait éveillé en lui, sans qu'il s'en doutât plus qu'elle, les réflexes d'une sensualité précoce.

Dans son souvenir, elle restait la première femme à s'être innocemment manifestée en tant que telle dans sa vie. S'il avait été plus âgé lors de leur cohabitation à Bagatelle, il l'eût désirée, comme plus tard il avait désiré Dolores. Maintenant il imaginait ce corps, dont sa mémoire avait retenu les formes entrevues, livré aux abîmes. Cette pensée lui faisait mal. En accueillant tristement Félix, il sut exprimer une affliction dont le veuf accepta avec un peu de gêne l'authenticité et les nuances.

Tandis que le meilleur tailleur de La Nouvelle-Orléans, qui d'après Félix ne pouvait égaler les coupeurs de Savile Row, confectionnait les vêtements commandés, Osmond et le fils de Gustave apprirent à mieux se connaître.

Des relations confiantes, basées sur une mutuelle sympathie, s'établirent très vite entre l'esthète de trente-cinq ans et l'étudiant de dix-neuf ans. Respectueux des prescriptions du deuil qui interdisent à un veuf d'apparaître dans le monde ou les restaurants à la mode pendant les semaines qui suivent le décès de son épouse, Félix prit tous ses repas avec Osmond. Bob Meyer, qui, depuis la mort de Dan et sa rupture avec Otis, appréciait davantage encore l'intimité de la maison de l'avenue Prytania, se joignait souvent aux deux autres. Silencieux et mélancolique, le garçon souffrait du handicap de sa main gauche qui, depuis l'accident, conservait une certaine raideur. Félix indiqua des exercices susceptibles de rendre aux muscles meurtris assez de souplesse pour que Bob puisse se remettre au piano.

L'étendue des connaissances de Castel-Brajac junior permit aux étudiants de vivre d'intéressantes soirées en la compagnie de cet homme raffiné. Les deux garçons découvrirent, à travers les propos de l'esthète, qu'il se passait en Europe dans le domaine des arts, de la littérature et des mœurs des événements dont ils ne soupçonnaient ni l'existence ni la portée. Félix, qui fréquentait les artistes d'avant-garde aussi bien que les salons non conformistes de Paris, Londres et Venise, reconnut que c'était en France que l'on pouvait le mieux apprécier une évolution faite de petites révolutions. En novembre 1911, le salon d'automne du Grand Palais avait démontré la vitalité d'une nouvelle école de peinture. Les « Cubistes », comme on les appelait depuis que Matisse et Vauxelles avaient parlé d'une peinture « réduite à des cubes », étaient en train de créer un nouvel ordre plastique en pratiquant un art cérébral à base de décompositions géométriques colorées, qui faisait hurler les amateurs d'œuvres figuratives. Félix citait des noms inconnus de ses auditeurs : Braque, Picasso, Metzinger, Lhote, Léger et bien d'autres, dont les audaces déclenchaient de violentes controverses. Des sculpteurs comme Alexandre Archipenko ou Constantin Brâncusi emboîtaient le pas aux Cubistes et abandonnaient la représentation naturaliste pour une stylisation parfois déconcertante des formes. En musique aussi, des compositeurs nouveaux faisaient craquer les vieilles structures classiques. Félix citait Richard Strauss, dont il avait vu l'opéra *Le Chevalier à la rose*, l'Anglais Elgar, Stravinski et surtout un Allemand, Gustav Mahler, dont les symphonies touchaient aussi bien le cœur que l'intelligence. D'après Félix, le musicien atteignait, en usant d'une nouvelle écriture orchestrale, les purs sommets d'un romantisme débarrassé des langueurs italiennes et des ouragans wagnériens. Le fils de Gustave voyait encore poindre une collaboration salutaire entre les créateurs de la mode et les peintres. Raoul Dufy gravait des bois pour Paul Poiret qui habillait les jeunes femmes les plus élégantes. Avec trois cents autres privilégiés, il avait assisté à la fameuse « Mille et deuxième nuit » que le fastueux couturier avait organisée dans son hôtel de l'avenue d'Antin.

– Tous les invités étaient vêtus de voiles et coiffés de turbans comme les personnages des légendes persanes. J'avais composé pour Marie-Virginie un prodigieux costume, que Paul Poiret eut la gentillesse de remarquer. Ah ! Cette célébration de la nouvelle élégance, de la liberté des corps, quel souvenir !

M. de Castel-Brajac parlait encore de la danse, de Karsavina et Nijinsky dans *Le Spectre de la rose*, du vol de *la Joconde* au Louvre, du cinéma des magasins Dufayel où il avait vu Réjane reprendre à l'écran le rôle de *Madame Sans-Gêne* qu'elle avait créé à la scène. Il s'enthousiasmait en évoquant les héros du Tour de France cycliste, les duels du dramaturge Henry Bernstein avec les critiques Téry et Léon Daudet, la témérité des automobilistes qui avaient participé au rallye de Monte-Carlo, la colère des étudiants de la Sorbonne contre le pangermanisme du *Strasburger Post* qui vilipendait « l'idéal de la bohème parisienne et du quartier Latin ».

– Face aux barbares, nous avons conspué Wagner, crié « Vive l'Alsace » et nous avons fait un triomphe à l'étudiant alsacien Munck, expulsé d'une université allemande ; croyez-moi, mes amis, il y avait de la ferveur patriotique dans cette manifestation où j'ai eu conscience de représenter mon père, qui s'est battu en 1870 contre les Germains.

– Que font les aviateurs ? interrogea Bob Meyer.

– Ils battent des records, mon cher ; Roland Garros est monté à 3 910 mètres, Védrines a atteint la vitesse extraordinaire de 315 kilomètres à l'heure, Gobé a parcouru 740 kilomètres sans escale, Géo Fourny a tenu l'air pendant onze heures et une minute. Une femme, Hélène Dutrieu, a remporté la coupe Fémina en volant pendant 254 kilomètres. J'ai vu les hommes volants au Troisième Salon de l'aéronautique, près de leurs nouveaux avions en métal et des appareils militaires de Nieuport et Breguet qui vont, disent les généraux, constituer la cinquième arme.

Toutes ces révélations laissaient rêveurs l'étudiant en droit et l'élève de l'Institut polytechnique, avides d'en savoir plus sur cette société d'outre-Atlantique pleine d'imagination et de vitalité par rapport au Vieux Sud qui remâchait ses rancœurs et faisait la moue devant le dynamisme industriel du Nord, les exigences des syndicats ouvriers et l'étalage de fortune des nouveaux riches.

En littérature, Félix de Castel-Brajac conseillait Henry James, Kipling, Katherine Mansfield, Barrès qui venait de publier un ouvrage sur le Greco et souhaitait ardemment que ses jeunes amis puissent voir un jour, à La Nouvelle-Orléans, une pièce de George Bernard Shaw, *Pygmalion*, dont l'humour grinçant amusait les Londoniens.

Parfois, le soir, le souvenir des morts récents se glissait entre les propos badins des trois convives. Osmond et Bob, qui ignoraient tout de l'absence de liens conjugaux réels entre Félix et sa défunte épouse, n'étaient pas surpris par l'émotion de cet homme qui parlait de la morte comme eux-mêmes s'entretenaient de Dan.

– Aimons ceux qui nous aiment autant que nous le pouvons, comme si chaque jour devait être le dernier passé en leur compagnie. Quand la mort les arrache à notre affection, que de regrets nous assaillent. Toutes les prévenances, toute l'amitié, toute la tendresse que nous aurions pu leur dispenser et que nous avons retenues nous brûlent le cœur, nous torturent l'esprit comme une flamme à jamais captive. Telle phrase espérée que nous n'avons pas prononcée, tel détournement d'un moment d'intimité qu'ils escomptaient nous apparaissent comme des occasions à jamais manquées d'avoir fait leur bonheur. Le péché d'omission est en amitié... ou en amour, le moins patent et le plus irréparable. Ne le sentez-vous pas ?

– Oui, et la mort avec son « jamais plus » satanique rend impossible l'absolution que nous voudrions nous accorder, reconnut Osmond.

Quand, fin mai, Félix de Castel-Brajac regagna l'Europe où l'appelaient ses affaires, Osmond et Bob promirent de lui rendre visite, soit à Paris, soit à Londres quand, leurs études terminées, ils pourraient enfin accomplir, comme autrefois les fils de planteurs, le tour des vieux pays dont semblaient venir maintenant tant de nouveautés.

Depuis que George Mestach, un aviateur louisianais, avait transporté d'un seul coup d'aile, de La Nouvelle-Orléans à Bâton-Rouge, vingt-deux livres de courrier en une heure et trente minutes, Bob Meyer ne tenait plus en place. Aussi Osmond ne fut-il pas étonné quand un soir son ami ouvrit avec fracas la porte de son bureau et lui jeta en bafouillant d'émotion.

– J'ai volé ! Oui mon vieux ! J'ai volé cet après-midi !

C'était la première fois depuis la mort de Dan Foxley qu'Osmond voyait Bob vraiment joyeux. Le vol, effectué par l'étudiant au-dessus du champ de foire de Métairie, n'avait duré que quelques minutes, mais il prit à travers son récit les dimensions d'un voyage transcontinental.

Vu d'en haut, le lac Pontchartrain n'était qu'une flaque, le Mississippi qu'un ruisseau, la ville ressemblait à un puzzle mal assemblé, les trains à des vers de vase et les automobiles à des cafards ; quant aux humains, ils perdaient toute existence quand on s'élevait dans les airs.

– Et la semaine prochaine, je prends ma première leçon de pilotage, conclut Bob, l'œil plein de lueurs conquérantes.

– Ta mère est au courant ?

– Non, il n'y a que toi qui saches. Je paierai mes leçons en travaillant avec les mécaniciens. Ce sont des empiriques... Je crois que je pourrais leur être utile !

– Et si... un accident... Tu me vois allant prévenir ta mère !

Bob s'assit. Son exaltation était brusquement tombée et, quand il parla, ce fut d'un ton sérieux et mesuré.

– Ce serait le dernier service que tu aurais à me rendre, Osmond, mais je compte bien t'en dispenser. Je tiens à la vie, mon vieux. J'ai trop de choses à conquérir ou à reconquérir.

– Quoi par exemple ?

– L'amour d'Otis... et la gloire !

Après le départ de Bob, Osmond se rendit chez Dolores. Pendant le séjour de Félix de Castel-Brajac, il l'avait un peu négligée et, tandis qu'il cheminait, les phrases prononcées par le fils d'oncle Gus quant à la façon d'aimer ceux et celles qui vous aiment lui revinrent à l'esprit. Aussi ce soir-là se montra-t-il particulièrement tendre avec sa maîtresse. Cependant, il eut conscience, tout au long de la soirée et de la nuit qui suivit, de faire des efforts pour dire les phrases ou accomplir les gestes qui, deux ans plus tôt, lui venaient avec une spontanéité qu'il ne pouvait pas toujours calmer.

Avec lucidité, il admit que sa liaison avec Mlle Ramirez virait à la routine conjugale. Elle paraissait, comme toutes les femmes qui n'espèrent plus le mariage, s'y complaire et y trouver une sécurité affective, alors que lui-même ressentait l'affadissement de l'habitude.

Depuis la mort de Dan Foxley, beaucoup de choses auxquelles il avait attaché de l'importance lui paraissaient dérisoires. La mort de son ami le forçait à s'interroger sur le sens de sa vie, à partir de nouvelles références, et la disparition soudaine de Marie-Virginie ajoutait à son scepticisme face à la construction d'une existence humaine. Il aurait voulu, comme Bob Meyer, sentir l'attrait d'une vocation, connaître l'exaltation irrépressible de ceux qui se croient désignés pour une mission, une œuvre à accomplir, une cause à défendre. Il espérait un engouement qui prendrait le relais de la passion amoureuse déclinante. Le droit pourrait peut-être, en lui donnant le sentiment de participer à l'entreprise de justice, mobiliser ses facultés et ses connaissances, sinon à quoi servirait-il dans une société où la fortune dispensait aisément de tout engagement civique ? Il enviait parfois Silas Barthew et son assurance pour qui le métier des armes restait le plus noble, Lorna et l'ardeur qu'elle mettait à l'étude des insectes, Félix de Castel-Brajac et son enthousiasme de zélateur de la beauté, et même l'ambition du pouvoir politique qui animait certains de ses condisciples.

Marie-Gabrielle, à qui il rendait régulièrement visite, avait vite compris qu'il ne s'intéressait que par courtoisie aux affaires qu'elle gérait dans leur commun intérêt. Elle ne retrouvait pas chez le petit-fils de Charles l'excitation du financier roué. Elle ne parvenait pas à intéresser le garçon aux jeux de la Bourse ni aux prévisions économiques dont elle-même faisait ses nourritures quotidiennes. Osmond accueillait avec la même indifférence l'annonce des gains ou des pertes et ne faisait jamais aucune suggestion. Quand il l'interrogeait en prenant le thé, c'était sur sa jeunesse, sur la Suisse, sur les événements qu'elle avait vécus, sur ses lectures du moment. Un après-midi, elle le convia chez elle à une réunion des Old Regulars, membres dirigeants du Choctaw-Club qui venaient d'ouvrir une souscription en vue de l'érection d'une statue à la mémoire du sénateur Charles de Vigors. Au milieu de ces hommes trop bien nourris, pleins d'assurance, flatteurs et qui jouaient les chattemites pour décerner des hommages ambigus à son grand-père, dont ils avaient tous envié l'intelligence, la prestance et l'audace, il se sentit mal à l'aise. La plupart de ces industriels, de ces banquiers, de ces armateurs ou de ces négociants devaient à Charles de Vigors des sièges au parlement de l'État, des fonctions ou des réussites que, seuls, leurs maigres mérites n'auraient pu leur procurer. Spéculant sur la vanité, la cupidité, le goût de l'intrigue des uns, sur l'admiration béate et quelquefois sur le dévouement inconditionnel des autres, son grand-père s'en était servi, comme le joueur qui avance des cartes basses pour s'assurer une levée plus importante. La mort du bienfaiteur intéressé les incitait à renverser les rôles et, aujourd'hui, tous ces redevables, avec plus ou moins d'aplomb et parfois même d'impudence, donnaient à entendre qu'ils avaient « fait » le sénateur. En élevant une statue à ce dernier, ils comptaient exploiter encore à leur profit une notoriété posthume et inoffensive. En associant Osmond à l'hommage public, ils s'assuraient la caution sentimentale de la famille. Quand Charles s'était retiré de la vie politique, plusieurs de ces nantis avaient cru pouvoir prétendre à la succession mais le sénateur, qui tenait à ménager ses intérêts privés, avait imposé un dauphin en la personne d'un avocat jovial et docile, initié par ses soins au maniement de la machine politique. Le nouveau sénateur, taciturne et discret, utilisait les méthodes de son prédécesseur. On le disait cependant prêt à s'effacer le jour où l'héritier de M. de Vigors manifesterait le désir d'entrer en lice. C'est dans cette perspective que le club entendait promouvoir Osmond, dont l'apparition pourrait intervenir le jour où l'on inaugurerait la statue de son grand-père.

Au cours du cocktail, quelques membres influents du club proposèrent sans détour à Osmond de s'inscrire au parti démocrate, en l'assurant qu'au bout de quelques années il pourrait briguer un mandat qu'ils sauraient bien lui faire obtenir.

– Votre nom, l'œuvre accomplie par votre aïeul vous désignent tout naturellement. La dynastie politique des Vigors peut s'imposer, dit un armateur.

Osmond sourit et sa réflexion jeta un froid dans l'assistance.

– La politique ne m'intéresse pas, monsieur... J'ai assez de difficultés à me gouverner moi-même pour ne pas oser prétendre gouverner les autres.

– Mais le service de l'État, de nos vieilles familles...

– Je ne suis le serviteur de personne, monsieur !

Osmond eut l'impression, au cours de cette réunion mi-mondaine, mi-politique, que la plupart de ces détenteurs d'une puissance occulte enviaient sa jeunesse, son aisance, sa désinvolture, tout en trouvant incompréhensible son indifférence à ce qui constituait le fond de leurs préoccupations quotidiennes.

Quand il vit entrer M. Foxley dans le salon de Marie-Gabrielle, il ne put s'empêcher de demander à cette dernière si le père de Dan était un habitué.

– Non seulement un habitué, cher Osmond, mais un fondateur. Il a une grande estime pour votre famille. Je ne l'avais pas revu depuis la mort de son fils, votre ami.

M. Foxley ne put dissimuler l'étonnement que lui causa la présence d'Osmond, dans un lieu où il ne s'attendait pas à le rencontrer. Il vint au jeune homme les mains tendues.

– Cher garçon, quel plaisir de vous revoir. Savez-vous qu'on vous réclame au bayou Saint-Jean ? Ma femme, bien que toujours très affligée, vient de rouvrir son salon. Il faut que la vie continue. Margaret a eu un petit garçon... Avez-vous oublié le chemin de ma maison ?

– Oui, monsieur, je l'ai oublié.

M. Foxley eut un haut-le-corps.

– Je ne comprends pas... que voulez-vous dire ?

– L'attitude de votre famille à l'égard de Bob Meyer est injuste et insultante, monsieur. Au malheur de la mort de Dan...

– Ne me parlez plus de Meyer, Osmond. Laissons-le avec ses remords... s'il en a !

Osmond se raidit et M. Foxley subit avec une gêne évidente le regard net et dur de son interlocuteur.

– Bob Meyer a fait son devoir d'amitié, monsieur, et je ne remettrai les pieds chez vous qu'en sa compagnie, quand vous serez revenu à de meilleurs sentiments !

– Quels sentiments ?... un juif... qui a laissé mon fils se noyer... vous plaisantez, Osmond ?

– Il n'y a rien de plaisant dans cette affaire et juif, je le suis autant que Bob, sachez-le !

– Vous vous égarez, jeune homme ! Dois-je vous rappeler au respect du nom que vous portez ?

– Je vous en dispense, monsieur.

– Vous êtes insolent... je pourrais vous demander raison.

– Ce serait ajouter le ridicule à l'aveuglement !

Le ton de la discussion commençait à faire tendre l'oreille aux invités de Marie-Gabrielle. M. Foxley s'en aperçut.

– Je n'ai plus rien à vous dire, Osmond, sinon que l'honneur commande que nous brisions là !

– C'est mon avis, monsieur, en matière d'honneur les Vigors sont aussi compétents que les Foxley et toujours prêts à le défendre.

Ayant parlé, le jeune homme tourna les talons et rejoignit l'hôtesse qui, à distance, tout en bavardant avec quelques financiers, avait suivi l'altercation.

Au moment de prendre congé, Osmond ne put éviter une question de Marie-Gabrielle.

– Que s'est-il passé avec M. Foxley ?... Il avait l'air très en colère contre vous !

– Il l'est en effet, madame, et a des raisons de l'être..., mais un jour il le sera contre lui-même... il souffrira davantage !

– Amenez-moi votre ami Meyer, j'aimerais le connaître.

– Je ne voudrais pas qu'il coure le risque de rencontrer M. Foxley, madame.

– Je n'inviterai plus M. Foxley, Osmond. Ma maison n'est pas le Boston-Club... Je ne demande pas de certificat de baptême...

Le jeune homme sourit et remercia. Il se sentait assez proche de cette vieille dame intelligente et généreuse.

L'attitude des Foxley à l'égard de Bob Meyer devait encore susciter, quelques mois plus tard, un incident pénible à Bagatelle. Cet été-là, Osmond de Vigors, qui venait de réussir brillamment ses examens, se rendit seul à Pointe-Coupée. Bob Meyer s'était fait engager dans un atelier de mécanique qui travaillait pour les aviateurs et ne prendrait que de courtes vacances avec sa mère. Dolores, comme chaque année, se rendait chez sa tante à Saratoga. Il n'avait donc aucune raison de demeurer à La Nouvelle-Orléans pendant la saison chaude. Et puis, il sentait le besoin de se replonger dans l'atmosphère de la vieille plantation, de retrouver ses forces sur le court de tennis, de réfléchir sous les chênes en regardant couler le Mississippi.

Au cours du premier dîner qu'il prit en famille avec sa mère, son beau-père et ses sœurs, Alix, dont le chagrin causé par la mort de Dan s'était transformé en une réserve hautaine, comme si la jeune fille rendait l'humanité entière responsable du drame, annonça qu'elle désirait inviter Otis Foxley à passer l'été à Bagatelle.

Osmond posa vivement sa fourchette et dit d'une voix sèche :

– Ce n'est pas souhaitable. J'ai rompu toute relation avec les Foxley. Je te prie de n'en rien faire.

Cette déclaration surprit aussi bien Stella que son mari, qui se préparaient à approuver la proposition d'Alix. Cette dernière réagit avec véhémence.

– Naturellement, tu as pris le parti de Meyer... mais moi je m'en moque, Otis est mon amie, sans cette catastrophe, elle eût été ma belle-sœur..., et je partage l'avis de ses parents quant à la responsabilité de Bob...

Elle se mit à sangloter.

– Tu ne vas pas, toi aussi, lui reprocher d'être juif, ni t'associer à ces fariboles d'un autre âge ?

– Un chrétien aurait tout tenté pour sauver Dan ; Bob, lui, est resté cramponné au bateau... Les juifs ne sont pas courageux, c'est connu !

Le docteur Dubard, Osmond le devinait, eût aimé intervenir, mais sa position de beau-père des enfants Vigors le retint. Il se contenta de froncer le sourcil tandis que les cicatrices de sa joue s'empourpraient comme chaque fois qu'il était ému. Stella, que cette scène troublait également, se mêla à la conversation.

– Voyons Alix, tu ne peux pas parler ainsi de l'ami de ton frère... Otis, dont je suis certaine qu'elle aime Bob...

A travers ses larmes Alix lançait des regards furieux.

– Otis ?... Elle ne veut plus en entendre parler... d'ailleurs, Bob s'était mis des idées dans la tête... Mme Foxley n'aurait pas donné sa fille à un garçon ayant du sang juif...

Osmond était devenu blême et, sous la peau, ses maxillaires se contractaient nerveusement.

– Et cependant elle aurait donné son fils à une fille ayant du sang indien ?

Brusquement, Alix cessa de pleurer.

– Du sang indien... que veux-tu dire ?

– Demande à maman, elle t'expliquera !

– Voyons, mes enfants, calmez-vous, cette querelle est stupide.

Alix s'était levée en triturant sa serviette. Son menton tremblait comme celui d'un bébé qui va se mettre à hurler.

Elle cria :

– Maman, que veut dire Osmond... je veux savoir...

Stella restait calme, hiératique, son regard doux enveloppait sa fille d'une tendresse un peu mélancolique. Puisque le moment autrefois redouté était venu, elle ne se déroberait pas.

– Ma grand-mère, que je n'ai pas connue, était une Choctaw et mon père un métis... voilà ce que veut dire Osmond.

– Une princesse choctaw de Prairie-du-Chien, descendante d'une noble famille qui régnait entre le Mississippi et le Missouri, bien avant que les Foxley ne mettent les pieds dans ce pays, précisa Osmond.

Alix s'assit, abasourdie. Elle imaginait son arrière-grand-mère vêtue de beau de bête, assise au pied d'un tipi et ressemblant à ces femmes aux cheveux huilés, au front tatoué qui venaient au marché de La Nouvelle-Orléans vendre des nattes et des paniers.

– C'est vrai... maman ?

Faustin Dubard, sa femme étant en cause, se décida à parler.

– C'est exact, chère Alix, et vous ne pouvez qu'en être fière. Les Choctaw n'étaient pas des sauvages.

Céline, qui découvrait en même temps que sa sœur cette ascendance qui ne la choquait pas, se leva, fit le tour de la table et vint embrasser sa mère.

– Maman, pourquoi ne nous avez-vous jamais raconté ça ?

– A cause de tous les préjugés qui ont cours dans vos collèges, je ne voulais pas qu'on puisse... vous... offenser. D'ailleurs ça ne regarde personne.

— Mais Dan ne le savait pas ! gémit Alix.

— Il le savait, je le lui avais dit.

Osmond jugea de l'effet produit par ses paroles.

— Et les Foxley, savent-ils ?

— S'ils l'ignorent encore, ils finiront bien par l'apprendre et alors peut-être te rangeront-ils dans la même catégorie que les juifs !

Alix se leva et quitta la salle à manger. On entendit son pas dans l'escalier, puis le claquement sourd de la porte de sa chambre.

Céline, dont le caractère paisible hérité de son père apparaissait même dans sa façon de parler, lente et réfléchie, posa la main sur l'avant-bras de son frère.

— Tu as déclenché une belle scène... mais il faut excuser Alix, tu sais, elle a tellement de chagrin de la mort de Dan... peut-être te montres-tu trop rigoureux à l'égard des Foxley... Ils pensent que si tu avais été à la place de Bob, leur fils aurait été sauvé.

— Et s'il ne l'avait pas été, ce qui est probable, car placé dans la même situation que Bob, je n'aurais pu faire mieux, se seraient-ils avisés de m'en tenir rigueur ? Non, parce que je ne suis pas juif ! Vois-tu sœurette, cette perversion de l'esprit et du cœur, qui consiste à prêter aux êtres des qualités ou des défauts en fonction de leur race ou de leurs croyances, il faut la combattre violemment dès qu'elle apparaît. C'est un germe maléfique, qui conduit aux abus de l'Inquisition, aux pogromes, à l'injustice organisée. Voilà pourquoi je suis dur avec les Foxley. J'ose simplement espérer qu'un jour ils comprendront que j'ai raison et que j'ai été malheureux d'avoir à m'éloigner d'eux. Je voudrais tant qu'Otis revienne à Bob. Personne ne peut imaginer son désarroi.

Un silence s'établit, pendant lequel tous les convives méditèrent les phrases qui venaient d'être échangées. Stella ne s'étonnait guère de la connaissance qu'Osmond avait de ses origines. Elle supposait bien que l'oncle Gus n'était pas étranger à l'information de son fils. De la même façon que ce dernier avait su, trois ans plus tôt, intervenir auprès de Faustin Dubard, il venait de l'aider à clarifier pour ses filles une situation dont elle souhaitait depuis longtemps sortir. Elle approuvait l'attitude loyale d'Osmond et cette intransigeance, héritage — oncle Gus l'affirmait — de Clarence Dandrige.

— Osmond a eu raison de parler comme il l'a fait. Bien que j'aie le cœur gros pour Alix, nous n'inviterons pas Otis cet été. Qu'en pensez-vous, Faustin ? dit-elle en se tournant vers son mari.

Le médecin avait apprécié, lui aussi, la courageuse intervention de son beau-fils, et puisque l'être qu'il aimait par-dessus tout l'invitait à donner son opinion, il la donna.

— L'ostracisme social, et en tant que Cajun, parlant moins bien français que vous, j'ai dû le subir parfois de la part des « bourbons », n'est rien auprès de l'ostracisme racial et de l'ostracisme religieux. Je comprends la brutalité de langage d'Osmond et je crois en effet qu'il ne pourrait accueillir à Bagatelle cette pauvre Otis sans ressentir une gêne permanente. Laissons faire le temps... en nous taisant, puisque maintenant ce qui devait être dit a été dit.

L'apparition de Lorna quelques jours plus tard réjouit Osmond. Cet être sain et droit, digne de toutes les confiances, avait acquis à dix-neuf ans un rayonnement auquel il fut immédiatement sensible. La fille d'Augustine était une vraie fille du Sud, robuste, pleine de bon sens et parfaitement à l'aise dans cet univers des vieilles plantations où les jeunes filles de la ville paraissaient empruntées comme des figurantes.

Bien qu'on ait renoncé à organiser cette année-là un tournoi de tennis, les deux amis d'enfance s'affrontèrent sur le court avec cet entrain spontané qu'ils mettaient l'un et l'autre aux exercices physiques. On les vit aussi galoper au long des berges et le soir, quand les ouvriers noirs avaient regagné leurs cases, souvent ils montèrent aux Trois-Chênes, comme lorsqu'ils étaient enfants. Lorna parlait de ses études et se montrait intarissable sur les parasites du coton qu'elle donnait l'impression de connaître intimement. Elle discourait sur l'*Aletia argillacea*, la chenille du cotonnier vert bleuâtre avec des tâches noires, qui dévore les feuilles tendres et finit par se transformer en papillon grisâtre de quatre centimètres d'envergure, lequel, en pondant de trois cents à six cents œufs, répand une population prédatrice capable d'anéantir des champs entiers. La jeune entomologiste révélait encore à Osmond les méfaits de *l'Héliothis argimer* ou larve de la capsule, et ceux du charançon qui avait ruiné des planteurs mexicains. Elle semblait passionnée et Osmond écoutait, le sourire aux lèvres, les exposés savants émaillés de noms latins.

– En somme, tu t'amuses bien avec tes petites bêtes ?

– Tu peux te moquer, mais si un jour les cotonniers de Bagatelle sont attaqués par mes petites bêtes, comme tu dis, je saurai te les désigner et les faire périr.

– Tu seras la Jeanne d'Arc de nos paroisses... sus aux parasites ! Nous demanderons à Félix de te dessiner un étendard.

– Qui sait, vous serez peut-être bien contents de profiter de ma science.

Un soir, la conversation prit un tour plus grave et Osmond demanda à Lorna comment elle envisageait son avenir.

– L'avenir ? Tout le monde est d'accord pour que je reprenne les ruchers de Castelmore et les fabriques de miel et de pastilles. J'aurai de quoi m'occuper, surtout qu'il doit être possible d'améliorer les rendements, car mon cher grand-père en est resté aux méthodes du siècle passé.

– Femme d'affaires alors ! Et tu resterais à Fausse-Rivière ?

– C'est là où je suis née et nulle part ailleurs je me sens aussi bien. Je me ferai construire une maison et un laboratoire... pour étudier toutes les petites bêtes que je rencontrerai.

– Mais tu te marieras ? N'y penses-tu pas ? Aucun des brillants étudiants de Woodeville ne te fait-il la cour ? Ce doit être facile, en évoquant les parades nuptiales des frelons, d'en venir à envisager celles des humains. Je vois ça d'ici, quelque beau jeune homme déployant ses élytres pour séduire la belle Lorna Barthew !

– Heureusement qu'on me fait la cour, ça distrait... mais le mariage ne me tente pas. Je compte rester fille. Le seul homme qui me plaise vraiment à Woodeville est mon professeur. Il a bientôt soixante-dix ans et sa femme se porte bien ! Et toi que comptes-tu faire ?

– Terminer mon droit. M'inscrire au barreau, plaider pendant quelques années, voyager dans le Nord et en Europe, puis, peut-être, revenir ici, finir dans la peau d'un planteur.

Osmond n'avait mis aucune chaleur dans l'évocation de ce programme banal. Lorna le remarqua.

– Tu n'as pas l'air très enthousiaste. On dirait que tu es plus résigné qu'entreprenant.

– C'est vrai, je suis résigné. Résigné à suivre une voie toute tracée, une destinée semblable à celle de milliers de garçons de ce pays, qui n'ont pas plus que moi de vocation personnelle et se contentent de faire ce que leur père et leur grand-père ont fait avant eux.

Lorna, assise sur la tombe de Dandrige, croisa les mains sur ses genoux et fixa son ami d'un regard apitoyé.

– Tu me parais désabusé comme une vieille fille. Et votre « Serment de la rivière Chitto » ? Ne vous étiez-vous pas promis Dan, Bob et toi d'être de grands hommes, d'accomplir des actions époustouflantes, de nous étonner tous ?

– Nous étions des gamins, Lorna. Des gamins présomptueux. Dan est mort aussi bêtement qu'on puisse mourir, Bob se prépare à être aviateur et moi, je rentre dans les rangs confortables de la médiocrité. Je mène exactement l'existence que je ne voulais pas avoir. C'est drôle, n'est-ce pas ? Je fais du droit, j'ai une maîtresse et de l'argent... Je suis un homme tout à fait ordinaire, duquel il n'y a pas grand-chose à attendre d'original, je le crains. A toi, je peux bien le dire, parfois j'ai honte !

Lorna se leva, vint s'asseoir près d'Osmond sur le vieux banc de bois à la peinture écaillée et lui entoura les épaules de son bras nu.

– La mort de Dan t'a éprouvé et celle de Marie-Virginie n'a pas arrangé les choses... mais fais confiance à la vie. Elle te réserve des surprises, j'en suis sûre. Je crois en toi...

Osmond eut un sourire mélancolique et déposa sur la joue fraîche de Lorna un baiser fraternel.

– Tu es la meilleure, Lorna. Tu me tends ta natte comme autrefois pour me sortir du bourbier... Il me semble que c'était hier... Je me souviens de ce que tu m'as dit quand j'ai saisi tes cheveux. Tu as dit : « Je tiendrai » et tu as tenu, malgré la douleur. Aujourd'hui, j'ai la même sensation d'enlisement...

– Je tiendrai, dit Lorna en lui rendant son baiser.

6

Contrairement à ce qu'il avait fait l'année précédente, Osmond ne rendit pas de visite impromptue à Dolores au milieu de l'été quand elle regagna La Nouvelle-Orléans. Il se contenta de téléphoner, plus pour plaire à sa maîtresse que parce qu'il ressentait l'impérieux besoin d'entendre sa voix, comme il le lui dit en exagérant un peu.

A Bagatelle, il reprit en quelques semaines conscience d'exister et ce sentiment d'inutilité qui lui pesait s'estompa, tandis qu'il surveillait, avec Faustin Dubard, la récolte du coton. Il prit même un certain plaisir à cueillir au milieu des Noirs, accomplissant avec lenteur et régularité les gestes autrefois imposés aux esclaves, quelques touffes soyeuses de middling dont le destin serait de vêtir les hommes et les femmes d'un autre continent.

– J'apprécie ce qu'il y a de concret dans ce don de la nature et je comprends combien peuvent paraître vaines aux gens d'ici nos élucubrations et nos spéculations d'intellectuels.

Gustave de Castel-Brajac, à qui il faisait cette confidence, leva un sourcil étonné.

– Les vérités premières sont celles qu'on tarde le plus à découvrir, fiston, et je suis heureux de t'entendre parler ainsi. J'avais un peu peur ces temps-ci que tu te mettes, comme on dit, à vivre dans ta tête. Tu as trop lu Edgar Poe. Mais dis-moi, tu n'as pas fait de fugue à La Nouvelle-Orléans, la dame de tes pensées serait-elle en voyage ?

– Non, elle est rentrée, oncle Gus, mais...

– Tu t'aperçois que tu peux respirer sans elle ?

– Je la retrouverai avec plaisir en septembre et... je n'ai pas oublié son parfum.

– Ouais, ouais, je comprends ça... et puis Bagatelle te fait du bien, pas vrai ?... C'est comme un bain qui détend... et tu n'as pas envie d'en sortir.

– C'est un peu ça... mais il n'y a pas de rivalité entre Bagatelle et Dolores, oncle Gus, ce sont deux bonheurs différents.

– Différents, en effet. Peut-être même complémentaires, non ? mais l'an dernier, la complémentarité de la dame devait te paraître plus évidente ?

– Où voulez-vous en venir, oncle Gus... j'aime Dolores de la même façon...

– De la même façon... complémentaire, hein ?

Osmond comprit que le Gascon avait perçu l'espèce d'asthénie dont souffrait sa passion et qu'il ne voulait pas accepter.

– Je ne veux pas la rendre malheureuse, oncle Gus ; elle s'est attachée à moi et je tiens à elle. J'ai une sorte de responsabilité à son égard.

– Tu es un honnête amoureux, Osmond. Un amoureux à scrupule... c'est bien !

En disant ces mots, Gustave avait dans l'œil une lueur malicieuse, exactement celle qu'on y décelait quand, en jouant aux échecs, le Gascon voyait approcher le moment où son adversaire serait amené, pour sauver son roi, à sacrifier sa dame.

Au début du mois de septembre, Silas Barthew, bénéficiant d'une permission, fit une brève apparition à Bagatelle. La vie militaire, la rigoureuse discipline et le régime alimentaire assez fruste de West Point avaient affiné la silhouette du jeune homme. Sanglé dans son uniforme de cadet, il avait, comme le fit remarquer Nancy Tampleton, la prestance d'un futur major.

– Ah ! Il me faudrait une petite guerre dans deux ou trois ans pour mettre en pratique ce que j'apprends. Mais on ne se bat plus contre les Indiens. Les Philippins sont assagis, l'Union n'a pas d'ennemis et il y a peu de chances pour qu'on nous envoie prêter main-forte au tsar contre les révolutionnaires.

L'enthousiasme guerrier de Silas amusait tout le monde, sauf Stella et Faustin Dubard qui, pour des raisons inoubliables, savaient que la guerre ne procure pas que de l'avancement aux jeunes officiers ambitieux.

Au cours de l'été, la politique, bien qu'on n'y ait jamais attaché à Bagatelle une importance primordiale, alimenta beaucoup de conversations. En juin, quand la convention républicaine réunie à Chicago s'était, dès le premier tour du scrutin, ralliée à Taft, le président sortant désireux de briguer un second mandat, en négligeant Theodore Roosevelt qui proclamait depuis des mois sa capacité à sortir le parti « du désert et du doute », l'ancien colonel des Rough Riders avait été un moment décontenancé.

Mais Teddy, réagissant avec promptitude, s'était aussitôt fait admettre par le parti progressiste. En quelques semaines, il avait pris le pas sur le fondateur de la nouvelle formation, Robert La Follette, et fait acclamer une profession de foi, inspirée par le livre[1] d'un écrivain peu connu, Herbert Croly, qui proposait de « domestiquer » les trusts au lieu de les détruire, afin de les mettre au service de la nation. Trouvant le vocable « progressiste » un peu dévalué, M. Roosevelt avait choisi comme mascotte du parti *Bull Moose*[2], animal intrépide et résistant, auquel ses supporters le comparaient. Ainsi l'élan irait à l'assaut de l'âne républicain et de l'éléphant démocrate. L'ancien chef des Rough Riders, disposant de fonds importants pour sa campagne, s'était répandu à travers les États pour prêcher avec la vigueur qu'on lui connaissait la bonne parole progressiste. Il emportait dans ses bagages un massacre d'élan qu'on accrochait à la tribune quand il parlait. Les foules américaines, expansives et chaleureuses, donnaient l'impression à Teddy qu'il avait de fortes chances de retourner à la Maison-Blanche, d'autant plus que les démocrates venaient de désigner comme candidat un ancien professeur d'Histoire de Princeton devenu gouverneur du New Jersey, dont une bonne partie des électeurs découvrait le nom, Thomas Woodrow Wilson.

---

1. *The Promise of american Life.*
2. Élan.

Quand le 14 octobre, au cours d'une réunion électorale dans le Wisconsin, à Milwaukee, Teddy fut blessé par une balle tirée par un certain Joseph Schrank, on apprécia le sang-froid du candidat. Le projectile, amorti par un épais manuscrit, blessa légèrement l'orateur qui prononça le discours prévu avant d'être conduit à l'hôpital. L'élan ne se laissait pas impressionner par les chasseurs ! Par un reste d'atavisme latin, les Louisianais francophones goûtaient plus que les autres les péripéties de la campagne.

Le candidat démocrate ne soulevait pas leur enthousiasme dans un État qui, par discipline, lui donnerait ses suffrages. Woodrow Wilson, qui avait été avocat à Atlanta avant de devenir professeur à Princeton, passait pour un libéral et un réformateur. Dans le New Jersey, il avait fait modifier la loi électorale, réprimé la corruption, réorganisé les services publics et rendu obligatoire une assurance contre les accidents du travail. Son programme, rédigé par Louis Brandeis, un juriste juif éminent, avait de quoi inquiéter les conservateurs du Sud. A ce qu'il appelait « la malédiction de la grandeur », il entendait substituer une « nouvelle liberté ». En adaptant à l'époque et à l'économie les principes chers à Jefferson, il souhaitait faire de l'Union une démocratie industrielle, en intéressant aux affaires aussi bien les capitalistes que les syndicats et le public. « Le rôle du gouvernement, disait-il, c'est de créer des motifs d'espérance, de garantir au peuple que la justice sociale triomphera, de donner aux citoyens l'égalité des chances. »

En quelques semaines – Osmond l'apprit par Marie-Gabrielle – cet homme distingué, à la mâchoire volontaire, au sourire un peu contraint, dont les yeux clairs derrière son lorgnon s'embuaient de larmes quand sa femme lui lisait un poème sentimental, fit cependant la conquête des membres du Choctaw-Club.

– S'il est élu, beaucoup de postes importants iront à des Sudistes, expliqua la Suissesse.

Face à Taft qui disposait de « la grande machine » de la Maison-Blanche, à Roosevelt qui se démenait comme un jeune homme, à Eugene Victor Debs, le socialiste inquiétant, on accordait peu de chance au gouverneur du New Jersey.

Aussi quand, le 4 novembre, furent connus les résultats, le Sud en jouit comme d'une aubaine. Avec 6 286 214 suffrages populaires et les 435 voix des électeurs d'État, M. Wilson battait Theodore Roosevelt, arrivé en deuxième position avec 4 216 020 suffrages populaires et 88 voix de grands électeurs. Taft, qui ne recevait que 8 voix des électeurs d'État et 3 483 922 suffrages populaires, ridiculisait le parti républicain. En Louisiane, comme dans tous les États du Sud, les écarts étaient plus considérables : Wilson : 60 971 voix, Roosevelt 9 323, Taft : 3 834. Le socialiste Debs, soutenu par les quelque 730 Noirs – sur les 100 000 en âge de voter – admis sur les listes électorales, avait obtenu d'une façon tout à fait inattendue 5 249 voix, ce qui ne manqua pas d'inquiéter les « bourbons » qui voyaient dans les socialistes de dangereux révolutionnaires.

Cet hiver-là, quand Bob Meyer eut obtenu sa licence pour piloter les avions, Osmond lui conseilla de cesser ses cachotteries vis-à-vis de sa mère, qui pouvait d'un jour à l'autre apprendre les activités de son fils en ouvrant une gazette donnant le compte rendu d'un meeting aérien. La bonne Mme Meyer faillit s'évanouir au moment de la révélation, faite en présence d'Osmond.

– Mais enfin, mon petit, quelle folie, tu vas te tuer, voler... voler ! N'y a-t-il pas assez des accidents de chemin de fer et d'automobile pour risquer sa vie de nos jours ?

Osmond de Vigors la rassura de son mieux et au moment de Noël, il convainquit Bob de l'accompagner à la découverte de New York. Les deux garçons revinrent éblouis de cette métropole prodigieuse. La ville énorme, l'intense animation des rues, le chantier du building Woolworth qui, terminé, serait haut de deux cent quarante mètres et compterait soixante étages, les représentations du Metropolitan Opera, les concerts, l'élégance des restaurants, la frénésie des boursiers à Wall Street, tout leur parut encore plus formidable que ce qu'ils avaient imaginé.

Au jour anniversaire de la mort de Dan, ils prirent un bateau pour faire une excursion à la statue de la Liberté. Sur les eaux douteuses du port, ils eurent le sentiment d'être plus proches de leur ami défunt.

De retour à La Nouvelle-Orléans, Osmond apprit simultanément que le pétrole jaillissait enfin en grande quantité à Bagatelle – on comptait une centaine de barils par jour pour commencer – et la mort, à Fausse-Rivière, de Nancy Tampleton.

Clotilde, la dernière des nièces du général, ne pouvant demeurer seule dans la grande maison familiale, avait décidé de se retirer chez les ursulines. Elle souhaitait qu'Osmond vînt au plus tôt recueillir l'héritage que la défunte demoiselle lui avait laissé.

Une mauvaise grippe avait emporté en quelques jours cette vieille amie de Bagatelle. A quatre-vingts ans, elle était de celles qui avaient vécu l'âge d'or du Sud, la guerre de Sécession, la cruelle défaite des soldats gris, la difficile période de la reconstruction et la restauration de l'autorité des « bourbons ». Témoin partial certes, mais mainteneur intransigeant des traditions sudistes, elle avait toujours eu pour Osmond une affection particulière. A Bagatelle, un tiroir de commode renfermait encore ce trésor fait de souvenirs du général Tampleton et de quelques autres objets hétéroclites, auxquels Osmond attachait dans son enfance la même importance qu'un collectionneur de gemmes attache aux pierres précieuses. Comme si le jeu puéril se poursuivait au-delà de sa disparition, Nancy avait légué au jeune homme son musée personnel. Dans son testament, elle le faisait dépositaire, en tant que Cavalier du Nouveau Sud, de ce qui avait appartenu au parfait Cavalier du Vieux Sud, son oncle Willy.

Par un jour de printemps pluvieux, Osmond reçut donc, avec une malle pleine d'uniformes portés par le général de West Point à sa dernière campagne contre les Indiens, un sabre de parade, des pistolets, des buffleteries, deux selles rendues souples et lustrées par d'innombrables chevauchées et un coffre contenant des objets que le militaire avait rassemblés et soigneusement étiquetés. Le bric-à-brac dans lequel Osmond hésita un moment à mettre les mains se révéla être une étrange collection de reliques historiques, à travers laquelle le passé de l'Union et du Sud s'imposait, comme autant de chapitres d'un livre connu. En tirant un à un les objets et en lisant les étiquettes autrefois calligraphiées par Willy Tampleton avec une application de sergent-major, Osmond découvrit : un morceau de bois provenant de la maison du pasteur protestant de Salem (Massachusetts) où, en 1792, vingt-quatre personnes avaient été condamnées à mort pour sorcellerie ; un autre éclat de bois donné pour parcelle du cercueil de George Washington ; un flacon contenant des feuilles de thé ramassées sur les eaux du port de Boston après qu'en 1773 les Bostoniens eurent fait sauter un vaisseau anglais ; un troisième morceau de bois arraché au pont de Concord sur lequel en 1776 les paysans révoltés avaient tiré le premier coup de feu de l'Indépendance américaine ; un bouton de l'uniforme que portait le général Lee au jour de la reddition d'Appomattox ; des journaux de 1862 relatant les exploits du général Stuart ; un chapeau de paille tressé par un esclave pour le capitaine Tampleton en 1861 ; une copie du testament, daté de 1672, d'un des « pèlerins » du *Mayflower* ; un morceau de bronze provenant de la cloche brisée d'une église d'Atlanta ; des autographes de La Fayette, de Rochambeau et du général Lee ; un tomahawk, des colliers de verroterie ; une ceinture indienne en cuir et perles ; une flèche brisée et une bouteille de porto vide, au col de laquelle était nouée, comme une cravate, une écharpe de soie. L'étiquette attachée à ce curieux assemblage indiquait : « offerts par ma chère Virginie le 26 avril 1861 au jour de mon départ pour la guerre ».

Tout au fond du coffre, Osmond trouva encore, dans une grande enveloppe, un dessin au fusain signé W.T. et représentant le visage d'un homme aux yeux clairs et incroyablement durs, aux traits harmonieux mais sévères, aux cheveux légèrement ondulés. Le croquis portait des rousseurs. Osmond, vaguement troublé, remit le portrait dans son étui. Il lui trouvait une certaine ressemblance avec son propre visage.

Dès que Bob Meyer avait eu sa licence, Osmond s'était proposé pour être son commanditaire. L'idée du futur ingénieur était de fonder une entreprise de transports aériens, qui assurerait l'acheminement du courrier entre les principales villes de Louisiane et La Nouvelle-Orléans. Pour cela, un avion était nécessaire, que Bob entendait faire construire sur ses propres plans.

– C'est bon, je t'avance l'argent nécessaire et, quand tu seras prêt, nous fonderons une société. Je serai ton principal actionnaire, si tu veux bien.

– Il coulera sans doute beaucoup d'eau dans le Mississippi avant que je puisse te rembourser, dit Bob.

– Ne t'inquiète pas. Comme disent les Cajuns : « Il vaut mieux devoir toute sa vie que faire perdre ! »

Le 1er mars 1913, Bob Meyer, qui menait de front ses études d'ingénieur et ses travaux de mécanicien-pilote, présenta à sa mère, comme une grande conquête de la sécurité, l'exploit du capitaine Albert Berry qui, à Saint-Louis, avait sauté en parachute d'un avion en vol.

– Je t'offre un parachute, lança Osmond, comme ça, ta mère et moi nous serons plus tranquilles !

Mme Meyer remercia avec un sourire un peu contraint l'ami de son fils.

Un soir de mai, Bob Meyer arriva chez Osmond très ému.

– J'ai revu Otis cet après-midi dans une librairie... Elle m'a embrassé... oui, mon vieux... Elle m'aime toujours... elle me l'a dit.

Ayant lancé la nouvelle, Bob esquissa un pas de gigue, en tournant autour du bureau devant lequel Osmond était assis.

– J'en suis heureux pour toi, Bob... je savais bien que les choses finiraient pas s'arranger.

– Ça, c'est une autre affaire. Ses parents lui interdisent de me voir et il n'est pas question que nous reprenions des relations. Nous devrons nous rencontrer en cachette.

– C'est un commencement.

– Oui, merveilleux... mais sais-tu à qui je dois ce retour ?... A Alix, mon vieux. Elle lui a écrit une longue lettre prenant résolument mon parti... C'est rudement gentil de la part de ta sœur. Otis est convaincue que j'ai tout fait pour sauver Dan.

– Les Foxley finiront par l'admettre aussi et vous vous marierez.

Meyer se laissa choir dans un fauteuil, sa joie parut brusquement dissipée.

– Si je n'étais pas juif... je pourrais espérer... mais ce n'est pas le crime d'Atlanta qui va arranger les choses.

L'affaire à laquelle Bob faisait allusion, tout le Sud en parlait et les communautés israélites y accordaient une grande attention. Le 27 avril, dans une usine de Géorgie, on avait trouvé le cadavre d'une jeune ouvrière de quatorze ans, Mary Phagan. Le mdecin légiste ayant établi que l'adolescente avait été violée, les soupçons s'étaient aussitôt portés sur un Noir. Mais l'enquête ne pouvant rien prouver, la police avait arrêté le contremaître de l'usine, Léo Franck, qui était juif. Ce dernier, contre lequel ne pouvait être retenues que des présomptions, venait d'être condamné à mort, après un procès rapide.

– Ils ont assimilé les juifs aux nègres, constata Osmond. Si ce n'est pas un nègre qui a tué, c'est donc un juif. Ça me rappelle l'affaire Dreyfus... la justice française recherchait un traître...

– La campagne de Watson dans *The Jeffersonian* a incité les juges à condamner Franck... une chance pour lui qu'il n'ait pas été lynché[1]. Nous faisons circuler des pétitions pour que la peine de mort soit commuée en prison à vie.

– Je la signerai, dit Osmond.

Au mois de juin, son diplôme de juriste en poche, Osmond de Vigors eut à prendre une importante décision. Il s'agissait pour lui maintenant de choisir une carrière. Le droit lui ouvrait un éventail de possibilités, y compris celle de regagner Bagatelle, afin de participer à la gestion de la Oswald and Vigors Petroleum Company qui, du fait de l'augmentation de la production, prenait de l'extension. Omer Oswald avait en effet à faire face à de nombreux problèmes posés par le transport de l'huile qu'il convenait d'évacuer vers la raffinerie de Bâton-Rouge.

Il avait été décidé que le puits de Bagatelle serait raccordé au pipe-line qui, depuis 1910, transportait le pétrole de la paroisse de Caddo jusqu'à Bâton-Rouge, mais les travaux paraissaient compromis par les voituriers et les camionneurs, qui crevaient régulièrement les tuyaux. Le pipe-line risquait en effet de les priver d'une activité rentable et ils entendaient conserver celle-ci par tous les moyens.

Quand Omer Oswald et Faustin Dubard exprimèrent le désir de faire

1. Léo Franck ne devait pas échapper au lynchage. Quand, en 1915, le gouverneur Slaton se décida enfin à commuer la peine capitale en prison perpétuelle, cinq mille personnes manifestèrent leur réprobation et, le 16 août, vingt-cinq hommes s'emparèrent de Léo Franck dans sa prison et le pendirent à Marietta, près d'Atlanta, où Mary Phagan avait vécu.

intervenir la police pour mettre les voituriers à la raison, Osmond s'y opposa et prit le train pour Pointe-Coupée avec l'intention de régler le conflit sans violence.

– Je suis curieux de voir comment vous vous y prendrez avec ces énergumènes, dit Oswald en accueillant son associé.

Après quelques jours de réflexion et une étude des comptes, le jeune homme décida de réunir les voituriers, une trentaine de robustes gaillards, qui paraissaient décidés à imposer leurs vues. La plupart étaient des Blancs de condition modeste, qui s'étaient parfois endettés pour acquérir un grand chariot.

Certains d'entre eux en possédaient plusieurs, qu'ils faisaient conduire par des Noirs. Trois disposaient de camions automobiles et criaient plus fort que tous les autres réunis.

Convoqués au pied du derrick, ils furent étonnés de voir apparaître un garçon de vingt ans, long et mince, au regard peu aimable et qui ne paraissait pas disposé à s'en laisser conter.

– Je dois vous annoncer, messieurs, qu'il ne se produira plus de sabotage sur le pipe-line et que ceux d'entre vous qui en approcheront risqueront leur vie. Tous vos noms ont été communiqués aux autorités et des patrouilles armées assureront désormais la surveillance des travaux. Dans deux mois, toute l'huile extraite de cette terre sera acheminée à la raffinerie de Bâton-Rouge par nos installations, que cela vous convienne ou non.

Il y eut un brouhaha, quelques cris séditieux, des menaces confuses, lancées par ceux des voituriers qui ne se tenaient pas au premier rang.

D'un geste Osmond imposa le silence.

– Nous concevons cependant, mes associés et moi, que le pipe-line vous cause un préjudice et rend inutile votre activité. Aussi nous avons décidé, pour vous garantir du travail, de créer un consortium de transport qui louera vos services afin d'assurer les livraisons d'essence et de pétrole aux usagers de la paroisse. Au lieu de transporter de l'huile brute d'ici à Bâton-Rouge, vous transporterez des produits utilisables de la raffinerie aux dépôts que nous vous indiquerons. Ces plans de transport seront mis au point en accord avec deux de vos représentants, que vous aurez à désigner, afin que les tournées soient établies équitablement en fonction de vos lieux de résidence dans la paroisse.

Les hommes se regardèrent les uns les autres, prêts à réfuter une proposition qui menaçait de changer leurs habitudes.

En frappant du pied sur une caisse, Osmond rétablit leur attention.

– Demain, à la même heure, je recevrai vos délégués. Jusque-là, il n'y aura pas de chargements disponibles pour vous. Les assurances qui protègent vos activités ont déjà été suspendues et la production du puits sera arrêtée jusqu'à l'achèvement du pipe-line si ma proposition est refusée. Vous pouvez rentrer chez vous.

Son discours achevé, Osmond tourna les talons et regagna Bagatelle, laissant les voituriers décontenancés. L'autorité de ce jeune homme, qui ne faisait pas de phrases, était celle d'un « boss » dont il ne fallait pas attendre d'autres concessions.

Dès que Faustin Dubard et Omer Oswald eurent disparu à leur tour, la discussion s'ouvrit. Les plus sages tentèrent de faire admettre aux autres que transporter de l'huile brute ou des produits finis ne changeait pas grand-chose, même si l'essence et le pétrole raffinés demandaient plus de précautions au cours des manipulations.

Deux meneurs, qui étaient propriétaires de plusieurs chariots, se récrièrent qu'ils n'étaient pas des garçons livreurs et qu'il fallait détruire le pipe-line et forcer la compagnie à conserver les vieilles méthodes de transport.

– Ils arrêteront la production et nous n'aurons plus de travail, dit quelqu'un.

– Ils perdront beaucoup d'argent.

– Moins que vous... eux ils peuvent voir venir !

– Y mériteraient qu'on foute le feu à leur sacré puits, lança un excité.

Ce soir-là, après le dîner, Osmond prit son beau-père à part.

– Pouvons-nous trouver, en plus du contremaître de la plantation, une demi-douzaine d'hommes de confiance ? Je crains que nos voituriers ne tentent quelque chose cette nuit.

– Contre le pipe-line ?

– Contre la maison ou le puits. Armez-vous, prenez trois hommes avec vous et cachez-vous aux alentours de la maison. Envoyez-moi le contremaître et un ingénieur. Nous irons nous poster près du puits.

– Vous pensez au feu, Osmond ?

– Au feu ou à la dynamite. Soyons sur nos gardes.

Dans son petit logement, Osmond changea de vêtements, prit au râtelier la Winchester que M. Foxley lui avait offerte, vérifia le bon fonctionnement de l'arme et mit dans sa poche une poignée de cartouches.

Une demi-heure après, assis dans l'obscurité au pied du chevalement du puits, il prit son poste en mâchonnant un cigare qu'il ne pouvait allumer. A quelque distance, deux autres veilleurs, tapis derrière des barils vides, attendaient, comme lui, d'éventuels visiteurs.

A travers les frondaisons, dans la nuit claire, il apercevait la masse blanche de Bagatelle, la grande maison endormie était-elle un havre paisible menacé par la bêtise d'êtres frustes ? Osmond connaissait trop peu la mentalité des gagne-petit pour imaginer leur comportement, et c'est un peu pour se prémunir contre cette ignorance qu'il avait pris ces précautions qui, au fur et à mesure que le temps passait, lui paraissaient inutiles, voire insultantes pour les voituriers. En bonne logique, ils ne pouvaient qu'accepter la proposition qu'il leur avait faite, après accord avec les dirigeants de la raffinerie. Il imaginait même que le consortium de transport pourrait devenir une sorte de coopérative des voituriers, car son idée, une fois l'expérience rodée, était de leur laisser les responsabilités d'une entreprise que la Oswald and Vigors Petroleum n'avait pas vocation de gérer. Si les convoyeurs du pétrole se montraient assez débrouillards, ils trouveraient dans cette organisation une force qui leur permettrait d'améliorer leur condition. Osmond paraissait tout prêt à sourire de ses craintes, quand des moqueurs, qui somnolaient dans les branches des arbres, poussèrent le caquetage sec qui est leur cri d'alarme. Le jeune homme se mit sur pied et ne tarda pas à distinguer une silhouette, qui progressait lentement en bordure du chantier.

L'homme se dirigeait vers la machinerie du derrick et la pompe à vapeur, sans trop chercher à se dissimuler. Osmond le vit s'arrêter près d'un bac de décantation où l'huile noire subissait un filtrage rudimentaire après son extraction. A l'abri des barils empilés, le jeune homme rejoignit les deux autres guetteurs. L'ingénieur et le contremaître avaient, eux aussi, aperçu le visiteur. Leur index était sur la détente de leurs armes.

– Ne bougez pas, ne tirez pas, souffla Osmond. Je m'en occupe.

Et il continua d'avancer vers l'endroit où l'inconnu se tenait. Quand l'éclair d'une allumette frottée perça la nuit en crépitant, Osmond n'était qu'à trois pas de l'homme.

– Soyez aimable de me donner du feu, pour mon cigare !

L'homme sursauta. A la lueur de la petite flamme, Osmond reconnut un des voituriers. Il lui planta le canon de sa carabine dans l'estomac.

– Allons donnez-moi du feu... s'il vous plaît.

Le voiturier tendit l'allumette qui lui brûlait les doigts et le jeune homme, posément, aspira une bouffée qu'il recracha au visage du saboteur.

Le contremaître et l'ingénieur, émergeant de leur cachette, approchèrent rapidement. Le premier portait une lampe tempête qu'il leva afin d'éclairer la scène.

– Vous auriez dû tirer, monsieur, ce salaud allait mettre le feu aux puits, voyez, il a un pain de résine... tout aurait pu sauter. On devrait le pendre au derrick, cria le contremaître.

L'homme se taisait, hébété, jetant à droite, à gauche, des regards inquiets.

– Si vous tentez de fuir, dit Osmond, vous ne ferez pas trois pas. Quel est votre nom ?

– Philip Krantz, de New Roads... je voulais pas !...

– Non, bien sûr, vous ne vouliez pas mettre le feu, vous veniez poser des collets sous le derrick, n'est-ce pas. Le shérif sera certainement enchanté de parler lapin avec vous... les collets, il connaît ça. Il en passe au cou des malfaiteurs qu'on pend aux branches du gros orme !

– Qu'est-ce qu'on en fait ? demanda l'ingénieur qui, plus qu'Osmond, pouvait imaginer les conséquences qu'aurait eues le geste de l'incendiaire.

– Attachez-le au chevalement, poings et pieds. La nuit est belle, il pourra méditer jusqu'à ce que demain ses compagnons viennent m'apporter leur réponse. Et allons nous coucher.

Quelques heures plus tard, les voituriers venant au rendez-vous furent étonnés de découvrir un des leurs, étroitement lié à l'un des montants du derrick, comme un captif des Indiens au poteau de torture.

Quand Osmond prit la parole, un silence pénible régnait sur le chantier. Face aux ouvriers, qui montraient des faces hilares, les voituriers mains au dos regardaient alternativement leur compagnon enchaîné et la pointe de leurs brodequins.

– Je ne vais pas vous présenter Philip Krantz, messieurs, puisque vous l'aviez sans doute délégué pour mettre le feu au puits...

Une houle de désapprobation secoua l'assemblée.

Osmond fit mine de ne pas l'entendre et poursuivit :

– ... puisque vous semblez avoir choisi la voie stupide et illégale de la violence, j'imagine que vous rejetez ma proposition d'hier... Nous n'avons donc plus rien à nous dire.

Cette fois les protestations se firent plus véhémentes et un homme s'avança vers Osmond.

— Mes camarades m'ont chargé de vous dire, m'sieur, que nous acceptons de travailler pour le consortium à condition qu'on fasse un contrat qui nous garantisse notre travail et notre paye, car on n'a pas tellement confiance aux gens de la raffinerie.

— Nous ferons un contrat, un bon contrat, je vous expliquerai comment, à condition que le pipe-line ne soit pas saboté.

Les voituriers acquiescèrent et les visages inquiets se détendirent.

— Maintenant, que faisons-nous de celui-là ? demanda Osmond en désignant Krantz toujours attaché au derrick.

Dans les murmures de l'assemblée, le nom du shérif revint à plusieurs reprises, des voix s'élevèrent même pour qu'on fouette l'incendiaire, d'autres, plus criardes, pour qu'on le laissât où il se trouvait jusqu'à ce que les oiseaux viennent lui crever les yeux ou becqueter certaines parties de son individu dont aucune dame n'aurait pu entendre prononcer le nom.

Osmond interrompit cette surenchère, qui tournait heureusement à la gaudriole.

— Est-ce un bon voiturier ?

— Oui, oui, crièrent plusieurs de ceux qui, l'instant d'avant, proposaient des châtiments exemplaires.

— Ce serait donc une perte pour le consortium. J'oublie ce qui s'est passé cette nuit. Qu'on le détache et qu'il reprenne son travail… mais ne le laissez plus jouer avec des allumettes… sauf pour allumer un cigare !

Une ovation accueillit cette déclaration et, quand Osmond se retourna vers l'homme libéré de ses liens, il vit sur ses joues noires de barbe deux larmes couler.

— Allez, Krantz, et souvenez-vous qu'on ne gagne rien à détruire et qu'il n'est pas de conflit qui ne se puisse régler sereinement entre gens honnêtes.

— Ça c'est un homme ! lança un voiturier en désignant Osmond au moment où le groupe se dispersait.

Omer Oswald et l'ingénieur du chantier trouvèrent que M. de Vigors avait fait preuve d'une trop grande indulgence en ne livrant pas l'auteur de la tentative d'incendie au shérif.

— Ceux qui ont fondé Bagatelle, messieurs, ainsi que mes ancêtres, ont toujours fait justice eux-mêmes sur leur terre quand ils étaient seuls concernés. J'entends suivre le même principe.

Tandis que le jeune homme regagnait la maison, Faustin Dubard le rejoignit. Le médecin avait approuvé la conduite de son beau-fils, tout au long de l'affaire.

— Vous devriez faire de la politique, Osmond, comme votre grand-père. J'ai admiré la façon dont vous avez mis ces braillards de votre côté.

— Je ne les ai pas mis de mon côté, je leur ai parlé avec franchise et ils ont compris où était leur intérêt, c'est tout. Quant à la politique, elle est devenue dans ce pays une dialectique hypocrite à laquelle je ne saurais souscrire. Pour être juste, il faut parfois oublier la justice.

7

Au cours de l'hiver, après que le cuirassé *Oregon* de la marine des États-Unis eut franchi le canal de Panama, enfin navigable, les nouvelles venues d'Europe ne furent pas toutes aussi réjouissantes que celles annonçant qu'on avait retrouvé à Florence *la Joconde* de Léonard de Vinci, dérobée au musée du Louvre deux ans plus tôt.

Le vieux continent semblait atteint par la démangeaison de la guerre. Depuis des années, les conflits balkaniques et les rivalités coloniales entre des puissances à la recherche de débouchés commerciaux, ou désireuses, sous les prétextes les plus variés, d'agrandir leur territoire, créaient des tensions entre la France et l'Allemagne, d'une part, l'Autriche et la Russie, d'autre part. En 1911, l'Italie, qui s'était emparée de la Tripolitaine, après une guerre meurtrière contre la Turquie, avait fait entériner ses conquêtes par le traité de Lausanne, en octobre 1912. Profitant de la défaite des Turcs, la Russie, soutenant les Serbes, les Bulgares et les Grecs, réclamait un accès à la mer.

Pendant des semaines, les gouvernements français, anglais et allemand avaient prêché, avec plus ou moins de sincérité, la modération, tout en acceptant de voir Russes, Serbes, Grecs et Bulgares se partager, en se disputant, les dépouilles de la Turquie. Après une mêlée générale, un nouveau traité de paix avait été signé en août 1913 à Bucarest. Il établissait un équilibre précaire. Les Turcs ne songeaient qu'à prendre leur revanche ; les Serbes ne renonçaient pas à s'installer sur les bords de la mer Égée ; les Bulgares rêvaient de construire la Grande Bulgarie ; l'Autriche s'efforçait de nuire à la Serbie ; les Russes pratiquaient le panslavisme et le tsar souhaitait un conflit qui mettrait sa dynastie hors d'atteinte de la crise socialiste, même si Lénine parlait de « transformer la guerre impérialiste en révolution mondiale » ; les Habsbourg désiraient en finir avec le nationalisme serbe ; la France, amputée en 1871 de l'Alsace et de la Lorraine, guettait le moment favorable pour récupérer ces provinces ; les Anglais s'efforçaient de construire une flotte qui soit « double de la flotte continentale la plus puissante » ; les Allemands augmentaient leurs effectifs militaires, et Krupp produisait des canons qu'il vendait à qui pouvait les payer comptant.

A travers le vieux continent, les passions nationalistes s'exacerbaient, et l'on pouvait raisonnablement s'attendre à un embrasement prochain, si le bon sens ne l'emportait pas, en dépit des solennelles déclarations de l'Internationale socialiste dont la plupart des adhérents votaient, il est vrai, dans leur pays respectif, des budgets de guerre.

En Louisiane, les descendants des Alsaciens-Lorrains, qui avaient soutenu de leurs deniers leurs anciens compatriotes germanisés, approuvaient les revendications françaises et traitaient les Allemands de barbares.

Si Osmond de Vigors, inscrit au barreau, préparait dans un cabinet d'avocat de La Nouvelle-Orléans des dossiers de divorce et plaidait sans grande conviction des procès commerciaux et de mitoyenneté, Bob Meyer suivait les progrès de l'aviation civile et militaire. En octobre 1913, Dancourt avait ouvert l'ère des grands raids en tentant de relier Paris au Caire, tandis qu'on présentait au Ve Salon de l'aéronautique un appareil Morane-Saulnier équipé pour la reconnaissance photographique, un Nieuport blindé armé d'une mitrailleuse, un Breguet muni d'un poste de télégraphie sans fil, un Blériot capable de se poser aussi bien sur terre que sur l'eau. Comme l'aviation militaire venait de naître aux États-Unis, le futur ingénieur pensait prendre un engagement dans cette nouvelle arme... pour voler gratuitement ! Osmond réussit à l'en dissuader, avec la complicité d'Otis que Bob voyait en cachette, généralement dans la Ford d'Osmond, aimablement prêtée aux amoureux.

Entre ses travaux d'avocat, ses visites à Dolores, ses entrevues hebdomadaires avec Marie-Gabrielle, les matches de tennis, les soirées passées avec Bob, quelques sorties pour des concerts ou des représentations à l'Opéra français, Osmond de Vigors avait le sentiment que la vie s'écoulait avec une incroyable rapidité et une affligeante monotonie. A vingt ans, il jouissait cependant d'une existence qui passait pour fort agréable aux yeux des étrangers. Disposant d'une belle demeure, à l'abri de tout souci matériel, élégant et racé, il aurait pu figurer très honorablement dans la coterie huppée de la ville, où tant de jeunes hommes tentaient de s'introduire, aussi bien pour faire carrière que trouver une épouse. Mais M. de Vigors fuyait les mondanités, déclinait les invitations à dîner et ne recevait avenue Prytania que la vieille Clara Oswald et ses jumelles moustachues, son ami « le petit juif » ou des gens de Pointe-Coupée de passage à La Nouvelle-Orléans. On rapportait qu'il avait refusé d'adhérer au Boston-Club, et les dirigeants des « Chevaliers de Colomb » ne réussissaient pas à l'attirer dans leur loge. Quand il apparaissait dans le monde, à l'occasion d'un vernissage ou d'un cocktail, il n'était jamais accompagné, se montrait distant, peu prolixe, se cantonnait dans des propos superficiels et s'esquivait à la première occasion. Les hommes, qui eussent aimé trouver chez le petit-fils du sénateur de Vigors un peu plus d'ambition et de flamme, le tenaient pour un jeune homme taciturne et pédant, indifférent à la politique et aux affaires, capable de reparties surprenantes, énoncées d'une voix neutre mais avec un sourire sarcastique. Les femmes et les jeunes filles s'interrogeaient sur le peu d'intérêt qu'il semblait porter à leur sexe, malgré ses manières courtoises. Elles lui attribuaient sans savoir une maîtresse cloîtrée ou des aventures de hasard. Une commère, qui connaissait la famille Castel-Brajac, soutenait qu'il était fiancé « avec cette petite-fille du marchand de miel qui s'adonne d'une façon dégoûtante à l'étude des cafards et des puces ».

Certaines maîtresses de maison, ayant essuyé des refus pour des dîners ou des *parties*, expliquaient que le jeune baron avait l'estomac faible et ne vivait que de bouillies de maïs et de lait. Les membres du Tennis-Club le tenaient pour un joueur de classe et les escrimeurs qu'il avait affrontés à la salle d'armes assuraient qu'il était un redoutable bretteur. Mais aucun de ces sportsmen ne pouvait se vanter d'avoir des relations, autres que sportives, avec ce partenaire sobre, rigide et dénué de chaleur.

De cette réputation, Osmond s'accommodait fort allégrement, car elle garantissait sa tranquillité et décourageait les « marieuses » toujours prêtes à s'employer, dans l'intérêt des mères trop largement pourvues de filles. Quand, en le servant, Hector lui rapportait les potins diffusés par les voies ancillaires, il s'amusait franchement. Calquant son attitude sur celle de son maître, le jeune majordome noir, intelligent et discret, entretenait, par une réserve hautaine, l'irritant mystère d'une existence abusivement indépendante.

Un événement judiciaire, qui fit quelque bruit à La Nouvelle-Orléans, devait cependant révéler un aspect jusque-là insoupçonné de la personnalité de M. de Vigors. Un dossier, habilement repoussé par Me Couret et ses collaborateurs expérimentés, finit par atterrir sur le bureau du novice. Il s'agissait de la plainte d'un planteur de Plaquemines contre l'administration pénitentiaire, qui louait des prisonniers noirs aux cultivateurs ayant besoin d'un renfort de main-d'œuvre saisonnière. Le plaignant reprochait à l'Administration de lui avoir fourni de mauvais ouvriers, insolents, paresseux et chapardeurs.

Dans un accès de colère, le planteur avait décidé d'engager une action en justice, mais quand Osmond le reçut il ne souhaitait plus qu'un arrangement à l'amiable et un dédommagement financier.

– Votre dossier est excellent, remarqua le jeune avocat au contraire de ses confrères plus âgés et moins audacieux qui s'étaient ingéniés à décourager le plaignant.

– Vous croyez ? dit l'homme impressionné par l'assurance du petit-fils d'un sénateur qui avait été son idole politique.

– L'occasion se présente, monsieur, de faire cesser des pratiques préjudiciables aux propriétaires terriens, nous allons plaider.

Du côté des juges, on s'efforça de mettre en garde Me Couret contre une procédure de nature à indisposer l'Administration, mais le vieil avocat, qui ne portait pas les démocrates dans son cœur, expliqua que ses collaborateurs restaient libres de décider en conscience des suites à donner aux affaires qui leur étaient confiées. Il ne lui déplaisait pas non plus de voir comment Osmond défendrait une cause qu'il jugeait d'avance perdue.

Pendant une quinzaine de jours, M. de Vigors enquêta sur le louage des prisonniers en faisant mine de ne pas entendre les avis que lui donnaient, sans qu'il les eût sollicités, des membres du Choctaw-Club. Au jour du procès, Bob Meyer se trouvait dans la salle, à quelque distance de Mme Grigné-Castrus. Marie-Gabrielle, comme l'ami d'Osmond, avait été conviée, en termes sibyllins, à venir au tribunal par le jeune avocat dont c'était la première plaidoirie sortant de la routine.

Une quantité de fonctionnaires, curieux de voir un garçon de vingt ans s'en prendre à l'Administration, s'étaient déplacés ainsi que des planteurs que la cause intéressait. Me Couret ayant fait adroitement informer les journaux, des représentants de la presse locale se tenaient au premier rang de l'assistance, tandis que, chose inouïe et qui ne manqua pas de surprendre, quelques Noirs, correctement vêtus mais timides et effarouchés, se serraient au fond de la salle. A la demande du juge, l'appariteur avait bien tenté de les faire sortir, mais quelques Blancs du peuple s'y étaient opposés, aucune loi ne permettant d'appliquer la ségrégation raciale aux salles d'audience.

Les deux parties ayant, d'un commun accord, renoncé à la convocation d'un jury, ainsi que la procédure le permettait pour les affaires civiles, le procès put commencer. Le juge ayant constaté avec un peu d'ironie qu'aucun témoin n'était inscrit, le plaignant eut à subir l'interrogatoire de son avocat, ce qui lui permit d'exposer ses griefs, et le contre-interrogatoire de l'avocat de l'Administration qui essaya, comme c'est la règle, de le faire se contredire. Le représentant de l'administration pénitentiaire, un homme glabre et hautain, assez mécontent de prendre place dans le fauteuil des témoins, ne répondit aux premières questions d'Osmond qu'en se retranchant derrière les règlements du *convict lease system*[1] qu'il estimait assez généreux pour des condamnés de droit commun.

– Les réclamations du genre de celles que vous a adressées mon client sont-elles fréquentes ?

– Non.

– Mais il en existe ?

– Oui.

– Combien, chaque année ?

– Une douzaine, plus ou moins justifiées.

– Que répond l'Administration à ce genre de doléances ?

– Rien.

– Vous les tenez pour négligeables ?

– Oui.

– Mais vous percevez tout de même... le loyer des prisonniers loués, même s'ils ne donnent pas satisfaction à leur loueur ?

– Oui, bien sûr.

– Cette main-d'œuvre à bon marché, tirée des prisons, constitue-t-elle un appoint appréciable pour l'économie de notre État ?

Le fonctionnaire eut un geste d'irritation et se tourna vers le juge, comme s'il en attendait un secours. Mais la question paraissait anodine, et le magistrat invita le témoin à répondre.

– Tous les nègres étant, par nature, paresseux et menteurs, on ne peut pas attendre de condamnés, qui ont été punis pour avoir transgressé les lois, plus d'assiduité au travail que de la part des affranchis, contraints de gagner leur vie. Il appartient aux planteurs, auxquels nous les louons, d'en tirer le meilleur parti possible, conclut le délégué des services pénitentiaires. Il y eut dans l'assistance un murmure d'approbation, et le client d'Osmond commença à regretter de s'être lancé dans une aventure qui ne pouvait lui valoir qu'une déception.

M. de Vigors, en revanche, paraissait fort à l'aise, et, quand il prit la parole pour réfuter les arguments de l'Administration, on l'écouta. Sa voix métallique et nette, son débit assuré et son refus des effets faciles impressionnèrent. Le juge lui-même, habitué aux envolées lyriques des défenseurs, comprit qu'il avait affaire à un juriste de qualité. Quand Osmond

1. Système d'affermage des prisonniers.

expliqua qu'il convenait, pour apprécier les responsabilités, d'évoquer la situation des prisonniers noirs loués au planteur, son adversaire fit objection. Le juge la rejeta, et M. de Vigors entra dans le vif du sujet.

— Près d'un demi-siècle après l'émancipation et la guerre qui a considérablement appauvri notre État, le *convict lease system*, approuvé par la législature, donne lieu à des abus qui nous ramènent aux tristes temps de l'esclavage. Des centaines d'hommes et de femmes noirs sont arrêtés pour avoir commis des délits dont la gravité n'est pas toujours évidente. Le plan d'affermage des condamnés assure à l'État un revenu déterminé et lui permet, en plus, d'économiser les sommes qui devraient être consacrées à l'entretien des prisonniers.

Nous savons tous qu'un nègre jeté en prison perd son droit de vote, ce qui incite les shérifs à se montrer d'une intransigeance exagérée et à participer activement à l'élimination des électeurs noirs.

Un brouhaha, fait de réflexions irritées, monta dans la salle, et l'avocat de l'Administration cria encore, suivant la formule consacrée :

— Objection Votre Honneur !

Avant même que le juge ait rendu sa décision, Osmond, dont le regard froid vrilla le confrère si zélé, reprit :

— Nous sommes entre citoyens respectueux des lois et capables d'entendre des vérités qui ne sont pas flatteuses.

— Poursuivez, dit le juge, ayant repéré quelques journalistes dans l'assistance et ne voulant pas les priver d'un débat qui promettait d'être scabreux.

Osmond s'inclina pour remercier.

— Dans d'autres États, les prisonniers sont employés dans des mines de houille, de fer, de phosphates, dans les distilleries de térébenthine ; chez nous, ils travaillent dans les champs, les scieries, les sucreries, ils construisent les chemins de fer ou chargent les bateaux. C'est peut-être moins dur, mais comme partout l'État fermier est maître des prisonniers. J'ai voulu savoir dans quelles conditions ces hommes et ces femmes travaillent. Je puis vous dire qu'on leur impose des horaires qui dépassent de beaucoup ceux des travailleurs libres. Sans égard ni pour l'âge ni pour le sexe, on les loge la nuit dans des locaux moins confortables que nos prisons. Il y a beaucoup de malades, et la mortalité est importante. Je sais qu'on fouette des femmes et des jeunes filles nues en public, et, comme au temps de l'esclavage, les gardiens disposent d'armes et de chiens. Dans notre État, suivant les employeurs, les nègres travaillent de seize à vingt heures par jour, et la nourriture qu'on leur distribue est maigre et insipide. Chacun doit cuire son repas soi-même sur un petit feu, en traînant son boulet ou sa chaîne. Ils n'ont ni bancs, ni tables, ni matelas et, dans les camps, des dizaines d'enfants viennent au monde, si bien que grandit peu à peu une population dont il serait vain d'attendre un comportement civique normal...

Le juge leva la main pour interrompre l'orateur, comprenant aux réactions de l'assistance qu'on pourrait lui reprocher d'avoir laissé l'avocat développer des thèses rappelant par trop celles des socialistes et des républicains radicaux.

— Là n'est pas le procès ; veuillez, je vous prie, vous en tenir à la plainte de votre client.

— Tout le procès est là, au contraire, car pourquoi voulez-vous que des gens ainsi traités, nourris et hébergés aient goût au travail ? Non ! Leur intérêt et même leur sauvegarde leur commandent de se montrer mauvais ouvriers, afin de se faire renvoyer dans les prisons où ils sont moins tourmentés que chez leurs employeurs. Si l'Administration n'humanise pas ses méthodes et n'oblige pas les employeurs de prisonniers à mieux traiter ceux-ci, elle ne trouvera bientôt plus de fermiers désireux de louer cette main-d'œuvre, les bons maîtres, comme mon client, ayant à pâtir des agissements des mauvais. Vos prisons, alors, seront trop étroites pour contenir tous les nègres dont personne ne voudra plus. C'est aussi l'intérêt économique de l'État, de faciliter la réhabilitation des condamnés par le travail, et non de leur rendre celui-ci aussi odieux que l'esclavage qu'ont connu leurs pères. En condamnant l'Administration à rembourser à mon client une partie des frais qu'il a engagés, sans grand profit pour son exploitation, vous ferez œuvre de justice et même, j'ose le dire, de prudence.

Osmond regagna sa table et ferma son dossier. Il sentait dans son dos la colère de tous ceux qui n'admettaient pas qu'un Blanc, petit-fils d'un sénateur auquel on se préparait à élever une statue, ait osé, par le biais d'un procès banal, prendre la défense des Noirs les plus méprisés. D'un coup de maillet vigoureux, le juge réclama le silence et annonça, en se levant, que l'audience était suspendue. Les assistants noirs s'étaient prudemment éclipsés, peu soucieux d'avoir à supporter les conséquences d'un discours qui leur avait réchauffé le cœur, mais dont ils n'auguraient rien de bon. Bob Meyer vint serrer la main d'Osmond.

– Dis donc, tu as été formidable... mais après cela tu n'auras plus un client parmi les « bourbons », te voilà devenu l'avocat des nègres.

– Quand j'ai prêté serment, je ne me suis pas engagé à défendre les gens en fonction de la couleur de leur peau, Bob. La justice doit être la même pour tous, et j'entends bien me comporter comme s'il en était ainsi.

Marie-Gabrielle interrompit l'entretien, qui se déroulait sur un fond de brouhaha peu favorable à Osmond. C'était courageux, de la part de cette vieille dame élégante, connue de beaucoup comme l'égérie du Choctaw-Club, de venir ainsi dans le prétoire saluer un homme qui avait tenu des propos aussi scandaleux. Osmond, étonné de la voir apparaître, lui présenta Bob. Élevant volontairement le ton pour être entendue des premiers rangs de l'assistance, et notamment des journalistes, elle ne cacha pas son approbation.

– Vous avez fait honneur à la justice, monsieur, et je suis certaine que trop de braves gens, qui ignoraient la situation des prisonniers, vous seront reconnaissants de les avoir informés.

Puis elle ajouta à voix basse :

– Votre grand-père aurait été fier de vous.

– De ça, je suis moins sûr, dit Osmond avec son bizarre sourire.

Quant au client d'Osmond, qui hésitait à se manifester, il se montra courroucé quand l'avocat se tourna vers lui.

– Vous vous êtes servi de ma cause, monsieur, pour développer des théories qui ne sont pas les miennes. Quelle que soit l'issue du procès, je ne poursuivrai pas.

– J'ai plaidé en conscience, monsieur. Ne regrettez pas l'étincelle de courage que vous avez eue. Vos travailleurs noirs vous en seront reconnaissants... Vous aurez toujours gagné ça !

– Mais je vais perdre mon procès et me ridiculiser aux yeux de mes amis.

Quand le juge réapparut, le silence revint. Il ne faisait aucun doute que le plaignant serait débouté, mais, à la stupéfaction générale, le magistrat, qui était un vieux renard, comprit que, en condamnant l'Administration à rembourser au planteur un quart des frais engagés pour la location d'une main-d'œuvre plus que médiocre, il désamorcerait le débat ouvert par un jeune avocat présomptueux et se verrait octroyer à bon compte, par les radicaux, un certificat de courage et d'impartialité. Ce n'est pas parce que les démocrates voyaient leur autorité accrue depuis que Woodrow Wilson occupait la Maison-Blanche qu'il ne fallait pas se prémunir contre un retour en force, un jour, des républicains.

En entendant l'énoncé du jugement, qui ne faisait bien sûr aucune allusion à la condition des prisonniers loués, mais s'en tenait strictement à des considérations contractuelles, l'avocat de l'Administration, comprenant les mobiles du juge, n'émit qu'une protestation de pure forme. L'important n'était-il pas que le dossier soit refermé devant une juridiction primaire, avant qu'il n'enfle dangereusement jusqu'à la cour fédérale. Car le jeune Vigors, nanti de l'autorité d'un nom célèbre, ayant assez de connaissances pour tenir tête aux juristes rompus à toutes les arguties, séduisant en diable, froid comme une lame, était bien capable de s'entêter.

Le planteur plaignant ne fut pas le moins étonné d'un succès qui lui permettait de récupérer quelques centaines de dollars.

– Je vous avais dit que votre dossier était bon, monsieur, lui lança ironiquement Osmond qui, lui, comprenait la manœuvre du juge.

Au lendemain de ce procès, dont on parla beaucoup au Boston-Club et dans les bureaux de la ville, Me Couret convoqua son collaborateur.

– Vous avez lu les journaux ?

– Oui, ils ne sont guère aimable, mais je m'attendais à pire.

– Votre réputation est faite mon cher. En d'autres temps, on vous eût rangé parmi les radicaux et conspué publiquement, maintenant, on se contente de vous associer aux jeunes socialistes corrompus par les idées européennes ; un plumitif écrit même que vous trahissez votre classe et que vos propos d'hier ont dû donner des frissons de dépit à votre ancêtre le sénateur...

– Vous souhaitez sans doute que je quitte votre cabinet, monsieur, et que j'aille accrocher ma plaque ailleurs ?

– Pourquoi ? Non, pas du tout. Il ne me déplaît pas d'avoir un idéaliste parmi mes collaborateurs. Je suis certain que vous mettrez le même talent et la même ardeur à défendre toutes les causes que je vous confierai.

– Ce matin, plusieurs de vos assistants ont oublié de me saluer, monsieur.

– Ce sont des cuistres, mon cher, moi, je vous serre la main.

Joignant le geste à la parole, le vieil avocat se leva et tendit ses doigts maigres à Osmond.

– Je vous remercie, monsieur, je ne pensais pas recevoir votre approbation.

– Chaque procès est un match, Osmond, qu'il s'agit de gagner. Vous avez gagné loyalement, sans donner de coup bas à votre adversaire.

Me Couret regagna son fauteuil et mit la main sur un gros dossier.

– Après ce succès, mon cher, j'aimerais autant qu'on vous oublie un peu au palais de justice. Il ne faut pas demander aux gens qui ont été fustigés de faire bonne figure à leur censeur. Voilà une affaire que j'aimerais vous voir plaider devant la cour de l'État de New York. C'est un procès en contrefaçon, ennuyeux au possible, compliqué par les experts. Il mettra à rude épreuve vos aptitudes à la procédure et votre patience. Emportez-le et filez à New York, où il y a de bons théâtres pour vos soirées. Ils n'aiment pas les avocats du Sud, là-bas, et les Yankees sont durs aux coups. Montrez-leur que nous connaissons leur droit anglo-saxon aussi bien que le Code Napoléon.

Osmond se chargea du lourd dossier et se dirigea vers la porte.

– Je vous autorise à descendre au *Waldorf Astoria*, mon cher. Notre client ne lésine pas sur les frais, et, quand il saura que le petit-fils du sénateur de Vigors va plaider pour lui, il sera fier comme un sergent auquel le général Lee aurait apporté son café du matin.

En regagnant son bureau, Osmond jeta négligemment un coup d'œil aux noms écrits sur la chemise en carton. Il faillit éclater de rire en lisant : « Foxley contre Bernheim Limited ».

– Ce procès-là aussi, se dit-il, il faut que je le gagne !

8

Lorna fut assez surprise de recevoir à Woodeville une longue lettre d'Osmond. Le beau papier du plus grand palace de New York l'impressionna, et elle s'enferma dans sa chambre pour lire et relire les lignes tracées d'une écriture ferme et régulière. Il y avait bien longtemps que son ami ne lui avait pas écrit aussi abondamment, et elle crut percevoir, à travers les phrases, le besoin qu'il avait eu de s'épancher. Il parlait du sentiment de solitude qui l'étreignait dans la grande ville, des pièces qu'il avait vues à Broadway, des concerts entendus, des musées et des galeries visités entre les audiences d'un procès qui menaçait de durer encore des semaines.

Figure-toi que je défends les intérêts du père Foxley, lequel s'est fait admirablement plagier par un gros industriel qui s'est emparé, sans verser une piastre, des brevets d'un système de téléphone à longue distance que détient une société dans laquelle le père de Dan est majoritaire. Les contrefacteurs ont été astucieux, au point d'apporter au système copié des modifications de détail qui sont du tape-à-l'œil et grâce auxquelles le procédé Bernheim paraît une nouveauté.

» Bernheim est juif, ce qui excite Foxley, tu t'en doutes ; mais c'est aussi un requin, ce qui m'autorise à plaider sans douceur. J'ai déjà démontré qu'il a soudoyé les experts et obtenu que le juge en désignât de nouveaux qui, je l'espère, seront moins cupides et plus loyaux. Naturellement, quand le vieux Couret m'a confié ce dossier, il ignorait tout de mes liens et de ma rupture avec les Foxley. J'aurais voulu voir la tête du père Foxley apprenant que j'étais chargé de plaider son affaire contre un juif. Naturellement, il n'a rien dit à Couret, simplement qu'il me trouve un peu jeune. Mais il a imaginé, j'en suis certain, qu'ayant pris le parti de Bob parce qu'il est juif je vais me montrer timoré vis-à-vis de Bernheim. C'est drôle, ou plutôt c'est triste, cette façon qu'ont certains de considérer les actes des individus en fonction de leur race, de leur religion ou de leur classe sociale. On trouve chez les Noirs, les Blancs, les Peaux-Rouges, les juifs, les mormons, les chrétiens et les athées sans doute la même proportion de gens estimables et de canailles. En est-il de même, ma chère, chez les fourmis et les coléoptères ?

A la fin de sa lettre, Osmond citait deux livres qui lui avaient plu : *Les Copains*, de Jules Romains, et *La colline inspirée*, de Barrès, de genres très différents mais dont il recommandait la lecture à Lorna. En post-scriptum, il ajoutait :

Je crois n'avoir jamais écrit à quiconque une aussi longue lettre, mais, en laissant courir ma plume et mes idées décousues, j'avais l'impression que nous étions assis aux Trois-Chênes et que tu m'écoutais, tenant ton genou gauche entre tes mains croisées, les cheveux ébouriffés par le vent, calme, patiente et compréhensive comme toujours.

Le long message, assez banal quant à son contenu mais chargé de confiance, rendit Lorna heureuse et pensive. Quel genre de lettre pouvait écrire son ami à cette Dolores de La Nouvelle-Orléans, qui occupait son cœur et souvent son lit ? Comment maniait-il les mots pour parler d'amour ? Voilà ce qu'elle ne saurait sans doute jamais.

Après avoir laissé pendant quelques jours la lettre de New York sur la table de chevet, au pied de la lampe, et l'avoir relue jusqu'à la savoir par cœur, elle l'enferma, dans un coffret de cuir, avec quelques billets reçus d'Osmond à l'occasion des fêtes de Noël ou de son anniversaire, des plumes qu'il lui avait offertes quand, enfants, ils s'aidaient mutuellement à constituer leur trésor et une mèche soyeuse tombée de la tête du garçonnet le jour, bien lointain déjà, où Stella avait fait couper les cheveux de son fils.

Si l'étudiante avait su, à ce moment-là, que Mlle Dolores Ramirez ne recevait de son amant que des cartes postales, peut-être eût-elle compris qu'elle tenait plus de place qu'elle ne le pensait dans les pensées d'Osmond. Davantage sans doute qu'il ne supposait lui-même en accorder à une amie d'enfance.

Osmond gagna le procès de M. Foxley, obtint du jury de l'État de New York une condamnation humiliante pour Bernheim Limited, 100 000 dollars de dommages et intérêts et la destruction, sous contrôle d'huissier, de tous les matériels contrefaits. Le jeune avocat s'était servi, suivant la devise des Vigors, « des griffes et des dents », et des juristes new-yorkais qui avaient suivi l'affaire vinrent le féliciter. L'un d'entre eux, son plus redoutable adversaire au cours du procès, l'interpella :

– Où avez-vous appris le droit, cher confrère ?

– A l'université Tulane, à La Nouvelle-Orléans.

– On vous y a enseigné l'âpreté en même temps que les codes. Vous avez loyalement emporté le morceau. Je cherche un correspondant pour les États du Sud. Si vous ne craignez pas, à l'occasion, de défendre des Yankees, faites-le-moi savoir.

– Je ne considère pas, comme certains Sudistes nostalgiques, que tout ce qui vient du Nord est mauvais et que tout ce qui vient du Sud est bon. Ce sont les causes qui sont bonnes ou mauvaises, monsieur.

– Topez là, jeune homme. Vous êtes un Américain selon mon cœur. Je vous emmène dîner à mon club.

Cet avocat, un ténor du barreau de New York, se nommait Richard William Butler, et Osmond osa lui poser la question qui serait venue à l'esprit de tout Sudiste.

– Ne comptez-vous pas un général parmi vos ancêtres ?

– Si, hélas ! Un grand-oncle, qui a laissé, je crois, de mauvais souvenirs à La Nouvelle-Orléans... vous en avez sans doute entendu parler ?

– On l'appelait « le boucher »... il ne se conduisait pas très bien avec les planteurs esclavagistes, ni avec les dames...

– C'était un soudard, je le sais, mais à l'heure qu'il est il a rendu ses comptes à Dieu depuis longtemps. Le fantôme galonné vous empêcherait-il de dîner avec moi ?

– Nullement, monsieur, je considère votre invitation comme une réparation aimable et suffisante.

Au cours de la soirée, une sympathie réciproque se développa entre les deux hommes, et, quand Osmond prit le train pour le Sud, il comptait un ami à New York.

Cette année-là, les Américains découvrirent que l'homme qu'ils avaient envoyé à la Maison-Blanche n'était pas le gentleman rêveur et le professeur dépourvu d'expérience politique qu'ils croyaient. Dès son arrivée au pouvoir, M. Wilson fit abaisser le tarif douanier, mit en vigueur un amendement modifiant l'impôt sur le revenu, créa le Federal Reserve Bank pour assainir le marché financier et réglementa la concurrence illicite.

Sans ménager ceux qui l'avaient soutenu pendant sa campagne, car il se considérait élu « sans engagements d'aucune sorte », il avait fait établir une nouvelle législation antitrust. Premier Sudiste appelé à conduire le pays depuis la guerre civile, il ne craignait pas de confier des postes importants à ceux que les républicains avaient longtemps écartés, par rancune contre les sécessionnistes.

En Louisiane comme ailleurs, on se réjouissait d'avoir un président qui croyait à la mission universelle de l'Amérique et souhaitait que tous les Américains, ceux du Nord comme ceux du Sud, participent à la prospérité de la nation en oubliant tout ce qui avait pu les opposer dans le passé. Une révision de la constitution louisianaise, proposée pour améliorer l'instruction publique, libéraliser le droit de vote des Noirs, faciliter la création de grandes routes et réorganiser le système judiciaire, était en cours de discussion quand Osmond retrouva La Nouvelle-Orléans. Me Couret lui réserva un accueil chaleureux et exprima au nom de son client, M. Foxley, les félicitations décernées par ce dernier à l'avocat qui avait su habilement faire triompher sa cause.

– J'imagine que M. Foxley aimerait vous dire lui-même de vive voix sa satisfaction, vous devriez lui rendre visite.

– M. Foxley connaît l'adresse de votre étude et celle de mon domicile, monsieur, s'il tient à me féliciter...

– Oui, je sais que vous êtes en froid avec sa famille, il me l'a dit et le regrette beaucoup. Ce procès gagné est peut-être une occasion d'effacer cette fâcherie.

Osmond regarda le vieil avocat droit dans les yeux.

– M. Foxley connaît les conditions que j'ai mises à une réconciliation, monsieur. Quand il y souscrira, je le verrai. Jusque-là, il ne représente pour moi qu'un dossier que vous m'aviez confié et que je suis fort aise, pour la réputation de votre cabinet, d'avoir clos honorablement.

Me Couret eut un geste évasif de la main, qui signifiait « vous êtes seul juge en la matière », et fit verser à son collaborateur les honoraires qui lui revenaient.

A partir de ce jour, Osmond de Vigors se vit proposer d'autres affaires délicates, et l'on commença à le considérer, dans les milieux judiciaires, comme un avocat qu'il valait mieux avoir pour défenseur que pour adversaire. Cette renommée et le surcroît de travail qu'elle lui valut le tinrent souvent éloigné de La Nouvelle-Orléans. Il dut même renoncer cette année-là à prendre des vacances à Bagatelle, d'où Stella et Faustin Dubard suivaient l'évolution de sa carrière à travers lettres, coups de téléphone et comptes rendus de presse.

Dolores, qui se résignait mal à ne voir son amant qu'entre deux voyages au Texas ou en Californie, se résolut à accepter des invitations d'amis qu'elle avait longtemps négligés. L'ombre dans laquelle elle vivait depuis plusieurs années lui parut moins douillette. Elle cessa de jouer les Pénélope, et son frère Miguel, qui avait trop souvent essuyé des refus quand il proposait des sorties ou des dîners en compagnie d'universitaires, fut satisfait du changement d'attitude de sa jolie sœur.

C'est à Chicago, où il plaidait pour un marchand de tableaux de La Nouvelle-Orléans victime d'un faussaire, qu'Osmond de Vigors apprit, le 4 août 1914, la déclaration de guerre de l'Allemagne à la France, intervenue la veille, puis celle de l'Angleterre à l'Allemagne. Ainsi, comme le lui avait écrit Gustave de Castel-Brajac, qui suivait attentivement ce qui se passait outre-Atlantique, les nations européennes, peuples cependant issus d'une même civilisation, allaient s'engager, avant peu, dans une nouvelle ère de massacres fratricides.

Tous les événements qui avaient précédé l'ouverture des hostilités étaient analysés avec plus ou moins de subtilité par la presse américaine. L'assassinat de l'archiduc François-Ferdinand, héritier de la double couronne d'Autriche-Hongrie, à Sarajevo, le 28 juin, l'ultimatum autrichien à la Serbie, le 23 juillet, la mobilisation générale en Russie, l'assassinat de Jean Jaurès à Paris, la mort du caporal Peugeot, tué en territoire français par un uhlan, la violation de la neutralité de la Belgique, la grève des cheminots en Italie, les troubles en Irlande, de tout cela, les journalistes faisaient un amalgame, d'où il ressortait que les Empires centraux, qui, d'après Guillaume II de Prusse, « tenaient leur poudre sèche et leur épée aiguisée », avaient enfin trouvé prétexte à mettre au pas les nations qui s'opposaient à leur hégémonie.

Osmond, comme beaucoup de citoyens américains, ne savait que penser de ces déclarations de guerre, enchevêtrées comme des surenchères dans une vente à la criée. L'Allemagne militariste et matamore ne lui plaisait guère, et la France, dont il parlait la langue depuis son enfance, demeurait, malgré la légèreté que lui reprochaient les puritains, la terre de ses ancêtres, des fondateurs de Bagatelle et de ce marquis de La Fayette que l'oncle Gus considérait comme un des artisans de l'indépendance américaine.

Quant aux Anglais, sans les détester comme les Irlandais, nombreux dans les États du Nord, il appréciait peu leur arrogance. Aussi fut-il étonné quand il croisa, dans les rues de Chicago, un groupe de jeunes gens dont on lui dit qu'ils étaient polonais, serbes, transylvains, tchèques, slovaques et yougoslaves, et qui clamaient leur désir d'aller se battre pour défendre leur pays d'origine. « Pourquoi, se dit-il, les quelques millions d'immigrants allemands que compte l'Union n'en feraient-ils pas autant ? »

A l'hôtel où l'avocat était descendu, les événements d'Europe alimentaient la plupart des conversations des voyageurs et des hommes d'affaires. Cependant, ces gens aisés semblaient conserver un parfait sang-froid et approuvaient sans réserve la déclaration que venait de faire, à Washington, le président Woodrow Wilson : « Les États-Unis doivent rester neutres, en actes et en pensées. » Ils discutaient seulement pour essayer de savoir dans quel camp se trouvaient la justice et le droit, et décrivaient les sentiments complexes qui les agitaient. Près de 20 % des 100 millions de citoyens américains étaient nés dans ces pays d'Europe qui allaient en découdre. Seule la neutralité prônée par le président assurerait la cohésion de la nation.

A La Nouvelle-Orléans, Osmond trouva la même atmosphère pacifiste, bien que la déclaration de guerre de l'Allemagne à la France ait rempli les bureaux du consul général français d'Alsaciens-Lorrains désireux de s'engager immédiatement pour aller aider la vieille mère patrie à reconquérir les provinces annexées en 1871 par les Germains. Cependant, on semblait davantage intéressé dans les salons par la fusion du *Picayune* et du *Times-Democrat* en un seul journal, le *Times Picayune*, que par ces guerres lointaines dont on craignait surtout qu'elles troublent les relations commerciales. L'invasion de la Belgique par les Allemands, qui faisaient fi de la neutralité d'un petit peuple, avait ému la colonie belge, et les dames de la bonne société proposaient déjà la création d'ouvroirs, où l'on confectionnerait des colis pour les habitants de Liège.

Dolores Ramirez reçut Osmond avec un visage serein. Elle paraissait s'être résignée aux absences prolongées de son amant. Ce dernier la trouva plongée dans les œuvres de Miguel de Unamuno dont un ami de son frère, venu de Salamanque, lui avait recommandé la lecture. Dans *Le sentiment tragique de la vie*, qui était pour l'heure son livre de chevet, elle semblait trouver un écho à son désenchantement du moment. De l'Europe, elle ne voulait connaître que l'Espagne de ses ancêtres qui, tout en se lamentant poétiquement sur sa splendeur et son empire caraïbe perdus depuis 1898, demeurait dans sa misère hautaine, à l'abri des Pyrénées, hors d'atteinte de la conflagration.

Bob Meyer soutenait, en revanche, que toutes les valeurs qui faisaient à la fois le sens et le charme de l'existence étaient maintenant en jeu de l'autre côté de l'océan.

— Je ne comprends pas que tu hésites à choisir ton camp. C'est clair. Il y a d'un côté les barbares, de l'autre les civilisés. Ceux qui défendent la justice, le droit, le beau, le bien, le noble, et ceux qui soutiennent la force brutale et déchirent les traités, dit-il à Osmond.

— Crois-tu que ce soit aussi simple ? Ton attitude me rappelle celle de nos vieux Sudistes manichéens. Le Nord était le Mal, le Sud le Bien. Aujourd'hui, le Mal est allemand, le Bien français. Je n'aime pas qu'on affuble un peuple tout entier de défauts ou de qualités qui se rencontrent dans toutes les nations.

— Allons, il ne te suffit pas que la Belgique soit envahie, que les troupes allemandes soient arrivées à la Marne et marchent sur Paris pour décider qui est l'agresseur et qui est la victime ? Moi, j'ai choisi. Maintenant que j'ai mon diplôme d'ingénieur, rien ne m'interdit d'entrer dans l'aviation militaire. Ma mère ne s'y oppose pas...

— Que représente l'aviation de l'Union ? Peux-tu me le dire ?

— Vingt pilotes et trente avions, mais on bâtit des usines qui construiront d'autres appareils, et je puis être utile.

— L'Amérique n'est pas en guerre, que je sache, remarqua Osmond.

— Non, et tous ces braves industriels qui voient miroiter des profits commerciaux le regrettent, mais on peut y participer individuellement.

— Tu veux t'engager ?

— Quand le moment sera venu, je m'engagerai. Nous n'allons pas rester les bras croisés, à regarder les dames et demoiselles faire de la charpie pour les blessés belges et à poursuivre tranquillement nos petites carrières, tandis que se joue le sort de la civilisation ?

Osmond sourit affectueusement. Avec ses épaules étroites, ses mains fines, son teint d'hépatique et son crâne en pain de sucre, Bob n'avait rien d'un foudre de guerre. Il ressemblait plutôt à ces adolescents qui se mêlent à des bagarres, sans imaginer que le premier coup reçu les mettra hors de combat.

— Otis partage-t-elle tes sentiments belliqueux ? s'enquit l'avocat.

— Ce ne sont pas des sujets que l'on peut évoquer avec les femmes. Pour elles, il n'existe pas de justes guerres. Elles ne voient jamais plus loin que leur amour.

L'emballement et l'indignation de Meyer avaient troublé Osmond, aussi voulut-il avoir le sentiment de l'homme en qui il avait le plus totalement confiance, M. de Castel-Brajac. Lors d'un bref séjour qu'il fit à Bagatelle, au début du mois de novembre, il se rendit à Castelmore, où il trouva le Gascon morose et bougon. Dans sa dernière lettre expédiée de Londres, Félix s'étendait davantage sur les adieux de la cantatrice Adelina Patti, au cours d'un gala donné au profit de la Croix-Rouge, à l'*Albert Hall*, que sur le blocus économique de l'Allemagne, que venaient de décider la France et la Grande-Bretagne. Il signalait qu'avec un groupe d'intellectuels, dont l'écrivain Henry James, il s'occupait d'œuvres pour les soldats britanniques et concluait :

La guerre moderne est affreusement inesthétique. Avec les canons à longue portée, on s'entre-tue sans se voir. Ce n'est plus une aventure pour gentilhomme qui veut identifier son ennemi, le combattre face à face, c'est une affaire de calibre d'obus, de potentiel industriel et de mécanique. Sans les taxis parisiens, le général Gallieni n'aurait pas pu transporter des troupes fraîches à Nanteuil-le-Haudoin pour soutenir la contre-offensive qui a arrêté la progression allemande. A mon avis, les seuls chevaliers de cette guerre moderne sont les aviateurs. Chez nous, ils ne manquent pas de marraines parmi les ladies.

— C'est justement d'un de ces chevaliers que je veux vous entretenir, oncle Gus, dit Osmond, tandis que le Gascon repliait la lettre de son fils.

— Tu veux parler de ton ami Bob, sans doute ?

— Exactement. Le voilà prêt à s'engager. Je soupçonne cependant que la guerre l'intéresse moins que l'occasion d'aventures aériennes qu'elle peut procurer. Je me demande si je pourrai longtemps encore le dissuader de se lancer dans une aussi téméraire entreprise.

M. de Castel-Brajac, qui se déplaçait de plus en plus difficilement, se mit debout et, appuyé sur la canne devenue indispensable, s'en fut jusqu'au guéridon où trônait la carafe de porto. Il s'en servit un demi-verre en déclarant avec un clin d'œil :

— J'en profite pendant que Gloria n'est pas là.

Puis il revint s'asseoir lourdement dans son fauteuil.

— Si j'avais vingt ans, comme ton ami Bob, tu ne me retiendrais pas, Osmond. Un jour ou l'autre cette guerre sera aussi la nôtre. En 1870, je suis allé me battre contre les Prussiens. Ce sont de vaillants soldats, mais ils se croient invincibles, et aujourd'hui leur orgueil les égare. Ils prennent plaisir à faire le mal. Il est temps qu'on leur inflige une correction. Malgré tous les défauts des Français, leur vanité, leur légèreté, leur goût du plaisir, leur refus d'admirer ce qui vient d'ailleurs, la petitesse de leurs ambitions par rapport à leur appétit de gloire et de réputation, leur propension à la critique, on ne peut pas les abandonner à leur destin. Il faut que la France survive. C'est une nation douée, sans laquelle l'Amérique ne serait pas ce qu'elle est. Il faut réveiller Némésis et faire en sorte que la démesure barbare ne triomphe pas.

– Vous désapprouvez Wilson quand il prêche la neutralité ?

– Ponce Pilate s'est lavé les mains devant le Christ, ça n'a pas empêché Tibère de l'exiler. Aujourd'hui, aucune nation ne peut demeurer tranquillement dans son coin et ignorer ce qui se passe ailleurs. Les peuples se rapprochent autant pour se haïr que pour s'aimer, pour se combattre que pour s'aider. Je ne crois pas aux embrassades universelles, mais je crois au respect que se doivent mutuellement les nations. Et il faut contraindre à l'observer celles qui ne l'éprouvent pas spontanément ou s'en moquent !

Ayant parlé, M. de Castel-Brajac but une gorgée de porto, en lorgnant Osmond que ce discours laissait pensif.

– En somme, vous encourageriez Bob à aller risquer sa vie pour une cause aussi... floue.

– Boun Diou, il n'y a rien de flou là-dedans. C'est assez clair, non ! Tu m'as habitué à un meilleur jugement. Les tergiversations procédurières t'auraient-elles corrompu l'esprit ? Je n'éprouve aucun plaisir à voir de jeunes hommes partir pour la guerre, mais ceux qui se conduisent comme l'autruche, animal stupide entre tous, me déçoivent grandement.

– Je vous déçois donc, oncle Gus ?

La voix d'Osmond traduisait une telle inquiétude que le Gascon en fut ému.

– Je ne redoute aucune déception venant de toi, fiston, tu as besoin de réfléchir à ces choses et je sais que tu y réfléchiras.

Avant de rentrer chez lui, Osmond aurait aimé rencontrer Lorna, mais la jeune fille effectuait un voyage d'études avec le professeur Vernon au parc naturel de Yellowstone, dans le Wyoming[1].

Bagatelle, où les nouvelles des conflits européens arrivaient atténuées par la quiétude des grands espaces, était en pleine prospérité. La cueillette du coton avait été abondante, et la production de pétrole augmentait chaque mois. Stella et Faustin paraissaient enfermés dans leur bonheur comme dans un cocon. Tous deux détestaient la guerre et déploraient la folie des vieilles nations incorrigibles.

La grande maison blanche semblait défier le temps et les événements. Telle une arche ancrée au milieu des champs, solidaire de la nature environnante, auguste rêveuse des bords du fleuve, forte de tous les destins accomplis sous son toit depuis bientôt deux siècles, elle ressemblait à un temple édifié pour l'éternité. Osmond s'y trouvait bien, par ces journées pluvieuses de l'hiver, en contemplant, assis près de la cheminée, le portrait de Virginie, dont

1. Ce fut le premier parc naturel créé dans le monde par un décret du président Ulysses Grant, en 1872, « pour le profit et l'agrément du public ».

le regard avait pesé sur son enfance. Cette arrière-grand-mère, figée dans son éclatante jeunesse, avait traversé une époque troublée, connu des passions, éprouvé des chagrins, mais son image semblait attester que seule compte la vie dans ce qu'elle a de triomphant.

En quelques jours, tout en chevauchant sous les ondées ou en feuilletant de très vieux livres dans la bibliothèque, il se persuada que l'existence n'est qu'un jeu dans lequel, de gré ou de force, il faut entrer avec les atouts que le destin vous a distribués. Pour l'instant il jouait l'avocat, comme Bob jouait l'aviateur et Lorna l'entomologiste. Il fallait profiter des relances, saisir les opportunités ou passer la main sans envisager d'autre gain que l'approbation de sa conscience, puisque au bout du compte l'enjeu était fallacieux et qu'au terme de la partie il n'y aurait, face à la mort, que des perdants.

Il regagna La Nouvelle-Orléans avec un sentiment de disponibilité et persuadé qu'il aurait un avenir à sa mesure, que d'avance il acceptait.

A peine avait-il retrouvé ses dossiers et ses habitudes que Bob Meyer lui annonça son départ pour la France.

– Deux aviateurs, Curtis et Norman Prince, ont offert leurs services à l'aviation française « pour rendre la politesse qu'on faite autrefois à notre pays Rochambeau, de Grasse et La Fayette », et ils ont été acceptés. Des étudiants de Harvard et d'autres universités ont décidé de se joindre à eux. Ma candidature a été retenue, je pars. Nous serons les dix premiers aviateurs américains en France.

– C'est bien, je ne puis que te souhaiter bonne chance, Bob.

– Je voudrais que tu t'occupes un peu de ma mère, qui va se ronger d'inquiétude, et que tu serves de boîte aux lettres pour Otis. Tu n'auras pas besoin de la voir, Hector pourra lui porter mes messages à l'ouvroir de la Croix-Rouge, où elle va commencer à travailler dès le 1er janvier.

Les deux amis passèrent les fêtes de fin d'année ensemble, Dolores n'ayant pu différer un voyage à Saratoga où sa vieille parente la réclamait.

– Tu mangeras douze grains de raisin en pensant à moi pendant la nuit de la Saint-Sylvestre, avait exigé la jeune femme, et Osmond avait tenu le puéril engagement, sans y mettre autant de ferveur amoureuse que les années précédentes.

Dans sa première lettre envoyée de Paris, Bob Meyer expliqua qu'il avait été affecté avec ses camarades américains à la défense aérienne de la capitale, que menaçaient périodiquement les dirigeables et les avions allemands. La ville, qu'il s'était autrefois promis de découvrir avec Osmond et Dan, l'enthousiasmait, et les Parisiens lui paraissaient disposés à tous les sacrifices, bien que vingt mille kilomètres carrés du territoire national soient occupés par l'ennemi. Face à face dans leurs tranchées, de la frontière suisse à la mer du Nord, les alliés et les Allemands hivernaient.

La guerre pourrait durer jusqu'à l'été, écrivait Bob, *car au printemps les offensives reprendront, et l'on chassera l'envahisseur que tout le monde ici appelle « boche ».*

Quelques semaines plus tard, alors que La Nouvelle-Orléans découvrait la tiédeur d'un nouveau printemps, Meyer envoya à sa mère sa première citation. Les aviateurs américains avaient été dispersés dans des escadrilles françaises, et

Bob appartenait maintenant à une unité de reconnaissance. Mme Meyer, la gorge nouée par l'émotion, lut à Osmond la copie du texte officiel :

Le caporal Meyer a toujours fait preuve des plus belles qualités de bravoure et de sang-froid. A deux reprises, au cours de vols de reconnaissance, a eu son avion violemment canonné et atteint par des éclats d'obus causant de gros dommages ; a néanmoins continué à observer les positions ennemies et n'est rentré qu'après l'accomplissement intégral de sa mission.

— Vous pouvez être fière de votre fils, madame.

— Je serais surtout fière de le serrer dans mes bras, Osmond ; pourvu qu'il ne se fasse pas tuer. Dites-lui d'être prudent, je vous en prie.

« Que signifie être prudent à la guerre ? » pensa Osmond qui fit recopier la citation par sa secrétaire et la fit porter à Otis afin qu'elle sache que ce courage, autrefois dénié par sa famille à Bob, était maintenant reconnu sur le front français.

Au début de l'été, Osmond revenait de plaider à Philadelphie et se préparait à ouvrir d'autres dossiers quand, un soir, un peu avant l'heure du dîner, Hector lui annonça qu'un monsieur souhaitait le voir. La carte gravée, que le Noir lui présenta sur un plateau d'argent, lui procura assez d'étonnement pour qu'il demande au domestique de différer de cinq minutes l'introduction du visiteur : « Miguel Ramirez y Rorba », relut-il, comme pour s'assurer qu'il s'agissait bien du frère de Dolores.

Osmond, qui venait de quitter sa maîtresse depuis moins d'une heure, sans qu'elle eût fait la moindre allusion au professeur, se convainquit aisément que la jeune femme devait tout ignorer de cette visite inattendue. Il avait même trouvé Dolores plus gaie que d'habitude, moins désabusée, et leur entretien autour de la table à thé avait porté sur les dangers que couraient les navires de commerce des pays neutres, depuis que l'amirauté britannique considérait la mer du Nord comme zone d'opérations navales. Comme Miguel Ramirez était censé ignorer encore la qualité exacte des relations que sa sœur entretenait avec lui, Osmond demeurait perplexe. Sa curiosité était en éveil, quand Hector livra passage au visiteur.

Le frère de Dolores appartenait à cette race espagnole dont aucun exil, prolongé de génération en génération, n'avait pu entamer le caractère ni modifier l'apparence physique. Grand, sec, un peu dégingandé, il conservait l'allure racée des hidalgos qui, en d'autres temps, avaient disputé aux Français la possession de la Louisiane. Ses cheveux de jais strictement plaqués par un fixateur, son costume noir un peu défraîchi, ses longues mains blanches émergeant de manchettes empesées rappelaient l'antique rigueur des universitaires puritains. Son regard sombre et velouté ressemblait à celui de Dolores, comme sa voix chaude, teintée d'un léger accent.

M. Ramirez s'assit avec précaution, posa son feutre, tout à fait hors saison, sur ses genoux et, sans jeter aucun regard sur le décor du salon, aborda, aussitôt les politesses échangées, le sujet dont il était venu entretenir Osmond.

— Je viens, monsieur, vous parler de ma sœur Dolores et vous excuserez, j'espère, l'indiscrétion de ma démarche quand vous saurez que c'est avec son consentement que je l'effectue.

– De quoi s'agit-il, monsieur ? dit Osmond en se raidissant pour dissimuler son étonnement.

– Il s'agit de son avenir, monsieur. Je n'ignore rien des tendres sentiments qui vous lient à Dolores. Elle m'en a fait confidence il y a quelques mois, en même temps qu'elle a reconnu combien votre... affection réciproque était, dès l'origine, privée de tout aboutissement. Il me paraît exclu, étant donné la différence d'âge qui vous sépare, que vous songiez à l'épouser, elle-même ne souscrirait pas à une telle offre. Dolores a toujours été raisonnable et sensée. Elle a goûté à la passion qui a pris bien des formes diverses dans notre famille, mais elle s'est résolue maintenant à mener une existence sans doute plus banale, mais aussi plus conforme à la sécurité à laquelle aspire toute femme qui prend de l'âge.

– Vous venez en somme m'annoncer, monsieur, que Dolores souhaite rompre nos relations. C'est une chose qu'elle aurait pu me dire elle-même, ne croyez-vous pas ?

– Elle n'en a pas eu le courage, monsieur, et vous devinez que l'ambassade dont elle m'a chargé m'est assez odieuse. Seul l'amour fraternel m'a forcé à l'accepter.

Osmond quitta son fauteuil et vint se planter devant Ramirez.

– C'est une décision bien soudaine... il y a une heure encore, je ne pouvais imaginer que Dolores ait fait un tel choix. Est-ce une demande en mariage qui a provoqué ce brusque besoin de... respectabilité ?

– Oui, monsieur, un de mes vieux amis, professeur à Salamanque, qui est venu passer l'été en Louisiane, a demandé la main de Dolores. C'est un veuf, pieux et assez fortuné. J'ai engagé Dolores à l'accepter pour époux. Elle va avoir trente-sept ans, monsieur.

– Et... le mari lui convient ?

– C'est un mari, monsieur.

– Elle s'est engagée... déjà ?

– S'il n'en était pas ainsi, ma démarche serait assez inélégante, monsieur.

– Quelle preuve puis-je avoir de ce revirement qui me stupéfie. Après tout, il y a longtemps que vous souhaitiez marier Dolores, elle me l'avait dit. Ne lui forcez-vous pas la main ?

– J'aime assez ma sœur, monsieur, pour souhaiter son bonheur, même si celui-ci est en contradiction avec nos principes religieux, et j'ai assez de respect pour l'amour qui peut unir deux êtres, en dehors des conventions, pour me taire quand il le faut. Non, monsieur, Dolores a pris seule sa décision. D'ailleurs cette lettre, qu'elle m'a chargé de vous remettre, vous le confirmera.

Osmond saisit l'enveloppe mauve que Ramirez lui tendit. Le contact avec le papier à lettres parfumé de Dolores le fit frémir.

– C'est bien, monsieur.

Miguel Ramirez se leva. Il avait l'air compassé d'un homme venu offrir des condoléances.

– Reverrai-je votre sœur ? s'enquit Osmond en raccompagnant son visiteur jusqu'à la porte du salon.

L'homme jeta un regard sur la pendule-lyre posée sur une console.

– A l'heure qu'il est, monsieur, elle est dans le train de New York... c'est mieux ainsi... je crois.

– C'est peut-être mieux ainsi, concéda Osmond abasourdi.

Dès que la porte du salon fut refermée, l'avocat ouvrit la lettre, la dernière lettre, peut-être, de Dolores. Elle ne comptait que quatre lignes hâtivement tracées sur le bristol mauve.

Pardonne-moi cette fuite. Il fallait que l'un de nous d'eux s'élançât le premier hors du merveilleux piège de notre amour. Je conserverai à jamais de toi un souvenir ébloui. Adieu. Dolores.

Longtemps, Osmond demeura tapi dans le grand fauteuil de son bureau. Au jour de la mort de Dan, il avait ressenti ce même engourdissement physique, cette même sensation de vide et de froid intérieur. Dolores sortait de sa vie sans ménagement après avoir, jusqu'au dernier moment, joué son rôle de maîtresse aimante et soumise. Il se souvenait maintenant qu'elle l'avait embrassé avec plus de douceur que d'habitude à la fin de l'après-midi, qu'elle lui avait même envoyé un dernier baiser du bout des doigts alors qu'il descendait l'escalier. Comme il ne doutait pas de l'amour que cette femme lui portait, Osmond se dit qu'elle avait eu beaucoup de courage... « Il fallait que l'un de nous deux s'élançât le premier hors du merveilleux piège de notre amour... ». Elle s'était élancée, alors que lui-même temporisait inconsciemment, en essayant de réchauffer une passion déjà refroidie. Grâce à elle, leur amour demeurait un moment clos, achevé comme un objet d'art. Elle lui avait épargné la lente dégénérescence des habitudes, l'artifice des prolongements pitoyables, la corrosion inévitable. Il demeurait net et accompli comme une sphère de cristal de laquelle on ne peut rien retrancher, à laquelle on ne peut rien ajouter, un tout unique que chacun d'eux possédait en entier et qui subsisterait jusqu'au dernier souffle du survivant.

Quand Hector vint annoncer le dîner, il trouva son maître assis dans l'obscurité.

– Puis-je allumer les lampes, M'sieur ? Tout va bien ?

– Donne de la lumière, Hector, je dînerai dans dix minutes.

Lentement, Osmond se leva, fit le tour du bureau et prit un volume de poésie de Francis Thompson qu'il avait acheté à Chicago lors de son dernier voyage. Il l'ouvrit au hasard, comme un homme qui compte sur un poète pour le distraire un instant de ses pensées. Il lut :

Elle prit son chemin d'oubli
Et partit me laissant souffrir
La douleur des adieux passés
De tous les adieux à venir.

Et je restai seul sans comprendre
Devant son bonheur, ma détresse.
Et la tristesse en la douceur
Et la douceur en la tristesse.

« C'est sans doute ce que l'oncle Gus appellerait un hasard exagéré », pensa-t-il en se dirigeant vers la salle à manger. Ce soir-là, la solitude était son invitée.

9

Le 8 mai 1915, la Louisiane, comme toute l'Amérique, fut frappée de stupeur en apprenant le naufrage du paquebot britannique *Lusitania*, de la Cunard Line, torpillé au sud-ouest de l'Irlande par un sous-marin allemand. Ce transatlantique très apprécié des Américains, et dont un journaliste enthousiaste écrivait, en 1907, qu'il était « plus beau que le temple de Salomon », avait quitté New York le 1er mai. Il touchait au terme de la traversée quand, le 7 mai à quatorze heures dix, une torpille, lancée par le *U-20*, qui patrouillait dans les eaux britanniques, l'avait atteint de plein fouet.

1 198 personnes, dont 35 des 39 enfants qui se trouvaient à bord, avaient péri. On comptait 761 rescapés, mais 124 Américains, dont le millionnaire Alfred G. Vanderbilt, figuraient parmi les victimes. Les journaux de La Nouvelle-Orléans criaient leur indignation devant cet acte de piraterie, et dans les rues de petits groupes spontanément formés conspuaient l'Allemagne. Certains hommes politiques, comme le maire Martin Behrman, d'origine alsacienne, demandaient l'entrée en guerre des États-Unis. Les journaux, qui n'étaient pas avares de détails sur l'odieux torpillage, racontaient que M. Vanderbilt avait reçu le 1er mai, alors qu'il se préparait à embarquer sur le *Lusitania*, un télégramme anonyme lui conseillant d'annuler son voyage, le paquebot courant les plus grands risques d'être torpillé. D'autres passagers avaient reçu des messages portant le mot « mort », mais ne s'en étaient pas inquiété outre mesure. Tous les gens informés des performances du paquebot, qui s'était à trois reprises adjugé le ruban bleu, estimaient qu'aucun sous-marin ne serait assez rapide pour le rattraper à la course. Mais tous les passagers ignoraient que le *Lusitania* emportait, dans ses cales, des munitions destinées à l'armée britannique.

Cette catastrophe, qui rappelait par son ampleur le naufrage du *Titanic*, fournit à M. de Castel-Brajac, de passage à La Nouvelle-Orléans, l'occasion d'une de ces colères tonitruantes qui, en d'autres temps, amusaient Gloria et terrorisaient les domestiques.

– Boun Diou ! Les voilà démontrées la déloyauté et la brutalité de cette race barbare ! L'Amérique est truffée d'espions allemands qui signalent à Berlin tous les gestes d'assistance que les États-Unis peuvent avoir en faveur des Alliés. Pendant ce temps, M. Wilson ne s'aperçoit pas que les Américano-Allemands, que l'on trouve à la tête de certaines universités, dans les banques, les affaires, les journaux, servent leur ancienne patrie en soutenant le secrétaire d'État Bryan, dont l'aveuglement et la bêtise sont manifestes. Macadiou, ces pacifistes benêts sont des complices passifs des barbares qui se moquent bien des protestations diplomatiques de Wilson.

Osmond constata que l'hostilité envers l'Allemagne se développait de jour en jour, et, quand au mois de juillet le *World* de New York publia les plans de sabotage, d'espionnage et de propagande trouvés sur un agent secret et prouvant que l'Allemagne et l'Autriche-Hongrie avaient dépensé près de 30 millions de dollars pour organiser des réseaux d'espions et de saboteurs aux États-Unis, M. Wilson réagit en exigeant le rappel de certains diplomates allemands.

A l'automne, une nouvelle lettre de Bob Meyer apprit à Osmond que son ami se trouvait en permission à Paris. Le jeune aviateur venait d'obtenir son galon de second lieutenant et de recevoir la croix de guerre. La citation, jointe à la lettre, justifiait ce grade et cet honneur.

Excellent pilote dont le courage face à l'ennemi impressionne tous ses camarades. Le 26 juin 1915, rencontrant simultanément deux avions allemands, les attaqua et les força successivement à descendre. A eu son avion et son moteur endommagés par les tirs des adversaires et a reçu plusieurs éclats dans son casque.

Bob ne s'étendait guère sur cet exploit et décrivait la vie dans la capitale française.

« On fait encore des brioches mais plus de croissants, et les boulangers ne cuisent qu'une sorte de pain grossier. Les Parisiens redoutent de manquer de sucre, à cause de l'occupation des départements du Nord où pousse la betterave. Les cafés ferment à huit heures et demie, les restaurants à dix heures, mais les cinémas fonctionnent. On a supprimé l'absinthe, mais les débrouillards s'en procurent. La pénurie de tissu oblige les Parisiennes, qui sont diablement jolies, à se vêtir plus sobrement. La mode est aux robes droites, sans ornements. »

A la réception de cette lettre, Osmond décida de convier Otis à prendre le thé, avec la discrétion qui s'imposait. C'était la première visite de la jeune fille avenue Prytania et, ne pouvant dominer son émotion en revoyant Osmond, elle se jeta en pleurant dans les bras de ce dernier.

– Comme vous aviez raison de défendre Bob. Si mon père savait comment il se conduit au front, il aurait honte des mauvaises pensées qu'il eut à la mort de Dan. Un jour il saura. En tout cas, quoi qu'il dise ou fasse, j'épouserai Bob. Dans un an j'aurai vingt ans, et je serai libre de mes actes et de mes décisions.

Il fut convenu qu'Otis, dont la beauté et l'élégance de bon ton prenaient, dans l'austère salon du célibataire, un rayonnement inattendu, viendrait, toujours en cachette de ses parents, prendre les lettres de Bob, qui arrivaient très irrégulièrement à cause de la censure militaire. Celle-ci imposait aux combattants de ne pas situer leur position. L'adresse de l'aviateur était un numéro de secteur postal, quelque part en France. Osmond livra à la jeune fille les lettres que son ami lui avait adressées personnellement, et dans lesquelles il parlait toujours avec délicatesse de son amour.

Osmond décida aussi, à cette époque, de rétablir les relations entre Otis et

Mme Meyer. N'étaient-elles pas, la mère et la fiancée, les deux femmes qui au monde aimaient le plus son unique ami ? C'est ainsi qu'en arrivant avenue Prytania, un après-midi, Otis trouva Mme Meyer dans le salon. L'attitude des deux femmes fut telle qu'Osmond l'avait escomptée. Elles s'étreignirent affectueusement et, dès lors, passèrent des heures à parler de l'absent, l'une calmant les inquiétudes de l'autre.

Depuis le départ de Dolores, Osmond de Vigors menait à La Nouvelle-Orléans une vie monacale. Il travaillait de longues heures, chaque jour, à son bureau, chez Me Couret, dont il était devenu le principal collaborateur. Au palais de justice, où l'on avait oublié le scandale causé par sa première plaidoirie, il jouissait d'une grande considération, et, le jour où il avait dévoilé, en présence des autorités de l'État, la statue élevée à son grand-père, près de Jackson Square, toute la colonie française s'était rassemblée. Souvent contraint de s'absenter de la ville pour aller plaider dans d'autres États, il commençait à mieux connaître l'Union et percevait aisément les différences de caractères qui opposaient les gens du Wyoming à ceux de l'Arkansas ou les habitants du Maine à ceux de la Californie. Un soir, dans un cinéma de New York, il avait vu le film de Griffith, *Naissance d'une nation*, œuvre passionnément sudiste, réalisée par un homme dont le père avait été capitaine dans l'armée confédérée et dont la famille avait été ruinée par la guerre civile. Loin d'en retirer un sentiment de fierté, comme beaucoup d'habitants du Sud, il avait désapprouvé l'exaltation des sentiments racistes exprimés dans cette belle tragédie cinématographique.

L'avocat se trouvait à La Nouvelle-Orléans le 29 septembre 1915 quand un ouragan, qui avait pris naissance dans le golfe du Mexique, traversa le delta du Mississippi et déferla sur la ville. Le vent, qui soufflait à la vitesse stupéfiante de cent vingt miles à l'heure[1], provoqua une véritable panique dans les bas quartiers, où les cases de bois habitées par les Noirs s'effondrèrent, tandis que les rafales propulsaient à travers les rues des débris de toutes sortes, panneaux ou enseignes arrachés aux boutiques, planches, tuiles, tonneaux, stores et volets. Les beaux quartiers eux-mêmes ne furent pas épargnés, et plus d'une maison perdit sa cheminée. Rue du Canal, entre la rue Prieur et la rue Roman, une façade se détacha brusquement, et l'on vit, livrés aux intempéries et à l'indiscrétion des passants, des intérieurs désertés par leurs occupants. Quand on fit le compte des dégâts, alors que des pluies diluviennes succédaient au vent et provoquaient des inondations, on atteignit la somme de 13 millions de dollars, considérée comme un record par les Louisianais.

Au cours de l'hiver, on suivit avec intérêt l'entreprise d'un ardent pacifiste, M. Henry Ford, le richissime constructeur d'automobiles, qui se disait capable de ramener les belligérants à la raison et de les contraindre à faire la paix. Pour ce faire, il avait créé une commission où siégeaient le célèbre Thomas Edison et le fabricant de pneumatiques Harvey Firestone, ainsi qu'une romancière hongroise, moins désintéressée, Rosika Schwimmer. « Ford est prêt à stopper la guerre », titrait l'*Evening Post*, et l'industriel de Detroit déclarait : « Tous les combattants doivent être rentrés chez eux pour Noël. » Les généreux utopistes embarquèrent au début de décembre sur un paquebot spécialement affrété, *Oscar II*, devenu le siège flottant d'une commission des pays neutres

1. Environ cent quatre-vingt-dix kilomètres à l'heure.

animée par les « pèlerins de la Paix ». Hélas ! quand *Oscar II* jeta l'ancre dans le port d'Oslo, personne ne parut se soucier de la médiation proposée par M. Ford, et le bateau revint aux États-Unis après une croisière désenchantée. Les mauvaises langues s'empressèrent de dire que le voyage en Europe n'était pas sans profit pour M. Ford. Il avait constaté que la Grande-Bretagne, menacée de famine par le blocus des sous-marins allemands, devait défricher au plus vite des terres incultes. Le 22 décembre, au cours d'une conférence de presse, le pèlerin de la Paix éconduit annonça que ses usines allaient produire en série des tracteurs agricoles qui « bouleverseraient la vie des campagnes en débarrassant les paysans des tâches les plus exténuantes ».

Car l'Amérique commençait à tirer quelques bénéfices du conflit qui ensanglantait l'Europe. La maison Morgan, chargée des achats de matériels de guerre et de denrées aux États-Unis pour le compte des Alliés, faisait de bonnes affaires. Ainsi, la France, qui en 1913 importait pour 900 millions de dollars de marchandises américaines, avait importé au cours de l'année qui s'achevait pour 3 milliards de dollars. La Grande-Bretagne faisait de même, et à La Nouvelle-Orléans on constatait que le volume des exportations à destination de l'Europe était en train de doubler, ce qui avait pour conséquence de faire monter les prix du coton et ceux du sucre. Le riz, jusque-là peu cultivé dans l'État des bayous, faisait maintenant l'objet d'un ensemencement accéléré, les profits qu'il promettait stimulant les producteurs.

Cet affairisme et cet appât du gain, qui poussaient parfois des industriels et des négociants se disant « neutres comme le président » à fournir des biens de consommation aux deux camps, décevaient Osmond. En accord avec Marie-Gabrielle, il décida que la compagnie de navigation dans laquelle ils possédaient des intérêts n'accepterait aucune cargaison à destination de l'Allemagne. Aux autres actionnaires qui trouvaient cette mesure discriminatoire préjudiciable à la compagnie, Osmond répondit qu'il était prêt, avec Mme Grigné-Castrus, à leur racheter toutes leurs actions. Les financiers se résignèrent en maugréant, quand ils surent que M. de Vigors, qui entretenait de bonnes relations avec le Syndicat des marins du commerce, était capable de susciter une grève qui immobiliserait les navires de la compagnie.

Mais ces conflits, nés des choix que provoquait la guerre en Europe, n'étaient pas les seuls. Il en existait d'autres, au sein des familles, dont le public ignorait tout. C'est ainsi qu'Osmond apprit, par Otis, que tout n'allait pas pour le mieux dans le ménage de Margaret.

Le mari de cette dernière, Bert Belman, d'origine germanique, bien qu'il ait toujours affirmé être suisse, avait épousé, dès le premier jour de la guerre, la cause allemande. Dans les discussions familiales, qui dégénéraient souvent en querelles, il opposait l'Allemagne, sérieuse, laborieuse, réfléchie, méthodique et intègre, à la France, sénile, frivole, rebelle au progrès et vaniteuse. Quand, dans un salon, quelqu'un citait le nom de La Fayette, que tous les écoliers connaissaient, en expliquant que l'Amérique devait quelque gratitude à la France, il rappelait avec humeur que l'état-major du grand Washington comptait aussi un général allemand, M. Steuben, dont l'Histoire, à cause de cette façon qu'avaient les Français de se mettre en avant, semblait avoir oublié le nom. Ce parallèle provoquait parfois l'hilarité, car ce brave Steuben s'était plutôt comporté, au cours de la guerre d'Indépendance, en observateur qu'en combattant. D'après Otis, Belman passait ses soirées penché sur la carte d'Europe, piquant de petits drapeaux frappés de l'aigle aux ailes déployées pour délimiter le front. Il proclamait que l'hégémonie allemande n'était qu'une manifestation naturelle du génie d'un peuple capable de régénérer l'Europe corrompue par les plaisirs. Il exaltait la poésie, la musique, la science et la philosophie allemandes, car il convenait, disait-il, de rendre justice au pays de ses ancêtres et de détourner enfin les Louisianais de la niaise admiration qu'ils vouaient depuis trop longtemps à la France.

– Ce qui inquiète et irrite le plus Margaret, confia Otis à Osmond, c'est qu'elle croit son mari capable de participer, avec d'autres Allemands exaltés, à des opérations de sabotage contre les usines ou les sucreries qui fournissent des denrées aux Alliés. Cela met papa dans une fâcheuse position, depuis qu'il a accepté de travailler avec M. Forest Pendleton, du F.B.I.[1], pour faire la chasse aux espions et aux propagandistes allemands.

Osmond dissimula sa jubilation. Il ne lui déplaisait pas que les Foxley, et surtout l'arrogante Margaret, soient aux prises avec un nationalisme qui s'apparentait au racisme. Le colonel Pendleton dirigeait depuis 1913 le contre-espionnage en Louisiane et passait pour un officier incorruptible, assez prompt à envoyer en prison ceux qui transgressaient les lois. Il disposait de trente-cinq enquêteurs fédéraux et contrôlait, en sous-main, l'American Protective League, forte dans l'État de deux mille volontaires discrets, ayant reçu pour mission de repérer les espions allemands et ce qu'ils appelaient « les dévoués au Kaiser ». Deux agents allemands, arrêtés par leurs soins sur le port, purgeaient une longue peine de prison au pénitencier d'Atlanta, ainsi que des anarchistes tombés dans les filets du F.B.I. M. Pendleton avait baptisé « aliénés dangereux » une cinquantaine d'Allemands, déjà internés, dont il négociait l'extradition vers leur patrie d'origine.

Si Bert Belman donnait un jour prise à soupçon, il ne faisait nul doute pour Osmond que le gendre de Foxley se verrait traiter comme un quelconque hors-la-loi.

– Je suis désolé pour Margaret, finit par dire Osmond avec un sourire qui atténuait cette assertion.

– Oh ! ma sœur est revenue de beaucoup de préjugés ; souvent elle me parle de vous, et j'envisage de lui dire que je vous revois et que je corresponds avec Bob.

– Prenez garde à son caractère entier. Vous savez combien elle déteste les juifs, les Noirs, les Porto-Ricains... en somme tout ce qui n'est pas créole. Il ne faudrait pas dévoiler votre secret prématurément.

Ce soir-là, Otis quitta Osmond en promettant seulement de réfléchir, car les cachotteries faites à sa famille commençaient à lui peser. Elle redoutait que ses parents ne découvrent par hasard ce qu'elle leur dissimulait avec tant de soin.

Quand Mme Bert Belman se fit annoncer, un matin, à l'étude de Me Couret, Osmond devina qu'Otis avait parlé.

– Cette dame n'a pas de rendez-vous, dit la secrétaire d'un ton aigre... mais elle insiste.

---

1. Federal Bureau of Investigation, créé en 1908.

Osmond fit introduire la visiteuse, comme s'il se fût agi d'une cliente venant consulter un avocat. Il n'avait pas oublié sa dernière entrevue avec Margaret, qui remontait à plus de trois ans, et n'éprouvait aucune envie de se montrer aimable. Quand elle pénétra dans son cabinet, il se contenta de se lever derrière son bureau et de lui désigner un siège avant qu'elle ait le temps de lui tendre la main.

En observant l'élégante jeune femme, qui le fixait de ses yeux d'un bleu profond, Osmond se dit que le mariage semblait avoir fort bien réussi à Margaret. Elle offrait toujours le même visage un peu anguleux, le même petit nez retroussé aux ailes fines, les mêmes cheveux blonds tombant en volutes sur les côtés de la tête, mais la bouche avait perdu de sa dureté et toute arrogance avait disparu de son expression.

– Osmond, je suis venue chercher votre pardon. En fait, j'aurais dû le faire depuis longtemps. Je retire tout ce que j'ai dit de Bob Meyer. Jusque-là l'orgueil m'a retenue, car je craignais que vous ne preniez ma démarche pour un simple désir d'arrangement. Je savais que ma sœur revoyait Bob – votre Ford T stationnait trop souvent derrière notre parc –, mais j'ai conservé le secret et j'ai même favorisé, sans qu'Otis le sache, des rencontres que ma mère et mon père eussent désapprouvées. Le racisme est aussi stupide que le nationalisme intransigeant. Vous m'avez donné, il y a trois ans, une leçon que je n'oublierai jamais. J'espère que Bob et Otis se marieront un jour... quand il reviendra de la guerre.

– Voilà de bonnes paroles, Margaret.

– Me pardonnez-vous, Osmond ?

– Je vous absous, Margaret, et je suis heureux de pouvoir enfin le faire, car j'ai souffert de nos dissenssions.

La jeune femme se leva brusquement et fit deux pas vers le bureau. Ses lèvres tremblaient, des larmes apparaissaient dans ses yeux. Il eût fallu un cœur de pierre pour résister à son charmant désarroi.

Osmond fit le tour de sa table de travail, tira sa pochette et sécha les yeux de la jeune femme puis il la ramena à son fauteuil.

Ils bavardèrent un grand moment de choses et d'autres, de l'héroïsme de Bob Meyer, de cette guerre qui menaçait de durer longtemps, de l'évolution de leurs vies. Quand Osmond demanda : « Êtes-vous heureuse, Margaret ? », elle répondit « Oui » un peu trop vite et s'empressa de parler de son petit garçon, comme si le bonheur ne pouvait venir, pour une femme, que de son enfant.

– Otis a-t-elle aussi parlé à vos parents ?

– Non, et je lui ai déconseillé de le faire pour le moment. Mieux vaut attendre le retour de Bob. Je saurai les convaincre.

Quand Margaret quitta son siège, l'entretien terminé, Osmond lui prit familièrement le bras pour la raccompagner. Elle se serra contre l'avocat comme une chatte frileuse.

– C'est bon de vous retrouver, Osmond. Vous m'avez toujours inspiré un sentiment de sécurité. Vous êtes un homme maintenant, qui doit toujours savoir ce qu'il doit faire et dire.

– Croyez-vous, Margaret ? Ce serait trop simple s'il en était ainsi. Le jugement est une manifestation de l'instinct, tempéré par le savoir et l'expérience.

Au seuil de l'étude, elle lui fit face et il lui posa un baiser sur la joue.

– C'est le baiser de paix, dit-il en la fixant.

– C'est un baiser, répliqua Margaret sans ciller.

Puis elle descendit les trois marches, et ses talons firent tinter allégrement les dalles tandis qu'elle s'éloignait sous le porche.

Dans son cabinet, l'avocat retrouva sa secrétaire rigide, une chemise de carton sous le bras.

– J'ouvre un dossier, monsieur, au nom de Belman ?... sans doute un divorce ?

– Pas de dossier, Miss Sagebrush, c'est une affaire réglée, Mme Belman a renoncé à sa plainte.

Ce soir-là, Osmond s'en fut dîner chez Galatoire. Il se fit donner une table à l'écart, composa avec soin son menu et choisit un pomerol de douze ans pour accompagner les filets de dinde aux truffes qui étaient une des spécialités de la maison.

Souvent, depuis le départ de Dolores, il lui était arrivé de ressentir physiquement le brusque désir de serrer la jeune femme dans ses bras. Mais il avait assez de lucidité et de volonté pour éloigner de sa pensée des images que la générosité de son sang autant que le vide de son cœur ramenaient périodiquement.

Tandis qu'il dégustait une crème de chou-fleur onctueuse à souhait, le souvenir de Margaret lui revint à l'esprit. Il s'avoua que le charme de la sœur d'Otis avait quelque chose de troublant. Ce soudain retour d'affection qu'elle avait eu à son égard était certes à mettre au compte du plaisir des retrouvailles, mais il traduisait aussi le désenchantement d'une femme malheureuse et qui assumait orgueilleusement sa déception. Il imagina qu'elle pourrait être une maîtresse agréable, mais rejeta aussitôt cette pensée, indigne d'un gentleman qui doit s'interdire de profiter du désarroi d'une épouse éloignée un moment de son mari par un conflit hors des normes sentimentales. Si Margaret aimait profondément Belman, se dit Osmond, elle l'accepterait prussien et nationaliste outrancier. La divergence d'opinions, évoquée par Otis mais tue par Margaret, n'était que le révélateur d'une opposition plus secrète et plus profonde. Après tout, ce qui lui importait le plus était la réconciliation dans l'intérêt de Bob. Il alluma son cigare et, par la rue du Canal et l'avenue Saint-Charles, les mains enfoncées dans les poches de son pardessus, son feutre bien campé, il rentra chez lui à pied, se demandant quels dangers courait Bob et dans quels bras dormait Dolores. Dans le grand jeu des existences enchevêtrées, il n'était plus, lui-même, qu'un pion en réserve, qui attendait d'être engagé.

Au cours des mois qui suivirent, il revit souvent Margaret. Elle accompagnait parfois Otis, quand cette dernière venait chercher les lettres de Bob avenue Prytania. L'aviateur avait envoyé des photographies. Sur l'une d'elles, on le voyait en uniforme noir, au milieu de ses camarades, devant un hangar. Ce n'était plus l'adolescent malingre à la peau triste, un peu voûté et le cou emmitouflé dans une écharpe de laine, que l'on avait connu à La Nouvelle-Orléans.

– Bob a forci, constata Otis, et il a l'air bien sûr de lui. Et puis ce dolman, ces culottes de cheval, ces bottes, cette bizarre boîte à visière dont il se coiffe...

– Ça s'appelle un képi, dit Osmond.

– ... Et ces ailes brodées, qu'il porte au col, et ces deux galons lui donnent vraiment belle allure.

– Il est maintenant premier lieutenant, semble-t-il, dit Margaret.

Une autre photographie montrait Bob aux commandes d'un avion biplan, au gros nez rond décoré de cocardes.

– Quand je pense qu'il vole sur cet engin d'une fragilité épouvantable, j'ai des frissons, commenta Otis.

– Fais confiance à Bob, dit Margaret.

Quelques jours plus tard, le *Times-Picayune* publia une autre photographie du lieutenant Meyer que l'on voyait, cette fois, adossé à la carlingue d'un avion, sous le titre : « Un jeune ingénieur louisianais dans l'aviation française ». Suivaient cinquante lignes très élogieuses et la dernière citation de Bob.

Osmond venait à peine de prendre connaissance de l'article quand le téléphone sonna.

– C'est Margaret ; avez-vous lu le journal, ce matin ?

– Je l'ai sous les yeux... Je me demande qui a bien pu renseigner aussi exactement l'auteur de l'article.

– Devinez ?

– On peut imaginer qu'il s'agit d'une personne qui porte intérêt à Bob, non ?

Grand intérêt... Il se trouve que sa sœur est la fiancée du héros et que les parents de la jeune fille ont besoin d'être informés du sort de leur futur gendre !

– Bravo, Margaret. Vous avez eu une riche idée... Que dit M. Foxley ?

– Il est tout fier que Bob ait été l'ami de Dan... mais nous en reparlerons.

Il y eut un silence, puis Margaret reprit timidement.

– Je serais heureuse si vous m'invitiez à dîner, Osmond... chez vous !

– Mais... votre mari ?

– Mon mari est à Philadelphie, pour ses affaires.

– Venez à sept heures et demie... discrètement. Je ne veux pas me retrouver avec un duel sur les bras !

Margaret apparut dans une robe de soie vert d'eau, qui flattait sa blondeur et mettait en valeur, par un décolleté qu'Osmond jugea audacieux, son buste de peu d'ampleur. Quand, après le dessert, ils passèrent au salon, la jeune femme, dès qu'Hector eut servi le café, vint s'asseoir près d'Osmond sur le canapé.

– C'est gentil à vous de m'avoir invitée. Vous ne pouvez pas comprendre toute l'importance qu'a pour moi ce retour à l'amitié.

– Je l'apprécie aussi, croyez-moi Margaret... mais si Belman apprenait... il pourrait imaginer...

– Que vous me faites la cour ?... Et si Mlle Ramirez apprenait ?

Osmond hésita à confier à la jeune femme sa rupture avec Dolores, mais il s'y résolut et, sans laisser paraître d'émotion, raconta qu'il avait perdu de vue la sœur du professeur d'espagnol des Foxley.

– En somme, vous voilà bon à marier, maintenant, remarqua Margaret en riant.

– Rien ne m'y oblige, ma chère, et j'ai peu de goût pour la vie conjugale. Le célibat convient à mon caractère.

– Et l'amour, Osmond ?

– Je l'ai vécu, Margaret, intensément. Mais il ne faut pas se dissimuler que c'est, si j'ose dire, une denrée périssable. Il n'existe pas d'amour absolu et... définitif... sinon peut-être l'amour platonique.

La jeune femme prit un air grave.

– Je sais aussi. J'en fais actuellement l'expérience. On aime et puis brusquement, un jour, on s'aperçoit qu'on n'aime plus. Et le pire héritage que puisse laisser l'amour est le mépris de soi-même. Je ne supporte plus d'avoir un mari germanophile à tout crin... c'est idiot, n'est-ce pas, que la mésentente entre un homme et une femme naisse à cause d'une guerre qui se déroule à des milliers de kilomètres de leur foyer.

– La guerre finira, Margaret.

– Certes, mais il y aura un vainqueur et un vaincu, un humilié et un triomphant, et je ne veux être ni l'un ni l'autre.

– Envisagez-vous de divorcer ?

– Je n'ose y penser, Osmond. Mais peut-être devrons-nous en arriver là. Continuer à jouer le jeu mondain du couple uni me déplaît. Et puis, Osmond, vous me connaissez mal. Vous avez toujours vu en moi la jeune créole fade, arrogante, dominatrice... si, si... ne démentez pas, par courtoisie... je sais l'impression que je donnais quand il m'est arrivé d'être votre cavalière autrefois. Vous ne m'invitiez d'ailleurs que pour faire nombre, avant que Mlle Ramirez n'apparaisse dans votre vie.

– Peut-être vous connaissais-je trop peu... ou peut-être avez-vous changé... en tout cas je préfère la Margaret d'aujourd'hui, je la trouve plus douce, plus séduisante.

La jeune femme lui prit la main et sourit.

– Savez-vous, Osmond, que j'ai été amoureuse de vous... autrefois ? Vous ne vous en êtes même pas aperçu. Il est bien tard maintenant pour évoquer ces choses, n'est-ce pas ?

Tout en parlant à voix presque basse, elle avait rapproché son visage de celui du jeune homme. Plus encore que gracieuse, il la trouva émouvante dans sa quête de tendresse.

Entre ses mains, il saisit avec douceur le visage offert, l'inclina et posa ses lèvres sur le front de la jeune femme.

– Margaret, ne détruisons pas étourdiment cette chaleureuse fraternité que je sens depuis quelques semaines entre nous. L'adultère est un égarement indigne de vous et de moi. Je vous trouve fort désirable en cet instant, mais je vous propose plus de grandeur et de confiance.

– Elle recula sur le canapé et, les yeux baissés, voulut s'excuser pour cet élan dont il avait bien deviné le sens.

Osmond entoura de son bras les épaules nues de Margaret, l'attira contre sa poitrine et de sa main libre lui caressa les cheveux comme il l'eût fait à une enfant.

– Je veux que vous trouviez là un refuge sans équivoque, une affection loyale et attentive, une vraie tendresse dont vous n'ayez jamais à rougir. Nous pourrions, comme des gens ordinaires, nous adonner au plaisir des corps. Nous n'aurions rien de plus que maintenant.

Elle se redressa rassérénée, presque gaie.

– Oh ! Osmond, comme vous êtes fort... et comme je suis heureuse que vous m'aimiez ainsi, en chevalier. Je ne sais comment définir le sentiment qui me rapproche de vous... Je n'ai rien à offrir que moi-même, et...

– Les poètes appellent cela amitié amoureuse, Margaret : C'est plus que l'amitié et c'est moins que l'amour. C'est un sentiment qui trompe les sens et emplit le cœur. Dans les moments difficiles, c'est l'antidote secret du poison de la solitude.

Quand, un moment plus tard, Mme Belman s'assit dans la Ford T pour se faire reconduire par Hector jusqu'à sa jolie maison de Carrollton, elle fut reconnaissante à Osmond de l'avoir aidée à maîtriser le petit démon concupiscent qui la tourmentait depuis qu'elle avait interdit la porte de sa chambre à son mari.

10

Au début de l'année 1916, alors que les nouvelles venues de France faisaient état d'une grande bataille qui se livrait autour de Verdun, les Castel-Brajac virent arriver à Castelmore Miss Keyflower, une gouvernante anglaise aux allures de Junon accompagnant Doris, la fille de Marie-Virginie. Félix leur confiait l'enfant jusqu'à la fin des hostilités, car il avait choisi de s'engager dans l'armée britannique. Dans une lettre pleine d'humour, il affirmait que les Alliés ne viendraient pas à bout des Allemands sans son aide. Peut-être attiré, en tant qu'esthète et couturier, par les kilts des soldats écossais, il avait opté pour le « Bruce and Wallace Highlanders », un des plus fameux régiments d'Écosse.

– Les *bag-pipers*, affirma la gouvernante, appartiennent à la race immortelle des joueurs de cornemuse dont notre grand romancier R.L. Stevenson a chanté les vertus guerrières dans *Catriona*.

– Voilà maintenant que mon fils s'en va à la guerre en jupons... Qu'est-ce que j'ai fait au Bon Dieu pour avoir pareil héritier, macadiou, s'écria Gustave.

– Comme il doit avoir froid aux genoux, gémit Gloria.

Doris, belle enfant d'une dizaine d'années, n'était pas habituée aux débordements verbaux du Gascon. Comme elle ne comprenait du français qu'un mot sur trois, elle se mit à pleurer.

– Vous faites peur à cette petite, Gustave, avec votre grosse voix.

La gouvernante, qui se déplaçait dans la maison avec la grâce d'un artilleur, expliqua que M. de Castel-Brajac était officier de liaison et qu'il portait au front des pantalons comme tous ces messieurs qui faisaient la guerre.

– Les highlanders ne mettent leur kilt que pour dîner, monsieur. Votre fils ayant de beaux genoux ronds et blancs, cette tenue lui est fort seyante... et d'ailleurs ce n'est pas au jupon, comme vous dites, qu'on mesure le courage des Écossais !

Pour l'édification de ces Américains ignares, elle se lança ensuite dans l'histoire des origines du kilt et la signification des couleurs des tartans. Désormais, Gustave s'abstint d'émettre des considérations sur l'uniforme des highlanders et entreprit de séduire sa petite-fille et d'amadouer la gouvernante.

Doris fut vite conquise grâce à la lunette astronomique ; quant à la Junon dont l'appétit stupéfiait les domestiques, elle démontra à M. de Castel-Brajac père que les Anglaises sont capables d'absorber n'importe quelles boissons fortes aussi bien que du thé.

– Mes bouteilles ont trouvé à qui parler. Notre Miss lève le coude comme une garde-malade, confia Gustave à Osmond venu embrasser Doris.

Depuis le début de l'année, M. Osmond de Vigors avait pris la succession de Me Couret et se trouvait de ce fait à la tête du premier cabinet d'avocats de La Nouvelle-Orléans. Il se préparait, à la fin du mois de février, à partir pour New York, quand on apprit que le président Wilson avait envoyé en Angleterre le colonel Edward House avec mission d'inviter les belligérants à faire la paix. Cette offre de bons offices n'avait pas eu plus de succès que la croisade pacifiste de M. Ford. Les amis de ce dernier, qui animaient en Europe « la conférence des neutres pour une médiation permanente » composée des États-Unis, du Danemark, de la Norvège, des Pays-Bas, de la Suède, de la Suisse et de l'Espagne, siégeaient à Stockholm. Ils avaient reçu l'appui d'un écrivain français vivant en Suisse, M. Romain Rolland, dont l'ouvrage *Au-dessus de la mêlée* était considéré par beaucoup de ses compatriotes comme un livre détestable et propre à démoraliser les combattants. En dépit des efforts de l'envoyé de Wilson et des représentants officieux des pays neutres, aucun des belligérants ne songeait à arrêter les combats. Quant au projet de convention internationale sur la liberté des mers, le Kaiser, bien conscient de l'efficacité de sa flotte sous-marine, l'avait rejeté sans discussion.

Malgré cet échec diplomatique et l'obstination de quelques idéalistes comme Louis P. Lochner, Evans ou Guilbeaux, aux États-Unis mêmes, la « ligue pour le triomphe de la paix », créée l'année précédente à Philadelphie par les démocrates neutralistes et à laquelle l'ex-président républicain Taft avait apporté son soutien, continuait assez naïvement à étudier les conditions auxquelles la guerre pourrait être interrompue et les mesures propres à garantir l'impossibilité de son retour.

Comme M. de Castel-Brajac qui avait approuvé l'engagement de son fils dans l'armée britannique, beaucoup de Louisianais ne cachaient plus leur sympathie pour les Alliés. Ils considéraient que les jeux diplomatiques de Washington comme les pieuses résolutions des ligues pacifistes ne servaient qu'à donner bonne conscience à Woodrow Wilson et à ses amis. On prêtait d'ailleurs au président l'intention de briguer un second mandat en faisant campagne sur le thème « je tiendrai l'Union hors de la guerre ».

– Je déteste la guerre autant que M. Wilson, et, comme l'écrit Fénelon au chant XI de *Télémaque*, « elle épuise un État et le met toujours en danger de périr, lors même qu'on remporte les plus grandes victoires », mais le jour est proche où les neutres ne seront plus à l'abri des périls. Alors il faudra que l'Amérique entre en guerre à son tour. Temporiser, c'est encourager le camp des barbares, dit Gustave que les atermoiements d'Osmond commençaient à irriter.

Dès cette époque, l'avocat se prit à envisager sérieusement l'abandon de ses activités professionnelles pour souscrire un engagement. Il ne parvenait pas cependant à se persuader que quelques combattants américains supplémentaires puissent apporter aux Alliés un renfort appréciable. Il fallait que la nation américaine, tout entière douillettement occupée de son confort et de sa prospérité, choisisse d'aider de toutes ses forces ceux qui défendaient les valeurs auxquelles il croyait autant que son ancien mentor.

Lors d'un bref séjour à Bagatelle, Osmond avait eu un entretien avec Lorna. La jeune fille, qui devait passer un an encore à Woodeville pour achever ses études avant de venir à Castelmore seconder son grand-père, ne partageait pas complètement les opinions belliqueuses de ce dernier.

– Penses-tu que je dois m'engager ? lui avait demandé Osmond.

– Je serais... nous serions tous affreusement inquiets de te voir au front, mais toi seul peux prendre une décision dans ce domaine.

– Mais oncle Gus semble le souhaiter, son fils est au combat comme Bob, et j'ai parfois l'impression qu'il voudrait m'y voir aussi. Je me demande s'il n'en fait pas une question d'honneur.

– Grand-père est vieux et fatigué... mais il a gardé son tempérament mousquetaire. Tirer l'épée pour défendre le bon droit ou la veuve et l'orphelin lui a toujours paru un réflexe. Mais il ignore tout de la guerre moderne. D'après ce que disent les journaux, la nouvelle manière de se battre, les énormes canons, les avions, les armes perfectionnées, les gaz asphyxiants ont, j'imagine, changé beaucoup de choses. On a l'impression que tous les combattants sont soumis à une sorte de fatalité.

– On peut aussi se battre contre la fatalité, avait répondu Osmond.

Les journaux ne donnaient pas que des nouvelles des batailles acharnées qui se déroulaient sur la Marne. Ils faisaient souvent état d'explosions et d'incendies qui affectaient des usines de munitions travaillant pour les Alliés ou des bateaux prêts à transporter des cargaisons en Angleterre ou en France.

Ces actes de terrorisme étaient le fait d'agents allemands, comme les grèves fomentées parmi les marins et les dockers par des meneurs à la solde de l'ambassadeur d'Allemagne.

Quand les enquêtes du F.B.I. eurent formellement établi les responsabilités des diplomates allemands, Constantin Douma, l'ambassadeur, l'attaché militaire, Boy-Ed et l'attaché naval Franz Von Papen furent invités à quitter le territoire de l'Union.

Comme l'avait craint Margaret Belman son mari participait à cette guerre de l'ombre déclenchée aux États-Unis par le gouvernement de Berlin. Par son père, elle apprit un soir que Bert, en voyage comme souvent, était recherché à la suite de la prise sur un espion de documents et de plans prévoyant le sabotage de la grande usine de munitions de Bethlehem, dans le Middle West.

– Sais-tu où se trouve ton mari ? demanda M. Foxley à sa fille.

– Pas exactement, je sais qu'il doit visiter des tisseurs de Boston et des industriels dans le New Jersey, mais je n'ai pas d'adresse précise. Vous n'allez tout de même pas le livrer au F.B.I. ?

– Quel scandale ce serait pour notre famille... maudite guerre, dit rageusement Mme Foxley en dégustant son sorbet à la noix de coco.

Ce soir-là, avant de rentrer chez elle et malgré l'heure tardive, Margaret se fit conduire chez Osmond. Devant prendre un train matinal pour New York, ce dernier allait se mettre au lit et dut recevoir la visiteuse en robe de chambre.

– Que dois-je faire, Osmond ? demanda Margaret après avoir mis l'avocat au courant de la situation.

Osmond alluma une cigarette et parut réfléchir un moment.

– Savez-vous où se trouve votre mari ?

– Oui... mais je n'ai pas voulu le dire à mon père. Je porte le nom de Bert... et... puis la délation me répugne... Que puis-je faire ? Aidez-moi.

– Où est-il ?

– A Washington ; j'imagine qu'il doit rencontrer des gens à l'ambassade d'Allemagne. C'est là-bas que tout est orchestré d'après les journaux.

– Et vous savez où le joindre ?

– J'ai un numéro de téléphone... chez un courtier.

– Je pars pour New York demain matin. Vous allez l'appeler et lui dire qu'il a un rendez-vous de la plus extrême importance avec quelqu'un chargé de lui remettre un message confidentiel. Dites-lui de se trouver après-demain, 2 mars, à New York, au Carnegie Hall. Il y a un concert auquel je dois assister avec mon ami Butler. Précisez que le messager le rencontrera au bar, à l'entracte. Mais n'en dites pas plus.

– Qu'allez-vous faire Osmond ?... je ne veux pas que vous soyez mêlé à d'aussi répugnantes affaires.

– Ne vous inquiétez pas, Margaret... mais dites-moi, aimez-vous encore votre mari ?

La jeune femme détourna son retard de celui d'Osmond.

– Non, je ne l'aime plus, et après ce dernier coup je suis fondée à demander le divorce, mais je ne veux pas qu'il lui arrive malheur... Il croit se battre pour une cause noble. C'est un patriote. Nous n'avons pas le droit de le juger, encore moins de le livrer à la police.

– Il ne lui arrivera rien de fâcheux, mais peut-être ne le verrez-vous pas de longtemps.

– Je ne tiens pas à la revoir, Osmond.

Quarante-huit heures plus tard, M. de Vigors était assis à côté de Butler dans la salle de concert du Carnegie Hall. La première partie de la soirée, consacrée à une œuvre de Charles Edward Ives, car le chauvinisme américain obligeait les organisateurs à promouvoir les compositeurs du cru, fut brève. *Washington's birthday*, malgré son titre éminemment patriotique, reçut, à cause des dissonances surprenantes de cette musique, un accueil assez frais. Quand survint l'entracte, Osmond se tourna vers son confrère new-yorkais :

– Je dois rencontrer un Louisianais au bar, pardonnez-moi de vous abandonner.

– Ce Sudiste ne peut pas se joindre à nous pour souper, Dixie ?

– C'est un Sudiste un peu... particulier. Je ne suis pas sûr qu'il vous plairait !

Tandis que M. de Vigors s'efforçait de retrouver Bert Belman dans la foule élégante, les musiciens et les choristes de l'orchestre philharmonique de Philadelphie, que dirigeait Leopold Stokowsky, se mettaient en place pour interpréter l'ouvrage qui avait incité les mélomanes à se déplacer : la *8ᵉ Symphonie* de Gustav Mahler. Ce compositeur allemand, au contraire de son compatriote Wagner, n'avait pas vu ses œuvres éliminées du programme. Les New-Yorkais le connaissaient et, bien qu'étonnés parfois par sa musique, l'appréciaient comme un symphoniste de haute qualité. Mahler avait dirigé de 1907 à 1910 la saison lyrique du Metropolitan Opera avant de se produire à New York et à travers les États-Unis avec un orchestre symphonique constitué pour lui par de richisssimes ladies. Depuis la mort du musicien, en 1911, aucun chef d'orchestre n'avait osé s'attaquer à cette *8ᵉ Symphonie* dite « des Mille », dont l'interprétation vocale exigeait sept solistes, une foule de choristes, un orgue, des trompettes de cavalerie et quantité de musiciens, ce qui faisait dire à l'impresario Emil Gutman que l'entreprise pouvait être apparentée à un spectacle de Barnum.

Osmond finit par apercevoir Belman. Il se tenait à proximité d'une baie vitrée, un verre à la main, prêt, sembla-t-il à l'avocat, à se dissimuler derrière le grand rideau cramoisi qui encadrait la fenêtre.

Le mari de Margaret parut surpris de le voir s'approcher.

– C'est vous le messager ?

– C'est moi, monsieur. Je suis chargé de vous dire que le F.B.I. vous recherche et qu'il vaut mieux pour vous ne pas retourner à La Nouvelle-Orléans.

– Je suis au courant ; c'est Margaret qui vous envoie ?

– J'ai pris l'initiative de cette démarche devant son désarroi. Vous comprendrez qu'il faut éviter le scandale pour elle et pour les siens. Je ne discute pas vos raisons, mais vos activités pro-allemandes étant connues...

– C'est la guerre, monsieur. Puisque vous êtes français par vos origines, vous pouvez comprendre mon choix, n'est-ce pas ?

– Un gentleman fait la guerre sur les champs de bataille, pas à coup de lâches attentats dans un pays neutre, ni en torpillant des navires marchands.

Bert Belman blêmit et vida son verre d'un geste sec.

– La guerre n'est pas une partie de tennis, chacun la fait là où il se trouve et avec les armes dont il dispose.

– Chacun sent la guerre selon sa nature, monsieur. Ce qui explique peut-être que, pour servir la patrie de vos ancêtres, vous trahissiez le pays qui vous a accueilli et dont vous êtes citoyen depuis deux générations. Mais ne discutons pas de ces choses. Je vous conseille de quitter les États-Unis pendant qu'il en est temps. L'armée allemande vous fournira l'occasion de servir plus loyalement.

Belman, le visage tendu par la colère, se rapprocha d'osmond.

– Ça vous arrangerait, hein, vous et Margaret, que je disparaisse. Croyez-vous que j'ignore vos relations et le retour d'affection de ma belle-sœur pour votre ami le petit juif Meyer qui combat dans l'aviation française ?

Le regard d'Osmond prit soudain une dureté qui impressionna son interlocuteur. Ce dernier évalua la force qui émanait de ce grand corps mince, de ce visage aux traits nets, de ces maxillaires brusquement contractés.

– Margaret est une amie, monsieur, rien de plus, rien de moins. Il faut une âme bien basse pour imaginer l'infidélité d'une femme qui ne pense qu'à vous sauver et à épargner le déshonneur à l'enfant que vous lui avez donné. Si dans quarante-huit heures vous n'avez pas quitté le pays, le F.B.I. saura où vous trouver.

Belman changea aussitôt d'attitude et ne chercha plus à dissimuler son inquiétude.

– Mais il faut trouver un passage pour l'Europe. Où irai-je, en Angleterre ?

– Vous avez un passeport américain. De Londres, vous pourrez rejoindre un pays neutre, la Norvège, par exemple, et de là, l'Allemagne. Quant au passage, le voici, votre cabine est retenue sur le *Carmania*, de la Cunard. L'appareillage a lieu demain à onze heures. Je veillerai à ce que vous soyez à bord.

Quand Osmond tendit à Belman l'enveloppe contenant son billet transatlantique, le mari de Margaret la prit sans hésiter.

— Croyez-vous que Margaret veuille demander le divorce ?

— J'ignore ses intentions, monsieur.

Belman devint pensif, et un sourire mélancolique apparut sur sa face carrée.

— J'ai encore de l'amour pour elle.

— L'amour est comme la guerre, monsieur, chacun le sent suivant sa nature. Adieu.

Osmond rejoignit Butler au moment où s'interrompait la sonnerie marquant la fin de l'entracte.

— Alors, votre cher compatriote sudiste, qu'en avez-vous fait ?

— Je l'ai expédié là où il devrait être, dit Osmond.

Déjà le chef levait la baguette, un puissant accord d'orgue emplit la salle et, d'une seule voix passionnée et puissante, les chœurs lancèrent « Veni creator spiritus » le cri par lequel commence la symphonie la plus impressionnante de Gustav Mahler.

Pendant son séjour à New York, après que Belman se fut embarqué, Osmond eut le sentiment que de jour en jour les Américains se rendaient davantage compte que la cause des Alliés devenait la leur, celle des peuples épris de liberté et de justice. Les juristes qu'il fréquentait commentaient les atrocités allemandes commises en Belgique et en France sur des civils sans défense ou des prisonniers, et redoutaient une victoire de l'Allemagne comme une menace future pour les États-Unis eux-mêmes. La guerre sous-marine, en dépit des assurances données au gouvernement américain par le gouvernement allemand après le versement d'indemnités aux victimes du torpillage du *Lusitania*, se poursuivait. En coulant le vapeur britannique *Falaba*, les Allemands avaient tué un civil américain et un autre en torpillant le *Sussex*, petit paquebot français de la Manche. Quant à la perte du *Gulf-light*, appartenant à une compagnie américaine, elle était ressentie comme un nouvel acte gratuit de barbarie.

Theodore Roosevelt et son ami le général Wood, ancien gouverneur de Cuba, exigeaient dans leurs discours, devant les membres de la Ligue de sécurité nationale, une armée et une marine plus fortes.

Au milieu de l'année, cette agitation aboutit à l'adoption par le Congrès de la loi Hay, destinée « à fortifier l'organisation militaire de l'Union », et à la mise en chantier de dix dirigeables, de six croiseurs de combat et la commande de cent sous-marins ou bâtiments de guerre. Tout en s'efforçant de maintenir les principes de neutralité qui lui paraissaient encore valables, M. Woodrow Wilson, que le parti démocrate venait de désigner comme candidat à l'élection présidentielle, disait en privé : « Il faut, je crois, nous tenir prêts. »

Sans avoir encore pris de décision, Osmond soutenait ouvertement ceux qui prêchaient en public ou en privé pour l'entrée en guerre des États-Unis. Sa nature individualiste et son habitude de conserver les distances, de ne pas être une fourmi dans la fourmilière le retinrent cependant de participer au défilé organisé le 3 juin à La Nouvelle-Orléans.

Ce jour-là, quatre mille personnes, parmi lesquelles de nombreux créoles français dont bon nombre de descendants d'Alsaciens-Lorrains, parcoururent la rue du Canal et tinrent meeting devant le *Cabildo*. Au même moment, à Washington, le Congrès adoptait le « National Defense Act », qui prévoyait l'organisation d'une armée de cent soixante-quinze mille hommes et celle d'une garde nationale forte de quatre cent cinquante mille volontaires. On disait que le nouveau secrétaire d'État à la Guerre, M. Newton Baker, était un chaud partisan du renforcement du potentiel militaire américain. En attendant, l'armée s'employait au Mexique à réduire la rébellion déclenchée par Pancho Villa, qui avait tué dix-huit Américains et conduit des raids contre le Texas et le Nouveau-Mexique. Très irrité, Wilson avait ordonné une expédition punitive contre le chef de bande et chargé le général John Joseph Pershing de capturer le rebelle.

Quand, le 22 juillet, une bombe explosa à San Francisco au cours d'une parade pour l'entrée en guerre des États-Unis et tua dix personnes[1], la fureur publique fit comprendre aux autorités que les propos neutralistes de M. Wilson ne pèseraient pas lourd lors de la campagne électorale. Une explosion due à un sabotage perpétré par des agents allemands dans une usine de munitions à Black Tom Island (New Jersey) mit les habitants de la côte est dans la même colère. Cet acte terroriste avait causé 22 millions de dollars de dégâts.

Malgré ces événements et une évidente préparation à la guerre, les Américains s'indignaient de la création à New York, par Margaret Sanger, d'une organisation pour le contrôle des naissances. La directrice du journal *Woman Rebel*, féministe ardente, venait d'être condamnée à trente jours de prison pour « nuisance publique ». Percival Lowell, l'astronome constructeur de l'observatoire de Flagstaff (Arizona), qui avait prévu mathématiquement l'existence de la planète Pluton, mourait à l'âge de soixante et un ans sans avoir vu dans son télescope l'étoile qu'il guettait. Quant à la mort de l'écrivain Jack London, elle fut éclipsée par la réélection de Woodrow Wilson à la présidence des États-Unis. Non seulement les démocrates conservaient la Maison-Blanche, mais ils obtenaient de plus la majorité dans les deux chambres du Congrès.

Pendant ce temps, les Français desserraient l'étreinte allemande autour de Verdun et, au prix de milliers de morts, reprenaient le fort de Vaux. Dans une lettre, Bob Meyer annonçait à Osmond qu'il avait abattu son troisième avion ennemi, « ce qui, ajoutait-il, me laisse bien loin du record de l'as des as, le lieutenant Guynemer, lequel, le jeudi 23 novembre, a descendu dans la même journée ses vingt-deuxième et vingt-troisième appareils allemands ». Bob donnait l'impression d'être engagé dans une mortelle compétition avec les autres aviateurs dont il donnait les palmarès, comme s'il se fût agi d'un championnat de tennis. « Dorme compte seize victoires, Heurtaux douze, Deullies dix, et Georges Carpentier, le sympathique boxeur spécialiste des reconnaissances risquées, a reçu la croix de guerre. Ce veinard est en permission à Paris où il a donné une exhibition de boxe au Trocadéro. »

Depuis qu'il avait renoué des relations avec Otis et Margaret Foxley, Osmond s'était empressé d'inviter sa sœur Alix à le rejoindre à La Nouvelle-Orléans, et il lui arrivait souvent le soir de dîner en compagnie de ces trois femmes. Il invitait parfois Louis Dubard, le neveu de Faustin, qui avait été au

1. L'auteur de cet attentat, Tom Mooney, un leader syndicaliste, fut arrêté et condamné à mort en 1917. En 1918, sa peine fut commuée en prison à vie. Il fut gracié au début de la Seconde Guerre mondiale, en 1939.

tennis le partenaire d'Alix et qui dirigeait maintenant une compagnie de transports automobiles à La Nouvelle-Orléans. Ce grand garçon, un peu rougeaud, toujours souriant et d'une parfaite éducation, faisait une cour discrète et intelligente à la sœur d'Osmond, avec laquelle il s'était montré fort prévenant depuis la mort tragique de Dan. Stella et Faustin Dubard voyaient d'un assez bon œil ces relations et imaginaient, sans oser le dire, que Louis ferait un bon époux pour Alix qui reprenait goût aux frivolités de l'existence.

Un matin, Osmond apprit par un « carnet mondain » du *Times Picayune* le mariage célébré à Salamanque (Espagne) de Mlle Dolores Ramirez y Rorba avec le professeur Felipe Mendez. Cette annonce mit un terme à l'incertitude que connaissait l'avocat quant au destin de la femme qu'il avait follement aimée.

Malgré sa volonté d'ensevelir les souvenirs d'une passion qui avait longtemps occupé sa vie, Osmond ressentait certains soirs la nostalgie de l'heureux temps où, à la fin de la journée, il rejoignait Dolores. Il se mettait alors au piano et jouait pour lui seul les pièces de Chopin qu'elle aimait ou cette sonate de Schubert empreinte d'une mélancolie distinguée qu'elle lui réclamait. Chaque fois qu'il passait devant la maison de Dolores, il ne pouvait s'empêcher de lever les yeux vers une fenêtre à travers laquelle, si souvent, après une nuit voluptueuse, il avait vu poindre le jour.

Derrière les rideaux tirés, d'autres s'aimaient, car la boutique de parfums avait été vendue et transformée en librairie. Un regard furtif sur l'escalier – qu'il gravissait autrefois, en s'efforçant de dominer la fébrilité qu'éveillaient en lui l'intensité du désir et l'attraction magnétique du corps de sa maîtresse – suffisait à faire surgir des sensations oubliées.

Depuis la séparation, il avait possédé d'autres femmes à New York, à Chicago ou à Philadelphie, car il ne manquait pas d'épouses délaissées ou insatisfaites, ni de jeunes bougeoises affranchies pratiquant l'amour comme un sport, pour accueillir les hommages virils d'un beau garçon de passage. Les dîners et les cocktails lui fournissaient l'occasion de rencontres agréables que prolongeaient parfois des cinq à sept discrètement organisés. Mais son cœur, pas plus que celui de ses partenaires, ne se trouvait engagé dans ces aventures de célibataire. En ce domaine, il avait suivi les avis d'un expert, son ami l'avocat new-yorkais Butler, qui se méfiait du mariage comme d'une peste.

– On doit jouir des femmes comme des roses des jardins, on les respire, on les caresse, on leur demande les divins plaisirs de Vénus, mais on les laisse sur leur rosier, disait le juriste qui confessait ne jamais pouvoir s'enivrer deux fois du même corps.

Seule Margaret, qui avait lu dans le journal l'annonce du mariage de Dolores, osa y faire allusion.

– Vous ne pouvez que souhaiter son bonheur, comme j'imagine elle doit souhaiter le vôtre.

– J'ai toujours désiré la voir heureuse, et je regrette de n'avoir pu lui offrir ce qu'elle souhaitait. Mais cela appartient au passé, nous n'allons pas revenir sur la fugacité de la passion, ni rechercher une définition du bonheur satisfaisante pour tous.

Margaret avait exhalé un soupir en fixant Osmond d'un regard affectueux.

– Chacun se fait une idée du bonheur, n'est-ce pas ? Car il n'existe pas de bonheur absolu, définitif. La vie remet tout en question... à chaque instant.

De la même façon qu'on ne capture pas le bonheur, on ne peut le retenir. On peut tout juste espérer le protéger... quelque temps.

– Peut-être faut-il le chercher ailleurs que dans l'amour, Margaret. Dans l'accord intime de soi-même avec l'existence, en faisant la part des appétits charnels, en s'efforçant d'atteindre une fécilité plus haute de l'esprit.

– C'est le renoncement des saints que vous proposez là, Osmond, combien d'êtres sont-ils capables d'y parvenir ?

– On peut toujours essayer ! En tout cas, Margaret, je vous serais reconnaissant de ne plus jamais me parler de Dolores, de la même façon que je n'évoque plus Bert Belman. On ne visite pas le cimetière des amours mortes.

Margaret se le tint pour dit.

A la fin de l'année, M. Woodrow Wilson fit une dernière tentative pour inciter les belligérants à terminer la guerre. « Tentative maladroite de la part d'un homme qui fait bon marché des sentiments patriotiques des peuples combattants », fulmina Gustave qui, ayant de plus en plus de difficultés à se mouvoir, regrettait de n'avoir pas pu participer à une manifestation pour l'entrée en guerre de l'Union organisée à Pointe-Coupée.

Le 22 décembre, l'ambassadeur des États-Unis à Paris, M. Sharp, avait porté à M. Briand, président du Conseil, un message du président Wilson conviant les belligérants « à faire connaître leurs buts de guerre ». Dans cette note, l'Américain, « en tant qu'ami et représentant d'une nation neutre sincèrement affectée par la guerre », disait redouter que « la lutte continue vers des fins indéfinies par une lente agonie jusqu'à ce que l'un des groupes belligérants soit épuisé ».

Le message avait été fort mal accueilli, et, dans *Le petit journal*, M. Stephen Pichon traduisait assez bien la réaction française qui était aussi celle de M. de Castel-Brajac en écrivant : « Comment peut-on confondre nos buts de guerre connus de tous puisqu'ils visent simplement à la restauration des droits violés, alors que ceux de nos ennemis tendent à l'universelle domination sur des nations asservies et assassinées ? »

– Bravo ! s'écria Gustave en prenant connaissance de ce texte. Wilson croit être impartial en mettant dans le même panier l'agresseur et l'agressé, le bourreau et la victime ; il avait besoin d'une leçon, il l'a eue.

– La Suisse s'est associée au message de notre président, fit observer Gloria de Castel-Brajac qui tremblait en permanence pour la vie de Félix.

– Boun Diou, qu'ils vendent leurs fromages et prennent leurs commissions commerciales, ces fils émasculés de Guillaume Tell... Il ne s'agit pas cette fois d'un arbitrage autour d'un bateau ayant participé à la guerre de Sécession. On se bat ou on se tait. D'ailleurs, les Suisses je ne les admets que dans les églises et au Vatican ! Tous les souverains d'Europe en ont fait l'expérience, les Suisses ne se battent que dans deux cas : si on leur prend leurs vaches... ou si on les paie !

– Avec la Croix-Rouge, ils font beaucoup pour les prisonniers, intervint la gouvernante de Doris entre deux bouchées de tarte aux noix de pécan.

– Je suis tranquille qu'après la guerre ils enverront les factures... Comme comptables y'a pas meilleurs ! Regardez Marie-Gabrielle... Ce n'est pas Osmond qui me contredira.

– Savez-vous, oncle Gus, que Mme Grigné-Castrus donne chaque mois

1 000 dollars à la Croix-Rouge et qu'elle envoie des colis de nourriture en Belgique... pour les enfants ? répliqua Osmond.

– C'est parce que Charles lui a appris les bonnes manières et que tu la dorlotes comme une aïeule... de la cuisse gauche, fiston !

Osmond sourit devant l'irascibilité coutumière du Gascon qui, à soixante-quatorze ans, n'avait rien perdu de sa fougue.

II

Le 3 février 1917, Osmond de Vigors se trouvait à Bagatelle où il venait de plus en plus souvent se reposer et faire de l'exercice entre deux procès, quand on apprit que le *Housatonic*, un navire américain, venait d'être torpillé par un sous-marin allemand. Ce jour-là, la grande maison était pleine d'amis et de parents à l'occasion du vingtième anniversaire de Clary Barthew auquel les Dubard offraient un dîner.

La nouvelle du torpillage rappela à la joyeuse assemblée qu'une guerre sans merci ensanglantait l'Europe. Faustin, qui ne manifestait que rarement son émotion, réagit en marin qui ne supportait plus « que l'on assassinât sur les mers comme dans les quartiers mal famés de Chicago ».

– Boun Diou, ce qui me surprend, c'est que ça vous étonne. Les Allemands ont dit clairement au gouvernement américain qu'ils couleraient sans préavis tous les navires de commerce neutres ou belligérants qui entreraient dans la zone dite de guerre. Nous étions prévenus non ? s'écria M. de Castel-Brajac.

– Cette fois, c'est la guerre, dit tristement Stella qui pensait à son fils et aux garçons présents autour de la table, tous en âge de porter les armes.

– Je crois que le moment est en effet venu d'en finir avec les barbares, reconnut Clarence Barthew qui avait jusque-là soutenu les pacifistes.

Cependant, il fallut encore que soit saisi et divulgé un télégramme codé du ministre des Affaires étrangères de l'Allemagne, Arthur Zimmerman, adressé à l'ambassadeur de l'Empire à Mexico pour que les réactions s'intensifient. Dans le message intercepté par les services secrets américains, le ministre demandait l'intervention du Mexique contre les États-Unis et promettait aux Mexicains de leur faire restituer le Texas, l'Arkansas et le Nouveau-Mexique. Une telle outrecuidance passait les bornes diplomatiques et, quand le 16 mars trois autres bateaux américains furent coulés par la marine allemande, le président Wilson se décida enfin à convoquer le Congrès, alors en vacances, pour le 2 avril. Ce jour-là, une pluie printanière tombait sur la capitale quand l'ancien professeur de Princeton, ayant posément poli les verres de ses lunettes cerclées d'or, lut son message devant une assemblée pénétrée de la conviction qu'elle allait vivre un moment historique.

Après avoir rappelé les efforts de l'Amérique en faveur de la paix et fait l'historique du conflit, le président stigmatisa l'attitude de l'Allemagne : « La présente guerre que l'Allemagne fait au commerce est une guerre contre le genre humain », dit-il, puis il invita tous les élus à considérer que la situation de belligérant était imposée aux États-Unis. Il conclut son discours « parfait de forme comme de fond », commenta plus tard l'ambassadeur de France, M. Jusserand, en s'écriant : « Le jour est venu où l'Amérique a l'honneur de donner son sang et sa force pour les principes auxquels elle doit sa naissance, son bonheur et la paix qui fut son trésor. Dieu l'aidant, elle ne peut rien faire d'autre. »

Très applaudi, sauf par quelques opposants irréductibles, le président laissa les élus méditer son message et, le 4 avril, quatre-vingt-deux sénateurs contre six votèrent la déclaration de guerre à l'Allemagne imités quarante-huit heures plus tard par trois cent soixante-treize représentants contre cinquante. Les États-Unis sortant de leur superbe isolement se préparaient à marcher au combat.

Dès qu'il connut la décision du Congrès, Osmond de Vigors sentit le besoin impérieux d'aller se battre. Avant de quitter Bagatelle pour La Nouvelle-Orléans, il se rendit à Castelmore pour informer Gustave de Castel-Brajac de son désir de s'engager. Le Gascon le reçut avec émotion.

– Boun Diou, fiston, quand nous formions autrefois le projet de faire ensemble un tour d'Europe, qui aurait pu imaginer que tu irais à la découverte du vieux pays, le fusil à la main ?

– Je n'ai guère le choix, oncle Gus, d'autres comme Félix et Bob se battent déjà depuis longtemps. Si j'ai temporisé, c'est parce que je voulais me conduire en citoyen américain. Aujourd'hui, je suis bien aise d'être en accord avec le reste de la nation.

– Va et prends garde à toi, dit simplement Gustave les larmes aux yeux.

Comme d'autres aristocrates d'origine française, Osmond refusa de rejoindre la garde nationale de Louisiane ou le Washington Artillery qui, dès la déclaration de guerre, avaient ouvert à La Nouvelle-Orléans des bureaux de recrutement. Ces troupes de l'État, placées sous l'autorité du gouverneur, ne l'attiraient guère. Depuis toujours, on y distribuait des brevets d'officiers comme des sinécures en fonction de considérations politiques. L'esprit qui régnait dans les états-majors était plus mondain que militaire. Après avoir demandé à Me Couret de reprendre du service à l'étude, il mit ses dossiers en ordre et écrivit au bureau de recrutement de l'armée fédérale, en y joignant un curriculum vitae afin qu'on puisse l'affecter là où il serait le plus utile. Quelques jours plus tard, il reçut une convocation pour le camp de Little Rock, en Arkansas. Pour sa dernière soirée à La Nouvelle-Orléans, il invita Margaret à dîner.

La jeune femme l'assura que pendant son absence, qui pourrait être longue, elle prendrait soin d'Alix décidée à rester à La Nouvelle-Orléans.

– Bien que cela soit improbable, dit-elle, que feriez-vous, Osmond, si vous vous trouviez un jour par un hasard extraordinaire en présence de Bert sur un champ de bataille ?

– Je ferais mon devoir, Margaret, simplement. Il a choisi son camp, j'ai choisi le mien... Mais j'espère qu'une telle rencontre me sera épargnée.

– Cependant, si un tel affrontement devait se produire, souvenez-vous, Osmond, à ce moment-là que c'est à vous que je tiens... le plus.

Le baiser qu'elle lui donna ce soir-là au moment de la séparation était un baiser de femme amoureuse. Osmond, qui savait depuis longtemps à quoi s'en tenir quant aux sentiments de la sœur d'Otis à son égard, en fut plus gêné que troublé. Son départ dissipait l'équivoque d'une amitié, et c'est d'un cœur allégé qu'il boucla sa valise et se fit conduire à la gare.

Dès son arrivée au camp de Little Rock, on le fit mettre nu ainsi qu'un esclave, au milieu d'autres jeunes gens du Sud qui découvraient avec lui la vie militaire. Les médecins chargés d'apprécier les qualités physiques des volontaires semblaient extrêmement exigeants, comme s'il se fût agi de recruter une armée d'athlètes. Les refusés trop maigres ou mal bâtis paraissaient honteux. Ceux qui n'étaient admis qu'avec réticence et dirigés immédiatement sur le camp de Leon Springs (Texas), où, assurait-on, on leur ferait prendre du poids, étaient classés dans la catégorie des « canards boiteux », appellation aussi injurieuse à leurs yeux que celle d'« enfant naturel » chez les puritains.

Convoqué par un colonel, Osmond constata que son nom constituait là, comme à La Nouvelle-Orléans, une bonne référence.

– Êtes-vous parent du défunt sénateur Charles de Vigors ? demanda l'officier.

– C'était mon grand-père, monsieur.

– Parfait. Nous avons besoin, jeune homme, de nouveaux officiers non seulement pour encadrer les troupes, mais aussi dans l'administration d'une armée qui, soit dit entre nous, n'existe pas encore.

Le mot « administration » amena sur les lèvres d'Osmond une moue que le colonel remarqua.

– Oui, je comprends. Vous voulez vous battre tout de suite avec un fusil. Mais puisque vous souhaitez être affecté au poste où vous serez le plus utile au pays, permettez-moi d'en décider. Vous allez suivre un entraînement intensif et obtenir votre brevet d'officier. Nous allons vous enseigner en trois mois ce qu'on apprend en trois ans à West Point. Ce sera dur pour quelqu'un qui a dû mener une vie douillette... dans le Sud. Ensuite, nous verrons.

Le ton était courtois mais ferme, et le colonel inspirait d'emblée confiance. Il ne restait qu'à obtempérer, ce que fit Osmond. « L'armée, c'est d'abord l'obéissance, obéissons » se dit-il. Le lendemain, dépouillé de ses vêtements civils, l'avocat se retrouva vêtu d'un uniforme kaki rêche et peu seyant, coiffé d'un chapeau à larges bords rigides, chaussé de brodequins qui n'avaient rien de la souplesse du chevreau et pourvu de jambières de toile imperméable, raides comme du bois. Avec docilité, Osmond se plia aux exigences d'un sergent instructeur nommé Harris, dont l'autorité agressive et les éclats de voix n'étaient pas sans rappeler ceux des contremaîtres de plantation. Apprendre à marcher au pas, à manipuler un vieux Springfield, parcourir vingt kilomètres avec sur le dos un paquetage de trente kilos, tirer à balles sur des silhouettes de bois, attaquer des mannequins à la baïonnette, escalader des talus au pas de charge, ramper dans l'herbe humide lui procura des courbatures. Il vit des volontaires s'évanouir de fatigue, d'autres retirer de leurs chaussures des pieds ensanglantés en pestant contre l'inhumanité du traitement, d'autres, encore, refuser la nourriture assez semblable à celle que servaient les pères jésuites du collège de l'Immaculée-Conception.

Osmond accepta sans rechigner de soumettre son corps aux épreuves qui, de jour en jour, lui parurent moins pénibles. Il finit même par apprécier la vacuité que laissait à l'esprit cet entraînement destiné aux muscles et aux réflexes. De la même façon, il développa cette faculté innée qu'il avait de s'abstraire du groupe, et la promiscuité du cantonnement, le bruit et les plaisanteries de chambrée lui devinrent tout à fait supportables. Cette vie en communauté lui rappelait certains aspects des années du collège. Distant et peu porté aux confidences, il avait su, dès les premiers jours, décourager les inévitables curiosités et se réfugiait dans la lecture tandis que ses camarades bavardaient ou jouaient au craps pendant les rares moments de loisir. Quand on en vint aux exercices de commandement, au cours de stratégie élémentaire, à l'inventaire de l'armement, à l'étude de l'organisation de l'armée en temps de guerre et aux problèmes d'intendance, il se dinstingua par sa faculté d'assimilation et posséda bientôt les règlements militaires dont le bon sens et la logique rudimentaire dispensaient de toute spéculation intellectuelle. Comme la plupart des élèves officiers du Sud, il obtint au bout de quelques semaines l'autorisation de fréquenter le manège. Excellent cavalier, il sut seconder l'instructeur, estimant qu'il était de son devoir d'aider à la formation des garçons qui avaient choisi comme lui de risquer utilement leur vie.

A la fin du mois de mai, tandis qu'il était occupé à graisser ses chaussures, accessoires sacrés aux dires du sergent, le colonel commandant le camp le fit appeler. L'officier avait discrètement suivi le comportement de cet engagé qui, même aux pires moments des exercices, conservait l'allure d'un aristocrate à l'aise en toutes circonstances.

Osmond salua avec rigueur, ôta son bonnet de police et se tint au garde-à-vous ainsi que l'exigeait le respect dû à un supérieur.

– Asseyez-vous, dit le colonel en désignant un fauteuil et en poussant vers lui une boîte de cigarettes.

L'officier souleva son sous-main, en tira un document frappé de l'aigle fédérale.

– J'ai le plaisir de vous annoncer que pour vous le stage est terminé. Je ne crois pas que nous ayons ici beaucoup plus de choses à vous apprendre. Vous savez tirer au fusil et à la mitrailleuse, saluer un général, reconnaître les grades et commander une manœuvre. Vous êtes, m'a-t-on dit, un excellent cavalier et vous parlez français à la perfection. J'imagine sans peine que vous savez danser, baiser la main d'une dame, écrire un rapport – c'est votre métier – et tourner une lettre délicate. Le moment est venu de vous employer, car le temps presse. Voici votre brevet d'officier.

Osmond crut nécessaire de se lever pour recevoir le parchemin. L'officier apprécia cette attitude et sourit.

– Vous savez que les seconds-lieutenants n'ont aucun insigne de grade parce qu'ils sont au pied de l'arbre. La barre d'argent des lieutenants et les deux barres des capitaines sont les premiers barreaux d'une échelle qui mène aux feuilles, celles d'or pour les commandants et d'argent pour les lieutenants-colonels. Plus haut se tiennent les aigles d'argent des colonels, puis, plus haut encore dans le ciel, les étoiles des généraux... Dans le Sud, on sait grimper aux chênes, je crois.

Osmond, qui connaissait la méthode mnémotechnique qui permettait aux recrues d'apprendre les grades, assura l'officier qu'il ferait tout pour ne pas rester « au pied de l'arbre ».

– Asseyez-vous, lieutenant. Je dois faire les choses sans cérémonie, ce qui ne vous déplaît pas, j'en suis certain. Prendrez-vous un verre de whisky... ou de bourbon ?

– Plutôt bourbon, colonel.

– Ah ! je reconnais bien là le Sudiste... au-dessous de la vieille Mason and Dixon Line, on préfère le bourbon.

Quand l'ordonnance eut quitté le bureau après avoir servi les boissons, l'officier vint s'asseoir près d'Osmond.

– Ce que je vais vous dire maintenant est confidentiel. Dans une semaine, vous vous présenterez au War State Building à Washington. Vous êtes affecté à la mission qui accompagnera le général Pershing en France. Je n'en sais pas davantage. Cela vous donne le temps de passer chez votre tailleur et d'embrasser votre fiancée si vous en avez une. Laissez-moi vous dire, Vigors, que je vous envie.

Osmond remercia, vida son verre et se leva pour prendre congé.

– Quand puis-je quitter le camp, colonel ?

– Immédiatement si bon vous semble. On vous conduira à la gare... J'imagine que vous allez à La Nouvelle-Orléans ?

– Puisque j'en ai le temps !

– Profitez-en, mais attention, personne, même pas la belle à laquelle vous allez faire vos adieux, ne doit connaître votre affectation. J'ai votre parole d'officier ?

– Soyez sans crainte, colonel, je me considère comme un combattant.

Avant de laisser Osmond franchir la porte de son bureau, le colonel tint à lui remettre sa carte de visite personnelle.

– Quand tout sera fini, lieutenant, j'aurai plaisir à vous revoir. Que Dieu vous garde... Vous pouvez vous mettre en civil pour rentrer chez vous... Ce sera tout de même plus élégant.

Deux heures plus tard, M. de Vigors, qui se sentait le pied léger depuis qu'il avait quitté ses brodequins de « private », prenait le train pour La Nouvelle-Orléans.

Quand, au début du mois de mai, on avait appris dans les milieux militaires que le président des États-Unis avait désigné John Joseph Pershing comme chef du corps expéditionnaire, beaucoup de gens avaient paru étonnés. On s'attendait à voir offrir ce poste au général Leonard Wood, l'ami de Roosevelt, qui s'était illustré dans les Rough Riders avant de devenir gouverneur de Cuba. Mais ce soldat avait eu tort de se mêler de politique et de faire campagne pour les républicains, ce qui le rendait peu sympathique aux démocrates. Pershing, qui était lui aussi un protégé de Roosevelt, s'était toujours tenu à l'écart de la politique. Il ne devait à Roosevelt que d'être passé du grade de capitaine à celui de général de brigade, ce qui avait mécontenté les huit cent quatre-vingt-deux officiers supérieurs que la protection présidentielle lui avait permis de « doubler » d'un seul coup.

Devenu major général, il se trouvait au fort Houston, à San Antonio (Texas) après sa vaine poursuite de Pancho Villa, quand il avait reçu de son beau-père, F.E. Warren, président de la Commission des affaires militaires au Sénat, un message sibyllin : « Télégraphiez-moi aujourd'hui si et dans quelle mesure vous parlez français. » Pershing, qui avait fait un séjour en France et se doutait bien de la raison qui incitait son influent beau-père à poser cette question, répondit sans vergogne dans les délais : « J'ai passé plusieurs mois en France en 1908 et j'y ai étudié le français. Je parlais tout à fait couramment, et à cette époque j'étais capable de lire et d'écrire d'une façon parfaite. Je pourrais facilement réacquérir une connaissance suffisante pour me rendre utile. » Les officiers interprètes de l'état-major devaient constater rapidement que le général avait fait preuve ce jour-là, en matière linguistique, d'un optimisme qui n'était cependant pas dans sa nature.

John Joseph Pershing, descendant d'une famille alsacienne qui s'était installée en Amérique au milieu du XVIIIe siècle, avait vu le jour en 1860 dans un petit village du Missouri. Ses parents ne possédaient aucune fortune, et il avait été cultivateur avant de devenir instituteur. Entré à West Point en 1882, il en était sorti quatre ans plus tard trentième sur soixante-dix-sept et avait connu la vie de garnison dans l'Arizona, avant d'être nommé professeur à l'université du Nebraska.

En 1897, il n'était encore que lieutenant et rongeait son frein dans des emplois subalternes quand la guerre hispano-américaine et la campagne de Cuba l'avaient mis en rapport avec Theodore Roosevelt auquel, affirmaient les mauvaises langues, il avait donné un fameux coup de main avec les soldats noirs du 10e régiment de cavalerie, quand les Rough Riders s'étaient lancés à l'assaut de la colline de San Juan. D'aspect sévère, travailleur, pointilleux comme un adjudant sur la tenue et les signes extérieurs de respect dû aux gradés, il était devenu incroyablement taciturne depuis qu'en 1915 sa femme et ses trois filles avaient péri dans l'incendie du quartier Presidio à San Francisco. Seul son fils avait échappé aux flammes. Tel était le chef militaire sous lequel Osmond de Vigors allait servir dans la cohorte des officiers subalternes auxiliaires de l'état-major.

Osmond trouva La Nouvelle-Orléans dans l'excitation de la conscription. Il n'y avait pas eu, comme à New York, des manifestations de protestation rappelant, en beaucoup plus timides, les émeutes qu'avait provoquées pendant la guerre civile une tentative d'instauration du service militaire obligatoire. Depuis le 18 mai, le conseil de révision fonctionnait en Louisiane, et par milliers des jeunes hommes enthousiastes ou résignés se pressaient dans les bureaux militaires pour montrer leur anatomie aux médecins de l'armée. Trois sur sept des « registrants »[1] étaient des Noirs, et déjà la garde nationale et le Washington Artillery avaient été expédiés par le gouverneur au camp de Beauregard, près de Pineville, où s'organisait l'instruction des recrues.

Les collèges et les universités passaient pour les meilleurs fournisseurs de volontaires, et six mille cinq cents étudiants se préparaient à devenir soldats. Deux cent quarante élèves de l'université Loyola[2] s'étaient engagés, d'autres constituaient un hôpital de campagne et avec des sœurs de charité attendaient de partir pour le front italien. Les jeunes filles du collège de Newcomb rejoignaient les rangs de la Croix-Rouge et demandaient à servir en France. Celles de la « Girl National Honor Guard » se proposaient pour des tâches administratives,

1. Appelés inscrits sur les listes de mobilisation.

2. L'université Loyola, à La Nouvelle-Orléans, avait été créée en 1911 par les pères jésuites déjà fondateurs du collège de l'Immaculée-Conception.

et le « Southern Industrial Institute » formait hâtivement des conducteurs d'ambulances et des mécaniciens d'automobiles.

Dans tous les ouvroirs, on tricotait pour les combattants et l'on confectionnait de la charpie pour les blessés. Ceux et celles qui ne pouvaient, en raison de leur jeune âge, prétendre à servir dans l'armée ou les services auxiliaires vendaient des bons du « Liberty Loan »[1]. La Croix-Rouge, les scouts, le Fonds juif, l'association des jeunes chrétiens (Y.M.C.A.), l'Armée du Salut, les chevaliers de Colomb, les francs-maçons, les fidèles des différentes églises rivalisaient de zèle. On ne pouvait faire dix pas sur la rue du Canal ou traverser Jackson Square sans être abordé par des vendeurs ou des vendeuses de « bons de la liberté » ou de « timbres de guerre ». Pour la souscription à l'emprunt national de guerre lancé par le Congrès, la part de La Nouvelle-Orléans avait été fixée à 91 millions de dollars, mais les Orléanais comptaient faire mieux afin de prouver le civisme d'une population plus attachée que les autres au souvenir des vieilles mères patries européennes[2]. Des acteurs de cinéma parcouraient les villes de l'Union pour stimuler la générosité des souscripteurs. Si Douglas Fairbank et Mary Pickford opéraient dans le Nord, Charlie Chaplin, qu'assistait l'écrivain Rob Wagner, visitait les États du Sud où l'on projetait comme ailleurs des films propres à éveiller les ardeurs patriotiques : *Étoiles de gloire, La rescapée du « Lusitania »* ou *Civilisation* de Thomas Ince.

Osmond, que toute agitation irritait un peu, se rendit chez son tailleur où il commanda deux uniformes à confectionner en quarante-huit heures et chez son chapelier qui s'engagea à lui fournir dans les mêmes délais casquette et bonnet de police. Ennemi de toute fantaisie, le sous-lieutenant se procura cependant chez son bottier des chaussures et une paire de bottes. Pendant son bref séjour, il ne souhaitait rencontrer personne, mais Hector l'informa un soir que Mlle Lorna Barthew, qui séjournait en ville, résidait à la maison Pritchard. Osmond ne put résister au désir de la voir. La jeune fille accompagnait à La Nouvelle-Orléans la présidente de la Croix-Rouge de la paroisse de Pointe-Coupée, Mme A.B. Lacour. Vingt et une demoiselles blanches et vingt-trois jeunes filles noires des environs de Fausse-Rivière avaient déjà choisi de s'engager dans les ambulances que l'on se préparait à envoyer en France.

– Ainsi nous voilà prêts à participer à la grande stupidité de la guerre. Qui peut dire ce qu'il adviendra de nous au cours des mois à venir, observa Lorna, conviée par Osmond à partager un dîner.

– Nous ne pouvons nous dérober, Lorna. L'océan est finalement plus étroit que nous ne pensions quand nous étions enfants. La guerre nous a surpris occupés à nos études, à la construction d'avenirs que rien ne permettait d'envisager autrement que paisibles et heureux. Il nous faut changer nos habitudes, fermer nos livres, ranger nos raquettes de tennis, sortir de notre égoïsme. La guerre remet tout en cause. Que vas-tu faire ?

– Je dois organiser, au port où embarqueront les troupes du corps expéditionnaire, un service d'accueil, une cantine ou je ne sais quoi. Et toi ?

1. « Emprunt de la liberté ». Il rapporta, entre 1917 et 1919, 20 milliards de dollars.
2. A La Nouvelle-Orléans, les sommes collectées atteignirent 300 millions 103 000 dollars.

Osmond hésita un instant à divulguer sa destination, mais il s'était engagé à la taire.

— Je dois rejoindre un camp d'instruction dans le Nord, mais je donnerai de mes nouvelles... dès que ce sera possible.

La soirée fut paisible et mélancolique. Ils la passèrent à évoquer des souvenirs d'enfance et d'adolescence. Les promenades avec l'oncle Gus, les tournois du Baga-Club, les barbecues de Bagatelle. L'un et l'autre éprouvaient les mêmes sentiments ; ils vivaient la fin d'une époque qui resterait à jamais gravée dans leur mémoire. Dans le douillet salon de la demeure des Vigors, cette femme et cet homme que tant de liens unissaient savaient bien que, quelle que soit l'issue de l'aventure dans laquelle ils allaient se lancer, rien ne serait plus comme avant. Si le sort en décidait, peut-être ne se reverraient-ils jamais, car la mort accompagne toute guerre.

Osmond ne s'était jamais senti aussi proche de Lorna. Dans la jeune femme robuste assise en face de lui, ses grandes mains fortes nouées sur les genoux, il retrouvait la petite fille d'autrefois, sérieuse et fidèle. Son regard couleur café plein de scintillements dorés, sa chevelure brune toujours à demi croulante, son buste dur qui tendait la soie du corsage, ses longues jambes croisées sous la jupe, ses lèvres rouges et charnues faisaient d'elle une femme désirable. La pensée lui vint qu'elle aurait pu lui être destinée. De son côté, elle dominait la crainte qui l'assaillait de perdre à jamais ce garçon qu'elle aimait depuis l'enfance et qui ne pouvait deviner la force secrète de ses sentiments.

Après un long silence, Osmond se mit au piano.

— Joue-moi cet impromptu de Schubert, tu sais, celui que je préfère à tous les autres.

Osmond s'exécuta et, dans le silence de la maison, la mélodie romantique prit soudain la signification douloureuse et envoûtante d'un adieu.

Quand le jeune homme, après le dernier accord, fit pivoter son tabouret, il vit le regard de Lorna embué de pleurs. Il se leva, se pencha sur elle et embrassa l'un après l'autre les yeux de son amie. Les larmes lui mirent aux lèvres un goût doux-amer. Elle lui sourit, troublée et ravie par cette manifestation de tendresse dont elle ne le croyait pas capable.

— Je suis idiote... cette musique... n'est pas celle qui convient aux... guerriers, dit-elle doucement.

— C'est celle qui nous convient en tout cas, dit Osmond. Elle est nôtre et jamais je ne pourrai l'entendre maintenant sans penser à cette soirée.

12

Le 13 juin 1917, à dix heures quinze du matin, Osmond de Vigors posa le pied avec une certaine émotion sur la terre de ses ancêtres paternels. En débarquant à Boulogne-sur-Mer dans la suite du général Pershing qui comprenait cent soixante-dix-sept généraux, colonels, commandants ou officiers subalternes et quelques hommes de troupe, il se répéta à plusieurs reprise mentalement : « Je suis en France » comme pour s'en persuader. Le nom de ce vieux pays qu'il avait tant souhaité connaître produisait une assonance harmonieuse, deux syllabes parfaites, douces et sonores comme un accord en majeur. Trois semaines plus tôt à Washington, un général du War State Building lui avait fait une agréable surprise en remplaçant sur-le-champ son brevet de second-lieutenant par un brevet de premier-lieutenant. Cette promotion, inusitée pour un militaire sans aucune expérience, était justifiée par le fait que les interprètes de l'état-major du chef du corps expéditionnaire devaient être, au minimum, de ce grade. Les autorités militaires qui avaient discrètement enquêté sur le passé du volontaire tenaient à s'assurer ses services.

— Agrafez cette barre d'argent sur vos pattes d'épaule et tâchez de vous en montrer digne... lieutenant... avait commenté l'officier supérieur d'un ton sec, car il désapprouvait ce passe-droit imposé par le secrétaire d'État à la Guerre.

Comme tous les membres de l'expédition, Osmond s'était embarqué à Governor's Island le 17 mai sur le *Baltic*, un paquebot britannique. Il lui avait été prescrit, comme aux autres officiers, de ne porter que des vêtements civils, afin que le secret du départ soit conservé. Les salves d'artillerie tirées par les batteries de Governor's Island avaient un peu nui à la discrétion de l'appareillage, mais les journalistes s'étaient engagés à ne rien publier avant que le bateau ait atteint l'Europe. Comme on redoutait que les sous-marins allemands, alertés par des espions opérant en Espagne et au Portugal, viennent intercepter le navire, le commandant Finch, vieux loup de mer flegmatique et circonspect, fit naviguer en zigzag à l'approche des côtes européennes. Le 8 juin, le *Baltic* avait mouillé à Liverpool, où un détachement du 3e bataillon du Royal Welsh Fusiliers avait rendu les honneurs au général Pershing et aux officiers supérieurs devant l'accompagner par train spécial jusqu'à Londres.

Chaleureusement reçus à Buckingham Palace par le roi George V puis par le gouvernement britannique, le général et sa suite avaient rejoint Folkestone où les attendaient ceux qui, comme Osmond, avaient été chargés du transfert des bagages de Liverpool au port de la Manche. La traversée d'Angleterre en

France sur un petit bateau dans une zone infestée de sous-marins allemands s'était effectuée sans encombre. A Londres, un officier français, le capitaine Charles de Marenches, délégué par le général Pétain, avait été intégré à l'état-major américain.

A Boulogne, d'autres officiers envoyés par le maréchal Joffre et le général Pétain accueillirent avec enthousiasme les arrivants qui apprécièrent au plus haut point la présence du colonel Jacques Aldebert de Chambrun, descendant direct de La Fayette dont la famille bénéficie à perpétuité de la citoyenneté américaine en vertu d'une loi adoptée par le Congrès des États-Unis. Le colonel de Chambrun, promu aide de camp personnel du général Pershing pour la durée de la guerre, se révéla un précieux collaborateur.

Osmond, qui devait à chaque instant traduire pour le colonel auquel il était attaché les souhaits de bienvenue et les considérations sur les opérations militaires en cours, regardait avec curiosité des paysages inconnus découverts par les fenêtres du train qui emmenait à Paris le contingent américain.

Si la réception à Boulogne avait été rapide et d'une sobriété militaire comme il convenait, celle de Paris lui parut délirante. Le comité d'accueil, conduit par le ministre de la Guerre Paul Painlevé et le maréchal Joffre, un homme chaleureux à la moustache impressionnante, avait fait prévenir par la presse la population parisienne de l'arrivée des Américains.

Jamais Osmond n'avait vu pareille foule rassemblée. Les voitures qui transportaient les Américains à l'hôtel *Crillon* eurent les pires difficultés à traverser la place de la Concorde, où des hommes et des femmes agglutinés criaient leur joie de voir enfin débarquer ceux dont ils attendaient aide et assistance. A peine eut-il pris possession de sa chambre que le lieutenant entendit la foule acclamer Pershing qu'on avait poussé sur un balcon de l'hôtel.

– Nous pourrons offrir à ces Français toute l'aide qu'ils espèrent, dit Osmond à son colonel.

– Pas avant des semaines, hélas ! répondit l'officier.

Ce dernier savait que les États-Unis ne possédaient alors que 285 000 fusils Springfield, 400 canons légers, 150 canons lourds, 1 500 mitrailleuses et une aviation ridiculement faible avec 65 officiers et 55 avions, dont 51, aux dires des experts, étaient des modèles « désuets » et 4 véritablement surannés.

Or les Français avaient déjà chiffré leurs besoins immédiats dans ce domaine : 4 500 avions, 5 000 pilotes et 50 000 mécaniciens qui devraient être à pied d'œuvre avant l'année suivante.

Dès qu'il fut installé, le colonel souhaita se reposer, et Osmond se précipita dans la rue. Il voulait voir Paris, humer l'air de cette capitale mirifique dont l'oncle Gus ne parlait jamais sans avoir l'œil humide. Traversant la place de la Concorde en fixant le temple du parlementarisme qu'est le Palais-Bourbon, il vint se pencher sur la Seine. Accoudé au parapet au milieu du pont, il découvrit, dans la lumière de fin d'après-midi, la perspective des berges ombragées, le Louvre, les beaux immeubles aux façades percées de grandes fenêtres et, au loin, les tours de Notre-Dame. Son uniforme, encore inconnu des Parisiens habitués à reconnaître dans les rues les soldats de toutes les armées alliées, retint l'attention d'un couple de gens âgés qui marchaient à petits pas.

L'homme lui adressa sans façon la parole.

— Êtes-vous belge ou anglais, mon adjudant ? Ma femme et moi nous avons fait un pari.

Osmond se redressa.

— Vous avez perdu tous deux, je suis américain et lieutenant.

— Un Américain... le premier que nous voyons. Vous êtes venu avec le général Pershing ?... Vous allez nous aider à chasser les boches ?

— Nous sommes venus pour ça, monsieur.

La femme s'avisa soudain que cet Américain parlait français sans aucun accent.

— Mais... vous parlez français... comme nous.

— Dans ma famille, nous parlons toujours français, madame ; je viens de Louisiane.

— De Louisiane ? C'est au nord, près du Canada, hein, bien sûr, tous les Canadiens parlent français à ce qu'on dit.

Osmond eut un instant d'étonnement.

— Assez loin du Canada, au sud plutôt, entre le Texas et l'Alabama... monsieur.

— Vous savez l'Amérique, c'est si grand... et si loin qu'on s'y perd... et on parle français en Louisiane ?

— Ce fut une terre française jusqu'en 1803, jusqu'à ce que Bonaparte la vende aux États-Unis.

— Comme c'est drôle, je ne me souviens pas de ça, fit la dame... on a vendu une colonie, ça alors.

— Et... que pensez-vous de Paris, mon lieutenant... et de notre Seine ? demanda l'homme pour masquer ce qui aux yeux d'Osmond pouvait passer pour une surprenante ignorance.

— Je n'ai encore rien vu de Paris, monsieur. Quant à la Seine, elle paraît être une jolie petite rivière... si petite que chez nous elle n'aurait même pas de nom. Le Mississippi est dix fois plus large à La Nouvelle-Orléans.

Les Parisiens froncèrent le sourcil, et l'officier comprit qu'ils ne le croyaient pas ou le prenaient pour un farceur. Il sentit soudain que ce vieux monsieur et cette vieille dame modestement vêtus ne feraient plus grande confiance aux Américains pour chasser l'Allemand qu'ils appelaient « boche » avec un accent de haine. Ils s'éloignèrent après un salut compassé.

Jusqu'à la nuit, Osmond arpenta les rues, identifiant au passage les monuments dont l'oncle Gus lui avait montré des photographies ou des gravures : l'église de la Madeleine, le Grand et le Petit Palais, cette bizarre tour métallique, qui ressemblait à un très haut et très fin derrick et due au génie de M. Eiffel, l'arc de Triomphe, le Louvre, les arcades de la rue de Rivoli. Il remarqua que beaucoup de femmes étaient jolies, qu'elles portaient des jupes étroites, ce qui leur donnait une démarche curieuse, et aussi que, sans être effrontées, elles lui rendaient regard pour regard sans la moindre gêne. Il regagna l'hôtel *Crillon* fatigué, à la fois heureux et déçu. Heureux de se trouver dans une capitale où il y avait tant à découvrir, déçu que le valet de chambre et le maître d'hôtel, qui s'étaient eux aussi étonnés de la qualité de son français, n'aient pas su non plus situer la Louisiane. Ce nom n'éveillait aucun souvenir particulier chez les Français rencontrés ce jour-là. La mère patrie semblait avoir perdu la mémoire. Il n'y avait tout de même que cent quatorze ans que la Louisiane n'était plus française.

Pendant les jours qui suivirent son arrivée en France, Osmond fut absorbé par des tâches diverses. Il dut à plusieurs reprises accompagner son colonel à des conférences avec les militaires français, traduire des rapports, régler des problèmes juridiques. Il constata que le général Pershing semblait avoir renoncé à s'exprimer en français, et qu'il était fort préoccupé autant par l'ampleur des exigences françaises que par la situation des Alliés. On avait caché, « pour ne pas encourager l'orgueil allemand » et surtout pour ne pas affoler les populations civiles, qu'au cours des mois d'avril et de mai les sous-marins ennemis avaient envoyé par le fond un million cinq cent mille tonnes de navires. Un officier anglais avait confié au jeune lieutenant : « Si les destructions continuent à ce rythme, la flotte britannique n'aura bientôt plus assez de bateaux pour transporter l'armée américaine en Europe. » Quant au front, il paraissait à nouveau stabilisé après un recul stratégique des Allemands consécutif aux offensives françaises et britanniques du printemps. Le moral des troupes passait pour médiocre, et l'on signalait des cas de mutinerie dans l'armée française. Le bruit courait qu'on avait dû fusiller des soldats. Cinquante, disaient les uns, cent, affirmaient les autres. On ne cachait plus que la bataille de Verdun avait coûté six cent mille morts, soit le double de toutes les victimes de la guerre de Sécession. En Russie, le tsarisme semblait avoir vécu. Le socialiste Kerenski venait de former un gouvernement dont on ignorait encore les intentions. En Italie, on s'attendait, à plus ou moins longue échéance, à une nouvelle attaque austro-allemande.

Bien que le lieutenant de Vigors n'ait pas de rapport direct avec le général Pershing, il n'éprouvait, à l'égard de ce militaire toujours tiré à quatre épingles et très soucieux des préséances, qu'une sympathie mitigée. Il fut cependant satisfait quand le chef de la mission américaine décida d'installer ses services 27, rue de Constantine et d'établir ses quartiers 73, rue de Varenne dans l'hôtel particulier – propriété d'un Américain de Paris, M. Ogden Mills –, magnifique bâtiment ouvrant sur un parc planté d'arbres centenaires. L'ensemble datait de Louis XV et avait été la résidence de la veuve du maréchal Lannes. Réaliste et rigoureux dans ses vues, John J. Pershing, las des cérémonies, des réceptions et des dîners où les Français semblaient se complaire, réunit son état-major et déclara qu'il était urgent de jeter immédiatement les bases de la constitution et de l'emploi d'une armée américaine.

Naturellement, il fallait que tout soit organisé avant l'arrivée des premiers contingents : l'accueil des troupes dans les ports, la construction de hangars et d'entrepôts, les circuits de ravitaillement en vivres et en munitions. Il devenait nécessaire de conclure des marchés pour procurer au corps expéditionnaire du bétail, des canons, des aéroplanes ; prévoir l'utilisation du réseau ferroviaire français. Chaque jour, une quantité incroyable de questions étaient soulevées. La première mission que reçut Osmond fut, en raison de ses compétences de cavalier, de négocier l'achat de chevaux et de mulets. Les prix lui parurent exorbitants. Il trouva les négociants français trop enclins à rechercher la bonne affaire face à ces Américains que l'on disait cousus de dollars depuis que le major Murphy de la Red Cross avait mis 1 million de dollars à la disposition des familles des combattants français.

Comme la plupart des officiers subalternes de la mission, Osmond dut se mettre en quête d'un logement parisien, la vie d'hôtel ne lui plaisant guère. Il se souvint fort à propos d'une phrase prononcée deux mois plus tôt par oncle Gus. « Si on t'envoie un jour à Paris, va donc loger chez Félix, rue Cambon, dans l'hôtel particulier de Gratianne que Charles à légué à Marie-Virginie. »

La rue Cambon étant proche de la rue Constantine, il s'en fut un soir tirer la sonnette d'un immeuble austère à portail de chêne verni. Un vieux concierge peu aimable accepta de le conduire à travers une petite cour pavée jusqu'au perron où le reçut un éphèbe italien remplissant les fonctions d'intendant. Très courtois, le jeune homme lui offrit aussitôt le gîte et le couvert.

– Monsieur, qui sert présentement dans un régiment écossais, est venu en permission il y a quelques semaines et m'a donné pour consigne de recevoir tous ses amis américains. Vous êtes donc ici chez vous. Je vais vous donner la chambre bleue.

Osmond, sur les pas du gracieux factotum, gravit un escalier de marbre à rampe de bronze dorée en jetant des regards pleins de curiosité sur les tableaux suspendus aux murs. Tous étaient de facture extrêmement moderne, la plupart des écoles cubiste et fauviste dont, il le savait, Félix de Castel-Brajac faisait grand cas. Les couleurs vives formant d'incompréhensibles géométries ou rehaussant des représentations quasi caricaturales d'êtres ou d'objets tranchaient sur la blancheur froide des murs.

La chambre que lui destinait le maître d'hôtel lui parut tout de suite douillette comme un boudoir. Les murs de la pièce éclairée par une seule fenêtre étaient tendus de chantoung bleu pastel. Un grand lit aux panneaux de laque blanche et une table bureau également laquée blanc constituaient l'ameublement. Les sièges, fauteuils et chaises avaient été recouverts de velours d'un bleu plus soutenu que celui des tissus muraux, mais identique à celui des doubles rideaux.

Le maître d'hôtel assura son hôte que les salons et la bibliothèque situés au rez-de-chaussée étaient à sa disposition, et qu'un valet de chambre pourrait s'occuper de son linge et de l'entretien de sa garde-robe.

– Je ne possède pour l'instant que deux uniformes, dit Osmond en découvrant une penderie pouvant contenir cinquante costumes.

– Le tailleur de Monsieur pourra fournir au lieutenant tout ce qu'il désire. A Paris, les officiers étrangers préfèrent souvent sortir en civil, les Parisiens sont si curieux !

En raccompagnant M. de Vigors, le domestique s'enquit de l'existence d'une ordonnance qu'il conviendrait aussi d'héberger.

– Je n'ai pas encore d'ordonnance, mon ami.

L'Italien eut un haussement de sourcil indiquant sa surprise devant un tel dénuement.

– Je m'appelle Carlo Mila, lieutenant, dit-il en battant des cils comme une gitane, et je suis à votre entière disposition.

Osmond s'installa dès le lendemain chez Félix de Castel-Brajac et se trouva tout de suite à l'aise dans cette maison confortable où chaque bibelot était un objet d'art parfaitement adapté au décor à la fois sobre et cossu, et où l'on retrouvait le goût du maître de céans aussi bien dans les boutons de porte en cristal que dans la statue antique d'Apollon, seul ornement du hall. Il imagina, dans cet intérieur composé par un esthète du XXe siècle, les fantômes désorientés de la belle Gratianne de Damvilliers dont le portrait ornait son cabinet de travail à La Nouvelle-Orléans et ceux, plus anciens, de Mme Drouin, la première propriétaire qui sous ce toit avait initié sa nièce, Virginie Trégan, future marquise de Damvilliers, aux rites mondains de la vie parisienne.

Loin de Bagatelle, dans ce pays où, malgré l'affection atavique qu'il lui avait portée sans le connaître, malgré la pratique qu'il possédait de la langue française, il se sentait parfaitement étranger, Osmond ressentait plus que jamais l'irrépressible écoulement du temps. Les miroirs lui renvoyaient l'image d'un officier de haute stature, au visage grave, dans lequel, lui qui ne perdait pas de temps à considérer son physique avait peine à se reconnaître.

Il avait parfois conscience d'habiter un corps qui ne lui appartenait pas, de porter la défroque d'un figurant engagé dans un grand drame à épisodes. Et cependant, son esprit fonctionnait avec lucidité. Il accomplissait les tâches qu'on lui confiait, dormait, mangeait, bavardait à l'aise dans une parenthèse que sa volonté avait ouverte dans sa vie et qu'un hasard refermerait. Que signifiait aujourd'hui le serment de la rivière Chitto ? Qu'étaient devenues les ambitions de sa jeunesse ? L'exemple des grands hommes ne lui était plus d'aucun secours, et toutes les philosophies apprises lui paraissaient fallacieuses.

Il tentait, sans y parvenir, de se persuader de l'importance que revêtait sa participation à une lutte gigantesque qui ne représenterait plus tard qu'un avatar sanglant, que d'autres non moins sanglants feraient oublier. Qu'avait-on retenu de tel centurion de la VIe légion romaine ou de tel capitaine carthaginois ? Comme eux, fourmi dans la fourmilière, fouaillé par la guerre, il agitait sa petite personne et trahissait sa propre humanité.

Félix de Castel-Brajac, dont il habitait la maison parisienne, lui avait dit un jour, citant Nietzsche : « La seule justification du monde ne serait-elle pas esthétique ? » Et cette question ne lui paraissait plus aussi saugrenue qu'autrefois. Toutes les laideurs de la guerre composaient peut-être dans l'espace et dans le temps un grand duel harmonieux. Il lui fallait assimiler la guerre comme une substance qu'il finirait par ne plus distinguer de lui-même jusqu'à devenir « cette ombre, mon image, qui va et vient cherchant sa vie » dont parlait Walt Whitman.

Au contraire de ces Français qu'il côtoyait chaque jour, il ne ressentait aucune haine pour l'Allemand coupable du crime imprévu de lèse-civilisation. Le terme « ennemi » désignait une entité mauvaise et anonyme. Pour la combattre, il fallait aussi oublier qu'elle était faite d'êtres de chair et de sang, qui savaient réciter des poèmes et jouer du piano.

La remarque faite par Carlo quant à l'absence d'ordonnance conduisit Osmond à examiner la situation des autres officiers subalternes de la mission. Il s'aperçut que tous disposaient déjà d'un homme de troupe ou d'un sous-officier remplissant les fonctions de chauffeur, livreur, courrier et valet.

Ayant fait cette découverte, il s'en ouvrit à son colonel, qui l'encouragea vivement à recruter ce que les officiers français appelaient familièrement un « tampon ». Le soir même, le secret de la résidence de la mission américaine étant maintenant levé, il expédia un télégramme à Hector, à La Nouvelle-Orléans, lui enjoignant de prendre le premier bateau à destination de la France et de se présenter à Paris, 24, rue Cambon. Le colonel, informé de ce choix, tiqua un peu en apprenant qu'Hector était noir.

– Vous autres, gens du Sud, vous avez conservé le goût des esclaves. Quand les troupes noires arriveront, vous trouverez à vous employer. D'après ce qu'on en dit, les nègres n'aiment pas faire la guerre.

– Il y en a dans l'armée française qui sont d'excellents soldats, monsieur.

Malgré ces considérations raciales, le colonel assura Osmond qu'il régulariserait la situation. Hector deviendrait auxiliaire civil de l'armée américaine, à condition que son maître souscrive une assurance-vie, cette ordonnance ne pouvant être considérée comme un militaire à part entière.

L'assurance-vie des membres du corps expéditionnaire était un des dadas du général Pershing, qui avait demandé au gouvernement fédéral d'en souscrire une pour chaque combattant envoyé en Europe[1].

Le 28 juin débarquèrent à Saint-Nazaire quatorze mille cinq cents soldats américains. Ils avaient traversé l'Atlantique à bord de quatorze navires escortés par le croiseur *Seattle* battant pavillon de l'amiral Albert Fleares. Les 16ᵉ et 28ᵉ régiments d'infanterie et le 5ᵉ régiment de marines constituaient les premiers éléments de la 1ʳᵉ division.

Le général Pershing, qui savait que les deux tiers des effectifs de ces unités hâtivement formées étaient composés de recrues sachant à peine marcher au pas et présenter les armes, aurait voulu envoyer les « doughboys »[2] compléter leur instruction au camp de Gondrecourt « avant de les montrer aux Parisiens », mais il ne put refuser aux autorités françaises la présence d'un bataillon du 16ᵉ d'infanterie aux cérémonies qui, le 4 juillet, marquèrent le 141ᵉ anniversaire de l'indépendance américaine.

Si Pershing et sa suite avaient été acclamés quinze jours plus tôt, les Américains faillirent ce jour-là périr étouffés sous l'enthousiasme de la foule. Ce fut une grande fête populaire de l'amitié et de l'espérance qui déferla sur Paris. Tout le monde voulait voir les « sammies »[3], les toucher. On leur jetait des fleurs, les femmes les embrassaient à pleine bouche, les barbouillaient de rouge à lèvres, leur prenaient le bras et se mêlaient au défilé qui n'avait plus rien de martial. Les hommes criaient, applaudissaient, offraient du vin. Ce n'était plus un régiment qui défilait, c'était un cortège de carnaval qui louvoyait dans les rues. Abasourdis, mal remis de la traversée, embrassés, choyés, bousculés, interpellés, les soldats avaient peine à maintenir sur leur tête leurs grands chapeaux couverts de fleurs, oublaient les règles de l'alignement, ne savaient plus que faire de leurs fusils.

Osmond, qui avait horreur de la foule et n'était pas tenu de figurer dans ce défilé, finit par se mettre à l'abri sous un porche de la place des Invalides, où avait eu lieu la prise d'armes. Repéré, entouré, congratulé par un groupe

1. Le gouvernement des États-Unis souscrivit en effet 80 millions de dollars d'assurance pour les troupes du corps expéditionnaire. 90 % des combattants américains de la guerre 1914-1918 étaient assurés.

2. Littéralement : « garçons courageux ». C'est ainsi que l'on appelait les Américains du corps expéditionnaire.

3. Argot : sobriquet du soldat américain.

d'hommes et de femmes, il s'efforçait de sourire en évitant de parler français, ce qui eût déchaîné un enthousiasme supplémentaire. Il envisageait sérieusement de se frayer de force un chemin quand, dans son dos, un vantail de porche s'ouvrit.

– Come, come, lieutenant, dit une voix douce à son oreille.

Sans se faire davantage prier, il pénétra sous la voûte obscure et referma la porte sur ses admirateurs. Une jeune femme blonde et frisée, à l'œil d'un bleu vif et au nez petit et retroussé, lui sourit.

– Merci, madame. Je n'ai pas encore rencontré d'Allemands, mais croyez-vous qu'ils soient aussi dangereux que vos compatriotes ?

Il s'était spontanément exprimé en français, et la jeune femme lui en fit la remarque. Comme chaque fois depuis qu'il était en France, il dut expliquer, en exagérant un peu, que la Louisiane était un État francophone.

– Je me préparais à sortir. Puis-je vous conduire quelque part, monsieur... pour vous éviter une nouvelle agression ? dit-elle en désignant une automobile rangée dans la cour de l'immeuble et près de laquelle se tenait un chauffeur en livrée.

– Je dois me rendre au cimetière de Picpus pour une autre cérémonie... mais j'ai aussi une automobile... de l'autre côté de la place.

– Vous ne pourrez jamais l'atteindre avec cette foule, venez, je vous emmène, vous avez fait un si long voyage pour venir jusqu'à nous.

La jeune femme, dont la silhouette impressionna Osmond, dit quelques mots à voix basse au chauffeur, puis invita l'officier à s'asseoir à côté d'elle. Tout en bavardant, tandis que l'automobile traversait la Seine, puis la Concorde et la rue de Rivoli, filait vers le cimetière où le général Pershing devait fleurir la tombe de La Fayette, Osmond observait l'aimable inconnue. Elle lui parut jolie, fraîche et d'une élégance de bon ton. Sous une capeline de dentelle noire, un petit visage rond, un regard brillant de poupée de porcelaine, des lèvres un peu trop rouges et le nez au retroussis insolent qu'il avait déjà remarqué composaient pour l'Américain le portrait idéalisé de la vraie Parisienne comme la voyaient les dessinateurs de mode du *Lady Home Journal*.

– Le cimetière est à l'autre bout de Paris, dit-elle.

– Je suis désolé, je n'aurais pas dû accepter.

– Si vous saviez comme je suis contente d'avoir un Américain pour moi toute seule, monsieur. Les journaux parlent si souvent de vous, de votre armée formidable, de la richesse de votre pays. Je suis bien contente de vous avoir chipé à la foule.

– Chipé ?

Elle sourit.

– Ah ! c'est qu'à Paris nous parlons un français... pas très français... chipé, ça veut dire enlevé, volé.

– Je suis enchanté d'être enlevé par une Parisienne. C'est la première fois que ça m'arrive. Mon nom est Osmond de Vigors.

– De Vigors... vous êtes noble ? Je croyais que ça n'existait pas en Amérique... la noblesse ?

– Ma noblesse est française et très ancienne, madame.

– Moi aussi je suis noble. Je m'appelle Armande de Pressy...

– C'est un joli prénom, Armande... Madame ou mademoiselle ?

Osmond remarqua que la jeune femme marquait un instant d'hésitation assez incompréhensible.

– Madame... oui madame. Je suis mariée et mon mari est très jaloux... mais vous pouvez m'appeler Armande.

– Après ce que vous venez de dire de votre époux, je n'oserai jamais... déjà... s'il venait à apprendre que vous circulez seule en voiture avec un Américain... Êtes-vous certaine de la discrétion de votre automédon ?

– De quoi ?

– Du chauffeur.

– Ah ! Lui... vous pensez... muet comme une carpe.

Mme de Pressy parut à Osmond tout à fait conforme à l'image qu'il s'était faite des Parisiennes en entendant discourir ses camarades de l'état-major, dont plusieurs pouvaient déjà se vanter de bonnes fortunes faciles. Jusque-là, il n'avait vu de bourgeoise affranchie que sur la scène, dans les vaudevilles. Mais le type existait, semblait-il, à l'état naturel.

Comme l'automobile s'arrêtait devant le cimetière dont un cordon de gardes mobiles à cheval interdisait l'accès à la foule déjà dense, Armande se pencha vers Osmond.

– J'aimerais bien aller avec vous... pour voir.

Il était difficile de refuser, et Osmond, dont l'uniforme constituait un laisser-passer suffisant, entraîna la jeune femme dans son sillage. Deux lieutenants déjà arrivés lui firent des clins d'œil égrillards, et un capitaine avec lequel il avait sympathisé lui glissa au passage en anglais une phrase qui signifiait à peu près : « Tu ne t'embêtes pas, Dixie ! ».

– Qu'est-ce qu'il a dit ? fit Armande.

– Mais vous entendez l'anglais ?

– Non, je sais dire une douzaine de mots, mais quand on parle je ne comprends pas... Qu'est-ce qu'il a dit le petit gros ?

– Il a dit : « Le général arrive, dépêchez-vous. »

Près de la tombe de Marie Joseph Paul Yves Roch Gilbert Motier, marquis de La Fayette, se tenait déjà un groupe de personnalités civiles et militaires.

– A tout à l'heure, souffla Mme de Pressy en se faufilant entre les tombes pour trouver un observatoire discret.

Quelques instants plus tard, le général Pershing, sanglé dans son uniforme, la moustache bien taillée et le menton relevé, s'avança vers la tombe de l'illustre marquis en compagnie du colonel Stanton, son aide de camp, et de représentants du gouvernement français. Quand la tombe fut fleurie et la minute de recueillement observée, on comprit que tout le monde attendait quelques mots du général américain dont les journaux, qui avaient rappelé ses origines alsaciennes, affirmaient qu'il parlait français.

Mais Pershing, taciturne comme à son habitude et excédé par une journée de cérémonies, ne semblait pas décidé à prendre la parole. M. Sharp, l'ambassadeur des États-Unis, et M. Painlevé finirent par le convaincre, et le général, bien qu'il ait désigné le colonel C.E. Stanton pour parler à sa place, dut improviser un speech avant de céder la petite tribune à son aide de camp.

Ce dernier, visité par l'inspiration et peut-être conscient que l'assistance escomptait une déclaration plus lyrique que les propos tenus par son chef, apostropha soudain d'une voix forte le mausolée : « La Fayette, nous voilà[1] ! » Les applaudissements crépitèrent, couvrant les sanglots de quelques femmes en deuil.

Le lieutenant de Vigors constata immédiatement que le salut, un peu familier mais plein de fougue, adressé par un officier américain à l'ami du grand Washington et auquel l'Amérique venait payer une dette de reconnaissance par-delà le Temps et la Mort, faisait très bon effet sur tous les Français présents.

A la sortie du cimetière, comme il rejoignait Armande, celle-ci dit en désignant un homme vêtu de noir.

– Celui-là je le connais.

– C'est un membre du gouvernement français.

– Je sais... c'est aussi un ami de ma... de ma tante.

– Si nous allions prendre une tasse de thé ? proposa l'officier conquis par le charme un peu acide de la Parisienne.

– Oh oui ! Allons chez Rumpelmeyer, rue de Rivoli, il y a de ces choux à la crème !

Autour de la table à thé le badinage se poursuivit, et Mme de Pressy se laissa baiser la main à plusieurs reprises au moment de l'au revoir.

– Vous reverrai-je ? demanda Osmond décidé par jeu à poursuivre son avantage.

La jeune femme minauda un peu puis elle fit une moue rieuse, que le lieutenant trouva tout à fait inattendue chez une femme du monde.

– Eh bien, invitez-moi à dîner... disons dans une semaine.

La date fut fixée, et il fut convenu que le 12 juillet, à dix-neuf heures trente – comme disaient les Français – l'automobile de service d'Osmond, une Cadillac kaki, stationnerait devant la maison de la place des Invalides.

Armande s'éloigna sous les arcades à petits pas vifs, et Osmond regagna son bureau tout étonné qu'il soit si facile d'entrer dans les bonnes grâces d'une Parisienne à laquelle il n'avait pas l'intention de demander plus que ces petits plaisirs désignés par les Français sous le nom innocent de cinq à sept. A l'état-major, Osmond était attendu par son colonel.

– Vous partez demain en mission pour Gondrecourt, près de Langres. C'est là que les boys de la 1re division sont à l'entraînement. Le général veut savoir comment ils sont reçus par les civils français et s'il y a des problèmes ; on attend votre rapport dans cinq jours.

Osmond salua et s'en fut quérir un chauffeur et une automobile. Le lendemain soir, il dînait dans une petite maison au toit de tuiles rouges avec les officiers du 16e régiment d'infanterie. Pendant le voyage de Paris jusqu'en Lorraine, il avait pu enfin se faire une idée de ce qu'était la guerre. Le pays portait les traces des combats qui s'étaient déroulés au fil des années : villages détruits, routes défoncées, forêts calcinées par les pluies d'obus. Entre deux

1. On a souvent attribué à tort cette phrase au général Pershing. Lui-même raconte dans ses *Mémoires* publiés en France par Plon en 1931 : « C'est à cette occasion (cérémonie au cimetière de Picpus) que furent prononcés les mots mémorables que l'on ne pouvait trouver que sous le coup d'une profonde émotion. C'est à moi que beaucoup de personnes ont attribué cette phrase lapidaire, et j'ai souvent regretté de n'en avoir pas la paternité. Mais je n'ai pas souvenance d'avoir dit quelque chose d'aussi bien. Ces mots, je crois pouvoir l'affirmer, ont été prononcés par le colonel Stanton, et c'est à lui que doit revenir l'honneur d'une phrase si heureuse et si bien frappée. »

averses, le soleil de juillet atténuait un peu la désolation de certains secteurs particulièrement éprouvés et, dans les champs des femmes travaillaient aux cultures. Des convois militaires encombraient les routes, et des ambulances tentaient de se frayer un passage pour aller charger dans les hôpitaux de campagne les blessés qui devaient être conduits à l'arrière. Certains, apprit Osmond, attendaient depuis des semaines d'être évacués vers des centres hospitaliers bien équipés.

Dans les hameaux des environs de Gondrecourt où les Américains avaient pris leurs quartiers, le calme régnait depuis deux ans, mais les villages dans les vallons n'étaient plus peuplés que de vieillards silencieux et de gosses en sabots. Les jeunes femmes travaillaient dans les usines de munitions, et la vie se déroulait au ralenti. Les soldats américains qui distribuaient aux enfants de la gomme à mâcher semblaient admis, mais leur vitalité tranchait sur l'apathie générale d'une population clairsemée. Les paysans savaient maintenant la valeur du dollar et, dans les cafés les « sammies », auxquels on reprochait de faire monter les prix, payaient le vin et le café deux fois plus cher que les autochtones.

L'entraînement des troupes, dirigé par des officiers français et britanniques, parut à Osmond bien organisé. Les Américains apprenaient à creuser des tranchées, à combattre en rase campagne, à se servir des mitrailleuses Hotchkiss et Chauchat, à établir des réseaux de fil de fer barbelé, à lancer la grenade.

Au tir, les « sammies » se révélaient assez adroits, mais ils répugnaient à se servir de la baïonnette que les soldats français avaient surnommée « Rosalie ». Quant au casque britannique qui remplaçait leur chapeau à larges bords, il leur paraissait lourd et encombrant.

Les officiers français connaissaient les réticences de Pershing quant à l'emploi immédiat des régiments américains. Un capitaine, rescapé de l'offensive lancée au printemps par le général Nivelle qui avait coûté sans aucun profit cent soixante-dix-sept mille hommes aux Anglais et cent quatre-vingt mille aux Français, exprima devant Osmond l'opinion de ses compatriotes :

– La meilleure aide que vous puissiez nous apporter est de déléguer, dans les armées aguerries anglaises et françaises, des unités américaines qui seraient engagées au combat, car nous ne pouvons attendre que vous ayez constitué cette armée autonome d'un million d'hommes à laquelle rêve votre général. A vous parler franchement, nous n'avons pas encore grande confiance dans votre efficacité. Il faudra que vous nous donniez des preuves de votre volonté de combattre à nos côtés, sous nos généraux expérimentés... qui ne sortent pas de West Point. Vous devez dissiper l'impression que répandent chez nous certains intellectuels cocardiers quand ils disent que vous n'êtes entrés dans la guerre que pour figurer parmi les vainqueurs au jour de la victoire. Que voulez-vous, mon cher, vous êtes venus un peu tard !

– Maintenant, nous sommes là, répondit Osmond assez gêné en se souvenant de ce que disait oncle Gus.

Les officiers français, qui tous avaient subi l'épreuve du feu et dont les blessures plus encore que les décorations attestaient le courage, plurent au lieutenant. Il découvrait en eux cette détermination tranquille des combattants prêts à s'exposer sans forfanterie.

On ne pouvait à Paris se faire une idée de la confiance que ces hommes avaient dans l'issue heureuse du conflit. Ils ne pensaient à rien d'autre qu'à chasser l'ennemi, et ils entendaient le faire en évitant de se poser les questions qui agitaient les cercles parisiens.

Le rapport qu'il rédigea en quarante-huit heures, avant de regagner Paris, traduisait ses sentiments. Les Américains devaient aller au combat sans plus attendre. C'était le geste fraternel qu'espéraient les Français.

A son retour de Lorraine, Osmond de Vigors eut l'heureuse surprise de retrouver, rue Cambon, Félix de Castel-Brajac qui avait un bras en écharpe mais paraissait en excellente santé.

– J'ai reçu ce que les Français appellent « la bonne blessure », mon cher, un éclat de « pot de fleur »[1] qui m'a fracturé l'humérus. Cela me vaut un mois et demi de convalescence à Paris. Croyez-vous, avec le temps qu'il fait en Artois, c'est rudement bon à prendre.

Contrairement à ce que croyait Osmond, Félix ne portait pas le kilt, mais une tunique rouge à parements relevés sur un pantalon de tartan aux couleurs de son régiment : grands carreaux rouges sur fond de carreaux vert clair et vert sombre. Trois étoiles à quatre branches sur ses pattes d'épaule indiquaient son grade de capitaine, et deux chevrons dorés sur sa manche attestaient qu'il avait déjà reçu deux blessures. Il était coiffé d'un coquet bonnet « glengarry » vert foncé à bandeau rouge, noir et blanc agrémenté sur la nuque de deux rubans flottants.

– Je ne porte le kilt qu'au combat, expliqua-t-il, ça donne de l'aisance, mais à Paris je ne veux pas montrer mes genoux écorchés aux demoiselles.

Par Félix qui parlait de la guerre comme d'un grand match de cricket, Osmond eut des nouvelles de Bob. Il appartenait maintenant à l'escadrille « La Fayette » constituée par des aviateurs américains et commandée par un capitaine français. Le fiancé d'Otis était basé près de Lunéville, et l'on pouvait s'attendre à le voir bientôt arriver en permission à Paris.

Félix de Castel-Brajac connaissait toutes les ressources de la capitale. Il entraîna Osmond dans plusieurs restaurants où se rencontraient les officiers anglais de passage à Paris. Quand, dans l'après-midi du 12 juillet, le lieutenant lui confia qu'il avait un dîner galant, le fils de Gustave lui conseilla *Maxim's*.

Bien qu'il ne soit encore jamais entré dans cet établissement de la rue Royale, Osmond savait par d'autres officiers que c'était le rendez-vous des aviateurs depuis que le Brésilien Santos-Dumont l'avait mis à la mode. Quand il y pénétra avec Armande de Pressy, qui portait ce soir-là un manteau de faille blanche sur une robe fort décolletée et un curieux chapeau fait d'un gros chou de mousseline agrémenté de roses, il eut le sentiment que la guerre n'existait plus qu'en tant que pourvoyeuse d'uniformes et de décorations. La plupart des tables étaient occupées par des officiers de tous grades et de toutes armes accompagnant de jolies femmes. On reconnaissait aisément les aviateurs à leur tenue bleu sombre, à leur culotte de cheval et à leurs jambières de cuir fauve, ainsi qu'aux ailes d'or qu'ils portaient sur le côté droit de la poitrine. La plupart, jeunes et décorés, jouissaient des attentions particulières du personnel. Quant

1. C'est ainsi que les combattants appelaient le *shrapnel*, sorte d'obus à balles utilisé par l'artillerie allemande.

aux femmes, elles les regardaient comme des êtres célestes qui faisaient aux Terriens ordinaires la grâce d'une visite et condescendaient, après avoir déposé leurs ailes au vestiaire, à profiter de leurs charmes. Le décor du restaurant, inchangé depuis 1899, créait une ambiance quiète et propice aux tête-à-tête amoureux. Les rideaux et les banquettes de velours rouge, les boiseries d'acajou à volutes, les miroirs biseautés, les lampes de cuivre à globe de cristal, l'argenterie, la fine porcelaine, la blancheur des nappes, tout concourait à donner une impression de luxe de bon ton.

Osmond avait choisi une table d'angle et, quand la petite marchande de fleurs se présenta, il offrit à Armande une rose d'un rouge éclatant. La jeune femme paraissait heureuse de le revoir.

– J'ai beaucoup pensé à vous, dit-elle, je me demandais si vous seriez au rendez-vous.

Il lui prit tendrement la main, étonné par cette déclaration si naïve et spontanée. Quand on servit le champagne, elle voulut boire la première gorgée dans le verre du lieutenant.

– Comme ça vous connaîtrez mes pensées, dit-elle avec un regard prometteur.

– J'aimerais autant que vous ne connaissiez pas les miennes à cet instant.

– Pourquoi, mon Dieu ?

– Parce que, chère Armande, elles pourraient vous effaroucher, vous faire supposer que je ne suis pas un gentelman.

– Ça veut dire que vous avez envie de m'embrasser ?... Vous pouvez... j'en ai envie moi aussi.

– Ce n'est peut-être pas le lieu... tous ces gens, on peut vous reconnaître...

Mais, avant qu'il en dise davantage, Armande lui plaqua sur la bouche ses lèvres fraîches avec un petit mouvement de la langue qui mit ses sens en émoi. Les Parisiennes, se dit-il, sont vraiment sans façon.

Au cours du dîner, Armande, qui semblait dotée d'un robuste appétit et n'hésitait pas à parler la bouche pleine, se fit raconter l'Amérique. Elle imaginait la patrie d'Osmond comme un vaste pays couvert de plaines arides et poussiéreuses entre des montagnes gorgées de pépites d'or et parcourues par des Indiens, des troupeaux de bisons et des aventuriers à cheval. Elle y voyait, par-ci, par là, quelques villes hérissées d'immeubles de trente étages et peuplées d'immigrants faméliques d'Europe centrale. Le cinéma lui avait appris que tous les hommes y portaient un revolver dans leur poche, que toutes les femmes y étaient blondes et lascives, mais capables de se faire respecter à coups de rouleau à pâtisserie. Elle admirait l'autorité des millionnaires, mais détestait les pasteurs protestants qui semblaient se mêler de tout.

Osmond s'efforça de lui démontrer que les États-Unis pouvaient honorablement figurer parmi les pays civilisés, même si on y mangeait plus de sandwiches que de poulardes demi-deuil.

Comme ils s'apprêtaient à quitter le restaurant et se dirigeaient à travers les tables vers le vestiaire, Osmond entendit un dîneur rire à leur passage. C'était un aviateur accompagné d'une femme élégante et qui paraissait légèrement éméché. Osmond lui jeta un regard dédaigneux et vit que le militaire fixait Armande d'un air amusé.

Mme de Pressy avait remarqué elle aussi la mimique du dîneur. Elle pressa le pas, mais Osmond, qui n'admettait pas que l'on s'amusât à ses dépens, se retourna vers l'inconnu au moment où celui-ci disait à sa compagne :

– La caméristе de Laure a levé un Américain.

L'aviateur, croyant sans doute qu'Osmond n'entendait pas le français, avait fait cette réflexion à haute voix. Aussitôt, le lieutenant vint se planter devant le couple assis.

– Que voulez-vous dire par : « Elle a levé un Américain, monsieur ? »

Le lieutenant, dont la vareuse sombre était éclairée de la croix de guerre avec deux palmes, s'adossa à la banquette.

– Tiens, vous parlez français... assez bien ma foi.

– Je vous ai posé une question, monsieur, et j'attends une réponse.

Les conversations s'étaient interrompues aux tables voisines, autour desquelles festoyaient joyeusement plusieurs aviateurs.

– Ça veut dire, monsieur, car j'ignore votre grade, que vous manquez singulièrement de flair en Amérique pour amener ici une jeune gourgandine, domestique d'une demi-mondaine, qui a l'audace d'emprunter les vêtements de sa maîtresse pour..., oui le terme me paraît juste, lever un Américain naïf.

Osmond comprit aussitôt que l'aviateur avait sans doute vu juste, mais ce n'était pas une raison suffisante pour qu'un Cavalier tolère qu'on parle ainsi de la femme qu'il accompagne. La colère chez Osmond se traduisait toujours par une brusque modification de la couleur et de l'intensité de son regard. L'aviateur n'y fut pas insensible, et la femme qui se trouvait près de lui parut soudain fascinée par ces yeux de jade, froids, presque cruels et par le bizarre sourire de l'étranger. Armande, revenue sur ses pas, prit le pas d'Osmond.

Il sentit que sa main tremblait.

– Venez, dit-elle d'une voix blanche... je vous expliquerai.

– C'est ça, expliquez-lui que la baronne Laure de Pressy, qui n'est baronne que pour ses domestiques, est à Monte-Carlo et que vous... chassez à sa place. C'est si simple, fit le Français goguenard.

Osmond dégagea son bras de la main d'Armande.

– Cette fois, monsieur, vous passez les bornes de la trivialité à laquelle vous ont sans doute habitué les demi-mondaines. Je vous prie de présenter des excuses à Madame si votre goujaterie vous permet de trouver des termes qui me satisfassent.

Piqué au vif, l'aviateur se leva courroucé, tandis qu'un maître d'hôtel visiblement ennuyé s'approchait du groupe.

– Je n'ai pas l'habitude de présenter des excuses, monsieur l'Américain, ce n'est pas dans ma nature et...

– Très bien, je les obtiendrai donc moi-même d'une autre façon... voici ma carte. Mes témoins attendront les vôtres demain matin à neuf heures, 24, rue Cambon. Nous nous battrons à l'épée... votre carte, s'il vous plaît ?

L'aviateur s'exécuta rageusement, puis jeta un coup d'œil sur le bristol que lui avait tendu Osmond et parut surpris d'y lire un nom français précédé d'une particule. Quant à Osmond, il glissa la carte de l'aviateur dans sa poche, sans même la regarder, et offrit son bras à Armande pour quitter le restaurant. Autour des tables, les conversations brusquement s'animèrent. On avait depuis longtemps perdu l'habitude de voir un homme en provoquer un autre en duel. Ces Américains ne doutaient de rien.

Dans la voiture d'Osmond promptement avancée par le chasseur, Armande se mit à pleurer sans aucune discrétion.

– Voyons, calmez-vous Armande.

– Mais, monsieur, vous n'allez pas vous battre en duel pour moi... C'est vrai ce qu'a dit l'aviateur... je suis la femme de chambre de Laure de Pressy... qui ne s'appelle pas de Pressy.

– Et alors, est-ce une raison pour qu'un militaire vous le jette à la figure ? Vous êtes une femme, un peu menteuse, un peu coquette, qui voulait s'amuser. Mais vous êtes une femme, et ça suffit pour qu'on vous doive des égards. Votre Louis XIV saluait les servantes, n'est-ce pas ?

– Mais un duel, monsieur, c'est dangereux.

– Cet aviateur a besoin d'une leçon, je la lui donnerai... maintenant embrassez-moi et reprenons les choses où nous les avions laissées.

– Je vous dois plus qu'un baiser, lieutenant.

– Si vous estimez le risque à plus haut prix, accompagnez-moi donc rue Cambon... j'ai une très jolie chambre bleue.

– Je vous aurais suivi sans algarade, lieutenant, dit Armande en se blottissant contre l'Américain.

La nuit fut courte et voluptueuse. Armande se révéla une amoureuse pleine d'imagination et d'impétuosité. Son corps blanc n'était qu'une succession de rondeurs fermes qui appelaient la caresse. Jamais Osmond n'avait vu taille aussi fine, si nettement marquée, ni des hanches aussi mobiles. Les jambes manquaient de longueur et les chevilles paraissaient un peu lourdes, mais le buste insolent était d'une fermeté marmoréenne.

Au petit matin, quand la jeune femme fut contrainte de s'échapper, Osmond lui donna un dernier baiser. Puis, ayant ôté de sa montre de gousset la chaîne d'or ouvragée, il la lui noua autour du cou.

– Vous êtes exagérément femme, Armande, acceptez ce cadeau.

– Une chaîne, c'est, comment dirais-je... un symbole d'attachement... vous reviendrez me voir si...

– Si votre insulteur ne me prive pas à tout jamais des plaisirs de l'amour... parisien, voulez-vous dire ?

– Oh ! mon Dieu, j'avais oublié... pourvu que ça s'arrange... je vais pas vivre moi... comment saurai-je ?

– Je vous promets que si je me fais estourbir on vous portera la montre qui va avec la chaîne. Je n'en aurai plus besoin, n'est-ce pas ?... mais n'y comptez pas trop... je tiens beaucoup à ma montre.

Ayant enfilé ses bas fort gracieusement, Armande dévala l'escalier de marbre en faisant tinter ses talons, ce qui attira dans le hall le beau maître d'hôtel italien. Battant des cils comme devant une apparition stupéfiante, Carlo ouvrit la porte à la jolie soubrette.

– Ça alors, une femme... une femme a passé la nuit ici... C'est bien d'un Américain...

Car il n'imagina pas un instant que l'aimable fugitive pouvait sortir de la chambre de son maître.

13

Au petit déjeuner, Osmond mit Félix de Castel-Brajac au courant de sa mésaventure de la veille.

– Vous allez donc, mon cher, vous battre en duel pour une suivante ! C'est beau comme un roman de Dumas ! Je reconnais bien là le Cavalier sudiste cher à mon père... d'Artagnan va risquer sa vie pour Constance Bonacieux... Mais il vous faut des témoins.

– Je comptais sur vous Félix !

– J'en suis, bien sûr, mais il en faut deux. Voyons, mon ami Lord Pims, qui habite à deux pas, acceptera certainement. C'est un vieil Anglais très parisien, qui a déjà assisté quelques bretteurs.

– Il me paraît tout indiqué.

– Bon. Mais au fait, qui est votre adversaire ?

– Hervé de Compigny, un lieutenant aviateur superbe et décoré.

– Compigny... Compigny... ce nom me dit quelque chose... oui... oui... une vieille famille de l'Yonne. Des gens pauvres... un fils bohème, joueur, un peu débauché, qui vit avec sa sœur car les parents sont morts. Votre homme doit savoir tenir une épée si c'est celui auquel je pense. Et vous ?

– Je suis assez bon escrimeur, mais il y a des mois que je n'ai pas livré d'assaut.

– Je connais un maître d'armes. Batissou, rue de Latour-Maubourg. Il est rompu à la préparation rapide pour duels mondains. Je vous annonce par téléphone, courez faire quelques passes avec lui. Je recevrai les témoins de Compigny. Nous pourrons fixer la rencontre à demain matin cinq heures.

– Mais où ? Je ne connais pas Paris.

– De l'autre côté de la rue de Rivoli, dans les jardins des Tuileries, derrière le Jeu de paume. A cette heure-là c'est un désert. Pourvu que votre aviateur, ou quelque serveur de *Maxim's*, n'ait pas prévenu les journalistes ! Car, mon cher, il faut être discret. Nous ne sommes pas en Louisiane, au temps de M. de Marigny. Ici, le duel est considéré comme tentative d'homicide. Vous vous voyez en prison ? Sans compter que ce serait idiot de vous faire abîmer pour une gentille gourgandine et que la France compte sur vous pour trucider les Allemands, pas pour exterminer les aviateurs français ! Je vais réfléchir aux clauses du combat afin d'éviter que trop de sang soit répandu. Vous me faites confiance ?

– Pleinement. Les Castel-Brajac sont gens d'honneur, vous l'avez vous-même prouvé. Je m'en remets à vous et je file chez le maître d'armes.

– Mettez-vous en civil, Osmond. Votre affaire n'engage pas l'armée américaine, conseilla Félix en vidant sa tasse de thé.

M. Batissou, professeur d'escrime et grand manieur de sabre, jaugea Osmond du regard.

– Avez-vous déjà tenu une épée ?

– Je pratique l'escrime. J'ai seulement besoin d'une révision.

M. Batissou, qui se méfiait des Rodomont, décrocha deux fleurets mouchetés et mit son masque.

Pendant une heure, il força Osmond à livrer un échantillonnage complet de ses connaissances en attaque. Aux attaques simples avec coup droit et dégagement succédèrent les attaques composées : battement tiré droit, menacé dégagé, menacé coupé, tour d'épée en tierce et en quarte. Puis, le professeur, prenant l'offensive, obligea l'Américain à pratiquer toutes les parades classiques de la quarte basse à la contre de tierce. L'assaut terminé, M. Batissou parut satisfait.

– N'oubliez pas, monsieur, que « le duel est fait de loyales perfidies », comme disait mon maître le baron de Bazancourt. Vous me paraissez très capable de vous bien conduire. Je ne vous donnerai qu'un seul conseil, parez en rompant pour donner à la parade une double sécurité et à la riposte plus de liberté d'action. Faites-le de pied ferme, lorsque vous croirez avoir jugé un coup et tenir votre adversaire dans une impasse dont il ne peut s'échapper. Vous êtes-vous déjà trouvé sur le pré ?

– Oui, monsieur, mais j'avais douze ans et pour épée, une règle munie d'une pointe de compas.

Le maître d'armes parut étonné par une telle révélation, mais il se dit que ces Américains semblaient avoir, en matière d'escrime, une assez bonne éducation.

Pendant qu'Osmond se rassurait en tirant contre M. Batissou, Félix de Castel-Brajac avait mis la rencontre au point avec les témoins de Compigny, deux officiers aviateurs assez ennuyés par cette affaire où le point d'honneur relevait plus d'une susceptibilité ombrageuse que d'une offense grave. Ils admirent qu'il serait désolant de voir deux aristocrates s'entretuer pour une cause aussi futile.

– Voilà ce que je propose. Les deux adversaires porteront chacun une rose à l'épaule et le premier qui, de son épée, dépouillera l'autre de la divine fleur sera déclaré vainqueur. Ensuite, nous prendrons tous ensemble le breakfast, ici même, car je suis certain que M. de Vigors éveillera la sympathie de M. de Compigny. Acceptez-vous ce duel ?

Les deux officiers apprécièrent la fantaisie et l'élégance de l'idée, mais demandèrent à en référer à leur mandant.

Une heure plus tard, ils revinrent et déclarèrent que M. de Compigny acceptait la formule originale de Félix. Rendez-vous fut pris pour le lendemain matin aux Tuileries.

Quand, à l'aube du samedi 14 juillet, les adversaires se retrouvèrent derrière le Jeu de paume, M. de Compigny observa qu'il n'était pas mécontent de se mesurer au lieutenant américain le jour de la Fête nationale. L'aviateur, de taille moyenne et assez frêle, paraissait très à l'aise. Il salua aimablement Osmond. Au moment de fixer les roses apportées par Lord Pims, un Anglais bedonnant à toison blonde, au teint coloré, et que l'affaire semblait réjouir, M. de Vigors eut une exigence inattendue.

– Je porterai ma cible non sur l'épaule mais sur le cœur. Je n'oblige pas M. de Compigny à en faire autant, dit-il un peu sèchement.

– C'est autrement dangereux, observa Félix en essayant de dissuader son ami.

– Un duel n'est pas un jeu de foire et comme l'a dit Corneille « à vaincre sans péril on triomphe sans gloire ».

L'aviateur, mis au courant par ses témoins de cette témérité de dernière minute, y souscrivit immédiatement.

Les roses rouges à peine écloses furent donc fixées par des épingles sur la poitrine des adversaires qui, au commandement, tombèrent en garde. Le spectacle de ces deux hommes en pantalon noir et chemise blanche, prêts à s'affronter dans la lumière dorée de l'aube estivale et brandissant, sans émotion apparente, les souples lames de Solingen fournies par M. Batissou, paraissait désuet. Alors que des milliers d'hommes s'entretuaient avec des armes moins nobles, ce combat singulier prenait même un caractère frivole.

Félix de Castel-Brajac ayant été désigné, au bénéfice de l'âge, comme directeur de la rencontre, donna le signal d'assaut.

Le combat s'engagea aussitôt, assez serré, les adversaires paraissant de force égale et sachant, l'un et l'autre, manier l'épée dans les règles. Pas une seule faute ne fut commise au cours de la première reprise dont la tenue fut parfaite. Osmond, ayant tâté son adversaire en rompant de deux pas, qu'il reprit aisément sur des ripostes, estima que M. de Compigny ne se laisserait pas surprendre facilement. Dès le début du deuxième assaut, l'aviateur s'engagea à fond et déchira la manche d'Osmond à hauteur du biceps. L'Américain avait senti le froid de la lame, tandis que son adversaire commençait à se rendre compte que décapiter une rose de la pointe de l'épée n'était pas chose simple. Le coup devait être net, d'une grande précision et, en même temps, retenu car une mauvaise évaluation de la distance pouvait entraîner la catastrophe, que d'un commun accord les duellistes tenaient à éviter. Osmond conservait son sang-froid, fixant de son regard intense la lame de M. de Compigny. La troisième reprise le trouva résolu à en finir au plus vite. Amusant son adversaire par des changements d'épée répétés, l'aviateur rapprochait lentement sa jambe droite de la gauche pour avoir plus d'allonge et finalement se détendre vivement. Mais Osmond connaissait cette tactique assez élémentaire. Il fit mine d'en être dupe et au moment où les deux jambes de l'aviateur allaient se joindre, il lui passa un dégagement d'une vivacité déroutante et trancha d'un mouvement sec du poignet la tige de la rose.

Son coup avait été cependant trop appuyé d'un petit centimètre et la pointe de l'épée perçant la chemise avait touché la poitrine de M. de Compigny. La vue du sang fit se précipiter les témoins. Il ne s'agissait que d'une estafilade sans profondeur que le médecin pansa sur place tandis qu'Osmond de Vigors, un peu pâle, serrait la main tendue par son adversaire dont le pouls ne battait pas plus vite qu'à l'accoutumée.

Le plus ému était M. de Castel-Brajac.

– Vous êtes satisfait Osmond, au rouge de la rose s'est mêlé celui du sang. Vous avez pleine réparation.

Avant d'entraîner tout le monde chez lui, Félix ramassa la rose coupée et recueillit celle intacte d'Osmond, estimant qu'il s'agissait de reliques à ne point négliger.

Le breakfast, servi par Carlo, fut des plus animés, M. de Compigny se montrant parfait gentleman.

– Si nous dînions ce soir chez *Maxim's* pour prouver publiquement notre réconciliation ? proposa-t-il à Osmond.

– A condition que vous soyez mon invité, monsieur.

Hervé de Compigny accepta, en ajoutant qu'il serait bien aise de présenter à l'officier américain une authentique baronne, sa propre sœur Irène.

Au cours des jours qui suivirent, Osmond de Vigors et Hervé de Compigny se rencontrèrent souvent. Entre ces deux aristocrates si différents, l'amitié était née et l'Américain avait été admis dans le petit appartement où Hervé vivait avec sa sœur. Le logement, situé rue de Richelieu, parut à Osmond étonnamment modeste par ses dimensions, mais arrangé avec goût. De beaux meubles anciens, des tableaux signés Gros, Gérard, Girodet, Ingres, des vases, des lampes, des sièges de style attestaient l'ancienne fortune des Compigny. Hervé ne cachait pas sa pauvreté actuelle, qui condamnait Irène à tenir le ménage sans domestique et à porter des robes démodées. A sa mort, le père Compigny n'avait laissé que des dettes et, pour les éponger, ses enfants s'étaient résolus à vendre leurs terres de l'Yonne. Quand la guerre avait éclaté, ils ne possédaient plus un sou vaillant, Hervé ayant dilapidé ses derniers francs sur les champs de courses ou dans les cercles de jeux.

– Je suis sans doute un des rares Français que la guerre a sauvés du dénuement, voire de la saisie, mon cher. La guerre me nourrit et finira peut-être par assumer les frais de mes funérailles. Si j'en reviens, je devrai me résoudre comme certains de mes amis à épouser une héritière américaine. Peut-être m'en trouverez-vous une ?

M. de Compigny était démuni mais gai, et Osmond devina que rien ne le ferait se départir de l'insouciance bohème qui le conduisait à emprunter sur sa solde, pour dîner dans les bons restaurants pendant ses permissions. L'Américain sentait croître sa sympathie pour ce gentilhomme au sang vif, dont la dévinsolture distinguée s'accommodait aussi bien du manque d'argent que des risques des combats.

Irène n'était pas étrangère à cet engouement de l'Américain. Dès qu'il lui avait été présenté par son frère comme « un noble descendant des pionniers qui ont civilisé l'Amérique », Osmond était tombé sous le charme austère de la jeune fille. Grande, blonde, d'une minceur qui confinait à la maigreur, Irène assumait sa situation avec orgueil, en dépensant des trésors d'imagination pour masquer son impécuniosité chronique. C'est ainsi que, n'ayant pas les moyens d'acheter les petits fours pour accompagner le thé, elle cuisait elle-même des galettes au sucre ou des meringues et transformait ses chapeaux d'une saison à l'autre, en s'inspirant des modèles aperçus dans les devantures des modistes. Sous prétexte de faire apprécier à ses nouveaux amis des produits américains, Osmond se procurait au magasin de l'état-major des thés, des cigarettes, des conserves et des alcools destinés au mess des officiers et faisait porter, rue de Richelieu, des paniers de fruits ou des boîtes de friandises, que Mlle de Compigny recevait comme béatilles, en appréciant le tact de l'ami d'Hervé.

Ce dernier, qui n'était pas dupe de ces attentions et dont la permission arrivait à son terme, finit par confier ses inquiétudes à Osmond.

— J'ai le sentiment que ma sœur vous a pris en affection, aussi je voudrais, avant de retourner au front, vous demander un service. Si le mauvais sort se liguait avec les Allemands pour m'empêcher de revenir, pourriez-vous veiller sur Irène ? Elle acceptera de vous des soins qu'elle ne se résoudra jamais à supporter d'amis français auxquels, plus qu'à un étranger, elle tient à cacher notre dénuement. Le peu d'argent que je lui fais parvenir chaque mois lui permet de subsister, mais si je disparais, elle sera vraiment sans un sou. Nous avons déjà prévu ce cas extrême et il est certain que la vente de quelques tableaux ou de quelques meubles lui assurera un répit... mais après. Elle ne constitue pas un beau parti et repousserait, comme une dérogeance impardonnable, l'idée d'épouser un roturier, si riche soit-il.

— Partez tranquille, Hervé. Je m'arrangerai pour que votre sœur ne manque de rien. J'ai la chance d'avoir de la fortune. Je trouverai bien un moyen pour lui faire accepter une aide pécuniaire sans l'effaroucher.

Lors du dernier repas pris en commun rue Cambon — car à la veille de rejoindre son régiment écossais Félix de Castel-Brajac voulut donner un dîner — Hervé de Compigny prit la main de sa sœur, la posa sur celle d'Osmond et dit avec une gravité inhabituelle chez lui :

— Je te confie à l'oncle Sam, sœurette... c'est notre allié et notre ami.

Osmond pressa les doigts de la jeune fille, qui répondit à son geste d'une pression identique accompagnée d'un sourire confiant.

Au cours des semaines qui suivirent, le lieutenant de Vigors, quoique très occupé par les problèmes d'intendance que posait l'arrivée de la 26e division américaine composée de membres de la garde nationale de la Nouvelle-Angleterre, tint parfaitement son rôle de chevalier servant. Plutôt que chez *Maxim's*, rendez-vous des aviateurs, Osmond emmenait Irène à *La Tour d'Argent*, restaurant fondé en 1582 sur l'emplacement d'une tour de l'enceinte de Philippe Auguste. On y dégustait le canard au sang, selon un rituel créé par Frédéric et amélioré par le maître des lieux, André Terrail, dont la cave, recommandée par Osmond par l'oncle Gus, contenait de divines bouteilles.

L'établissement, fréquenté par les gens de goût, avait abrité sous le Second Empire les dîners fins du duc de Morny et les soupers de Milord l'Arsouille. Il y régnait, malgré la guerre et la crainte des raids des Zeppelins, une ambiance qu'Irène qualifiait de « vieille France » et dont Osmond appréciait la quiétude feutrée.

L'officier retrouvait avec la sœur d'Hervé le charme d'une amitié amoureuse et constatait que, peu à peu, la jeune fille, naturellement distante et hautaine, abandonnait un peu de la raideur qui lui tenait lieu de rempart contre l'adversité. Il réussit même à lui faire accepter 1 000 dollars, en expliquant que la somme était le bénéfice d'un placement à court terme opéré par Hervé de Compigny sur ses conseils.

Comme Irène s'étonnait d'une pareille spéculation, Osmond mentit effrontément.

— Je ne fais qu'observer les consignes données par Hervé. Quand je l'ai invité à acquérir quelques actions d'une fabrique de munitions américaines qui, d'après moi, devaient doubler dans un court délai, il m'a dit : « Vendez au bon moment et s'il y a profit, donnez l'argent à ma sœur. » Je ne suis donc qu'un intermédiaire, chère Irène.

La jeune fille accepta de se laisser convaincre et prit les billets avec une indifférence feinte.

Lorsque Osmond l'invita la semaine suivante à dîner, elle arborait une robe neuve et un chapeau qui ne devait rien aux rafistolages habituels.

Bien qu'assez jolie de traits, Irène s'était appliquée, dès l'adolescence, à se composer un visage inexpressif de patricienne soucieuse de dissimuler ses sentiments au vulgaire. Son évidente distinction participait d'une absence de spontanéité tant en gestes qu'en paroles. Elle possédait au plus haut point cette qualité que les Anglais appellent self-control et savait faire preuve, en toute circonstance, d'une aisance calculée qui passait pour naturelle. On redoutait son intransigeance et la franchise parfois brutale de ses propos, mais on appréciait sa dignité. Un tel caractère ne déplaisait pas à Osmond, lui-même assez enclin à la rigueur d'expression et aux attitudes nettes. Et cependant, il n'était jamais à l'aise en présence de cette femme de vingt-cinq ans. Cela tenait peut-être à ce qu'elle n'éveillait pas en lui cette subtile émotion des sens que suscite chez un homme la proximité d'un corps féminin. Irène n'inspirait pas le désir. Quand Osmond se trouvait près d'elle en automobile ou au restaurant, même quand il lui prenait affectueusement la main dans un mouvement protecteur, aucune de ces pensées, que les jésuites qualifiaient de mauvaises, ne lui venaient. Il n'imaginait pas Irène amoureuse et sa possession charnelle lui paraissait inconcevable. Le trop modeste renflement des seins sous la soie d'un corsage boutonné jusqu'au cou, l'étroitesse des hanches, la minceur des lèvres conféraient au physique de la jeune fille cette émouvante aridité qui est le lot de certaines femmes, auxquelles tempérament et éducation interdisent les abandons de l'amour.

Certains soirs, en quittant Mlle de Compigny, Osmond ressentait la nostalgie du corps voluptueux de Dolores ou, d'une façon plus vive encore, le souvenir des formes rebondies d'Armande. Mais la première demeurait à jamais inaccessible et il s'était sagement imposé de ne plus revoir la seconde. Pour satisfaire sa fringale sexuelle, il aurait pu, comme bon nombre de ses camarades, trouver quelque modiste de mœurs faciles, quelque bourgeoise esseulée ou même choisir, parmi les deux cents standardistes américaines arrivées récemment à Paris pour le service téléphonique de l'état-major, une girl-friend sans préjugés, mais ces liaisons hygiéniques lui répugnaient.

Le séjour parisien commençait à lui peser, autant que ses activités bureaucratiques et les discussions des contrats de fournitures militaires. En trois mois, il avait fait le tour des distractions offertes par la capitale. Il avait couru les théâtres et les galeries de tableaux, visité Notre-Dame, le Louvre et les Invalides. A Montmartre, il était sorti peu enthousiaste d'une représentation des *Mamelles de Tirésias*, drame surréaliste de Guillaume Apollinaire. A l'Opéra, il avait apprécié *La Princesse qui ne sourit plus* de Louis Delluc et la musique de Debussy et Busser. Il avait applaudi Mary Garden dans *Thaïs*, Max et Ida Rubinstein dans *Phèdre*, mais les dessins de Picasso et les toiles de Matisse dont Félix faisait grand cas n'avaient éveillé chez lui qu'une curiosité esthétique mais pas d'émotion.

Quant aux lieux où l'on était censé s'amuser en cachette en compagnie d'hétaïres vénales, il n'y avait rencontré qu'ennui et vulgarité, comme dans ces music-halls ouverts aux permissionnaires où Marcel Herrien reconnaissait chez Dranem et les girls à bas noirs « la France de beuglant en maillot callipyge ».

Sa guerre était sans risque et sans gloire, faite de tâches fastidieuses dont l'utilité pouvait paraître certaine, mais que d'autres que lui, plus âgés et moins disponibles, auraient pu accomplir.

Il n'endossait plus son uniforme que pour le service, mais lorsqu'il déambulait en civil dans les rues, il devinait parfois aux regards des femmes qui vivaient dans l'angoisse, en sachant leur mari ou leur fils au front, qu'elles classaient cet homme, jeune et élégant, en pleine santé, dans la catégorie exécrable des embusqués. Dans le métro où il s'était aventuré en uniforme un après-midi, une matrone fixant ses bottes lustrées avait lancé à la cantonade d'un ton agressif et avec cet accent acide propre aux Parisiens : « Ils en ont pas des comme ça nos hommes dans les tranchées. » Osmond s'était empressé de descendre au premier arrêt, gêné par l'approbation muette que tous les voyageurs donnaient à ce propos.

On ne pouvait cependant reprocher au petit peuple, qui supportait tout le poids de la guerre, ces mouvements d'humeur. Partout Osmond constatait un sérieux abattement. Les combats, les lourdes pertes en vies humaines, les restrictions alimentaires, les menaces de bombardement de la capitale, un certain défaitisme politique, les critiques émises par les intellectuels de salon dont les vaines parlotes sapaient l'énergie déployée par les gens positifs et courageux, l'irritation que provoquait l'affairisme, une certaine lassitude civique inquiétaient l'officier et surprenaient ses compatriotes fraîchement débarqués.

A Silas Barthew, qui venait d'arriver avec la 26e division et qui s'étonnait de l'amertume des Français, Osmond avait fait observer qu'il ignorait tout de l'ambiance d'une nation en guerre, dont une partie du territoire, à moins de deux cents kilomètres de Paris, était un champ de bataille inondé de sang.

— Je t'envie d'aller au seul endroit où un soldat doit se trouver, avait-il dit au frère de Lorna, en l'accompagnant à la gare de l'Est.

Quelques jours plus tard, le lieutenant de Vigors avait échangé des propos aigres-doux avec le concierge du 24, rue Cambon. Ancien employé des chemins de fer et socialiste convaincu, le vieil homme habituellement peu loquace s'était, un soir, décidé à parler.

— Vous autres Américains, vous n'allez contribuer qu'à prolonger la guerre et votre souci est peut-être bien de prendre pied en France pour des raisons économiques... d'ailleurs, déjà, vous vous emparez de nos forêts. Le seul moyen d'établir la paix, c'est de faire l'amitié entre les peuples... Regardez ce qui se passe en Russie où, enfin, les tyrans ne font plus la loi. Seuls nos députés socialistes ont le courage de critiquer le gouvernement.

Osmond, bien qu'il se soit fait une règle de ne jamais entretenir de discussion politique, ne put s'empêcher de répliquer.

— Je trouve assez déplorable que, dans un pays en guerre, il se rencontre des élus et des hommes politiques pour apporter, avec une telle insouciance, une aide morale à l'ennemi tout en jetant le trouble dans l'esprit de la population. La presse socialiste fait grand étalage de la misère et du mécontentement, ce qui doit satisfaire les socialistes allemands qui, eux, ne pensent qu'à soutenir le moral de leur armée. Je suis pacifiste autant que vous, monsieur. Mon père est mort dans une guerre dont vous n'avez jamais entendu parler, mon arrière-grand-père s'est fait tuer pour la France au Mexique et mon pays a été ravagé, il y a cinquante ans, par une guerre civile. Voilà des raisons d'être pacifiste, à condition toutefois que d'autres ne profitent pas de mes bons sentiments pour envahir ma patrie et prétendre me dicter leur loi. Quant aux forêts que vous nous reprochez de nous approprier, sachez que notre armée a un énorme besoin de bois de charpente pour construire des docks, des entrepôts, des cantonnements, des hôpitaux, des lignes de chemins de fer et que ces forêts, nous les payons probablement plus cher qu'elles ne valent !

Le vieux concierge resta pantois. Il appartenait à cette race de Français tantôt exaltés et fanfarons, tantôt pessimistes, toujours prêts à dénigrer, mais capables de suivre avec sympathie les théoriciens les plus fumeux et les orateurs les plus irresponsables.

Osmond le salua et traversa la cour de l'hôtel, où Carlo l'accueillit avec son sourire enjôleur et ses battements de cils précipités. Depuis le duel à la rose, l'Italien vouait à l'Américain une admiration sans borne. Pour le majordome, la guerre n'était qu'une lointaine manifestation de violence, d'où son maître revenait périodiquement pour prendre un bain parfumé et déguster du caviar, qu'on avait de plus en plus de difficultés à se procurer.

Le lieutenant de Vigors recevait régulièrement de Louisiane des lettres de sa mère, d'oncle Gus, parfois de Lorna, plus rarement de Margaret. Les messages affectueux, venus d'un pays qui ne vivait la guerre qu'à travers les articles des journaux et les nouvelles envoyées aux leurs par les membres du corps expéditionnaire, contenaient des échos, parfois insignifiants, d'une vie quotidienne que n'altérait pas, comme en France, la proximité des champs de bataille. De l'autre côté de l'océan régnait encore une atmosphère de paix, même si des familles, de plus en plus nombreuses, connaissaient l'angoisse parce qu'un être cher pouvait, d'un jour à l'autre, subir des risques mortels. Plus que partout ailleurs dans l'Union, on suivait, en Louisiane, sur de vieilles cartes d'Europe extraites des greniers, le déroulement des opérations. Osmond imaginait oncle Gus, qui avait autrefois parcouru les régions où se déroulaient les combats, penché sur un vieil atlas français, maintes fois feuilleté en sa compagnie. Il se représentait le vieil homme, muni d'une loupe, désignant à Gloria et à Augustine ces taches vertes ou bistre, illustrations anodines des zones des armées ; ces traits ténus comme des cheveux qui étaient des rivières souvent citées dans les comptes rendus : la Marne, l'Aisne, la Somme ; les hachures situant les collines perdues et reprises au prix du sang ; les points rouges ou noirs désignant les villes martyrisées : Reims, Verdun, Château-Thierry, Soissons ; ces lieux-dits que les combats avaient tirés de leur obscurité topographique : les Éparges, Vaux, Fleury, Douaumont, le Ravin des Vignes, le Chemin des Dames.

A distance, l'univers rustique et ordonné de Bagatelle paraissait à Osmond élémentaire et rassurant. Les événements domestiques, rapportés dans les lettres, relevaient du déroulement de la vie ordinaire. La récolte de coton serait abondante et d'un bon rapport car la guerre faisait monter les prix. Aristo II, le fils du vieil Aristo, mort au lendemain de l'enlèvement de Doris par ce fou de Tiercelin, avait été écrasé par une automobile et remplacé par une chienne dalmate baptisée Arista. Alix s'était fiancée avec Louis Dubard, le neveu de Faustin qui, mobilisé, suivait l'entraînement des recrues au camp de Beauregard. Harriet – la nouvelle pouvait surprendre – venait de se marier avec Citoyen. Le majordome de Bagatelle paraissait un peu âgé pour convoler, mais il possédait des économies qui avaient décidé la gouvernante à ces noces tardives.

Stella, comme les mères spartiates, répétait à son fils : « Sois brave, sois courageux, sois prudent » et Margaret Belman qui avait, semble-t-il, renoncé à introduire une instance en divorce et ne concevait pas l'ampleur des effectifs au combat, de part et d'autre, redoutait que son mari, engagé dans l'armée allemande, soit un jour contraint à tirer sur des soldats américains.

Lorna, qui, à La Nouvelle-Orléans dirigeait une cantine réservée aux militaires en attente d'embarquement commentait avec humour les répercussions du conflit sur la vie urbaine. A la demande du secrétaire d'État à la Guerre, M. Baker, la municipalité se préparait à fermer Storyville. Des autorités de l'armée et de la marine avaient constaté que les aimables hôtesses des rues chaudes distribuaient trop souvent, avec leurs caresses tarifées, des maladies vénériennes.

Les « Madame » et leurs pensionnaires, chassées du quartier réservé, se répandaient en protestations et intentaient des procès, mais les magistrats leur opposaient chaque fois la loi fédérale interdisant le fonctionnement de maisons de prostitution dans un rayon de cinq miles autour des installations militaires. Aussi, l'une après l'autre, les lanternes rouges de Storyville s'éteignaient. « Mais nos futurs héros, sevrés de tendresse, se repassent déjà les nouvelles adresses des prostituées clandestines et les médecins demeurent sceptiques quant à l'amélioration de l'état sanitaire de l'armée que l'on peut attendre de la disparition du quartier honteux » écrivait Lorna.

Dans la même lettre, la jeune fille s'inquiétait de l'alcoolisme qui régnait, croyait-elle, en France. « Il paraît que les Français ont l'habitude de boire du vin à chaque repas et l'on murmure ici que nos soldats délaissent le bourbon et le whisky pour le cognac qui est, affirment certains, un breuvage plus nocif que nos alcools d'orge ou de maïs, bien que mon grand-père soutienne le contraire. »

Lorna laissait aussi transparaître dans ses phrases le souci que lui causait le sort de son frère Silas « capable d'exposer sa vie avec fougue pour un galon ou une médaille ». En revanche, sa pudeur la retenait quand il s'agissait d'Osmond qu'elle souhaitait « revoir bientôt, car les partenaires se faisaient rares pour le tennis ».

La plupart des lettres adressées au lieutenant de Vigors se terminaient par les deux mêmes questions : « Que font les Américains ? » et « Combien de temps encore la guerre peut-elle durer ? » A la première Osmond répondait « Ils se préparent à combattre » mais il devait avouer son incapacité à formuler le pronostic sollicité par la seconde.

On venait d'annoncer aux officiers de l'état-major que le général Pershing avait décidé de transporter son quartier général à Chaumont quand Hector apparut enfin, rue Cambon, coiffé d'un chapeau melon et vêtu d'une jaquette sur un pantalon rayé. Le domestique noir paraissait désorienté par les Français qui lui adressaient la parole sans façon. Il manifesta sa satisfaction en retrouvant son maître après une traversée qui avait pris, à ses yeux, les couleurs riantes d'une croisière.

Osmond le fit immédiatement incorporer comme chauffeur auxiliaire et lui fit donner un uniforme.

La présence d'une ordonnance noire auprès d'un officier de la mission américaine causa quelque étonnement et Osmond dut justifier son choix devant un colonel, originaire de Chicago, pour qui les Noirs n'étaient bons qu'à cirer les chaussures, jouer du saxophone ou vendre des hot-dogs au coin des rues.

– Ainsi, vous avez fait venir votre valet, lieutenant. Croyez-vous que la guerre soit une garden-party ?

– Jusqu'à présent, colonel, la guerre se déroule pour nous d'une façon fort civile.

– Ça peut changer ; que ferez-vous de votre nègre si vous êtes affecté au front ?

– Il m'accompagnera comme votre ordonnance vous accompagnera, je suppose. Mon domestique a signé un engagement sous ma responsabilité et j'ai souscrit pour lui une assurance. Il servira l'armée américaine sans être à sa charge.

– Puisque l'aide de camp du général a accepté cette formule bâtarde, je ne puis qu'y souscrire mais j'exige qu'on ne lui donne pas d'arme et qu'il s'abstienne de paraître à la cantine. La plupart de nos ordonnances sont des caporaux, quelquefois des sous-officiers qui ne souhaitent pas, j'imagine, s'attabler en compagnie d'un nègre.

– J'ignorais, colonel, que la ségrégation ait été étendue aux cantines de l'armée.

Le ton persifleur et le sourire involontaire d'Osmond furent remarqués par l'officier.

– Vous venez du Sud ?

– De Louisiane, colonel.

– Eh bien, puisque vous ne pouvez vous passer de votre esclave familier, emmenez-le. Mais vous répondrez éventuellement de ses actes.

– Des bons comme des mauvais, colonel.

Osmond salua et s'en fut boucler ses bagages. Il n'était pas mécontent de quitter Paris et de prendre avec Hector la route de l'Est. Tandis que la Cadillac kaki, au toit de toile, roulait sur les quais de la Seine, au milieu d'une circulation trois fois plus rapide, selon Hector, qu'à La Nouvelle-Orléans, le Noir désigna Notre-Dame.

– C'est une belle église, m'sieur.

– Une cathédrale, Hector, qu'on a commencé à construire bien avant que Christophe Colomb ne découvre l'Amérique.

– Ça alors, m'sieur, c'est pas croyable ! C'est rudement vieux ce pays.

14

Chaumont était une petite ville de quinze mille habitants, située en plein cœur de la zone des armées, à cent vingt kilomètres à vol d'oiseau du champ de bataille de Verdun où, l'année précédente, avaient été livrés les combats les plus meurtriers puisque plus de quatre cent mille soldats français ou allemands avaient trouvé la mort. Une grande caserne ayant été affectée au quartier général américain, Osmond s'y installa confortablement dans deux pièces, l'une faisant office de bureau, où, la nuit venue, Hector dressait son lit de camp, l'autre de chambre. Tout au long de la route de Paris à Chaumont, par Provins, Troyes et Bar-sur-Aube, le convoi de l'état-major avait doublé des files de camions transportant des soldats, du matériel, des munitions et des unités d'artillerie.

A Chaumont, on se trouvait dans l'antichambre de la guerre et, quelques jours après son installation, Osmond fut envoyé en mission à Neufchâteau et à Gondrecourt où la 1re division américaine achevait son entraînement. C'est de là qu'il rejoignit le 19 août la gare régulatrice de Saint-Dizier où se trouvait le général Pershing, convié par le général Fayolle et le général Guillaumat, commandant la 11e armée française, à assister à une offensive sur la Meuse.

Le lendemain, pour la première fois de sa vie, Osmond vit une bataille, entendit le canon, le crépitement des mitrailleuses et comprit tout ce qu'avait de cruel et de fou cette marche à la mort de milliers de petits hommes bleus, casqués d'acier, à travers un paysage dévasté, où tant d'autres avaient déjà sacrifié leur vie pour quelques arpents de terre.

Ces hommes, Osmond les avait vus la veille se préparer à l'assaut, graves et résignés, lançant parfois nerveusement des plaisanteries faites pour calmer la peur qui ne pouvait manquer d'étreindre ceux qui avaient déjà participé à une offensive. Quatre jours de bombardement continu par une artillerie précise avaient préparé le terrain, mais c'est de l'infanterie qu'on attendait la reconquête des positions tenues par les Allemands et qu'indiquaient sur les cartes d'état-major les officiers français : Champneuville, la cote 304, le Mort-Homme si justement nommé.

De la hauteur où il se tenait, interprète anonyme au milieu des officiers supérieurs français et américains, Osmond vit les soldats s'élancer en vagues ondulantes à l'attaque des lignes allemandes déjà écrasées sous les obus et utilisant les mouvements de terrain pour dissimuler leur progression. Dans ses jumelles, il choisit un sous-officier entraînant sa section et le vit tomber au flanc d'un talus dans le bruit des détonations qui, à distance, ressemblaient à des pétards de carnaval. Cette silhouette bleue couchée sur la terre grise en plein soleil d'août, ce mort tout frais ou ce blessé attendant les brancardiers, il avait l'impression de le connaître.

Il était semblable à tous les autres qui trottinaient, baïonnette au canon, vers l'horizon, à la rencontre de l'ennemi qu'il fallait coûte que coûte déloger. L'offensive, aux dires des stratèges qui l'avaient organisée, se développait normalement. Il admira le sang-froid de ces généraux, que des estafettes essoufflées venaient informer du déroulement des opérations et qui ne semblaient pas ressentir le poids des vies qu'ils avaient engagées dans la bataille.

Un capitaine français se pencha vers le colonel américain auquel Osmond était attaché et dit avec un sourire satisfait :

– Je viens de faire les comptes, nous avons tiré sur ce secteur, depuis quatre jours, pour 75 millions de dollars d'obus.

Osmond traduisit sèchement et prit l'initiative de demander :

– Et combien de victimes prévoyez-vous ?

L'officier lui jeta un regard étonné et répliqua par une formule qu'il eut du mal à traduire en anglais :

– On ne fait pas d'omelette sans casser des œufs.

Au soir de l'offensive, les Français paraissaient satisfaits. La plupart des objectifs avaient été atteints, les pertes étaient « acceptables » et, en réalisant une avance de cinq kilomètres, les petits hommes bleus avaient capturé six mille prisonniers que l'on voyait, harassés et miteux, s'avancer sur les chemins comme ces troupeaux que les bergers ramènent à la fin de l'été vers les villages.

En regagnant Saint-Dizier, Osmond recueillit sur la route un sergent de la Légion étrangère, qui portait son bras gauche en écharpe. L'homme fit quelques difficultés pour monter dans la Cadillac que conduisait Hector. C'était un agent de liaison qui, le matin même, avait été légèrement blessé au biceps par un éclat d'obus. Il rejoignait sa compagnie après avoir été pansé. Le sergent, qui supportait crânement sa blessure, s'exprimait en français avec un accent inconnu du lieutenant.

Au fil de la conversation, Osmond apprit qu'il était serbe, se nommait Kosta Jankevitch et enseignait, avant la guerre, le français à Belgrade. Après la défaite infligée aux Serbes par les Bulgares, il avait appartenu à ce reste d'armée qui, emportant sur une civière le roi Pierre Karageorgevitch blessé, avait fait retraite à travers les montagnes d'Albanie jusqu'à Corfou. Obstiné et courageux comme tous ses compatriotes, Kosta avait rejoint les troupes alliées à Salonique, puis gagné l'Afrique du Nord où il s'était engagé dans la Légion étrangère.

Pour Osmond, la Serbie n'était qu'un de ces États balkaniques toujours en ébullition dont un ressortissant, assassin de l'archiduc d'Autriche François-Ferdinand à Sarajevo, était chargé par les analystes politiques de la lourde responsabilité de l'étincelle qui avait allumé la guerre.

Le blessé s'efforça, avec éloquence, de rectifier une opinion qu'il savait partagée par beaucoup d'Européens et d'Américains.

– Notre peuple est un peuple de paysans et de poètes. Nous avons le goût de la vie et un attachement atavique à la liberté. Je me bats pour que la paix soit rendue à mes compatriotes ou que la mort m'accorde personnellement la paix définitive.

Le sergent plut à Osmond. Il appartenait à cette catégorie d'hommes capables de se faire tuer avec panache, en acceptant d'avance que la fatalité contrecarre leurs projets, mais sans tergiverser sur le bien-fondé de leur engagement. Tout en risquant son existence il mettait à vivre une innocente ardeur et entretenait avec désinvolture un scepticisme juvénile à l'égard du danger.

A Saint-Dizier, ils trouvèrent ce que les Français appelaient un bistrot et Osmond convia Kosta à prendre un verre. Ils en vidèrent plusieurs, d'un alcool blanc nommé marc, qui râpait la gorge de l'Américain mais que le Serbe avalait comme s'il se fût agi d'eau claire.

Quand ils se séparèrent, la nuit était déjà avancée et Osmond savait tout de la Serbie, de ses plaines et de ses montagnes, de ses femmes aux yeux de biche, d'Etienne IX Douchan qui avait fait au Moyen Age de son pays le plus puissant des Balkans, de la tyrannie des Turcs, des rivalités entre les Obrenovitch et les Karageorgevitch.

En lui tendant sa main valide, le sergent légèrement éméché se souvint tardivement que le major lui avait interdit de boire de l'alcool pendant une semaine.

– Où serai-je dans une semaine, hein ! lieutenant, je vous le demande ? La guerre a ceci de bon qu'elle vous délivre de l'emploi du temps !

Après les heures qu'il avait vécues en suivant le développement de l'offensive française sur la Meuse, Osmond fut reconnaissant au jeune Serbe de lui avoir fait prendre conscience du fait que chaque combattant pouvait se targuer d'une justification personnelle. Il y vit une charité du destin.

Un mois plus tard, Osmond dut accompagner son colonel sur l'Aisne pour assister à une nouvelle offensive française au Chemin des Dames. Il vit cette fois les tanks Renault entrer en action, l'artillerie transformer en ruine le fort de la Malmaison et les fantassins repousser les Allemands de plusieurs kilomètres. Un brouillard épais masqua la progression des vagues d'assaut et empêcha l'aviation d'intervenir, mais le lendemain, les Américains invités du général Franchet d'Esperey purent parcourir le champ de bataille encore soumis aux tirs d'artillerie de l'ennemi.

Sur le terrain labouré par les obus, hérissé de squelettes d'arbres, épouvantails dépouillés de leurs chiffons et qui rappelaient à Osmond les cyprès chauves des bayous, gisaient çà et là des cadavres de fantassins. Des infirmiers rompus aux macabres inventaires et fumant parfois leur pipe comme des ramasseurs de champignons, retournaient les corps pour les identifier et glanaient aux plaques d'identité des noms qui ne seraient plus prononcés.

Osmond ne pouvait détacher son regard de ces morts recroquevillés ou mollement étendus, de ces mains de mendiants ouvertes pour quelle aumône, de ces visages figés, maculés de terre et de sang coagulé, de ces yeux où se lisait la surprise ou l'effroi. Ces hommes, pensait-il, devaient être aimés et attendus par des femmes, mères, épouses ou maîtresses, par des amis encore dans l'ignorance du chagrin qui allait les assaillir dans quelques jours ou dans quelques semaines. Dans des maisons lointaines et quiètes, on devait encore parler d'eux au présent, prier chaque soir pour que le ciel leur accorde la protection qui leur avait fait défaut. En ce matin d'octobre, ils n'étaient morts que pour le sergent-major de leur compagnie, qui tenait l'odieuse comptabilité de la guerre, et pour leurs camarades découvrant les vides dans les rangs ou les tranchées.

Ce jour-là, un artilleur français initia Osmond au jeu qui consistait à reconnaître le calibre d'un canon ennemi au bruit du tir et à apprécier, au sifflement du vol de l'obus, son point de chute probable.

– Un 77, rival de notre 75, tire quinze coups à la minute, secs comme des claquements de fouet, alors que l'obusier lourd de 150, qui expédie des obus de 40 kilos, tonne comme une grosse caisse trois fois par minute et vous laisse le temps de vous terrer. Quant au 420 de marine qui peut lancer à 9 kilomètres des obus pesant près de 800 kilos, il est d'une telle imprécision qu'il est vain de s'en soucier.

– Comment peut-on résister sous une pareille pluie de fer ? dit Osmond.

– Oh ! On s'y fait comme à tout le reste. Tenez, à Verdun l'an dernier, pendant la grande bataille, si l'on en juge par les coups tirés, il est tombé plusieurs centaines d'obus au mètre carré. Eh bien, des hommes en ont réchappé.

Au bout de quelques jours, le lieutenant de Vigors s'habitua, lui aussi, au bruit du canon et cessa de regarder les cadavres oubliés. Il appartenait désormais à la guerre, par le corps et par l'esprit.

Après ces journées passées au front, Osmond de Vigors retrouva avec un peu de gêne son bureau à la caserne de Chaumont et les traductions, toujours urgentes, à faire pour le compte du service des achats de l'armée. Hector, qui avait vaillamment supporté l'épreuve que constituait la conduite d'une automobile d'état-major dans la zone des opérations, faisait preuve d'un calme olympien. Il entretenait avec soin la garde-robe réduite de l'officier et s'arrangeait pour fournir chaque jour à son maître du linge frais. Prévoyant des séjours prolongés dans des endroits inconfortables, il s'était procuré une paire de fers à repasser et une planche qui lui permettraient, affirmait-il, de présenter au lieutenant en toutes circonstances des chemises propres et sans faux plis.

Un soir, Osmond eut la surprise de voir apparaître au mess, au milieu d'un groupe de pilotes en route pour Le Bourget où ils devaient prendre livraison de nouveaux appareils Nieuport, son ami Bob Meyer, perdu de vue depuis des mois.

Les deux hommes se donnèrent l'accolade, puis s'examinèrent mutuellement des pieds à la tête, avec l'attention affectueuse de ceux qui ont couru le risque de ne jamais se revoir.

La guerre et la vie en plein air avaient fait de l'étudiant malingre, au teint jaune et aux épaules basses, un homme mûr, vif et musclé, sûr de lui et tout à fait à l'aise dans son uniforme d'officier français.

– Te rends-tu compte que j'ai pris huit kilos et que je n'ai pas attrapé de rhume depuis un an, lança Bob en percevant l'étonnement de son ami devant une transformation physique évidente.

– Otis sera charmée de te voir ainsi. Tu es presque ce que les Français appellent un bel homme, plaisanta Osmond.

– Eh bien, toi vieux, tu n'as pas changé. Je dirais même que, malgré l'uniforme, tu conserves une allure civile et tu n'as pas l'air plus aimable qu'autrefois.

Les deux amis passèrent la nuit à bavarder, Bob ayant beaucoup plus de choses à raconter que son ami. Titulaire de cinq victoires homologuées et décoré de la croix de guerre, l'aviateur commenta les périlleux tournois aériens auxquels il avait participé avec ses camarades de la 1re escadrille du « La Fayette Flying Corps ». Bien qu'encore ému par la mort de Georges Guynemer – l'as aux cinquante-quatre victoires, abattu quelques semaines plus tôt, le 11 septembre, par l'Allemand Wissemann qui avait lui-même succombé le 14 octobre sous les balles de René Fonck, un autre héros volant – Bob Meyer, en digne fils du Sud, appréciait les attitudes chevaleresques de ces combattants hors série. L'élégance de Guynemer notamment qui, se mesurant en plein ciel avec l'as allemand Ernst Udet, avait cessé de tirer quand la mitrailleuse de son adversaire s'était enrayée. Un Allemand avait eu un geste semblable à l'égard de Charles Nungesser qui, blessé et sans munitions, tentait de ramener son avion au-dessus des lignes françaises.

– Nos duels ont des règles, Osmond. Nous offrons à l'ennemi l'occasion de mourir noblement et il agit de même.

– En somme, vous faites une guerre à part. Vous refusez l'anonymat des batailles d'infanterie, la fatalité des canonnades. Votre héroïsme est reconnu... je dirai même recherché.

Bob Meyer parut surpris par cette réplique aigre-douce.

– Je n'ai pas une vocation de héros, Osmond. Je fais de mon mieux simplement en fonction de mes capacités, pourquoi me dis-tu cela ?

– Parce que j'ai vu les fantassins monter à l'assaut sous les obus. J'ai vu des gens dont personne ne retiendra le nom se faire hacher par la mitraille et mourir par douzaines, sans même avoir aperçu le visage de ceux qu'ils combattaient. Et puis, je me dis, Bob, et ne le prends pas mal, que tu as voulu te prouver à toi-même que tu es courageux, que tu peux convoquer la mort pour te mesurer à elle. Entre elle et toi il y a un vieux compte à régler depuis la noyade de Dan, n'est-ce pas ?

Bob Meyer se recroquevilla dans le fauteuil d'osier où il avait pris place. L'aviateur demeura un instant silencieux, en fixant son ami de son regard intelligent et doux, où se lisait une profonde affection.

– J'ai vu moi aussi, Osmond, d'en haut, alors que je survolais les lignes, des fantassins jaillir des tranchées pour se lancer à l'assaut des tranchées ennemies où se terraient des hommes tout aussi pitoyables. Je les ai vus s'entretuer à la baïonnette ou s'affaler sous les tirs des mitrailleuses comme des quilles. Mais il y a du vrai dans ce que tu dis. Cette guerre m'a permis de reconquérir Otis et l'estime que ses parents m'avaient injustement retirée. Le père Foxley m'a écrit une lettre, un peu niaise mais touchante, quand les journaux de La Nouvelle-Orléans ont publié un article sur moi. Il m'a dit que, dans cette guerre je représente Dan, que je me bats en son nom et au mien pour une cause juste. En rentrant en Louisiane j'épouserai Otis. Même Margaret, et tu n'es pas étranger à ce revirement, approuve cette union. Ils savent tous maintenant que les « petits juifs » ne sont pas dénués de courage physique.

– Personnellement, je n'en ai jamais douté, tu le sais et puisque tu as voulu pour d'autres en faire la preuve, j'ai peur maintenant que tu n'ailles trop loin. Avoue qu'il serait idiot qu'une rafale t'empêchât de recueillir les fruits de ta noble témérité.

– Tu comprends bien, Osmond, que je dois aller jusqu'au bout. Le joueur qui se retire en emportant son gain alors que la partie continue est méprisable.

– Chaque fois que tu t'envoles pour une nouvelle mission, tu remets tout en jeu. C'est un banco plein de panache mais dangereux.

– Je sais. Mais quoi qu'il advienne, mon but personnel et égoïste est atteint. Maintenant, je ne suis qu'un combattant ordinaire, je ne me bats plus que pour la victoire de nos armes... comme Silas Barthew, comme Félix de Castel-Brajac... comme toi.

– Oh ! moi, je ne suis guère exposé. Je ne prends d'assaut que des paperasses. Mon fusil est une plume, mes munitions, les règlements commerciaux de l'armée et des dictionnaires ! Et quand je vais au front c'est en spectateur, comme les Romains allaient au Colisée. Ce n'est pas glorieux. Je suis une sorte de voyeur.

Osmond avait prononcé ces mots avec amertume, en homme qui s'est résigné à servir au poste que le destin lui a assigné, hors d'atteinte du danger comme de la gloire.

– Tu ne vas pas faire le complexe de l'embusqué ! Quand nos divisions monteront en ligne, ton métier ne sera pas de tout repos. A courir d'un secteur à l'autre il y aura des risques. On n'arrêtera pas les combats pour laisser passer le lieutenant de Vigors dans sa grosse auto. Les obus sont aveugles et les tireurs allemands se réjouissent quand ils tiennent un officier dans leur mire.

Osmond eut un geste de la main pour chasser ces perspectives que Bob voulait paradoxalement réconfortantes.

Quand, à l'aube, les deux amis se séparèrent, l'un et l'autre dissimulèrent la même crainte qui les étreignait.

Au cours de l'automne, Osmond de Vigors eut fort à faire. Chaque jour débarquaient dans les ports français de nouvelles unités américaines. La 42e division notamment, dénommée « Rainbow » [1] parce qu'elle était composée de volontaires originaires de tous les État de l'Union et neuf cents élèves pilotes sélectionnés aux États-Unis et qui suivaient un entraînement intensif à Issoudun. Le 3 novembre, quand une compagnie du 16e régiment d'infanterie de la 1re division fut attaquée par les Allemands au nord-est de Lunéville, on releva trois morts et cinq blessés, les premiers soldats américains tombés en France. Tandis que Georges Clemenceau prenait le pouvoir et proclamait à soixante-seize ans : « Je fais la guerre », Pershing était nommé général en chef et autorisé à ajouter une quatrième étoile à ses épaulettes. Si l'Américain exigeait encore la constitution d'une armée autonome, il ne refusait plus que des unités soient intégrées à des corps français et britanniques, pour combattre le plus vite possible.

Osmond eut l'occasion de rencontrer, au cours de ses pérégrinations à travers les états-majors, le commandant Theodore Roosevelt junior, âgé de vingt-huit ans, affecté au 28e régiment d'infanterie de la 1re division et son frère Archibald, qui n'avait que vingt-quatre ans. Les deux fils de l'ancien président des États-Unis s'étaient engagés après que le secrétaire d'État à la Guerre eut refusé le concours de Teddy qui, dès le 17 mai 1917, avait proposé à Pershing de reconstituer les Rough Riders en levant une division de volontaires.

---

1. Littéralement : arc-en-ciel.

L'hiver 1917-1918 fut rigoureux. Un froid intense régnait sur le pays. Les jours ne duraient que quelques heures et les nuits paraissaient interminables. Osmond connut les tranchées et les abris où l'on piétinait dans une boue glacée. Comme tous les hommes du Sud, il souffrait d'un climat ignoré en Louisiane. Pour la première fois de son existence, il vit tomber une neige abondante et sa blancheur adoucir le paysage tourmenté des champs de bataille. Les soldats américains manquaient de vêtements chauds et endossaient à contre-cœur des manteaux britanniques.

Une unité ayant refusé cet uniforme étranger, il fallut distribuer des boutons de cuivre frappés des lettres « U.S. » afin de « nationaliser » les capotes achetées en Grande-Bretagne.

Osmond, qui ne quittait plus la zone du front, avait troqué sa Cadillac de service, trop lourde et encombrante, contre une des nouvelles Ford que recevait par centaines l'armée américaine. Sur les chemins boueux et défoncés par les convois d'artillerie, Hector conduisait en virtuose et s'arrangeait toujours pour trouver un bivouac acceptable. Refusant les invitations à loger dans les casemates de fortune ou les abris couverts de planches et de terre que les Français nommaient « gourbis », le lieutenant préférait une grange ou les ruines d'une ferme. Hector, débrouillard et infatigable, colmatait les brèches, dressait un lit de camp et la table pliante de son maître, allait au ravitaillement, faisait le thé et entretenait la garde-robe de l'officier. Pour ne pas exposer le Noir et pour se déplacer plus aisément, Osmond se procurait, dans chaque secteur, un cheval acheté à un paysan ou réquisitionné chez un particulier. Il s'était composé une tenue hivernale que le général Pershing, opposé à toute fantaisie, eût désapprouvée. Il avait renoncé à la casquette et, négligeant le casque, portait le chapeau à bords rigides que les Parisiens prenaient pour symbole des *sammies*. Un capitaine de hussard blessé lui avait offert, au moment de son évacuation, un grand manteau de cavalerie enlevé à un uhlan. Hector, toujours attentif au bien-être de son maître, faisait des prodiges pour fournir à celui-ci, chaque matin, une chemise fraîche et un cache-nez de soie blanche. Enveloppé dans sa houppelande, son écharpe négligemment rejetée sur l'épaule et flottant au vent, Osmond ressemblait à un cavalier de l'Apocalypse. Son arrivée dans un état-major de division suscitait la curiosité et l'étonnement. Indifférent aux sentiments qu'il inspirait, le lieutenant trottait, sans souci des canonnades épisodiques ou des tirs imprévisibles de quelque guetteur ennemi désœuvré, comme s'il se fût rendu de Bagatelle à Castelmore, par le chemin des berges, au long du Mississippi. Il faisait ainsi la guerre à sa façon, toujours froid, distant, évasif, n'ayant pour arme qu'un revolver dont il ne s'était jamais servi. Bientôt le lieutenant interprète du quartier général et son chauffeur noir furent connus chez les Français qui leur attribuèrent, suivant les secteurs, d'aimables sobriquets. Osmond était tantôt « le Cow-boy » ou « Trompe-la-mort », tandis qu'Hector s'entendait appeler « Bamboula », « Anthracite » ou « le Négro ».

Au bivouac, les ordonnances et même les officiers souriaient en voyant Hector chauffer ses fers de fonte sur un feu de bois et repasser tranquillement les chemises de son maître en chantant des mélopées du Sud, indifférent au grondement sourd des canons comme s'il se fût agi d'un inoffensif orage.

Plus d'une fois, au cours de ses chevauchées, Osmond entendit siffler les balles ou dut rapidement abandonner sa monture pour trouver refuge dans une tranchée où, l'alerte passée, des hommes barbus et chaleureux lui tendaient des bidons remplis d'un vin âcre et fort qu'ils nommaient « pinard » et dans lequel ils disaient trouver à la fois l'audace de survivre et l'oubli du danger.

Au début du mois de mars, alors que plus de cinquante mille soldats américains se trouvaient en France et que les Allemands lançaient une offensive sur le secteur anglais des environs de Saint-Quentin, Osmond reçut un télégramme de Margaret Belman, transmis par une estafette du quartier général.

« Bert blessé. Prisonnier des Français. Hôpital de Montargis. Amitiés, Margaret. »

Osmond, qui depuis l'été précédent refusait les permissions régulièrement accordées aux officiers de l'état-major du général Pershing, obtint sans difficulté de son colonel un ordre de mission lui permettant de quitter pendant trois jours la zone des armées.

– Vous n'avez plus de chaussettes et vos chemises sont usées, peut-être en trouverons-nous, m'sieur ? observa Hector toujours pratique, en s'asseyant au volant de la Ford.

Chemin faisant, sur des routes encombrées par des divisions en mouvement qui, après l'enfoncement des lignes britanniques, se portaient à la rencontre des Allemands que l'on disait à moins de cent kilomètres de Paris, Osmond se remémorait sa dernière entrevue, à New York, avec Bert Belman. Le mari de Margaret était allé jusqu'au bout de son engagement et, à ce titre, avait droit au respect. L'Américain arriva à l'hôpital de Montargis qui recevait les grands blessés pour apprendre que le major Belman du 17e régiment des chasseurs mecklembourgeois avait été amputé trois jours plus tôt de la jambe gauche et qu'il était dans un état pitoyable, ayant perdu beaucoup de sang.

Dans une grande salle contenant trois fois plus de lits qu'il n'eût été convenable et où gémissaient des blessés, Osmond, piloté par un infirmier, découvrit Belman, blême et fiévreux. Sa vareuse verte à épaulettes rouge et or recouvrait le dossier de la chaise sur laquelle Osmond s'assit au chevet de l'amputé.

– Ach ! vous voilà déjà, vos services de renseignements fonctionnent bien ! fit le mari de Margaret en s'efforçant de mettre dans son ton un maximum d'énergie.

– Votre femme m'a fait prévenir de votre capture et de votre blessure, c'est pourquoi je suis ici. Que puis-je faire pour vous ?

– Rien... sinon me rendre ma jambe. Ce sont les Anglais qui m'ont fait ça... et puis je suis prisonnier. Pour moi, n'est-ce pas, la guerre est finie. Dès que je serai capable de me tenir debout... si j'ose dire, on m'expédiera dans un camp.

Osmond considéra l'homme qui gisait sur l'étroit lit de fer et pour lequel il n'avait jamais eu de grande sympathie.

– Ne croyez-vous pas qu'il est temps pour vous de rentrer à la maison, Belman ? demanda-t-il à brûle-pourpoint, d'une voix sèche.

– Rentrer à la maison... vous voulez dire en Louisiane ? On doit me détester là-bas. Je suis un sale Boche... que l'Allemagne gagne ou perde la guerre, je suis fichu... Où voulez-vous que j'aille ? Personne ne se soucie de moi. Il aurait mieux valu que l'éclat d'obus qui m'a broyé la jambe m'écrase la tête... d'ailleurs, il se pourrait bien que je meure... malgré les soins.

– Vous êtes citoyen américain, Belman, et j'ai assez d'appui au quartier général pour vous faire rapatrier.

Bert Belman eut un tremblement du menton trahissant l'émotion que suscitaient chez lui ces propos inattendus.

– Mais... Margaret... croyez-vous qu'elle veuille encore de moi ?

– J'imagine qu'elle vous porte encore quelque intérêt, le télégramme qu'elle m'a envoyé le prouve. Ce sera peut-être difficile... mais il faut essayer, Belman... Qu'avez-vous à perdre ?

Des larmes emplirent soudain les yeux du blessé. « Ainsi, les hommes jouent au matamore, se grisent de convictions, engagent leur vie, renoncent au bonheur banal et, terrassés par l'adversité, redeviennent en un instant humbles et sentimentaux, vulnérables comme des enfants », se dit Osmond. Bert Belman n'était plus qu'un être meurtri et mortifié, qui ne pouvait même plus figurer efficacement comme ennemi. Il aurait encore à affronter des épreuves morales pour parvenir à la quiétude, mais ne fallait-il pas l'aider à vivre ?

– Dès que vous serez transportable, je vous ferai transférer à Paris, où nous avons un hôpital. Vous deviendrez provisoirement prisonnier de l'armée américaine. Ensuite, on vous embarquera pour les États-Unis comme un civil. Puis ce sera à vous de reconstruire ce que vous avez détruit. Peut-être nous reverrons-nous un jour à La Nouvelle-Orléans ?

L'amputé tendit à Osmond une main moite de fièvre, que l'officier serra sans grand plaisir.

– Margaret disait toujours que vous n'êtes pas un homme ordinaire, monsieur de Vigors, que votre façon de juger les hommes et les événements est déroutante, que vous voyez toujours les choses de haut, avec lucidité et indépendance. Mais puis-je savoir pourquoi vous agissez ainsi à mon égard et pourquoi vous ne me détestez pas ?

– C'est un devoir d'humanité, Belman et mes sentiments personnels ne sont pas en cause. Vous m'êtes indifférent, mais toute vie gâchée est une erreur et je ne puis négliger celle qui est en vous.

Osmond s'éloigna du lit sans se retourner. Il avait le cœur sec mais l'esprit satisfait. En aidant Belman à retrouver une chance de paix, il n'avait fait qu'agir en fonction de son éthique personnelle, qui lui imposait d'accepter les hommes comme ils sont.

Irène de Compigny écrivait assez souvent à Osmond, pour lui donner des nouvelles de Paris. Ces lettres, dans un style un peu gourmé, Osmond devina qu'elle les rédigeait plus pour tromper sa solitude que pour transmettre des informations. La vie dans la capitale devenait de plus en plus difficile du fait des restrictions et, pendant l'hiver, le charbon indispensable au chauffage avait atteint le prix record de 450 francs la tonne. Au cours du printemps, alors que se développait une offensive qui avait amené les Allemands à Villers-Bretonnaux et que la Grosse Bertha, un canon à longue portée secrètement mis au point par Krupp, tirait sur Paris des obus de 120, Mlle de Compigny avait raconté par le détail le bombardement, le Vendredi saint, 29 mars, de l'église Saint-Gervais. Soixante-dix-sept Parisiens avaient été tués et, depuis ce jour, on vivait dans la hantise des attaques aériennes conduites par des Taube ou des Zeppelins. Même si les petits commerçants des rues, toujours pratiques, vendaient un couple de poupées de laine baptisé « Nénette et Rintintin » pour conjurer le mauvais sort, le moral des citadins paraissait éprouvé.

Osmond en entendant les soldats français présents au front dire avec ironie « pourvu que l'arrière tienne » avait compris que les militaires appréciaient peu les jérémiades des civils.

Au mois de mai, ordre lui fut donné, au quartier général, d'accompagner le colonel Stanley Potter, un Sudiste originaire de Géorgie, dans une inspection des régiments noirs fraîchement débarqués. Ces unités composées d'éléments des gardes nationales de différents États avaient été envoyées dans la plupart des cas par des gouverneurs désireux de prouver leur patriotisme aux autorités fédérales, tout en donnant satisfaction à la population blanche. Les politiciens escomptaient un bénéfice électoral de cette attitude et se souciaient peu du niveau d'entraînement de troupes plus habituées à parader qu'à combattre. Trop souvent, les officiers noirs qui encadraient ces régiments n'avaient reçu aucune formation militaire sérieuse et se trouvaient bien embarrassés par des responsabilités inattendues. Déjà plusieurs unités s'étaient trouvé au contact de l'ennemi et avaient connu des revers. Quand le 369e régiment de New York se débanda à Sainte-Menehould, lors d'une attaque, le général Pershing demanda une enquête et Osmond se retrouva avec le colonel Potter au camp où ces combattants malheureux pansaient leurs blessures. L'officier blanc qui commandait l'unité ne dissimula pas les raisons de l'échec. « Que voulez-vous ? Je suis un homme politique, pas un militaire. Le gouverneur m'a demandé d'organiser un régiment, le voilà. » On détacha immédiatement des officiers d'autres unités pour reprendre en main les soldats de couleur, jetés dans une guerre dont ils méconnaissaient à la fois les causes, les buts et les dangers.

Accompagnant son colonel dans d'autres tournées d'inspection, le lieutenant de Vigors eut l'occasion de se rendre compte d'abord, que les vieilles divergences entre les gens du Sud et les Yankees trouvaient des échos jusque dans les états-majors d'unités au combat et ensuite, que le racisme, en dépit des risques encourus en commun par Blancs et Noirs, continuait à s'exercer.

Au camp du 370e régiment d'infanterie, le colonel Potter eut une moue de dépit en constatant que tous les officiers étaient noirs y compris le colonel commandant l'unité.

– Je ne vais tout de même pas considérer ce nègre, galonné par le gouverneur de la Caroline, comme mon égal, jeta le Géorgien en voyant Osmond joindre les talons et adresser au Noir le salut réglementaire.

Quand, après l'inspection, vint le moment du déjeuner et que les envoyés du quartier général furent conviés à prendre place à une table où se trouvaient huit Noirs de différents grades, Potter devint cramoisi.

– Nous n'allons pas nous attabler avec ces fils d'esclaves, souffla-t-il.

Osmond fit mine de ne pas entendre et s'assit avec naturel à la place qu'on lui désigna, obligeant ainsi son chef à agir de même. Il observa pendant le repas que le colonel refusait tous les plats et ne desserrait pas les dents. En quittant le camp, il s'arrangea pour ne pas répondre au salut des Noirs, qui l'avaient cependant accueilli avec respect et courtoisie.

Dans la voiture qui ramenait les deux officiers à Chaumont, Potter donna libre cours à son indignation.

– Je ne comprends pas qu'un aristocrate du Sud comme vous partage le repas de nègres, qui n'ont d'officier que l'uniforme. Moi je n'ai rien mangé... bien que les tomates fraîches m'aient fait rudement envie.

– Elles étaient en effet excellentes, colonel.

– La perspective de les déguster avec des nègres me coupait l'appétit, Vigors.

– Ces hommes sont des soldats, colonel. Nous allons les envoyer demain au nord de Soissons pour participer à une offensive. Nous les trouvons assez bons pour se faire tuer !

– En tout cas, je vais faire rapatrier tous ces officiers de fantaisie des gardes nationales et nommer au 370ᵉ des officiers blancs. Avec eux, les nègres marcheront. Et puisque les Français nous réclament sans arrêt des troupes, je donnerai le 370ᵉ au général Mangin, comme nous avons confié le 369ᵉ au général Gouraud.

Osmond savait qu'aux États-Unis le bruit se répandait que les unités composées d'hommes de couleur étaient toujours envoyées dans les secteurs les plus exposés. Cela ne correspondait pas à la réalité, car les états-majors n'accordaient pas grande valeur à ces troupes, surtout depuis que les Britanniques avaient refusé d'instruire en Angleterre les fantassins noirs de la 92ᵉ division. Seuls les Français, qui appréciaient la remarquable combativité de leurs propres régiments sénégalais, semblaient disposés à utiliser les Noirs américains.

Et cependant, on avait la preuve que les soldats noirs venus d'Amérique se comportaient courageusement au feu. Deux de ceux-ci, rencontrant une forte patrouille allemande, avaient pris l'initiative et s'étaient distingués en tuant ou blessant plusieurs ennemis. Cet acte de bravoure leur avait valu la croix de guerre, que les Français n'attribuaient pas facilement. Cette façon qu'avaient les civils français, d'accueillir sans manière les Noirs américains et de les traiter sur le même pied que les Blancs, irritait le colonel Potter.

Quand le magazine *La Vie parisienne* avait publié le dessin d'un soldat noir festoyant en compagnie d'une femme blanche qui lui caressait le menton, le colonel avait fait un rapport et le capitaine Metz-Noblat, officier de liaison français détaché au quartier général américain, s'était fait tancer par le chef d'état-major de Pershing. « Votre censure est folle de laisser publier de pareilles choses ; nos Noirs achètent cela et vont l'envoyer chez eux en disant : « Voilà la façon dont nous sommes accueillis en France. »

L'officier de liaison expliqua qu'il s'agissait d'un Sénégalais de l'armée française et non d'un Noir américain, mais on considéra comme très regrettable, au quartier général, que les Français ne fassent pas, comme les Américains, la distinction entre les races.

L'ostracisme à l'égard des Noirs s'exerçait parfois d'une façon stupide, jusque dans les hôpitaux. Depuis que l'on pratiquait la transfusion sanguine pour les grands blessés, il ne se trouvait pas un soldat originaire du Sud pour accepter, même si cela devait lui sauver la vie, le sang d'un Noir. On disait encore en Louisiane, comme dans les anciens États confédérés, que l'homme qui recevrait, ne fût-ce qu'une goutte de sang noir, ne procréerait plus que des mulâtres. Les médecins s'employaient à combattre cette idée erronée, qui ne reposait sur aucune base scientifique et dont l'expérience avait démontré l'inanité, mais les Sudistes s'y cramponnaient avec véhémence.

Les Noirs, en revanche, ne faisaient aucune difficulté pour recevoir du sang blanc mais les donneurs étaient rares.

En regagnant Chaumont après un séjour au front, Osmond trouva dans son courrier une lettre d'Irène de Compigny. La missive avait mis plus d'un mois à lui parvenir et contenait une triste nouvelle. Hervé de Compigny, abattu par un chasseur allemand lors de l'offensive du printemps, avait succombé à ses blessures. Irène se trouvait désormais seule dans la vie et dénuée de ressources.

Fidèle à la promesse faite à l'aviateur quelques jours après le duel à la rose, Osmond envoya une longue lettre de condoléances et donna l'ordre à son banquier parisien de virer au compte de Mlle de Compigny une somme importante. « Vous ne pouvez refuser ce service car je me suis engagé auprès de votre frère à veiller sur vous et je compte bien le faire. Ici, l'argent est sans aucune valeur, alors qu'il est indispensable à Paris. Je voudrais être près de vous pour mieux partager votre peine. Sachez que la mienne est grande et que je maudis la guerre qui tranche dans le vif des affections, aveuglément. »

Hervé de Compigny laissait pour tout héritage, à sa sœur, la croix de la Légion d'honneur que lui avaient value ses exploits et une citation très élogieuse, faite à titre posthume par un général de division possédant le sens des formules pompeuses et peut-être assez de cœur pour s'émouvoir d'une seule mort au milieu de milliers d'autres.

A la fin de l'été, Osmond put écrire à sa mère, à l'oncle Gus et à Lorna que la guerre approchait de son terme. Après les offensives allemandes du printemps, les Français et les Britanniques s'étaient ressaisis et les huit cent trente mille soldats américains présents en France avec quarante mille officiers commençaient, grâce au matériel qui arrivait à profusion, à peser dans le conflit. Depuis le 18 juillet, les troupes de Foch, nommé maréchal de France le 6 août, repoussaient les Allemands qui abandonnaient des milliers de canons et de mitrailleuses et laissaient aux mains des Alliés des dizaines de milliers de prisonniers. Les Parisiens respiraient depuis que la Grosse Bertha s'était tue.

Quand Pétain proposa à Pershing de remettre aux Américains tout le front compris entre la Moselle et la forêt d'Argonne, Osmond comprit que l'Amérique allait enfin pouvoir donner des preuves éclatantes de sa combativité. Il fut décidé qu'une offensive serait montée début septembre pour réduire le saillant de Saint-Mihiel. Déjà, les troupes américaines s'étaient illustrées à Cantigny, à Juvigny, au Bois-Belleau et dans d'autres secteurs du front au côté des unités françaises ou britanniques, mais cette fois cinq cent mille « sammies » constitués en armée autonome allaient se lancer, sous la bannière étoilée, à l'assaut d'une forte position allemande.

Le saillant de Saint-Mihiel, qui s'étendait entre la Meuse et la Moselle formait un triangle dont les pointes étaient Pont-à-Mousson, Saint-Mihiel et Verdun. Il constituait une véritable forteresse de campagne car, au cours de quatre années d'occupation, les Allemands, utilisant les défenses naturelles, avaient construit une série d'ouvrages, établi cinq lignes de défense et couvert toute la zone de fils de fer barbelés. Des hauteurs boisées de la Meuse jusqu'aux forêts de la plaine de la Woëvre, en passant par les contreforts surplombant la Moselle et les ravins de la rive ouest du fleuve, le pays regorgeait de canons dissimulés et de troupes décidées à défendre l'accès à Metz et Thionville.

Osmond assista à la mise en place du gigantesque dispositif : trois mille pièces d'artillerie de tous calibres, quarante mille tonnes de munitions, un standard téléphonique de trente-huit circuits à Ligny-en-Barrois, dix-neuf têtes de lignes de voies ferrées pour le ravitaillement, des hôpitaux de campagne comportant quinze mille lits, des centaines de camions, soixante-cinq trains sanitaires pour évacuer les blessés. Mille quatre cents avions et deux cent soixante-sept tanks légers devaient aussi participer à la bataille et les régiments du génie étaient à pied d'œuvre pour reconstruire les routes et prolonger les voies de chemins de fer, dès que le saillant serait conquis.

Osmond de Vigors vit aussi les unités prendre leur position. Trois corps d'armée et neuf divisions devaient participer à l'attaque. La 2e division était commandée par un Louisianais, né à Pointe-Coupée, le brigadier général John Archer Lejeune qui, arrivé en France en mai, s'était déjà battu avec la 35e division dans les Vosges et la 34e brigade dans un secteur français. Plus de vingt-sept mille Louisianais blancs et vingt-huit mille Noirs avaient été incorporés dans l'armée et la marine et combattaient pour la délivrance de la vieille mère patrie.

Au cours de ses pérégrinations à travers les unités américaines, Osmond avait déjà rencontré de nombreux officiers originaires de Louisiane : le brigadier général Andrew Hero, de La Nouvelle-Orléans qui commandait l'artillerie de la 79e division ; le colonel Thomas Milling, chef d'escadrille ; le colonel Gordon Robinson, responsable des transports automobiles ; le lieutenant-colonel Hugh Bayne, ancien élève de l'université Tulane ; le docteur Bayne Jones, premier médecin décoré de la médaille militaire, et qui servait dans les Flandres ; le colonel Marcel Garsaud, commandant le 312e régiment du génie et bien d'autres, car on estimait à plus de trois cents le nombre des officiers de haut grade et d'origine louisianaise présents en France.

La veille de l'offensive, au cours d'une ultime réunion tenue au fort de Gironville par le général Pershing, on décida d'envoyer, avec la 26e division chargée de prendre Saint-Mihiel, un officier d'état-major « parlant parfaitement français ». La mission de ce dernier serait d'entrer en contact avec les autorités françaises de la ville et d'étudier avec elles l'aide d'urgence que l'on pourrait apporter aux habitants.

Osmond aussitôt se proposa. Il guettait depuis trop longtemps le moment de jouer un rôle dans une bataille pour ne pas saisir l'occasion offerte.

– Ne vous exposez pas inutilement, laissez partir les premières vagues d'assaut avant de vous diriger vers la ville. On ne vous demande pas de vous battre, mais de représenter l'armée libératrice auprès du maire d'une commune qui supporte depuis quatre ans l'envahisseur.

Rentré au cantonnement établi dans une ferme désertée depuis longtemps par ses habitants où Hector, suivant ses habitudes, avait établi le logement de son maître, Osmond appela le Noir.

– Il faut que tu me trouves un cheval et que tu me réveilles à quatre heures demain matin.

– Je vais pas avec vous dans la Ford ?

– Non, tu attendras ici. Si tout va bien, je te ferai savoir où tu devras me rejoindre. Si tu n'as aucune nouvelle dans quarante-huit heures retourne à Ligny-en-Barrois et va voir le colonel Potter.

– On dit qu'il y aura une grande bataille demain, m'sieur, je pourrais pas aller avec vous ?

– Non, Hector. Tu n'a qu'à m'attendre. Demain matin, je te donnerai des consignes pour le cas où je ne reviendrais pas. Sers-moi à dîner. Je n'ai pas envie d'aller au mess.

Le Noir s'exécuta un peu déçu. C'était un garçon qui ne manquait pas de courage. Habitué maintenant aux canonnades et aux spectacles hideux de la guerre, il souffrait de n'être qu'un valet promu ordonnance par conformité administrative. Il se doutait que, dans les jours à venir, l'homme qu'il servait depuis longtemps allait courir de nouveaux dangers et il aurait aimé les partager.

Osmond ne dormit guère. Une pluie froide et persistante frappait les tuiles au-dessus de sa tête et, dans l'âtre de la vieille ferme, les braises rougeoyaient encore quand Hector l'appela. Il trouva, comme chaque matin, au pied de son lit de camp, du linge frais et ses bottes bien cirées. Il se vêtit et fit honneur au petit déjeuner, une assiette de jambon et du pain accompagné d'un bol de thé.

– J'ai trouvé un cheval, m'sieur. Tout pommelé, on dirait un cheval de cirque. C'est une jument, elle est douce, m'sieur.

– Combient l'as-tu payée ?

– Rien, m'sieur, on me l'a donnée.. ou plutôt on l'a prêtée... si on peut la rendre bien sûr... C'est la jument de la demoiselle du château. Elle m'a dit comme ça, si c'est pour un officier américain, on veut pas d'argent.

Quand Osmond, ayant constaté que la pluie tombait toujours et qu'une bise glaciale soufflait, eut jeté son manteau de cavalerie sur ses épaules et noué son écharpe blanche, Hector intervint.

– Faut mettre le casque, m'sieur. L'ordonnance du capitaine Budy, que j'ai vu passer tout à l'heure, m'a dit que ça allait chauffer aujourd'hui.

– Donne-moi mon chapeau et mes gants... ce casque ne tient pas sur ma tête.

– J'ai trouvé un casque français, m'sieur, si vous le voulez.

– Non, Hector, je préfère mon chapeau.

– Les balles elles traversent pas les casques, m'sieur, tandis que les chapeaux !

Osmond sourit, se coiffa de son feutre à glands dorés et donna une tape amicale sur l'épaule du Noir, puis il lui tendit une grosse enveloppe.

– Voilà les consignes, Hector, si... une balle traverse le chapeau. Tu as assez d'argent là-dedans pour rentrer en Louisiane et des lettres que tu devras remettre ou envoyer à différentes personnes.

– Je compte bien que j'aurai pas à l'ouvrir, fit Hector ému en prenant l'enveloppe du bout de ses doigts spatulés.

– J'y compte aussi... mais il vaut mieux prévoir.

Le Noir disparut dans l'ombre humide et revint aussitôt, en tirant par la bride une jument à la crinière abondante et soignée.

– Comment l'appelle-t-on ? demanda Osmond.

– C'est drôle, m'sieur, la demoiselle m'a dit qu'elle l'appelle Bagatelle... c'est... c'est...

– C'est un hasard exagéré, Hector, comme dirait M. de Castel-Brajac.

Le lieutenant se mit en selle, caressa l'encolure de la jument et, au petit trot, rejoignit dans la grisaille de l'aube la base de départ de la 26e division.

Depuis plusieurs heures déjà, le canon tonnait et, à cinq heures, les troupes se mirent en marche. La pluie fine et la brume dissimulaient le paysage, et le vent qui soufflait contre l'ennemi semblait pousser l'armée vers le saillant. A l'horizon, le ciel rougeoyait de la lueur des explosions d'obus, des incendies, de l'embrasement des dépôts de munitions. Par moments, des fusées crevant l'écran de brume et de fumée zébraient l'atmosphère de trajectoires phosphorescentes.

Osmond avait emboîté le pas à la première vague d'assaut. Déjà, des camions surchargés d'hommes s'ébranlaient, à la suite des tanks qu'encadraient des compagnies de voltigeurs. Personne ne prêtait attention à ce cavalier insolite, tant le spectacle était à la fois terrible et grandiose. Dès que la clarté du jour fut assez vive, Osmond aperçut, loin en avant, les groupes de sapeurs du génie qui, à l'aide de cisailles, tranchaient les réseaux de barbelés déjà écrasés par les bombardements, et des fantassins occupés à lancer sur les chevaux de frise des planches et des grillages qui servaient de ponts à leurs camarades.

L'artillerie allemande, très éprouvée par les tirs précis des Américains, demeurait à peu près silencieuse, mais les mitrailleuses et les mortiers crachaient leurs balles et leurs petits obus sur les attaquants. La jument d'Osmond frissonnait de peur mais ne bronchait pas. Ses oreilles fines et d'une extrême mobilité s'affolaient, sollicitées par trop de fracas divers. Déjà, des hommes étaient étendus ou prostrés et l'on réclamait des brancardiers.

Les estafettes revenaient, en déclarant que les Allemands refluaient en désordre derrière leurs premières lignes de défense enfoncées et que Saint-Mihiel était en vue.

Aussitôt, Osmond pressa le pas de sa monture et avisant un sentier, prit le trot pour dépasser les fantassins. A plusieurs reprises, il avait vu des obus de mortier soulever des gerbes de terre et entendu le tac tac des mitrailleuses, mais il voulait entrer à Saint-Mihiel parmi les premiers.

Il ne se trouvait plus qu'à deux cents mètres des maisons entre lesquelles couraient les voltigeurs baïonnette au canon quand il reçut sur l'omoplate gauche une prodigieuse claque qui le courba sur le cou de la jument. Il avait distinctement perçu le craquement des os. Avant de perdre connaissance, il eut encore assez de lucidité pour se rendre compte que son bras gauche lui refusait tout service, qu'une force inconnue le ployait. Puis, il eut le sentiment d'entrer dans la nuit en même temps que montait en lui une nausée incoercible. La jument désorientée prit le galop et son instinct la guidant vers le décor rassurant d'une écurie, elle pénétra dans la cour déserte d'une ferme où elle s'arrêta brusquement, ce qui fit choir le blessé sur les pavés arrondis et luisants de pluie.

15

Dès qu'il reprit connaissance, Osmond réalisa immédiatement qu'il ne voyait plus. Il était couché et autour de son lit, des gens parlaient.

Un mouvement de sa main droite dut attirer l'attention car une voix d'homme, rocailleuse et amicale, ordonna aux bavards de se taire.

– Le voilà qui revient à lui.

L'homme qui avait prononcé ces mots s'approcha du chevet et dit d'un ton qu'il voulait enjoué :

– Vous ne pouviez pas mieux tomber, si j'ose dire. Je suis le médecin de Saint-Mihiel...

– Il faut lui parler anglais, il ne peut pas comprendre, c'est un Américain, dit une femme.

– Je comprends, articula péniblement Osmond un peu nauséeux.

L'homme reprit la parole.

– On va vous soigner. Ce n'est pas trop grave. A mon avis, une fracture de l'omoplate ou de la clavicule, je ne crois pas que la colonne vertébrale soit touchée... ni le poumon. Respirez un peu pour voir ?

Osmond prit une inspiration et une douleur aiguë lui vrilla le dos, tandis que pesait sur sa poitrine la tête du médecin.

– Je ne pense pas qu'il y ait beaucoup de dégâts... et vous paraissez solide.

– Quelle heure est-il ? demanda Osmond.

– Onze heures et quart.

– Du matin ?

– Bien sûr, du matin ! On vous a ramassé il y a vingt minutes dans notre cour. Vous avez fait une fameuse chute !

Osmond expliqua que sa blessure devait être antérieure à sa chute de cheval. Il avait été atteint, alors qu'il était en selle, sans doute par un éclat d'obus.

– Un éclat d'obus vous aurait déchiré le dos, mon petit. Or vous n'avez pas perdu de sang... Peut-être une grosse pierre projetée par la percussion d'un obus.

– Oui, c'est possible.

– En tout cas, pierre ou autre, si vous l'aviez pris derrière la tête, personne ne pourrait plus rien pour vous.

Pendant cette conversation, Osmond écarquillait les yeux dans un effort de tout son être, mais sa vision semblait engluée dans un brouillard pâteux d'un gris sale. Aussitôt, lui fut restituée avec une extraordinaire intensité, la scène de sa chute devant la cheminée de Bagatelle quand, petit garçon, il avait voulu saisir le vase qui se trouvait près du portrait de son père. Sa mémoire, sans qu'il l'eût sollicitée, reproduisit pêle-mêle tous les détails de l'accident : le sourire ironique de son arrière-grand-mère Virginie entrevu pendant que la chaise basculait, la voix de sa mère inquiète, celle du docteur Dubard rassurante, la truffe fraîche d'Aristo sur sa main et les sanglots de la cuisinière qui l'avait relevé. « C'est le choc, comme autrefois, ma vue va revenir » se répéta-t-il mentalement pour se rassurer. Et, pour ne pas avouer sa subite infirmité, il ferma les yeux.

– Puisque vous êtes assez gaillard, je vais examiner votre dos de plus près.

Le médecin s'éloigna du lit tout en demandant qu'on lui apporte une alaise, des serviettes, de l'eau bouillie, des pansements et la trousse de chirurgie qui se trouvait dans son cabinet. Puis, il invita tout le monde à quitter la chambre.

Un moment plus tard, la porte s'ouvrit et Osmond entendit le cliquetis des instruments que l'on alignait sur un plateau.

– Nous allons, ma femme et moi, vous basculer doucement sur le côté droit.

Osmond se laissa faire. A coups de ciseaux précis, sa vareuse fut découpée, puis sa chemise. Il sentit la fraîcheur de l'air sur son dos nu.

– Pas même une éraflure, les chairs sont seulement tuméfiées. C'est bien. Une plaie aurait tout compliqué. Je vais peut-être vous faire un peu mal. Il faut que je vous ausculte pour voir ce qu'il y a de cassé.

Osmond serra les dents mais ne put réprimer un mouvement de dérobade.

– Il doit y avoir une ou plusieurs fractures là-dessous. Mais la colonne est intacte. Une radiographie me paraît nécessaire. Vous avez des appareils à rayons X dans vos hôpitaux modernes. Je vais vous immobiliser l'épaule par un bandage et vous allez vous reposer en attendant qu'on vous évacue. Ma fille va guetter une de vos ambulances, il en passe à chaque instant.

– L'offensive a réussi ? demanda Osmond.

– Je crois bien ! Vos camarades ont dépassé Saint-Mihiel. Ils marchent sur Vigneulles et d'autres ont pris Monsec. Les Allemands sont en pleine déroute. Tous ceux qui occupaient notre ville sont morts ou prisonniers... Il y a quatre ans que nous les supportions !

Quand Osmond fut pansé, le médecin lui tendit un verre d'eau qu'il ne vit pas.

– Tenez, prenez ce cachet, ça endormira la douleur.

Osmond avança la main dans la direction de la voix, mais dut avouer qu'il était privé de vision.

Le docteur émit un grognement.

– Ça mon petit, c'est autre chose. L'ébranlement que vous avez subi peut expliquer ça... C'est peut-être plus sérieux qu'il ne paraît. Reposez-vous, je ne puis, hélas, rien faire de plus pour vous. C'est l'hôpital qu'il vous faut.

Osmond avala le cachet et remercia, puis il se laissa aller sur le côté droit, seule position supportable. Périodiquement, il ouvrait les yeux guettant le retour de la lumière qui, à cette heure-là, ne pouvait manquer d'emplir la chambre.

Mais chaque fois qu'il soulevait les paupières, le même rideau sombre obstruait son regard. Il finit par s'endormir, tandis que roulaient à travers l'ancienne capitale du duché de Bar, endommagée par les combats de la matinée, les convois militaires américains salués au passage par les citadins. La bataille se développait sur un front de trente kilomètres et les Allemands défendaient pied à pied la route de Vigneulles.

Quand Osmond se réveilla, il fut incapable d'évaluer la durée de son assoupissement. Son dos douloureux le rappela aussitôt à la réalité de sa situation. Il ouvrit les yeux. Le brouillard gris s'était dissipé, remplacé par de grosses fleurs, toutes semblables, mais de couleurs différentes, qui composaient un étrange massif géométrique plat et figé. Son cœur se mit à battre plus vite devant cette nouvelle étrangeté de sa vision. Couché sur le côté, il lui fallut quelques secondes pour comprendre qu'il voyait et que cette floraison n'était que le papier peint du mur. L'étroitesse de la ruelle était responsable de cette confusion qui le fit sourire.

Toute angoisse l'avait quitté. Il réussit à s'asseoir sur le lit et découvrit la chambre éclairée, à travers des rideaux de percale, par un soleil pâle. C'était une pièce quelconque, meublée d'une grande armoire et d'une table de toilette. Il constata que son bras gauche avait retrouvé une certaine mobilité, mais que tout mouvement de quelque ampleur provoquait dans l'épaule des élancements douloureux. C'était peu de choses et il se glissa hors du lit, heureux comme il ne l'avait jamais été « d'être au monde et d'y voir clair », comme disait grand-mère Liponne.

Ses hôtes lui avaient retiré ses bottes, qu'il chaussa avec difficulté, puis il s'approcha de la table de toilette et de sa main valide s'aspergea d'eau le visage. Le miroir lui renvoya l'image d'un homme pâle, à l'épaule et au torse bandés. Il se débarrassa des restes de sa vareuse et réussit à se draper dans son manteau. Ayant récupéré son chapeau et son ceinturon auquel pendait son revolver, il quitta la chambre et descendit l'escalier en grimaçant. Chaque pas réveillait dans son dos la douleur des fractures.

La première personne qu'il aperçut dans une grande salle du rez-de-chaussée fut une femme aux cheveux blancs. Elle sursauta à son approche.

– Vous n'auriez pas dû vous lever, monsieur. Ce n'est pas raisonnable, mon mari est à l'hôtel de ville. Il y a beaucoup de blessés parmi les civils, car les Boches ont fait sauter leurs réserves avant de battre en retraite.

– C'est à la mairie que je dois me rendre. J'ai une mission. Je suis chargé d'examiner, avec les autorités de Saint-Mihiel, les moyens de venir en aide aux habitants et je me sens bien.

– Mais votre épaule, monsieur ? Il y a fracture.

– Mon épaule attendra. Je vous remercie pour tous vos soins. Conservez mon cheval quelques jours, mon ordonnance viendra le chercher.

Osmond, sans plus attendre, quitta la maison. La pluie avait cessé et l'air vif le stimula. La douleur était, somme toute, supportable. Il arrêta un camion de munitions de la 82e division, se hissa à côté du conducteur et se fit conduire à la mairie. Le conseil municipal s'était réuni en hâte et le lieutenant vit un homme rondelet s'avancer à sa rencontre.

– Que faites-vous ici ? Je suis le docteur Topfer. Vous devriez être chez moi, couché.

– Heureux de vous rencontrer... et de vous voir enfin, docteur, nous avons à travailler ensemble.

Pendant l'après-midi, Osmond dressa avec les autorités la liste des secours d'urgence à faire envoyer à Saint-Mihiel, rédigea des ordres pour le génie qui aurait à déblayer certaines rues encombrées par les éboulis et à établir quelques lignes téléphoniques. Ce n'est qu'à la tombée de la nuit qu'il consentit à monter dans une ambulance, après avoir envoyé une estafette prévenir Hector de sa destination : l'hôpital de Chaumont.

Les semaines qui suivirent, tandis que les troupes américaines livraient dans le secteur Meuse-Argonne de nouvelles offensives en essuyant de lourdes pertes, Osmond les passa douillettement soigné par des infirmières françaises, dont tous les blessés tombaient amoureux. Il avait dû livrer son épaule aux chirurgiens et portaient un plâtre. Hector, toujours dévoué et débrouillard, lui avait fabriqué un poncho dans une couverture et, dès que les médecins l'autorisèrent à quitter l'hôpital, le lieutenant rejoignit son bureau du quartier général où il se mit au travail. Le colonel Potter lui proposa une permission de convalescence qu'il refusa. La déroute allemande était telle, sur tous les fronts, qu'on pouvait aisément prévoir que la guerre touchait à son terme. Le 20 septembre, la Bulgarie avait signé un armistice. Le roi Ferdinand venait d'abdiquer et les Alliés, après avoir délivré la Roumanie, menaçaient Vienne et occupaient Constantinople. La Turquie, pressée par l'armée anglaise d'Allenby et par les Arabes soulevés par Lawrence, acceptait la capitulation. Battu à Vittorio-Veneto par les Itaiens, l'empereur Charles Ier d'Autriche-Hongrie renonçait à la lutte et, depuis le 7 novembre, des parlementaires allemands discutaient, à Rethondes, des conditions d'un armistice.

Quand, le 11 novembre, on sut que l'ennemi souscrivait à toutes les exigences que mettaient les Alliés et le président Wilson à la cessation des combats, les canons se turent. La guerre était finie. Osmond fut un des premiers informés et tout de suite, alors que Chaumont pavoisait comme toutes les villes de France et que Paris vivait des heures délirantes, il s'inquiéta du sort de Bob et de Félix de Castel-Brajac. Tous deux étaient sains et saufs. Quant à Silas Barthew, nommé major sur le champ de bataille de l'Argonne, il s'apprêtait avec son unité à passer la frontière allemande, pour occuper la zone dévolue aux Américains.

Osmond, en ces jours de victoire si impatiemment souhaités depuis quatre ans, ne quitta pas la caserne. Le déchaînement de la joie populaire lui paraissait scandaleux devant l'oubli subit de tant de souffrances, de tant de morts, de tant de familles en deuil, dont on négligeait de respecter le chagrin.

Il savait que, dans la seule offensive de Saint-Mihiel, sept mille Américains avaient trouvé la mort. Déjà, on lui demandait de prévoir, pour le compte du gouvernement des États-Unis, l'achat de terrains, où plus de cent mille *sammies*, tués au combat, devraient trouver une sépulture loin de l'Amérique.

Aussi, quand le 13 novembre, lui parvint sa nomination au grade de capitaine et que le général lui accrocha sur la poitrine la croix de guerre et la *Distinguished Service Medal*, il ne ressentit aucune fierté, et s'empressa de glisser dans un tiroir la citation à l'ordre de la 1re armée qui faisait état de sa bravoure et du fait que, grièvement blessé au cours de la prise de Saint-Mihiel, il avait tenu à accomplir, jusqu'au bout, la mission humanitaire que lui avait confiée le général en chef. Il constata que ses décorations suscitaient un peu d'envie chez les jeunes officiers, dont quelques-uns reprochaient à Pershing de n'avoir pas insisté pour envahir l'Allemagne et marcher jusqu'à Berlin.

Au quartier général, pour fêter la victoire, les cuisiniers français se surpassèrent. On servit du saumon aux truffes, des perdreaux rôtis accompagnés de pommes Pont-Neuf, un énorme gâteau nommé « diplomate » et l'on but du bourgogne et du champagne. A la fin du repas, la plupart des convives étaient gris. Le colonel Potter, qu'une maladie d'estomac retenait de festoyer, se pencha vers Osmond.

– Allons, capitaine, ne faites pas cette mine. Jouissez de cet instant qui nous est accordé. Nous avons la chance d'être vivants ! Si nous devions, en permanence, ressentir à fond la souffrance d'autrui, nous risquerions la folie. Au commencement de la guerre, je vibrais intensément, mais je me suis lâchement habitué à ce qu'on meure autour de moi. Je me demande même si ça n'ajoutait pas à mon plaisir de vivre.

Comme toujours, Potter, qui n'était pas doué d'une grande subtilité, prit pour une critique le sourire involontaire d'Osmond.

– Ma franchise vous scandalise, hein ? Cependant, vous vous êtes engagé, vous n'avez pas été mobilisé comme moi, vous avez voulu vous battre.

– J'ai voulu me battre contre la guerre, colonel, car c'est, hélas, le seul moyen de la faire cesser une fois qu'elle est déclenchée. Notre président a raison quand il dit que la paix ne peut être maintenue par la seule force des armes et que les régimes démocratiques, qui jouissent de l'appui des peuples et entretiennent avec toutes les nations des relations fondées sur le droit et la morale, sont les meilleurs défenseurs de la paix.

– Vous êtes jeune, Vigors ! Vous conservez à l'égard des humains de belles illusions. Croyez-vous que cette guerre sera la dernière ? Chaque défaite suscite des humiliations, chaque victoire apporte l'outrecuidance. L'Allemagne ne s'en tire pas trop mal. Son armée est vaincue, mais non détruite. Elle voudra sa revanche.

– La Société des Nations, prônée par Wilson, pourra prévenir tous les conflits...

– Ah ! Il y a une chose plus difficile à faire encore que la guerre, c'est la paix !

Osmond, qui avait volontairement omis de parler de sa blessure à ceux auxquels il écrivait en Louisiane, fut un peu surpris de recevoir, de Lorna, une lettre postée le jour même de l'armistice qui avait, à La Nouvelle-Orléans comme ailleurs, donné lieu à de joyeux défilés. La jeune fille se réjouissait de la fin du conflit, mais se plaignait du laconisme des derniers messages de son ami d'enfance. Elle finissait par imaginer « qu'il lui cachait quelque chose » et concluait : « Tu ne m'as pas habituée à des propos superficiels et je suis toujours prête à tout entendre, j'ai le sentiment que tu es las, que tu te recroquevilles sur toi-même et, plus que jamais, doutes de tout. »

Il répondit, au fil de plusieurs pages chaleureuses donnant des détails sur ses activités du moment et conclut : « Je ne te cache rien qui vaille la peine d'être dissimulé. J'ai reçu une légère blessure qui m'a valu une décoration et un galon de capitaine. Ce n'était pas un acte de bravoure. Je me suis seulement trouvé au mauvais endroit à un mauvais moment. Garde cela pour toi. Car, si en effet je doute de beaucoup de choses et d'êtres, je ne doute pas de toi. Bientôt j'espère, nous monterons ensemble aux Trois-Chênes pour voir si les fils de Kiki-le-Troglodyte ont vaillamment supporté la guerre. »

Au mois de décembre, Bob Meyer apparut au quartier général. Il était gai comme un écolier en vacances et portait, légèrement incliné sur l'oreille, son képi à deux galons d'or. En apercevant Osmond l'épaule et le bras caparaçonnés de plâtre, il se figea au seuil du bureau.

– Qu'est-il arrivé ?

– Un gars de Chicago m'a donné une claque un peu forte sur l'omoplate.

– Ne plaisante pas, raconte.

Osmond s'exécuta et emmena son ami déjeuner au mess. Quand Bob lui jeta son manteau sur les épaules, il remarqua l'épaulette à deux barres d'argent.

– Excusez-moi, capitaine, j'aurais dû vous saluer ! Et vos décorations, où sont-elles ?

– Dans un tiroir, Bob... j'ai peur que les rubans se défraîchissent... aux regards !

Les deux amis, qui avaient en commun une semblable indifférence aux honneurs, retrouvèrent spontanément le rire de leur jeunesse. A peine attablé, Bob expliqua qu'il était en route pour Paris où le général Pétain devait lui remettre, ainsi qu'à d'autres aviateurs américains, la croix de la Légion d'honneur.

– Aussitôt la prise d'armes terminée, je cours me faire démobiliser. Je m'étais engagé pour la durée de la guerre, la guerre est finie, je m'en vais... J'ai hâte de revoir ma mère, de serrer Otis dans mes bras et d'enfiler un complet veston... On rentre ensemble, bien sûr.

– J'ai encore beaucoup de travail, Bob, on m'a confié tous les dossiers relatifs à la Louisiane. Il faut que je m'occupe des hommes du *Washington Artillery* et de la garde nationale, du 156e d'infanterie, du 141e d'artillerie et des Noirs de la 39e division, qui se sont bien battus. Il y a là des gens de Saint-Francisville, de Houma, de Mansfield, de Shreveport, de Bâton-Rouge. Les officiers comptent sur moi pour activer les rapatriements.

– Comme disent les Français, tu es le père du régiment, mais pense un peu qu'on t'attend là-bas. Otis, qui travaille avec Lorna à La Nouvelle-Orléans, m'a écrit qu'on espérait ton retour. L'oncle Gus se fait vieux.

– Oui, je sais, je sais. Je suis impatient, moi aussi, de les revoir tous, mais si les combats ont cessé, les problèmes d'intendance demeurent. Que veux-tu, c'est ma partie. Sais-tu que, dans la seule paroisse de Pointe-Coupée, on compte seize morts dont Oneil Fabre, tué le 13 octobre dans l'Argonne et Thomas Fagan, un Noir du 369e d'infanterie. Nos vieilles familles de La Nouvelle-Orléans n'ont pas non plus été épargnées et des garçons que nous connaissons attendent une sépulture décente. Charles de Villeneuve, John Claiborne, Walter Cox, Howard Olivier, James Louis Pallatien, Sidney Rollins, Roubion, Rousseaux, Soniat, Gravois, Bauer, Poncet, Massicot, Patin et aussi ce pauvre Foulkes, contre qui je m'étais battu en duel avec une pointe de compas, au collège.

– Je t'admire. Tu es un homme de devoir. Moi, j'avoue ne plus penser qu'à filer.

– Toi, tu as rempli ton contrat et largement, en abattant sept avions ennemis... Et puis, je veux aussi passer quelques jours à Paris pour voir comment je peux aider la sœur de Compigny. Je n'ai aucune nouvelle d'elle depuis trois mois et ça m'inquiète.

– Épouse-la, vieux. C'est un beau nom et le meilleur moyen de lui assurer une bonne vie.

Osmond eut un hochement de tête qui traduisait son indulgence pour les propos de Bob.

Le soir même, il accompagna l'aviateur au train de Paris.

– Crois-tu que je puisse m'installer chez Félix ? Ça me ferait des économies... il est peut-être rentré.

– A mon avis, il est encore en Belgique avec son régiment, mais le divin Carlo sera enchanté de t'accueillir. Tiens-moi au courant... pour ton départ.

Osmond vit partir Bob avec mélancolie. Il enviait la joie qui habitait son ami, cet appétit qu'il avait de vivre, enfin, un bonheur si longtemps désiré et conquis au prix des risques les plus fous. Il ne ressentait pas la même impatience juvénile. Le fait de savoir ceux qu'il aimait rassurés sur son sort et en bonne santé lui apportait une sérénité suffisante. Si on lui avait demandé ce qu'il désirait le plus, il eut répondu sans hésiter, « revoir Bagatelle, coiffer un vieux panama, galoper sur les berges du fleuve et le soir me balancer sur un rocking-chair en regardant les cardinaux à huppe rouge voler d'un chêne à l'autre ». Sa mère, oncle Gus, ses sœurs et tous les bagatelliens souhaitaient certes son retour, mais il eût aimé qu'une femme le désirât passionnément, comme Otis désirait celui de Bob. Pendant des mois, les exigences quotidiennes de la guerre avaient occupé toutes ses pensées. L'armistice le rendait à sa solitude.

Au cours de l'hiver quand, débarrassé de son plâtre, il put se vêtir normalement et se déplacer sans susciter ces manifestations exagérées de sympathie que les Français, par reconnaissance, adressaient aux officiers et aux soldats américains, il régla le rapatriement de Bert Belman, lui fit parvenir des vêtements civils et organisa son embarquement sur un navire-hôpital à destination de New York. Il se rendit ensuite à Paris, pour discuter avec des fonctionnaires français de nouveaux marchés de matériels ferroviaires et agricoles : un quart de la France était à reconstruire et les États-Unis, intéressés par des débouchés économiques nouveaux et qui n'entendaient pas annuler les prêts énormes consentis aux Alliés pendant la guerre, retrouvaient leurs aspirations mercantiles.

L'Amérique, qui n'avait pas perdu 1 385 000 soldats comme la France ou 1 600 000 comme l'Allemagne, avait tiré d'énormes profits d'une guerre dans laquelle elle s'était tardivement engagée. Grâce aux fabrications et aux transports de guerre, son industrie et sa flotte connaissaient un développement extraordinaire et les experts constataient que le produit national brut de la nation américaine avait augmenté d'un tiers en deux ans.

Au cours des discussions avec les autorités françaises, Osmond sentait poindre, derrière une reconnaissance chaleureusement exprimée, une inquiétude contenue, une tendance à rétablir un protectionnisme économique face à l'agressivité commerciale de l'Union. Le capitaine, investi par les circonstances d'une autorité bien supérieure à son grade, dans un temps où les officiers généraux ne pensaient qu'à profiter dans la capitale du repos du guerrier, répétait chaque jour que les États-Unis n'étaient entrés en guerre que pour rendre service et souhaitaient aider à la reconstruction de la France. On croyait de moins en moins à ce désintéressement. Les Français victorieux revenaient déjà à leurs chimères, à leur frivolité, à leur chauvinisme et à leur méfiance vis-à-vis des Alliés. Tout en défendant le point de vue du gouvernement fédéral avec le maximum de conviction, Osmond se souvenait d'une phrase de Benjamin Constant dont il commençait à apprécier la sagesse : « La guerre et le commerce ne sont que deux moyens différents d'arriver au but, celui de posséder ce que l'on désire. L'une est l'impulsion sauvage, l'autre le calcul civilisé. »

Le soir où Osmond rendit son dernier dossier réglé au chef d'état-major, l'officier lui proposa, sur-le-champ, un poste permanent à Paris, en laissant entrevoir une possibilité future de carrière diplomatique.

– Je ne souhaite que rentrer chez moi, général, retrouver les miens et mes travaux. Les tâches à venir appartiennent à des professionnels de l'économie et de la politique. Puis-je obtenir un congé jusqu'à ma démobilisation ?

– Je regrette que vous ne restiez pas avec nous, mais je vous l'accorde.

Libre de ses mouvements, Osmond téléphona à Hector de plier bagage et de le rejoindre à Paris, rue Cambon.

Carlo l'accueillit avec son urbanité habituelle et l'installa dans la chambre bleue. Il l'informa aussi que le lieutenant Meyer s'était rendu à Reims, pour régulariser sa situation, ce qui ne prendrait que quelques jours et que le commandant de Castel-Brajac lui avait téléphoné de Londres, pour annoncer son arrivée sous huitaine. Ces nouvelles réjouirent Osmond. Il allait enfin retrouver, à Paris, deux amis et préparer son retour en Amérique avec Bob. Il lui restait encore un devoir à accomplir, qu'il estimait sacré : revoir Irène de Compigny et chercher le moyen de lui assurer une existence décente. Depuis quelques jours, il s'était plu à imaginer que Félix de Castel-Brajac, rendu à la vie civile et aux affaires, trouverait un emploi à la jeune fille. Irène portait la toilette avec distinction, savait recevoir, parlait anglais et, sans en faire une vendeuse de robes ou de fanfreluches, Félix pourrait peut-être lui confier la direction d'un de ses salons de haute couture fréquentés par la *gentry*.

Ayant téléphoné à plusieurs reprises rue de Richelieu sans avoir obtenu de réponse, il se rendit à l'adresse où, si souvent lors de son premier séjour à Paris, il avait pris le thé en compagnie de l'aviateur défunt et de sa sœur. Après avoir vainement tiré la sonnette de l'appartement, il frappa chez la gardienne avec l'intention de laisser sa carte.

La femme peu aimable qui entrouvrit la porte de la loge eut un mouvement de surprise quand il prononça le nom de mademoiselle de Compigny.

Mais vous ne savez pas ?

Non, que devrais-je savoir ?

La porte s'ouvrit plus largement et la concierge l'invita à entrer dans une pièce minuscule et mal éclairée.

– Vous êtes un ami de ce pauvre monsieur Hervé, je parie. Vous savez que les Allemands l'ont tué ?

– Oui, je sais, mais sa sœur ?

– Mademoiselle Irène la pauvre mademoiselle Irène...

Osmond eut le sentiment que la femme ne se décidait pas à faire une révélation. Il la fixa de son regard glacé et dit assez sèchement.

– Je désire rencontrer mademoiselle de Compigny ou lui laisser un message.

Soudain la femme s'appuya à la table couverte d'une toile cirée à carreaux et se mit à pleurer sans retenue.

– Elle est morte, monsieur, de la grippe espagnole, ça fait deux mois avant-hier qu'on l'a enterrée. Elle avait pas de santé, elle mangeait rien... vous pensez la grippe l'a emportée comme tant d'autres.

Osmond surmonta l'émotion que lui causait cette tragique nouvelle.

– Et qui s'est occupé des funérailles ?

– Un cousin qui est venu de l'Yonne. C'est l'héritier à ce qu'il paraît... héritier de quoi... ? Il a pas voulu payer le loyer en retard et le propriétaire m'a disputée parce que j'avais pas exigé...

– Avez-vous encore la quittance ?

La concierge extirpa du tiroir d'un buffet un papier froissé. Osmond lut la somme indiquée, tira son portefeuille et régla sur-le-champ, en ajoutant un pourboire pour la femme visiblement décontenancée par son geste. Il devait à la mémoire des Compigny de payer cette dernière dette.

– Le propriétaire sera content, monsieur, c'est un pingre... vous ne cherchez pas un logement par hasard ?

– Non, j'ai ce qu'il me faut. Dans quel cimetière a-t-on enterré mademoiselle de Compigny ?

– Au Père-Lachaise, dans le caveau de famille... La pauvre, si j'avais pas porté des fleurs, elle en aurait pas eu une, c'est triste.

Osmond retrouva l'animation de la rue, avec le sentiment, qu'une fois de plus, la mort avait choisi une proie facile et d'avance résignée. La disparition furtive d'Irène l'atteignait comme une insulte gratuite à la vie. A la faucheuse boulimique, tous les moyens étaient bons, de la mitraille à la maladie et toute révolte paraissait vaine.

Le lendemain, il se rendit au cimetière et fleurit le caveau. Des flocons de neige descendaient en voletant sur les tombes. Il imagina le corps gracile sous la dalle humide où on lisait une série de noms. Il choisit pour l'amie de quelques mois une épitaphe, un vers de Yeats qu'il avait retenu et qui lui parut convenir à celle qui n'avait vécu que d'illusions : « Marchez à pas très doux, vous marchez sur mes rêves ». Le marbrier voisin du cimetière promit que l'inscription serait gravée avant Noël.

L'arrivée, au moment des fêtes, de Félix de Castel-Brajac et de Bob Meyer rendit à Osmond le goût de la société. Le fils de l'oncle Gus avait gagné à la guerre deux blessures, des décorations et quelques cheveux blancs que son coiffeur fit disparaître. Le major, aussitôt libéré, avait renoncé à l'uniforme. Il engagea Osmond et Bob à en faire autant.

– Mon tailleur va vous confectionner quelques costumes. Allons choisir des tissus. Il nous faut du lainage fin, de la flanelle moelleuse, du cachemire douillet, du tweed confortable... et des fracs car, jusqu'à votre départ, nous allons faire la fête.

Hector reçut lui aussi des conseils vestimentaires. Félix proposa au Noir des chemises jaune paille, qui iraient mieux à son teint que le blanc et un costume de drap beige. Le majordome, qui était coquet et courtisait avec succès les femmes de chambres, apprécia l'aubaine d'une garde-robe neuve, qui ferait bon effet en Louisiane.

Pendant quelques semaines, on vit dans tous les endroits à la mode : *Maxim's*, *La Tour d'Argent*, *Le Grand Véfour*, *Le Café de Paris*, ces trois hommes parfois accompagnés de jolies femmes renouer avec les plaisirs mondains. Osmond, qui chaque matin livrait son épaule ankylosée au masseur de Félix et pratiquait, sur les conseils de l'esthète, l'hydrothérapie, retrouva vite son aisance. Les Parisiennes de la bonne société, à la fois amies et clientes de Félix, qui déjà dessinait pour elles de nouvelles robes, paraissaient troublées par Osmond. Son air évasif, son sourire générateur de méprises, son élégance, sa manière de danser en conduisant sa partenaire du bout des doigts comme s'il se fût agi d'un objet fragile, sa causticité inquiétaient et attiraient ces femmes, dont la vocation semblait être de plaire.

L'une d'elles, qui se piquait de littérature, rencontrée dans le salon d'une Américaine de Paris, dont le père avait fait fortune en vendant des machines à coudre, lui dit un soir avec un air extasié : « On voit que vous avez une connextion aristocratique. »

L'expression amusa les trois amis et Bob Meyer en usa fréquemment quand Osmond ou Félix émettaient des opinions sur le monde et les femmes.

Après l'austérité de la vie militaire, l'inconfort des cantonnements, la privation de beaux objets, l'absence d'émotions artistiques, Osmond, comme ses compagnons, prit plaisir à choisir un agenda de cuir fin chez *Kirby Beard*, à acquérir pour sa mère, ses sœurs et ses amies de La Nouvelle-Orléans des parfums inédits nommés *Fleur de France* ou *Tigre* et à voir dans les grands magasins des Pères Noël à qui on avait donné les traits de Clemenceau. Le même besoin de futilité et de détente conduisit Félix et ses compagnons dans les théâtres et les cabarets. Ils applaudirent Signoret, jeune artiste au talent prometteur dans *L'Aiglon* au *Théâtre Sarah-Bernhardt* ; Raimu et Spinelly, aux *Variétés*, dans une opérette légère d'inspiration hindoue : *Le cochon qui sommeille* et entendirent, au *Moulin-de-la-Chanson*, Marie Duba détailler, de sa voix prenante, des couplets sentimentaux.

Un matin, le courrier apporta à M. de Vigors une lettre de Clara Oswald. La veuve de l'ancien *carpetbagger* lui avait écrit à plusieurs reprises pendant les mois de guerre. Cette fois, sa missive contenait une sollicitation. « Maintenant que vous êtes à Paris, pourriez-vous, je vous prie cher Osmond, rendre visite à mon fils Odilon ? Il n'a pas quitté la capitale pendant la guerre. J'aimerais avoir votre opinion sur sa situation réelle, qu'il décrit comme excellente, mais j'ai quelques doutes à ce sujet. Il ne m'a jamais donné d'autre adresse que celle de la poste restante à Montparnasse. » Osmond, qui avait appris confidentiellement, par Gustave de Castel-Brajac, la raison de l'exil d'Odilon Oswald, ne se décida qu'à contrecœur à effectuer la démarche souhaitée par la vieille dame. Une fois encore, il estima cependant qu'il s'agissait d'un devoir.

Osmond mit Félix au courant de cette demande pensant que la connaissance qu'avait M. de Castel-Brajac des milieux artistes de Paris pourrait lui être utile.

– Nous allons faire le tour des cafés de Montparnasse, c'est bien le diable si nous ne trouvons pas trace de ce peintre.

Au bout d'une semaine, ils allaient renoncer à leurs expéditions dans des salles enfumées où se côtoyaient modèles, étudiants, artistes en renom, débutants faméliques et joyeux démobilisés contant leurs exploits guerriers, quand un maître d'hôtel de *La closerie des Lilas* leur donna une piste.

– Je ne vois qu'un artiste nommé Waldos qui puisse ressembler à l'homme que vous cherchez. C'est un Américain. Il est connu et vient dîner ici de temps en temps.

Félix réagit immédiatement.

– Waldos, c'est le peintre des négresses ! Il est très lancé. Ce ne peut être votre barbouilleur de Pointe-Coupée.

Bob, qui suivait la conversation, intervint d'un ton péremptoire.

– Eh bien, moi, je suis certain que c'est lui. D'abord parce qu'il peint des négresses, ce qui s'explique par ce que nous a raconté Osmond du passé scabreux de cet homme, ensuite, parce que Waldos, c'est l'anagramme d'Oswald !

On rendit justice à la perspicacité de Meyer et l'adresse du peintre ayant été obtenue sans difficulté moyennant un gros pourboire, les trois amis se présentèrent à l'atelier que l'artiste occupait place Denfert-Rochereau.

Waldos était un petit homme chauve, au teint cireux, dont les mains sèches tremblaient en permanence. Il reçut les Louisianais sans marquer la moindre émotion, avec une sorte d'indifférence courtoise. Quand Osmond parla de Mme Oswald, de son fils Omer et de ses filles jumelles, il demeura impassible comme un bouddha. Les murs de l'atelier disparaissaient sous des toiles représentant, dans des poses diverses, des femmes noires nues, coiffées de turbans jaunes. Tous ces visages d'une beauté satanique exprimaient une sensualité agressive, parfois la cruauté animale ou la lascivité la plus perverse. Odilon semblait hanté par le souvenir de la jeune Lorette, assassinée au bord du Mississippi. Son remords s'exprimait dans sa peinture.

Une très belle Noire, sénégalaise, précisa le peintre, vint servir des alcools dont le maître de céans semblait faire une grande consommation.

– Ma mère a tort de s'inquiéter de mon sort. Je vis très largement. La négresse se vend bien à Paris.

– Avez-vous l'intention de revenir un jour en Louisiane ? demanda Osmond.

– Jamais, j'ai oublié d'où je viens. Je vous ai reçus par curiosité, mais je n'ai aucun plaisir à parler du passé. Déduisez de ma peinture ce que vous voudrez, je m'en moque. Je ne peins que des modèles noirs, parce que ces femmes ont de plus beaux seins que les Blanches et que leurs bouches sont chaudes comme l'enfer !

En parlant, l'artiste s'était animé. Une lueur démente enflammait son regard. Dans le verre, qu'il serrait d'une main agitée de trémulations irrépressibles, le vermouth frissonnait comme un liquide prêt à entrer en ébullition. Osmond, en se levant, donna le signal du départ. Il était déjà décidé à ne pas rapporter à Clara Oswald ce qu'il venait de voir.

Du seuil de l'atelier Odilon, dont la nervosité allait atteindre la colère frénétique, cria d'une voix rauque aux visiteurs engagés dans l'escalier :

– Et ne revenez jamais... ni vous, ni personne de là-bas... ou je vous fais étrangler par mes négresses !

Le claquement de la porte palière ponctua cette menace ridicule. Sur le trottoir, que les cantonniers raclaient pour le débarrasser de la neige tombée la nuit précédente, Félix mima un frisson.

– Brrr... quel être étrange... et inquiétant !

– C'est un malade et un alcoolique, dit Bob Meyer.

– C'est un assassin poursuivi par son crime. A mon avis, il finira par se pendre comme il aurait dû l'être il y a vingt ans, conclut Osmond.

En attendant le jour de leur départ, plusieurs fois différé au grand désappointement de Bob, car tous les bateaux américains étaient requis pour le rapatriement des blessés, Osmond et son ami eurent le temps de voir la Seine inonder les quartiers riverains et le zouave du pont de l'Alma, fétiche des Parisiens, disparaître jusqu'à la taille dans le fleuve. Ils virent aussi arriver les délégués à la conférence de la Paix, organisée à Versailles, dont Woodrow Wilson, le président des États-Unis, et partagèrent l'émotion populaire suscitée le 19 février par la tentative d'assassinat perpétrée contre Georges Clemenceau par un anarchiste de vingt-deux ans se disant « ami de l'humanité, y compris les Chinois et les nègres ».

Enfin, le 16 avril, ayant endossé leurs uniformes, ils firent leurs adieux à Félix qui devait retourner à Londres d'où il partirait plus tard « à bord d'un vrai transatlantique qui ne sente pas la soldatesque » pour aller chercher en Louisiane Doris devenue, d'après les photographies, une adolescente aux yeux clairs.

Le *Kaiserin Auguste-Victoria*, navire allemand récupéré par les Alliés au titre des dommages de guerre, ne manquait pas de confort. Le capitaine de Vigors et le lieutenant Meyer se virent attribuer une cabine que le brave Hector, rapatrié comme ordonnance, venait nettoyer chaque jour. A bord, les deux Louisianais retrouvèrent de vieilles connaissances parmi les officiers de la garde nationale de Louisiane, du *Washington Artillery* et du 14e régiment d'artillerie de campagne qui rentrait au pays avec ses 38 officiers et ses 1 254 soldats. 312 infirmiers, 42 officiers et 192 soldats convalescents étaient du voyage ainsi que les personnels d'une dizaine d'ambulances.

Pour la durée de la traversée, tous ces militaires avaient été placés sous l'autorité de l'officier le plus ancien dans le grade le plus élevé, le colonel Allison Owen, commandant du régiment mascotte de La Nouvelle-Orléans : le *Washington Artillery*. A New York, des trains spéciaux attendaient les unités du Mississippi, de l'Arkansas et de la Louisiane.

– On s'en va avec la troupe ou on prend un train... civil ? Je n'ai guère envie de participer aux retrouvailles officielles à La Nouvelle-Orléans. Il paraît qu'on veut nous faire parader avant de nous lâcher, lança Bob qui piaffait comme un pur-sang en route vers l'écurie.

Osmond prit un temps pour répondre.

– J'estime qu'il serait désobligeant, pour tous ces garçons qui reviennent de la guerre et pour ceux qui les attendent, de ne pas tenir notre petit rôle dans la fête. Ce n'est pas que ça m'enchante. J'ai horreur de la foule et de l'émotion publique, mais vois-tu Bob, dans quelques jours nous jouirons à nouveau de notre liberté et de nos privilèges. Je crois, comme Emerson, que tout lien social est une menace pour mon individualité, mais il existe des circonstances où l'individualisme n'est pas de mise.

Bob grommela une phrase incompréhensible à l'adresse d'une femme qui, sur le quai, venait de lui barbouiller la joue de rouge à lèvres. A New York aussi, les aviateurs semblaient avoir plus de succès que les fantassins. L'air distant d'Osmond décourageait les effusions spontanées.

– Très bien, dit Bob. Nous boirons la coupe de la gloire jusqu'à l'écœurement, mais je vais envoyer un télégramme à Otis.

– Soyez à l'heure au train, lieutenant, c'est un ordre, lança Osmond tandis que son ami s'éloignait.

Bob porta la main à la visière de son képi.

– Comptez sur moi, capitaine, je ne déserterai pas au moment de l'assaut final !

Depuis plusieurs jours, les Orléanais savaient, par la presse, que trois trains transportant des soldats des États du Sud de retour d'Europe arriveraient le 28 avril à 6 h 10, 6 h 30 et 6 h 50 du matin. Toute la ville était pavoisée. La bannière étoilée, le drapeau de l'ancienne confédération et l'oriflamme bleue, frappée du pélican blanc de Louisiane, mêlaient leurs plis au faîte des mâts. Des calicots tendus en travers des rues et sur les façades de Jackson Square proclamaient : « Bienvenue à nos soldats » ou simplement « Welcome ». Le petit commerce ne perdant pas ses droits, on vendait aux coins des rues des rubans tricolores et des badges reproduisant les insignes des régiments attendus.

Le maire, M. Behrman, avait veillé personnellement aux préparatifs. La rue Bienville, fermée à la circulation, était devenue un salon d'accueil en plein-air où les soldats rencontreraient leurs familles. La Croix-Rouge y avait dressé des buffets débordants de sandwiches et de boissons et installé des douches pour les arrivants, que l'on imaginait volontiers sales et barbus. Lorna Barthew, vêtue comme toutes les infirmières de la jupe bleue, de la longue veste ouvrant sur un col marin blanc et coiffée du feutre à calotte plate agrémenté d'un ruban, contrôlait la mise en place du matériel sanitaire. Jamais de sa vie elle n'avait ressenti pareille exaltation. Comme toutes les jeunes filles qui s'activaient sous ses ordres en virevoltant gracieusement et en riant à tout propos, elle était censée attendre des centaines de soldats. En fait, elle n'en attendait qu'un, le cœur battant. Un seul, qui probablement ne lui manifesterait pas de joie particulière, mais dont elle souhaitait depuis longtemps le retour, sans oser le dire à quiconque. Déjà, les familles se présentaient aux barrières gardées par les policiers municipaux, quand Otis apparut. Elle portait une robe blanche à manches gigot et un canotier fleuri. Elle n'avait pas fermé l'œil de la nuit et serrait dans ses mains gantées de blanc le télégramme envoyé la veille, de New York, par Bob. L'excitation lui mettait le rouge aux joues.

– Bob arrive, Lorna ! Il arrive ! N'as-tu pas vu Mme Meyer ? Je dois la retrouver ici, mes parents sont venus. Oh ! Lorna c'est le plus beau jour de ma vie. Que je suis heureuse !

– Tu n'as jamais été aussi jolie, Otis, une vraie petite fiancée... mais Osmond est-il dans le convoi ?

– Oui, bien sûr, j'allais oublier de te le dire, Osmond arrive aussi. Il paraît que les Dubard sont à La Nouvelle-Orléans. Il a dû les prévenir.

Lorna, sollicitée pour régler un problème touchant à l'approvisionnement des buffets, dut s'éloigner. Elle jeta furtivement un regard à sa montre. Serait-il dans le premier train ?

Quand, quelques minutes plus tard, toutes les sirènes des bateaux ancrés dans la boucle du Mississippi, en face de la « ville en forme de croissant » se mirent à mugir tandis que tintaient à toute volée les cloches des locomotives, un cri jaillit de la foule qui se pressait entre la gare, au bord du fleuve, et la rue Bienville : « Les voilà ! » Tous les citadins étaient là, plus nombreux que pour Carnaval. Descendants de Français, d'Espagnols, Anglo-Saxons, mulâtres, Noirs, bourgeois et ouvriers, tous voulaient saluer les *boys*.

Jamais train ne s'était vidé plus promptement de ses occupants, jamais soldats ne s'étaient rués avec plus d'enthousiasme à l'assaut d'une ville. Les premiers qui apparurent au seuil de la gare faillirent périr étouffés sous les baisers, les fleurs jetées à pleines mains, les étreintes. Les femmes riaient et pleuraient en même temps, les hommes tendaient leurs mains à serrer, des prénoms fusaient, qui attiraient brusquement l'attention d'un arrivant déjà reconnu par une fiancée ou un ami.

Bob et Osmond se trouvaient dans le dernier train. Quand, du seuil de la gare, ils découvrirent le spectacle de la rue, ils marquèrent un arrêt.

– Vous devez vous rendre rue Bienville, vos familles vous y attendent, répétait une jeune infirmière déjà enrouée.

– Jamais je ne trouverai Otis là-dedans, dit Bob dont l'uniforme français intriguait les badauds.

– Allons-y, lieutenant, pour la dernière charge, lança Osmond avec un entrain qui étonna son ami.

A quelques mètres de l'entrée de la rue Bienville, Bob tendit brusquement son sac à Osmond.

– Prends ça. Je la vois !

Et il se mit à courir vers un canotier fleuri.

Osmond ralentit le pas. Indifférent aux gestes qui lui étaient adressés à la vue de ses décorations, comme aux mains de femmes qui lui tendaient des fleurs, il vit de loin Otis se jeter dans les bras de Bob, M. et Mme Foxley embrasser l'aviateur, puis Mme Meyer serrer son fils dans ses bras en pleurant. Le bonheur de Bob, dont il devinait en cet instant l'intensité, lui procura une bouffée de joie énorme, lui noua la gorge. Spontanément, il fit ce qu'il n'avait jamais su faire de sa vie : il remercia Dieu à défaut de savoir à qui d'autre, en cet instant, dire sa reconnaissance. Il sentit soudain peser sur lui un regard et il vit Lorna, qui le fixait, les yeux pleins de larmes, droite et immobile dans son uniforme sévère. Au même instant, une main sans visage lui tendit une rose. Il la prit, s'avança vers le jeune fille et lui offrit la fleur. Puis, sans un mot, il l'étreignit avec force. Il sentit sur sa joue une larme tiède, reconnut un parfum qui le ramena en une fraction de seconde sur le court de tennis de Bagatelle, quand il embrassait sa partenaire après une victoire. Il recula d'un pas et considéra cette femme, qui se mordait les lèvres pour ne pas pleurer.

– Tu es pour moi la fin d'un long hiver, Lorna. Je suis heureux que tu sois là.

Elle sourit, incapable de prononcer une parole sans courir le risque d'éclater en sanglots. Osmond le comprit et lui prit le bras pour aller au-devant de Stella qui accourait, suivie du docteur Dubard, d'Alix et de Céline. Tous étaient radieux et émus. Osmond reconnut alors qu'ils lui avaient beaucoup manqué. Ce fut ensuite l'aimable bousculade des amis qui s'étaient glissés à la suite des familles, la jonction avec les Foxley rayonnants. Osmond et M. Foxley se serrèrent la main, en se regardant droit dans les yeux, puis le père d'Otis glissa au capitaine :

– Merci pour ce que vous avez fait. Belman est rentré bien diminué, mais repentant. Margaret est avec lui et son fils en Floride. Désormais, ils habiteront là-bas.

A huit heures trente, on demanda aux soldats de se rassembler pour la parade que toute la ville attendait. Osmond et Bob, en qualité d'officiers, durent défiler derrière les drapeaux, de la rue du Canal à la rue du Camp, où eut lieu la dislocation.

– Cet après-midi, il y a bal au square La Fayette, seuls les gens en uniformes auront le droit de danser ; mais sommes-nous obligés d'y aller ? s'enquit Bob.

– Vous êtes dispensé de ces réjouissances, lieutenant, consacrez-vous à votre fiancée. Je rentre chez moi prendre un bain et dîner en famille. Oncle Gus et tante Gloria, qui n'ont pas voulu se mêler à la foule, m'attendent. Tu te souviens encore de mon numéro de téléphone ?

Bob serra affectueusement le bras de son ami.

– Nous avons tout de même vécu une fameuse aventure, vieux. Il ne manque que Dan qui l'aurait sûrement partagée avec nous.

– Aucun bonheur n'est complet, Bob.

En arrivant avenue Prytania, Osmond comprit tout de suite pourquoi M. de Castel-Brajac n'était pas venu l'accueillir rue Bienville. Le Gascon ne marchait plus qu'appuyé sur deux cannes. C'était un vieillard alourdi par l'âge et à qui la goutte ne laissait pas de répit. A la vue d'Osmond, il ne put contenir son émotion.

– Boun Diou, fiston ! j'avais peur de ne pas te revoir. Je me demandais certains jours si ma carcasse tiendrait jusqu'à ton retour. Enfin, te voilà. Tout est bien. Tu dois en avoir des choses à me raconter ?

– Contrairement à ce qu'on croit, oncle Gus, la guerre ne se raconte pas et c'est mieux ainsi. Laissons cela aux stratèges et aux historiens. Chaque soldat ne voit de la guerre qu'un ou plusieurs épisodes. Il ne retient que des anecdotes.

– Je me contenterai d'anecdotes, Osmond. Celle notamment qui se rapporte à ta croix de guerre. Il faut que tu me tiennes en haleine jusqu'à l'arrivée de Félix dont je suis aussi rudement fier.

Sous prétexte de régler quelques affaires urgentes et de prendre contact avec Me Couret, qui avait hâte de passer la main, Osmond laissa sa famille et ses amis regagner Pointe-Coupée sans lui. Il était à la fois impatient et plein d'appréhension à l'idée de revoir Bagatelle, sa vraie patrie. Aussi voulait-il s'y rendre seul, comme un amoureux allant au rendez-vous.

Quand Hector eut emballé ses uniformes après en avoir bourré les poches de naphtaline en disant : « On sait jamais ce qui peut arriver », il fit charger la Ford et, par la nouvelle route de Bâton-Rouge, prit la direction de la paroisse où il était né.

Le printemps louisianais remplissait les jardins de buissons d'azalées, accrochait aux magnolias les grosses tulipes blanches près de s'ouvrir, lâchait au-dessus des forêts des milliers d'oiseaux neufs. Il y avait dans l'air des odeurs de chèvrefeuille et de laurier. Le fleuve familier, maître incontesté du décor, paressait d'un méandre à l'autre. Osmond redécouvrait des dimensions oubliées dans les paysages français, toujours cernés d'horizons précis accessibles aux regards. La Louisiane lui apparaissait comme une grande réserve de terres vierges, d'eaux dolentes, de végétation inépuisable, d'espaces libres.

Quand la vieille maison surgit au bout de l'allée de chênes dont les troncs ne paraissaient identiques qu'aux étrangers, mais dont ses paumes, depuis l'enfance, connaissaient toutes les rugosités, les excroissances, les plaies particulières, il fit arrêter la voiture.

Un long moment il contempla la galerie, l'escalier aux marches voilées par l'alternance des pluies et du soleil, les frêles colonnettes imperceptiblement ployées par le poids du temps et cent fois repeintes depuis bientôt deux siècles, les rocking-chairs aux patins usés par le balancement monotone de générations rêveuses.

Alors que le crépuscule enrobait le décor, il savourait comme une mélodie le parfait équilibre de cette demeure, l'harmonie de ses proportions, son élégante et inimitable sobriété, sa densité faite de toutes les vies vécues entre ses murs élevés par des esclaves. Une à une, les fenêtre s'illuminèrent. C'était le signe qu'inconsciemment il attendait pour s'avancer vers le havre paisible et accueillant comme une mère.

Au cours des journées qui suivirent son retour, Osmond, ayant repris ses habitudes dans le petit logement aux meubles de citronnier où avait vécu Clarence Dandrige, fit de longues chevauchées solitaires à travers les champs et la forêt. Souvent, il déjeunait à Castelmore, passait des heures à bavarder avec oncle Gus et jouait sur le Steinway des airs appris en France. Il dînait chez les Barthew, auxquels Silas envoyait d'Allemagne des lettres ironiques décrivant l'agitation politique et les difficultés économiques du pays vaincu.

Tout au plaisir quasi voluptueux de se perdre dans les sous-bois, de caresser les premières feuilles de cotonnier, de suivre sur le fleuve les évolutions d'un arbre déraciné, de croquer une noix de la saison précédente, de siffler Arista encore indocile et toujours prête à suivre l'effluve d'un gibier, il oubliait que l'univers ne s'arrêtait pas aux limites du domaine, hérissé, à l'est, de nouveaux derricks. L'autre forme de vie qui existait ailleurs, il l'avait connue et la rejetait comme il se serait débarrassé d'un vêtement qui n'eût pas été à sa taille. Il pensait parfois à Dolores, à Marie-Virginie, à Irène de Compigny, aux amis disparus, à son père, à Charles de Vigors, à tous ces êtres qui s'en étaient allés, et le fait d'exister lui paraissait bénéfice de sursitaire. Plus souvent encore, sa pensée allait à Lorna, sylphide inaltérable, retrouvée chaque saison, sereine et fidèle, comme le fleuve et la maison.

Un jour de pluie, à Castelmore, oncle Gus qui sirotait, en faisant durer le plaisir, le demi-verre de porto hebdomadaire que lui autorisait le docteur Dubard, lui remit cinq gros dossiers.

– Voilà, fiston, ce que je t'ai depuis longtemps promis. Une bonne lecture pour quelqu'un qui semble attendre du destin un rêve ou une occupation. Tu ressembles de plus en plus à mon cher Dandrige. Voilà ce qu'il a écrit tout au long de sa vie. C'est en somme la chronique de Bagatelle. Elle est à toi. Tu n'y trouveras pas de fioritures littéraires, ni d'effets de style. C'est la vie à l'état brut, des événements, des faits et des chiffres, en somme la mémoire du domaine.

De retour à Bagatelle, Osmond dégrafa les sangles qui fermaient le premier carton et se mit à lire d'abord distraitement, puis avec avidité. Oncle Gus avait bien jugé. L'écriture souple et régulière était d'une netteté irréprochable, sans une râture. Le style relevait davantage de la notation pleine d'acuité que de la composition littéraire, mais il restituait l'ambiance du passé de la plantation, les caractères et les tics de ceux qui l'avaient exploitée. De ces pages se levait tout un peuple de fantômes, contraints à la sincérité par un observateur à la fois impartial et tolérant, qui ne jugeait pas et laissait le Bien et le Mal se partager à leur gré les balayures du Temps. Osmond accédait ainsi à des secrets, découvrait les clefs des comportements parfois évoqués dans les conversations familiales, était admis à tous les partages et devinait que le narrateur et son arrière-grand-mère Virginie avaient été portés, leur vie durant, par la même force qui était aussi le sang de Bagatelle.

Un dimanche, Lorna, libérée de ses fonctions à la Croix-Rouge, descendit de la Lauzier de son grand-père qu'elle conduisait souvent. Elle portait une simple robe de coton, légère, au décolleté carré et serrée à la taille par une large ceinture de velours châtaine. Ses cheveux retenus sur la tête par un bandeau de soie flottaient sur ses épaules. De sa personne émanait, plus que jamais, cette assurance des êtres sains et purs de cœur. Elle pénétra dans le salon où la famille prenait le café, dont elle accepta une tasse, puis se tourna vers Osmond.

– J'ai une grâce à te demander.

– Accordée d'avance !

– Je voudrais que tu passes ton uniforme et que tu m'accompagnes chez Mme Hunter. C'est notre championne de tricot. Elle a quatre-vingt-cinq ans, elle est presque aveugle et elle a produit pour les soldats cinquante sweaters, autant de paires de mouffles et des kilomètres de cache-nez. Voir un héros en chair et en os serait sa récompense.

Osmond fit une moue, qui déclencha les rires de Stella et de Céline.

– Hector a emballé toutes mes dépouilles militaires et...

– Je te demande une heure... ce sera ta dernière mission.

Osmond s'exécuta et grimpa dans la Lauzier à côté de son amie.

– Évite de passer par Sainte-Marie, je ne tiens pas à me faire remarquer.

– Pourquoi ? Tu es très beau et je suis fière de te conduire.

– Le chasseur de *Maxim's* est encore plus beau, Lorna !

Mme Hunter fut pétrifiée d'émotion. Elle voulut toucher les décorations, soupeser la casquette, compter les galons et embrasser l'officier.

– Dois-je aussi faire l'exercice ? souffla Osmond à Lorna, qui retenait son rire.

Comme ils revenaient à Bagatelle, par la route des berges, Osmond posa sa main sur le bras de l'amie.

– Si nous montions aux Trois-Chênes ?

Elle rangea l'automobile sur le talus et, la première, prit le sentier.

– Tu grimpes aussi vite qu'autrefois, dit Osmond qui allait plus lentement.

Lorna se retourna et lui tendit la main avec un air de commisération.

– J'oublie que j'ai affaire à un blessé de guerre !

Elle ne s'attendait pas à ce que le jeune homme prît les doigts offerts par boutade, mais il s'en saisit et ne les lâcha plus jusqu'à l'arrivée aux tombes.

Ils restèrent un moment silencieux, accueillant en eux-mêmes des pensées identiques : les souvenirs d'autres tête-à-tête sous les chênes.

Osmond rompit le premier le silence, en désignant les pierres tombales sur lesquelles ils étaient assis.

– J'en sais un peu plus, et même beaucoup plus, sur ces deux-là, Lorna. Ce n'étaient pas des êtres ordinaires ; grâce à ce que j'ai appris, je comprends aujourd'hui un peu mieux qui je suis, ce que je suis. Je comprends aussi ce que je dois faire.

Devant l'air sincèrement étonné de la jeune fille, Osmond expliqua qu'il dépouillait les notes journalières de Dandrige.

– Ça doit être passionnant, ces vies qui sont liées à la tienne.

– Et à la tienne, Lorna. De tout ce passé, de ces prodigieux destins exemplaires, il faudrait qu'il restât quelque chose de grand et de sincère, pour ceux et celles qui viendront plus tard muser sous les chênes de Bagatelle.

– Oui, il faudrait. C'est presque un devoir, une fidélité due à leur mémoire.

– J'y pense et je pense aussi à beaucoup d'autres choses.

– A quoi encore ?

– A renoncer au droit, à m'installer ici, à prendre le temps de vivre, à cultiver le coton, à m'occuper de l'exploitation pétrolière..., à me marier peut-être !

Lorna, qui avait pris sa pose familière et serrait son genou droit dans ses mains croisées, eu un sursaut involontaire.

– Te marier... bonne idée... qui est l'heureuse élue ?

Osmond remarqua la pâleur subite de son amie et ce petit tremblement de sa lèvre inférieure, signe, depuis toujours, d'émotion contenue. Habituée au sourire de son compagnon, Lorna ne vit pas qu'il traduisait à cet instant une secrète satisfaction.

– Ah ! l'heureuse élue... Je t'en parlerai dans quelques jours. Je pense qu'elle te plaira... en tout cas, je serais désespéré qu'elle ne te plaise pas.

– Tu en fais des mystères !

– Et toi, ne songes-tu pas à convoler un de ces jours ?

– Oh ! non ! A partir de la semaine prochaine, je m'installe à Castelmore pour seconder grand-père. J'ai commandé de nouvelles ruches. J'aurai beaucoup de travail.

– J'espère que tes petites bêtes te laisseront le temps de venir jouer au tennis avec moi. J'ai fait rouler le court.

Lorna posa sur Osmond un regard où se lisait un peu d'inquiétude.

– Depuis que tu es rentré, je te trouve un peu bizarre. J'ai l'impression que tu as changé.

– Peut-être Lorna. « Nul ne demeure entièrement celui qu'il est, quand il fait effort pour bien se connaître » dit Thomas Mann.

La jeune fille se leva, défroissa sa robe et fit un pas sur le sentier.

– Je dois rentrer, on m'attend pour dîner à Castelmore.

Comme au temps de leur enfance, ils dévalèrent le tertre en courant, sautèrent dans la voiture et prirent le chemin de Bagatelle où Lorna déposa l'officier. Au moment de l'au revoir, Osmond l'embrassa sur la joue.

– C'est la dernière fois que l'on m'aura vu en uniforme.

– Tu pourras le mettre pour ton mariage !

– Seulement si ma fiancée l'exige... au revoir.

Le lendemain, à la première heure, Osmond se rendit chez M. de Castel-Brajac. Le Gascon, qui venait de prendre un petit déjeuner frugal imposé par son médecin, eut un haussement de sourcil en voyant entrer le jeune homme vêtu de blanc comme les planteurs du vieux temps.

– Si tôt, Osmond, tu conserves des habitudes militaires !

– Oncle Gus, c'est un cas d'urgence... vous êtes seul ?

– Tu le vois bien boun Diou ! Qui veux-tu qui tienne compagnie à un vieillard pour partager un breakfast aussi insipide !

– Je veux dire, Lorna ne risque pas d'arriver ?

– Elle est aux ruchers de Saint-Maurice... elle te fait peur ?

– C'est-à-dire, oncle Gus... Si je lui demandais de m'épouser, croyez-vous qu'elle accepterait ?

Le Gascon écarquilla les yeux, jeta sa serviette sur la table, se mit debout sans le secours de ses cannes et prit Osmond aux épaules.

– Macadiou, fiston, elle attend ça depuis le biberon... Je me demandais si tu te déciderais... embrasse-moi !

L'exaltation retombée, Osmond obtint du vieil homme qu'il ne souffle mot à quiconque de son projet.

– Dites seulement à Lorna que je l'attends ce soir pour dîner à Bagatelle... qu'elle vienne sans faute.

– Elle y volera, mon garçon... comme toujours !

De retour à la plantation, Osmond rejoignit sa mère, occupée à cueillir les premières roses de l'année dans le jardin anglais.

– Je me suis permis d'inviter Lorna ce soir. J'aimerais que ce soit une fête. Que l'on sorte les beaux cristaux et l'argenterie de Virginie, que vous composiez un menu exceptionnel...

– Repas de gala... ou dînette d'amoureux ? Car vous dînerez, Lorna et toi, tête à tête. Gustave vient de téléphoner. Nous sommes conviés, Faustin, Céline et moi, avec les Barthew, à célébrer ce soir même à Castelmore le passage de je ne sais quelle comète. Oncle Gus compte que tu ramèneras sa petite-fille avant minuit. Il souhaite vous attendre pour sabler le champagne... Il m'a dit qu'il y aura une surprise.

Osmond enleva sa mère dans ses bras et l'embrassa fougueusement sur les deux joues. Avec la complicité intelligente de l'oncle Gus se tissait autour de Lorna et de lui-même un réseau protecteur, fait de tendresse et de confiance.

– Oui, il y aura une surprise pour vous aussi, dit Osmond en reposant Stella au bord du massif de fleurs.

– Une surprise... pour moi... crois-tu que je n'ai pas deviné ?... Et dire que tu as fait la guerre... mon pauvre grand.

– N'en dites rien, je vous en prie !

– Va. Ce soir je serai surprise... comme tout le monde... mais je suis déjà heureuse.

Osmond passa le reste de la journée plongé dans les dossiers offerts par

M. de Castel-Brajac. En revenant de Castelmore, il avait acheté à Sainte-Marie une main de papier blanc de bonne qualité, de l'encre et des plumes d'acier. Puis, avant de regagner son petit bureau de l'annexe, il s'était assis un moment dans le grand salon en face du portrait de Virginie. Le regard de l'aïeule, qui l'impressionnait si fort quand il était enfant, lui avait paru plein d'acquiescement pour ses pensées du moment et d'une douceur inattendue.

Cela venait de ce qu'il voyait maintenant la dame de Bagatelle avec les yeux du seul homme qui avait su à la fois l'aimer et la comprendre, Clarence Dandrige.

Puis, il avait retrouvé sa table de travail. La saison était belle, l'air d'une extrême limpidité et le ciel d'un bleu soutenu, comme souvent en Louisiane après les pluies de mai. Par la fenêtre ouverte, il apercevait l'allée de chênes et les écheveaux de mousse espagnole suspendus aux branches basses, l'angle de la galerie de la grande maison et, au-delà du portail qu'on ne fermait jamais, le fleuve scintillant sous le soleil.

A la fin de l'après-midi, Stella, son mari et la plus jeune de ses filles quittèrent la plantation à bord de l'automobile de Faustin. Il ne manquait qu'Alix, partie chez les Foxley à La Nouvelle-Orléans, où elle aidait Otis à préparer son mariage avec Bob Meyer.

Quand retentit la trompe de la Lauzier de Lorna, un moqueur, perché sur la gouttière, s'envola en poussant des cris courroucés et Arista, qui somnolait, se mit à aboyer.

Osmond vit la jeune fille gravir l'escalier. Elle portait une robe qu'il ne lui connaissait pas, vert céladon, très ajustée à la taille par un empiècement triangulaire, juponnante dans le bas et dont le décolleté profond était masqué par une guimpe de dentelle blanche. Un minuscule canotier fleuri reposait d'une façon instable sur les volutes brunes de ses cheveux relevés en rouleaux sur les côtés de la tête. Elle s'avança d'un pas rapide et assuré sur la galerie, les joues rosies par l'émotion et la curiosité.

Osmond admira combien sa silhouette s'imposait au décor immuable de la plantation quand Harriet, hiératique gardienne venue à la rencontre de la visiteuse, s'effaça pour la laisser entrer.

Alors, Osmond déposa le porte-plume de bois, poli par les doigts de Dandrige et qui allait si bien à sa main. Il endossa le spencer à revers de soie que lui présentait Hector opportunément alerté par les aboiements d'Arista. Avant de rejoindre Lorna, il relut la phrase qu'il venait d'écrire. La première d'un ouvrage qu'il prévoyait épais et qui serait la Romance épique de Bagatelle : « A l'époque où l'aristocratie du coton gouvernait le Sud des États-Unis, le panama passait pour la coiffure naturelle du Cavalier. »

FIN

OUVRAGES CONSULTÉS

AZCARATE (Pablo de). – *La guerra del 98* (Alianza Editorial, Madrid).

BARR CHIDSEY (Donald). – *La guerra hispano-americana 1896-1898* (Grijalbo, Barcelona-Mexico ; édition originale Crown publishers, New York).

BERKEBILE (Don H.). – *American Carriages sleighs, sulkies and carts* (Dover publications, New York).

BIZARDEL (Yvon). – *Bottin des Américains à Paris sous Louis XVI et pendant la révolution* (Édité par l'auteur, Paris).

BORDONOVE (Georges). – *Grands mystères et drames de la mer* (Pygmalion, Paris).

BROWN (Clair A.). – *Louisiana trees and shrubs* (Claitor's Publishing Division, Baton Rouge, La.).

CASEY (Powell A.). – *Try us : the story of the Washington Artillery* (Claitor's Publishing Division, Baton Rouge, La.).

COLLIER (Peter) et HOROWITZ (David). – *Une dynastie américaine : les Rockefeller* (Seuil - Paris).

DORMON (Caroline). – *Natives preferred* (Claitor's books store, Baton Rouge, La.).

DOUGLAS (Neil H.). – *Fresh water fishes of Louisiana* (Claitor's Publishing Division, Baton Rouge, La.).

GUILBEAU (J.-L.). – *The Charles Street car or the New Orleans and Carrollton Railroad* (Guilbeau publisher, New Orleans).

KASPI (André). – *Le temps des Américains : 1917-1918* (Publications de la Sorbonne, série internationale 6).

KOBLER (John). – *Puritains et Gangsters* (Robert Laffont, Paris).

LACOUR-GAYET (Robert). – *Histoire des États-Unis* (Fayard, Paris).

LAHORE (Jean). – *Cuba* (P.U.F., Paris).

LAWRENCE (Elizabeth). – *Gardens in winter* (Claitor's Publishing Division, Baton Rouge, La.).

LOMAX (Alan). – *Mister Jelly Roll* (Préface de Sim Copans, Flammarion, Paris).

MALSON (Lucien). – *Histoire du jazz et de la musique afro-américaine* (10/18, Paris).

MANGAN (Franck). – *The Pipeliners* (Guyness Press, Texas).

MARTINEZ (Raymond J.). – *Portraits of New Orleans jazz* (Hope Publications, New Orleans).

MEZZROW (Milton « Mezz ») et WOLFE (Bernard). – *La rage de vivre* (Correa, Paris, 1953).

MICHAUD (Régis). – *La vie inspirée d'Emerson* (Plon, Paris).

PARKINSON KEYES (Frances). – *All this is Louisiana* (Harper and Brothers publishers, New York).

PERCY (William Alexander). – *Lanterns on the levee* (Louisiana State University Press, Baton Rouge, La.).

PERSHING (General John Joseph). – *Mes souvenirs de la guerre* (Plon, Paris, 1931).

RAND (Clayton). – *Sons of the South* (Holt, Rinehart and Winston, New York).

ROSE (Al) et SOUCHON (Edmond). – *New Orleans Jazz* (Louisiana State University Press, Baton Rouge, La.).

ROSE (Al). – *Storyville, New Orleans* (The University of Alabama Press).

SMITH-THIBODEAUX (John). – *Les Francophones de Louisiane* (Éditions Entente, Paris).

THURSTON PECK (Harry). – *Vingt années de vie publique aux États-Unis (1885-1905)* (Plon, Paris).

VERDEAUX (Laurent et Pascal). – *Nouvelle histoire du jazz* (Schiller - Hermes, Paris).

ZISCHKA (Antoine). – *La guerre secrète pour le pétrole* (Payot, Paris, 1933).

ET

HISTORIA (numéros hors série, 8, 9, 10 et 43).

Handbook of gasoline automobiles (1904-1906) (Dover Publication, New York).

The Shipbuilder (Reprint by Patrick Stephen, Cambridge).

ARCHIVES ET SOURCES DIVERSES

- Louisiana State University (Baton Rouge).
- Louisiana State Library (Baton Rouge).
- Washington Artillery (New Orleans).
- Military Department State of Louisiana (New Orleans).
- Department of veterans affairs (Baton Rouge).
- Loyola University (New Orleans).
- Academy of the Sacred Heart (Grand Coteau).
- Athénée louisianais (New Orleans).
- Historic New Orleans Collection.
- Documentation privée de M. James Stouse (New Orleans).
- Documentation privée de M. George W. Pugh (Baton Rouge).
- Correspondance des Consuls de France à La Nouvelle-Orléans (ministère des Affaires étrangères, Paris).
- Service historique de l'armée (château de Vincennes, Vincennes).

TABLE DES MATIÈRES

Achevé d'imprimer
le 27-7-1981
par Mohndruck Gütersloh
pour France Loisirs
N° d'éditeur 6165
Dépôt légal: 3e trimestre 1981
Imprime en R. F. A.